莎士比亚

戏剧八种

·集注本·

上 册

[英] 威廉·莎士比亚 著

孙大雨 译

上海三联书店

孙大雨（1905–1997）时年九十岁

孙大雨和莎士比亚戏剧翻译（代前言）

黄昌勇

一

年初，很久未通音讯的孙近仁先生与我联系，说上海三联书店准备出版孙大雨译《莎士比亚戏剧八种》（集注本），建议我写篇前言，我当然婉拒，孙大雨的新诗创作成就、新诗理论探索、莎士比亚翻译等文学和学术贡献都是巨大的，虽然对几个领域我有些研究，但由我来写，显然力有不逮。不想，孙近仁先生来到学校，还是力邀我来承担这个工作，商讨下来，我认为如果客观地向读者介绍孙大雨其人和他的莎士比亚翻译等，还可试笔。

与孙大雨相遇，还要回到上世纪九十年代初，那时我还在复旦大学跟随著名鲁迅研究专家陈鸣树教授攻读博士学位，在选定博士论文题目时，与先生商量，想集中在二十世纪三十年代文学，陈先生那时正做二十世纪中国文学研究，也没有要求自己的博士生一定要以鲁迅为研究范围，所以最后定下来以现代史上“新月派”作为我的申请博士的论文选题。

在阅读大量历史文献和研究资料基础上，我发现，孙大雨这样一位新月派重要人物却长久地逸出了人们的视线。后来在提交答辩的博士论文中，我将新月派分为前后两期，以期还历史真实面目。我将孙大雨被定位为后期新月派代表人物。这一观点得到了答辩专家的认同和好评。也因此，由新月派诗人的孙大雨，我又有了对孙大雨进行全面研究的冲动。

1994年春天，我第一次拜访孙大雨，记得从复旦大学南区穿越市中心来到吴兴路一座高层住宅，据说这里是许多上海高级知识分子的住地，孙大雨平反后有关部门给他安置在这里，一套普通的三居室。其时，孙大雨已经是九十高龄的老人，穿着蓝布中式服装，大而宽的面庞已显松弛，显出若有所思的样子，他的思维已经处于混沌状态，前尘往事在他深邃记忆中只能永久埋藏，只是他偶尔用纯正的美式英语谈及莎士比亚、新诗格律等话题，提醒着我：岁月虽已流徙，却没有带走他心灵深处的刻痕。

面对这样一位老人，我知道我面对的是一段让人怀念、让人心惊肉跳的历史，我悄然离开，带着深深的遗憾。据说在我之前，除华东师范大学陈子善教授来访过，少有研究者问津。

博士论文完成后，我开始发表一系列关于孙大雨的文章，产生一些反响。孙近仁先生是一位医科专家，作为孙大雨的女婿，对我的研究给予了大力的支持。后来，孙近仁先生和一些学界朋友鼓励我撰写一部孙大雨传记，我也曾有过计划，但世事变迁，这一计划竟搁浅到现在，或许十多年之后来写这篇前言，有可能重新点燃我当年的兴味。

二

1922年秋，就读于上海青年会中学的孙大雨考取了清华留美预备学校高等科，他加入了“清华文学社”，当时闻一多、梁实秋等对这位已经在诗坛崭露头角的新社员很是看好，在文学社中孙大雨（号子潜）、朱湘（号子沅）、饶孟侃（号子离）、杨世恩（号子惠）并称“四子”，他们同住在西单梯子胡同，写诗作文，豪情满怀。

清华文学社诗友们的诗歌活动正值“五四”新诗第一个潮头由盛转衰时期，因此，他们承担着对“五四”自由诗反思的重任。他们更多地汲取英国浪漫主义和维多利亚时代唯美主义的诗思和灵感，在反思自由诗的同时萌发建立语体文格律诗的构想。

关于格律诗理论，那时当以饶孟侃的《新诗的音节》[①] 和闻一多的《诗的格律》[②] 两文的主张为代表，前者讨论了诗的格式、音尺、平仄、韵脚等属于听觉方面的理论，后者着重于诗的视觉艺术的建构。孙大雨当时也在思考这些理论,但他是以自己的一首十四行诗作《爱》③,自觉实践自己格律体新诗,用实际创作来传达关于新诗格律的构成,就是他后来提出的"音组"说。无论音尺还是音组都来源于英诗,其构成也是一致的,但是孙大雨认为韵文(诗)可以不押韵,与闻一多"建筑美"相区别,孙大雨认为音组是构建格律诗的基础,虽然要求每行音组数相等,但并不要求每行的字数相同。他对格律诗导致的"豆腐干"和"骨牌阵"提出了批评④。

可惜的是,那时孙大雨对自己的"音组"理论只是艺术上的直觉,还未能在理论上做出令人信服的探索,只是在此后的创作或翻译中始终坚持这一形成韵文的前提条件——音组的创造。因而在二十年代中期开始的那场格律诗运动中孙大雨的独创并没有引起注意,客观上他的创作也没有在理论引导上产生更大影响。

1926年8月下旬,孙大雨赴美留学。在茫茫大海之上,他创作了格律严谨的诗篇《海上歌》,后经朱湘之手,发表在《新月》杂志第一卷第7号上。孙大雨进入美国东北部新罕布什尔州的达德穆学院(Dartmouth College)主修英美文学,并于1928年以高级荣誉称号毕业。之后,他又进入耶鲁大学(Yale University)研究院,继续攻读英美文学。在耶鲁,孙大雨沉迷在英美文学之中,特别是对英诗和莎士比亚情有独钟,他用自己节省下来的官费,购买了大量的英诗和莎士比亚原版剧作。

1928年10月2日,孙大雨在《晨报副刊》上发表了诗作《纽约城》,引起诗坛的注意,朱自清对这首15行短诗给予高度评价,认为是可以当作"现代史诗"的一个雏形来看⑤,所谓现代性就是指这首诗的题材"现代化"、"工业化"特点,的确这首诗以客观、物化的场景展示了一幅现代化工业城市的草图。

1930年秋,孙大雨完成了学业,回国到武汉大学外文系教授英美文学。

三

三十年代,由于新月派同仁聚散不一,《新月》月刊编辑人员不断更换,刊物以纯文学为主的宗旨不再保持,这引起不少同仁的不满和非议。此时，徐志摩为重振诗坛，着手创办《诗刊》，并于 1931 年 1 月由新月书店出版创刊号。

徐志摩在《序语》中说，他将这份刊物看作是五年前北京晨报十一期《诗镌》的延续，“想斗胆在功利气息最浓厚的地处与时日，结起一个小小的诗坛，谦卑地邀请国内的志同者的参加，希冀早晚可以放露一点小小的光。”他更欣幸于“五年前的旧侣，重复在此聚首”。而这“五年前的旧侣”之中，就有刚回国的孙大雨。

《诗刊》第一期中既有朱湘、闻一多、徐志摩等“新月”老将，也有陈梦家、方令孺、邵洵美等新人的作品，孙大雨的三首十四行诗《诀绝》、《回答》、《老话》则显赫地置于篇首。

如若说 1926 年孙大雨的十四行诗试作没有引人注意的话，那么，此次一次性推出的三首诗作则令人注目了。对于西方十四行诗的移植，在中国新诗运动中，早有反对者的声讨。例如，在刊载孙大雨这三首十四行诗同期刊物中，梁实秋的《新诗的格调及其他》，明确指出：“我不主张模仿外国诗的格调，因为中文和外国文的构造太不同，用中文写 Sonnet(即十四行诗——笔者注)永远写不像。”但在一片异议声中，与胡适、梁实秋交情深厚的徐志摩起而为孙大雨辩护。徐志摩认为：“大雨的三首商籁(即十四行诗——笔者注)是一个重要的贡献！这竟许从此奠定了一种新的诗体”。⑥

在《诗刊》第二期的“前言”中，徐志摩认为：“大雨和商籁体的比较成功已然引起不少的响应的尝试”，梁实秋虽然反对用中文写十四行诗，但认为这种尝试，正是钩寻中国语言的柔韧性乃至探检语体文的浑成、致密，以及别一种单纯“字的音乐”(Word-music)的可能性的较为方便的一条路。

诗人梁宗岱也撰文予以支持：“就孙大雨的《诀绝》而论，把简约的中国文字造成绵延不绝的十四行诗，作者的手腕已有不可及之处。”⑦值得一提的是《诗刊》第二、三期连载孙大雨的长诗《自己的写照》共 318 行，这是孙大雨计划中的一部千行长篇诗作，后来又在 1938 年第 39 期《大公报》文艺副刊发表 80 行，⑧终未能续作，成为残篇。⑨

《自己的写照》在诗艺上用挥洒的每行四个音组来表达，由于气质的蓬勃横溢,诗作多用飞扬沸腾的跨行或泛溢来表达。

这首诗一发表,即引起当时诗坛的震动,徐志摩倍加推崇:“这二百多行诗我个人认为十年来(这就是说自有新诗以来)最精心结构的诗作。第一他的概念先就阔大,用整个纽约城的风光形态来托出一个现代人的错综意识,这需要的不仅是情感的深厚与观照的严密,虽则我们不曾见到全部……,但单看这起势,作者的笔力的雄浑与气魄的莽苍已足使我们浅尝者惊讶。”⑩陈梦家说它“托出一个现代人的错综意识。新的词藻,新的想象,与那雄浑的气魄,都给人惊讶的。”⑪邵洵美后来说:“《自己的写照》在《诗刊》登载出来以后,一时便来了许多青年诗人的仿制。”⑫

《自己的写照》或因为是残篇或因为新月派以及作者的命运,为新文学研究者和读者长期遗忘。

七十年代初,台湾诗人痖弦撰文认为这首残诗“为中国新诗后来的现代化倾向作了最早的预言”,誉之为“未完工的巨大纪念碑”。⑬三十年代,徐志摩已占据诗坛高位,孙大雨游美数载,加之新诗数量有限,因而不能广为人知。徐志摩当时对他倍加推崇与激赏,一方面表明他对孙大雨诗作慧眼独识,也显出徐志摩的大家风范。只可惜徐志摩英年早逝,而红火一时的《诗刊》在出完第四期后无疾而终,而《诗刊》第四期也自然成为同仁悼念志摩的专辑了。孙大雨于 1931 年 12 月 2 日写完悼诗《招魂》(此诗排在《诗刊》同仁悼诗之首)告慰志摩在天之灵以后,也少有诗作问世了。

当年徐志摩将自己的诗集《猛虎集》赠送孙大雨时,在扉页上题辞,左书“大雨元帅正之”,后署“小先锋志摩”。人们很少提及徐孙之间的交游,而此则成为历史留下的唯一物证。

陈梦家当年认为孙大雨的十四行诗“给我们对于试写商籁体增加了成功的指望,因为他从运用外国格律上,得着操纵裕如的证明。他的一千行‘自己的写照’,是一首精心结构的惊人的长诗,是最近新诗中一件可以纪念的创造。”⑭邵洵美对孙大雨的诗推崇备至,认为他“捉住了机械文明的复杂”,“把这一个时代的相貌与声音收在诗里,同时又有活泼的生命跟着宇宙一道滋长。”他说“孙大雨是从外国带了另一种新技巧来的人,他透澈、明显,所以效力大”,他认为只要一看孙大雨的近作,便可以确信:“新诗已不再是由文言诗译成的白话诗，新诗已不再是分行写的散文”、“每一个时代有每一个时代的韵节，每一个时代又总有一种新诗去表现这种新的韵节”，孙大雨“最大的成就”就是表现这种新的韵节。[15] 苏雪林当时也认为孙大雨是徐志摩、闻一多“一双柱石”之后的“新月”之中一员出色的诗人。[16]

四

1932 年初，孙大雨离开武汉大学，应聘北京师范大学和北平大学女子文理学院，1933 年初应胡适邀请到北京大学外文系任教。同年下半年，孙大雨又应青岛大学外文系主任梁实秋之邀，从北平赴青岛任教。可是学期结束后，孙大雨竟没有收到学校的续聘书。原来，孙大雨因为与梁实秋在莎士比亚剧作翻译中观点分歧导致了这一结果。

早在 1931 年，孙大雨就翻译了莎士比亚的一些剧作，其中有《King Lear》(节译)、《罕秣莱德》(第三幕第四景)，这些分别发表在徐志摩主编的《诗刊》第二、三期上。

徐志摩对孙大雨的“试译”当时就给以很高的评价，认为孙大雨的译笔矫健、了解透彻，“这是我们翻译西洋名著最郑重的一个尝试；有了他的贡献，我们对于翻译莎士比亚的巨大事业，应得辨认出一个新的起点。”[17]

为什么徐志摩认为孙大雨的试译是一个新的起点？因为孙大雨对莎剧有着不同与时人的认识，莎剧百分之九十是用素体韵文(blank verse)即不押韵而有轻重音格律的五音步诗写就，所以莎剧是戏剧诗(dramatic poetry)或诗剧(poetic drama)，是浑然一体的文艺作品。而当时的莎译，或者由于缺乏对莎剧戏剧诗性质的认识，用白话散文进行翻译，或者认为莎剧中的素体韵文用中文无法翻译也译为散文。梁实秋正持后一种观点。孙大雨不认同上述两种观点，他用自己在格律体新诗中探索出的“音组”理论，对应莎剧诗行中的音步，做出独异的莎剧翻译实践。

孙大雨来到青岛时，梁实秋已开始莎士比亚翻译工作。原来，胡适倡议组织一个“莎士比亚戏剧全集翻译会”，在中国系统地介绍出版莎士比亚的作品,由“中华文化教育基金会”资助。基金会约请梁实秋、闻一多、陈西滢、徐志摩、叶公超五人合作进行。后来,徐志摩飞机失事、闻一多埋首古籍研究、陈西滢游学欧美、叶公超步入官场,因此只有梁实秋一人始终不渝地致力于这项宏大的工程。

梁实秋认为莎剧是有严谨格律的每行五音步的素体韵文,用中文无法移植,所以他的译文将莎士比亚戏剧译成散文的话剧。孙大雨却不同意他的观点,就在课堂上随意批评了梁实秋,于是有了学期结束后不再发给聘书的结果。梁实秋长孙大雨三岁,那时他虽然以新月理论家而为人所知,但远还未赢来他“雅舍”时代的声誉,又加上年轻气盛,不能容纳孙大雨的直言也是能够理解的。

四十三年后的1976年,在8月10日的《联合报》副刊上,梁实秋在《略谈“新月”与新诗》一文说:“孙大雨还译过莎士比亚的《黎琊王》,用诗体译的,很见功”、半个多世纪后,孙大雨忆及此事时说,他对于梁实秋的解聘并未耿耿于怀,而对于此后各奔东西、又有隔海相望不能见,直至梁实秋先他作古感慨万千⑱。认为梁实秋付出数十年辛劳,译毕了全集,也应受到广泛、深厚的钦佩。

1934年初,孙大雨应浙江大学聘请为文学院外文系教授。在这里,孙大雨遇到了一位名叫胡鼎新的青年学生,孙大雨后来回忆说:“我从未碰到过如此勤学好问的学生。在课堂上他会不断提问,对课文定要达到彻底弄懂为止,而我最赏识这样的同学,我也乐于答疑,他给我留下了深刻的印象。”⑲这位名叫胡鼎新的同学就是后来的胡乔木。

1934年下半年,孙大雨来到北京,接受胡适主持的中华文化教育基金会的资助,开始翻译莎剧。

孙大雨首先选定进行《黎琊王》集注本的翻译,他之所以首选这部“气冲斗牛的大悲剧”,因为在他看来,《黎琊王》“若说炉火纯青它要让《暴风雨》,若求技术上的完美它不及《奥赛罗》,可是以伟大而言,我在这位诗人之至尊至圣的全集中,也得推这部动天地泣鬼神的杰作为第一。”⑳

孙大雨三十年代初开始莎剧的试译,只不过那时对于五音步素体韵文尚没有多大的把握。现在机会到来了,从1934年9月起，孙大雨“竭尽了十四个月的辛勤”，完成了“这一场心爱的苦功”。孙大雨运用自己探索出的“音组”来对应莎剧中的“音步”，通过韵文行的尾断、中断、泛溢等手法，将原作每行的五个英文“音步”对译为五个汉字“音组”，他“抱着郑重的态度，想从情致、意境、风格、型式四个方面都逼近原作”，力求在莎译中“疲熟的格调则极力避免，腐辞陈套决不任令阑入。在生硬与油滑之间刈除了丛莽，辟出一条平坦的大道”，“此中不知经历过几多次反复的颠踬，惨痛的失败。”㉑

1935年底，《黎琊王》译竣后，孙大雨又作了两次修改，同时，二十年代中期探索的“音组”理论，经过新诗创作和莎译的运用，孙大雨渐渐从理论上把握了它。他想写一篇导言详细对“音组”原理加以申论，不料一动笔不能停止，结果写出一部十余万字的专书《论音组》，因为此再加上抗日战争的爆发，《黎琊王》一搁就是五年，1940年才得以排版。

1941年10月26日，在上海的孙大雨为《黎琊王》做序：

“最近国际战争的烟燎愈烧愈广，眼看着此间即将不能居住，而自忖也正该往后方去参与一篇正在搬演中的大史诗，于是于百忙中草就了本书的附录和这篇小序，作为十年来一场梦寐和无数次甘辛的结束。这本早应出版的译剧如今离我而去了，好比儿女告别了父母的檐梁，去自谋生路一般：我一方面祝祷它前途无量，莫深负原作的神奇，一方面也盼望知道自己所难知的缺陷，如果它有缺陷的话，以便再版时加以弥补。”

10月29日，孙大雨离沪赴港，行前将尚未排印的序言和附录稿交清。12月2日，由港飞渝时，因飞机限制行李的重量，孙大雨只得将《论音组》书稿和已校好的清样留在香港友人家里，不想香港失陷时，《论音组》原稿和《黎琊王》清样被焚，而上海商务印书馆的全部清样也遭损失。万幸的是，《黎琊王》正文和注解在离沪前已打好的纸版，完好无损。

后来因为战事的关系、人事的蹉跎，《黎琊王》出版又延迟了六年。1948年11月，上海商务印书馆出版了孙大雨第一部莎译集注本《黎琊王》，分上下两册，印行1000部。由译毕到成书相隔十余年，其间主要经历八年抗战，所以孙大雨在扉页上题辞：

“谨向杀日寇斩汉奸和歼灭法西斯盗匪的战士们致敬!”

五

青岛大学时期,孙大雨结识了京派文学重镇、小说家沈从文,殊为可惜的是我们已无法知道两人交游的史实,仅从沈从文的一篇文章中可以看出两人之间理解的深厚,沈从文在这篇短文中似乎已指证了孙大雨在青岛被解聘的遭际,更是对他此后人生命运沉与浮的最早预言。

1934年,林讲堂主编的《人间世》开设“人物志”,就是以名人写名人,列入其中的大都是近代以来学界的翘楚,而立之年的孙大雨侧身其中,而且是沈从文执笔为他“画像”即《孙大雨》一文。

“十分粗率的外表,粗粗一看,恰恰只是一个人的坯子。大手大脚,还在硕长俊伟的躯干上,安置了一个大而宽平松散的脸盘”,沈从文接着这样写,“然而这个毛坯子的人形,却容纳了一个如何完整的人格,与一个如何纯美坚实的灵魂!多才,狂放,骄傲,天真。倘若面对这样一个人,让两者之间在一种坦白放肆的谈话里使心与心彼此对流,我们所发现的,将是一颗如何浸透了不可言说的美丽的心”。或许因为经过文学表达的润饰,或许有中国史传统扬善隐恶的影响,沈从文也许给予了他笔下的人物过多的赞美,但是如下的叙写则能看出沈从文作为一个作家的敏感,他的笔触直指人物内心和灵魂,把那人生悲喜的根子在这里都作了传神的展示。

在沈从文的眼中,孙大雨比许多人认识“美”,而许多人比他更明白“世故”,他说孙大雨是一个“有脾气有派头的人”。他继续写到:他身边那些温顺,中庸,办事稳重,应对伶俐,圆滑如球而抹油,在社会上处处占上风的人提及孙大雨就是“大雨吗?”话语里埋伏了点嘲诮,不同意的神气酿在嘴角的微笑里,沈从文解写道:“这不足为奇,因为这些人平素就是怕魔鬼,怕高山,怕风刮,怕打雷的人”,因而,孙大雨在他们面前简直是一种“恐怖”。

这样不厌其烦地去引证,只是深味于沈从文的精到,“大而宽平松散的脸盘”也是我第一次见到孙大雨的印象,孙大雨为人直率,绝不同虚伪和懦弱谋妥协,这使他时常陷入孤立的境地。沈从文说他常常在课堂上与大学生舌战,在大街上与人作战,少数理解他的朋友对他这种精力耗费的用途无一不感到忧虑,而这少数的朋友中就有徐志摩和梁宗岱。沈从文说,没有他们,孙大雨回国后的成就也许难以取得,甚至"也许早就绝望自杀了",我们难以知道这后一句话又隐藏了多少难堪的人生事实!

孙大雨这种充满入世应战的精神其实也在一步步使他从诗人、学者、教授的生活圈淡出,导引他走向人生的另一方也许本不该由他领略的峰巅。

1941 年底,孙大雨来到大后方的山城重庆,任教于中央政治学校外文系。次年,他又加入国民党,从某种意义上说,这是孙大雨人生的一个转折点:从书生到政治。客观地说,此时的孙大雨对国民党政府还是投了信任的一票,然而大后方的四年现实,以孙大雨的性格与处世原则,使他对国民党政府失去了信任. 他批评,他痛骂,表示对当局的憎恶,他拒绝陈立夫请他到教育部任职的邀请。

1945 年底,孙大雨回到上海,应聘为复旦大学外文系教授。次年,闻一多被暗杀激起他的愤怒,经罗隆基的介绍,他参加了中国民主同盟,后又参加了"大教联"(上海大学教授联谊会的简称),他走出了象牙塔,以实际的行动把政治的砝码移到了中共的一方,他曾代理大教联主席,在白色恐怖下民盟转入地下斗争,孙大雨领导的大专院校包括中学盟员继续活动直到上海解放。

1949 年,孙大雨欢呼胜利的到来,因为这里还有他的一份并不容忽视的功绩。他积极送独生女参军,一方面任教复旦,一方面成了社会活动家,各种委员、主任的头衔纷至沓来。

但政治的独木舟决不会是一片坦途。孙大雨在迎来他的人生峰巅时就已削就了下滑的万丈深渊。

1949 年 5 月 27 日,正在参加一个聚会的孙大雨等接到"大教联"开会的通知,他赶到会场,原来是原"大教联"成员李正文随部队回来了。久别重逢,他们想的是了解解放区的情况,不想穿着军装的李正文匆促地宣布改选"大教联"干事会,这使孙大雨等感到莫名和吃惊。结果,"大教联"中的民盟成员在干事会中全部落选。

孙大雨后来说落选事件对他打击很大。此后孙大雨就开始了近十年持续不断地向中央和上海各部门上告的征途。

孙大雨同样没有摆脱传统士人的心态,他也走上了上书直言的老路,就是那写给中央的惶惶的八万言书,当年孙大雨在上书时,罗隆基极力劝阻他,陈毅也不止一次出面调解劝说。然而,孙大雨一经起步,就不再回头,他性格中的执拗、倔强在此显露无遗。这不由得让人想起与他同一时代的胡风的三十万言书,聂绀弩后来有咏胡风的诗句:“无端狂笑无端哭,三十万言三十年”,读来让人无限感慨。胡风是用三十万言换来三十年苦难,而孙大雨是用八万言书换来二十八年的磨难,同样让人感喟万端。翻开一部中国历史,历朝历代上书者不绝如缕,但沿袭而下的大多都是血腥的结局。

也许孙大雨对十五年前解放区那场影响深远的整风不甚了了,也许他对解放以来针对知识分子的历次运动没有警觉,对“高价征求批评”(《文汇报》社长徐铸成语)感奋不已。1957 年 6 月 1 日,复旦党委邀请孙大雨参加整风座谈会,他说:“响应党的整风号召,我就是走在路上跌脚,摔死也要来的,”6 月 8 日,他的长篇发言刊登在《解放日报》上,接下来的几个月中,上海乃至国内各大报纸的批判文章铺天盖地而来。7 月 9 日,毛泽东在上海的一次讲话中点明批评孙大雨是“顽固不化”右派分子。此后孙大雨被内定为极右分子,他被撤销一切职务和资格,又被推上被告席,以诬陷罪判处六年徒刑。“文革”中,他又一次被投进监狱,且加上了一顶“反革命分子”的帽子。

孙大雨把自己的人生盛年压在了政治的天平上,在政治的滩头上历险,他惨痛地失败了。

六

从 1961 年第一次服刑“保外就医”回上海至“文革”前,数年间孙大雨无业在家,生活上除偶尔有市委统战部和民盟市委不定期补贴外,全靠妻子的退休金度日。

历经坎坷的孙大雨整日呆在斗室,忆及人生世相的一幕一幕,他又想到自己三十年代翻译莎剧的夙愿。是的，他的第一部莎译历经战乱，从 1935 年译竣到 1948 年出版相隔十余年，而此后，为了革命斗争，孙大雨没能再重操莎译宏业，建国后历次运动的冲击，政治生活的波浪，他也无暇顾及早年的夙愿。而今，面对早年自己购得的无数莎剧版本，孙大雨又将自己所有的时间和精力投入到莎剧绚烂缤纷的五彩世界之中。青灯之下，黄卷之中，孙大雨在重建自己的精神家园，他越过那段风雨如晦的岁月，回溯自己青年时代的理想和梦幻，诗人复活了，只不过带着如许的沉重。再度进入莎士比亚的迷幻世界，只不过外界条件让人难以想象，还有屈原、李白、乔叟、弥尔顿，他在一座座文化峰山之间穿梭、游移、淘洗、沉醉，架起一座座文化之桥。他陆续用诗体译出莎剧集注本五部：《罕秣莱德》、《奥赛罗》、《麦克白斯》、《暴风雨》、《冬日故事》。

孙大雨当年曾庆幸自己走出了象牙塔，而今重进象牙塔，他心头一定会有别样的滋味。

"文革"爆发了，孙大雨的精神驰骋也不得不中断，他又开始了更为惨酷的人生际遇。

第二次出狱后，看看空空的四壁，孙大雨几乎绝望，几十年来收藏的书籍包括字画、文物等被洗劫一空，万幸的是，家人冒着风险藏起来的几册莎剧原作还在。从此，孙大雨白天接受劳动改造，每当夜幕降临，就拉上厚厚的窗帘，沉浸在莎剧的艺术世界中。就这样又译出《萝密欧与琚丽晔》和《威尼斯商人》两部简注本。

从 1934 年起，前后半个多世纪，断断续续，孙大雨共译出八部莎剧。由于孙大雨对莎剧的诗剧或戏剧诗性质的把握，孙大雨认为将莎剧译成散文话剧有背原作风貌，虽然距理想还有距离，但自信要比较接近于莎氏原文风貌[22]。在众多的译剧中，除林同济和卞之琳受孙大雨的影响用音组构成的韵文翻译莎剧外，"其他的译本，所有梁译、朱译、顾(仲彝)译、曹(未风)译、曹(禺)译、方(平)译……都把莎剧译成散文(或实际上是散文，尽管形式上分行)的话剧……"[23]尽管关于莎译理论上还分歧和争鸣，孙大雨更近于原作风貌的莎译，应得到人们的高度重视与评价。

1967 年，台湾文星书局出版梁实秋翻译《莎士比亚全集》四十巨册。1978 年，人民文学出版社经过校订、补译，推出以朱生豪为主译的《莎士比亚全集》,梁实秋和朱生豪的全译分别成为海外和大陆较为人们熟知。1991 年始至今,孙大雨的八部莎译以各种版本和形式出版。今天,上海三联书店出版孙大雨译《莎士比亚戏剧八种》,其中六部集注,两部简注,有着很高的学术价值,既容纳了几百年来世界莎学研究的成果,也包含的孙大雨自己的很多创见,许多争论的问题在这里孙大雨都给出了自己的阐释,值得莎士比亚翻译和研究界高度关注。

1984 年夏,在胡耀邦等的亲自关注下,孙大雨错划的右派得以改正,此前他的"反革命分子"的帽子也被摘去,当年的判决也被撤销。孙大雨要求工作:"从哪里跌倒就要从哪里爬起来。"他用一句典型的孙大雨式语言表达了自己的心愿,然而复旦的大门对他却紧紧地关闭。从 1945 年来到复旦直至 1958 年因反右而被开除,十余年间孙大雨人生的峰与谷都与复旦血肉关联。撇开政治观点的分歧乃至个人之间的恩怨,复旦也该有海纳百川的襟怀,一部复旦校史,怎么也绕不开孙大雨在复旦的人生刻痕,而我们却在复旦出版的几种《教授录》中觅不到孙大雨的名字。

"文革"结束后,孙大雨已是古稀老人,他要抓住生命的尾巴,日夜耕耘不辍,还致力于英诗中译和中国古诗的英译。然而时间橐橐可闻的脚步已经步步近逼,到九十年代初,孙大雨已不能再伏案写作了。

1997 年 1 月 5 日,我接到孙大雨逝世的讣闻。送别那天,我从四平路上的同济大学再次穿越市中心,赶到龙华。寒意袭人,天还刮着大风,有点凄凉的告别仪式让人更添寒意:来告别的百十人大都是他的亲友和学生。孙大雨躺在鲜花丛中,安详的面容一如我几年前唯一一次见他那样显得若有所思。

我想,不论人们识与不识,那座文化的峰峦已清晰地刻上了孙大雨的名字。

注　释

①《晨报副刊》,1926 年 4 月 22 日。

② 同上,1926 年 5 月 13 日。

③ 同上,1926 年 4 月 10 日。

④《我与诗》,《新民晚报》,1989 年 2 月 21 日。

⑤《诗与建国》、《新诗杂话》,上海作家书屋,1947年。

⑥《诗刊·序语》。

⑦《论诗》,《诗刊》第2期。

⑧《大公报·文艺副刊》,第39期,1935年11月8日。

⑨《自己的写照》残篇是诗人1930年回国前在美国纽约市,科伦布(俄亥俄州)和回国后早期所写,仅是长诗的一个开端。诗作在《诗刊》连载时竟有九十多处排印之误,直到1990年长江文艺出版社出版周良沛编选的《中国新诗库·孙大雨卷》时作者才一一作了校订。

⑩《诗刊·前言》,1931年4月20日。

⑪《新月诗选·序》。

⑫《诗二十五首·序》,上海新时代出版公司,1936年4月。

⑬《未完工的纪念碑》,《创世纪》,第30期,1972年9月。

⑭《新月诗选·序》。

⑮《诗二十五首·序》。

⑯《论朱湘的诗》,《青年界》第五卷第2号,1934年2月。

⑰《叙言》,《诗刊》第3期,新月书店,1931年10月5日。

⑱《我与梁实秋》,《济南日报》,1992年12月5日。

⑲《我与梁实秋》。

⑳㉑《黎琊王·序言》。

㉒ 孙近仁、孙佳始,《说不尽的莎士比亚》,《群言》,1993年第4期。

㉓ 孙大雨,《莎士比亚的戏剧是话剧还是诗剧》,《华东师范大学学报》,第2期,1987年。

2012年5月1日,初稿,江湾五角场

2012年8月28日,修订,加州大学洛杉矶分校

2012年11月11日,定稿,上海戏剧学院健吾楼

目　录

黎琊王

Shakespeare

KING LEAR

本书根据 H. H. Furness 新集注本译出

谨　　向

杀日寇，斩汉奸和歼灭法西斯盗匪
的战士们致敬

孙大雨

再版前言

将近四十年前，一九四八年十一月，我在上海商务印书馆出版了我的第一部莎剧中译集注本《黎琊王》。原书分上、下两册：上册是剧本原文，下册是集注。现为与其他几部莎译体例统一起见，将原书下册的集注分别列在各幕之后。在人类有史以来旷古未有的浩劫、中华民族所遭到的所谓“无产阶级文化大革命”那绝灭我们文化的横祸之前约十年，我因错划“右派”而被判劳动改造；六一年十月我从苏北回到上海，在成年累月长期的酷虐中，从事我交流中西文化、宣扬屈、宋、李、杜等和以莎士比亚为首的英文诗歌中的瑰宝。莎译附以集注，除《黎琊王》外，我又完成了《罕秣莱德》、《奥赛罗》、《麦克白斯》和《暴风雨》及《冬日故事》，再加仅有简注的《萝密欧与琚丽晔》和《威尼斯商人》。这八部莎译，我希望在近年内，都能陆续成书问世，再加上几百首英文短诗的中译能以出版。至于我用英文写作的关于屈原的思想、人格的论述及其作品的英译，我希望能在国外发表，以冀广泛而亘久地在人间传播。

孙大雨

1988 年 7 月 14 日

序　言

《黎琊王》这本气冲斗牛的大悲剧，在莎士比亚几部不朽的创制中，是比较最不通俗的一部。它不大受一般人欢迎，一来因为它那磅礴的浩气，二来因为它那强烈的诗情，使平庸渺小的人格和贫弱的想象力承当不起而阵阵作痛。这两个原因其实是分拆不开的：作品的气势和情致本是同一件东西的两面——有了这样气势的情致，并且这情致必须有这样的气势，才可以震撼到我们性灵的最深处，否则决不会有如此惊人的造诣。虽不投时好，这篇戏剧诗在一班有资格品评的人看来，却无疑是莎氏的登峰造极之作。作者振奋着他卓越千古的人格和想象力去从事，在戏剧性、诗情、向上推移的精神力等各方面，都登临了个众山环拱，殊嶝合指的崇高的绝顶，惊极险极奇极，俯听则万壑风鸣，松涛如海涛，仰视则苍天只在咫尺间，触之可破。结果是在世界文艺力作里能跟它并称的，只有哀司基勒斯的《普洛米修斯》，兰斯城的圣母寺，但丁的《神曲》，米凯朗琪罗在西斯丁礼拜堂里的顶画，裴多汶的第九交响曲等有数几件与日月争辉的伟构而已。当然，若说炉火纯青它要让《暴风雨》，若求技术上的完美它不及《奥赛罗》，可是以伟大而言，就在这位诗之至尊至圣的全集中，也得推这部动天地泣鬼神的杰作为第一。

把这样一部作品译成中文分明是件极大的难事。严复的翻译金箴信、达、雅三点不用说不够做我们的南针，因为这篇悲剧诗的根本气质就像万马奔腾，非常不雅驯，何况那所谓雅本以鸡肋为典范，跟原作的风度绝对相刺谬。译莎作的勇敢工程近来虽不无人试验过，但恕我率直，尽是些不知道事情何等样艰苦繁重的轻率企图,成绩也就可想而知。对于时下流行的英文尚且一窍不通的人,也仗了一本英汉字书翻译过,弄得错误百出,荒唐满纸。也有人因为自知不通文字,贪省便,抄捷径,竟从日文译本里重译了一两篇过来,以为其中尽有莎氏的真面目——仿佛什么东西都得仰赖人家的渣滓似的。还有所谓专家者流,说是参考过一二种名注释本,自信坚而野心大,用了鸡零狗碎的就是较好的报章文字也不屑用的滥调,夹杂着并不太少的误译,将就补缀成书,源源问世;原作有气势富热情处,精微幽妙的境界,针锋相对的言辞,甚至诙谐与粗俗的所在,为了不大了解,自然照顾不到,风格则以简陋窘乏见长,韵文的型式据云缘于"演员并不咿呀吟诵,'无韵诗'亦读若散文一般",故一笔勾销。总之,抱着郑重的态度,想从情致、意境、风格、型式四方面都逼近原作的汉文莎译,像 Schlegel 和 Tieck 的德文译本那样的,我们还没有见过。

译者并不敢大言,说这本《黎琊王》汉译已与原作形神都酷肖,使能充分欣赏原作同时又懂得语体中文的人看了,如见同一件东西,分不出什么上下。译笔要跟如此杰作的原文比起来见到纤毫不爽,乃是个永远的理想,万难实现。英德文字那样密迩,十九世纪下半的名译在短短几十年内尚需经一再修改,而修改本也未必合乎理想;英华文字相差奇远,要成功一个尽善的译本,论情势显然是个更难发生的奇迹。但理想的明灯常悬在望,我们怎肯甘心把它舍去,甚至以步入阴影自豪:知难转向,或敷衍了事,为人不该如此,译文又岂可例外?我说译作,恐怕会引起疑问。然实际上一切精湛广大的诗篇译品,都应当是原作的再一度创造。否则中心的透视既失,只见支离破碎,面目且不能保存,慢说神态了。我这译本便是秉着这重创的精神,妄自希求贯彻的。至于重创,绝不是说就等于丢开了原作的杜撰。这里整篇剧诗的气势情致,果然得使它们占据译者下笔时的整个心情,如同己有;不过它们所由来的全诗、一幕、一景、一长段、一小节的意境,文字的风格意义,韵文的节奏音响——换句话说,登场人物的喜怒哀乐,他们彼此间互对的态度,语气的重轻和庄谐,句法上的长短与组织的顺序抑颠倒,联语及用字的联想与光暗,涵义的影射处和实解处,韵文行的尾断、中断、泛溢,音组的形成和音步对于它的影响,音步内容的殷虚,字音进展的疾徐、留连、断续，以及双声叠韵的应用：凡此种种也无一不须由译者提心吊胆，刻刻去留神，务求原作在译文中奕奕然一呼即出。这是理想，我们望着那方向走，能走近一分即是一分胜利，纵使脚下是荆棘塞途的困难。

译文虽距理想的实现还远得很，一半固是缘于无法制胜的文字上的阻碍，一半则许因译者的能力确有所不逮。为保全原作的气势神采起见，往往只好牺牲比较次要的小处的意义：遇见这般略欠忠实的情形时，大都在注子里有一点声明。为求畅晓及适合我国语言的习惯起见，句子每被改构、分裂或合并。然疲熟的格调则极力避免，腐辞陈套决不任令阑入。在生硬与油滑之间刈除了丛莽，辟出一条平坦的大道，那不是件简易的工作；此中不知经历过几多次反复的颠踬，惨痛的失败。对于风格的感觉，各人不尽相同：我个人的可以在译文里见到，旁人或者会觉得这组织太过生疏，那联语不甚新创：感觉没有一定的原则和标准可寻，唯麻木不仁乃为译文所力忌。但这一类经营还容易打点，假使不跟忠于原义重要处的严格条件扭结在一起。因为最令人手足失措的是处在原作这白浪泼天的大海中，四望不见岸，风涛无比的险恶，缆是断的，桨已折了，舵不够长，篷帆一片片地破烂，驾着幼稚贫瘠的语体文这只小舟前进。褴褛、枯窘、窳劣与虚浮，最是翻译莎作的致命伤；译者敢于庆幸不曾航入“明白清楚”的绝港，译完了这篇剧诗，比未译之前，使白话韵文多少总丰富了一些。大家都得承认，我们这语体文字，不拘是韵是散，目下正在极早的萌发时代，不该让它未老先衰，虽然也有人不等仲夏的茂盛到来，便遽求深秋的肃杀（说实话，他们所蕲求的并非凝练，而是沙碛上的不毛）——天时的更易，人事的推移，文字工具的成熟，据我们所知道，从没有一件是那么样违背自然律的。至于原文一字一语乃至一句的准确涵义，多谢 Schmidt 和 Furness 他们，译者不厌繁琐，需要查考的都查考过。譬如说，莎氏作品里同一个“nature”有六种大别的用意，其中两种极相近；译者挑选了针对本剧各处上下文的，分别在译文里应用。又如“patience”一字在莎作里有五种解释，这剧本所用到的却都不能译作“忍耐”。还有“Sir”这个称呼，各处有各处的用法，若一律译作“先生”，便成了极大的笑话。诸如此类，例子不胜列举。

可是这并非说绝无失察之处;译文错误,恐仍在所难免。

在体制上原作用散文处,译成散文,用韵文处,还它韵文。以散译韵,除非有特别的理由,当然不是个办法。“新诗”虽已产生了二十多年,一般的作品,从语音的排列(请注意,不是说字形的排列)方面说来,依旧幼稚得可怜:通常报章杂志上和诗集里所读到的,不是一堆堆的乱东西,便是实际同样乱、表面上却冒充整齐的骨牌阵。押了脚韵的乱东西或骨牌阵并不能变成韵文,而韵文也不一定非押脚韵不可。韵文的先决条件是音组,音组的形成则为音步的有秩序、有计划地进行:这话一定会激起一班爱好“自由”的人的公愤。“韵文”一语原来并不作押韵的文字解,此说也并非本人的自我作古,但恐怕另有一批传统的拥护者听了要惶惑。讲到音组,说来话长,我本预备写一篇导言详加申论,不料动了笔不能停止,结果得另出一部十余万字的专书。不错,“无韵诗”没有现成的典式可循;语体韵文只虚有其名,未曾建立那必要的音组:可是这现象不能作为以散译韵的理由。没有,可以叫它有;未曾建立,何妨从今天开始?译者最初试验语体文的音组是在十七年前,当时骨牌阵还没有起来。嗣后我自己的和译的诗,不论曾否发表,全部都讲音组,虽然除掉了莎译不算,韵文行的总数极有限。这试验很少人注意,有之只限于两三个朋友而已。在他们中间,起初也遭遇到怀疑和反对,但近来已渐次推行顺利,写的或译的分行作品一律应用着我的试验结果。理论上的根据在这篇小序内无法详叙;读者若发生兴趣,日后请看我的《论音组》一书。现在且从译文里举一段韵文出来,划分一下音步,以见音组是怎么一回事:

听啊,	造化,	亲爱	的女神,	请你听!
要是你	原想	叫这	东西	有子息,
请拨转	念头,	使她	永不能	生产;
毁坏她	孕育	的器官,	别让这	逆天
背理	的贱身	生一个	孩儿	增光彩!
如果她	务必要	蕃滋,	就赐她	个孩儿
要怨毒	作心肠,	等日后	对她	成一个
暴戾	乖张,	不近情	的心头	奇痛。
那孩儿	须在她	年轻	的额上	刻满

愁纹；	两颊上	使泪流	凿出	深槽；
将她	为母	的劬劳	与训诲	尽化成
人家	的嬉笑	与轻蔑；	然后	她方始
能感到，	有个	无恩义	的孩子，	怎样
比蛇牙	还锋利，	还恶毒！	……

原作三千多行，三分之二是用五音步素体韵文写的。译文便想在这韵文型式上也尽量把原作的真相表达出来，如果两国语言的殊异不作绝对的阻挠。

本书所据的底本是阜纳斯编纂的新集注本莎氏集卷五《黎琊王》(Horace Howard Furness: *A New Variorum Edition of Shakespeare*, *Vol. V*: *King Lear*, Lippincott, Philadelphia, 1880)。这部书归纳了十七世纪三种四开和四种对开本的异文，网罗了自十八世纪初叶以迄一八八〇年间四十四种名家校订本的注释，加以审慎的比较厘订，淘洗钩绳，既精微而又广博，实是近代版本里的魁首。阜纳斯所用本文以一六二三年之初版对开本为主要的根据，以四开本及其他对开本来正误补漏，偶尔也旁采各家的校订。在本文上，译者与阜氏意见歧异处或摭取别家的校订时，于本书注解里都有纪录，不过这样的情形不很多。新集注本以后的各校注本被参考，而注释经选入本书的，有 W. J. Craig 之 Arden 本(Methuen, London, 1931)及 W. L. Phelps 之 Yale 本(Yale University Press, New Haven, Conn., 1922)。学生用，注解很详细的，如 W. J. Rolfe 本，也曾给译者一些帮助。A. C. Bradley 所著《莎氏悲剧论》(*Shakespearean Tragedy*, Macmillan, London, 1922)论《黎琊王》篇的附注，我于译注完工后亦曾参考过，并且择要增入了译文注内。字书用 Alexandar Schmidt 之《莎氏用字全典》(*Shakespeare-Lexicon*: *A Complete Dictionary of All the English Words*, *Phrases and Constructions in the Works of the Poet*, 3rd. edition, revised and enlarged by Gregor Sarrazin, 2vols., Reimer, Berlin, 1902)和 C. T. Onions 之《莎氏字典》(*A Shakespeare Glossary*, 2nd. edition revised, Clarenden Press, Oxford, 1919)，两书中尤其前者应用得非常频繁。关于文法，E. A. Abbott 之《莎氏文法》(*A Shakespearean Grammar*, Macmillan,

London, 1888, etc.)为译者充当过向导,虽然这本书讲韵文规律的那部分写得非常坏。E. K. Chambers 的《莎士比亚研究》(*William Shakespeare: A Study of Facts and Problems*, 2 vols., Clarenden Press, Oxford, 1930)对我也很有用处,特别在写本书附录的时候。此外研究莎作所必备的书籍和研究英国文学的一般参考书,就不必一一列举了。

莎氏剧诗有两种读法:一是单纯的欣赏,想获致的是那一往情深的陶醉;一为致密的研讨,逐字逐句务欲求其甚解。这两种悬殊的读法非仅不相冲突,且正好相成相济。读者对于译本,若抱前一种态度,尽可光看本文,那里头我信绝没有丝毫学究气。正文里语句上角方括号里的数字标明着注子的条数,可以便利检查。读者若想借译本深探原作,若欲明晓各注家对于原文许多地方的不同见解,或若拟参照了原文检视一下译笔在某些地方为什么如此这般措辞,则请检查注解。新集注本所收的巨量诠释虽未通体录入,但重要的都已加以全译、节译或重述,而且另增了不少别处得来的材料——结果注子的总数将近千条。工作进行时,一边译正文,一边加注:现在注解这般头绪纷繁,可以使读者头痛,但当初对译者却帮他避免了许多的不准确:往往译完了一语一句,于加注时发觉尚有未妥,于是重起炉灶,或再来一番锤炼。注解范围可归为下列八项:一、各家对于剧情的解释和评论;二、他们对剧中人物性格的分析与研究;三、原作时代的文物、制度、风俗、政情等事之说明;四、对开与四开版本之差异,各家的取舍从违及比较优劣(即所谓 textual criticism);六、译者对各家评骘、诠释、校订之得失的意见;七、译文因种种关系与原意差异及增改处的声明及商榷;八、名伶扮演情形。至于原作的最初版本、写作年代和故事来源等三端,另有专记,俱见附录。

我最早蓄意译这篇豪强的大手笔远在十年前的春天。当时试译了第三幕第二景的九十多行,唯对于五音步素体韵文尚没有多大的把握,要成书问世也就绝未想到(如今所用的第三幕第二景当然不是那试笔)。七年前机会来到,竭尽了十四个月的辛勤,才得完成这一场心爱的苦功。不料一搁就是五年多,起先曾有过两度修改,后因人事的蹉跎,国族骤遭祸害,且又被一篇太长而须独立成书的导言所延误，所以本文的注解虽在年余前排版完毕，却一直没有让它去见世面。最近国际战争的烟燎愈烧愈广，眼看着此间即将不能居住，而且自忖也正该往后方去参与一篇正在搬演中的大史诗，于是于百忙中草就了本书的附录和这篇小序，作为十年来一场梦寐和无数次甘辛的结束。这本早应出版的译剧如今离我而去了，好比儿女告别了父母的檐梁，去自谋生路一般：我一方面祝祷它前途无量，莫深负原作的神奇，一方面也盼望知道自己所难知的缺陷，如果它有缺陷的话，以便再版时加以弥补。

孙大雨

三十年十月二十六日，上海。

* * *

三十年十月二十九日我离沪赴港，行前将尚未排印的序言与附录稿子交清。十二月二日出港飞渝，到渝后六日太平洋战事爆发。离港时因飞机限制行李重量，把《论音组》的已写好而未排的原稿和已校好的清样，以及几本重要的参考书，留在香港友人家里。不幸香港失陷时那原稿和清样被焚，而上海商务所存的全部清样也遭损失。所幸正文和注解已于我离沪前完全打好纸版，而纸版则并无损失。但因战事的关系，本书出版又延迟了六年。

多谢中华教育文化基金董事会，他们使编译此书能成为事实。感谢罗念生先生，他看过最初两幕，他的若干建议有好几点已被采用。感谢邓散木先生，他为本书封面题字。感谢商务印书馆出版课邹尚熊先生，他在上海沦陷时的困难环境中保存了正文与注解的全部纸版，和未及排印的序言与附录的原稿。感谢胡适之、任叔永先生，他们给我许多方便。最后多谢内子孙月波女士，她将全部原稿为我誊录过一遍。

雨　又识。

三十六年十二月十五日，上海。

黎琊王悲剧*

登 场 人 物

黎琊，不列颠国王
法兰西国王
浡庚岱公爵
康华公爵
亚尔白尼公爵
铿德伯爵
葛洛斯忒伯爵
蔼特加，葛洛斯忒之子
蔼特孟，葛洛斯忒之野生子
傻子
居任，廷臣
老人，葛洛斯忒之佃户
奥士伐，刚瑙烈之管家
医师
蔼特孟所雇之队长一人
考黛莲之近侍一人
传令官一人
康华之仆从数人

刚瑙烈 雷耿 考黛莲	黎琊之女

黎琊之随从武卫数人，军官数人，信使数人，军士多人，侍从数人。

剧景：不列颠

注　释

* Coleridge 论曰：莎氏诸剧中行动最快的当推《麦克白斯》(*Macbath*, 1605—1606)，最纡缓的要数《罕秣莱德》(*Hamlet*, 1600—1601)。《黎琊王》(*King Lear*, 1605—1606)则兼有长度与速率，——好比飓风，又好比旋涡，一壁在进展，一壁在吸引。它开场时像夏天一个风暴的日子，光芒耀眼，但那是苍白灰败的光芒，预示狂风骤雨的来临。Wilson 云：莎氏在《黎琊王》剧中兼施《罕秣莱德》与《奥赛罗》(*Othello*, 1604—1605)两剧的方法；那就是说，它是出性格剧，同时又是出命运剧。黎琊是个"作孽无几，遭孽太深的受屈者"。地狱，由他的两个女儿当替身，由那阵大风暴作象征，仿佛全副武装地升到地面上来，起初是摧毁他的傲慢，其次是搅乱他的神明，最后便捣碎他的心. 可是黎琊确实有过罪孽，所以这本戏不仅显示善良被罪恶所败覆，还表彰一个年老易怒的暴君，虽曾用过一大辈子既无节制又不称当的威权，但终竟能在耻辱和灾祸的教训之下，超升到莎氏作品中的最高的神境。

第　一　幕

第　一　景

［黎琊王宫中。］

［锽德，葛洛斯忒与蔼特孟上。

锽　　德　我以为国王对亚尔白尼要比对康华公爵更心爱些。

葛洛斯忒　我们总是这么样看法；不过在现今划分国土[①]这件事上，却瞧不出他更看重的是那一位公爵；因为两份土地的好坏[②]分配得那么均匀，所以即使最细心的端详也分辨不出彼此有什么厚薄。

锽　　德　这一位不是令郎[③]吗，伯爵？

葛洛斯忒　将他抚养成人是由我担负的，伯爵；我红着脸承认他的回数多了，也就脸皮老了。

锽　　德　我不明白你的意思。

葛洛斯忒　伯爵，这少年人的母亲可明白；因此上她就鼓起肚子，床上还不曾有丈夫，摇篮里倒先有了孩子了。你觉得是个过错吗？

锽　　德　我却不能愿意你没有那过错，你看这果子结的多么漂亮体面。

葛洛斯忒　不过我还有个嫡出的儿子，比这个要大上一岁光景，但并不比他更在我心上；虽然这小子不招自来，出世得有些莽撞，他母亲可长得真俏，造他出来的那时节真好玩儿，所以这小杂种[④]是少不了要承认的。——蔼特孟,你认识这位贵人吗?

蔼 特 孟　不认识,父亲。

葛洛斯忒　铿德伯爵。往后记住了他是我的高贵的朋友。

蔼 特 孟　愿替伯爵奔走。

铿 德　我准会心爱你,请让我多多地结识你一些。

蔼 特 孟　伯爵,我决不辜负您那番好意。

葛洛斯忒　他出门了九年,⑤如今又要走了。[幕后号角声起]
国王在来了。

[号角鸣奏。一人捧小王冠前导,黎琊王,康华,亚尔白尼,刚瑙烈,雷耿,考黛莲与众侍从上。

黎 琊　葛洛斯忒,去陪侍法兰西和浡庚岱的君主。

葛洛斯忒　遵命,王上。　[葛洛斯忒与蔼特孟同下。

黎 琊　同时我们要公布一个尚未经
宣明的计划。——给我那张地图。——
要知道我们把国土已分成了三份;
而且决意从衰老的残躯上卸除
一切焦劳和政务的纷烦,付与
力壮的年轻人,好让我们释去了
负担,从容爬进老死的境域。——
我们的儿婿康华,——还有你,我们
同样心爱的亚尔白尼儿婿,
这如今我们决意要公布女儿们
各别的妆奁,好永免将来的争执。
法兰西君王,浡庚岱公爵,争着
向我们小公主求情的敌手,在我们
宫廷上已留得有不少求凰的时候,
如今便得给他们一声回答。——
女儿们,说我听,如今我们既然要
解除政柄,捐弃国疆的宗主权,
消泯从政的烦忧,你们三人中
那一个对我最存亲爱?如果谁
爱亲的天性最合该消受⑥亲恩,

那么，我自会给与她最大的恩赐。
刚瑙烈⑦我们的长女，你先说。

刚　瑙　烈　父亲，我爱你不能用言语形容，
要胜过我爱目力与空间⑧与自由
胜过一切富丽和珍奇的有价品；
我爱你不差似爱一个温雅，健康，
美丽，和荣誉的生命；自来儿女
爱父亲至多不过如此，父亲
也从未见过更多的爱亲心；这爱啊，
只嫌语言太薄弱，言语不灵通；
我这爱没有边沿，漫无止境。⑨

考　黛　莲　［旁白］考黛莲有什么话说？只是爱，不说话。

黎　　　琊　这一方地土，从这条界线到那条，
里边有的是森林和肥沃的平原，
丰盛的⑩江河，辽阔的草坪，我们
赐与你，让你和亚尔白尼的后人
世代承继。我们的次女雷耿，
康华的妻子，你有什么话？

雷　　　耿　我和大姊赋得有相同的品性，
我自忖和她同样地堪当受赐。⑪
我抚心自问，但觉她正道出了
我欲言未道的衷忱；只是她尚有
未尽：我自承我仇视官能锐敏到
登峰造极时感到的那一切的欢愉，⑫
我认定唯有你为父的慈情真能
使我幸福。

考　黛　莲　［旁白］然后是贫乏的⑬考黛莲！
可是并不然；我确信我的爱，沉重⑭
要赛过嘴上的夸张。⑮

黎　　　琊　我们把三份国境中这整整的一份
付与你和你世代的子孙后世；
这地土的大小，价值，和给人的欢愉，

比我给刚瑙烈的那一份并不差池。——
现在轮到了我们的宝贝,虽然
最年轻也最娇小,[16]为要得到她
垂青,葡萄遍地的法兰西和盛产
牛乳的浡庚岱在互相争竞;我问你,
你有什么话说我听,好取得一份
比你姊姊们的更富饶的国境?你说。

考黛莲　我没有什么话说,父亲。

黎　娜　没有话说?

考黛莲　没有话说。

黎　娜　没有话说就没有东西。再说过。

考黛莲　不幸得很,可是我的心我不能
把它放在嘴上。我爱父亲
按着做女儿的本份不多也不少。[17]

黎　娜　怎么的,怎么的,考黛莲?改正你的话;
不然,你会弄坏你自己的运道。

考黛莲　你对我有生身,鞠育,和慈爱的亲恩,
好父亲;我自有当然的[18]责任相报答:
我对你该随顺,爱敬,十二分尊重。
两位姊姊都说她们只爱你,
为什么她们都有丈夫?也许
有一天我嫁了夫君,那夫君受了我
白首相终的信誓,也得取去我
一半的爱心,一半的关怀和本份。
我千万不能和她们一般,结了婚
还全然只爱[19]着父亲。

黎　娜　你可是真心说话?

考黛莲　　　　　　　　哎,好父亲。

黎　娜　这么样年轻,难道这么样不温柔?

考黛莲　这么样年轻,父亲,又这么样真心。

黎　娜　就是那么样;你就把真心作嫁奁。
我把太阳的圣光赫盖脱的魔法,

黑夜[20]和主宰人死生的星辰间的气运，[21]
起一个誓言：我从此对你打消
我一切为父的关怀，父女间的亲挚，
和血统的相连与合一，[22]我从此
永远将你当作一个陌路人看待。
雪席安蛮邦的野番，[23]那些个杀子
佐肴专为果自己口腹的狠心人，
他们在我这心头会和你，我这个
从前的女儿，同样地亲切，得到
相同的怜爱和温存。

铿　德　我的好主人，——

黎　琊　静着，铿德！
别来到怒龙面前拦住去路。[24]
我爱她最深，本想把所余的孤注
一掷[25]地全给她作为抚养的恩金。——
［对考黛莲］走开别在我面前！[26]——［自语］如今我对她
取消了做父亲的慈爱，但愿我能在
死后安心无悔！——去叫法兰西
君王。谁去？[27]去叫浡庚岱公爵。——
康华和亚尔白尼，你们到手了
我两个女儿的妆奁，如今再把那
第三份去平分。让傲慢，她自己却叫做
平淡无华，为她找一位夫君。[28]
我叫你们合享我原有的威权，
我原先那权位的出众超群，和跟着
君王的一切外表的光荣。我自己，
还留着百名须你们负担的武士，
一月一迁游，更替着和你们同住。
可是我们依然要保存着国王
这名号，和君主所有的表面的尊荣；
至于职掌大权，司国家的赋税，

和其余一切的[29]发号施政,爱婿们,
都听凭你们去措置;为取信我这话,
你们把这顶小王冠[30]取去分用。

铿 德 圣主黎琊,我素常将你当作
君王相尊崇,父亲一般地敬爱,
主子似的相从,祈祷时又当作
大恩人去想念,——

黎 琊 弓已经引满,
弦丝已经绷紧;快躲开这支箭。

铿 德 宁愿让它离弦,即使那箭锋
会刺透这心口!黎琊发了疯,铿德
就该当无礼。你要做什么,[31]老人?
你以为威权在谄媚面前低了头,
责任便跟着骇怕得噤口无声吗?
你丢了堂堂君主的尊严甘心
堕入愚顽,我自顾忠诚便不能
不直言不讳。[32]留下你大好的君权,[33]
去从长计较后,控制这骇人的鲁莽。
让我冒死主张[34]我这番判断,
你那个小女爱你得并不最轻微;
有些人,他们那不善逢迎的低声里
虽不露[35]内在的空虚,却并非真正
寡情无义。

黎 琊 铿德,凭你的性命,
不准再说!

铿 德 我只把自己的性命
当作和你的仇人们打赌[36]的注子,[37]
为你的安全,我不怕将它输掉。

黎 琊 去你的!

铿 德 看得清楚些,黎琊,让我
常为你作一方鉴戒的明镜。[38]

黎 琊 咄,我对太阳神亚波罗[39]起个誓——

铿　　德　咄,我也对太阳神亚波罗起誓,
国王,你空对你的天神们赌咒。

黎　　琊　噁,你这奴才!无耻的贱人!

亚尔白尼
康　　华　亲爱的父亲,不要这样。

铿　　德　宰掉我这个良医,去酬谢[40]那恶病。
快收回你那些恩赐,要是不然,
只要我喉舌间还能发一声叫喊,
我总会告诉你你铸成了大错,贻下
无穷的祸患。

黎　　琊　听我说,下流的东西!
我把君臣间的道义心责你静听!
你想叫我们毁坏我们从不敢
毁坏的誓约,你想凭你那匹夫
诞妄的骄横拦阻我们的权能,
不叫施行生效,——这样的情势,
不论是我们的性情或地位,都不堪
忍受,[41]——既然你冒渎了君威,如今
便得去接受那多事生非的酬报,
好叫我们也恢复威仪的旧观。[42]
我们给你五天期限,免了你
遭受琐屑的纠纷与窘迫,[43]第六天
你就得离开我们这厌弃你的国境。
如果在十天之后,你那个放逐到
国外去的正身依旧在境内找得,
顿时就将你处死。滚出去!我对
天皇巨璧德[44]起个誓言,这事情
决不收回成命。

铿　　德　拜辞了,王上:
既然你如此,定要我远离你左右;
我在此遭放逐,去国外便有了自由[45]——
[对考黛莲]小公主,你心地诚实,言语也大方,

我指望天神们护佑你安全无恙！——
［对刚瑙烈及雷耿］愿你们用行为去征信你们的浮夸，
使亲爱的言辞能有优良的显化。——
我铿德，公侯们，向你们说一声再见；
他将在新去的国中度他的老年。㊻　［下。

［号声大作。葛洛斯忒重入，同来者法兰西王，浡庚岱公爵，与众随从。

葛洛斯忒　大王，法兰西和浡庚岱君主们来了。
黎　　娜　浡庚岱大公爵，
你同这位国王已争求了许多时
我们的小女，如今我们先对你
开谈：至少你要多少现给作
陪嫁的妆奁，再少了你便会停止
你的追求？
浡庚岱　　最尊贵的大王陛下，
我企求的不会超过你自愿给的弘恩，
你也不会少给。
黎　　娜　　浡庚岱贵爵，
当先我们宝爱她那时节确然是
如此，但现今她已经贬低了价值。
你瞧，她站在那边。那短小的身肢里㊼
不论她有什么，或是那短小的身肢
全部，加上了我们的不欢，（此外
却并无什么妆奁作陪嫁），如果
这么样便能叫你称心如意，
那么，她就在那边，就归你所有。
浡庚岱　我不知怎么样㊽回答。
黎　　娜　　她有了那种种
缺陷，孤零得亲友全无，新遭
我们的痛恨，把我们的咒骂作妆奁，
我们又赌誓将她当作陌路人

相待,这么样你还要她不要?

浡庚岱 请恕我,大王;我不能在这样的情形下
定我的取舍。[49]

黎琊 那么,让她去吧;
因为我敢对赋予我生命的造化神
起誓,我已告诉你她全部的资财。——
[对法兰西王]对于你,大王,我不愿那么样辜负
你殷勤的厚意,将自己痛恨的来和你
相配;因此,请你把爱慕心掉离这
便是亲情也羞于承认的小贱人
身上,转移到更值你青眼的他方。

法兰西 这事情太过离奇,只不久以前
她是你眼中的珍宝,[50]称赞的主题,
你老年的慰藉,最好也最亲爱,
难道这么一瞬间竟许会闯下
骇人的大祸,褪掉你一层层的爱宠。
她那个过错定必是荒唐得真叫人
诧骇,要不然那先前你自承的钟爱
也不能完全不受谤毁;[51]可是
若要我信她闯下了那样的大祸,
只凭我理智的力量,没有奇迹
降临,那是万万地不能。

考黛莲 我求
父王陛下(假如为了[52]我没有
那油滑的本领,满口花言巧语,
内里却绝无一丝半缕的存心;
因为我有了善良的用意,总要在
宣说之前做到),我求你申明
我并无恶劣的污点,或其他的邪恶,[53]
并未有不贞的举动,失足伤名,[54]
致使你把对我的恩宠和钟爱
剥夺得不留分毫的余剩。我求你

申明[55]我所以失宠乃因[56]缺少了
(这缺少[57]反使我感觉到自己的富有)
一双[58]时时切盼着恩赐的眼睛,
一个没有它我反自欣幸的巧舌,
虽然没有它害我失掉了你的爱。[59]

黎　　琊　与其你不能得我的欢心,不如我
不曾生你好些。

法 兰 西　　　　　　　就只那么样吗?
只是生性稍慢些,不曾把心中
想做的事情[60]预先向你[61]申诉?——
浡庚岱公爵,你对小公主怎么说?
爱情要是混和了与主题[62]不生
关系的利害的权衡,[63]便不是爱情。
你要娶她吗?她本身便是份妆奁。

浡 庚 岱　圣君黎琊,你只须给她你自己
倡言要给的那妆奁,我自会接受
考黛莲作我们浡庚岱的公爵夫人。

黎　　琊　没有。我发了誓言;决不能翻改。

浡 庚 岱　真可惜你把父亲的爱心毁伤得
那么样不堪,甚至连丈夫也因而
丧失。[64]

考 黛 莲　　　浡庚岱,不用说话!既然
他的爱专在计较财富的有无,
我不能做他的妻子。

法 兰 西　最秀丽的考黛莲,贫穷但也最富有,
孤独无依,但最是无双地美妙,
被人所贱视,可是最受我珍爱,
如果取人家遗弃的可称合法,
我如今便取得你和你的那种种美德。
天神们,天神们!奇怪的是他们那么样
冷淡,我的爱却燃烧成融融的敬仰。——
国王,你这位没有妆奁的小女儿,

——我如今有幸——正好做我们自己，
臣民们，和锦绣山河的法兰西的王后。
任它水浸的浡庚岱[65]有多少位公侯，
也休想有我这珍奇无价的[66]闺秀
作夫人。——考黛莲，向他们说声再会去，
虽然你失掉这恩义断绝的无情界，
但也找得了一处更美满的好所在。[67]

黎　　琊　法兰西，你就有了她。就让她归了你；
我们不认有这样的女儿，从此
也不想再见她的脸。——你就这样走；
我们的恩宠，慈爱，和祝福你全没有。——
来，尊贵的浡庚岱。

［号声大作。人众尽退，只留法兰西，刚瑙烈，雷耿与考黛莲四人在场。

法 兰 西　向你两位姐姐作别。

考 黛 莲　你们这[68]两颗父亲心目中的珍宝，
考黛莲潮润着眼睛和你们分手。
你们的本性如何我全都明白；
只是为妹的不愿敞口言明
你们的过错。好好地爱着父亲。
我将他付托给你们所自承的敬爱；[69]
但是啊，如果我不曾失掉那恩宠，
我愿将他付托给较好的所在。
跟你们再会了。

雷　　耿　我们的本份不用你来吩咐。

刚 瑙 烈　你快去学习些抚慰夫君的妇道，
他肯收受你也算是命运舍慈悲。
对父亲的顺从你用得太过刻啬，
那么你不肯给人正合该人家
给你也照样地不肯。[70]

考 黛 莲　凭百褶千层的[71]奸诈隐藏得多么巧，
时间自会显露她本来的真面貌；

遮掩着罪恶的人们最后总难免
羞辱到来把他们嘲笑的那一天。[72]
祝你们亨通如意!

法 兰 西 来吧,我的明艳的考黛莲。

[法兰西与考黛莲同下。

刚 瑙 烈 妹子,关于可说是跟我们两人都有份的事情我还[73]有不少话说呢。我想今晚上父亲就要离开这儿了。[74]

雷 耿 那当然是,且是跟你们走;下个月就轮到我们。

刚 瑙 烈 你瞧,他岁数大了,多么变化不定;我们过去的观察只怕还不很到家[75]呢;他向来最爱妹妹,如今下的多么坏的判断丢掉了她,是不用说得也谁都知道的。

雷 耿 那是因为他年纪大了,人就懵懂了起来;可是他素来做事,总是连自己也莫名其妙的。

刚 瑙 烈 他最好最健全的年头[76]上也只是鲁莽罢了;那么,岁数一大,我们指望着要生受他的不光是习惯成了自然的[77]短处,还得吃他老来糊涂和刚愎任性的亏呢,那才不容易办。

雷 耿 就说赶掉铿德那一类的任性乱来,我们大概也得受领些吧。

刚 瑙 烈 法兰西还在跟他行作别的礼。我劝你让我们合在一起;要是父亲还揽着权任着他的老性子干下去,他刚才把君权交出来只会闹得跟我们过不去。

雷 耿 我们再想一下。

刚 瑙 烈 我们一定得有个办法[78],而且得赶快。[79]

第 二 景[80]

[葛洛斯忒伯爵堡邸中。]

[蔼特孟上场,手执信一封。

蔼 特 孟 你啊,天性,[81]你是我敬奉的女神;
我对你的大道尽忠乃是理所当然。

只因我比那长兄晚生了十二回，
十四回月色的盈亏，为什么我便该
生受那瘟人的[82]习俗摧残，让苛细
刻薄的[83]世人剥削我应有的权益？[84]
为什么是野种？凭什么叫做低微？
我这副身肢和人家一般地构造，
内心的高贵和外表的端方比得上
任何淑妇贞妻[85]的后代。为什么
他们总苦苦地将人污辱，说是
低微？微贱？野种？低微，低微？
我们才真是天性的骄子，[86]偷趁
父母间[87]元神蓬勃的须臾，取得了
浑厚的成分和锐不可当的质素；
我们比较他们，——在迟钝不灵，
平凡陈腐，和困顿厌倦的床褥间，
半醒和半睡中，产生的那一群蠢才，[88]——
他们怎能和我们相比？好吧，
合法的蔼特加，我定要得你的地土。
我们的父亲爱他的野种蔼特孟
和爱他的嫡子一样。好字眼，“嫡子”！
不错，嫡子，如果这封信成了功，
这计划进行得顺遂，低微的蔼特孟
准会占据那嫡子的上风。[89]我发扬
长大，顺利亨通；如今，天神们，
我求你们护佑我们野种！

［葛洛斯忒上。

葛洛斯忒 铿德便这么被他流放到国外？
法兰西又是含怒而别？再加上
国王自己今晚上要离开此地？
让掉了[90]大权，只靠一点儿支应？
这都是心血来潮时的[91]妄动轻举！——
蔼特孟，怎么了！有什么消息没有？

蔼 特 孟 禀告父亲,没有消息。

葛洛斯忒 为什么赶忙把那封信藏起来?

蔼 特 孟 我不晓得什么消息,父亲。

葛洛斯忒 你在看那张什么纸头?

蔼 特 孟 没有什么,父亲。

葛洛斯忒 没有。那么,用得到那样慌慌张张[92]塞在口袋里做什么?要没有什么便用不到这样藏起来。给我看来,要真的没有什么,我便不用戴眼镜了。

蔼 特 孟 求您宽容,父亲;这封信是哥哥写给我的,我还没有把它看完;可是我所看到的,我觉得给您看不合式。

葛洛斯忒 把信给我,你这家伙。

蔼 特 孟 不论我留着或是交出来都得开罪您老人家。可是怪不了我,[93]只怪这里边我所知道的那一部分的内容。

葛洛斯忒 等我们看吧,等我们看吧。

蔼 特 孟 为哥哥剖白罪名起见,我希望他写这封信只为要试探[94]我的德性怎么样。

葛洛斯忒 [读信]"我们做人一世,正当在大好年华的时节,这个敬惜老年的政策[95]便来把世界变成了苦涩无味的东西,我们好好的财富都给留难了起来,直等到我们也老了,不再能享乐,才算完事。我开始感觉到一个又柔弱又愚昧的[96]老人的专制势力在那里束缚我,压迫我;但那个势力所以能那样当权,并非为了它本身有什么力量,却只因我们尽它去横行。你来看我一下,我再和你细谈。要是父亲在我弄醒他之前一直睡着,你可以永远享得他收入的一半,而且永远是你哥哥的爱弟。蔼特加。"哼!是阴谋?——"在我弄醒他之前一直睡着,你可以享得他收入的一半!"——我的儿子蔼特加!他居然有写得出这话的手?想得出这话的心肠?[97]——这是什么时候到你手里来的?是谁带给你的?

蔼 特 孟 不是带给我的,父亲;刁就刁在这里;是扔在我房里窗槅前面给我捡到的。

葛洛斯忒　你知道这是你哥哥的笔迹吗？

蔼特孟　写的要是好话，父亲，我敢发誓那是他的笔迹，可是如今这样子，我但愿不是他的。

葛洛斯忒　是他的。

蔼特孟　是他的笔迹，父亲；不过我希望这话里没有他的真心。

葛洛斯忒　关于这件事，他可从来不曾探问过你吗？

蔼特孟　不曾有过，父亲；但我常听他主张，儿子在成年以后，父亲已衰老了，那时候，最合式的办法是父亲让儿子去保护他，儿子经管着父亲的收入。

葛洛斯忒　啊，坏蛋，坏蛋！他信里就是这个主张！骇人听闻的坏蛋！这逆伦的该死的坏蛋，和禽兽没有分别！比禽兽还坏！——去，小子，[98]找他去；我要把他逮起来；这可恶透顶的坏蛋！他在那儿？

蔼特孟　我不很知道，父亲。要是父亲按捺一下子，等到从他身上得到了可靠些的凭证，知道他真意怎样，然后才对他发怒，那样才是一条实在的正路；可是您若先就对他暴躁了起来，误会了他的用意，便会把您自己的尊严弄得扫地，[99]而且把他的顺从心也打破了。我敢将自己的生命作抵，他写这封信只为试探我对大人的敬爱如何，此外却没有危害的用意。[100]

葛洛斯忒　你以为这样吗？

蔼特孟　要是大人觉得合式，在听得见我们谈论这事的地方我把您藏了起来，那时候您亲自耳闻了证据，便可以完全知道；这事不用耽搁时间，就在今晚上可以做到。

葛洛斯忒　他不会是这样一个怪物似的——

蔼特孟　当然不会。

葛洛斯忒　对待他的父亲；我爱他得那么温存；那么全心全力地爱他。我对天地赌咒！[101]蔼特孟，找他出来；我要你去替我弄清楚他的底细；[102]你自己去见机行事好了。为解决这个疑难，我宁愿把地位财产全都不要。[103]

蔼特孟 我就去寻他，父亲，随机应变地去办事，再来让您知道。

葛洛斯忒 近来这些日食月食[104]不是好兆；虽然格致学上可以如此这般地解释，可是到头来我们大家还是遭了它们的殃；爱情冷了，友谊中断了，兄弟间失了和睦：城里有兵变；乡下有扰乱；宫中有叛逆；而父子间的关系破裂掉。我的这个坏蛋就中了这兆头；这是儿子跟父亲过不去：国王违反了他本性的慈爱；那是父亲对孩子不好。最好的日子我们见过了；如今是阴谋，虚伪，叛逆和一切有破坏性的骚扰很不安静地送我们去世。[105]把这个坏蛋找出来，蔼特孟；那不会叫你吃亏的；跟我小心着去干吧。还有那性情高贵心地真实的铿德给流放了出去！他的罪过只是诚实！真奇怪。

蔼特孟 这世界真叫做活该上当，[106]我们要是遇到了运气不好，——那往往是我们自己的行为不检点，[107]——我们便会把晦气往太阳，月亮，和星子身上一推；仿佛我们是命里注定了的坏蛋，天意叫我们做傻瓜，交了做恶人，偷儿，和反贼的星宿，星命气数间逃不掉要成醉鬼，要撒谎，要奸淫；所有一切只要我们有不好的地方，都怪天命。人那个王八羔子真会推掉责任，不说自己性子淫，倒去责备一颗星！我母亲同父亲在龙星尾巴下结了我的胎，我的生日又归算在大熊星底下；因此我便得又粗鲁，又淫荡。呸，即使天上最贞洁不过的星子照在我给他们私生的时辰上，我还是跟我现在一个样。蔼特加——

［蔼特加上。

他来得正好，活像旧式喜剧里快要收场时那紧张的情节[108]一样。我出场扮演的模样[109]是愁眉苦脸，[110]还得像疯叫花汤姆[111]似的长吁短叹着。唉，这些日食月食便是这些东崩西裂的预兆！fa，sol，la，mi.[112]

蔼特加 怎么了，蔼特孟兄弟！你这么一本正经在冥想些什么？

蔼特孟 我正想起了前儿念到的一个预言，说是这些日食月食就主有什么事情要跟着来。

蔼特加 你可是在这件事上用功夫吗？

蔼特孟 让我告诉你，他预言的那些结局不幸都应验了；比如说，[113]亲子[114]间反常的变故；死亡，饥荒，旧交的中断；国家的分裂，对国王贵族们的威吓和毁谤，用不到的猜疑，亲人[115]被流放，军队[116]给解散，婚姻被破坏，和诸如此类的事变。

蔼特加 你变成一个占星的术士有多久了？

蔼特孟 得了，得了，[117]你最近看见父亲是什么时候？

蔼特加 昨天晚上。

蔼特孟 跟他说了话没有？

蔼特加 说的，连说了有两个钟点。

蔼特孟 是好好分手的吗？他说话里头和脸上不见有什么不高兴吗？

蔼特加 一点也没有。

蔼特孟 你想一下有什么事许是得罪了他，我劝你暂且别到他跟前去，过些时候等他的气渐渐平了下去再说，眼前他真是一团火，就是害了你的性命也不能叫他息怒。[118]

蔼特加 有坏蛋捉狭了我。

蔼特孟 我也怕是这样。我劝你耐着点性子，等他把恼怒放平静些再理会，并且依我说，你还是到我那里躲一下好，机会巧我可以到那边领你去听到父亲亲自说的话。我劝你就去；钥匙在这儿。你要是出去，还得带着武器。

蔼特加 带着武器，兄弟？

蔼特孟 哥哥，我劝你都是为你好；你得带着武器；要是他对你有什么好意，我就不是老实人。我把见到听到的告诉了你；可是只约略告诉了你一点，实在的情景可怕到怎样还没有说呢；我劝你就走。

蔼特加　我能马上听你的信息吗？

蔼特孟　这个我会替你办。——　　[蔼特加下。

一个轻易听信人言的父亲，
加上了一个心地高贵的哥哥。
他天性绝不会伤人，因此他对人
也毫无疑忌；他那么愚蠢的诚实
正好让我使权谋[119]去从容摆布。
我知道怎样办了。我生来既没有
地土，就让我施展些智谋，用些计；
只要调度得合式，什么都可以。[120]

第　三　景

[亚尔白尼公爵府邸中。]

[刚瑙烈与管家奥士伐上。

刚瑙烈　我父亲动武打我的家臣，可是为说了一下他是傻子吗？

奥士伐[121]　正是的，夫人。

刚瑙烈　不论在白天在夜晚，[122]他总欺侮我；
每一点钟里不是闯下这样，
便得闯下那样一场大祸，
真把我们搅扰得颠倒了乾坤。[123]
这样我可不能再忍受。他那班
侍从的武士荒淫暴乱，[124]他自己
为一点小事便破口将我们叱责。
他打猎回来时我不愿同他说话；
只说我病了。假若你不如以前
那么样恭敬从命，倒是很好；
那不恭的过错自有我来担负。

奥士伐　他在来了，夫人；我听得见他。　　[幕后号角声起。]

刚瑙烈　你同你的伙伴们尽自去装出
厌倦的要理不理的神情[125]对他；

我故意要把这件事跟他较量。[126]
要是那么样不合他那副脾胃，[127]
让他去到妹子那边，她和我，
我知道，对于那一层却同心合意，
不能[128]让他作主。[129]痴愚的老人，
他还想掌握他已经给掉的权威！
我将性命来打赌，年老的傻瓜
乃是童稚的再始，遇到了他们
不受抬举时，便当用责骂去对付。[130]
你得记住我的话。

奥 士 伐　　正是，夫人。

刚 瑙 烈　给他的武士们更多看些你们的冷淡；
结果怎么样，不要紧；去知照管事们。
我愿在[131]这里边孵化出一些个机会，
我要那么做，然后我才好说话。
我马上写信给妹子，叫她和我走
同一条道路。去预备开饭去吧。　［同下。

第 四 景

［亚尔白尼公爵府内的大厅。］
［铿德乔装上。

铿　　德　只要我换上一副异样的口齿，
掩住了[132]本来的言辞，我这片挚忱
便能功圆事竟地完成那个
我这般乔装所要成就的事功。
被放逐的铿德，如今你在论罪后
既然还能这么样为他效忠，
此后你那位爱戴的主上有的是
要你为他披肝沥胆时。[133]
［幕后号角声起。黎琊[134]与卫士及随从同上。

黎　　琊　别让我等一忽儿的饭：去，就去端整着来。［侍从一

人退。]喂！你是什么？

铿　　德　我是一个人，大人。

黎　　琊　你是干什么[135]的？找我们有什么事？

铿　　德　我敢说[136]我实质上不差似外表，能忠心侍候一个要我担干纪的人；爱诚实的君子，好跟聪明和少说话的人来往；怕世界末日的大审判；[137]到了非打架不成时也能动武；并且不吃鱼。[138]

黎　　琊　你是什么人？

铿　　德　一个心地诚实透了的人，和国王一般可怜。

黎　　琊　假使你在小百姓里头跟黎琊在国王里头一样地可怜，也就够可怜的了。你要做什么？

铿　　德　要侍候人。

黎　　琊　你要侍候谁？

铿　　德　您。

黎　　琊　你认识我吗，人儿？

铿　　德　不，大人；但是您脸上那神色，我见了不由得不叫您主子。

黎　　琊　那是什么神色？

铿　　德　威仪。

黎　　琊　你能做什么事？

铿　　德　我能守得住正经的秘密，骑得马，跑得路，把一个文雅细致的[139]故事能一说就坏，送一个明白的口信送得干脆：普通人能做的事情我都来得，我的好处是勤谨。

黎　　琊　你有多大年纪？

铿　　德　不瞒您说，大人，若说年轻，还不会为一个婆娘会唱歌儿，便看中她；若说年纪大吧，还说不上老来糊涂，不管女人三七二十一，见了就着迷；我这背上驮得有春秋四十八。

黎　　琊　你跟着我，侍候我就是：等我吃了饭还觉得你不错的话，就算留定了你。——开饭，喂，开饭！那小子上哪儿去了？我那傻子呢？——你去，去叫他来。——

［一侍从下。

［奥士伐上。

呸，呸，奴才，我女儿在哪儿？

奥 士 伐　对不起，——

黎　　琊　那东西说什么？把那蠢才叫回来。——［一卫士下。］我那傻子呢，喂？大概这世界全都睡了觉。——［卫士返。］怎么样！那狗子生的野杂种上哪儿去了？

卫　　士　他说，禀王上，他说公主身体不舒服。

黎　　琊　那奴才我叫了他怎么不回来？

卫　　士　禀王上，他回话说得很干脆，他说他不回来。

黎　　琊　他不回来！

卫　　士　大人，不知是怎么回事；但是小的觉得他们款待王上近来比不上往常那么敬爱有礼了；公爵和公主连同他们那班下人都显得怠慢多了。

黎　　琊　哼！你这么说吗？

卫　　士　要是小的说错了，求王上宽恩恕罪；小的责任在身，觉得王上受了委曲，不能不说。

黎　　琊　你只提醒了我自己的猜疑。我近来觉得受了一点点[140]疏忽；我总怪自己太多疑，太细心，不以为他们有意怠慢我。我得看一下究竟怎么样。可是我那傻子呢？我这两天就没有瞧见他。

卫　　士　王上，自从小公主上法国去后，傻子伤心得怎么似的。[141]

黎　　琊　不准再提了，我很知道。——你去告诉我女儿，我要跟她谈话。［一侍从下。

你去叫我的傻子来。［又一侍从下。

［奥士伐重上。

嗄，你来了，你，跑过来，大爷。你说吧，我是谁？

奥 士 伐　公爵夫人的父亲。

黎　　琊　"公爵夫人的父亲"！好一个主子的奴才。你这婊子养的狗！你这贱奴才，狗畜生！

奥士伐　对不起，大人，我不是这些。

黎　琊　坏蛋，你敢对我瞋眼？

奥士伐　大人，我不能让人随便打。

铿　德　踢脚球[142]的贱货，你也不要绊倒吧。

［将奥士伐绊倒地下。

黎　琊　多谢你，人儿，你侍候我，我自会喜欢你。

铿　德　得了吧，起来，滚出去！让我教会你学学什么叫做尊卑上下：滚出去，滚开！你再要摔个觔斗就待着；滚蛋！滚你的；你有灵性没有？[143]得。

［将奥士伐推出。］

黎　琊　好仆人，谢你：先给你一点侍候我的定金。

［给钱与铿德。］

［傻子[144]上。

傻　子　让我也雇了他。——我给你这顶鸡冠帽。[145]

［授帽与铿德。］

黎　琊　怎么样，我的好小子！你好不好？

傻　子　小子，你最好接了我这顶鸡冠帽。

铿　德[146]　为什么，傻子？

傻　子　为什么？为的是你跑到倒霉的这一边来。哼，若是你不会顺风转舵保管不久就倒遭殃。[147]拿去，接下我这顶鸡冠帽；哎，这老人赶走了[148]两个大女儿，又倒反心不由己的祝福了一个小女儿；你若要跟他，非得戴上我这顶鸡冠帽不成。——你怎么样，老伯伯？[149]我但愿有两顶鸡冠帽和两个女儿。

黎　琊　为什么，小子？

傻　子　假使我把财产都给了她们，自己还得留着帽子戴。现在我的给了你吧：你再向你两个女儿要一顶。

黎　琊　混小子，胡说八道，小心鞭子。

傻　子　真话是条公狗，它得耽在狗窠里；我们得使鞭子把它赶出屋外去，但不妨容假话那条母狗[150]在里边，让它在火炉前面烤烤火，发点儿臭味。

黎　琊　这话苦得懊恼死人！

傻　子　[对铿德]小子，我教你一篇话来。

黎　琊　你说吧。

傻　子　听着，伯伯：

有得多咧[151]显得少
懂得多咧说得少，
多多有着出借少，
多多骑马走路少，
学得多咧信得少，[152]
赢得多咧下得少
不喝酒咧也不嫖，
关上大门多睡觉；[153]
老是这样我敢保，
没有错儿呱呱叫。[154]

铿　德[155]　你这一车的话没有说出什么来，傻子。

傻　子　那么，便好比一个义务律师替你辩护一样，因为你没有给我什么。——伯伯，"没有什么"可没有什么用处吗？

黎　琊　不错，小子；"没有什么"里弄不出什么花样来。

傻　子　[对铿德]劳你驾告诉他，他偌大一块国土的钱粮就这么样了；你跟他说吧，[156]他不会听信一个傻子说的话。

黎　琊　好一个苦愤的傻子！

傻　子　你知道吗，小子，苦傻子和甜傻子的分别在哪儿？

黎　琊　不知道，小子，告诉我。

傻　子　有个人啊[157]劝过你
　　送掉那一片好江山，
那个人啊你代他
　　在我这身边站一站：
就此甜傻子和苦傻子
　　顷刻之间很分明；
这个穿着花花衣，

那个在那边不做声。[158]

黎　　琊　小子，你叫我傻子吗？

傻　　子　你把一切别的称呼全给掉了；傻子那名称你生来就有，可给不掉。

铿　　德　大人，这傻子并不完全傻。

傻　　子　说老实话，那班大人老爷们不让我独享盛名；若是我去要得了专利权出来，[159]他们便都要分我一杯羹；还有那班贵妇夫人们，她们也不让我独当傻子，总你抢我夺地分些去。老伯伯，你给我一个鸡子儿，我给还你两顶冠冕。

黎　　琊　是怎样的两顶冠冕？

傻　　子　哎，我把鸡子儿打中间切开，把里边吃了个精光，便还你两顶蛋壳的冠冕。你把你的王冠分作两半都送给了人，便好比骑驴怕污泥弄脏了驴蹄，把驴子驮在背上走；你把黄金的头盖送人的时候，你那透顶的头盖里准是连一点儿灵性都没有了。要是我这样直说便该捱鞭子的话，那个觉得我说话有理的人便该先来捱一顿。[160]

这年头傻子最不受欢迎，[161]
　　因为乖人都成了大傻瓜；
他们的行径有些像猢狲，
　　空有了聪明不知怎样耍。

黎　　琊　混小子，你从什么时候唱起的这接二连三的歌？

傻　　子　老伯伯，你叫公主们做了王太后我才这样的；你把棍子交给了她们，自己褪下了裤子预备捱打，那时节啊，

她们快乐得眼泪双流，
　　我可伤心得把歌儿唱起，
　　这样的国王太过儿戏，[162]
挤到傻子堆里作班头。[163]

伯伯，我央你请一位老师教你的傻子撒谎。我喜欢学一学撒谎。

黎　　琊　你若撒谎,混小子,给你吃鞭子。

傻　　子　我真诧异你和两位公主是怎么样的一家子;我待说了真话她们要鞭打,待说了假话你又要鞭打,有时不说话也得捱一顿鞭子。我想当什么东西都要比当傻子强些;虽说那样,伯伯,我可不愿做你老人家;你把你的机灵的两头都削掉了,不曾留得有一点中间的剩余。你瞧,你削掉的两头里边有一头来了。

[刚瑙烈上。

黎　　琊　怎么的,女儿?做什么像是缠了条束额巾子似的,眉头蹙得那么紧?我觉得你近来皱眉蹙额的时候太多了。

傻　　子　原先你不用顾虑到她皱眉不皱眉,那时候好不自在;可是如今你是个主字少了个王;[164]现在连我都比你强些,我是个傻子,你是个没有什么,——[对刚瑙烈]是,真是的,我不说话了;虽然您没有说什么,您的脸色可叫我别做声。吪,吪;

今儿[165]不留些面包的屑和皮,
全讨厌,赶明儿准要闹肚饥。

那是一荚空豆荚。　　[指黎琊。]

刚 瑙 烈　父亲,非但你这个言动不羁
有特许的傻子,即便是其他你那班
傲慢的侍从们,也总在时时叫骂,
刻刻地吹毛求疵,闹出些叫人
容忍不住的喧嚣扰攘。我本想,
父亲,全告你知道了能得一个
必然的矫正;但近来你自身的言谈
举止,倒使我生怕你庇护着那些
行径,这准许和纵容,更加紧他们
那不存惧惮的骚扰;若真是这样,
那过错便难逃责难,矫正也就
不再会延迟,这匡救虽然通常时

对你是冒犯,对我也难免贻羞,
但为了顾念国家的福利和安全,[166]
如今便不愧叫作贤明的举措。

傻　　子　因为你知道,老伯伯,
　　篱雀儿把布谷喂养得那么久,
　　小布谷大了便得咬掉它的头。
蜡烛熄掉了,我们在黑暗里边。

黎　　琊　你是我们的女儿不是?

刚 瑙 烈　别那样,父亲,
我愿你运用你富有的那贤明的智慧,
愿你放弃近日来那使你改换
本来面目的行为。

傻　　子　一辆马车拉着一匹马时一个笨蛋他知不知道?[167]啊呀,姣,我爱你![168]

黎　　琊　这儿有人认识我没有?这不是
黎琊。黎琊是这样走路的吗?
这样说话的吗?他眼睛在哪里?
若不是他的心已经衰颓,他智能
已变成鲁钝——哈,醒着吗?不能!
谁能告诉我我是谁?[169]

傻　　子　黎琊的影儿。

黎　　琊　我要知道[170]我是谁;因为假如我要凭我的君权,知识,和理智的标记作征信,我便会误认我自己不是本人。我曾经有过女儿来的。

傻　　子　她们要把那影儿[171]变成个孝顺的父亲。

黎　　琊　你芳名叫什么,贵夫人?

刚 瑙 烈　你这番惊愕,父亲,正和你其他
新开的玩笑一样。我请你要了解
我意向的所在,如今既然你已是
年高而可敬,你也就该当明达。
这里你带着一百名武士与随从;
那样紊乱,放荡,与莽撞的手下人,

我们这宫廷沾染了他们的习气，
便化成下流的客店一般，口腹
和淫欲放纵得不像一个尊严
优雅的[172]宫廷，却浑如酒肆或娼寮。
这耻辱本身要我们立时去改善。
因此请允从我削减从人的愿望，
莫待到后来由我去动手裁减；
至于那编余的人数，依旧作随从，[173]
也还得适合你如许的年龄，知道你
也知道他们自己。

黎　　琊　　黑暗和魔鬼！——
快套马！召集我的随从侍卫！——
下流的野种！我不再在这里打扰。
我还有一个女儿在。

刚 瑙 烈　你自己打我的仆从，你那群漫无
纪律的暴徒役使着他们的上级。

［亚尔白尼上。

黎　　琊　可痛我后悔太迟了。——啊，你来了？
这可是你的主意？你说，你说。——
快备好鞍马。——忘恩负义，你这个
顽石[174]作心肠的魅鬼，在子女身上
显现，要比显现在海怪[175]身上
更可怕！

亚尔白尼　父亲，请你耐一点心儿。

黎　　琊　［对刚瑙烈］该杀的恶霸！[176]你撒谎欺人！
我的从人们尽是些上士和奇才，
详知自身的职务，又都万分
谨慎地护持着他们的令誉。——啊，
一点点轻微的小疵，[177]但你[178]在考黛莲
一片完美中便显得何等丑恶！
你[179]好比一具刑讯架，[180]把我的亲情
扭脱了它原来的关节；打从我心里

全盘把慈爱提出来,同苦胆搀和。
啊黎琊,黎琊,黎琊!你得要
痛打让愚顽进入,让可贵的判断
出来的这重门!——去来,去来,我的人。

亚尔白尼　父王,我没有过错,我不知什么事
使你这样恼怒。

黎　　琊　　　　　　也许是,公爵。——
听啊,造化,[181]亲爱的女神,请你听!
要是你原想叫这东西有子息,
请拨转念头,使她永不能生产;
毁坏她孕育的器官,别让这逆天
背理的[182]贱身生一个婴孩增光彩!
如果她务必要蕃滋,就赐她个孩儿
要怨毒作心肠,等日后对她成一个
暴戾乖张,不近情的[183]心头奇痛。
那孩儿须在她年轻的额上刻满
愁纹;两颊上使泪流凿出深槽;
将她为母的劬劳与训诲[184]尽化成
人家的嬉笑与轻蔑;然后她方始
能感到,有个无恩义的孩子,怎样
比蛇牙还锋利,还恶毒!——都走,都走!

亚尔白尼　呀,天神在上,[185]是为了什么?

刚 瑙 烈　切莫去自找烦恼,想明白原由;
由他人老懵懂,去任情怪诞吧。

[黎琊重上。

黎　　琊　什么,一下子就是五十名随从?
还不到十四天?[186]

亚尔白尼　　　　　　怎么一回事,父王?

黎　　琊　回头我告你。——[对刚瑙烈]凭我的生和死!
我惭愧,你能使我这七尺的昂藏
震撼得这么不堪;我惭愧我自己,
值得为了你乱下这涔涔的热泪。

天雷打死你天火烧成灰![187]被亲爹
咒成的那无法医疗的创伤,穿透你
每一个官能!昏愚的老眼,你再要
为这事滴泪,我准会将你挖出来,
连同你淌掉的泪水扔入尘埃。[188]
呃!竟会到这样地步?[189]好吧。
我还有一个女儿在,我信他为人
温良体贴。她听了你这样对我,
便会用指爪撕去你这张狼脸。
你以为我已经永远卸去,但你会,
保你会[190]见我恢复,旧时的形象。

[黎琊,铿德,及从人齐下,

刚　瑙　烈　你看见吗,夫君?[191]

亚尔白尼　我不能为了我们的恩情很深厚,
刚瑙烈,便偏袒——

刚　瑙　烈　请你放心。——在那儿,奥士伐,喂!——
[对傻子]你这大爷,[192]不像个傻子,却真是
学成和主子一丝不差的贱奴才。

傻　　子　黎琊伯伯,黎琊伯伯,等一下;带了你的傻子走。——

这帽儿能换到绞索子,——
那我若逮到了狐狸,
和这样的一个女孩儿,
我准把她们全绞死。
傻子便这样的跟主子。

刚　瑙　烈　这人计算多好!一百名武士!
给他留一百名剑利乃明[193]的侍卫,
好一个足智多谋的策略!不错,
只要有一个梦幻,一点点流长
和飞短,一阵子空想,一回的诉苦
或嫌厌,他便会指使他们那暴力
护卫他自身的昏懵,甚至威胁

我们生命的安全。——奥士伐，在哪儿！

亚尔白尼　不过你也许过虑得太远了吧。

刚　瑙　烈　总要比过分的信任妥当。让我
永远把叫我担惊的祸事去掉，
别使我常怕受那些祸事的灾害。[194]
他的心我知道。他说的我已写信
给妹子知道；我也已表示维持他
和他那一百名武卫的不妥，她如果
还是要，——

［奥士伐重上。

怎么，奥士伐！你写了给我
妹子的那封信没有？

奥　士　伐　哎，夫人。

刚　瑙　烈　你带上几个同伴，上马就去；
多多告诉她我私下的[195]惧怕，再添些
你能想得的理由，好叫我的话
分外圆到。去吧，赶早回来。　——［奥士伐下。
不行，不行，夫君，我虽然不责你
你那行径的懦弱无能，[196]可是，
恕我说，只怪[197]你没有智谋深算，
却不得称赞你那遗害种祸的温柔。

亚尔白尼　你眼光射得多么远我可不知道；
但一心想改善，我们把好事常弄糟。

刚　瑙　烈　不，那么——

亚尔白尼　算了，算了，且看后事吧。[198]

第　五　景

［亚尔白尼公爵府前之庭院。］

［黎琊，铿德，与傻子上。

黎　　琊　你先带着这封信往葛洛斯忒[199]去。她看过信有话问你你才回答，不要把你知道的事情都告诉她。若是

你差事赶办得不快,我会比你先到那边。

铿　　德　主上,我把信送到了才睡觉。　　　　　　　　　　[下。

傻　　子　一个人脑子生在脚跟里,它有没有生冻疮的危险?[200]

黎　　琊　有的,小子。

傻　　子　那么,我劝你,快乐些吧,你的脑子[201]准不会蹋着鞋跟走路[202]的。

黎　　琊　哈,哈,哈!

傻　　子　瞧着吧,你那个女儿跟这个一样会待你得很亲爱的;[203]因为虽然她跟这一个相像得好比山楂子像苹果,[204]可是我能说给你听我能说的话。

黎　　琊　你能说什么,小子?

傻　　子　她跟这个是一样的味儿,好比一只山楂像另一只山楂似的。人的鼻子生在脸盘正中,你可说得出是为什么?

黎　　琊　说不上来。

傻　　子　哎,为的是要把两只眼睛分在鼻子两边;那么,一个人遇到了一件事,鼻子闻不出来就可以用眼睛去瞅。

黎　　琊　我冤屈了她了。[205]

傻　　子　你可说得出牡蛎怎么样造它的壳的?

黎　　琊　说不上来。

傻　　子　我也说不上来,可是我能说为什么蜗牛有房子。

黎　　琊　为什么?

傻　　子　哎,为的是好把它的头缩在里边;不是为拿去送给它的女儿们的,结果倒反弄得自己的角没有一个壳儿装。

黎　　琊　我不能太讲恩情了。这样慈爱的父亲![206]我的马套好了没有?

傻　　子　你的那班笨驴[207]去套去了。为什么那七星[208]只是七颗,不多出来,那道理真是妙。

黎　　琊　是因为它们不是八颗吗?

傻　　子　一点不错;你倒可以当一个很好的傻子。

黎　　　琊　用武力都拿回来！[209]妖怪似的忘恩负义！[210]

傻　　　子　要是你当了我的傻子，老伯伯，你没有到时候先老，我就打你。

黎　　　琊　那是怎么的？

傻　　　子　你不曾变得聪明就不该老。

黎　　　琊　啊，让我别发疯，别发疯，仁蔼的天！叫我耐着性子；我不要发疯呀！——［近侍上。］怎么样了！马备好了没有？

近　　　侍　备好了，主上。

黎　　　琊　来，小子。

傻　　　子　若有个闺女取笑我空自去奔跑，
她不久就破身，除非事情会变好。[211]　　　　［同下。

第一幕　注释

① Johnson评曰：在这伏线的第一景里有一点不明显或不准确的地方。黎琊已经把他的王国分好，可是他上场时突然检视起他的女儿们来，要看检视的结果怎样，然后再定分配的比例。也许他那未曾宣布的计划只有铿德和葛洛斯忒两个人知道，但尚未大定，还须看后事如何，方能决定把它更改掉或实行出来。Coleridge不以此说为然，有剀切的论评如下，在本剧最初的六行里，黎琊还没有试探过各个女儿的爱心（谁在被试时表示最爱他，谁就得到最高的酬报，得到最好的一份疆土作陪嫁），但葛洛斯忒就说起黎琊已把他的王国分配得十分妥帖，这是经过作者预虑到，而是有意义的。黎琊禀性自私而感觉锐敏，又因地位和生活习惯的关系，形成了也增强了他那样的情绪上的习性，那虽然有些奇怪，但并不能算牵强或不自然；——他要人热烈爱他的那个热烈的欲望；——他的自私，却特别是一个仁爱和善的本性里发出来的自私；——要彻底的愉快，他须得一点都不自支撑，完全偎依在旁人胸前；——他渴望人完全忘掉了自己去爱戴他，可是那渴望因夸张过度而反遭了挫折，而且以它的性质而言，根本不能实现；——他的忧虑，不信任，和嫉妒，这些是一切自私的爱的特征，利己的爱所以异于真纯的爱也全在这些上头，而黎琊一心只愿女儿们夸说怎样那般地爱他，也无非都在这些上头种的根源，同时他那根深蒂固的为君的习惯已把他那层愿望变作他的要求与绝对的权利，若遇稍一不遂，他便立即将对方视同有了罪恶和叛行的一般；——这些事实，这些热情，这些德性，乃是全剧的基础，只须你看完了全剧之后偶一回想，便能恍然大悟，原来它们都在这最初的六、七行里含蓄着，潜藏着，预备着了。从这六、七行里我们可以知道，那所谓试探只是一番弄巧而已，而黎琊的恼怒所以变成那么狂悖，也只是考黛莲使他不期然地弄巧反拙的自然结果罢了。莎士比亚作品中使全剧的兴趣和局势从一个极难置信的假定上引出来的，《黎琊王》算是一篇唯一的认真的制作，这事也许值得我们注意。可是这里这极难置信的假定并不是绝无理由的。第一，黎琊在第一景里的行动虽然不容易叫人相信，

但那是个家喻户晓的老故事,深入人心,已经不成问题,所以事实上不生极难置信的影响。第二,这个假定只当作传导性格与热情的媒介,描绘事变与热情的机会或借口,并非剧本的基础原因与必要条件。假使让这第一景遗失掉了,——只要知道一个傻父亲受了两个大女儿假说怎么样爱他的欺骗,因而剥夺了他以前所最钟爱也真值得他钟爱的小女儿的遗产,这本悲剧的其余部分仍旧完全可以看得懂,而且在兴趣上并不会受到丝毫损失。那偶然的,假定的事故在剧中并不成为热情的基础,实在的根据还是那经天纬地,亘古不变,人心所共的至理,——儿女的忘恩负义引起父亲的悲痛,真正的良善虽然率直但仍无伤于它本质的精纯,还有那本性的邪恶纵令如何圆滑结果依然会使人诅咒它的狠毒。Hudson 以为这一开首黎琊的痴愚便已胜过了他的理智和判断,因而断为莎氏早已预定好了黎琊是要发疯的。有几位精神病学者,如美人 Brigham 及 Ray,英人 Bucknill 等,甚至根本肯定黎琊是个彻头彻尾的疯子,不过在这第一景里他的病征未尽暴露出来而已;推源最初这主张的,据 Furness 云,乃是一位美国女子名 Mrs. Lennox 者。译者的意思正和 Bradley 一样,认为这未免太穿凿了一点。

② "好坏"据初版对开本之"qualities",评注家如 Knight,White,Schmidt,Furness 等都从此;四开本作"equalities",其他各家校刊本都从之。

③ Coleridge 对于藹特孟的性格又有详论一段,现择要节译于后。场幕一开启时,藹特孟就站在我们面前,一个英俊有为的青年。我们不禁目不转睛地端详着他。他出脱得魁梧壮美,一表非凡,又加天赋他智能精劲,意志坚强,就是没有他那样的身世,没有那难逢的时会来凑合,他也很容易走入自骄之一途,为傲慢所误。但藹特孟又分别是葛洛斯忒贵爵的儿子;所以他既然有了骄傲的种子在内,他的处境又在周遭把它尽情地培养,于是那种子便突飞猛进,长成了一腔非常强烈的自视不凡之感。可是至此为止,那感觉尽可以发展成对自己的人品,禀赋,和身世所生的正常的自尊心,于己于人,两不伤害,——一种自知有好多美德的骄傲,正好跟一些光明正大的动机相辅相成。但是,唉!就在他面前他父亲竟把自认是他的父亲当作羞耻,——他"红着脸承认他的回数多了,也就脸皮老了!"藹特孟听到他父亲用顶可耻,顶淫秽的轻浮态度说起他出生的情形,——他母亲被她的相好说成了一个荡妇,而"这小杂种我是少不了要承认的"的原因,竟只是他记念起当时他那阵兽欲满足得非常好,还有她是怎样的又淫荡,又姣艳!明知道自己身披着这阵丑名,又随时随刻深信着人家向自己表示尊敬只是勉强尽礼而已(在对方心里却总牵引起,虽然在外表上总压抑住,那层口是心非的情绪);这才真是吞咽不尽的黄连,骄傲的伤口上滴不完的盐卤;真是把骄傲本身所不具的怨毒,痘苗似的种进骄傲里边去,使它发出嫉忌,仇恨,和对于权势的贪欲(那权势,如果一旦到手,便能像一轮红日似的将黑斑全都掩去);真是使他遭受到他不该遭受的耻辱,因而陡然引起他的不平之感;结果便使他发愤复仇,极力去消除那害他受苦的机缘和原因,使他终于盲目地迁怒到一位哥哥身上去,那哥哥的清白的出身和无瑕的名誉,跟他自己的不名誉相形之下,就格外显得他自己的卑贱可笑,而只要那位兄长在世一日,他自己的臭名便决无被人忽视或忘去的希望。在这一点上,莎士比亚的判断力又是十分高妙的:为满足我们道德观念的要求起见,——在戏剧评论里这种要求的满足叫做"诗的公平"(意译为"报应"——译者);葛洛斯忒后来惨遭奇祸,端赖他自己这无故的非行去缓和本剧观众的骇怪;不过我确信在舞台上当众踩瞎葛洛斯忒的眼睛,莎氏实是越过了悲剧的限度了;——莎氏对于藹特孟生身父母的罪辜绝不原谅或辩解开去,因为葛洛斯忒在这

里自认他当时已结过婚，而且有了个合法的财产爵禄的承继人。

④ 此处原文“whoreson”作“bastard”(私生子)解，旁处单用作名词则可译为“家伙”或“臭家伙”，但只是嬉笑的粗俗称呼，不含恶意；可是用作状词最普通，那就该译为“婊子养的”，涵义或者是辱骂，或者为粗俗的怜爱，看上下文而定。见 Schmidt 之《莎氏用字全典》(*Shakespeare-Lexicon*，1923)。

⑤ Eccles 注，铿德为黎琊朝廷上一位要人，这情形正可以解释何以蔼特孟和他竟会彼此不相认识。葛洛斯忒似是初次介绍他的私生子给铿德，看情形蔼特孟大概刚从外国游历或从军回来。Wright 注，蔼特孟以私生子的关系在本国并无前程可言，所以向来在国外过日子，图立身。

⑥ 据 Crosby 注，原文“challange”应从古意“claim as due”解；他引了英诗开山祖师乔塞(Geoffrey Chaucer，1340？—1400)与基督新教论辩家约易(George Joye，1553 卒)的例子各一，和莎氏自己作品中的四个例子，参证这个解释。

⑦ Moberly 云，“Goneril”这名字似发源于“Gwenar”，而“Gwenar”(音译为葛维娜)则为古不列颠人称呼古罗马司爱情女神维纳斯(Vener，Venus)的读音。“Regan”(雷耿)这名字也许和“寻找圣杯”(The Quest of the Holy Grail)那故事里的“Rience”(音译为李安斯)同源；而英国西南部康华郡(Cornwall)方言里有“reian”一字，意思是“厚厚地施惠”。译者按，“寻找圣杯”为流行于欧洲中世纪时的一套富有神话性的传奇故事，据说有几位武士想去觅耶稣与十二门徒享最后晚餐时所用的绿柱玉杯，都不成功，最后为三位最纯洁的武士所觅得。

⑧ Wright 云，这“空间”(space)是指行动自由的范围。Schmidt 认为这是漫指这大千世界而言，“目力”(eyesight)系领悟这世界中包罗万象的能力，“自由”(liberty)则为享受人间的一切的自由权。Schmidt 又谓，刚瑙烈的缺乏真情，再也不能比这样的形容过分表现得更明显的了。

⑨ Johnson 诠释原文“so much”二字说，我对你的爱投有边限；我不能说定有“这么多”，因为不论我说了有多少，实际上我爱你的分量永远比我说定了的还要多。

⑩ “丰盛的江河”，因为江河流域出产丰富。

⑪ 译者用 Furness，Craig 等审定的初版对开本原文，“worth”后作句号。原文意思是“I hold myself equally worthy”(我以为自己和姊姊同样当得起，或不枉你的钟爱)：这当得起或对得住原是指宽泛的父恩而已，但雷耿既然为了分地而说的这些甜言蜜语，把她描画成汲汲取得土地的神气(“受赐”)似乎无甚不妥。

⑫ 原文“the most precious square of sense”(望文生义的译法是“最珍贵的感觉的四方形”，但讲不通)在 Furness 新集本(第十一版)上共有十六家诠释或校改。译者认为 Holt 解作“the utmost perfection of sense”(感觉的最精到处)很可取。“square”(四方形)为希腊哲人毕萨高拉斯(Pythagoras，公元前 582—507 之后)视为最完美的图形，而莎氏剧中提到这位哲人的地方，除了把这回可疑的典故辟开不算，共有三处之多，虽然那三处都未提及方形。除 Holt 这个讲法之外，仅就原文下解释的尚有以下数说，至于校改原文为“Precious sphere”，“spacious sphere”，“spacious square”及“precious trcasure”者且略去不述。Warburton 以为“square of sense”乃是指四个比较高尚些的感官，即见、闻、味及嗅；但 Johnson 以为也许只是指感觉的范畴或接受力而言。若依前说则本意应为“我自承我仇视眼耳鼻舌那四个高等的感官所能感受到的那一切的欢愉”。Hudson 认为原意是“我自承我仇视最精微的感受性或快乐的最大限度所能收受的那一切的欢愉”。Wright 的解释与 Hudson 的极近似，不复赘，

Moberly解为“我自承我仇恨平常人衷心所认为最精选的那些欢愉”；此说经Schmidt极力拥护，他说“那些欢愉”便是目力、空间、自由、生命、优雅、健康、美貌和荣誉。Koppel训“precious”为“sensitive”（感觉锐敏），那么，Hudson的主张除Wright外又得了一个赞助者了。

⑬ “poor”译为“贫乏的”似比“可怜的”较切；考黛莲自忖在夸大方面确要比她两位姊姊穷些，虽然在实质上她的孝心并不缺少。

⑭ 对开本之“ponderous”（笨重）骤看来似有未妥，White疑系印讹，Wright则疑为无知的演员所误改的。但Schmidt辩解曰，“light”（轻）一字往往用以指淫荡，轻率，与朝秦暮楚的爱；它的反面即是“heary”（重），不过此字常有忧郁或悲哀的连想；“Weighty”（有重量的）也不很好；所以莎氏选“ponderous”这个字。译文或可作“深沉”，但失去了“庄重”、“郑重”的意义。

⑮ 此处“tongue”不译为“舌”而译为“嘴上的夸张”，行文方面似乎要顺溜些。

⑯ “最娇小”从White评定初版对开本之“our last and least”。历来注家如Malone，Steevens，Dyce，Staunton，Hudson等都以为初版原文是“our last，not least”这句成语的印误；但White征引了两处原文，证明考黛莲身材短小，恰和这里的“least”交相印证。那两点是：一，本幕本景一九八、一九九两行，“If aught within that *little* seeming substance，Or all of it，*with our displeasure pieced*”（那短小的身肢里　不论她有什么，或是那短小的身肢　全部，加上了我们的不欢）；二，第五幕第三景二五八行前“Re-enter Lear，with Cordelia dead in his arms”（黎琊抱考黛莲之尸身重上）这句舞台导演辞。这样一个娇小可爱，恂良率真的幼女，和那样两个身材轩昂，奸诈骄横的长女，彼此对映衬托，当能使悲剧空气更加浓厚。

⑰ W. W. Lloyd论曰：考黛莲的美德用愠悻厌恶的调子表示出来，对于黎琊那刻求谄媚所表现的非礼，恰好是一个极自然的反响，——她那美德使她不致掉入黎琊所要诱她下去的那陷坑里去。还有这故事的进展也需要她的回答能惹起她父亲的愤怒，而同时要能不失我们对于她的尊敬。……我以为莎士比亚是要使考黛莲的语句与腔调给我们知道，她素性不拘言笑，即使说起话来也声低而语简，所以一方面要她坚守真诚，不贬抑自己去逢迎取巧，他方面又要她用比较温和的方法去安慰老父，就她的本性而论实在是件不可能的事。她的不传国土对于她父亲比对于她自己更要不幸，所以若替他设想，为防患未然计，也还值得使人误会她的真诚，这是实情，她在景末想已相当的领悟到；她将老父付托给两位姊姊时所说的话里当然含得有这层意思，——要随顺他的弱点而又要不失自己的身份，她确是没有那样的本领，可是那两位姊姊的本性她却洞察无余，即使他没有那可资借口的弱点，她也能预想到她们将来会怎么样对他。这一点人与人间的不谐协就是这本戏的悲情的基础；等到黎琊在最后一景里手抱考黛莲的尸身发着狂上场来时，我们只见到他们父女俩各自所种下的命运都到了瓜熟蒂落的地步；我们只见这方面的钟爱太被无理的狂怒所左右，那方面的敬爱太受了倔强的外表所牵累，结果便肇成了那么一个共同的灾祸。Rapp则云：两个姊姊的禀性都很流俗而自私；考黛莲不流俗，虽然她也傲慢固执得异乎寻常。她自恃比两个流俗的姊姊真诚有道，因而便骄气凌人。不知她那位老弱的父亲理应从爱女口里听到几句恭维抚慰的话，为的是他需要那么一点点温存。她却不然，把真话，他受不了的真话，说给他听。一个本性富于爱的女子而竟道貌岸然地坚持着真理，那才是个双重贻误的人儿。真理和爱是完全对立的；对于一个人的爱，除了是把无常的当作永恒的而加崇拜之外，还有些什么？所以爱的主要成分是一个

谎,不是一条真理,而考黛莲的缺点乃是她爱己太深,爱亲太浅。她不能为他撒一个谎,她就没有爱他到她应爱他的程度。诗人把这一点阐明得非常清楚,而全剧的根据也就全在这一点上面。

⑱ 从 Furness 注,原文"as"作连系代词 which 解。

⑲ 原著上文与这里的"love"都译成"爱",也许有人以为太直,应译为"孝"。但译者也有苦衷。我怕这本气吞河汉的大悲剧译成了中文,被有些人误解成一本劝善书或果报录,以为是专用来警惕世人,宣扬外国亦有之的儒教的;那么,它的价值可说是十中失去了八九。又我国传统伦理上孝与爱是截然不相冲突的两件东西,至少在理论上可以并行不背;西方却只有一个爱,不同的只是方向与对象(所谓"filial Iove"还只是"love"的一种罢了),所以若译成"孝",这里便不可通了。

⑳ Johnson 责莎士比亚太把黎琊弄成了个神话学家,但 Malone 以为不然,他说黎琊这誓言很符合英国稗史传说中他那个时代的信仰,不管当时实际上通行的是什么宗教。Moberly 注,据凯撒大帝(Julius Caesar,公元前 100—前 44,著有《征法记》)说,督伊德教的信徒们(Druids)都崇拜这四位罗马神道:太阳神亚波罗(Apollo),战神马司(Mars),天皇巨璧德(Jupiter,Jove)与司才艺女神米纳瓦(Minerva)。下文黎琊对着亚波罗和巨璧德宣誓都有历史的根据,这里指着 Hecate(司巫术女神)和黑夜起誓也并不算牵强。参看注三十九。

㉑ 西方古代,尤其是中世纪,也讲星相术,气运与命理等。参阅本幕第二景。

㉒ 从 Wright 注。

㉓ 古雪席安(Scythia)在今欧亚二部的俄罗斯境内;关于这个"杀子佐肴"的传说,Wright 注内说有潘查士(Samuel Purchas. 1575? —1626)的《长行记》(*Purchas, his Pilgrimage*,1613)可稽,此外那书里还说各部落里有它自己的别的野蛮风习。

㉔ Capell 释原文"wrath"(愤怒)为"他的愤怒的目标"。原文全行可译为"别到龙和它愤怒的目标中间来",但似嫌拘泥。

㉕ "set my rest",Wright 谓意义双关:一、作"孤注一掷"解释;二、在一种名 pimero 的牌戏里,这是句术语,意即靠手上的几张牌下注。为简明起见,我只译前一个意义。

㉖ 关于这句话是黎琊向他自己的小女儿说的还是向锃德说的,自从 Heath 提出了问题后,历来曾经不少的聚讼。Jennens 的分析非常透辟,他认为这绝不是向锃德发的恶声。考黛莲刚惹得她父亲大怒,所以这句斥责是对她发的;至于锃德反对他那措施的程度他还不很知道,所以只发了"别来到怒龙面前拦住去路"这一句警告。锃德第二次谏阻对,黎琊又警告他,叫他快避开那引满待发的箭。锃德胆更大,说话粗鲁了起来;黎琊当即盛气严命他说,"凭你的性命,不准再说。"锃德还要坚持,黎琊才第一次要他"去你的"。锃德再恳求,黎琊便发誓;锃德还他一誓,于是黎琊方下驱逐出境之命。黎琊对锃德的愤怒是很自然地由浅入深的,正好和他对考黛莲的勃然大怒交相反映;至于大怒的原因是他爱她太深而她却伤他的心太甚:这一点 Jennens 赞为莎氏全部作品中最传神的用笔之一。译者觉得若不是 Jennens 以后的注解故意翻案曲解,Heath 所提出的早已不成问题。最先加导演辞"对考黛莲"的为 Rowe,从他的除 Jennens 外有 Steevens,Eccles,Boswell. White 等诸家校刊本。

㉗ 原文"Who stirs?"Delius 解作国王禁阻旁人求情的一声威吓:"谁敢动?"Moberly 则云,朝臣们仿佛都不愿服从这样莽撞的命令,无人去传命,所以黎琊在发怒。Furness 以为朝臣们骤见父女间起了这样天大的变故,大家吓得目怔口呆,竟忘了去传命,所以黎琊特别提醒他们;译者觉得此说最近情理。

㉘ 从 Delius 注。

㉙ 从 Johnson 所析义,“其余一切事情的施行”。

㉚ Delius 以为原文“coronet”与“crown”有别;他说黎琊还留着王冠自己用,他只给他们一顶较小些的公爵戴的冠冕;他又引了两个例子,证明莎氏用这两个字时界限分得很清。但 Wrigh 认为这里的“coronet”就指黎琊自己的王冠。Schmidt 则与 Delius 同意。

㉛ Capell 释,铿德见黎琊伸手按剑,所以才这样问。

㉜ 这两行半可直译为“(君主的)尊严变成了愚蠢时,节操(或义理)便应当直言不讳”;但紧接着前两行再这么译法,似嫌太抽象而生硬。

㉝ 初版四开本作“Reverse thy doome”(收回你的成命);译文从 Furness 审定和诠注的初版对开本原文“Reverse thy state”。前者替考黛莲求情,后者为黎琊自身设想。“大好的”乃译者所加。Furness 云,我们知道铿德是一个心地高贵的人,又因为听了考黛莲的旁白,知道她的真挚与诚实,于是便把这两件事混在一起,只因为这是他在替她求情。但我怕我们把结论下得太快了。铿德不是在替考黛莲求情,而是在替黎琊自己着想;实际上到这里为止,铿德还没有一个字说起过或暗指过她。当黎琊宣称不认她为女儿时,铿德眼见着黎琊在断送自己将来的快乐的唯一机会,当即开始说“我的好主人”;但黎琊马上打断他,误以为他要来居间说项:我们受了这个暗示,就堕入同样的错误,所以铿德再说话时我们仍然保持着这个幻觉,不知他只在奉忠报主,并未对旁人有什么关切。君主尊严所堕入的愚顽不是逐出一个女儿,——国王这样做并不比百姓这样做更傻,——真正愚顽的举动乃在委弃赋税,禅让大权,和卸除王冠,——这才真是鲁莽得可怕,真是威权在谄媚面前低头。因此铿德求黎琊“留下你的君权”。为证明铿德所关切的乃是黎琊而不是考黛莲,但看他下一段话里说,他冒死的动机是王上的安全,便可以明白。还有,第三幕第四景里黎琊被逐于门外时,葛洛斯忒说道,“啊,那个好铿德! 他说过会这样的。”那句话恐怕除了呼应铿德现在这段劝谏以外,再不能指别的。况且如果铿德真是为了考黛莲才受的放逐之祸,为什么他不跟着她往法兰西去,却乔装着一名老仆,冒了绝大的险,来随侍黎琊?分明“Reserve thy state”意思是“保持你王上的尊严与权力”。

㉞ “Answer my life my judgement”(让我把自己的生命抵挡我这番判断)译为“让我冒死主张……”似较简明而适合中文的语气。

㉟ 原文“Reverbs”,Steevens 说大概是莎氏自造的字,意思是“reverberates”(反射出,反响)但此意不便直译,故作“露”。

㊱ 从 Dyce 之《莎氏字汇》。

㊲ 从 Steevens 所训义。

㊳ Johnson 释原文“blank”为靶子正中心那一小片射箭的正鹄,它的功用无非是帮助打靶人射击准确,作一个有所遵循的目标。直译原意应为“让我永远作你打靶的正鹄”;但恐不易懂,因改作今译。

㊴ 亚波罗为古希腊罗马之太阳神,Malone 注曰:据 Geoffrey of Monmouth(1100? —1154),为黑衣派 Benedictine 僧人,曾任主教,著有《不列颠诸王本纪》(*Historia Regum Britanniae*,1508,一卷)说,黎琊的父亲 Bladud 使魔法企图飞行,试验失败,掉在亚波罗庙上摔死。这情形和古代不列颠人的崇拜古罗马神道,莎氏想必在和林兹赫(Raphael Holinshed, 1580? 年卒)的《史纪》(*Chronicles*, 1577)及萨克维尔(Thomas Sackville, 1536—1608)等合作之《官吏镜》(*Myrrovre for Magistrates*,

1559—1563)两部书里读到过。

㊵ 原文"and thy fee bestow Upon thy foul disease"可直译为"把诊金付给那恶病",但似欠自然。

㊶ Wright 注,这句话是黎琊性格焦躁暴烈的总关键。

㊷ 解释原文"Our potency made good"的,前有 Johnson 后有 Wright 等人之注,可以无复疑义。Moberly 以为这是莎氏的妙笔,故意使黎琊忘记就在那一天上他让掉了王位,但竟又下了十天以后方能生效的命令,驱逐铿德出境。

㊸ 各版对开本都作"disasters of the world",译文系从 Malone 修正之"diseases of the world"。Malone 谓,对开本所以异于四开本而误作"disasters",是因为手民不懂原字的意义。"disease"在古文字里解作不甚严重的"人世间的不方便,麻烦和窘迫"。给铿德五天期限也许可以免掉他许多"琐屑的纠纷与窘迫",但绝对不能防止"disasters"(大患难)的来临。

㊹ 巨璧德(Jupiter)为古罗马众神之皇。参看本景注二十及三十九。

㊺ 从初版对开本之"Freedom lives hence"。四开本作"Friendship lives hence",Jennens 觉得"Friendship"(友情,友谊)要好些,因为和"banishment"(流放,驱逐)正成针对。但集注本和通行的善本大多作"Freedom",译者从之。

㊻ 从 Furness 注。又铿德这段话在原文亦为五步双行骈韵体。

㊼ 原文"little-seeming"Johnson 解作"美丽的",Steevens 作"虚有外表的",Wright 释为"身材短小的",而 Schmidt 则另有诠注。译者采 Wright 的解释,以其与 White 考证的原文本景八十二行相呼应。参阅本景注⑯。

㊽ 原文"l know no answer",直译可作"我不知什么回答",逐字译便会是"我知道没有回答"。但后者不能算翻译,只是用中文字写的英文。译文与原意稍有不符,但为顾及语气自然起见,这一点参差也就听它了。这是翻译不能十分缜密的最浅显的例子,此外就多得注不胜注了。不过这里或可译为"我不作回答"。

㊾ 原文"Election makes not up",译者从 Wright 注,解作"Election makes not its choice,comes to no decision,resolves not"(选择力不能决定去取)。对开本原文"in such conditions",四开本作"on such conditions";我从大多数注家所采用的四开本原文,因为它比对开本自然些。Schmidt 及 Furness 等从对开本,将"conditions"解释成"qualities"(诸点);殊不知浡庚岱的困难是在决定要不要考黛莲,而不在决定取舍"孤零得亲友全无","新遭我们的痛恨","把咒骂作妆奁"等诸点。

㊿ 原文"object"Schmidt 释为"the delight of his eye"(他眼中的欢快)。

51 Jennens 所极力维持的四开本原文分明有印误,译文系从 Furness 所校勘过的对开本。译者与 Furness 一样,觉得 Malone 的笺注方能道出作者的本意;那就是说,"Fall'n"前有"must be"二字被省略。

52 "假如为了……"这一段,据 Jennens 及 Eccles 两氏的猜度,是作者故意写得断续不连的,藉以表现考黛莲娇羞的恐惧与忸怩的懦怯;尤其在她这样可怜的情况之下,那恐惧与懦怯,不消说,更要比寻常女孩子怕嫁不到夫婿的厉害些。

53 对开本作"murther,or foulness",四开本作"murder,or foulness",意思是"凶杀,或邪恶"。Collier 云,"murther"或"murder"似乎完全不适当,她不能料想谁会疑心到她父亲所以不喜欢她是因为她犯了凶杀,这分明是抄手或手民把"nor other"抄错或看错了的。译文即本此说。但 White 不主张改动,他说 Collier 的订正似是而实非,无足轻重;因为"vicious blot"(恶劣的污点)二字意义太广泛,跟几乎同样广泛甚至涵义相同的"foulness"(邪恶)放在一起简直毫无取舍可从。可是 White 后来又自动放弃了这个主张,说把"no other"误成"murther"是极容易而无法否认的,并且"凶杀"在考黛莲所列举的缺点里确是放不进去的。Hudson 疑心考黛莲故意说得太重,好显出黎琊骂她"便是亲情也羞于承认的这小贱人"之无稽。Furness 论曰,校刊莎氏作品假若需要修正,这才是时候。如果要猜想考黛莲会有杀人的嫌疑,倒不如采用了 Walker 那牵强的"umber"(赭红色的,暗褐色的),或 Keightley 那散文风格的"misdeed"(恶行,犯罪)。可是 Collier 的订正是千真万确的,既改对了韵文方面的音律,又合乎文字上的脉络,而且对于考黛莲的性格也不相冲突。至于 White 反对的理由,说"污点"与"邪恶"无从抉择,我们尽可以解释开去,认为她在极悲痛极困窘的时候,不免措辞松散。Moberly 说得好,"从污点到凶杀,又从凶杀到邪恶,这用意的程序不妙"。在莎氏当时杀人罪也许没有像现在这样严重,但毫无疑问不能比"邪恶"较轻。

54 Moberly 云,这一行指伤风败俗的行为,上一行指自然或本性上的缺陷。

55 原文本是连下来的一句长句。为避免不接气或晦涩起见,不得不另起一句,将上文"我求你申明"重复一遍。

56 Hanmer 以为"But even for want of that"的"for"为"the"之误;依他的见解,那句子的结构应是"But even the want of that...(that hath deprived me of your grace and favour)."可是 Wright 认为并非排误,那句子应作"But(I am deprived)even for want of that..."二者的差异不过是句法上的不同,意义上没有分别。

57 译文从 Wright 注,"for which"作"for wanting which"解。

58 原意为"一只",译文作"一双";这是两国文字不能强同之处。

59 原文"Hath lost me in your liking"Wright 解作"Hath caused me loss in respect of your love."(使我在你爱我的那一点上受到了损失)。

60 Schmidt 谓,"history"一字往往用以指人的内在生命的变动。

61 "向你"二字,原文所无。原文是宽泛的说法,译文却特指此事而言;虽然译走了一点原意,但无伤大旨。原文本句"which..."专为形容上面的"tardiness"而设,并非箴言或谚语可比。

62 "entire point"Moberly 训为"main point"(主题,要点)。

63 从 Knight 注,"regards"解作"considerations"。

64 我真替你可惜,你把你父亲的心伤得那样厉害,气得他连一点陪嫁的妆奁也不给你,因此你非但失掉了一个父亲,便连丈夫也为了没有嫁妆的缘故跟着失掉了。译者所见原意如此。

65 原文"waterish"含鄙薄之意。Burgundy 为法兰西境内水流最多的区域。

66 从 Wright 注,原文"unprized"作"priceless"解。

67 Johnson 注,"here"与"where"二字在这里作名词用:你失掉了这里,但另外找到了一个较好的去处。

68 四开对开各本都作"The jewels",但自经 Rowe 开始改为"Ye jewels"之后,通常的善本都从它,原因自然是改订的比初印本好些。Steevens 说得有理,他说古时原稿上这"ye""the"两字不分,都写作"ye";那就是说稿本上的"Ye"大概为"Ye"之本字,非"The"之简写,而初版印本上的"The"多半因手民未窥诗人本意,误以"Ye"为"The"之简写,遂致印误。好得在我国文字里这两层意思可以并不费力地同时译出。

69 Delius 云,考黛莲将她父亲付给她们所自承的敬爱心,却没有将他付托给她们心坎里的那寡情薄义。

⑰ 原文"And well are worth the want that you have wanted"这一行经过许多校刊者的修改和诠注，我以为 Theobald 的解释比较适当：随后丈夫若不对你表示恩爱，也只活该你消受罢了，不能怨谁，因为你自己也并不对父亲表示敬爱。这里好像是刚瑙烈故意说的半明半晦，叫考黛莲难以捉摸；译者在此想保持一些原来的神情，故也译得半吞半吐。

⑱ 原文"plighted"古时与"plaited"通用，意即折叠。比《黎琊王》早十多年的史本守(Edmund Spenser，1552? —1599)的叙事长诗《仙后》(*Faerie Queene*，1589—1596)里用过这字，比《黎琊王》晚二十多年的弥尔敦(john Milton，1608—1674)的假面剧《科末斯》(*Comus*，1634)里也用过这字，都是这个意思。

⑲ 原文"Who covers faults，at last With shame derides"颇难索解；经 Jennens 改"covers"为"cover"，又经 Collier 改"with shame"为"shame them"后，便觉明畅。译文从以上二家之订正，及 Dyce 之"Who"字注，此说有 Furness 加以佐赞。Henley 以为考黛莲在暗指《圣经 · 旧约 · 箴言篇》二十八章十三节的"遮掩自己罪过的必不亨通"一语。Schmidt 等三数家主张维持原文；Schmidt 谓"Who"字指"时间"，依他的解释可以这样译法："时间把罪恶遮掩住一时，但终竟会用羞辱来加以笑骂。"

⑳ 原文不表"还"字意，但我觉得有这点意思在里头："... it is notlittle I have(yet)to say of what most nearly appertains to us both"，这句话正和对开本原文下文的"the observation we have made of it hath been little"互相呼应。

㉑ Eccles 云，全剧从没有暗示过某一场布景在某一个固定的地点，只除了快剧终时我们才被引到多浮城(Dover)附近；作者也不曾告诉过我们，黎琊分国后可是那一对儿婿住在他自己的宫里。我们只知道不论他们在那里设朝，他总是一月一回的去轮流寄寓。关于这一层，Bradley 说，这剧景地点的模糊，和剧中人踪迹的迷离扑朔；加上那氛围的冰冷漆黑得可讶(这氛围包裹笼罩着剧中人，像冬天的浓雾一般，放大了他们的隐约的轮廓)；再加上大自然的震动与人情的变乱，——那震动那变乱的劲厉与浩大；又加上崇高的想象，彻骨的悲思，和刺心的谐谑，——这三者的互相渗和浸透；还有造化的无边力量在个人的命运与情欲间似有所形成及主使；还有人生强烈经验的收容之富与种类之繁；——总之，这本戏范围的博大精深和气势的沉雄郁勃，就是它所以为莎士比亚最伟大的作品的原因。

㉒ 译文从对开本原文"hath been little"，四开本作"hath not been little"，两者刚正相反。我觉得 Schmidt 的见解极好，应该从对开本；那就是说，长次二女在剧本开幕前早已议论到她们的父亲，而且把他批评得很厉害，如今她们见了铿德被逐，考黛莲未得尺寸土地而去，虽在各自庆幸分得了一笔意外的大赃，但刚瑙烈对她父亲的评价反而更加低落，所以她觉得以前她私下毁谤他的话并不过分，反嫌不够。这样子解释于刚瑙烈的性格很有关系，更显得她的阴险奸诈。通常的善本大多从四开本之"hath not been"，我不懂有何好处。

㉓ 据 Wright 注。

㉔ 据 Malone 注。

㉕ 直译原意应为"做点事出来"。

㉖ Steevens 释原文"i'th'heat"曰：趁铁红热时我们就得捶。这是一句谚语。

㉗ Eccles 认本景(葛洛斯忒的野子蔼特孟在此开始陷害他嫡出的哥哥蔼特加)距第二幕第一景(那里葛洛斯忒声言要散发图像到各口岸去缉捕蔼特加)有好几个月，相隔

得那么长久而蔼特加竟会不去设法解除他父亲的误会，未免太不合常识。以增进剧情的速率作理由，Eccles 就把这一景移作第二幕第一景，把那原来的第二幕第一景顺序移作第二景，依次类推。这样一来，据他说，蔼特孟的造谣害人和他怎样劝哥哥逃走，怎样假装自己受伤等等，便可以紧凑在一起，在一天甚或至几点钟里发生。Furness 对 Eccles 此说深致不满，他说：细按原文，我们可以知道作者分明有意把本景作第一幕第二景，但看下文葛洛斯忒进场时独自喃喃地说道：

"铿德便这么被他流放到国外？
法兰西又是含怒而别？再加上
国王自己今晚上要离开此地？
让掉了大权，只靠一点儿支应？
这都是心血来潮时的妄动轻举！"

而且译者也觉得，即就全剧布局而论，这葛洛斯忒故事虽不及黎琊王故事那么重要，却也处于副要的地位：那么，全剧开场第一景介绍主要的情节，接着第二景介绍副要的，可说是最适当不过的用笔了。通行本大多不从 Eccles 所改次序。

㉛ 我们不能同意于 Warburton 所下的解释，说莎士比亚将这私生子写成一个无神论者，不崇拜上帝而崇拜自然；这位虔诚的十八世纪批评家又说作者所以这样写法，乃因当时英国朝廷上自意大利习染来的无神论（由一班到意大利去的年轻留学生带回英国）作怪得太过厉害之故，——这分明将作者当作一个宗教及道学臭味极重的村镇小教区的牧师了。Steevens 说，蔼特孟所谓"天性"或"自然"乃是与"习俗"相对立，而是女神，并不与上帝对立。又说：蔼特孟以为他出生世上既然和"习俗"或法律无缘，便只须输诚誓忠于"天性"与"天性"的大道，而"天性"的大道是不分什么嫡出野生或长兄幼弟的，都一视同仁。

㉜ Warburton 觉得原文"plague"不通，把它改为"plage"，"plage of custom"则解作"习俗的境界（或范围）"；他这样一改把蔼特孟对社会的怨毒抹煞了不少，殊令人不解。译者从 Capell，Halliwell 等注：蔼特孟认"习俗"的可恶与瘟疫一般无二，所以"Stand in the plague of customv（站在习俗的瘟疫里）就是说受它的种种麻烦与磨难，如藐视私生子，重长轻幼等歧视及不公待遇。

㉝ Theobald 主张原文"curiosity"应改为"curtesie"。Heath 驳得有理。蔼特孟总不会自认吃了社会的亏，如今正要揭发这不公平，还称呼社会剥夺他的权利是"礼让（或客气，或恩典）"。译者从 Heath，Mason，White 等以及通行的善本，主维持"curiosity"（苛细，刻薄，或挑剔）。

㉞ Steevens 曰，原文"deprive"在作者当时与我们的"disinherit"（剥夺承继权）同义。

㉟ 原文"honest"作"贞洁"解。"madam's"Delius 以为在这里含有讽刺的意味。

㊱㊲ 这一段不易直译；为行文通畅起见，"骄子"与"父母间"为译者所补加。

㊳ 据 Schmidt 说，原文"fops"一字在作者当时和现在流行的意义稍异；现在通常作"fools"（傻瓜）或"dandies"（花花公子，艳冶郎）解，当时却和"dupes"（活该受人愚弄的傻瓜）同义。

㊴ 初二版对开本原文作"to'th'"，四开本作"tooth'"。Hanmer 以为应作"toe the"，据说蔼特孟用意是要和蔼特加并趾而行，意即不相上下。Warburton 大不谓然，将 Hanmer 大大取笑了一顿。Malone 说，Sir Joshua Reynolds 告诉他，在特文郡（Devonshire）方言里，"toe"可作"连根拔起"解；若果如此，原文就讲得通了。但通常的本子都采 Edwards 及 Capell 所订正的"top the"；这读法可译为"凌驾而上"，"占据上风"，

或"爬在他头上"。

⑨⓪ 从 Johnson,Malone 等注,根据四开本之"subscribed",解作"移交权力"或"让掉"。对开本作"prescrib'd"。

⑨① 各家解释不同,我觉得 Johnson 的最妥:"upon the gad"是被异想或幻念所刺激的意思,仿佛牲畜被牛虻(gadfly)所刺而乱跑乱闯一样。

⑨② "terrible"一字在目下通用的英文俗语里作语疣用,用以增加说话的着重性,自身却并无意义;在这里 White 调作"慌张失措"解。

⑨③ 此语为译者所添。

⑨④ 据 Steevens 说,原文"essay or taste"为君王进食前有人尝试御膳,以证明没有奸人进毒的那个仪制。但 Johnson 以为此二字应作"assay or test",那是冶金学里的术语,意思是测试。我以为两个解释虽联想绝不相同,但这里被借用的却都是"试验"这层意义;不过要讲究得精细一点,Johnson 所释似乎更切当些,因为蔼特孟说他的哥哥也许要试探他德性的好坏,就比如一个冶金师要测试一块金属品的金质纯驳一样。

⑨⑤ 从 Schmidt,把原文"policy and reverence"作"policy of holding in reverence"解。

⑨⑥ 译文用 Johnson 注。

⑨⑦ 原意为"心与脑",我觉得毋须直译。

⑨⑧ 有些英汉字书把"sirrah"译为"贱人";在这里我认为译作"小子"更切当些。

⑨⑨ 原文作"make a great gap"(弄成一个大缺口)。

⑩⓪ 从 Johnson 注,"pretence"解作"design,purpose"(设计,用意)。

⑩① 这段在初二版对开本里都没有,是从许多盗印的四开本里补来的。Schmidt 极力主张从对开本,他的理由如后。如果葛洛斯忒对蔼特加"爱他得那么温存,那么全心全力地爱他",为什么做父亲的于真相尚未大白之前,便在儿子背后那么严厉地定他的罪,使他在家里待不住,得东奔西窜的去逃命?这样子在真的人事里或好的剧情中,都说不过去。在本景和第二幕第一景里,葛洛斯忒的性格特点显露得极清楚:他对于两个儿子都没有什么舐犊的深情。在开场第一景里他和铿德的交谈中,我们可以知道,结婚和做父亲的责任于他都是无所谓的一回事。他两个儿子分明都不在他心上,要说"知子莫若父"当然更谈不到。只在他认为蔼特加如同死了的一般之后,而黎琊的命运又使他自己的前途也有了阴影(第三幕第四景),他才想起儿子被缉捕的苦况,表示了一点点怜恤。次子蔼特孟在外九年已见第一幕第一景,出门已九年的儿子一旦长成了回来,父亲是无从了解他的品性的;同时长子蔼特加我们知道"并不比他更在我心上",那就是说同样是个陌生人,不在他意中。既然他有了儿子,便得承认;他对于生儿的责任只如此而已。莎士比亚要我们认识葛洛斯忒是这样一个人,所以他决不会写这句话:"我爱他得那么温存,那么全心全力地爱他。"这话与剧中的前情后事根本矛盾,必然是一个自作聪明的演员加了进去,然后经人抄下来,误入四开本的。以上 Schmidt 的考证译者以为虽很有理由,但葛洛斯忒尽许会实际上对大儿子并无慈爱,等中了蔼特孟的奸计,误信大儿子真要谋害他时,他嘴里忽然来一句空洞的口惠,"我爱他得那么温存,那么全心全力地爱他"。

⑩② 原文"With me into him"的结构经 Johnson 最先指出,如同"do me this"。

⑩③ 从 Heath,Tyrwhitt 二人注。

⑩④ 西方中世纪也和我们古时一样,信日月食和彗星出现等天象上的变化兆主凶否。虽然近世科学是文艺复兴时发的芽,但中世纪遗留下来的风俗习惯思想信仰并不能在

短期间内彻底消灭。这个视自然界现象征兆吉凶的迷信便是旧时的遗风之一,好比我们在今天还有设坛祈雨,见月食满街放鞭炮等事一样。除了观察天象推算星命的占星术(astrology)之外,当时还有相手术(palmistry),点金术(alchemy),和专讲人身体液(humours)的医术等假科学,仍然深中着人心。据 Wright 说,“近来这些日食月食”是指 1605 年 10 月间的大日食,和不满一个月前的那次月食;“格致学”指哈惠(John Harvey,1563? —1592)的《辟预言之妄》(*A Discoursive Problem Concerning Prophesies*,1588)。“wisdom of nature”一辞 Schmidt 训为“natural philosophy”(格致学,物理学),Furness 亦解作“关于自然之智慧,对于自然的法则之知识。”又下文“nature”一字,《莎氏用字全典》本字项下第三条解作“人身体上与道德上的机构”,译文不宜太详,姑含糊些作“我们大家”。

⑯ 据 Wright 说,此语或指 1605 年 11 月 5 日发现的“火药大阴谋”(the Gunpowder plot)。这是英国历史上一件天大的案子。天主教徒为报仇雪恨起见,密派了一个名叫福克斯(Guy Fawkes,1570—1606)的埋藏大量的火药在上议院议场地下,想趁英王詹姆士一世(James I,1566—1603—1625)去开议会的时候,将他连同上下议员全体炸得一个不留;不料事机不密,罪犯于点火前被捕,招出了好多蓄谋指使的人。

⑯ 见注⑱。

⑰ Collier 疑四开本原文“surfeit”为“forfeit”之误,因当时的铅字 s,f 两字母极易蒙混,若依他的推测,这一句可译为“往往是我们自己行为不好的责罚”。但通常的善本大多不从 Collier 拟改的拼法,也不从对开本的“Surfets”,而从四开本之“surfeit”(过份,无节制,不检点)。

⑱ Heath 注,意思就是说,正像决定旧时剧本里那重要关头的剧情来得恰是时候一样,因为那里全剧的进展已达到最高点,观众正等得有些不耐烦起来了。这是蔼特孟在取笑他哥哥,下一句他又将自己比作一个戏子。

⑲ 原文“cue”Bolton Corney 引勃忒勒(Charles Butler,1647 卒)的《英文法》(*English Grammar*,1634)云,“Q”一字母为演剧底本上一个指示伶人上场的符号,因为它是拉丁文“quando”一字的第一个字母,“quando”的意思是“当”,就是说当这时候演员就得上场说话。Wedgwood 则援引十六、十七世纪辞书编纂人明叔(John Minsheu,卒于 1617 年前后)云,此字与“qu”同,为伶人们所习用的字眼,意思是一个戏子演唱完了,第二个接上去说话应当怎么一个模样。Wright 以为这字来源是法文的“queue”(尾巴),意思是一个演员说白的尾语,用以提醒下一个演员者,好让他预备出场。以上的训诂虽相差无几,但译者认为 Wedgwood 所援引的古解似最贴切。

⑪ 原文“villanous melancholy”本意为“恶劣不堪的愁惨或忧郁”,译作“愁眉苦脸”似较合于对白。

⑪ “Tom o' Bedlam”译文作“疯叫花汤姆”,也许有人觉得太略。“Tom”是王三李二之意:“Bedlam”乃伦敦一个疯人院,是“Bethlehem”一字叫别了的。那院舍 1247 年初建时本名“The Hospital of st. Mary of Bethlehem”(倍利恒圣母院修道下院),为一修道院,专作招待自基督教圣地 St. Mary of Bethlehem(伯利恒圣母院)来英的僧人而设;1547 年上谕正式改为专收疯人的病院。当时有一帮装疯的劣丐,常自称为“可怜的汤姆”,因被名为“伯特栏里的汤姆”(Tom o' Bedlam)。

⑫ 蔼特孟哼这几个音阶毫无涵义在内,用意是要混乱蔼特加的听闻,同时又可以显得自己不见他来。有几位注家硬要装些意义在里头,似可不必。

⑬ 自“比如说”起至“得了,得了”止的原文,对开本中没有,仅见于四开本。据 Schmidt

说,这一段文字里有六个字,除了在这里,从未在莎氏任何作品中用过:这更足以证明这段文字非出于作者之手,乃旁人妄加的。那六个字是"unnaturalness","menace"(作名词用),"malediction","dissipation","cohort"和"astronomical"。虽然这段文字可疑的成份很多,但通常的版本大多把它收入。翻译时我感觉有个困难无法摆布,那便是含有 s 与 d 两个子音的双声(alliterative)字特别多。

⑭ 四开本原文作"child",译文为简括起见作"子"。我国文学里一向把这字在男女身上通用;我以为我们不应取消这字的富有弹性的意义。

⑮ "friends"(亲人,所亲信的,亲近他的)暗指铿德之被逐于黎琊。

⑯ 几位注家对四开本原文"cohorts"都有疑问。Schmidt 直认无法解释。

⑰ 四开本原文"come,come",我这样译,虽稍嫌俚俗,但尚能传达原文的语气。

⑱ 原文"with the mischief of your person it would scarcely allay"的"with"一字,Hanmer,Capell,Johnson 等认为不可解;前二者主改作"without",后者主改作"but with",都以为这是说葛洛斯忒愤怒得要伤害了蔼特加的身体才肯罢休。但译者觉得蔼特孟的意思还不仅止此,原文应作"(even)with..."解,方能神情毕肖;而且"even"(即使,就是)之意和跟着来的"scarcely"前后呼应,似很明显。"mischief of your person"是"危害你的身体"之意,译文稍重了几分。

⑲ 原文"practices"这一字 Furness 引 Dyce 的《莎氏字汇》解曰:"contrivance, artifice, stratagem, treachery, conspiracy"(筹划,诡计,策略,叛图,阴谋)。

⑳ 本景用散文极多。据莎氏学者研究的结果,莎剧中有四种散文:一、信札及正式文件里的散文;二、喜剧场面及低下生活的文字,如乡下佬或粗人对话,小丑打诨等;三、闲谈琐细;四,反常心性之散文,如疯狂,神经错乱,想象极度飞越等。本景散文可归入第四种。

㉑ Coleridge 注:这管家正该和铿德相反,他是莎士比亚作品中最卑鄙得不可救药的角色。即就这一点而论,诗人的判断力和发明力也是灼然可观的;——因为除了是这样的一个贱东西以外,甘心替刚瑙烈做爪牙的还能有什么别的性格可言?别的罪恶都配不上他,只有这无耻的卑鄙才和他的身份相称。

㉒ 从 Whalley,Steevens 等释义。

㉓ 原文"sets us all at odds"意即"把我们弄得乱七八糟",说重些便是"闹得我们天翻地覆"。

㉔ 原文"riotous"在 Schmidt《莎氏用字全典》本字项下第一条内解作"tumultuous, seditious"(混乱的,骚动的),但下一景里刚瑙烈在同一种态度与情绪下又说到"riotous inn"(放荡下流的客店):故译文兼收此二意。

㉕ 原文作"negligence"(懈怠,疏慢)。

㉖ 为明晰起见,"跟他"二字为译者所增。"question",据 Schmidt,解作"discussion, disquisition, consideration"(商讨,议论,较量)。

㉗ 原文"distaste"作"不合口味"解,但"脾胃"似比"口味"坚定些,虽然在通行口语里后者比前者普遍些。

㉘ 原文自"不能让他作主"起至"便当用责骂去对付"止,不见于对开本,系补自四开本者;但在四开本里这一段却印成了散文,是 Theobald 最先把它分列成行的。Schmidt 说,这几行在初二版四开本里印成散文,而能很容易的重排成韵文,这就是可靠无讹的一个证明。

㉙ 原文"over-ruled"Schmidt《全典》上解作"controlled swayed"(控制,支配)。

⑬⓪ "with checks as flatteries, when they are seen abused."这一行费了许多注家的笔墨去修改诠释,他们弄不明白的是那"as";有人以为是"as well as"的意思,有人以为是"not"的排误。译文从 Craig 之 Arden 本,把这字作"instead of"讲,意思是"阿谀被他糟蹋时,就用责骂来替代阿谀"。

⑬① 自"我愿在"起至"才好说话"止的一行半原文亦补自四开本。Schmidt 亦认为可靠。

⑬② 对开四开各本都作"defuse";Rowe, Pope, Johnson 等都误认为印误,改作"disure";Theobald 本作"diffuse",从他的注里可以知道他也不曾懂得这字的意义,Hanmer 虽也照样校刊,却最先下了个准确的解释,"假扮"。目下通行本仍有作"diffuse"的,最著者如 Craig 的牛津本,解作"弄乱,弄迷糊",那是从 Steevens, Dyce 他们的注。

⑬③ 原文"thy master, ... shall find thee full of labours."依 Capell 注作这样解释:铿德的主人自会见到他很能辛勤报主,而且不论效忠多少次都成。即所谓鞠躬尽瘁,死而后已。

⑬④ Coleridge 评云:在黎琊身上,老年这事态本身便是个性格,——老年所自然有的缺点不用说,另外还加上那积了一辈子的命出惟从的习惯。旁人若表示一点个性出来,于他便是件毋须而可痛的事情;人家对他这么尽忠,他对人家可那么无情无义,这就够形容他的为人了。这样的性格当然变成了喜怒哀乐的大剧场了。

⑬⑤⑬⑥ 黎琊问话中的"profess"指行业,职业;铿德回答中的"profess"指他的主张,他的为人。原文用意双关。

⑬⑦ 从 Eccles 与 Moberly 注。

⑬⑧ 原文"to eat no fish"按字面直译只是"不吃鱼",Warburton 解作"不信天主教"。英国当伊丽莎白女王(Queen Elizabeth, 1533—1558—1603)时,天主教徒往往被认为国家公敌;所以有句谚语说,"他是个老实人,不吃鱼",意即他是个基督教徒,与政府同道。按旧教徒吃鱼仅礼拜五有此成例,非每天如此;新教徒不吃鱼只礼拜五不必吃鱼,却无禁止吃鱼的规定。Capell 以为莎氏不存此意,只说铿德是个吃肉朋友,鱼喂不饱他。译者认为前一说比较近情,因莎氏草此剧时距苏格兰女王玛利(Mary Queen of Scots, 1542—1567—1587)的被戮与西班牙大舰队(the Spanish Armada)的覆灭(1588)于英法海峡都只十多年,而虐杀天主教奸细的事件又常有闻见;莎氏作剧原为供当时公众的娱乐,没有存心印刷成书,更未曾想到要流传后世,所以并未顾到时代不符(anachronism)等问题。

⑬⑨ 原文"curious"Schmidt 释为"文雅,细致",Wright 训"细心经营的"。至于为什么"把一个文雅细致的故事能一说就坏"是长处,则不很清楚。

⑭⓪ 从 Wright, Furness 等注,"most faint"作"很轻淡"解。Schmidt 训为"极冷淡的,漠然的"。

⑭① Coleridge 评曰:这傻子可不是一个滑稽的丑角,给站在正厅里的看客作笑料的,——在他身上莎士比亚并未委曲他自己的天才,去俯就那班观众的趣味。说他伤心的这话是诗人预备他登台的介绍辞,使他和凄恻的剧情发生关系;莎氏其他剧中普通的丑角和弄臣没有这样的介绍。他和莎氏晚年喜剧《大风暴》(*The Tempest*, 1611—1612)里的妖怪皑力般(Caliban)同样是个可惊奇的创造;——他的狂呓,他那通灵的痴愚,在在可以表白出,计量出,剧景的惊心动魄。

⑭② 踢脚球在当时是个低下阶级的娱乐,只伦敦城 Cheapside 市场一带的店铺学徒在街上闹着玩,为上流人所不齿。我们的《水浒传》里说到高俅以踢球而致仕,亦有鄙夷之意。

⑭³ Schmidt 认为这是句命令语,不是问话;那便该译为"放些灵性出来。"

⑭⁴ Furness 新集注本上引了 Brown,Cowden Clarke 等人关于他的评论,小字大纸密印了两页多;这里为篇幅所限,只能节录一点大略。Brown 云:那件花花绿绿的短衫下面,藏得有一副何等高贵,何等温柔悌悯的心肠!也许你们所见和我所见不同,但我心目中只见他身材清瘦,眉宇间表现出他的感觉是极度的锐敏,目光明慧,一只美而圆润的嘴,颊上还带着一点病态的红晕。我愿我是个画家!我愿我能描写自己童年时对他的感觉,那时候这傻子真叫我喜欢得流泪,黎琊却只使我害怕!傻子上场来把鸡冠帽向铿德掷去,跟着就隐隐地责备黎琊那惨极了的鲁莽;我们应当从那时候起便了解他的性格,一直到最后。在这一景里,他能不顾屡次的恐吓,不顾刚瑙烈的爪牙对他的话作何解释,连续不息地倾吐他的妙语;可是他说话虽多,用意却集中在一点上,那便是劝黎琊收回他的君权。但时间已经太晚,大势已无法挽回!随后在刚瑙烈赶走他的那一顷,他还敢含怒唱出这只"劣歌",而对于自己也许会身受刚瑙烈的危害竟没有丝毫的畏惧:

这帽儿能换到绞索子,——
那我若逮到了狐狸,
和这样的一个女孩儿,
我准把她们全绞死。
傻子便这样的跟主子。

这样一个性格竟会被伶人,印书人,与评注家误会曲解到那步田地!注意他说的每一个字;他的意思该是无法被误解的;最后他明知暗寓责备的隐语已经无用,便把他的语气转变成简单的嬉笑,想借此减少他主人的悲痛。黎琊在暴风雨里挣扎,那时候有谁同他在一起?没有一个人——就是铿德也不在——除了这傻子;只有他还在极力跟那老国王的捶心的巨痛搏击。黎琊心神上的惨痛,若没有这可怜的忠仆侍候在他旁边,便会对于观客,对于读者,都显得太厉害,太没有优美的动情力了。这傻子点动了我们的怜恤心;黎琊却把我们的想象力承注得太满,承注得发痛。Cowden Clarke 以为黎琊的这个傻子是个少年,不独黎琊一刻少他不得,便是铿德也很顾怜他;他身体单薄,感觉锐敏,所以自从经历了第三幕第二景里的那阵大风暴后,便一直没有恢复过来,等他帮着把黎琊抬上往多浮去的床车(第三幕第六景景末)之后,便一蹶不振,惫极而病,病重而歿了。Lloyd 也说他是个童子,不是个成年人。他们的依据是黎琊常称呼他"my lad","my boy","my pretty knave"。但 Furness 以为不然,他说:这傻子不是个孩子,是个成年人——莎氏剧中最机敏但也最温柔的成年人中之一,长久的生命使他精通事理,身受种种苦难又使他变得温柔。他的明智是孩童所不能有的,那只能在一个成年人身上找得到,而那成年人至多只差国王自己的年龄二十岁;他从黎琊壮年的早期起便一直做了黎琊的伴侣。参看本景注⑮⁵ White 的评注。

⑭⁵ 自中古时期起至十七世纪止,英法各地的王公贵族多半养得有一两名"傻子"或弄臣,专供主人作取笑消遣使用。这些"傻子"并不真傻,只是特准他们装傻,实际上都是些能言善谑的小丑。他们穿着五彩驳杂的衣服,显得古怪滑稽;头戴的小帽有时插些鸡毛作装饰,有时做个假鸡头在上面,再缀上几颗小铃。黎琊的这个傻子更是比众不同,非但不傻,还且有洞察人事与世态之慧心。中文"傻"字亦有双关的含义,可谓巧合。

⑭⁶ 初二版对开本都印成黎琊说的这话,经各家考证有误。

⑭⑦ 直译原文应为"若是你不会顺着风儿笑,保管你不久就得伤风。"虽然这意思似乎连贯些,但我们有现成的俗语何不采用?何况"笑"字与这里的情景未见得天衣无缝。

⑭⑧ 黎琊把国土政权完全交给了刚瑙烈与雷耿,结果赔了王位不算,还失掉了两个女儿;他对考黛莲狠狠咒骂了一顿,但反使她成了法兰西王后。

⑭⑨ 据 Nares 说,"nuncle"一字为"mine uncle"之缩形,通常傻子叫他的主人都用这称呼,又傻子间彼此称呼用"cousin"一名。英文"uncle"这一字涵义很广泛,可译为"伯父,叔父,舅父,姑丈或姨丈";译文姑作"伯父"。

⑮⓪ 对开本作"the Lady Brach";"brach"是母猎狗的通称。Archibald Smith 注云,前面的"Truth"(真话,真理)和这里的"lady"对立有些不伦不类,"lady"想系"lye"(撒谎,假话)之误。

⑮① 这一支含有处世秘诀的"劣歌"(doggerel)骤听起来鄙陋可哂,但唱者言下热泪涔涔,于无情的嬉笑中极尽讥嘲世态,针砭人事之妙。译者用苏州小热昏口吻,欲仿原文寓苦痛之赤诚于浮佻轻率中之意。

⑮② 从 Warburton,"trowest"作"to believe"解。Capell 训为"知道"。

⑮③ "多睡觉"为译者所添,为的是凑韵。

⑮④ 原意为:如果那么办,你在二十里可以找到不止两个十。那就是说,你莫以为这是老生常谈,平淡不足道,这样子过活好处多着呢。

⑮⑤ 四开本把这个印成黎琊说的话,经细考证明有误。White 说:黎琊对这个可怜的忠仆,从不当面称呼他傻子。在背后说起他,也许叫他这个官衔;但对他说话时,总是称呼他得很亲密,往往是"my boy"(译者按,"my boy","my lad","my knave",我一律译为"小子"),虽然这可怜的家伙已在这世上有了许多年悲伤的经验。有位大演剧家麦克利代(William Charles Macready,1793—1873)因不懂这称谓,竟将他装成了个有年纪的孩子,真是个恶劣不堪的误解。

⑮⑥ 此语为译者所增。

⑮⑦ 自"有个人啊"起至"你抢我夺地分些去"止,对开本原文没有,仅见于四开本。

⑮⑧ 傻子唱前一行时指着他自己(宫廷及贵家所雇弄臣都穿杂色斑驳的衣裤),唱后一行时手指着国王。后一行的"不做声"为译者所增,为凑韵。

⑮⑨ 据 Warburton 及 Steevens 说,这是对当时滥用专卖权的一个讽刺;朝臣们有很多纳贿营私的,往往疏通斡旋,等事成之后,与请求专利者同坐其利。

⑯⓪ 从 Eccles 注;他以为"speak like myself"是"说傻话",不过这分明是句反话,因此译文直截作"说实话"。

⑯① 这首劣歌的译文从 Johnson 的诠释。

⑯② 原文"play bo-peep"为忽而掩面忽而露面,逗引小孩子的一种游戏,译为"捉迷藏"也不很妥,这里姑简译为儿戏。

⑯③ 原意只是"走到傻子中间来"。

⑯④ 原文"thou art an o without a figure"意即:如今你只是个零字,并无一个数字加在前面。

⑯⑤ Collier 与 Dyce 认为这两行和下文的两行("篱雀儿把布谷……")是一首讽刺歌谣的断片。

⑯⑥ 从 Wright 注。

⑯⑦ 意即谁都知道这是父亲对女儿说的话,不是女儿可以对父亲说的。

⑯⑧ Steevens 注,这是个旧歌里的一句叠句。Halliwell 注,"Jug"为"joan"一名的别称,也

作普通对女人亲爱的称呼用，——我译为“姣”即本此解，因我国歌谣里往往有称呼亲爱的女人作“姣”的。德人 Jordan 译本剧，注这字有三个意义，我以为都想入非非，不可以为法则。这里傻子也许只是引一句不相干的歌辞惑乱刚瑙烈的听闻，但也说不定是故意对她说的一句反话，意思是：你这泼妇，我恨你！

⑯⑨ Roderick 主张这是黎琊讥讽刚瑙烈的一段话；他改动了几个字，使原文适合他的解释。但 Heath 以为处在黎琊这样的地位，正是诧骇到不得了的时节，还不够明瞭他自己不幸的程度，决不会有冷静的脑筋去对刚瑙烈下讥讽。Heath 解最后三行云：若不是他的理解力已经朽坏，他的辨识力被昏迷的沉睡所克制，必然是——至此他正想说出另一个可能，——那就是：他神志依然明朗，知觉依然清醒，忽然他忆及适才的经过都历历如在眼前，一阵狂怒袭来，不能自止，当即脱口问道：“哈！什么！我现在会不会是清醒着的？那不会，那不会！你们有谁能告诉我我是谁？”

⑰⓪ 原文从这里起到“变成个孝顺的父亲”止，不见于对开本，乃补自四开本者。这一段也许有印误，也许有阙文，也许根本靠不住，历来的注家曾打过不少笔墨官司，在此不必详记。译文从 Tyrwhitt 的标点与解释。

⑰① 原文是连系代词“which”，我从 Douce，Knight，Singer，Hudson 他们的解释，认为系指傻子前面所说的“影儿”。

⑰② 原文“graced”Schmidt 训为“full of grace，dignified，honourable”（优雅，尊严，有荣誉的）。

⑰③ 从 Warburton 与 Wright 注。

⑰④ 原文作“marble-hearted”，直译为“大理石心肠的”。在英文这是句成语，形容人冷酷无情；中文成语该是“顽石心肠”。

⑰⑤ Upton 信这里的“sea-monster”指河马。但河马是个弑父淫母的恶物，象征凶杀，无耻，强暴，与不公平等恶德。Wright 不明白为什么莎氏所说的这海怪是河马；他以为也许是指鲸鱼。

⑰⑥ “detested kite”似应直译为“可鄙的臭鸢”，但恐我们没有这样的骂法，所以只得改走了一点原意。

⑰⑦ 指考黛莲不肯给他口惠，宣称怎样那般地爱他。

⑰⑧ 指“一点点轻微的小疵”而言；西方修辞学有这样一格，尤其在诗里，专向没有生命的东西或不在眼前的人物致辞，仿佛那东西或人物有生命或在眼前似的，专名叫做 apostrophe，始自希腊。前面黎琊称“忘恩负义”为魅鬼，说它有顽石作心肠，也就是这一种修辞格。

⑰⑨ 见注⑰⑧。

⑱⓪ 原文“engine”经各注家自乔塞（Geoffrey Chaucer，1340？—1400）的诗与波蒙（Francis Beaumont，1584—1616）及弗兰邱（John Fletcher，1579—1625）二人合作的戏剧里交互参证，断为“rack”（刑讯架）。

⑱① 关于这一段有名的咒誓，有人看了三位名伶表演后所作的记录很值得选译。Davies 的《戏剧杂录》（*Dramatic Miscellanies*，1784）里说：盖力克（David Garrick，1717—1779）表演这段咒誓时动人得可怕，使观众对他似乎起了畏缩，像闻见了惊雷骤电似的。他演唱时的预备动作就非常动人，先把拐杖扔掉，一膝跪在地上，两手握紧，眼望着天。Boaden 在他《垦布尔传》里极力称赞这位名伶（john Philip Kemble，1757—1823）扮演的《黎琊王》：一七八八年一月垦布尔表演黎琊（饰考黛莲的是他姊姊西桐士夫人），那晚上他那篇咒誓使人的灵魂为之创伤；他先把全身精力收敛了拢来，两

手抽缩着,紧握着,显得无限的苦痛与忿怒,愈说愈热烈也更外急促,最后那一截竟致连呼吸也窒息了起来,一切都表现出他的最高的绝技和独创的发明力。他面容也饰得极好,那庄严伟大近于米凯朗琪罗(Michelangelo Buonarroti,1475—1564,意大利文艺复兴期三大师之一,精雕刻,绘画,建筑,又能诗)所手创的最可惊的人物。可是 Scott 评《垦布尔传》的一文里说起西桐士夫人(Mrs. Sarah Siddons,1755—1831)还不很满意她弟弟表演的黎琊,觉得他姿势过于圆润;她自己当即做个榜样,说是那么演才够描摹尽致;——她站起来立成一个古埃及雕像的姿势,膝盖双双靠紧,脚尖微向里边斜着,臂肘贴住了两旁,两只手合十向上,这么样装了个最局促最不优美的姿态之后,她开始背诵黎琊的那篇咒誓,真令人毛发耸然,心惊肉跳。

⑱② 从 Warburton 与 Heath 注,此外有七八家不同的解法,不备载。

⑱③ 原文作"disnatured";从 Steevens 注,解作"缺乏亲子间自然之爱的"。

⑱④ 根据 Malone 的诠释。也许有人觉得用这"劬"字太文雅,但请他细心一想:我们这二十年来的语体诗只靠一个贫乏简陋的字汇够不够用? 白话文的修辞已否到了宝藏丰富,幽深微妙的境界,也刚强,也柔媚,也豪放,也韧炼,可以毋须吸收白话以外的成分,杜门谢客,专讲它自身的冲和纯净?

⑱⑤ 这里原文作"gods that we adore"(我们崇拜的天神们啊)!

⑱⑥ Eccles 推测只是轮到亚尔白尼与刚瑙烈值月的那开头十四天,这以前黎琊也许轮流在两个女儿处各住过多少次。但据 Daniel 推算,这时候只离第一幕第一景十四天。

⑱⑦ 原意为"让烈风与重雾降临你!"当时人以为重雾能传播疫疠。

⑱⑧ "to temper clay"直译为"去弄潮尘土"。

⑱⑨ 此语不见于对开本。

⑲⓪ 同前注。

⑲① Coleridge 云:亚尔白尼不很信刚瑙烈的话,但他为人懦弱,怕作主张。这样的性格总是俯首帖耳地听从那些不怕多事,肯管理他或替他管理事情的人的话的。但这里也许因为他那公主夫人来势大,带了许多国土过来,所以他不得已只好示弱。

⑲② "sir"字极难译:以说话人的地位,态度,声调,与说话的时会不同,它含有尊敬,客气,讥讽,愤怒,鄙夷等大相悬殊的意义。

⑲③ Schmidt 之《全典》解原文"at point"为:对不论什么紧急的事情有充分的预备。

⑲④ 本 Capell 所释义。

⑲⑤ 本 Schmidt 所释义。

⑲⑥ 本 Schmidt 所释义。

⑲⑦ 原文"at task"经各注家下了许多不同的诠释。译文从 Johnson 的"reprehension and correction"(谴责与惩罚),但"惩戒"似嫌太重。

⑲⑧ 从 Hudson 注:亚尔白尼要避免和他妻子发生口角,所以对她说,"很好,我们不用争,且看你的办法行出来如何"。

⑲⑨ 是地名,不是人名,雷耿与康华暂时的寓处;第二幕第四景说起他们去看葛洛斯忒伯爵,伯爵堡邸便在这地方邻近。古时英国伯爵都有封地,他自己往往住在那里,他的爵位也以此得名。

⑳⓪ Moberly 注,傻子笑铿德答应赶路勤快的诺言,所以先说道,"脑子生到脚跟里去时"(就是说,一个人除了跑快腿以外别无聪明可言)"那人也许会生脑冻疮";接着他又对黎琊说,"你没有脑子,所以你没有生脑冻疮的危险。"按傻子笑铿德乃笑他枉费奔波,去得无用;笑他仗着一点点愚忠只知跑腿,竟不用脑筋先想一下去得有用无用。

傻子又笑黎琊简直没有脑筋,他不该把国土分给这样的两个女儿,却将小女儿欺侮到那步地田,如今悔已无及,又去找雷耿自讨没趣。

㉑ 原文作"thy wit"(你的聪明):为与上文措辞衔接起见,不曾照字面译。

㉒ 为要使这句很晦涩的话稍微明白起见,"走路的"为译者所增入,并非译原文"thy wit shall not go slip-shod"的"go"字。"slip-shod"是个状词,不是个副词;"go"已寓在"着"字里。

㉓ 原文"will use thee kindly"据 Mason 注,意义双关:一是"待你很亲爱",二是"和她的同类一般地待遇你"。以第一义解,这是句反话;第二义的所谓同类当然指和她是一丘之貉的刚瑙烈。

㉔ 山楂形状与苹果一样,只较小较酸。

㉕ 黎琊开始怀念他的小女考黛莲。

㉖ 想起刚瑙烈。

㉗ 或译为"笨蛋"。

㉘ Delius 与 Wright 都以为"seven stars"系指 Pleiades 星座中之七星,但 Furness 说也许指北斗七星。

㉙ 从 Johnson 注,Delius,Wright 等也同意:黎琊正在想念恢复他的君权。

㉚ 想到刚瑙烈对他那么样没有心肝,除非是怪物才能那样。

㉛ 这景末两行双行骈韵体意思就是说:现在这看戏的人群里若有个处女取笑我不该跟着黎琊去奔走,那处女不久就得失身,除非我们这事变会有解决。据 Eccles 解释,傻子说那处女不久就得给他回来弄坏,因为他知道这一去雷耿决不会礼遇黎琊。Singer 注稍异:那一个处女以为我们这一去有什么好结果,她准是个蠢货,不久就会给人骗掉了她的贞操。许多注家都以为这玩笑开得太粗俗,这两行非出于诗人之手,定是有一个自作聪明的演员妄自加入剧文,以取悦正厅里站着的观众(groundlings)的,随后以误传误,抄进了后台用的戏本里去,又印刷成书。

第　二　幕

第　一　景

［葛洛斯忒伯爵堡邸中。］

［蔼特孟与居任同上。

蔼特孟　上帝保佑你，居任。

居　任　也保佑您阁下。我才见过了令尊，告诉他康华公爵和爵夫人雷耿今晚上要到他这儿来。

蔼特孟　做什么？

居　任　那我可不知道。您听到外边的风声吗，我是说那些私下里的传闻，因为那还只是些咬耳朵偷说的谣言①呢？

蔼特孟　我没有听到。请问是什么风声？

居　任　您没有听说康华和亚尔白尼两位公爵许就要打仗吗？

蔼特孟　一点都没有。

居　任　那就请听吧，这正是时候了。再会，阁下。

［下。

蔼特孟　今晚上公爵要来？那更好！最妙了！
这一来准会②和我的事攀上了藤蔓③。
父亲已然安排好要逮住哥哥；
我还有件妙事应付得要小心着意④，
我一定得做：要做得爽利做得快，

另外也得靠命运帮我的忙！[5]——
哥哥，说句话；下来！哥哥，我说啊！

［蔼特加上。

父亲警戒着，要逮你！快逃开这里！
你躲在这里有人向他告了密！
你现在有黑夜替你庇护着安全。
你说了康华公爵的坏话没有？
他赶着这夜晚，说话就到，忙着来，
雷耿和他同来；你在他这边
没说过亚尔白尼公爵的坏话吗[6]？
你自己想一下。

蔼特加 我真的没有说过。

蔼特孟 我听见父亲在来了！请你原谅；
我一定得假装向着你拔剑相斗。
快拔出剑来；装着自卫的模样；
好好地和我对剑。赶快认了输！
到父亲跟前来[7]！——拿火来，喂，这儿来！——
快逃，哥哥！——火把，火把！［蔼特加下。］——
再会。
身上刺出一点血，会叫人信我 ［自刺臂上。
追他得分外急切。我见过醉汉
刺着玩[8]比这样还要凶。——父亲，父亲！——
住手，住手！——没有人来救吗？

［葛洛斯忒上，仆从持火把随上。

葛洛斯忒 蔼特孟，那坏蛋在哪儿？

蔼特孟 他站在这暗中，握一把利剑，咕噜着
邪魔的咒语，[9]在那里召遣月亮
做他的卫护女神。

葛洛斯忒 可是他在那儿？

蔼特孟 您看，父亲，我流血！

葛洛斯忒 那坏蛋呢，蔼特孟？

蔼特孟 往这边逃走的，[10]父亲，他见他不能——

葛洛斯忒　追他去，喂！赶着他。[数仆从下。]“不能”怎么样？

蔼 特 孟　劝诱我将您谋害，可是我告他
罚罪的天神们对杀害尊亲的大恶
不惜用他们所有的雷火来惩处，
我又向他说孩儿对父亲有多少
地厚天高的[11]情义；总之，父亲
他见我怎样跟他那不近情的意向
狠狠地敌对，他便使用他那柄
有备的佩剑，忍着心向我一击，
击中我无备的身躯，刺伤这臂膀；
但或许[12]他眼见我已激发得性起，
并不甘多让，贾着勇要跟他周旋，
或许是我大声的叫嚷使他惊心，
他就蓦然逃去。

葛洛斯忒　　　　　　　　尽他去远走
高飞，在这境地里可不会逮不住；
逮住了——就得死！公爵，我那位主上，
我的尊贵的首领与恩公，今晚来；
我要请准他，用他的权能宣示：
谁若找到了这谋杀亲尊的懦夫，[13]
引他上焚身的刑柱，便该受我们
酬谢；谁要是将他窝藏着，就得死。

蔼 特 孟　我劝他放弃他那番不轨的图谋，
他厉声疾色，[14]回报我他用心的坚决[14]；
我便恐吓他要宣布案情，[15]他回答道：
“你这传不到遗产的野种！你想，
我要是跟你作对，[16]既无[17]人信你
有什么优良的德性和高贵的身份，
还有谁信你吐露的乃是真情？
不；我所否认的，——这我得否认；
哎，即使你取出我亲手的笔迹，[18]——
我会推说那都是你一人的蛊惑，[19]

狡谋,和罪大恶极的毒计所酿成;
若要人不信,[20]你所以要伤我的生命
都因我死后的好处对你蕴蓄着
太多有力量的激刺,你便非得将
世人都变成了呆子,万无指望。”

葛洛斯忒 啊,这坏透了的恶棍真骇人听闻![21]!
他能不承认那信吗?那坏种决不是
我亲生的儿子。[22] [幕后号声作进行曲。]
那是公爵的号声,
你听!我不知为什么他到这里来。
我要把所有的口岸[23]完全封锁住;
那坏蛋逃不掉;公爵得准我这件事。
另外我还要把他的图像不拘
远近地分送,使全国都对他注目;
至于我那些地土,私生的爱儿,[24]
你忠诚出于天性,[24]我自会设法
叫你有承袭的权能。[25]

[康华、雷耿与从人们上。

康华 你好,尊贵的朋友!我虽是才来,
但已闻见了一个惊人的消息。

雷耿 如果是实事,把严刑酷罚全用尽
也不够惩治[26]这罪犯。你好,伯爵?

葛洛斯忒 唉,夫人,这衰老的心儿碎了,——
碎了!

雷耿 什么,我父亲的教子[27]谋害你?
他还是我父亲提的名?你的蔼特加?

葛洛斯忒 唉,夫人,夫人,我没有脸说话![28]

雷耿 他可是就同侍候我父亲的那班
荒淫暴乱的武士们作伴的吗?

葛洛斯忒 那我不知道,夫人。——太坏了,太坏了。

蔼特孟 正是的,夫人,他交的是那些伙伴。[29]

雷耿 那么,无怪他存心变得那样坏;[30]

那都因他们鼓动他谋害了这老人，
好合伙朋分，[30]花掉他身后[31]的进款。
就在今晚上我从我大姐那边
得知了他们的详细，她又警告我
他们若是去到我家中留驻，
我莫要收留。

康　　华　　我也不收留，雷耿。
蔼特孟，我听说你对你父亲却很尽
为儿的爱敬。

蔼特孟　　是我的本份，爵爷。

葛洛斯忒　他把那败种的阴谋揭破，要逮他，
因此便受了你见的这一处创伤。

康　　华　有人追他吗？

葛洛斯忒　　有的，善良的主上。

康　　华　逮到了他时，他便休想再叫人
怕他作恶。定下你自己的算计，
你能尽我们的权威，任意去处置。——
至于你，蔼特孟，你那顺从的德行[32]
如今[33]显得你这样优良中正，[34]
我们要将你重用。[35]我们正需人
有这般可靠的禀性，就最先得到你。

蔼特孟　不论怎样的事，我都愿替公爵
奔走。

葛洛斯忒　　我为他感谢爵爷的恩典。

康　　华　你可不知道为什么我们来这里吗？

雷　　耿[36]　这样不合时，引线似的穿过黑夜
这难穿的针眼；[37]尊贵的葛洛斯忒，
我们有要[38]事要向你征询主意。[39]
我们的父亲和姐姐都写信来申诉
他们父女间[40]的争执，我忖度情形
最好还是离了家到外边[41]来回答；
故此两方的信使从家里跟了来

正等着我们差他们回去报信。
我们的老友，你且放平了心绪，
为我们这事情贡献一点我们
正迫切待用的意见。

葛洛斯忒 遵命，夫人。——
极欢迎你们两位大人来恩幸。［号声作。人众同下。

第二景

［葛洛斯忒堡邸前。］
［铿德与奥士伐先后上。

奥士伐 快天亮了，朋友，你好；㊷你可是这家里的人吗？

铿德 哎。

奥士伐 我们把马儿歇在哪儿？

铿德 歇到泥洼里去。

奥士伐 劳你驾，要是你乐意我的话，㊸告我一声。

铿德 我不乐意你。

奥士伐 那么我也不理会你。

铿德 若是我在列士白莱豢牲园㊹里碰见了你，准叫你理会我。

奥士伐 为什么你这样子对我？我并不认识你。

铿德 我可认识你这家伙。

奥士伐 你认得我是什么人？

铿德 我认得你是个坏蛋，是个混混儿；吃残羹冷饭的东西，㊺一副贱骨头，神气十足，呆头呆脑的，㊻叫化的胚；给了你常年三套衣服穿，就买得你叫不完的老爷太太；㊼只有一百镑钱的绅士；㊽卑鄙下贱，穿不起丝袜子的㊾坏蛋；芝麻大的胆，㊿挨了打骂不敢自己动手，却只会递状子仰仗官府来出头的[51]东西；婊子养的，尽自对着镜子发呆，[52]手忙脚乱地瞎讨好，[53]打扮得整整齐齐的痞棍，整份儿家私只一只箱子的[54]奴才；为侍候人愿意去当娼妓；我看你只是坏蛋,要饭的,耗子胆,王八羔子,杂种的狗这几件东西的混账:我给了你这些个外号你若道半个“不”字,准打得你拉长了嗓子直叫。[55]

奥士伐 啊,你这家伙真是个怪物,你不认识人家人家也不认识你,却这么乱骂人!

铿德 你不认识我,好一个铜打铁铸的厚脸皮,你这臭蛋!我在国王面前摔了你的觔斗,又打你,可不是只两天前的事吗?拔出剑来打,你这痞棍!这时候虽是在晚上,月亮却照得很亮,我定把你戳成一团豆蔻香油煎满月,[56]你这婊子养的蠢才,[57]跟人剃头刮脸的下作货,[58]拔出剑来打。 [拔剑欲击。]

奥士伐 去你的!我不来理会你。

铿德 拔出剑来,你这坏蛋!你带着于国王不利的信来,甘心做那玩意儿的帮凶,[59]跟她的父亲王上作对。拔出剑来,你这痞棍,不然我就横剁你的脚胫!拔出剑来,你这坏蛋;来呀。

奥士伐 救命啊!杀人!救命!

铿德 使你的剑,奴才!站住,混混儿,站住,你这真正的奴才,[60]使你的剑来!

[蔼特孟执剑上。

蔼特孟 怎么的!为什么事? [分开他们。][61]

铿德 跟您来,好角色,[62]要是您高兴的话,来,我教您开剑,[63]来吧,小主人。

[康华、雷耿、葛洛斯忒与仆从上。

葛洛斯忒 使刀弄剑的这是怎么回事?

康华 快停住,我把你们的生命打赌!
谁再动了剑就得死!怎么一回事?

雷耿 可是大姐和国王差来的使者们?

康华 你们争吵些什么?说呀。

奥士伐 我回不过气来,大人。

铿德 怪不得,原来你已使足了你的胆。你这卑懦的坏蛋,没有人性的东西;[64]是一个裁衣匠把你缝出来的。[65]

康　　华　你这人好怪，裁衣匠怎么缝得出人来？

铿　　德　不错，是裁衣匠缝的，爵爷；石刻师或画师做他出来不能这样坏，即使他们只学了两点钟的[66]手艺。

康　　华　可是说出来，你们怎样吵起的架？

奥士伐　爵爷，这老流氓我看他的灰白胡子，饶了他的命，——

铿　　德　你这婊子养的，只当你是个屁！[67]——爵爷，要是你准许的话，我把这不成材的坏蛋踹成了灰泥，[68]把他涂在茅厕的墙上。——饶我的灰白胡子，[69]你这摇尾巴的鸟？[70]

康　　华　不许说话，贱货！——
你这畜生似的坏东西，懂不懂规矩？

铿　　德　是，爵爷，但是一个人在盛怒之下自有一点特别的权利，他来不及顾到礼貌了。[71]

康　　华　你为什么盛怒？

铿　　德　为的是这样的奴才也居然佩着剑，
内里却不曾佩得有分毫的高贵。
这一类谄笑的痞棍跟耗子一般，
常把紧得放不松的神圣的绳缇[72]
咬作了两截；他们主子的天性里
只要起了点反常逆变的波澜，
他们便无有不从旁掀风作浪；[73]
火上添油，冷些的心情上洒雪；
说是道非，转动钓鱼郎[74]似的鸟喙，
全跟着主人风色的变幻而定向；
狗一般什么也不懂，只晓得追随。
瘟死你这羊癫风上身的嘴脸！
你可是笑我说话好比个傻子吗？
笨鹅我若在舍剌谟平原上碰见你，
准把你呷呷呷的赶回你老家开米洛。[75]

康　　华　什么，你发了疯吗，老头儿？

葛洛斯忒　你们怎样吵起架来的？你说吧。

铿　　德　天下再无两件相反的东西，
　　　　　比较我和他这么个恶棍之间，
　　　　　含得有更多不相容的敌忾。
康　　华　为什么你叫他恶棍？他恶在哪里？[76]
铿　　德　他这嘴脸我不喜欢。
康　　华　你也许不喜欢我的脸，或他的，她的。
铿　　德　公爵，我说话一辈子只知道坦白。
　　　　　自来我却见过了比在我眼前
　　　　　架在这些肩上的任是那一副
　　　　　都好些的嘴脸。
康　　华　　　　　　　　这是个那样的家伙，
　　　　　给人赞了他率直无华，便故意
　　　　　装出那莽撞的粗暴，把外表做作得
　　　　　和本性截然相反，[77]他不能奉承，——
　　　　　只有他那副诚实坦白的心肠，——
　　　　　他定得说实话！他们若听他，就罢；
　　　　　假如不然，他是在那里坦白。
　　　　　这一类坏货，我知道在这些坦白里，
　　　　　包藏的奸刁和恶意，要多过二十个
　　　　　折背伛腰，礼数周全的随侍们。[78]
铿　　德　公爵，我来说真话，我来说实话，
　　　　　请准您伟大的[79]光座[80]，你放出的运数
　　　　　便好比炜伯氏[81]闪耀的额前那轮
　　　　　辉煌的火环，——
康　　华　　　　　　　　　这是什么意思？
铿　　德　这是不说我自己的话，因为我的话您那么不赞成。公爵，我知道我不是拍马屁的能手；谁假装着说话坦白[82]来哄骗您，谁就是个十足的[82]坏蛋；拿我自己来说吧，即使您央我当那么个东西，我不肯当会使您生气，[83]我还是不愿意当的。
康　　华　你是怎么样冲撞他的？
奥 士 伐　我从没有冲撞过他。

最近国王，他那位主子，只因
他自己一时的误解，动手打了我；
他便在旁帮同他，曲意去逢迎
他那阵恼怒，将我在背后绊倒；
我倒了，他就使足了男儿的气焰，
咒骂，凌辱，显得他是位好汉；[84]
那样能对自行克制的人逞强，
他便博得了国王称赞他勇武；
他见这荒谬的行径初试得成功，
所以又复在这里拔剑挑衅。

铿　德　若跟这些坏蛋懦夫们对比，
夸口的蔼杰士只能当他们的傻子。[85]

康　华　拿出脚枷来！——你这倔强的老坏蛋，
夸口的老贼，我们得教你——

铿　德　　　　　　　　　　　公爵，
叫我学，我年纪太老了；别对我用脚枷。
我侍候国王，是他差我来这里的；
你枷了他派来的信使，对他太不敬，
对我主人的尊严显得太毒辣。

康　华　拿出脚枷来！我还有生命和荣誉在，
他便得在那里枷坐到午上。

雷　耿　　　　　　　　　　　"到午上！"
到晚上，我的夫君，还得整晚上！[86]

铿　德　啊呀，夫人，我若是您父亲的狗，
[脚枷自幕后抬出。][87]
你也不该这么样待我。

雷　耿　　　　　　　　　大爷，
你是他的奴才，我就要这么办。

康　华　这就跟我们大姐说起的那人
一般模样。——来，把脚枷抬过来！

葛洛斯忒　让我恳求爵爷不要这样做；
他过错很大，[88]好王上他主子自会

将他去责骂。您想用的这低微的惩处；
只是对那班卑鄙下流的犯小偷
和通常小罪的贱人们施行的刑罚；
君王见了他这么样坐罪受禁，
您把他遣来的信使轻看到如此，
准会因而失欢。

康　　华　　我自有应付。

雷　　耿　　大姐知道了她家臣为奉行使命，[89]
无端[90]受侮辱与凶揿，更要失欢。——
把他腿子装进去。[89]　　［铿德枷上脚枷。］[91]

康　　华　　来，伯爵，进去吧。　　［除葛洛斯忒与铿德外，人众尽下。

葛洛斯忒　　朋友，我替你很伤心，可是公爵
要这样，他的性情，满天下都知道，
不容人反对或阻挡。我替你去求情。

铿　　德　　请不用，大人。我赶路没有睡，累得很；
待我睡掉一些时候，其余的
用口哨来消磨。一个好人的命运
也会在上枷的脚上长得很好；[92]
祝福你早安！

葛洛斯忒　　［旁白］这要怪公爵，国王准会生气。　　［下。

铿　　德　　好君王，你定得经验到这句老话，
舍弃了天赐的宏恩来晒暖太阳。[93]
到来啊，你这指迷下界的灯塔，
凭你那慰人的光线我好拆看
一封信！若非身处着悲惨，简直
可说决无人能见到奇迹的来临。[94]
我知道这是考黛莲的信，多亏她　　［拆信］[96]
得报了我低贱的生涯。[95]［读信］——“将在这混乱
非常的局势里寻找到时机——设法
把损失弥补回来。”[96]——又累又倦，
我一双睡眼啊，借此正好不见

这张可耻的床。[97]
再会了,命运;再笑笑;[98]转动着轮子![99] ［睡去。

第 三 景[100]

［布景同前。］
［蔼特加上。

蔼 特 加 我听到缉捕我自已的告示;[101]
幸喜[102]有一棵空树施援[102]才逃掉
这追拿。没有一个安全的口岸,
没有一处所在没有守卫
和异常的警备要把我擒拿。能逃时
总得保全着自已;我已经决心
装一副贫困糟蹋人,把他逼近了
畜道的那绝顶卑微和可怜的外观;
我要用泥污涂面,用毡毯裹腰,
使头发缠绕扭结,用自愿的[103]裸露
去凌冒风威和天降的种种虐待。
这境内疯叫化汤姆[104]的实证和先例
我见过不少,他们号叫着,把一些
铁针,木刺,钉子,迷迭香的小枝,
刺进他们那麻木无知的裸臂;
他们装扮着这般可怕的模样,
向隘陋的田庄,贫贱的村落,羊栏和
磨坊里,有时狂咒,有时祈求,
强化他们的布施。可怜的抖累古![105]
苦汤姆! 如今还有他,我蔼特加没有了。[106] ［下。

第 四 景

［布景同前。］
［黎琊、傻子及近侍上。

黎　　琊　奇怪，他们竟会这样出了门，
　　　　　不叫我差去的信使回来。

近　　侍　　　　　　　　　　　　据我
　　　　　听说，他们昨晚上还没有决意
　　　　　要离家外出。

铿　　德　　　　　　您来了，尊贵的主上！

黎　　琊　吓？
　　　　　你把这羞辱当好玩吗？

铿　　德　　　　　　　　　　不，大人。

傻　　子　哈哈！他绑着一副无情的[107]吊袜带。[108]系马系住头，绑狗绑熊[109]绑着脖子，猴儿[109]要捆着腰，人得扎住了两条腿；一个人跑腿跑得太忙了，就得穿上一副木头做的长袜子。[110]

黎　　琊　什么人把你这样地错认了高低，
　　　　　枷锁在这里？

铿　　德　　　　　　他们俩：您女儿和女婿。

黎　　琊　不是。

铿　　德　是的。

黎　　琊　我说不是。

铿　　德　我说是的。

黎　　琊　不是，不是，他们不会。

铿　　德　是的，是他们干的。[111]

黎　　琊　我对天皇巨璧德[112]发誓，那不是！

铿　　德　我对天后巨诺[113]发誓，那是的！

黎　　琊　他们不敢这样做，他们不能，
　　　　　不会这样做；这简直比杀人还凶，
　　　　　故意[114]施这样的狂暴；你要快些说，
　　　　　可又得从容[115]让我知道个周详，
　　　　　我派你出来，你是怎么样才该受，
　　　　　他们才该罚你受，这样的遭际。

铿　　德　大人，我正在他们府里边晋呈
　　　　　给他们您大人的书信，循礼在下跪，

还不曾起身,突然来到了一名
在急忙里煎熬[116]得汗气[117]蒸腾的信使,
差些儿回不过气来,喘出他主妇
刚瑙烈对他们的问候;他不顾我在先,
他在后,[118]把信递上,他们顿时
就看,这一看就匆匆召集了随从,
马上上马;他们吩咐我跟着,
等有空再给回音;还给我看白眼。
在这里我又碰见了那名信使,
都为欢迎他,我才遭他们的冷淡——
就是近来常在您大人跟前
胆大妄为的那东西——一时恼怒
上来,我就奋不顾利害的轻重,[119]
拔剑向他挑衅;哪知他一叠连
懦怯的叫喊,惊动了这邸中上下。
您女儿女婿就派我这番过误
该当受这般羞辱。

傻　　子　要是野鹅往那边飞,冬天还没有过咧。
衣衫破烂的父亲们
把女儿变成了瞎子。
背负钱袋的父亲们
享尽儿女们的孝思。[120]
命运是个滥贱的娼家
从不跟穷酸眼笑眉花。[121]——
可是,因此上你为女儿们所受的熬煎要同你数上一年的洋钱那么多呢。[122]

黎　　琊　啊,一阵子昏惘[123]涌上心来!
"歇司替历亚",[123]往下退;上升的悲痛啊,
下边是你的境界!——这女儿在哪里?

铿　　德　跟伯爵在一起,大人,就在这里边。

黎　　琊　别跟我来;待在这儿。

近　　侍　除了你说的,你没有干过错事吗?

锃　　德　没有。——

怎么国王的随从带来得这样少?

傻　　子　要是你戴上脚枷因为问了那句话,那倒是活该你受的罪。

锃　　德　为什么,傻子?

傻　　子　我们要叫你去拜一只蚂蚁作老师,让它教你大冷天别去工作。我们跟着鼻子走路的人,[124]除非是瞎子,都会用眼睛;可是就在二十个瞎子中间,也没有一个的鼻子闻不出他那阵臭味儿来的。一个大轮子滚下山来时你得撒手;不然,你若跟着它下来,准把你的脑袋瓜儿打烂。[125]可是一个大轮子滚上山去时,你尽管让它拉着你走。有聪明人给你出得更聪明的主意时,把咱们这主意还给咱们;这是个傻子出的主意,除了坏蛋,咱们不劝旁人去听信。

眼巴巴[126]只为好处的先生,
　　他当差不过是装模作样,
老天一下雨他就得飞奔,[127]
　　留你在风雨中间去乘凉。[128]
让聪明人拔出腿子[129]跑吧,
　　但我要待着,傻子可不走;
傻瓜一走掉便是个坏蛋;
　　傻子可不是坏蛋,[130]我赌咒。[131]

锃　　德　这是你从哪儿学来的,傻子?

傻　　子　不是戴着脚枷学来的,傻瓜![132]

[黎琊重上,葛洛斯忒同来。

黎　　琊　不跟我说话?他们不舒服?累了?
昨晚上赶了整夜的路?只是些推托,
一片抗上叛乱的形景。给我去
要个好些的回音来。

葛洛斯忒　　　　　　亲爱的王上,
你知道公爵的性情何等暴躁,
他定下了主见,怎样也不能动摇。

黎　　娜　灾殃！[133]疫疠！死！摧残倒坏！
"暴躁"？你说是什么"性情"？喂，
葛洛斯忒，葛洛斯忒，我要跟
康华公爵和他的妻子说话。

葛洛斯忒　是，王上，我已经通报过他们了。

黎　　娜　"通报过"他们？你懂得我没有，你？

葛洛斯忒　哎，不错的，我的好王上。

黎　　娜　国王要跟公爵康华说话。
亲爱的父亲要跟他女儿说话，
着她来侍候。把这个"通报过"他们吗？
我这条老命！[134]"暴躁！""暴躁的公爵？"
你去告诉那冒火的公爵，说是——
不，还不要，也许他当真[135]不很好；
病痛常使我们忽略健康时
一应的名份；有时躯壳上的安宁，[136]
受到了病痛的[136]压迫，使精神也陪同
形骸受苦，就不由我们去自主。
我要耐着心；如今自己太使性，[137]
便把抱病人当作无病人去准绳。——
［望着铿德］[138]不如死！为什么他要枷坐在此？
这件事使我信他们故意不露脸[139]
只是个奸计。放下我的仆人来！
去告诉公爵和他的妻子，说我要
跟他们说话，就在此刻，马上；
叫他们出来听话，不然我要在
他们卧室门前一声声地[140]捶鼓，
捶破他们的梦魂。[141]

葛洛斯忒　我但愿你们大家和气。　［下。

黎　　娜　天啊，我的心，向上升的心！[142]下去！

傻　　子　喝它下去，老伯伯，好比厨娘[143]把活跳的鳗鱼放进热面糊[144]里去时一样；她手里拿着棍儿，向它们呆脑袋上几下一敲，喝道"下去，贱东西，下去！"那厨娘的兄

弟却对他的马非凡爱惜，草料上都涂上奶油。[145]

［葛洛斯忒重上，康华、雷耿及仆从同来。

黎　琊　愿你们两个早安。

康　华　　　　　　祝福您老人家！　　［铿德被释。］

雷　耿　看见父王，我很高兴。

黎　琊　雷耿，我想你不致不高兴见我；
我知道什么缘由我得这么想；
若是你不高兴，我要跟你那位
地下的母亲离婚，让她在墓中
还担个通奸的罪名。——啊，放了你吗？

［对铿德］[146]

那件事以后再说。——心爱的雷耿，
你大姐真是个坏货。喔，雷耿，
她把她尖牙的狠毒，像一只兀鹰，　　［指心］[147]
钉住在这儿！我几乎不能向你说；
你不能相信她用多卑劣的行径——
喔，雷耿。

雷　耿　　　　　　父王，我劝你要镇静。
我怕并非她疏忽了为儿的本份，
却是你不能赏识她品性的优良。[148]

黎　琊　哦，怎么说？[149]

雷　耿　　　　　　我不信在本份上大姐
会有一点儿的差池。可是，父王，
假如她约束了你那班随从的暴乱，
那无非是为了种种的原因，为了
归根结局的安全，在她却并无
丝毫的不是。

黎　琊　我咒她！

雷　耿　　　　　啊，父王，你已经老了；
你所有的生机命脉已到了尽头
边上。[150]你得让慎重明达的旁人
约束指引你，旁人看你要比

你自己清楚得多。因此我劝你
还是回到大姐那边去；说一声
你委屈了她，父王。

黎　　娜　　向她请罪？
你看这样于尊卑的伦次[151]如何：
"亲爱的女儿，我承认我已经年老；　　［下跪］[152]
老年乃是个累赘。我特为[153]跪下，
求你恩赏给我衣食和居处。"[154]

雷　　耿　父王，别再那样了；多难看的把戏。
回大姐那里去吧。

黎　　娜　　雷耿，我决不。　　［起立］
她裁了我半数的侍卫；用白眼[155]对我；
毒蛇般用她的长舌戳痛我这心。
上天千年万年来郁积的天谴
一起倾泻在她那颗忘恩的头上！
凶邪的大气，[156]使她腹中的胎儿[157]
四肢残废！[158]

康　　华　　算了，父王，别瞎说！

黎　　娜　急电的乱刀，[159]把你们疾闪的锋芒
插进她那双睥睨不认人的眼睛！
洼湿间蛰伏的浓雾，被太阳的光威
吸引出来的毒雾啊，快去损坏
她年轻的美貌，[160]摧毁[161]她倔强的骄傲！

雷　　耿　啊，神圣的天神们！你暴性一发，
也会同样地咒我。

黎　　娜　不会，雷耿，你决不会被我诅咒；
你温柔的本性不会变成悍暴。
她眼中放射着凶焰，但你的目光
和煦温人而不加灼痛。你不会
对我的所好嫉忌，裁我的随从，
向我申申地诟骂，削我的支应，[162]
总之，闭关下闩地摈我在门外；

你多懂些亲子间的义理，儿女的本责，
和蔼的言行，和领受了深恩的铭感；
我给你的那半份江山你不曾忘掉。

雷　　耿　父王，有事快说。

黎　　琊　　　　　　　谁枷我这信使的？

［幕后号声作进行曲。］

康　　华　那是什么号报？

雷　　耿　　　　　　我知道，[163]——大姐的。
这正合她来信说就到。——［奥士伐上。］你主妇来了？

黎　　琊　这气焰好来得容易的[164]奴才，全仗他
那恩宠无常的主妇替他撑腰。——
滚开，臭蛋，不要到我眼前来！

康　　华　父王你什么意思？

黎　　琊　　　　　　　谁把我仆人
上的枷？——雷耿，我但愿你不曾知道。——
谁来了？

［刚瑙烈上。

啊，天神们，如果你们
还爱惜老年人，如果你们那统治
寰宇的仁善还容许敬顺耄耋，
如果你们自己也已经老了，
就得替我来主持；快派遣神使
下来帮我！[165]——［对刚瑙烈］[166]你对着这胡须不羞吗？
喔，雷耿，你会牵着她的手？

刚 瑙 烈　为什么不牵手？我怎样做错了事？
被莽撞乱认作过错，老来的懵懂
强派的，并非真正是过错。

黎　　琊　　　　　　　　　　　啊，
肚子，[167]你太韧，太结实了；你还受得住？——
我仆人怎么上了枷？

康　　华　　　　　　　　是我叫上的；
可是他自己的胡作非为该受
更重的惩创。

黎　　琊　　　　　　你！原来是你？

雷　　耿　我劝你，父亲，衰老了，就莫再逞强。[168]
你且回去，裁掉你侍从的半数，
寄寓在大姐那边，等一月期满，
然后再来找我；我现在离了家，
又没有那相当的存聚作你的供应。

黎　　琊　回到她那里？裁掉了五十名侍从？
不，我宁愿弃绝了屋椽的掩蔽，
在野外跟敌意的风寒激战，[169]我宁愿
作豺狼的伴侣，为饥寒所痛掠而悲嗥！[170]
跟她回去？吓，那热情的法兰西，
他未得妆奁，娶了我们的幼女，
我不如跪在他座前，像侍仆一般，
求赐些年金，养活这低微的老命。
跟她回去？不如劝我当这个
可鄙的奴才的第二重奴仆。

刚　瑙　烈　　　　　　　　　　随你便。

黎　　琊　女儿，我求你不要逼我发狂。
我不再给你麻烦，孩子；别了。
我们从此后决不会再相见面。
可是你还是我亲生的女儿骨肉；
不如说你是我肉里的一堆病毒，
我怎样也得要自认；你是我毒血
凝成的一个疔疮，一个痈疡，
一个隆肿的脓痈。我不再骂你了；
要有羞辱来时让它自己来，
我并不呼它来作你的责罚；[171]我不向
居高行审的雅荷[172]说你的坏话，
不求司霹雳的帝神[172]施放巨雷。[172]

你能改就改;听凭你慢慢去从善。
我能静待着;我能带领了武士
百名,和雷耿同住。

雷　耿　　　　　不准是那样吧;
我还不期待你来,也不曾预备得
任何供应,能对你作相宜的迎迓。
你得听大姐的话;理解你这番
暴怒[173]的人们不能不[174]以为你老了,
因此——可是她自有她做事的分寸。

黎　琊　你说实话吗?

雷　耿　　　　　我敢担保没有错。
什么,五十名侍从?还嫌不够?
为什么你还多要?嗳,为什么
你要那么多,既然危险和虚靡
都不容这么多的人数?一家有二主,
那么许多人怎么能相安无事?
那太难;简直不能。

刚瑙烈　　　　　为什么你不能
让二妹或是我手下的仆从们侍奉?

雷　耿　为什么不那样,父亲?那时候他们
若对你有疏慢,我们便能控制。
要是你来我这里,我如今发现了
一个危险,我请你只带廿五名;
多来了不承认,[175]也不给他们住处。

黎　琊　我一切都给了你们——

雷　耿　　　　　你给得正及时。[176]

黎　琊　——叫你们作我国土的护持人,[177]信托人;
但是还保留着那么多名的随侍。
什么,只能有廿五名来你这里?
雷耿,你可是这样说?

雷　耿　　　　　我再说一遍;
我不容你多带。

黎　　娜　　　　　　　　　　这些恶虫显得
姿容还端好，却还有更恶的东西在；
不恶到尽头还有些微的可取。——
［对刚瑙烈］我跟你回去。五十比廿五加倍，
你比她有两倍的爱。

刚瑙烈　　　　　　　　　　　听我说，父亲：
为什么你要廿五，十名，乃至
五名，我们有的是两倍多的随从，
奉了命供你去差遣？

雷　　耿　　　　　　　　　　　就是一名
也有何需要？

黎　　娜　　　　　　　　唉，不要讲需要；[178]
最贱的东西，对于最穷的乞丐，
也多少带几分富裕。[179]若不容生命
越过它最低的需要，人命只抵得
蚁命一般地贱。你是个贵妇人；
假如穿暖了衣裳已算是华贵，
你的命就不需这样华贵的衣裳，
因为这不能给你多少暖意。
至于那真正的需要，[180]——啊，天哪，
给我那镇定，镇定是我的需要！
你们见我在这里，诸位天神们，
一个可怜的老人，悲痛和风霜
岁月一般深，都是莫奈何地[181]惨怛。
倘使是你们鼓动了这两个女儿
跟她们父亲作对，别把我愚弄得
吞声[182]忍受；用威严的盛怒点燃我，
别让女人的武器，那一双泪眼，
沾湿这大丈夫的脸！——不，不会，
你们这两个灭绝人性的母夜叉，[183]
我要向你们那么样报仇，会叫
全世界都要——我准得做那样的事，——

什么事还没有知道;可是全世界
都要骇怕得发抖。[184]你们想我要哭了;
不,我不哭。 [疾风暴雨至。]
我很该哭了;可是要等这颗心——
裂成了十万粒星星,[185]我方始会哭。——
啊,傻子,我要发疯了!

[黎琊、葛洛斯忒、铿德与傻子同下。

康　　华　让我们退去吧;大风暴来了。

雷　　耿　这屋子太小;容不下那个老人
和他的人马来宿歇。

刚 瑙 烈　只怪他自己;他自己不要安顿,
就得去吃他自己荒唐的亏。

雷　　耿　光是他本人我倒很愿意接待,
但不能有一个随从。

刚 瑙 烈　　　　　　　我也这样想。——
葛洛斯忒伯爵到哪里去了?

康　　华　跟着那老人出去的;他回来了。

[葛洛斯忒重上。

葛洛斯忒　国王在那里大怒。

康　　华　　　　　　　他往哪里去?

葛洛斯忒　他叫着要上马,哪里去我可不知道。

康　　华　还是让他去他的;他自己做主。

刚 瑙 烈　伯爵,你可别把他在这里留下。

葛洛斯忒　哎呀!夜晚上来了,暴风刮得紧;
附近好多哩路程没有一丝儿
半点的树影。

雷　　耿　　　　　喔,伯爵,那些
刚愎自用的人自招来的苦楚,
正该作他们的教训。[186]把门关上。
他带着一群强梁无赖的随从;[187]
他们惯会哄骗他,[188]如今不知要
耸动他干什么,你还得担心提防。[189]

康　　华　关上门，伯爵，这夜晚来得险恶；
　　　　　我们的雷耿说得对。躲开这风暴。　　　　［同下。

第二幕　注释

① 对开本原文“ear-kissing arguments”，直译可作“亲着耳朵（说）的题旨”。

② Schmidt《莎氏用字全典》释“perforce”为“at any rate”（无论如何）。

③ 原文“weaves itself... into my business”，直译“织入……我的事”太牵强。

④ 初版对开本作“queazie”，四开本作“quesie”，现通行的善本大多作“queasy”。Steevens 释为“难于措置，不安定，须应付得巧妙”，Knight 解作“逗人（发痒）”。

⑤ 对开本原文本句作“Briefness and fortune, work!”修辞学里所谓“顿呼”（apostrophe）者，直译“‘快做’和‘命运’啊，你们帮我的忙吧！”嫌僵硬。

⑥ 原文“have you nothing said Upon his party, gainst the Duke of Albany?”Hanmer 以为和上句同话意义相同，应这样解释：“你没有说过和亚尔白尼公爵作对的他这一边的坏话吗？”Johnson 认为此句根本不可解，原文有印误。最先诠明这前后两句的要推 Delius：为要使藹特加心慌意乱，好劝他赶快亡命到远处去，藹特孟特地骗他，叫他相信这里到处有危机潜伏，实在不能再待；所以在前一句里，藹特孟问他说过康华公爵坏话不曾，在这一句里把意思反过来，又问他在康华公爵这边说过亚尔白尼公爵坏话没有。Moberly 进一步诠释后一句说：那仗还只是“也许就要”打，并未真正开始，所以亚尔白尼可以要求康华责罚说他坏话的人，作为讲和的条件；同时在康华这边，如其战备尚未修齐，打胜仗尚无十分把握的时候，也未必不肯容纳对方的要求，正像当时远谋深算的意利沙白女王（Queen Elizabeth，1633—1558—1603）在相同的情形下肯那么办一样。

⑦ Delius 注，藹特孟说这两句话时故意很响，好叫外面听见。

⑧ Steevens 引与莎氏同时的剧作家马斯敦（John Marston，1575—1634）的《荷兰妓女》（*The Dutch Courtezan*，1605）第四幕第一景道：“哎，你瞧；在我这边，总算把整个心很虔诚地发誓给你了，——为祝福你健康喝得我糊涂烂醉，在着火的酒里搀葡萄干来直吞，吃玻璃，喝尿，刺伤自己的臂膀，另外还为你献了一切别的殷勤。”刺臂作为献殷勤的例子在莎氏同时的剧作家里很多，想在当时的年轻人中一定很流行。

⑨ Warburton 注，葛洛斯忒在上一幕第二景里显得很迷信这一类事情，所以把他犯忌的咒语怂动地一定很有效。

⑩ Capell 注，应当指错一个方向。他们父子不得谋面，无从解释真情，藹特孟便好利用他们的误会，从中施展他的诡计。

⑪ 原意为“怎样多，怎样强的恩义”。

⑫ 对开本原文作“And when”，四开本作“But when”，Staunton 主张改为“But whe'r(i. e. whether)”，Furness 认为这是毫无疑问的改法；译者也觉得这样一改在语气转折上很紧炼，故译文从之。

⑬ 原意仅为“谋杀的懦夫”。

⑭ Johnson 解“cursed”为“severe, harsh, vehemently angry”（严厉，粗暴，勃然大怒）；又训“pight”为“fixed, settled”（果决，坚定）。

⑮ 其实早已向葛洛斯忒“宣布”过了，用不到再“恐吓”他；葛洛斯忒想必是个健忘的人，细按下文，“discover”应为“宣布案情，或奸谋”，而不是“宣布他的所在”。

⑯ 原文这两行意思是:要是我说的话跟你说的冲突,可有人会信任你的德性和身价,因而也信任你的话吗?这是修词学里的所谓“反话正问法”(Interrogation),为行文明白起见,译为“……既无人……”。

⑰ 原文“the reposal of any trust,virtue,or worth,in thee”,据 Wright 注,解为:“the reposure of any trust,(or the belief in any)virtue or worth,in thee”(信任你的德行和价值)。

⑱ 见第一幕第二景五十九行。

⑲ Nares 训“suggestion”为“temptation, seduction”(引诱,迷惑)。Hunter 谓“suggestion”(蛊惑)为神学上的用语,是三个罪孽的牵线者之一,其他两个为欢快及同意。

⑳ 这四行译文从 Furness 之诠释,惟句法略有颠倒。

㉑ 初版对开本作“strange”,四开本作“strong”,译文本前者,从 Schmidt 的注释“enormous”。采“strange”的有 Rowe,Knight,Schmidt,Furness 等评注家。

㉒ 原文“I never got him”对开本所无,系补自四开本者;可译为“我决没有生过他这样的儿子”。“got”为“begot”之简形。

㉓ 译文从 Schmidt 之《莎氏用字全典》;但有些注家释“port”为“城门”,非“口岸”或“港口”。

㉔ 原文只是“natural”一个字,“私生的”与“出于天性”乃译它的双关意义。

㉕ 原文“capable”(有权能)这样用法是句法庭上的特用语;据 Lord Campbell 说只有律师才会这样说,普通人不会。

㉖ Schmidt《全典》把原文“pursue”归入该字第三项下,作寻常“追赶”解;我觉得似应归在第四项下作“虐待,伤害,惩罚”解。

㉗ 小孩受洗礼有一位(或两位)教父与教母,他们的责任是为小孩命名,并保证担任他的宗教上的训养,——这小孩便是他们的教子。雷耿在极力牵扯些罪名到黎琊身上去。

㉘ 原意为“羞耻心但愿把这事掩藏起来”。

㉙ 原文“consort”普通注家都解作“俦侣,同伴”;但 Furness 以为含有“鄙夷”之意,那么可译为“徒党”。这一行描写一个官僚称得上传神透骨。

㉚ 原文“though he were ill affected”不含怀疑或将来的意义,解见 Abbott 之《莎氏文法》301 条。

㉛ 此二语系译者所增。

㉜ Capell 注,“virtue and obedience”即“virtuous obedience”(有德的顺从);但直译语气不顺,不如改为相差无几的“顺从的德行”。

㉝ 对开本原文作“doth this instant”; Warburton,Johnson 主张改为“in this instance”; Heath,Jennens 主张改为“doth,in this instance”;译者从原文。

㉞ 原文“commend itself”(有德的顺从举荐它自己)不宜直译,所以改为“显得你这样优良中正”,虽微有变动,但大致不错。

㉟ 原文“you shall bc ours”(你将是我们的)即“我们将引用你”的意思。

㊱ Hudson 注,雷耿从她丈夫口里抢话来说正合她的悍妇本性。这两位意志刚强的贵妇人总以为世界上没有人做事赛得过她们自己。

㊲ Theobald 认原文“threading dark-eyed night”要不得,主张改为“treading...”。但我们知道把夜行比作穿针引线(之难)是有它的社会背景的:英国在意利沙白女王时代路灯不亮,街道极坏,僻静处常有路劫发生,所以在晚上出门,别说到郊外,就是在伦

敦城僻静些的街上走路，也是件不容易不安全的事情。

㊳ 初版对开本原文作“prize”，四开本原文作“poise”，意义略同，都为“重要”。

㊴ 据 Keightley 注，这一行(在文法上不成整句)后面准是遗漏了一行，不妨这样补进去：“Have been the cause of this our sudden visit”(这是我们忽然来看你的原因)。

㊵ 原意所无，译者所增。

㊶ 本 Johnson 注。

㊷ 对开本原文作“Good dawning to thee”(祝君晓安)，四开本作“Good even to thee”(祝君晚安)。Warburton 改对开本之“dawning”为“downing”，意即“祝君安息”，据他说这是当时通行的晚间招呼。但 Capell，Mason，Malone 等都证明“dawning”没有错。Malone 注，分明天正在快黎明的时候，虽然月亮还没有下去；铿德在开场后不久确说过那时候还在夜间，但在本景景末他分明对葛洛斯忒道了声早安，跟着又叫太阳快些放出光来，他好看一封信。

㊸ Delius 注，“if thou lovest me”(要是你喜欢我)一语在问话或请求语前乃是句陈辞俗套，并不能照字面直解。铿德有意要寻奥士伐的不是，照字面回答他。

㊹ Capell 注，我们不知道那列士白莱(Lipsbury)是在什么地方，可是我们知道(?)它是个以拳斗闻名的村庄，那儿有拳术师在一个围圈里击拳赛艺，这圈子就叫做“Lipsbury pinfold”(列士白莱拳斗场)。Steevens 猜测那是个监狱：他说，“Lipsbury pinfold”大概即为“Lob's pound”的另一个叫法，原因是“Lipsbury”与“Lob”二字用同一个字母开头，而“pinfold”又和“pound”同义；“Lob's pound”乃是个有名的牢狱。Nares 说这也许是个故意杜造的名字，意思是“牙齿”，因为嘴唇(Lips)里的圈栏(pinfold)是个极显的谜语。Halliwell，Wright 二人觉得 Nares 这个猜解最近似，但并无实证可凭。Dyce 对于各家说法都不满意，虽然“pinfold”他认为没有疑义作“pound”(兽栏)解。Schmidt 与 Onions 在他们的字典里也都自认不知解释，“pinfold”则皆训为收容走失的牛马的“兽栏”。译文姑作“列士白莱豢牲园”。

㊺ 原文“an eater of broken meats”(一个吃肉屑杂碎的人)意即一个下贱的、靠主人吃下来的剩菜残羹去果腹的奴仆。

㊻ 原文“shallow”Schmidt 之《莎氏用字全典》训为“stupid，silly”(愚昧，蠢，傻，呆)，并不解作“肤浅”。

㊼ 原文为“three-suited”(穿三套服装的)。对此的诠解各家很不同，译文从 Wright 注，因与下文呼应得很密切。Farmer 以为应作“thirdsuited”，意即“穿第三次旧货衣服的”。Steevens 注，这也许是挖苦他穷，只有三套衣服更替着穿；或者耻笑他在法院里有三件负债被控的讼案(“suit”不作“衣服”，作“讼案”解)。Delius 主张不是笑骂他穷，乃是鄙薄他喜欢修饰，一天总得换三回衣服，或同时把三套衣服都穿在身上。Wright 解曰：假如我们知道了莎士比亚当时主子与仆人间通行的规约，这句话也许就不难明白了；一年三套衣服大概是当时的家主须给与佣工的津贴的一部分：——在庄孙(Ben Jonson，1572—1637)的喜剧《静默的女人》(*The Silent Woman*，1609)里，有个敖忒夫人(Mrs. Otter)将她的丈夫当作仆人看待，她这样骂他：“请问是谁给你的养命钱？是谁津贴你的人食和马料，一年三套衣服，还有四双袜子，一双丝三双毛的？”

㊽ Steevens 引着密多敦(Thomas Middleton，1570？—1627)的喜剧《凤凰》(*The Phoenix*，1607)第四幕第三景一句剧辞来证明原文“hundredpound”是骂人穷的意思：“怎么的？是不是将我当作个只有一百镑钱的绅士看待？”但 Delius 以为或可作身材瘦

小,体重只有一百磅解。Craig 则认为系对詹姆士一世滥赐封爵的讥讽语。

㊾ 原文为"worsted-stocking"(穿毛袜子的)。Steevens 注,英国在意利沙白女王柄政时(1558—1603)长丝袜奇贵,唯上等人都穿长丝袜,穿羊毛袜的只有佣仆和极穷的人。

㊿ 直译原文"lily-livered"可作"肝里毫无血色,白得像百合花似的"。我国语文里形容懦怯只说"胆小",或更尽致些说"芝麻大的胆";若说"白肝"或"百合花色的肝"就怕除译者自己外无人能懂得。

(51) Mason 注释原文"action-taking"云:若有个人你把他打了,他不敢大丈夫似的用剑锋来跟你解决曲直,只跑进法院里去告你行凶殴打他,那人就是"action-taking"(递诉状的)。

(52) "glass-gazing"(对镜发呆的),Eccles 注,为一个把时间消磨在对着镜子,顾影自怜上的人。这正合我国理想男性美的小白脸的起居注。

(53) 原文为"superserviceable",从 Johnson 注,作"滥献殷勤"解。

(54) Steevens 与 Schmidt 解"one-trunk-inheriting"大致相同:一个人他所有的财产都在一只箱子里装得下去的。

(55) 原意仅"大声哀号"。

(56) 据 Nares 注,"a sop o'th'moonshine"大概是一碟菜的特别名称;那是一种做鸡蛋的方法,名叫"eggs in moonshine"。制法是把鸡蛋放在油里或乳酪里煎,上面盖一层葱头丝,另加些酸味的果汁,豆蔻,与盐。

(57) 原文为"cullionly",系从四开本。Wright 引莎士比亚同时人弗洛留(John Florio,1553?—1625,为近代小品文始祖法人蒙登[Montaigne,1533—1592]之英译者)的解释:"Coglione,a noddis,a foole,a patch,a dolt,a meacock"——以上除最后一解为"怕老婆及缺乏男性的人"外,其余都可训作"蠢才或傻瓜"。

(58) 原文"barber-monger"Mason 释为喜欢修饰的人,好与理发匠交往来,每天打扮得头光面滑。Moberly 以为是理发匠一义之引申说法,含有言外的鄙薄。译文从后一解,以其用意较深,着眼处乃在笑骂奥士伐厚颜献媚,行径卑鄙。

(59) 原文"take vanity the puppet's part"严谨些译应作"帮同(这本劝善剧里的)那扮演'虚幻'的木偶"(从 Johnson 注)。这句译文单看不好懂,需要一点概括的戏剧史来作背景。自从旧罗马的戏剧堕入粗俗,淫靡,衰颓,被中世纪新兴的教会逐渐禁演之后,西欧各国戏剧曾中断了有一千年左右。直到第十世纪末叶,新剧的萌芽方始在各处耶稣教会的宗教礼节里透露出来。最初只是弥撒礼前列队的僧侣们唱和些圣诗,做一点动作姿势。随后《圣经·新约》里耶稣的生平事迹,由片段而整段而全部,渐被简略地演唱出来;那所以要演的起因,当然是要让不懂拉丁韵文的普通人知道僧侣们唱的是什么事。只要逢到教会的圣节,如复活(Easter),圣诞(Christmas),主显(Epiphany)等诸节期,各处的礼拜仪式里都有演唱这一项,——这演唱我们叫它做"祈祷诗式的神迹剧"(liturgical mysteries)。后来《旧约》里有些故事也被采用了进去;总之,从"创世纪"一直到"世界末日",只要跟耶稣牵得上瓜葛的故事,用韵文编成了唱和的辞句,都可以归入"神迹剧"这一类。至于演唱圣母玛利亚与圣徒们生平事迹的,另外有个名称,叫"奇迹剧"(miracles)。到了十三世纪,这些"神迹剧"与"奇迹剧"在西、南、北欧各处大多抛弃了拉丁文,而用当地白话作为演唱的媒介,风行浩荡;在英国则当以十四五世纪为全盛时期。采用白话的结果,对此发生兴趣的观众便大量地增加;教寺里容纳不下许多人,于是演唱的仪式便得在附近空地上举行。然后材料也跟着扩充了,往往不限于宗教故事;喜剧与粗谑的成分也因观众的需求,而有加无已。僧侣们觉得这演唱愈变愈不合他们的身份,终于这件事渐由教会掌握中转移到各城镇同业公会(guilds)手里去了。这种真正戏剧的雏形都很简单肤浅,无甚文学上的价值;不过它们有两个特点,内中至少后一个是相当重要的,那两点是对于宗教的诚信与改窜原故事处那滑稽的成分。那些滑稽的琐屑演化着,澎涨着,另外加上了中世纪民众对于寓喻的癖好,便形成一种戏剧方式,可名为"劝善剧"(moralities):那剧中的故事并不要依赖《圣经》,却须新创;体裁为寓喻的,说人在世上怎样受种种的诱惑;剧中人物以抽象的居多,如各种美德,各种劣性,魔鬼和它的扈从;演员为各业的店佣工匠之流;经费则由各同业公会分担。铿德所说的"虚幻"与"浮华"(vanity)便是上述"劝善剧"里常见的劣性之一,在这里则隐指刚瑙烈不可一世的气概并不能持久,又暗暗地表示在黎琊演的这本人生剧里,赏善罚恶跟旧时的"劝善剧"里同样地天理昭彰,非人力所能避免;至于"木偶"一语也分明是骂刚瑙烈的话(从 Singer 注),说她是个女子,是个男子的玩偶。我觉得我用的译文"甘心做那玩意儿的帮凶"比这注里的译法要醒目些,虽然显得不很忠实。

⑥⓪ 原文"neat" Steevcns 释为"finical"(修饰得干干净净的);Walker 释为"pure, unmixed"(纯粹的,真正的);Staunton 与 Rushton 则以为是一句反话,隐指奥士伐的品性像牧牛奴的身体一般干净,那就是说一般龌龊。

⑥① 对开本原文作"Part",似为藹特孟所说的一个字;四开本缺。译文从 Dyce 拟改的"Parting them",作为舞台导演辞。

⑥② 原文"goodman boy"Schmidt《莎氏用字全典》训为"gaffer"(老头儿,老公公),Onions《莎氏字典》解作开玩笑或讥讽的称呼。我觉得译成"小老头儿"也可以;译文作"好角色",除取它的一些玩笑一些讥讽的意义外,还含有多少惊赞的意味,——惊赞藹特孟那么一个小后生,不曾学过剑术,居然敢拿着剑出来阻止他们两人动武。

⑥③ 原文"flesh"是个打猎的术语,意思是初次给猎狗尝到生肉味;又初次试剑插入对方肉内也叫"flesh"。译文作"开剑",因为我们语言文字里类似的例子很多,如用滥了的"开幕",店铺"开张",菩萨"开光",吃素人"开荤",初次学作文章的"开笔头"等。铿德以为藹特孟是个没有经历的少年,要教他剑术的初步。

⑥④ 原意为"人性不承认有你",直译嫌僵硬。

⑥⑤ Schmidt 注:因为你一身最好的部分是你的衣服。莎氏晚年著的悲剧《沁白林》(*Cymbeline*,1609—1610)第四幕第二景里有这样一句话:

"不,坏蛋,你那个裁缝,
他是你祖父,他可也并不认识你;
他做了你这衣服,这衣服又做的你。"

我们也有"衣冠禽兽"的说法。

⑥⑥ 从四开本原文;对开本作"two years"(两年的)。Schmidt 主张从后者,他说学画和学雕刻的只当两年学徒还满不了师,——四开本把对开本的"两年"改为"两天",有形容过分之弊。

⑥⑦ 直译原文当作"...zed! 你这用不到的字母!"按"zed"即二十六个英文字母中的最后一个,Z。班来脱(John Baret,1580? 卒)在他的英文、拉丁文与法文的三联字典《蜂窠》(*An Alvearie ,or Triple Dictionarie in English ,Latin,and French* ,1574)里不列这个字母的项目。Farmer 与 Wright 都征引莎氏当时的文法学家,说 Z 这个字母只有听得到,但很少看见。译文在"看不见"这层意思上着笔,虽然结果在字面上相差甚远。

⑱ 原文为“tread this unbolted... into mortar”。Tollet 注:“unbolted mortar”是用不曾筛细的石灰做成的灰泥;要弄碎泥里的硬灰块一定得工人穿上了木履踹蹈;所以“unbolted”是“粗陋”的意思。

⑲ Staunton 注,这是描绘得入情入理处:铿德在盛怒之下忘记了那家伙诡称饶他的是他的性命,不是他的灰白胡子。

⑳ “wagtail”我们叫做鹡鸰,或脊令,是一种栖息水边的鸟,行动时上下摆动长尾。译文不作“鹡鸰”,为的是想保持原文显而易见的意义。本字通常的注家都释为这一种鸟;但另外还有个转借的意义,那便是骂人为娼妓,——列莱(John Lyly,1554?—1606)的喜剧《马达士王》(*Midas*,1592)第一幕第一景里的“wagtaile”便这样用法。

㉑ 此语为译者所增,可以删去,但恐因此使上句涵义欠显。

㉒ Warburton 注,这里的“holy cords”乃指亲子间天然的羁系;这暗喻取自礼拜堂置圣坛的内院里的那些绳子,搅起家庭变故的人便比如亵渎圣物的耗子。

㉓ 原文为“smooth”,Furness 释为“奉承”,Onions 也训“奉承,怂恿”。

㉔ 一种鸟,又名翠鸟,鱼狗,鴗,栖止水滨,善于水面捕食小鱼。有个民间的迷信,说把打死的钓鱼郎挂起来,不论风从那一方吹来,鸟喙会指定那个方向。

㉕ 原文这两行极晦涩,评注者意见纷歧,至今尚无确切的诠释可凭。关于舍剌谟平原(Sarum plain)即今英国南部尉尔特郡(Wiltshire)内之索尔兹布立平原(Salisbury plain),固然是并无疑义。可是传说中的开米洛(Camelot),虽在英国是个家喻户晓的地名,谁都知道那是雅叟王(King Arthur,生卒于 400—600 年中)会聚他的“圆桌武士”(the Knights of the Round Table)的所在地,但究竟在什么地方却有四个不同的臆测。第一说,开米洛在英国西南部之索美塞得郡(Somersetshire)内,即今困斯开米尔城(Queen's Camel);第二说,在正南部之汉堡郡(Hampshire)内,即今之温彻斯特城(Winchester);第三说,在威尔斯南部之蒙莫斯郡(Monmouthshire)内,即卡利恩城(Caerleon),第四说,即今英国西南角康华郡(Cornwall)内之开米尔福城(Camelford)。开米洛这地名考证不出尚无大碍,问题是莎士比亚写这两行时作什么联想:想起鹅呢,还是想起战败的武士? 据 Hanmer 注,索美塞得郡内开米洛一带的原野上以养鹅著名;所以铿德这句辱骂,意思是要把奥士伐这只蠢鹅赶回它的老家去。但据 Staunton 解释,这两行与鹅并无深切的关系,(Goose... cackling)二字只是用作骂人为笨货的暗喻,而却与马洛立(Thomas Malory,活跃于 1470 前后)之《雅叟之死》(*La Morte d'Arthur*,1485)四十九章所叙雅叟王娶杰纳维公主(Guinevere)的事为类推的比拟,因当时国王手下有三位武士出去寻求白鹿(the Quest of the White Hart),沿途被他们战败的武士们都送回来由国王发落;这就是说铿德在威吓奥士伐,若有机会把他痛打一顿之后,准送给黎琊去处置,莫以为这是好笑的勾当。Dyce 以为这两层意思并不冲突,字句间却同时暗射着它们。译者笔拙,无法把这两层意思兼收并蓄,姑从直截简明的 Hanmer 注。

㉖ 原意为“什么是他的错处?”为音律亦为语气连贯起见,改如今译,想无大出入。

㉗ 从 Johnson 注,“garb”作“外表”解。Wright 说这“外表”特别在指语言。

㉘ Schmidt《莎氏用字全典》诠释原文“observants”为“obsequious attendants”(卑躬折节的随侍们)。Coleridge 评注康华这话全段云:莎士比亚把这样深沉的真理放在康华、蔼特孟、意亚谷(Iago,为莎氏四大悲剧之一《奥赛罗》[*Othello*,1604—1605]中之恶人)等人口里,一方面在表达作者自己的意思,另一方面乃在显示这些真知灼见应用得怎样不得当。Hudson 注,次等剧作家往往不让他们的恶人有这样的真知灼见,

只叫他们说些真正骇人听闻的谬见，可是实际上有一点才智的恶人决不那样做。

⑲ 从对开本之"great"（伟大的）。四开本作"graund"与"grand"（巍巍的）；自 Pope, Capell, Jennens 等一直下来到 Craig 之牛津本等都从之。Knight 注，自四开本改成对开本不是没有理由的，因为铿德本意虽在夸张，但"grand"一字未免过火，讽刺得太露骨了。

⑳ 据 Delius 注，这里的"aspect"与后面的"influence"都是占星术里的术语，姑分别译为"光座"与"运数"。

㉑ "Phoebus"即希腊神话里太阳神亚波罗（Apollo）的别名，意即"放光者"，兹译为"炜伯氏"。我们神话里的羲和和他最相像不过，但羲和只驾车而不司艺术。

㉒ 此二语原文都是"plain"，为同字异义的双关（pun）用法；前一个"plain"意即"frank"（坦白），后一个意即"pure"（纯粹）。为保存本来的面目，这整句或许这样译更好些，"谁假装着说话干脆来哄骗你，谁就干脆是个坏蛋"。

㉓ 原文"though I should win your displeasure to entreat me to't"简略得有些欠明瞭。Johnson 下这样一个诠解：即使我能使你回心转意，从你现在这样不高兴我的心情里转变到喜欢我得甚至于央我当一个坏蛋。Delius 的解释大致与此相同。Schmidt 以为"your displeasurc"是通常称呼在上者"your grace"一语的反话，含有讽刺或笑骂的意味。我觉得这些注解都不很合适，不如这样子阐释原意较切："though I should win your displeasure by declining your entreaty to me to be such"，译文即本此意。

㉔ 从 Schmidt 之《全典》。

㉕ 原文"But Ajax is their fool"，依字面译可作"薖杰士只是他们的傻子"。根据 Heath，应这样解释：像薖杰士那么个坦白，率直，而又勇敢的人，往往会被这一班坏蛋当作施展他们伎俩的把柄。依这说法，铿德乃在指他自己；但"坦白"，"率直"，"勇敢"等语都是 Heath 的训辞，原文所无，所以本句也未尝不能解作对康华发的，说他有威权而乏知人之明，容易被奥士伐那样的鼠辈所愚弄。译文依据 Capell 所注，Furness 亦赞同：以夸口闻名的薖杰士和这班东西比起来简直是小巫见大巫，显得愚弱可笑。按希腊文学里薖杰士有大小之别，都是战士，都有矜夸之名；但据 Schmidt 之《莎氏用字全典》及 Onions 之《莎氏字典》，这里所指的乃是大薖杰士（Ajax the Greater）。大薖杰士为舍剌米斯（Salamis）国王，忒拉蒙（Telamon）之子，脱罗埃大战（Trojan War）时征脱罗埃军中有名的英雄，神勇仅次于阿凯利司（Achilles），魁梧轩昂，猛武多力，而有出言好夸大之名声。传说脱罗埃岛国王泊拉安默（Priam）之子海克托（Hector）（大战中以宽弘博大而兼神武闻名的勇士，为理想的男子）被阿凯利司杀后，海克托御身的盔甲不派给他而派给奥笛修士（Odysseus），他因此气得发疯，自刺而死。

㉖ Cowdon Clarke 注：这话穿插得极妙，不但借此可以描画出雷耿的性情好仇易怒，喜加惩创，而且也足赖以调剂剧中的时间，使第四景黎琊到堡邸前面见忠仆坐枷受辱时为夜去晨来，但已非清早，所以该景经过相当的延续，到了景末时正值一天度尽，暮飙怒号的当儿，这一切时间的进展都交代得近情而合理。莎士比亚在同一景同一场对话里使一整天在我们眼前逝去，但一切都是这样的自然紧凑，如无缝之天衣。

㉗ 这句舞台导演辞的位置系根据各版对开本之原文。Dyce 把它放在"来，把脚枷抬过来！"后面，近代版本大多从 Dyce。

㉘ 译文从这里起以下四行，在原文为四行半，初版对开本付阙如，此系补自四开本者。

㉙ 这两段在原文成连续的一行，亦为初版对开本所无，补自四开本者。

⑩ 译者所增。

⑪ 原文没有这句导演辞,这是从 Pope 所增。

⑫ 原文“A good man's fortune may grow out at heels”,各注只有猜度,而无肯定的诠释。Eccles 注,也许他想说,一个好人处在逆境里说不定也会遇到好运;“at heels”也许是指他戴上脚枷的那件丑事。Hudson 也不敢断定究竟什么意思:上脚枷叫做“处脚刑”,铿德大概在指这一件事;但不明白的是这两点,还是一个好人在这样的情形下也能交好运呢,还是即令一个好人的命运也会在它鞋跟上破出窟窿来,——“out at heels”同时又是句成语,鞋破袜穿,脚跟外露,交坏运的意思。Furness 以为说不定铿德在对自己开玩笑:“脚跟露出来”那句成语是个暗喻,因为倒霉的人不须真正那么样,但如今他受着脚刑,暗喻便变成了实事,应用那句成语岂不含有双关的意义? 这一说我觉得可疑:铿德在大怒之下,继遭巨辱,恐没有闲情说笑。Hudson 第二个猜测我认为也不很切合剧情:铿德被黎琊驱逐,甚至需涂面乔装才能回来侍候他的爱主,那命运已是够恶的了;这回上了脚枷,虽是个奇耻,但已是第二次受厄于命运,若说出“好人也会交恶命运”那样的话来,便有语气与剧情脱节之弊,似欠经营。Eecles 注与 Hudson 之第一点我以为可无复疑义,故已在译文中表达出,因为除了以上所陈的反证外,还有一点正面的证据可寻。铿德意思是说,小人不会永远得志,君子也有交好运的时候;莫以为我枷着脚便会长久倒霉下去,我的好日子也许就要来了。他这样乐观的原因是怀中藏得有一封新接到的考黛莲的信。我们知道他对她有绝大的好感,信仰,与希望,——信仰她真心爱父亲,希望她和她夫婿来救黎琊;所以他这样乐观并不可怪。

⑬ 这一句流行的谚语(Common say)在和林兹赫(Holinshed)所著的《史纪》(*Chronicles*,1577)里已引用,经 Capell 在注里指出。Malone 引豪厄尔(james Howell,1594? —1666)之《英国谚语汇纂》(*Collection of EnglishProverbs*,1660)道:“他离开了上帝的祝福到暖太阳里去,那就是说,舍掉好的去就坏的。”这谚语的根源不明,据 Johnson 猜想也许该是指医院或慈善机关里遣发出来的人说的,而 Hanmer 则以为是指逐出房舍与家庭的人,他们除了喝风饮露晒晒太阳而外,别无生活上的安适可言。

⑭ 原文作“Nothing almost sees miracles but misery”,译者觉得 Capell 注还切实。Delius 阐发得很透彻,他说考黛莲会想到他,她的信会送到他手里,在他看起来真是个奇迹,但只有身处在悲惨里的人才能体验到这样的奇迹。Bradley 认为“身处悲惨”不是铿德在夫子自道,而是在说黎琊;我以为太勉强。

⑮ 原文“informed of my obscured course.”从初版对开本作句号;通常本子到此都不断句,用大读号使句子连续下去。所谓低贱的生涯乃是指涂面变装,当个普通仆从的那件事。

⑯ 对这段文字各注家议论如麻,Dyce 因认原文根本太晦,或有印误,对各家的解释及修改都不满意。但我以为 Jennens 在不作“拆信”及“读信”的原文上加了这两句导演辞,又改了些标点,已很明畅;他还有 Steevens,Collier,White 等人的赞同。Collier 笺注得好:我们须记得铿德手上有一封考黛莲写给他的信,他想在这不够亮的光线里辨明信内所叙何事;可是他看不清楚,许是因此所以这段文字特别晦。他只能辨认出不多几个字来,虽然不能使观众确定,但已足够使他们知道,信里所说的一个大概。译文即本 Jennens 之改正本;译者还有点意见可以附在 Collier 注后。铿德终夜奔波,又累又倦,加上生了那么大的气,又况年事已高,而这时候天还没有亮清,月亮

说不定已经下去，以他那样的愚忠，不挣扎着看到信里的一个大概，是不肯放心睡觉的；因此模糊念一两句，上下文不很接气，这段文字便显得晦了。其余的注家都以为铿德并未读信，只自语了一阵就睡熟，不知他们对他那番贫困不移生死不顾的责任心如何发落。Tieck及Cowden Clarke甚至以为这个老人太倦了，所以说得断断续续，意义不明：这么，铿德简直是个老糊涂了！须知铿德睡觉累与倦固然是重大的原因，但看了信放心得下也是个必要的条件；他目前没有被释的希望，借睡觉可以消磨些时间，但一方面又是故意的，他不愿看到“这张可耻的床”，他的脚枷。

⑰ 原文“lodging”Onions训“住处”，Schmidt训“床”，都指脚枷。这一行根据Pope只有两音步半，用意很妙，近代版本都从他的排列法，译文也极力追步着前尘，因此读时演时都应将字音拉长着重，以补充五音步常数之时间，表示厌恶与耻恨。

⑱ 对开本原文作“smile once more，turn thy wheel！”Johnson改小读号为大读号。四开本原文作“smile，once more turn thy wheel！”Collier之二版本也如法修改，如从Collier，可译为“笑吧；再转动着轮子！”

⑲ Dowden注：铿德没有幻想，无所憧憬，他并不信冥冥中有一位至高无上的神灵护佑着人间的良善，这是他和薳特加的不同处。他对于正义的忠诚全恃他那一点拚命的本性，那本性是不顾这世上一切的现状的。莎士比亚要我们知道，对于真理、公平与慈悲最热烈最确切的效忠不是别的，乃是纯粹出诸本性的效忠精神，并不依赖神学上的理论给予任何刺激或靠傍。铿德是亲身经历过沧海的，除了命运而外他不知有何更高的权威主宰着世间的一切变故。因此，他把他那份热烈的行正道的信念和坚毅的癖性，格外搂得紧些；因为有了那样卓绝的癖性之后，一旦遇到奇凶惨祸，一个人就逆受得下去了。铿德身处在苦难里见到的“奇迹”是法兰西就要来救他的爱主，考黛莲对她父亲的忠诚果如他所料……。

⑩⓪ 初版对开本原文第二、三、四景不分景，都归入第二景内。现在这分法始自Pope，近代通行版本大多从他。

⑩① 当时告示人民有文告与口告两种办法；这里是口告，有小吏在街上高声布告他的年貌、籍贯、罪名与赏格等。

⑩② 原文“happy”有“making happy，propitious，favourable”（使快乐，有神助，吉利）之意，空树对人是使快乐，人对空树是感激它施恩。

⑩③ Schmidt《莎氏用字全典》释原文“presented”为“offered”，意即“（自己）供给的”。

⑩④ Steevens引戴构（Thomas Dekker，1570？—1641）所著《伦敦之疯丐》（*The Belman of London*，1608）云：“他赌咒他是伯特栏里出来的，说话故意乱七八糟：你但见他赤裸的皮肤上各处都刺得有针，特别是臂上，那样的痛苦他很愿意吃（其实于他并不难受，他那皮肤不是害了脏病已经死透，便已被风雨吹打结实，太阳炙硬），为的是要你信他是个失心的疯子。他自称为‘可怜的汤姆’，走近人前时就大喊‘可怜的汤姆冷啊。’这一类疯叫化有的非常快乐，整天唱些自己编造出来的歌；有的跳舞，有的号啕痛哭，有的哈哈大笑；还有的很执拗，哭丧着脸，见人家屋子里人不多，就大胆撞进去，逼迫恐吓仆佣们给些他们所要的东西”。参阅第一幕第二景注⑪及第三幕第六景注⑯②。

⑩⑤ Warburton主改原文“Turlygod”为“Turlupin”（抖鲁鲁）。Douce谓前二说都不很对，旧时意大利语叫疯人为抖鲁宾或抖鲁鲁，但到了英文里就被念别为“Turlygood”（抖累古），所以应从念别的字拼音。好些近代版本都从Douce的拼法。

⑩⑥ Ritson注：变装了这个性格，我可以保存自己；我薳特加这人却从此完了。

⑩⑦ 原文"cruel"释"残忍的,无情的",与解作"双线毛织的"之"crewel"发音近似。Collier与 Halliwell 先后注云,旧时的剧作家常用这音同字不同的双关作为取笑的资料。吊袜带通常用羊毛织物制成,但这里铿德所绑的分明不是毛织的,却成了无情的了。Furness 在新集注本里说,不如将原文"cruel"改为"crewcl",因前者为显而易见的事实,后者才是道地的双关。

⑩⑧ 原文"garters"(吊袜带)隐喻铿德戴的脚枷,但同时另含有一番善意的侮弄。按英国最尊贵的勋位名曰"吊袜带勋位"(The Most Order of the Garter),相传于 1344 年间为英王蔼德华三世(Edward Ⅲ,1312—1327—1377)所创设。传说某次宫廷跳舞会上有艳名的索尔兹布立公爵夫人(Countess of Salisbury)脱落了一条蓝色吊袜带,被国王拾得;为避免众人注意那位夫人起见,他就把那吊袜带绑在自己腿上,一面说道"Honi soit qui mal y pense"(谁对这个起了什么坏意,谁就得遭殃),又说"我要使国内最尊贵的贵族认为戴这条带子是件荣誉的事。"他本想创一个"圆桌武士勋位",这偶然的变故使他改计,设立了一个"吊袜带勋位"。这贵勋的授与,限于国王自己,太子威尔斯亲王(Prince of Wales)授了这勋位,才初次打破这惯例。

⑩⑨ 莎士比亚时代的英伦,把兽类作娱乐,除了绅士阶级的骑马、养狗打猎、放鹰而外,还有一般平民喜欢的斗鸡、耍猴子、纵狗咬熊等戏。

⑪⓪ 原文"nether-stocks"Steevens 谓为"长袜"之旧名。

⑪① 此二行对开本阙,补自四开本。

⑪② 见第一幕第一景注㊹。

⑪③ 罗马神话中之天后,为巨擘德之妻。巨诺(Juno)相当于希腊神话里的天后海拉(Hera),如巨擘德(Jupiter)之于宙斯(Zeus);她是结婚与妇女的保护者,又为女战神。

⑪④ Edward,Heath,Johnson 等皆释原文"upon respect"为"对(君使的)尊严",有误。Singer 最先解如译文,Wright 举一旁证证实此说。

⑪⑤ Schmidt 云,"with all modest haste"为不缓不急,要把全情和盘托出来,能说得多么快就多么快。

⑪⑥ 原文"stewed"本为"煨炖",但"煎熬"与"蒸腾"似较近我们的语气。

⑪⑦ 此二字为译者所增。

⑪⑧ Capell 释原文"spite of intermission"为"虽然他见我那时候正在呈递一封早到了的信"。Cowden Clarke:"不顾那应有的停顿",好让他自己稍停一下喘息,让我能站起来接受我的回答。Schmidt:"虽然我的事情被他这么打断了,我应得的回话被他稽迟了。"Furness 补充说,那便是俗语所谓"不顾'先来先侍候(或打发,调度,应付)'"的意思。

⑪⑨ 直译原文"Having more man than wit about mc"可作"我的男儿气概(或血气)多过于机智"。

⑫⓪ 这里"孝"字就不易避免。参阅第一幕第一景注⑲。本行也许可直译为"儿女对他们很客气",但韵脚嫌太勉强。

⑫① 原意"从不对穷人转钥匙(开锁,启门)"。

⑫② 直译原文仅为"可是,因此上你为女儿们所受的煎熬要数上一年那么多呢"。原文"dolours"(悲伤,痛苦)与原文所没有的但字句间影射着的"dollars"(洋钱)发音近似,用意双关。"因此上"乃系指黎琊当初将国土政权分给她们。"dollar"据 Craig 云,为莎氏当时西班牙钱币 peso 之英名,英文又名之曰"Diece of eightl"。

⑫③ "mother"即"hysterica passio",为神经受剧烈刺激而失常的一种病症,通常限于女

人,今名叫作"hysteria"(歇司替厉亚)。惊怖或悲伤过度的女人发起病来往往会喜怒失常,语无伦次,甚至大声号哭,或四肢痉挛而口中作狂呓,与疯癫差不多。中文译为"歇斯底里"或"癔症"。据 Percy 说,莎士比亚用这病名系取自哈斯乃大主教(Samuel Harsnett,1561—1631)所著的小册子名叫《对天主教徒过分欺人行骗的揭发状》(*A Declaration of Egregious Popish Impostures*,1603),因莎氏当代以为这种神经变态不限于女人。

⑫④ 对原文这一句,Johnson,Malone 及 Halliwell 的笺训大同小异。Malone:人类可以分成亮眼与瞎子两类。一切人,除掉了瞎子,虽然都是跟着鼻子走路,却都靠眼睛领导着他们行事;这些人,眼见得国王已经倒运,都已离他而去了。至于那班瞎子呢,虽然只有鼻子作他们向导,可也都舍弃了这样一个穷君,各自投奔他们的前程去了;因为在二十个瞎子中间,他们每一个的鼻子都嗅得出黎琊"在命运的坏心情里沾上了一身泥,他身上那不高兴味儿极浓"。

⑫⑤ 原文"break...neck"(打断颈子)至今仍是句极通行的成语,起自绞刑的施行(hanging 并非真正缢毙,却是运用罪犯的身重,使大绳结向他后颈上一击,打断他的颈椎),随后一切危险丧生的事都借用此语。这里毋须直译。

⑫⑥ 此语为译者所增。

⑫⑦ 或译为"一下雨他就踉跄逃去"。

⑫⑧ 此语为译者所增。

⑫⑨ 同前。

⑬⓪ 第七行从 Johnson 注,颠倒"knave"与"fool"二字的先后。依据 Johnson 说,第八行亦须颠倒这二字的次序,意思方能明白,但译者认为不必要;若依他则应当译为"坏蛋可不是傻瓜",意思就是说坏蛋是聪明人,决不会在风雨里陪着主子,"我傻子才肯这样做,所以我傻子是个傻瓜"。(读者请注意:王公贵人雇用的滑稽者或弄臣 Fool 我一律译为"傻子",到处皆有,天生愚蠢的,或骂人蠢货的 fool 我译为"傻瓜"。又这首劣歌前散文里的"傻子"与歌辞第六、第八两行里的,悉依此区别,从 Furness 本译。)Johnson 外其他的解法我以为和上文的冷嘲态度不符。Bradley 把"turns"解作"follows the advice of"(听从了……的劝告),我觉得难于令人置信;若依他的解法,前一行该译为"那走掉的坏蛋是听从了傻子"。

⑬① 原文"perdy"为法文"par Dieu"(凭上帝)的误读。

⑬② 据 Schmidt 说,这"fool"(傻瓜)不是个恶意的称呼,乃是按前面歌里的道德观点出发的一个尊称,是好人的别名,傻子自己也用这个称呼。若依 Schmidt 之说,意思似乎太密,这里我想傻子分明在打趣铿德太笨。也许这又是个双关用法。

⑬③ 原文为"Vengeance!"译文从 Schmidt 之《莎氏用字全典》所释。

⑬④ 直译原文,"我的气息和血!"

⑬⑤ 原文无"当真"字样,这意义在重读的"is"上表达出来。Coleridge 注,黎琊正在极力替他女儿找借口,真惨。

⑬⑥ 译者所增。

⑬⑦ 从 Craig 之 Arden 本注。

⑬⑧ 这导演辞为 Johnson 所添。

⑬⑨ Malone 释"remotion"为"离家出外来"。译文从 Schmidt 注。

⑭⓪ 译者所增。

⑭① "Till it cry sleep to death",Steevens 以为是捶鼓声把他们从睡梦中叫进死亡里去。

这意思很好,但 Knight,Staunton,Wright,Furness 等都采用了 Tieck 的解法,说捶鼓声把他们的睡眠叫醒,闹得他们睡不着。

⑭² 见前注⑫³。

⑭³ “cockney”在这里毫无疑问作“厨娘”解,虽然原来许是个贱称,指女性化的男子或被溺爱坏了的孩子。

⑭⁴ Nares 谓这厨娘在做烙饼,用鳗鱼做饼馅子。

⑭⁵ Craig 注:此为愚举,因草料上涂了油马就不吃。

⑭⁶ 这导演辞为 Rowe 所增。

⑭⁷ Pope 所增。

⑭⁸ 原文这一段句法有弊病,但意义正如 Wright 所说,极清楚。

⑭⁹ Coleridge 注:一件残忍的事变正在被“苦主”诉说到热血奔腾的关头,突然来了一声意料不到的冰冷的辩护:再没有比这个更碎人的心肺或更表现出辩者的铁石心肠的了。读者只需想象雷耿说“啊,父王,你已经老了”时有多么可怕——然后从他的年老那一点上,那是满天下都认为应受尊敬与宽纵的,她却从那上面下那样骇人的结论,说“说一声你委曲了她。”黎琊以往一切的错处到这里都增加了我们对于他的怜恤。那些过失我们只认为是使他遭受灾祸的罗网,或者是帮着两个女儿加重她们虐待他的助力。

⑮⁰ 第一幕第一景景末雷耿说,“那是因为他年纪大了,人就懵懂了起来;可是他素来做的事,总是连自己也莫名其妙的。”“Nature”一字从 Schmidt 之《莎氏用字全典》解作“human life,vitality”(人之生命,活力)译,恰与以上所引切合无间。此句按字详译,当作“你内在的生机已站在限制她的那范围的边上”,但似欠显豁;雷耿的意思无非是劝他“你已到了风烛残年,不可轻举妄动。”

⑮¹ 从 Warburton 解,“the house”为“家中长幼的次序”。Capell 则主张解作“家长”。

⑮² Davies 云:盖力克(见第一幕第四景注⑱⁰)饰黎琊演到这里就双膝跪下,两手合十,低声下气地背这段动人而嘲弄的陈请辞。

⑮³ 译者所增。

⑮⁴ 原文“bed”作广义的“居处”,不作“床”解。见 Schmidt 之《全典》。

⑮⁵ 原文“look'd black”与译文字面上恰成“黑”与“白”之对,但二者的涵义都是“以恶意相顾视”。

⑮⁶ Furness 释原文“taking”为“malignant, bewitching”(凶邪)。又原文“airs”(大气,空气)Jourdain 以为应当作“fair' es”(小神仙,小妖),下面原文“young bones”他解作“初生的婴孩”,不解作“胎儿”,因为他说据历来童话或传说,那些小妖有祸福初生婴儿的能力。

⑮⁷ 据 John Addis,Jun. 所释。

⑮⁸ 从 Schmidt《莎氏用字全典》。

⑮⁹ 这一段译得比较要自由些,直译无法捉摸原诗的神情于万一;可是原文的紧练与精锐仍未能逼近。

⑯⁰ Nichols 注:英伦天气多雾,极易生丹毒(erysipelas),患了这种病脸上的皮肤满起着水疱,红肿奇丑,“损坏美貌”。

⑯¹ 从 Malone 注,“to fall”,为他动词,作“摧倒”解。虽然 Wright 与 Furness 不以为然,我却觉得依 Malone 的解释文气更足一点。

⑯² “sizes”Johnson 最先释为“allowance”,我觉得译为“支应”或“供奉”都可以。

⑯③ Steevens 注:大人物到来时往往有他们自己的号手吹送一个特别的调子:康华不知此调,但雷耿已听熟了她姐姐的进行曲,所以一听便知。Delius 以为此说未必尽然,雷耿知道刚瑙烈来乃因信里提起。

⑯④ "easy-borrowed pride"(借来得容易的骄傲),Eccles 注与 Moberly 的略有不同。Eccles 谓:那骄傲并无它本身的重要原因,它的来源也并不怎样重要,而且奥士伐所恃的势头又只是一点点险诈无常变幻不测的恩宠。Moberly 则云:未建任何功绩,能使借来的骄傲变为合理。

⑯⑤ 从 Schmidt 之《全典》释"to take part"项。

⑯⑥ Johnson 所增。

⑯⑦ Schmidt 之《全典》释原文"sides"为"胸";可是我们中国人的肚子很多能,除了吃饭思想以外,受气也得它兼差,故在译文内用"肚子"似乎较为自然。

⑯⑧ 原意"就显得衰老(或软弱)吧。"

⑯⑨ 原意仅为"向空气的敌意宣战"。

⑰⓪ 原版四开对开各本及大多数的版本都作"To be a comrade with the wolf and owl, Necessity's sharp pinch!"(跟豺狼和鸥枭作伴侣,事势的锐掠!)Schmidt 本在"owl"后作句号,以后三字独立,成一修辞学上的所谓"错格"(anacoluthon,前后文语气不调,以示文体之骤变)。译文系从 Furness 之集注本所校正者:"To be a comrade with the wolf,and howl Necessity's sharp pinch!"(作豺狼的伴侣,去嗥呼饥寒的锐掠)。Furness 对此有一段精深透辟的笺注,但逐译一部分如后。"这个变动,自四开及对开各本之'owl'改为'howl'乃是从 Collier 手注的二版对开本;我以为这个更改是无可置疑的。老本子上把'Necessity's sharp pinch'当成一句插语,那就是说,黎琊在一阵狂呼怒号之末,忽而驯静了下来;那驯静我认为极不合莎氏的气质或品性的。在现在这读法里有个深悲重怒得可怕的极峰;黎琊宁愿弃绝了屋椽,凌冒着大风雨,在狼群里悲嗥着饥寒。豺狼和鸥枭,除了它们都是夜游动物之外,还有什么作伴的事实可说?可是那老本子的刺耳处倒不甚在豺狼与鸥枭之相与为侣,却在不存莎氏气质的那萎靡无力处,在把'Nccessity's sharp pinch'一语弄成了弃绝屋椽与豺狼为伍那件事的一个解释。仿佛黎琊在狂怒之中忽然停下来解释说,人们通常是不会爱这样无家的穷苦与这样可怕的俦侣的,只因被事势所迫,才会走上这条绝路。在那老本子上,黎琊的怒涛缺少了一个浪顶;那巨浪汹涌而来,高大得骇人,但它正该'撞岸作雷鸣'的时候,忽然缩成了一抹辩解的微波,悄悄退去。……假使有人觉得号呼饥寒的锐掠是个勉强的隐喻,我回他说比拿着武器跟大海作战(罕秣莱德语)并不见得更勉强。"……前面这段评注反复申论着那旧版本之如何柔弱无力而不合莎氏的气质,似乎很值得我们的注意。

⑰① 此系译者所增益。

⑰② 雅荷(Jove)即巨璧德,手持霹雳,见第一幕第一景注⑳。

⑰③ 原文"mingle reason with your passion";查 Schmidt 之《莎氏用字全典》释"mingle"作"join"解,故应作此译。

⑰④ "must be content"即"cannot help,cannot but"之意,见 Schmidt 之《全典》;中文译为"不得不"。

⑰⑤ 原文为"give... notice",从 Wright 所解。

⑰⑥ Hudson 注,这三两个冷字里显出了多么结实的一颗狼心!雷耿与刚瑙烈的分别就在前者善于放这般刻毒的讽刺;否则她们便似乎显得太彼此重复,太不近情埋了,因

为人性和自然一样，决不重复她自己。

⑰ 从 Moberly，"guardians"作委任护持或保管国土者解。

⑱ Coleridge 注，注意这初次打怔后的平静竟能让黎琊去论究是否。

⑲ Moberly 云，乞丐在赤贫里也有些最贱不过的东西，那些东西也能说是多余的。Schmidt 之《全典》释"superfluous"为"生活于富裕中"。

⑳ Moberly 谓，要想象得出莎士比亚许会怎样完成他这一句，除非那个人也是个莎士比亚。这位可怜的国王没有说出他的定义来，半途而止；一点不错，他真正的需要是镇定。

㉑ 译者所增。

㉒ 愿意为"安驯不抵抗"。

㉓ 或译为"女怪"。

㉔ 此行与原意稍有出入；直译当作"可是它们（指上文他准要那样做的事）将会是这世上的恐怖"。

㉕ 原文"flaws"，Singer 引 Bailey 说，特别指宝石上碎下来的薄片或屑粒。

㉖ 原意为"教师"。

㉗ Clarke 注，这时候事实上还跟着黎琊的只剩铿德和傻子两个了，可是她硬说还有大队的随从跟着他，——这样板着铁脸皮的假诈正合雷耿那厚颜无耻的性格。但是 Eccles 以为从第三幕里的某一段推断，国王的随从武士们还没有到来。

㉘ 原文为"have his ear abused"（使他的耳朵受欺骗）。

㉙ 直译本意为"智慧叫（你）骇怕"。

第　三　幕

第　一　景

［一片荒原。］

［风狂雨骤，雷电交作。铿德与一近侍各自上。

铿　德　除了这坏天气，还有那个是谁。

近　侍　一个心里跟天气一般不安静的人。

铿　德　我认识你的。国王在哪里？

近　侍　在跟恼怒的暴雨疾风们厮吵；
他在叫大风把陆地吹进海洋，
或把卷峰的海浪涨到岸①上来，
好叫世间的一切都变过或完结；
他撕着白发，②那盲怒的狂飙便顺势
一把把地揪住，视同无物一般；③
他在他渺小的生命世界④里挣扎，
想赛过往来鏖战的风雨们的淫威，
这夜晚，便是干了奶的母熊⑤也伏着
不敢去寻食，⑥狮子和腹痛的饿狼
都保着毛干，他却光着头呼号
奔走地要叫一切都同归于尽。

铿　德　可是有谁跟着他？

近　侍　　　　　　　　只有那傻子，
从旁极力地开着玩笑，想辟开

他痛心的患难。

锃　　德　　　　　　　阁下，我的确认识你；

敢凭我的观察[7]寄托你一件要事。

亚尔白尼和康华之间，双方

虽在表面上互相用奸计遮掩，

我知道已起了分裂；他们有些个[8]——

权星高照的，那一个没有？——属僚们，

外形像属僚，[9]暗中却为法兰西

当间谍和探报，私传着我邦的内情。

看得见的，[10]比如二位公爵间的忿恨[11]

和彼此的暗算，[12]或者两人都对

年高恩重的国王严酷无情，

再不然就有更深的隐事，以上

那种种许只是遮盖这隐事的虚饰；[13]

可是法兰西[14]确已有一军人马

混进了这分崩的王国；他们觑准了

我们的漫不经心，已在几处

我们最优良的港口偷偷登了岸，

准备露他们的旗纛。现在跟你说；

你若敢信赖我，就赶快去多浮，[15]那边

自会有人谢你，你只须据真情[16]

去报告，何等没情理与逼疯人的悲痛

是国王怨愤的原由。

我是个出身贵胤名门的上流人，

为的是知道得清楚可靠，才把

这重任交与你阁下。

近　　侍　我还得跟你谈谈。[17]

锃　　德　不，不要。[18]

你想证实我绝对不仅是这片

外表，只把这钱袋解开，拿着

这里边的东西。你若面见到考黛莲，——

放心你准会，——给她看这一只戒指，

她就会告你，你现在不认识的同伴⑲
是谁。这风暴真可恶！我要寻国王去。

近　侍　我们来握手再会；你还有话说吗？

铿　德　只一句，可是，论轻重，⑳比什么都重要；
若是我们找到了国王，——寻他去你往
那边走，我向这边，㉑——谁先见到他
就招呼那一个。　　　　　　　　　　［各自下。

第　二　景

［荒原的另一部分。风雨猖狂如故。］

［黎瑯与傻子上。

黎　瑯　刮啊，㉒大风，刮出你们的狂怒来！
把你们的头颅面目㉓刮成个稀烂！
奔湍的大瀑和疾扫的飞蛟，㉔倒出
你们那狂暴，打透一处处的塔尖，
淹尽那所有屋脊上的报风信号！
硫黄触鼻，㉕闪眼杀死人的㉖天火，
替劈树的弘雷报警飞金的急电，
快来快来，来烧焦这一头白发！
还有你，你这个震骇万物的雷霆，
锤你的，锤扁这冥顽的浑圆的世界！㉗
捣破造化的模型，把传续这寡义
负恩的人类的种子顿时捣散！

傻　子　唉，老伯伯，在屋子里说好话㉘要比在这外边淋雨好得多呢。好伯伯，里边去；对你的女儿们求一声情；这样的夜晚是不可怜聪明人也不可怜傻瓜的。

黎　瑯　吼畅你满腹的淫威！大雨同闪电，
倒你们的怒涛，烧你们的天火出来！
你们风雨雷电不是我的女儿，
我不怪你们怎样地给我白眼；
我从未给过你们疆土，叫你们

作孩儿，你们不该我顺从和爱敬；[29]
尽管倾倒出你们那骇人的兴采；
我站在这里，你们的奴隶，一个
又可怜，又衰颓，又残弱，给人糟蹋
透了的老人。可是我说，你们啊，
你们是一群下贱卑鄙的鹰狗，
勾连了两个狠毒的女儿，凭高
来痛打一个这般老这般白的头。
唉唉！恶毒啊！

傻　　子　谁头上有屋子遮着头的就有个好遮头。[30]
　　脑袋还不曾有屋子时，
　　　“遮阳”[31]若先有了地方住，
　　它们俩便都会生虱子，
　　　化子们就这么娶媳妇。[32]
　　谁要是乱糟蹋脚趾头，
　　　好比他乱糟蹋他的心，[33]
　　那痛鸡眼就够他去受，
　　　好睡里要呜呜地哭醒。[34]
因为从来的美妇人总是要对着镜子做鬼脸的。[35]

黎　　琊　不，我要做绝对镇静的典型，
不说一句话。

［铿德上。

铿　　德　谁在那里？

傻　　子　妈妈的，[36]王上和一块“遮阳”[37]在此，咱们俩一个是聪明人，一个是傻瓜。[38]

铿　　德　啊呀，大人，你在这里吗？夜晚
到了这样，就是爱夜晚的生物
也不再爱它；就是那些素常
夜游的走兽，也被这暴怒的天空
吓住，一起在巢穴之中藏身；
记得我成年以来，就不曾有过
这样大片的电火，这样爆炸得

怕人的响雷,这样咆哮的风号
和雨啸。[39]人的天性受不了这许多
苦难或惊慌。

黎　　　琊　　　　　　　让上面那片翻江
倒海的老天找出他要找的仇雠。[40]
罪恶不曾露,刑罚未临头的罪犯,
快快去打颤。杀人的凶手,藏起来;
还有破誓的罪人,乱伦的伪善者。
外表堂皇冠冕,私下却谋害过
人命的奸徒,快去抖成千百片。
深藏晦隐的罪戾,赶快去划破
你们的包皮,对这些可怕的传令使
求天恩的赦免。我是个作孽无几
遭孽太深的受屈者。[41]

铿　　　德　　　　　　　　　　唉,光着头?
大人,去这里不远有一间棚屋;
那也许能给你一点友情的庇护,
把这阵风潮避过;你且去歇一下;
待我回这家比石头还硬的人家去,——
他们适才问起你,可不许我进门,——
强他们施铁石的[42]恩情。

黎　　　琊　　　　　　　　　　　我渐渐觉得
神志紊乱起来了。——小予,跟着来;
怎么样,小子?冷不冷?我自己也冷呢。——
这草堆在那里,朋友?——人逢到急迫时
好不奇怪,滥贱的东西竟会得
变成珍贵。——到你的棚屋里去来,
来吧。——可怜你这个傻子小使,
我心里倒还有些在替你悲伤呢。

傻　　　子　　谁要是还有一点神志清,
　　哈呀咧啊唷,雨打又风吹,
　　就是每天都风吹又雨打,

也得满足他的命运。

黎　琊　不错，小子。——来吧，领我们到这棚屋里去。

［黎琊与铿德同下。

傻　子　好一个[43]夜晚！——可以弄冷一个婊子的心。我在未去之前要说一阵预言哩：

传教师[44]空谈多过了实话时；
酿酒的把水搀进了麦芽时；[45]
贵人们做了裁衣匠的老师；[46]
生大疮的家伙都逛过了窑子；[47]
公堂上的案子若件件审明白；
穷武士跟他的马弁都不欠债；
若是毁谤不在舌尖上生；
剪绺的小偷不走进人群；
守财奴肯说了他地下的窟藏；
窑姐儿同婊子造起了礼拜堂；
那时节咱们这英伦的世界
准会得乱纷纷地倒坏。
那时节一来，谁若是还活着，
要走路就尽管迈开了大脚。

懋琳就得说这一阵预言；因为我比他早生。[48]

［下。

第　三　景

［葛洛斯忒堡邸中之一室。］

［葛洛斯忒与蔼特孟同上。

葛洛斯忒　唉，唉，蔼特孟，我不喜欢这不近人情的干法。我求他们准我去可怜他，他们就不准我使用自己的屋子；还命令我不准提起他，替他求情，或是不拘怎样去照顾他，不然就要罚我永远失掉他们的恩宠。

蔼特孟　真凶蛮无理，[49]真不近人情。

葛洛斯忒　算了；你可别说。两位公爵中间已起了分裂，此外还有件事比这个更糟：今晚上我接到一封信，说出来很危险；我把信已锁在壁橱里去了；国王如今身受的这些虐待是会好好地报复的；有一部分军队已经上了岸；[50]我们得帮着国王这边。我要去找他，私下救他一救；你去跟公爵说着话，好让我这番善心不给他知道；他若叫我，只说我不舒服，睡了。就是我为这事会丧了命，还得要救他；他们确是这么恐吓我的，但国王是我的老主人。有重大的[51]事变快发生了，蔼特孟；告诉你，你得小心些。

蔼特孟　这一番被禁止的[52]殷勤，连同那封信，
我得马上让爵爷知道。这是将
高功去买赏，父亲要失掉的准会
全归我掌握；那便是他所有的封地。
年老的倒了，年轻的就乘时[53]兴起。

［下。

第　四　景[54]

［荒原上。在一棚屋前。］
［黎琊，铿德，及傻子上。

铿　德　就是这地方，大人；好主公，进去吧；
血肉的人生[55]经不起在夜晚荒野里
受这样的淫威。

［风雨猖狂如故。］

黎　琊　　　　　　　　让我一个人在这里。

铿　德　好主公，里边去。

黎　琊　　　　　　　　可要我心碎不成？[56]

铿　德　我宁愿自己心碎。好主公，进去啊。

黎　琊　你以为这猖狂的风暴侵上了肌肤
乃是件大事；对你也许是如此；
可是大患所在处小患就几乎
不能觉到。你要躲避一只熊，

但若是须向怒号的海上去逃生，
你就宁愿接触那熊的嘴。心宽时
身体才柔弱；如今我心中的风雨
把我感官上一切的知能[57]全去掉，
只除了这心中的捶打。儿女负恩！
是不是好比这张嘴要撕破这只手，
只因它举着食物喂了它？我准得
尽情地责罚。不，我不再哭泣。
这样的夜晚关我在门外？倒下来；
我能忍受。这样的一个夜晚？
啊，雷耿，刚瑙烈！你们的老父，
真慈爱，他慷慨把一切交给了你们，——
啊，那么想就得疯；让我别想；
别再想那个！

铿　德　好主公，进这里边去。

黎　琊　你自己进去；去寻求你自己的安适；
这风暴正好不让我有余闲去顾念
更使我痛心的那些事。我还是进去。——
进去，小于；你先走。[58]——无处住的穷人，[59]——
别待着，你进去。我祷告完了就来睡。——

［傻子入内。

可怜你们那班袒裸的穷人，
不拘你们在那里，都得去身受
这无情风雨的摧残，你们那没有
房檐的头顶，不曾喂饱的肚腹，
还有全身的百孔千穿的褴褛，
怎么能掩护你们度这样的天时？
啊，我太过疏忽了这件事！如今，
盖世的荣华啊，你正好服这剂良药；[60]
暴露你自己，去尝尝赤贫的滋味，
你才会把多余的享受散播给他们，
也显得上天公平些。

蔼 特 加[61] ［在内］一哼半，一哼半！[62]可怜的汤姆啊！

［傻子自棚屋内奔出。

傻 子 别进来，伯伯，这儿有个鬼。救命啊，救命！

铿 德 牵着我的手。——谁在那里？

傻 子 一个鬼，一个鬼，他说他叫可怜的汤姆。

铿 德 你是什么人，在那草堆里哼哼地叫苦？走出来。

［蔼特加饰一疯人上。

蔼 特 加 走开，有恶鬼跟着我！"风来吹过多刺的山楂枝。"[63]吭！上床去暖暖吧。

黎 琊 你把全份家私都给了你女儿们吗，所以弄成这样？

蔼 特 加 谁把什么东西给苦汤姆？恶鬼领着我穿过了火苗和火焰，通过了浅水和旋水，跨过了泥沼和泥洼；他把尖刀放在我枕头下，[64]绞索子放在教堂里我的座上；[65]把耗子药放在我汤盏边；弄得我心骄气傲，骑上了一匹栗色的快马颠过四吋宽的桥，将我自己的影子当作个逆贼去追。天保佑你的五巧！[66]汤姆好冷吓。O, do, de, do, de, do, de.[67]天保佑你不受大风灾，不交晦气星，不中邪气！[68]对苦汤姆发发慈悲吧，可怜他给恶鬼闹苦了。这下子我可就逮得住他了，这下子，还有这下子，这下子。

［风雨猖狂如故。］

黎 琊 什么，他女儿把他弄到了这样吗？——
你难道一点都不能留？要全给她们？

傻 子 不，他留下一张毯子，不然我们的脸全给丢光了。

黎 琊 让浮在我们上空的，那些一窥见
人类的过错便马上降罚的瘟疹，
落在你女儿们的头上！

铿 德 大人，他没有女儿。

黎 琊 该死，逆贼！除了他狠心的女儿们
再没有东西能磨他到这样不像人。
被遗弃的父亲对自己的身体这般
不存怜恤，[69]可是已成了风气吗？

这惩罚好不贤明！就是这身体
生出那班鹈鹕[70]似的女儿们。

葛　特　加　“小鸡鸡坐在小鸡鸡山上，”[71]
Alow:alow,loo,loo![72]

傻　　　子　这冰冷的夜晚要把我们都弄成傻瓜和疯子了。

葛　特　加　小心恶鬼；顺从你的爹妈；说话要守信用；[73]不要赌咒；莫去跟有老公的婆娘犯奸；别把你的宝贝心儿用在衣裳显耀上面。汤姆好冷吓。

黎　　　琊　你以前是做什么事的？

葛　特　加　做过心高气傲的[74]当差；[75]把头发卷得鬈鬈的，[76]帽子上佩一副手套；[77]侍候过东家太太心里的欲火，跟她干了亏心的勾当。[78]我赌的咒跟说的话一般多，青天白日下又把它们一笔儿勾销。睡着时打算怎样淫乱，一醒来就干。酒我爱得如同宝贝，骰子和性命一般；爱女人要比土耳其人[79]还厉害。心肠假，耳朵软，[80]手段辣；懒惰得像猪，阴险得像狐，贪得像狼，疯得像狗，猛得像狮子。[81]别让鞋子吱吱叫，绸衣窸窣响，逗得你为了女人把灵魂儿颠倒。别让你的脚跨进窑子，你的手摸进女人的裤子，[82]你的名字落进放债人的簿子，另外你还得跟恶鬼对抗。“冷风总是吹过那山楂枝”。说“suum，mum，nonny.[83]多尔芬我的孩子，孩子哙，停住！让他骑过去吧”。[84]

［风雨猖狂如故。］

黎　　　琊　你裸着身子在这样的狂风暴雨里头，还不如死了好呢。人就不过是这个样儿吗？仔细端详端详他。你不用蚕儿什么丝，不借畜牲什么皮，不少羊儿什么毛，不欠猫儿什么香。[85]吓？咱们这一伙儿三个都是装孙子的。[86]你才是真东西；原来不穿衣服的[87]人不过是你这样可怜的一个光溜溜的两脚动物。去，去，你们这些装场面的废物！来，扣子解掉。[88]

［撕去衣服。］

傻　　　子　请安静些吧，伯伯；这夜晚要泅水可太尴尬了。[89]

大[90]空地上一点小火好比是个老色鬼的心，只一小粒火星，他身上旁处都是冷的。瞧这儿来了杆会走路的火。[91]

［葛洛斯忒手执火炬上。[92]

藹特加 这就是忽烈剖铁及白脱[93]那恶鬼；一打了熄火钟[94]他就开始，直要到第一声鸡啼[95]才走开；[96]他叫人眼珠上长白翳，[97]好眼比成斜眼，好嘴唇变成兔唇；他叫白麦的穗子[98]长上霉，又伤害地上的小动物。[99]

圣维妥[100]在原野上巡行了三趟；
他碰见梦魇煞和她的九小魍；[101]
叫了她下去，
要她发个誓，
去你的，雌妖魔，[102]赶快[103]走开去。

铿德 大人，你觉得怎么样？

黎琊 他是什么？

铿德 谁在那儿？你找什么东西？

葛洛斯忒 你们是什么人？你们叫什么名字？

藹特加 我叫苦汤姆，我吃水青蛙，癞蛤蟆，蛤蟆豆，[104]壁虎和水蜥；[105]恶鬼一发火我心里烦躁起来就得吞吃牛矢当拌生菜；我也吞吃老耗子和沟里的死狗；[106]又喝死水池上浮着的绿苔；我在乡下从这一区给鞭打到那一区，[107]上脚枷，吃刑罚，坐监牢；我背上有三套衣服，身上有七件衬衫；

跨下有马儿骑，身上有剑儿佩；[108]
汤姆这七个年头来的饭和菜
是大小耗子和同样的小野味。[109]

小心我这跟班的。——别闹，死殁尔禁！[110]别闹，你这魔鬼！

葛洛斯忒 什么，您大人没有好些的人作伴吗？

藹特加 黑暗亲王是一位绅士；[111]他名叫模涂，又叫
马虎。

葛洛斯忒 大人，我们[112]亲生的骨肉[113]变成了

这么坏,竟会对生他的人心存仇恨。

雷 特 加　苦汤姆好冷吓。

葛洛斯忒　同我屋里去,我不能为服从公主们
残酷的命令,便弃去我对您的本责;[114]
她们的禁令虽要我关门下闩,
尽这暴戾的夜分扼住您大人,
但我依然要冒险出门来,寻您
去到炉火和食品都备就的所在。

黎　　琊　让我先跟这位哲学家说话。——
打雷的原因是什么?

铿　　德　好主公,接受他这番供奉吧;屋里去。

黎　　琊　我要跟这位博学的底皮斯人[115]说句话。——
你是研究什么的?

蔼 特 加　我研究怎样躲魔鬼和怎样杀虱子。

黎　　琊　让我私下问你一句话。

铿　　德　请你再催他一声就走吧,大人;
他神志开始在乱了。[116]

葛洛斯忒　　　　　　你能怪他吗?

[风雨猖狂如故。]

公主们巴他死。啊,那个好铿德!
他说过会这样的,可怜他遭了流放!
你说王上发疯了;我告你,朋友,
我自己也差点发了疯。我有个儿子,
如今已给我逐出;他谋害我的命,
还是最近,很近呢;我爱他,朋友,
再没有父亲更比我爱他的儿子了;
实在告诉你,那阵子伤心弄得我
神志全乱了。真是好一个晚上!——
我实在[117]求王上,[118]——

黎　　琊　　　　　　喔,对不起,阁下。——
尊贵的哲学家,咱们在一起。

蔼 特 加　汤姆好冷吓。

葛洛斯忒 进去,家伙,这里,棚屋里去暖暖吧。

黎 琊 来吧,咱们都进去。

铿 德 这里走,主上。

黎 琊 跟他去;我要跟我的哲学家在一起。

铿 德 大人,顺了他吧;让他带着这人儿。

葛洛斯忒 你带着他来。

铿 德 得了,来吧,跟我们去。

黎 琊 来,好雅典[119]人。

葛洛斯忒 别说话,别说话!莫做声。

藹特加 "洛阑骑士[120]来到暗塔前。
他老说着'fie,foh,fum,'
我嗅到一个不列颠人[121]的血腥。"

［同下。

第 五 景

［葛洛斯忒堡邸中。］

［康华与藹特孟上。

康 华 我离开以前一定得报复。

藹特孟 主上,我这般不顾父子的恩情,却一心报主,人家不知要怎样说法,[122]想起了真有点[123]害怕。

康 华 我如今才知道,并非全是为了你哥哥本性凶恶所以要谋害他,只因他罪有应得,他自己那些可议的坏处激发得你哥哥那么样干的。[124]

藹特孟 我的命运好不恶毒,现在我这么公正了回头又得后悔!这就是他说起的那封信,证明他是替法兰西当奸细的。天啊!但愿他没有这个逆谋,或者发现的人不是我!

康 华 跟我去见爵夫人。

藹特孟 要是这信上的话是真的,您手头有的是大事情要办呢。

康 华 不管真假,[125]这件事已叫你当上了葛洛斯忒伯爵了。

去寻找你父亲，我们好逮住他。

葛 特 孟 我若找见了他在救助国王，便能加重他的嫌疑。[126]我还要继续尽忠，虽然忠诚和父子间的恩情[127]冲突得使我很痛苦。

康 华 我信托你，你也自会觉得我的爱宠比你父亲更可爱。[128] ［同下。

第 六 景

［毗连堡邸之佃舍内一室。］

［铿德与葛洛斯忒上。

葛洛斯忒 这里比露天要好些；安心待着吧。[129]我去设法添几件东西来，好让这里舒服些；我不久就回来。

铿 德 他所有的聪明才智完全让位给了狂怒。愿天神们报答你的好心！ ［葛洛斯忒下。

［黎琊，藹特加，与傻子上。

藹 特 加 弗拉忒阑多[130]在叫我，他告诉我说尼罗在阴湖里钓水蛙。[131]——要祷告，天真儿，[132]又得要留神那恶鬼。

傻 子 伯伯，请告诉我，一个疯子是一位绅士还是个平民百姓。

黎 琊 是个国王，是个国王！

傻 子 不，他自己是个平民，他儿子却是位绅士；为的是他看见一位绅士儿子在他眼前，他就成了个疯子平民。[133]

黎 琊 要有一千把烙得通红的铁叉[134]
嗞嗞地刺进她们，——

藹 特 加[135] 恶鬼在咬我的背。[136]

傻 子 谁相信一只狼没有野性，一只马没有毛病，[137]一个孩子的爱情，或一个窑姐赌的咒，谁就是个疯子。

黎 琊 准得这么办；我马上来传讯她们。——
来，你请坐，学识精通的大法官。——
还有你，圣明的官长，这边请坐。——

来吧，你们这两只母狐狸。

蔼特加　瞧，他站在那儿睁着眼！娘娘，给当堂在审罪还要有人瞅着你吗？[138]

“过这小河来跟我白西”。[139]

傻　子　“她那船儿在漏水，
她又不能向你说
为什么不敢过水来跟你。”

蔼特加　恶鬼装着夜莺鸟[140]的歌声在烦扰苦汤姆。好拍当势[141]在汤姆肚里嚷着要吃两条鲜青鱼。[142]不要阁阁阁地尽叫，[143]魔鬼；我没有东西给你吃。

铿　德　你觉得怎么样，大人？别呆呆地站着
可要躺下来靠在座垫上安息吗？

黎　琊　我先要看她们的审判。——传进证人来。——
你这位长袍大服的法官请升座。——
还有你，你是他执法的同伴，也请
傍着他就位。——你也是陪审的人员，
也请坐下。

蔼特加　让我们公平裁判。

“你醒着[144]还是在睡觉，牧羊儿？
羊群都在麦陇上；
只要你有样的小嘴吹一声，
羊群就平安无恙。”

拍尔！[145]这猫是灰色的。

黎　琊　先把她提上来；这是刚瑙烈。我当着廷上诸位宣誓，她脚踢可怜的国王，她的父亲。

傻　子　走过来，女犯。[146]你叫刚瑙烈吗？

黎　琊　她赖不掉。

傻　子　对不起，我以为你是只折椅。[147]

黎　琊　这里还有个，她这副狰狞的面目
显得她的心用什么东西[148]做。——拦住她！
武器，武器，快拿剑来，点上火！
贪赃舞弊！坏法官，你怎么放她逃？[149]

蔼 特 加 天保佑你的五巧![150]

铿 德 啊,可怜! ——大人,你从前常夸说
保持得有的那镇静,如今在哪里?

蔼 特 加 [旁白][151]我开始对他起了那样深的同情,
这眼泪就要妨碍我这番假装。

黎 琊 小狗们和旁的狗,屈蕾,小白,小宝贝,[152]瞧,它们都在对我咬。[153]

蔼 特 加 让汤姆把帽子来扔它们。[154]——滚开去,狗子们!

不管你是黑嘴巴,白嘴巴,
咬人用的是不是毒的牙;
大獒,灵猩,杂种的猛猘儿,
猎狗或哈叭,警犬,[155]花雌儿,[156]
卷尾的狗子[157]或截尾的貂,[158]
汤姆准叫它哭了又去号;
只要把我的帽子这样丢,[159]
它们便跳过了短门都逃走。

Do,de,de,de. 停住![160]来,去赶开教堂的守夜会,[161]乡村的市集,和城镇的市场。苦汤姆,你的牛角[162]空了。

黎 琊 那么让他们把雷耿开膛破肚;看她心上生着什么东西。天生这些硬心肠可有什么缘故没有?——你,先生,也是我的一百个武士里的一个;不过我不喜欢你这衣裳的式样。你会说这是波斯装;[163]可是把它换了吧。

铿 德 好主公,躺在这里歇一会吧。

黎 琊 别做声,别做声,拉拢了帘幕;对了,对了。[164]我们要在早上吃晚饭呢。

傻 子 我要在午上睡觉。[165]

[葛洛斯忒重上。

葛洛斯忒 过来,朋友;国王我主在哪里?

铿 德 在这里,大人;且莫惊动他,他神志
完全迷乱了。

葛洛斯忒　　好朋友，请你抱着他；
我私下听到了一个要害他的奸谋。
我备得有一架床车；放他在车上，
赶往多浮城，[166]朋友，那边你自会
遇到欢迎和保护。抬你的主公。
你若再作半点钟的迟延，他和你，
连同回护他的任何人，准都没有命。
抬起来，抬起来，跟我走，我马上领你
去到那备就的床车。[167]

铿德[168]　　历尽了千重
磨难的身心[169]如今已沉沉入睡。[170]
这安休也许能抚苏你破碎的神经，[171]
但若果事势不佳良，那就难治了。——
过来，来帮忙抬你的主公，你不能
退缩在后边。

葛洛斯忒[172]　　快来，快来，外面去。

［铿德，葛洛斯忒，及傻子，舁黎琊同下。

蔼特加[173]　眼见到年高位重的[174]和我们同病，
我们便不甚为自身的疾苦伤心。
最可悲莫过于孤身独自去忍受，
将有福者[175]与开怀的乐事遗留在背后。
但若果忧愁有俦侣，受苦[176]有同伴，
心中可就淡忘了许多的磨难。
那使我弯腰的痛楚使国王弓身，
我的便显得何等轻，何等好容忍：
我们父亲和儿子异曲而同工！[177]
去吧，汤姆！注意那高处的来风，[178]
只等诬蔑的讹传证明你悔良，
荣誉恢复后，你便能重现本相。
今晚上尽风云去变幻，[179]愿国王逃掉。
躲着，躲着。　　［下。

第 七 景

［葛洛斯忒之堡邸。］

［康华，雷耿，刚瑙烈，蔼特孟，及仆从上。

康　　华　［对刚瑙烈］快去见令夫君公爵去；给他看这封信；[180]法兰西军队已经上了岸。——把葛洛斯忒那逆贼找出来。　　［仆从数人下。

雷　　耿　马上绞死他。

刚 瑙 烈　挖掉他的眼睛。

康　　华　留给我来处治。——蔼特孟，你陪着我们姐姐走。我们对你那谋叛的父亲的报复不配给你看见。你到公爵那边，向他上议作速准备；我们也照样在准备。[181]两方的驿马得加快传递信息。——再会了，亲爱的姐姐——再会，葛洛斯忒伯爵。[182]——［奥士伐上］怎么了，国王在哪里？

奥 士 伐　葛洛斯忒伯爵引他离了境。
有三十五六名他的武士正在
火急地寻他，恰跟他在城门前碰到；
他的挟着他和伯爵的另一班从人
向多浮进发，夸说有武装的朋友[183]
在那边保护。

康　　华　　　　　　替你主母去备马。

刚 瑙 烈　再会，亲爱的公爵和妹妹。

康　　华　蔼特孟，再会。——［刚瑙烈，蔼特孟，与奥士伐同下。
把那个逆贼找出来。
把他小偷似的反缚着膀子带来。［另有数仆从下。
虽然我们不能开秉公的审问
判处[184]他死刑，但我们的权威自会
顺从[185]我们的愤恨，世人只有去
非难，却无从来阻止。——那是谁？那逆贼？

［二、三人挟葛洛斯忒上。

雷　　耿　不知恩义的狐狸！[186]是他。

康　　华　把他那干瘪的[187]臂膀缚紧了。

葛洛斯忒　您两位是什么意思？好朋友，要顾念
　　　　　你们是我的客人；别害我，朋友们。

康　　华　绑住他，我说。

雷　　耿　　　　　　　绑得紧，绑得紧。——臭贼！

葛洛斯忒　你这位忍心的爵夫人，我不是那个。

康　　华　绑上这椅子。——坏蛋，你自会明白——

葛洛斯忒　我对仁蔼的天神们[188]赌咒，你这么
　　　　　扯掉我的须实在太下流。

雷　　耿　这样白，却是这样一个逆贼！

葛洛斯忒　恶毒的夫人，你拉掉我颏下的这些须，
　　　　　它们会活起来在神前[189]将你控告。
　　　　　我是东道主，你不该强盗般糟蹋我
　　　　　殷勤款待你的容颜。[190]你预备怎么样？

康　　华　来，法兰西最近给了你什么信？

雷　　耿　爽利些回答，因为我们已知道。

康　　华　你跟最近偷进王国来的叛徒们
　　　　　又有什么勾结？

雷　　耿　你将发疯的国王送进了谁手里？
　　　　　你说。

葛洛斯忒　我有一封猜测情形的信函，
　　　　　写信的乃是中立的，并不是对方，

康　　华　真刁。

雷　　耿　　　　又假。

康　　华　　　　　　　你送国王上哪里？

葛洛斯忒　上多浮。

雷　　耿　　　　为什么上多浮？不是说不准你——

康　　华　为什么上多浮？——让他回答那句话。

葛洛斯忒　我已给系上了桩子，得对付这一场。[191]

雷　　耿　为什么上多浮？

葛洛斯忒　为的是我不愿眼见你残酷的指爪
抓出他可怜的老眼，我不愿眼见你
那凶狠的姐姐把她野猪似的长牙
刺进他香膏抹净了的圣洁的肌肤。[192]
就是那海水，受了他光头赤顶
在地狱一般的黑夜里忍受的风暴，
也会涌上去[193]泼息上边的星火；
可怜的老人啊，他却要上天下大些。
那样猖狂的[194]风雨夜若果有豺狼
在你大门前悲嗥，你也该说道：
“好门子，开开门，可怜一切野兽吧，
任凭它们平时是怎样地残酷。”[195]
但我会眼见到天罚飞来，降落在
这般的孩儿们头上。

康　华　　　　　　你可决不会
见到！——你们跟我按住这椅子！[196]——
让我用脚来踹掉你这双眼睛。

葛洛斯忒　谁想活到老年的快来救我！——
嗄，真狠毒！嗄，天神们！

雷　耿　那边的要笑话这边的，那只也踹掉。

康　华　你若见到了天罚——

仆　甲　　　　　　住手，主公！
我自小侍候你到如今，可没有再比
我现在这要你住手更外尽忠了。

雷　耿　怎么的，你这狗子？

仆　甲　　　　　　你若是个男子，
为了这件事我也会向你挑战。[197]——
你是什么意思？[198]

康　华　　　　　我的佃奴？[199]　　［主仆拔剑相向。］

仆　甲　得了，来打，冒冒义愤的险吧。　［康华受伤。）[200]

雷　耿　你的剑给我。[201]——贱人敢这样犯上？
［抽剑从背后刺他。］[202]

仆　　甲　嗄，我给刺死了！——你还剩一只眼，
大人，能亲自见到他吃点亏。——嗄！　　［死去。］

康　　华　别让它再见到什么。——烂掉贱肉冻！[203]
现在你眼光在哪里？

葛洛斯忒　一片漆黑，难道没有人来搭救？[204]
我儿子蔼特孟在哪里？——蔼特孟，燃起你骨肉的
至情，[205]来报复这骇人的罪恶！[206]

雷　　耿　滚开，谋反的坏蛋！你叫他，他却恨你；
对我们透露你那个奸谋的就是他；
他是好人，不会来可怜你。

葛洛斯忒　啊，我笨到这样！蔼特加可冤了。
天神们，饶我吧，祝福他康宁无恙！

雷　　耿　去把他推出大门外，让他嗅着路
到多浮。——［一仆引葛下。］怎么样，夫君？
你怎么这样？[207]

康　　华　我受到一处剑伤，跟着我，夫人。——
把那个没有眼睛的坏蛋赶出去；
扔他在粪堆上。——雷耿，我淌血淌得快；
这伤来得不巧。[208]挽着我的臂。　［雷耿扶康华下。

仆　　乙　要是[209]这人有什么好结果，不拘
怎样的坏事我都做。

仆　　丙　　　　　　　　　　要是她活得长，
到头来还能得一个好好的老死，
所有的女人全都会变成妖怪。

仆　　乙　让我们跟着老伯爵一同出去，
去把那疯叫化[210]找来，他想上那儿
就领他上那儿，那浮浪人什么都肯做。

仆　　丙　你去。我去拿一点亚麻子和鸡蛋清[211]
敷在他出血的脸上。但愿天救救他。　［各自下。

第三幕　注释

① 通常“main”本解作“海”，但此处原文 Capell，Wright，Sohmidt 等都训为“陆地”。Delius 仍解作“海”。Jennens 则主张改为“moon”(月亮):他说海水涨上陆地是常有的事,不能算作天大的混乱,与上行“叫大风把陆地吹进海洋”不相称,可是海水涨上月亮却真是异常的大变,与黎琊的疯狂极恰当。我以为 Jennens 窜改此字的理由不够充分,因为陆沉(海水大举地涨上陆地而不退)并不是什么安静的寻常变故。至于他主张改的“月亮”我觉得有幻想(fanciful)之嫌。

② 原文自这里起到“一切都同归于尽”不见于对开本,是从四开本里补入的。

③ Delius 解“make nothing of”为“遇之以不敬”,Schmidt 谓为成语“make much of”之反面,译为“视若无物”差不多。Heath 训为暴风把他的头发扯下来,“吹得不见”,不妥。

④ Furness 说,这里的“little world of man”也许特指旧时占星术里的一句术语,说“人”是“小世界”(microcosm,or“the little world”),这“小世界”含蓄着“大世界”(macrocosm)里的“天”和“地”的一切成分,所以也就是“大世界”的雏形或缩型。

⑤ 从 Warburton 诠释,“cub-drawn bear”为被幼熊吸干了奶的母熊。就是肚饥与饲养幼雏也不能使母熊在这样的晚上到窟外去觅食。

⑥ 此语为译者所增。

⑦ 从对开本之“my note”,Johnson 释为“我的观察”,意即“凭我平时的观察所得,知道你是个可靠的人”。四开本作“my art”,Capell 解作“看相的艺术”。但 Hudson 说得好,铿德已认识这位近侍,知道他的为人,看相术未免运用得多费了。

⑧ 自这里起到“掩盖这隐事的虚饰”止,四开本原文缺佚。

⑨ 从 Delius 解。Capell 以为“who seem no less”是说权位和他们差不多高低的他们的下属。

⑩ 对开本原文自此起至“遮盖这隐事的虚饰”不成整句;Schmidt 断为“……虚饰”与“可是……”之间必有缺文,这缺文是对开四开两种本子都遗漏了的。

⑪ Wright 释“snuffs”为“争吵”,译文根据 Nares。

⑫ 从 Steevens。

⑬ 各注家训“furnishings”大致相同,如译文。

⑭ 原文自这里起到本段末仅见于四开本。

⑮ Dover 城为英国极东南的港埠,正对着法兰西的卡雷城(Calais);二城相距仅多浮海峡之一水,宽二十哩余。

⑯ Schmidt《莎氏用字全典》释原文这里的“just”为“真实,根据事实”。

⑰ Delius 注,这句话有客气的拖延时间或拒绝请求之意,所以铿德说“不,不要。”

⑱ 自这里起到景末,铿德的语气愈来愈急促,在寥寥的九整行与三短截里,若除去后者不算,竟有过半数是“泛行”或“跨行”(overflow or run-on lines)的;当然,他是急于要找黎琊去,这内中的迫切便在诗式上显化了出来。

⑲ Schmidt 说对开本原文这里的“that fellow”当作“那同伴”解,不是“那人儿”。四开本作“your fellow”(你的同伴)。

⑳ Abbott 之《莎氏文法》第 186 节释这里的“to effect”为“with a view to effect”,意即“权衡结果的轻重”。

㉑ 依 Wright 注。

㉒ 原诗风格的嵯峨雄浑,毫无疑问说得上古今独步。在文艺创作里,从正面抒写这种自然涌现的人类热情的,以崇高(sublimity)而论,从没有能与黎琊的这番狂怒相颉颃的。这段奇文译起来极费经营,而且不能直译:它用意及措辞的得当与一股翻江

倒海的气势,凡是对英文、英文诗,有一点感觉的读者,谁都能欣赏得到;可是把它译成我国语文,事实上最难的是在传达出诵读原诗时的那风声雨声与霹雳声,——那层言外之意,声中之旨。对于这一点,译者自承笔拙,不能完全做到。但译文里有几组同声与近音字,译者希望它们多少还能帮助些用意及措辞上的力量。

㉓ 原意仅为"脸"。

㉔ 原意为"龙卷"或"水柱",起自海上。"cataracts... hurricanoes"这两个神妙无比的多音字,若直译为"大瀑布……龙卷",便会把它们的绘声效用完全消灭掉。

㉕ 莎氏常用"sulphurous"(硫黄的)形容电闪,想因触电的东西有极浓的硫黄气息。

㉖ 原文"thought-executing"Johnson 释为"执行死刑快得和思想一般的",Moberly 则解作"执行降你们(天火)下来的天帝(巨璧德)的思想的",我觉得前说较为切当,但因直译成中文太累赘,太弛缓,故改作现在这译法。

㉗ 原意为"这世界的冥顽(或臃肿)的浑圆"。Delius 注,这"浑圆"不但指地球的形状,还影射下两行里的妇人的妊娠。我以为尽可不必,影射了反有重复之弊。

㉘ 原文"court holy-water"Steevens 及 Malone 等都解为译文。

㉙ 从 Schmidt。

㉚ 或译为"头盔"。

㉛ 原文"cod-piece"本是莎氏当时戴在男子裤裆前面的一块遮护甲,用意怕是在遮蔽或掩护里边的器官,但结果反引起人家注意。这里是暗喻阳具本身。我从字面直译,作"遮阳",并不是伞,乃简名遮阳具的东西。

㉜ 从 Mason,意即"许多叫花子都是这样讨的老婆"。

㉝ Capell,White,Furness 三家对于这两行的笺注大同而小异。Furness 注,一个人若对他身体的卑贱部分大加爱惜,而对于贵重部分反毫不爱惜,他便准会身受到久常的痛苦,——黎琊爱惜刚瑙烈与雷耿而鄙薄考黛莲,如今他是在吃他自己的亏。我觉得这样解法(把原文"make"解作"爱惜")与原文下一行里的鸡眼痛意义冲突:事实上若一个人爱惜脚趾甚于爱惜心,他就不会有鸡眼,更不会有鸡眼痛。但若把原文"make"解作"糟蹋",这四行劣歌便成了极苦心极深刻的反嘲了;参看下条注。

㉞ 这八行劣歌辞笺解如下。一个人穷得连自己的屋子都还没有时,如果他想享受性欲上的快乐,准会生满了许多虱子:许多乞丐便是这样娶妻的。一个人若把应当对待他的心的手段(就是说,很恶劣的手段,像黎琊对待他的心似的)对待他的脚趾,就准会痛得整夜睡不了觉。换句话说,好好对待你的脚趾(你身体的不重要部分),可是对待你的心(你身体的重要部分)尽不妨坏些,——一句极苦痛的反话。第二幕第四景傻子对黎琊说起厨娘的那段话,跟这里的反嘲用意相仿。

㉟ Eccles 想入非非,他的诠释此处不必转录。Furness 解得比较合理,他说这是傻子的惯伎,他说了一阵太尖利的话以后,往往来一两句不相干的笑话,专为扰乱人家的注意力,或按一按他自己的辞锋。

㊱ "Marry"即圣母玛丽亚"Mary",作发誓用。译文姑用我们的"国誓"。

㊲ Dcuce 注,莎氏戏把这个名字加在傻子身上,原来傻子的服装上这块不雅观的东西特别触目,目的是要引人嬉笑。

㊳ 称黎邪为聪明人,当然是一句反话;傻子自称为傻瓜,当然是讥笑他自己的不识时宜。

㊴ "groans of roaring wind and rain"按意义译应作"……的呻吟";但原文有四个 r 的双声(alliterative)音,兹就可能范围内译成四个叠韵字(内中"哮"与"啸"亦为双声字),

故只得略改原意。

㊵ 与原文略异；直译原文应作"让我们头上演出这可怕的混乱的天神们找出他们的仇雠"。

㊶ 原文"I am more sinned against than sinning"乃一名句，常被引用。

㊷ 原文"scanted"意为"不轻给予的"或"吝啬的"。

㊸ "brave"并不能解作"勇敢"，当与现代英文之"splendid，excellent"同义，译成中文则为"妙极"。这里是句反话。

㊹ 这一段"预言"有些评注家认为非出自莎氏之手，乃当时扮演傻子的一个丑角妄自续的貂；这赤心爱主的傻子，他们说，绝不会让他的主子在这大风暴里半疯半癫地走开去，他自己却停下来说这一大堆毫无意义而绝不需要的粗话；他们又说，一六〇八年的四开本上没有这段文字更足以证明它的不可靠。Capell 说莎氏为这傻子写了两起"预言"：第一起包括前四行，说起当时社会上的实在情形，第二起包括第五行至景末，那是决不会发生的事情；想是作者先写第一起，后来把它废而不用，代以第二起；随后作者去世，演员不知底细，以误传误，把两起都印进了对开本。

㊺ 即酒麴。

㊻ 有人解作不付账，叫裁衣匠学一点乖，似非是。Warburton 与 Schmidt 都解作贵人们比裁缝多懂些裁衣术，或教他们时装的新式样。

㊼ 大疮即杨梅疮。原文"burn'd"意义双关：如与"heretics"（邪教徒）联在一起讲，当为中世纪时对邪教徒施行的火刑；如与后面的"but wcnches' suitors"，互相呼应，则当从 Johnson 所注，解作"杨梅疮"，莎氏当时名为"（欲）火毒"。译文作"不烧邪教徒，嫖客才烧死"，但依然有些不知所云。

㊽ 这是故意说一句"时代不符"（anachronism）的话开玩笑。据传说《黎琊王》与《圣经·旧约》里的犹太国王（King of Judah）觉许（Joash）同时，远在耶稣降生之前；懋琳（Merlin）则相传为雅叟王（King Arthur）之宫廷巫师，雅叟王据说生于纪元后五世纪之末叶：估计起来，这傻子当比懋林早生一千三百年光景。

㊾ 此系译者所增。

㊿ 初版对开本原文作"footed"，四开本作"landed"。Schmidt 谓"footed"意即"landed"（上了岸），Onions 之《莎氏字典》亦如是说。

51 原文这里的"strange"不应作"奇怪"解，应释为"重大"，见 Schmidt 之《全典》本字项下第六条。

52 原文为"forbid thee"，Wright 谓训作"forbidden thee"。

53 原文本无此意，译者所增。

54 Coleridge 注曰：啊，诸般万种的惨怛都荟萃在此！外界的自然在风狂雨骤中，内在的人性打着痉挛，——黎琊的真疯，蔼特加的装疯，傻子的谵语，铿德的绝了望的忠诚，——此情此景确是前未有古人，后尚无来者，设想过！只把它当作一幅眼所能见的图画看，也比任何米凯朗琪罗（Michael Angelo Buonarroti，1475—1564），受了任何但丁（Dante Alighieri，1265—1321）的启示，所能设想得到的更要惊心动魄些，而这样的画也只有米凯朗琪罗才能运笔。若把这一个剧景让盲人听到，那就不啻是大自然的呼号由人事作喉舌，从人心深处在倾泻出来。这一景以透露出黎琊确实疯狂的征象而结束，更显出第五景穿插得特别适当，——那间断恰好让黎琊在第六景上场时完全疯狂。

55 原文"nature"应属 Schmidt 之《莎氏用字全典》本字项下第三条内，解作"the physical

(and moral) constitution of man",如译文。

(56) 原文作"Wilt break my heart?"Steevens 信黎琊这问话不是向铿德发的,乃在问他自己的心;因此标点就得改动一下,作"Wilt break, my heart?"(你要碎了吗,我的心?)Steevens 又说,铿德禀性忠仁,所以虽然明知他主人并不向他发问,还是要回答一声。较 Steevens 早些的 Warton 却有个很巧妙的诠释:黎琊仿佛说,"这个仆人的忠爱与感恩心,比我自己两个孩子的强得多。虽然我把王国给了她们,她们还是很卑鄙地遗弃我,让我这样一个白发满头的老人由这样可怕的大风暴雨去侵凌,而这个与我无亲无故的人倒肯怜恤我,要保护我使不受风雨的淫威。一个纯粹的陌生人对我这样好我受不了;他使我心碎。"

(57) "feeling"平常译作"感觉",但此处则嫌行文重复,故译为"知能",因感官上的知能就是感觉。

(58) Johnson:这一声吩咐表示内心经过打击后的谦卑,仁蔼,和不拘礼节。

(59) 原文"poverty"(贫穷)以抽象代表具体,跟下两行语气相接。

(60) 原文极简练,仅为"服药吧,荣华。"

(61) Coleridge 评曰:蔼特加的装疯正好减去一点黎琊的真疯所给人的大震荡,大刺激,同时在这并比之下又可以显得这两种疯狂绝对不同。在全部戏剧文学里表现疯狂的方法总是言语举止间的轻率无常,尤其在奥推(Thomas Otway, 1652—1685)的作品里,——黎琊的疯狂是唯一例外。在蔼特加的狂呓里莎士比亚让你看见一个固定的用意,一个以实际利益为前提的目的;——在黎琊的疯狂里却只有他那番唯一的沉痛,念念不忘,像漩涡,永无宁息而永不进展。

(62) Capell 说这是在量他自己掩藏在干草里的深度,Steevens 则以为他在数测海者所估计的海水的深度。

(63) 从对开本之"风";四开本作"冷风"。各注家都以为这是一首失传的歌谣里的一行。

(64) Theobald 最初发现蔼特加自始至终的假疯话大多系取材于哈斯乃大主教(Samuel Harsnet, 1561—1631)的《对天主教徒过分欺人行骗的揭发状》(*A Declaration of egregious Popish impostures*, 1603)一小册子内;这里的尖刀和绞人索乃出于该书附录《威廉斯审问录》(*Examination of Friswood Williams*)中。

(65) Delius 认为这是表示即使最圣洁的地方也不免有引人自杀的诱惑。

(66) 据 Johnson 说,五巧(five wits)系指接收五种感觉的五个智能,那五种感觉即由五官传入脑部。Malone 引用史蒂芬霍司(Stephen Hawes, 卒于 1523?)的一首诗《大爱》("Graunde Amoure", 1554),说五巧乃指"普通智力,想象,幻觉,估量与记忆"。这五巧往往被人与五官相混,但 Malone 举出莎氏商乃诗第 141 首,证明他们完全不是一回事。

(67) Eccles 注,这是在装出冷得发抖的人的声音。

(68) "taking"即第二幕第四景注⑯所释"taking airs"之意,译为"邪气"。

(69) Delius 说,这是指汤姆赤裸的手臂上插得有针刺,但 Clarke 认为这是指汤姆袒裸着身体立在风雨里。美国大伶人蒲士(Edwin Thomas Booth, 1833—1893)的《舞台提示录》(*Prompt Book*, 1878)里有这样一句导演辞:"自蔼特加臂上拔下一根棘刺或长木钉,准备插在他自己臂上";到黎琊说完了话时又有"蔼特加拉住黎琊手臂,抢掉那根棘刺"。不知蒲士见过 Delius 的注释本否。

(70) 西方旧时的寓言故事里常说起小鹈鹕(pelicans)要喂饮了大鸟的血液才能生长的故事。Wright 征引"Batman vppon Bartholome"(1582)云:"鹈鹕鸟太爱它们的幼雏了。小鹈鹕长得大胆起来,羽毛转变成灰白时,便要打老鸟的耳刮子;母鸟还打了一下,便把小的们打死。到了第三天上母鸟便扑击她自己的两胁,流出热血来洒在小鸟身上。死雏得了这热血就还苏复活了。"

⑦① Collier 引列忒孙(Joseph Ritson,1752—1803)的《歌登妈妈儿歌集》(*Gammer Gurton's Garland*,1783)如后:

"小鸡鸡,小鸡鸡,坐在小山上;
他若没有去,就还在原地方。"

按原文"Pillicock"为嬉爱男小孩的称呼。

⑦② 依 Furness,从对开本里的"Alow:alow..."; 通行本都作"Halloo,halloo..."(哈,哈……)。Furness 云,说不定这一行是模拟鸡啼的;不知为什么我们遇见了这样无甚意义但也很妙的状声字定要改变原本里的拼法,易"alow"为"Halloo"。

⑦③ 从 Pope 之校正文,大多数通行善本都沿用这个校订。

⑦④ 译得拘谨一点该是"心里意里都骄傲的"。

⑦⑤ 译文本 Schmidt 所解,作普通男仆。Knight 释"serving-man"为献殷勤的骑士或情夫(cavaliere servente),似欠妥。"serving-man"与"servant"意义不尽同,不能完全通用;现代英文里也有这个区别。

⑦⑥ Malone 引哈斯乃大主教书中的一段,证明此语亦出自该书;按那个《揭发状》里说起天主教驱邪师某某诈称喜卷鬈发者乃是中了"虚骄魔"的蛊惑,这魔鬼驱出了人身便变成一只孔雀。Furness 以为这鬈发也许指莎氏当时的情郎们所佩的"爱情发绺"(love-lock)。

⑦⑦ Theobald 注,通行的习俗男子帽上佩手套有三种不同的动机:第一,他有个情妇或意中人爱着他,给了他那只手套;第二,表示对他某个好朋友的敬意;第三,与仇人决斗前帽上佩戴手套,作为挑战的标记。这风气肇自武士风盛行的中世纪。

⑦⑧ 或译为"黑勾当"。

⑦⑨ 土耳其人以多妻闻名。

⑧⓪ Johnson 注,"听信坏话"。

⑧① Wright 注,据 Skeat 告他,Richard Poore(卒于 1237)于十三世纪初所制的《女修士规律》(*Ancren Riwle*)里说,人世"七大恶孽"(the seven deadly sins)各有一只兽畜代表:狮子代表骄傲,蛇代表嫉妒,麒麟代表愤怒,熊代表迟钝,狐狸代表贪婪,猪代表好吃,蝎子代表淫欲。

⑧② 原文"plackets"各家注解很繁,现择要摘译一二。Dyce 之《莎氏字汇》说,此字究竟原来有没有不雅的意义,他不能确定,解释也很多,如裙,如女人下身的亵衣,女人衬裤上的袋,女人衬裤的裤裆,及妇女的胸衣。White 注,分明"placket"一字在莎氏当时和后来是女人常用的一种衣服,因为用途太秘密所以不容易描摹叙述,又因为太普遍所以不必细说,于是那东西在渐渐不用之后,连名称也便变成了个名称的影子了。

⑧③ 此三字并无意义。Steevens 认为也许是本剧的演员随意加上去的,因为他们和排字人一样,常会把他们自己所不懂的弄糟,或在他们认为是胡闹乱说的话上再添些他们自己的打趣。

⑧④ 原文此句,若不是毫无意义的胡诌,一定是莫名其妙的引语。Johnson 注,要解释它并无多大的希望,或何等需要。可是任何解释都不妨一试。这疯子假装着心骄气傲的样子,又装出自己正骑着马在路上遇到有人不许他通过,但那个人眼见敌不过他,

便改变了主意让他过去,又叫住孩子多尔芬(Dolphin 即 Rodolph 之简称)莫跟他交手,尽他通行。Steevens 有一个很有趣的故事解释此句,但恐全属臆造,姑不逐译。

㉟ 指麝香猫。

㊱ "sophisticated"可译为"不纯粹,矫揉造作,或装腔作势",但似不及北平土语里的"装孙子"有色彩,有力量。

㊲ 据 Wright 注,原文"unaccommodated"泛指没有必需的设备,此处特别指没有衣服穿。

㊳ Furness 说,伦敦有位卓越的小说家兼剧作家向他提起过,这是句舞台导演辞。

㊴ 更准确些译为"要去泅水这是一个太坏的夜晚"。

㊵ 对开本原文作"wilde"(荒野的),Jennens 校正为"wide"(广大的),译文从后者。Jennens 的理由是,校改之后这里的"大"和下文的"小"成了对照,似乎较称;Walker 佐证此说云,"野"是近代诗的风格,不合于意利沙白时代的诗的格调,他又举了些莎氏同时作家的例子,证明"wide"常被误印为"wilde"。

㊶ Furness 注,虽然这句话分明指葛洛斯忒和他的火把,但剑桥本从了各版四开本让葛洛斯忒就在这里上场来,那似乎嫌太早了些。在列次四开本里(假如它们是从舞台演唱本里印下来的),与其说那些导演辞是指导演员们上场的,不如说是指导他们作上场的预备的。在面积很有限的莎氏时代的舞台上,很难想象葛洛斯忒此刻已上了场,而黎琊竟在十行之后方始见到他。按四开本把这句导演辞放在这里,对开本则把它放在傻子这段话的前面;Furness 不用这两种读法的任何一种,却根据着他上面的理由,从 Pope 本把这导演辞移在下面铿德的"大人,您觉得怎么样"之后。译者觉得 Furness 的理由似欠充分。上场的预备那一层太说不过去;为什么旁的演员,或饰葛洛斯忒的演员在别处,都不用预备,而此处独异?其次,莎氏当时的舞台动作并不是呆板的,写实的:舞台虽小,尽可以有两个台中人物在舞台的前后或左右而各装不知,等走近来才互相见到;而且葛洛斯忒出了场又可以走一步用火把照一照,同时又得防火把被风雨弄灭,因此蔼特加说完了一段话后他才走到他们几个人身边。在台上的几个人里边以傻子最机敏,所以葛洛斯忒执著火把一走上舞台上的荒原,他就远远地见到有人。傻子那样一说,蔼特加也望见了;他因为掩饰自己起见,便用足了劲说疯话,假装没有瞥见有人来,——这是他的心虚,怕被父亲认出了原身。忠诚的铿德一心只注在他主人身上,什么都不闻不见,所以葛洛斯忒走近来时他还在问黎琊觉得怎样,直等黎琊问了"他是什么?"才觉得有人,问"谁在那儿?"黎琊已有一点疯,脸色难看(铿德问他"大人您觉得怎么样?"就是因为他面色不好),他心里只想着他自己,而感觉的注意力则集中在一个新发现的疯子身上,所以铿德打断了他的注意力后他才见到有人走近来。至于葛洛斯忒呢,在这样的暗夜里执著一个火把,还得保护它不被吹灭,当然见不到暗处是什么人了。

㊷ 不从 Furness 而从四开本,理由见上注。

㊸ 对开本原文"Flibbertigibbet",魔鬼名。Percy 引哈斯乃书中说:"Frateretto,Fleberdigibbet,Hoberdidance,Tocobatto 是四个合跳着滑稽舞的魔鬼,被蛊者女仆沙拉威廉斯(Sarah Williams)中魔发作时就唱着悠扬有致的歌儿,让他们四个跳着舞。"考脱葛来琈(Randal Cotgrave,卒于 1634?)所编的法英字典(1611)释法文"Coquette"一字道:"一个呶呶不休或骄傲的多嘴姑;一个东串西闯或举止轻佻的浪荡妇,一个饶舌妇,或胡说八道的家主母;一个坏人名声的散谣娘,一个好管人闲事的唧唧咕咕婆(flebergebit)。"在现代英语里(flibbertigibbet)一字亦为称呼饶舌者之专名,特

别指多话的女人。

㊹ 打熄火钟的制度乃是诺门人(the Normans)征服英伦后所带来的,当威廉一世(William the Conqueror,1027—1087)与威廉二世(William the Rufus,崩于1100)两朝时执行得最严,夏天在日落后,冬天在晚上八点,一切灯火炉火都得熄灭;中世纪时大小城镇里的住房多半用木制,这办法于防火倒很有益处,虽被目为诺门人虐政之一。禁火令不久就停止执行,但打熄火钟的习惯却流传得很久,据说至今有些偏僻的乡镇上还留着这个旧习。

㊺ 传说妖魔鬼怪等不祥东西听见了第一声鸡啼就都会销声匿迹。《罕秣莱德》第一幕第一景自150行起有以下一段说起此事:

"我听说
公鸡,它是替早晨报晓的号手,
一阵阵啼响它高亢峻峭的喉咙,
把白日的神灵唤醒;一经它警告,
不论在海上或火里,在空中、地下,
一切游魂和野魅都会慌忙
赶回他的本界……"

㊻ 原文"walks",从 Schmidt,解作"goes away"(走开)。

㊼ 原文为"the web and the pin",Malone 及 Wright 都引着弗洛留(John Florio,1553? —1625)的意英字典(初版1598年),证明就是"Cateratta",或"Cataract",即眼珠上的白翳。

㊽ "穗子"二字为译者所增,根据《罕秣莱德》第三幕第四景第64行里的例子。

㊾ 原文作"the poor creature of earth",Hanmer 改为"... creatures..."。按此处"creature"一字似用作集合名词(collective noun):虽然校改并不绝对需要,但改后意义要明显得多,——否则亦可解作"人"。

⑩⓪ 这首劣歌词,除了"九小魈"和"雌妖魔"两处外,完全依据 Warburton 的诠释。据说原文"Swithold"即"Saint Withold"(圣维妥),为安眠的保护神,他使人不被梦魇煞所侵扰。"叫了她下去"即叫她跨下人身;"要她发个誓"即要她赌咒不再骑上去。这全首劣歌词是个驱魔的灵诀,最后一行为念诀人对梦魔所发的急咒或敕令。

⑩① 原文"nine-fold",从 Capell 注,释如译文。

⑩② 原文"witch"平常解作"巫婆"或"施行妖术者",但此处似不应直译。

⑩③ "right"(即 downright,马上或赶快)原文本没有,是 Warburton 所增补的;增补的理由是为押脚韵(在英文里此字加在行尾),因脚韵在这样的灵诀或咒语里是很重要的。译文"去"与"去"本不能押韵,但因是一首劣歌也就无妨。

⑩④ 北平语称蝌蚪为蛤蟆豆。多谢徐霞村先生告诉我这个。

⑩⑤ 原文"water"后"newt"一字省略。形似壁虎,但在水中,专名为蝾螈。

⑩⑥ 据 Delius 注。

⑩⑦ 意利沙白朝的法律规定犯浮浪罪的施鞭刑,又遍送附近各乡区示众。

⑩⑧ 原意仅为"武器"。

⑩⑨ Capell 注,此两行乃袭自一个旧的"韵文传奇"(metrical romance)名"Life of Sir Bevis"里边的。"Dere"一字 Malone 说是指一般的兽类;Schmidt 说不很确,乃特指野味而言。

⑪⓪ 死殁尔禁(Smulkin)和下文的模涂(Modo)及马虎(Mahu)都采自哈斯乃书中。死殁

尔禁为一小鬼;模涂为五大鬼总司令之一,统率七大恶孽(the seven deadly sins);马虎亦为五大鬼总司令之一,他的权力很大,兼充地狱里一切魔鬼的"狄克推多",但为礼让起见,他自承须受模涂的节制。

⑪ Steevens:蔼特加此语乃是嗔怪葛洛斯忒的问话发的。

⑫ Cowden Clarke 评注这两行说,这是莎氏生花妙笔之一。疯汤姆有些语音或声调葛洛斯忒听了就联想到他大儿子的"逆行",那事情他就用来和黎琊两个女儿的逆行相提并论。蔼特加感到了这层危险,便把他的疯叫分外装得响些,一来为掩盖他的真声音,二来也为使人深信他确是疯汤姆而不疑。

⑬ 原文为"血肉",即中文"骨肉"之意。

⑭ 从 Wright 所解。

⑮ 古希腊东部皮屋希阿(Boeotia)共和邦之主要城市名底皮斯(Thebes)。据 Craig 在 Arden 本上云,"博学的底皮斯人"一语在莎氏当时大概可以懂得,但现在意思已经失传。译者不敢强作解人,只得让读者诸君也不懂。

⑯ Steevens 引渥尔朴尔(Horace Walpole,1717—1797)所著悲剧《神秘的母亲》(*The Mysterious Mother*,1768)的跋语如后:"一个完全疯狂的人物不配在舞台上表现出来,至少是只能在短时间内偶一出场,剧院的任务是在展露情感,不在模仿癫狂。描摹惨遭不幸以致神经错乱的人物,最好的例子当推黎琊王。他的心绪总是萦绕在两个女儿的负恩上的,他每一句话总使人兴回想而生怜恤。如果他完全为疯癫所支配,我们的同情就会减退;那时候我们会断定他已不复感觉到痛苦了。"

⑰ 原文"I do beseech your grace"的"do"字读重音,故译"实在"。

⑱ Cowden Clarke 注:这里葛洛斯忒想把黎琊领到毗连他堡邸的佃舍里去过夜,避风雨;但黎琊不肯离开他的"哲学家"。葛洛斯忒当即叫那个疯叫花进棚屋里去,免得待在黎琊面前碍事;但黎琊要跟他一同进去,说"咱们在一起"。铿德本想扶开黎琊,但见他"要跟我的哲学家在一起",便央求葛洛斯忒随顺了他,"让他带着这人儿"同走。葛洛斯忒当即首肯,要铿德带着那个人向他们要去的方向走;铿德随即遵行。本景的棚屋和第六景里的佃舍有截然的分别。第六景里说起的"垫子"和"折椅"显得那边的设备比这边棚屋里的要好些;也许那是葛洛斯忒治下的一个佃户的农舍。

⑲ 雅典(Athens)为希腊之首府。

⑳ 原文"Child Rowland"即"Child Roland"之俗呼,意大利文称为奥阑铎(Orlando)者是也。他是中世纪查理曼大帝(Charlemgne,742—763—814)宗教武侠传说系统里的最著名的武士,是大帝的外甥,据说身长八呎,骁勇善战。这三行意义不连贯而又不很押韵,与剧情可说全无关系,只能当作"苦汤姆"的疯话看。Capell 在他的注里于第一第二两行之间加上了一行,想把剧情解释进去,遭了集注本编者 Furness 的一顿嘲笑。Ritson 猜想第一行译自某一法兰西或西班牙的歌谣,后两行引自另一来源。但 Dyce 认为这三行都出于同一歌谣,不过也许跟本来的面目略有一点差异;他又说苏格兰语的那原歌谣在杰米荪(Robert Jamieson,1780? —1844)的《北地古风辑遗》(*Illustrations of Norrhern Antiquuies*,1814)里还有一断片保存着。那断片的歌谣是:"口喝着 fi fo,fum! |我闻到一个基督教徒的血(肉香)! |不管他死或生,我要用剑儿|把他的脑瓜敲出(白)脑浆。"Halliwell 以为第一行采自咏洛阑特骑士的一支民歌里,后二行则自题目《雅克和巨人们》(*Jack and the Giants*)的一支歌谣里借来,至于"fie,foh,fum"这通行的呼喝则不知其详。

㉑ Wright 注云,不说"英吉利人"而说"不列颠人",显得莎氏作此剧时已在英王詹姆士

一世(James I,1566—1603—1626)治下;詹姆士本为苏格兰王詹姆士六世(1567—1625),即英国王位时英苏两邦合并,统称为大不列颠。

⑫ 原文“Censured”与现代英语里的同一字意义略有出入,不仅作“谴责”或“非议”解,而是没有色彩的“评判”或“议论”,可以褒贬两用。

⑬ “Something”即“Somewhat”。

⑭ 译文本 Cowden Clarke 及 Nichols 之笺注。多数注家说原文“merit”不作葛洛斯忒的“罪有应得”解而是蔼特加的“德行”,那是不通的;他们没有把“... not altogether... your brother's... but(also)...(your father's)...”全句的文势看清楚。须知康华这时候用意并不在赞扬或洗刷蔼特加,他说话的重心乃在责葛洛斯忒;他所以原谅蔼特加也只在表彰葛洛斯忒的罪大恶极,说即使亲儿子想谋害这样坏的父亲也并不足深责。换句话说,原谅蔼特加“并非……”的上半句乃是陪衬语,深责葛洛斯忒“只因……”的下半句方始是正文。

⑮ 怎么能不管真假?如果是假的,岂不成了一封诬陷他的信?康华所以对葛洛斯忒这样地痛恨,至少有一半是因为葛洛斯忒违反了他的命令,去侍候他的岳父与大恩人,那禅了位的老黎琊,——而光是这一半的原因,在康华看来,便已足够使葛洛斯忒丧失一切而不为过了。

⑯ 原文“his suspicion”指葛洛斯忒的嫌疑,不指康华的猜疑,见 Schmidt《全典》“suspicion”项下的“but also objective”子目。Theobald 认为这一句是蔼特孟的旁白,因加入一导演辞,普通现代版本大多从他;译文根据各版四开对开本(不用“旁白”)及 Schmidt 解。

⑰ Wright 说原文“my blood”是指蔼特孟的本性(natural temperament);他举《罕秣莱德》第三幕第二景第 69 行他认为相同的一个例子,意思要证明这“本性”是情感的冲动,那“忠诚”是判断或理智的控制,两者正相对峙。我觉得那样多费周折尽可不必,照译文讲似较近生活与谈吐而不像教授演讲;这一目了然且撇开不提,同时我又觉得依译文解正好和下面康华的第二截话有呼应之势。

⑱ 直译当作“自会发现我的爱宠是个(比你自己的父亲)更亲爱的父亲”。

⑲ 直译原意为“用感谢的心情接受了它吧。”

⑳ “Frateretto”,小魔名,见本幕第四景注⑬。

㉛ Upton 注,据腊皮莱(François Rabelais,1494? —1553)说,尼罗(Nero,37—68)是地狱里一个弹四弦琴的,屈拉强(Trajan,53—117)才在那里钓蛙;但世人不愿屈拉强那样一位英主干那样卑微的营生,固将尼罗去替他。译者按,尼罗为公历纪元后 54—68 年间的罗马皇,像我国历史上的桀、纣一样以骄奢苛暴闻名,相传他下令纵火焚罗马城,火起时他奏着四弦琴取乐;屈拉强亦为罗马帝国之皇,柄政于纪元后 98—117 年间,乃一武功远大之英杰。Ritson 注,腊皮莱所著《巨人伽甘交怪史》(*La Via tr'es horrificque du Grand Gargantua*,1534)于 1575 年前即有英译本;据译者所知相当早的欧卡(Sir Thomas Urquhart,1611—1660)的英译本于 1653 年才出版,Ritson 所说的,想必是另一译本,不知出于何人之手。

㉜ Steevcns 说蔼特加这是在称呼傻子,因旧时称“傻子”为“天真儿”(innocents)。

㉝ Collier 说,这在当时似乎已是句通行的成语。但 Hudson 与 Schmidt 都认为这是暗指诗人自己为他父亲请得家徽(coat-of-arms)的那回事,不过用戏谑的语气提及,因在作《黎琊王》之前不久莎氏曾以他父亲的名义向纹章院(the Herald's College)请得了家徽,于是他父亲由平民一跃而为世家绅士,他自己便也可以延用这个称号。按

英国社会习俗世家贵胄都有他们各自的家徽,在纹章院里有登记,平民百姓则没有,——至于当时为人所鄙夷的优伶职业者简直连请求登记的权利都没有,所以莎氏不得不取巧,用他父亲的名义去请求登记,虽然那样办也未必见得合乎当时的风习与当时纹章院颁发家徽的规则。

⑬④ 原文"spits"为炙肉的铁叉。

⑬⑤ 自这里起至注⑭⑨止,初版对开本阙,乃补自四开本者。

⑬⑥ 此处似应照字面译,不应作"在背后说我的坏话"。

⑬⑦ 原文"health"(健康)Warburton, Singer, Keightley 等人的校本都改作"heels",依他们则应译为"一只马的(后)蹄(不会踢)"。Johnson 主张维持原文,说作者此语并不在说险诈的东西,乃在指无定而不持久的东西:一只马比其他的动物更容易得病些。Ritson 以为"马蹄"毫无疑义是对的,因为"不要信一只马的蹄子,也不要信一只狗的牙齿"是一句很早就通行的成语。

⑬⑧ Steevens 认为第二句是对刚瑙烈说的,问她是否在堂上问罪时还要招引人家瞅着她,羡慕她的姿色。Cowden Clarke 疏解这两句说:"瞧,那魔鬼站在那儿睁着眼!娘娘,给当堂在审罪还要有人瞅着你羡慕你的姿色吗?那些魔鬼正合你的意呢,你可以叫他们来瞅你。"Johnson 信蔼特加只是偶然与黎琊他们相遇,他对于黎琊所经的变故全然不知,所以说话时不会跟国王的意向合拍;因此 Johnson 信这第二句的话该是国王口说的,这里不过有个脱落了黎琊这名字的印误。Eccles 提议把"他"改作"她",然后这两句话都应让黎琊去说。

⑬⑨ "小河"四开本误作"broome"; Capell 改为"boorne",即今之"bourne",大多数校刻本都从他。Collier 注,这一行和傻子唱的三行都来自一古俗歌,Wm. Birch 套了它的调子作一俗歌名《女王陛下和英伦对话歌》(*A songe between the Queenes Majestie and Englande*, 1559),歌词里英伦对意利沙白女王开唱道:

"过这小河来,白西,过这小河来,白西,
可爱的白西,过来跟我在一起。"

译者按白西(Bessy)为意利沙白(Elizabeth)一名之亲昵称呼。但 Malonc 指出白西与汤姆两个名称在当时往往是用来区分疯丐们男女的性别的:男的疯叫化自称苦汤姆,女的自称苦白西。

⑭⓪ Wright 注,这话是傻子的歌唱引起来的。

⑭① 原文"Hoppedance",小魔名;哈斯乃书中作"Hoberdidance",拼法略异,见本幕第四景注⑨③。

⑭② 原文作"white hcrring",Steevens 解作"腌青鱼",隐名氏 As You Like It 解作"鲜青鱼",未知孰是。

⑭③ 据 Steevens 与 Malone 注,把魔鬼的声音比作阁阁的蛙声,系取自哈斯乃书中。

⑭④ Johnson 与 Dyce 都说这四行是什么牧歌(pastoral song)里的一节歌辞。但确实来源尚无人考出。

⑭⑤ Malone 注,这也许只是在模仿一只猫"拍尔拍尔"地念佛,但"Purre"(拍尔)亦为哈斯乃书中说起的诸小魔之一。

⑭⑥ 原文"mistress"仅用作不敬的称呼,可译为"女人";"女犯"在字面上似太重一点,但按第一幕第四景景末傻子临走时对刚瑙烈的态度而言,似并无不合。

⑭⑦ Steevens 谓这句成语在列莱(John Lyly, 1554? —1606)的《蓬皮妈》(*Mother Bombie*, 1594)剧中,第四幕第二景里引用过。Halliwell 说这是句老成语,命意无适当的

解释。

⑭⑧ 原文作“Store”,不可解。Theobald 主张改之为“Stone”(石头),Collier 及 Keightley 从他。Jennens 与 Jerris 则主作“Stuff”(东西),赞同的有 Schmidt。

⑭⑨ 原文自注⑬⑤至此对开本阙。

⑮⓪ 见本幕第四景注⑥⑥。

⑮① 这舞台导演辞是 Rowe 所加的。

⑮② 三只小狗的名字,“Tray, Blanch, and Sweet-heart”。

⑮③ Moberly 注,倒不是因为是它们的主人叫它们咬我的,却因为它们很自然地被主人的硬心肠所感染,所以才这样的。

⑮④ 原文“Tom Will tnrow his head at tnem”或译为“汤姆会把他的帽子对它们扔”。“head”该是“head-piece”(战盔,帽子)的简称,参看注⑮⑨。

⑮⑤ 原文“lym”。Steevens 引庄孙(Ben Jonson, 1572—1637)的喜剧《拔叔罗苗节的市集》(*Bartholomew Fair*, 1614)第一幕第一景内句云:“城里边所有的警犬(lime hounds)该嗅着你的气味追踪而至了。”Capell 考求本字的源流,说来自法文“limier”;他引用考脱瑺来瑚(Randal Cotgrave, 卒于 1634?)的《法英字典》(1611),说“limier”训作“a Bloud hound, or Lime-nound”(警犬)。

⑮⑥ 原文“brach”为母猎狗之通称,Cotgrave 说通常是有点子或斑驳的。

⑮⑦ Nares 注,“tike”为英国北部称一种普通狗的名词,在郎卡郡(Lancsshire)与约克郡(Yorkshire)二地现今仍通用作鄙薄人的称呼。Furness 说新英伦(New England, 英国清教徒最初移居美洲时之殖民地,即今美国东北部之六州)居民至今也还这样用法。译者按原文“trundle-tail”后省略一“tike”,此字依 Nares 所释译为“狗子”似尚切合。

⑮⑧《康熙字典》引《集韵》训“猖”云,音“貂”,犬之短尾者。

⑮⑨ 美国大伶人蒲士(Edwin Thomas Booth, 1833—1893)在他的《舞台提示录》(*Prompt Book*, 1878)里有这样一句导演辞,“向台左掷一草编之冠”。

⑯⓪ 原文“Sessa”恐是毫无用意之字,姑照本幕第四景注⑧④ 处原文底前例译为“停住”。Steevens 说“Sessa”或就是“Sessy”,而后者说不定是女人名字“Cecilia”叫别了的;他又说或应作“Sissy”,“姊姊”或“妹妹”的亲昵称呼,跟后面一句连在一起也许正是一首古俗歌里的两行歌辞。

⑯① 旧时礼拜堂行落成典礼之前夕每举行一宴会,与会人士守夜达旦,名“wake”。

⑯② Malone 注曰,伯特栏里的汤姆(Tom o'Bedlam)总是随身带一只“角”,作为装剩菜残羹之用;所以这里他说“他的角干了”或“空了”,意思就是在向人叫化些布施。Douce 引何尔姆(Randle Holme, 1627—1699)所著的《纹章院纪事》(*The Academy of Armoury*, 1688)说,汤姆有“一根叫化棒,身旁挂一只牛角;衣服穿得光怪陆离,令人发噱;因为既然他叫明是个疯子,便全身上下染些红色,插些鸡鸭毛,挂些破布条,显得他确是个疯子,其实他是个假装的流氓。”Dyce 的《莎氏字汇》间接引奥勃莱(John Aubrey, 1626—1697)的《尉尔特郡风土志》(*Natural History of Wiltshire*, 未出版,仅存稿本)说,“直到‘内战’以前,伯特栏里的汤姆常是到处来往的。他们本是些可怜的疯汉,关在伯特栏疯人院里,等病势稍好一点就给放出来讨东西。他们左手臂上戴着一只锡镯,有四吋长,这是脱不掉的;颈上用线或带子挂一只大牛角,到人家门前乞食时就把这牛角吹起来;讨到了汤水食物便倒在牛角里,用塞子塞住。”参阅第一幕第二景注⑪及第二幕第三景注⑩④。

⑯ Moberly 注，当詹姆士一世朝上(James I,1603—1625)波斯有一位大使派遣到英国来；在主教门街(Bishopsgate Street)圣鲍笃而夫教寺(Saint Botolph's)的墓园里至今仍留得有一块墓碑，纪念这大使馆的秘书，上面刻着："若有波斯国人来到这里，让他念了这个墓铭替他的灵魂祈祷。主接纳他的灵魂；因为穆汉默特效恩惠(Maghmote Shaughsware)长眠在此，他是波斯国瑙洛邑(Noroy)城人氏。"对这外国的奇装开这样一个玩笑也许是因为当时伦敦城里有这些波斯人在。

⑯ Bucknill 评注云，蔼特加陪着他一同发疯的过程中，黎琊的言语行动始终还算安静。只在傻子不见后，蔼特加又去当了他瞎眼的父亲的向导时，国王才完全举措狂乱，言不成语。可异的但又无疑的事实是，除了使疯狂的人作疯狂的人的伴侣以外，很少东西能使他们安静下来。这事实不容易解释，但也许因于天才的敏悟，也许基于经验所得，莎士比亚对这一层却显得是很知道的。

⑯ Capell 注，傻子来这句打诨，用意是叫我们预备失掉他；因为他说了这句话就跟我们分手，正在这本戏的"晌午"(就是说，剧本的中心)时分。White 注，快到这剧本的中心时傻子忽然不见了，他对黎琊"我们要在早上吃晚饭"这句话回答得妙，说"我要在午上睡觉。"他为什么不回来？分明是为了这个理由：黎琊发疯时他总是跟在左右，用他简单的智能与粗陋的聪明，对黎琊的狂吃发一些评注式的唱和；但过此以往，黎琊已自暴怒的癫狂转进了麻痹的痴骙，傻子若继续说趣话下去就会叫我们听了感觉到不愉快。这情境凄楚得太惨酷太壮烈了，不能容许一个弄臣再那么调侃嬉谑，如无其事。即令以莎士比亚之神奇，也无法对这人生基本的悲感开什么玩笑了。于是这可怜的傻子找出了他自己的一角，面对着墙，在他生命的中午去睡他最后的一觉——他已经尽了他的职责。Cowden Clarke 也说傻子所说的"午上"是暗指他自己生命的中午。译者认为这两种对于"午上"的诠释全都有商量的余地。为什么傻子说的话每句都得寓有隐意？凑巧这里是他的最后一句话，但也并无向观众告别的绝对必要。我们须随时记得作者是在写，并非在注释他自己的作品。葛洛斯忒在本幕第四景里说：

"但我依然要冒险出门来，寻您
去到炉火和食品都备就的所在。"

黎琊以垂暮之年，在疾雷暴雨之下，奇悲骇怒之中，挣扎了这许多时候，如今所需要的只是睡眠，即令有华宴在前也万万不能下咽，所以他说"我们要在早上吃晚饭"，傻子回他"我要在午上睡觉"，意思无非说"你明早上可以吃今天的晚饭，现在可以睡了，我现在却睡不着觉，说不定明天午上勉强可以，至于吃晚饭就根本谈不到了。"这是有意义的，绝不是 Capell 所说的胡调，但也并不玄秘得怎样不可思议。至于 White 所说的"他为什么不回来"的理由当然很对(但与"生命的中午"不生必然的关系)，无可置疑；换句话说，剧情至此紧张已极，嗣后无一笔之松懈，不能任傻子插入一二无关局势发展的闲话。

⑯ 见本幕第一景注⑮。

⑯ 原文"provision"为"供应"或"设备"，想系指床车而言，译者志此存疑。

⑯ 自此以后迄注⑰系补自四开本者。

⑯ 据 Schmidt 之《全典》"nature"本字项下第三条析义。

⑰ 原文"Oppress'd nature sleeps"schmidt 主张应作"Oppress'd nature, sleep!"(历尽了千重磨难的身心，睡吧！)原文仅寥寥三字，不易译；直译当为"遭劫的身心睡了"，但殊嫌突兀。

⑰ Theobald 改原文"sinews"为"senses",Malone 及 Hudson 附从他,说黎琊的筋络肌肉并不破碎,破碎的乃是他的心神知觉.但 Delius 指出莎氏在别处常把"sinews"作"nerves"(神经)解。

⑰ 原文自注⑱起至此止,系补自四开本者。

⑰ 自此至景末对开本付阙如。原文以下十余行,除最后一行多之外,俱采双行骈韵之格律,行文风格亦与上下文颇有不同。Theobald 评注云,此段独白非常精警,里边的情绪,与人性与剧情两都切合无间。Johnson 及 Delius 等亦先后极力维护此段文字,断定是莎氏的手笔。剑桥本之 Clark 与 Wright 持异议,判为他人手痒之假托。译者与剑桥本校刊者颇有同感。

⑰ 原文"our betters"仅为"高位者"。

⑰ Heath 注,原文"free things"为"无疾苦者"。

⑰ 译文从 Delius 注。

⑰ 原文"He Childed as I father'd"极难直译,意即"他的有孩儿正如我的有父亲,我们吃亏的情形很相同。"

⑰ 原文"high noises"Capell 说是指显要者间之纷扰,Steevens 释为开战前的大声混乱。译文略采前意,因战前的混乱亦为显要者间纷扰之一种;但大意相似,措辞之间惜与原文略异。下面两行译文乃根据 Johnson 的笺训。

⑰ Abbott《莎氏文法》第 254 条释原文"What Will hap"为"Hap pen what Will"(尽什么去发生)。

⑱ Delius 谓这是本幕第五景蔼特孟授给康华的那封信。

⑱ Delius 及 Wright 都说原文此处的"bound"不能解作"理该",应训为"准备好"。

⑱ Johnson 注,此系称新得他父亲禄位的蔼特孟,后面奥士伐所说的是指老伯爵。

⑱ 四开对开各本都作"Lords dependants",有七八种有名的校刊本都从原本,意思是"随从国王的贵人们"。Pope 改原文为"lord's dependants",意义如译文。Furness 说我们不曾听到过国王有什么随从的贵卿;我们知道国王有一些武士,而他们中间有三十五六个特地来寻他,于是他们由几个葛洛斯忒的从人领路,护卫着国王向多浮城疾驶而去。假使是黎琊自己的武士与贵卿们带着他逃走,康华和雷耿后边问起葛洛斯忒他将疯国王送进谁手里,送到那里,是什么意思?我不能不认为这些问话准是指葛洛斯忒居间有所作为,差他自己的随从们拱护着国王一同逃亡。Schmidt 主保持初版本原状,说这是指康华的随从,只因效忠于黎琊而去投奔法兰西军队。

⑱ 原文"pass upon"Johnson 释为"宣判",后人无异议。Furness 云,此语至今仍为法律用辞。

⑱ 注家对"do a courtesy to"意见大致相同,Johnson 释为"满足",Schmidt 训为"服从",Wright 解作"顺从",唯 Steevens 信其中寓一隐喻,为"弓身行敬"。

⑱ 骂他狡谲不奉命。

⑱ Johnson 注,"corky"为"干枯多皮"。

⑱ Warburton 与 Capell 俱释"kind gods"为"款客之神"(dii hospitales),Furness 认为这样解释未免过分精密。

⑱ 此三字为译者所增,是否有当尚待斟酌。

⑲ 原文为"hospitable favours";译文根据 Steevens 的注释。

⑲ 此系隐借当时盛行的耍熊戏(bear-baiting)里的熊以自比。莎氏悲剧《麦克白斯》(*Macbeth*,1605—1606)第五幕第七景有这样两行:

"他们已将我系上了桩子;我不能
逃跑,只得熊似的拼完这一场。"
又参看本剧第二幕第四景注⑩⑨。

⑲② 国王加冕前以香膏抹体,表示袭有神恩与神赋。

⑲③ 对开本作"buoy'd up",Heath 训为"把它自己举起来"。Warburton 本及 Collier 所注二版对开本改作"boil'd up"(沸愤着去……)。

⑲④ 对开本作"stern"(猖狂,凶暴);四开本作"dearn"(寂寞,凄怆)。

⑲⑤ 对开本原文作"All cruels else subscribe",四开本作"... subscrib'd"。这四个字 Furness 认为是全剧的最疑难莫决的辞语。各家笺训多得车载斗量,但大多根据四开本原文下注,这里也就不必细录了;下面仅选 Schmidt 及 Furness 二人的诠释。Schmidt 说,"All cruels"不能解作别的,只能解作"一切凶残的野兽们"。把形容词当名词用,在旧时文字里本来很自由,但从没有比莎氏在此处所用的更自由了。"cruel"一字用作单数在莎氏商乃诗 149 首里曾见过:

"Canst thou, O cruel, say I love thee not?"
(你可能,啊,忍心的,说我不爱你?)

"the cruel"作名词用只能解作"残忍的人或物",不能解作"残忍的事情,行为"(译者按:Heath, Cowden Clarke, Wright 及 Abbott 底《莎氏文法》433 节第一解法都这样说);正如"the old"(老的)不能解作"老年纪",只能解作"老年人",或"the young"(年轻的)不能解作"年轻时",只能解作"年轻人"。所以一切用这个抽象意义的诠释都要不得。但那班校刊家,即使把"cruels"这字讲对了,也仍是都从四开本的"subscrib'd",认为那是个不定时式(imperfect tense)的动词。可是若从了对开本这样解释便好得多:"一切东西,在别的时候是残忍的,到了这时候也慈悲起来了(惟独你不然)"。至于"subscribe"一字,莎氏常用作"被克服"或"顺从"的意思,在这里是"被怜恤心所克服",或"顺从自己的恻隐心"。Furness 说没有一个前人的笺训他觉得满意;他也认"subscribe"当然不错,因为这是遵从初版对开本的可崇敬的权威,使"turn"(开)与"subscribe"(可怜)二字并行,作命令法的(imperative)动词用;不过他和 Schmidt 的差异很大,他以"cruels"为"subscribe"之宾词,Schmidt 则以之为主词。他说,这段话的命意所在,是要把雷耿的父亲所已受到的待遇与豺狼等凶兽所会受到的待遇互相比较。"你应当说:好门子,开开门,可怜它们一切的野兽吧,不管它们平时是怎样的凶狠残酷";或是这样,"……捐弃你平时对这些凶兽们的成见,忘了它们是残酷的,只顾念它们在这样的时候应使你恻然心动"。译文应 Furness 的第一个解法。

⑲⑥ 这里,莎氏使葛洛斯忒在台上当众受毁失明,很受后世批评家所指摘。原来本剧情节中私生子蔼特孟陷害他父亲的事,脱胎于薛特尼(Sir Philip Sidney, 1554—1586)所著《雅皑地》(*Arcadia*, 1590)一书卷二里的"拍夫拉高尼亚国王之故事"(*The pitiful state, and storie of the Paphlagonian vnkinde King, and his kind sonne, first related by the son, then by the blind father*);不过据薛氏所述,国王的私生子是独自策划他的奸谋的,他离间陷害了他的父兄,又弄瞎了父王的眼睛,驱逐他出去,那一切却并不假手于康华这样的第三者。但 Capell 信虽然蔼特孟对葛洛斯忒所施的暴行系得自《雅皑地》,可是这弄瞎眼睛的一举所更借重的蓝本似是格林(Robert Greene, 1560? —1592)的《土耳其皇赛利末斯》(*Selimus, Emperor of the Turks*, 1594)剧中的相同的情节,因彼此行凶时的情景与说话的语气都有些仿佛。Steevens 亦引此剧

同段,以明莎氏并不比当时其他的剧作家更喜欢在台上表现惨酷的行动;Malone 则举马斯敦(john Marston,1575? —1634)之悲剧《安陶纽的复仇》(*Antonio's Revenge*,1602)在台上拔舌一事以阐明此点,Davies 说莎氏终究可以设法不使骇人的动作在台上搬演出来,虽然书上是这般说的。……葛洛斯忒这时候可以被迫到隔壁房里去;观众听得到他的狂号,那倒的确很可怕,过后他被领回舞台上来时反而不怎么样了。他回台上时眼上贴着两片用以止血的牛肠膜(goldbeaters'skin);那么,观众看起来就可以减掉不少的恐怖或丑恶了。Coleridge 素来以推崇莎氏的悲剧闻名,至此也责莎氏超过了悲剧的限度。莎剧的名译者德人 Tieck 说:绑着葛洛斯忒的椅子是放在舞台中央一小平台上的,当初黎琊就在那上面问他三个女儿谁最爱他。这舞台中央的小平台不用时把幕遮着,用时幕就拉开。莎士比亚跟当时其他的剧作家一样,常有二景戏在台上同时表现。……所以就有这一层好处,在隔开正式舞台与台中央小舞台的柱子内外,不但可以表现双重的动作,还能使柱子里边的动作给遮住一部分;可是虽被遮住,观众依旧能意会得到。也许葛洛斯忒就坐在这小台上不给观众看到,康华站在他近边则可以在台下望见,雷耿站在前台,比康华低些,但跟他很近,至于那班侍从却是都在大台上站着的。康华,当然很可怕,挖出了葛洛斯忒的眼珠,但这举动是并不看得分明的;有几个按住椅子的仆人挡着视线,而且小台上两张半幕中之一是下着的。康华说"让我用脚来踹掉你这双眼睛",不应由字面直解;作者当然并不如此用意。康华说话时有一个仆人冲上小平台去刺伤了他;大台上的雷耿马上抽了另一仆从所佩的剑,将第一个仆人从背后刺去。台上的人物都在移动中,因而观众的注意正在散乱时,葛洛斯忒便失去了他那一只眼睛。他的狂号听得到,他的人可看不见。他随即从小台门里进了幕后去。康华和雷耿便走到台前来,由边门出去。我心目中的这一景是这样的,也许这么便能减去一点它的恐怖性。诗人相信他的朋友们都是心志坚强的,他们会被大体上的恐怖所动,但不会去注意那些血肉淋漓的小关节。Ulrici 论此云:将康华弄瞎葛洛斯忒的这番情节搬上舞台来,只能引起人家的厌恶,厌恶可和美,和伟大,力量,或崇高,绝不相同,结果它只能损害悲剧的功效。不管莎氏当时的观众比现在人有否较坚韧的神经纤维,——艺术的职务并不在顾问神经的坚韧与否,乃是在增强、刷新与提高人的心志与情绪,而这样的剧情即使在最坚韧的神经上也不会发生上面所说的好影响。Heraud 评云:这里悲剧的两个主要原素,怜悯与恐惧,可说已发挥得登峰造极了。但莎氏谨防着不让它们超过相当的限度。他也许可以推说,他只在描摹传说里的一个野蛮的古代,那时候的人是习见习闻这一类骇事的,所以剧中人物不觉得它可怖。可是没有这么回事。在许多人中间放进了一个能见到这层恐怖又同情于被难者的仆从,莎氏便把鄙恶(disgust)化成了怜悯。其他的仆从们也都可怜起这个瞎了眼的老人来了,领他出去,帮他治伤,又将他放在安全的所在。这全盘的情绪,藉同情作推动力,是向怜悯方面进展的。于是这可怖事情的恐怖性(horror)便减低到恐惧(terror)的程度,这恐惧又有葛洛斯忒的期待"天罚飞来,降落在这般的孩儿们头上"以增厚它的力量,而所谓"天罚"的情绪又都在相当于此景的歌舞队(chorus)的仆从中间表示出来。译者按,以上 Heraud 所论,是以亚里士多德(Aristotle,公元前384—前 322)论希腊剧诗的批评典籍《诗学》(*Poetics*)里所结集的悲剧原则作出发点。除此而外,还有 W. W. Lloyd 为莎氏强辩的评论一大段,因理由似欠充足,阙而不译。至此译者也有几句话要说,——而且是不很短的几句。我觉得 Davies 和 Tieck 用意都很好,但这里利用后台或用大小两个舞台似乎都不很需要。莎氏当时的舞台布景及道具虽很简陋，但不见得简陋到如 Tieck 所说的那样，后台只备得有一只椅子，或黎琊宫中及葛洛斯忒邸内用完全一样的布景。Tieck 说，"康华说'让我用脚来踹掉你这双眼睛'不应由字面直解，作者当然并不如此用意，"我意见正好相反，而下面仆甲说的"住手"我以为才不应望文生义。若要不当众演出踹瞎眼睛的骇剧我认为并非难事，只须康华说"你可决不会见到"时将面对观众的葛洛斯忒连椅子往后推倒，然后有几名仆从上去按住了椅子前脚，同时也遮住了观众的视线；等仆甲跟康华斗剑及雷耿刺仆甲背后的时候，按椅脚的仆从们便能把 Davies 所说的牛肠膜替葛洛斯忒贴在眼上，另外或许再涂点红色。过一会葛洛斯忒被仆从们扶起来，观众见他眼上贴得有东西，也许并不会怎样地诧异，因当时的舞台动作有许多地方是象征性的，需要意会；观众并不指望写实的动作，所以不会为了看不见葛洛斯忒果真被踹瞎眼睛而吵着要戏院退票的。

⑲⑦ 直译原文，"如果你颏下长得有胡须，为了这番争论我也会捋它的。"Delius 以仆甲所说的"争论"为对雷耿称他"狗子"而发，未免拘泥。

⑲⑧ Furness 疑心这是康华说的，也许是。但译者以为当作仆甲的话也还讲得通。他对雷耿说上句话时，康华拔剑向他走来；他见情势不妙，便问他主人"你是什么意思？（不听忠告，真要逼我自卫吗？）"他当即拔剑预备架住康华，等康华问"我的佃奴？"时，主仆两人才开始交锋。这前后相去只几秒钟。Craig 在他的 Arden 本上认为这也许是雷耿说的；此说亦有可能。

⑲⑨ Moberly 注：一个佃奴（villain）非经他主子特许不能享有财产，对他主公无法律上的权利，也许还没有资格作自由人被判罪状的证人，所以他若对他主子举剑简直是闻所未闻的放肆，对这样的行为甚么责罚都可以允许。

⑳⓪ 从 Craig 之牛津本；原文无此导演辞。

⑳① Johnson 与 Jennens 说这是雷耿对另一仆从说的，Collier 说也许对受伤的康华说的；鄙意前说为是。

⑳② 从四开本；对开本作"刺死他。"

⑳③ 可译为"瞎掉，贱冻！"或"熄掉，贱胶！"但都不很满意。按原文"out"指眼光而言，并非说把眼珠挖出来，故不能译为"出来"。

⑳④ 原文"comfortless"Schmidt 之《莎氏用字全典》释"不给安慰"与"不给救助"两用。问号从对开本。

⑳⑤ 原文作"sparks"（火星），意即如译文。

⑳⑥ 原意为"举动"。

⑳⑦ 雷耿不知康华受伤，见他脸色惨白，所以问他"how look your?"

⑳⑧ 因为他正要引军抵御已经入国的法兰西军队。

⑳⑨ 自此以迄景末，对开本阙。Theobald 谓此段短对话极富于人情：不论那一家家里的仆人见了这样的酷虐施在他们主人身上，没有不起怜恤心的。Johnson 云：毋须假定他们是葛洛斯忒的仆人，因为反抗康华的是他自己的一个仆人。

⑳⑩ Eccles 以为这疯叫化不一定指蔼特加，虽然指他也是可能的。但无论如何这仆人的好意并没有成功，因为随后葛洛斯忒和他的儿子是偶然相遇的。

㉑① 这个剪发匠的医方在当时很通行，因当时的剪发匠大都兼施外科手术。

第 四 幕

第 一 景

［荒原上。］

［蔼特加上。

蔼 特 加 但遭到鄙夷，而自己也明知如此，①
总胜如逆受着包藏②鄙夷的逢迎。
最卑微、最被命运所摧残③的不幸者，
常在希望中存身，并无所怕惧。
可悲的变动乃是从高处往下掉；
坏到了尽头却只能重回笑境。
欢迎你，进我臂抱来的空虚的大气！
你刮起了狂风吹到绝处的可怜虫，
并不少欠你分毫的恩债。④——谁来了？

［一老人引葛洛斯忒上。

我父亲，叫化似的给领着？——世界啊，世界！
若不是你古怪的变幻使我们恨你，
人生许不会老去。⑤

老　　人 我的好主公，
我当着您和您父亲治下的佃户
已经有八十年。

葛洛斯忒 走开，走你的去吧；好朋友，去呀；
你给我的安慰对我全没有好处；

他们还许会伤害你。

老　　人　　　　　　　你瞧不见路啊。

葛洛斯忒　我没有路走，所以就不用眼睛；
眼明时我却摔了跤。我们常见到
人有了长处会变成疏懈放浪，⑥
仅仅的缺陷倒反是福利的根源。——
啊，亲爱的蔼特加，我的儿，你无端
枉⑦遭了你这被诳的父亲的狂怒，
只要我能在生前亲手接触到你，
我便好比⑧恢复了眼睛的一样！

老　　人　怎么！谁在那边？

蔼 特 加　　　　[旁白]啊，天神们，
谁能说"我已经到了恶运的尽头？"
我如今比往常更要糟。

老　　人　　　　　　　这是疯汤姆。

蔼 特 加　[旁白]我也许比现在还要糟，我们能说
"这是最糟不过"时还不算最糟呢。⑨

老　　人　人儿，上哪儿？

葛洛斯忒　　　　那是个叫化的不是？

老　　人　又是疯子，又是叫化。

葛洛斯忒　他并不完全疯，不然就不能去叫化。
昨夜在风暴里我见过这么一个人，
他使我想起了一个人只是一条虫。
那时候我就记念到蔼特加我的儿，
但当时我对他还并不怎样爱惜。⑩
随后我又听到了一些个消息。
天神们⑪对我们好比顽童对苍蝇，
把弄死我们当作玩。

蔼 特 加　　　　　[旁白]怎么会这样的？⑫
最空劳无益莫过于假扮痴骇，
在伤心人前面去调侃解闷，⑬惹得
自己和人家都不快。⑭——保佑你，老爷！

葛洛斯忒　他就是那赤裸的人吗?

老　　人　　　　　　　　　　　是的,主公。

葛洛斯忒　那么,请你就去吧。若为了多年
难舍的旧情你对我还有所顾念,
请在去多浮的路上赶我们一二哩;[15]
带几件衣衫给这个赤身人掩体,
我要叫他领着路。

老　　人　　　　　　　　　　哎呀,主公。
他是疯的啊。

葛洛斯忒　　　　　　　　疯人领着瞎子走
乃是这年头的灾殃。听从我的话,
或随你去自便,但千万离了我去你的。

老　　人　我会拿给他我所有的最好的衣裳,
不管结果怎么样。　　　　　　　　　　　[下。

葛洛斯忒　　　　　　　　　　　喂,光身的。

藹特加　苦汤姆好冷吓。——[旁白]我不能再假装下去了。

葛洛斯忒　这里来,人儿,

藹特加　　　　　[旁白]可是我不能不假装。——
保佑你这可怜的眼睛,它们淌着血。

葛洛斯忒　你认识去多浮的路吗?

藹特加　阶梯和城门,马路和走道,我全都认识。苦汤姆给人吓掉了巧。好人的儿子,天保佑你不碰到恶鬼!苦汤姆肚里[16]一起来了五个鬼魔啦;淫欲魔[17]奥被狄克脱;噤口魔好拍当势;偷窃魔马虎;凶杀魔模涂;还有鬼脸尖嘴魔忽烈剖铁及白脱;他后来又到手了不少的小丫头和老妈子。[18]因此上,天保佑你吧,老爷!

葛洛斯忒　拿去,收下这钱包,天降的灾殃
已使你对任何不幸都低头忍受;
我如今遭了难正好给你些温存。[19]
天神们,请永远这般安排!快让
富足有余和饕餮无厌者[20]感受到
你们的灵威,他们藐视着[21]神规,[22]

有眼不肯见，为的是全无感觉；
然后均衡的散播才夷平了过量，
人人能有个足数。你认识多浮吗？

蔼　特　加　认识的，老爷。

葛洛斯忒　那里有一座悬崖，[23]高高低着头
俯视那有边沿的[24]海面，真叫人骇怕；
你只用领我到那悬崖的尽头边上，
我自会把我身边的一点儿财宝
补偿你一身的穷苦；从那里起始
我就不用你领路。

蔼　特　加　　　　　　让我挽着你的手；
苦汤姆来带你去。　　　　　　　　　　［同下。

第　二　景

［亚尔白尼公爵府前。］
［刚瑙烈与蔼特孟上。

刚　瑙　烈　欢迎你，[25]伯爵；我们那心软[26]的夫君
我诧异为何不路上来迎接。——［奥士伐上。］主公呢？

奥　士　伐　在里边，夫人；无人像他那样地大变。
我对他告禀那上岸来的军队，他只笑。
我告他你正在回家，他说"才坏事"；
我提起葛洛斯忒和敌国私通，
又禀报他儿子怎样效忠勤主，
他叫我蠢才，又说我把正事说成倒。
依理不爱听的话他都像高兴听，
爱听的倒反要招怪。

刚　瑙　烈　　　　　［对蔼特孟］那你就回步吧。
这都是他胆懦心惊之故，因而
不敢有施为；非还报不可的欺凌
他不愿去理会。我们在路上的愿望

也许会成事。[27]蔼特孟,回到我妹夫前;
催促他的征募,你领着他的队伍。
我得在家中交换了他与我的武器,
把我的纺线杆[28]递到他手里去掌管。
这可靠的仆人将在你我间来往;
你若敢为你自身去冒险,不久
也许会接到一位女将军[29]的命令。
戴上了这个;不用说;低下头来。[30]
这一吻,它若能[31]言语,会使你的精神
高升到天上。听懂了我这话,再见。

蔼 特 孟　我誓死相报。

刚 瑙 烈　　　　　　我至爱的葛洛斯忒!　　〔蔼特孟下。
啊,人和人竟有这许多相差!
一个女人侍奉你才是该当。
那傻瓜不应将我的身体[32]来霸占。

奥 士 伐　夫人,主公来了。　　〔下。

〔亚尔白尼上。

刚 瑙 烈　往常我还值得你吹一声哨子呢。[33]

亚尔白尼　啊,刚瑙烈!你不值那疾风吹到你
脸上的尘沙。我为你的气质担忧;[34]
鄙薄自己源流的天性就在它
自己的范畴里也万难保持不溃;[35]
那枝桠脱离了供给它营养的树液,
准会枯槁而死,[36]被采伐作柴薪。[37]

刚 瑙 烈　不用多说了;你引的[38]根本是蠢话。

亚尔白尼　智慧和善良在坏人眼里就变坏;
肮脏的只爱他们自己的癖好。
你们干的是什么?你们是猛虎,
不是女儿,你们做了些什么事?
他是你们的父亲,一位德性
洵良神灵庇护的[39]老年人,就使
缆着头的[40]一只熊也会对他致敬,

真残暴，真败类辱种！竟逼得他发狂。[41]
我那位好襟弟可能让你们那样吗？
一个须眉的男子，一位受了他
不少恩惠的公侯！如果天神们
还不派遣他们的有形的神使
快来这下界惩创这顽凶极恶，
就会有一天，
人类准得要自相去残食强吞，
像海里的怪兽。[42]

刚　瑙　烈　　　　獐肝鼠胆的[43]男儿！
你有这脸皮专为捱人的拳打，
生就这脑袋乃为供人来凌虐；
你没有眼睛能判别受苦与荣遇，
你不知[44]只有蠢人才会去怜恤
那未曾作恶先自受罚的恶徒们。[45]
你的战鼓在哪里？法兰西在我们
声息全无[46]的境内已展开了旗纛，
他戴着佩羽的战盔已开始威胁
你这份邦家，你这讲道的[47]傻瓜
却坐着只高叫“啊呀，为什么他这样？”[48]

亚尔白尼　魔鬼，去望望你自己！失形的怪相
只合魔鬼有，[49]却不如呈现在女人
身上时可怕。

刚　瑙　烈　　　　啊，发呆的蠢才！

亚尔白尼[50]　你这矫形藏丑的[51]东西，羞死你，
别把你妖魔的本态[52]毕露在脸上。
若使顺着血性去行事能无伤
我的身份，我准叫你全身骨架
脱尽榫，撕得你肌肤片片地飞。
可恨你虽是个恶魔，你这女身
却保了你的命。

刚　瑙　烈　　　　算了，好一个大丈夫[53]——

[一信使上。

亚尔白尼 有什么消息?[54]

信 使 啊,大人,康华公爵过世了。
他正要弄瞎葛洛斯忒的第二只
眼睛时,被他自己的仆人所杀死。

亚尔白尼 葛洛斯忒的眼睛!

信 使 有一名他自己
所养大的家人,为哀怜[55]所驱使,拔剑
对他的家主[56]反抗他那番行动;
他怒从心起,便迎头将他击毙,
但自己也中了重伤的一击,随后
便因此丧生。

亚尔白尼 这显得你们在上边,
公正的天神们,顷刻间能对我们
这下界的罪恶惩创得丝毫无爽。[57]——
可是,啊,可怜的葛洛斯忒,他那
第二只眼睛也瞎了吗?

信 使 全瞎了,大人。——
这封信,夫人,求您马上给回音,
这是二公主的。

刚瑙烈 [旁白]一方面我很高兴;[58]
但成了寡妇,我那个又跟她在一起,
我想望中的全盘策划也许会倒下来,
要了我这条老命。[59]那方面着想,
这消息可不坏。——我看了就写回信。 [下。

亚尔白尼 他们弄瞎他的时候他儿子在哪里?

信 使 跟夫人同来到这里的。

亚尔白尼 他不在这里。

信 使 不错,大人;我路上碰见他回去。[60]

亚尔白尼 他知道了那行凶没有?

信 使 哎,大人;那是他告发了他的,
又故意离开了堡邸,好让他们

放开手去用刑罚。

亚尔白尼　葛洛斯忒，
这辈子我总要谢你对国王的爱顾，
又替你那眼睛报仇。——这里来，朋友；
你还知道些什么也都告了我。［同下。

第　三　景[61]

［近多浮城之法兰西军营。］

［铿德与一近侍[62]上。

铿　　德　法兰西国王忽然回去，你知道为什么缘故吗？[63]

近　　侍　有一点事没有办妥，他出来过后才想起来，那可叫王国里担惊冒险得甚么似的，非他回去不成。

铿　　德　他留谁在这里当统帅？

近　　侍　法兰西的大元帅赖发将军。[64]

铿　　德　你那封信可打动了王后，引得她有什么伤心的表示吗？

近　　侍　有的，阁下；她接下，当着我看了信，
不时有大点大点的眼泪滴下她
娇柔的脸颊。她好像是一位统制
那悲伤的女王，不过悲伤真倔强，
想当那驾驭她的君王。

铿　　德　啊，她感动了。

近　　侍　可未曾动怒，镇静和悲伤争着要
表现她最高[65]的德性。你见过阳光里
下雨吧；她一边微笑一边掉着泪，
要比单零的悲喜或忿怒透露着
更高超的德性；[66]轻盈的浅笑游戏在
她红透的唇边，像茫然不晓她眼中
有何宾客在；那泪珠往下坠便比如
珍珠的坠子脱落了钻石穿的链。[67]
总之，悲伤会变成最可爱的奇珍，

如果悲伤能使大家都像她
那样美妙。[68]

锃 德 她没有对你说话[69]吗？

近 侍 不错，她频频喘息里吁出一两声
“父亲”来，像是心中不禁那促迫；
她叫道“姐姐们！姐姐们！羞死当贵妇
当姐姐的人！锃德！父亲！姐姐们！
什么，在风雨中间？在夜晚？别让人
相信这世上还有哀怜存在！”[70]
那妙绝的[71]双睛早已被悲啼所潮润，[72]
到这里她便倾注出一汪清[73]泪；
随即走开去独自对付忧愁。

锃 德 这是星宿们，我们顶上的星宿们，
主宰着我们的情性；[74]否则父母
全相同，[75]不能生这般相差的儿女。
自后你没有跟她说过话？

近 侍 没有。

锃 德 这是在国王回去以前吗？

近 侍 不，在以后。

锃 德 好吧，阁下，这可怜遭难的黎琊王
如今在城里；他偶然神志清明时
还记得我们是为什么来，可不肯
见他的女儿。

近 侍 为什么，动问老兄？

锃 德 一腔无上的惭愧挡着[76]他；他自己
不存慈爱，对她已斫尽了亲恩，
使她去逆受异邦的风云变幻，
把她的名份反给了那两个狼心
狗肺的[77]女儿，这种种刺得他入骨
伤心，如焚的羞惭使他不肯去
面见考黛莲。

近 侍 唉呀，可怜的老人家！[78]

铿　　德　你没有听说亚尔白尼和康华
　　　　　进兵的消息吗？
近　　侍　　　　　　　是的，他们动员了。
铿　　德　好吧，阁下，我带你看我们的主上去，
　　　　　留你在那边侍候他。为重大的原因
　　　　　我还得隐藏着一些时，等我透露出
　　　　　真名的那时候，你不愁空劳结识我
　　　　　这一场。请跟我同去吧。　　　　　　［同下。

第　四　景

［布景同前。一帐幕内。］
［旗鼓前导，考黛莲、医师及众士卒上。

考黛莲　唉呀，是他。只刚才还有人见过他，
　　　　　癫狂得像激怒了的大海；高声歌唱着；
　　　　　又把丛生的玄胡索[79]和田间的野草，
　　　　　所有那牛蒡，毒药芹，荨麻，假麦，
　　　　　杜鹃花，和养人的麦子里蔓芜的莠草，
　　　　　都采来编成了草冠戴在头上。——
　　　　　派一连士兵出去；去搜遍每一亩
　　　　　那麦子长得高高的田畴，找得他
　　　　　引到我们眼前来。［一军官下。］——人间的医药[80]
　　　　　怎么样才能恢复他已丧的神志？
　　　　　谁若将他救治好，我身外的所有
　　　　　全给他作酬谢。
医　　师　　　　　　　还有救方，[81]娘娘；
　　　　　他无非欠少了安眠，那原是我们
　　　　　人身的养料，要使他堕入沉酣，
　　　　　却尽有许多灵验的药草，服用了
　　　　　便能把疾苦消弭。[82]
考黛莲　　　　　　　　　这世间地上，
　　　　　凡是能赐人健康的秘草，[83]你们

一切效用尚未经宣明的灵药啊，
快跟我这双流的眼泪一同荣长！
请你们帮同治愈这好人的惨痛！
去寻求，去为他寻来，不然时生恐
那无从制止的[84]狂怒，因没有理智[85]
去引导，会断送他的命。

［一信使上。

信　使　有消息，娘娘。
不列颠大军正在向此间推进。

考黛莲　知道了；我们准备着只等他们来。——
啊，亲爹，我此来原是为你的事；
因此法兰西大王
也不忍见我流伤心和哀求[86]的眼泪。
我们这行军，非夸诞的野心所刺激；
乃是爱，衷心的挚爱，和老父的权益；
但愿马上听到他，看见他！　［同下。

第五景

［葛洛斯忒之堡邸内。］
［雷耿与奥士伐上。

雷　耿　我姐的军队到底出动了没有？

奥士伐　出动了，夫人。

雷　耿　他亲自在那边指挥吗？

奥士伐　夫人，可费了
好大的麻烦。你姐姐倒是位比他
更要强的军人。

雷　耿　蔼特孟伯爵没有到你主子家里
跟他说过话吗？

奥士伐　没有，夫人。

雷　耿　我姐姐给他的这信里可有什么事？

奥士伐　不知道，夫人。

雷　　耿　说实话，他赶忙离了这里有要事去。
最糊涂莫过于葛洛斯忒瞎了眼
还容他活下去；他足迹所至离尽了
我们的人心；蔼特孟我想是去，
为可怜他受罪，去了结他永夜的余生；
另外也为去探视敌方的实力。
奥士伐　我定得赶上他，夫人，送他这封信。
雷　　耿　我们的军队明天就开拔；你且
待在这里吧。路上很危险。
奥士伐　　　　　　　　　　　我不能，
夫人。主妇责我办妥这事情。
雷　　耿　为什么她得写信给蔼特孟？你不能
替她传话不成？看来是，有些事，——
我不知是什么。我会对你很好的，——
让我打开信看看。
奥士伐　　　　　　　　夫人，我还是不[87]——
雷　　耿　我知道你主妇并不爱她的丈夫；
我深信她不爱；上回在这里她对
蔼特孟贵爵一叠连的秋波脉脉，
媚眼传言。我知道你是她心腹。
奥士伐　我，夫人？
雷　　耿　我晓得所以说；你是她心腹；我知道。
所以让我告诉你，听我这句话：[88]
我丈夫已然去世；蔼特孟和我
已有过商量；要嫁他我比你主妇
更加方便些；其余的任你去推想。
你若见到他，请你把这个交给他；[89]
你主妇从你口里听到了如许时，
务必要请她识趣些，别痴心妄想。[90]
好吧，再会。
要是你凑巧听到那瞎眼的逆贼时，
谁将他结果了，幸运[91]便落在谁身上。

奥 士 伐　但愿我能碰到他，夫人！那时候
我自会表示我跟那方面走。

雷 耿　再会吧。　［同下。

第 六 景[92]

［多浮城附近之田亩间。］
［蔼特加衣农夫服，导葛洛斯忒上。

葛洛斯忒　我什么时候会到那山岩[93]顶上？

蔼 特 加　你现在正在往上爬。瞧我们多辛苦。

葛洛斯忒　我觉得地上是平的。

蔼 特 加　陡得可怕。
你听，可听见那海？

葛洛斯忒　真的没有。

蔼 特 加　你别的官能，为了你眼睛的惨痛
也都变得不灵了。

葛洛斯忒　也许真是的；
我觉得你口音改了，便是说话时
措辞和用意也比先前都好些。

蔼 特 加　你完全听错了。只除了我穿的衣服，
我毫无更改。

葛洛斯忒　我觉得你说话好了些。

雷 特 加　来吧，老爷，这里就是了。站定着。
这么样[94]低头[95]下望真可怕得晕人！[96]
老鸹和乌鸦展翅在下方的半空中
还不如甲虫一般大。采海茴香[97]的人
空悬在崖半的中途，好惊心的行业！
我觉得他全身大小只及到他的头。
渔夫们行走在滩头像鼷鼠在匍匐；
那边抛着锚的那三桅的高舟缩成了
它尾后的小艇，那小艇成了个小得
几乎看不见的浮标。吟哦的海浪

在无数空劳的[98]乱石间逞狂使暴，
但在这巉岩的[99]高处却不能闻见。
我不想再望了，不然怕眼花头昏，
一失足会翻身滚落这万仞的危崖。[100]

葛洛斯忒 让我站在你那里。

蔼特加 把手伸给我。
现在你跟那边沿只相距一呎。
什么都可以，我可不愿往上跳。[101]

葛洛斯忒 你放手。这里，朋友，还有个钱包；
这包里一颗宝石很值得穷苦人
到手。但愿神仙和天神们使你
得了它亨通顺遂！你走远一点；
跟我说过了再会，让我听你走。

蔼特加 再会了，善心的老爷。

葛洛斯忒 我一心祝你好。

蔼特加 ［旁白］我把他的绝望儿戏到如此，都为要
把它治好。

葛洛斯忒 ［下跪］威力无边的天神们！
我要长辞这尘世，在你们眼前，
镇定着神魂，抖掉我这场奇祸；
我若能忍受得长久些，不跟你们那
不可抗的[102]意志冲撞，这可恶的风烛
余生也总有那么一天会燃尽。
蔼特加若还活着，啊，祝福他！——
好吧，人儿，祝你好。

蔼特加 我去了，老爷；再见。

［葛洛斯忒仆地。］

［旁白］但生命既自愿[103]被盗，我不知想象
会不会顺手把它那宝藏盗走。
他若去到了他想去的岩边，这下子
便会使得他永远不能去再想。
还活着没有？——喂！先生！朋友！

听着，先生！说话啊！——[旁白]也许他果真
这么样死了；[104]但还能苏醒过来。——
你是什么人，先生？

葛洛斯忒　　　　走开，让我死。

藹　特　加　只除非是空中的游丝，羽毛，或空气，
这么一哼又一哼地从高而降，[105]
你怎样也得鸡卵般碎成万片；
可是你还能呼吸；有重量，有东西；
不流血，还会说话；又安全无恙。
首尾相衔接的[106]十柱船桅，还不抵
你从高直掉下地来的这样高远；
你还活着真是个奇迹。再说句话。

葛洛斯忒　但是我当真摔了没有？

藹　特　加　从这可怕的白垩岩的边山[107]绝顶上
掉下来！向上望；那高歌的云雀远到
连这里不见又不闻；你只要向上望。

葛洛斯忒　唉呀，我没有眼睛。
人到了悲惨的绝境时，难道用自尽
来解脱那悲惨的权利也不让享有？
但悲惨若能骗住了暴君的暴怒，
阻挠他骄强的意志，那倒也未始
不是慰人之处。

藹　特　加　　　　把手臂伸给我。
起来；对了。怎么样？还觉得你的腿？
倒还站得住。

葛洛斯忒　　　　站得太稳了，太稳了。

藹　特　加　这事情实在太奇了。在山岩顶上
才跟你分手的是个什么东西？

葛洛斯忒　那是一个穷苦不幸的乞丐。

藹　特　加　我站在这下边，只见他双目炯炯，
像两轮满月；他有一千个鼻子，
头顶上高隆的觭角凹凸交错，[108]

好比是生峰的[109]海面。那是个恶魔；
因此，你这位受神明护佑的老丈，
怀念着那班清明无比的[110]神灵吧，
他们的光荣乃在把凡人无力
做到的做到，[111]你全靠他们搭救。

葛洛斯忒　我现在记得了。我从此要忍受奇惨，
直到它自己叫"够了，够了"，然后死。
你说起的那东西，我当作人；它常说
"恶鬼，恶鬼"；它领我爬上那岩巅。

蔼特加　你得心神镇定些，自在些。[112]——谁来了？

［黎琊上，身上乱插野花。[113]

神志清明的决不会这般装束。

黎琊　不，他们不能碰我，说我私铸钱币。我自己就是国王。

蔼特加　啊，这模样好不刺人的心肺！

黎琊　在那件[114]事情上造化可胜过了人为。[115]——这是你们的恩饷。[116]——那家伙弯弓的模样活像个赶老鸹的草人。[117]——跟我放一支码箭[118]出去。——瞧，瞧，一只小耗子！别做声，别做声；这一块烤奶酪就行了。——那是我的铁手套；[119]待我用它来向一个巨人挑战。——将长戟队[120]带上前来。——啊，飞得好，鸟儿！[121]恰在靶眼上，恰在靶眼上！Hewgh！——叫口令。[122]

蔼特加　香薄荷。

黎琊　过去。

葛洛斯忒　那声音我认得出来。

黎琊　吓！刚瑙烈，——有一把白胡子！[123]——以前他们狗似的奉承我，告我说，我还没有黑胡子就跟长了白胡子的一般通达事理。[124]他们口口声声应答我"是"和"不是"！[125]那样的应答可也不是敬神之道。[126]有一回大雨湿透了我，风刮得我牙齿打磕；我叫停住了打雷，雷声可不听我的话；那回子我就把他们看穿了，

看透了他们的本相。[127]滚蛋，他们不是他们自称的那种人；他们告诉我我高过一切；那是在撒谎，我还免不掉打寒颤呢。

葛洛斯忒　那说话的音调我记得十分清楚。
可不是国王吗？

黎　琊　　　　　　　对了，周身是国王。[128]
我只要一瞪眼，那百姓[129]便多么发抖。——
我饶赦了那个人的命。——你犯了什么罪？
是奸淫？
你不该死罪，为奸淫而死？用不到；
鹪鹩也在那里犯，细小的金苍蝇
就在我眼前宣淫。
让交媾尽管去盛行，葛洛斯忒的私生儿，
还比我合法的床褥间所生的女儿们，
对父亲要比较地亲爱。
去吧，淫乱，去胡干吧！因为我缺少兵。
瞧那边那装腔憨笑的婆娘，
她的脸[130]显得她腿叉[131]里有雪样的贞操，
她假装清贞洁白，[132]一听见提起
寻欢作乐就摇头，——
野娼妇，[133]或是放青的[134]马，干起那营生来
不比她更外浪得滋味好。
从腰部以下她们简直是马怪，[135]
虽然上身完全是女人；
到腰带为止[136]她们归天神们所有，[137]
下身全属于众鬼魔；[138]
那儿是地狱，是黑暗，是硫磺的深坑，
在燃烧，在沸滚，恶臭，溃烂；嗽，嗽，嗽！呸，呸！——给我一磅麝香；药铺里的大掌柜，把我的想象弄香它，这儿有钱给你。

葛洛斯忒　啊，让我吻一吻那只手！

黎　琊　先让我擦一下，那上面嗅得出尘凡的气息。

葛洛斯忒　啊，残毁不完的万民的楷模![139]
这广大的宇宙[140]竟会这么破碎。——
你认识我吗?

黎　　　琊　你那双眼睛我很记得。你在瞟我不是？不行，瞎眼的小蔻璧，[141]随你去捣多凶的乱；我可不会再去爱了。你念念这封挑战书；只用仔细瞧它那笔法。[142]

葛洛斯忒　即使你字字是太阳，我也看不见。

藹　特　加　［旁白］我不愿听信传闻；[143]但果真是[144]如此，我的心便不免片片地在碎。

黎　　　琊　你念。

葛洛斯忒　什么，用我这眼眶[145]念吗?

黎　　　琊　啊哈，咱们成了一伙儿了吗?[146]你头上没有眼睛，钱包里也没有钱，是不是？你的眼睛只剩个框，你的钱包轻得发慌；[147]可是你还瞧得明白这世界是怎么一回事。

葛洛斯忒　我心里明白出来。[148]

黎　　　琊　什么，你疯了？一个人没有眼睛也看得出这世界是怎么回事。用你的耳朵去瞧；瞧那儿那法官对一个笨家伙的[149]小偷骂得多厉害。听着，听进去；换乱了地位，混一混，你猜，[150]哪一个是法官，哪一个是贼?你可见过一个种地的养的狗对一个叫化的直咬吗?

葛洛斯忒　见过，王上。

黎　　　琊　那家伙可逃开那条狗？那上面你可以瞧见那活龙活现的所谓权力；[151]一条狗当了权，人也得服从它——
你这坏蛋的公差，停住了毒手!
你为什么要挥鞭毒打那娼家?
露出你自己的背来挨，热剌剌
你只想跟她干那桩好事，却又为
那事鞭打她。放印子钱的要绞死骗钱的。
大罪恶原来都在褴褛的衣衫里
显出来；[152]重裘和宽袍掩盖着一切。
罪孽披上了金板铠，[153]把法律的长枪

戳断了也休想伤得它分毫;披上了
破衣爿,矮虏使一根柴草便穿透它。
没有人犯罪,没有人,我说,没有人;
有我来作保;信我这句话,朋友,
我自有权能去封闭告诉人的嘴。[154]
你去装一副玻璃的眼珠,像一位
卑污的政客一般,假装看见你
不看见的东西。——好吧,好吧,好吧。
脱掉我的靴;用劲,用劲,对了。

蔼 特 加 [旁白]清明的思路里纠缠着胡思乱想![155]
啊,疯癫里可又有理性!

黎 琊 你若要为我的命运哭泣,把我
这双眼睛拿去使。我们俩够熟的了;
你名叫葛洛斯忒。你得静下来;
我们当初都是哭着到这里来。
你知道,我们最初次嗅到这空气,
都呱呱地哭泣。我要对你传道;
你听着。

葛洛斯忒 唉呀,唉呀,好惨啊!

黎 琊 我们初生时,我们哭的是自己
来到了这傻瓜们登场扮演的大戏台。
这是顶上好的毡帽:[156]成队的马匹,
蹄底下都给钉上了毛毡的软底,[157]
真是个神机妙策。我来试试看;
等我悄悄地赶上了这些女婿们,
就杀,杀,杀,杀,杀![158]

[一近侍率仆从数人上。

近 侍 啊,他在这里;拉住他。——王上,
你的最亲爱的女儿——

黎 琊 没有人来救?什么,变成了囚犯?
我简直是生成的胚子要给命运
所捉弄。[159]好好待我吧;你们改天

自会到手我这份赎身的买命钱。
跟我找几位外科医师来;我已给
切进了脑子里去。[160]

近　侍　　你要什么都行。

黎　琊　没有帮手[161]吗?光我一个人?哦,
一个人的眼睛用作了浇花的水罐,
又用来洒落那秋风扬起的灰尘,[162]
那人儿便会弄成一个泪人儿。[163]

近　侍　大王在上[162],——

黎　琊　我要死得勇敢,像一位衣裳
齐整的新郎。什么!我要很高兴。
算了,算了,我是一位国王,
我的主子们,你们知道了没有?

近　侍　您是位明哲的圣君,我们都奉命。

黎　琊　那就还有一线希望。[164]来吧,你们要抓它,
可要跑得快才抓得到。"沙,沙,沙,沙。"[165]

［急奔下,从者后随。

近　侍　最卑微的可怜虫降到了这般情景
也非常动人的怜悯,更何况是君王!
那两个女儿把你的身心坑进了
整个的人间地狱,[166]多亏这一位
又把你重复济渡了回来。

蔼特加　您好,大先生。

近　侍　　祝福你,老兄;什么事?

蔼特加　先生,您可听说过快要打仗吗?

近　侍　听说之至,并且谁都知道;
只要辨得出声音的,谁都听说过。

蔼特加　要劳驾动问,对方的军队多近了?

近　侍　很近了,且正在疾进,那大军快随时
都能瞭望到。[167]

蔼特加　　多谢您,先生;这就够了。

近　侍　虽然王后因特别的原因在这里,

她的兵可开上前去了。

邁 特 加 劳您驾,先生。

[近侍下。

葛洛斯忒 常存恻隐的天神们,停止我的呼吸;
别让附在我身上的恶精灵,[168]在你们
愿我去世前,重复引诱我自尽!

邁 特 加 祷告得好,老丈。[169]

葛洛斯忒 这位仁善的君子,你是什么人?

邁 特 加 一个最可怜的人,在命运的打击下
安身而立命;我知道而心感[170]过悲哀,
故此就敏于[171]怜恤。把手伸给我,
我领你到一所安身的地方去。

葛洛斯忒 真感谢;
但愿天恩和天福多多临照你。

[奥士伐上。

奥 士 伐 正是那公告悬缉的正凶!好运气!
你那个没有眼睛的脑袋生就了
要使我交运。——种祸生殃的[172]老贼,
快记起你过往的罪孽向天祈祷;[173]
那准要杀死你的宝剑已拔出鞘来。

葛洛斯忒 让你那[174]友好的手臂[175]用够了力量。

奥 士 伐 好胆大的村夫,你怎敢公然扶助
这一名广布周知的逆贼?滚开去!
不然那大祸蔓延时,你同他会同遭
不幸。放开他的臂膀。

邁 特 加 老先生,[176]没有旁的缘故咱可不能放开。

奥 士 伐 放掉,奴才,不然你就得死!

邁 特 加 好先生,走您自个儿的道,让咱们苦人儿过去。咱要随便让人吓唬住了,就不用等到今儿,咱两礼拜以前就该让吓坏了。别走上这老儿身边来;走开点儿,咱跟您说一声吧,[177]不然咱就来试试,您那脑瓜儿[178]硬还是咱的棍儿[179]硬;咱可不跟您客气。

奥　士　伐　滚蛋,臭东西![180]　［二人交剑。］

蔼　特　加　小子,咱来揍你;[181]来;咱不怕你刺人。[182]

奥　士　伐　奴才,你把我刺死了。把钱包拿去;
你若要有一天能发迹,非得埋了我;
你把在我身边找到的一封信
去交给葛洛斯忒伯爵蔼特孟;
你往英吉利[183]军中去找他。唉,
死得真不是时候!死!　［死去。］

蔼　特　加　我很知道你;你是个跑快腿的坏蛋,
对你那主妇的凶邪险恶真是
顺从到万分地如意。

葛洛斯忒　什么,他死了吗?

蔼　特　加　坐下来,老丈;歇一会。——
我们来看他的口袋;他说起的那封信
也许与我有益。他死了;我只在
可惜没有刽子手来执法。[184]我来看。
让我来打开你,[185]封蜡;礼貌啊,别见怪。
要明晓仇家的主意,我们划破
他们的心;拆开一封信更合法。
［读信］别忘了我们间交宣的誓约。你有许多机会斩除他;只要不缺少决心,时间和地点自会俯拾即是。他若凯旋而回,就没法办了;那时候我是个囚犯,他的床是我的监狱;所以你得从那可恶的淫热里救我出来,就替代了他,作为你那番辛勤的酬谢。

你的——但愿能说是妻——恋慕的
情人,[186]　刚瑙烈。

女人的欲海啊,浩瀚得渺无边限![187]
想谋害那么个德行洵良的丈夫,
掉换品,竟是我的兄弟!——在这沙地里,
待我来掩埋[188]你这个奔波于淫妇
奸夫间的奸邪的[189]信使;等时机成熟,
我就向那位险遭毒手的公爷,

揭发这封可鄙的信。幸而我能
告诉他你死了，你干的又是什么事。

葛洛斯忒　王上发了疯。我这份可恶的理性
却如此矫强，我还能危然兀立着，
神思清醒地深感到自己的悲怆！
我不如也错乱了精神，不再去想念
哀愁，迷惘里虽痛苦也不自知觉。

蔼　特　加　让我挽着手；我听到远方的军鼓声；［远远闻鼓声。］
来吧，老丈，我替你去找个朋友。　［同下。

第　七　景

［法军中一帐幕外。］
［考黛莲、铿德、近侍及医师[190]上。

考　黛　莲　忠良的铿德啊，怎么样我才能偿清
你那番仁善？只愁我生命太短促，
黾勉[191]也无用。

铿　　　德　蒙娘娘嘉奖[192]已然是过分的恩酬。
我所有的陈禀都和真情相吻合，
不增添，也来经截短，不爽分毫。

考　黛　莲　请你去改穿好些的衣裳；这服装
只是那不幸时的留念；[193]把它换了吧。

铿　　　德　请恕我，我敬爱的娘娘；现在就显露
真相，便和我既定的计划[194]相妨；
我认为时机未到时，且请莫认我，
我就把这隐秘当作娘娘的恩典。

考　黛　莲　就依你的话，贤卿。——王上怎样了？

医　　　师　还睡着，娘娘。

考　黛　莲　啊，慈蔼的天神们，
请救治他惨遭酷虐的心头这巨创！
这位被孩儿们逼迫成疯的[195]父亲，
啊，你们务必要丝丝理整他

轧轹不成调的神志！

医　　师　　陛下要不要

我们弄醒老王上？他睡得够久了。

考 黛 莲　运用你医理上的识见，随意去办。——

他换上衣服没有？[196]

近　　侍　　换好了，娘娘；

他正在沉睡中，我们替他更了衣。

医　　师　我们弄他醒来时请娘娘在旁；

我信他举止已经安静。

考 黛 莲[197]　　很好。

［仆从以抬椅舁黎琊上。

医　　师　请您走近些。——那边的音乐响一点！[198]

考 黛 莲　亲爱的父亲啊，让康复将起疴的灵药

挂在我唇边，[199]让我这一吻医愈了

我两位姐姐对父王横施的这暴创！

铿　　德　好一位温良亲挚的公主娘！

考 黛 莲　即使你不是她们的亲爹，这苍苍的白发

也该叫她们不忍。难道这是个

任凭交恶的狂飙去吹打的脸庞？

任它跟[200]满载惊人霹雳的弘雷

相对峙？像一名敢死军，[201]头戴着轻盔，

守在那最可怕的急电的飞金乱窜，

和迅雷的猛击之中？[202]找仇人的狗，[203]

纵然它咬了我，那晚上我也要让它

在炉前歇宿；你却是否宁愿，

可怜的父亲，跟猪豚和无归的浮浪者[204]

去同处，在泥污[205]和烂草之间存身？

唉呀，唉呀！奇怪的是你的生命

竟没有和灵明同时完结。——他醒了；

你跟他说话。

医　　师　　娘娘，您说最好。

考 黛 莲　父王怎么样？陛下贵体如何？

黎　　琊　你不该将我从墓中拖出来受罪；
你超登了极乐；我却被绑在火轮上，[206]
甚至我自己的热泪也熔铅似的在烫我。
考黛莲　父亲，你认识我吗？
黎　　琊　你是个鬼魂，我知道，何时[207]死的？
考黛莲　依旧，依旧，迷糊得很呢！
医　　师　他还不很醒；等一会再跟他说话。
黎　　琊　我到了什么地方？现在在哪里？
这么大晴天？我太给骗[208]得懵懂了。
我见了旁人这样，也兀自会替他
可怜得要死。我不知要说什么话。
我不敢赌咒这是我的手。等我看；
我感觉到这一下针刺。但愿我能
明知自己的处境！
考黛莲　　　　　　　　父亲啊，望着我，
请伸手放在我头上为我祝福。[209]
别那样，父亲，[210]切莫跪下来。[211]
黎　　琊　　　　　　　　　　　　请你
别开我的玩笑；我是个极痴愚的老人，[212]
年纪在八十以上，不多也不少；[213]
要说老实话，
我怕我神志有点儿不很灵清。
想起来我该认识你，也认识这人儿；
可是我犹豫难决；因为我全不知
这是什么地方，我使尽心机
也不能记起这些衣袍，也不知
我昨夜在哪里宿歇。别把我取笑；
这事情很分明，我想这位贵夫人
是我的孩儿考黛莲。
考黛莲　　　　　　　　我确是，我确是。[214]
黎　　琊　你在流泪吗？不错，你在哭。请别哭。
你若有毒药给我喝，我也会喝下。

我知道你并不爱我；因为，我记得，
你两个姐姐都把我糟蹋过；她们
全没有原因，你却有。

考　黛　莲　　　　　　没有，没有。

黎　　　琊　我是在法兰西吗？

锃　　　德　　　　　　在您的本国，王上。

黎　　　琊　不要哄我。

医　　　师　娘娘可以安心了，失心的疯癫
已在他胸中过去；[215]但如果要使他[216]
把他经临的后影和前尘贯串得
丝丝入扣，那可就还很危险。
要他里边去；[217]等他更显得安静前，
且莫再打扰他。[218]

考　黛　莲　王上高兴离开这里[219]吗？

黎　　　琊　你可要耐着我一点才好。我如今要请你忘怀和宽恕；我老昏了。[220]

［除铿德与近侍外余众尽下。

近　　　侍[221]　真的吗，阁下，说是康华公爵让人弄死了？

铿　　　德　一点不错阁下。

近　　　侍　现在是谁统带着他的部下？

铿　　　德　听说是葛洛斯忒的野儿子。

近　　　侍　他们说他那个给逐出的儿子藹特加跟着铿德伯爵在德意志呢。

铿　　　德　传闻可没有准。我们这该仔细些了；王国的军队说话就赶到。

近　　　侍　这场决战许会大大地流血。再见了，阁下。　［下。

铿　　　德　我殷勤护主的愿望[222]能不能成功，
全系在今天这场决战的胜败中。　［下。

第四幕　注释

① 译文从 Johnson 及 Schmidt 所释义。但 Johnson 又说原文"... thus, and known"或可改为"... thus unknown"，那么就该译为"但只因人家认不出才遭到鄙夷"，意思

是——一个人掩饰了他自己的真身后所受的鄙夷不足以为苦，因为他那番乔装本是出于自愿的，随时可以取消了露出真面目来，鄙夷当亦随之而止。Collier 与 Singer 都赞同这个删改，不过 Johnson 自己觉得这更动并无必要。

② 原文"鄙夷"与"逢迎"并行，字面上没有"包藏"之意，这是译者的解释。我认为这两行里的"鄙夷"与"逢迎"都指命运对人的态度而言；若从 Johnson 的更改，解作一般人对蔼特加丐装后的态度，意义便肤浅了。非但肤浅，还有文不接气之病，因自第三行起至第九行止，都在申说命运对人的态度的两极，和那两极的穷与变。因此我以为若求醒目，这两行不妨这样译：

但遭了命运的鄙夷，自己也明知道，
总胜如逆受它包藏着鄙夷的逢迎。

③ 原文"dejected"仅为"降抑"，但蔼特加处境这般横逆，语调稍强些如译文，似并无不可。

④ 据 Hudson 所释。

⑤ Theobald 改上行原文"hate"（恨）为"wait"（等），解道，假若人生的风云变幻不使我们等待着，希望运道转好些，我们决计受不住，绝不能守候到老；若依此说，这一行半可译为"若不是你古怪的变幻使我们期待着，人生就痴守不到老。"Capell 从 Theobald 之校改，训解亦大同小异。Malone 不主改动，只解释原文说，如果命运的变幻（比如说，我如今所亲见亲历的由丰盛而沦为穷蹙的两桩事就是好例子）不显示出人生如何不足留恋，那我们对于年岁这重担便不能安心去忍受，不能眼见衰老与死亡渐渐迫近而无动于衷。若依 Malone 此说，这半行便应译为"人生便不愿（或不肯）老去"。Mobetly 与 Malone 注略同，不过 Malone 说"不安心忍受"，Moberly 语气重一点，说"不乐于老死"罢了。我觉得这两种解法都不很满意。蔼特加所以说起老年，我信都因为他见了那八九十岁的老佃户的缘故；他意思是说人生的风云变幻将我们折磨得很厉害，使我们含恨饮痛而莫奈何，遂致衰老。

⑥ 初二版对开本及各版四开本原文都作"our means securs us"。自 Thcobald 以降各注家以其难于索解，前后贡献不同的校读法不下八九种。但细审就原文解诂的诸家所下之诠释后，可知阐明方为合理，校改仅是多事；况对开四开各本读法相同，更可证明原文无讹。最先释"means"为"优长"、"才能"或"能力"的当推 Knight，嗣后不改原文的注家大多从他。不久 Rankin 在一本论莎氏哲学的书里即解释原意如译文，惟未供旁证。随后 F. W. J. 及 White 二氏都训"secure"为"to render careless"（使不小心），又都引莎氏悲剧《雅典人铁蒙》（*Timon of Athens*，1607—1608）第二幕第二景 184 行之"secure"为例证。Schmidt 则除此而外，又加一证。

⑦ 此乃译者增益之意。

⑧ 此行直译当作"我会说我重复有了眼睛"。

⑨ Moberly 注：果真我们能说一声"这是最糟不过的了"，我们受苦的能耐就有了个限度；但事实并不如此，因为受苦那事情总是最深的底里还有更深处。

⑩ 原文"scarce friends"直译"不怎么样能算朋友"；有人解作"at enmity"（仇恨着），把"scarce"当作状词。

⑪ Wordsworth 云，他不信莎士比亚会让他的剧中人物，除了一个异教徒外，表示这样一个情绪的。译者按，我们曾见人译"gods"为"上帝"，这是不明白希伯来（Hebraic）系一尊宗教与希腊、罗马（Greek and Ruman）系多神及泛神宗教的分别。在 Wordsworth 这注上，我们很容易辨出这似是轻微实为严重的错误。

⑫ Furness 毫无疑义是对的;这是蔼特加见了他父亲一双瞎眼后所发的惊问。

⑬ Moberly 解原文道:像弄臣似的以事物的现情状作根据,从悲哀里提炼出箴言来,那是要不得的行业。就是说,蔼特加在批评他父亲的"天神们对我们……"那句话。这解法未免口气脱节,Furness 认为不当,有理。

⑭ Heath 注:他一方面使自己不欢,他方面又惹恼了他想去欢娱的那对手。这一整句含义甚晦,若直译该是这样:

"坏职业乃是在悲哀跟前当傻子,

把自己和旁人都激怒。"

原文"sorrow"(悲伤)解作"伤心人"我觉得较易懂得,而且在莎氏作品里类似的例子颇多。

⑮ 原意为"英里"。

⑯ 原文自此处起至"天保佑你吧,老爷!"止,对开本阙佚。

⑰ 这里五位魔鬼中第一位尚系初次显露大名,第三、第四位在上文第三幕第四景注⑪⓪处曾提起过,第二、第五位则各与第三幕第六景注⑭及第三幕第四景注⑨③处的魔鬼名近似;为免除不必要的混乱起见,姑改为前后一致。

⑱ 原意为"寝室侍俾与女侍"。

⑲ Wordsworth:因为我如今的这场祸患教训我同情于身受苦难的人。

⑳ 从 Onions 之《莎氏字典》。但 Koppel 解原文"lust-dieted"为"淫欲无厌的"。未知孰是。

㉑ 对开本作"slaves";四开本作"stands",显然有误。译文从前者,根据 Heath 及 Johnson 所释;或更准确些作"奴视着,"——奴婢待之,视为无足轻重之意。

㉒ Schmidt 释原文"ordinance"为"自然的规律"。

㉓ Moberly 注,奇怪的是葛洛斯忒往多浮去,并不是如雷耿所刻薄他的那么样,要去尽他通敌叛国的能事,乃是因万分绝望,要去投崖自尽。这陪衬的剧情里的这一点是莎氏作品中借重薛特尼(Sir Philip Sidney,参阅第三幕第七景注⑨⑥),藉以对薛特尼表示敬意的诸点之一;莎氏为此不惜牺牲一些事实上的可能性。在薛特尼的《雅皑地》里,我们有"一位拍夫拉高尼亚的国王受了他儿子的虐待,走到一个高岩上去自投"。Rolfe 注,这悬崖现在闻名为莎士比亚崖,在多浮城外西南方,因时有山崩已减低了高度,但仍有三百五十英尺。海浪依旧扑击着石子滩,采海茴香的人依旧乘着篮子挂下去干他们那冒险的营生;但崖石并不如诗人要我们想象的那么笔立,崖脚下的东西也并不如此细小。实际上也许作者并不指定这座危崖,只是描拟着想象中的一片理想的峭壁而已。现有东南铁道穿过这多浮崖,隧道长 1331 码。

㉔ Capell 注,"有边沿的",因为是锁在海峡中间的。

㉕ Delius 注,他们二人同道来,到了府邸前她便欢迎他进去。

㉖ Johnson 注,要记得在第一幕终了时刚瑙烈的丈夫亚尔白尼不喜欢她毁弃恩义压迫黎琊的毒计。译者按,参阅第一幕第四景景末。

㉗ Steevens 释,"我们所愿望的事情,在我们行军完毕之前,也许会实现出来";就是说,了结或杀掉她丈夫。训"on the way"为"行军完毕之前"不通;译文从 Mason 及 Malone 解。他们所愿望的事情未必仅指了结她的丈夫,也许蔼特加冒险成功后的局面也包括在里头。

㉘ 纺线杆应由妻子掌管,故代表妇女与家务;她如今预备把家中琐事交给亚尔白尼,她自己提着他的剑去指挥戎马。

㉙ 原意为"女主人"。他们沿途所谅解的计划大概是这样的:那方面由他回去设法剥夺康华的实力,取而代之,甚或至杀掉康华与雷耿,这方面由她回来解决她丈夫,佩上他的剑,然后二人合起来成一新天下。她这里的意思是说,他们的计谋成功后,她另有命令给他。刚瑙烈富于男性,好揽权,目下她的地位又比蔼特孟高出不少,所以她语气很显得俯就。

㉚ Steevens 以为刚瑙烈要蔼特孟低下头来,为的是她吻他时,好让奥士伐误以为她在对他附耳低语。但 Wright 觉得这样未免将刚瑙烈看得太庄重了,况且奥士伐又是个极可靠的坏蛋,绝不会泄露他们的私情。Delius 说,也许她要戴一串金链在他颈上。若从 Delius 所解,后面紧接着的"This kiss"怎么讲?我想蔼特孟大概身体很魁梧,她得叫他俯首下来才吻得到他;她们姐妹二人都热恋着他,他体格俊伟或许是个重要的原因。我一边翻译正文,一边选辑 Furness 新集本上的注解,全剧译成后取 Bradley《莎氏悲剧》(*Shakespearean Tragedy*,1922)的附注来相校雠,见该书论本剧附注丫内第三条正与鄙意相同。由此可知读莎剧要创一前人所未见的新解释之难了。

㉛ "durst"(dare)偶有用作"能"或"愿"者,见 Schmidt 之《全典》。

㉜ 译文从对开本之"body";初版四开本作"bed",可译为"床褥"。

㉝ Steevens 注,这样的说法曾见于海渥特(John Heywood,1497?—1580)之《谚语集录》(*Proverbs*,1546)内:"一只不值得吹哨子呼它的劣狗"。译者猜想这是句打猎的术语。

㉞ 原文"fear"非"骇怕",乃"fear for"(为……担忧)之简状。对开本自此处起至注十八止缺佚,本段系补自四开本者。

㉟ Heath 疏解原文这两行说:性情到了这样违背天性(甚至会鄙薄它自己的根源)的堕落程度后,一切固定的范围都不能限制它了,只要它碰见了任何机会或诱惑,都会泛滥溃决而不可抑止。Cowden Clarke 修正前释如后:也就不能把任何的形成它的物体包括在它自己的范畴中间了。这两行把刚瑙烈的性情比作贱视自己的泉源,终于会奔溢而逝的水流;下两行把它比作自绝于母干,遂致死去的树枝。

㊱ 原作在这里很吃力,所用的譬喻似嫌牵强:我们从未听见过什么树枝能把它自己从躯干上撕下来(...sliver and disbranch herself...)。译文"供给它营养的树液"(material sap)从 Warburton 所释。原文"material"Theobald 改作"maternal"(母亲的,为母的),附从此议的有 Hanmer,Johnson 等本子;但 Schmidt 说这改法固然新奇可喜,可惜莎士比亚并不知道这个字。

㊲ 原文"And come to deadly use",译者从 Moberly 之诠释。

㊳ 根据 Onions,原文"text"解作"quotation"(引语)。

㊴ 原文"gracious",见 Schmidt 之《莎氏用字全典》本字项下第三条,亦作"圣洁"与"神圣"解。

㊵ 指耍熊戏中之熊。

㊶ Wright 谓"madded"即"maddened",莎氏不用后一字。

㊷ 见前注㉞。"海里的怪兽"大概指河马,虽然河马并不生息在海里;见第一幕第四景注⑮。

㊸ "milk-livered"为肝中无血,作乳白色,即万分懦怯之意。

㊹ 自此至注㊽仅见于四开本。

㊺ Warburton 以为这里的所谓"恶徒们"乃是指葛洛斯忒那一类的人而言。Capell 指谪此说之无据,理由很充足;他说,"未曾作恶已先自受罚"这句话加不到葛洛斯忒身

上去,因为从刚瑙烈看来,葛洛斯忒却是先行作恶然后受罚的;至于"恶徒们"一语分明是指黎琊,虽然这话说得可怕。非但如此,译者以为她离开伯爵堡邸时伯爵尚未被捕,捉得到捉不到还在不可知之列,受罚与否当然也同样地渺茫了。即令她离堡时在幕外眼见伯爵已被康华的从人们捉到,可是亚尔白尼对于此事的始末仍然是毫不知情,她就无从对他说起什么作恶与受罚的话。Singer 与 Capell 同意,也认为"蠢人"指亚尔白尼,"恶徒们"指黎琊那样的人而言,因为前者确曾对后者表示过怜恤。Eccles 主张"恶徒们"将她丈夫连她自己都包括在里边,她的言外之意是:"目前我们有一件龌龊勾当非干不行,但慢干不如快干,若不先下手等受了罚就嫌迟了,到那时候便只会遭人唾骂,休想博得怜恤,——只除了蠢人们的。"Malone 提议从历版四开本之句读法,"恶徒们"一语应读而不应句断;至于她那诋毁的目标呢,Malone 信大概是法兰西国王。Furness 也赞成保持四开本之原句读法,不过他的解释与上说不同。Furness 觉得刚瑙烈会以"恶徒"称呼黎琊很难使人相信,而且她自己既已在上文禁止她丈夫再以虐待亲父的罪名责她("不用多说了,……"),她自己便不会再回到那个老题目上去。因此可以断定她所谓的恶徒是对亚尔白尼而发的辱骂,——在耻笑亚尔白尼胆懦无能之上,再加上这句辱骂,好使公爵于急于自卫之际无暇再责她无良,这可以叫做易守为攻的骂架法。译者纵观各家所注,敢说 Capell 与 Singcr 的诠义最单纯也最合理,别说都有些牵强。若依 Malone 说,则"怜恤"一语便不知所云:不论亚尔白尼拒绝将兵的原因是什么,我们能断定绝不是因他怜恤法兰西王所以偃旗息鼓不作御侮的准备;这情形刚瑙烈明白得很清楚,否则她不是个悍妇,却自己成了个"蠢人"了。其次,Eccles 说之无稽,我们只须引第一幕第四景由几行刚瑙烈对她父亲的责难便知:

"那过错便难逃责难,矫正也就
不再会延迟,这匡救虽然通常时
对你是冒犯,对我也难免贻羞,
但为了顾念国家的福利和安全,
如今便不愧叫作贤明的举措。"

由此可知她暴遇黎琊乃是用"大义灭亲"的口实,决不致自承她的行为有任何可议之处。最后,Furness 的三个论点也都软弱无力:第一,刚瑙烈以"恶徒"称呼黎琊并不难于使人置信,因为她持有"大义灭亲"一语作护符,已如上述;同时她这句话并不比她的行为或别的话更泼辣,更狠毒,况且以此称丈夫称父亲不一样地要不得吗?第二,她不许丈夫再提此事,她自己果然也不应当再提,但并不见得不会再提。第三,易守为攻说我认为是一些强解,徒逞论评者之想象,并无其他根据可寻。反之,若从 Capell 与 Singer 说,却有两条用字的脉络可按:一,参证原文此处的"Milk-liver'd man!"及第一幕第四景 336 行之"milky gentleness";二,参证原文此处的"a head for wrongs";及第一幕第三景第四行"By day and night he wrongs me."

㊻ 意即不作战备。

㊼ 原文"moral",Delius 释为"moralizing"。

㊽ 见前注㊹。

㊾ Warburton 释原文"proper"如译文之"只合魔鬼有",又"deformity"为"diabolic qualities"(魔鬼的或魔鬼似的性格)。译者觉得"deformity"一字只能用以说明形体上的丑恶,若言性情品格,则根本没有"形体"(form)可言,也就无从"变坏"(de);Schmidt 之《莎氏用字全典》释此字为"bad shape, ugliness"(恶形,丑陋),方为合理。参证下

条注内 Furness 的解释,及再下条注。Delius 注此二字云:用美好的外表掩饰内里的丑恶,二者相形之下那丑恶便分外显得可怕,——依 Delius 说,这全句的涵义是:"这样的阴诈在魔鬼身上显现出来还不如在女人身上显现的那样可怕。"Furness 嫌此说过分精细,有剖毫辟发之病。

(50) 原文自此处起,迄注(53)止,系补自四开本者。

(51) 关于原文"self-cover'd"的解释众议纷纭,大致可分为三派。第一,大多数的名注家认定无可诠解,断为必有印误,于是各提改正的字眼;我就 Furness 的集注本上所罗列的计算起来,共得十种不同的修改法,内中"selfconverted"(自己变幻相貌的)有 Theobald,Warburton,Capell 等三家校刊本共同采用,"scx-cover'd"(以女身掩护着安全的)经 Crosby 提议而被 Hudson 在他的第三版校刊本里采用,此外的八种修改法或人各为政,或一人二议,错综扰攘,未见何等高明。译者细察这第一派的笺注后,以原文虽似难懂,却并不费解,故将此十种修改姑且删略不录。第二,Johnson,Malone,Huason,Cowden Clarke,Wright 等五家的意见大致相同,都认"selfcover'd"为"魔性遮盖着女性的"或"恶性克制着本性的":若从此说,则亚尔白尼对刚瑙烈虽极厌恶,尚不无体谅之意。第三派则有 Henley,Delius,Schmidt,Furness,Craig 等五家(译文即根据此说),解原文为"以优美的女体掩饰着或藏匿着恶魔的本质的"。依此说则亚尔白尼痛恨刚瑙烈的热烈可说已到了沸点。以下引 Furncss 的诠释(译者按,此说非但能阐明行文的奥蕴,并且指示了饰刚瑙烈的演员在台上如何去表演;可惜前人从未说过,否则或可免去许多争论)。Furness 说:她一向变幻着形相,将真身藏匿了起来;但如今她既然显现原形,那外表上便毕露出恶魔的本来面目来了。没有一个女人,尤其是刚瑙烈,能受了她丈夫这样的痛骂而无动于衷的。她怒得身体四肢都发抖,容颜歪斜,丑怪不堪。于是亚尔白尼又告她,叫她为自己留一点余地,莫把她索来隐藏着的恶魔的真身,那奇丑极怪的本相,在外貌上全盘呈露出来。

(52) Furness 引 Schmidt 之《全典》,证明原文"feature"一字在莎氏作品中总是用以指外形或身体的姿态,不作别解。

(53) 见前注(50)。

(54) 此行亦补自四开本。

(55) 原文"remorse",从 Dyce 之《莎氏字汇》,译作"同情"、"慈悲"或"哀怜"。

(56) 若依 Eccles 则当译为"拨开他家主的剑锋"。译文系根据 Schmidt 之《全典》。

(57) 此意为译者所增。

(58) Malone 注:刚瑙烈的计划是要药死她妹子,——嫁给蔼特孟,——谋杀亚尔白尼,——把全王国都得到手。康华的死对于她的计划的最后一着有利,所以她喜欢;但同时那件事使她妹子有和蔼特孟结婚的方便,这个她可不喜欢。

(59) 原意为"可恨的生命"。她的意思是,假使蔼特孟和她新寡的妹子勾搭上了,她的整个计划就得失败,那么一来就要她的命了。"可恨",因为那样会使她受不了。

(60) 从 Wright。

(61) 此景全部不见于对开本;Pope 最先名之为第三景;Johnson 谓对开本删去此景似只为缩短全剧之故。Eccles 的校刊本以第五景移在本景前面,名之为第三景,名本景为第四景,名第四景为第五景。据说这更改次序的目的是要使所有在多浮城附近展开的诸景更衔接些,同时也要免除旧编法所能引我们生出来的一个猜测,以为黎琊曾在野外过了一夜。Eccles 注本景云:我们可以假定,黎琊、铿德及侍从人员离开葛洛斯忒堡邸亡命赴多浮时是在早上,同时刚瑙烈与蔼特孟也离开了那边向亚尔白尼公爵府进发,而当天较晚些时失明的葛洛斯忒由一老人领导也从那边出发向多浮前进:从那天早上起算到本景,正值第四个早晨。本景开场时和铿德说话的这近侍,就是他在荒原上那风暴的夜晚差到多浮城去的那近侍。从他们的对话里可以知道他们相会还在不久之前。铿德似乎还只新到。这近侍虽比国王他们出发得早不了很多钟点,但因赶路勤快,比他们想已早到了一些时候,这其间他已有机会见过了考黛莲。

(62) Johnson:即铿德差他送信给考黛莲的那近侍。但译者细检第三幕第一景,只见铿德托一位近侍去多浮城向考黛莲作口头的报告,又给他一只钱袋和一只作物证的戒指,却不见有什么书信交与他带去。我信关于书信的话若非作者疏误,致使前后不接榫,这个近侍定不是那个近侍。不过我信疏误的可能大概多些。

(63) Steevens 注:法兰西国王已不复是个必要的人物,所以在全剧进展到将近结局之前,这么样找一个机会遣开他是很合适的。为使他不失身份起见,我们不应让一位君主像一些不重要的人物一样,在剧终时无声无阒地给遗忘掉;不过要使他在事先离开本剧(这一层只能以匆促返驾来达到),一定得在观众面前有一个明白交代才行。这是剧中加入本景的用意之一。假令这位君主统率着他自己的军队,经历过他王后的死难,我们很难想象他对剧情还有什么用处。到那时节,他那阵失偶的情绪便会减低黎琊亡女的沉痛所给人的效力;而从另一方面说,他既是一位可敬又可悯的人物,便会分散观众的注意力,因而就使亚尔白尼、蔼特加和铿德显得不重要了,——可是他们这三人的德行是应当特别表扬得彰明昭著的。

(64) 原文为“Monsieur La Far”,实译当作“赖发先生”。后来王后陷在敌人手里,但统兵的此公并无下文。

(65) 译意应当作“好”或“美妙”,下面“更高超”作“更好”或“更美妙”。

(66) 原文“like a better way”极难索解,因而各注家提议修改的本子,或改字,或改标点,约有十种之多。Warburton 倡议改为“like a wetter May”(像一个比通常更多雨的五月天);从这读法的有 Theobald 之初版及 Johnson,Capell,Jennens 等四种本子。但在英国多雨的季节说五月不如说四月更确切些,而在莎氏作品里又往往将四月里的日子譬喻或形容眼泪,所以 Heath 直截了当改原文为“like an April day”(像一个四月里的日子)。可是被抄错或印误的作者原笔很难和四开本原文相差得这么远,于是便有 Theobald 之二版,Steevens,Knight,Dyce 及 Staunton 等等“like a better day”(像一个比平常好些的日子)。Steevens 解释这改法说:一个比平常好些的日子是那个最好的日子,而那个最好的日子又是一个于地上生物,尤其是草木,最顺遂的日子,那样的日子阳光和雨水很调节有度。这说法拐弯抹角太多,也不易使人相信。其次则有 Tollet 与 Malone 的“like a better May”(像一个比通常好些的五月天)。这读法,Tollet 说,比 Warburton 的好,因为这里阳光比阴雨占优势些,Warburton 的“比通常更多雨的五月天”却显得考黛莲悲伤超过了镇静和忍耐了。Malone 说,Steevens 的更改,“一个比平常好些的日子”,不论怎样讲法,不一定有下雨的意义在里头,同时一个又晴又雨的日子也不很能称为一个好日子,一个好些的日子,或那个最好的日子:因此,这更改也就不能代表考黛莲的微笑与眼泪同时并作了。从 Tollet,Malone 的有 Eccles,Boswell,Collier 及 White 诸校本。Boaden 和 Singer 改原文标点为“Were like;a better way”,意思是“好比阳光里下雨一样,只是更好些”。至于为什么考黛莲的又笑又哭比天的又晴又雨要好呢? 据说乃是因为阳光里闪着雨光,微笑却“不晓她眼中有何宾客在”。这样解释了我们依然不很明白,于是 Singer

引《圣经·新约》里的"更好的慈悲是右手不应知道左手布施些什么"来疏证。这解法未免太玄妙了一点,但有 Delius 的赞助,虽然他并不采用他们二人的标点法。Hudson 本作"Were like:a better way…",上半截与 Boaden 他们所诠释的一样,下半截则附丽在下一句上,意即"说得好些,轻盈的浅笑……"。Hudson 以为这样标点了既可增进诗意,又能改善逻辑,无复可疑。Lloyd 主改为"Like a bitter May"(好比一个凄风苦雨的五月天);这意思倒很不错,可惜与上下文不生关系。译文从 Cowden Clarke 的笺注,认原文"a better way"有双重的涵义:第一,同时微笑又落泪比单独镇静或单独悲伤更能表现她的情绪,因此比任何"单独的表示"要好些;第二,她"未曾动怒",却用微笑和眼泪来表示她的镇静和悲伤,在这上面也能"透露出一个更高超的德性"。这解释颇能道出莎氏用字的经济与蕴藏的丰富,同时又不易原文一字,可说是比较差强人意的了,虽然也失之太晦。但 Wright 认为本意根本无法明瞭,各家校本也无一可称满意。此外,又有 Dodd 的"like a checquer'd day"及 Pulloch 的"link'd in bright array"。二者都视原文如敝屣,不在考证本来的读法上着眼,而在创造新意义上致力。Craig 提议改为"like a bettering day",意思是她的微笑和眼泪好像由下雨转入晴朗的一天,那时候阳光正在赶走雨云;不过 Craig 自认这校改并不满意。Daniel(Arden 本引)谓应作"like't a better way"。他解道,考黛莲笑中含泪好像阳光里下雨,只是更要美妙些。Phelps 之 Yale 本即从 Daniel 此解,唯未采他的校改而仍用四开本原文。

(67) Steevens 谓原文"dropp' d"是珠宝钻石匠用的一句术语:"drop"为古时项串上的垂饰,项串以平头钻石穿成,上悬一珍珠坠子。至今耳珰仍名为"drops",即本此下垂之意。

(68) Schmidt 之《莎氏用字全典》谓原文"all"与"it"应互易了地位然后加以解释,见"become"项下第三条第三节。

(69) 原文"question"此处不作问话解,乃漫指会话而言。此系根据 Steevens 之诠释,Schmidt 之《全典》亦作如是解。

(70) 译文从 Steevens 所释。但 Schmidt 说,若从 Capell 改原文"Let pity not be believed!"的"pity"为"it",则韵文的节奏和诗的意义都能改进。按 Capell 的校订可译为"别让人相信有这样的事!"

(71) Schmidt 之《全典》释原文"heavenly"为"Supremely excellent",译文即据此。

(72) 原文"clamour moisten'd",大致有讹,Furness 肯定为莎氏全部剧作中讹误最多的一景里的一个讹误。校改与注释的有十余家之多,现仅选新集注本编者认为较堪注意的两家说法。Capell 以"moisten'd"与上文的"shook"并行,以"clamour"作它的宾词。依此说法,这两行可以这样译:

"到这里她那绝妙的双睛便注出
一汪清泪,潮润了她那阵悲啼。"

Walker 则作"clamour-moisten'd",以之与上面的"heavenly"并行,为"eyes"的形容词。译文即本此说。

(73) Schmidt 之《莎氏用字全典》释原文"holy"为"perfectly pure, immaculate"(纯清无疵)。

(74) 根据 Malone 所注,此处"conditions"不作"情形"或"处境"或"身世"解,应训为"情性,脾气,本质"。

(75) Johnson 谓"self mate and mate"为"同一个丈夫和同一个妻子",现达意如译文。初版四开本作“self mate and make”，意同。

(76) Badham 评原文“elbows”为不通。Wright 解为“站在他臂膀(elbow)旁边提醒他过去的事情”。Schmidt 说也许是“用臂膀将他推开去”，译文采用此释。

(77) 原意仅为“狗心的”，即残忍不仁。

(78) 原文近侍称国王为“poor gentleman”，颇费索解，姑大胆改译为“老人家”。

(79) Farren 在他的《论疯癫文集》(*Essays on Mania*，1833)里告诉我们说，自此以下的一些植物都有苦、辛辣、毒、浓烈、刺激和麻醉的特性。所以黎琊编就的这顶草冠，Farren 说，非常能形容或征状他害的是什么病，甚至连病源和变化都和盘托了出来。他又说，把这些花草植物放在一起绝不是偶然的。玄胡索或名延胡索(fumitory)，Theobald 等人的改正本作“fumiter”；Skeat 之《英文词源字典》(*Etymological Dictionary of the English Language*)谓晚期拉丁语作“fumus terrae”，意即“地烟”，形容它的滋生繁殖。Farren 又说因它叶子奇苦，日耳曼大医学家霍夫曼(Friedrich Hoffmann，1660—1742)等捣叶汁以治忧郁症及猜疑病。牛蒡的英名极混乱，最通行的 Hanmer 改正本从现代英语之“burdocks”，四开本原文作“hordocks”，初一、二版对开本作“hardockes”，三、四版作“hardocks”，而 Farmer，Steevens 等则作“harlocks”，此外异名尚多，但实际上恐系一物。Farren 说“harlocks”有几种，实上都密生芒刺，实可作芥末用。毒药芹(hemlock)为闻名的毒草，Ellacombe 说它臭味恶劣，其毒无比。闻名的原因是希腊大哲人苏格拉底(Socrates，公元前 469—前 339)被亚典城(Athens)法官判为妖言惑众，罚饮毒芹汁自尽。荨麻(nettles)，Farren 云富于刺激性，触人皮肤作奇痛如焚。Ellacombe 说荨麻的纤维旧时曾作衣线用，又可织布，但切忌园中或田里让它生长，否则无法歼灭。稗谷(darnels)，Farren 谓性能醉人或麻醉人，故土名为“醉汉草”(drunkard grass)。Ellacombe 云，莎氏当时一切害草的普通名字都叫“稗谷”；它的害处，他又说，不但在阻碍小麦的生长，而且稗粒与麦粒混和时简直无从分辨，所以在陶赛郡(Dcrsetshire)，说不定在旁处亦然，也叫做“拐子麦”(cheat)。杜鹃花(cuckooflowers)，Beisly 谓生于草原或泽地上，花作玫瑰红，开在杜鹃鸟或布谷鸟啼春时，故名。Farren 说古希腊、罗马人把它用来治疗差不多所有脑系病，至今药剂书里仍把它列在医治痉挛、癫痫和其他神经或智能病的药方里。

(80) Schmidt 之《莎氏用字全典》训原文“wisdom”为“science，knowledge”(学问，知识)。

(81) kellogg 云：他这回答有极深长的意义，因为这里已约略包括了现代科学所承认的几乎是唯一的治疗原则了，即现今最卓越的医师也无非按了此理诊治病者。这里我们不见提起什么鞭挞病者、画符、念咒、传鬼、精神等等的伏魔治法，那些治法在莎氏当时就是最优秀的医师也都不免公然地应用；我们也不见提起什么用旋转椅，使呕吐，施泻剂，淋大雨，放血，剃光头，贴起疱膏药等等的假科学治法，那样的治疗直到现在(Kellogg 作书论此时在 1866 年)也还有加在那班不幸者的身上的，简直是医学史上的笑柄的不灭的纪念碑。莎士比亚用这位医师的口吻说话时，那种种无稽的诊治法一概不提，只给了我们一条又单纯，又真实，又到处可以应用的原则。

(82) 直译原文当作“能使痛苦闭紧了眼睛”。

(83) 意即指上文所云“灵验的药草”里的秘密功能。为畅晓起见，下行“灵药”字样为译者所增益；若据原意直译，当作“所产的那尚未经宣明的效用”。

(84) 从 Delius 训，原文“ungoverned”为“ungovernable”。

(85) 原文“means”Johnson 笺解为“应当用来引导狂怒的那理智”。

(86) 原文“important”,Johnson 及 Schmidt 都训为“importunate”(迫切地要求的)。

(87) Johnson 注:我不懂为什么莎士比亚给与这样一个纯粹的小人这么多的忠诚。他现在拒绝了出卖这封信;然后当临死时又一心关切着要把它送到蔼特孟手里。Verplanck 注:莎氏在这里并非在对我们宣传平板的道学,却无意中描绘出了我们人性中很可异但很普遍的一些矛盾的道德现状。热忱的,光明正大的,甚至牺牲自己的忠诚,——有时是对一个首领,有时是在一党,一派,或一伙徒党里边,——往往和美德良行并无关系,因为在违犯普通道德律的一般人中间,这样的忠诚倒往往非常地强烈。人对上帝或对同类的情谊被峻拒或被遗忘时,即令最走投无路的心情也会抓住了一点点东西,以寄托它的天然的好群情绪,所以当它渐渐不见了高贵与真实的责任时,便会跟这个管家的一样,愈来愈变得对它自择的主子的罪恶效忠起来了。这是人为的社会里的许多道德现象之一。Johnson 是个细心观察社会的人,这现象又正在他观察的范围之内;我们奇怪的是他竟没有看出奥士伐的性格正需要这样才显得逼肖逼真。

(88) 原文“this note”Johnson 释如译文,但 Delius 说是一封信,下面原文“give him this”他说也就是指这封信。

(89) Capell 提议她这里授给他一只戒指,但 Grey 主张只是传口信而已,也不会如 Delius 所说的那样是一封信,因为在下一景里奥士伐被蔼特加所杀,检查他口袋时只有一封信,而这封信分明是刚瑙烈写给蔼特孟的。White 也说这是口信,但又说一件纪念品也是可能的。译者以为雷耿托奥士伐带给蔼特孟的一定是一件无关紧要的东西,一封信的说法已经 Grey 驳掉;带口信“要嫁他我比你主妇更加方便些”则恰同她自己的“蔼特孟和我已有过商量”自相矛盾,——既已“有过商量”怎么又托她情敌的心腹带此口信?那岂不是自露马脚?而且他怎么肯带?至于戒指或纪念品,我认为也不妥当,无论如何她没有理由托刚瑙烈的忠仆作此不利于他主妇的事情。

(90) Hudson 谓雷耿的严冷、精明和透人骨髓的恶毒在这里暴露得很清楚。原文“desire her call her wisdom to her”(要她用她的智慧)他说该这样解:“让她有法子想就去照办,没法子想就拉倒。”Moberly 释为“放弃一切对蔼特孟的想念”。但我觉得译文较上列二说与原意更吻合些。

(91) “preferment”一字在旁处往往解作“擢升高位”,但在此处宜训为“幸运”,见 Schmidt 之《莎氏用字全典》本字项下第二条。

(92) Johnson 谓本景情节与治愈葛洛斯忒绝望的策略系全部借自薛特尼之《雅皑地》者。但细按薛特尼书中的“拍夫拉高尼亚国王之故事”与本景情节只大致相似,并不尽同,至于蔼特加治愈葛洛斯忒绝望的策略,《雅皑地》里却完全没有。

(93) Delius 注,这“山岩”即本幕第一景景末注㉓处葛洛斯忒所说的那“悬崖”。

(94) Johnson 评注云:这段描写自爱迭孙(Joseph Addison,1672—1719)以来很受人赞赏,爱迭孙曾有过一句不很成功的谐谑,说“谁读了它能不觉得头晕的准有个很好的头,或很不好的头”。这段描写当然并不算坏,但我以为跟诗的精妙纯粹的境界还相差得很远。一个人在一座巉岩上凭高俯瞰,往往会被一片广漠惊人到无可抗拒的毁灭感所侵袭。可是只要我们的心神能够喘息稍定,能观察到一些微末的关节,能在明白清楚的琐事上面将注意力分化开去的时候,那层势不可挡的感觉便会马上变得散漫无力了。作者这样子列举了老鸹与乌鸦,采海茴香的人与渔夫们,这样子在那崖顶与山脚间的空虚里历历安置下了人物,也就等于阻遏着读者或听者的那种穿过空虚及恐怖而沉沉陨落的感觉,结果就会把我们眼前的景色所给的那大印象消减不少。Mason 指出薳特加所描摹的乃是一座想象中的巉岩，他并不像一个真在巉岩边上的人一样，毋须被那可怕的大毁灭所压迫。Eccles 则谓薳特加所以要列举这些细关末节，无非为使他哄骗他父亲的语气像真。Knight 批驳 Johnson 的评注说：在约翰荪博士的批评里，我们很可以看出他的心性，和他那时代对于诗的趣味。韦滋渥斯（William Wordsworth，1770—1850）在他诗集的再版序里已经很清楚地指出，那一类批评的根本错误是在奉意义空泛的大字眼为圭臬，认为那是唯一适当的诗的文字，而把单纯清楚的文字，“不论安排得怎样天然，又怎样切合于韵文的规律”，反认为是散文的文字。约翰荪不喜欢观察详细的关节，不肯去注意各个事物，那是他个人的爱翫和当时文坛的习尚。……薳特加描摹那巉岩的方式是专为给失明的葛洛斯忒听的。老鸹和乌鸦，采海茴香的人，渔夫，船只，能见而不能闻的海浪，——他列举的每一件人物，都是选来给他父亲作估量山岩高度的标准用的。若把各别的描摹化为笼统的形容，至少那戏剧上的适当性会被整个地破坏掉。山岩的高度若仅凭一个领路人模糊地断言，那么，在葛洛斯忒心中也就只是一片浮薄的意象而已。葛洛斯忒也许能听信那领路的人，但决不会听信得这么样真切如见，可以约略估量出那险峭的程度。约翰荪认为这是莎氏文章的欠缺处，原来正是它富于戏剧性的所在。我们毫不犹豫说，这所谓欠缺处就在诗的美质上也是超凡出众的。Knight 又说，有人向他说那山岩在潮水最涨时高出水面只 313 英尺。可见这只是一座想象中的危崖，并非实指某一石壁而言。参阅本幕第一景注㉓内 Rolfe 之注。

95 直译当作“注目”。

96 直译原意为“多可怕，多晕人！”但嫌太碎。

97 Tollet 引 Smith 氏之《渥忒福地方志》（*History of Waterford*，1774）云：在本地海边的岩石上海茴香产得很多；看人采集它真是可怕，用一条索子从岩石顶上挂下去好几哻，危危欲坠，仿佛临空的一样。Malone 注，这个人不是莎士比亚想象中的人物，因为采集海茴香实际上是当时一种普通的行业，常有小贩带着它在街上叫卖；这一类植物当时通作酸菜用，而采集它的要算多浮海边岩石上为特别多。Beisly 云：此类植物的学名为“Crith mum maritimum”，通常叫做“圣彼得草”（St. Peter's Herb）或“海茴香”（Sea-fennel），丛生于海边石上，七、八、九月开花，花作暗茜，叶粉绿色，细长而多肉，很香，嫩叶浸在醋里可作酸菜。它不生在海水浸到的地方；莎氏注意及此，所以说它生在崖半的途中。

98 Warburton 训“idle”为“不毛的”；译文从 Eccles 所释。

99 此为译者所增之语。

100 原文“Topple down headlong”字面上的意义仅为“（使我）倒身翻落”，但声音上的意义则颇难传达，因作如译文以资补救。可是译文失之冗长，又用了一个形容词：不过这缺陷是无法弥补的了。

101 Warburton 问，往上或向上跳有什么危险？一个人这样一跳，他说，下地时还是站在原处；所以他改原文“upright”为“outright”（往外），要这样那个人才准会坠下危崖。Heath 及 Mason 都主张维持原文，说那是在形容崖石的峭险和薳特加如何逼近那边沿；若作“往外跳”就没有意义了。Mason 说得妙：要是 Warburton 在修改莎氏这些戏曲之前在一座危崖边一呎之内往上试跳一下，恐怕这世上就不会有他那番苦功留下来了。

102 Abbott 之《莎氏文法》第 411 条谓语尾“-less”作“not able to be”（不能，无法）解；故此处“opposeless”训为“irresistible”（不能抵抗的）。

⑩③ Hudson 谓这里的“how”有“whether”或“but that”之势，译文即据此。这两行的大意是说：像他这样既然一心要自杀，也许不待事实上的跳崖，也许这样子在想象中跳一次崖就会死去。

⑩④ 从 Johnson 所释。Hudson 谓此语语意紧接上文之“想象会不会把它那宝藏劫走”。

⑩⑤ 原文语意仅为“往下掉这么多哼”，但声音上的意义却并不这样简单：“precipitating”一字的言外之意绝不是面目全非的另一种文字所能轻易道出。

⑩⑥ 原文“at each”有不少注家修改它，其实并无修改之必要；译文从 Dyce 所释。此语虽不合现代英语的习惯，看来似觉异样，但在莎氏其他作品中有相同的例子可寻，Schmidt 曾举一例证其无误。

⑩⑦ Knight 训“bourn”为“边界”，谓指英、法二邦之交毗。

⑩⑧ “waved”Schmidt 之《莎氏用字全典》释为“indented”（凹凸交错，犬牙形的）。

⑩⑨ 译文依大多数的版本，用四开本之“enridged”。列版对开本都作“enragea”（激怒的）。

⑪⓪ Theobald 释原文“clearest”为“处事公开而正直”。Johnson 解为“最清纯的，最不受罪恶所污损的”。Capell 训为“明鉴的”，谓与葛路斯忒的不辨良好因而致祸成对比之意。Schmidt 说“bright，pure，glorious”（光亮，清纯，与光华）三层意义都包括在这“clear”（清明）一字里头。

⑪① 从 Capell 之笺注。

⑪② Schmidt 云，原文“free”指身心都不为任何病痛与烦恼所扰，有健全，快乐，放心，不关怀诸意。

⑪③ 此导演辞内野花字样为 Theobald 所增。

⑪④ Capell 注：黎琊这段疯话是因为想起了他在位时的操作而发的，那操作便是指战争和战争的附属事物；他有时在募兵，有时在开战，又有时在操练弩弓手，看他们演习；从前曾有人以为他这疯话里也提到放鹰，下文的“鸟”即是指鹰；但现在我们懂得了，“鸟”是指“箭”，“飞得好”是射得好的意思，因为那“鸟”是飞到靶眼上去的。

⑪⑤ Schmidt 释此语云：黎琊的意思是说一位天生的国王决不能失掉他自然的或天赋的权利。

⑪⑥ 从 Douce。

⑪⑦ Furness 及 Douce 都释原文“crow-keeper”为被雇专在田里驱逐乌鸦的人，Schmidt 之《全典》亦作如是解。Onions 则除前意外亦训为“scare-crow”（立在田里吓乌鸦的草人）。我觉得后一个意思更合理，因为很可笑；至于赶老鸹的长工，假使有的话，站在田畴间并无固定的姿势，而且老鸹是防不胜防的。

⑪⑧ Furness 新集注本上说，自 Steevens 以下有好多校刊家都以为原文“a clothier's yard”是指《铅韦之猎》（*Chevy Chase*）里的“An arrow that was a cloth-yard long”而言。译者按，《铅韦之猎》为一著名的英、苏边界歌谣，收在很通行的 Arthur Quiller-Couch 之《牛津歌谣选》（*The Oxford Book of Ballads*）第二卷第六辑里；上引歌词是那首民歌第二段第四十二阕的第一行。Phelps 引着 Stewart 所论原文“clothier's yard”（衣庄一码箭）一语云，所谓“衣庄一码箭”并不跟某种量长短的标准码尺有什么关系，乃是指手臂向旁伸直时从鼻尖到大指尖那中间的距离。一个能放“衣庄一码箭”的弓箭手，箭尾在他鼻子前面时，有力量把他的弓拉出一臂长。……一个身材魁梧膂力合格的弓箭手一定得有这样长的箭，能这么用法。为行文简短起见，译作“码箭”。

⑲ 欧洲中世纪风俗,一个骑士向另一个骑士挑战时就把他的铁手套当着对手往地下一掷,对手若接受他这挑战便把那铁手套捡起来。怪大汉或巨人为古时神话传说中的人物。

⑳ "brown bills"为十六、十七世纪英国步兵用的一种戟。原文作"戟队"解,因"bring up"为"引上或带领前来",——见 Schmidt 之《全典》"bring up"项下第一条。

㉑ Heath 及 Capell 都说原文"bird"(鸟儿)譬喻着箭;见本景前注⑭。Warburton 径改"bird"为"barb"(羽箭)。但 Douce 与 Steevens 主张黎琊说的是擒捕小野味的鹰,因"well floam"(飞得好)是放鹰术里一句很普通的习用语。"Hewgh!"则为模仿箭镞飞过时的唿哨声。

㉒ Johnson 注,黎琊自以为在一个要塞或戒严地带里,所以在蔼特加通过之前他要他叫通行口令。

㉓ Halliwell 要我们看第二幕第四景正文注⑯后面的"你对着这胡须不羞吗?"那"胡须",他说,就是这里的"白胡子";所以这里也就是责备刚瑙烈惨无人道的意思。

㉔ 直译原文作"告我说,我没有黑胡子先有白胡子。"译文从 Capell 所释义。

㉕ Pye 说,黎琊说了什么他们回答他"是"同时又回答他"不是",不成其为奉承。Pye 有个朋友向他提议一个很巧妙的读法:把"too"改为"to",动一下原文的标点,就讲得通了。那两句并成一句的读法译成中文可作"我说'是',他们也说'是',我说'不是',他们也说'不是',可不是敬神之道。"White 采用这个读法。译者觉得 Pye 太咬文嚼字,实际上莎士比亚并不是这样一个呆板的文法学家。Singer:这也许是说,黎琊说"是",他们也说"是";黎琊说"不是",他们也说"不是";但更或许是说他们口是而心非,黎琊说"是"时,他们为奉承他起见也说"是",但他们心里在偷偷地说"不是",反之亦然。Cowden Clarke 谓此"是"与"不是"有无可无不可之意,说那班胁肩谄笑的朝臣们极善于伺机察色,望风转舵。

㉖ Moberly 云,此语系隐指《圣经・新约・致哥林多人后书》,第一章第十八、十九节里的"我指着信实的上帝说,我们向你们所传的道,并没有是而又非的。因为我和西拉,并提摩太,在你们中间所传上帝的儿子耶稣基督,总没有是而又非的,在他只有一是。"(用上海美华圣经会官话和合本译文。)原文"divinity"Schmidt 之《全典》不释为"敬神之道"而释为"theology"(神学)。Phelps 引 Stewart 之笺注云:一个人全凭他自己的利益而定他意见的可否,就干脆是个撒谎者;撒谎可不是什么好的敬神之道。

㉗ 直译可作"嗅出了他们的本味来"。

㉘ 原意"寸寸都是个国王"。

㉙ Walker 说,这"百姓"是百姓的总称,并不指定某一人。

㉚ 原文"between her forks"Edwards 谓按文意上自然的结构,当在"snow"之后。译文即本此。

㉛ Warburton 解"forks"为叉开手指遮着脸,假作含羞之态。Jchnson 亦作如是解。Furness 认为错误,但不好意思明说是什么。

㉜ Staunton 释原意为"假装清贞的羞懦"。

㉝ Dyce 之《莎氏字汇》训"fitchew"为黄鼠狼,又谓此字此处作俚俗语用,意即如译文。

㉞ Heath 注,"soiled"者春天放马出去吃新春早草之意,这样一放青能把马的内部涤除干净,使它充满血液。

㉟ "Centaurs"为希腊神话中上半人身下半马身之怪物,极粗犷淫乱。

⑬⑥ Ingleby 致 Furness 函内引《英国的虚荣：或天责华服》(*England's Vanity: or the Voice of God against... Pride in Dress*, 1633)一书云："很早的时候，在教会的许多邪说里，就有一支派，叫做 the Paterniani，也许就是那龌龊的'唯智讲道会'(the Gnostics，应用波斯、希腊之神学哲学以说明基督教教理之宗教哲学派)的卵子；他们认为人身上部确为上帝所造，但自腰带以下，却是魔鬼造的；他们很自鸣得意，以为因此就可以自由处置魔鬼所造的他们的那一部分身体，只要把余下来的部分留给上帝就行了。"

⑬⑦ 译原文"inherit"为"所有"，见 Schmidt 之《全典》本字项下第二条。

⑬⑧ Malone 及 Knight 都怀疑以上这段话作者本意是否要它有音步。Singer 谓此段文字节奏太整齐了，不能仅把它当作散文，但若说它是史诗或叙事诗的音步，倒不如说它是抒情诗的音步更适当些。White 云：说不定后面这一段是几行残破的无韵体；稍稍改动一下，全段文字就很能安排成完整的五重音的无韵体韵文。Abbott 在他的《莎氏文法》第 511 节里说，高过一切的热情，像这里，和《奥赛罗》第四幕第一景三十四至四十四行间的狂痫，是用散文来表现的。

⑬⑨ 原文"piece of nature"，Schmidt 谓"piece"当作"model"(典范，楷模)解。若然，则"nature"一字应归入 Schmidt《全典》本字项下第三条，作"人身体上与道德上的机构"解。说黎琊在身体上与道德上为模范或典式，当然就等于说他是万众人在这两方面的典范了，故曰"万民的楷模"。

⑭⓪ Furness 说，这大概是指占星术士所谓维系"人"的"小世界"与"天地"那个"大世界"间的连索而言。见第三幕第一景注④。

⑭① 罗马神话，蔻璧(Cupid，相当于希腊神话中的 Eros)相传为一小童神，眼睛被蒙住，手携弓矢；凡间男女一被其箭镞射入心中，无不盲目相爱，永不衰替。这句话的言外之意想必是："无论如何我决不再爱什么女人了，以免恋爱成功，将来再生出那样的女儿来，反叫自己受罪。"

⑭② Schmidt 之《全典》"penning"为"style"(风格)，不知系指字体抑文章风格，姑译为"笔法"。

⑭③ Staunton 认为此处文义不明。蔼特加不愿听信传闻的是什么事？他准已晓得他父亲瞎了眼；因为在前一景里已经提起过。我们也许可以猜想，那是他见黎琊拿出了一张缉杀葛洛斯忒的告示。Cowden Clarke 则谓蔼特加不看见不愿相信的是：他那瞎眼的父亲与疯狂的国王彼此相见时的那种惨不可言的情状。Delius 信这是在说黎琊的情景。

⑭④ 在音律上这里的"is"应读重音，故译为"果真是"。

⑭⑤ 四开对开各本都作"the case"；Rowe 改为"this case"，从这读法的有 Pope，Capell 等多家；唯现代善本仍遵原本。Jennens 笺云：我没有了眼睛，你要我用眼眶念吗？

⑭⑥ 原文"are you there with me?"Wright 训"is that what you mean?"(你是那个意思吗？)Wright 引莎氏喜剧《随你喜欢》(*As You Like It*，1599—1600，可译为《听随尊便》；有人译为《如愿》，误，——按原剧释题详 Furness 之新集注本)第五幕第二景 32 行的解作"I know what you mean"(我知道你什么意思)的"I know where you are"作为佐证。但译者认为这例子与本句至多只在行文上有些近似，用意却绝不相同；所以若一定要说彼此用意亦近似的话，本句只能亦只应解作"do you get me?"(你懂得我的意思吗？)或"do you agree with me on that point?"(我们在那上头是同意的吗？)可是实际上彼此用意我认为完全不同：无论如何，Wright 的或修正了的 Wright 的解

释,我觉得都跟上下文语气不紧凑,不密接。从各方面看,最严谨合理的解释应如译文,意即"你跟我一样,也倒了霉吗?"

⑭⑦ 直译本句当作"你的眼睛在悲痛(沉重)的情形中,你的钱包在轻松(愉快)的情形中。"但这里的"case"(情形)与上文的"case"(眼眶)间那层双关却无法依样译出。黎琊以国君之尊,至此竟降到跟他自己的宫廷弄臣一样,真是惨极。

⑭⑧ 原文"feelingly"亦有双关之巧。Moberly 云:葛洛斯忒说,这世界究竟是怎么一回事,他内心能深切地感觉到;黎琊误以为他在说他已没有眼睛,所以只能在心中感觉到,——因他说"什么,你疯了? ……"除此而外,原文"see"字的两层意思,"看"与"知道",亦难于译文中用同一语法表达恰当。

⑭⑨ 从 Schmidt《全典》形容词"simple"项下第五条所释本字义。

⑮⓪ Malone 注,"handy-dandy"是小孩子玩的一种游戏,先将两手盖着一件小东西摇几摇,然后握住了两手分开,让另一个孩子猜那一只手里有东西,那一只没有。

⑮① 直译原意当为"权力的代表者"或"权力的象征"。

⑮② 从对开本原文,Furness 解为"从破衣服里看进去,一切的罪恶都显得很大"。

⑮③ Cowden Clarke 谓"plate"为"披挂板铠"。据此则直译全句应作"使罪孽披挂铁板铠似的镀上了金",但嫌辞费。

⑮④ 原意为"嘴唇"。

⑮⑤ 原文"imperinency"Douce 谓仅指与本题不生关系的言语思想,并不含贬责或指谪之意。这个字,他说,到十七世纪中叶之后,才寓有"莽撞"或"无礼"等意义,至于用来说妇人小子"无耻"或"放刁"则更在往后许多时候。

⑮⑥ Capell 注云:黎琊的疯癫到这里已改变了状态;他静了,显得有了一点理性;他认识葛洛斯忒,看得出他的情景;叫他要镇静;……说要对他"传道";于是他规规矩矩站成一个牧师传道的姿势,脱了帽子。说了没有几句话,他神志又乱了;那帽子引起了他的注意,跟着另一串思想又发了火;"This a good block?"(这是顶好帽子?)是注视着那帽子时说的;紧接着因为望到了他的帽子的"毡",又联想起毡的用途。Steevens 及 Rushton 自莎氏同代作家中举例,说"block"一字在当时有"帽顶"(除去了边的帽子),"帽子"(连边都在内的整只帽子),或"帽型"(制帽用的木型)三种不同的解法。Collier 断"block"为印误。因为在本幕第四景里我们听说黎琊戴的是野花野草编成的圆环;他猜测本字应为"plot"(计谋),因二字发音略近似,容易听错。若依此说,则本语当译为"这是个上好的计谋。"Furness 对 Capell 的笺注不很满意,虽然大多数的校刊家都从 Capell 所释。他觉得黎琊藏着一顶毡帽至少使人看了很不舒服,别的且不说。他提议或者解"block"为"木砧头",它最普通的意义,较为妥当。在美国名伶蒲士(E. T. Booth)的《舞台提示录》里,这里有这样一句导演辞,"黎琊脱掉居任(Curan)的帽子。"Furness 认为黎琊这样做确是要比脱掉他自己的帽子好些。

⑮⑦ Malone 说,这个"神机妙策"事实上在莎氏降生前 50 年前已有过。在赫伯脱男爵(Edward Lord Herbert,1583—1648)的《亨利八世传》(*Life of Hanry thr Eighth*, 1649)里,据说"玛格兰贵妇,……安排了一个很出奇的'马上比武'(juste);比武场是一所大厅,高出平地不少步级,铺着大理石似的黑方石;为免除滑倒起见,马蹄上都套着毡鞋,比武过后。那班贵妇们便彻夜跳舞。"

⑮⑧ Malone:这是从前英国步军冲锋对喊阵的口号。跟我们中国自古以来的完全一样。

⑮⑨ 从 Walker 所释义。

⑯⓪ Cowden Clarke 说,"脱掉我的靴;用劲,用劲",表明黎琊脚里血脉阻滞,这病状与脑

筋受伤有密切的关系；而这里的“我已给切进了脑子里去”，恰好表明他头脑里殷殷作痛，使我们起非常的同情。译者按，这未免有点附会曲解吧。

161 或指决斗时的副手。两人决斗，各请挚友一二人充副手，在场照顾一切。

162 此二行对开本佚。

163 原文“a man of salt”；本 Malone 之注释。

164 Johnson 训原文“there's life in't”为“这事情还没有绝望”。

165 Hudson 谓“Sa，sa，sa，sa.”也许是用来表示黎琊逃跑时的喘息声，Stark 则谓黎琊歌舞跳跃而遁，这算是他的歌声。不知孰是。

166 原文“general curse”意即“整个儿该诅咒的情形”或“完全的灾殃”。

167 从 Johnson 所释义。

168 古罗马神话里说，每一个从生到死都有护生的精灵附在他身上，司理他的运气，决定他的性格，等等。罗马人信每人都有两个那样的精灵，好运气由好精灵给他，坏运气由恶精灵给他。

169 原文为“father”，前面已见过一次。Hudson 谓这是年轻人通常对长者的称呼，所以蔼特加不住地这样称呼葛洛斯忒，他还认不出来。

170 原文“known and feeling sorrows”Warburton 训为“过去和现在的悲哀”，Malone 解为“从经验里得知的悲哀”，Eccles 释为“自己知道因而同情人家的悲哀”，Cowden Clarke 则以为“feeling”一字有双重涵义，在自己是“亲自感到的”，人家对他所生的影响则是“非常动情的”。译文从 Schmidt。

171 根据 Schmidt 所解。

172 “unhappy”Schmidt 之《全典》训为“mischievous，fatal”（为害的，种祸生殃的）。奥士伐这么样骂葛洛斯忒，乃是骂他私通敌国与纵黎琊来多浮的事。

173 从 Warburton 所释。按基督教惯例，人死前须忏悔生前罪孽，向上帝祷求升天；所以就是罪犯或仇家，在行刑或致死以前，必给与一个祈祷及忏悔的机会；若仓卒毕人之命，使人沦入地狱而无缘自救，在行刑人或致命者为一违犯基督教教旨的罪孽。

174 Cowden Clarke 以为这话是葛洛斯忒求救于蔼特加的意思。Furness 则认为是对奥士伐说的，求他用足了力气，了结他自己的自尽失败后的余命。译者确信前一说有误。

175 原文仅为“手”。

176 此句直译当作“先生，不等到以后有时机咱可不给放开”。原文从此起蔼特加对奥士伐所说的话据说是索美塞得郡（Somersetshire）的方言，其中如“chill”即英语中的“I will”，“chud”即“I should”或“I would”，“ice”即“I shall”等是。

177 “che vor ye”Johnson 释为“我警告你”。

178 原文“costard”本来是英国产的一种大苹果名，Gifford 谓因此常被嬉用作“头”的诨名。

179 Knight 引 Grose 的《方言字汇》（*Provincia Glossary*），谓“ballow”解作“竿”或“棍棒”。

180 原文意为“粪堆”。

181 直译可作“拔你的牙齿”，有一点怪。Schmidt 训为“I'll curry you”（我来揍你）。

182 Dyce 之《莎氏字汇》释“foins”为“thrusts”（袭击，刺）。

183 四开本作“British”（不列颠的），对开本作“English”（英吉利的）；参看第三幕第四景注121。Knight 云，各版四开本与各版对开本间的这一点小差异，可以证明下面两件事里的一件：初版对开本出版时，"不列颠"和"英吉利"这两个名称的分别——当初是用来对新王詹姆士一世表示尊崇之意的——已毋须过虑到了；若不然，这段文字便是在詹姆士接英国王位之前写的，随后在排印初版对开本的稿本上未经改正，故对开本仍作"英吉利"，但于一六〇六年在国王面前排演本剧的稿本上却是改正了的。

⑱ Schmiclt：蔼特加所耿耿于怀的是他竟然比应当处死奥士伐的那刽子手早了一步；这事情枉费了他的气力，糟蹋了他的身份，按理他是不屑去做的。

⑱ 原文"Leave"即"give leave"之意。

⑱ Schmidt 谓，"servant"一字常被用作"lover"的别称，非但一般上流人对他们的所恋自称是如此，便是那些贵妇们也往往以此称呼她们的情人。此处刚瑙烈系主动者，故亦自称为"servant"，愈见其肉麻可笑。

⑱ 一、二，三版各对开本原文有印误：译文从 Rowe，Wright，Schmidt 等审定的四版对开本之"indistinguish'd...，"此与初版四开本之"indistinguisht"可云并无差别。又各版对开本作"... will"，四开本作"... wit"；译文根据前者。Theobald 引 Warburton 云：这里"indistinguish'd space"所讥讽的不是女人欲念的猖狂暴乱，而是它的变幻不测。那变幻之速真了不得：一个欲念来和另一个欲念去，这其间竟无分秒的间隔或毫忽的距离；在时间上与空间上来者与去者简直全都分不开来。西班牙文豪塞万提斯(Miguel de Cervantcs Saavedra，1546—1616)的戏谑传奇《吉诃德爵士》(*Don Quixote de la Mancha*，1605，1615)里那疯骑士的扈从山谷·班查(Sancho Panza)有句话说得妙，他说，"在一个女人的'可以'和'不行'之间，我不敢保证能插一个针尖下去。"若依 Warburton 这说法，本行可译为"女人的欲念啊，密集得竟连成一片！"此意虽可谓极尽讽刺之能事，但细按剧情，恐未必是莎氏的本旨。Collier 谓"indistinguisht space"显然是两个听错了的字，实际上应作"unextinguish'd blaze"方能解释。若从此说，本行可译为"女人的欲火啊，盛大得真无从去遏止！" White 与 Hudson 二氏所见一致，译文即根据他们的训解。Moberly 则谓这一行的来源也许是拉丁诗人霍瑞斯(Quintus Horatius Flaccus，公元前 65—前 8)《诗章》第一集第十八首(*Odes* I，xviii)里的"她们贪得了慌急时便用她们自己欲念的细线去区别是与非的分野"；那就是说，她们区别是非全看她们要不要那件东西。所以莎氏这里的意思似乎是：一个女人的欲念不知道善恶的界限。Schmidt 与 White 等人所解略同，已入译文。

⑱ Johnson 最先阐明"rake up"为"遮盖"或"掩盖"；Hudson 谓美国东北六州之新英伦至今仍习用此语。

⑱ "unsanctified"据 Steevens 说是指奥士伐不得在教礼净化过的处所埋葬。Schmidt 仅释为"wicked"(奸邪，顽恶)。

⑲ Malone：各版四开本里医师和近侍所说的话，在各版对开本里都归近侍一个人说。我猜想大概因演员缺少，为方便起见，这两个原来各别的人物并成了一人。Collier：四开本为时较早，与对开本相距有一、二十年；可异的是当四开本那时候，却肯多费些钱，近侍和医师那两个人物竟各雇了一个演员去扮演。

⑲ Johnson 训原文"measure"为"一切我称赞你的好处(只嫌不够)"。译者觉得若依 Johnson 此解，原文似应为"all measure"而不该是"every measure"。Johnson 所以这样解释，我想是受了铿德"蒙娘娘嘉奖已然是过分的恩酬"这句话的影响，——以为这是针对"只愁我生命太短促，……"的回答。译者认为铿德此语是回答考黛莲"忠良的铿德啊，……"那句问话而发的，与"只愁我生命太短促"无密切的直接关系，因

此，我觉得从 Becket 解“measure”如译文，方为合理。

⑫ 原意为“承认”，即承认他的好处。

⑬ 据 Steevens 及 Malone 说，“memories”解作“memorials”（纪念品）。

⑭ 原文“madc intent”，Warburton 改为“laid intent”，Collier 改为“main intent”，我觉得都不妥。“made”有“既定”之意，与“intent”（决意，计划）并不冲突，也不重复。译文从 Johnson。

⑮ 原文“child-changed”依 Stecvens 说可有两个解法，一是“被高年与委屈折磨成一个小孩的”，二是“被他的孩儿们害成了这个模样的”。Delius 以为这是指黎琊换了另一个孩儿；就是说，他离开了刚瑙烈和雷耿，来就考黛莲。译者认为 Steevens 之第二说最合理，Malone 与 Halliwell 俱如是解；译文即用此意。

⑯ 本景景首导演辞，有些现代版本，如 Furness 之新集注本，作，“法军中一帐幕内。黎琊睡在床上，细乐徐鸣；一近侍及余众侍立。……”按“黎琊睡在床上”云云原是 Capell 想当然的增添，对开四开本里都没有，译文从 Koppel 及 Bradley 之说，把它删去。Capell 本的不合理处，据 Bradley 说，有四点。第一，读者或观众一开首就认为他们父女俩已经相见过；因为要是不然，黎琊近在咫尺，考黛莲决不会跟铿德交谈得这样安闲无事的。如果他们确已相见过；那么，随后她对他说的一段话就会显得全不紧张了。第二，黎琊在场会使观众或读者异常兴奋，只想看他们父女两人的重会，决不再有耐心去注意铿德和考黛莲的交谈了；那么，开场时他们两人的这番交谈也就完全失去了紧张的意味。第三，下面考黛莲叫黎琊“别那样，父亲，切莫跪下来”，分明烘托出父女俩初次重见时黎琊那种悔愧不安的情状。第四，父女相见了一会，医师见黎琊兴奋过度，便说“要他里边去”；如果黎琊此时原在帐幕内一张床上，又有什么里边可去？可不是要他走出帐幕外面去吗？如今我们若返观四开及对开本原文，就可以发现它们景首的导演辞互相歧异处只是前者有医师而无近侍，后者有近侍而无医师，而后者又误把医师和近侍的话都让近侍一人去说。这两种原版本的相同处是在都没有提起黎琊。由此可知黎琊当幕启时并不在台上，因此，考黛莲和读者或观众用全神听着铿德说话，并不悖理。她和铿德的谈话一完，便回过头来向医师说，“王上怎样了？”医师说黎琊还睡着，当即请准了她要将他弄醒。考黛莲又问，“他换上了衣服没有？”那意思并不是问黎琊换上了睡衣没有，乃是问他们除去了他的草冠，替他更上了新衣没有。近侍回答说，“他睡得正浓的时节，我们已替他更了衣。”于是医师又请她在弄醒黎琊的时候站在旁边。她当即首肯，医师随即说道，“请您走近些。——那边的音乐响一点。”再其次是考黛莲的话了，“亲爱的父亲啊！”依初版对开本，“仆从以台椅舁黎琊上”这句导演辞是在考黛莲的“他换上衣服没有”一语后面的。黎琊那个时候上场，Bradley 认为毫无疑问是太早了些。依他说这句导演辞也许放在“请您走近些”（Koppel 主张这句话是对舁黎琊的仆从们发的，若然则应译为“你们走近些”）后面最为得体。得体的理由如下，第一，这样安排使铿德在这一景里有他相当的地位；第二，能显得考黛莲在事先并未见过黎琊；第三，使他们父女相见成一很有艺术趣味的演剧的紧要关头；第四，使黎琊下跪变成十分自然；第五，能显得黎琊略呈疲乏后就下场是势所必然的事；第六，这样安排是唯一的略有所根据的安排，因为通行本景首的导演辞“黎琊睡在床上”云云只是 Capell 的倡议，在他以前却从未听说过。也许有人说用椅子抬黎琊上场的方法太简陋，但意利沙白时人是不顾虑这些的，他们所关心的是戏剧的效果。

⑰ 自注⑰至注⑱，除导演辞外，原文仅见于四开本。

⑱ Capell:我认为这是诗人的一个很高超的思想;我从这句话上敢下这样一个推断:本景幕启时黎琊床后应当有一阵细乐远远地起奏;安定他神经的该是这阵音乐,治愈他疯癫的也该是它,如今这医师为要催醒他,就招呼乐师们逐渐把乐声加大起来;这么样便不仅在用意上是高超而合理,且能使剧景有声有色。Bucknill 从医学的观点上着眼,不很赞同这个办法。他说,这似乎是个大胆的试验,说不定有很多危险。本来以音乐为能抚慰疯狂,乃是个极古而极普遍的信念;但若用音乐来打破病者服药后的安眠,而当病人醒来时又让他一睁眼便看见那样一个最易刺激他神经的人,似乎正和疯后所亟需有的那种心情上的宁静状态相背驰。莎氏仿佛有一点疑惑这个办法,因为他使黎琊几乎马上进入了一个新的疯狂状态。考最早用音乐治疯,见于载籍的,要推《圣经·旧约·撒母耳记》上卷十六章里大卫(David)弹着竖琴使扫罗(Saul)宁静的那个故事。法国精神病学专家厄斯岐洛尔(Jean Etienne Dominique Esquirol,1772—1840)说:"我常用音乐治疗,但极少得到成功。音乐可以使他们宁静,但不能医好病源。我见过疯人听了音乐而狂怒;……我信古人把音乐的效用夸张得太过分,而近人所记的事实又不够多,仍难断定在怎样的情形之下音乐才真有效力。可是这个治疗法依旧非常可贵,尤其在病后的疗养期中;虽然怎样施行和施行后有无效力都很难说,但绝不应当忽略它。"

⑲ Theobald,Warburton 等以为原文"restoration"应作"Kestoration",说是对健康女神(Hygieia)的称呼,校诂家从他们的有十余人。译文据 Delius 与 Hudson 等释,Furness 亦认此为确解。

⑳ 自此至注㉒对开本原文付阙如。

㉑ Reed 云:John Polemon 之《战争野史》(*Collection of Battele*,1578)中译得有意大利史家保罗·乔服(Paolo Giovo,1483—1552)关于马列那诺之战(the Battle of Marignano,1515)的一段话,"他们是各县挑选出来的精壮,年富力强,英勇果敢。依他们本国的老律,只要在少壮时干过猛武过人的事,便可以得到非常荣誉的军勋,所以他们自愿请求做种种极危险的艰巨工作,甚至常有赴死如归,全无顾虑的。这班人,为了勇敢和顽强异于常人,他们本国人称之为'desperats forlorne hopen'(敢死无畏军),法兰西人称之为'enfans perdus'。因此,他们各执有一份终身的通行护照,并得终身享领双俸,且随身有一种特别的徽号。那徽号便是在帽顶上戴一簇常人所不佩的白羽毛,向后斜插着,在风中摇曳,使人见了顿起敬佩英武之感。"Whalley 云,守夜似乎是这班敢死军所做的事情之一,——译者按,欧洲中世纪时盗贼猖披,杀人越货乃是常事,入夜后绝少交通,故守夜乃属冒死之举。

㉒ 这一行半译文与四开本原文结构略异,惟大意无差。

㉓ Verplanck 谓,美国画家查维士(john Wesley Jarvis,1780—1834)常征引这几行诗,认为在最短的篇幅里描摹最大的憎恶被怜悯所制胜的至高典范。当那样风雨雷电的时节,便是见仇人在户外,也不忍不让进自己家里去暂避风雨,容他在炉前安享一夜温暖;那原是合于人情恻隐之常的。可是这还算不了什么,推而至于仇人的狗也要放进屋里去躲一躲那天变,而且那条狗还亲口咬过这屋主人,再加上这被伤的屋主人又是位绝对温良无忤的好女子。

㉔ 原文"rogues"并无诋毁的意思,仅指浮浪无业之人。

㉕ 原文为"short";若没有印误,依 Moberly 说可解作"不够的"。不过这只能算强解,在遣辞选字上"short"这字是说不过去的。因此 Moberly 及 Furness 都疑心原文应为"dirt"(泥污)。Craig 训为"截短的"或"短少的"。

㉖ Moberly 说，黎琊形容他自己所身受的痛苦，似是借镜于溺毙者得救重生时所经历的那种满身的疼痛。Furness 问得好，黎琊所说的是他肉体上的痛苦吗？分明不是。

㉗ 初、二版对开本与初版四开本都作"where"(在哪里)；Dyce 主张从"when"(什么时候)，说前者简直不通。Collier 认为这是故意的不通，显得黎琊"依旧，依旧，迷糊得很呢！"Collier 又说，问一个鬼魂它是什么时候死的并不见得通，问它在那儿死的可也不见得更不通。但译者觉得二者毕竟稍有差别：若说前一问是牛头不对马嘴，后一问简直是风牛马了。Collier 故意不通之说似近是。

㉘ Johnson 释注云，我为物象形态所蒙蔽，我在冥懞无定中浮游。

㉙ Hudson 谓，我们无知的祖先们以为一个父亲或母亲的诅咒是可怕得了不得的事情；所以考黛莲急于要她父亲取消他在本剧开首时对她所发的诅咒。

㉚ 对开本原文无此语，系补自四开本者。

㉛ Steevens：这情形我在一部比本剧早十年左右出版的老剧本《莱琊王》(*King Leir*, 1594)里也见到。不过很难说定，这雷同究系出自模仿，抑或用意相同的偶合。

㉜ Ray 评注黎琊这两段话如下，描绘疯狂初愈心理的文字，要比写黎琊这阵自昏沉的黑暗恢复到健康的清明更忠实的，从未有过。通常从急性的疯狂清醒过来往往是很慢的，迷惘得一重又一重地卸掉，然后经过几星期乃至几个月的挣扎，病者就变成一个理性健全的常人。但遇到很少的例外时，这变化也能发生得极快。也许只有几点钟或一天之内，那病人就认清了他所处的情况，将迷惘去尽，然后用完全不同的眼光重新估定他一切的关系。

㉝ 原意为"一点钟不多，一点钟不少"。有三五位注家认为这两行不很可靠；因为"在八十以上"显然没有说定究竟是几岁几月几日几时，但接着又说"一点钟不多，一点钟不少"，确有些莫名其妙。Steevens 及 Ritson 都猜想这是当时演这剧本的什么无知的伶人加插进去的。Knight, Walker, Hudson 等则以为这两行固然是语无伦次，但在宿疯未醒的黎琊口中说来，却为绘影绘声的妙笔。

㉞ Cowden Clarke 评云：用寥寥数字表现一个沉默的妇人放着热情去悲泣，从来没有比这里和下文的"没有，没有，"更为精妙的。这三言两语十足描画出了考黛莲这样一个女子的抑制住的哭泣；她的情性专注而不显露，但非常热烈而恳挚。

㉟ 对开本原文作"kill'd in him"，直译可作"已在他内里(给弄)死掉"，许多版本都从此。四开本作"cured..."(给治愈……)。Collier 主张改对开本之"kill'd"为"quell'd"(被镇定)。

㊱ 原文自这里起到"……还很危险"止，仅见于四开本。"To make him even o'er the time he has lost."Warburton 解释为"使事态和他的理解相调和。"Steevens 赞成此解，他说这可怜的老国王没有什么话可以告人，虽然他可以听人家说许多话。所以医师的意思是——黎琊在这样神志尚未大定的状态中，使他明瞭他自己在疯狂时期里的一切经过，是非常危险的。Hudson："使他清算所失的时间，或使他把记忆所及的最后一天跟他目前的情景连接或配合起来。"Schmidt 之《莎氏用字全典》训"even o'er"为"给予一个完满的洞悉，一个明晰的理解"。译文从 Hudson 所解，惟措辞较为肯定而是记叙的。

㊲ 如果采用 Capell 在本景开场时所增添的导演辞，译者真不懂帐幕里边还有什么里边可去。

㊳ Brigham 云：我们差不多不好意思，可是得承认，虽然莎氏写这段文章已有两世纪半(这是在 1844 年的话，距现在则已有三世纪多，不知情形有无变更，——译者)，但我

们对治疗精神病的方法并无多少增益。使病人睡眠,用药学上与道德上的治疗安静他或她的心神,避免一切不和善的态度和行为,而当病人渐次恢复过来正在疗养期中时防止他一切精神上的刺激,以免复病,这些方法现在仍然被认为最好而几乎是仅有的必要治疗。

(219) Schmidt 释原文"walk"为"去"或"退"。

(220) Coleridge 评注云:黎琊很动人地恢复他的理智,和他说话中那冲淡的忧愁,都很优美地使观众或读者有一个预备,——预备接受这年迈的受难人辞世时所给与的那最后一阵的悲哀但又甜蜜的慰安。

(221) 自此以下迄景末,对开本佚。Johnson 认为这是作者专为缩短剧景而删去的;但 Malone 则谓演员于作者脱离粉墨生涯后,未得本人同意而径自截去者,未知孰是。

(222) 直译原意应作"我的问题和目的"。

第 五 幕

第 一 景

[近多浮城之不列颠军营。]

[旗鼓前导,蔼特孟、雷耿、数近侍及众士卒上。

蔼 特 孟 去探听公爵最后的定计与否
还有效,往后可经过什么事劝阻
又更改了方针没有。他变换无常,
总自相矛盾。问明他下定的决心[①]来。

[对一近侍语此,近侍即下。[②]

雷 耿 大姐的那家臣准是遭逢了不测。[③]

蔼 特 孟 恐怕[④]是如此,夫人。

雷 耿 可爱的贤卿,
告诉我,——只要说真话,——可得说真话,
你不爱我姐姐吗?

蔼 特 孟 我爱她得光明磊落。[⑤]

雷 耿 难道你从未踏上我姐夫的路径
到过那禁地吗?

蔼 特 孟[⑥] 那你就转错了念头。

雷 耿 我怕你同她已结下不解的私情,
她已把一身所有全给了你。[⑦]

雷 特 孟 把我的信誉打赌,没有过,夫人。

雷 耿 我决不容许她对你那么样亲昵。[⑧]

亲爱的贤卿,莫跟她相好。

蔼特孟　别担心。——

她和她丈夫来了!

［旗鼓前导,亚尔白尼、刚瑙烈及众士卒上。

刚瑙烈[9]　［旁白］我宁愿战事失利,不甘心那妹子

将我们两人拆散。

亚尔白尼　亲爱的二妹,我们相遇得正好。——

伯爵,听说是这样:父王投奔了

他小女,还有忍不住我邦的暴政,

不禁疾首高呼的百姓们,也都已

跟着他同去。我问心[10]不能无愧时,

还从未心生过奋勇;但这事[11]能使我

关怀,都因为法兰西遣兵来犯境,

却不因他推戴了王上,又连结

叛民们,至于他们的兴兵,我怕是

义正而辞严,正自有重大的缘由。

蔼特孟　公爷这话伟大。[12]

雷耿　为什么讲这个?

刚瑙烈　联合了起来共同和敌人对抗;

这些国内的私争都不是邻兵

压境的原因。[13]

亚尔白尼　那就让我们去向

我军的宿将们[14]共商行军的进止。

蔼特孟[15]　我去了马上就回到你帐中候命。

雷耿　大姊,你跟我们一块儿去吗?

刚瑙烈　不。

雷耿　那样最合式;你同我们去吧。

刚瑙烈　［旁白］啊哈,我可猜透了这个谜。[16]——我就去。

［众拟下时,蔼特加乔装上。

蔼特加　若是公爷同我这样的穷苦人

曾有过交谈,且请听我一句话。

亚尔白尼　回头我来赶上你。——

［除亚尔白尼及蔼特加，余众尽下。

你说吧。

蔼特加 在开战之前，请开缄一读这封信。
你如果战胜，叫军号传呼我来到；[17]
我虽然外观鄙贱，但我能给你
看一名拥护这信里的言辞的战士。
若万一不幸，你也就料清了世务，
阴谋便自然终止。[18]祝你幸运！

亚尔白尼 待一会，等我看完信。

蔼特加 我不能等待。
到时候，只要让令官高呼挑战，
我自会再来。

亚尔白尼 好吧，再见。我准定看你这封信。 ［蔼特加下。

［蔼特孟重上。

蔼特孟 敌军已在望；扎定你队伍的阵势。
根据勤报，[19]我这里记着有他们
实力的约数；如今可不容你再有
倏忽的从容。[20]

亚尔白尼 我就去预备应变。 ［下。

蔼特孟 我对这两姐妹都曾起誓过说爱好；
她们交互猜忌，[21]好比见杯弓
就疑心蛇影。二人中我何从何去？
都要？要一个？都不要？两人都活着，
就一个也享受不到。要了那寡妇，
会激得她姐姐刚瑙烈恼怒成疯；
至于我同她，[22]因为她丈夫还在，
也暂难成事。[22]如今我们且利用
他那份声威来应战；等战事一停，
她本想把他去掉，就让她去设法
快将他除去。至于他存心要顾怜
黎琊和考黛莲，——战事一经停当，
他们在我们掌中，便休想得赦；

再说我自身眼前的处境,[23]那只要
防护得周全,[24]不用去疑难自扰。[下。

第　二　景

[介于两军间的一片旷野。]
[内作进军之号鸣。旗鼓前导,黎琊、考黛莲及众士卒上,过台面,下。

[蔼特加与葛洛斯忒上。

蔼　特　加　耽在这里吧,老丈,就把这树荫
当作寓主人;祝福有道者战胜;
只要我回得来,自会带宽慰给你。

葛 洛 斯 忒　愿神灵护佑你安全!　　　　[蔼特加下。[25]

[内作进军及退军之号鸣。蔼特加重上。

蔼　特　加　快走,老人,让我搀着你,快走!
黎琊王败了,他们父女俩遭了擒。
伸手给我;来吧。

葛 洛 斯 忒　　　　不用再走远了,
老兄,我在这里死也是一样。

蔼　特　加　什么,又往坏里想了? 人去世
得跟投生同样地听其自然;[26]
等成熟就是了。[27]来吧。

葛 洛 斯 忒　　　　这话也对。　　　　[同下。

第　三　景

[近多浮城之不列颠军中。]
[旗鼓前导,蔼特孟凯旋上,黎琊与考黛莲被虏;队长及众士卒随上。

蔼　特　孟　要几名公差把他们带走;好好
看管起来,[28]且等掌握重权者[29]

判定要如何处置。[30]

考黛莲 自来用意

善良招祸深,原不从我们开端。

为了你,蒙难的父王,我忧心如捣,[31]

不为你,我自能藐视命运的颦眉。[32]

我们不见见这些女儿和姐姐[33]吗?

黎琊 不要,不要,不要,不要。来吧,

让我们跑进牢里去;我们父女俩,

要像笼鸟一般,孤零零唱着歌。

你要我祝福的当儿,我会跪下去

恳请你饶恕。我们要这么过着活,

要祷告,要唱歌,叙述些陈年的故事,

笑话一般金红银碧的朝官们,[34]

听那些可怜的东西[35]说朝中的闻见;

我们也要和他们风生谈笑,

议论那个输,那个赢,谁当权,谁失势,

还要自承去参透万象的玄机,

仿佛上帝派我们来充当的密探。[36]

我们要耐守在高墙的监里,直等到

那般跟月亮的盈亏而升降的公卿

徒党们[37]都云散烟消。

蔼特孟 把他们带走。

黎琊 在这样的牺牲上面,[38]我的考黛莲,

就是天神们也要投奠些香花。[39]

我拉住你没有?谁若要把我们离散,

除非从天上取下一炷火炬来,[40]

将我们,像洞里的狐狸,熏出这人间。

揩干了眼泪;他们要我们哭泣,

可自会有恶毒的邪魔[41]先把他们

遍体的肌肤都吞噬;我们先看了

他们死掉。来。 [黎琊及考黛莲被押下。

蔼特孟 你过来,队长,听着。

收下这张文件；[42]跟他们监里去。
我已经提升你一级；你若奉行
这里边的训令，就上了荣华的大道；
你要明白，人得听时势去推移；
靡软的心肠不配作军人；你这件
重大的使命不容你说话；[43]你先说
你准定办到，不然就另去高就吧。

队　　长　我准定办到，大人。

蔼 特 孟　　　　　　　　就动手；完了事
你就能自庆幸运，听我说，——马上干；
依我的指令去照办。[44]

队　　长[45]　我不能拉一辆大车，也不能吞干麦；
只要是人做的工作，我准能做到。　　　［下。

［号声大作。亚尔白尼、刚瑙烈、雷耿、队长及众士卒同上。

亚尔白尼　伯爵，你今天显示了你天性[46]的骁勇，
又多亏命运将你好好地指引；
今天这战事的敌人[47]已被你虏到。
我要你交出他们，等我们来决定，
按他们应得的罪名，也为我们
自己的安全之计，该如何处治。

蔼 特 孟　公爷，我认为那年老不幸的国王
该将他送交看管的专人[48]去监守；[49]
他那样的高年，更重要是他那名位，
都能吸引民心[50]哀怜拥戴他，
反叫我们用饷银招募来的士兵
倒戈[51]刺进我们发令者的眼里来。
法兰西王后我送她同去；至于
为什么理由，说不定都一样；[52]他们
明天或往后，准备你升庭去审问。
如今[53]我们流着汗，流着血；亲友们
战死在疆场；须知最有道的争端，

参与者，就是正在热血奔腾时，
遭逢了惨痛，也无有不把它诅咒。
怎么样判处考黛莲和她的父亲，
要另找相宜的所在。

亚尔白尼　阁下，对不起，
这番战争里我把你只当是下属，
不当作同僚。

雷　　耿　那得看我们要怎样
借重他。我想你话未出口，[54]该先问
我们的意向。他带着我们的队伍，
又身负我们自身和权位的委托；
他掌握的权能和我这么样近似，[55]
也就无妨自号是你的同僚。

刚　瑙　烈　不用这般暴躁；他自身的光荣
抬高他自己胜如你给他的虚衔。[56]

雷　　耿　经我授与了我自己的权能名位，
他便能跟任何位重权高者相抗。

亚尔白尼　他当了你丈夫，至多也不过这样。[57]

雷　　耿　开玩笑的常变成了先知。

刚　瑙　烈　啊哈，啊哈！
对你这样说的那眼睛有点歪斜。[58]

雷　　耿　爵夫人，我身子不很好受；[59]不然时，
我该当大怒着用恶声相报。[60]——将军，
把我的军队，俘虏，承产，都收下；
将他们，将我完全去自由支配。[61]
让大家来作证，我在这里使你
作我的夫君。

刚　瑙　烈　你想占有他是不是？

亚尔白尼　准不准许可不必由你来决定。[62]

蔼　特　孟　也不必由你，公爵。

亚尔白尼　混血儿，得由我。

雷　　耿　[对蔼特孟]传令击鼓，证明我给了你名衔。[63]

亚尔白尼　等一下;听我说。——藹特孟,我将你逮捕,
罪名是谋叛;和你同时逮捕的[指刚瑙烈]
是这条五彩的花蛇。[64]——美貌的姨妹,
为了我妻子的利权起见,我取消
你对他的所有权,她早跟这位伯爵
有重婚的密约在先,我是她丈夫,
我反对你这要和他成婚的预告。
你若是要婚嫁,不如向我来求爱;
我妻子早跟他订了婚。

刚瑙烈　　　　　　　　好一出趣剧![65]

亚尔白尼　你身上佩的是武装,葛洛斯忒;
让号声去吹放。如果没有人证明
极恶的,显然的,和多数的逆图丛聚在
你一人身上,这便是我给你的担保。[66]
我自会在餐前从你这心头证实
我这里宣告你的罪名分毫不假。

雷耿　病了啊,我病了!

刚瑙烈　　　　　　[旁白]要不然,我决不再信
毒药的灵效。

藹特孟　　　　那是我给你的交换品。
这世上不论谁对我以逆贼相称,
便撒了个无耻的大谎。快吹送军号;
谁敢上前来挑衅,我对他,对你,——
对谁不都一样?——自会决心去
保持我忠贞的声誉。

亚尔白尼　传令官,[67]喂!

藹特孟[68]　传令官,喂,传令官!

亚尔白尼　信赖你个人的勇敢;[69]因为你的兵,
征募来原都用我的名义,也都已
用我的名义遣散。

雷耿　　　　　　我病得厉害了!

亚尔白尼　她病了。——送她到我的帐幕里去。

［雷耿被扶下。

［一传令官上。

这里来，传令官，——就让号声去吹放，——把这个去宣读。

队　　长　吹号！⑦⁰　［号声作。］

传 令 官　［高诵］号令本部军中，若有不论哪一位出身高贵的将士，认为这僭号葛洛斯忒伯爵的蔼特孟是个叛逆多端的反贼，就让他在第三次号声时出头挑战；⑦¹蔼特孟是勇于自卫的。

蔼 特 孟　吹号！⑦²　［第一遍号。］

传 令 官　再吹号！　［第二遍号。］

传 令 官　三吹号！　［第三遍号。］

［幕后有号声响应。］

［号声第三遍时蔼特加武装上场，一军号手前导。

亚尔白尼　问他⑦³来这里的目的，为何在这阵
号声里来到。

传 令 官　　　　　　你是谁？报出姓名
身份来。为什么你应答这声召唤？

蔼 特 加　我没有名字；奸谋的毒齿已把它
咬光蚀尽；但我来会战⑦⁴的那对手，
我出身的高贵却并不让他分毫。

亚尔白尼　那对手是谁？

蔼 特 加　　　　　　他名叫蔼特孟，僭号称
葛洛斯忒伯爵，谁替他来答话？

蔼 特 孟　他亲自答话。你对他有什么话说？

蔼 特 加　拔出剑来，若果我言语冲撞的
是一副高贵的心肠，你能用武器
主张你自己的公道；这是我的剑：
你看，我向你挑战乃是我荣誉，
信誓，和武士的职业给我的特权：⑦⁵
我声言，——尽你去力壮年青权位高，
听你有战胜的余威⑦⁶和簇新的⑦⁷幸运，

任凭你多么凶,多么勇,——你是个逆贼,
对天神不真诚,对父兄信义全无,
想危害这一位尊荣显耀的明公,
从你头顶的最高尖直到你脚下
最低处的尘埃,整是个毒点污斑
生满身的[78]贼子。只消你说声"不是",
这剑,这臂膀,连同我登高的英勇,
准会在你那心窝里证明我这话:
你撒谎。

蔼 特 孟 聪明些[79]我该问明你是谁,
但既然你外表有这般勇武英俊,
言语间还显示几分优良的教养,
我便不屑去顾虑武士风的成规,
谋安全,拘细礼,拒绝对你应战。[80]
我把那叛乱不义罪掷还你头上去;
叫地狱般可恶的巨谎摧毁你的心,
又只因它们擦过了不曾留什么
伤痕,我这剑便马上会替它们开路,
让它们永远留在你心中。——吹号!

[警号频传。二人剑斗。蔼特孟倒地。]

亚尔白尼 饶了他,饶了他![81]

刚 瑙 烈 葛洛斯忒,这是奸谋,
按着决斗的规条你毋须去应答
一个不知名的对手;你不曾战败,
只受了人诳骗。

亚尔白尼 闭住你的嘴,女人,
不然,我就把这封信停止你开口。——
接住,你这狗贱贼;[82]再没有名称
能形容你的坏,去看你自己的孽迹。——
别撕,夫人;我看你知道这封信。

刚 瑙 烈 就说我知道,法律在我掌握中,
不由你分配。谁能将我来问罪? [下。

亚尔白尼　真骇人听闻！啊！——你知道这信吗？

蔼特孟　别问我知道些什么。[83]

亚尔白尼　赶上她；她要亡命胡干了；止住她。[84]

蔼特孟　你们[85]所责我的罪状我确曾犯过；
还不止，多得多；到时候自然会分晓。
这一切都已成前尘，我也完了事。——
可是你是谁，加给我这部命运？
果真你系出名门，我便能原谅。

蔼特加　让我们交相怜爱[86]吧。蔼特孟，我身家
不比你低微；若说我出身比你好，
你将我这般伤害就加罪几分。
我就是蔼特加，你父亲的儿子。
天神们最是公平，把我们寻欢
作乐的非行利用来将我们惩创。
父亲在他那黑暗的胡为里生了你，
也丢了他眼睛一双。

蔼特孟　你说得不错；
真是的，命运的轮盘满转了回来；[87]
我如今在这里生受。

亚尔白尼　我当初就见你
步履间预示出身世的尊严华贵。
我得拥抱你，[88]我若对你们父子
曾有过仇恨，让悲哀裂破我的心！

蔼特加　可敬的公爷，我知道。

亚尔白尼　你一向在哪里
躲避？怎么知道了你父亲的惨祸？

蔼特加　看护了那疾苦我所以知道，公爷。
请听我略叙些经临；等我话尽时，
啊，但愿这颗心会顿时爆裂！
为逃避追得我紧紧的那凶残的文告，——
啊，最叫人醉心的莫过于生命！
我们怎样也不甘心把一死来了事，

宁肯去随时忍受那临终的惨痛！——
我换上了疯人的褴褛，装一副外表
连狗子都鄙弃；然后遇见我父亲，
血涔涔的镶框，正新丧了那双瑰宝；⑧⑨
我为他当向导，领着他，替他乞食，
绝望里救了他回来；可是我从未，
——啊，真不该！⑨⓪——直到半点钟以前，
佩戴了武装，才向他，显露我自己；
我当时不敢说，虽然希望，结局⑨① 好，
于是先请他为我祝了福，然后
细告他我们那长行的经过；唉，他那
有裂痕的心儿，太微弱，可不能支撑！
在极乐和深悲的两情⑨② 冲激中，微微
一笑便碎了。

藹 特 孟 你这番言语感动了我，
也许有几分善果；你且接着
往下说；看来你话还不曾说尽。

亚尔白尼 如果还有话，更加要伤心，停住吧，
我听你诉叙，几乎要化成热泪了。

藹 特 加⑨③ 不爱悲哀的⑨④ 到这里总以为该完结；
可不知祸患不单行，悲痛上还有
悲痛要添加，多的会更多，有分叫
如今这伤心的绝顶上增一层忉怛。
我正在大声号哭时，来了一个人，
他见我身处可鄙的穷途末路中，
本想要回避；但一见那是谁遭逢到
这般的不幸，他就伸长了双臂，
将我齐颈子搂紧，高声叫嚷得
仿佛要震破天空；又去拥抱我父亲；
又说起他自己和黎琊，从无人耳听过
那样可怜的故事；正细诉遭遇时，
他那阵悲哀更变得高峭欲绝了，⑨⑤

生命的弦丝便开始脱裂。那时节
有两通号报,我离他在那边晕去。

亚尔白尼 这是谁?

蔼特加 是铿德,公爷,被放逐的铿德;
化了装他跟在仇视他的那君王左右,
供他作就是奴婢也不堪任的驱使。[96]

[一近侍手执血刃上。

近侍 救人啊,救人,救人!

蔼特加 怎么样救法?[97]

亚尔白尼 你说吧,喂!

蔼特加 这血刃是什么意思?

近侍 滚热的,还冒着烟!这是从她
心里头拔出来的——啊,她已经死了!

亚尔白尼 谁死了?说啊,你这人!

近侍 您夫人,公爷,是您的夫人!她妹妹
让她给药死了;这是她自己承认的。

蔼特孟 我跟她们俩都订得有婚约,现在
三个人正同时婚嫁。

蔼特加 铿德来了。

亚尔白尼 不用管她们死或活,把尸身抬出来。 [近侍下。
天神们这番谴罪好不叫我们
胆战心惊,但引不起我们的怜悯。[98]

[铿德上。

啊,这是他吗?这样的时会可不容
我们去细讲礼貌上应有的客套。

铿德 我来和我的王上和主公永诀。
他不在这里吗?

亚尔白尼 大事情我们忘掉了。
蔼特孟,王上在哪里?考黛莲在哪里?——
你看见这情景没有,铿德?

[刚瑙烈及雷耿之尸身被舁上。

铿德 唉呀,为什么这样?

蔼　特　孟　　　　　　　　　　只因都爱了
　　　　蔼特孟;这一个为了我先将那一个
　　　　使毒药弄死,随后她又自杀。
亚尔白尼　说得不错。——把她们的脸盖住。
蔼　特　孟　我口吐着生命的残喘,我决心背着我
　　　　天生的本性,在未死前稍微行点善。——
　　　　快派人,赶快去,到堡里!因为我下了
　　　　命令叫把黎琊和考黛莲都处死。
　　　　嗳,要趁早!
亚尔白尼　　　　　　快跑,快跑啊,快跑!
蔼　特　加　去找谁,公爷?——那值班管事的是谁?[99]
　　　　给我一个免刑的凭证。
蔼　特　孟　想得周全。拿我这把剑去,
　　　　把它交给那队长。
亚尔白尼　　　　　　　拼命赶快去!　　　[蔼特加下。
蔼　特　孟　他有你妻子和我的命令,叫当监
　　　　绞死了考黛莲,只推说她自尽是为
　　　　绝望过度。
亚尔白尼　天神们护佑她!——把他暂时抬开。
[蔼特孟被舁下。[100]
[黎琊抱考黛莲之尸身重上,蔼特加、队长及余人随上。
黎　　琊　快哀号,快哀号,快哀号!啊,你们是铁石人!
　　　　我有了你们的那些舌头和眼睛,
　　　　便要用它们来号哭得天崩地陷![101]
　　　　她一去不来了!我知道怎样时人活着,
　　　　怎样时已经死。她死得跟泥土一般!
　　　　借一面镜子给我,要是她呼吸
　　　　沾雾了镜面,哈,那她还有命!
铿　　德　难道这就是世界的末日到了?
蔼　特　加　还许是那恐怖未来前的象兆?[102]
亚尔白尼　　　　　　　　　　　倒下来,

终止这伤心的惨事。[103]

黎　琊　这羽毛还在动![104]
她还没有死！要是她果真还活着，
便算我幸运,可以赎尽偿清
我从来所受的悲痛。

铿　德　我的好主公啊![105]

黎　琊　请你走开去!

蔼特加　这是你的朋友铿德。

黎　琊　满都去遭瘟,你们那班逆贼
和杀人的凶犯![106]我还许救得她回来!
如今她可一去不回了！——考黛莲，
考黛莲！耽一会。哈！你说什么？——
她声音永远是轻软,温柔,低低的,
那在女人家是个优良的德性。——
我已经把那绞死你的奴才杀死。

队　长　不错,大人们,他杀了。

黎　琊　可不是吗,人儿?
我有过那日子,用一把锋利的偃月刀
能叫他们吓得跳。如今我老了，
这种种磨难累得我不中用。——你是谁?
我眼睛不怎么顶好;等我来马上说。

铿　德　若是命运神夸说她先宠而后恨过
两个人,你同我各人眼中有一个。[107]

黎　琊　我眼光好暗啊。[108]——你不是铿德吗?

铿　德　正是,
你臣仆铿德。你仆人凯优斯[109]在哪里?

黎　琊　我跟你说吧,他是个好人;他会打,
并且打得快。[110]他已经死掉,烂掉了。

铿　德　没有死,我的好主公,我就是那人——

黎　琊　让我就来认认。

铿　德　自从你初次转进了命运的坎坷,[111]
一直跟你到如今——

黎　　珊　　　　　　　　　　欢迎你这里来。

铿　　德　除了我再没有旁人。[112]满目的凄凉，
阴惨惨，死沉沉。你两位长公主她们，
都是去自寻的死路，[113]死得没有救。[114]

黎　　珊　哦，我也这么想。

亚尔白尼　　　　　　　他说什么话，
连他自己都不知道，[115]我们要他
认识我们更不成。

蔼特加　　　　　　　　一点都不行。

［一队长上。

队　　长　大人，蔼特孟死了。

亚尔白尼　　　　　　　那无关紧要。——
亲贵友好们，请明白我们的意思：
这大祸[116]该怎样善后就怎样去善后。
至于我们自己，已决心辞了任，
在这位老王上生前，把君权让给他
收回自用。——［对蔼特加及铿德］你们，各自
去复了位；
另外还有些酬功，但那可偿不清
你们那片精忠。一切的亲者
都得尝自己那美德的报酬，仇者
喝一樽应受的惩创。——啊呀，你们看！[117]

黎　　珊　我这可怜的小宝贝[118]给他们绞死了！
没有，没有，没有了命！为什么
一条狗，一匹马，一只老鼠要有命，
你却没有一息气？你不会回来了，
决不会，决不会，决不会，决不会，决不会！——
请你解开这扣子。[119]多谢你，阁下。
你看见这个吗？看她，——看着，——她嘴唇——
看那里！——看那里！　　　　　　［死去。］

蔼特加　　　　　　　　晕过去了。——王上，王上！

铿　　德[120]　快碎啊，我的心，快碎掉！

蔼 特 加 　　　　　　　　　　　　　王上，向上看。

铿 　 德 别打扰他的魂。啊，让他去了吧！
谁把他在这具刑架上，这强韧的[121]人间，
多架些时候，准会遭他的痛恨。

蔼 特 加 他真的去了。

铿 　 德 　　　　　　奇怪的乃是他竟会
支持得这么久；他只是强据着生命。

亚尔白尼 把他们抬走。——我们目今的事务
是要上下一体地去同伸哀悼。——
［对铿德及蔼特加］朋友们，[122]这一片邦疆由
　　你们两位
来主宰，请你们来支持这分崩共残碎。[123]

铿 　 德 公爷，我不久就要别离这尘世；
我主公叫我去，我不能向他推辞。[124]

蔼 特 加[125] 我们得逆来忍受着这伤心的重担；
有话说不出，只能道心中的悲痛。
最老的遭逢得最多。我们年少的
决不会身经如许，还活得这样老。[126]

［同下，奏丧亡进行曲。

第五幕 注释

① 本 Johnson 所释义。

② 各版原本无此导演辞，此乃从 Clark 及 Wright 之 Globe 本所增添者。Capell 本作“对一军官语此，军官鞠躬而下”。

③ “miscarried”在莎氏作品中常作“死掉”解，见 Onions 之《莎氏字典》；故下文蔼特加对亚尔白尼说，“若万一不幸，……”可作或应作“你若战死时，……”参阅原文。

④ Schmidt 之《莎氏用字全典》释原文“doubted”为“feared, suspected”（恐怕是，疑惑是）。按此乃古义；目下通用英语之“doubted”作“不信是，疑惑不是”解。二者适成相反。

⑤ “honoured”据 Schmidt 之《全典》作“纯洁有德行”。

⑥ 自注⑥至注⑦，原文仅见于四开本。

⑦ Furness 之新集注本对“as far as we call hers”未加注释，惟意义殊欠明了。Phelps 云，这大概是说“她给到了她所能给的限度”，意即将她自身和她所有的一切全盘付托给他。但译者觉得雷耿目前最焦心急虑的只是蔼特孟的爱，其他的一切还顾不到，正如刚瑙烈的心情一样，“宁愿战事失利”，却不愿雷耿“将我们两人拆散”。

⑧ 据 Delius 注。

⑨ 这里一行半仅见于四开本。

⑩ 注⑩至注⑫亦仅见于四开本。

⑪ Theobald 的注曲解得厉害,殊不值转录。此段译文所本者乃 Warburton 及 Capell 所释义;这两位注家都把四开本原文之“bolds”改为“holds”(译者按,若不将此字改动,则“推戴了王上”应作“为王上壮胆”)。按四开本原文“not bolds the king”,诚如剑桥本之校诂者 Clark 及 Wright 所云,有简略过甚,用意突兀之弊;据他们说,这四个字也许是手民的印误,而且在它们前面也许还有一行根本被遗漏掉,所以辞旨这般突兀而牵强。

⑫ Capell 指出这是句寓意讽刺的反话。

⑬“邻兵压境”为译者引伸原意而加上的。此语恰与上文亚尔白尼所说的相针对。

⑭ 原文“ancient of war”,Eccles 释为“以运用战术长老了的人”,Waiker 及 Schmidt 训为“宿将或元老军人”,Moberly 则解作“参将”。

⑮ 本行不见于对开本,乃得自四开本者。

⑯ Moberly 解道,你要我同去只为监视我跟蔼特孟两人中间的一切往来罢了。Delius 认为雷耿怕刚瑙烈在军机会议之后与蔼特孟私会,所以要她一同走,好监视她。Bradley 主张刚瑙烈此语不应从 Capell 校本定为旁白,下面两句导演辞也都不对,应从 Koppel 说加以更正。第一句导演辞 Koppel 改为“雷耿,刚瑙烈,众侍从,及士卒同下”,第二句他改为“蔼特孟下。”Bradley 说,亚尔白尼提议在他自己的帐幕里开一军机会议,蔼特孟当即首肯,说他马上就去赴会;参加这会议的人物是亚尔白尼,蔼特孟,与一些“宿将们”。雷耿正领着她的军士下场,但她见刚瑙烈按兵不动,便疑心她姐姐想参与会议,以便跟蔼特孟在一起。她妒火中烧,便要她姐姐同走。刚瑙烈起初不肯,但随即明白了她的用意,便一半嘲讽一半鄙夷地答应了她。姐妹二人当即领着士卒下场而去;而蔼特孟和亚尔白尼正各自下场要去开军机会议的时候,蔼特加上场来了。他的话使亚尔白尼停了下来;亚尔白尼要蔼特孟先走一步,说“回头我会来赶上你”;然后他对蔼特加说,“你说吧”。

⑰ 原意为“送信人”,为显豁起见未便直译。

⑱ Johnson 注云,“一切不利于你生命的阴谋都会终止”。

⑲ 即“殷勤的探报”。Wright 训“discovery”为“reconnoitring”(侦察)。

⑳ Heath:这是蔼特孟催促亚尔白尼快看敌军实力的约计单之意。但 Schmidt 另有一可喜的妙解,“现在可不容你再多说废话了,向来你把你所有的事情都让我去做(你瞧这敌军实力的约计单),现在你一定得亲自出马才行。”

㉑ 根据 Delius,原文“jealous”不解作“妒忌”,而解作“猜忌,狐疑”。

㉒ Mason:“我不很能打成功我这场牌。”Dyce 的《莎氏字汇》也这样解释。这里的隐喻所指的是一种四人成局的纸牌戏,对座二人成一组,两组相对输赢分数或钱,蔼特孟(和他同组的那一个当然是刚瑙烈)担心他自己不能把这场牌打赢,因为亚尔白尼还没有死。“暂”为译者所增。

㉓ Johnson 注,原文“for”解作“as for”(至于),不解作“因为”;译文本此说,作“再说”。Wright 说两种解法都可以。

㉔ Rushton 谓原文“defend”应本古意解作“commana”(指挥,支配);译者认为无此需要。“周全”意为译者所增。

㉕ Spedding 氏对本剧第四、第五两幕的分界有详论一段,现迻译于后。将莎氏作品假

定为欠缺艺术的那些批评，虽然我都置疑不甚信，可是我总以为《黎琊王》剧中确自有它的缺点在。我总以为最后两幕的意味不曾维持得完好，黎琊的热情高升满涨得太早了些，而下落消退的过程又拉得太长久。在莎氏其他的悲剧里，从没有已经绝望了的命运要人同情得这么长久的。只要对主角的希望一完事，大收场跟着马上就来。照例全剧的意味在前四幕里逐渐向一个大剧变升腾而上，到了第五幕先是略一停顿，随即登峰而造极，于是就从高处倒坏下来；再往后便是两、三场简短而悲伤的尾景，仿佛像一声破浪的叹息。但在《黎琊王》剧中却并不如此。在第三幕里热情就已登了峰，希望就已经完结。再下去他的前途太绝望了，不够维持一股生动的意味，我们对他的同情便太惨淡，太沮丧了，不能延续下去，延尽下半本戏。我觉得第三幕终讫时还缺少一些将临的事故，一点期望中的成败关头，多少风雨欲来时的希冀或恐惧，只等时机成熟，局势一转，黎琊的命运便会有个最终的解决。我知道第四、五两幕里动作与变故并不少，但都和黎琊本人不生密切的关系。蔼特加、蔼特孟的生死荣辱都不够意味浓厚，那简直是另一件事，对于剧本自身可说是一种打扰。我关心的只是黎琊。这一层虽像是个大毛病，但我怕错处也许不在剧中而在我自己身上；也许我看法不对，于是所见便不免有失，因此我等着，希望能发现一个新观点，从那新角度上看起来全剧的动作或者能显得比较地和谐。不过除此而外，同时却另有一个缺憾，虽然在当时我以为没有像上一个那么严重，但实在太引人注目了，——我敢说，不论凭什么公正的批评原理，都得断定它是个无从辩解的弊病。我说的是第五幕里的战争，那本是极重要极重要的一仗，但了结得那么疏懈匆促，在效果上可说是一无所成，在想象上不曾留得有什么痕迹，与或然感也格格不相容，而且为了它自身不能动人的缘故，连带着使一切依附它的事情都显得不重要了。说严格些.这场战争简直等于没有，虽然我们听说已打过了，而且打败了，这么一仗，但实际上我们并不心感到有这回事。可是，在这里避免这样一个缺憾有多么特别的重要，我当时竟不曾见及；我感到的只是这缺憾对观众所生的印象太粗糙唐突——在莎氏其他的作品里从没有这样子的。在别处，只寥寥的几笔点染便把整场战事都展露在我们眼前来了——从战场的一角匆匆转换到另一角，友人或敌人间几句促迫的招呼，或几短段挣扎，追逐，或逃亡，都能表征给我们看那剧景外的战事正是怎样地如荼如火；于是，主角倒时，我们觉得他的军队果真败了。只需一两页剧辞就能产生那样一个幻象，一产生就好了。请注意我说起的这战事，它和莎氏旁的剧作中的战事迥然不相同。现代版本里的战景都在这里(Spedding 氏至此，引原文最初六行半及附带的导演辞。——译者)，而剧中所有的战事也都在这里了。使人渴望已久的那法兰西军队(一切都以它为枢纽)穿过了舞台，我们的希望和同情都跟着它同去。接着是四行对话。剧景不动，但我们听见“进军的号鸣”起自幕后，跟着便来一阵“退军的号鸣”，于是从适才那英锐有为的大军去处的旷野里，上来了一个人，刚才下场去参与战役的就是他(Bradley 颇不赞同此语，因为，他说，蔼特加要亲自向蔼特孟挑战，他不会愿意参战去冒丧身之险的。——译者)，如今他重复上场来，告我们说一切都已完事。没有人对莎士比亚有真正信仰的会相信作者的原意是这样一个情形。更没有人相信，这样一个情形而还能用理由来替它辩护的……我忽然想到，只需把舞台上的安排略一改动，这整个困难便可以消弭净尽。细心检视之下，我发觉一切附带的困难也都跟着不见了，如今我很满意，这才是莎氏原来意想中的真正的安排。我的提议有着这层好处，这点可靠性，就是不用改动原文的一个字母，——只需把分幕处略一移动，使第四幕延长一景半，在这里“蔼特加下”处闭幕，使第五幕也顺序稽迟一景半，在后面"蔼特加重上"处开幕。这么一来，那战事便落在两幕的交界里了，而我们的想象，既然有余暇去为战争的结局担忧挂念，那结局就自然变得相当地重要，成了剧中故事里划分时间的一个段落，并且在黎琊的命途中也成了个最后的厄运。第一幕闭幕时黎琊刚发完他第一阵暴怒，他申明和刚瑙烈永远脱离父女间的关系。第二幕离他在极度的悲惨愁苦中，黄昏时被逐出户外，狂飙暴雨驰骤并至，疯狂一步追紧一步。第三幕结尾时，内心和外界的双重风暴已淫威稍杀，一线隐约的希望和一场迢遥的报应都已有了点可信可疑的消息。第四幕的落幕我想该在悬虑最殷之处，谣传已经证实，法兰西军队已上了岸，黎琊的疯癫已消退了好些，只需法军战胜，他还能恢复原状；"王国的军队说话就赶到"，两军已互相瞭望得到；而"这场决战许会大大地流血"。到了最后，"法兰西军队通过舞台，考黛莲手挽着她的父亲"，——这是四开本里的导演辞，而四开本是不分幕的，——蔼特加下场去加入法军，只剩葛洛斯忒在树荫下"祝福有道者战胜"。幕下时我们觉得那场流血的决战正在开始，我们所有的希望便都维系在那上头。幕再启时只闻"进军及退军之号鸣"。仗已经打过。"黎琊王战败了，他们父女俩遭了擒"；至于第五幕的余责乃是要交代清楚那些逆天理违人情的分崩离析的结果，和闭拢一群受难者的眼睛。在现今通行的这舞台安排之下，这场战景简直是莎作中绝无仅有的败笔，但只要依我的提议稍一变动，全剧就马上变成从头至尾整篇是构成得又复杂又紧凑的神品了，在莎剧中再无第二篇能和它抗衡。在如今通行的这安排之下，第四幕终了后的停顿有双重的弊病：一方面于战机成熟之前打断了行军的迅速和备战的仓皇；另一方面，因为这不必要的稽迟阻隔在中间，使这场战事给人的印象更显得微弱淡薄。可是在我建议的情形之下，那停顿正落在应当停顿的所在，毫厘不爽，结果是引起了无穷的忧虑和企盼。让四开本里法军过舞台的行列进行得夸张些，威武些，"考黛莲挽黎琊的手"跟在后边(因为这么样才更显得黎琊须看战事怎样结局以定他的命运)，而在第四、第五两幕之间把罕得尔(Georg Friedrich Handel，1686—1759)的伟大的战乐来奏着，我想这样的安排方真正算得尽善尽美。……以上是 Spedding 氏于一八三九年所作的评论。四十年后，他收回了一部分意见；他说他从前疏忽了这一点：对开本上蔼特加下场后的导演辞既然是"内作进军及退军之号鸣"，只要空着舞台(只除瞎眼的葛洛斯忒在树荫下低头默祷)让观众多听一下远远的人马喧哗声，那效果便和幕和幕间奏着战乐不相上下。他又替上文所谓"双重的弊病"解释说，法军所以不在第四幕而在第五幕上场，乃因导演觉得这样可以使饰小兵的演员改换法军方便些。Craig 也觉得这场决定黎琊命运的战事描写得不够充分。他说：但一位意利沙白时代的戏剧家要表现英军被法军在任何情形之下所战败是一种吃力不讨好的事；经验告诉他，最聪明的办法是把那战事往简略不重要里描叙。

㉖ 原意为"人得忍耐去世如忍耐投生一样"。

㉗ Steevens 叫人将"Kipeness is all"比较《罕秣莱德》第五幕第二景二百十行的"the readiness is all"，唯未下注解。许多近代注家未曾体会二者究竟有无异同，遽认"Ripeness"即解作"readiness"(有准备)。殊不知这里只是两个类似的语句结构或思想方式，涵义未必尽同，Steevens 固未尝说过前者即后者也。我认为"Ripeness"训"有准备"远不如训它的寻常意义"成熟"好。时会"成熟"了上帝自然会叫我们去世，正如从前时会"成熟"了他叫我们投生一般。生与死都不可强求，都须等时会"成熟"和上帝的命令；所以二者我们都得忍受，不应自作主张或反抗上帝的命令。

㉘ 原文"good guard"即"guard them well"之意，见 Schmidt 之《莎氏用字全典》"guard"

项下第三条。

㉙ 本 Hudson 所释义。

㉚ Steevens 谓“censure”为“判决,处断”。

㉛ Schmidt《全典》训“cast down”为“depressed”,意如译文。

㉜直译为“以颦眉制胜那善变的命运的颦眉”。

㉝ Cowden Clarke 评云:这是个极辛辣的讥讽,以最单纯的字句表达,正合这言语平淡而情绪浓烈的女子的本色。

㉞ 原文“gilded butterflies”(镀金的蝴蝶)Craig 训为“gay courtiers”(服装富丽的朝官们)。按英女王意利沙白朝(1558—1603)颇多年少翩翩衣冠炫艳的廷臣,最著者如得宠最深但终被斩首的厄色克斯伯爵(Robert Devereux,2nd. Earl of Essex,1566—1601)。

㉟ 原文“poor rogues”(可怜的坏蛋)含怜爱之意,见 Schmidt 之《莎氏用字全典》,及 Onions 之《莎氏字典》,故不应直译。

㊱ Warburton 误以“God's spics”(上帝的密探)为监视上帝行动的密探,不知他们是否为 Warburton 所派去的。Heath 和一般的解释都说是“上帝授与权能,使参透万百事物的秘奥的密探”。Johnson 诠注云,仿佛我们是天使,是上帝特派下来探报凡间的生活的,因此我们就赋有一种力量,能参透人类举动的初始动机,和一切行为的玄奥。

㊲ Moberly 谓,莎士比亚曾见过厄色克斯伯爵的失宠与被处极刑,他这里也许就是指他。

㊳ Bucknill 注本段全段云,这不是疯癫,可也不是健全的心境。情感上这么易受刺激乃是老年时常有的现象,在本剧最初几景里已被描绘得尽致,而这样的病况在这时候重复显露出来,在心象的变迁史上也恰是件极可能极真切的事。不论哪一个戏剧家,只除掉莎氏,准会使这位可怜的老国王恢复他平衡与控制一切机能的力量。他们会使爱父心效验超神,竟致能制胜心象机能的定律。但莎士比亚表现给我们看了实际上的进步确实能有多少,那就是说,身体上与道德上的双重打击所形成的疯癫果然已经痊愈,但情感的易受激动与混乱却依然如故,那原是多年积习老而弥盛的烈情的自然暴露,无法医治也无法改变。译文“牺牲”一语采它的古意,这成语如今已变成滥调,空泛得血肉全无了,可惜没有适当的代用辞,——我怕用在这里已唤不出它的本来面目了。

㊴ 原意仅为“香”。

㊵ Heath:这是指用火熏狐狸赶它出洞而言。Capell,可是为什么要“从天上取下一炷火炬来”赶他们父女两个出洞? 这是因为,第一,分离他们不是件凡人的工作;第二,这句话本身是个不祥的先兆,——过后不久确有一炷上天命定的火炬将他们分散。

㊶ 原文为“good-years”。Hanmcr 说是指梅毒,字源为法文的“gouje”,意即跟着军队卖淫的下等娼妓。法国俗语骂人“婊子”为“gouje”,那卖淫所得的疾病就叫做“goujeres”。Dyce 之《莎氏字汇》引考脱葛来瑚(R. Cotgrave)的《法英字典》(1611)云,“gouje”为卖淫与兵士之妓女,为随军的营娼。据 Morwenstow 云,英国西南部康华郡(Cornwall)的古语称魔鬼为“goujere”,至今当地的土话里仍流行着这字。这更足以证明莎氏少年时因偷鹿被缉,曾逃到康华郡去暂避过一时。《牛津新英文字典》解“good-years”云,此字来源不明,渐被用在诅咒的语句中,解作定义不明的恶势力或恶媒介,旧释为“梅毒”有误。

㊷ Malone 云，这是命令将黎琊及考黛莲执行死刑的一个文件，上有蔼特孟及刚瑙烈的签署。

㊸ Warburton 云，所谓“great employment”（重大的任务）系指那杀害的任命而言，后来蔼特孟自承认那文件上有刚瑙烈和他自己的签署：这事就够使这个队长不负什么责任。但译者以为未必尽然。Malone 谓原文“question”训“discourse, conversation”。

㊹ Moberly 云，那就是说，要杀害得显出考黛莲是自杀的。

㊺ 这两行仅见于四开本。

㊻ 原文这里的“strain”Wright 训为“门阀，家世”，但 Schmidt 之《莎氏用字全典》及 Onions 的《莎氏字典》都解作“天性，本性”。Craig 则采 Wright 解。

㊼ 原文“opposites”作“opponents”解，训为“对手”或“敌人”。

㊽ 初版对开本付阙如。

㊾ 从 Delius 所释。

㊿ 从 Capell。

(51) 从 Steevens。

(52) 对开本原文作“My reason ail the same”，四开本作“My reason, …”；译者觉得后一个读法合理。若直译对开本，作“我的理由都一样”，则考黛莲既不年老，她那法兰西王后的名位又与不列颠民心无关，前后语意就讲不通。

(53) 往后这一段仅见于四开本，对开本付阙如。

(54) 原意为“说得这样远”。

(55) 从 Malone。

(56) 从 Furness，训“addition”为“title”（衔头，名号）。

(57) 各版四开本将这一行作为刚瑙烈所说的话。Capell 注此读法云：这句话很合刚瑙烈的身份，她也许想探明她妹妹用意何在；同时亚尔白尼站在一旁享受她们二人的争辩，似乎比加入舌战好些。

(58) Steevens 谓此系暗指英国旧时此成语而言，“情妒能使好眼变斜眼。”

(59) 刚瑙烈暗中给她吃的毒药开始发作，参阅下文。

(60) 原文“... stomach”Schmidt 训为“愤怒”。

(61) 原文“the walls are thine”颇费猜解。有三数注家疑为印误，提议了几个改读法。wright 则断为下文蔼特孟垂毙时所说的那堡垒的围墙。但经 Schmidt 引了三个例证之后，似已再无疑义存在，Schmidt 说，雷耿对蔼特孟说“这墙垣是你的”乃是隐喻她自己的身体而言，她把她自己比作一座被征服的堡垒，这陷落敌手的堡墙便由蔼特孟去自由支配。

(62) 译文根据 Johnson 的诠解。Delius 认为“你的”应说得着重些，表示不用她而应由他来阻止雷耿的婚事。

(63) Capell 注，蔼特孟的热情并没有升得这样高，他也没有决意非享用那“名衔”不可，甚至要动用干戈来“证明”他的地位；雷耿不知她自己的军队已被遣散，却怒火中烧，鼓动蔼特孟下场去备战，——亚尔白尼随后说的“等一下”便是阻止他下场。Furness 说，“等一下”也许是阻止雷耿下令击鼓，未必见得定是阻止蔼特孟下场；译者以为这修正有理。按各版四开对开本原没有上面“对蔼特孟”这导演辞，这是 Malone 加上去的，而 Hanmer 则从 Capell 之意于“对蔼特孟”后又加“他们二人正拟下场”。

(64) “gilded serpent”译为“闪金的蛇”也可以，但刚瑙烈既有她丈夫领兵，就未必戴盔披甲，又况这是在大战初胜之后，她更应盛装艳服而出。Schmidt 之《莎氏用字全典》

于“gilded”项下有“gay-coloured”一义。

㊿65 Onions 之《莎氏字典》云:“inferlude”本意为“含有戏剧性或仅具模拟性的一种扮演,性质轻松或滑稽,上演于冗长的神绩剧或劝善剧(参阅本剧第二幕第二景注59——译者)剧幕之间”;又云,此字在十六、七世纪则往往指通俗的舞台剧,如喜剧、滑稽剧之类。Moberly 训原文“An interlude!”为“我们的戏剧情节里还有情节!”Moberly 此解译者以为不可,刚瑙烈听了亚尔白尼挖苦她那么一大顿,该已猜想到她和蔼特孟间的秘密已被泄露;不过她虽然怀着鬼胎,外面仍在故作镇静,装出全不知情的样子,同时以被诬的口吻怒责丈夫演出“好一出趣剧!”

66 Malone 在这句话后面及下文“那是我给你的交换品”后面,各加插这样一句导演辞:“掷一手套到地下。”参看第四幕第六景注119。

67 或译为“礼官”。他的职务很多,如登记及公布贵族的纹章,司理丧事仪仗,出告示,在敌对的两军间传信等,这里是公布决斗的挑战书。

68 本行原文不见于对开本。

69 Steevens 注,原文“virtue”训为“勇敢”,乃是取罗马人用这字的本义。按“virtue”我们通常解为“德行”,但此处不可望文生义。

70 此系补自四开本者。

71 此二字为译者所增补。在挑战的术语里,挑战者叫作“appellant”(弹劾人,控告人),他所取的控告方式就是挑战。

72 对开本付阙如。Jennens:四开本有印误,叫吹号不应由蔼特孟发令,那是传令官的职务。但 Capell 断为不然:这时候蔼特孟上了劲,他抢前一步发令,侵犯了传令官的职务。据后说,蔼特孟真是本性毕露。

73 Blakeway 注云,这是合于以挑战当众弹劾刑事被告的那种仪节的。“控告人和他的代诉人先到辕门前来。……于是监军保安官(Constable)和大礼官(Marshal)由传令官发问,问前来挑战的是谁,他披挂着武装来做什么。”——见赛尔腾(John Selden,1584—1654)的《决斗》(*Duello*,1610)。

74 原文“cope”训“encounter”(敌对,会战),见 Schmidt 之《全典》。

75 Johnson 云,所谓“信誓……给我的特权”乃是指一个武士入武士道时宣誓受戒从而获得的特权。Malone 注,蔼特孟说:“我这里拔出我的剑来。你看,我对你这逆贼挑战乃是我职业上的特权或权利。所以我声言,……”蔼特加所谓他职业上的特权,不是 Warburton 所误解的那控告本身,而是提出那控告以及用剑来维持那控告的权利。

76 直译原意当为“战胜者的剑”,但原意所象征的实际上即是“战胜的余威”。

77 原文“fire-new”更准确些可译为“新铸成的,或新出熔炉炙手可热的”。

78 原文为“toad-spotted”(癞蛤蟆一般斑点遍体的)。按癞蛤蟆往往被视作丑恶与肮脏的表象,当时都以为它身上有毒。

79 Malone 注:因为要是他的对手身世微贱,他可以拒绝应战。所以前面那传令官公告道:“若有不论哪一位出身高贵的将士,……”后面刚瑙烈也因此说道:“按着决斗的规条你毋须去应答一个不知名的对手。”

80 这两行译文本 Malone 所释义。“nicelv”(拘细礼)即指墨守当众挑战的礼节而言,参阅前注73及79。“delay”译为“拒绝”,系根据 Schmidt。

81 Theobald 以为“Save him,save him!”应是刚瑙烈所说的,(假若不错,则或可译为“来救他,来救他!”)“这简直是荒谬,”Theobald 说,“亚尔白尼分明知道蔼特孟的逆谋,又知道他自己的妻子和他有私情，无论如何决不会关心他，要救他的命。”Johnson 主张维持原文，说亚尔白尼愿意暂时饶过蔼特孟的命，为的是想用那封信使他招认他的弑上的逆谋，然后再把他定罪。Walker 及 Halliwell 却赞成 Theobald 的校改；Halliwell 谓，我感觉到那惊呼只除了在刚瑙烈口中冲出来就罢，否则便显得太过热情。她见他倒地时脱口叫道“啊，来救他；来救他！”随即安慰他，要他别把这件事就当作对方已得了合法的胜利，跟着她就说明她的理由。

㉜ Capell 认为“Hold, sir”是亚尔白尼对蔼特加说的：亚尔白尼生恐蔼特加怨毒太深，马上将蔼特孟结果掉，他出来加以阻止，为的是要施严刑或用别的方法使他把阴图篡弑的全部奸谋都招认出来，好给他一个更可耻的死法。若依此说，则原文“Hold, sir”当译为“请你住手，阁下。”但 Dyce, Furness, Schmidt 等都不以此说为然，主张这话该是亚尔白尼对蔼特孟说的，说时把刚瑙烈写给他而他尚未寓目的那密札放进他手里。译文即本此意，但原文“sir”，在这里正如在许多旁的地方一样，实在无法译得惬意。

㉝ 译文从对开本，四开本上是刚瑙烈说的这句话，说了方下场。Hudson 注：按理亚尔白尼该问蔼特孟“你知道这信吗？”因为事实上刚瑙烈这封信中途为蔼特加自奥士伐身上得来后就交给亚尔白尼的，因此蔼特孟并未见到。可是他还有几分丈夫气，不愿暴露一个他心爱的女人的丑恶，所以拒绝作答。但对于他自己的罪状他却不惜去从容招认。

㉞ Capell 在此后加一导演辞，“对一军官语此，军官即追踪她下场。”

㉟ 从 Bradley 说，原文这里的“you”乃是指亚尔白尼及蔼特加两个人。

㊱ Johnson 评云，我们的作者于不经意间把基督教的情绪和行为加到了邪教徒身上去。但 Cowden Clarke 问得有理，他们说，宽容大度的德性可不是合于一切时代及一切信仰下的人性的吗？

㊲ “那轮盘转满了一圈”系指命运的“轮盘”回复了原状，蔼特孟从底下开始，袭伯爵勋位时便是转到了顶上，如今却又转回原处。

㊳ 含庆贺与感谢之意。

㊴ 指葛洛斯忒之毁明；根据原文直译。原文之隐喻新颖可喜，不译太可惜。

㊵ 原文“O fault”又可译为“啊，（是我的）过错。”但 Furness 赞同 Delius 的说法，以为“fault”的意思是“（真）不幸”。

㊶ 此处“success”不是我们通常所解的“成功”，应训为“结局”或“结果”，见 Schmidt 及 Onions 之《全典》及《字典》本字项下各第二条。

㊷ 原意为“热情的两极”，非“两情”，但不便那么译。

㊸ 从这里起至注㊻止，原文仅见于四开本。

㊹ 这四行的原文颇费各注者诠解。Warburton 斥为“被误成该死的胡说”，当即大加颠倒改窜；但我们只有四开本作根据，要颠倒改窜不难，那么办了是否可靠却很难说。Dodd 认为原文“another”和“such”对立，说“‘不爱悲哀的’你这样的人”（such）是蔼特加在面称公爵，“爱悲哀的另一种人”（another）是在对公爵指他自己的兄弟，于是全段便变成了对蔼特孟的一番旁敲侧击的责骂，若依这个解法，可以这样译：

“不爱悲哀的到这里总以为该完结，
但世间却另自有人，在悲痛上兀自要
再加些悲痛，使多的更复多，……”

Heath 把“another”解作“另一个人”，指铿德，说他的死；若依此说，中间两行应这样译：

“但此外却另有一人，悲痛上他还要

添加些悲痛，使多的更复多，……。”

Steevens 解“but another”为“但另有一个结局”，使与“period”（完结，收场）并行，意即铿德的结局。Malone 之意则与 Dodd 所见略同。Collier 与 Wright 二家笺注颇近似，Furness 认为确解，即译者据以着笔的解法；但译文“可不知祸患不单行”一语乃原文所无，认真依 Wright 的解法直译当作“只须再说一件事”。

㊻ 原意为“更外增加了力量”。

㊼ 原文自注㊹起到这里止，对开本付阙如。

㊽ Lloyd 评云：这一问很能表现藹特加的多能而随时警觉的性格。

㊾ Tyrwhitt 谓，莎士比亚读了一辈子亚里士多德（Aristotle，公元前 384—前 322）的《诗学》（*Poetics*），他也不见得能把恐惧和怜悯，那两个情绪的各别的活动，区分得更准确些。

㊿ 见 Schmidt 之《莎氏用字全典》。

⑩⓪ 此导演辞为 Theobald 所加。

⑩① 原意为“天穹破裂”。

⑩② “那恐怖”（that horror）乃是说世界末日的恐怖，“那恐怖的象兆”（the image of that horror）便是指目前这个景象，最初这样解释的为 Capell。Steevens 起初以为，铿德问，目前这个景象是否就是已往种种事态的结局？——藹特加接着又问，还许只是我们心目中那真恐怖的一个表象而已？但后来他似乎放弃了这个解法，很赞佩 Mason 的笺注。Mason 大概是受了 Capell 的暗示，详疏如后。铿德所谓“the promised end”是指世界末日的到临。在《圣经·新约·马可福音》第十三章里，耶稣对他的门徒预言世界末日将如何地到来；他描摹那大解体前将先来的征兆说，“因为在那些日子必有灾难，自从上帝创造万物直到如今，并没有这样的灾难，后来也必没有。”又说，“弟兄要把弟兄，父亲要把儿子，送到死地；儿女要起来与父母为敌，害死他们。”（引官话本。）铿德默念着他眼前那无比的惨象，又想到刚瑙烈与雷耿怎样逆天理，悖人情，要谋害她们的父亲，便不禁记起了这几段文字，当即问，“这难道就是曾经预言过的那世界的末日？”藹特加便也问道，“目前这景象还许只是那恐怖未临前的一个预兆吧，那恐怖本身还在后面？”……若有批评家反对这个解释，以为剧中人物都是异教徒，所以和《圣经》并不稔熟，那他们就将莎士比亚看得太板了，我怕他并没有准确到这样。Henley 主张铿德此间乃是记起了考黛莲给他的信里的话而发的，那信里有这样两句，“……将在这混乱非常的局势里寻找到时机——设法把损失弥补回来。……”（见第二幕第二景景末。）假定铿德固然如此才发的问，他便只在自言自语，我们尽毋须硬派藹特加懂得他的本意；藹特加并未见过那封信，他继续发问不但可以有，还且需要，一个与铿德原意不相为谋的意思。总之，铿德与藹特加前后两问间有个误解：铿德心中有考黛莲的信在，藹特加所说的才是 Capell 所解释的，（译者按，若依 Henley 这说法，则铿德的问话可作“难道这就是那预言所说起的结局？”）Mason 的妙解也许是真正的解释；因为虽然他引的那段《马可福音》不在说世界的末日，而是指耶鲁撒冷城（Jerusalem）与犹太邦国的倾覆，但一般人对这预言的了解确如 Mason 所解释的那样。Halliwell 则以为铿德的问话是一句反诘，因为这祸患来得太突兀，太出人意外；才不久以前似乎一切都有希望，正义能得伸张，善人可以获福，但结局却坏到如此！若从此说，则铿德的问话可译为“难道这就是我们（观察刚才的大局后）所意料中的结局？”

⑩③ 关于原文“Fall and cease”,历来莎剧学者尚未有令人十分满意的见解。Pope,Theobald,Hanmer 等为省事起见,根本删去了它。Capell 云:这三个字加上了附带的动作便极容易懂得;亚尔白尼说话时只需将两手向上高举起来,又昂头注视着上方,这么就可以显得他叫掉下来的乃是上天,——掉下来压碎这样一个灾祸酷烈的世界。所谓“cease”即“让世间万物终止”之意。译文即应用 Capell 此说。Steevens 注曰:亚尔白尼眼看着黎琊那极力想救苏他孩子的情景,就想起了救不回来时他将受多大的打击,因此对他说道,“倒下来,与其活下去继续受苦,还不如马上一死了事。”Mason 说:也许这是在说那上演本剧的戏院,亚尔白尼意思是,“放下幕来,终止这场可怕的剧景。”Davies 谓,亚尔白尼或许在说,“低声一点,停止一切的叫喊,不然你们会惊扰这位垂死的王上。”Delius 认“fall”和“cease”二字是“that horror”(那恐怖)的同格名词(noun in apposition),是加在蔼特加话后的一点补充,意即“(世间万物)毁灭与终止(的象兆)?”Moberly 的解释与 Delius 者略同。Furness 认 Capell 的说法比较可靠,不过觉得亚尔白尼对天神们说话竟会不用祈求的语气,未免可怪。

⑩④ 用羽毛放在垂死者鼻前,试验他(或她)呼吸已否停止。这里黎琊的手多半在发抖。

⑩⑤ Theobald 在这下面加一导演辞,“下跪”。

⑩⑥ Moberly 注:他们将他的注意力分散了一会儿,他以为就在那千钧一发的片刻间他也许还能救活他的孩子,如今却完了。

⑩⑦ 译文从 CaDell 注,——命运对他们主仆两人都显示过她的无上的威权:“如今在我铿德面前站着的是你黎琊,在你黎琊面前站着的便是我铿德了。”Eccles 认为命运所宠爱的一个是某甲,命运所憎恨的是一个某乙:某甲并不指定谁,某乙乃是铿德自称。此说有一缺点,即“we”一字变成不通(原文第二行实际上变成了“我们看见我。”),因此 Jennens 主张改“We”为“you”,Furness 又改“you”为“ye”,于是原文第二行实际上便成了“您(或你)看见我。”Malone,Delius,Moberly 等三家以为上面所说的某乙乃指黎琊;其余各点则与 Eccles 所解相同。Bradley 说,铿德并不在答复黎琊的问话“你是谁?”也没有说起他自己,只指着黎琊对旁人说道:“若是命运宠爱过又憎恨过一个人,同一个人,我们如今便亲眼见到了,——就是他,黎琊。”

⑩⑧ 译文从对开本而据 Capell 所释义。Jennens 改原文“sight”为“light”,改后的意思是“光线坏得很”。这改本经 White,Hudson,Collier 等三家的校刊本采用。又各版四开本根本不收此语,Pope 等四家从之。

⑩⑨ “Caius”为古罗马人名字,铿德的假名。

⑪⓪ 见本剧正文第一幕第四景,铿德将奥士伐绊倒,等他站起来时又一边推,一边打,将他赶出去。又见正文第二幕第二景及第二幕第四景注⑲之本文“一时恼怒/上来,我就奋不顾利害的重轻,/拔剑向他挑衅”。

⑪① 原文为“first of difference and decay”;译文根据 Schmidt 之《莎氏用字全典》(见“difference”项下第一条)。

⑪② 若依 Capell 所释,当作“什么人都不该欢迎”,这是根据各版四开、对开本的原文标点所下的注解。译文据 Rowe,Johnson 等校刊本,在“else”后作句号,又从 Delius,Clarke,Furness 等人的注释。Ulrici 与 Moderly 的解释则与 Capell 的一样。

⑪③ Capell 谓“foredone”(自杀)跟下半行的含意为修词学上的“重复”(redundancy),不妨改为“fore-doom'd”(预先命定),——若依此说,译文可作“都是去自定的命运”。Collier 说,只有刚瑙烈是自杀的,雷耿并没有。但译者认“自寻死路”不必亲自动刀去自尽,一个人为自己预先命定这样一个结局也未尝不是一种自杀。

⑭ 按基督教教规，暴毙或自尽的人，因为临死前不及向上帝忏悔和祈祷，那灵魂是绝望的，没有救，会堕入地狱。

⑮ 对开本作"... says"（他说什么话他自己也不知道）；四开本作"... sees"（他看见了也认不出我们）。译者认为对开本读法较优，因为黎琊这时候正呆望着考黛莲的尸身在出神，虽回答铿德说"哦，我也这么想，"但所答的究竟是什么确是"连他自己也不知道"。

⑯ Capell 及 Stcevens 说"this great dccay"是指黎琊。译文依据 Delius 及 Furness 二家注，不把它解作"大不幸的人"，而把它解作"大祸"或"巨变"。

⑰ Capell 谓这是亚尔白尼见了黎琊重复去拥抱考黛莲的尸体而表示的惊异。参阅注⑲Malone 注。

⑱ 原文"my poor fool"按字面译当作"我的可怜的傻子"，但不能这样译。关于这三个字，Furness 本上集得有将近二十家的诠注，现节译于后。Stecvens，这是黎琊对他那才死的考黛莲（有人以为是指他的傻子，那不对）表示怜爱的意思，他正在注视她唇边还有没有气息的时候，自己蓦地死了。"poor fool"在莎氏当时是一句怜爱的语句，并不照字面直解。况且黎琊的傻子早已被忘得无影无踪；他在第三幕第六景里，尽过了在剧情中的功用之后，就悄悄退了下去，不再上场。一个父亲，目睹爱女死在他怀中，而竟会想起从前供他解闷的一个弄臣，这未免太不近情，太不像真正的悲剧和绝望了。非但如此，考黛莲是刚才被人绞死了的；但我们却不知道，也不能想象，为什么那傻子要跟她同样地死法。跟黎琊敌对的这方面，对他的弄臣并无什么利害冲突。他对于本剧的用处只在对比他主公的苦乐，减轻他主公的悲哀；那目的达到之后，我们的诗人对他的关切便完了。"poor fool"这句话，当一个臣下悼伤一位公主的夭折时说出口来，的确不配，但由一位年迈力衰，神经错乱的老国王（当他在一个已被人害死的女儿身边作最后的呼号时，理智已失了驾驭，还存在的只有舐犊的深情）说出来，却并无不妥。Reynolds 不以此说为然，他说：有些人以为黎琊在说他的傻子，不在说考黛莲，我便是这些人中间的一个。这里黎琊对他那傻子似乎特别心爱；这傻子也忠心侍候过他，当他危难窘迫的时分极力慰藉过他，那么对于他的爱顾似乎也受之而无愧。"可怜你这个傻子小使，"他在暴风雨里这样说，"我心里倒还有些在替你悲伤呢。"所以我觉得，即使在这个比暴风雨更加几分灾害的当头，黎琊忽而想起他，并没有过分地重视他。黎琊原是一位和蔼，热情，而优柔寡断的老人；或者可说是一个惯坏了的孩子到了年老的时期。这般慈祥的家庭之爱（爱他的"小使"）也许配不上一个比较英武些的性格，比如说，奥赛罗（Othello）、麦克白斯（Macbeth）或理查王三世（Richard Ⅲ），但出之于他这样的一个性格，却并无什么不合。"没有，没有，没有了命"等等，我猜想那语气不是温和的，而是极热情极激越的，别让什么东西还活着；——让大毁灭快些来临；——"为什么一只狗，一只马，一只老鼠要有命，你却没有一息气？"我们还可以说，按戏剧的需要，至少为剧情合理起见，这个为作者，黎琊，以及听众所全都偏爱的弄臣，不该被遗失掉或遗忘掉，应当有一个下落才是。虽然如此，我们不能在这上头推论得太远，因为莎氏并不常注意到把每一个他所创的人物都交代清楚的。不过我又得说，假若有伶人存定了这个见解，以为这"poor fool"是指考黛莲，我信听众一定会觉得很奇怪：一个父亲怎么会这样子称呼他的亡女，去表示悲伤和怜爱，而那个亡女又是一位王后？"poor fool"这称谓确实是表示亲爱的，而莎氏自己又曾在别处叫射死的鹿为"poor dappled fools"（可怜的那有斑点的傻子们），但是这样的用法却决不会，也决不能合式的，只除非是去悼惜

那些很低贱的东西，爱也许可以爱，但并不可贵或可敬。Malone 确信 Steevens 的解释是对的，他说，黎琊在本景内从上场起到这里，又从这里起到他死去，可说是始终专注在他丧亡女儿的那件事上。不错，他暂时曾被铿德分心过一会，因为铿德勉强他辨认他自己；但他立刻回到了他心爱的考黛莲身上去，重复去俯视她的遗体。如今他自己已在濒死的痛楚中挣扎；在这个肝肠寸裂的当儿，而还会想到他的傻子，那当然是不自然到了万分。最重要的理由已经 Steevens 氏说过——黎琊刚见到了他的女儿被人缢死，他来不及救她的命，虽然正好赶上了去手刃那奉命的凶手；但假若我们以为他的傻子也是给人绞死的，那可就并没有一点根据可供凭藉了。至于"poor fool"这句话是否只能指"那些低贱的东西，爱也许可以爱，但并不可贵或可敬"，我想是不成问题的。莎氏用他的语句不一定严格地恰当，而且用他自己来阐明他用语的意义又往往最为可贵；那么，他在旁处既然把这个称呼加在亚多尼斯（一个又年轻又天真的美男子，非但为一位女神所重视，还为她所恋爱）的身上，而不以为不妥，在这里为何不能同样地应用到考黛莲身上去？（译者按，Adonis 为希腊及罗马神话中一美少年，为恋爱女神与地狱女神所争恋，后由天帝调处，两位女神轮流和他做六个月的夫妻；他是猎野猪时被野猪用獠牙刺死的。又按，莎氏有一首千余行的长诗，名《维纳司与亚多尼斯》[*Venus and Adoms*, 1593]专叙此事）。在古英文里"fool"与"innocent"二字同义，所以这里有"poor fool"这个特别用法。我想这里这"poor fool"一语的涵义是"亲爱，娇柔，无告的天真无罪者"。Rann 似袭用 Malone 的解释，训此语为"我的不幸的、天真的考黛莲"。Knight 谓这里的"poor fool"也许和奥赛罗的"excellent wretch"（妙极了的坏东西，或可怜虫）用意相同；可是我们以为，莎氏在这里想表现的更许是一点特别的怜爱，黎琊既然已经神志昏迷，说话时便将女儿和他回忆中的那个傻子混乱了起来。在风雨煎迫中黎琊说道："可怜你这个傻子小使，我心里倒还有些在替你悲伤呢。"现在大难临头，惨痛攻心，昏迷中过去与目前相混，于是考黛莲便变成了他的"poor fool"了。Collier 则持论中立，认为傻子若果死去，莎氏应给他另外一个死法，方不致和考黛莲的被缢相混；从另一方面说，傻子有来踪而无去迹，下落不明，也不是一个办法。此外，如 Verplanck, W. W. Lloyd, Chambers, Wright, Dyce 等多家，都赞成"my poor fool"即系指考黛莲。新集注本之编订者 Furness 则首先很疑惑，但终于信服了这个解释。此外如 Schmidt, Craig 等也都断言"poor fool"为一怜爱的称呼，指考黛莲而不指傻子。

⑪⑨ 一八三三年四月份《每季评论》（*The Quarterly Review*）上评云：观众刚见到了、而彼此表示过、黎琊的心神的僵绝，不旋踵之间黎琊身上忽又发生了一阵极骇人的变态，亚尔白尼便不禁叫道："啊呀，你们看！"在强烈的刺激之下，黎琊他那萎弱的身体曾有过一阵回光反照，那虚幻的振奋过后他马上又陷入了绝望之中，精疲力竭，动弹不得。但就在这一点上，旁的剧作家只会描写一个为父者的绝望，莎氏却能用微微一举手的姿势，形状出黎琊濒死时他身体内部的变化。全身的血液都已蓄聚在他心中，可是心房里那微弱的激动已不能把血液重行推打出来了。黎琊这时候已虚弱得不能解衣，但他只以为那窒息的感觉是因为他衣服太紧而起，所以对旁人说道，"请你解开这扣子。"

⑫⓪ 此系从对开本原文；四开本里这句话是黎琊的。若从后者，前面黎琊"死去"那导演辞当移后去；若依 Wright 说，那导演辞该在铿德下次说话时。

⑫① 译文据对开本之"tough"，意思是说这人间是具不坏的刑架。Pope, Capeil 等从二、三版四开本，作"rough"（强暴的，粗鲁的）。后一种读法缺少蕴蓄，有一泻无余之弊。

⑫ 原文“Friends of my soul”，属于修词学里的所谓纡曲说法(periphrasis)，意即如译文，见 Schmidt 之《全典》。原文从本行起到剧终，不用素体韵文(blank verse)而用双行骈韵体(herolc couplet)。

⑬ 原意为“这破碎的政权”。Jennens 谓最好全剧就在这里停止，译者颇有同感。

⑭ 对开本二、三，四版于铿德说完这话后有导演辞“死去”，从此者有 Rowe 等五家。Jennens 云：铿德不允从政，只因为他年迈力衰，不胜烦剧之故，却并非因为他要马上倒地而卒。他只说他不久要去旅行，然既无诀别之意，又未表示就要死的征兆，设若忽然死去，岂不太突兀，太出人意外了吗？Malone 云，铿德上场时曾说过，“我来和我的王上和主公永诀”，可是那句话和这里的要旅行一样，只能表示说话人的悲戚。“shortly”(不久)这个字确凿证实了莎氏不要他在台上死。译者觉得 Malone 此解最妥切。Moberly 谓“a journey”(一次旅行)乃是到另一世界去的意思。Schmidt 谓“My master”是指黎琊，不是指上帝“我主”。

⑮ 对开本诸版作“蔼特加”，四开本作“亚尔白尼”。Theobald 谓，演蔼特加的那演员在莎氏当时很受人欢迎，所以违着戏剧的礼节，这最后几句话不让权位大的亚尔白尼说，而让蔼特加说。Halliwell 云：这四行应由亚尔白尼说，因为他在死剩的几个人中间权力最大，地位最高。他这话又似乎在轻轻责难铿德的绝望语，告诉他“我们得逆来顺受这伤心的重担”。如果铿德死了，决不会这样平淡地过去；而且亚尔白尼这几句话也就失掉了它们的意义。Schmidt 云：这几句话分明是蔼特加说的，因为他得回答亚尔白尼刚才说的话。还有，那话里的意思——他暂时说不出他应说的话——完全不合亚尔白尼的口气，因为在这最后一景里，他从未忘怀过国家大事或公众的利益。可是最后那两行和公爵的性格却很相当，而且按照戏剧的成规也该由他出口。也许前两行和后两行本来应由蔼特加和亚尔白尼二人分说。Craig 从对开本，说 Theobald 所给的理由不成为理由；这四行，作者本意是叫蔼特加说的，因为一来他务须回答前面亚尔白尼对铿德和他所说的话，二来“我们年少的”一语由他说来也比较地自然。Bradley 也拥护对开本，他说，对铿德的绝望语所下的“轻轻的责难”似乎更适合于蔼特加的性格，而且我们也不能证明亚尔白尼年纪轻，虽然我们也没有理由猜想他年纪不轻。

⑯ Jennens 云：最后两行简直是蠢话，分明非作者原笔，不论谁只要改得好就不妨一改。Capell(从四开本)云，亚尔白尼的意思是说，他亲身经历过这许多沧桑，定会减寿几年。Dyce 云，最后一行的意义确是太晦。Moberly 注：年老和悲多对于不快乐的黎琊是同一件事情；他一生经历过那么样愁惨黑暗的时日，那么样无比的忘恩负义和暴躁的纵情任性，即使我们也活到他那样的年纪(那是多半不会的)，也决不会经历到他那样的坏日子。Bradley 注，“最老的”不是指黎琊，而是指“我们中间最老的”，就是说，铿德。末行译文“还”字即从 Bradley 之以“and yet”释原文之“nor”。

附　　录

一　最初版本

《黎琊王》最早的版本，和莎氏其他剧曲的版本一样，也分四开与对开两种。在十七世纪这本戏的四开本共印了三次，第一次在一六〇八年，第二次一六一九年，第三次一六五五年，对开本共印了四次，初次一六二三年，二次一六三二年，三次一六六四年，四次一六八五年。这前后七种版本中以初、二两版四开本和初版对开本最为重要，十八世纪以来各校订注释家所根据的就是它们；其余四种版本则较为次要，因为都是那三种最初版本的直接或间接的重排复印本。莎剧的原稿、抄本、演出本、记录本和印底，我们知道，都早已被时间磨骨扬灰，化归乌有；而作者当初写作的目的又只是在戏台上演出，不预备发表，所以他从未亲自监印过任何一篇剧本：因此两层原因，比较最可能与原作相近的十七世纪版本当推那三种最初的本子了。

一六〇七年伦敦书业公所的《登记录》（*Stationers' Register*）上有这样一项登记：

26　Novembris

Nathaniel Butter Entred for their copie vnder

th andes of SIR GEORGE

Johu Busby　　BUCK knight and Th wardens A booke called.

Master WILIIAM SHAKESPEARE *his'histo-rye of Kinge LEAR' as yt toas played before the kinges maiestie at Whitehall uppon Sainct Stophans night at Christmas Last by his maiesties servantes playinge vsually at the 'Globe' on the Bankyde*. vja

这里"Nathaniel Butter"和"John Busby"是请求登记的两个出版家;"SIR GEORGE BUCK"为詹姆士一世的内廷欢娱总监(Master of the Revels),——按当时一般的书籍于印行前须经坎忒白列(Canterbury)大主教或伦敦主教所委的检书牧师检查过,方准出版,戏剧的演出则须通过内廷欢娱总监的检查,由他认为没有亵渎神圣、讥弹政治、妨碍国策、毁谤显要和语涉淫猥等错失后,就可以正式上演,上演过的剧本若要出版就不必检查牧师的重行审阅了;"Th wardens"为书业公所的主事两人,册上未列名姓;在御前上演的大概就是初次演出日期,"Sainct Stephans night at Christmas Last"为一六〇六年十二月二十六日;戏班"his maiesties servantes"乃莎氏自己所隶属且有份头的国王御赏班(the king's men);"the'Globe'on the Banksyde"则为国王御赏班平日在那里演出,供民众看戏的地球剧院,位于泰姆士河河滨;"vj[d]"是印书登记费六便士。

上面所说在一六〇七年十一月二十六日登记的那本书便是《黎琊王》第一版四开本,下年出版时书名页上的题名全文是:

M. William Shak-speare:| *HIS* | True Chronicle Historie of the life and| death of King LEAR and his three| Daughters. |*With the unfortunate life of* Edgar, *sonne* | and heire to the Earle of Gloster, and his| sullen and assumed humor of| TOM of Bedlam: |*As it was played before the Kings Maiestie at Whitehall vpon*| S. Stephans *night in Christmas Hollidayes*. | By his Maiesties servants playing vsually at the Gloabe | on the Banckeside. | *LONDON*, | Printed for *Nathaniel Butter*, and are to be sold at his shop in *Pauls* | Church-yard at the Signe of the Pide Bull neere| St. *Austins* Gate. 1608. |

这初版四开本叫做"花牛版"('Pide Bull' edition),因为书名页上载明发行人 Nathaniel Butter 的店招以花牛为记。我们现在认为初版四开本的这"花牛版"和我们现在认为二版四开本的版本,究竟哪一个在前,哪一个在后,莎剧的版本专家在十八世纪开始的一百六十余年中一直没有弄清楚。W. G. Clark 和 W. A. Wright 在他们编校的剑桥版全集(一八六六年初版)脚注里比较这两种版本时,还叫"花牛版"为二版四开本,叫我们现在认为二版四开本的版本为初版四开本。这两位声名藉藉的莎剧学者于剧本编完后才开始在序文里承认他们书中所说的二版四开本在前,故是真正的初版四开本,他们书中所说的初版四开本在后,故是真正的二版四开本。不过他们还以为这两种版本的前后相距不甚久,在同一年内印行,因为二版四开本的书名页上分明也印着一六〇八年出版。这错误一时无法消除,要留待二十世纪的莎剧学者来改正了。

然只就初版四开本而论,使问题尤其复杂化的是同属于这所谓"花牛版"的各本也不尽相同:Halliwell-Phillipps 说在仅存的十二本"花牛版"本子里(W. L. Phelps 在一九二二年耶鲁版《黎琊王》里说只知道有十本存在了)没有两本完全一样。那原因,据 Clark 和 Wright 说,大概是"花牛版"排印的当儿,有些页上的误植是印过了多少份后才被发觉而改正的,追改正后又继续印出多少份来,也有发觉了误植之后手民猜测情形以错改错,乃至改得更糟的,如此先后参差,紊乱更甚。而且(Furness 特别赞成此说)再加上改过的和未改过的各张被钉书作工人掺杂混乱了起来,没有一份份地理清,于是这版本上的隐谜就越发难于猜透了。剑桥版全集两位编者的这个假定,以及他们对于两种四开本孰先孰后的见解,随后经 Daniel 在他影印"花牛版"四开本的序文里加以确凿的证实,至此将近两百年的疑难摸索遂一扫而空。

至于各本初版四开本所共有的错误费解处,手民的印误固然是一个因素,但另有个或许更重要的原因则为排版时印底上的错误太多。据校订家研究的结果(见 E. K. Chambers: *William Shakespeare*, Vol. I, pp. 161—162, 465—466; Clarenden Press, Oxford,1930),"花牛版"的印底大概是用当时的速写法(叫作'stenography',又叫作'brachigraphy')在演出时偷记下来的,然后由速记人录出全文,印书人即据以排版。"花牛版"印底来自速记的证据很多;比如说,有阙文好多段,分行往往分错(有时一行韵文开始弄错以后,跟着就把行中间的文句中断作为行的起迄,直到遇着另一错误或整段韵文结束时方重新弄对),有些韵文行完全没有音步,散文印成韵文而韵文则印成散文,全剧除逗点以外差不多不用其他的标点符号。“花牛版”《黎琊王》虽有这些毛病,但比起莎氏其他剧曲的初版四开坏印本来,还算是相当高明的,它的记录人只在分行与句读二事上欠缺了点功夫。如果速记偷记的说法不错,“花牛版”这本子想必是既未得戏班子许可,又未经作者同意的所谓盗印本了。发行人 Nathaniel Butter 虽曾把这本书向书业公所做过登记手续,保护他的版权,但那版权的获得就根本未见得合法。我们知道他在一六〇五年曾盗印过海渥特的剧本《你若不认识我,便谁都不认识》(Thomas Heywood:*If You Know Not Me, You Know Nobody*),后来曾被海渥特所公开责难过。

第二版四开本,经 Pollard,Greg,Niedig 等莎剧版本专家的考证(见 Chambers,Vol. l,pp. 134—135,463 ff. ,Vol. Ⅱ,p. 396),论定是“花牛版”的重排复印本,于一六一九年出版,发行人为 William Jaggard,印行前大概曾得到“花牛版”原发行人 N. Butter 的许可,但并未向书业公所作转移发行权的登记。它书名页上的题名全文是:

M. William Shak-speare, | *HIS* | True Chronicle History of the life | and death of King *Lear*, and his | *three Daughters.* | *With the unfortunate life of* EDGAR, | sonne and heire to the Earle of *Glocester*, and | *his sullen and assumed humour of* TOM | of Bedlam. | *As it was plaid before the Kings Maiesty at White-Hall, vp—* | *pon S. Stephens night, in Christmas Hollidaies.* | By his Maiesties Seruants, playing vsually at the | *Dlobe* on the *Banckside* | Printed for *Nathaniel Butter.* | 1608. |

这版本我们叫它“N. Butter 版”,如今已确实证明为一六一九年之二版四开本。当时印书很马虎,Jaggard 也许只把他的印底“花牛版”书名页上的书店地址划去,可并未把自己的书店地址补入,其他都一仍旧贯,就是印行年代也没有改正。这样一来,更使得莎剧学者如入五里雾中:Capell,J. P. Kemble 和初版剑桥本全集脚注里,都误认这"N. Butter 版"在"花牛版"之前;其他自 Rowe,Pope 等起以迄一八六六年前的校订注释本,则只要讲到这两种版本的年代,便无不认为它们于同一年内印行。这"N. Butter 版"现在虽已证明是"花牛版"的重排复印本,因而权威不大(Phelps 在一九二二年耶鲁本里说,他知道此书现有二十八部存在),但它有几处很有价值的改正"花牛版"印误的地方,却不能在现存的任何册"花牛版"本子里找到。并且大体上它比"花牛版"要印得好得多,——那也许是世间少有的一种恶劣印本。不过总起来看,它们是相差不顶大的两种本子,二者合起来往往与初版对开本对称,虽然在重要性上绝不能跟它分庭抗礼。

初版对开本系莎氏去世后他的戏班里的两位同事好友 John Heminge 与 Henry Condell 所付印,《黎琊王》乃其中三十六本戏曲之一。《莎士比亚喜剧史剧悲剧集》这书名初次见于书业公所的《登记录》,登在一六二三年十一月八日项下;实际登记的只是十六个从未印行过的剧本,有两个则虽未出版过也未被上册,其余十八个已都有四开本行世;申请登记的发行人为 Edward Blount 与 Issak Jaggard(William J. 之子);审查官这一次不是内廷欢娱总监,而是圣保罗礼拜寺里的一位检书牧师,名 Thomas Worrall;登册主事姓 Cole,名不详。这部戏剧《全集》("Pericles"一剧未收入),据 Willoughby 说,也许在一六二一年就开始排版,中经停顿,书名页上载明一六二三年发行,但实际出书恐怕在一六二四年二月间。书名页正中印一 Martin Droeshout 所作之镌版莎氏像。《黎琊王》在这《全集》内被列入悲剧部分,占二八三至三〇九页;它与《麦克白》、《奥赛罗》与《沁白林》都经分幕分景,其他悲剧则不然。这版本毫无疑问要比两种四开本好得多了,而且所根据的定必是与初版四开本所用者颇不相同的另一印底。虽然它较四开本为优,但正如 Collier 所云,莎氏剧作中却很少有《黎琊王》这样靠四开本补足它的缺文,成为足本的。这是因为四开与对开版本的剧辞很有长短不同之故。据新集注本编者 Furness 氏的估计,四开本内约有二百二十行为对开本所没有,对开本内则有五十行为四开本所没有:结果四开本的总行数比对开本者要多出约一百七十五。惟 Craig,D. Nichol Smith,Phelps,E. K. Chambers 等俱谓四开本约有三百行为对开本所无,对开本约有一百十行为四开本所无。这计算颇有出入大概缘于计行的方法不一样,Furness 并两半行为一行,其余各人以两半行为两行。总之,四开与对开版本大有参差是不成问题的。这参差,多而少,少而多,便成了莎剧校订学上一片极饶兴趣的研究园地。究竟对开本付印之前,是谁做过了一番删削工作,有一处甚至把整整一景(第四幕第三景)完全取消?是作者自己吗,还是同班的伶人?有何计划,抑出于偶然?目的是要缩短剧本呢,还是要增进戏剧效果?这些都是这两种版本如此参差所引起的问题,而对于它们的答案倒是德国莎剧学者比英国莎剧学者更来得注意。

Johnson 相信对开本所根据的是莎氏自己的最后改稿,改得很匆忙随便,修短剧景的用意多,而贯串剧情进展的存心少。Tieck 以为对开本里的缺行有些也许因为詹姆士一世崩位后检查书籍较严而删去的,有些也许是为影射的地方故实已逐渐晦隐,或暗指的新闻事件已失掉时效,这一类东西莎氏剧曲中以本剧为最多;至于第四幕第三景之被削也许因为缺少了一个胜任愉快的演员去表现它,或者为了要使剧情结构单纯化,以免除若不截去便准会引起的剧景纠葛。Knight 把对开本推崇备至,断定它的删削与增添俱出于莎氏自己,并非任何编者所能代庖。第三幕第一景“他撕着白发,……都同归于尽”是一段精彩的描写,不过作者去掉它自有他的权衡,因为跟着在第二景里就可以见到黎琊在同一情形中的行动。同幕第六景“我马上来传讯她们……”一段很难说定被删的用意何在:也许因为扮黎琊的伶人在第三景里演得力竭声嘶,为节省他的精力起见,不如把这段略去;更大的原因或许是铿德在此段之前刚说过“他所有的聪明才智完全让位给了狂怒”,这场幻想的审判会显出疯人的神志太有条不紊了。蔼特加在这一景临了时的叶韵独白,作者当然不妨省略它,不会感到可惜。亚尔白尼痛骂刚瑙烈的第四幕第二景被节缩得很多;若依四开本却并不能推进剧情,而对于剧中人物性格的发展也没有多大的贡献。同幕第三景完全给削掉,那是这首剧诗里最凄美动人的一景;若四开本不把它保全着,我们确乎要惋惜不置。但这一景大部分是描写的文章;这描写固然曼妙无比,尤其是使我们更深切知道考黛莲性格可爱到绝点的一些地方,然我们毕竟相信我们的悲剧诗人,Knight说,我们相信他很严正地决意让这篇惊人的剧本完全倚重它的动作,而不靠别的东西。至于以后的缺行,直到剧终,就不多而不甚重要了。

Delius(德国莎士比亚学会《年刊》卷十)主张非但对开本的阙文不是莎氏自己的删削,就是四开本所少的也并不出于他的本意。对开本所没有的"二百二十行"他断定是伶人们所截去的,用意乃在缩短上演的时间。四开本所没有的一些行则为手民的疏误遗漏,大多起因于印底之残缺不清。就事件本身而论,莎氏既然身为伶人,由他自己去删削他的剧本,似远较由旁人捉刀为自然。但我们知道他为班子里写好了剧本,交卷之后,自己素来是漫不经心的,剧本的命运和文名的显晦悉数放在度外。对于《黎琊王》他的态度多半许是一贯的,所以上台表演的问题大致不复能使他操心,而照例由地球剧院的戏班子,剧稿的主人翁,去全权决定。况当一六〇八年,初版四开本出版而正值这本戏在舞台上风行的时候,莎氏正住在故乡司德拉福(Stratford-on-Avon)。是不是那时候或往后,Delius 问,班子里的伶人们会特地去麻烦远离伦敦的作者,请他亲自删削,以便上演,既然这样一件工作,在惯于处理此类例行公事的他们看来,分明是日常会碰见而他们自己尽可以同样不费吹灰之力去做到的事?而且假定莎氏自己果真删改过此剧的话,对开本上一定留得有确曾改易过的痕迹,必不仅止于划去多少行而已。莎氏不会自己觉得《黎琊王》里的那一段是多余的,否则他的编校注释者认作赘疣的部分他不会写入剧中。归结起来,Delius 相信对开本所根据的是较晚的一个剧稿,为剧院所有;它与莎氏原作比较还近似,不过曾经管理剧院的伶人们删削过。

Koppel(1877)与 Delius 的见解完全相反,他认为四开与对开两种版本里的删行削景都出自莎氏自己。莎氏是伶人、剧院管理人、戏剧作家与剧院诗人,他对于剧曲的出版和文名的显晦无论怎样不感觉兴趣,但对于剧本在舞台上的成败,就是说,应否把它们截长补短,以便适合于上演,可不能漠不关心。据他说,先后的次序是这样约:原来是与四开本差不多的一个剧本;其次是加长了的,就是四开本加上对开本所增的一百十行,颇像我们现代版本的方式;最后因感觉太长,大加剪裁,便成了最短的对开本所保存的那样子。Koppel 把这两种版本里所多出的或缺少的一一加以评骘,兹将新集注本所选者重述三五,以见一斑。四开本所遗的第一幕第一景三十八至四十三行“好让我们释去了……永免将来的争执”一段,够不上作者的水准,虽然四开本里多数的阙文确出于莎氏之本意。跟着四十七、四十八两行“如今我们既然要……从政的烦忧”可能是对开本里的蛇足,因它们重复了上面的“而且决意从衰老的残躯上……力壮的年轻人”一段。对开本缺少第三幕第一景“他撕着白发……”的一段与削掉第四幕第三景全景,Koppel 对它们与 Knight 的意见略同。对开本内第三幕第一景三十至四十二行“可是法兰西……这重任交与你阁下”之被删,是因为黎琊的苦难已传到了法兰西(四开本里两位不列颠公爵的不和似乎是法军乘机进侵的唯一原因),若再派这位贵人到多浮去见考黛莲便成了多余的,没有目的的事了。从对开本文字上看来,我们只得到黎琊即将遇救的一点有安慰性的暗示,以及钱袋和戒指,都是这忠诚的武士所应得的报酬,而把这暗示放进这预备的剧景里,便使它变成了急进的悲剧剧情中的一瞬刻抚慰的静谧,——这正是删去这十二行的高明之处。……

Schmidt(1879)责备现代版本集纳四开与对开各版本的字句行景为不合理,因为作者从未写过那样的综合作品。四开本的不合法是显而易见的,因为对开本上莎氏两位老友 Heminge 与 Condell 在《致读者》文内说得极明白:“你们以前受了各种偷得的私印本的欺骗,那些本子全都被那班为害的发表它们的骗子在欺诈偷窃中弄得残缺失形,如今你们可以看到那些本子已治好了残疾,手足俱全。”当然,可靠的剧稿跑进书商手中,被印成四开本子,并非绝对不可能,但实际上是件极难的事。全本剧稿,我们要晓得,是在剧院管理人手里的,他们中间不见得会有一个出卖他们自己专利的内奸:而在伶人方面呢,每人只单独知道自己的剧辞,一个外面的买稿人要得到全剧剧辞,便非得使全剧的伶人们来一个有组织的同谋不成。可是雇了速写的抄手在戏院里记录全剧,只要不怕麻烦,肯花钱,却并非难事。一个速记员来不及可用两个三个,彼此替换;一次上演来不及可分两次三次,务使全文到手。《黎琊王》的两种四开版本便是这样得来的；它们与对开本相异处不值得考虑（只除了十三、四处对开本上显然的印误之外），因为后者至少与作者原稿还有间接的关系。这剧本结构谨严，而对开本所去掉的都无关宏旨，故可断言其非出于凡庸之手。我们可以假定在这版本出来的前几年，舞台上的本剧便是这个模样。关于两种四开本之较长，并不能证明它们比对开本为较全：我们只能说上演它们的时候对于舞台的需要还没有充分的经验。有人说，四开本所根据的为较早的原稿，对开本的印底是莎氏后来的改正稿。这亲自改正一说全无史实可凭。对开本的付印人分明说道，“他心手相应，想到的就畅达出来，我们难得在他稿子上见到一处涂抹”，而庄孙（Ben Jonson）引莎氏同时的伶人们的话也这样说法。四开与对开版本的异文有许多完全不相干：字句间稍有出入，意义上并无大不同，对于整篇作品则绝对不重要。如果对开本确系印自改正稿，许多改正便会给予伶人们许多麻烦和惑乱，那是断乎要不得的事。但假定了四开本印底得自速记之后，四开本上许多异文就不难推知其故了。伶人们的记忆有时未必可靠，这是一；他们也许未必认真把莎氏原剧一字不易地念出来（譬如说，在他们看来，“Stoops to folly”跟“falls to folly”无多大分别，“protection”与“dear shelter”差不多），这是二；还有速记员用的缩写，有时被手民所误读（如前者用“my l.”以代“my lord”，后者排成了“my liege”），这是三；速记稿上又往往有空缺，留待后来填补，而结果每被误填（如“high winds”误作"bleak winds”），这是四；此外速记员将剧辞听错写错，尤属意料中的常事，不足为奇。总之，Schmidt 认为四开本不可靠而对开本可靠，但对开本并非莎氏自己修改的结果。

Fleay（1879，鲁滨荪《文学撷英录》）提出阙文缘于检查说。四开本，他说，正如它书名页上所云，为一六〇六年十二月二十六日在御前上演的那个剧本；分幕分景而颇多删削的对开本则是适应舞台需要的节缩本，节缩大概在莎氏去世后一六一六至一六二二的六年间。当一六〇五年原来的剧稿写成时，时事新闻有下列各件正深印着人心：Jane 王后不久前（在 1604 年 10 月）问讯过占星术士，她对此道信仰甚深；当时正传闻着詹姆士一世与王子亨利失和；新朝的大批封爵颇为时下所讥讪；英伦与苏格兰方（1604 年 10

月20日)公告合并,一六〇五年十一月五日之火药大阴谋哄动着朝野,余惊未息。因此,第一幕第二景103至108行“我的这个坏蛋就中了这兆头;这是儿子跟父亲过不去:国王违反了他本性的慈爱;那是父亲对孩子不好。最好的日子……”的一段,在作者原意也许并无所指,惟于宫中上演怕会引起误会,故被检查官删去,而遂不见于四开本内。反之,用以替代此段的91等行及137等行,内有“我爱他得那么温存;那么全心全力地爱他”,“对国王贵族们的威吓和诽谤”(指火药大阴谋),“婚姻被破坏”(指厄塞克斯伯爵夫人事)等语,对于詹姆士一世却并无冒渎之处,故被加入四开本内。还有第一幕第四景317至328行“这人计算多好!……还是要——”的一段为四开本所无,其中尤以这几行为詹姆士一世所难于容忍:

“……,他便会指使他们那暴力
护卫他自身的昏懂,甚至威胁
我们生命的安全。”

而最明显的例子是第三幕第一景22至42行的一段那里“他们有些个……遮盖这隐事的虚饰”的几行准是因不便上演而被删掉的,故不见于四开本,替代它的则分明是“可是法兰西确已有……交与你阁下”的几行。原来这几行

“……他们有些个——
权星高照的,那一个没有?——属僚们,
外形像属僚,暗中却为法兰西
当间谍和探报,私传着我邦的内情。
看得见的,譬如……
再不然就有更深的隐事,以上
那种种许只是遮盖这隐事的虚饰。”

触犯权贵们的禁忌非常深,因当一六〇四年冬天,英国与西班牙议和条约签订了还不到六个月,而这和约是贿赂了Suffolk, Northampton, Pembroke, Southampton, Dirleton等显要才成议的:所以这几行不能放在宫内上演的剧本里不必说,就是在地球剧院公演时,如果说了出来,也怎能不被观众误解为暗射这一件大规模的败法毁纪案的隐语?至于四开本的舛误百出,和对开本阙失

之非出于莎氏本意,但为管理剧院的伶人们所删,则 Fleay 与 Delius 完全同意。

A. C. Bradley 谓(1904,《莎氏悲剧论》)《黎琊王》在莎氏悲剧中最伟大,最神奇,冲天贯日,莫之与京,虽然它也最富于晦冥、矛盾、难解处。(勃氏所示这篇大悲剧的短处不下二十点,但我们在这里不能列举,因若欲将作者的主旨公平表达出来,便得把他积极方面的立论也尽述无余;但那是篇幅所不许可的事,故只得留待将来,让我们万一有机会译完了四大悲剧之后,再把这本自身便为不朽杰作的剧论也译出来,以见其全。我们鄙夷利用了勃氏的反面文章去指摘如此一篇伟构的诡计,因为那么做只能使读者得到一个扭曲论者真意的误解,——而勃氏原文分明并不会招致任何误解:他说[p. 261]全剧的没遮拦处跟它的缺点相形之下,我们不是不觉得后者的存在,便是认它们为无关紧要。质言之,断章取义,故意造成那样的误解,由严肃的观点看来,对读者简直是一种无耻的诈术,对勃氏是极大的侮蔑,对《黎琊王》则如蚍蜉撼大树,并不能伤其毫末。)这些缺点大体上是因为它的阔大、惊险、崇高、需要有它们,一小部分则许是起因于莎氏写作时的粗心。不过那小部分,创作时的疏忽遗漏固然可以认作一个或然的原因,另一个也许更真切的原因则是为了题材太丰富,怕剧文过长,演出诸多不便,故莎氏(a)于写作时即力自撙节,不曾照原来所想象好的计划充分挥洒出来. 或者(b)于写成后始加以删削,惟未经一度细心的修改,遂致有些地方显得剧情不明晰,不接榫。譬如说(*Shakespearean Tragedy*, Macmillan, London, 1922; note T, pp. 446 至 448)黎琊怒责刚瑙烈"什么,一下子就是五十名随从!"但检视前文,她并未说起过数目,只表示了一点愿望("请允从我削减从人的愿望"):也许刚瑙烈原来表示愿望时确曾说起过数目,但剧本写成后或被删去,故怒责的语意就有些脱节。(雨按,这里未必是脱节:刚瑙烈可以先斩后奏,表示愿望时已把半数的随从裁去,等到黎琊下场去才初次发现此事,于是马上回上场来,责她"一下子……",且希望雷耿"撕掉你这张狼脸"。)还有,第一幕第一景浡庚岱公爵有向考黛莲求婚的优先权,法兰西王则被列为,并自甘居于次选,那原因大概也可以纳入(b)类,此外傻子的命运没有交代,以及其他的几个缺点,都可以归咎于仅事删削而未经修改。至于可纳入(a)类者,如葛洛斯忒于本剧开始前也许怂恿过黎琊的划分国土的意思,锴德则力持反对。如果这猜测不错的话,第一幕第四景135行傻子说起“有个人啊劝过你”,和第三幕第四景155至156行葛洛斯忒谓

公主们巴他死。啊,那个好锴德
他说过会这样的,可怜他遭了流放!

这两处就会显得更有意义了。这样一来,剧中两个故事就可以联系得更外密切。……最后,全剧有三段通常被疑为他人所妄自增入者,Bradley(note V,pp. 450 - 453)认第一段(第一幕第五景景末两行)确系伪托,第二段(第三幕第二景从傻子的“好一个夜晚!”起至景末)亦然,第三段(第三幕第六景景末蔼特加之独白)则翔实可靠,为莎氏手笔无疑。Bradley对此三点各举理由五六条作证,兹不具述。

E. K. Chambers(1930, *William Shakespeare*)相信四开与对开两种版本彼此对比后各自所缺少的字句行景皆为莎氏原作所固有,阙佚的原因则不一。唯一的例外是第三幕第二景景末傻子的一段预言;这十七行他认为确系伪托。四开本之印底为一速记稿,它的缺佚大率为伶人们、速记员与印工的错误,有三处则或许是检查官的删节。对开本的删削未见得高明,大致是剧院里为解决演出问题而去掉的,虽然手民的印误与检查官的删削(三处)也不无关系。遗漏第四幕第三景整整一景乃是个主要的损失,因为这一景是考黛莲前后出场相距过久的一个居间的联系。要追究从事此类删削的是莎氏自己还是同事的伶人,是件无聊而无益的事;不过我们可以断定排印对开本所根据的印底定为剧院里的演出本剧稿。

二 写作年代

《黎琊王》的写作年代,比起莎氏有些剧曲的写作年代来,可说是还不难作相当正确的考定。现存得有两个时间上的界限,一个决自内证,一个决自外证,二者前后相距只有三年:从一六〇三到

一六〇六年。

供给外证的是书业公所《登记录》，它告诉我们这本戏于一六〇六年耶稣圣诞节上演于宫中的白厅；由此可知写作必在这最晚的时间界限之前（但 Bradley 谓在宫内上演未必一定是第一次演出，见 p. 470）。从内证上我们可以找到一个最早的时间，写作必在它这界限之后。

作内证的是剧中所提及的写作前之时事三件：第一件为哈斯乃的《揭发状》，最先指出此事者为 Theobald；第二件为蔼特加装疯时所哼的小调，不用通行古歌谣里的“英吉利人”而曰“不列颠人”，此事为 Malone 所最先指出；第三件为葛洛斯忒说起的“近来这些日蚀月蚀”，首先提供我们注意的是 Aldis Wright 氏。

先说哈斯乃《揭发状》（Samuel Harsnet 发表此小册时为坎忒白列大主教 Richard Bancroft 手下的牧师，后来他自己被任为约克大主教）。此书于一六〇三年出版，书名页上的题名全文甚长，为 *A Declaration of Egregious Popishe Impostures, to with-draw the harts of Her Maiestie's Subjects from their allegeance, and from the truth of Christian Religion professed in England, under the pretence of casting out devils. PRACTISED by EDMUNDS, alias Weston, a Jesuit, and diuers Romish Priestes his wicked associates. Where-unto are annexed the Copies of the Confessions, and Examinations of the parties themselues, which were pretended to be possessed, anal dispossessed, taken, upon oath before his Maiesties Commissioners, for causes Ecclesiastical AT LONDON Printed by Iames Roberts, dwelling in Barbican,* 1603.《黎琊王》涉及此书处见第三幕第四景注64，93及110，同幕第六景注130，141及145，和第四幕第一景注17。内证三事中以这一件为最无问题，其余二件则考订家对它们的意见不大一致。

第二件内证，据 Malone 说，限制这本戏的写作期间在一六〇四年十月以后。第三幕第四景景末蔼特加假装着苦汤姆哼道：“……‘fie, foh, fum，我嗅到一个不列颠人的血腥。’”可是在比莎氏此剧较早些的书籍里遗留下来的这两句古曲辞都是“fy, fa, fum，我嗅到一个英吉利人的血腥。”原来苏格兰王詹姆士六世兼承英国王位而后,国会于新朝第一次开会时宣布他是大不列颠王詹姆士一世,那是一六〇四年十月二十四日。莎氏写作《黎琊王》定必在此事之后,故将流行的"英吉利人"改为"不列颠人"。Malone 又推断本剧初次上演多半在一六〇五年三、四月间。怎么知道呢? 书业公所《登记录》是年五月八日登录着一个"新近上演过的"剧本,叫作《莱琊王历史悲剧》(*The Tragecall historie of kinge LEIR and his Three Daughters &c.*),印刷人为 Simon Stafford,发行人为 John Wright. 这登记的剧本不知作者何人,乃一五九四年五月十四日 Edward White 早已登记过的《莱琊王历史剧》(*The moste famous Chronicle historye of LEIRE king of England and his Three Daughters*)之第二次上册。Stafford 与 Wright 登记时,Malone 说,分明因莎剧《黎琊王》在戏院里上演成功,出版人希望书的销路沾一点卖座好的光,所以想用"新近上演过的"一语去蒙混买书的顾客。不过这骗局后来终于放弃了一部分,所以实际出版时书名页上还是印着《莱琊王历史剧》(*The True Chronicle History of King LEIR and his three daughters,...*)的题名,虽然"新近上演过的"一语仍未取消。若照以上的说法,《黎琊王》初次演出果真在一六〇五年三、四月间的话,它的写作期就一定在这时限之前。总结起来,本剧写作年月可以论定在一六〇四年十一月到一六〇五年二月的这四个月中。

Chalmers 相当赞成前面的结论,认此剧确是作于一六〇五年一、二月间,但他觉得 Malone 的论据不尽可靠:譬如说,远在一六〇三年,国会尚未宣布什么统一英、苏二邦的不列颠时,早就有两位诗人 Daniel 与 Drayton 在他们的作品里用到"不列颠"与"不列颠人"二语。

Drake 主张把写作期推上两月,定在一六〇四年十一、二月间,为的是初次上演须得推上一两个月,而写作必在初演之前。发行人于一六〇五年五月八日既想用"新近上演过的"一语去骗人,可见当时这剧本已不是正在上演:真正上演应在早几个月之前。

Furness 批评 Malone 对于 Stafford 及 John Wright 二人的"历史悲剧"一语太拘泥。他们用"Tragecall"一字原很随便,并不想欺骗读者。"新近上演过的"则更是真话:这本戏在当时舞台上是一本颇受观众欢迎的第三流喜剧;倒是它的成功引起了莎氏用那题材写一悲剧的兴趣,并非莎剧《黎琊王》的成功使 Stafford 与 John Wright 睁开他们的生意眼。《莱琊王》虽有个快乐的结局,但除掉最后两三景外,整个剧本所给人的印象无疑是很悲惨的。一位年高望重的国王,饿得使他的忠仆自愿献上自己的臂膀给他疗饥,这样还不算是悲剧,怎么样才算?Dryden(十七世纪英国诗人,剧作家,批评家)在他的《西班牙僧人》(*The Spanish Fryar*, 1681)序文里说起"收场快乐的悲剧"。Nahum Tate(1652—1715,三四流诗人,改编《黎琊王》为一结局圆满的喜剧,曾在英国舞台上风行了一百四五十年)自称他的改编本为《黎琊王悲剧》。还有 Campbell(十九世纪诗人)论本剧时提及《莱琊王》,也叫它"悲剧"。那么,一个意利沙白时代的印书人用"悲剧"称呼《莱琊王》,我们也就不应深责了。

或许可作第三件内证的是葛洛斯忒所说的"近来这些日食月食不是好兆"等语,见第一幕第二景,注⑩④。A. wright 根据这句话和后面蔼特孟的两句("唉,这些日食月食便是这些东崩西裂的预兆"及"我正想起了前儿念到的一个预言,说是这些日食月食就主有什么事情要跟着来",俱见第一幕第二景)断言本剧写作期限最早不会早过一六〇五年年底。写《黎琊王》时,他说,莎氏毫无疑问还清楚记得一六〇五年十月二日的大日食和九月间(E. K. Chambers 谓为二十七日)的月食,又想起 John Harvey《驳预言之妄》(1588)一书,因当时出版物中颇多占星及预言之作。还有葛洛斯忒的"如今是阴谋、虚伪、叛逆和一切有破坏性的骚扰,很不安静地送我们去世"一语,说不定就是指十一月五日的火药大阴谋(见第一幕注⑩⑤)。总之,莎氏开始写作大概在一六〇五年年底冬天,完成时约为次年夏季。

Craig 在他的 Arden 版导言里(p. xxiii)引用王家天文学会 W. H. Wesley 所供给他的天象史实,证明 A. Wright 以一六〇五年日月食来考定《黎琊王》写作时间为不可靠。一五九八年二月二十一日据记录有一大月食,三月七日大日食,八月十六日月全食。一六〇一年六月十五日月小食,十二月九日月蚀几既,同月二十四日日环食。就是 Wright 自己所引的 Harvey 文也预测一五九〇年七月七日与二十一日，一五九八年二月十一日与二十五日，一六〇一年十一月二十九与十二月十四日，都将发生日月食。Halliwell-Phillipps 对此的见解似有至理；他说要考定一本莎剧的写作年代，把剧中提及的日月食、地震等等当作暗指着实事，最易引人误入歧途。虽然如此，Craig 的结论仍把《黎琊王》放在一六〇六年内，因为它于是年圣诞节日在御前上演，而在那样的场合演出的可说难得或决不会是演旧了的剧本。

对于《黎琊王》写作年代的考订，重要者止此而已。我们不想再介绍某甲赞成 Malone 的这个见解，但反对他那个主张，或某乙不同意 Wright 的某些论据，但接受他最后的结论。莎氏蓄意写这篇剧诗，初动笔，以至大功告成，究竟各在哪年哪月那一天；写那可怕的咒誓，那暴风雨里比风雨更威加十倍的狂怒，老父与幼女的别后重逢，究竟各在哪一天的几时几刻：这种种即使我们知道得千真万确了，又怎么样？重要的是这本戏曲本身和你我如同亲身经历的心悟与神往；此外都可说是不相干的余事。不错，在作品中把我们整个的想象沉浸了一度之后，固然不妨回出来披览一点 Schlegel，Coleridge，Hazlitt，Dowden 等评家的文章，或百竹竿头更进一两步，读一下 Bradley 之宏论及 Granville-Barker 对他的修正。但最后还得把你我的全人格，全灵魂，投入这本神武的悲剧本身，——务使我们自己变成一刹那的黎琊王：从漆黑的哀怒里超脱凡庸，乘一叶悲悯之舟渡登天光璀璨的圣境，齐死生而一永恒于俄顷之间。

三　故事来源

《黎琊王》里两个悲剧故事，主要的以黎琊为主角，次要的以葛洛斯忒为主角。葛洛斯忒故事系采用薛特尼《雅皑地》(Sir Philip Sidney：*Arcadia*)书中的“柏夫拉高尼亚(Paphlagonia)的寡情国王和他的多情儿子的可怜的境遇和故事，先由儿子说来，再由瞎眼的父亲叙述”。最初指出这源流的为 Lennox 夫人，时当一七五四年。对这考订，学者们除 Hunter 外，可说是众口一辞，都已承认。

关于剧中的主要故事源从何来，意见就不很一致了。这故事，大致是三位公主对父王，两位把怨毒报深恩，一位以浓情答苛暴，——在英国文学里由来已久，悠远比得上任何其他的故事。在《黎琊王》之前讲起这故事的有以下各家：

Geoffley of Monmouth 之《不列颠诸王本纪》(*Historia Regum Britanniae*,1139)，

Wace of Jersey 之《不列颠英雄史》(*Geste des Bretons*,又名 *Le Roman de Brut*,约 1155)，

Layamon 之《不列颠史纪》(*Brut*,*or Chronicle of Britain*,约 1205)，

Roger de Wendover 之《史花》(*Flores Historiarum*,十三世纪初)，

Mathew Paris 之《大史纪》(*Chronica Malora*,1259)，

Robert of GJoucester 之《史纪》(作于 1297 年后)，

Robert Mannyng 之《孽薮》(*Handlyng Synne*,1303)，

John de Trevisa 所译的 Ranulf Higden 之《万邦史纪》(*Polychronicon*,作于十四世纪，译于 1387)，

《罗马英雄史》(*Gesta Romanorum*)，作于约十三世纪末，英译成于十五世纪，

古法文传奇《大不列颠至尊常胜无比君王 Perceforest 史传》(*La Treselegante*,*Delicieuse*,*Meliflue et Tresplaisante Hystoire du fresnoble*,*victorieux et excellentisme roy Perceforest*,*Roy de la grande Bretaigne*,*fundatieur du Franc palais et du temple du souverain dieu*,按国王名 Perceforest 意为“探妖林”，作于 1461 年后)，

Robert Fabyan 之《英格兰法兰西新史纪》(*New Chronicles of England and France*,1516)，

John Rastell 之《消闲录》(*The Pastime of People*,1529)，

Richard Grafton 之《世界通纪与英格兰专史》(*Chronicle at large and meere Historie of the Affayres of England*,1568)，

John Higgins 所作《官吏镜》部分(*Myrroure for Magistrates*,作者前后有 Baldwynne, Sackville, Ferrers, Churchyard, Phair, Higgins, Nichols, Blenerhasset 等多人，1555 年之初版被

禁,二版 1559 年,三四五六七各版 1563 年,1574 年,1578 年,1587 年,1610 年,Higgins 所作部分初见于第四版),

Raphael Holinshed 之《英格兰苏格兰爱尔兰三邦史纪》(*The... Chronicles of England, Scotland and Ireland... faithfully gathered*,1577),

William Warner 的《巨人亚尔彪之英格兰》(*Albion's England*,1586,1589),

Edmund Spenser 之《仙后》(*Faerie Queene*, 1590, 1596, 1609),

William Camden 之《不列颠三邦风土志补遗》(*Remain concerning Britain*,1605),

以及我们在前面说起过的专演这故事的《莱琊王历史剧》(*The True Chronicle History of King Leir, and his three daughters*, 1605)。

在这许多韵文与散文的史乘、方志、传奇、掌故录、叙事诗和戏剧中,莎氏于写作《黎琊王》之前大概确曾读过的是和林兹赫的《英苏爱三邦史纪》、史本守之《仙后》和佚名氏的《莱琊王》。

可是就在故事的轮廓上,《黎琊王》也和所有的前人之作大不相同。把故事变成悲剧,这是莎氏的创辟;前人都说小公主小驸马相助莱琊王复位,两位公爵则都战死。铿德伯爵替考黛莲求情,因而激怒黎琊,被逐出境,后来又化了装追随在他左右:这情节除求情激怒两点在《莱琊王》内见之于 Perillus 一角外,亦为新创。在《黎琊王》里非常重要的傻子乃任何前作所未有。别人都说三位公主于故事开始时尚未下嫁,莎氏在剧幕初启时就告诉我们刚瑙烈与雷耿已匹配了亚尔白尼及康华二公爵,只有考黛莲,为求得她的青睐有位浡庚岱公爵正在跟法兰西国王"互相竞争"。流行的传说都只道两位长公主怎样对父王凶狠横暴,有些前人的叙述也已有大公主谋弑之说,但她们共同热恋着蔼特孟,以致自相残杀,则以本剧为始。国王的咒誓、狂怒、精神失常,都是《黎琊王》所独有;在较早的评话、诗歌、剧本里,他只是低头忍受着,至多不过来一大段可怜的诉苦。还有在莎氏之前从无人用过"黎琊"(Lear)这名字,通常总是采"莱琊"(Leir,Leyer)那读法。

和林兹赫的《史纪》,我们知道,是莎氏喜读书之一。书中莱琊王故事与沁白林(Cymbeline)故事相隔没有多少页,而莎氏后来写沁白林一剧就是取材于此书之《沁白林本纪》。《史记》内《英格兰史》卷二第五第六章所讲的莱琊王故事全文现迻译于后:

“世界开元三一〇五年,当觉斯氏(Ioas,按即觉许 Joash,见第三幕第二景注㊽)为犹太(Iuda,Judah)国王时,不拉特特(Bladud)之子莱琊(Leir)即国王位而任不列颠诸邦之主。莱琊是位施行高贵的英主,修政治邦,国泰民饶。他建立首都卡候连(Caerlier)于骚勒河(Sore)之滨,即如今的名城莱斯忒(Leicester)。他膝下只生得有三位公主,名叫刚瑙烈娅、雷耿与考黛娅(Gonorilla,Regan,Cordeilla),如同三颗掌上的明珠,而小公主考黛娅尤其得宠,此外则别无子嗣。莱琊后来年老了,行动渐感不便,想知道女儿们如何爱他,且预备叫他最钟爱的女儿传袭王位。于是他问长公主刚瑙烈娅,她怎么样爱他:她当即对神道发誓,说爱他得比爱自己最尊贵的生命还要厉害。他听了很高兴,就回头问二公主,她爱他到怎样的程度:她一再发誓,说爱他得不能用口舌来表示,超过世间任何其他的生物。

“然后叫幼女考黛娅来到跟前,问她有什么话说:她答道,‘我晓得你向来对我的恩宠和慈爱的热忱,所以不能不把良心上的真话直说;我告诉你我一向爱你,并且只要我活着一天,便会继续一天把你当作亲爹来爱戴。你若要多知道些我怎么样爱你,你自己不难发现,——你对我有多么爱,你便该被我多么爱,我便也对你有多么爱。’父王听了这回答很不满意,随即把两位长公主,大的配给康华公爵 Henninus,次的配与亚尔白尼公爵 Maglanus,并且发命令,立遗嘱,说一半的国土马上分给他们去享用,还有一半等他自己去世后由他们均分。至于小公主考黛娅,他并不替她留什么余剩。

“可是恰巧有位 Gallia(即如今的法兰西)的君王,名叫 Aganippus,听到了考黛娅的美丽、淑德和优良,愿意求她为配,便派了使臣来向她父亲请求。回音带去,说是婚事可以答应,但妆奁却一点没有,因为一切都已经许给了两位姐姐。虽然这样子陪嫁全无,Aganlppus 却还是娶了考黛娅,因为他只是敬重她的为人,她的温蔼的德行。这位 Aganippus 乃是治理 Gallia 的十二位君主之一,我们不列颠史书上也有记载。

"后来莱琊王更外衰老了,长次两位驸马觉得统治全境的日子还遥遥无期,就公然对他发动干戈,将君权剥夺了过去,且规定他如何度他的余生:就是说,两位驸马对于他的供应各人负担一份,让他在那范围里维持他的生活和身份。但时隔不久,两位公爵都把负担的部分逐渐缩减。而最使莱琊伤心的是眼见两个女儿对他全无情义:不论他如何所得无几,她们总嫌他享受太过。他从这边到那边,来回住了几次,后来他们甚至一个仆从也不让他保留。

"终于两个女儿对他那么样不仁不义,灭绝了父女间的恩情,食尽了从前的花言和巧语,弄得他衣食无着,被逼逃离了本土,渡海到 Gallia 去找他自己从前所厌弃的小女考黛娅,想得到稍许安慰。这位考黛娅娘娘听说他来到的情景可怜,就私下送一笔钱给他置备衣装,让他招纳一班适合他向来的尊荣身份的多少个随侍,然后再请他进入宫中。他进宫时不光是小公主考黛娅,便是她的驸马 Aganippus 也欢迎他得那么样欣快、尊荣而温蔼,他的伤了的心顿时间大受安慰:因为他们尊崇他不减似他若自己做了法兰西的君王。

"他把那两个女儿怎样待他的情形告诉了这个女儿和子婿之后,Aganippus 就立下诏谕,叫召集一大军步兵人马和一大路水兵船只,由他亲自统领,拱卫着莱琊过海到不列颠去复国。他们说好考黛娅也要同去,而他则许了她等他自己故世后把国疆全部相传,以前曾给她两个姐姐和姐夫的全归无效。

"水陆军兵调齐之后,莱琊和他的女儿女婿渡海到了不列颠;跟敌军一战之下,大破敌阵,Maglanus 和 Henninus 当场战死。于是莱琊重登王位。这样复国了两年他就崩位,距他最初登极时是四十年。他的遗体葬在骚勒河旁莱斯忒城的下游陵墓之内。

"考黛娅当即为不列颠至尊的女王,那是在世界开元后三一五五年,罗马建都前五十四年。正值乌西亚(Uzia,按即 Uzziah)王统治着犹太人,耶罗波安(Jeroboam)王统治着以色列人(Israel)的时候。这位考黛娅在她父王薨故后好好治理了不列颠约有五年,其时她的夫君也告去世。将近第五年时她两个外甥 Margan 与

Cunedag,就是前面所说的两个姐姐的儿子,因不愿在一位女王统治下过活,便引兵作乱,糜烂了一大部分国土。最后她被虏被囚,有了好男儿的勇敢但又绝望于恢复自由,悲伤到了极度,自尽而终。"

这段叙述跟莎氏在《黎琊王》里所叙的有几处不同。这里莱琊的本意乃在把整个王国交给他最宠幸的幼女考黛娰。和林兹赫在这一点上和以前的史家也全两样。还有他使莱琊把长女配给康华公爵(Duke of Cornewal),次女配给亚尔白尼公爵(Duke of Albania);莎氏则说长女已经是亚尔白尼(Albany)公爵夫人,次女已经是康华(Cornwall)公爵夫人。最后,这里的叙述把故事后半段的虐待情形略而不详,也与莎氏所陈者稍异。

莎氏于写作前分明也曾细心读过的,除和林兹赫外,是史本守《仙后》第二篇第十章二十七至三十二节所咏的同一个故事。据这位诗人所说,莱琊问女儿们如何爱他只是想听到几顿恭维;原来他已经把国土均分作三份,正要顺着长幼的次序分授给她们。莎氏在这一层上似乎把《仙后》作蓝本,因为《黎琊王》一开头葛洛斯忒就告诉铿德,"两份土地的好坏分配得那么均匀,所以即使最细心的端详也分辨不出彼此有什么厚薄。"虽然黎琊对考黛莲说,留给她的那一份是"比你姐姐们更丰饶的国境",但那也不过是三分之一(原文作"a third"),至多三份中以此最为肥美罢了。有一事大致不成问题,那是"考黛莲"(Cordelia)这美妙的名字系采自史本守诗中;以前所见的都读作"呆道勒、考黛娰、考黛尔"等(Gordoylle,Cordeilla,Cordeill,Cordella,Cordell)。刚瑙烈在《仙后》里遣嫁与苏格兰国王(King of Scots)为后,不配给和林兹赫的康华公爵,也不配给莎氏的亚尔白尼。雷耿则史本守让她嫁了坎布利国王(King of Cambria),不像在《黎琊王》里那样当着康华的公爵夫人,但与佚名氏《莱琊王》里的剧情则相同。还有《仙后》里的这一段:

> "这话真不错,一等蜡烛点干油,
> 火熄了,光灭了,烛芯就不值一文钱;
> 所以待他解散了扈从的卫士后,
> 他那女儿便藐视他垂暮的残年,

开始对他留寓着心生了烦厌;”

经注家Knight指出,也许影响到莎氏,使他让傻子说“蜡烛熄灭了,我们在黑暗里边”(见第一幕第四景)。

除《仙后》外,莎氏也从《莱琊王》里采取黎琊均分国土的本意。但这位老国王决计把君权全部卸去,乃是莎氏纯自《莱琊王》剧中所得来者:其他以前的叙述绝未这样说过。莱琊在剧本开始时对他的廷臣们声言,

“世事烦扰我,我也嫌这尘世,
我但愿辞去这些尘俗的忧烦,
为我自己的灵魂作一番打算。”

后来他又说,

“我就要放下王权,摆脱国政,
叫他们升坐我人君的御座。”

这两段可以跟《黎琊王》内下面的几行参看(第一幕第一景):

“而且决意从衰老的残躯上卸除
一切焦劳和政务的纷烦,付与
力壮的年轻人,好让我们释去了
负担,从容爬进老死的境域。”

《仙后》,我们晓得,也许最先把国王三分土地的计划示意给莎氏;但可能使这个意思格外得力的无疑是《莱琊王》,因为剧幕初起时莱琊就说要让掉王位,把政权

“均分给三个女儿,作她们的嫁奁。”

一位名叫Skaliger的廷臣向莱琊献议,说既然他已知道了公主们的求婚者,莫如让他们说一下哪一个对他最好,然后决定陪嫁土地的大小。莱琊不纳此议,谓无分长幼,土地要一样分配。廷臣们便请莱琊将三位公主配给邻邦的君主。莱琊认为可行,但又说

“我的小女儿,美丽的考黛娅,发誓
她不愿嫁给她自己不爱的君王。”

另一位廷臣Perillus.即莎剧内铿德的蓝本,劝莱琊不要听从众议,强考黛娅所不好;莱琊当即道:

“我决计如此,且正在想一条妙策,
去试探哪一个女儿爱我最深;

这事不知道，我心里不得安宁。
那么一来，她们会彼此争胜着，
竞说各自的爱我要超过其他。
她们竞说时，我要捉住考黛娅，
说道，女儿，且答应我一个要求，
我为你找一位夫婿，你就接受，
表示你爱我不差似两位姐姐。”

莱琊的用意是这样捉住了考黛娅之后，要她嫁一个 Brittany 国王。

其次，这故事根据一切前人所叙，只道将来的小驸马听说考黛娅的美貌和淑德，派人去向她父王求婚；莱琊对她不欢，遣她空手过海。惟独《莱琊王》剧中 Gallia 国王是亲自来到不列颠的：

“莫再劝阻我，诸位贤臣，我决意
一有好风就张帆去到不列颠，
我要乔装着，去亲访莱琊的女儿，
那三位女仙，看芳名是否过誉。”

莱琊将考黛娅逐出宫廷之后，她正巧遇到了这位乔装进香客人的君主。他说他的主人 Gallia 国王正要向她求爱，问她是否愿意嫁他；她回答得爽脆，说不必远求，愿意嫁给他自己，穷苦一点并不在她心上。Gallia 国王便显露了真相，马上带她进礼拜堂。由此可知莎剧中法王亲自来到不列颠大概也是从《莱琊王》借来的意思。

还有《莱琊王》里的 Perillus 一角，我们已经讲过，是莎剧内“性情高贵心地真实的铿德”的先声，虽然铿德的金石为开的忠诚勇毅（有人讥他“有勇无谋”，想必希望人人都做混蛋）远非《莱琊王》的作者所能想象。Perillus 对莱琊待遇考黛娅的情形叫着苦：

“啊，我伤心见主公这么样昏愚，
这样子爱听空虚无用的阿谀。”

随即他也像铿德似的劝谏黎琊：

“主公，我这晌不做声，要看可有人
出来替可怜的考黛娅说一句话。……
啊，仁慈的主公，让我来替她说，
她的话不该受这个残忍的处判。”

莱琊立即答道：

"你若爱你的性命,不准再劝说。"

黎琊对铿德的忠言作同样的威吓:

"铿德,凭你的生命

不准再说!"

不久两位长公主开始虐待莱琊,Perillus 在一段独白里说道:

"他是一面柔和的忍耐的镜子。"

(But he the myrrour of mild patience.)

黎琊在暴风雨里狂怒之余,生怕自己的理智失去统驭,"神志紊乱起来,"也说(第三幕第二景):

"不,我要做绝对镇静的典型。"

(No,I will be the pattern of all patience.)

这两个"patience"的意义虽然两样,但字是同一个字,而且句子结构和大意的应用也都相同。后来 Perillus 也像铿德似的追随在他故主左右,鞠躬尽瘁,口无怨言。当然,话得说回来,《莱琊王》里的 Perillus 只是莎氏的气昂昂血性冲天的铿德的影子,正如嘤嘤作微鸣的莱琊不能比方疾雷不及掩耳的黎琊一样。

还有,《莱琊王》剧中那个恶劣的信使也像莎氏的奥士伐一般,是条施行罪恶咬死贤良的忠实走狗。最后但最重要的是莎氏写父女阔别后黎琊重见考黛莲的那一景,那种悔恨惭愧和温柔悌惝的情状得力于《莱琊王》者不少;而老父向幼女下跪尤其显然是从那老剧本里借来的。

《黎琊王》所含两个悲剧故事,那主要的黎琊的故事,来源已如上述。次要的葛洛斯忒故事所从来的《雅皑地》一段,现将原文全译如下:

"却说加拉厦(Galacia)王国里有一天正值隆冬,天时奇冷,忽然间起了阵狂风,下着烈雹,我想任何冬天也没有过这样险恶的气候。有几位王孙公子被雹雨所迫,被疾风击脸,只得躲进一个可供荫蔽的石窟里去暂避淫威。他们耽在里边,等着风暴过去,其时听得有两个人在说话。那两个看不见他们,因为有石洞藏身,但他们却能听到两人正进行着一阵奇怪而可怜的争论。他们便跨出一步,正好看得见两人而不致为两人所见。他们看到一个老人和一个不怎么长成的年轻人,都衣衫褴褛,风尘满面,老人是个瞎子,年轻的领着他:可是在穷困苦难中都显露出一派尊贵的气度,与那悲惨的情形不相称。老人先讲话,说道:‘算了,Leonatus,既然我无法劝你领我去了结我的悲伤和你的麻烦,让我劝你离开我吧。不要害怕,我的苦难再不能比现在更大了,而跟我最合适的也惟有苦难。我瞎了眼的步子也不会使我再遭到什么危险,因为我不能比现在更糟的了。我不是央求过你的吗,要你别让我的这祸患连累着你?走开,走开,这左近只配我来流浪着。’年轻人答道:‘亲爱的父亲,别把我最后剩下的一点点快乐抢去:只要我还有一分力量替你尽力,我还不十分苦痛。’老的呻吟了一声,好似心就要破裂,又说:‘啊,我的儿,我多么不配有你这样的儿子,你对我的情义何等责备着我的罪恶!’这些悲惨的话和其他同样的对答分明显得他们并非生来如此运蹇;几位贵公子听了心动起来,当即走出去问那少年他们是何等样人。他很雍容文雅,一股高贵的怜悯溢于言表,尤其令人肃然起敬,答道:‘诸位先生,我知道你们是外路人,不晓得这里谁都晓得的我们的苦难,——这里谁都晓得但谁也不敢表示,他们只能装作我们罪有应得。把我们的情形来说,最需要的是人家的怜恤,可是最危险的是去公然引起人家的怜恤。但诸位在此,残忍大概不会来赶上憎恶,不过要是赶上了,我们在这情形中其实也毋需害怕。’

“‘这位老人家不久以前还是拍夫拉高尼亚的合法国王。他被一个忘恩负义的硬心肠儿子,不但剥夺了他的王国,这王国,外来的武力是无法把它侵夺了的,而且还剥夺了他的视觉,那个上天也给与每个最可怜的生物的富源。那么之后,再加受了其他伤天害理的待遇,他悲伤得刚才要我领他到这块岩石顶上,想从那里跳下来自尽:我的生命原是他所赋予的,那样一来就要叫我成了他的生命的毁灭者了。诸位贵君子,假使你们都有父亲,而且感觉到做儿子的心里有怎样的天伦之爱,让我请你们将这位国王领到一个平静安全的所在。这样一个有才干有英名的国王,被虐待得这样伤天害理,你们如果不论怎么样搭救他一下,在你们也可说是行了件不小的可贵的好事。’

“不等他们回答他,那父亲就说了。他道:‘啊,我的儿,你讲话多么不尽不实,把话里的主要关键,我的罪恶,我的罪恶,漏了不提！你不提若是只为顾惜我的耳朵(听觉如今是我唯一能得知事情的器官了),你是把我错解了。我把你们所看见的那太阳来起誓(这时候他把瞎了的眼睛往上翻,仿佛要寻求日光似的),我若言语间稍有欺诳,我情愿遭遇比我现在所情愿有的不幸更大的不幸,虽然这已是坏到极点了:我意思是说我最最欢迎的是把我的耻辱公布出来。所以诸位君子要知道(诸位遇见我这样一个可怜虫,我衷心切望不会对于诸位是个不祥之兆),我儿子说过的话全是真的(啊,上帝,事实叫我以儿子相称,但那对于他却成了一句辱骂)。不过除了他所说的真话之外,这些也是真的:就是我在正式婚姻之内,由一个合法生育的母亲生了这个儿子(你们如今所见到的只是他的一部分,听过我这一席话后便会多知道他些),于是我欣然期待着他到社会上去显露峥嵘的头角,直等到他开始令这些期待渐次满足的时候(我既已在这世上留得有一个跟我一样的种子,便不需妒忌别的父亲有这人间主要的安慰了),那时候我竟被我一个野生的儿子(如若他的母亲我那下贱的情妇的话确实可靠),调弄得先是不喜欢,接着是憎恶,最后便去害死,或极力设法去害死这个儿子,——我想你们谁都会觉得不该害死的呀。他调弄我所用的是什么方法,我若告诉你们时,便得很腻烦地把任何人所不会有的恶毒的虚伪,亡命的诈骗,圆滑的怨恨,潜藏的野心,和险笑的嫉妒,来干扰你们的听闻。可是我不愿意那样赘说;我喜欢记忆的是我自己的劣迹,而且我觉得责备了他的奸谋诡计也许会替我自己的罪过开脱,那却是我所不愿的。结果我命令几个我信以为能和我一样做坏事的下人把他诱到一个树林里去,把他杀死。

"‘幸而那班家伙比我对他还好些,饶了他一命,让他自去苦中过活。他当即到附近的一个国里去当了个小兵。他正要因一件大功而大大擢升的时节,听到了我的消息。原来我为了溺爱那个不法而无情的儿子,让自己完全由他摆布,于是一切恩施和刑罚都归他去处理,一切职位和要津全给他的宠人去占据。不知不觉间,我自己空无所有,只留得一个国王的虚名。但不久他对我的虚名也心存厌烦,便用了种种的侮辱(如果对我所施的什么东西可叫作侮辱的话),逼我退让王位,且又弄瞎了我的眼睛。然后志得意满于他自己的残暴,叫我去自谋生路,并不关我在监中,也不弄死我,只是要我去尝尝苦难的滋味,以为取乐,——这世上若有苦难,这真是苦难了:心里满是愁惨,耻辱更其多,而最多的是自己悔之已晚的罪恶。他既然得到王位是用这样不正当的方法,保持它也用同样不正当的手段:他雇了外邦人作兵士,驻在堡垒里,一群群暴力的徒党,自由的凶杀者,把本国人全体解除了武装,使无人敢对我表示好感。其实我想很少人真肯同情我,为了我对我的好儿子那么顽愚残忍,对我的无情的野儿子那么痴愚溺爱。不过就是有人可怜我摔倒得这么凶,胸中还燃着几星未死的爱戴我的热忱,也不敢公然表示,甚至不怎么敢在门首给我布施,——那是我如今唯一的活这苦命的根源了。然绝无人胆敢发出领我走瞎步的慈悲。直等我这个儿子(天知道,他应当有个比我有德行、运道好的父亲)听到了我的消息,把我待他的大恶一古脑儿忘了,不顾危险,并且把他如今将自己导入佳境的好事也放在一边,来到这里,做着你们诸位看见他做的善行,真使我说不尽的伤心。我伤心不光是为了他那多情即使对我的瞎眼也好比一方照见我罪过的镜子,也为了他这般拼着命冒险要保全我,这才使我最伤心。命运对我这样还抵不上我应得的咎责,而他这么样为我冒着险倒真像在水晶匣里装着一匣泥土。因为我很知道,如今在位的那个,不论他怎样贱视(有理由)我这个大家都贱视的人,他还并不想弄死我,但是决不会错过弄死我这儿子的机会,因为这儿子的合法的名义(加上他的英勇和有德)也许有一天会动摇他那永不安全的暴政的王位。因为这一层原因我恳求他领我到这块岩石顶上,我得承认我的用意是要替他解除我这毒蛇般扭结他的同伴。可是他知道了我的目的,便不肯对我顺从,这是他有生以来第一次对我不顺。现在,诸位君子,你们听完这个真的故事,我请求你们把它向世上公布,使我的罪行显得他的孝行何等光荣,那是他的功德的唯一的酬报。说不定我儿子不给我满足的,你们可以给我满足:因为你们可怜救人家一命远不如可怜了结我这一命。了结了我不独了结了我的苦痛,而且可以保全这个大好的少年人,他否则一心追踪着自己的毁灭。’”

暴风雨

Shakespeare

THE TEMPEST

本书根据 H. H. Furness 新集注本译出

译　序

《暴风雨》(The Tempest)这出无比优美的诗剧是英格兰、也可说是西欧乃至举世最伟大的戏剧诗人威廉·莎士比亚(William Shakespeare,1564—1616)在他一系列辉煌的创作中,晚年殿后的一部喜剧杰构。自一五八八年他廿四岁时开始创辟他的诗剧作品,直到一六一三年结束他写作生涯两年前的一六一一年,当时他四十七岁,这《暴风雨》剧作是全部经他所手写的末了一出诗剧。一六一二到一六一三年出版的《亨利八世》(Henry Ⅷ)内有大概六景也出自他的手笔,其余则或许为较晚而次要的戏剧诗人约翰·弗莱丘(John Fletcher,1579—1625)所作。在莎氏当年,《暴风雨》跟他别的剧本一样,并未经他自己设法去印刷成书、出版问世,因为他是戏院的合伙所有人之一;把剧本付印出版,向公众发行,当会被认为对于他所入股的戏院的权益构成相当大的损害。

剧本内主要角色的性格极为显著精彩:合法而被篡夺的米兰城邦公爵泊洛斯潘如(Prospero,Duke of Millaine)秉性明智而茂于品德,他的独生爱女蜜亮达(Miranda)十分纯洁优美,荒岛上的女巫锡考腊克斯(Sycorax)的儿子喀力奔(Caliban)则很卑鄙顽劣,篡夺者、公爵的兄弟安托尼奥(Antonio)凶狠而恶毒,霭俐儿(Ariel)乃为一个出神入妙的精灵。

莎氏写作《暴风雨》的时日大概在一六一一年秋季,随即在英王詹姆士一世(James Ⅰ,1566—1625)宫廷内初次上演,又于一六一二至一六一三年之交的冬天,当伊丽莎白(Elizabeth)公主与选举侯潘莱泰恩(Elector Palatine)结婚喜庆时,再度演出。

莎氏两位多年的同事友好约翰·海明(John Heming or Heminges,1630 年卒)和亨利·康兑尔(Henry Condell,1627 年卒)于他过世后六年多为他在一六二三年出版的初版对开本《戏剧全集》[the first folio of Shakespeare's Complete Works,其中缺漏《判列格理斯》(Pericles)一剧]内,将《暴风雨》排居全书第一篇。

被兄弟安托尼奥篡夺了公爵权位的剧中主角米兰城邦公爵泊洛斯潘如,带领着他和已故夫人的独生小女儿蜜亮达在一只独木小舟内漂流在海滨,并没有遭遇到他兄弟所指望的意外,幸运地到了一个荒岛上定居下来。这小岛是巫婆锡考腊克司被驱逐的所在。由于泊洛斯潘如擅长于魔术,他解救释放了岛上被那个巫婆所拘禁的一些精灵,其中有一个最机敏的名叫霭俐儿,他们如今因感恩图报,都顺从而听命于他,受他的驱使;他也差遣着巫婆的儿子喀力奔,那可是个魔鬼和巫婆所生的一头畸形怪物,少一点像人,多一点像畜生,或是一半像海里一半像陆上的野兽。泊洛斯潘如和他的小女儿离群索居在岛上生活了十二年后,有一条船,上面乘着那篡夺者安托尼奥、他的同伙奈不尔斯国王和王子斐迪南,他们被泊洛斯潘如施魔法破船而滞留在岛上。船上的乘客都幸运得救了,但他们以为斐迪南已遇难,而斐迪南则以为他们都已淹死。斐迪南与蜜亮达相遇,他英年喜逢她芳龄,彼此发生了爱情而缔结了佳缡。在泊洛斯潘如指挥之下,霭俐儿使安托尼奥和奈不尔斯国王受到几番恐怖和困厄的遭遇。安托尼奥被吓唬得丧魂落魄而服帖了;国王则愧悔他自己的不仁不义,与泊洛斯潘如归于和好,王子斐迪南也回到他的跟前。随后,泊洛斯潘如自行解除、放弃了他的魔法,准备回归他的公国米兰城邦去复位;一切都归于平静与欢宁。末了,除掉锡考腊克斯单独淹留在岛上外,其他角色都欢欣愉快地回到了米兰城邦去安度时日。以上所简述的就是《暴风雨》这篇优美诗剧的梗概。

《暴风雨》与《冬日故事》等一些喜剧,为莎氏晚年的作品,剧本演化的结局都有一种和解妥协的气氛,这大概与莎氏渐入老境、阅世已深、性格归于和淡有关。

《暴风雨》是一部充满人文主义情怀、诗意盎然的作品，它给人们带来和平、宁静、恬谧氛围的美好感受。

孙大雨

一九九一年六月

（孙近仁　记录整理）

暴　风　雨

剧中人物

阿朗梭　奈不尔斯国王
西巴司兴　阿朗梭之弟
泊洛斯潘如　合法的米兰公爵
安托尼奥　公爵之弟，篡位的米兰公爵
斐迪南　奈不尔斯王太子
冈才罗　一位诚实的老枢密大臣
亚特列安　大臣
茀朗昔司谷　大臣
喀力奔　一个野蛮的畸形的恶奴
屈林居乐　弄臣
史戴法诺　一个喝醉的酒膳司
船主
水手长
水手们

蜜亮达　泊洛斯潘如之女
霭俐儿　一个飘逸倏忽的精灵
雅丽施　（虹女神）精灵
西吕娰　（谷女神）精灵
朱诺　（天后）精灵

宁敷 （溪流曲水之女神仙）精灵
刈禾者 精灵

其他随侍泊洛斯潘如的精灵们

剧景：海上一只船上；后来在一个无人居住的荒岛上

第　一　幕

第　一　景

［在海上一只船上。雷电交作的暴风雨声可闻。］

［船主与水手长分别上场。

船　　主　头儿！

水 手 长　有，船主。有甚吩咐？

船　　主　好伙伴，去跟水手们打话！要他们加把劲，马上动手，不然就要搁浅了。赶快，赶快！　　［下。

［水手们上。

水 手 长　嗨，弟兄们！上紧，上紧，弟兄们！马上，马上！把顶帆收起！听船主的哨子！——尽你去刮得喘不过气来也罢，只要船儿能掉头。

［阿朗梭、西巴司兴、安托尼奥、斐迪南、冈才罗等同上。

阿 朗 梭　好头儿，小心着意。船主在哪儿？使劲儿干！

水 手 长　请务必待在下面。

安托尼奥　水手长，船主在哪里？

水 手 长　你没有听见他说吗？你们来了碍事，去待在舱里；你们在这儿助长了风势。

冈 才 罗　别那样，好人儿，耐烦些。

水 手 长　等海水先耐烦。走开！这些呼啸的浪涛可理会一个国王的称号吗？舱里去！莫闹！别跟我们找麻烦！

冈 才 罗 好人儿,可要记得谁在你船上。

水 手 长 我除掉自个儿之外,不关心别人。您是位枢密大臣;您若是能叫这风雨和海浪莫做声,现在就平静下来,我们便不用掌这些绳儿索儿了。摆出您的权势来。您若是不能,只好去感谢上帝使您活了这么久,到舱里去迎接一时的不测吧,如果那个真要发生的话。——上紧,弟兄们!——我说,别待在我们跟前。 [下。

冈 才 罗 我从这家伙身上得到了偌大的安慰。我看他没有要淹死的模样;他脸上倒满是要给绞死的神情。好命运女神,把稳了让他给绞死吧!将他的毕命索子做我们的缆绳吧,因为我们自己的缆绳眼前不中用了!如果他不是生就了要给绞死,我们这处境可惨了。

[同下。

[水手长重上。

水 手 长 把顶桅落下来!马上!收下,收下!把它打住,用主帆来试试看。[1][幕后一声叫喊。]他妈的,这狼嗥狗叫!比风雨声,比我们的发号施令还响。——

[西巴司兴、安托尼奥与冈才罗同上。

又来了?你们来这儿干吗?我们可要撒手不干,大伙儿都淹死?你们想沉在海里吗?

西巴司兴 要你脖子上长天花,你这乱叫乱嚷、赌神罚咒、心肠恶毒的狗!

水 手 长 那么,你们来干吧。

安托尼奥 绞死你,狗!绞死你,你这婊子养、欺侮人的嚷嚷的东西!我们倒不如你那样怕淹死。

冈 才 罗 我保证他不会淹死,虽然这条船还不及一个栗子壳结实,倒像个浪不完的娘们老是漏水。

水 手 长 顶住风,顶住风!两张帆一起用!重新出海去!向外边倒退![2]

[水手们上,浑身淋漓。

水 手 们 全完了!求上帝,求上帝!全完了! [同下。

水 手 长　什么,我们非得淹死不可?

冈 才 罗　王上同太子在祷告!让我们帮他们,
我们和他们一个样。

西巴司兴　　　　　　　我耐不下来了。

安托尼奥　我们干脆给酒鬼们骗掉了性命。——
这个阔嘴巴的坏蛋,——但愿你淹死了,
有十回潮水冲洗你!

冈 才 罗　　　　　　　　他还会给绞死,
虽然每一颗水珠在打赌不让绞,
它们张大嘴要吞掉他。

[内人声杂乱,——“可怜我们吧!”“船破了,裂开了!”——“再见吧,妻子,孩子们!”——“别了,弟兄!”——“船破了,裂开了,裂开了!”——]

安托尼奥　让我们都跟王上一同沉下去吧。　[下。

西巴司兴　让我们向他告别。　[下。

冈 才 罗　如今我但愿把这千顷的洪涛,换来一亩干旱的荒地;长干的石南丛,棕色的金雀枝,什么都行。天意毕竟得完成,可是我但愿能死在干旱中!　[下。

第　二　景

[岛上。泊洛斯潘如的窑洞前。]

[泊洛斯潘如与蜜亮达上。

蜜 亮 达　若是您施行了法术,至亲的爹爹,
叫这些狂涛咆哮,请安抚它们吧。
若不是海水,升到了穹隆的脸上,
把天火扑灭掉,上天仿佛要倒下
恶臭的地沥青。啊!见他们遭苦难,
我一同在受苦!一艘绝好的海船
(它准是载得有高贵的生灵在内)
撞击成千百片!唉,那声声的叫喊
打上我心头!可怜的人们,全死了!

假如我是个有权力的天神,我足会
叫海洋先沉到地里去,当它这么样
淹没掉这船儿和船上搭载的生灵们
之前。

泊洛斯潘如 你安心:不用多惶恐。告诉
你那颗怜悯的心儿,祸害未肇成。

蜜 亮 达 唉,天可怜见!

泊洛斯潘如 并没有祸害。
我什么也没有做,只除了为的你,
只为你,宝贝,为了你,女儿!你自己
却还不明白你是谁,也不知我来自
何处;茫然于我岂止是泊洛斯潘如,
一个怪可怜的窑洞的主人,只仅仅
是你的父亲。

蜜 亮 达 要想多晓得一些,
从没有搅扰过我的思想。

泊洛斯潘如 这时间
已到来,我该多告诉你一些。帮我来
扯掉这件魔法袍。——行。[放下法袍]躺在那里,
我的法术。——抹一下眼睛,宽心吧。
那船破人亡的惨景,牵动了你胸中
这哀矜的至性,我在作法中护卫
频施地事先布置得如此安全,
所以并无一个人——没有,船中
任何人都未曾受到过哪怕是一根
头发的损伤,虽然你曾经听到了
他们的呼喊,见到船儿在沉没。
坐下;因为你如今需多多知道些。

蜜 亮 达 您曾经屡次开始告诉我我是谁;
但忽然中断,只使我徒然怀抱着
疑问,而您终于说,"且等着,时间
还未到。"

泊洛斯潘如　这时间现在可到了；正是
目今这瞬刻，命令你倾耳来谛听。
听从我，注意着。你可能记起我们
来到这窑洞以前的那一段时候？
我不信你能，因为那时节你三岁
还没有足透。

蜜　亮　达　我肯定记得，爹爹。

泊洛斯潘如　凭什么？另外有房子，或者人，帮你
记起来，可有什么东西的想念，
告诉我，在你记忆里还有所存在。

蜜　亮　达　那可远得很；我记忆所保证的仿如
一场梦，而不像是一片灼见真知。
是否有四、五个女人曾经侍候我？

泊洛斯潘如　你有过，而且还不止，蜜亮达。这件事
怎么会还在你心中？在时间的黑暗
背景里和无底深渊中，你见到些什么？
如果你记得来这里以前的事，
或许你还能记起是怎样来到的。

蜜　亮　达　可是那个我再也不能记起来。

泊洛斯潘如　十二年以前，蜜亮达，十二年之前，
你父亲是米兰的公爵，权重的一邦
之主。

蜜　亮　达　爹爹，您是我父亲不是？

泊洛斯潘如　你母亲是一片贤淑和清贞，她说你
是我的女儿；你父亲是米兰城公爵；
他唯一的承继人和公主，——乃系出同门。

蜜　亮　达　啊，天呀！我们可遭遇到什么
肮脏的勾当，所以会从那里来此？
或者还许是幸运，能来到这里？

泊洛斯潘如　都对，都对，女儿！因肮脏的勾当，
正如你所说，我们从那里给轰走；
但还算幸运，被救助来到了此间。

蜜　亮　达　啊！想到我给您的那悲伤和困窘，
我的心殷殷作痛，但那可记不得了！
请您讲下去。

泊洛斯潘如　　　　我兄弟，他是你叔父，
他名叫安托尼奥，——你仔细听我讲，——
一个兄弟竟能这么样险恶
而奸诈！——除了你，我爱他甚于整个
人世间，我把国家委托他去掌管；
当时在众多的君侯邦国中，要推
米兰城邦为第一，而泊洛斯潘如，
公爵班中居魁首；望重又德高，
声华鹊起，在文艺领域里臻无双
之妙。我既在那中间探索研求，
邦政的治理便付托给与我兄弟，
我自己对于大权倒成了生客，
尤其是神往于玄秘的追寻，因而
心情为它所吸引。你阴诈的叔父——
你注意听我吗？

蜜　亮　达　　　　非常注意，爹爹。

泊洛斯潘如　他学到了怎样去允诺恳请，
怎样去不加准许，晋升什么人，
或者贬抑谁，因为那人升迁得太快；
他新任命我的旧人作他的僚属，
我说，或调用了他们，再不然
赋他们以新的身份：执掌了官吏
和吏治的关键，把邦国人心拨弄出
他爱听的曲调；于是他成了掩蔽
我君侯主干的藤萝，吮吸我的精华。——
你没有注意倾听？

蜜　亮　达　　　　啊，好爹爹！
我听着。

泊洛斯潘如　　　你仔细听我说。我这样疏忽了

邦政时，完全幽居独处，倾注于
自己内心的修能，岂知我那么样
超群而拔俗，退隐优游，引得我
无良的兄弟恶性起；我恺悌的信任，
倒像是一个洵良博大的父亲，
竟生出那么样刁顽的逆子——他那
无信义不忠诚的滥贱卑污；对于
我对他的信任，那真是阔大得没有
止境，穷无边际。他这般不光是
主宰了我赋税的收入，而且我权力
所及也一起归他掌管，于是，——
像一个把自己的记忆变成了对真实
犯下罪过的人那样，撒了谎而且
以谎为真，——他果真相信他自己
的确是公爵；由于权责的委代，
拥有了君侯外表上一应的尊荣：——
他野心勃发，——你可在听吗？

蜜　亮　达　　　　　　爹爹，
您讲的故事会医治耳聋。

泊洛斯潘如　　　　　　为了使
他演的那角色同角色本人之间
没有间隔，他一定得成为名实
相符，独一无二的米兰城公爵。
我呢，可怜的人儿，——我的藏书楼
是够大的公国；占世间的君侯权位，
他认为我如今已不配；他急于握政柄，
如饥似渴，他勾结奈不尔斯国王，
答允他年年去纳贡，矢敬称臣；
把他的冠冕朝觐他那顶王冠，
使从未伛偻过的公国我邦，——唉，
可怜的米兰！——卑躬屈节得不像样。

蜜　亮　达　啊，天呀！

泊洛斯潘如 听我讲他那密约，
和事情的结局；然后告诉我这可是
一个兄弟的行径。

蜜 亮 达 我如果不以为
祖母是块无疵的琼瑶，那便是
罪孽；贤德的母亲也生过劣子。

泊洛斯潘如 再说那密约。奈不尔斯国王原对我
有深仇宿恨，听信了我兄弟的陈请；
那便是，为报偿他称臣与不知多少
贡税的条件，国王应立即将我
和我的亲人从公国里连根拔掉，
而将锦绣的米兰与全部荣誉
赐给我兄弟。于是，招募好一支
欺诈的队伍，有一天午夜，命定了
干这个阴谋，安托尼奥把米兰城
城门打开；而在黑夜无声中，
干这勾当的人手们，把我连同你，
啼哭着，从那里轰走。

蜜 亮 达 哎呀，可怜！
记不起我当时怎样悲啼，我如今
要重新哀哭：这是个绞眼泪的因由。

泊洛斯潘如 再听我讲下去，然后我引你到目前
这件事；没有它，这故事便漫无标的。

蜜 亮 达 为何他们那时候不弄死我们？

泊洛斯潘如 问得好，小妮子。我的故事引起了
这问话。宝贝，他们可不敢，老百姓
爱我得这么样真切；他们才不便
在这件事上打这么个血印，却只好
用光彩的颜色，描绘那肮脏的罪行。
总之，他们将我们快架上了小艇，
载我们几海里到海上，那去处
他们备得有一条朽烂的舴艋，

船上既没有绳索，也没有辘轳，
没有帆，也没有桅杆；即使是老鼠，
凭它们的天性，也都已离开。他们
把你我丢在上面，让我们面对着
大海去哭泣，大海报我们以咆哮；
面对着海风去叹息，海风对我们
表示怜恤，以叹息相还报，却给了
我们以好心的伤害。

蜜　亮　达　　唉呀，那时节
我使您可多么烦累！

泊洛斯潘如　　啊，你是个
留存我命脉的小天使！当我向海上
挥洒了咸咸的泪水，在重负之下
呻吟的当儿，你一腔天赋的临危
不拔之勇，却对我微微一笑；
这就振作了我忍辱负重的坚毅，
去肩负未来的遭际。

蜜　亮　达　　我们是怎样
上得岸来的？

泊洛斯潘如　　多蒙天赐的宏恩。
我们有一点食物，有少许淡水，
一个奈不尔斯贵人，名叫冈才罗，——
被任命主干这件事，——出于慈悲，
给与了我们；还有富丽的袍衫、
衬衣、杂物材料和必需的用品，
这些随后都很有用处；同样，
也出于对我的眷顾，知道我爱书，
他从我藏书的楼阁中供应了一些，
我宝爱它们胜过我失去的公国。

蜜　亮　达　我但愿能见到那人！

泊洛斯潘如　　现在我起立。——
[重新穿上法袍。]

安静地坐下来，听完我们的海上
伤心事。我们来到了这岛上；这里，
我当了你的老师，叫你比别家
公主们能更多获益，她们花不少
时间于无聊的消遣，而没有着意
关心的师傅。

蜜　亮　达　上天感谢您老人家！
现在我求您，爹爹，告诉我您兴起
这海上风暴的原由，因为这事情
还在我胸中搅扰。

泊洛斯潘如　知道这么点。
出于最奇怪的意外，宽厚的气数神
（如今是我至亲的护卫女神仙）
将我的冤家仇敌引上了这岸滩；
凭我的预感，我知道我气运的极顶
依靠着一颗祥瑞的吉星来照耀，
它那阵影响我如今若不去追求
而加以藐忽，我从此的气运将永远——
憔悴不堪。到这里却莫再问下去。
你正待朦胧入睡昏沉得正好，
就此睡着吧。我知道你一定得这样。

［蜜亮达睡去。］

这里来，使者，过来！我已经准备好。
上前来，我的霭俐儿；过来！

［霭俐儿上。

霭　俐　儿　祝您万福，大主公！可敬的道君，
万福！我来应对你至上的心愿；
不论是去飞，去泅水，去投入火焰，
去骑在松卷的云朵上。只要你一声
隆重的吩咐，命令霭俐儿带同他
全班的小伙伴。

泊洛斯潘如　精灵，你可曾如我所

嘱咐，一桩桩搬演了那场风暴？

霭　俐　儿　一件件全做到。

我上了国王的大船。一会儿登上
船首楼，一会儿在船身半中腰，甲板上，
每一间船舱，我纷纷点燃起惊骇。
有时我分身四散，好多处都一同
着火；顶桅上，帆桁、牙樯上，我分别
焚烧，然后合并成一大团火焰。
天王乔皍的霹雳火，替可怕的雷鸣
打先锋，不比我更短促，更其比目力
还急疾。我喷爆硫磺的硝烟，冒烈焰，
发砰磷郁律的訇啸，仿佛在围剿
力大无穷的海神奈泼钧，迫得他
轻举妄动的波浪全发抖；嗳也，
且使他那可怕的三叉王戟也打颤。

泊洛斯潘如　我的好精灵！可有谁安详静定，
这一阵骚扰未曾搅乱他的灵机？

霭　俐　儿　没有一个人不感到发疯的狂躁，
不来些失心癫痫的把戏。只除掉
水手他们，全都跳下了整个儿
着了我的火的船儿，投入那飞溅
白沫的大海中。王子斐迪南，头发
一根根直竖，——像芦苇，倒不像头发，——
第一个跳下海；他一声大叫，“地狱
已空了，所有的魔鬼全都在这里！”

泊洛斯潘如　哎哟，我的好精灵！这不在岸边吗？

霭　俐　儿　很近，主公。

泊洛斯潘如　　　　　　但他们安全否，霭俐儿？

霭　俐　儿　没有一根头发丧失掉；他们那
浮水的衣袍上未曾沾一点污斑，
反而比先前更鲜艳；而且按照
您早先对我的吩咐，我还把他们

三五成群地在岛上东分又西散。
国王的儿子我让他独自登了岸；
我留他在岛上一个冷僻的犄角上，
唉声叹气，嘘唏着空气独坐着，
两臂打着这么个伤心的结儿。 [作出一姿态]

泊洛斯潘如 告诉我你怎样处置国王的大船，
连同水手们，以及其余的船队。

霭 俐 儿 王舟在海港里很安全；在一个深谷间，
那里有一回你曾在深夜时将我
叫起来，往长年风暴的百慕大采露，
那船就隐匿在里边，水手们都安置
在甲板下面，我略施魔法，加上了
他们遭受的辛苦，使他们都睡着。
至于我分散开来的其余的船队，
它们都已汇拢在一起，重新在
地中海海上，伤心地扬帆驶回
奈不尔斯，满以为他们眼看到王舟
遭覆灭，国王已驾崩。

泊洛斯潘如 霭俐儿，你已把
授命完全都做到；但还有点事情：
现在是什么时候？

霭 俐 儿 已过了中午。

泊洛斯潘如 至少两管子沙漏玻璃钟。③从此刻
到六点，我们都得珍惜些使用。

霭 俐 儿 还有劳役吗？自从你给我难事做，
让我提醒你，你曾答应我什么事，
到如今还没有给实行。

泊洛斯潘如 怎么了？不满意？
你可是要求些什么？

霭 俐 儿 我的自由。

泊洛斯潘如 在时限届满以前？别再那么样！

霭 俐 儿 请你要记得我替你服务有功劳；

不曾撒过谎，没有做错事，服务得
既未曾埋怨，又没有牢骚。你曾经
答应过减掉我一整年。

泊洛斯潘如　　你可忘记了
我从多大的苦难中释放你出来？

霭　俐　儿　我没有忘记。

泊洛斯潘如　　你是忘记了；所以
认为要脚踩海底的泥巴了不起，
要在北方来的尖飚上方去奔驰
吃不消，要在霜封地面时替我
在地脉中间干事受不了。

霭　俐　儿　　我没有，
主公。

泊洛斯潘如　你撒谎，恶意的东西！你可曾
忘掉了那邪恶的巫婆锡考腊克司，
她老丑而毒辣，驼背弯腰成了个
圆环儿？你忘掉她了吗？

霭　俐　儿　　没有，主公。

泊洛斯潘如　你忘了。她出生在哪里？讲啊；告诉我。

霭　俐　儿　主公，在阿尔及尔。

泊洛斯潘如　　啊！是这样？
一个月我定得讲一遍你过去怎样，
你总是忘掉。那打入地狱的巫婆
锡考腊克司，因为她作恶多端，
兴妖作怪得骇怕人，你知道，所以
给人赶出了阿尔及尔城。只因她
做过一件事，他们饶了她的命。
这可不是真的吗？

霭　俐　儿　不错，主公。

泊洛斯潘如　这个蓝眼睛的女怪身怀着胎孕，
给带到了这里，水手们把她留下来。
你啊，我的奴才，你自己禀报我，

那时节是她的仆人。你是个过于
娇弱的精灵,不胜任她那粗蛮
可恶的支使,拒绝了她主要的指挥,
所以在她猖狂得没阻拦的盛怒下,
加上她更有力的鬼使们一起动手,
你被关进一棵破裂的松树树身中;
在那裂缝里,你苦苦囚禁了十二年;
那期间她死了,留你在里边,呻吟
叫苦像磨坊里轮子响。当时这岛上,
除了那丑妖婆落的种,一只斑斑
点点的野狗獾,不见个人影儿。

霭 俐 儿 是的;
她儿子喀力奔。

泊洛斯潘如 笨东西,我说过! 那家伙,
喀力奔,我现在用来供使唤。你自己
最清楚,我看见你时你在受什么罪;
你呼痛的呻吟使得狼子也悲号,
穿透怒熊的铜胸铁石心。那苦楚
是折磨地狱鬼魂的凶残酷虐刑,
锡考腊克司自己也无法给你解脱。
是我的法术,当我到来听见时,
使那棵松树张开裂缝放了你。

霭 俐 儿 多谢你,主公。

泊洛斯潘如 你再要抱怨的话,
我定要裂开一棵橡树再把你
用木钉钉在它盘缠结节的肚腹间,
待你去哀号十二年。

霭 俐 儿 请原谅,主公;
我情愿被指挥如意,安心顺遂地
做一个精灵的事。

泊洛斯潘如 照那样去办;
两天之后我自会解除你这差遣。

霭俐儿　那真是我宽仁的主公！我要做什么？
说什么？我要做什么？

泊洛斯潘如　　　　　　　　　　去将你自己
化身成海里的女仙姑。要只给你我
两人看得到，旁人不能见。去装成
这模样，然后到这里来。去殷勤从事！

［霭俐儿下。

醒来吧，心肝，醒来！你睡得很熟。
醒来！

蜜亮达　［醒来。］您那个故事的离奇古怪
给了我朦胧的睡意。

泊洛斯潘如　　　　　　　　拂掉它。同我来；
我们来看看那奴才喀力奔，他从不
跟我们好好答话。

蜜亮达　　　　　　　　这是个坏家伙，
爹爹，我不爱看到他。

泊洛斯潘如　　　　　　　　但事势如此，
我们可少不了他呀。他帮着生火，
搬木柴进来；打杂差，对我们有益。——
什么，喂！奴才！喀力奔！鬼泥巴，
你！讲话！

喀力奔　［在内］里边木柴已够用。

泊洛斯潘如　跑出来，我说！还有别的事叫你做。
跑来，你这只乌龟！什么时候来？

［霭俐儿重上，像一个宁敷。

美妙的精灵！我的姣好的霭俐儿，
耳朵凑过来。［耳语。］

霭俐儿　　　　　　主公，准定去这么做。［下。

泊洛斯潘如　你这恶毒的奴才，魔鬼同你那
邪恶的老娘生出来的东西，跑出来！

［喀力奔上。

喀力奔　我的娘用乌鸦毛羽从百毒泥潭里

蘸来的最毒的露水滴在你们
两个人头上！西南风吹上你们俩，
叫你们满身长脓疱！

泊洛斯潘如　　就为这一桩，
今夜你一定会抽筋，半身撕裂痛，
痛得你不敢去呼吸。刺猬将成群
结队，在深沉的夜间通宵把你刺；
你要被刺得蜂窠般密密麻麻，
每一处刺伤比蜂螫更隐隐作痛。

喀　力　奔　我一定得吃饭。这个岛是我的，我的娘
锡考腊克司传给我，你从我手中
抢了去。当初你来时，你用手摩抚我，
宝贝我；给我喝水、水里放浆果；
教我怎么样称呼白天和夜晚，
照着的阳光和月光；于是我爱你
而领你看了这岛上一切的功能，
新鲜的泉眼和盐水坑，荒土和肥土。
那样做我真是该死！——锡考腊克司
所有的灵蛊，蛤蟆、甲虫、蝙蝠，
降落到你身上！我是你唯一的臣民，
当初我却自己在称王；在这里
石窟中用圈栏围住我，你把整个岛
同我隔离开。

泊洛斯潘如　　最会撒谎的奴才，
和善不能感动你，只有用鞭子！
你原是垃圾，我待你以仁慈的关切；
叫你在我自己的窑洞里安身，
直到你企图对我的孩子施横暴。

喀　力　奔　啊呵，啊呵！——但愿那件事已做到！
你不让我干；否则我已在这岛上
布满了好多喀力奔。

泊洛斯潘如　　可恶的奴才，

任何美德的印记不会去接受，
一切邪恶能兼容并包！可怜你，
我费力使你能说话，每一个小时里
教你学这个，学那个：当时，生番，
你不懂你自己的意思，咕噜个不清，
像只野畜生，我将你的用意赋与了
言辞，让人听得懂：但你那劣根性，
虽然也学了些，有那坏底子在内，
优良的情性受不了与之相共处；
所以你合该关在这石窟里边，
其实你岂止该当只闭进牢狱。

喀　力　奔　你教我学了言语；我得到的好处是
我懂得怎样去诅咒。因为你教了我
你的言语，赤死病送掉你的终！

泊洛斯潘如　滚开，丑妖婆的坏种！把木柴扛进来，
最好你还是赶快，还有旁的事。
你耸什么肩膀，恶毒的坏东西？
你要是不做或不愿照我的嘱咐，
我准会叫你抽老筋，根根骨头
痛得凶；痛得你狂号穷叫，那喧闹
野兽听了要发抖。

喀　力　奔　　　　　　别那样，请你！——
［旁白］我一定得服从。他的法术好厉害，
能控制我娘的神道珊太薄，叫他
从顺做下属。

泊洛斯潘如　　　　就这样，奴才；去吧！［喀力奔下。
［斐迪南上；霭俐儿重上，隐着身形，弄着乐器唱着歌：

霭　俐　儿　［唱］来到这一片黄沙滩，
　　大家手儿搀。
　低过头，弯过膝，吻儿接，
　　波浪已静寂，

这里那里舞步爽；
众仙灵，大家来和唱。
　听啊，听啊！
　　　［和唱声，散乱地］汪，汪！
看家狗在吠叫。
　　　［和唱声，散乱地］汪，汪！
听啊，听啊！我听见
雄视阔步的鸡公在报晓，
一声声朗朗清清唱得高。
［内有鸡啼声：鸡喔喔、啼得儿、多。］

斐 迪 南 这乐调歌声在哪里？在空中，在地上？
没有了；它准是侍候着岛上什么神。
我坐在岸滩上，一再哭父王遭灭顶，
这乐声在水上挨近我身边，将它那
甜蜜的调子镇静了水波的狂暴，
缓和了我心中的怆痛。从那里我跟了
它来，——更或许它引我到此。没有了。
不然，它又在开始。

靄 俐 儿 ［唱］
足五㝷深处躺着你父亲；
　他一副骸骨化成了珊瑚；
明珠两颗是他的双睛；
　他什么也没有凋残损破，
只不过经受了一度海变，
变得富丽、奇特又新鲜。
海上的女仙时时敲丧钟。④
［和唱声：亭镗。］
听啊！此刻我听见，——亭镗，那钟声。

斐 迪 南 这支短歌悼念我淹死的父亲。
这不是人间的凡俗事，世上也没有
这样的声音：——我听见在我头上边。

泊洛斯潘如 将你垂流苏的眼幕向上边升起，

告诉我你前方何所见。

蜜　亮　达　这是什么？
是一个精灵？天啊，它怎样在左顾
又右盼！信我说，爹爹，它那模样儿
好不美妙：——不过这是个精灵。

泊洛斯潘如　不是，小妮子；它吃饭，睡觉，跟我们
一样有五官，一般无二。你现在
见到的这漂亮人物刚才覆了舟；
他若不是沾上了悲哀，——美貌的钻心虫，——
你可以称他是个美少年。失去了
他的同伴，他所以徘徊流浪着
去寻找他们。

蜜　亮　达　我可以称呼他是个
神灵的东西；因为自然的东西，
我所见过的，从没有这般英俊。

泊洛斯潘如　［旁白］眼见得事态的进行正如我灵魂
所示意的那样。——精灵，美妙的精灵！
为了这，我会在两天内给与你自由。

斐　迪　南　这准是个女神，这些曲调陪从着！——
请赐准我的求祷，给得知您是否
住在这岛上；您可能好好指示我
怎样在此间行动，我首先的请求
在最后才说到，——啊，惊人的神灵！——
您可是女孩儿不成？

蜜　亮　达　并不是神灵，
使君；但确是女孩儿。

斐　迪　南　讲我的语言？
天啊！——说这言语的人们中间
我最好，如果我身在讲这话的国土上。

泊洛斯潘如　怎么说？最好？奈不尔斯国王听到时，
你可将成了什么样的人？

斐　迪　南　孤零零

一个人，我如今，听到你讲起奈不尔斯，
好不令我惊奇。国王在听我说；
他听着叫我悲泣。我自己如今是
奈不尔斯君王，用这双眼睛，——它们
还在流着泪，——亲自见到我父亲
舟破而人亡。

蜜亮达 唉呀，天可怜见！

斐迪南 是的，果真，还有他全部的公卿；
米兰公爵连同他英俊的儿子
是其中两个人。

泊洛斯潘如 [旁白]米兰公爵连同他
好俊俏的姑娘能将你驳斥，假使
如今这么做合适。——[旁白]他们初次见面
就眉目传情。——机灵的霭俐儿，为这事
我要释放你！——[对斐迪南]说句话，亲爱的少君；
我怕你弄错了自己的高低：说句话！

蜜亮达 [旁白]为什么爹爹说话这么不温存？
这是我见到的第三个男子；我中意
而为他嗟叹的第一人；让怜爱打动
我父亲，跟我有一般的意向！

斐迪南 [旁白] 啊！
若是个闺女，而你的眷爱还未曾
外向，我要娶你为奈不尔斯王后。

泊洛斯潘如 且慢，少君！再跟你说句话。——[旁白]他们
都互相着了迷。但这件正经太迅速，
我须得叫它艰难多磨砺，只怕
得来太轻易，会使彩头太轻微。——
[对斐]再跟你说句话！我叫你听我说。你在
这里窃据你没有的名号；你登上
这岛来当一个奸细，要从我这岛主
手上将岛儿偷盗去。

斐 迪 南　　没有的事儿；
我是个堂堂的男子汉！

蜜 亮 达　　不会有不祥
之物，寄居在这样一座神庙里。
倘邪恶的灵魂有这样美好的居处，
优良的东西会争着栖止在里边。

泊洛斯潘如　［对斐］跟我来。——［对蜜］别替他讲话；他是个奸贼。——
［对斐］跑来！我要用铁镣把你的脖子
跟腿一同锁起来；你得喝海水；
吃淡水河蚌，枯草根，橡实的壳斗。
跟我来！

斐 迪 南　　不行。我拒绝这样的待遇，
除非我敌人有更大权威的时节。

［拔剑，但为泊的法术所制，不能动。］

蜜 亮 达　　啊，亲爱的父亲，且莫给他
太急切的考验，因为他高华不懦怯。

泊洛斯潘如　什么，你要我卑躬屈辱？⑤［对斐］收起
你的剑，逆贼；你装模作样，可不敢
出击，原来你心里充满了罪恶！
放下你那套打闹的姿势，因为
我能使这棍儿解除掉你的武装，
叫你的剑把跌落。

蜜 亮 达　　恳求您，父亲！

泊洛斯潘如　走开！莫挂在我袍上。

蜜 亮 达　　爹爹，可怜他；
我替他作保人。

泊洛斯潘如　　莫做声！再说一句话，
我会呵斥你，如若不是憎恨你。
什么！替一个冒名的骗子作辩护人？
静悄些！只见过他和喀力奔，你以为
再没有他这般模样的人了。傻丫头！

比起绝大多数的人，这是个喀力奔，
而他们与他相比便都是天使。

蜜　亮　达　我的爱
那就很谦卑。我没有野心想见到
一个更英俊的人物。

泊洛斯潘如　［对斐迪南］跟我来，服从！
你一身的筋肉回复了童稚的时代，
已不再有劲。

斐　迪　南　果真是如此。好似在
梦里那样，我全身的精力已瘫痪。
我父亲亡失掉，我自己浑身都乏力，
朋友们覆舟而灭顶，制服我的这人
对我的威胁，这些都对我不重要，
只要我每天从狱中能一见这姑娘。
让自由去运用人世间其他的犄角。
我在这狱内却感到海阔天空。

泊洛斯潘如　［旁白］这件事有功效。——［对斐］走来。
［对霭］你做得很好，美妙的霭俐儿！
——［对斐］跟我来。——［对霭］听着，你还得
替我做什么。

蜜　亮　达　放心。我父亲的性情，
使君，要比他讲话所显示的外貌
好得多。他如今这番话极不寻常。

泊洛斯潘如　你将会自由自在得跟山风一般；
但可要确实做到我全部的指令。

霭　俐　儿　要做到细关末节。

泊洛斯潘如　［对斐］　来吧，跟我来。——
［对蜜］莫替他说话。　［同下。

第一幕　注释

① 译文综合 Mulgrave，Grant Wlute，Halliwell，Schmiclt 等各家注。
② 从 Galvert 与 Holt 注。

③ 莎氏在这里以及其它剧本里的用法是,每一管玻璃沙漏为一小时。按照航海的习惯用法,应为半小时。

④ 原文这首短歌非常轻灵可喜,它和前面"来到这一片黄沙滩"及后面第五幕里的"蜜蜂啊,吮吸那百花精,我也吮",都是莎氏剧作中短歌的绝唱。在 Furnivall 所作"引言"的新莎士比亚学会版《谱成乐曲的莎士比亚作品中全部短歌与片段目录》(1884)里,《暴风雨》一剧有十三个片段被谱成乐曲。据 H. H. Furness 说,对于我们,"足五呣深处躺着你父亲"与"蜜蜂啊,吸吮那百花精,我也吮"有特殊的、而且非常的兴趣,因为莎氏当时在舞台上歌唱的曲谱如今还留存着,如 R. Johnson 于 1612 年所作 Wilson 之《欢愉的曲调与歌谣》(1660,牛津)。这两支曲谱照相影印于新集注本 352—353 页上。霭俐儿这三支玲珑曼妙的短歌的唱腔,和以现代音乐的伴奏,在英国美国有现成的留声机唱片可购。

⑤ 原文"What I say, My foot my Tutor?"(现代通行本子都作"What, I say, My foot my tutor?"),用意不够清楚,Walker, Dyce, Hudson 将"foot"校改为"fool",Kinnear 将"my"校改为"thy",我认为都不很妥帖。我建议"I say"应校改为"mak'st thou",直译为"你叫我的脚做我的老师?"意即"你叫我拔脚逃走吗?"极可能用来排印初版对开本《暴风雨》的手抄本,在"mak'st thou"这两个字上有墨糊,或者纸张残破,因而看不出是那两个字,虽然这里分明缺少了一两个字;手民因为在手抄本上别处遇到过好几次"What, I say,"故随便将"I say"填上,以补空缺,而多数注释家们见"What, I say"似与莎氏面目并无不合,且在音步上不多不少,正好完成五音步之数,故遂不疑有问题。Malone, Br. Nicholson, W. A. Wright 的引证与解释,我觉得都未免牵强,与这里的文义不相吻合。

第　二　幕

第　一　景

［岛上另一部分］

［阿朗梭、西巴司兴、安托尼奥、冈才罗、亚特列安、茀朗昔司谷与其他人等上。

冈　才　罗　请吾王欢乐。您有因由去兴高，
我们大家都采烈；为的是我们
这逃生的幸运远远超过了损失。
我们悲伤的场合正相同；每天
总有些水手的妻子、总有些出海
商船的首脑，还有些外贸商人们，
也正有我们这悲伤的主旨。但关于
这奇迹，我是说我们能保有安全，
几百万人中只几个能像我们
这么样来作证。所以，亲爱的主上，
请明智地权衡我们的忧愁对安慰，
使得失相偿。

阿　朗　梭　　　　不必再讲了，请你。

西巴司兴　［对安托尼奥的旁白］他接受安慰[①]好像喝凉了的羹汤。

安托尼奥　［对西巴司兴的旁白］精神上的安慰者不会就这样轻松地放过他。

西巴司兴 瞧,他正在把他那玲珑心智的时计上发条;等一下就要鸣响了。②

冈才罗 吾王——

西巴司兴 [对安托尼奥的旁白]一下,计数着。

冈才罗 每逢遭受到一回伤心事,便会使
怀念者蒙受到一次怀念于心——

西巴司兴 一次背癌。③

冈才罗 不错,他要蒙受到悲哀。你说得比你想说的还要合适。

西巴司兴 你了解得比我指望于你的还要聪明。

冈才罗 所以,吾王——

安托尼奥 呸,他真是好一个浪费口舌的家伙!

阿朗梭 请你免说了吧。

冈才罗 好的,我说完了。但还有——

西巴司兴 他还要说下去。

安托尼奥 打个好赌看,他跟亚特列安,是哪一个首先鸣叫的?

西巴司兴 是那只老公鸡。

安托尼奥 是那只小公鸡。

西巴司兴 算数!赌注呢?

安托尼奥 一笑。④

西巴司兴 下定了!

亚特列安 虽然这个岛好像是个荒岛,——

安托尼奥 哈,哈,哈!

西巴司兴 这样就赔了你了。

亚特列安 住不得了,而且几乎是无法到达的,——

西巴司兴 可是,——

亚特列安 可是,——

安托尼奥 他少不掉要这么说。

亚特列安 它准是有美妙、温和、而且愉快的气候的。

安托尼奥 温和姑娘⑤是个绝美的姣娘。

西巴司兴 不错,而且绝妙;他说得很有讲究。

亚特列安 这空气吹拂着我们,极为和煦宜人。

西巴司兴　好像它有肺头似的，而且是两只烂肺。

安托尼奥　或许好像含有泥沼的芳香似的。

冈 才 罗　这里每一件东西有利于生命。

安托尼奥　的确；只是生存无道。

西巴司兴　生存的方法没有，或者很少。

冈 才 罗　草长得多么鲜嫩又茂盛！多么绿！

安托尼奥　这土地的确是黄褐色的。

西巴司兴　有一丁点儿绿。

安托尼奥　他说错得不多。

西巴司兴　不；他却是完全弄错了。

冈 才 罗　可是事情怪就怪在，——那真是几乎难于置信的——

西巴司兴　正好像许多公认是稀奇古怪的东西那样。

冈 才 罗　我们的衣袍，眼见得浸了海水，可是还保存着它们的鲜艳和色泽，仿佛是新染上的颜色，而不像是沾了咸水似的。

安托尼奥　假使他那些口袋里边只要有一只能说话，那会不会说他是在撒谎？

西巴司兴　唔，或许会虚妄地把他的说辞袋起来。

冈 才 罗　据我看来，我们的衣袍，现在跟我们在非洲初穿上时——那时王上的漂亮公主克拉丽贝尔同突尼斯国王大婚，——一样地新鲜。

西巴司兴　那是场可爱的婚礼，而我们回程时都福体康宁。

亚特列安　突尼斯从来没有过像这样文鸾降世的王后。

冈 才 罗　自从寡孀丹姹⑥以后还不曾有过呢。

安托尼奥　寡孀！给长上天花！怎么谈得到那“寡孀”？寡孀丹姹！

西巴司兴　假使他还要说“鳏夫意尼亚斯”呢，又怎么样？老天爷，你瞧你怎样暴跳！

亚特列安　你说起“寡孀丹姹”吗？你让我仔细考量一下。她是迦太基人，不是突尼斯人。

冈 才 罗　这突尼斯，大人，从前就是迦太基。

亚特列安　迦太基？

冈 才 罗 我对您保证,就是迦太基。

安托尼奥 他的话比那神奇不可思议的竖琴还要灵异。

西巴司兴 他起了城墙,还起了房屋呢。⑦

安托尼奥 什么不可能做的事,他要下一步把它变成很容易?

西巴司兴 我想他会把这个岛放在口袋里带回家,当作一只苹果给他的儿子。

安托尼奥 并且把种子播在海里,种出更多的岛来。

冈 才 罗 呃?

安托尼奥 哦,正好是时候了。⑧

冈 才 罗 [对阿朗梭]吾王,我们在说起我们的衣袍,现在同公主在突尼斯结婚时,——她如今是王后了,——一样的色彩鲜明。

安托尼奥 那是到那里的最绝世无双的王后。

西巴司兴 请你原谅,只除掉寡孀丹姹。

安托尼奥 啊,寡孀丹姹?是的,寡孀丹姹!

冈 才 罗 是不是,王上,我这紧身外褂跟我第一天穿上时同样的鲜明?我是说,差不多。

安托尼奥 那差不多倒讲得差不多,还好。

冈 才 罗 当我在公主结婚时穿着它的时候。

阿 朗 梭 你把这话硬塞进我耳朵,违反了
我心情的意向。但愿我从未在那里
嫁过我女儿!因为,从那边回来,
我儿子失掉了;而且据我看来,
我女儿也完了,她离意大利那么远,
我从此不再会见到她。啊,我儿,
奈不尔斯与米兰、我邦与我郡的嗣君!
什么怪异的巨鱼吞噬你作餐饭?

弗朗昔司谷 吾王,他可能还活着。我见他搏击着
身下的浪涛,骑跨在它们背上。
他踏着水波,排开了它们的顽抗,
挺胸膛顶过了迎面来的骇浪惊涛,
他将他那颗勇敢的头颅保持在

汹涌的浪涛之上，用他的两只
好臂膀作双桨，劲儿十足地一下下
划上岸，而岸滩，俯临着浪打的基础，
好像在伛身对他施援助。我确信
他活着上了岸。

阿　朗　梭　　不会，不会，他死了。

西巴司兴　吾王，您许要感谢您自己蒙受这大损失，
使欧洲不复有您女儿为它祝福，
王兄宁愿遣嫁她给一个非洲人；
在那边她至少远离您眼前，她如今
有原因为此而哭泣。

阿　朗　梭　　请您，莫讲了。

西巴司兴　我们都对您下过跪，恳请莫那样；
公主她自己踌躇难决于不愿
和顺从之间，究应使天平哪一头
低垂。我恐怕我们已永远失掉了
王子；这件事使米兰、奈不尔斯频添了
寡妇多人，我们没足够的男子
去安慰她们：这是您自己的过失。

阿　朗　梭　损失的最最伤心处就是这么样。

冈　才　罗　西巴司兴殿下，
您说的实情欠缺了一点温柔
和说话的机宜；当您该敷上止痛
软膏的时候，您却在磨擦着伤口。

西巴司兴　很好。

安托尼奥　　极像是一位外科医生。

冈　才　罗　［对阿朗梭］当我们风雨终日的时候，好殿下，
您只是云雾满天。

西巴司兴　　风雨终日？

安托尼奥　风雨满天。

冈　才　罗　假使由我来在岛上垦殖，吾王，——

安托尼奥　他要种荨麻籽。

西巴司兴　　　　　　　　　　或者种酸模、锦葵。

冈才罗　假使我是岛上的王，我将做什么？

西巴司兴　避免喝醉，为了没有酒喝。

冈才罗　在那个政体里，我要实行一切
东西的矛盾的大团圆。我要禁止
做买卖；没有地方官的名称；学问
不被人知晓；财富、贫穷、雇仆役
服务，都没有；契约、继承、地界、
土地的围墙、耕作、葡萄种植园，
整个儿没有；用不到五金或五谷，
不酿酒，不榨油；没有职业；人们
尽闲散，无所事事；女人也这样，
但天真而纯洁；没有王位，——

西巴司兴　　　　　　　　　　　　可是
他要在岛上当国王。

安托尼奥　他那政体的结尾忘记了开头处。

冈才罗　一切自然之所产都应产生得
用不到流汗，不必费劳瘁。叛逆、
盗劫、刀剑、长矛、匕首、火枪，
或攻打城池的器械的使用，我都将
不加容许；但自然应生生不息，
使百物蕃滋，供一切收获；一切
丰饶的所得，将养朴质的吾民。

西巴司兴　在他臣民中没有婚姻吗？

安托尼奥　没有，老兄；都懒散；窑姐儿和坏蛋也没有。

冈才罗　我愿治理得那么样尽善尽美，
吾王，可胜过太古的黄金时代。

西巴司兴　［大声］上帝永葆他陛下！

安托尼奥　　　　　　　　　　［大声］冈才罗万岁！

冈才罗　还有，——您听到我吗，吾王？——

阿朗梭　请你别讲了。您等于没跟我说什么。

冈才罗　我相信御驾讲得对；我说来无非给这两位贵人提供

机会取笑，他们的秉性敏感而轻捷，所以时常无缘无故地发笑。

安托尼奥 我们嬉笑的是你。

冈才罗 我在这样逗乐的玩笑里对你们说来是空无所有，没有名堂；所以你们可以继续对没有名堂发笑。

安托尼奥 这下子揍得好凶！

西巴司兴 好像是使刀背，并没有能发生作用。

冈才罗 你们是两位生性豪迈的贵人；假使月亮接连五个礼拜在轨道里没有变动，你们会把它从那里拉出来。

［霭俐儿上，隐着身形，奏着庄严的音乐。

西巴司兴 我们是要这样做，再去“夜晚打野鸟”。⑨

安托尼奥 且莫，好大人，请莫要生气。

冈才罗 不会，我向你们保证；我不会叫我的慎重这样愚蠢地去冒险。你们可能把我嬉笑得睡着吗，我困倦得厉害？

安托尼奥 去睡吧，听我们笑。

［除阿朗梭、西巴司兴、安托尼奥外，都睡去了。

阿朗梭 怎么，都睡得这样快？我但愿我这双
眼睛闭，也闭住我的思想。我觉得它们
正有了这倾向。

西巴司兴 请您，王兄，莫忽视
它们沉重的提供。这重滞难得
来与眼睁睁的忧愁相会；它来时，
便来充慰抚者。

安托尼奥 我们两人，吾王，
将在您休眠中保卫御体，守护着
您安全。

阿朗梭 多谢你们。疲乏得惊人。

［阿朗梭睡去。霭俐儿下。

西巴司兴 好一阵怪异的沉酣渗透着他们！

安托尼奥 这是这气候的特性使然。

西巴司兴 那么，

它为何不使我们的眼皮也下垂？
我并无睡意。

安托尼奥　　　　我也没；却神清气爽。
他们一同都睡着，如彼此相协和。
他们扑倒在地上，好像被雷殛。什么
也许会，可敬的西巴司兴？——啊！
什么也许会？——不再多说了！可是，
据我看来，我从你脸上能看到
你该是怎样的人物。这机缘对你说，
而我这强烈的想象便瞧见一顶
王冠落在你头上。

西巴司兴　　　　什么？你醒着？

安托尼奥　你没有听见我说话吗？

西巴司兴　　　　我听到；必然
这是梦中的言语，而你在睡梦中
说出来，你刚才讲了些什么？这真是
奇怪的休眠，睁大了眼睛入睡；
站着，说着话，行动着，但这样熟睡。

安托尼奥　尊贵的西巴司兴，你让你的好运
睡觉——更或许死掉；你醒着，却闭眼
不见。

西巴司兴　　　　你分明在打鼾；你那鼾声里
有意义。

安托尼奥　　　　我比我素常时要更加严肃。
你也得这样，如果你注意我的话；
这样做会增加你身价三倍。

西巴司兴　　　　很好；
我好比涨潮和退潮之间的静海。

安托尼奥　我将会教你怎样去涨潮。

西巴司兴　　　　请吧：
遗传的迟钝在教我退潮。

安托尼奥　　　　啊！

假如你只要知道,你怎样胸怀
意图,却这般峻拒！怎样在剥夺
之中,你却格外地授予！退避者
其实往往在衷心恐惧或迟钝里,
因而退落到碰底时,孟晋得最勇。

西巴司兴 请你说下去。你目光和脸色的神情
宣告有要事满腔,这宣告表露出
你饱经痛苦的酝酿。

安托尼奥 这样,王弟：
虽然这记忆衰退的贵老儿,入土后
他将不为人所记忆,正如他如今
记不起什么事,但在此他几乎说服了
国王,说王子还活着(原来他是个
说服人的人儿,他吃的是说服的饭),
可是王子未淹死简直不可能,
正好比他睡在这里并非真睡着,
而是在游泳。

西巴司兴 我不存希望他未曾
淹死。

安托尼奥 啊！从那“没有希望”里,
你却有多大的希望！那方面没有了
希望,而另一方面的希望这样大,
以至当野心极目往前瞅去处,
再不必搜寻,就心仪而目驻。你是否
同意我看法,斐迪南已经淹死？

西巴司兴 他已经去了。

安托尼奥 那么,告诉我谁将是
奈不尔斯王位的继承人？

西巴司兴 克拉丽贝尔。

安托尼奥 她乃是突尼斯王后；她住在人们
生命的彼方十哷处；她从奈不尔斯
得不到通报,除非太阳去送信——

月亮里的人儿太慢了——要等到新生
婴儿的腮边于思于思待剃除；
况且又有谁给他送通报？我们
都被海水所吞噬，虽然有几个
被重抛上了岸，而由于那命运就得去
做件事，过往的都是这事的前奏，
以后的便得你和我一同去进行。

西巴司兴　这是什么东西？——你怎样说法？
不错，我王兄的女儿是突尼斯王后；
她是奈不尔斯王位的承袭人；这两地
之间不太近。

安托尼奥　　　　　这远近的每一个呎六[10]
似乎在叫喊，“怎样将我们量回到
奈不尔斯？——那克拉丽贝尔待在突尼斯，
让西巴司兴醒来！”——我说呀，假定
死亡如今已经把他们擒拿住；
那么，他们不会比这处境更坏些。
有人能主宰奈不尔斯，跟这睡着的
一般好；也有显贵能信口开河，
跟这冈才罗一般絮絮又叨叨；
我本人便能充一只八哥儿，同样
多饶舌。啊，但愿你和我一条心！
这沉睡对你的升迁好不有利！
你懂得我吗？

西巴司兴　　　　　我以为，我懂得。

安托尼奥　　　　　　　　　　　那么，
你心头的意愿怎样看待那幸运？

西巴司兴　我记得你取代你老兄泊洛斯潘如。

安托尼奥　果真。请看这衣袍对我多相称，
比往常更齐楚。我哥哥的随从们以前
都是我僚友；如今全成了我下属。

西巴司兴　可是，为你的良心，——

安托尼奥　　哎呀,尊驾;
那可在哪里?假使它是个脚跟上
伤裂的冻疮,我便将鞋子来穿上;
可是我不觉得胸中有这位神道。
二十个良心,站在我与米兰城之间,
是硬糖也好,是化糖也罢,它们
可休想引起我心头的烦恼!你哥哥
在这里躺着,比他身下的泥土
不见得高明,假使他成为他身下
那相似的死东西;我用这听命的精钢,——
只须三英寸,——便能促使他去长眠;
而你,这时节,就可叫这块老残,
这位谨慎的爵爷,永睡而不醒,
于是他不可能谴责我们的行径。
其余的众人,他们将接受暗示,
像猫儿舐牛奶;他们会计数钟鸣声,
总使它契合我们所定时的事故。

西巴司兴　你开启前型,亲爱的朋友,我将会
步你的后尘。正如你取得米兰城,
我将会获得奈不尔斯。拔出你的剑:
一击之下将消除你岁岁的朝贡,
而我这君王将对你施恩宠。

安托尼奥　　一同来;
当我举手时,你也就行动,去结束
冈才罗。　　[他们拔剑。]

西巴司兴　　啊!且再说一句话![二人退至一旁交谈。]

[音乐声,霭俐儿重上,隐着身形。]

霭俐儿　我主人,经过他的法术,先已预见你,
他朋友,处在危难中;他差我前来——
否则他那宗策划会失败——救他们。
[在冈才罗耳旁歌唱。]

当你在这里打着鼾
沉睡时，阴谋睁大眼，
在这里正利用时机。
你若是对生命还关心，
就莫再沉睡，要警醒：
醒来啊，醒来，速速起！

安托尼奥 那么，我们俩都赶快。

冈才罗 [醒来]如今，天使们，
请护卫吾王！[其他多人都醒来]

阿朗梭 喂，现在怎么样？嗨，醒来！
为什么你们剑出鞘？为什么你们
脸色这么惊惶？

冈才罗 [醒来]有什么事情？⑪

西巴司兴 当我们在这里站着护卫你们
安睡时，刚正是此刻，听到了一阵
沉雄的咆哮迸发声，好像是牛哞，
更或许是狮吼；是否把你们惊醒了？
我听来真可怕。

阿朗梭 我没有听到。

安托尼奥 啊！
这响声把妖怪也吓倒，好像地震！
这定必是整整一群狮子在吼叫。

阿朗梭 你听到没有，冈才罗？

冈才罗 凭我的荣誉，
吾王，我听到一阵嗡嗡响，而且
那响很奇怪，这就使我醒过来。
我推您，吾王，且叫嚷。他们的武器
都出鞘，我分明眼睁睁见到。有一阵
声响，一点不错。最好我们要
警戒防卫着，不然就离开这地方。
让我们剑出鞘。

阿朗梭 引导着离开这块地，

让我们再寻寻我可怜的儿子。

冈　才　罗　上天
保佑他莫受野兽的伤害！因为
他一定在岛上。

阿　朗　梭　引导着离开。　［下。

霭　俐　儿　我主公泊洛斯潘如将得悉我做的事，
您且去，君王，安全地去寻找您太子。　［同下。

第　二　景

［岛上另一处］

［喀力奔上，负着一捆柴火木。一阵雷鸣可闻。

喀　力　奔　让太阳从泥坑、沼泽以及洼地里
吸引起的诸般疫疠全都降落到
泊洛斯潘如身上去，使他一寸寸
满身尽是病！他的精灵们听到我，
可是我还得诅咒他。但除非他叫
他们这样做，否则他们不会来
拧痛我，跳鬼怪舞蹈吓唬我，扔我
进泥巴，也不会变成了火把将我从
黑暗里引离我的路。可是为每一件
小事情，他们总被支使来捉弄我；
有时像猴子，对我做鬼脸，牙牙
学人语，在背后张口将我咬；有时
像刺猬，滚在我赤脚的当路上，耸起了
锋芒对着我踩下的脚板儿尽触刺；
有时候毒蛇缠满我全身，它们
双叉着红舌，咝咝地嘘得我发疯。——

［屈林居乐上。

现在，且瞧吧，瞧吧！这里来了个
他派的鬼精灵，来给我苦头吃，只为我
搬慢了柴火。我来倒下去。也许他

不会注意我。［躺倒。

屈林居乐　这儿既没有灌木林，也不见矮树丛可以遮挡什么风雨，而又一阵暴风雨却在酝酿了；我听到风声里有消息，就是那边那块黑云，那一大块看来像一只臭烘烘装酒的大皮袋，只差一点儿要把酒倒出来。假使和刚才那样打起雷来，我可不知道怎样去躲我的脑袋。那边那块云不能不成桶成桶地倒下来。这儿有个什么玩意儿？是个人还是条鱼？死的还是活的？一条鱼！嗅起来他倒像是条鱼；一股很陈的鱼腥味；像一条不是挺新鲜的咸鳕鱼干。一条奇怪的鱼！假使我此刻在英格兰，——我曾经到过那里，——只要把这条鱼画上，没有个节日的傻瓜不会花一块银币去看它。在那儿，这怪物能叫一个人发财；不拘哪一只奇怪的野兽，在那儿都能叫一个人发财。他们不会花一个小钱去救济一个跛脚的活[12]叫花子，可是会给十个钱去看一个死了的印度人。好像是个人，有腿！他的鱼翅活像是手臂！当真，是暖的！我现在要发泄议论了，不再持而不发。这不是条鱼，是个岛上的居民，最近遭到了雷殛。［雷鸣。］唉！风暴又来了！我最好的办法是爬到他那大氅下面去；这附近没有别的隐蔽处。苦难使一个人跟奇怪的伙伴相熟。我要在这儿躲雨，等这风暴把最后的雨点下完。

［爬在喀力奔大氅下。］

［史戴法诺上，唱着歌，手持酒瓶。

史戴法诺　我将不再往海上，往海上；
　　我要在岸上归天。

这是支十分讨厌的调子，有人丧葬时唱。很好，这儿是我的安慰。喝酒，唱。］

船主、甲板洗扫夫、水手长和咱，
　　还有司炮长跟他的副手，
爱上了玛儿、曼格、和玛玲、马葛兰，
　　但我们不理会凯脱丫头；

　　她那尖嗓子像弓弦在弹，
　　会对个水手喝道，“滚蛋！”
她讨厌焦油，也不爱沥青的味道；
可是她身上痒痒，裁缝却能替她搔；
　　所以海上去，弟兄们，滚他妈的蛋！

这也是支讨厌的调子；但这儿是我的安慰。

［喝酒。］

喀力奔　不要给我吃苦头！唉！

史戴法诺　什么事？这儿有魔鬼吗？你们可是用蛮子和印度人来跟我们要把戏吗，吓？我没有淹死，逃得了命，难道还怕你们的四条腿不成？有句话说得好，“再漂亮不过的四条腿走路的人儿，也不能叫他让步”；只要史戴法诺鼻子里有一口气，这句话还可以说上一遍。

喀力奔　鬼精灵给我吃苦头。唉！

史戴法诺　这是岛上一头四条腿的妖怪，想来他在打冷颤。他妈的，他打哪儿学来的我们这言语？假使就为这件事，我就要来减轻他一点儿痛苦。如果我能治好他的病，把他养驯服，带他到奈不尔斯去，可以把他去送给不论哪一位脚踩牛皮底的皇帝作礼品。

喀力奔　莫给我吃苦头了，请你；我会快些扛柴火到家。

史戴法诺　他现在正在发作，所以讲话不是最有条理。他得尝一下我瓶里的东西；假使他从来没有喝过酒，那会差不多治好他这阵子的发作。我倘若能治好他，把他养驯服了，我可以尽量要足价。要买他的得付足身价，那样才成。

喀力奔　你还没有怎样伤害我，你就要狠狠地来了；你在发抖，所以我知道。泊洛斯潘如现在在对你作法。

史戴法诺　来吧，张开嘴巴，把这个喝了，你会讲话，猫儿。张开嘴巴。这东西会赶走你的惊慌，我可以告诉你，而且很安全［灌喀力奔饮酒］。你不懂得谁是你的朋友。再张开嘴巴。

屈林居乐　我该熟悉那声音。那该是——但他已经淹死了；而这些都是魔鬼。啊！上帝保佑我。

史戴法诺　四条腿，两个声音——真是头有趣的妖怪！他前面的声音现在是讲他朋友的好话；他后面的声音讲的是坏话，把人糟蹋。如果我瓶里所有的酒会治好他，我要治好他的冷颤。来吧！阿门！我要倒一点在你那另一只嘴里。

屈林居乐　史戴法诺！

史戴法诺　可是你的那一只嘴巴在叫我吗？上帝可怜我！可怜我！这是个魔鬼，不是头妖怪：我要离开他；我不跟魔鬼交往。

屈林居乐　史戴法诺！——假使你是史戴法诺，就摸我一下，对我说话；我就是屈林居乐：——别害怕——你的好朋友屈林居乐。

史戴法诺　假使你是屈林居乐，走出来。我来拉你的小腿。如果屈林居乐有腿的话，这两条就是。你果真是屈林居乐本人！你怎么会变成这怪胎的大便的？他出恭能拉出屈林居乐来吗？

屈林居乐　我以为他被一个响雷打死了。可是你不是淹死了，史戴法诺？我现在希望你没有淹死。风暴已经刮过了吗？我躲在这死怪胎的大氅下面，为的是害怕这风暴。你还活着吗，史戴法诺？啊，史戴法诺！两个奈不尔斯人逃得了命！

史戴法诺　莫把我转来转去，请你；我的胃里在作呕。

喀力奔　［旁白］如果他们不是鬼精灵，那他们
倒是好东西。那是个奇妙的神道，
他有玉露琼浆。我对他要下跪。

史戴法诺　你怎么样逃生的？你怎么样到这儿来的？凭这瓶儿赌咒，你怎么样到这儿来的？我在一只大酒桶上面逃得的命，那酒桶给水手们扔下了船。这瓶儿是我被海水抛上了岸后，我自己亲手用树皮做成的。

喀力奔　凭着那瓶儿赌咒，我要当你忠心的治下，因为那酒浆不是人间有的。

史戴法诺 这儿！赌咒吧，说你是怎么样逃生的。

屈林居乐 泅水上的岸，人儿，跟鸭子一般。我能跟一只鸭子那样游泳，我赌咒。

史戴法诺 这儿，就当作《圣经》亲这瓶子吧［给屈林居乐酒喝］。虽然你能像鸭子似的游泳，可是你是生成的一只笨鹅。

屈林居乐 啊，史戴法诺，你还有更多这样的东西吗？

史戴法诺 一整桶，人儿。我的地窖在海边一块大石头里边，我的酒就藏在那里。怎么样，怪胎！你的寒颤怎样了？

喀力奔 你莫非是从天上掉下来的吗？

史戴法诺 从月亮里掉出来的，我告你说。曾经有那么一个时候，我是月亮里的人儿。

喀力奔 我看见过你在里边，我现在崇拜你。我的女主人将你指给我看，还有你那头狗，那矮树丛。

史戴法诺 来，当那件事起誓；亲这《圣经》。［给他饮酒。］我马上来装进新酒。起誓。［喀力奔饮酒。］

屈林居乐 凭这阳光起誓，这是头很傻的妖怪！我会怕他？一头很大的妖怪！月亮里的人儿？可怜见，容易上当的妖怪！——喝干得好，妖怪，说实话。

喀力奔 我要给你看岛上每一寸肥土壤；
我要亲你的脚。请你当我的神道。

屈林居乐 我凭这阳光起誓，一头最没有信义的醉妖怪！他的神道睡着时，他会抢掉他的瓶子。

喀力奔 我要亲你的脚。我起誓我是你治下。

史戴法诺 那么，过来。跪下，起誓！

屈林居乐 这头傻妖怪要把我笑死。一头顶卑鄙的妖怪！我恨不得打他，——

史戴法诺 来，亲吻。

屈林居乐 要不是这可怜的妖怪喝醉了酒，那就是一头可恶的妖怪！

喀力奔 我将领你看最好的泉水；我要
替你摘浆果；我会替你去捕鱼，

为你打足够的柴火。让一阵瘟疫
降临我侍候的暴君！我将不再
为他搬树柴，而要追随你，你这位
神奇可敬的人儿。

屈林居乐　一头最荒唐可笑的妖怪，把一个可怜的醉汉当成了不起！

喀力奔　让我带你到野苹果生长的去处，
我请你；我将用长指甲替你掘落花生；⑬
给你看一个樫鸟的窠，且教你
怎样去诱捕轻捷的金线狨。我将要
领你到榛子树丛深处，而有时我会
替你去海滨岩石上采稚嫩的蛾贝。⑭
你会同我去吗？

史戴法诺　请你领路，不用再多说。——屈林居乐，国王和我们这一伙别的人都已经淹死，我们就占有了此地。——这儿，拿着这瓶儿。——伙伴屈林居乐，我们等一会再灌他喝。

［喀力奔醉中唱着歌。］

喀力奔　再会，主人；再会，再会！

屈林居乐　一头破嗓子的妖怪，一头醉妖怪。

喀力奔　我将不再筑拦鱼的坝；
也不再听使唤，
扛柴火，驮重担，
不再洗盘擦碟刮焦巴；
奔，奔，喀——喀力奔，
得了个新主子——做了个新人。⑮
自由，放假！放假，自由！自由！放假，自由！

史戴法诺　啊，奇妙的妖怪！领着路。　［同下。

第二幕　注释

① Johnson：在有些新教(Protestant)教会里，有一种职员专司对病人安慰之责。

② W. A. Wright：发明会鸣响的时计的是彼得·海勒(Peter Hele)，纽伦堡（Nuremberg,德意志北中部巴伐利亚(Bavaria)州)人氏,约在 1510 年。

③ 原文第二幕第一景二十二行的“dollor”,在英文里没有这个字,应为“dollar”(银元),与二十三行的“dolour”(悲哀),译成“背癌”与“悲哀”,都是没有什么意义的音同字异的重覆逗趣。

④ 据 Ingleby 注,“一笑”可能说当时一个通常用来打赌的小钱的切口或隐语。等一下“小公鸡”亚特列安先叫,西巴司兴输给了安托尼奥,他当即付与他“哈,哈,哈!”一笑,作为已赔了钱。

⑤ “温和姑娘”(Temperance)大概是当时某一妓院里一个红姑娘的花名。

⑥ Dido,古时非洲北部迦太基(Carthage)的女王,以绝色闻名,在罗马史诗阜杰尔的《意尼亚特》(Virgil:“The Æneid”)里,和诗中的英雄、破舟在迦太基海边上的意尼亚斯(Æneas)相恋。后来意尼亚斯奉天神之命离开了她,她自尽而亡。

⑦ Phillpotts 注:如果冈才罗能把迦太基和突尼斯都变成了一个城的话,那么,他的话比安法宏(Amphion)的竖琴(harp)还神奇灵效,那竖琴造成了底比斯 (Thebes)的城墙。W. A. Wright 谓,这里提到的也许是太阳神阿波罗(Apollo)的竖琴,筑起了特罗亚(Troy)的城墙。按,希腊神话中安法宏在古希腊神话里弹奏的是一柄七弦琴(lyre),不是竖琴,故以 Wright 的说法为是。

⑧ 听到冈才罗重新断言他关于突尼斯和迦太基的胡说时,安托尼奥表示冈才罗会当真尽早把这个岛放在口袋里带回去。

⑨ bat-fowling(“夜晚打劈鸟”),据 Staunton 引 Markham:“Hunger's Prevention”(马克汉:《防饿术》)所述,是用长火把与长竿子,有时也用网,在夜晚到多野鸟栖止的树丛所在去扑打野鸟的一种游戏。W. A. Wright 引 Thornbury 之《莎士比亚之英伦》谓,“夜晚打野鸟”是盗窃社会里的一句切口:一个棍徒天黑后假装在一家备货充足的店家门口掉了一只戒指或一件珠宝,他进去向学徒借用蜡烛照亮,在门口寻找时他故意把蜡烛掉在地下弄灭,请学徒重点蜡烛,学徒去找火的当儿,那家伙就乘机偷了尽量多的货物逃走。

⑩ “cubit”,古长度名,约十八英寸,无现成的译名,姑作此。

⑪ 这里,从“醒来”开始,初版对开本原文大概有印误,把从“如今”起的几行都作为阿朗梭的话,把“什么事情?”作为冈才罗所说。译文根据 Staunton 的改正,用 Dyce 的导演辞:这校改正如 Furness 所说,令人赞佩。一经校改,好比画龙点睛,顿时神态飞动。

⑫ 原文为“lame”(跛脚的)。译文从 E. A. Meredith 之校改“live”,作“活着的”。

⑬ 原文“pig-nuts”,据 Grindon 说,是植物学家们名为“Bunium flexuosum”的一种在土里结实的坚果的英文名。是否为“一种落花生”?抑或可译为“地果”?

⑭ 原文“scamels”,非但声音好听,而且因为不知道究竟是什么样的生物,在我们想象里引起一阵阵浪漫的遐想。大概是又好看又好吃的一种名称失传了的稀有贝类;译文姑从 J. D 之说。

⑮ 从 Furness 说,原文“get”作“become”解。

第 三 幕

第 一 景

[泊洛斯潘如的窑洞前。]

[斐迪南上，扛着一大段木头。

斐 迪 南　世上有一些游戏很劳累，但喜爱
它们能使它们变得轻松；
有些微贱事被承受得豪迈，鄙陋
不堪的事情便指向华贵的目标。
我这微贱的劳役艰苦而可恶；
但我侍候的女主人能化死以为生，
她把我的辛劳变成了欢乐。啊！
她跟她父亲的暴躁相比要十倍
温柔，而他乃严酷所造成。在一个
苛刻的命令下，我定要搬好，且堆叠
起来这木柴几千根；我可爱的女主人
看见我工作便不免要流泪，如此
贱役，她说，从没有同样的执行人。
我忘了这劳累：但可喜的想念抚慰着
我这阵辛勤，于是我心头最忙时
手上却显得最空闲。①

[蜜亮达上；泊洛斯潘如在后，

蜜 亮 达　哎呀，请你，

如今，工作得莫这样卖力！我但愿
电火烧掉了你被命令来把它们
堆叠起来的这些柴火木！放下吧，
且休息一阵。这柴火烧时会哭泣，
因它们使得你疲劳。我父亲在专心
研读；所以你如今正好来休息；
三小时之内他不会来将你难为。

斐迪南　啊，最可爱的女主人，太阳将下去，
在我把必须努力去从事的工作
做完之前。

蜜亮达　若是你能坐下来，
我会来替你搬。给我那一段，请你；
我把它搬上柴堆。

斐迪南　珍贵的人儿，
不要；我宁愿压断我的筋，压折
我的背，也不能让你承受这耻辱，
我却在一旁闲坐。

蜜亮达　这件事对你，
也对我合适；我做来更要轻松；
因为我愿意，而你却不愿。

泊洛斯潘如　［*在旁*］可怜虫！
你给传染了！这病变显示了出来。

蜜亮达　你看来很疲乏。

斐迪南　不，尊贵的女主人；
在夜晚有你在旁边，对我便成了
新鲜的早晨。我请你告我——主要为
我可在祈祷时用它——你名叫什么？

蜜亮达　蜜亮达。——啊，爹爹，我这样一说，
可破了你的训戒！

斐迪南　钦慕的蜜亮达！
果真是，赞赏的顶巅，对人间的价值
最珍奇宝贵！好几位闺秀我见过，

曾不禁向往而注目，许多次她们
莺声的和悦使我太殷勤的两耳
为之倾倒。为不同的优长，我曾
合意过不同的女郎；但从未像这般
神驰而心醉，总有点欠缺跟那
至上的优雅为敌，从而使之
逊色。可是你，啊你！这么样美妙
无比，这么样无双独绝，真不愧
是造化所创万物的菁英。

蜜 亮 达 我不知
我同性的另一人；记不起女子的面貌，
只除了镜中的自己；也不曾见过
可称为男子的人儿，除了你，好友，
以及我亲爱的父亲。外边人体形
怎么样，我一无所知；但凭我的贞洁——
我妆奁之中的珍宝——除了你我不愿
有任何伴侣；想象不可能造一个
形象去仿佛，只除了你的风貌。
可是我乱说得简直太愚妄，而把
父亲对这事的教训全忘了。

斐 迪 南 我身份
乃是个王子，蜜亮达；是国王，我想
（我但愿不是），我不能忍受这整天
搬木柴的奴役，犹如我不能忍受
叮肉撒子的苍蝇弄脏我的嘴。
听我的心音！我初见你时的顷刻，
我的心就飞来为你效殷勤；留连
到现在，我甘愿当奴才；只因为了你，
我当了这耐苦的搬柴人。

蜜 亮 达 你可爱我吗？

斐 迪 南 啊，皇天啊，后土，请务必为我
这番话作证，如果我所说是真，

将正常的后果圆满我现今的申诉！
如果我空谈虚构，最吉利的兆头，
请把它转变为不祥！我啊，超过了
这世上一切东西的制限，眷爱你，
珍重你，对你心怀着尊敬与光荣。

蜜 亮 达 我成了个傻子，对我所喜爱的倒反
要哭泣。

泊洛斯潘如 ［旁白］无双美妙的两情欢爱，
遭逢到天成巧合！让天降福泽于
他们两情间那萌生的缱绻！

斐 迪 南 你为何
要哭泣？

蜜 亮 达 我哭我的不配，我不敢奉献
我情愿给与的赠礼，更不敢领受我梦魂
所萦绕的冀求。但这话不够庄重；
它暴露愈多，愈是想遮盖它自己。
去吧，含羞的假装，振奋我，朴素
纯洁的天真！我是你的妻，假如你
愿和我结婚；不然就是死我也要
做你的婢女。跟你相对等，你也许
不允；但我要当你的女仆，不管你
肯或者不肯。

斐 迪 南 我的女主人，心爱的，
我永远这般从顺。

蜜 亮 达 那么，你要我？

斐 迪 南 哎也，我衷心情愿，好比奴役者
心愿得自由。请同我握手。

蜜 亮 达 我的手，
我的心就在这一握中；如今祝你好，
半小时以后再见。

斐 迪 南 祝福你千千次！

［斐迪南与蜜亮达分别下。

泊洛斯潘如　这一场惊诧震荡我太过了，可是我
不能像他们同样地欢快；但没有
任何事能使我欢庆得更大些。我要
致力于我的宝卷；因在晚饭前，
我还得完成许多应作的事情。　［下。

第　二　景

［岛上另一处。］

［喀力奔手持酒瓶，与史戴法诺及屈林居乐上。

史戴法诺　不用告我！——桶里空了，我们才喝水；空桶前不喝一滴水。所以，就喝干了吧！[②]——当差的妖怪，跟我祝酒。

屈林居乐　当差的妖怪？这海岛的蠢鳖蛋！他们说这岛上只有五个人儿；咱们就是三个了。假使还有两个跟我们一般头脑，国家大事可在动荡了。

史戴法诺　当差的妖怪，我叫你喝你就喝；你的眼睛差不多就装在你脑袋里。

屈林居乐　不装在那里却装在什么别的去处？假使它们装在他尾巴里，他倒真成了头奇妙的妖怪了。

史戴法诺　我的公妖怪曾把他的舌头淹在白葡萄酒里。至于我，海水可淹不了我。我能爬上岸滩来之前，一下子就泅了三十五海里的水，凭这阳光我起誓。妖怪，你将做我的副官，或者我的旗[③]。

屈林居乐　要是你乐意，他可以做你的副官；他可不是一面旗。

史戴法诺　我们不要跑，阿里阿笃妖怪生。[④]

屈林居乐　也不要慢慢地走；但你得躺着，跟狗一样；可也不要讲话。

史戴法诺　怪胎，假使你是个好怪胎的话，这世里只讲这么一次话吧。

喀力奔　你尊驾怎样了？让我舔你的鞋子。我不会侍候他；他不勇敢。

屈林居乐 你撒谎，最无知的妖怪；我能跟个警察兵打架。吓，你这条卑鄙的鱼，可有像我今天这么样喝上这么多酒的人儿，是个胆小鬼的吗？你一半是条鱼儿，一半是个怪，你可要撒上个荒唐的大谎吗？

喀力奔 瞧，他怎样侮蔑我！我的主公，你让他去吗？

屈林居乐 他说“主公”？——一头妖怪竟然会是这样个白痴！

喀力奔 瞧，瞧，又来了！咬死他，我请你。

史戴法诺 屈林居乐，在你脑袋里留下个干净些的舌头吧。假使你果真要叛变的话，那一棵树上就能把你来吊！这可怜的妖怪是我的子民，他不能忍受侮辱。

喀力奔 感谢我尊贵的主公。你是否高兴
再一次倾听我对你做过的陈请？

史戴法诺 他妈的，我可高兴。跪着，重复一遍；我站着，屈林居乐也站着。

［霭俐儿上，隐着身形。

喀力奔 我告诉过你，我是个暴君的子民、一个妖巫的治下，他使用法术把这个岛从我手上骗了去。

霭俐儿 你撒谎。

喀力奔 你撒谎，你这打哈哈的猴子！我但愿我勇敢的主人会干掉你。我没有撒谎。

史戴法诺 屈林居乐，你若是在他讲完那话儿以前还跟他麻烦，凭我这只手，我来敲掉你几颗牙齿。

屈林居乐 哎，我不曾说什么呀。

史戴法诺 那么，噤口，别再说了。——［对喀力奔］讲下去。

喀力奔 我说，他使用魔法得到这个岛；
他是从我手里拿走的。你大驾若愿意，
请对他报复，——因为，我知道，你敢；
可是这东西不敢，——

史戴法诺 那一点不错。

喀力奔 你将是这一岛之主，而我将侍候你。

史戴法诺 这事情将怎么来办？你能领我到
那地方去吗？

喀 力 奔　唔,唔,主公!我趁他睡梦里献给你,
你可以敲一只钉子进他的脑袋。

霭 俐 儿　你撒谎;你不能。

喀 力 奔　真是个花衫小丑角![5]卑鄙的东西!
我恳求你大驾,揎拳把他揍,夺掉
他的瓶。那个没有了,他只能喝咸水,
因为我不领他去看哪儿有清泉。

史戴法诺　屈林居乐,再不要冒险了!再打断这妖怪的话头的话,凭这只手,我要把宽恕赶出门,像打鳕鱼干那样揍你。

屈林居乐　吓,我做了什么?我什么也没有干。我要走得远些。

史戴法诺　你没有说他撒谎吗?

霭 俐 儿　你撒谎。

史戴法诺　我撒谎?你挨上这一下。[打屈林居乐。]你喜欢这个的话,下次再说我撒谎。

屈林居乐　我没有说你撒谎。你失了灵性,聋了耳朵不成?天花长上你的瓶!灌酒灌成了这模样。——叫你这妖怪染上猪瘟,魔鬼砍掉你的手指!

喀 力 奔　哈,哈,哈!

史戴法诺　现在你再往下讲。——[对屈林居乐]请你站远一点。

喀 力 奔　揍够了他。等一会我也来揍他。

史戴法诺　站远些。来,讲下去。

喀 力 奔　哦,我对你说过,他惯常在下午
要睡觉。先把他的法书宝卷都拿走,
你可以打得他脑浆迸裂;或许
你用一段粗木棍敲破他脑壳,
或者用一根粗木桩开膛破肚,
再或许用一柄尖刀割断他咽喉。
要记得先缴了他那些宝卷法书;
因为没有了它们,他跟我一样,
只是个呆木头,没有一个精灵

可供他鬼使神差。他们都恨他，
跟我同样地坚决。只要烧掉了
他那些书卷。他还有漂亮的器皿，——
他这样叫它们，——他有了一所房屋后，
要把它们来装饰。最值得深深
考虑的是他那女儿，他自己称她是
无双独绝。我从未见过女人，
只除了锡考腊克司我的娘和她；
但是她远远超过锡考腊克司，
正好比最大的超过最最小。

史戴法诺　　是那样
绝色的一个姑娘？

喀力奔　　嗳，主公。
我担保她会很合适你的床席，
且会替你生一窠极漂亮的儿女。

史戴法诺　妖怪，我会弄死这人儿。他女儿和我将做国王和王后——天保佑我们两位陛下！——屈林居乐和你将做总督。屈林居乐，你喜欢这计谋吗？

屈林居乐　好极了。

史戴法诺　把手伸过来。对不起，我打了你；可是，你过日子还是嘴里干净些好。

喀力奔　在这半点钟以内他会睡着。
那么，你是否弄死他？

史戴法诺　嗳，凭我的荣誉。

霭俐儿　这个我要告诉我主人。

喀力奔　你使我快乐；我满心欢喜。让我们
乐一阵。你可能高声歌唱你刚才
教我的小曲？

史戴法诺　准你所请，妖怪，我会给你满足，满足一切。来吧，屈林居乐，让我们唱吧。[唱道]

　　嘲弄他们，讥诮他们；
　　讥诮他们，嘲弄他们！

思想很自由。

喀　力　奔　不是那调子。

［霭俐儿用小鼓与箫管奏着曲调。］

史戴法诺　这是什么？

屈林居乐　这是我们的小曲调子，无形之人在吹打。

史戴法诺　假使你是个人儿，显你自己的形象出来。假使你是个魔鬼，对我的话随你的便。

屈林居乐　啊，饶恕我的罪孽！

史戴法诺　去世的人把一切俗债都还清。我藐视你。——天可怜见我们！

喀　力　奔　你害怕吗？

史戴法诺　不，妖怪，我不怕。

喀　力　奔　不用害怕；这岛上满都是响声，
声音和甜蜜的曲调，听来愉快，
但不伤害人。有时候一千支高鸣
齐奏的乐器在我耳边闹盈盈；
有时候我在久睡之后醒来时，
唱歌声使我再睡去；还有，在梦中，
我望见云层开启处，显示着盈富
累累正要倾泻到我身上来；那时节
醒回来，我哭着要重新再入梦。

史戴法诺　看来这对我将是个极妙的王国，我可以听音乐不花钱。

喀　力　奔　要等把泊洛斯潘如弄死以后。

史戴法诺　过不久就会去干；我记得那件事。

屈林居乐　这乐声在离开了；让我们跟着它，然后干我们的事。

史戴法诺　领路，妖怪；我们跟着。我但愿能看到这敲小鼓的；他吹打得好。

屈林居乐　［对喀力奔］你来吗？我跟着，史戴法诺。［同下。

第 三 景

[岛上又一处。]

[阿朗梭、西巴司兴、安托尼奥、冈才罗、亚特列安、茀朗昔司谷与其他人上。

冈 才 罗　圣处女在上，我不能再走了，吾王；
我的老骨头在痛。简直踩进了
迷园，穿过直路，也经过曲径！
经您的恩准，我一定得休息了。

阿 朗 梭　　　　　　　　　　　老卿驾，
我不能责备你，我自己已经疲劳得
精神迟钝。坐下来，休息吧。就在此，
我要放弃掉希望，不再保留它，
欺蒙我自己。我们迷失了方向
去找他，可是他已经淹死；大海
在嘲笑我们循陆路徒然去搜寻。
算了，让他去。

安托尼奥　[旁白，对西]我非常高兴他这般
失望。请莫为一次失利，就放弃
你决意实行的志向。

西巴司兴　　　　　[旁白，对安]下一次良机
我们要完全取得。

安托尼奥　　　　　[旁白，对西]就定在今夜；
因为多走了路途，太劳累，他们
不会，且不能，像平时那样警惕。

西巴司兴　[旁白，对安]准定在今夜。莫再说。

[庄严奇异的音乐；泊洛斯潘如在高处，隐着身形。下面有几个奇怪的身形上场，搬进一席筵宴；他们围着它以温和、致敬的动作舞蹈着；随即请国王与其他人物入席，他们自己便离去。]

阿 朗 梭　是什么音乐？列位卿驾，听啊！

冈　才　罗　好听得惊人的音乐！

阿　朗　梭　　　　　　　　天啊，仁蔼的
神仙们保佑！这些是什么？

西巴司兴　　　　　　　　　　是一曲
活人滑稽戏。⑥我现在相信这世上
的确有麒麟；也相信阿剌伯有棵树，
是凤凰⑦的宝座；只一头凤凰此刻
在那里称王而垂治。

安托尼奥　　　　　　　　两件事我都信；
什么别的难信的奇闻碰上我，
我都能发誓确而真。飘洋的远游人
从来不谎报，虽然在家的蠢家伙
责他们胡言。

冈　才　罗　　　　　　如今假使在奈不尔斯
我要报告这件事，他们会相信吗，
假使我说我见过这样的岛民们？——
因为，当然，这些是岛上的居民，——
他们虽然形态很怪样，可是，
请注意，他们的行动却更加温良，
比你能在我们人类里找到的许多，
不，不论哪一个，要远为仁蔼。

泊洛斯潘如　［旁白］诚实的贵卿，你说得不错；因为
你们中间有几个比魔鬼还要坏。

阿　朗　梭　我不禁惊奇赞叹个不停，如此
形状，如此姿态，如此音响，
表现着，——虽然他们不曾用唇舌，——
一种极妙的无声的言语。

泊洛斯潘如　　　　　　　［旁白］停止了
称赞，且看这一场筵宴如何完。⑧

茀朗昔司谷　他们消隐得很奇怪。

西巴司兴　　　　　　　　不关紧要，
既然他们把食品留了下来；

因为我们全都有肠胃。——您高兴
品尝一下这里的东西吗？

阿朗梭 我不尝。

冈才罗 说实话，吾王，您不用害怕。我们在
孩童时，谁会相信天下有山里人，
脖子像公牛，鼓隆东，吊朗当，挂着，
一团皮肉？或者有这样的人儿，
他们的脑袋打从胸膛长出来？
这个，如今我们碰见的每一个
五对一⑨的飘洋远客都会对我们
作确证。

阿朗梭 我要开始来进餐，即令
这是我最后一餐饭；无关重要了，
既然我觉得最好的日子已过去。——
王弟，公爵吾卿，开始跟我们
一同进。

［雷电交作。霭俐儿上，像一只女人头面鹰隼身的鸟怪；把它的翅膀拍击着桌子；开动一个精巧的机关，筵席不见了。

霭俐儿 你们是三名罪孽深重的人儿，
主宰这尘世与世间万物的命运神
使永远无餍的大海呕吐出你们，
抛上这无人居住的荒岛来；要知道，
你们是人中间最不配活着的人。
我叫你们发了疯；

［阿朗梭、西巴司兴等剑出鞘。］

使得你们
鼓起勇气去上吊或者去投水。
你们这些蠢东西！我和我的众同伴
都是命运的随从者：你们铸炼的
剑刃损伤不得喧响的风儿，
使尽被嘲的刺戳杀不死永远会

合拢来的水，它同样也休想伤害我
一根毫毛；我同伴的神使也同样
伤不得分毫。且即令你们能伤害，
如今你们的臂膀已没有力量
举起沉重的剑把。可是，要记起，——
那是我如今所要对你们说的，——
你们三个人把好好的泊洛斯潘如
打从米兰城撵走；将他放入海，
海却补报了他和他天真的孩子；
为了这肮脏的勾当，神力只延缓，
但并未忘掉，激起了海里和岸上，
哦，一切的有生之伦，不让
你们有安宁。你儿子，阿朗梭，他们
夺去了；且要我对你们正式宣告，
凌迟的毁灭，——比任何马上死更惨，——
将步步紧跟你们和你们的前程；
能回护你们、隔离这天谴的——否则
它在这穷荒的岛上会降临你们，——
唯有内心的忏悔和悔过自新。

［他在雷鸣中消失：然后细乐声中那些身形重新上场，跳着舞、做着嘲弄与装鬼脸的姿态，并将摆筵席的空桌子搬出去。］

泊洛斯潘如　［旁白］我的霭俐儿，你装出这女人头面
鹰隼身的鸟怪形象，确是非常妙；
它具有吸引人的奇趣；在你的话里，
你并未减少我对你的指示：这么样，
栩栩如生，异常真实而自然，
我的较次的从者们也都搬演出
他们各自的角色。我高玄的法术
灵效如神，我这些仇人们都魄散
而魂消：他们如今尽在我手掌内；
且放下他们在这神魂解体中，

让我来看看年轻的斐迪南，——他们
满以为他已经淹死，——以及他、也是我
心爱的宝贝。 ［在高处退场。

冈 才 罗 凭某些圣洁东西的名义来讲话，
吾王，您为何这样惊人地呆瞪着？

阿 朗 梭 啊，可怕！可怕！我以为海浪
在说话，告诉我这事；风声在对我
唱他，雷鸣，那沉雄可怕的巨喉，
在叫唤泊洛斯潘如这名字；它用着
隆重的低音控诉我的罪行。为此，
我的儿埋进了泥污；要找他我须到
比量深的锤线更深的去处，且跟他
要同在泥污里沉埋。

西 巴 司 兴 一次打一个，
我要同他们魔鬼大军战斗。

安 托 尼 奥 我当你的副手。 ［西与安同下。

冈 才 罗 他们三个都没有了希望；他们
那重罪，好比许久后才毒发，如今
正开始咬他们的灵魂。——我恳请诸位，
行动轻捷的，迅速跟随着他们，
拦阻他们莫采取因狂暴而激发
的举动，惹起祸端。

亚 特 列 安 跟我来，请诸君。

［余众同下。

第三幕　注释

① 初版对开本上这最后的两行多，在 Furness 的新集注本上有各家的注解密排小字将近十二页之多。译文从 S. Hickson 与 Furness 的诠释。

② 原文“Therefore beare up, and board'em!”，Furness 解“beare up”为“拿着瓶”，跟第二幕第二景 184 行之“beare my bottle”同样意义，而对于“board, em”则无诠注。Schmidt 之《Shakespeare-Lexicon》引 Boas 之《Warwick Shakespeare》云，这是一句航海的成语，意即如译文。这讲法也不很令人满意，因奈不尔斯王的酒膳司不是个水手。

③ 集注本的 Furness，史戴法诺本想说“旗手”或“掌旗官”（standard-bearer），但因他醉

得太厉害,记不得或讲不清楚,所以只说了"my standard"(我的旗)。

④ 原文这里戏用法文称呼妖怪。

⑤ 初版对开本上这一行是喀力奔说的,一般近代版本上也一仍其旧。Johnson 认为这一行应当是史戴法诺的话,因为"斑驳的"或"杂色的"(pied)是指弄臣穿的条子衣裳,喀力奔不会懂得。

⑥ Steevens:莎氏当时名叫滑稽戏(drolleries)的表演,一般是用傀儡演出的。Malone:"活人滑稽戏"是不用装机关的木偶,而由活人演出的。

⑦ 公元一世纪时的罗马博物学者与著述家老普林尼(Pliny,23—79,全名为 Gaius Plinius Secundus)关于神话中的这百鸟之王是这样记载的:"这只阿剌伯国的凤凰远超过一切其他的鸟。我不知道这是否只是个故事,说世界上只有这一只,而且这一只是不常见得到的。据说它大小有大鹫那样:颜色又黄又亮,跟黄金一般(整个颈上);身体其他部分作深色的红紫;尾巴天蓝,夹杂着石竹红的羽毛;头上有一丛好看的冠毛美妙地装饰着;有那一簇冠毛在上面,煞是美观而气概。曼业留斯(Manilius),那位罗马元老院议官……是长袍宗党里记述这只鸟的第一人,他写得又完备,又细致。他报告说,从没有人看见它吃东西……它一生活上六百六十年,到老来开始衰颓时它把白桂或肉桂和乳香的枝杪堆积起来;它在这香木堆里积满了各种各样的香料之后,就在那上面自焚。他又说,它的骨髓残烬中初时好像有一条小虫,后来变成一只美丽的小鸟。这只年轻的新凤凰做的第一件事是为那只先前死掉的凤凰举行丧葬,把它的窠搬到太阳城去,近潘岂亚那里,很虔诚地安放在圣坛上……这只鸟曾被带到罗马都城来……在一所满座的大会堂里公开地展出,这事在都城大事记录里有;可是,没有人怀疑过,那不过是一只假凤凰而已。"Malone 指出,比莎士比亚大约大十岁的莎氏同代人约翰·列莱(John Lyly,1554?—1606)的《优斐豉斯和他的英伦》(1580)里有这样一句:"——正如世界上只有一只凤凰,阿剌伯就只有一棵树,它在上面营巢",还有,莎氏另一较早的同时代人约翰,弗劳留(John Florio,1553?—1625,法国论说文大作家蒙旦的《论说文集》Michel de Montaigne:《Essais》的名翻译家)在他那有名的意大利文——英文字典《字底世界》(《Worlde of Wordes》1598)里说:"拉秦(rasin),为阿剌伯国的一棵树,那里只有这一棵,凤凰就在上面栖止。"极可能莎士比亚于写《暴风雨》(1610—1611)之前是看过这两本书的。

⑧ 据 Capell 注。

⑨ 这是下赌注的意思。各家解说很多,以 Br. Nicholson 的说法为最切当。飘洋远客的生命在当时是没有把握的,他出海之前先同人家打下了赌,押下一笔钱,说他一定会安然回来,如果不回来那笔钱就归他的对手赢去,如果平安回来,他将从对手那里赢得五倍的钱。

第 四 幕

第 一 景

[泊洛斯潘如的窑洞前。]

[泊洛斯潘如、斐迪南与蜜亮达上。

泊洛斯潘如 如果我将你惩罚得过于严峻，
你得来的报酬已作了补偿；为的是，
我在此给了你我自己生命的一部分，
或将我为之而活着的奇珍给了你；
我将她再一次付与你，你所受的苦恼
都只是为测试你的爱情，而你却
出奇地经受了考验。这里，对着天，
我证实这宏富的赠礼。啊，斐迪南，
莫要讪笑我将她如此夸耀，
因你会眼见到她超越所有的赞美，
使之远落在她后边。

斐 迪 南 我相信这话，
虽悖逆神谕。

泊洛斯潘如 那么，娶我的女儿吧，
作为我对你的授与，也是你自身
所应有的获致。但假使在一切表征
圣洁的礼法施行神圣的仪式
之前，你先就破坏了她贞操之结，

上天将不降甘露来繁荣这婚姻；
而无子的仇恨、乖张愠怒的轻蔑
与不和，将在你们那姻缘的结合间
撒满毒草，叫你们双双去痛恨；
所以要当心，先听任婚神的喜灯
照你们。

斐迪南　既然我希望有安宁的日子、
美好的后嗣和长寿，如今又真诚
相眷爱，所以即令是最阴暗的洞窟、
最方便的处所、我们的劣性所施
最强烈的引诱，也休想把我的光荣
恶化成肉欲，将燕尔新婚日的欢庆
损毁掉，使我在那一天以为太阳神
龙驹蹄抽了筋，或黑夜把它们闭锁
在阴曹。

泊洛斯潘如　说得好。那么，坐下来，跟她
去谈话；她是你的了。——喂，霭俐儿！
我的勤勉的使从，霭俐儿！

［霭俐儿上。

霭俐儿　我的权重的主公要什么？我在此。

泊洛斯潘如　上一件差使你同你的小伙伴做得好；
我还得要你们另做件这样的手法。
去把我授权你指挥的那伙精灵们
带到此地来：要促使他们行动快；
因为我须得给这双青年去目睹
我法术的玄虚。我答应他们这样做，
他们也指望能如此。

霭俐儿　马上吗？

泊洛斯潘如　唔，
一霎眼之间。

霭俐儿　你能说“来”和“去”，呼吸上两遍，
再说声“是这般，是这般”之前，

他们每一个,跳点着脚趾尖,
会到这里来,装怪相,做鬼脸。
你爱我不爱呀,主公,嗎嗎?①

泊洛斯潘如 爱得很,我的美妙的霭俐儿。听到我
叫你前,且莫来。

霭 俐 儿 很好,我懂得。 [下。

泊洛斯潘如 注意,
你可要忠实。不要无限地放任
调笑,血液里的火焰一旦燃烧,
坚强的誓言也不过是干草。约束些自己,
否则跟你的信誓道别!

斐 迪 南 父亲,
我向你保证。她盖着我心头的那洁白
冰冷的贞雪,减弱了我胸中的热情。

泊洛斯潘如 很好。——现在,就来吧,我的霭俐儿;
宁可多带些伙伴,却不可缺少
一个精灵。就出现,而且要迅速!
不要讲话了!注意看!肃静。[细乐鸣奏。]
[一出假面舞剧②登场。雅丽施上。

雅 丽 施 西吕姒,最丰厚的仙姬,你盛产的草坪
长小麦、黑麦、大麦、饲料、燕麦
和豌豆;你的草山上,羊群啮草
在山头,平野的草原,生满了草料;
你那河岸边,铲掘时杂拌着泥土,
湿漉漉的四月天遵从你命令修饰过
边沿,替贞静的素娥们备冷艳的花冠;
那金雀枝丛,失恋的青年人喜欢
寻它的阴蔽;簇绕竿头的葡萄园;
草木不生的滨海地;扬谷的石硬坛,
那里你当风吸着清空气:我乃是
诸天王后朱诺的水圆拱和神天使,
我奉命传言要你离开那种种;

来到这一块青草地，跟着我长虹来
朝天尊；她那神禽孔雀疾疾飞：
前来啊，西吕姒，快将天尊来欢娱。

［西吕姒上。

西吕姒　多彩的使者嗳，我向你欢呼，天王
巨璧特的德配你从未违拗过；你橙黄
桔红的翅膀将滋润的蜜露和甘霖
洒向我的花儿；你把那蔚蓝的弓柄
遥遥指向我的灌木林和没树的丘陵带，
仿如我壮丽的大地把鲜艳的披肩戴；
请问为什么她天尊宣召我到这里，
来到这一块芳草萋萋的绿茵地？

雅丽施　为庆贺一个挚爱的璧合珠联
佳期约，且要把一些赠与欣然
授给幸福的两新人。

西吕姒　天上的美长弓，
告诉我，维纳斯或者她孩儿那顽童
寇璧特，如今可是否伴随着她天尊？
自从他们母子俩阴谋恶计生，
害得我女儿嫁给了冥王地司
作王妃，我便永远和他们母子
往来绝。

雅丽施　不用害怕她会到这里来；
我遇见她神驾冲破了云头往东回，
同她的孩儿乘着那瑞鸽轻辇
指向帕福斯。在这里对这个青年
和小姑，他们本想叫淫欲来风魔；
可是不成功；原来两人曾有过
誓约在先前，婚神的火炬未明时，
决不早唱合欢曲，战神马斯
火热的心上人；因此上只得往回转；
她发怒的孩儿就此折断了他的箭，

起誓将不再弄弓矢,而要把雀儿耍,
做个本份的小乖乖。

西　吕　姒　　　　　　　　　让我们迎尊驾,
最高权位的诸天王后朱诺到;
我远望便知她那云步正飘飘。

［朱诺上。

朱　　诺　我丰裕的妹子可好?跟我一同
来祝福这双双,使他们兴盛又昌隆,
子嗣耀光荣。

祝　福　歌

光荣,殷富,婚姻滋幸福,
子孙繁茂,绵延而持续,
时刻的欢快,久久且孔殷!
朱诺唱她的赐福与你们。

西　吕　姒　大地的收成,丰产弥望,
粮屯饱满,谷粒充仓;
葡萄长得累累又球球;
果树结得弯腰又垂头;
春天来得早里早,
秋收一完它就到!
匮乏与贫穷将远避你们;
西吕姒使福泽厚被你们。

斐　迪　南　这是个瑰丽神奇的幻景,谐和得
玄妙:我能否大胆地以为这些
是精灵?

泊洛斯潘如　　　　　是精灵,我施行我的法术,
将他们从各自的境域中召唤到此,
来表演我此刻的幻想。

斐　迪　南　　　　　　　　　　　让我永远
在这里生活!这样个神通广大、
妙晓奇门的岳父,使这个去处
变成了天堂。

[朱诺与西吕姒耳语,差雅丽施去行事。]

蜜 亮 达[3]　　　　亲爱的,现在莫做声!
朱诺和西吕姒在低声商谈着要事。

泊洛斯潘如　还有些别的事要做:——静些,悄悄的,
否则我们的灵咒要破灭。

雅 丽 施　你们溪流曲水的女神仙,芳名
乃滟特,头戴菖蒲冠,相貌挺天真,
离开你们那澜翻白浪的岬谷间,
来到这芳菲的绿草坪上应召唤:
朱诺在命令,来啊,贞静的女神仙,
来庆贺一个真情的璧合珠联
佳期约:莫要来晚了。

[一些水仙们上。

八月天的田畴
活计累倒了你们咧,离开那犁沟,
来到这里吧,收割禾谷的庄稼汉,
来尽情欢乐庆佳期:戴上了麦草冠,
来跟每一位这些年少青春的女神仙,
舞一个翘遥迁延、蹀躞又蹁跹。

[有些刈禾者们上场,穿着适当的服装:他们与水仙们纷纷起舞,舞姿曼妙;将近舞毕时泊洛斯潘如突然惊起,说着话;随即有一声怪异、深沉、混乱的声响,他们缓慢地消逝。

泊洛斯潘如　[旁白]我忘了那畜生喀力奔跟他的同伙
谋害我性命的那肮脏的鬼阴谋;他们
策划的时刻差不多已经到。——[对精灵们]演得好!
去吧;别演了!

斐 迪 南　　　　这倒是奇怪:你父亲
情绪激动得很厉害。

蜜 亮 达　　　　　直到今天,
我从未见过他这样怒从心上起。

泊洛斯潘如　你看来，我的儿，好像有一点激动，
像有些惊慌失措；心情爽快些，
少君。我们的欢娱如今已结束。
这些角色们，我早就对你曾说过，
都是些精灵，已消失在空气里边，
在清空大气中，正像这幻景的结构
一样地空无所有，那云冠的堡垒，
壮丽的宫殿，庄严的寺院，这大地
圆球本身，嗳也，它所有的一切，
有一天都会消溶得像这虚无
飘渺的剧景般，不留一点儿云烟。
我们都是梦幻的素材所形成，
我们渺小的生命都用一觉
沉睡来圆成。——少君，我心情很激动。
容忍我的颓丧软弱；我这老脑筋
感觉到烦扰。莫为我这暗弱焦心。
假如你们高兴，退进窑洞里
休息些时候。我要漫步一两回，
安静我纷扰的神志。

斐迪南与蜜亮达　　　　　　　　我们但愿您
安宁。　　　　　　　　　　　　　　　［同下。

泊洛斯潘如　　　　　来得千般飞捷！多谢
你霭俐儿，你来！
［霭俐儿上。

霭　俐　儿　我密接着你的思念。你有何吩咐？

泊洛斯潘如　精灵，我们得准备去见喀力奔。

霭　俐　儿　哦，我的主人；我引西吕姒
上场时，就想把这事来告禀；但我怕
会将您惹恼。

泊洛斯潘如　　　　　　　再说声，这些狗臭蛋，
你把他们安放在哪里？

霭　俐　儿　　　　　　　　　　　我告诉

过您，主公，他们酗醉得脸通红；
勇敢得临空挥着臂，因为风来时
吹拂了他们的脸；顿脚去蹋地，
因为地碰了他们的脚底；但总是
追求着他们的策划。我敲响小鼓；
一听见鼓声，像未曾骑过的小马，
他们竖起了耳朵，绷紧了眼皮，
尖起了鼻子像在嗅音乐；我这般
吸引着他们的耳朵，像小犊那样，
他们便跟着母牛的哞叫声穿过
锐利的荆棘、多刺的金雀枝、针锋
密集的芒草与刺蒺藜，柔弱的外胫上
满都是芒刺。最后我还把他们
撩进你洞后那绿翳蔽面的污水池，
为了要不光糟醉透他们的脚，
叫他们在没颈的臭水坑里深深陷。

泊洛斯潘如　这件事做得煞是好，我的鸟儿。
继续保持着你那看不见的形迹：
去把我屋里那金红银碧的花垃圾
取来，来诱捉这些贼。

霭俐儿　我去，我去。　［下。

泊洛斯潘如　一个恶魔，一个天生的恶魔，
对他那天性，教养竟无能为力；
我对他费尽了苦心，恺悌慈祥，
完全是白费，彻底的徒劳！长大了，
他身体愈来愈丑陋，心肠更恶毒。
我要把他们都惩罚，以至于号叫。
［霭俐儿重上，负着闪闪发光的衣袍等物。
拿来，把它们挂在这菩提树上。
［泊洛斯潘如与霭俐儿隐身留着，喀力奔、史戴法诺与屈林居乐上场，都浑身淋漓。］

喀力奔　请轻轻落步，让这只瞎眼的鼹鼠

听不到一声脚步。我们现在正
走近他的窑洞了。

史戴法诺 妖怪,你说你那小仙儿是个不坏事的小仙儿,可是他除了叫我们上当之外,没有干得好事。

屈林居乐 妖怪,我嗅到全是马尿;我鼻子对那东西可老不高兴。

史戴法诺 我鼻子也这样。——你听见吗,妖怪?假使我对你不高兴的话,你瞧,——

屈林居乐 你可就是个完了蛋的妖怪。

喀力奔 我的好主公,请还是要宠赐隆恩;
耐心些,因为我将带给你的战利品,
会使这不幸变成无害;因此上,
说话请轻声;一切都要像午夜般
静悄悄。

屈林居乐 哎也,可是在水塘里丢掉了我们的瓶子呀,——

史戴法诺 那件事不光丢脸而且耻辱,妖怪,又加是桩绝大的损失。

屈林居乐 那对于我比全身打湿还要紧些;可是这就是你那不坏事的小仙儿干的好事,妖怪。

史戴法诺 我要找回我的瓶子,即使在那泥坑里陷死也不管。

喀力奔 请你,国王,悄静些。你瞧见没有,
这就是这窑洞的口子;莫做声,进去。
干那桩大好的坏事,那会使这个岛
永远成为你的,而我,你的喀力奔,
永远是你的舔脚人。

史戴法诺 把手伸给我。我开始有行凶的念头了。

屈林居乐 啊,国王史戴法诺!啊,大贵人!啊,尊崇的史戴法诺!瞧吧,这儿有好大一堆袍服给你使用!

喀力奔 让它去,你这蠢家伙!这只是垃圾。

屈林居乐 啊哈,妖怪!我们知道估衣铺里的是什么样的东西。——啊,国王史戴法诺!

史戴法诺 把那件袍子放下,屈林居乐!凭这只手起誓,我要那

件袍！

屈林居乐　你尊驾将有它。

喀力奔　叫水肿结果这蠢货！你什么意思，
如此痴爱这样的累赘？让我们
到那里去先把他杀死。要是他醒了，
他将拧得我们从脚尖到头顶
都是紫血瘢；把我们变成一块块
怪料。

史戴法诺　静悄些，妖怪。——菩提娘娘，这是不是我的短褂？［把它扯下。］现在这短褂是在赤道下面：④现在，短褂，你会要掉毛了，变成一件光秃秃的短褂。

屈林居乐　不错，不错！我们偷东西用绳子⑤和平准仪，假使我这样说您尊驾高兴的话。

史戴法诺　多谢你开这个玩笑。来拿件衣裳去。我在这儿做一国之君的时候，机智不会没有报酬。"偷东西用绳子和平准仪，"这句俏皮话说得好机灵，再拿件衣裳去。

屈林居乐　妖怪，来，你指头上涂些粘鸟胶，把余下的衣服都拿去。

喀力奔　我一件都不拿，我们将错过了时间，
一切将变成树鹅，或变成前额
低得不像样的猴子。⑥

史戴法诺　妖怪，帮着把这些搬走：运到我放酒桶的那儿去，否则我要把你赶出我的王国。来吧，把这拿走。

屈林居乐　还有这个。

史戴法诺　哎也，还有这个。

［猎户们的声响可闻。一些精灵们以猎狗的形态上场，追逐着他们，泊洛斯潘如与霭俐儿嗾使着他们。

泊洛斯潘如　嗨，高山，嗨！

霭俐儿　银子！赶那儿走，银子！

泊洛斯潘如　狂怒，狂怒！那儿，暴君，那儿！
听着，听着！［喀力奔、史戴法诺与屈林居乐被赶走。］

去，叫我的恶鬼们，
使他们的关节抽筋，肌腱痉挛；
把他们拧得一块块青紫，瘢疤
比豹子或山猫还要多。

霭　俐　儿　　听！他们在狂叫。

泊洛斯潘如　让他们被好好追逐一番。到此刻
我的仇家们都由我摆布。不久，
我一切的工作将完成，而你将独立
自由地享有这空气。再只一会儿，
跟我来，替我做点事。　　［同下。

第四幕　注释

① 音“掀”，喜也，笑貌。

② 这出假面舞剧写得并不高明。Capell 说，它是写来投合时好的，与作者的意愿相左，全部软弱无力，韵脚押得有毛病，里边所含的神话也有毛病。Hartley Coleridge 也认为节奏与意义两方面都欠缺，虽然有几行确是莎氏手笔的味道。剑桥本编者们认为非出自莎氏之手。Fleay 认为显然是后加的，作者大概是莎氏的后辈波蒙(Francis Beaumont，1584—1616，他与 John Fletcher，1579—1625，合作写了好些剧本)，写来供在宫廷里演出，于 1612—1613 年间给詹姆士一世的王子查理、公主伊丽莎白和享王权、有选王权的伯爵亲王他们观赏的；或者是在 1612 年 11 月 1 日詹姆士一世御前演出的。

③ 这一行半和下面两行，在初版对开本原文里都印成泊洛斯潘如的话。译文据 Elze 稍加修改的 W. A. Wright 的原文校订，将这一行半定为密亮达的话。

④ 据云从前过赤道的旅客往往会因得高热而头发秃去。史戴法诺喝得烂醉，他的对话里原文“Mistress line”，“line”这字从上文泊洛斯潘如语“把它们挂在这菩提树上”(“line”解作菩提树，从 Brae 说)而来，史随即联想到过赤道(“the line”)的人往往会得高热而失去头发，故言他穿上的短褂会掉毛。也许 Deighton 的说法更能解释史的联想，说史穿短褂时把它的下缘塞进腰带，于是把腰带当作赤道。

⑤ 原文“line and level”，“line”这字到这里转了第三个意义，故可说不仅是双关，而是三关了。但毕竟是小丑的贫嘴，没有多大意义。

⑥ Steevens：前额低，古时认为是一种畸形。

第　五　幕

第　一　景

［泊洛斯潘如的窑洞前。］

［泊洛斯潘如上，穿着魔法袍，霭俐儿同上。

泊洛斯潘如　现在我这盘计划已告成熟了。
我这套法术很完整；精灵们服从；
时间老人挺直了身子承担着
负载。什么时候了？

霭　俐　儿　　　　　　　已经六点钟；
这时候，主公，您说过我们的工作
要停止。

泊洛斯潘如　　　　我发动这阵风暴时确曾
说过这句话。却说，我的精灵，
王上和他的随从们怎样了？

霭　俐　儿　　　　　　　　　　遵照
您吩咐的那样被禁闭在一起，正如您
离开他们时那样：都关在为您
那窑洞荫蔽风雨日晒的菩提树
林中，主公。您予以释放之前，
他们寸步也不能移动。那君王，
他和您的兄弟，三个人继续在疯癫，
其余的都在为他们伤心，泪汪汪，

悲伤而惶恐；特别是他，您叫作，
主公，“那个老好卿贡冈才罗”，
他眼泪淌下胡须，像寒冬水滴
流下芦草的檐头。您行施的法术
这般强劲地施展到他们身上，
您现在若见到他们，您那情意
会变得温柔。

泊洛斯潘如　　你这样想吗，精灵？

霭俐儿　我假使通晓人情，主公，我就会。

泊洛斯潘如　我当然更会。既然你，原只是空气
所形成，尚有他们那痛苦的一点儿
知觉、一点儿感受，我跟他们
是同类，感觉和他们一般锐敏，
与他们同样知痛苦，感忧愁，我怎会
不比你更情动于衷？对他们的仇害
虽然我痛入肺肝，但我还是和
高尚的理智一同阻遏着怒火。
可贵的行动采美德而不取报复。
他们已悔悟在心，我唯一的意愿
将不再增一次横眉怒目。去释放
他们，霭俐儿。我将解除掉法术，
恢复他们的心神，他们将一如
既往。

霭俐儿　　我去把他们带来，主公。　［下。

泊洛斯潘如　你们山丘、溪流、蓄水的湖沼
与林莽的众神仙；你们在黄沙滩上
不留踪印追逐着退潮的海神奈泼钧，
而在他回身时拔脚逃奔的诸小仙；
你们众么麽，① 明月夜在青草地上
打着又绿又酸的小圈儿，母羊
不去啮草；你们列仙灵，半夜撒播着
蘑菇作玩乐；你们诸仙姬，爱听

庄严的熄火钟；还有你们众灵君，
主力无多助力强，② 由你们的臂助
我使中午太阳变昏暗，呼唤出
叛乱的狂风，在碧海与蓝天之间
发动咆哮的战争：将疾火我给与
訇隆的雷震，用天王乔旷的霹雳
劈破他自己的大橡树：我使那基坚
础固的高岬也震荡；还把那松杉
都连根拔起：凭我这强有力的法术，
坟墓会承命弄醒了长睡人，张开口，
把他们放出来。但是这粗豪的魔法
我要在这里弃绝；而当我宣召到
一阵上界的仙乐时，我现在正召唤，——
把他们的神志来协调，因而这法术
如今还不可少，只待功成时，我便将
折断了法杖，葬它在几时深的地下，
且将那法书沉埋在比测锤所探到
最深处更要深的所在。　　　　　　［庄严的乐声。］

［霭俐儿重上：跟着来的是阿朗梭，神态癫狂，冈才罗随护着；西巴司兴与安托尼奥随后，一般模样，亚特列安与茀朗昔司谷随护着。他们都走进泊洛斯潘如所画的圈子里，中着魔站着；泊洛斯潘如注意着他们，说道：——

一阵庄严的音乐，是安抚那神思
缭乱的最好清凉剂，让它来医治
你们的头脑，如今在脑壳里沸腾着，
毫没有用处！就站在那里，因为
你们全都被灵咒所镇压住了。
清正的冈才罗，光荣的卿驾，看到你
老泪双流，我那相伴的双眼
也情不自禁。法术在迅速消解中；
像清晨偷偷地赶上了夜晚，将黑暗

消溶,他们那上升的灵敏已开始
在追逐掩盖着他们明智的一股
昏沉之雾。——啊,洵良的冈才罗,
我真正的救命人,忠诚为杰的贵贤卿,
我定将答谢你对我的眷顾,用言辞
也用行动。——你待我和我的女儿,
阿朗梭,好残忍;你兄弟是个煽动者;——
你如今为此而受苦,西巴司兴。——
同胞血肉,你啊,兄弟,胸怀着
野心,驱尽了哀怜与天性;也是你,
伙同了西巴司兴,——他内心的痛创
因此上最深重,——差一点弑君杀驾;
我宽恕了你,虽然你绝灭人性!——
他们的智能开始在增长,不久
那高升的潮汛将满溢理智的岸滩,
此刻还腌臜而泥秽。他们没有
一个人,如今望着我,醒来会认识。——
霭俐儿,将我窑洞里的帽子和短剑
去取来,—— [霭俐儿下。
我将卸除这衣袍,恢复
我往常任米兰公爵时那模样。
快些,精灵;你不久将会有自由。
[霭俐儿重上,唱着歌,帮着泊洛斯潘如穿衣袍。

霭　俐　儿　蜜蜂啊,吮吸那百花精,我也吮;③
我藏身的金钟花是朵小莲馨;
夜晚在花中我卧听猫头鹰。
我骑上蝙蝠背儿飞,喜盈盈,
当海天淼冥里已经日西沉:
喜盈盈,我从今往后呀,喜盈盈,
将躲在花香叶影里度新生。

泊洛斯潘如　哦,这真是我可爱的霭俐儿!我将
不见你而怀念;可是你还得有自由;——

很好，很好，很好。——去到王舟中，
依旧要隐身而去：你将在那里
找到在甲板下面睡觉的水手们；
船主和水手长却醒着，要他们这里来，
马上，请你。

霭　俐　儿　　　　　　我自会飞越长空，
不等你脉搏跳两次就回来。　　　　　　［下。

冈　才　罗　一切苦恼、愁惨、惊诧和恐惧
全都在这里：让什么天神引导
我们跑出这可怕的国土！

泊洛斯潘如　　　　　　　　　请看吧，
君王，我乃是遭陷害的米兰公爵，
泊洛斯潘如。为更加征信，确是个
活着的公侯在对你说话，我拥抱
你的御体；且对你和你的扈从们，
表示衷心的欢迎。

阿　朗　梭　　　　　　　　不知你是他
不是，或许是什么魔法的幻象
来欺骗于我，好像我刚才受的骗
那样，我不得而知。但你的脉搏
跳动着，跟血肉之躯一样；自从我
见你后，我心中的惨痛渐次平复，
我的心刚才怕曾被疯癫所宰制。
这件事，——假使果真有这件事——定必有
一番极惊人的经过。你公国的隶从
我即此辞谢，且请你原谅我过去
对你的不当。——但怎么泊洛斯潘如
能活着，而且在这里？

泊洛斯潘如　　　　　　　　高贵的朋友，
首先，让我拥抱你老人家；你无可
计量的光荣，也无有涯涘。

冈　才　罗　　　　　　　　　　这可是

真相,抑或是假象,我不敢起誓。

泊洛斯潘如 你们到此刻只尝到这岛上的一切
幻影,因此上不会使你们相信
有真情实事。——欢迎!我所有的朋友们,——
[旁白,对西与安]但你们,一双贵爵,我如果想那样,
尽可在这里邀得他尊上横眉
怒目对你们,指证你们是叛逆;
但现在我无意告发。

西巴司兴 [旁白]魔鬼钻在他
胸中在说话。

泊洛斯潘如 胡说,最恶劣的家伙,
叫你声兄弟便会染污我的唇舌,
我如今宽恕你那无比丑恶的罪过;
全部宽恕;而向你要还我的公国,
那个,我知道,你必然得归还。

阿朗梭 你若是
泊洛斯潘如,请告诉我们你得保
安全的详细;你怎样会碰到我们,
我们三小时以前,在这岸滩边
破了船;那里我丧失我爱儿斐迪南,——
这记忆的尖端好锋利,刺着我的心!

泊洛斯潘如 我为之悲切,王上。

阿朗梭 这损失无可
弥补,忍耐也没法疗治这创痛。

泊洛斯潘如 我认为你未曾征得耐心的膀臂;
为同样的损失我得了她温存的援助,
而满足。

阿朗梭 你也有同样的损失?

泊洛斯潘如 这损失
跟你的一般大,且也在最近;跟你能
叫来对你施安慰的相比,我更加

无从使这痛心的损失受得住，
因为我失去了我的女儿。

阿 朗 梭 女儿？
天啊！但愿他们都活着，如今在
奈不尔斯做国王与王后！为了使他们
能这样，④我宁愿自己沉埋在海底
泥污中，我儿子如今所在的偃卧处。
你何时失去女儿的？

泊洛斯潘如 刚才的风暴中。
我见到，列位贵卿对此番相会
如此地惊诧，以至丧失了理智，
不以为他们的眼睛报道着真情，
他们的言辞⑤出自由衷的呼息。
但不论你们怎样失去了理性，
要确实知晓我正是泊洛斯潘如，
被轰出米兰城邦的那公爵本人；
他当年令人惊异地登上了这岸滩，
做了此地的主人，而你们适才
在这里破了舟。关于这，且不再多说；
因为这事还需日复一日的叙述，
非一顿早餐的片刻间所能罄尽，
也对这初次会合不相宜。欢迎，
王上；这窑洞是我的宫廷。我在此
随从无几，此外也没有一个臣民。
请您，向里望。既然您还了我
我的公国，我将以同样好的东西
相报谢；至少是展露出一件奇事，
它将满足您，正如公国之对于我。

[窑洞的入口开启，呈现斐迪南与蜜亮达在下万国象棋。]

蜜 亮 达 亲爱的王子，您吃错了我的子儿。⑥

斐 迪 南 没有，心爱的亲亲，若为了天大地大的财宝,我也决不肯。

蜜　亮　达　　　　　　　　　　　不碍事,

如果是为了二十个王国;您可以

吃错了,我还是认为玩得公道。

阿　朗　梭　假使这竟是个岛上的幻影,一个

亲爱的儿子我将丧失掉两次。

西巴司兴　一个至高无上的奇迹!

斐　迪　南　　　　　　　　　　海水

虽然吓唬人,它们却很仁慈,

我无故诅咒了它们。[对阿朗梭一足跪下。

阿　朗　梭　　　　　　　　如今,让来自

一个欢快的父亲的一切祝福

围绕你周身!起来,告诉我们

你怎样来到了这里。

蜜　亮　达　　　　　　　　啊,奇事!

这里有多少美好的生灵在一起!

人类有多么优美!啊,无比

美妙的新世界,有这样的人物在里边!

泊洛斯潘如　这对你是属新奇。⑦

阿　朗　梭　　　　　　　这位姑娘,

你适才和她下棋的,是何许样人?

你们最多相识得不到三小时:

她是否就是分离我们的女神,

而又这么样将我们归到一起来?

斐　迪　南　父王,她是凡间人;神圣的天恩

使她归了我;我选中了她未能得

父王的教导,我不料王亲还活着。

她乃是这位盛名的米兰公爵

之女,我素常总听见对他的称颂,

但从未见过;我从他获得了第二遭

生命;而这位贵千金使他成了我

第二个父亲。

阿　朗　梭　　　　　　我也是她的父亲，
但是，啊！这听来好不奇怪，
我得要向我的孩子请求宽恕！
泊洛斯潘如　哪里话，王上，请住口：莫让我们
叫自己的记忆重负着过去的悲痛。
冈　才　罗　我眼泪往里流，否则早就该讲话。
请向下俯瞰，众天神，并降落一顶
多福的王冠，给与这璧人一双：
因为是你们画出了指引我们
到这里来的路！
阿　朗　梭　　　　　　　我说，愿这样，冈才罗！
冈　才　罗　是否米兰公爵给轰出米兰城，
为了使他的后人成为奈不尔斯
君王？啊，庆贺这大喜需要有
超越寻常的欢快，且得用黄金
铸铭辞于长存不坏的石柱之端。
去到突尼斯，克拉丽贝尔一次
长行找到了夫君，她兄弟斐迪南
在他自己失踪的去处遇见了
一位妻子；泊洛斯潘如建公国
于穷荒的岛上；而我们大家魂离
宅舍时，都忽然心宁而神注。
阿　朗　梭　　　［对斐迪南与蜜亮达］把手
伸给我：让不愿你们欢乐的那人儿，
叫凄切与悲伤永远包围他的心！
冈　才　罗　心愿如此：亚门！
［霭俐儿重上，船长与水手长跟着，神色惊异。
　　　　　　　啊，请看，吾王；
看啊，吾王！这里又来了我们
更多的人！我早先曾经预言过，
假使陆地上还有一具绞刑架，
这家伙还不能淹死。——胡说的家伙，

在船上你罚咒又赌神，如今在岸上
却不赌一个咒？岸上你没有嘴了吗？
有什么消息？

水　手　长　　　　　　最好的消息是我们
见王上和他那大伙儿都安全，其次是
我们的船儿，——只三管沙漏玻璃钟
之前，我们声言过已经破，——好好的、
生龙活虎、索具都簇崭齐全，
正如同我们刚驶到海上一个样。

霭　俐　儿　［旁白，对泊］主公，这一切勤务我去后都做得齐备。

泊洛斯潘如　［旁白，对霭］我的妙计多般的巧精灵！

阿　朗　梭　这些都不是正常的事件；它们
变得愈来愈惊奇。——却说，你们
是怎样到来的？

水　手　长　　　　　　假使我以为，王上，
我当时是醒的，我当尽力告诉您。
但我们睡得烂死，却不知如何，
都被扔到甲板下面去，在那里，刚只
一会儿之前，才被奇怪的喧响，
吼叫、惊呼、狂号、锒铛的铁链，
以及更多的诸般各样的声音，
全骇人听闻，一起都闹醒；跟着，
马上得到了自由；那时节，见到
我们那堂皇、美好、壮丽的船儿，
就可以张帆出海，一点儿没损伤；
咱们这船主乐得一壁厢蹦蹦
跳跳，一壁厢仔细把它来打量；
顷刻间，您若是高兴的话，在梦中，
我们被背离了他们，不由自主地
给带到这里来。

霭　俐　儿　　［旁白，对泊］这事儿做得可好？

泊洛斯潘如　［旁白，对霭］出色，殷勤的小乖儿你将得自由。

阿 朗 梭 这是人们曾闯入的最奇怪的迷津；
自然在这里不能为我们充引导：
我们一定得要有神示来启发
我们的闭塞。

泊洛斯潘如 主公，我的君王，请不必
缅怀这事情的怪诞而惄愵如擣：⑧
在最近能找到的暇晷⑨内，我将独自
消除您心头——您将认为满足，——
对全部事变经过的疑团；
请心情愉快，等那时到来，暂时
且开怀看待每一件东西。［旁白，对霭］这里来，
精灵；释放了喀力奔和他的同伴；
解除掉法咒。［霭下］——我尊崇的君王怎样了？
您扈从之中还有些古怪的人儿
失散着，您未曾记得。

［霭俐儿重上，赶着喀力奔、史戴法诺与屈林居乐，后二人穿着偷到的衣袍。

史 戴 法 诺 每个人替旁人计议打点，没有一个人替自己操心，因为一切都得由命运来决定。——勇敢啊！雄赳赳的妖怪，勇敢啊！

屈 林 居 乐 假使我脑袋里装的这两只确是眼睛乌珠，这里倒有好一派景象。

喀 力 奔 啊，珊太薄！这些人儿都好看
得很。我主人多气概！我恐怕他要
惩罚我了。

西 巴 司 兴 哈，哈！
这是些什么东西，安托尼奥贵卿？
就能说，他们是否老实。——这个
用钱可以把他们买来吗？

安 托 尼 奥 多半；
他们之中有一个是条鱼儿，
当然可以叫人花钱把他买。

泊洛斯潘如　只要看这些家伙的穿着，⑩王公们，
就能说，他们是否老实。——这个
畸形的坏蛋，——他的娘是个巫婆；
她那么厉害，能控制月亮，指挥
涨潮和退潮，行使月亮的命令，
超越她的权限。这三个盗窃了我；
这个半魔鬼，——因为他是个野杂种，——
跟他们两个同谋要害掉我的命；
这两个您认识而且会确认是你奴才；
这个地狱的邪魔我承认是我的。

喀　力　奔　我要被拧死了。

阿　朗　梭　　　　　　　　这可是史戴法诺，
我的喝醉了的酒膳司不是？

西巴司兴　　　　　　　　　　　他醉了：
他哪儿来的酒呀？

阿　朗　梭　　　　　　　　屈林居乐
也喝得糊涂烂醉：他们从哪里
找来的这长生不老浆，喝得这样
满面通红？你怎样会糟醉到如此？

屈林居乐　打从我最后见到您，我老是这般糟醉着的，而且我耽心，已经糟进了骨子里去，我倒可以不用怕苍蝇叮。

西巴司兴　喂，如今怎么样，史戴法诺！

史戴法诺　啊！不要碰我：我不是史戴法诺，只是个抽筋团儿。

泊洛斯潘如　你要做这岛上的王吗，家伙？

史戴法诺　那我会做个抽筋大王。

阿　朗　梭　这是个我从来没有见过的怪东西。[指喀力奔。

泊洛斯潘如　他在心地和德性上跟在相貌上
同样地不像样子。——去吧，家伙，
去到我窑洞里；带同你两个伙伴：
既然你们指望我宽恕，把洞里
去打扫干净，收拾得齐整。

喀　力　奔　　　　　　　　　　嗳，

我就去如命，我今后要聪明懂事，
把德性来修补。我刚才真做了十七、
八只蠢驴儿，把这个醉汉当成了
神道，还崇拜这呆木的傻瓜！

泊洛斯潘如　去呀；
去吧！

阿　朗　梭　去吧，把行李放在你们
找到的地方。

西　巴　司　兴　不如说，偷到的地方。[喀、史、屈同下。

泊洛斯潘如　王上，我邀请御驾和您的随从们
到我窑洞里，且去休息这一宵；
夜间——一部分——我将花来谈叙
契阔，会使它，我相信，度过得很快；
我要讲我来到这岛上以后的生涯
和一些经历的特殊事情；到早上
我会领你们上船，再驶回奈不尔斯，
在那里我希望看到这一双我们
挚爱的人儿的婚姻举行仪式；
然后我将退隐到米兰城，在那边
我每动三回脑筋就会要想起
一次坟墓。

阿　朗　梭　我一心想听你叙诉
你生涯的故事，那准会非常动听。

泊洛斯潘如　我会把全部敷陈；而且答应您
海平如镜，顺风和畅，篷航
飞快得能赶上您王家老远的船队。
[旁白，对霭]我的霭俐儿，小鸟，那是你的使命；
然后去自由，任随你海阔天空，
还祝你前途安好！——请你们，走近来。⑪[同下。

第五幕　注释

① 原文"demy-Puppets"，Schmidt 训为"半个傀儡"，Furness 评为有如 Johnson 所说的

那样，有"行动而没有前进"。中文若译为"傀儡"、"偶人"、"桐人"、"相人"之类，也都没有生气。《汉书》、《文选》里的"幺麿"、"幺麽"，以之译此，我觉得最吻合，乃是小人儿的意思。"幺"、"纱"、"么"通，"麿"、"麽、"麽"通。又，下面"诸仙姬"与"众灵君"，在原文皆无性别，为增加变化起见，姑如此译法。

② 原文"Weak Masters though ye be"，译文从 Blackstone 诠释迻译。照 Furness 解可译为"运力不宏的熟练手"，但正如他所说的那样，这层意思在逻辑上不妨免去。

③ 见第一幕第二景霭俐儿的歌"足五嚼深处躺着你父亲"注(见 268 页注④)。

④ 原文"that they were"，Sehmidt 解作"in order that they were living"，我觉得还不够恰切，应解作"in order that they were living both in Naples, The King and gueen there"。

⑤ 原文"their words"，Capell 校改为"these words"，意即泊洛斯潘如指他自己所说的话。若从此说，本行应译为"我这些言辞发自自然的呼息"。但我以为 Halliwell 的解释很讲得通，故从许多通行版本(包括我所用的 Furness 之新集注本等)上所根据的初版对开本原文。

⑥ 原文"You play me false"可直译为"您对我下错了子儿"，这是蜜亮达这句话的可能的本意。但"play me false"亦可解作"对我不忠心"，意即同别的女子相好，斐迪南即是假作如此了解而和她调情斗趣的。他们说这两句对话时的情况可能是：蜜亮达棋艺比斐迪南高，在窑洞开启时二人的胜负已成定局，斐迪南见棋路已死，他自己已输定，所以故意把一只不能吃她主棋的棋子去吃掉它，开一个玩笑。因此，我译为"您吃错了我的子儿"也未为不可。斐迪南故意缠到别处去，说"你说我对你不忠心，那是没有的事，即使为了整个世界，我也决不肯那样做"。蜜亮达当即道，"倒不必为整个世界，只要为了二十个王国，如果您吃错了我的子儿(原文"You should wrangle"解作"您会吵架"，此处似乎讲不通，Holt 与 Staunton 俱认为应校正为"You should wrong me")，"我也可以明吃亏，而认为玩得公道。"若依 Johnson 的说法，"You should wrangle"之"You"就无法讲通，应作"I"(我)。Wright 则建议把"You should wrangle"校改为"should you wrange"，或者把"Should"代以"might"，依此一说，可译为"您若是要争吵"或"您也许要争吵"。但这两种校改都不能令人满意，因为如果要说争吵的话，斐迪南并未争吵，只是开玩笑故意下错棋子吃掉对方的主棋，说得上争吵的只是蜜亮达，所以由他说"您若是要争吵"或"您也许要争吵"都不对头。总之，原文在这里多半有印误。但无论如何，"play me false"一语的双关意思可惜未能在译文中曲尽。

⑦ Allen 注：泊洛斯潘如的这一评语里是否含有一伤心的嘲弄？"当这个世界不复是新奇时，也许它将对于你不再如此美妙，它的生灵将不再如此美好，人类将不再如此优美。"

⑧《诗经》《小雅》《小弁》："惄焉如捣"，"惄"思也。"惄"，音溺。《新方言》《岭外三州语》："广东惠、潮、嘉应三州谓心不安曰惄愵。""愵"音逆，忧思伤痛意。

⑨ 晷，音诡。晷刻，即时刻，日晷仪上时间的片段。暇晷，即片时之闲暇，为文言中之成语。

⑩ 据 Johnson 注，泊洛斯潘如说，只须他们穿着什么衣袍，就可以断定他们是否老实("true")，——当时的说法，老实人乃不是偷儿的意思。Furness 认为"bades"系指当时权贵府第里的家丁们手腕上戴着的银制臂章，那上面镌刻着主人家的纹章，而这些仆从们身上穿的是特制的贵胄家的仆装。Furness 谓，只要检视一下他们腕章上

的纹章，就可以断定它们是不是真的，以及西巴司兴是否认识他们。我认为"badges"这字在此应解作"标志"，是指他们所穿的衣袍，不应解作"臂章"。我想西巴司兴认识来者三人中之二人不会有多大问题，他所以问"这是些什么东西"，是因为看见他们穿着偷来的闪闪发光的衣袍、喝得糊涂烂醉、尾随着一个三分像人七分像鱼的妖怪蹑手蹑脚而来所以问的，并非因为他真正或完全不认识他们；而泊洛斯潘如也分明知道西巴司兴不会真正或完全不认识他们，因为他们是国王的亲随，西巴司兴日夕相见，最近只有几小时未见，他何用检视他们臂章上的纹章以定真假，然后再决定是否认识他们？我信泊洛斯潘如这一段话是对国王和他的全体随从、主要是对阿朗梭和冈才罗说的，并非只是对西巴司兴的答话。三个家伙鬼鬼祟祟而来，带头的一个是妖怪，后来两个穿着偷来的、喀力奔也不屑穿的闪耀的衣袍跟着，一副贼相，一望而知是怎么样的人物。

⑪ Collier注：难于决定其他的演员是下场了，还是"走近来"，接着泊洛斯潘如便讲他的《终场辞》。……在初版对开本里，舞台导演辞是"全体下场"，似乎泊洛斯潘如自己也下了场，而可能是再回来讲那篇《终场辞》的。我信原作到"还祝你前途安好"为止，后面都是旁人的续貂。

终 场 辞[1]

为泊洛斯潘如所讲。
如今我所有的魔法已完毕，
剩下的只有我自己的能力，
那可很微弱。现在，倒果真，
我得在这里被你们所拘禁，
或送回奈不尔斯。请不要让我，
既已经恢复了我公国的国土，
又且宽恕了篡夺的奸宄，
再待在这岛上，为你们的法咒
所制；请拍响你们的手掌，
把我从束缚中加以释放。
请把你们的呼息的轻风
来吹涨我的帆，我否则将无功
于欢娱诸君。现在我缺少
精灵们来强制，没法术来行道；
我最后的结局将会是绝望，
除非有祷告来替我帮忙，
那会有意想不到的力量，
得上帝的宽仁，去一切罪殃。
你们既然望上天恕过咎，
请你们赦免我，也给我自由。

终场辞 注释

① 这篇《终场辞》写得很糟,译在这里只能算是附录,绝非莎士比亚原作的逐译。看完或读完全剧的人,一听或一望即可知其文笔与节奏之拙劣,用不到借助于学者们的研究。Johnson,Grant White 等俱论定此篇与《亨利四世》上部及《亨利八世》的《终场辞》,都是别人所写,与作者无关。

一九六三年五月下旬开译,同年八月中旬竣事。

一九六三年九月十四日修改抄录完毕。

用 Horace Howard Furness 之 New Variorum 本 *The Tempest*(1897)与 W. J. Craig 之 Oxford University Press 本(1924)。

奥赛罗

Shakespeare

OTHELLO

本书根据 H. H. Furness 新集注本译出

译　序

奥赛罗(Othello)是古意大利东北部亚得利亚海(Adriatic Sea)西北岸威尼斯(Venice,Venezia)从岛城邦的一位英武精壮的将军。他的原籍是非洲西北部滨海的摩尔族人(Moors)所居留的领地,故而他禀有阿拉伯(Arab)与剖剖(Berber)人的混合血统。他相貌不同于高加索(Caucasian)种的威尼斯居民,肤色不像当地人那样白皙,而呈轻淡的棕褐色,面部姿容的轮廓也跟威尼斯一般的居民稍有差异。他的悲剧故事原来出自意大利十六世纪的缶拉拉城(Ferrara)文士钦昔喔(Giovanni Battista Geraldi Cinthio,1504—1573)的《百篇故事集》(*Hecatommithi*)书中,那是继鲍卡丘(Giovanni Boccaccio,1313—1375)的《十日谈丛》(*Decameron*,1348—1358)后所写成的一部知名的故事集。钦昔喔书中的有些篇故事被配忒(William Painter,1540? —1594)收入他的《欢乐之宫》(*The Palace of Pleasure*,1566—1568)的英文译介文集中,莎士比亚的《奥赛罗》这出悲剧就是从配忒书中所取材的。《十日谈丛》有一百篇故事,据说乃是茀洛棱斯(Florence,Firenze)名城一三四八年发生了瘟疫,有七名妙龄淑女和三名英年士子结伴离开当地,到偏远的城镇去游历以躲避灾祸;他们每人每天讲一个故事,后来就汇集成那部《十日谈丛》。钦昔喔这部《百篇故事集》则是仿效那部集锦,在一五二七年罗马城被攻破后,有十位青春淑女和士子一同趁船飘海到马赛城(Marseilles)去避难,相传他们在那里所讲述的故事,就汇集编成了这部书。

奥赛罗膺威尼斯公爵授命任职以后,按制度由他推举次指挥,他擢选了倜傥华年的茀洛棱斯人凯昔欧(Cassio)当他的副将,而没有推举比较资深的威尼斯本地军人伊耶戈担任此职，以致后者只能充当队伍中士兵以上最低级的尉官，即将军的旗手。这就引起了他极大的怨恨和恼怒。据十九世纪莎剧评注家 Charles Knight(1791—1873)在他的《绘图本莎士比亚》(*Pictorial, Shakespeare*, 1838—1841)上所说，有友人告诉他，威尼斯城邦在它的鼎盛时期，生长在各种气候里的外邦人都纷纷来到它这里；没有其他的地方对于肤色的偏见有像当地这样淡薄的。关于玳思狄莫娜的喜爱，一个更重要的事实是，这个城邦的政策是任用外地的雇佣军人，特别在指挥职务上是如此，显然为尽可能减少本地的亲属勾结和裙带关系。知政事大夫们或其他重要人物的家庭都乐于见到他们的宾客是有色人种的，后者能力高强，因而获得了官衔——拔尖人物，他们的功绩成就使他们的肤色被遗忘掉。这样说来，奥赛罗选拔外地的茀洛棱斯人凯昔欧当他的副将完全符合政策，伊耶戈的恼怒是彻底无理的。

这时候有土耳其战舰载着水陆军兵来大举进攻；奥赛罗受命就职之后，马上要指挥队伍去抵御即将入侵的敌人。但恰巧海上忽然掀起了大风暴，把进攻的敌舰刮得七零八落，几乎全军覆灭，于是土军只得仓皇引退，威尼斯城邦因而得到了不战而胜的大捷。

荣膺威尼斯城邦的公爵所授命，新任职的将军奥赛罗，战志高昂，刚从威尼斯中心迅速来到遥远的塞浦路斯(Cyprus)岛上这前线；他原来是为前方军情紧急，赶来指挥防守部队的。但喜从天降，一到这前线，土耳其敌军已消弭得无影无踪。且说他早先在威尼斯受到知政事大夫孛拉朋丘(Brabantio)很大的器重，时常被邀请到他府邸里去款待和盘桓。他把他漫游各地外邦异国的遭遇和见闻，娓娓动听地对大夫不断加以陈述，听得大夫的独生千金玳思狄莫娜深深爱上了他，日子一久，竟瞒着她父亲跟他缔结了百年眷恋。等到大夫被人告知，发觉了这情况，控告到公爵那里去，说他诱骗他的闺女；公爵正式审问时，一双有情人都供认，因为奥赛罗所口述他遨游的经历打动了她的心，所以他们情投意合，已经瞒着大夫私行结褵，无法再分袂诀别。孛拉朋丘这就只得正式承认了这桩亲事。当土耳其舰队将入侵的风声紧急中，玳思狄莫娜跟随比她年长十岁出头的将军夫婿，由伊耶戈陪同，另行乘快船也已来到了塞浦路斯岛上这海港前线。

当时这岛上的海港实行六小时庆贺，从下午五点到晚上十一点，堡垒里所有的厨房、酒窖、伙食间，总管房等一律开放，招待军民联欢，庆贺胜利。

还不到晚上十点钟，这时距终止庆祝只差一小时多。将军奥赛罗已经去休息，他把欢庆胜利中的秩序交给职位最低级的掌旗官伊耶戈去把握，料想不会有什么问题。他的前任，现为塞浦路斯岛总督的蒙塔诺和副将军凯昔欧，还有茀洛棱斯人洛窦列谷和塞浦路斯岛上的士子们等不多的一些人余兴未尽，仍在祝贺胜利。忽然在幕后，凯昔欧同洛窦列谷说了句要他尽责的话，他酒量小已经喝醉，觉得自己是副将军，洛窦列谷无权无位，怎么来教训他，就吵闹了起来。他们彼此追赶到幕前台上，蒙塔诺本来对凯昔欧互相都有点意见，他劝凯昔欧息事宁人；凯昔欧发酒疯，不由分说，拔剑向蒙塔诺刺去，使他受了伤，这就使事态变得非常严重了。冲突发生后，伊耶戈要洛窦列谷去叫嚷闹事已造成了叛变，跟着报警的钟声立即鸣响，将军奥赛罗就上场来。他看到的情况是，他所擢任的副将军凯昔欧酒醉动武，刺伤了岛上的督抚蒙塔诺，他当即断然将凯昔欧撤职。

哄闹散去后，伊耶戈因对奥赛罗和凯昔欧深深怀恨在心，现在机会来到，为挑拨离间，他向凯昔欧提出，要挽救他被撤职，莫如亲自去恳求玳思狄莫娜。“我们将军的娇妻如今是将军，”他说，将军眼前只“专心而且竭诚于沉思、目注与供奉她的窈窕与美慧”；“你去对她尽情地忏悔；对她恳求；她会设法将您安置在原来的位置上。”同时，他要他妻子爱米丽亚，玳思狄莫娜的伴娘，替凯昔欧向玳思狄莫娜殷切请求，以加强促使她劝奥赛罗把凯昔欧复职。而当凯昔欧恳求玳思狄莫娜时，他设法把奥赛罗引开，再引奥赛罗在凯昔欧离开时见到他恳求玳思狄莫娜后离去。这么样，他使奥赛罗亲自见不到他妻子与凯昔欧之间彼此相见时的神情态度，但又分明见到凯昔欧曾一再去看他的妻子，而对伊耶戈所捏造的他们之间的亲密关系信以为真，以增强他欺骗的说服力，使他奸诈的挑拨离间得逞。

另一方面，伊耶戈要他妻子爱米丽亚偷窃奥赛罗给玳思狄莫娜的一方丝手帕。伊耶戈听说她有那样一方具有独特魔力的手帕。那本来是奥赛罗的母亲给他父亲的定情信物,相传有神秘的福佑恩爱的作用。恰巧,可是极不幸,正当奥赛罗感到一阵头痛时,玳思狄莫娜就把带在身边的、他给她的那方刺绣得有草莓的丝手帕掏出来绑在奥赛罗额上。这方小手帕,奥赛罗觉得太小,绑得太紧,同时也因为他邀请了岛上的贵宾们共进午餐,他们夫妇急于要去当东道主赴宴,手帕被奥赛罗拉脱,落在地上被遗忘掉,匆忙间他没有立即捡起来交给她,她也未曾注意去收回,但被爱米丽亚拾得。伊耶戈曾再三再四要她偷来给他,现在在她手上,他恰巧前来,她便给了他。她问他作何用途,他当然不说。

玳思狄莫娜因受了凯昔欧的殷切央求,恳请她对奥赛罗求情说好话,将他宽恕,恢复他的副将军职位;她的伴娘爱米丽亚也从旁劝说,且酒醉闹事不同于恶意的伤害,总该可以原谅。她生性和蔼,以助人为乐,又加奥赛罗向她求婚时,凯昔欧曾屡次从中有助于他们的恋爱。然而,奥赛罗则由于蒙塔诺是他的同僚,且在当地颇有人望,现在无端被凯昔欧所刺伤,虽出于后者酒后的偶尔过失,但按情理他本来就难于作出决定去允许凯昔欧复职。何况眼下经伊耶戈(在第三幕第三景里)欺骗得对凯昔欧满腔愤怒,当然已绝无意向使凯昔欧复职,只对他充满了敌意。

至于爱米丽亚则并不与她丈夫伊耶戈同谋合作,她生性善良,但为人不怎么精明细到。至少在她认为不怎么了不起紧要的事情上不够认真踏实,所以结果却帮同肇成了惨祸。她分明把奥赛罗给玳思狄莫娜的那方掉在地下的手帕拾到了,并已不掂轻重地随意给了她丈夫伊耶戈,尽管她知道她女主人如果知道会急坏。在第三幕第四景二十余行处,当玳思狄莫娜问她"我在哪里丢失这手绢的?"时,她竟说"我不知道,娘娘。"她这一下随意的不讲真话,后果很严重,是造成这悲剧的一个重要因素,因为手绢落入了伊耶戈手中,被他放在凯昔欧寓所里以加强他造谣污蔑的份量,后果是她意想不到地极为严重。人们在日常生活中有时会见到类似的情况,或自己遭逢到而身受程度不同的苦难。在现在这剧情里,奥赛罗和玳思狄莫娜对于他们在接待塞浦路斯岛宾客们午餐前,他因那手帕太小,绑得太紧而把它拉掉,落在地下的一些经过,他们竟完全忘记掉，似乎不大合情理，否则他们可以责成爱米丽亚负责去找到。而据詹摩荪夫人(Mrs. Jameson)说，在钦昔喔的意大利文原故事里，这手帕是伊耶戈叫他三岁的小女儿在玳思狄莫娜身上偷去的，当她，很爱这孩子，抱着她的时候。这一情节似乎比较合理，但在莎氏当时的戏院舞台上，由饰演妇女的十七、八岁的男童去抱一个三岁的小女孩演出这一细节未免太麻烦，故而可能被略去。

接下来伊耶戈完全凭空、深怀着恶意去捏造，对奥赛罗"揭露"说，玳思狄莫娜有一次在凯昔欧卧房里他的床上，曾同他一起缠绵了有一个多小时。他自己跟凯昔欧友谊密切，他说，最近有一晚他没有回自己的寓所，曾在凯昔欧那里和他同床度过一宵；深夜时凯昔欧在睡梦中爬到他身上把他当作玳思狄莫娜，伊耶戈说，频频对他亲吻，并作出狎亵的要求。奥赛罗听到这些构陷时深信不疑，因而大怒，当罗铎维哥从威尼斯来传示召他回去，任命凯昔欧继任他的指挥职务时，他当着公爵使节罗铎维哥的面打他妻子的头面，使罗铎维哥大为诧异。

剧情进入第五幕第一景，伊耶戈骗取了纨袴子弟洛窦列谷一大堆金珠宝石，说由他经手和设法，去馈赠给玳思狄莫娜，可以使她和他发生他所愿望的色情关系，已到了必须完成那交易的阶段，故而伊耶戈就利用洛窦列谷在晚间街头去杀死凯昔欧，谎说因为凯昔欧原来跟玳思狄莫娜先已有了暧昧的关系。洛窦列谷被骗在晚间街头对凯昔欧行凶，作为一桩情敌间彼此争风吃醋的暴行，但凯昔欧的外褂能抵御武器，他拔剑自卫反而刺中了洛窦列谷。伊耶戈躲在旁边见凯昔欧无恙，就在凯昔欧背后对他冲刺，重伤了他的腿部。这一景结束时，洛窦列谷因伤重死去，所以伊耶戈已把他的金珠宝石全部骗到了手，再无人会向他索还，而凯昔欧被刺伤了腿，却不知在他背后行凶的乃是伊耶戈。

到了这部悲剧诗的最后一景，惨怛得骇人听闻和目睹的灾祸先后降临到剧中的女主角和男主角身上，只为大恶棍伊耶戈身受到他觉得对他太不公正的对待，使他丧失掉他所应有的副将军职位和权利，故而他千方百计凭空造谣污蔑，挑拨离间，制造矛盾、敌对而加以恶化，务必使奥赛罗连同他的妻子玳思狄莫娜(她对伊耶戈毫无仇冤可言,只除了她是奥赛罗的娇妻,以及她曾天真无邪地劝她夫君将凯普欧复职)先后都受到极惨酷的打击而死。奥赛罗深深中了伊耶戈绘声绘色描摹的造谣污蔑的毒,说玳思狄莫娜和凯昔欧通奸,加上奥赛罗亲自看到凯昔欧从他衣袋里抽出玳思狄莫娜所保有、他自己给她、要她不可失落的那方神秘的手帕,这就证实了(奥赛罗认为)伊耶戈的恶毒捏造确是事实。奥赛罗终于下毒手将他妻子活活掐断了呼吸,窒息而死。但这惨绝尘寰的冤屈终于很快(但已太迟太晚了)得到了澄清和证实,当着塞浦路斯岛总督蒙塔诺和从威尼斯来的玳思狄莫娜的叔父格拉休阿诺以及她父亲的亲属罗铎维哥等人之面,爱米丽亚证明是她拾到了那方手帕,她丈夫伊耶戈曾再三再四要她偷来给他,她拾得后不慎交给了他,他去丢在凯昔欧寓所中,被凯昔欧捡到后随意放进口袋里去使用的。真相大白,爱米丽亚的说明彻底揭发了她丈夫伊耶戈的恶毒诡计。伊耶戈被彻底揭发后,奔向他妻子,用匕首一下子将她戳死。接着,奥赛罗用佩剑刺伤了伊耶戈,但没有致死。自威尼斯来的贵胄罗铎维哥吩咐,叫手下人取去了奥赛罗的剑把,但他还有一柄暗藏的短刀;讲了他临终前痛切悔恨自责的一段话之后,他立即手挥利器戳死了自己。惨痛的悲剧就这样断然结束。

* * *

《威尼斯城邦的摩尔人奥赛罗之悲剧》(*The Tragedie of Othello the Moore of Venice*),它的写作年代远在约四百年前,据莎作学者 J. P. Collier(1789—1883)估计,当在一六〇二年上半年。那年七月卅一日和八月一、二日,伊丽莎白女王同她的朝臣们曾驻跸多马·艾勾登爵士(Sir Thomas Egerton)的海勒菲尔特(Harefield)庄园,在那三天里曾最早演出过这本戏,女王赏赐伶人们十个金镑。而最早在伦敦剧院里演出,据莎作学者 E. Malone(1741—1812)查考,是在一六〇四年;至于印刷成书则迟至十七年后的一六二一年十月六日,当时伦敦的《书业公所登记录》(*Registers of the Stationers' Company*)上有明确记载。接着,下一年就出版了第一版四开本,

THE| Tragœdy of Othello, | The Moore of Venice. | *As it hath beene diuerse times acted at the* | Globe, and at the Black-Friers, by |*his Maiesties Seruants.* |*Written by* William Shakespeare. |

[Vignette] |*LONDON*, | Printed by *N. O.* for *Thomas Walkley*, and are to be sold at his | shop, at the Eagle and child, in Brittans Bursse. | 1622.

这是书名页上所印的说明。在地球剧院和黑(衣)僧剧院,经君王御赏班多次演出过,剧本作者是威廉·莎士比亚,印刷者 N. O. 是 Nicholas Oakes,出版人为托马斯·渥克莱。这剧本收入标明于一六二三年十一月八日在伦敦《书业公所登记录》上注册发行的初版对开本《全集》(其中缺少《贝律格理斯》(*Pericles*)一剧)内,实际上于一六二四年二月间出版。黑(衣)僧剧院(Blackfriars Theatre)是莱斯忒伯爵(Earl of Leicester, Robert Dudley, 1532? —1588)府戏班的詹姆士·裒培琪(James Burbage, 1597 年卒)于一五九六年从解散了的黑(衣)僧修道院原址所购置的一批房屋改建成的一座剧院,因在那里演戏遭到反对,故在一五九八年把房屋结构拆开迁运到泰晤士河(Thames River)右岸,第二年另建成一座八角形的环球剧院(Globe Theatre),这剧院用茅草、芦苇等盖顶,能容纳一千二百观众,一六一三年因上演莎氏的《亨利八世》,在君王上场时放炮,草顶着火而烧掉。第二年重建,最后于一六四四年被拆毁。

上面说起《奥赛罗》的最初两个版本,一是一六二二年的初版四开本,二是一六二三年的初版对开全集本。随后有一六三〇年的二版四开本和一六三二年的二版对开全集本,一六五五年的三版四开本和一六六三年的三版对开全集本,以及一六八五年的四版对开全集本。这些是这本戏在十七世纪的所有版本,其中以最先两种比较重要。至于从十八世纪的 Rowe, Pope, Theobald, Hanmer, Warberton, Johnson 等开始,中经十九世纪的各家,直至 Furness 氏的《新集注本》(1886 再版),最后到二十世纪的 G. L. Kittredge 和 J. D. Wilson 等,著名的校订评注本总共在四十家以上,我这译本未能一一博采,只得根据 Furness 氏的新集注本略陈若干家的考订评骘。

在黑(衣)僧剧院和地球剧院多次上台饰演《奥赛罗》这悲剧主角的是詹姆士,裒培琪(James Burbage,1579 卒)的儿子、名伶理查·裒培琪(Richard Burbage,1567? —1619),他二十一岁时已声名藉藉;他跟莎士比亚年龄差不多,彼此是很友好的戏班子里的同事;他善于演悲剧,曾多次饰演过《罕秣莱德》和《奥赛罗》中的主角,以及班·绛荪(Ben Jonson,1573—1637)和蒲芒(Francis Beaumont,1584—1616)与茀兰丘(John Fletcher,1579—1625)所作悲剧中的主角。莎士比亚作为一个上戏台的伶人则相传只作为《罕秣莱德》中父王的亡魂亮了相,没有饰演过什么剧本中的主角。

这部大悲剧的男女主角奥赛罗和玳思狄莫娜的姻眷原是十分美满幸福的,但骇人的恶棍伊耶戈为小小的一点个人怨怼,横下一颗险恶的狼心,鼓努他满腔的狠毒,阴谋诡计,造谣污蔑,酿成男女主角之间的生死敌对和惨酷的冤枉;但那还不够满足他凶烈的奸险毒辣,他还痛击凯昔欧,务必要把他杀死;再为满足他的贪欲,他使出造谣污蔑的奸计,诈骗洛窦列谷的金珠宝石并置之于死地。这样,一个人间恶魔的缩影便昭然在剧院中舞台上、在书斋里卷帙间飞扬跋扈、称王称霸地呈露在人们眼前。

《奥赛罗》这个悲惨的故事来自十六世纪意大利的钦昔喔书中,而十七世纪初年英格兰的威廉·莎士比亚把它写成这部惨怛得惊人的悲剧诗,引起了人们的哀痛深思。我们如今要问:在我们的现实世界里有没有类似的故事和其中的人物,尤其像伊耶戈这样的恶煞?回答是:有!肯定有!有时甚至要扩大许多万倍!从一九六六年五月十六日开始,持续了十年以上的“无产阶级文化大革命”,是人类有史以来从未有过的整个民族的横祸,最最浩大的劫难和悲剧,受难者是整个民族和我们五千年的历史文化传统!一小撮伊耶戈式的魔怪的无比愚蠢和恶毒,这些罪魁祸首利用手中窃据的权力为所欲为,给我们闯下的灾殃是伊耶戈罪恶的千百万倍!这个历史教训永远值得我们记取。

孙大雨

一九八八年七月廿八日

威尼斯城邦的摩尔人
奥赛罗之悲剧

剧 中 人 物

威尼斯公爵

孛拉朋丘，一知政事大夫，玳思狄莫娜之父

其他知政事大夫数人

格拉休阿诺，孛拉朋丘的兄弟

罗铎维哥，孛拉朋丘的亲戚

奥赛罗，一摩尔族[非洲西北部滨海一民族]贵胄，威尼斯城邦的将军

凯昔欧，奥赛罗的光明磊落的副将

伊耶戈，奥赛罗的旗手，坏蛋

洛窦列谷，一受骗的士子

蒙塔诺，奥赛罗的前任塞浦路斯岛军事首脑

小丑，奥赛罗的家僮

玳思狄莫娜，奥赛罗的妻子

爱米丽亚，伊耶戈之妻，玳思狄莫娜的伴娘

碧盎佳，神女，与凯昔欧相好

信使、传令官、军官多人，乐人多人，侍从多人

剧景：第一幕，在威尼斯；第二至第五幕，在塞浦路斯岛上一海港

第 一 幕

第 一 景

［威尼斯。一街道。］

［洛窦列谷与伊耶戈上。

洛窦列谷 嘘！
切莫跟我来这一套，我很不乐意，
伊耶戈，你拿了我的钱包，像是你
自己的一般，却竟然知道这件事。

伊 耶 戈 他奶奶，可是您不听我分说：
假使我能梦想到这样的事儿，
把我当狗矢。

洛窦列谷 你跟我说过，你一向对他有仇恨。

伊 耶 戈 鄙弃我，若是我不那么。城里三位
大老，脱着帽，都将我向他推毂过，
当他的副将；而且，凭人的真诚
说话，我知道自己值多少，我十足
配得上那样的位置；可是他爱的是
他自己的骄傲和一意孤行，闪避了
他们，使一派浮夸、曲折的废话，
那中间满都是一些战阵的言辞；
总之，他拒绝我的居间人；因为，
“肯定，”他说，“我已经选好了副将。”

那是个怎样的人呢？
您说当真嘛，是个算术大家，
名叫玛格尔·凯昔欧，茀洛伦斯人，
有个漂亮老婆差不多注定了
叫他受罪的霉家伙；[①]他从未在战场
上面调遣过队伍，战阵的性质
他懂得不比一个纺织女娘
来得多；除非把书本理论来充数，
那上头，那些峨冠博鳖[②]的知政事[③]
也能跟他一个样，舌灿着莲花：
光纸上谈兵，眇无实际，原来是
他全部的韬略。但是他，先生，却中选
膺命；而我——他亲眼见到过确证，
在罗德斯、塞浦路斯、其他的基督徒、
邪教徒战场上——倒被这"借方和贷方"[④]
把风收了去，使篷帆跌落；这笔账，
只有天知道，一定得当他的副将，
而我——请原谅！——他摩尔大人的旗手。

洛窦列谷　凭老天[⑤]，我却愿意做他的吊绞手。

伊　耶　戈　啊也，没办法可想：这军差戎伍中，
糟就糟在升迁需要仗介绍信
和喜爱，不凭下手顶上手的晋级
年资，按着陈年惯例一步步
往上升。现在，先生，您自己去判断，
我同他的关系是否说得上什么
敬爱这摩尔人。

洛窦列谷　若是我，就不去跟他。

伊　耶　戈　啊！先生，把心情放舒泰；
我追随着他，聊不过奔走一遭儿；
我们不能全都作长官，长官
也不能全得到忠诚的伺候。您可以
看到好些恭顺、屈膝的随从者，

对自己那过于殷勤的奴役有偏爱，
挨了一辈子，像他主人的驴儿般，
只是为草料，等他人一老就给
抛弃掉；这样忠厚的仆从，请为我
给他顿鞭子吃。另外有些人，他们
修饰得在外表和形态方面很尽责，
却将内心保留着替自己去操劳，
他们对上头只使出殷勤的表现，
自己却获益匪轻，他们把口袋
装满时，将自己当作主人翁：这些人
有灵魂；我声言我便是这样的人物。
正好比，先生，您确是洛窦列谷，
假使我是那摩尔人，我不愿自己是
伊耶戈：我追随着他，无非为自己
奔走；让上天来替我裁决，我对他
说不上敬爱与情谊，不过好像是
如此罢了，为的是我特殊的目的：
因为，当我外面的行动显示出
我衷忱运用和内心形态的表象时，
过不久我将把我的心佩在衣袖上，
给穴鸟去剥啄：我不是我这般模样。

洛窦列谷　假使厚嘴唇能在这上头也这般
取胜，他将有多么大一份财富！

伊　耶　戈　叫起她父亲，叫醒他；追赶他，毒化
他那阵欢乐，公开在街头揭发他；
鼓捣起她家的亲戚；虽然他好比
在丰实之乡居住，叫苍蝇去叮他，
让烦恼缠绕个不休；虽然他的欢乐
是欢乐，把困窘的事变尽往上倾泻，
使它消失掉光彩。

洛窦列谷　这里是她父亲的房子；我要来叫嚷。

伊　耶　戈　来吧；用恐惧的声调和怕人的呼喊

来报警,如同夜间悄无人注意,
瞥见居民密集的城市里火起。

洛窦列谷 喂喂!孛拉朋丘!孛拉朋丘大夫,喂喂!

伊耶戈 醒来!喂喂!孛拉朋丘!捉贼!
捉贼!捉贼!瞧您的房子、女儿
和钱袋!捉贼!捉贼!

[孛拉朋丘出现于高处窗头。

孛拉朋丘 是什么道理叫喊得这样吓人?
是怎么一回事?

洛窦列谷 大夫,您家人都在里边吗?

伊耶戈 您门户
都锁了?

孛拉朋丘 为什么?你们为什么问这个?

伊耶戈 他奶奶!大人,您给强盗打劫了;
请顾全身份,披上了长褂;您的心
碎了,您掉了半个灵魂;就是
现在,正好是现在,有只黑的
老公羊爬在您那白的小母羊身上。
起来,起来!摇铃把打鼾的公民们
唤醒,不然那魔鬼要使您变成个
爷爷。起身哟,我说。

孛拉朋丘 什么!你们
神经错乱了?

洛窦列谷 非常尊敬的大夫,
您认得我这声音吗?

孛拉朋丘 认不得,您是谁?

洛窦列谷 我名叫洛窦列谷。

孛拉朋丘 特别不欢迎:
我警告过你,莫到我门前来鬼混:
你听我非常开诚地说过,我女儿
不能嫁给你;现在,发着疯,吃饱了
晚饭,灌得酩酊,恶意来捣乱,

你来搅扰我的安宁。

洛窦列谷　大人，大人，大人！

孛拉朋丘　　　　　　　　但你得弄清楚，
我的生性和地位有力量叫你
为这事吃苦。

洛窦列谷　　　　　　　镇静些，请您老人家。

孛拉朋丘　你跟我说什么打劫？这是威尼斯：
我这房子不是所荒僻的田庄。

洛窦列谷　最尊敬的孛拉朋丘，我一秉诚恳、
纯洁的精神来找您。

伊耶戈　他奶奶！大人，您是这样一个人，假使魔鬼要您去侍候上帝，您就偏不肯。因为我们来为您好，您便把我们当作混混儿，原来您愿意自己的女儿给一只巴巴利⑥红鬃马压在身上；您愿意您的外孙对您嘶鸣；您愿意您的外孙儿、外孙女儿们都是些龙驹快马，您的近亲小辈是些西班牙种的小马。

孛拉朋丘　你是什么脏嘴巴的贱东西？

伊耶戈　我是这么一个人，大人，来告诉您，您女儿跟那摩尔人现在正在两张背皮朝外，干那畜生的勾当。

孛拉朋丘　你是个坏蛋。

伊耶戈　　　　　　　　您是个——知政事大夫。

孛拉朋丘　这你得负责；我认得你，洛窦列谷。

洛窦列谷　大人，什么事我都得负责。但是，
我请您，假使您高兴而且考虑后
还同意，——我见到，事情确有点这么样，——
让您那标致的姑娘，在午夜才过，
当这昏沉的宵静时刻，给一个
不好不歹的保护人、雇来的众家奴，
一名舺舸船夫，载送给一个
淫乱的摩尔人，投进他粗鄙的搂抱，——
假使这件事您知道而允许，那我们
便对您犯下了粗鲁、莽撞的大不敬；

但您若不知这件事,我品行的常规
告诉我,我们蒙受了您不当的斥责。
莫以为,绝无一点儿礼让之感,
我会来戏谑、玩忽您老的尊严:
您女儿,如果您未曾允许她那样做,
容我再说声,干了桩荒唐的忤逆;
把她的名份、美貌、理智和幸运
攀上了一个浮游浪荡的陌生人,⑦
他属于此间,也属于任何哪一方。
马上弄一个明白:她若在闺房中,
或在您屋里,就行使公邦的法律
来将我惩处,为了我这般欺骗您。

孛拉朋丘 喂喂,打上取灯儿!给我一支
蜡烛!把家人全都叫起来!这变故
倒不是不像我的梦,我相信了它,
已经在感到难受。点上火,我说!
点上火! [自高处退下。

伊耶戈 再会,我一定得和您分手:
这似乎对我的地位不适当,没好处,
如果由我来作控告那摩尔人的见证,
因为,我若待下去,就得去作证;
我知道公政院,为了邦国的安全,
不能将他撤职,不管这件事
会怎样引起申斥,惹得他恼火;
因迫切的需要,他已被任命去指挥
塞浦路斯的战事,——实际上这已在
进行中,——而且,即令为拯救灵魂,
他们也找不到他那样能干的统帅;
关于那,虽然我恨他甚于憎恶
地狱的惨刑酷虐,我还得为目今
过日子的需要,打着敬爱的旗号,
不过那只是标志而已。为了您

准能找到他，把已经轰起来的搜寻
人众领往“人马骁”馆驿；⑧我将在
那边，跟他在一起。就这样，再会。　　　　［下。

［孛拉朋丘与执火炬之仆从数人上。

孛拉朋丘　这是太真确的一件坏事：她去了，
我这被鄙视的余生再没有别的，
只剩下痛苦。现在，洛窦列谷，
你哪里看到她？啊，苦恼的女儿！
跟那个摩尔人在一起，你说？谁愿意
做父亲！你怎么知道那是她？啊唷，
她将我欺骗得难于设想。她对您
说什么？多来些火把！把亲属人众
全都叫起来！他们结了婚吗，您想？

洛窦列谷　果真，我想他们已结了。

孛拉朋丘　啊，我的天！她怎样出去的？啊，
我亲生骨肉的不忠诚：父亲们，你们
从此莫再看了女儿们的行动，
便相信她们的心。是否有魔法
能叫年轻的处女中了魔，给糟蹋？
洛窦列谷，您可在书本上念到过
有这样的事？

洛窦列谷　　　　不错，大人，念到过。

孛拉朋丘　叫起我的兄弟来。啊！但愿您娶了她。
有人这条路上走，有人走那条！
您知道，我们在哪里能将那摩尔人
同她抓到？

洛窦列谷　　　　我想我能找到他，
您若能带同充分的护卫，跟我
一起来。

孛拉朋丘　　　　请您领先。我在每一所
房廊前要叫人；好召唤尽多的人手。
带着武器，喂喂！叫起几个

专司守夜的官长。亲爱的洛窦列谷，
往前走；我将不辜负您麻烦这一场。

[同下。

第 二 景

[另一街道]

[奥赛罗、伊耶戈与手执火炬之侍从数人上。

伊 耶 戈 虽然在战争行业中我也杀过人，
可是我认为良心的本质不能
让我干预谋的凶杀：我缺少邪恶，
有时候去为我干事。九次或十次，
我想要在他肋胁下戳这么一刀。

奥 赛 罗 还是现在这样好。

伊 耶 戈 不然，他胡言
乱语，用那样卑鄙怄人的辞句
攻击您钧座，
以我那一点点敬畏上帝的虔诚，
委实难对他饶让。但请问，将军，
您可曾固定不移地结过婚？要把稳
这件事，因为上大夫人缘奇好，
他的话，论实际效果，影响比公爵
还隆重得多；他将会分离开你们，
或者把法律能允许的任何控制
和磨难——他将会全力以赴去贯彻——
加在您身上。

奥 赛 罗 尽他去对我施恨毒：
我对城邦公政院所尽的劳绩，
会讲赢他对我的控诉。我们还得要
知道，夸口是件光荣事：这个，
我知道以后，将会公开宣布。
我此身的生命与存在，系出君王

品位。以我的优长，用不到去冠，
我能对跟我获致的高位齐阶
并比的任何人说话。要知道，伊耶戈，
若不是我对温婉的玳思狄莫娜
情深如海，我不会使自己无家室
之累的自由，受任何规范与制限，
即令能奄有大海的金珠珍贝。
可是，你看，那边有什么灯火来？

伊　耶　戈　这是那轰动起来的父亲和亲属：
您最好还是进去。

奥　赛　罗　　　　　　我不；我一定
得给他们找到：我一身的优长、
我光荣的称号、我有备无患的心神，
会将我正当地显示。这是他们吗？

伊　耶　戈　凭始初的两面神⑨，我想不是。

［凯昔欧上场，带同军官数人、火炬手数人。

奥　赛　罗　公爵的亲随人众，和我的副将。
朋友们，夜晚的良时临照诸君！
有什么消息？

凯　昔　欧　　　　　公爵向您致意，
将军，他要您十万火急去见他，
顿时立刻。

奥　赛　罗　　　　　你以为有什么事情？

凯　昔　欧　塞浦路斯岛有事，据我猜想。
事情有一点紧急；就在今晚上，
大划船一叠连送来了一打报差，
一个个后先相继，接踵而至；
好几位知政事都被叫起来，已经
会聚在公爵府邸。您紧急被召；
不能在寓邸里找到，知政事公署
派出了三起哨探去将您搜寻。

奥　赛　罗　给你们找到了，很好。我进屋只讲一句话，就来跟你们同去。　　［下。

凯　昔　欧　　旗手，

他到来做什么？

伊　耶　戈　　说实话，他今夜登上了

一艘旱地大楼船；如果是合法

中彩，他这就一辈子的财富临门。

凯　昔　欧　我不懂。⑩

伊　耶　戈　　他结了婚。

凯　昔　欧　　跟谁？

伊　耶　戈　　凭圣母，跟——

［奥赛罗上。

来，都督，您去吧？

奥　赛　罗　　和你们同去。

凯　昔　欧　这里又来了一支队伍来找您。

伊　耶　戈　这是孛拉朋丘。将军，请小心；

他来没好意。

［孛拉朋丘、洛窦列谷，带同军官多人、火炬手数人上。

奥　赛　罗　　喂喂！在那边站住！

洛窦列谷　大夫，这是那摩尔人。

孛拉朋丘　　打倒他，恶贼！

［双方皆拔剑出鞘］

伊　耶　戈　有您，洛窦列谷！来，先生，我对您。

奥　赛　罗　莫拔明亮的剑刃出鞘来，露水

将会使它们生锈。⑪亲爱的大夫，

您尽可用高年，不必用刀剑来命令。

孛拉朋丘　啊，你这下流的恶贼！我女儿，

你将她窝藏在哪里？可恶到极点，

你行施魔法于她；我将诉之于

所有有理性的人们，她可不是被

魔法的锁链所困住，这么个娇柔、

娟美、天宠的姑娘，这般不爱

结姻亲，避免了我邦多少位富有、
鬈发的佳公子，竟然会，不怕叫人家
耻笑，离开她的保护人，投入你
这样个乌黑东西的胸怀；那是
在投奔恐惧，不是在追求愉快。
让世人来替我下判断，你对她横施
恶毒的魔法，用衰损心智的药毒
或石毒，摧残她娇嫩的青春岁华，
是否违情而悖理：我要兴论争，
评情理；这说来很可信，想来极明显。
因此上，我逮捕、捉拿你，将你作为
人间的戕贼者，一个被禁的非法
邪术的潜行人。把他抓起来：若是他
抵抗，制服他，生死都在所不计。

奥　赛　罗　你们都住手，在我这方面的人，
还有其他的：假使我应当格斗，
我自己就会知晓，毋须有提示人。
您要我到哪里去答复你这番控告？

孛拉朋丘　进监狱里去；等到法律和庭审
程序命令你答辩。

奥　赛　罗　　　　　　　　我听从了，将怎样？
对于我那么做，公爵将如何能满足？
他的信使们目今在这里，我身旁，
有些紧急的邦国事要带我去相见。

军　　官　不错，最尊贵的大夫；公爵在会议，
而且您尊驾，我相信，也已被邀请。

孛拉朋丘　什么！公爵在会议！在夜里，这时候！
带他去。我这不是个无所谓的争端：
公爵本人，或是我自己的不拘哪一个
议政的同僚，不能不感到这枉屈，
如同他们自己的一个样；因为，
假令这样的行动能自由地发生，
奴隶和邪教徒都能为我们当政。　　　　［同下。

第 三 景

［议事厅］

［公爵与知政事大夫数人围桌而坐。军官数人侍立。

公　　爵　这些消息里没有协调一致
　　　　　能够使它们可信。

第一知政事　不错，它们彼此之间有矛盾；
　　　　　我的信说有一百零七艘大划船。

公　　爵　我的，一百四十艘。

第二知政事　　　　　　　　　　我的，两百艘：
　　　　　虽然它们在正确数目上不相符，——
　　　　　在这些情形下，猜想的说法往往
　　　　　有差异，——可是它们却一致证实
　　　　　有一支土耳其舰队，向塞浦路斯来。

公　　爵　不仅如此，事情很可以理解：
　　　　　我不因情报有舛误而疏忽大意，
　　　　　但主要的一项我相信而且忧虑。

水　　手　［在内］喂喂！喂喂！喂喂！

军　　官　大划船上的报差。

　　　　　　　　　　［水手上。

公　　爵　　　　　　现在，有什么事？

水　　手　土耳其艨艟正在向罗德斯行驶；
　　　　　我奉安吉罗大夫之命，来对
　　　　　邦政府报告。

公　　爵　对这一异动，你们怎么说？

第一知政事　　　　　　　　　　　用理智
　　　　　来检视，这件事不可能；这是出声东
　　　　　击西的虚诈戏，叫我们向差错处望。
　　　　　当我们考虑到塞浦路斯对于
　　　　　土耳其的重要性，而且也须了解到
　　　　　它比罗德斯对他更其关紧要，

他尽可轻易逞威把它来攻克，
因为它不怎么顶盔贯甲呈森严，
完全不具备罗德斯抗侵凌的能力：
假使想到了这一层，我们就不该
以为土耳其竟至那么样无能，
会将轻重颠倒置，后先不区分，
疏忽一桩轻而且有利的策划，
去冒险挑起一场没好处的危图。

公　爵　不对，能完全保证，他不攻罗德斯。

军　官　又有消息来了。

[一使者上。

信　使　土耳其部队，尊崇、宽厚的君公，⑫
直接驶向罗德斯，在那里添上了
另一支舰队。

第一知政事　哦，我是这么想。
有多少，据你想？

信　使　三十条；现在他们
转回程，分明指向塞浦路斯岛。
蒙塔诺大夫，您亲信、勇武的从者，
向您致殷切的敬意，以此相告，
请公上相信他。

公　爵　那就准是前往塞浦路斯去。
玛格斯·路昔高斯⑬，他不在城里吗？

第一知政事　他此刻在茀洛伦斯。

公　爵　替我们写信给他；十万万火急报。

第一知政事　孛拉朋丘跟那勇武的摩尔人到来了。

[孛拉朋丘、奥赛罗、凯昔欧、伊耶戈、洛窦列谷与军官数人上。

公　爵　勇武的奥赛罗，我们得马上派遣您，
去抵挡犯境的公众敌寇土耳其。
[对孛]我不曾见到您；欢迎，亲爱的大夫；
我们今晚上缺少您商量与帮助。

勃拉朋丘 我也缺少您。亲爱的君侯,请原谅;
不是我的职位,也非因听到有事故,
使我从床上起身来,也不是关心着
公众的安宁,因为我特殊的悲痛,
好像打开了水闸门,它那样其势
不可当,吞咽掉一切其他的悲伤后,
依然还是那模样。

公　　爵 唔,什么事?

勃拉朋丘 我女儿!唉也!我女儿!

知政事们 死了?

勃拉朋丘 果真,
对我是死了;她给人糟蹋,从我
身旁盗窃走,给施了魔法,以及被
江湖术士处买来的药石所败坏;
因为天性要迷误到这么样荒唐,
原来无欠缺,不昏盲,心智不残废,
倘使不行施邪术,简直不可能。

公　　爵 不论在这肮脏的行径中,这般
蛊惑您女儿以及打从您那里
骗得她出走的是什么样人,您定能
把法律的血书自己去宣读,凭您
自己的解释,读出最严厉的判词;
是啊,即令是我们自己的儿子
站在您这诉讼中。

勃拉朋丘 我恭诚感谢
您钧座。这人在这里,就是这摩尔人;
看来,您钧座有关国事的特旨
正把他宣召来。

大　　家 我们觉得很可惜。

公　　爵 [对奥赛罗]您能替自己对这事怎样说法?

勃拉朋丘 没有得说的,就是这样。

奥 赛 罗 位重权高、庄严可敬的公和卿,

最尊崇、久经证明的亲爱的列公们，
若说我带走了这位老人家的闺女，
真一点不错；果真，我和她结了婚：
我冒犯的顶巅和面目只有这程度，
不再多。我出言粗鲁，不善于运用
和平生活里温驯的辞风和谈吐；
自从我这副武装赋有了七年
威力，到如今九个月已然消逝去，
它总在野外，在军篷营帐之间，
给用来从事最重要的活动；有关这
广大的世界我不能谈什么，只除了
陷阵冲锋的战阵功；因此上，为自己
说话，对我的出处没多大裨益。
可是，倘蒙众位宽容地许可，
我想讲一个朴实无华的故事，
诉说我恋爱的全程；我用什么药，
什么法术，什么灵咒，什么
大力的邪魔外道(因为我被控
有这些行动)，赢得了他的女儿。

孛拉朋丘　一个闺女，从来不胆大妄为；
心灵这么样贞静端详，她自己
内在的冲动会使她对自己脸红；
可是，她违反了天性，不管年龄
太悬殊，无视他邦异国，不爱惜
名誉，不顾虑一切，竟然会对于
仅仅望见了也害怕的，堕入了情网！
那一准是个残疾支离的判断，
才能去认为无疵的完美竟致会
迷误到违反一切天性的常规，
定要把地狱的诡计阴谋去体验，
以致这事变会发生。我因而再次
要断言，用某些对血液能强制的药剂，

或者用魔法咒成了这效验的毒汁，
他对她遂行了奸谋。

公　　爵　　　　　　　断言这件事，
如果没有比这些轻微的外表、
平凡表象的马虎的旁证较真切、
较显见的证明，并不能成为证据。

第一知政事　可是，奥赛罗，讲吧：
您可曾用过非法、强暴的行径，
去胁迫、污损这年轻姑娘的情爱；
还是以殷切的恳请，和心灵对心灵
可提供的正当的说爱谈情所获致？

奥　赛　罗　我恳请列位，派人到"人马骁"馆驿
去找这位贤淑来，让她面对着
她父亲谈起我：你们若在她言谈中
发现我卑鄙，请不光收回这信任，
我受自诸公的这职位，还要请加以
判罪，刑及我此生。

公　　爵　　　　　　　将玳思狄莫娜宣来。

奥　赛　罗　旗手，引领他们；你熟悉那地方。

［伊耶戈与从人数人下。

然后，在她到来前，好像对上天
那样真诚地承认我血液中的过误，
我要对你们尊敬的两耳说实话，
我怎样在这位佳秀的眷爱里愉快
欣荣，她在我深情中昌隆欢悦。

公　　爵　谈吧，奥赛罗。

奥　赛　罗　她父亲喜爱我；不时请我去；经常
问起我一生的故事，一年年我所曾
经历的战斗、围城、一切的遭遇。
我把故事来诉叙，从孩童时日
直到他要我讲述故事的时候止；
那其中我谈到奇灾苦难的大事变，

讲起海上、陆上的动人不幸事，
谈失之毫厘、死成瞬息的城堡破，
说到被威猛的强敌俘为囚，卖作奴，
说到赎身得脱，以及我游历史
中间的行动；有硕大无朋的洞穴
平沙漠漠草不绿，粗豪的山石矿，
顽石磐磐，峻岭的峰巅摩青天，
我都有机会来谈及，经过就这么样；
还谈起彼此人吃人的生番名叫
安塞罗扑法加，以及还有帮蛮子
在肩膀下面膈肢窝里生脑袋。
爱听谈这些，玳思狄莫娜成了癖；
不过家务事时常使她不得来；
但赶快待事情一了结，她就再会来
贪心不足地倾耳听我继续谈。
见到这情形，有一次我乘机让她
殷切作要求，把长行的全部经过
细细谈，过去她曾听我把片断讲，
且又注意不荟集：我同意那么办；
随后我屡次哄得她两眼泪涟涟，
每当她听说我年轻的岁时遭逢
惨痛的凶打击。我将故事说完后，
她报谢我那辛劳以深深的长叹息：
她郑重声言，那确乎奇怪，非常
奇怪；那煞是可怜，可怜得惊人：
她宁愿不曾听说过，可是她但愿
上苍能将她做成这样一个人；
她对我致谢，要我，假使我有个
爱慕她的朋友，我只须教他讲述
我所讲的故事，那便能得到她的眷顾。
趁着这机会我说道：她爱我为了我
所曾经历的魔障，而我也爱她，

因为她对我的遭遇表示了怜恤。
这是我所用的唯一的魔法：这位
娉婷已经到；让她自己来作证。

［玳思狄莫娜、伊耶戈与随从数人上。

公　　爵　我想这故事也会赢得我女儿。
亲爱的孛拉朋丘，
以尽好的心情，接受这弄糟的事吧；
人们宁可用残破的武器，也不愿
赤手空拳。

孛拉朋丘　　　　我请您，听她说话：
如果她自认跟他同样是求爱者，
我若是还把罪责加在他身上，
让毁灭降临我的头！走到这里来，
亲爱的小姐：在这好些位尊贵中，
你见到没有，你最该从顺的在哪里？

玳思狄莫娜　尊贵的父亲，在这里，我见到一个
分裂的本份：对您，我感恩赋与我
生命与教养；我这份生命与教养
教导我如何对您该崇敬；您是我
本份的主公，我过去是您的女儿：
但这里是我的丈夫；正如我母亲
对您显示了那么多本份，爱了您
只得离舍她父亲，同样，我声言
我该对这摩尔人我的夫君尽本份。

孛拉朋丘　上帝保佑你！我的事已经完毕。
请君侯钧座，继续进行邦政事：
我但愿螟蛉了孩子，不曾亲生。
这里来，摩尔人：
我在此全心全意将她给了你，
若不是你已然得到她，我是会全心
全意不将她给你。为你的缘故，
宝贝，我衷心高兴我另外没孩儿，

因为你这下子逃跑会使我暴厉，
在他们身上加桎梏。我完了，公爷。

公　　爵　让我仿照您自己的口吻说话，——
讲一句箴言，那好比是一个级步，
也许会帮助这双有情人得到
您爱宠。
当过去寄希望的挽救显得没用时，
最坏的已见到，悲伤也就完了事。
为一桩过去的不幸伤心而痛苦，
等于去走一条新辟的不幸之路。
当命运把不能保全的东西夺走，
忍耐能使那损害变得不用愁。
遭劫者微笑时，从盗窃那里偷回了些；
无益地悲伤是在跟自己过不去。

勃拉朋丘　那么，让土耳其抢掉我们的塞浦路斯；
反正失掉了不久，我们会笑呵呵。
任何人若能毫不关心地把空论
当安慰，他便能好好接受这金箴；
可是那人儿，向可怜的忍耐借了债
付悲哀，他就得生受这箴言和伤怀。
这些箴言算得甜来也算得苦，
两面都很讲得通，真意却含糊：
但说话只能算说话；我从未听见过
医疗受了伤的心能透过耳朵。
我恭诚恳请钧座，进行邦务讨论吧。

公　　爵　土耳其派一支很大的部队开向塞浦路斯。奥赛罗，那地方的防御力量您最清楚；虽然我们在那里有位公认为本领十分高强的督抚，可是公论(它最能产生实效)认为由您去守卫更加安全：因此，您只得让您那最近所交好运的光彩，给这一桩远较粗野强烈的行军事务弄暗淡了些吧。

奥 赛 罗　习惯这暴君，最尊敬的知政事大夫们，

已经把战争的床褥，硬如燧石
冷如钢，变成精冶过三次的鸭绒床：
我承认艰难跟我的本性相契合，
我对它心甘情愿，切望而不辞，
而且决意负责对土耳其用刀兵。
故而我非常谦谨地对诸公致敬，
请求为我的妻子作适当的安排，
相应地指派给地位和津贴，
授与她跟她教养相符合的日常
舒适与相当的随侍。

公　爵　　若是您高兴，
就在她父亲家中。

孛拉朋丘　　我觉得不便。

奥 赛 罗　我也这么想。

玳思狄莫娜　　我也这么想；我不愿
在那里居住，罣碍父亲的视听，
引得他心烦意躁。最尊崇的公爵
对我的启奏请光赐清听；容任我
在您的话言中获得当官的准许，
以有助于我的粗疏不文。

公　爵　你要什么，玳思狄莫娜？

玳思狄莫娜　我心爱这摩尔人，愿跟他一同生活，
以及我冒死不惧怕命运的横逆
和风暴，都能向世间公开宣告；
我的心对我夫君的情性与为人，
可说是从顺得切合无间；我从
奥赛罗的心灵思想间看到他的仪容，
我将我的灵魂与命运，对他的光荣
与勇武奉献。所以，亲爱的公卿们，
假使我被留在后方，像和平时日里
一翼飞蛾，⑭而他去前方作战，
我同他义结姻亲的礼仪将会被

剥夺，而因他、人不在，我还得生受
那难堪的岁月。让我和他一同去。

奥　赛　罗　让她得到诸位的准许。请上天
替我作证，我作此请求，不是要
满足我色欲的嗜好，也非为应顺
情焰的要求，——那少年炽烈的浓情，
在我胸中已熄灭，——和敦笃琴瑟
之调，而是要同她的心声相应和；
请上天莫让你们良善的灵魂
猜测我将会忽略那千钧的重负，
因为她同我在一起。那不会；假使
飞翔的小爱神用好色的游惰使我
绝智而闭聪，不能为公邦效命，
那么，让家庭主妇们把我的头盔
作水锅，让所有可耻、鄙陋的灾祸
对我的声名一齐发动总攻击！

公　　　爵　她留下还是前去，都由您私下
去决定。事态催促得急迫，迅捷
应当去应急。

知政事们　您今夜一定得出发。

奥　赛　罗　　　　　　　　　我非常愿意。

公　　　爵　明朝九点钟我们再在此会集。
奥赛罗，留下个把军官在后面，
他将把我们的委任状带交给您；
还有有关品位和尊荣的别的事。

奥　赛　罗　假如您钧座高兴，我将旗手
留下；他是个诚实可靠的得力人；
我将我妻子委派给他去护送，
敬爱的君侯尽可付托他您认为
有需要交与我的别的任何事。

公　　　爵　　　　　　　　　　　　　这样
就是了。大家晚安。［对孛拉朋丘］高贵的大夫，

假使美德包含得什么都完备，
因而也就不缺少可喜的美貌，
您这位有德的贤婿便一点也不黑，
而是异常白净。

知政事等　　勇敢的摩尔人，
再会！好好待遇玳思狄莫娜。

孛拉朋丘　注意她，摩尔人，如果你有眼睛瞧：
她骗了她父亲，也能将你来骗到。
［与公爵、知政事数人、军官数人及其他人等同下。

奥赛罗　我用生命来为她的真心作保证！
我一定将我的玳思狄莫娜托给你，
诚实的伊耶戈：请让你的妻子陪随她；
趁最好的时机，护送她们跟着来。
来吧，玳思狄莫娜；我只得一小时
跟你一同过，说爱和谈情，交代
日常事，关照如何行动：我们得
服从时间的限制。　［两人同下。

洛窦列谷　伊耶戈！

伊耶戈　你说什么，高贵的知己？

洛窦列谷　你想，我该怎么办？

伊耶戈　哎也，上床去睡觉。

洛窦列谷　我该去跳水自杀。

伊耶戈　哦，你若是去那么干，我从此将永不跟你好。唉，你这傻瓜的士子！

洛窦列谷　活着如果只能受苦，再活下去就成了发傻；当死亡做了我们的郎中的时候，他开的药方就是去死。

伊耶戈　啊！坏透了；我睁眼看到这世界有四倍七个年头了，而自从我分得清什么是优惠、什么是损害以来，我从来没有见到过有人懂得怎样去爱惜他自己。“为了爱一只野鸡，我要去跳水自杀”，我肯说这样一句话以前，我宁愿跟一只狒狒[15]易地而处，让它来做人而我去当狒狒。

洛窦列谷　我应当怎么办？我承认这样痴心很丢脸；但是我的德性没有本领去改好这个。

伊　耶　戈　德性！值几个钱！我们是生就的这么样，或那么样。我们的身体是一所花园，我们的意志是个园丁；所以，若是我们要种荨麻或是播莴苣，栽香薄荷和耘除百里香，播种一种草或分植好多种，让它荒芜闲置着还是精耕细作，哎也，那力量和究竟怎样做的权力是在我们的意志里边。假如我们生命的天平没有一只理智的秤盘去均衡情欲的另一只，我们天性里的气质和卑鄙也许会引导我们到最乖张怪诞的试验上去；但是我们有理智去镇定我们热情的冲动、我们肉欲的激发、我们放浪不羁的淫荡，而据我看来，你们便把爱情叫作是情欲那玩意儿的另外一种或一枝分蘖。

洛窦列谷　不能是那样。

伊　耶　戈　这只是性情脾气里的淫欲、意志的放纵罢了。来吧，做个男子汉。跳水自杀！把猫儿和没有睁眼的小狗去淹死。我已经声言过是你的朋友了，我现在承认我把自己用最结实不过的缆索跟你的真价值拴束在一起；我从来也不会比现在这样更能帮你的忙了。口袋里放着钱；跟踪着这场战事；用一蓬假须髯丑化着你的面貌；我说，口袋里放着钱。玳思狄莫娜不可能长久继续爱着那摩尔人，——把钱装在口袋里，——他也不可能老爱她。在她身上先来了个猛烈的开始，你将见到一个同样凶暴的破裂；把钱装在你口袋里。这些摩尔人的意志好恶无常；——把钱装满你的口袋：——这食物现在对于他香甜甘美像仙桃，[16]不久会对于他奇苦难堪像黄连。[16]她一定得改换年轻的：当她受用够了他的肉体的时候，她准会发现她挑错了人。她准会有变化，她准会有：所以，口袋里放着钱。假使你非叫你自己打入地狱不可，去用一个比淹死较为愉快的方法。钱弄得越多越好。假使一个浪荡的蛮子[17]跟一个刁钻古怪的威尼斯人之间的假装的神圣和脆弱的信誓敌不过我的灵敏机巧和地狱里的族众们，你准定会受用到她；所以，得弄钱。滚他妈的跳水自杀！那样干会整个儿出岔子：奉劝你还是为享受到了那欢乐而给绞死，可莫要淹死了而弄她不到手。

洛窦列谷　你将赶快满足我的希望吗，假使我信赖那结果？

伊耶戈　你可以拿稳我：去，去弄钱。我屡次告诉过你，而且现在又一再对你说，我仇恨这摩尔人：我的行动准则铭铸在我心里：你的也并不缺少一点儿理由。让我们联合起来对他报仇；假使你能使他戴绿头巾，你对你自己做了件快乐事，对我做了件开心事。时间肚子里会生出许多事情下来。开步走；去吧：预备好你的钱。明天我们再谈这事儿。再会。

洛窦列谷　我们明天早上将在哪里碰头？

伊耶戈　在我的住处。

洛窦列谷　我会及早来看你。

伊耶戈　得了吧；再会。你听到没有，洛窦列谷？

洛窦列谷　你说什么？

伊耶戈　不许再说跳水了，你听到吗？

洛窦列谷　我改变主意了。我要去卖掉我全部的地皮。　［下。

伊耶戈　这样，我总叫傻瓜当我的钱袋；
因为假使跟这样的蠢货鬼混，
简直是侮辱我财源滚滚的机巧，
除非为好玩和实利。我恨那摩尔人，
而且外边都以为他在床褥间
替我行使着职权：我不知真不真，
可是仅仅为那样的怀疑，我就得
采取行动，仿佛确有那件事。
他对我很器重；我更好对他达到
我目的。凯昔欧是个适当的人儿；
且等我来想想看：拿到他的位置；

且要用双料的毒辣手段,显见我
意志的光荣伟大;怎么样,怎么样?
咱来捉摸一下看:过了些时候,
谗妄奥赛罗的耳朵,说他跟他老婆
太亲昵:他一表人才和模样温存
容易启疑窦;生就了叫女人失身。
这家伙,这天性开诚豁达的摩尔人,
看来好像是老实人他以为真诚实,
跟驴子一般能给穿了鼻子
轻轻地牵着走。
有了;想出苗头了:地狱与黑夜
准把这骇怪的新生带到天光下。 [下。

第一幕 注释

① 凯昔欧(Cassio)在我们这剧本里分明是个没有妻房的人,说他有个漂亮老婆无论如何与剧情不符。在 Furness 的新集注本里,有从 Theobald 以降到 F. A. Leo 的四十余家笺注,小字密排五页之多,但这个谜始终没有弄清楚。Furness 所作结论谓,最后只能响应 Johnson 的说法,认为这是莎作原印本上目前无法澄清的一些讹误和隐晦的片段之一。在莎氏本剧故事的蓝本——他所借用的十六世纪意大利小说家、诗人、剧作家与大学教授 Giovanbattista Giraldi Cinthio 的《百篇故事集》(*Hecatommithi*,1565 年出版于 Monteregale, Sicily)里,第三十七篇小说内的部队队长凯昔欧,则是有一个未提名字的妻子的。

② 本剧初版对开本(1623)原文作"Tongued Consuls"。译文所据的初版四开本(1622)原文作"toged consuls",Dyce 校改为'togèd consuls",意即穿着大袍(toga)的知政事或议政官们(身份总是元老)。这里加上了"蛾冠"一辞,根据的是 Steevens 在另一注解里(见 Furness 新集注本 33 页)所引 Fuseli 语:"在威尼斯,直到现在,高冠(bonnet)与大袍(toga)仍然是贵族荣誉的标志。"

③ 按这里与后面的"consuls",跟后面的"senator"或"senators",字面虽然不同,实际上是通用的。综合 Theobald, Steevens, Malone, Furness 四家注,严格讲来,总揽邦国大政的公爵、伯爵当称"consuls"(根据 Geoffrey of Monmouth 与 Matthew Paris 的说法),襄赞军政要务的元老如孛拉朋丘之流当称"senators",前者较后者总要高出一头;可是,在泛指的时候,后者也可以叫做"consuls",而前者则不能称之为"senators",虽然对于至尊无上的大统治者而言,甚至国王也可以被称为"Senators"(Marlowe: *Tamburlaine*,1590,第一部,一幕二景)。译成汉文,在"谏大夫"(秦、汉武帝)、"谏议大夫"(东汉、隋、唐、宋)、"知政事"与"参知政事"(唐、宋、金、元,相当于副宰相)、"参议"(元、明、清、民国)、"咨议参军"或"咨议或"咨议官"(南北朝以降、清末、民国)等各种名称中,译者觉得"知政事"最合式因为名高而位重,其他则不是在职责

上偏于一方面，便是位卑职小，或无足轻重"知政事"或许加上"大夫"的称号，更显得相称。

④ 据 A. Schmidt 之《莎士比亚辞典》(*Shakespeare-Lexicon*)《补遗》所引 Cowden-Clarke 与 Gollancz 说，这是古时一本簿记学论著的书名，这里用作取笑凯昔欧的绰号。Dyce 在他的《莎士比亚语汇》(*Shakespeare Glossary*)里引用一本一五四三年出版的会计学论著书名页上冗长的题名，其中有"借方和贷方"等语。

⑤ 这里和其他好些地方，字面上虽为"上天"，本意却是指上帝，不过因宗教虔敬关系故讳言之。译文虽无所避忌，但口口声声"上帝"，有如牧师讲道一般，也不好听，故译为"上天"、"皇天"、"老天"、"上苍"、"青天在上"等等。

⑥ Barbary，非洲北部古广大地区之统称，从埃及迤西直到大西洋边。参阅四幕二景二三〇余行处"毛列台尼亚"注。

⑦ Lawrence Mason：这里涉及到奥赛罗的身份是一个所谓"命运军人"，而不是个威尼斯城邦的本地人。威尼斯当时的法律规定邦国的军队统帅应当是个政治上没有资格的外邦人，那样就没有政治野心可能分他的心，使他不严格执行他军事上的职责，以及危碍到邦国的安全。

⑧ "Sagittary"，大概是以黄道十二宫里的第九宫"人马宫"或"射手座"的标志"Sagittarius"(拉丁文：射箭手)为招牌的一家客舍或宾馆，而不是武库营一所海、陆军指挥官的官邸(如 Knight 所说)。虽然德国莎氏学者 Theodor Elze 考据出来，在奥赛罗当时的十四家威尼斯客舍里并无"Sagittary"这牌号(《莎士比亚年鉴》，1879)，但正如他所说的，这大概是莎氏所臆造的名称。中世纪浪漫传奇里所说的这只古希腊神话里的半人半马的神兽(centaur)名叫 Chiron，目光如炬，佩一壶箭，持一张弓，碰到它如触电闪，无不立毙。"骁"为良马，又训勇捷雄健，故这里译"Sagittary"为人马骁。古代中外旅邸大都兼理驿务，故称之为"馆驿"。

⑨ Janus，罗马神话中守天门的神道，司门户(私人门户和城门)以及天下百物之始(岁月、生命等)。他的造像有两个面孔，一前一后，有时有四个头。在罗马他的神庙里，在战时庙门洞开，平时则关闭着；他是邦国的保护神。

⑩ 名伶蒲士(Edwin Thomas Booth，1833—1893)在他的《奥赛罗提示录》(*Prompt-Book of Othello*，1878)里说，凯昔欧口说"不懂"，但应当表演给观众看他是懂得的。同样，下面的"跟谁？"也该是假装不知道而佯问的。这是因为后面三幕三景七十五行处，玳思狄莫娜在跟奥赛罗的对话里，明明说凯昔欧曾多次陪同奥赛罗去看她，帮着他向她献殷勤云云。

⑪ Booth：应当奥赛罗这一伙——凯昔欧、伊耶戈与其他人等——正在拔剑的时候，奥赛罗这句话就制止了他们。孛拉朋丘的随从们应当拔着剑刃上场来。奥赛罗应当对他很尊敬，被他的辱骂所激怒时只显示出一阵暂时的怒意。

⑫ 我国古代以"君公"称呼诸侯。

⑬ 原文"Luccicos"，Capell 认为不像意大利人的姓氏，改为"Lucchese"。Knight 论证得好，说公爵问起的多半是塞浦路斯岛的一个希腊籍士兵，他熟悉当地情形，所以公爵问起他。

⑭ 飞蛾表示徒然而无力的飞扑，不见光天化日，只在室内灯火旁咫尺间有所活动，琐屑可怜得不足道。

⑮ 狒狒属猿类，面貌在狗与人之间，体长三尺余，四肢长略相等，疾走如飞，趾能握物，长毛作灰褐色，性凶暴，食人。又名费费、吐喽，亦有枭羊、山精等名。

⑯ 原文“Locusts”，Beisly与Ellacombe都认为是“Carob tree”的果实。这种野生树在南欧的意大利、西班牙、希腊诸邦，北非的埃及、摩洛哥等国，以及近东巴勒斯坦一带都很盛产，荚壳味极甜，多到用来喂猪和别的牲口，人也能吃。大一点的英汉辞书释为“稻子豆”，不知福建、广东有此树否，这名称是否为日本译名。又，原文“Coloquintida”，亦为地中海和北非一带的一种植物，它的果实奇苦，用作猛泻剂。英汉辞书上说是属于葫芦科的一种植物，译音名之为“古鲁圣笃草”。这里若直译为“稻子豆”与“古鲁圣笃草”，对于读者或听者，将是既不甜、也不苦的两只闷葫芦，毫无意义。不得已，只好拣两种家喻户晓老少咸知的植物的果实和根株来代替。

⑰ 见注⑦。

第　二　幕

第　一　景

［塞浦路斯岛一海港城市。近码头处一空场。］
［蒙塔诺与士子二人上。

蒙塔诺　从地角上头你们能望见海上
什么东西？

士子甲　　　　　　什么也没有，白浪
滔天；在天和海洋之间，我不能
瞥见一片帆篷。

蒙塔诺　我觉得风在岸上呼啸得好凶；
从来没有更厉害的狂飚震撼过
我们的雉堞；若是在海上也这般
狂暴，什么橡木的船肋能支撑着
不脱榫头，当高山一座座打下来？
这狂风将带给我们什么消息？

士子乙　土耳其舰队将给刮得东分西散；
因为只要站在喷泡沫的岸旁，
被怒叱[①]的波涛便像在投掷云天；
那巨浪，被狂风所震，簇拥着高耸、
银白的浪花一大片，像在对熊熊
燃烧着的大熊星泼水，仿佛要浇熄
那永定不移的北极星的两名守卫：

我从来不曾在激怒的大海上见过
同样的骚扰。

蒙 塔 诺 若是土耳其舰队
没有入港避风,他们是淹死了;
他们不可能顶得过这阵大风。

[士子丙上。

士 子 丙 有消息,伙伴们!我们的战事结束了。
这阵险恶的风暴揍得土耳其
那么凶,他们的企图就此作罢;
一艘威尼斯开来的大船,见到
他们舰队的大部分经受了一场
惨痛的船破人亡、奇灾大祸。

蒙 塔 诺 怎么!真的吗?

士 子 丙 这船已经进了港,
一条梵洛那快船;玛格尔·凯昔欧,
那勇武的摩尔统帅奥赛罗的副将,
已经上了岸:摩尔人自己在海上,
他受命全权执管塞浦路斯岛。

蒙 塔 诺 我很高兴;这是个出色的总督。

士 子 丙 而就是这个凯昔欧,虽然他说起
土军破灭时心神鼓舞,可是他
祝祷那摩尔人无恙,却神情悲苦;
因为他们是被那幽黯的风狂
雨暴所强拆开。

蒙 塔 诺 祈求上天他安全;
我曾在他手下服过役,这人指挥
真像个十全的军人。让我们到海边去,
喂!去看已经进来的那条船,
也为了替我们勇武的奥赛罗望远,
望到水天一碧分不清处去。

士 子 丙 来吧,让我们前去;因为每分钟
是新来慢到的希望。

［凯昔欧上。

凯　昔　欧　多谢，你们这勇武的岛上勇士们，
这么样高兴这摩尔人。啊，让上天
保护他莫受风雨的危难，因为
我在危险的海面上跟他失散。

蒙　塔　诺　他乘的可是条好船？

凯　昔　欧　那条船打造得坚固，当舵的艄公
都认为、且证明确实本领高强；
所以我对他的希望，不能说是
怅惘得忧烦欲绝，而确信很有救。
［幕后叫声］“一张帆！——一张帆！——一张帆！”

［士子丁上。

凯　昔　欧　什么訇闹声？

士　子　丁　城里走空了；在海滨岸上站得
一排排尽是人，他们叫着，“一张帆！”

凯　昔　欧　我对他的希望把来人幻形为总督。

［鸣炮声可闻］

士　子　丁　他们在鸣炮欢迎；我们的朋友，
至少。

凯　昔　欧　我请您，阁下，去探听实讯，
到来的是谁。

士　子　丁　我去。［下。

蒙　塔　诺　可是，亲爱的副将军，你们的将军
有宝眷没有？

凯　昔　欧　非常幸运：他娶到一位贵千金，
超过了言语的形容和恣肆的称颂；
她胜过宣扬的文笔的妙想奇思，
在未加修饰的天然素质上有分叫
创制者感到疲劳。②

［士子丁上。

怎么样？是谁
进了港？

士 子 丁　　　　有个伊耶戈，将军的旗手。

凯 昔 欧　他一路有莫大的福星临照：暴风雨
本身、狂涛骇浪、呼啸的罡风、
巉屹的礁石、沙积成的滩，——沉埋在
海底，险恶地阻挠着无辜的船舶，——
似乎也感到什么是明艳，放弃了
它们毁灭成性的行动，给安全
通过了这天仙下凡的玳思狄莫娜。

蒙 塔 诺　她是谁？

凯 昔 欧　　　　我这才说起的这一位，我们
大将军的将军，由勇敢的伊耶戈护送来，
她登岸比我们所意料提早了七天。
伟大的乔旿，请你护卫着奥赛罗，
以你那呼气的雄风吹涨着他的篷，
好让他把他那巨舟来祝福这港口，
到玳思狄莫娜臂腕中作深情的心跳，
赋新生的火焰与我们熄灭了的精魂，
带给整个塞浦路斯岛以勇武！

［玳思狄莫娜、伊耶戈、洛窦列谷与爱米丽亚及侍从数人上。

啊！看吧，船上的随和上了岸。
塞岛居民们，请你们给她以敬意。
欢迎你，贤淑的婵娟！上苍降福泽
在你的前边、后边和四面八方，
围绕你周遭！

玳思狄莫娜　　　　多谢您，勇武的凯昔欧。
您能告诉我我郎君有什么消息？

凯 昔 欧　他还没有到；我也不知道什么，
只除了他平安无恙，不久就会来。

玳思狄莫娜　啊！我害怕——你们怎样失了俦？

凯 昔 欧　大海和高天的大混战将我们分散。
可是听啊！一张帆。

[幕后叫声]"一张帆！——一张帆！"

[鸣炮声可闻]

士 子 丁 他们在对城防的堡垒致敬礼：
这也是一个朋友。

凯 昔 欧 去探听消息。 [士子丁下。
亲爱的旗手，欢迎。[对爱米丽亚]欢迎，大嫂：
我来显示我礼数的周全，伊耶戈，
盼不致扰乱你的宁静；这是我的礼貌，
它使我大胆表示这样的敬意。 [吻伊]

伊 耶 戈 阁下，假使她将她的嘴唇给您得
那么多，如同她时常将舌头给与我，
您便是有得够多了。

玳思狄莫娜 唉，她不做声。

伊 耶 戈 说实话，太多了；
我想要睡着的时候，它还在那里：
凭圣母，当着您夫人，我承认，的确，
她也将舌头放一点在她的心里，
想心思的时候就骂人。

爱米丽亚 你没有缘故这样说我。

伊 耶 戈 得了，得了；你们出门去就搽脂
抹粉，人在客厅里是清脆的铃铛③，
进了厨房像野猫，跟人过不去
像圣徒一般严厉，得罪了你们
凶得像魔鬼，管家务都是懒婆娘，
上了床什么都干。

爱米丽亚 呸！胡说，诽谤者。④

伊 耶 戈 不诽谤，是真话，否则我是个邪教徒：
你们起来就玩儿，上床去工作。

爱米丽亚 你不会讲我的好话。

伊 耶 戈 不会，莫让我。

玳思狄莫娜 你若要跟我讲好话，将怎样申言？

伊 耶 戈 啊，温蔼的夫人，休叫我为难，

因为我若不擅长批评，就一无
所能。

玳思狄莫娜　　来吧；试一下。有人去海口了。

伊　耶　戈　是的，夫人。[5]

玳思狄莫娜　我并非在嬉笑作乐，而是要故意
显得相反，来排遣我心中的情感。
来吧，你将怎样跟我讲好话？

伊　耶　戈　我来讲吧；但我的想象，说实话，
从我脑袋里出来，好比是雀胶
离粗布；它带着脑浆一起拉出来：
我的诗思在阵痛，她这样分娩了。
假使她聪明而美丽，智慧同美貌，
一个是使唤的，那一个被差遣呼叫。

玳思狄莫娜　赞得好！假使她黑皮肤而聪明，又怎样？

伊　耶　戈　假使她肤色黝黎，又聪明智慧，
会有个白面郎，跟她的黝黎相配。

玳思狄莫娜　越说越不像样。

爱米丽亚　假使洁白而又愚蠢，又怎样？

伊　耶　戈　从来没有个漂亮的女人是傻瓜，
因为她即使很傻也会生娃娃。

玳思狄莫娜　这些是说来叫傻子们在酒店里发笑的老一套笑料。对于那又丑又傻的女人，你可有什么鄙陋的称赞？

伊　耶　戈　女人如果是又傻又长得丑陋，
倒不像那漂亮、聪明的，施诡计阴谋。

玳思狄莫娜　啊，迟钝的无知！你把最坏的称赞得最好。但是你能怎么样称赞一个真正是可贵的女人呢，她凭她那优点的尊严，确是在向十足的恶意挑战，[6]看它可有什么不利于她的证词讲得出来？

伊　耶　戈　她永远美丽，可是从来不骄傲，
能谈吐自如，但决不论阔谈高，
从不少金银，但绝不夸耀插戴，
不任性所欲，但随时能自由进退：

她受到激怒，虽然报复很方便，
但她让屈枉留下，使懊恼飞迁：
她那聪明智慧决不会那么差，
愿意将鳕鱼头去换鲑鱼尾巴：⑦
她能动脑筋，却决不随便开腔，
见求婚者跟着，可不向背后张望：
她是个娘们，如果有这样的女娘，

玳思狄莫娜　去做什么？

伊　耶　戈　去喂傻子吃奶和记录家务账。

玳思狄莫娜　啊，最蹩脚、没劲头的结尾！不要去跟他学样，爱米丽亚，虽然他是你的丈夫。凯昔欧，您怎么说？他不是出言粗鄙、口齿龌龊的瞎说八道的人吗？

凯　昔　欧　他说得无拘束、没礼貌，夫人；您喜欢他这说法，作为一个文人学士还不如作为一个军人的话来得合式。

伊　耶　戈　［旁白］他握着她的手掌；不错，说得好，咬耳朵说话；用这样一口小网，我要逗凯昔欧这样一只大苍蝇进圈套。是的，对她笑，笑吧；我将叫你掉进你自己那风流潇洒的圈套。您讲得对，是这样的，的确。⑧假使这样的小手艺儿会叫您丧失掉副将军，您最好还是不曾把您那三只指头吻得这样勤的好，可是现在您又在鼓足劲儿把它们来对她殷勤致敬。好得很；吻得好！绝妙的弯腿！是这样，果真。又把手指放上嘴唇了？为您的缘故，但愿它们是打针管子！［号角声可闻］那摩尔人！我听得出他的号角声。

凯　昔　欧　真是这样。

玳思狄莫娜　让我们碰见他，欢迎他。

凯　昔　欧　看啊！他在那里来了。

［奥赛罗与从人数人上。

奥　赛　罗　啊，我娇好的战士！

玳思狄莫娜　　　　　　　　　我亲爱的奥赛罗！

奥　赛　罗　这使我无比惊奇，见你们在此
好不快乐。啊，我发自灵魂

深处的欢快！假使每一次风暴后
会有这样阵平静，让狂风暴雨
尽管去吹打，即令唤醒了死亡
也在所不惜！让辛劳的船只去爬
奥灵伯那样巍峨的海浪的山头，
又突然从天而降，降落得低到
地府阴曹！若是如今便死去，
现在就会成极乐，因为我害怕
我这颗灵魂的欢快已造极登峰，
未知的命运里不会有相似的另一阵
欢愉后继。

玳思狄莫娜 上苍莫叫有枝节，
我们的两情缱绻和幸福无疆
将与日而俱增。

奥赛罗 心愿如此，亲爱的天使们！
我说也说不尽这欢乐；它使我无言；
这是太过的欢乐：而这个，这个， [吻伊]
是我们两心间将有的最大的违和！

伊耶戈 [旁白]啊！你们此刻和合得谐融一致，
但我要把宣发这乐调的弦柱抽松，
正如我言语出口来，诚实无欺。

奥赛罗 去来，让我们去到堡垒里。朋友们，
消息好；我们的战事已结束，土耳其人
已淹死。岛上我们的老乡们怎么样？
亲爱的，你会在塞岛被人人所爱；
他们对我都非常心爱。啊也，
我的亲人，我胡扯乱说，有失
礼貌，而讲我的欢乐，也出言愚妄。
我请你，亲爱的伊耶戈，去到埠头上
将我的箱箧起上岸。你将船主公
领往城防堡垒去；他是个好人，
他那高贵的人品应好好受尊敬。

来吧,玳思狄莫娜,再一次容我说,
我在塞浦路斯见到你多高兴。

［奥赛罗与玳思狄莫娜及侍从等下。

伊　耶　戈　你准定马上去到海口那里跟我碰头。这里来。假使你有勇气,——他们说庸夫俗子发生了恋爱,性情里便会有一股原来所没有的高贵之气,——就听我说。副将军今晚上在主防厅守卫:首先,我得告诉你这个,玳思狄莫娜分明在跟他恋爱。

洛窦列谷　跟他!哪里话来,这不可能。

伊　耶　戈　让你的手指这么掩着你的嘴,让你的心灵儿来受教。你跟我注意,她初初爱这摩尔人时爱得多么猛烈,只为了他跟她吹牛,讲些荒诞不经的谎话;而她会不会永远爱着他呢,为了他对她空口说白话?莫让你那明智的心这样想。她的眼睛一定得有所满足;而她睃着魔鬼可有什么愉快?当肉欲玩弄得感到迟钝时,为重新点燃起它的火焰,为使得腻烦有一股新鲜的淫兴起见,必须要有相貌方面的可喜可爱,年龄、行动和神情优美,在两人之间彼此相谐和协调;这一切这摩尔人是欠缺不够的。如今,因为没有这些必须的舒适、安乐的东西,她会发现她自己的娇柔婀娜是给糟蹋了,会开始感觉到要作呕,会嫌弃和厌恶这摩尔人;她的天性本身就会提醒她,迫使她挑选第二个汉子。现在,先生,这一层认为不错之后,——因为这是最显而易见、最自然不过的说法,谁站在这幸运的如此高的梯级上面呢,只除了凯昔欧?一个十分反复无常⑨的坏蛋,除了装作彬彬有礼跟和蔼可亲之外,一无正气可言,为的是能更巧妙地把他那淫乱的、最秘密的色欲弄到手?哎,没第二个人;哎,没第二个人:一个狡猾的、诈欺的坏蛋,一个投机分子,即使真的机遇从没有到来,他却会推行和伪造有利的时机;一个无恶不作的坏蛋!此外,这坏蛋长得俊俏、后生,在他身上有那愚蠢、幼稚的傻东西们所寻求的一切所需；一个十恶不赦的恶贼！而这女人已经发现了他的好处。⑩

洛窦列谷 我不能相信她会这样；她满都是圣洁的品性。

伊耶戈 圣洁的狗屁！她喝的酒是用葡萄做的；假使她是圣洁的话，她决不会爱上这摩尔人；圣洁的布丁！你不看见她揉弄他的手掌心吗？你没有见到吗？

洛窦列谷 不错，见到的；但那不过表示敬意罢了。

伊耶戈 表示淫意，我用这只手赌咒！为淫乱和坏念头的史剧演一折楔子，一场暧昧不明的序幕。他们两副嘴唇挨得那么近，两个人的呼吸可说是彼此搂抱起来了。下流的念头，洛窦列谷！当这些亲昵的行动这般开道领路以后，紧接着是那主要的行动，由淫欲来收场。呸！但是，先生，听从我的话：我从威尼斯将你带了来。你今晚上守夜；那命令，我会叫它落在你身上：凯昔欧不认识你。我离开你不会很远：你找个机会激怒凯昔欧，或是说话说得太响，或是蔑视他的纪律；再不然采取你高兴用的其他方法，瞧当时更有利地提供给你而定。

洛窦列谷 好的。

伊耶戈 先生，他给激怒之后性情火烈，非常横暴，也许会打你：惹起他来，要他发作；因为那样一来，我将轰动塞浦路斯守军兵变，然后，要把事态安抚下来，不使有什么不满，便非将凯昔欧革职不可。这样，你准会经过一个较近便的过程满足你的欲望，由我来设法促成你达到目的；而那个障碍便得以极为有利地去除掉，不那么做我们的成功是没有指望的。

洛窦列谷 我一定依你说的去做，如果我能找到什么机会。

伊耶戈 我保证你。待一会跟我在城防堡垒里碰头：我需得把他的行李搬上岸。回头见。

洛窦列谷 再会。 ［下。

伊 耶 戈 凯昔欧爱上了她,我很相信;
她爱上了他,自然而非常可信:
这摩尔人,虽然我对他深恶痛绝,
却有着忠诚、和蔼、高尚的性情;
我敢信他对玳思狄莫娜将是个
最亲爱的丈夫。却说,我也爱好她;
不完全为淫欲,——虽然我也许
犯上了同样重大的一桩罪辜,——
但部分是要满足我的报仇雪恨心,
因为我怀疑这精力充沛的摩尔人
骑上了我的马鞍;这一个想法
好比是毒药,咬我的心肝脏腑;
而没有东西能够、或将会满足
我灵魂,直等到我同他交一个平手,
妻子对妻子;或者,若是不成功,
我至少要叫这摩尔人妒忌得那么凶,
使冷静的判断也无法医治那创伤。
为了这件事,倘若我从威尼斯
带来的这滥贱的废料听受我指挥,——
我经常盯住他[11],催他迎上前去猎取,——
我们这位玛格尔·凯昔欧的髋骨
我会要狠狠地把它压住;我要在
摩尔人面前用最好的办法[12]诋毁他,——
因为我恐怕凯昔欧也戴过我的睡帽,——
叫这摩尔人感谢我、心爱我、酬报我,
为了我恶极无赖地使他变成了
一只蠢驴,且又施展出计谋
破坏他的安心和宁静,逼得他疯狂。
这事件到现在为止还迷糊不清:
奸恶未实践,真面目决不会分明。 [下。

第　二　景

［一街道］

［奥赛罗之传令官上，手执布告。民众后随。

传令官　我们高贵勇武的将军奥赛罗，得到了某些刚到的、关于土耳其舰队全军覆灭的消息，高兴居民们每一个人都兴高采烈去庆贺这际会，有的去跳舞，有的燃祝火，各人随自己意思去娱乐和庆喜；因为除了这些有利的新闻之外，这也是他新婚的祝典。将军喜欢这么样，应当公告。堡垒里所有的厨房、酒窖、伙食间、总管房等⑬都将开放，从此刻五点钟到钟鸣十一下，有充分欢快的许可。上天赐福于塞浦路斯岛和我们高贵的将军奥赛罗！

［俱下。

第　三　景

［堡垒内一厅事］⑭

［奥赛罗、玳思狄莫娜、凯昔欧与随从人等上。

奥赛罗　亲爱的玛格尔，⑮你留神今夜夜班：
让我们教自己顾体面适可而止，
休玩过了分寸。

凯昔欧　伊耶戈有指示怎样去处置；可是，
虽然如此，我准会亲自去注意。

奥赛罗　伊耶戈这人极诚实。玛格尔，晚安；
容我明天一清早和你再谈吧。
［向玳思狄莫娜］来，亲爱的小妹，事情已成功，
后果自会跟着来；那好处将会到
你我之间来。晚安。［与玳思狄莫娜及从人等同下。

［伊耶戈上。

凯昔欧　欢迎，伊耶戈，我们得去上夜班。

伊 耶 戈 这一晌不去，副将军，现在还不到十点钟。我们将军遣走我们得这么早是为了要跟他的玳思狄莫娜去亲昵，可是莫让我们为了这事见怪他；他还没有和她开动手脚哩，而她是堪供天王乔旷去耍乐的。

凯 昔 欧 她是个绝世无双的美婵娟。

伊 耶 戈 而且，我保证她身上功夫来得。

凯 昔 欧 果真，她是个极年轻可爱的人儿。

伊 耶 戈 她那眼波儿多俏！我看来它逗得人欲火上升。

凯 昔 欧 那目光是动人的；可是我看来却羞答答十分端庄贞静。

伊 耶 戈 而她说起话来，不是在响亮地叫人[16]爱上她吗？

凯 昔 欧 她的确十全十美。

伊 耶 戈 很好，祝他们在床上快乐！来，副将军，我有一觚[17]酒在此，而这里有一双塞浦路斯的公子哥儿在外边，他们乐意来喝一点酒为黑将军祝贺。

凯 昔 欧 今夜不喝了，亲爱的伊耶戈：我喝了酒脑筋不行，要出乱子：我老大愿意人们要是殷勤好礼的话，尽可设法想出些什么别的习俗来欢娱。

伊 耶 戈 啊！他们是我们的朋友；只喝一杯：我替您喝吧。

凯 昔 欧 我今夜只喝了一杯，而且那是大大[18]搀淡了的，可是，你瞧，它在这儿捣出多大的麻烦：我在这缺陷上头是不幸的，再不敢在我的弱点上加重负担了。

伊 耶 戈 什么，仁兄！这是个欢庆的夜宵；贵家公子们要求这个。

凯 昔 欧 他们在哪里？

伊 耶 戈 这里，在门首；请您叫他们进来。

凯 昔 欧 我来叫；可是我不喜欢这么办。 ［下。

伊 耶 戈 假使我只要能再骗他喝上一杯，
加上他今晚上已经喝了的那盅，
他将会争吵不休，满肚子恼怒，
像那年轻主母娘的小花儿一般。
现在病恹恹的蠢货那洛窦列谷，

相思闹得几乎中了邪，今晚上
对玳思狄莫娜祝酒已喝干一大觥；
是他来守夜。有三个塞浦路斯人，
是贵家子弟们，气概得不可一世，
把荣誉擎举得奇高，防卫得老远，[19]
乃是这英武的海岛所荟萃的精华，
今夜我也一盅盅灌得火热，
他们也要来守夜。如今，在这群
醉汉中，我要使凯昔欧行动起来，
激怒这整个岛。他们已经来到。
如其后果只要能证实我的梦，
风也顺，水也顺，我的船驶得畅通。

［凯昔欧、蒙塔诺[20]与士子三人上。仆从数人携酒后随。

凯昔欧 上帝在上，他们已经给了我一满盅。

蒙塔诺 说老实话，一小杯；不到二两，正如我是个军人。

伊耶戈 来点酒，喂！

［唱］“让我把小罐儿来碰，来碰；[21]
让我把小罐儿来碰：
一个兵是个人；
生命啊，短得很；
那么，让个兵把酒来饮。”

来点酒，小崽子们！

凯昔欧 上帝在上，一只出色的歌儿。

伊耶戈 这我是在英国学来的，他们那儿实在唱得厉害；你们那丹麦人，你们那日耳曼人，还有你们那大肚子的荷兰人，——喝酒，喂！——比起你们那英吉利人来就算不得什么了。

凯昔欧 你们那英吉利人喝酒这样能干在行吗？

伊耶戈 哎也，他毫不费力替你把你们那丹麦人赌喝得烂醉如泥；他汗也不出把你们那日耳曼人就摔倒了；他第二觥还没斟已经叫你们那荷兰人呕吐了。

凯昔欧 祝我们的将军健康！

蒙　塔　诺　我赞成这个，副将军；我跟您对干一杯。

伊　耶　戈　啊，亲爱的英伦！

［唱］史梯芬是个出色的好君王，
　　他那条裤子只花他五先令；
　他嫌多花了半先令太冤枉，
　　因此上他叫那裁缝阿木林。
　他声名响得哪个不知道，
　　你这个小子地位低，又加穷：
　骄傲能掀翻一个大王朝，
　　所以你还是去披件旧斗篷。

来点酒，喂！

凯　昔　欧　哎也，这一只歌比那一只还要妙。

伊　耶　戈　您还要听吗？

凯　昔　欧　不了；因为我认为他做那样的事儿对于他的身份不相称。很好，上帝在一切之上；有些灵魂一定得给拯救，有些灵魂一定得不给拯救。

伊　耶　戈　一点不错，亲爱的副将军。

凯　昔　欧　为我自己起见，——对于将军并无触犯，对于别的高品位人物也没有，——我希望能得拯救。

伊　耶　戈　我也这么希望，副将军。

凯　昔　欧　是的；但是，你允许的话，不在我之前；副将军要在旗手之前得到拯救。让我们莫再谈这个吧；让我们干事情去。上帝饶恕我们的罪过！列位，让我们注意到我们的公务。列位，莫以为我醉了：这是我的旗手；这是我的右手，这是我的左手。我此刻没有醉；我能站得够好的，说话也说得够好的。

众　　　人　非常好。

凯　昔　欧　哎也，那么，很好；那么，你们切莫以为我喝醉了。

［下。

蒙　塔　诺　禁卫坛上去，列位；来吧，让我们去警卫。

伊　耶　戈　您见到这个先我们而去的人儿；
他是个军人，配得上在恺撒身旁

站着任指挥；可是，只瞧他的差失；
对于他的品德，这正好如日夜平分，
一般长短各相当；对他说，真可惜。
我生怕奥赛罗对他所寄的信任，
在他精神阘弱的偶然间付与他，
将震惊这个岛。

蒙 塔 诺　　　　　　但是他时常这样吗？

伊 耶 戈　这总是他临睡之前的开场楔子：
他准会望着自鸣钟短针走两圈，
如果没有酒来为他摇摇篮。

蒙 塔 诺　　　　　　　　　将军
若经人提醒这件事，倒是件好事。
也许他没见到；或是他那好性情
重视凯昔欧所显示的美德，而没有
看到他那些坏处。这话对不对？

［洛窦列谷上。

伊 耶 戈　［旁白，对他］有什么事情，洛窦列谷？
我请你，跟着副将军；跟着他去。

［洛窦列谷下。

蒙 塔 诺　这真是十分可惜，那高贵的摩尔人
竟将他自己副手的位置冒险
交给这样个阘弱毛病根深
柢固的人；把这话告诉摩尔人
将会是可敬的行为。

伊 耶 戈　　　　　　我不说，即令是
为了这美好的岛屿：我很爱凯昔欧；
要尽力医好他这毛病。但是听啊！
什么响声？　　　　［幕后呼声："救命！救命！"］

［凯昔欧追赶洛窦列谷上。

凯 昔 欧　你这混混，你这坏蛋！

蒙 塔 诺　　　　　　什么事，
副将军？

凯 昔 欧　　　　一个流氓教训我尽职！

　　　　我把这流氓揍成个藤柳框的瓶。

洛窦列谷　揍我！

凯 昔 欧　　　还乱说，混混？　　　　[打洛窦列谷]

蒙 塔 诺　　　　[拦阻凯]亲爱的副将军，

　　　　莫那样；我请您，阁下，住手。

凯 昔 欧　　　　　　　　　让开，

　　　　阁下，不然我要来砸你的脑袋。

蒙 塔 诺　算了，算了；你酒喝醉了。

凯 昔 欧　　　　　　　　喝醉了！

伊 耶 戈　[旁白，向洛窦列谷]去吧，我说！出去，去叫嚷兵变。

[洛窦列谷下。

　　　　莫那样，亲爱的副将军！上帝的愿望，

　　　　大人们！救人，喂哟！副将军！大人！

　　　　蒙塔诺！大人！救人，诸位袍泽们！

　　　　这里真是好一个警卫的夜班！

[钟声鸣响]

　　　　是谁敲响了这钟声？魔鬼，喂哟！

　　　　全城要起来了：上帝的愿望！副将军，

　　　　住手！您将会永远蒙上耻辱。

[奥赛罗与从人等上。

奥 赛 罗　这里有什么事情？

蒙 塔 诺　他奶奶！我还在流着血；我伤重得将死。

奥 赛 罗　停住，为你们的生命！

伊 耶 戈　停住，喂哟，副将军！大人！蒙塔诺！

　　　　大人们！你们忘怀了一切身份、

　　　　职务的感觉吗？停住！将军有话

　　　　要对你们说；停住，你们好意思！

奥 赛 罗　嗳哟，干什么，喂！怎样开的头？

　　　　我们可成了土耳其人，对我们自己

　　　　干出了上天不叫土耳其人做的事？

　　　　若知道什么是基督徒的羞耻，就丢开

这野蛮的争闹；谁再动一动去纵任
他自己的暴怒，就把他的灵魂当儿戏；
谁动谁就死。停止那可怕的钟声！
它惊动全岛，使它不得有安宁。
为了什么事，诸君？诚实的伊耶戈，
你看来伤心得要死，你说，谁开始
这般轰闹的？我命令你，凭你的爱顾。

伊　耶　戈　我不知道；只刚才，还没一会儿，
都是好好的朋友；友好相处得
像新郎新妇一般，在宽衣上床；
于是，只刚才，——像什么星宿夺去了
人们的理智，——彼此利剑出鞘来，
你刺我戳，对准着胸膛，来一场
血淋淋的格斗。这番无谓的争吵
怎么样开始，我说不上来；但愿
我在光荣的战阵中失去这两条腿，
因为是它们带我来看到这光景！

奥　赛　罗　怎么会，玛格尔，你这般忘怀了自己？

凯　昔　欧　我请您原谅；我说不上来。

奥　赛　罗　高贵的蒙塔诺，您平素谦谨有礼；
您年青时日的庄严与沉静，世人
都知晓，在极有明智舆论的众人间
您声名藉藉：什么事招致您这般
玷辱您自己的令誉，把宝贵的声华
抛弃掉，换一个夜间闹街者的徽号？
请给我回答。

蒙　塔　诺　高贵的奥赛罗，我受伤得危险；伊耶戈，
您当班的军官，能把经过告诉您，
我所知道的一切我此刻得俭约，
因为现在我说话颇有点伤痛；
我不知我今夜说错、做错了什么事，
除非对自己爱护有时是非行，

强暴来袭时自卫是一桩罪愆。

奥　赛　罗　如今，青天在上，我的火性开始在
主宰我较安全的指引者，而我的激情
乌黑了我最好的判断，试着要领路。
我只需动一下，或只要举起这胳膊，
你们之中最强的将受罚而丧命。
给我知道这可耻的轰闹是怎样
开的头，是谁先起哄；谁若经证实
犯了这过误，即令跟我是同胞
一母所双生，他也将丧失我。什么！
在一个有战事的城中，还动荡不定，
人民的心里满都是惶恐，来安排
私人间内部的争吵，而且在夜晚，
在保安的主防厅，警卫的岗哨之上！
真骇人听闻。伊耶戈，是谁开的头？

蒙　塔　诺　假使为偏爱所羁縻，或者因职位
关连而友好，你说过了实事或不及，
你就算不得是军人。

伊　耶　戈　　　　　　　　　莫触及我痛处；
我但愿这舌头从我口中剜出来，
也不肯叫它损及玛格尔·凯昔欧；
可是，我认为说真话并不损害他。
事情是这样，将军。蒙塔诺和我
正在说话，有个人叫喊着呼救，
凯昔欧跟随着，用剑断然邀击他。
将军，这位大人跨几步挨近凯昔欧，
请求他停住，而加以考虑；我自己
当即追赶那叫喊者，怕他的喧嚷，
张扬开去，会使这城厢受惊恐；
那个人，步子快，一溜烟失去了踪影，
而我打回头，更因为听到了剑刃
玎玎砍击声，凯昔欧则高声赌咒，

那在今夜以前我从未见到过。[22]
当我回来时，——这其间经过极短暂，——
我看见他们逼近在一起，相砍相刺，
正如同您自己分开他们时一个样。
比这还多的经过我报告不上来；
但人还是人；最好的有时也忘怀；
虽然凯昔欧对他稍有所不当，
正如盛怒者打那些愿他们好的人，
但我信，必然凯昔欧自那个逃跑者
受到了惊人的侮辱，忍耐所不能容。

奥 赛 罗 我知道，伊耶戈，你的诚实和友爱
减轻了这件事，放松了凯昔欧责任。
凯昔欧，我爱你；但决勿再当我的副将。
［玳思狄莫娜与随从人等上。
瞧吧，我可爱的小妹可不给闹醒了！
［向凯昔欧］我要使你做鉴戒的榜样。

玳思狄莫娜 什么事？

奥 赛 罗 现在一切都好了，亲爱的；去睡吧。
大人，您的伤，我自己将为您包扎。
扶他走。［蒙塔诺被扶走］
伊耶戈，小心看顾着坊厢，安抚
这恶劣的轰闹所惊动起来的百姓。
来吧，玳思狄莫娜；过军人的生涯，
温馨的睡眠难免被争吵所破坏。
［与玳思狄莫娜及随从人等同下。

伊 耶 戈 什么，您受伤了吗，副将军？

凯 昔 欧 是的；什么外科手术都医不好。

伊 耶 戈 圣处女，上天莫叫那样！

凯 昔 欧 名誉，名誉，名誉！啊唷！我的名誉丧失掉了。我丧失了我自己神灵的部分，而留下来的是兽性的。我的名誉，伊耶戈，我的名誉！

伊 耶 戈 正如我是个诚实人，我以为您受到了身体上的创伤；

那个要比名誉更加受不了痛苦。名誉是个无聊而且最奸诈不可靠的骗子;得来并不靠功勋道德,失掉它时则不应当遭受到责罚:您并未损失掉什么名誉,除非您把自己当作这样一个损失者。什么,老兄！还有办法使将军对您回心转意;您只是刚才在他恼怒中被免了职,那责罚是出于处置公务的明智,并非他对您有什么恶意;正好比一个人会打他自己那条无辜的狗,去吓唬一头威胁他的狮子似的。只要央求他,他又会跟您和好如初。

凯昔欧　我宁愿央求被他所鄙弃,却不愿欺骗这样好一位首长,让他再起用这样个无足轻重、爱酗酒、不检点的部属。醉了！鹦鹉学舌,瞎说一阵子！吵架,吹牛,赌咒,跟自己的影儿高谈阔论些废话！啊,你这看不见的酒精灵！假如你没有可以给称呼的名号,就让我们叫你魔鬼！

伊耶戈　您挥着剑跟在他背后追赶的,那是个什么样人?他对您做了什么事?

凯昔欧　我不知道。

伊耶戈　这可能吗?

凯昔欧　我记得一大堆事,但是都不大清楚;记得吵了一回架,但不知为什么。啊,上帝！人们会把一个敌人放在自己嘴里,去偷走他们的头脑;我们居然会用欢快、作乐、庆祝和赞颂去把我们自己变成畜生。

伊耶戈　哎,可是您此刻是够正常的了;您怎么会这般清醒的?

凯昔欧　那酒醉魔君高兴让位给恼怒暴君;一个缺陷指给我看另一个缺陷,使我毫不隐讳地鄙薄我自己。

伊耶戈　算了,您是个过于严厉的道学说教者。就这时间,这地点,这地方的情势而言,我诚心愿意这件事没有发生,但既然已经如此,为您自己的利益起见,还是补救为妙。

凯昔欧　我准定请求他还给我这个位置;他准定会告诉我

我是个醉鬼！假使我的嘴巴同九头妖怪[23]一般多，他这句话会把它们全堵住。此刻是个有头脑的人，等一下变成个傻瓜，再不久变成头畜生！啊，怪事！每一杯过量的酒是被诅咒过的，里边的成分是一个魔鬼。

伊　耶　戈　算了，算了；好酒是个家常的宠儿，有益于人，如果是好好地饮用；别再叫骂它了。而且，亲爱的副将军，我想您认为我是爱护您的。

凯　昔　欧　我已经好好体验到这个，足下。我醉了！

伊　耶　戈　您或是不论哪一个活着的人在某个时候可能会喝醉，老兄。我告诉您您该怎么办。我们将军的娇妻如今是将军：关于这一层我可以这么说，因为他专心而且竭诚于沉思、目注与供奉她的窈窕与美慧：您去对她尽情地忏悔；对她恳求；她会设法将您安置在原来的位置上。她赋性如此柔和，如此温蔼，如此慈祥，如此圣洁，她会以为不把您恳求她的做过了头，便是她美德里一个罪过。央求她将您和她丈夫之间断了的关节缚扎起来；我把我的好运跟任何值得一提的赌注相抵，你们感情上的破裂将长得比以前更加坚固。

凯　昔　欧　你替我设想得周到。

伊　耶　戈　我断言，这是出于恳切或友情以及诚实的善意。

凯　昔　欧　我诚心考虑一下；明晨一早我要恳请贤德的玳思狄莫娜替我设法。我将对我自己的命运绝望，若是它在这件事上抑制我使不得成功。

伊　耶　戈　您说得对。晚安，副将军；我一定得去警卫了。

凯　昔　欧　晚安，诚实的伊耶戈！

伊　耶　戈　我这番献计既天真无邪，又老实
诚恳，想来合情而合理，果真是
重新取宠于摩尔人的行径，那么，
说我行为如恶棍的任何人，他自己
将成为怎样的人？在正当的恳求上

要劝说有好意的玳思狄莫娜首肯，
那是非常容易的；她生来就宽怀
大度，如阳光天风雨露。然后，
由她去劝服摩尔人，即令要他
去否认曾受洗入教，——那我们罪孽
得救赎的一切证明和象征，——他灵魂
是这般束缚在对她的情爱上，她能
叫它长，叫它短，要它怎样就怎样，
正如她的心血来潮能任意奴役
他薄弱的心神运用。那么，献计于
凯昔欧，同他的意向相契合，为他好，
我怎么会成个奸人？地狱的神学！
魔鬼们在投射出罪孽之前，一定得
先用圣洁的假象来勾引，正如我
现在一个样；因为这诚实的傻瓜
殷求玳思狄莫娜恢复他时运、
而她为着他极力对摩尔人恳请时，
我将把这害毒注入他耳朵里头去，
说她要将他复职，为肉体的淫欲；
那么，她越是出力想对他行好，
她将越使摩尔人对她丧好感。
我便将这般叫她的美德变漆黑，
用她的好处做成一口网，把他们
一网打尽。

［洛窦列谷上。

做什么，洛窦列谷？

洛窦列谷　我跟着在这儿打猎，不像头真是在狩猎的猎狗，倒像头咙咙吠着、专为凑热闹而来的叫狗。我的钱差不多用光了；我今晚上棍子已吃得够了；我想结果将是，我付出如许麻烦，将得到这么多经验；而于是，囊空如洗，但长了点智慧，我要重新回到威尼斯去。

伊　耶　戈　那些没有忍耐的人儿多可怜！

什么创伤会痊愈,除非逐渐好?
你知道我们做事用机巧,不使用
魔法,而机巧要靠迁延的时间。
事情不进展得很好吗?凯昔欧打了你,
而你,因那点小伤,黜掉他的职。
虽然别的东西在阳光里长得好,
但是先开花的果子总会先成熟:
暂时把心情放宽敞。凭弥撒,早晨了;
愉快与行动使时间显得短。休息去;
去到你给分配的宿舍里。去吧,我说;
今后你将知道更多的后事:
别耽着,去你的。　　　　　　[洛窦列谷下。
　　　　　　　两件事需得要去做,
我老婆一定得替凯昔欧向她
主妇去说情;我准要激得她去;
同时,我自己要将摩尔人引开,
要领他正在那时节眼见凯昔欧
在求他老婆;对呀,那正是方法:
莫让冷漠与迁延迟钝我的计划。　　　　　[下。

第二幕　注释

① 从 Knight 与 Furness 的诠解。对开本(1623 年)原文"chidden"要比四开本(1622 年)的"chiding"有力得多,相差不可以道里计;译为"被怒叱",我信意合而音近。Dyce 与 Schmidt 训为"作大声"与"訇闹",Furness 举了好些例子评证为不切。

② 原文这一行半,特别是后半行,了解上发生困难。最后三字初版四开本作"beare all excellency",嫌平庸乏味,不足取。初版对开本作"tire the Ingeniver":"tire"解作"使疲劳",见于译文中,但好几位莎氏学者解作"attire"(穿衣服),与上行的"vesture"(衣服,译文从隐喻为"qualities"的意义上着眼活译为"素质")联系了起来,有一位则解作幞头、帻巾、头巾、冠冕;"Ingeniver"问题多,Knight 校改为"ingener",许多专家以及一些现代通行版本都从他,意思大致差不多,可解作文学艺术方面的创制者,即诗人或(与)画家,虽然这字早先也曾用来指制作火炮或攻城机的技师。Furness 与别的一些注家都认为,这两行是莎氏剧作中可能永远引起怀疑与争论的一些片段之一。

③ 原文只是"Bells"(铃铛),无形容词,译文从 Schmidt 的说法。也有解作"聒耳的铃铛"的。Steevens 引一五八九年出版的 R. Puttenham 的《英国诗歌的艺术》(*Arte of*

English Poesie)道:"我们归结一个女人适当的本领为四点,那就是在厨房里是个泼妇,在礼拜堂里是个圣徒,在饭厅里是个天使,在床上是只猴子。"

④ 初版对开本上这一行系玳思狄莫娜所说;初版四开本上没有它。Jennens:也许这句话应为爱米丽亚所说;伊耶戈的下一句话似乎需要这样。Collier:在特冯郡公爵(Dnke of Devonshire)所有的一本初版四开本本剧上有一当时的手写笔迹,把这句话归于爱米丽亚。

⑤ Booth:凯昔欧应当作这个回答,他在等待着他们的到来,伊耶戈则刚同玳思狄莫娜登岸。

⑥ 原文为"向十足的恶意的证词挑战?"后面"看它可有什么……讲得出来"是译者为了引文明了易解起见而增加的。意思是:一个真正十全十美的女人向对她包藏着无限恶意的人挑战,他可有什么不利于她的坏话讲得出来,作为证词?

⑦ White:就是说,放弃一件平凡东西的最好的部分,而换得一件漂亮东西的最坏的部分。Purnell:他那说的被鄙薄的鲑鱼尾巴是指奥赛罗,她挑上了他而看不中威尼斯的被爱宠的髫须的富家子弟。

⑧ Delius:这是在[自言自语]回答凯昔欧前面的话。

⑨ 原文"voluble",Staunton 训为"不是应对如流,如这个字现在所含义的那样,而是解作'多变'、'反复无常'"。Schmidt 则解作"应对如流"。

⑩ 这种种都是他提高到原则上的理论。

⑪ 初版对开本原文为"trace",四开本作"crush",这差异引起了好些校改和诠释。译文从对开本,据 Halliwell 与 Furness 的注解。这一行伊耶戈把他对凯昔欧的阴谋暗害比喻作打猎,下面两行又把它比喻作角牴。"狠狠地"为译者所增,译文行文势头似有此需要。

⑫ 据对开本原文"right garb",从 Furness 解。四开本作"rank garb",许多近代印本都从它,Steevens 解作"行为下流",Malone 训为"行为淫乱"。

⑬ 原文"offices",Halliwell 训为显贵府邸里拨归上等仆从们使用的房间。Sehmidt 解作供侍奉大家巨室、作特殊任务的总管房。Onions 释为大宅院里专作家务用途的部分,特别是庖厨。L. Mason(耶鲁本《奥赛罗》,1925)则注作堡垒里的贮藏室、厨房。

⑭ L. Mason:在伊丽莎白时代的戏台上,这里没有新剧景的需要,而在各版对开本与四开本上也并不标明有这一剧景。Theobald 首先在传令官下场后给予了剧情动作一个新的场所,Capell 则首先加上了"第三景"这个标题。

⑮ Cowden-Clarke:这寥寥数语,看来好像关系不甚重大,却有重要的戏剧作用。它们对于奥赛罗随后对凯昔欧被陷于不仅忽视维护秩序的职责、而且自己去破坏秩序的非行的那阵发怒,增加了效果;这几句话叫人注意到奥赛罗寄信任与信托给凯昔欧作为他特别选定的军官,以及他喜欢他作为一个有私谊的朋友,称呼他用他的受洗名"玛格尔",那称呼,当他最后一次庄严地向他的责任感申诉"怎么会,玛格尔,你这样忘怀了自己?"以后,他从不再用。

⑯ 四开本原文"alarme",对开本"alarum",Schmidt 训为召唤武装起来、危险来临时之报警,或战斗前之召唤,Onions 解作召唤武装起来(隐喻叫人爱她),自以后者为当。或者如 L. Mason 所注,简单解作召唤或叫人更妥。

⑰ 原文"stope",即"stoup"或"stoop",酒器,Onions 谓盛两夸尔(quarts),合半加仑。觚,我国古酒器,盛二升,稍小些。

⑱ 原文"craftily"一般都从 Johnson 解作"偷偷"或"私下",但 Furness 训为"大大"。凯昔欧对伊耶戈坦然承认这件事,当不会"偷偷"去搀水在酒里;何况那样做跟凯昔欧的性格不相符。应当是他在第一杯里公开搀上了水,而酒性发作后他在跟塞浦路斯子弟们喝的第二杯里就忘记了搀水。Furness 这说法很合理,但"Craftily"能否解作"大大"还是个问题。

⑲ 原文"That hold their Honours in a wary distance",绝妙。Rolfe 解释为"对于他们的荣誉很敏感,或者对于可疑的侮辱极易恼怒"。作为解释,这是可以的,但若以之代替本文或用作翻译,便是点金成铁。

⑳ 使奥赛罗的前任总督跟他的下级闹酒,Steevens 与 Booth 都认为不适当。Booth 使蒙塔诺从另一方向上场来,来得较晚,正好见到凯昔欧跟跄下场。

㉑ 这只歌大概是莎氏当时小客店里流行的一支轮唱小曲。下面一只歌是流行于英伦与苏格兰边界上的一支老民歌。

㉒ 初版对开本原文作"say",一些现代版本都从它。四开本作"see",我觉得少转一个弯,较直截了当要好些。又,"might"不当作现代英语里的假设法(subjunctive)解,而应作为直说法(indicative),即等于"could"解——从 Schmidt,他所举例子有十几个之多。

㉓ Hydra,古希腊神话里一只在希腊半岛南部配罗朴尼斯(the Peloponnese)东境、亚谷利斯(Argolis)地区娄那(Lerna)湖一带沼泽里横行为害的九头怪物。人类的恩人海拉克利斯(Heracles)的十二桩辛劳之一便是去杀死这妖怪。他砍掉了它的一个头后,它马上长出二个来。经他的朋友意屋莱厄斯(Iolaus)的帮忙,在他斩掉了妖怪的一个头后,马上用一块烧红的铁盖在断头处,那恶兽终于被杀死。

第　三　幕

第　一　景[1]

［堡垒前］

［凯昔欧与乐人数人上。

凯　昔　欧　诸位乐师，在这里演奏吧，[2]我自会
酬谢你们的辛劳；奏一支短曲；
然后说，“早安，将军。”

［彼等进行演奏，小丑上。

小　　　丑　哎，乐师们，你们的乐器可是从那坡利来的[3]吗，
它们的鼻音这么重？

乐　人　甲　怎么，先生，怎么？

小　　　丑　我请问，这些可是吹奏乐器吗？

乐　人　甲　不错，凭圣处女，它们是的，先生。

小　　　丑　啊！那上头挂一条尾巴。

乐　人　甲　什么上头挂一条尾巴，先生？

小　　　丑　凭圣处女，先生，我所知道的好些支吹奏乐器上挂得有。但是，乐师们，这里有点喜封给你们；将军那么样爱听你们的乐曲，他愿意你们，为爱他起见，莫再闹响了吧。

乐　人　甲　很好，先生，我们不吹奏就是了。

小　　　丑　假如你们有什么听不见的音乐，再来一点倒不要紧；可是，他们说，将军不大高兴听音乐。

乐　人　甲　我们没有那样的音乐,先生。

小　　　丑　那就把你们的喇叭装进荷包里去吧,因为我要走了。去;往空气里消失掉;走吧!

[众乐人下。

凯　昔　欧　你听到吗,我的诚实的朋友?

小　　　丑　不,我没有听到您的诚实朋友;我听到您在说话。

凯　昔　欧　请不妨继续辩驳打趣下去。这儿有一小块赏金给你。假使那个侍候将军娘娘的陪娘已经起身了的话,告诉她有个名叫凯昔欧的请她借光讲一句话:你可能这么办吗?

小　　　丑　她起身了,先生:假如她起到这儿来,我会要好像是告诉她的。

凯　昔　欧　告诉她,我的好朋友。　[小丑下。

[伊耶戈上。

碰得巧,伊耶戈。

伊　耶　戈　您没有去睡觉吗,那么?

凯　昔　欧　哎,没有;我们分手前天已经
发亮。我冒昧,伊耶戈,叫人传口信
给你的太太;我请求她替我设法
引见贤淑的玳思狄莫娜。

伊　耶　戈　　　　　　　　　　我马上
叫她来见您;我想法使那摩尔人
不在跟前,使你们谈话和做事
较自由。

凯　昔　欧　　　　　我对你十分感谢。[伊耶戈下]我从未
见过个茀洛伦斯人更好心、更诚实。④

[爱米丽亚上。

爱米丽亚　早安,亲爱的副将军;我为您遭不快
惋惜;可是,一切会重新好转。
将军同他的夫人正在谈这件事,
她极力替您讲话:摩尔人回说,
您刺伤的那人在塞浦路斯名声大,

关系好，以合理的明智来计较，他不能
不对您拒绝；但是他矢言他爱您，
除了他自己的爱赏，不需要任何人
来恳请他抓住最可靠的机会再用您。

凯　昔　欧　可是我请您，若是您以为可以，
或是可以办的话，让我有方便
跟玳思狄莫娜独自简略谈几句。

爱米丽亚　请您进来：我来领您到那里去，
您能有时间去倾吐胸怀。

凯　昔　欧　　　　　　　　　我非常感激。

［同下。

第　二　景

［堡垒内之一室］

［奥赛罗、伊耶戈与侍从等上。

奥　赛　罗　把这封书柬，伊耶戈，交给舵工，
托他替我向知政事公署致敬；
那事办完时，我将在炮台上散步；
去那里找我。

伊　耶　戈　　　　是的，主公，当遵命。

奥　赛　罗　这炮台，诸位，我们可能去看看？

侍　从　等　我们准要陪侍您钧座。　［同下。

第　三　景

［堡垒内之花园］

［玳思狄莫娜、凯昔欧与爱米丽亚上。

玳思狄莫娜　你可以相信，善良的凯昔欧，我准会
尽力帮你的忙。

爱米丽亚　　　　　亲爱的娘娘，
请务必：我保证，我丈夫也为此伤心，

仿佛这事情就是他的一般。

玳思狄莫娜 啊！那是个诚实人。别怀疑，凯昔欧，
我准使我官人跟您友好如初。

凯　昔　欧 大度的夫人，不论我玛格尔·凯昔欧
将成为怎样的人，他决非别的，
总是您真诚的仆人。

玳思狄莫娜 我知道；多谢您。
您爱我的官人；您认识了他已长久；
您可以确信，他将不再会对您
萧疏冷淡，只除了暂时保一阵
拘谨的距离。

凯　昔　欧 不错，但是，夫人，
那为政的机巧也许会拉得那么久，
或则因未得喂养而滋长无从，
或者那么多事故会发生，经一延
再延，而同时我又不在他跟前，
且位置已为人所占，那时节将军
将会忘怀我对他的爱戴和忠勤。

玳思狄莫娜 莫疑虑会那样；在爱米丽亚面前，
我保证[5]你的职位。你可以相信，
我如果郑重允承了友善相调处，
我定将履行到最后的字句；我官人
将不得安休；我将练鹞子一般
使他定性，[6]讲得他没有个安宁；
他的床将像个学堂，他的餐桌
像个忏悔所；他所做的任何事情里
我将混合你的请求。所以，凯昔欧，
心情愉快吧；你的代言人宁死
也不会将你的利益放弃。

［奥赛罗与伊耶戈在远处上。

爱米丽亚 娘娘，将爷来了。

凯　昔　欧 夫人，我要告辞了。

玳思狄莫娜　哎,待着,听我说。

凯　昔　欧　夫人,此刻不了;我很不舒服,
不便替自己说话。

玳思狄莫娜　那么,您觉得怎样合式随便吧。　［凯昔欧下。

伊　耶　戈　嘻!我不高兴那个。

奥　赛　罗　你说什么?

伊　耶　戈　没有事,主公:或许——我不知道什么。

奥　赛　罗　莫非凯昔欧从我妻那里离开?

伊　耶　戈　凯昔欧,主公?当然不会,我不能
设想他会看见您到来而偷偷
溜走,像犯了罪似的。

奥　赛　罗　我相信是他。

玳思狄莫娜　怎么说,官人?
我在此跟你的一个恳请人在说话,
他为你的不快而在烦恼。

奥　赛　罗　你意下指谁?

玳思狄莫娜　哎,你副将凯昔欧。亲爱的官人,
我若有什么好处或能力来打动
于你,请接受他这下子来求情请罪;
因为他如果不是真心爱戴你,——
那疏误是出于无知,并非故意,——
那我就识不得一个诚实的面孔。
请叫他回来吧。

奥　赛　罗　他刚从这里走吗?

玳思狄莫娜　不错,果真是;这么样低首下心,
他将一部分苦恼留下来给我,
和他一同受罪。亲爱的哥哥,
叫他回来吧。

奥　赛　罗　现在不,亲爱的小妹;
等别的时候。

玳思狄莫娜　但准定最近吗?

奥　赛　罗　不会久,

亲爱的，为了你。

玳思狄莫娜　　好不好今夜晚饭时？

奥　赛　罗　不，不在今夜。

玳思狄莫娜　　那就在明天午饭时？

奥　赛　罗　我将不在家吃午饭；要跟联长们
在城防堡垒里碰头。

玳思狄莫娜　　那么，就定在
明天晚上；或者在礼拜二早上；
礼拜二中午，或晚上；礼拜三早上：
请你定时间，但是别超过三天：
他的确悔悟前非；但他那错失，
按常理来说，——除非照他们的说法，
战争一定得把最好的人作鉴戒，——
几乎不是个该受私下里责备、
更莫说公开撤职的过误。让他
什么时候来？告诉我，奥赛罗：我心里
在奇怪，什么事你要我去做，我会
拒绝，或这么犹豫不决。什么！
玛格尔·凯昔欧，他跟着你来，帮同
来求婚，好多次，当我谈起你来
责怪时，替你作辩解；叫他来见你，
得这么麻烦！信任我，我能做好多——

奥　赛　罗　请你莫说了；他什么时候要来，
就让他来吧；我准定不会拒绝你。

玳思狄莫娜　哎也，这不该是一个恩赐；应当
如同我恳求你戴上手套，或是吃
营养的菜肴，或是把衣裳穿暖，
或者央求你做一件对你自己
特别有利的事情那样子；不光
这么说，当我有一桩恳求，为了它
我果真存心要试验你对我的爱时，
它应当富于分量与困难的重要性，

而且给与时，会引得你牵肠挂肚。

奥　赛　罗　我准定不会拒绝你：后然，要请你
答应我这一点，让我一个人独自
空着一会儿。

玳思狄莫娜　　　　　　我可要拒绝你？不会：
再会，官人。

奥　赛　罗　　　　　　再会，我的玳思狄莫娜：
我马上来跟你在一起。

玳思狄莫娜　　　　　　　　　　爱米丽亚，来。
你喜欢怎样就怎样；不论你怎么样，
我总随顺你。　　　　　　　　[与爱米丽亚同下。

奥　赛　罗　　　　　　绝妙的可怜的人儿！⑦
我若不爱你，让毁灭摧折我的灵魂！
我只要片刻不爱你，浑沌⑧又来了。

伊　耶　戈　尊贵的主公，——

奥　赛　罗　　　　　　　　　　你说什么，伊耶戈？

伊　耶　戈　玛格尔·凯昔欧，当您向夫人求婚时：
他可知道你们之间有爱情吗？

奥　赛　罗　他知道，从头至尾：为什么你要问？

伊　耶　戈　只是为消释我思想里一个疑团；
没有其他的害处。

奥　赛　罗　　　　　　　　　　你想到什么，
伊耶戈？

伊　耶　戈　　　　我想他不会跟她认识。

奥　赛　罗　啊！认识的；在我们之间常来往。

伊　耶　戈　当真！

奥　赛　罗　当真！是的，当真；你在那里头
看到了什么？难道他不荣誉不成？

伊　耶　戈　荣誉，主公！

奥　赛　罗　　　　　　荣誉！是啊，荣誉。

伊　耶　戈　主公，据我所知，——

奥　赛　罗　你怎么想法？

伊耶戈　　想法，主公！

奥赛罗　　想法，

主公！老天在上，他回响我的话，
仿佛他思想里有什么妖怪，太骇人，
不堪暴露。你意思该是指什么事：
我听你才说的，你不喜欢那个，
正当凯昔欧离开我妻子的时候；
你对什么不喜欢？而当我告诉你，
在我求婚的全程中他参与隐秘，
你叫道，"当真！"而且还颦眉蹙额，
仿佛那一忽儿在你的心中隐藏着
什么骇怕人的想法。如果你爱我，
告诉我你那个思想。

伊耶戈　主公，您知道我爱您。

奥赛罗　　我想你是

爱我的；因为我知道你很爱，很诚实，
说话之前权衡过字眼的重轻，
所以这些间断吓得我更厉害；
因为这些东西若出于不可靠、
不忠诚的坏人，乃是寻常的诡计，
但出自正直人，便成了秘密的表示，⑨
发自心中，因不能控制住激情。

伊耶戈　至于玛格尔·凯昔欧，我敢起誓，

我想他是诚实的。

奥赛罗　　我也这么想。

伊耶戈　做人应当表里如一；而那些

不这样的人，我但愿他们莫那样。

奥赛罗　当然，做人应当表里如一。

伊耶戈　哎也，那我想凯昔欧是个诚实人。

奥赛罗　不行，这里头还有别的东西。

我请你对我说话，像对你的思想
一般，怎么样思考便怎么样言宣，

想到最坏处就用最坏的言辞。

伊　耶　戈　亲爱的主公，原谅我；虽然我对于
每一个本份上的行动担负着义务，
但是我对于一切奴隶们都能够
自由的东西可也不承担责任。
显露我的思想？嗳呀，假定说，它们是
恶劣而假的呢；正好比，那样的宫廷
哪里有，肮脏东西永远不闯入？
谁有这样个纯洁的胸怀，其中
绝没有不洁的思想设立公堂，
跟合法的思想一同开庭审判？

奥　赛　罗　你在阴谋反对你的朋友，伊耶戈，
假使明知他遭受到伤害，你却叫
他耳朵对你的思想成陌路。

伊　耶　戈　我请您，
既然我在猜测里也许有错误，——
我承认窥探到人家的过误乃是我
心情里一桩烦恼，而我的疑惧
往往把不是错失形成为错失，——
就让您那片明智且莫理会这样个
判断不周全的人，也莫用他那些
随便、没把握的见解，来为您自己
找麻烦。告诉您我想些什么，对于您
心境的安宁和您的利益没好处，
对我的人格、荣誉和明智也不利。

奥　赛　罗　你什么意思？

伊　耶　戈　不论对男人，对女人，[10]
好名声，亲爱的主公，是他们灵魂
所直觉的瑰宝：谁偷了我的钱袋，
偷了件废物；那是件东西，却等于
没有；它昨儿是我的，今儿是他的，
曾经是千万人的奴才；但是窃取我

好名声的那人，抢了我不能使他
变富有的东西，却使我真成了穷困。

奥赛罗　凭上天，我定要知道你的思想。

伊耶戈　您不能，即令我的心在您手掌中，
更何况那不会，当它还为我所保有。

奥赛罗　嗐！

伊耶戈　　啊哟！主公呀，请小心妒忌；
那是头绿眼珠的妖怪，好比狸奴
玩耗子，它吃人之前总得把苦主
先将信将疑戏耍得恼翻了天；⑪
那偷汉娘子的老公，知道了自己
命运而不爱给他戴绿头巾的害人精，
乃是生活在极乐中；但是，啊哟！
那人儿可熬着多么可恨的恶时分，
他爱极，却心疑；疑心，又心爱得凶！

奥赛罗　啊也，惨痛！

伊耶戈　贫穷而知足，很富有，富有得足够，
但无边的财富对于总是怕自己
会穷困的那人儿便像是寒冬一个样。
亲爱的上苍，保佑我的族众莫受
妒忌的侵凌。

奥赛罗　　为什么？为什么这样？
难道你以为我会以妒忌度生涯，
跟着月亮的盈亏而猜疑不已吗？
不会；怀疑过一次，就会消释掉
犹豫难决。把我当作一只羊，
假使我把我灵魂里的一些事情
变成那么空洞而臃肿的狐疑，
恰好符合你适才所讲的那模样。
说我的妻子长得美，吃得好，爱宾客，
好交谈，歌唱、吹弹、舞蹈得好，
并不会使我生嫉妒；本来有美德，

加上了这些，便是锦上添了花。
我也不会在自己微弱的优点上
生些微恐惧，或怀疑她也许会变心；
因为她生得有眼睛，拣中了我。
不会，伊耶戈，我怀疑之前先得看；
而怀疑的时候，就得要证明；等有了
证明，便再无别的，只有这样子，
爱情，或者妒忌，马上就完毕！

伊　耶　戈　我很高兴；因为我现在有理由
以更加坦率的热忱显示给您看
我对您的爱戴和崇敬；我义不容辞，
所以要请您接受；我此刻且不说
什么证据。瞧您的夫人；仔细
去观察她跟凯昔欧在一起；要这般
运用您的目光，莫嫉妒，也不可懈怠：⑫
我不愿您那开诚豪爽的胸怀
为了它天生的慷慨而平白给糟蹋；
注意着：我很知道我乡邦的习性；
在我们威尼斯，她们开的玩笑
能给上天看，可不敢给丈夫们知道；
她们最好的良心不是不去做，
而是不给知道。

奥　赛　罗　　　　　　　你这样说吗？

伊　耶　戈　她骗了她父亲，跟您结婚：正当她
似乎在发抖，怕见您相貌的时候，
却最爱它。⑬

奥　赛　罗　　　　她是这样。⑭

伊　耶　戈　　　　　　　　　　哎也，那得了；⑮
她这么年轻，能装出这样的外貌，
将她父亲的眼睛缝起来，密不⑯
通风，他以为是魔法——但是我不该：
我恳请您原谅，我对您情意太深。

奥　赛　罗　我永远对你感激。

伊　耶　戈　　　　　　　　　我见到，这番话

　　　　　　使您心慌意乱。

奥　赛　罗　　　　　　　一点不，一点不。⑰

伊　耶　戈　说实话，我怕的确是如此。⑱我希望

　　　　　　您会考虑到我讲的都发自我的爱。

　　　　　　可是，我看您激动了；⑲我还得请您

　　　　　　莫把我的话引伸到显见的结论

　　　　　　外面去，也不要扩大得超过了界限，

　　　　　　而仅止于怀疑为止。

奥　赛　罗　　　　　　　　　我一定不会。

伊　耶　戈　假使您那样做，主公，我这话就会

　　　　　　堕入可恶的结局中，我绝无意向

　　　　　　它那样。凯昔欧是我上好的朋友——

　　　　　　主公，我看您激动了。

奥　赛　罗　　　　　　　　　　没有，不很激动：

　　　　　　我深信玳思狄莫娜玉洁冰清。

伊　耶　戈　但愿她长葆如此！长葆您这样想！

奥　赛　罗　可是，天性怎样会迷误失途，——

伊　耶　戈　果真，问题就在那上头：比如说，

　　　　　　跟您随便谈，同她自己在乡邦、

　　　　　　肤色、门第上相称的许多起提亲，

　　　　　　她都不喜欢，对那些，我们知道，

　　　　　　天性在各方面总该容易接近；

　　　　　　唔！这里边就能见到那病态

　　　　　　极严重的意向，邪恶的不正常，思想

　　　　　　乖戾。⑳可是请原谅；我并不断言

　　　　　　这一定就是她，虽然我也许恐怕，

　　　　　　她那阵欲念，由她的天良作判断，

　　　　　　可能会将您同她的乡邦年少们

　　　　　　相比较，而幸而㉑自感惭愧。

奥　赛　罗　　　　　　　　　　　　再会，

再会：[22]你若是见到更多的事情，
请给我知道；要你的妻子监视着。
离开我，伊耶戈。

伊　耶　戈　　　　　　　　主公，我即此告退。[23]

[拟退去]

奥　赛　罗　我为何要结婚？这诚实的相好，没疑问，
比他所讲的要见到、知道得多得多。

伊　耶　戈　[回步]主公，我但愿我能恳请钧座
莫再多考虑这件事；耐心等着看。
虽然凯昔欧有他的位置很合式，
因为他尽他的职守极能干，可是，
假使您高兴，且暂时莫给他复职，
您将借此看清他以及他的手段[24]：
请注意您夫人是否坚决相劝
或殷切央求您恢复他的职位；
就在那里边很有些可观。同时，
还得请把我当作无事忙，乱忧疑，——
因为我恐怕有充分原因这么想，——
且将她当作天真无辜，请钧座。[25]

奥　赛　罗　莫担心我的行动。[26]

伊　耶　戈　　　　　　　　再一次我告退。[27]　　　[下。

奥　赛　罗　这人诚实得不得了，且精研深究，
懂得人世间行为的一切情性；
如果我证实她野性难驭难驯，
即令她缚腿的皮带是我的心腱，
我也将顺着风势扔她入风中，
叫她去自找命运[28]。也许，为了我
肤色黝黎，没有浮滑子弟们
那种软绵绵的举止言谈，或者，
为了我已经堕入年齿的幽谷中——
但那还不算深——所以她完蛋，我受骗；
而我要消除烦恼，唯有痛恨她。

唉哟，结婚的诅咒！但愿我们
能叫这些可爱的人儿是我们的，
而不属于她们那好恶无常。我宁愿
做一只癞蛤蟆，靠地牢的濛气维生，
也不甘在心爱的人儿胸中局居
一隅，让别人去享用。但这是位重
权高者的苦恼；他们比职小位卑者
更没有保障；这命运无法逃避，
正好比死亡：我们一有了生命，
就命定要遭受绿头巾之劫。
　　　　　　　　瞧吧！
她在那里来了[29]。她如果不真心，啊！
那上苍在嘲弄它自己[30]。我绝对不信。[31]
　　　　　　　　[玳思狄莫娜与爱米丽亚上。

玳思狄莫娜　做什么？亲爱的奥赛罗？你的午餐，
以及你邀请岛上的贵宾们在等你。

奥　赛　罗　要怪我不是。

玳思狄莫娜　　　　为什么你说话这般
没精打采？可是身子不爽快？

奥　赛　罗　我前额这里边在痛。

玳思狄莫娜　果真，那是为缺了睡；这就会不疼：
让我来绑紧着，不消一小时就会好。

奥　赛　罗　你的手绢太小了：
[将手帕拉去；帕堕地。]
　　　　　　让它去。来吧，
我跟你一块儿进去。

玳思狄莫娜　　　　　你觉得不舒服，
我很难受。　　　[奥赛罗与玳思狄莫娜同下。

爱 米 丽 亚　　　　我找到这帕子，很高兴；
这是摩尔人赠她的第一件纪念品；
我那任性的丈夫要我偷走它
总不下上百次，可是她这么爱这件

信物,因为他恳请她永远留存着,
所以她经常保持在身边,吻着它,
对它尽说话。我要把花样[32]描出来,
交给伊耶戈:
他将把它怎么样,上天才知道,
我不知;不管它,我只满足他的怪想。

[伊耶戈上。

伊 耶 戈 什么事?你独自在此做什么?
爱米丽亚 休跟我吵嘴;我有件东西给你。
伊 耶 戈 有东西给我?是件平常东西——
爱米丽亚 吓!
伊 耶 戈 有了个傻老婆。
爱米丽亚 噢!只是那样吗?你给我什么,
交换我那块手帕?
伊 耶 戈 什么手帕?
爱米丽亚 什么手帕!
哎也,摩尔人早先给玳思狄莫娜的:
你曾经屡次三番叫我偷的那一方。
伊 耶 戈 你从她那儿偷来了吗?
爱米丽亚 没有,老实说;她大意掉在地下,
机会凑巧,我在这里捡到了。
你瞧,这就是。
伊 耶 戈 亲妹子;把它给了我。[33]
爱米丽亚 你要把它怎么样,这般急切
要我把它偷?
伊 耶 戈 哎也,[抢到手][34]那关你什么事?
爱米丽亚 若是不为了太重要的正事,还给我;
可怜的娘娘!她发现失掉会急坏。
伊 耶 戈 别承认知道它;我对它自有用处。
去吧,离开我。 [爱米丽亚下。
这手帕我要丢在凯昔欧寓所里,
让他找到它;轻得像空气的琐屑事,

对于嫉妒者是坚定不移的佐证，
赛如圣经里的论据；这也许有用处。
摩尔人中了我的毒，已经在改变：
危险的想法，就它们的性质来说，
是毒药，它们起初并不难上口，
但只须稍稍在血里起了点作用，
便会燃烧得像硫磺矿坑。我说过
这么样：瞧吧！他在那里来了！

［奥赛罗上㉟。

罂粟花已不能，曼陀罗也不能，世间
一切催眠的糖浆也不能，使你
再有昨天的安睡。

奥 赛 罗　　嗐嗐！跟我
不真诚？

伊 耶 戈　　哎也，什么事，将军？别那样。

奥 赛 罗　去你的！走开！你将我架上了拷问台；
我起誓，对我大大过不去也胜如
只给知道一点儿。

伊 耶 戈　　你有什么事，主公？

奥 赛 罗　我以前有什么她偷偷淫滥的知觉？
我不见，不想，那事情不伤我的心；
第二夜我睡得很好，没心事，很快乐；
在她嘴唇上我不见凯昔欧亲的吻；
被盗者不曾缺少他失窃的东西，
不叫他知道，他就不曾被盗窃。

伊 耶 戈　听你说，我感到惋惜。

奥 赛 罗　我本来很愉快，即令是全军上下㊱，
工兵们也在内，都尝到她可爱的肉体，
只要我不知道。嗳哟！但如今，永远
告别了，那安静的心情；告别了，那满足！
告别了，那羽冠的军兵队伍，使壮志
雄心变美德的那大战！嗳哟，告别了！

告别了,那嗚嘶的雄骏,那高亢的号角,
那激发勇武的战鼓,那刺耳的军笛,
那庄严的旗纛,那英名赫赫的战阵
所奄有的一切雄奇[37]、鼎盛、辉煌
与威武![37]还有你们,啊,大炮们,
你们那粗豪的喉咙,模仿着天王
乔庐那可怕的阗阗雷震,告别了!
奥赛罗的事业就此完结!

伊 耶 戈 这可能吗,主公?

奥 赛 罗 坏蛋,你肯定得证明我心爱的人儿[38]
是一个婊子,你肯定;给我看眼证;
否则,凭我这不死的精魂的英气,
你不如生来就是条狗子,可休想
受得了我愤发的暴怒。

伊 耶 戈 到了这地步吗?

奥 赛 罗 让我眼看到这件事;或者,至少,
证明它,还得使证据不模棱,没漏洞,
无可怀疑;否则,大祸来要你的命!

伊 耶 戈 尊贵的主公,——

奥 赛 罗 你如果诽谤了她,又煎熬了我,
便永远莫再去祷告;千万休要想
懊悔;在恐怖的顶巅上堆上了恐怖;
干了使上天哭泣,使人间诧骇的勾当;
因为你加给我永远打入地狱
不超生的苦难,不可能比那么干更其凶。

伊 耶 戈 嗳哟,主恩!啊也,上天饶恕我!
您可是个人?您可有灵魂或理性?
上帝保佑您;收回我的位置。唉也,
可悲的呆子!你生来把你的诚实
变成了一桩罪孽。咳唧,这世界
好不骇人!记着,记着,啊唷,
你们大家!诚恳老实了,不安全。

多谢您给我这教训，从今往后，
我不再爱朋友，既然爱了会招致
恼怒。

奥　赛　罗　　　不对，住口；你应当诚实。

伊　耶　戈　我应当聪明，因为诚实是呆子，
它一心为友情，倒反把友情丢失。

奥　赛　罗　凭这个世界，我想我妻子贞洁，
又想她不贞洁；我想你正直可靠，
又想你不那么。我得要有点证据。
我的[39]这清名，以前跟贞月的清辉
一般皎洁，如今玷污了，已发黑，
如同我自己的脸色。只要有绳子
或短刀，有毒药、火焰或窒息的水流，
我决不能容忍。我但愿弄一个明白！

伊　耶　戈　我见到，钧座，您情绪激动得厉害。
我后悔我把这事情告诉了您。
您愿意弄一个明白？

奥　赛　罗　　　　　　　愿意！不是，
我准要。

伊　耶　戈　　　也可以；但怎样？怎样弄明白，
主公？您要站在一旁，呆呆地
张着嘴，眼瞪瞪瞧她给爬在身上？

奥　赛　罗　该死，叫打入阿鼻地狱！恶！[40]

伊　耶　戈　要使他们干出那样儿，我想
真是件难事；那么，咒他们入地狱，
只要是人的眼睛瞧见了他们
搂抱在一起！那时节，什么？怎么样？
我要说什么？那里去弄得明白？
您要亲眼看到这件事不可能，
即令他们滥淫得像春天的山羊，
火热得像猴子，浪得像性发的狼，
而且还傻得像醉酒的白痴；可是，

我说,假使有一个有坚强的情况
证据的说法,——那会直接引您到
真实的门上,——能使您把这事弄明白,
那您就能够有它。

奥 赛 罗 给我个真切
不虚的理由[41],为什么她对我不贞。

伊 耶 戈 我不爱这差使;
但是我既已这般深入这事件中,
被愚鲁的诚实与敬爱所刺激前进,
我便得继续进行。我跟凯昔欧
近来同寝榻;为因牙齿痛得凶,
我不能入睡。
这世间有一种相好,心神松懈,
会在睡梦里喃喃谈他们的心事;
凯昔欧就是这类人。
我听他说梦话,"亲爱的玳思狄莫娜,
让我们小心,遮盖住我们的情爱!"
然后,钧上,他抓住我的手使劲挤,[42]
叫道,"啊也,心爱的人儿!"拼命吻,
好像他在把吻儿连根拔起来,
而它们是生在我嘴唇上;还又把腿子
压在我大腿上,叹息着,亲着嘴;又叫道,
"该诅咒的命运,把你给了那摩尔人!"

奥 赛 罗 啊唷,骇人听闻!骇人听闻!

伊 耶 戈 不然,这只是他的梦。

奥 赛 罗 但这却显示
早先曾有过这样的经过:这是个
不好的猜疑,虽然它只是一个梦。

伊 耶 戈 这又能帮着加重其他的证据,
没有它,它们证明得不够充分。

奥 赛 罗 我准要把她撕得粉碎。[43]

伊 耶 戈 不要,

还得聪明些;我们还未见实事;
她也许还贞洁。只要告诉我这件事:
您可是未曾见到过有一块手帕,
刺绣着草莓,在您的夫人手中?

奥　赛　罗　那是我给她的;是我的第一件礼物。

伊　耶　戈　我不知那件事;但这样一块手帕——
我相信那是您夫人的——我今天见到
凯昔欧在抹须髯。

奥　赛　罗　　　　　　如果是那个,——

伊　耶　戈　如果是那个,或是她别的什么,
那就跟旁的证据总对于她不利。

奥　赛　罗　啊!但愿那奴才有四万条命;
一条太渺小,太轻微,不够我报复。
如今我见到这件事千真万确。
瞧这里,伊耶戈;我把我全部的痴爱
吹上天:它完了。
恶毒的报复,从深凹的地狱里上升吧!
唉也,爱情呀!放弃掉你那顶冠冕
与我心中的宝座,退让给无情的仇恨。
膨胀吧,胸怀,同你的内蕴一起胀,
因为那是毒蛇舌头上的剧毒!

伊　耶　戈　莫伤心。

奥　赛　罗　　　唔!血,血,血!

伊　耶　戈　镇静,我说;您心情也许会变动。

奥　赛　罗　永远不会,伊耶戈。好比邦的海[44],
它那股寒流与迫进的水程从来
不回流,总是直注进泼罗邦的海[44]
与赫勒斯邦海峡,[44]同样,我满衔
血仇的思想,跨着强劲的步子,
将永不返顾,永不向柔和的情爱
退潮,要直到宽阔广大的报复
把它们吞噬掉。　　　　　　［跪下］[45]

凭那大理石的云天，[46]
现在，对神圣的誓言尽应有的诚敬，
我在此保证我的言辞。

伊　耶　戈　且莫起身。　[下跪]
请你们作证，永远燃烧着的日月
星辰！还有你们，围抱在我们
周遭的大气！证明伊耶戈在此
奉献他的智慧、力量、心神的运用，
为受害的奥赛罗效劳！让他发命令，
服从他将是庄严的责任[47]，即令要
流血也不去顾及。　[他们起立]

奥　赛　罗　我欢迎你的爱，
不用空虚的申谢，而是以友情
满腔来嘉纳，而且立刻要求你
去做这件事：就在这三天之内
让我听你说凯昔欧已不在人世。[48]

伊　耶　戈　我朋友是死了；那是应您的要求；
但让她活着。

奥　赛　罗　叫她进地狱，淫妇！
啊，叫她进地狱！[49]来吧，单跟我
一起去；我要去替我自己张罗个
叫这漂亮的恶魔快死的法子。
你如今是我的副将了。

伊　耶　戈　我永远是您的忠仆。　[同下。

第　四　景

[堡垒前]

[玳思狄莫娜、爱米丽亚与小丑[50]上。

玳思狄莫娜　你知道吗，小子，副将军凯昔欧呆在哪里？

小　　丑　我不敢说他呆[51]在哪里。

玳思狄莫娜　为什么，人儿？

小　　丑　他是个军人；说一个军人是个呆子，那是出口伤他。

玳思狄莫娜　得了；他住在哪里？

小　　丑　告诉你他住在哪里是告诉你我呆在哪里。

玳思狄莫娜　还跟你纠缠得清楚吗？

小　　丑　我不知道他住在哪里，若是我想出一个去处来，而说他呆在这里或他呆在哪里，那是我在撒谎胡说。

玳思狄莫娜　你能将他打听出来，从传闻里得到着落吗？

小　　丑　我要对人家使用问答法；那是说，我去问人家，要人家回答。

玳思狄莫娜　找到他，叫他到这儿来；告诉他我替他劝转了我官人，希望没事了。

小　　丑　做这个是在人的机灵范围以内的，所以我会去试着做。　［小丑下。

玳思狄莫娜　我在哪里丢失这手绢的，爱米丽亚？

爱米丽亚　我不知道，娘娘。[52]

玳思狄莫娜　信我的话，我宁愿失掉那满装着
葡萄牙洋钱[53]的荷包；若不是我官人
心肠真实，不似那拈酸吃醋的，
肚子里卑鄙，这会引起他的坏念头。

爱米丽亚　他不会妒忌吗？

玳思狄莫娜　　　　谁？他？我想
他家乡的太阳照得旺，会从他身上
把这样的体液全都吸走。

爱米丽亚　　　　　　瞧！
他在那里来了。

玳思狄莫娜　　　　凯昔欧给叫来之前，
我将不离他左右。[54]

［奥赛罗上。

你怎样，官人？

奥　赛　罗　很好，亲爱的娘子。［旁白］唉，装假
真是件难事！——你好吗，玳思狄莫娜？

玳思狄莫娜　很好，亲爱的官人[55]。

奥　赛　罗　　　　　　　　把手给我。
你这手是潮的，娘子。
玳思狄莫娜　　　　　　　　它还没感到
岁月，也不知忧愁。[56]
奥　赛　罗　　　　　　　　这显示大度
与心胸放浪；很热，很热，潮的；[57]
你这只手儿需要跟自由隔离，
持饿斋与祷告，充分的清修苦戒，
虔诚的礼拜；因为这是个后生
而流汗的魔鬼，它老是图谋不轨。
这是只好手，开诚坦率。
玳思狄莫娜　　　　　　　　果真，
你能这么说，就是它给了你我的心。
奥　赛　罗　一只宽弘的手；旧时候，心与了
才联手为证，但我们新的纹章学
只顾联了手，心里却未曾相与得。[58]
玳思狄莫娜　这个我说不上来。来吧，你答应的。
奥　赛　罗　答应什么，小鸡儿？
玳思狄莫娜　我差人去叫了凯昔欧来对你打话。
奥　赛　罗　我伤风眼泪鼻涕感到难受。
你把手帕借给我。
玳思狄莫娜　　　　　　　　这里，官人。
奥　赛　罗　我给你的那条。
玳思狄莫娜　　　　　　　　不在我手边。
奥　赛　罗　　　　　　　　不在？
玳思狄莫娜　的确不在，官人。
奥　赛　罗　　　　　　　　那就不好了。
那一条手帕[59]
是个埃及人给我母亲的；她是个
女巫师，几乎能看透人们的思想；
她告她，她保有在手里，那能够使她
显得可爱，完全降服我父亲

爱着她，但她若失掉或送给了人，
我父亲的眼睛将会厌恶她，他心情
将会去追求新的爱。她临死给了我；
叫我当我的命运要我娶妻时，
就把它送给她。我便这么办：你得要
小心，宝爱它，如同你珍爱的眼睛；
遗失或送人将会是这样的灾祸，
没别的可以比拟。

玳思狄莫娜 这难道可能吗？

奥 赛 罗 这是确实的；在它丝缕里有法术；
一个女先知，她在这世上计数过
太阳走了两百圈，她缝制这件活
乃在她预言的狂热中；纺制这绢帕，
那抽丝的蚕儿也是供神用的，为把它
染色，巧手灵师把处女的心儿
特制了药浆液。

玳思狄莫娜 当真！这是真的吗？

奥 赛 罗 千真万确，因此上，你得要当心。

玳思狄莫娜 那但愿上天从未给我见过它！[60]

奥 赛 罗 嗐！为什么？

玳思狄莫娜 你为何说得这般
突然而急迫？

奥 赛 罗 丢掉了？没有了？说呀，
那可是失落了？

玳思狄莫娜 上天保佑我们！

奥 赛 罗 你说？

玳思狄莫娜 不曾失掉：但丢了又怎样？

奥 赛 罗 怎么样！

玳思狄莫娜 我说没有失掉。

奥 赛 罗 拿来，给我看。

玳思狄莫娜 哎也，我能那么办，官人，但现在
我可不。这是耍花样，规避我的恳请：

请让凯昔欧再来跟你相见吧。

奥　赛　罗　把手帕拿来给我；[61]我心里在害怕。

玳思狄莫娜　来吧，来吧；

你决不会碰到一个更能干的人了。

奥　赛　罗　那手帕！

玳思狄莫娜　　　　我请你，跟我谈起凯昔欧。

奥　赛　罗　那手帕！

玳思狄莫娜　　　　一个人经常把他的好运

寄托在你的厚爱上，和你同艰险，——

奥　赛　罗　那手帕！

玳思狄莫娜　　　　实在要怪你不是了。

奥　赛　罗　　　　　　　　　　走开！

［奥赛罗下。

爱米丽亚　这人不妒忌吗？

玳思狄莫娜　我在以前从未见过这样子。

定然，这块手帕是有点蹊跷；

我将它丢失了，心里好生难受。

爱米丽亚　不是一两年能显出一个人怎么样；

他们都只是一只只的胃，而我们

都只是食品；他们吃我们狼吞

虎咽，吃饱了就呕吐。你瞧，凯昔欧

和我的丈夫。

［伊耶戈与凯昔欧上。

伊　耶　戈　没有其他的方法；一定得她去办：

看啊！运气真好：上前去恳求她。

玳思狄莫娜　什么事，亲爱的凯昔欧？你们有什么消息？

凯　昔　欧　夫人，还是我以前的恳求：我求您，

经由您贤德的转圜，我可以重新

生活着，做他爱宠下的一员，那爱宠，

我全心全意地尊崇；我不愿再迟延。

倘使我的罪愆有那么不可救药，

以致我过去的劳役，如今的悔恨，

将来的一心去求得功绩，都不能
为我赎罪，重复获得他的垂青，
只要知道是这样也对我有益；
那我就可以勉强去自行满足，
限制自己另外走其他的道路，
去营求命运舍慈悲。

玳思狄莫娜 唉也，十分
善良的凯昔欧！我如今的恳求不对头；
我官人不是我官人；我不会认识他，
假如他外貌改变得同性情那么样。
让每个神圣的天使帮我忙，我已经
竭尽了我的能力替您说过话，
且为了我替您开怀关说，曾站在
他不快的靶心中。您得暂时耐着些；
我所能做的我会做，且会做更多
我所不敢替自己做的事：我替您
说的话这就够多了。

伊耶戈 主公生气了吧？

爱米丽亚 他刚才离开，确是异样地激动。

伊耶戈 他动怒了吧？我看到那尊大炮，
当它把一排士兵轰入半空中，
好比是魔鬼，把将军自己的弟兄
从他臂腕上轰走；他动怒了吧？
那就有重要事情了；我要去见他；
这里头果真有事情，若是他发怒。

玳思狄莫娜 请你去看他去吧。［伊耶戈下］一定是邦国事，
发自威尼斯，或什么未显露的阴谋，
在这里塞浦路斯呈一点端倪，
混浊了他澄净的心智；在这般情形里，
人们的天性跟次要的情事吵闹，
虽然他们想到的是大事。是这样；
因为只要我们的手指痛，它使得

其他的肢体也能感觉到那阵痛。
不光这,我们该想到人不是天神,
也不应对他们要求适于燕尔
新婚时的相敬。我真该死,爱米丽亚,
我是个不公道的战士[62],我刚才正在
同我的灵魂去传讯他对我的不温存;
但此刻我发现我是串同了伪证,
他却遭到了诬告。

爱米丽亚 求上天,但愿这是邦国事,正如您
所想的,而不是坏念头,或者有关您、
妒忌的妄想。

玳思狄莫娜 可怜见的!我从未给他过原由。

爱米丽亚 但妒忌的灵魂这样去回答它们
可不行,它们从不会为原由而妒忌,
而只是为妒忌而妒忌;这是头妖怪,
它自己生殖,又自己生产。

玳思狄莫娜 求上天,
叫那头妖怪莫进奥赛罗的头脑!

爱米丽亚 娘娘,心愿这样。

玳思狄莫娜 我要去找他。凯昔欧,在此散着步;
我若是发现他心情能接受,我将会
提出您的恳请,竭尽能力作成它。

凯昔欧 我谨谢您,夫人。[玳思狄莫娜与爱米丽亚同下。

[碧盎佳上。

碧盎佳 保佑你,朋友凯昔欧!

凯昔欧 有什么事出门来?
你身体怎样,我的美人儿碧盎佳?
果真,亲爱的心上人,我要到你家去。

碧盎佳 我正要到你住所去看你,凯昔欧。
什么!一星期[63]不来?七天又七夜?
八个二十,又加八小时?意中人
别离的钟点,那要比日晷上八个

二十圈还难受?嗳也,焦心的计算!

凯　昔　欧　原谅我,碧盎佳,我现在心事如铅,
但我将在一个继续不断的时间里
还清这别离的旧欠。亲爱的碧盎佳,
[予以玳思狄莫娜之手帕]
替我把这花样落下来。

碧　盎　佳　　　　　　啊唷,凯昔欧!
打哪儿来的?这是个新好的信物;
如今我感到那别离苦味的原因;
到了这地步吗?很好,很好。

凯　昔　欧　　　　　　　　　得了,
姑娘!把你那讨厌的猜想扔进
魔鬼嘴里去,你捡来原是从他那里。
你此刻在吃醋,以为这是从什么
情妇手中来的,是什么纪念品:不对,
说真话,碧盎佳。

碧　盎　佳　　　　　哎也,这可是谁的?

凯　昔　欧　不知道,心爱的,我在我房间里捡到。
我喜欢这花样;在它给要回去之前,——
那个极可能,——我要把花样落下来;
收着,替我落;暂且离了我去吧。

碧　盎　佳　离开你!为什么?

凯　昔　欧　我在此侍候着将军;我认为他见我
跟一个妇人在一起,既不大体面,
也不合我的意。

碧　盎　佳　　　　为什么,倒要请问你。

凯　昔　欧　不是为了我不爱你。

碧　盎　佳　　　　　　　为了你爱我不。
请你且伴我走一段路儿,跟我说
我能否准今晚见到你。

凯　昔　欧　　　　　　　我只能伴你
走不远,因为我在此等候着;但不久

我会来看你。

碧　益　佳　　　　很好,我得将就这情势。

［同下。

第三幕　注释

① Furness:这一景与下一景在现代舞台上通常是被略去不演的。

② Brand:在新婚第二天早上用乐曲将新郎新妇吹奏醒来,是一个很古老的风俗。Ritson:这里用的管乐器是唢呐(hautboys)。

③ Cowden-Clarke:那坡利人讲他们的方言时,拉着特别长的鼻音,故这样说。

④ Malone:为了这一行,有人怀疑到伊耶戈的国籍。凯昔欧毫无疑问是个茀洛伦斯人,如一幕一景二十一行所显示的那样,那里他分明被如此称谓。伊耶戈是个威尼斯人,在五幕一景九十余行处戳死了洛窦列谷后他说的话里有证明。凯昔欧这里所要说的无非是,"就在我自己的同国人中间,我也从未曾碰到过比这人更诚实、善意的人了。"

⑤ Coleridge:这是玳思狄莫娜出于天真的过度热心。

⑥ 这譬喻自弄鹰术(falconry)内借来。作者当时的城乡居民们颇多驯养一些体型小的鹯、鹞(falcons,hawks)之类的鹰隼,来猎取野鸟、野兔等小动物。原文"watch him tame",意即使鹯、鹞不得睡眠,以驯服它们猛烈的性情。我国鹯为雀鹰,较大的名青肩,更大的为鹞子,都可以驯养来猎捕雀兔。

⑦ Johnson:"wretch"(可怜的人儿)这字的意义是一般人所不大了解的。在英国有些地方,它如今是个最温存怜爱的柔情语辞。它表示极度和蔼,加上一层也许含有柔弱、温顺、孤苦等意义的种种深情至意。奥赛罗考虑到玳思狄莫娜的明艳而贤淑到极致、富于温柔和怯生生的女性特点,而且在处境上完全在他掌握之中,所以叫她"绝妙的可怜的人儿!"这可以这么来阐明:"亲爱的、无邪的、无告的绝顶佳妙"。Collier:这样的亲爱字眼是当那些含有宝爱、叹赏与欢愉意义的字眼显得不够表示时,才用来借以寓意表情的。Hudson:在这里这样的用法,"wretch"(可怜的人儿)这字是英文里表示亲爱的最强有力的用语了。

⑧ Johnson:当我的爱暂时被嫉妒所终止时,我心中便一无所有,只除了轧砾、骚扰、混乱与惶惑。Steevons:还有个解释可能:"当我停止爱你时,世界就完了",就是说,再没有什么东西有价值或重要的了。Franz Horn:奥赛罗这里所提及的是他认识玳思狄莫娜以前他生命中那混乱的一团。

⑨ 从初版四开本之"denotements"(表示、征兆、痕迹)。对开本原文为"dilations"(迟延、停顿),这与三行前的"stops"(中断)似有呼应之势;若从 Warburton 之笺解,应当这样译法:

　　　　便成了冷静地保持住
　　一个秘密,那是从心里发出来,
　　热情所不能控制。

这是说,那"正直人"必须是个体质或性情迟钝的(phlegmatic)人,他能很自然地控制着那个秘密,而热情则不能控制他,所以他没有泄露出来。但这分明与事实相反,伊耶戈在半吞半吐中已"泄露了"不少出来,且正直人也与迟钝的体质之间不无矛盾,而与多血质的(sanguine)体质却是相当一致的。这样解释我总觉得牵强。Johnson将“dilations”校改为“delations”(告发、控告),讲起来倒还讲得通,可是 Steevens 说,他还没有发现过“delation”这字在莎士比亚当时曾被用作罗马人的含义“控告”那用法的。White 则解“delations”为“微妙的、亲密的承认或告密、泄露”。

⑩ Gould 在其所著《悲剧伶人》(*The Tragedian*,1868)一书里讲起英国悲剧名伶蒲士(Booth,Junius Brutus,1796—1852,按为美国名伶 Edwin Thomas B. 之父)饰伊耶戈演到这里时,说他将原文“and woman”(和女人)二字前后都用一个短暂的停顿隔离开来,而且把这两个字以一个变腔的、清楚而低沉的音调发出声来,使那隔离更显得完全,他那么做是在直接对准了奥赛罗的心予以袭击,在那里边种下了他妻子不贞的第一颗疑念的种子。按,对开本原文“男人”之后是有逗号的。

⑪ 原文这几行用一个相当晦涩的隐喻,尤其“mock”这字使许多注家都迷离恍惚,捉摸不定,到了 Hunter 才把阴霾一扫而空。至于为什么妒忌是一头绿眼珠的妖怪,那是因为它喜欢戏耍它的被害人,如同猫儿爱玩弄老鼠一般,而猫眼睛在黑暗里是绿光耀眼的。译文将原意奥隐稍加挥洒,俾能易于了解。

⑫ Alger 在其所作美国悲剧名伶《福莱斯特[Edwin Forrest,1806—1872]传》(1877)里写道:福莱斯特将伊耶戈表演成一个外表上愉快活泼的人物,把他的恶毒与奸险隐藏在一片不经心的诚实与欢乐的高兴里头。他演出了一点在严格意义上的独创,使歧恩(Edmund Kean,1787—1833,英国悲剧名伶)为之大受感动。伊耶戈,当他阴险地挑逗着奥赛罗的猜疑时,对他说着这两行半。说这句话的时候,除了最后两个字,福莱斯特出之以坦白、安舒的语气;但忽然一变,仿佛那潜藏着的邪恶他心知得那么强烈,以致不由自主地冲破了他在表面上装出的善意脚色,违背着他的意志把秘密暴露了出来,于是他讲“nor secure”(也不要安心或懈怠)这两个字时改用一个干哑的声调,从一个高音阶上泻下来,在一个极低音的恐怖上头结束。这股可怕的暗示性对歧恩引起了一阵真正艺术性的和震惊的反应,同时剧院里也全场轰动,如触电闪。他们两个在化装室内相见时,歧恩兴奋地说道,“以上帝的名义,老弟,那是你从哪儿弄来的?”福莱斯特答道,“这是我自己的一点儿东西。”“好的,”他说,当歧恩快乐而笑得身体颤动的时候,“从此每一个人他要演这个脚色的话,在这里就得这么办。”

⑬ Hudson:这是伊耶戈的最奸诈的手法之一。玳思狄莫娜含羞的少女之恋的出自本能的畏缩与震颤,被说成了机巧,显得是进行欺骗的一连串最精练而苦心经营的手段了。他对于人性的深刻知识使得他能揣度出她在奥赛罗面前显得怎么样。

⑭ Fechter(Charles Albert,1824—1879,德国人,名伶,演法文与英文戏剧):奥赛罗立即站住,好像电殛了的一样!他的脸容渐渐转变,他的眼睛睁得敞开,似乎一层网纱除掉了。Booth:用嘶哑的嗓子,以绝望的神态出之。

⑮ Fechter:走到奥赛罗背后,凑近他的耳朵讲话.仿佛更便于灌注他的毒汁似的。Furness 摘引一只歌谣《摩尔人奥赛罗之悲剧》(作于莎氏本剧成功演出之后,大概在1625 年)第十一节的开首几行,证明莎氏同戏班伶人褒贝琪(Richard Burbage,1567? —1619)演出这脚色、说这几句话时正是这样的,莎士比亚曾亲自听到过。

⑯ 原文作“close as oak”,意为紧密得跟橡木一样,不可通,虽有 Steevens 勉强解释为“紧密得跟橡木的纹理一样”。有些校订家疑“oak”为“hawk”(鹞子)之误,因弄鹰术里驯练新的鹯鹞是需要缝住眼睛的。

⑰ Ottley:歧恩(E. Kean)说这几个字时出之以悲痛的哽噎的叫声,中人心肺。

Fechter:画一个十字,靠在低背椅子的背上。Booth:强作不关心的样子,出以战栗的声音。

⑱ Booth:用抚慰的调子。

⑲ Booth:伊耶戈说此时,奥赛罗吞咽掉一声悲叹。

⑳ Booth:奥赛罗怒目相向,拒绝这些。

㉑ 原文"happily",Rowe、Pope等大多数十八世纪版本都校改为"haply so"(也许),近代及现代版本则都恢复了旧观。

㉒ Fechter:将手一挥,要伊耶戈去,但当他走向门口时又阻止他。Booth:不耐烦地;不能再忍受他在跟前了;说"要你的妻子监视着"的时候,显得对于他自己示意里的卑鄙感到很惭愧;说完时倒在椅上。

㉓ Booth:当你消失时,倏忽的、魔鬼似的胜利的微笑,以及手指头骤然抓紧,仿佛在挤榨他的心似的(奥赛罗的脸掩蔽在两手中),在这里颇为适当,但要做得隐蔽,不可大模大样。Fechter:伊耶戈假装要走,但停留在门槛边,从帷幕开口处睃着奥赛罗。

㉔ Johnson:阐释原文"means"谓:您将发现是否他以为他的最好的手段,他的最有力的利益,是在求您的夫人。

㉕ Booth:出以恳求的语气。

㉖ Gould:J. B. Booth[老蒲士]用一个异常独创而绝妙的姿态显示这自我控制的用意——举起的那只手的食指从上面直指着头顶。

㉗ Fechter:他谦谨地引退——以胜利的微笑从背后回头望着。到门首时耸肩表示鄙夷;然后下场。Booth:伊耶戈一切行动都应当迅捷,只除了在这里——不做什么,只以柔和的崇敬的神色慢慢退出:奥赛罗应当以锐利的目光注视着伊耶戈,直等他出去。

㉘ 这几行内的隐喻系自弄鹰术中借来。Johnson:玩鹞子的人总让鹞子迎着风飞;假使它顺风飞去,便很少会回来。所以,若是一只鹞子不拘为什么理由不要了,她就被顺着风势丢入风中,从此她便转变生涯,自找命运。

㉙ Alger在《福莱斯特传》里写道:"福莱斯特讲这段话的开始部分所表现的混合激情的爆发是可怕的。他的声音随即沉入最动人的情调里去,显示出诉怨的悔恨。结束时好像激得他到了厌恶与作呕的顶点,而当他见玳思狄莫娜前来时,他在瞬息间以恐怖的心情凝视着她。这情绪消逝以后,他以前所有的柔情好像又回来了,他当即叫道,'她如果不真心,'云云。"

㉚ Malone:使它自己的辛劳变成白废,形成玳思狄莫娜这样美丽的一个生灵,而任她形容上的高雅被她心地上的肮脏所玷辱,所污损。Steevens:假使她不真心,上天按它自己的形象创造女人便污辱了它自己。为使那形象完美无疵,她应当既有修德,又有美貌。

㉛ Coleridge赞这一行半道:神灵光耀!纯洁无辜与守护吉神的感应使然!Booth:我在这里敲我的前额,仿佛要杀死这恶魔似的思想。玳思狄莫娜与爱米丽亚上场之后,后者最好退避至一旁,因为她的主人与主妇在相见。而且她再次上场来时捡到那条手帕,也比较偷到它来得好。

㉜ 刺绣的花样。

㉝ Booth:急切地攫取。

㉞ 一些现代版本都从Rowe的十八世纪初年本加此导演辞。Booth:"哎也——"时神秘地停顿一下,仿佛要给她一个奇怪的理由似的。随即抢到手,说"那关你什么事?"

㉟ Booth:奥赛罗上场来时唉声叹气。

㊱ Gould:我们可以想象这位温婉的淑媛对她的宾客们无邪的款待激怒了她的丈夫,所以他突然离开了他们,重复回到这里来,跟伊耶戈来倾吐衷肠。

㊲ 原意为"特征、……与情景",在译文里跟"鼎盛、辉煌"并列,效果不好,只得大胆窜改如上。

㊳ Maginn:我们可以看到他还在称她为他的"心爱的人儿",虽然他的怀疑已被激发得如此猛烈。这是她死前他最后一次这样称呼她。在她的罪恶他以为已被证明之后,他不复对她有一个字的爱惜。从此以后,她便是个判决了的罪犯,供他的正义感作牺牲。Lewes:歧恩(Edmund Kean,1787—1833,英国悲剧名伶)体格上的适切,限制他表现仅仅悲剧性的情感;对于这个,他的天赋是异常弘博的。体形素小而不足道,他有时由于狮子似的举止里的力量与优美,却能变得深深动人心魄。我记得最后一次看他演奥赛罗,他在麦克里代(William C. Macready,1793—1873,英国悲剧名伶)之旁显得多么弱小,可是到了第三幕里,那时候,被伊耶戈的嘲弄与讽示所耸动,他用那痛风的蹒跚步子向他前进,揪住了他的喉咙,在那阵有名的爆发"坏蛋! 你肯定得证明"云云里,他显得身躯高大了起来,使麦克里代似乎矮小了。那晚上,当痛风使他难于显露出他所惯常有的优美来,当一阵醉酒的沙哑已经破坏了那曾经是无比的嗓音的时候,那不可抗拒的悲愤,——是雄强的、不是泪眼婆娑的,——在他的音调里震荡着,在他的神情姿态中表现出来,使得场子里有些老人把头倚在臂腕上而抽噎起来。整个说来,人们得承认、那是场有好有坏的演出,……;但它被这样一阵阵的闪光照耀着,我愿意再冒折断肋骨之险为抢得池子里的一个好座的机会,再去看类似这样的演出。Booth:和以前一样,用抑制着的强烈,声音不太响,渐渐加大,等到了"你如果诽谤了她",——那时候奥赛罗的暴怒全力在剧烈的声调里爆发出来,他就抓住了伊耶戈,而伊耶戈则畏缩而惶恐。

㊴ 各版对开本与初版四开本作"My"(我的),二、三版四开本作"Her"(她的),通行的现代版本大多从后者。Knight 认为"我的"远较"她的"为优,因为与奥赛罗的性格完全契合。正是他的强烈的荣誉感,Knight 说,使他妻子的被信为确有其事的非行对于他显得这样可怕。这不是玳思狄莫娜的名声被玷污而变黑了,而是他自己的名声被败坏了。这一个想法,这里第一次显露,充塞着剧本的整个的以后部分;而当我们了解到奥赛罗的心神怎样深中谮毒的时候,我们在心理上已充分准备好完全相信他,当他最后说"因为我所恨非别,只是为荣誉"。Dyce 说后面"mineown face"(我自己的脸色)里"自己"一词即足以证明 Knight 持论之无稽,"她的"是真正的原文而"我的"为印误。但译者觉得不论前面是"我的"或"她的",后面的"自己"一词若仅从严格意义上说,都可有可无,是不甚需要的,其所以有在那里多半是音步与节奏上的关系,虽然附带着也加重了一点"我"字的意义;至于说"我的"与后面的"自己"稍有抵触,倒毋宁说"她的"与"自己"有更大的抵触。因此,我相信"我的清名"为作者的原文,"她的清名"是后人的修改。

㊵ Hazlitt(Hawkins)的《蔼特孟·歧恩传》(1869):歧恩是伟大的,正如我们所期待于他的那样,——惊人地伟大。在第三幕里他让他自己在激情的海洋上回荡,在黑暗里暴风雨中驰骤,像一只被舍弃了的小帆船。他心头的惨怛是火烈的摩尔人的惨怛,不拘谨束缚于一个伶人或一个烦琐学者的胸臆之间,而是猛烈的、难于制御的、危险的。你不知道在他精神的疯狂里下一步他将做什么,——他自己也不知道他应当做什么。歧恩所作的最出神的瞬间举动之一是用他的一只黑手慢慢地围着他的

头抓扼拢来,仿佛他的精神在错乱似的,然后把身体扭转过去,站在呆木的惨怛中,背对着观众,——什么别的演员会这么样忘怀他自己呢?

㊶ 据 Malone 的疏解,"a living reason"是个凭事实与经验,非出于猜度或推测的理由。

㊷ Booth:执着奥赛罗的手,奥赛罗厌恶地将手挣脱。

㊸ Booth:这里你可以让这蛮子发泄一下,——但只一瞬间;当奥赛罗在下面讲话时,他又安静了下来,说得很悲伤。伊耶戈此刻抓着且拉住了他,当他要冲出去"把她撕得粉碎"的时候。

㊹ The Pontic sea,即古 Pontus Euxinus,今名黑海。The Propontic,现名 Sea of Marmora(玛摩拉海)。The Hellespont,现名 the Dardanelles (达达尼尔海峡)。

㊺ Booth:跪下。两手放在头上,手心向上,手指向后。我冲动地作此姿势,最初是在英国,有人说这使人联想起东方。伊耶戈从侧边斜视,当奥赛罗讲下一句话时凝注着他;同时,奥赛罗显得心不旁骛,眼睛向上。以 Rowe 为首的十八世纪学者们最初加此导演辞于他们的版本上,是在一行半以后(在"对神圣的誓言尽应有的诚敬"处);现代版本将它移前至此。

㊻ 原文"marble heaven"(大理石的天)。Furness 论定为以大理石形容天是讲天有大理石的颜色、光彩与纹理,不是比作它的结构或质地。

㊼ 原文"remorse"在这里解释困难,引起了两个多世纪的学者们猜测校改与煞费苦心的疏解。译文从 Onions 的《莎士比亚语汇》。

㊽ Booth:伊耶戈当然是震惊了,当他站起来时稍稍战栗着。"但让她活着,"他说时出之于恳求的声调。

㊾ Booth:在这里逸出一次原文的范围,"叫她进地狱"四次:第一次凶暴,第二次轻一点,第三次软化了,第四次泪流而气塞;瞬刻的停顿——随即恢复而"来吧,单跟我一起去",云云。伊耶戈表现出深忧,直等到"你如今是我的副将了",当即很快地跪下来,吻奥赛罗的手,脸上现胜利的笑容。

㊿ 在现代舞台上,小丑在这里总不出场,玳思狄莫娜同他的这段对话总被删去。Douce:他在全剧中只出现了两次,作者定然是将他作为奥赛罗与玳思狄莫娜的家庭优孟或顽童。

51 原文"lie",玳思狄莫娜的用意是"居住",小丑的用意是"撒谎",他这阵打诨就利用这双关。莎氏同代剧作家都喜欢在这个字上玩这花样,其实没多大意思,不过为提供语言游戏给池子里站着的观众也有其需要。

52 Hudson:有人不以爱米丽亚在这一景里的行动为然,认为跟她后来所显示的精神不相符合。我不能发现有这样的矛盾。缺乏原则与依恋不舍之情是往往像这般显得结合着的。爱米丽亚深爱着她的女主人,但是她对偷窃与说谎没有道德上的反感,从摩尔人的激情上不感觉到会有致命的后果,而且没有灵魂去设想她主母被责为不贞时定将感受到的那惨痛;所以当结果到来时,记起了那过程中她自己的罪恶部分,她应当震惊不安,那样才显得自然。Booth:爱米丽亚说此时稍露窘态。

53 Grey:"cruzadoes"为葡萄牙钱币,值三先令。Fechter:玳思狄莫娜在这里翻检她的针线篮子,寻找她那条手帕。

54 Fechter:当奥赛罗在平坛上出现时,爱米丽亚从右边下场。他目注着她们一会儿;然后走下来,直向她翻乱她针线篮处走去,狐疑地望着那里;他说话时抑制着怒意。Booth:奥赛罗走过了玳思狄莫娜时才对她说话,他随即忽然从冷漠的语调与情态里转入悲伤中。

⑮ Fechter：两手搭在奥赛罗肩上，钩住了，调逗着；奥赛罗将她的手松下来，握着她一只手。

⑯ Booth：她说到“忧愁”时，他焦虑地注视着她的眼睛，然后叹息着说下面一段话。

⑰ Booth：看着它的纹路，像在相手纹似的。

⑱ 原文这里一行半引起了学者们一大堆想入非非的猜测。译文从 Malone 注。“纹章学”是比喻的说法，奥赛罗故意讲得隐晦，使玳思狄莫娜听不懂，实际上是指“我们新时代的结婚”。

⑲ Booth：这手帕的整段描写应当用一阵浓烈的、殷切的神秘气氛叙述。玳思狄莫娜应当听得惊奇而说话像一个惊恐的孩子。

⑳ Mrs. Jameson：玳思狄莫娜的温顺易信、她对于怪异见闻的癖好、她那容易动情的想象，当初便将她的思想与恋爱导向了奥赛罗身上；她正是这样一个女子，听到了这样一个故事会吓得丧魂失魄，且会被她的恐惧陷入一个暂时的搪塞里去。在钦昔欧(Giraldi Cinthio)的意大利文原故事里，这手帕不是像在这剧本里这样被玳思狄莫娜无意间丢失的，而是经伊耶戈利用他的三岁的女儿从她身上偷来的，当她，很爱这孩子，抱着她的时候。那情形显得伊耶戈的恶魔性格格外可怕。Furness 指出有些批评家指责玳思狄莫娜在这里撒了个谎，说应当感谢 Mrs. Jameson 用这“搪塞”一辞：虽然玳思狄莫娜自己说“我在哪里丢失这手帕的？”她并不相信已真正遗失而不可复得；那只是放忘记在什么地方，再找一下就会发现。假使她不是吓倒了，她也许会把这件事告诉奥赛罗(那我们就不会有这悲剧，那倒是个安慰)，但就事论事，我想在她灵魂里她是相信她在讲真话的。

㉑ 从这里到奥赛罗下场，Booth 觉得极难演，不是会演得太久，便是会演得太暴，他自己从未演好过。

㉒ 奥赛罗初到塞浦路斯来第一次和她见面时称呼她为“娇好的战士”(fair warrior)(见二幕一景一百八十余行处)，这里她称呼自己为“unhandsome warrior”，可说用意双关，一方面是说她自己不俊俏娇美，是在谦虚，另方面责备她自己不公道、不宽厚，是在恕宥他对她的粗暴，因“unhandsome”同时含有这两层意义。Johnson 释为“不公平的攻击者”。

㉓ Hudson：这显得似乎凯昔欧被革职以来，至少七天已经过去；也许还多得多，由于那些“似铅的心事”可能被玳思狄莫娜答应从中说项的思想所推迟而晚发生了一些时候，而这阵出于意外的迁延却把它们带来了。

第 四 幕

第 一 景

[堡垒前]

[奥赛罗与伊耶戈上。

伊 耶 戈 您会这样想?

奥 赛 罗 这样想,伊耶戈!

伊 耶 戈 什么!

私下里亲嘴?

奥 赛 罗 一个不同意的接吻。

伊 耶 戈 或光着身子跟她的朋友在床上

一点来钟,不想干什么坏事?

奥 赛 罗 光身在床上,伊耶戈,而不想干坏事!

这是对魔鬼装假作歹:①他们

用意如果是纯洁的,而那么做了,

魔鬼就试探他们的德性,而他们

则试探了上帝。②

伊 耶 戈 他们若不干什么,

那是个可原谅的疏误;但若是我给

我妻子一块手帕,——

奥 赛 罗 那便怎么样?

伊 耶 戈 哎也,那就是她的了,主公;而既然

是她的,她可以,我想,把它给任何人。

奥 赛 罗 她是她荣誉的保护人;她能给掉
那个吗?
伊 耶 戈 她荣誉是个看不见的东西;
他们没有它的人倒时常有着它:
可是说起那手帕,——
奥 赛 罗 凭上天,我但愿
能把它忘掉:——你说过,——嗳呀!我记起
它来了,好像那染了瘟疫的房子
顶上那乌鸦[3],兆头总不祥,——他有了
我那块手帕。
伊 耶 戈 不错,那个怎么说?
奥 赛 罗 那事儿如今可不怎么好。
伊 耶 戈 我若说
我见他干了对您不起的勾当,又怎样?
或是听他说,——外边有这样的坏蛋,
他们凭他们自己那殷切的追求,
或者某个娘们自情愿要颠倒,
一旦把她们弄到手,或满足了欲望,
便有口难噤,熬不住要泄漏,——
奥 赛 罗 他说了
什么东西没有?
伊 耶 戈 他说了,主公;
但可以保证您,他会矢口否认。
奥 赛 罗 他说了什么?
伊 耶 戈 当真,他干了那个——
我不知他干了什么。
奥 赛 罗 什么?什么?
伊 耶 戈 躺在——
奥 赛 罗 和她一起?
伊 耶 戈 她一起,她身上;
您高兴就怎样说吧。
奥 赛 罗[4] 躺在她一起!躺在她身上!我们说,撒她的谎,[5]

当他们捏造她假话的时候。躺在她一起！那叫人作呕。手帕，——自己招供，——手帕！去自己招供，然后为他那辛苦而去给绞死。首先，给绞死，然后去自己招供：我对此要发抖。人的天性不会给这些庞杂的心影充塞着自己而无动于衷。震动我的不是这几个字眼。呸！鼻子，耳朵，嘴唇。⑥这可能吗？——自己招认！—手帕！——啊，魔鬼！

［昏厥倒地］

伊耶戈　发作吧，
我的药，发作！轻信的呆子便这般
给逮住；而好多一本清贞的贤淑
便如此，无辜受谴责。怎么了，喂！
主公！我说呀！奥赛罗，主公！⑦

［凯昔欧上。

你来
做什么，凯昔欧？

凯昔欧　有什么事情？

伊耶戈　我主公昏倒了过去；这是他第二次；
他昨天曾有过一回。

凯昔欧　摩擦他太阳穴。

伊耶戈　不用，免掉，这昏睡得静静地捱过，
否则他口吐白沫，过一会他会
有一阵凶暴的疯癫。瞧！他动了；
你且走开一会儿，他立刻会醒来；
他去后，我有重要的因由跟你谈。［凯昔欧下。
怎样了，将军？脑袋没有摔痛吧？

奥赛罗　你嘲笑我吧？

伊耶戈　嘲笑您！不会，凭上天。
但愿您承受命运像个男子汉！

奥赛罗　一个人戴了绿头巾便是个妖怪，
又是头畜生。

伊耶戈　在人口稠密的城市中，

那就有好多头畜生，好多个温文
尔雅的妖怪。

奥　赛　罗　　他自己供认吗？

伊　耶　戈　　好主公，
要做个汉子；须知每一个须眉
只要成过婚就许会和您同处境；
成百万丈夫每夜躺在那床头，
不光自己睡，滥污不堪，他们却
敢于赌咒那只供他们自己用；
您的处境还算好。唉唧！这真是
捱地狱的烦恼，当魔鬼的主要大笑柄，
在一只安稳无疑的床上跟一个
淫妇亲着嘴，以为她很清贞。不，
要让我知道；知道了我自己的处境，
我知道该把她怎么样。

奥　赛　罗　　啊！你想得
周到；这毫无疑问。

伊　耶　戈　　您站开一会儿；
将您自己关闭在能耐心守候处。
您刚才在此因悲伤——一阵不配您
这般身份的激情——而委顿不胜时，
凯昔欧来到了这里；我设法使他走，
对您的这番昏厥则善加以托辞；
我要他立刻回转头，和我来打话；
他答应这么办。您只须将自己藏起来，
观察他满脸到处的轻蔑、讥嘲
与极度的戏谑；因为我要促使他
重讲这故事，在那里，怎样，多久常，
几久前，以及恁时候他已经、且还将
同您的夫人共衾枕：我说，只看他
那表情已经够。凭圣母，务必要耐心；
否则，我要说您整个儿是激情的冲动，

算不了一个男子汉。

奥 赛 罗 听见吗,伊耶戈?
你将见到我耐心里有异常的机巧;
但也有——你听到没有?——异常的杀机。

伊 耶 戈 那可没有错;但一切进行得要适时。
您退下如何? [奥赛罗退避]
现在我要对凯昔欧
问起碧盎佳,一个靠卖笑来吃饭
穿衣的花姑娘;那东西爱上了凯昔欧;
这真是窑姐儿的苦恼,欺骗了众人,
到头来倒给一个人儿来把她欺。
他只要听得谈起她,止不住呵呵笑。
这里他来了:

[凯昔欧上。

他准会咧开口嬉笑,
奥赛罗准气得发疯;他无知的妒忌
一定把可怜的凯昔欧的笑乐、姿态、
轻狂的举动,都缠错。您好,副将军?

凯 昔 欧 你给我这称呼更加糟,就为了没有它
才要我的老命。

伊 耶 戈 好好求玳思狄莫娜,
你准会得到手。[声音放低]如今,若是这件事
碧盎佳力所能及,你多快就成功!

凯 昔 欧 唉哟!可怜的阿奴!

奥 赛 罗 瞧!他已经在笑了!⑧

伊 耶 戈 我从未听说过女人这么爱男人过。

凯 昔 欧 唉哟!可怜的小蹄子,我想她真爱我。

奥 赛 罗 现在他微微地否认,笑一下遮盖过去。

伊 耶 戈 你听说过吗,凯昔欧?

奥 赛 罗 现在他要他
再把它讲一遍:得了;说得好,说得好。

伊 耶 戈 她对人声言,你准会跟她结婚;

你有意那样吗?

凯　昔　欧　哈,哈,哈!

奥　赛　罗　你得胜欢呼吧,罗马人?[9]你得胜欢呼吧?

凯　昔　欧　我跟她结婚!什么?一个妓女?我请你,对我的常识稍存一点好感吧;莫以为它是这样的一塌糊涂。哈,哈,哈!

奥　赛　罗　好,好,好,好。他们赢到了手的,会欢笑。

伊　耶　戈　说实话,传闻说你准会和她结婚。

凯　昔　欧　请你要说真话。

伊　耶　戈　骗了你,我是个坏蛋。

奥　赛　罗　你跟我算清了账吗?[10]很好。

凯　昔　欧　那是这猴儿自己放出去的空气:她相信我一定会和她结婚,因为她自己眷恋我而自骗自,不是因为我答应了她。

奥　赛　罗　伊耶戈在招呼我;现在他要讲这故事了。

凯　昔　欧　刚才她还在这里;她到处缠绕着我。那一天我在海岸边同几个威尼斯人谈话,这玩意儿就去到了那里,凭这只手,她就搂着我的脖子;——

奥　赛　罗　叫道,"啊唷,亲爱的凯昔欧!"仿佛是;他的姿态是这样说。

凯　昔　欧　这般挂在我身上,斜倚着我,对我哭闹;这般拖我,拉我;哈,哈,哈!

奥　赛　罗　现在他在讲她怎样扯着他到我房间里去。啊!我瞧见你那个鼻子,待我马上把它揪住了撕下来扔给狗吃。

凯　昔　欧　唔,我一定得离开她。

伊　耶　戈　凭我的灵魂!瞧,她在那儿来了。

凯　昔　欧　这是这样一只骚猫![11]凭圣母,一只骚香的。

［碧盎佳上。

你是什么意思,这样对我缠绕不清?

碧　盎　佳　让魔鬼和他娘缠绕你!你刚正给我那条手帕,你是什么意思?我是个傻瓜蛋,接受了下来。我得把花样落下来！好一片花绣，你在你卧房里找到，而不知道什么人把它留在那里的！这是什么淫妇的信物，而我得落下它的花样！拿去，给还你那匹骑够了的马儿；⑫不管你打哪儿弄来的，我不给落什么花样！

凯 昔 欧 怎么了，亲爱的碧盎佳？怎么了，怎么了？

奥 赛 罗 凭上天，那该是我的手帕！

碧 盎 佳 你若是今晚上要来吃饭，可以来；你若是今晚上不来，就下次准备来时来。［下。

伊 耶 戈 跟她去，跟她去。

凯 昔 欧 当真，我得去；不然的话，她要在街头骂街了。

伊 耶 戈 你要在那里吃晚饭吗？

凯 昔 欧 当真，我想要那样。

伊 耶 戈 很好，我也许来看你，因为我极愿意跟你去谈谈。

凯 昔 欧 请你来好了；你来吗？

伊 耶 戈 得了；别多说了。［凯昔欧下。

奥 赛 罗 ［上前］我将怎样杀掉他，伊耶戈？

伊 耶 戈 您见到没有，他怎样对他的罪孽行为嬉笑？

奥 赛 罗 啊！伊耶戈！

伊 耶 戈 您可见到了那手帕吗？

奥 赛 罗 那是我的吗？

伊 耶 戈 是您的，凭我这只手；您看他怎样瞧得起那傻妇人您的夫人！她把它给了他，他却把它给了他的窑姐儿。

奥 赛 罗 我要杀他九个年头。一个好婆娘！一个标致婆娘！一个可爱的婆娘！

伊 耶 戈 休那样，您一定得忘掉那个。

奥 赛 罗 是哟，让她今晚上就腐烂，死绝，进地狱；因为她不会再活下去了。不光那个，我的心变成了石头；我打它，我的手都打痛了。啊咳！这人间再没有个更可爱的人儿了；她配去躺在一位皇帝身旁而命令他做事情。

伊 耶 戈 不对，您那样讲不对头。

奥 赛 罗 绞死她！我只说她是怎么样的人儿。针线上这么精工！吹弹得好不叫人赞赏！啊也，她能把一头大熊的凶暴歌唱掉！有这样高超、这样富厚的机灵和巧慧！

伊耶戈　她有了这一切更加坏。

奥赛罗　啊！坏一千，一千倍。而且，性情这样温柔！

伊耶戈　不错，太温柔了。

奥赛罗　不光那样，那还是肯定的；——但是这真叫可怜，伊耶戈！啊！伊耶戈，这真叫可惜，伊耶戈！

伊耶戈　您如果这般爱惜她的罪恶，可以特许她去干坏事；因为假如这于您无关，对旁人便更无罣碍。

奥赛罗　我要把她剁成肉酱。给我做乌龟！

伊耶戈　啊！她这下子真恶毒！

奥赛罗　跟我的部下！

伊耶戈　那更恶毒。

奥赛罗　替我弄点毒药来，伊耶戈；今晚上：我将不跟她打话，否则她那身体和美貌又会要夺掉我的决心。今晚上，伊耶戈。

伊耶戈　不要使毒药，在床上勒死她，就在她弄脏了的那床上。

奥赛罗　好，好，这件事的公平叫人高兴；好得很。

伊耶戈　至于凯昔欧，让我去收拾他；您在午夜前准会再听到消息。

奥赛罗　非常好。　　　　［幕后作号角声］

那是什么号角？

伊耶戈　一定是威尼斯有什么事情到此。

这是罗铎维哥，公爵派他来；

瞧吧，您夫人和他在一起。⑬

［罗铎维哥、玳思狄莫娜与随从等人上。

罗铎维哥　上帝保佑您，尊贵的将军！

奥赛罗　　　　　　　　　　我衷心

祝祷，大人。

罗铎维哥　　　　公爵和威尼斯的知政事

　　　　大夫们向您致意。　　　　　［授予彼一缄书帖］

奥　赛　罗　　　　我吻这公文。　　　［启封阅读］

玳思狄莫娜　有什么消息，好表兄罗铎维哥？

伊　耶　戈　我很高兴看见您尊驾，大人；

　　　　欢迎光临到塞浦路斯来。

罗铎维哥　多谢。副将军凯昔欧怎样了？

伊　耶　戈　活着，大人。

玳思狄莫娜　表兄，他跟我官人之间发生了

　　　　失和的破裂；可是您准会导致

　　　　和睦。

奥　赛　罗　你对那可有把握？

玳思狄莫娜　官人？

奥　赛　罗　［读书帖］"此事望君毋勿，盖君将"——

罗铎维哥　他没有招呼；他在忙着看书帖。

　　　　将军与凯昔欧之间可有不和协？

玳思狄莫娜　一个非常不幸的不和协；我愿意

　　　　尽力使他们和解，为了我对于

　　　　凯昔欧的爱顾。

奥　赛　罗　　　　天打雷劈[14]

玳思狄莫娜　　　　　　　官人？

奥　赛　罗　你懂得羞耻吗？[15]

玳思狄莫娜　　　　什么！他生气了吗？

罗铎维哥　也许这书帖激怒了他；[16]因为，我想，

　　　　他们命令他回去，而叫凯昔欧

　　　　接任他的指挥。

玳思狄莫娜　　　　相信我，我很高兴。

奥　赛　罗　当真！

玳思狄莫娜　　官人？

奥　赛　罗　　　　我高兴看到你全没有

　　　　控制。[17]

玳思狄莫娜　　为什么！亲爱的奥赛罗？

奥　赛　罗　　　　　　魔鬼！　　［击之］

玳思狄莫娜　我不该遭受这样子。

罗铎维哥　　　　　　　将军,威尼斯

不会有人相信这件事,虽然我

会赌咒曾亲自见到:这真受不了;

对她赔个不是吧,她在哭了。

奥赛罗　啊,魔鬼,魔鬼!假使这地土里

落进了女人的眼泪能怀胎,每一颗

她掉的泪水会变成一条鳄鱼。

莫在我跟前!

玳思狄莫娜　　　我不会呆着惹你恼。[拟下]

罗铎维哥　真是位温顺的贤淑;

我请您将军,叫她回来。

奥赛罗　　　　　　　娘子!

玳思狄莫娜　官人?

奥赛罗　　　您要跟她说什么,大人?

罗铎维哥　谁,我,将军?

奥赛罗　不错,您要我叫她回来:大人,

她能回来,回来,再走开,又回来;

她能哭泣,大人,哭泣;她温顺,

如您所说的,温顺,温顺之至。

继续淌你的眼泪吧。关于这个,

大人,——啊,装得好像真伤心!——

我被命令回家去。你跟我走开;

我就会来叫你。大人,我服从命令,

我将回到威尼斯。走开!去你的!

[玳思狄莫娜下。

凯昔欧将接我的位置。还有,大人,

今晚上我请您和我一同进晚餐;

您受欢迎,大人,到塞浦路斯来。

山羊和猴子![18]　[下。

罗铎维哥　　　　　　这就是这位高贵

恢弘的摩尔人吗,我们整个知政事

公署称之为完全称职而能干？
这般的天性，激情不能动摇吗？
他那坚实的美德，祸患的弹丸
或命运的箭镞，既不能擦伤毫厘，
也不能穿刺透不成？

伊　耶　戈　　他变得厉害。

罗铎维哥　他心神安全吗？他头脑没有毛病？

伊　耶　戈　他就是他这样；我不便说我的意见。
我但愿上天使他该怎样便怎样，
假如他不是像他该怎样的那样！⑲

罗铎维哥　什么！打他的妻子！

伊　耶　戈　当真，那是不怎么好；可是，但愿我
确知那一下已坏到了尽头！

罗铎维哥　　他惯常
这样吗？还是这缄帖激得他暴怒，
新造成这个过错？

伊　耶　戈　　唉呀，唉呀！
我所见到的、知道的，由我说出来
不怎么适当。您准会亲自看到他，
他自己的行径会显示他的为人，
所以我可以省掉了言语。您只须
跟他走，注意他怎样继续行动。

罗铎维哥　我很抱憾弄错了他的为人。

［同下。

第　二　景

［堡垒内一室］

［奥赛罗与爱米丽亚上。

奥　赛　罗　那么，你没有见到什么吗？

爱米丽亚　也从未听到过，也从未有过怀疑。

奥　赛　罗　不对，你见过凯昔欧跟她在一起。

爱米丽亚　可是那时候我不见有什么害处，
　　我听到他们之间每一个语音。
奥　赛　罗　什么！他们从不耳语吗？
爱米丽亚　　　　　　　　　　　从来不，
　　主公。
奥　赛　罗　　　也不差开你。
爱米丽亚　　　　　　　　　从来不。
奥　赛　罗　　　　　　　　　　　　比如，
　　去取她的扇子，手套，假面，或别的？
爱米丽亚　从来没有，主公。
奥　赛　罗　　　　　　那倒奇怪了。
爱米丽亚　我敢于打赌，主公，她是贞洁的，
　　敢押下灵魂作注子：您如作别想，
　　就丢开那想法；那会玷辱您的心。
　　倘有个坏蛋使您相信这件事，
　　让上天把加给长虫的诅咒[20]责罚他！
　　因为，如果她还不能算老实、贞洁。
　　与真诚，天下就再无快乐的男人了；
　　他们最纯洁的妻子会得同丑闻
　　一般腌臜。
奥　赛　罗　　　　叫她到这里来；你去。　［爱米丽亚下。
　　她说够了；不过她是个没脑筋的鸨妈，
　　说不出真情来。这是个奸诈的婊子，
　　重门深锁，一库房下流的秘密；
　　但她会跪下来祷告；我见过她这样。
　　　　［玳思狄莫娜与爱米丽亚上。
玳思狄莫娜　官人，你要怎么样？
奥　赛　罗　　　　　　　　小鸡，这里来。
玳思狄莫娜　你乐意什么事？
奥　赛　罗　　　　　　让我看你的眼睛；
　　对我的脸望。[21]
玳思狄莫娜　　　　　是什么可怕的怪想？

奥　赛　罗　[向爱米丽亚]来一点你的老本行，老板娘；[22]
让男女两个在一起，把门关起来；
若是有人来，咳嗽或者哼一声。
你那秘密，那秘密；休那样，赶快。

[爱米丽亚下。

玳思狄莫娜　我跪在地上，你这话什么意思？
我懂得你话里有暴怒，但不懂你的话。

奥　赛　罗　哎也，你是什么？

玳思狄莫娜　你的妻，官人；
你真心和忠诚的妻子。

奥　赛　罗　来，起个誓，
咒你自己进地狱；否则，像是个
从上界下来的，魔鬼们不敢抓你去；
所以，要双重入地狱；发誓你贞洁。

玳思狄莫娜　上天真知道我如此。

奥　赛　罗　上天真知你
无信义跟地狱一般。

玳思狄莫娜　对谁，官人？
同谁？我怎样无信义，不忠贞？

奥　赛　罗　啊！
玳思狄莫娜，走开，走开，走开！

玳思狄莫娜　唉哟，悲痛的日子！——你为什么哭？
我可是你这眼泪的因由，官人？
假使你也许怀疑我父亲是使你
被召唤回去的主动者，莫对我责难；
你若是失掉了他，哎也，我同样
也失掉了他呀。

奥　赛　罗　如果上苍高兴
用悲怆来把我考验，他若把一应
伤痛和耻辱下降到我光着的头上，
把我沉浸在寒苦中直到嘴唇边，
使我和我最可靠的指望被奴役，

我还能在我灵魂的深处找到
些微的宁静，但是，唉哟！叫我做
那固定的中心，给讥嘲的时世把它
那慢得几乎不动的指针指着走！㉓
但那个我也能好好、很好地忍受；
可是那所在，——我精灵寄托的所在，
我生命的肇端或死亡之始初，那源泉
我这水流从其中溢出来或未溢
而先已干涸，——给从那去处驱逐掉！
或者，留得那去处作为脏水坑㉔，
供丑秽的癞蛤蟆去交尾、生育、繁殖！
将花容变过去，你这“宁静”美姣娘；
你俊俏后生、贝齿朱唇的小仙娇，
是哟，暴露你地狱般可怕的真相吧！㉕

玳思狄莫娜　我希望我高贵的官人认为我贞洁。

奥　赛　罗　啊也！不错，像夏天屠场里的苍蝇，
下过卵马上又怀胎。你啊，秽草！
你这般艳丽妖娆，芳香馥郁得
知觉想跟你接触，想念得发痛，
但愿你从未出生到这世上来。

玳思狄莫娜　唉呀！我犯了什么未知的罪辜？

奥　赛　罗　难道这洁白的纸张，这美好的书本，
是用来写上“娼妓”这名儿的吗？
犯了什么！犯了！啊，你这个
公开的窑姐！假如我讲你的行为，
我会把自己这两片脸颊化作
炼铁的熔炉，把羞耻烧成灰烬。
犯了什么！天公对它掩鼻子，
月亮闭着眼睛不要看，跟任何
它碰到的东西都接吻的滥贱的风儿，
也躲进了地穴不做声，不要听这件事。
犯了什么！不知羞耻的婊子！

玳思狄莫娜　凭上天，你侮辱了我。

奥　赛　罗　　　　　　　　　你不是个婊子？

玳思狄莫娜　不是，正如我是个基督徒。假使
为我官人保持这身躯不受
旁人非法的肮脏的接触就不是
个婊子，我就不是。

奥　赛　罗　　　　　　　　　什么！不是个
娼妓？

玳思狄莫娜　　　不是，正如我将会得拯救。

奥　赛　罗　这可能吗？

玳思狄莫娜　啊！上天饶了我们吧。

奥　赛　罗　　　　　　　　　　那么，
我请你原谅；我把你当作跟奥赛罗
结婚的那个狡诈的威尼斯娼妇。
你啊，老板娘，你门庭开设在圣彼得
对过，[26]你守着地狱的大门！[27]

［爱米丽亚重上。

你呀，你呀，是啊，你呀！我们
已完了这一遭；这里有点钱给你。
我请你，把房门开锁，保守着秘密。　［下。

爱 米 丽 亚　唉哟！这位将爷转什么念头？
怎么了，娘娘？你怎样，亲爱的夫人？

玳思狄莫娜　当真，昏昏沉沉。

爱 米 丽 亚　亲爱的娘娘，我家将爷怎么了？

玳思狄莫娜　谁？

爱 米 丽 亚　哎也，我家将爷，娘娘。

玳思狄莫娜　你家将爷是谁？

爱 米 丽 亚　　　　　　　　是你的官人，好夫人。

玳思狄莫娜　我没有官人；别跟我说话，爱米丽亚；
我不能哭泣，也不能回答你我没有，
只除了用眼泪。请你今晚上把我
结婚时的床单铺在床上；记住了：

还叫你丈夫这里来。

爱米丽亚 这真是个巨变！ [下。

玳思狄莫娜 我会受这样的对待倒合适，很合适。[28]
我做了什么，就把我最坏的事儿[29]
来说，他怎么能说我犯什么罪辜？

[伊耶戈与爱米丽亚上。

伊耶戈 您乐意什么事，娘娘？您觉得怎样？

玳思狄莫娜 我说不上来。他们教训小孩子，
用温柔的手段、把轻松的事儿要他们
去做；他也尽可以这样责骂我；
因为，说实话，对责骂，我还是个小孩。

伊耶戈 什么事，夫人？

爱米丽亚 唉哟！伊耶戈，将爷
大骂她娼妓，一叠连鄙蔑她，把重话
堆在她头上，肉做的心肠受不了。

玳思狄莫娜 我是那称呼吗，伊耶戈？

伊耶戈 什么称呼，
明艳的夫人？

玳思狄莫娜 如她所说的我官人
叫我的那称呼。

爱米丽亚 他叫她娼妓；一个化子喝了酒
也不能用这般丑话骂他的贱穷婆。

伊耶戈 为什么他这样？

玳思狄莫娜 我可不知道；我自知不是那种人。

伊耶戈 不要哭，不要哭。唉哟，天可怜见的！

爱米丽亚 是否她回绝了那么多贵家子的姻亲，
舍弃了父亲，离别了乡邦，告辞了
亲友们，为的是给叫作娼妓？那不要
叫人伤心吗？

玳思狄莫娜 这是我命里该受苦。

伊耶戈 要怪他太不该！他怎么想出这花样？[30]

玳思狄莫娜 不懂，上天才知道。

爱米丽亚　　　　　　　我宁愿给绞死，
若不是什么骇人的坏蛋，[31]什么
狗颠屁股、巴结拍马的恶棍，
什么欺哄诳骗的贼奴才，为谋求
职位，故意编造出这么个诽谤来；
我宁愿给绞死，如果不。

伊　耶　戈　　　　　　　　　　呸！没有
这样的人儿；不可能。[32]

玳思狄莫娜　　　　　　　　　　假使有这样人，
上天饶恕他！

爱米丽亚　　　　　　　　让一条绞索饶恕他，
让恶痛在他骨头里边慢慢咬！
为什么他叫她娼妓？谁跟她在一起？
在什么地方？在什么时候？什么个
形象？有什么朕兆？这个摩尔人
上了那最混帐不过的恶贼的当，
那一准是个卑鄙龌龊得极荒唐、
十恶不赦的大王八。啊，天哟！
但愿你能暴露出这样的坏家伙，
叫每个诚实人手里有一根鞭子，
望那些赤裸裸的混混身上尽力抽，
打这世界的尽东头直抽到尽西头！

伊　耶　戈　轻声些。

爱米丽亚　　　　　啊！滚他们的蛋。那就是
这样个家伙，他把你理性的里子
翻到了外面来，叫你疑心我跟这
摩尔人有关系。

伊　耶　戈　　　　　　　你是个傻瓜；得了吧。[33]

玳思狄莫娜　啊，好心的伊耶戈，我将怎么办，
才好使我的官人能回心转意？
我把你当朋友，请你去到他那里；
因为，凭这上苍的天光，我不知

我怎样会失掉了他。我在此下跪：
假使我这心志曾经触犯过他的爱，
不论在思想里头或者在行动中；
或是我的眼睛、耳朵、或别的知觉
喜爱了除他以外的其他的形象；
或是我如今还没有、以前尚未曾、
将来若不会深深地爱他，即令他
用异常贫贱的离婚将我摒弃掉，
让欢乐永远跟我绝了缘！寡情
能造成绝大的后果；他对我恩断
义绝可能会斩除我这命，但决计
不会分毫损及我对他的爱。
我不能说"娼妓"这名儿：如今说它时，
我满腔恐怖而作呕；要僭得那称号，
就是满天下的虚荣也不能叫我
去干那勾当。

伊　耶　戈　　　　我请你安心，这只是
他一时的性发；[34]邦国的事务恼了他，
所以他对您会责怪。

玳思狄莫娜　　　　若不为别的，——

伊　耶　戈　只为了这个，我保证。　［幕后号角声起］
听吧！这些号子在传唤晚餐了；
威尼斯派来的信使们等着吃饭：
里边去，不要哭；一切事都会好转。

［玳思狄莫娜与爱米丽亚下。

［洛窦列谷上。

你好，洛窦列谷？[35]

洛窦列谷　我不见你在老实对待我。

伊　耶　戈　你怪我不好，根据的是什么？

洛窦列谷　你每天要耍点花样把我搪塞过去，伊耶戈；显得你，据我现在看来，宁愿不给我一切机会，也不肯给我些些哪怕是希望中的有利条件。[36]我当真再也不能忍

受下去了,你休想再叫我不声不响把我傻子般吃的苦头吞下去。

伊　耶　戈　你听我说好不好,洛窦列谷?

洛窦列谷　说实话,我听得太多了,因为你的话跟实际行动没有关系。

伊　耶　戈　你责备我得非常不公平。

洛窦列谷　完全凭事实。我浪费得超过了我的财力。你打我这里拿去的金珠宝石,交给玳思狄莫娜的,差不离能败坏一个立过誓笃信耶稣的圣处女;你告诉过我,她已经接受了它们,你带回来的是指望和鼓励,说马上能得到她注意和彼此相熟,但是我什么也不曾见到。

伊　耶　戈　好;得了,很好。[37]

洛窦列谷　很好!得了!我不能得了,汉子;也不是很好:凭我这只手,我说,是很糟,我开始发现自己在这里头遭了骗。

伊　耶　戈　很好。

洛窦列谷　我告诉你这不是很好。我要对玳思狄莫娜去露我的真面目;[38]如果她把我的珍宝还给我,我准会停止我对她的追求,改悔我非法的引诱;若是她不还的话,你可以拿稳,我要叫你赔偿损失。

伊　耶　戈　你现在说的。

洛窦列谷　不错,我所说不是别的,只是矢言我用意要去做到。

伊　耶　戈　哎也,如今我见到你有刚勇之气,从此刻开始我对你要比过去更加尊重了。把手伸给我[39],洛窦列谷;你对我不满极有道理;不过我矢言,我非常诚实地替你出过力。

洛窦列谷　未曾见得。

伊　耶　戈　我承认当真还未曾见得,而你的怀疑心是合乎情理的。但是,洛窦列谷,如其你胸中当真有那个在里头,我现在要比以往有更多的理由相信如此,我是说决断、勇气和果敢,今晚上须得把它显示出来:假使你明天晚上还享受不到玳思狄莫娜的话,用奸险的办法弄死我，策划出巧计来斩断我这条命。

洛窦列谷　好，是什么事？那是在理性范围之内的吗？

伊耶戈　先生，威尼斯有特别命令到来，委任凯昔欧接替奥赛罗的职位。

洛窦列谷　那是真的吗？哎也，那么奥赛罗和玳思狄莫娜要回威尼斯去了。

伊耶戈　啊，不对！他去到毛列台尼亚，[40]要带同了那标致的玳思狄莫娜一起去，除非有意外发生使他逗留下去；在那上头，除了干掉凯昔欧之外，没有事能起这样的决定作用。

洛窦列谷　你这是什么意思，干掉他？

伊耶戈　哎也，叫他不能接替奥赛罗的位置；砸烂他的脑子。

洛窦列谷　而那个你要我去干吗？

伊耶戈　不错；假如你敢于对自己做一件有利而公道的事。今晚上他跟一个烟花姑娘一起吃饭，我要到那里去看他，他还没有知道他这高贵的命运呢。若是你瞧准了他往那里去时，——我将使它在十二点和一点之间发生，——你可以任意拦截住他；我将在附近帮你忙，他一定会在你我之间给结果掉。来吧，莫在那里犹豫不决，跟我一起走；我要讲给你听他不死不行，然后你将理会到你非对他下手不可。此刻是早该吃晚饭的时候了，这黄昏快完了；上紧吧。

洛窦列谷　我还得再听听这正经的因由。

伊耶戈　你定将给说得满意信服。　［同下。

第　三　景

［堡垒内另一室］

［奥赛罗、罗铎维哥、玳思狄莫娜、爱米丽亚与随从人等上。

罗铎维哥　我请您，将军，尊驾就在此留步。

奥赛罗　啊！原谅我；走走[41]对我有好处。

罗铎维哥 夫人，晚安了；多谢您盛情款待。

玳思狄莫娜 阁下能光临，欢迎得很。

奥 赛 罗 请先走

一步好吗，大人？噢！玳思狄莫娜，——

玳思狄莫娜 官人？

奥 赛 罗 你立刻上床睡觉去；我顷刻就会回来；遣走你那个伴娘；仔细着做到这点。

玳思狄莫娜 我自会，官人。

［奥赛罗与罗铎维哥及从人等下。

爱米丽亚 现在怎么样？他看来比过去要温和些。

玳思狄莫娜 他说他马上就回来；他对我吩咐

就去睡，又要我遣你走。

爱米丽亚 遣我走！

玳思狄莫娜 这是他关照的；所以，好爱米丽亚，

把我的寝衣裤给我，就明儿再见：

我们如今再不能叫他不高兴。

爱米丽亚 我但愿你从未见过他来。

玳思狄莫娜 我不愿如此；我把他喜欢到这样，

就是他的粗暴、责难和颦眉蹙额，——

请你，将别针解开，——也显得气概，

对我很可爱。

爱米丽亚 你要我铺下的床单

我已经铺在床上了。

玳思狄莫娜 没有关系。说真话！我们的心思

多笨！若是我比你先死，要请你

在这两条床单里用一条来包扎我。

爱米丽亚 算了，算了，你在胡说。

玳思狄莫娜 我母亲有一个青衣名叫巴白莉；

她爱上了个人，她爱的那个发了疯，

将她抛弃掉，她有只歌儿叫《柳条》；

那是支老山歌，但正好表白她命运，

她临死时节就唱它；今晚上那山歌

老在我头脑里打来回；我得极力
控制着自己，不把头伛得很低，
像可怜的巴白莉那样唱着那山歌。
请你快一些。

爱米丽亚　我要去取你的梳妆
长褂吗？

玳思狄莫娜　不用，这里把别针放开。
这罗铎维哥是一个体面人物。

爱米丽亚　出脱得极俊俏风流。

玳思狄莫娜　他很会说话。

爱米丽亚　我知道威尼斯有这么一位娘子，情愿打着赤脚走到巴勒斯坦去，只要能碰一下他的下嘴唇。

玳思狄莫娜　［唱］
“这可怜的人儿悲叹着，坐在棵无花果树旁，
　　唱着一枝绿柳条；
她手捧着胸膛，头儿低到在膝盖上，
　　唱柳条，柳条，柳条：
清清的河水应和着，流过她跟前；
　　唱柳条，柳条，柳条：
她咸咸的眼泪落下来，石头都软绵；”——

把这些留起来：——

［唱］“唱柳条，柳条，柳条”：

请你快一些，他就要来了。——

［唱］“唱一枝绿柳条得要做我的花环。
休让人责备他，他对我的侮慢我喜欢，”——

不对，下面不是那么样。听啊！谁在敲门？

爱米丽亚　这是风。

玳思狄莫娜　[唱]“我说我情郎太负心；他便怎么讲？

　　唱柳条，柳条，柳条：

我若向女娘们求爱，你会跟汉子们要好。”

就这样，你去吧，晚安。我眼睛在发痒；

那预示要哭吗？

爱米丽亚　　　　　　这没有什么相干。

玳思狄莫娜　我听人这样说。啊！这些男人，

这些男人！告诉我，爱米丽亚，

你果真认为世界上有这样的女人，

欺骗她们的丈夫有这么荒唐吗？

爱米丽亚　没疑问，有这样的女人。

玳思狄莫娜　　　　　　　　　　你肯做这事吗，

即令为天大地大的好处？

爱米丽亚　　　　　　　　　　　哎也，

你不肯做吗？

玳思狄莫娜　　　　　不肯，凭着这天光！

爱米丽亚　在天光下面我也不肯做这种事；

但在黑暗里我也许会做。

玳思狄莫娜　　　　　　　　　　　你肯做

这事吗，即令为天大地大的好处？

爱米丽亚　天大地大的好处是件大好处；

这是做一件小坏事，博一桩大好处。

玳思狄莫娜　说真话，我想你不会肯去做。

爱米丽亚　说真话，我想我应当去做，做过后再设法消除弥补。凭圣处女，我不会为了一只和合戒指，或者多少码细布，或者多少件长外褂、小衬衣，或者多少顶便帽，或者不论什么些的津贴，去做这样件事儿；但是为整整天大地大一桩好处，谁不愿叫她丈夫戴上绿头巾，如果能使他变成一位帝王？为这个我甚至愿意冒险跑进净土界去经受火炼。

玳思狄莫娜　天罚我，假使我干得这样的坏事，

即令为天大地大的好处。

爱米丽亚 哎也，那坏事只是天地之间的一桩坏事；而有了天地作为你辛苦的报酬，那坏事便成了你自己天地里的坏事了，那么，你很快就能把坏事弄好。

玳思狄莫娜 我想这世上不会有这样的女人。

爱米丽亚 有的，有一打；而且再加上那么多，
她们为赢得这天地间，能叫它生满了人。
可是我以为这是丈夫们的过错，
如果妻子们失足。比如说，他们
忽略了应尽的责任，将我们份内
该享的财富注入野女人的怀抱，
或者闹脾气，因为发了呆而嫉妒，
束缚住我们；或者，比如说，打我们，
或减少原先的支应，出于恶意；
哎也，我们会忿怒，虽然我们
有美德，可也能报复。丈夫们要知道，
他们的妻子跟他们一般有性欲；㊷
她们眼能见，鼻能嗅，有味官能知
酸甜，如同丈夫们一个样。他们
把我们换上别人时，做的是什么？
为好玩？我想那是的；情感冲动
所造成？我想那是的；这样的差失
可是个弱点？一点都不错；那么，
我们可没有热情、好玩的欲望、
弱点吗，跟男子们一样？所以，让他们
好好待我们；否则，让他们知道，
我们的坏事，是他们的坏事所致。

玳思狄莫娜 晚安，晚安；求上帝给我些行止，
不向坏榜样去学坏，要反自策励。

［同下。

第四幕 注释

① Johnson:这是说,装着假去欺骗魔鬼。普通的伪善者们假装着一副道德的外貌去欺骗旁人,而实际上是过着罪恶的生活;这些人则欺骗魔鬼,使他怀着绝大的希望以为他们会堕落,而最后却规避了他,不犯他以为他们正要犯的那罪恶。

②《圣经·新约·马太福音》第四章,耶稣禁食四十昼夜后肚子饿了,魔鬼试探他能否把石头变成食物,又"带他进了圣城,叫他站在殿顶上,对他说,'你若是上帝的儿子,可以跳下去。因为经上记着说,"主要为你吩咐他的使者,用手托着你,免得你的脚碰在石头上。"'耶稣对他说,'经上又记着说,"不可试探你的上帝。"……'"Henley指出,诗人的意思是说,魔鬼用煽动他们情欲的办法试探他们,而他们试探上帝则是将他们自己放在一个几乎无法避免堕落的情况中,就是说,用满足情欲去试探上帝。

③ Harting(*Ornithology of Shakespeare*,1871):不论我们走到这广大世界的什么地方去,乌鸦的沙哑叫声是永远可以听到的。在北极探险队所经历过的极北处,可以见到它栖止在石骨上俯视着凄凉的白雪。在赤道地带燃烧着的阳光下,也可以见到它在享受那腐肉的盛馔。它曾被库克大佐(Captain James Cook,1728—1779,英国环球航海家)在太平洋荒岛上发现过;在南极地区的最南处,游历家们也可以见到它追随着它那谨慎的掠夺生活,正如在英伦一样。从最古时候起,它以它那深沉庄严的声音总是引起人们注意的,而从它的叫声里迷信者都能找到些不祥和凶戾的消息。多少世纪以来,它保有着这样的性格;就是在今天,好多人还相信鸦鸣预兆人死亡。无怪莎士比亚利用着这一广泛的信念,把乌鸦引进了他戏剧里许多庄严的片段中去。

④ Warburton:在这段话里的猝发与片断回想中,有些非常可怕的东西在内,显示说话人的心情是在不可言诠的苦痛中。但这些言辞里有一片崇高在内,那是任何赞佩也决不会过分的。Reynolds:奥赛罗是在暗指伊耶戈所捏造而告诉他的那个凯昔欧的梦。当好多混乱而我们对之发生兴趣的意念顿时立刻一齐拥入心中,快到它没有时间去形象化或消化它们时,……就会产生迷惘或昏晕。奥赛罗以片言只语(它们全部跟他的嫉妒的原因有关)表示所有的证据都于顷刻间集中在他的心中,这就不可抗拒地制胜了它,使他堕入一阵昏惘中,这原来是自然的结果。

⑤ 这里有个双关无法译出:原文"lie on her"可解作"躺在她身上",也可解作"撒谎造她的谣"。奥赛罗意思是说,"lie on her"可能是撒谎造她的谣,但这说法放在"lie With her"(躺在她一起),如在伊耶戈口里那样,可就不能解作"撒谎造她的谣",只能解作"躺在她身上"了,因此,他接着就说,"那叫人作呕。"

⑥ Steevens:奥赛罗自己在那里想象他所猜测的他妻子与凯昔欧之间所进行的亲狎情景。……

⑦ 意大利名伶萨尔微尼(Tommaso Salvini,1829—1916)在他的演出中,将剧辞从这里起删去一百四十三行,原因是,他认为,这一大段跟奥赛罗的性格抵触太甚。"这能想象吗,"他问道,"有这摩尔人这样倨傲剧烈的性情的人,当害他戴绿头巾的那人亲口细叙他的耻辱的时候,他居然能控制住自己?你不会猜想吗,他会要老虎一般向凯昔欧身上猛扑过去,把他撕成碎片?当然,凯昔欧会要赢得足够的时间以清除他的误会,然后这悲剧便会归于失败。所以,这一段如果给保持着就会损害奥赛罗的性格,否则它一定得被删去。"经此删节后的故事里的这一片罅隙,萨尔微尼认为奥

赛罗在最后一景里断言他曾看见过那条手帕在凯昔欧手里,就可以加以补塞。

⑧ L. Mason:从这里起到凯昔欧下场时止,奥赛罗的旁白都是假定在他的藏匿处说的,观众可以在那里看得见、听得到他,但凯昔欧与伊耶戈是看不见、听不到他的。

⑨ 译者按:古罗马人好战争讨伐,以组训军团(legio)、从事东征、南讨、北伐闻名。自公元前六世纪初年罗马共和国成立,迄公元前二十七年共和解体而帝国代兴,在战事中得胜的将军们回首都罗马时,总要举行一个庄严隆重的入城凯旋式,如遇大胜则叫做"大凯旋式"(triumphus),带着马步军兵,乘着仪仗战车,戴着金冠,披着袍氅,如遇小胜则叫做"小凯旋式"(ovatio),也带着骑士与步卒,骑着战马,戴着桃金娘花冠,披着袍氅,城中老百姓则万人空巷来迎迓,夹道欢声雷动。在罗马帝国时代,这风习还保持着,一直垂延到公元八百年以后的东、西神圣罗马帝国而勿替。

⑩ Delius:奥赛罗把伊耶戈的话"你准会和她结婚"应用到玳思狄莫娜身上,所以问道:"你跟我算清了账吗? 你结果了我吗?"这是因为要等奥赛罗不在这世上以后,凯昔欧跟她结婚才可能。

⑪ "Fitchew",又名"polecat",这是欧洲所产的一种骚臭的猫。这名称被用来作为"妓女"一辞的隐语。

⑫ "Hobby-horse",Schmidt《莎士比亚辞典》训为"一个轻浮淫荡的妇人",Dyce《莎士比亚语汇》训为"一个被遗弃了的妇人",Onions《莎士比亚语汇》训为"一个轻薄的妇人"。

⑬ 这句话看来平淡无奇,实际上却并不寻常,而是包藏得有险毒的用意的。在四幕三景四十行处,爱米丽亚说罗铎维哥"出脱得极俊俏风流",又说他在威尼斯极受娘子们的欢迎。伊耶戈这句话分明是说,"你瞧,您夫人对于风流潇洒的后生们没一个不爱,昨儿是凯昔欧,今儿换新鲜,又看上新的了。"

⑭ 这咒骂辞原意是"火与硫磺!"

⑮ 原文"wise"可解作"聪明、有判断、知羞耻或庄重"。Fechter 在他的演出中,把这句话("您聪明吗?")归伊耶戈口里说出,说时把手伸过桌子来抓住奥赛罗的臂腕,强力止住他。奥赛罗刚发了上一句咒骂,正要"狂怒地站起来"。

⑯ Theobald:奥赛罗只是才到了塞浦路斯来不久;知政事公署还不见得来得及听到土耳其舰队已被风暴所打散;而奥赛罗是被立即召还本国的,并非缘于他的行为引起了对他的谴咎,或者有什么暗示他被派充一个更紧急的委任。的确,由凯昔欧接任他的职权,显得用意是要增加这摩尔人的愤怒;但是某些或然的理由应当被举示出来,以说明他的被召。至于伊耶戈在后面所讲的,说奥赛罗是要往毛列台尼亚(Mauritania)去,那只是他编造出来的谎话,目的是要欺骗洛窦列谷。

⑰ 他说这句话,是因为他在前面问过她"你懂得羞耻吗?"所以这里的意思是,"你把你的丑恶完全暴露出来,倒是好的。"

⑱ Malone 指出,伊耶戈在三幕三景四百零几行处说起"山羊"和"猴子",那里他说要亲眼看到凯昔欧与玳思狄莫娜罪行的证据是不可能的。这些话,我们可以猜想,还在奥赛罗耳朵里鸣响着。Fechter 将这几个字作为奥赛罗的旁白,仿佛将整个世界包含在一个其苦无比的讽刺里。他出去之前对玳思狄莫娜下场的那扇门还投射了一个最后的怒视。

⑲ 这是故意说得纠缠隐晦,吞吞吐吐,真是个察言观色的"稳重"脚色。六、七行后他将他不肯明说的"动因"说了出来,但还是假的。在三幕三景一百三十余行至一百五十余行处,他对奥赛罗的对话中,也用了同样的技巧。

⑳《圣经·旧约·创世记》第三章，亚当吃了夏娃给他吃的“智慧树之果”后，上帝发现了就对引诱夏娃吃的蛇施与诅咒，说道，“你既作了这事，就必受咒诅，比一切的牲畜野兽更甚。你必用肚子行走，终生吃土。”

㉑ Booth：她举目对他望，但慑于他峻烈的瞪视，又将目光低下去了。

㉒ Cowden-Clarke：奥赛罗嘲骂爱米丽亚曾在凯昔欧与玳思狄莫娜幽会时装聋作哑，做过交易，而现在则要求她对于她的业外操作显出一点出色当行的颜色出来。

㉓ 对于这两行半，历来的学者们有将近二十家作过许多不同的校改或笺注。Furness 在新集注本上最后援引 Steevens 在另一处对无法澄清的疑难语句的说法，谓学者们意见分歧，无法一致，且“将继续纷纭历落，只要还有英伦与莎士比亚这样两个名字还存在着”。虽然如此，我以为诗人的用意是不难完全懂得的。他使奥赛罗将他自己比作时钟面上正中心的“figure”（形状，形体），那固定的一点，人家指着他对他的讥嘲（“time of scorn”，讥嘲的时间，即时世或世人对他的讥嘲）他比作两只针，它们走得很慢，几乎像不在走动（因为看不出它们在走），但还是在走动着，好比讥嘲他的人一代代在过去而更新不已，而当它们极慢地走着的时候它们总是指着那中心，不会指向别处去，正如讥嘲他的人一代代总是把他作为笑柄。末一行内对开本的“his slow, and moving finger”（它那迟缓而移动的指针），则殊不如四开本的“his slow unmoving fingers”（它那慢得[几乎]不动的指头）为好。四开本的“指头”是多数，当是把时针与分针都算在里头。

㉔ 原文“cistern”解作大积水器、水槽或水池。

㉕ 对于这三行的原文，曾有两个截然不同的解释。Johnson 认为这是奥赛罗对 Patience（“宁静”姑娘）所说的话：见了这样丑恶的东西[如上面所说的]之后，“宁静”姑娘，请你改容变色吧；请你，即令是你，年轻美丽、樱唇巧笑的你，也变得地狱般可怕吧。S. T. P. 批评这解释牵强不切，认为这乃是奥赛罗对玳思狄莫娜所讲的话：起初她对奥赛罗对她所作粗鄙的指控脸红了一阵；他当即赞美了她的美艳；而当她脸上显得严峻地愤怒时，他便向她挑战，叫她变得像地狱一般可怕。译者觉得 Johnson 的说法好像在解释他同时代诗人蒲伯（A. Pope）作品里的诗行，跟莎氏想象方式与风格根本不对头。至于 S. T. P. 使奥赛罗赞美玳思狄莫娜的美艳，我觉得也不甚合理，使他向她挑战云云则亦未免勉强。我认为整句句子是个尖刻的讽刺，正如在前面他对爱米丽亚说，“来一点你的老本行，老板娘；”在后面临走前又对她说，“我们已完了这一道，”付拉纤钱给她，叫她把房门开锁，且保守着秘密，——模仿他想象中的凯昔欧与玳思狄莫娜幽会终了时他所采取的行动。我的了解是：奥赛罗先叫玳思狄莫娜休要再装假了，接着将她比作小天使“宁静”姑娘，末了对她说，“是哟，在这里[各版四开、对开本原文都作“ here”，Theobald 校改为“there”，从他开始一直到许多现代版本中，除 Johnson 与 Jennens 两家外，都作“there”]你可不必装假了，因为我已经完全知道，就把你地狱般丑恶可怕的真面目暴露出来吧！”

㉖ 耶稣的使徒彼得守卫着天堂的大门，爱米丽亚则被骂作开设妓院，把守着地狱的大门：在这一意义上她是在圣彼得对过。

㉗ Booth：这时候玳思狄莫娜站不住倒在地上，五行以后爱米丽亚将她搀扶起来。

㉘ 这是句伤心到绝点、几乎发疯的反话。

㉙ 初版四开本原文作“my greatest abuse”，初版对开本作“my least misuse”；译文根据前者，从 Hudson 的释义。

㉚ 这一问问得骇人听闻，叫你毛骨耸然。紧接着爱米丽亚对作祟者的痛骂，他出奇地

来一个断然否认。伊耶戈是个无神论者,但与许多有良心有人性的无神论者大不相同,他干了野兽所不愿干的昧心事,想了野兽所不敢想的恶毒思想,下了野兽所不会下的狠辣决心——且一有机会,立即加以实践——之后,当人家指责那坏事、坏思想、坏决心的时候,他可以理直气壮毫不脸红地问道,天下有那样可怕的魔鬼吗?"呸!没有这样的人儿;不可能!"如果有人戳穿了他的阴谋,然后问他有良心没有,他必嗤之以鼻,反问人家良心几分钱一斤,笑骂人家迷信而唯心。这一种坚决、彻底、绝对的科学个人主义者,莎士比亚在三百多年前即已绘影绘色地在伊耶戈这一角色身上体现了出来。莎氏或许不能想象,如果伊耶戈之流盗得了一国的王位,称王称霸起来,那又该是多么可怕!

㉛ Cowden-Clarke,Booth 等都认为爱米丽亚说此时并未怀疑到那坏蛋就是她自己的丈夫。

㉜ Booth:伊耶戈说此时应稍待一下,等爱米丽亚怒斥的势头稍稍过去了时。Fechter:伊耶戈甚至没有皱一下眉,而是很镇静地对她望着。

㉝ Booth:含着怒意,但低声地。

㉞ Booth:伊耶戈帮玳思狄莫娜站起来。

㉟ Booth:他们彼此相撞了一下,——伊耶戈有点窘。洛窦列谷拒绝握他伸出来的手,而当前者说下面责备他的话时,伊耶戈有点神经紧张。

㊱ Furness:希望的有利条件是从希望中获得的有利条件;这是因为伊耶戈每天要要点花样把他搪塞过去,所以他没有了希望,以致那么点有利条件也跟着丧失掉了。

㊲ Booth:从这里起到四、五行以后,伊耶戈满不在乎地来回踱着,但洛窦列谷要对玳思狄莫娜去露他的真面目的威胁吸引了他的注意,也止住了他的步子,他立即计划把洛窦列谷和凯昔欧一起干掉。

㊳ Furness 问道:这除了他的伪装以外,还能指别的吗?就是说,他的面貌,用一蓬假须髯丑化着?

㊴ Booth:洛窦列谷不伸手,但伊耶戈哄骗着,嬉皮笑脸拉住了他的手。

㊵ Mauritania,或 Mauretania(毛列台尼亚,或毛累塔尼亚)有两个:一个是非洲北部古邦国名,在虞密提亚(Numidia,大致相当于目今的阿尔及利亚)之西,为现在的摩洛哥(Morocco)与阿尔及利亚(Algeria)的一部分;另一个在非洲西部赛乃加尔河(Senegal River)之北,滨大西洋。这里所说的是前一个。这就是奥赛罗被称为摩尔族人的乡邦本土。正如 Theobald 所云,伊耶戈说奥赛罗要带着妻子回原籍去是一句欺骗洛窦列谷的鬼话。在整个剧本里奥赛罗之被称为摩尔人,一幕一景一百十余行处伊耶戈笑骂孛拉朋丘"您愿意自己的女儿给一只巴巴利红鬃马压在身上",以及这里伊耶戈捏造奥赛罗要带挈了妻子回故乡,都证明他的肤色是古铜色或栗壳色的,他的祖先是征服波斯、叙利亚、埃及、利比亚、虞密提亚、毛列台尼亚等地的阿拉伯人,他自叙身世的话(一幕二景二十余行处),

　　我此身的生命与存在,系出君王
　　品位。以我的优长,用不到去冠,
　　我能对跟我获致的高位齐阶
　　并比的任何人说话。

并非夸口,而确是事实,他所自许的乃为有能征惯战传统的将门的后裔。至于说奥赛罗是非洲土生土长的黑人,肤色漆黑,头发鬈曲,则有一幕一景七十行处洛窦列谷称奥赛罗为"厚嘴唇",一幕二景七十余行处孛拉朋丘骂他使玳思狄莫娜"投入你这

样个东西的乌黑的胸怀”,以及三幕三景三百九十余行处说他自己的

这清名,以前跟贞月的清辉
一般皎洁,如今玷污了,已发黑,
如同我自己的脸色

等等内证,似乎也不无理由。在舞台上,在悲剧名伶岐恩(Edmund Kean)之前,一直到十九世纪初年,奥赛罗被表演为一个墨黑的黑人,有相当长的传统。莎士比亚在“内廷供奉大臣班”里的同事伶人理查·褒贝琪(Richard Burbage)怎样装扮奥赛罗,我们没有真切的记录,虽然确知他扮演奥赛罗很成功。“吾王御赏班”在环球戏园和黑僧戏园里上演这剧本时是怎样装扮奥赛罗的,我们更无法知悉。英国王朝复辟后戏园重新开门营业,女伶人开始登台演女角;一六六〇年十二月八日在红牛戏园上演了《奥赛罗》,第一个女伶人即饰演了玳思狄莫娜。据霍金斯(Hawkins)在《蔼特孟·岐恩传》(*Life of Edmund, Kean*)里说,在近代舞台上演奥赛罗的名伶,Betterton, Quin, Mossop, Barry, Garrick 与 John Kemble,都将他装扮成一个墨黑的非洲土黑人;蔼特孟·岐恩是第一个名伶将他扮演为一个紫棠色或淡棕色皮肤的摩尔人;原来一个真正的摩尔人并不比一般的西班牙人黑,他非但肤色、头发、嘴唇跟黑人完全两样,而且因为是属于高加索种的一支,面部骨头轮廓也颇为不同。有人说,就是莎氏自己对于奥赛罗的肤色及种族也不见得很明白,因为剧本里显然有这些点矛盾在。但多数莎氏学者们,如 Coleridge, Hunter, Knight, Grant White, Henry Reed, Halliwell, Hudson, Erl Rygenhoeg 等,都认为奥赛罗是个紫棠色或淡棕色皮肤的摩尔人,而不是个黑人,至于洛窦列谷所以称他是“厚嘴唇”,是因为求婚失意、妒火中烧而对情敌所发的丑诋(Knight),且摩尔人的嘴唇确要比威尼斯人的厚一点(White),而在莎氏作品里或他的同时人的言语文字里,所谓肤色“黑”或“暗”实际上是指“brunette”(浅黑)而言,并无墨黑、漆黑之意。这使人想起我们的言语里呼一个皮肤较黑的美妇人为“黑牡丹”或“黑里俏”,并不意味着她同松烟、煤炭或黑漆一般。

㊶ Cowden-Clarke:这显示心中在烦躁,身体就不得安静。

㊷ 原文“sense”,Malone 与 Dyce 解作“性欲”,Schmidt 解作五官或感觉。

第　五　幕

第　一　景

［近碧盎佳住处一街道］

［伊耶戈与洛窦列谷上。

伊　耶　戈　这里，站在这店架子[1]后面；他立刻
就会来：握着你出鞘的匕首在手上，
要刺中。得赶快，赶快；休要害怕；
我将在你近旁。我们成功或失败，
都在这上头；要想到那上头，下定你
最坚强的决心。

洛窦列谷　　　　　待在近边；我也许
失着。

伊　耶　戈　　在这里，就在你附近：要大胆，
守候在这里。　　　　　　　　　　［退避］

洛窦列谷　　　　　我对这件事没多大
热忱；可是他给了我满意的理由：
这不过干掉个把人：出盒来，剑儿；
叫他死。

伊　耶　戈　　　我把这小脓疱[2]擦得差点儿
很痛，使他动了火。现在，不拘是
他杀了凯昔欧，或者凯昔欧杀了他，
或彼此互相格杀，都对我有利：

若洛窦列谷还活着,他要我取回
一大堆金珠宝石,我向他骗来
作礼品,说送给了玳思狄莫娜;
这决计使不得:假使凯昔欧留下,
他活在人间每天便是桩美事,
使我相形便见丑;而且这摩尔人
可能会告诉他我对他的行径;那样,
我地位太危险。不行,他非死不可。
就让它这样③——我听到他在来了。

［凯昔欧上。

洛窦列谷　我听见他脚步;这是他。坏蛋,叫你死!

［对凯昔欧投一冲刺］

凯昔欧　那一下戳击本该夺掉我的命,
但我这外褂比你所料想的要好;
我试试你的却如何。

［拔剑穿刺,击伤洛窦列谷］

洛窦列谷　啊! 我死了。　［踣地］

［伊耶戈自后刺伤凯昔欧之腿,随即下场。

凯昔欧　我永远残废了。救人,喂呀! 凶杀!
凶杀!

［奥赛罗在远处上。

奥赛罗　凯昔欧的声音:伊耶戈有信义。

洛窦列谷　啊! 坏蛋,我真是!④

奥赛罗　一点不错,

凯昔欧　啊,救人! 喂呀! 火把! 医生!

奥赛罗　这是他:啊,好个了不起的伊耶戈,
诚实又可靠,你教我知道你对
你朋友受害,有何等豪侠之感。
刁顽的婢子,你那情郎躺着
已经死,你那可耻的命运来得快;
娼妇,我来了! 那一阵妖媚,你那双
秋波,已永远打我心头上消灭;

你那淫污了的床褥将玷上血迹。

［奥赛罗下。

［罗铎维哥与格拉休阿诺于远处上。

凯　昔　欧　喂呀！没有守夜人？没有人来往吗？
凶杀！凶杀！

格拉休阿诺　这是什么不幸事，这叫声很可怕。

凯　昔　欧　啊，救人！

罗铎维哥　听呀！

洛窦列谷　啊！可鄙的坏蛋。

罗铎维哥　两三个在呻吟叫苦：这夜晚好阴沉；
这些也许在装假；我们要晓得，
来到呼救处没更多人手不安全。

洛窦列谷　没人来？那我要血流尽而死。

罗铎维哥　听呀！

［伊耶戈持火炬上。

格拉休阿诺　这里有人身穿着衬衫，手拿着
火把同武器在来了。

伊　耶　戈　谁在那里？
是谁的声音在叫喊凶杀？

罗铎维哥　我们不知道。

伊　耶　戈　你们不听到一声
叫喊吗？

凯　昔　欧　这里，这里！为天公，救我吧。

伊　耶　戈　什么事？

格拉休阿诺　我看这是奥赛罗的旗手。

罗铎维哥　果真就是他；一个很勇敢的汉子。

伊　耶　戈　你们叫得这样惨，是什么样人？

凯　昔　欧　伊耶戈？啊唷！我完了，给坏蛋送了命！
救我一下。

伊　耶　戈　啊哟，我的天，副将军！
是什么坏蛋干的事？

凯　昔　欧　我想他们

中间有一个还在这里呢,跑不掉。

伊耶戈 啊,一些个奸险的坏蛋!——
[对罗与格]你们是什么样人?过来⑤,帮帮忙。

洛窦列谷 啊唷!帮我一下,这儿。

凯昔欧 那是他们里头的一个。

伊耶戈 啊也,
凶杀人的奴才!啊,坏蛋! [刺击洛窦列谷]

洛窦列谷 啊,打入
地狱的伊耶戈!啊,没人性的恶狗!

伊耶戈 黑暗里杀人!这些血腥的强盗
往哪里去了?这坊厢多么静悄!——
喂哟!凶杀!凶杀!——你们是什么人?
是好人还是坏人?

罗铎维哥 说我们是好人;
你认识我们。

伊耶戈 是罗铎维哥大人?

罗铎维哥 正是,足下。

伊耶戈 我请您原谅。凯昔欧在这里,有坏蛋
杀伤了他。

格拉休阿诺 凯昔欧!

伊耶戈 怎样了,兄长?

凯昔欧 我的腿斫成了两橛。

伊耶戈 凭圣母,天不许!——
请照亮,贵人们;我把这衬衫来包扎。

[碧盎佳上。

碧盎佳 什么事,喂呀?谁在这里叫嚷?

伊耶戈 谁在这里叫嚷!

碧盎佳 啊,亲爱的凯昔欧!我心头的凯昔欧!
啊也,凯昔欧,凯昔欧,凯昔欧!

伊耶戈 啊,出色的婊子!——凯昔欧,您可能
疑心谁把您剁得血肉横飞的?

凯昔欧 不知道。

格拉休阿诺　我见您这般真伤心；我正来找您。

伊　耶　戈　借给我一条袜带。对了。——啊！
要一架滑竿把他轻手轻脚
打这里抬走！

碧　盎　佳　唉哟！他昏厥了过去！啊唷，凯昔欧，
凯昔欧，凯昔欧！

伊　耶　戈　列位贵人，我怀疑
这垃圾也是凶手中的一个。——且耐着
一会儿，亲爱的凯昔欧。——拿来，拿来。
给我那柱火。——我们认识这脸庞不？
唉呀！是我的朋友和亲爱的同乡，
洛窦列谷？不对：是的，确乎是，
啊也，天呀！洛窦列谷。

格拉休阿诺　什么！是那威尼斯人？

伊　耶　戈　就是他，大人：您认识他吗？

格拉休阿诺　认识他！
当然。

伊　耶　戈　格拉休阿诺大人？我请您
宽和地恕宥；为这些流血的事故，
请原谅我失礼，这般忽略了您大人。

格拉休阿诺　我见到足下很高兴。

伊　耶　戈　您怎样，凯昔欧？——
啊！要一架滑竿，要一架滑竿！

格拉休阿诺　洛窦列谷！　[一肩舆被舁入]

伊　耶　戈　他，他，这是他。——啊！说得对；滑竿：
让什么好心的人儿留神抬走他；
我去请将军的外科医师。——[向碧盎佳]说起你，
嫂子，你不用麻烦。他这里躺着，
遭凶杀，凯昔欧，乃是我亲爱的朋友。——
你们之间可有什么样的仇恨？

凯　昔　欧　一点都没有；我连这人都不认识。

伊　耶　戈　[向碧盎佳]什么！你脸都急白了？——啊！抬

走他，
休在这露天下面。——

［凯昔欧与洛窦列谷被舁去］

且慢走，大人们。——
你脸都急白了，嫂子？——你们可瞧见
她眼神那鬼样。——莫那样，你若呆瞪着，
我们就会有后闻可以听到。——
好好瞧着她；请你们，注意着她：
你们见到吗，大人们？不行，罪恶
会自我暴露，虽然舌头不做声。⑥

［爱米丽亚上。

爱米丽亚　唉哟！有什么事情？什么事，丈夫？
伊耶戈　凯昔欧在这里黑暗中，被洛窦列谷
和一些逃走的家伙行凶袭击：
他伤重得快死，洛窦列谷已死了。
爱米丽亚　唉哟！好人君子；唉哟，好凯昔欧！
伊耶戈　这是逛窯姐儿的结果。爱米丽亚，
你去问凯昔欧他今夜在哪里吃晚饭。——
什么！你对那发抖吗？
碧盎佳　他在我屋里
吃晚饭，但是我不会因那而发抖。
伊耶戈　啊！他是这样吗？我命令你同我走。
爱米丽亚　呸，不要脸，娼妇！
碧盎佳　我不是娼妇；你把我这样糟蹋，
我跟你生活得一般高贵。
爱米丽亚　跟我！
啾！好不知羞耻！
伊耶戈　宽和的大人们，
让我们去看可怜的凯昔欧裹伤。——
来吧，嫂子，你定得告诉我们
另一桩故事。——爱米丽亚，你赶往
城防堡垒去，去告诉主公与主妇

发生了什么事。你能先去吗?[旁白]这夜晚,
不使我功业成,会叫我完全失败。

[同下。

第二景

[堡垒内一卧室]

[奥赛罗上,手持烛台,玳思狄莫娜睡在床上。⑦

奥赛罗 我为的是大义,是大义,⑧我的灵魂;
莫让我对你们道出那罪名,⑨你们
贞洁的星辰!我为的是大义。可是我
不叫她流血,也不使她那比霜雪
还白,同雪花石膏般光滑的皮肤
受到伤残。但是她一定得死,
否则她将会诳骗更多的男人。
灭掉这支光,然后再灭掉这支光:
我若灭了你,融融的仆使,我还能
恢复你原先的光焰,如果我后悔;
但只要熄灭了你的光,你这奇绝
神天、妙趣千般的杰制,⑩我不知
何处有大罗天灵明的真火,⑪能重燃
你已熄的光焰。当我摘下了玫瑰,
我不能再使它活生生欣荣滋长,
它只有萎谢:我将在枝头上嗅它。 [吻伊]
啊,芳香的气息,你几乎劝得
正义女神砸碎了她的剑!再一次,
再一次。你死后能这样,我把你杀死后
还是会爱你。再一次,这是最后的:
这样温馨的,从没有这样恶毒。
我一定要哭泣,但流的是残忍之泪;
这悲伤只应天上有,它惩罚,可也爱。
她醒了。

玳思狄莫娜　　谁在那里？是奥赛罗吗？
奥　赛　罗　是的，玳思狄莫娜。
玳思狄莫娜　　你上床来吗，官人？
奥　赛　罗　你今夜祷告了没有，玳思狄莫娜？
玳思狄莫娜　祷告了，官人。
奥　赛　罗　　假使你记得有罪过
还不曾向上帝求得宽恕，可马上
去祈求。
玳思狄莫娜　　唉呀！官人，你什么意思？
奥　赛　罗　唔，祈祷吧，简短些；我在旁踱着步：[12]
我不愿杀掉你不曾准备好的神明；
不；上天莫让我！我不杀你灵魂。
玳思狄莫娜　你说要杀我？
奥　赛　罗　　不错，我是这样说。
玳思狄莫娜　那么，上天对我舍仁慈！
奥　赛　罗　　阿门！
我心愿如此。[13]
玳思狄莫娜　　你若这么说，我希望
你不会杀我。
奥　赛　罗　吭！
玳思狄莫娜　可是我还是怕你；你这样眼瞪瞪，
煞是骇怕人。为什么我要害怕，
我可不知道，因为我不知有罪过；
但是我仍然觉得怕。
奥　赛　罗　　想着你的罪孽。
玳思狄莫娜　它们只是我对你的爱情。
奥　赛　罗　　是了，
为那个你将死。
玳思狄莫娜　　那死得不合天理，
为爱情而要杀死。唉呀！为什么
你那样咬着你的下嘴唇？有什么
血腥的激情震得你全身颤动；[14]

这些是凶兆,可是我希望,我希望
它们并不针对我。

奥 赛 罗 禁口,莫做声!

玳思狄莫娜 好的。什么事?

奥 赛 罗 那手绢我这样心爱,
我给了你,你给了凯昔欧。

玳思狄莫娜 没有,
凭我这生命和灵魂!把这人叫来,
问他。

奥 赛 罗 亲爱的人儿,当心啊,当心
赌假咒;你正在你毕命去的床上。

玳思狄莫娜 是的,可还不得死。⑮

奥 赛 罗 不然,马上死;
所以,要坦白供认你所犯的罪辜;
因为,你发誓否认我数你的每一桩
坏事,不可能去除或消灭我胸中
为之呻吟的强烈的毒恨。你得死。

玳思狄莫娜 那么,上帝对我舍仁慈!⑯

奥 赛 罗 我说,
心愿如此。

玳思狄莫娜 你也对我舍仁慈!
我这辈子从未得罪你;我从未
爱过凯昔欧,只除了在上天所允许
那范围里边爱过他;我从未给过他
信物。

奥 赛 罗 凭上天,我看见我那条手帕
捏在他手里。啊,赌假咒的女人!
你把我的心变成了石头,使我
将我正要做的这事叫做凶杀,
我原来只是想要对上帝献礼:⑰
我亲眼见到那手帕。

玳思狄莫娜 那是他捡到的;

我从未给过他手帕。叫他到这里来；
让他来说句真话。

奥 赛 罗 他已经承认。[18]

玳思狄莫娜 什么，官人？

奥 赛 罗 他承认他已经用过你。

玳思狄莫娜 怎样？非法地？

奥 赛 罗 是的。

玳思狄莫娜 他不会这么说。

奥 赛 罗 不，他的嘴
不响了：诚实的伊耶戈已着手做这件事。

玳思狄莫娜 啊！我的恐惧说明了。什么！他死了？

奥 赛 罗 如果他每一根头发有生命，我对他
无比愤怒的报仇准能把它们
全消灭。

玳思狄莫娜 唉哟！他给出卖了，而我就毁了。

奥 赛 罗 滚蛋，娼妓！你当我的面哭他？[19]

玳思狄莫娜 啊！赶我走，官人，但不要杀死我。

奥 赛 罗 下去，娼妓！

玳思狄莫娜 明天杀我；让我今晚上活一夜！

奥 赛 罗 不行，你若要挣扎，——

玳思狄莫娜 只半个钟头！

奥 赛 罗 动了手就不能踌躇。[20]

玳思狄莫娜 让我只做一次祷告！

奥 赛 罗 太晚了。[揪住使窒息而死][21]

[爱米丽亚在门首]

爱米丽亚 [在内]主公，主公！喂呀！主公，主公！

奥 赛 罗 是什么声音？没有死？还没有死透？
我虽然残忍，可是还得要仁慈；
我不愿你在痛苦中迁延不去。
这样，这样。[22]

爱米丽亚 [在内]喂呀！主公，主公！

奥 赛 罗 谁在那里？

爱米丽亚　　［在内］啊也，亲爱的主公，
我要跟你说句话！

奥赛罗　　好的；这是
爱米丽亚：等一下。她死了。大概是
她来报信凯昔欧已经死：这声音
轰闹得很。[23]嗐！不再动了吗？
坟墓一般静。她可以进来吗？这可好？
我想她又在动：没有。做什么最好？
她若是进来，准会跟我妻子[24]说话：
我妻子！我妻子！什么妻子？我已经
没妻子：啊，受不了！啊，沉重的时刻！
我看来如今应当有一次大日蚀、
大月蚀，吓坏了的地球应当见到了
这巨变而裂开一个大缺口。[25]

爱米丽亚　　［在内］我请你
让我跟你讲句话，亲爱的主公哎。

奥赛罗　我把你忘记了：啊！进来吧，爱米丽亚：
等一下，就来：让我把帐帏放下来。
你在哪里？　［开门锁］

［爱米丽亚上。

你现在有什么事情？

爱米丽亚　啊哟，亲爱的主公，那里发生了
凶杀。[26]

奥赛罗　　什么？现在？

爱米丽亚　　刚才，主公。

奥赛罗　这正是月亮偏离了她那轨道，
她比素常时行得更近了地球，
使人们疯狂。

爱米丽亚　　凯昔欧，主公，杀掉了
一个叫洛窦列谷的威尼斯后生。

奥赛罗　杀死了洛窦列谷！凯昔欧给杀了？

爱米丽亚　没有，凯昔欧没有给杀死。

奥　赛　罗　不是凯昔欧给杀死！那么，凶杀
走了腔，甜蜜的报仇变成了酸苦。
玳思狄莫娜　啊！凶杀得错透，错透。
爱米丽亚　　　　　　　　　　　　　　唉哟！
那是什么叫声？
奥　赛　罗　　　　　　　　　　那个！什么？
爱米丽亚　说出来，唉哟！那是娘娘的声音：[27]
救人！救人，喂呀！救人！啊呀，
娘娘，再说呀！亲爱的玳思狄莫娜！
啊也！亲爱的娘娘，说话也吧。
玳思狄莫娜　我没有罪而死。
爱米丽亚　啊！谁干的这事？
玳思狄莫娜　没有人；我自己；祝别了：
劝我仁慈的官人记念我。啊！祝别了！[28]　　［死去］
奥　赛　罗　哎也，她怎样给凶杀的？
爱米丽亚　　　　　　　　　　　　　　唉呀！谁知道？
奥　赛　罗　你听她自己说的，那并非是我。
爱米丽亚　她是这么说；我一定得讲真话。
奥　赛　罗　她像个打入烈火地狱的撒谎者；
是我杀死了她呀。[29]
爱米丽亚　　　　　　　　　　　啊！她更显得
是个天使，[30]而你更是个恶魔。
奥　赛　罗　她变得淫荡起来，成了个娼妓。
爱米丽亚　你撒谎污蔑了她，你是个魔鬼。
奥　赛　罗　她跟流水般无情义。
爱米丽亚　　　　　　　　　　　　　说她无情义，
你同烈火般莽撞：啊！她深情
真挚好比是天人。
奥　赛　罗　凯昔欧登上她身子；问你的丈夫。
啊！我会给打入地狱的最下层，
若不凭正确可靠的原由来进行，
到这般酷烈的程度。[31]你丈夫全知道。

爱米丽亚　我丈夫！

奥　赛　罗　你丈夫。

爱米丽亚　说她不忠于婚姻？

奥　赛　罗　不错，是跟凯昔欧。而且，如果她
情义真，即令皇天把整整一巨方
琼珍豪贵的橄榄石给我造成了
另一座这样的世界，也休想叫我
去将她交换。

爱米丽亚　我丈夫！

奥　赛　罗　　　　　是的，这是他首先告诉我：
他是个诚实人，痛恨粘在淫秽
勾当上的污泥。

爱米丽亚　　　　　　　我丈夫！

奥　赛　罗　　　　　　　　　　何用这重复，
娘们？我说你丈夫。

爱米丽亚　　　　　　　　啊唷，娘娘！
奸恶对爱情来了个嘲讽。我丈夫
说她无情义！

奥　赛　罗　　　　　　是他，娘们；我是说，
你丈夫：你懂得我吗？是我的朋友，
就是你丈夫，诚实的，诚实的伊耶戈。

爱米丽亚　如果他这样说，叫他那恶毒的灵魂
每天烂掉它半丁点儿！他撒谎
撒进了心里头：她太爱她那卑鄙得
不值半文钱的宝货。

奥　赛　罗　嘻！

爱米丽亚　随你去怎么办：
你做的这件事见不得皇天，正如你
配不上有她。

奥　赛　罗　　　　　　禁声！我叫你。

爱米丽亚　　　　　　　　　　　　你没有
伤害得了我的一半力量来损伤我。

啊,蠢奴才!啊,笨鳖蛋!跟泥巴
一般吃矢地愚骙!你干得好事,——
我不把你的剑放在我眼里;我准会
叫大家知道你,即令要丢掉二十条
性命。救人!救人,喂哟!救人啊!
摩尔人杀死了我娘娘!凶杀!凶杀!
[蒙塔诺、格拉休阿诺、伊耶戈与从人等上。

蒙塔诺 什么事情?怎么说法,将军?

爱米丽亚 啊!你来了,伊耶戈?你干得好事,
人家得把凶杀挂在你头上。

格拉休阿诺 什么事情?

爱米丽亚 你若是个人,拆穿这坏蛋的谎话,
他说你告他,他妻子对他不贞洁。[32]
我知道你没有,你不是这样个坏蛋。
说呀,我的心胀得要爆破。

伊耶戈 我把我所想的告诉了他,我讲的
不超过他自己所见的彰明而真实。

爱米丽亚 但是你是否对他说过她不贞?

伊耶戈 我说过的。[33]

爱米丽亚 你撒谎,撒了个龌龊、混帐的恶谎;
凭我的灵魂,一个狠毒的恶谎。
她跟凯昔欧通奸!你说跟凯昔欧?

伊耶戈 是跟凯昔欧,娘子。得了吧,莫多话。

爱米丽亚 我非得多话不可;我一定得讲。
我娘娘在这里躺在床上遭凶杀。

众人 啊,上天莫叫这样!

爱米丽亚 而你的话造成了这凶杀。

奥赛罗 别那么眼瞪瞪,大人们;确是的,当真。

格拉休阿诺 这倒是怪事。

蒙塔诺 啊,骇怪的行径!

爱米丽亚 恶辣!恶辣!恶辣!我此刻想到,
我想我嗅到;[34]啊,奸险恶辣!

那时候，[35]我想到；我要伤心得死掉。
啊，恶辣，恶辣！

伊　耶　戈　什么！你疯了？关照你，回家里去吧。

爱米丽亚　尊敬的大人们，请准许我来说话：
我应当对他服从，但此刻不能。
也许，伊耶戈，我将永远不回家。

奥　赛　罗　啊！啊！啊！[36]　［奥赛罗仆倒床上］

爱米丽亚　去吧，倒下去
号叫吧，因为你杀死了曾对这世上
举目过的最可爱的天真无邪的人儿。

奥　赛　罗　啊！她是罪恶的。我几乎不知你
在这里，叔父。[37]您侄女躺在那边，
她的气，当真，这双手刚使它停止：
我知道这行动显得可怕而吓人。

格拉休阿诺　可怜的玳思狄莫娜！[38]我高兴你父亲
已经死。你这桩婚事对他致了命，
把他老命的线儿一剪成两段：
他若是现在还活着，这情景会使他
干出丧心病狂的祸事来，是呀，
诅咒保护他的吉神离开他身边，
而堕入地狱去，永远不能得超生。

奥　赛　罗　这煞是可怜；可是伊耶戈知道
她跟凯昔欧干过那丑事一千遍；
凯昔欧自己供认过：而她便报答
他那些色情的功夫，给了他我早先
送她的誓物和寄爱徵。我见那东西
拿在他手里：这是条手帕，我父亲
给我母亲的[39]一件古老的信物。

爱米丽亚　啊唷，天呀！啊唷，上天的神威！

伊　耶　戈　来吧，莫做声。[40]

爱米丽亚　我要讲出来，讲出来；
要我莫做声么，你？不成，告诉你；

不行，我要跟老北风一样公开；
尽管上天、人们、魔鬼，让他们
全都，全都羞辱我，我还是要讲。

伊　耶　戈　识相点，回家里去吧。

爱米丽亚　　　　　　　　　　我不去。

［伊耶戈威胁欲刺爱米丽亚］

格拉休阿诺　　　　　　　　　　　　可鄙！
你的剑用来刺女人？

爱米丽亚　啊，你这蠢家伙摩尔人！那手帕
是我偶然捡到了，给了我丈夫，
因为屡次三番，以严肃的殷切，——
这么件小东西，当真，不值得如此，——
他央我把它偷到手。

伊　耶　戈　　　　　　　　下贱的娼妇！

爱米丽亚　她把它给的凯昔欧！不是，唉呀！
我把它捡到，我把它给了我丈夫。

伊　耶　戈　滥污，你撒谎！

爱米丽亚　　　　　　凭上天，我没有，没有，
大人们。啊，杀人凶手傻瓜蛋！
这样个蠢蛋，有了这样好的老婆
怎么办？

奥　赛　罗　　　　天上难道再没有霹雳，
只除了供打雷时候用？[41]宝贝的坏蛋！

［奔向伊耶戈。伊耶戈冲刺爱米丽亚，随即下场。[42]

格拉休阿诺　这女人倒了：他准是杀了他妻子。

爱米丽亚　是的，是的；啊！葬我在娘娘
身边。

格拉休阿诺　　　他走了；他老婆已给他杀掉。

蒙　塔　诺　这是个恶毒透顶的坏蛋。你接下
这柄剑，这是我打摩尔人手里
拿来的。来吧，在外边守卫住大门，
休让他通过，格杀勿论。我也来

擒拿这恶贼,这是个极可恶的奴才。

[与格拉休阿诺同下。

奥 赛 罗 我勇武都说不上,每个小猴儿崽子
都能解除我的剑。但是为什么
基本的正直已消亡,还残留着尊荣?[43]
让它也同归于尽。

爱米丽亚 你的歌,娘娘,
预兆些什么?听啊,你听到我吗?
我要像临死的白鹄一般,在挽歌
声中死去:[唱]
"柳条,柳条,柳条。"——
摩尔人,她是贞洁的;她爱你得很,
狠心的摩尔人;我灵魂要超升极乐界,
因为我说的尽真话;说着心里事,
我死去,死去。 [死去。]

奥 赛 罗 这里我还有柄利器;
这是把西班牙宝剑,打造时用冰水
淬炼。啊!在这里。——叔父,我得来。

格拉休阿诺 [在内]假使你要试,就要付很高的代价:
你没有快口,一定得吃点苦头。

奥 赛 罗 那么,进来瞧瞧我,跟我来打话,
或许,赤手空拳,[44]我也能把你斗。

[格拉休阿诺上。

格拉休阿诺 有什么事情?

奥 赛 罗 瞧吧!我有柄利器;
武士的腰间从未佩带过更好的:
我见过那日子,使着这小小的臂膀,
这精良的长铗,我所向披靡无阻,
穿经你所能起的障碍不下二十倍:
但那是,啊,无聊的夸耀!谁能够
控制自己的命运?这如今不然了。
不用害怕,虽然你见我佩着剑;

这是我行程的尽头，是我的终局，
我航路已到了极限的标志。你是否
害怕而后退？这是个徒然的恐惧；
把一根灯心草指向奥赛罗的胸膛，[45]
他就会后退。奥赛罗应往哪里去？[46]
却说，现在你看来是怎么个模样？
啊，命苦的小娘！跟你的衬衣
一般苍白！当最后审判那一天
我们相见时，你这般模样将会把
我灵魂从天上扔下来，魔鬼们会抢着
把它抓。冰冷，冰冷，我的姑娘！
跟你的贞洁一个样。
啊！可恨，可恶的奴才。[47]挥鞭梢，
魔鬼们，鞭去我心中这天人般的形象！
把我在风飚中颠顿！硫磺里燔烤！
把我投入火流的陡峭的旋涡中！
啊，玳思狄莫娜，玳思狄莫娜！
死了啊！呀！呀！呀！
［罗铎维哥、蒙塔诺、伊耶戈（被逮）、军官数人、
凯昔欧坐肩舆，同上。[48]

罗铎维哥　这莽撞而非常不幸的人在哪里？
奥　赛　罗　那是他，曾经是奥赛罗；我在这里。
罗铎维哥　那毒蛇在哪里？把那坏蛋带过来。[49]
奥　赛　罗　我低着目光看他的脚；但那是
虚幻的传说。[50]你若是个魔鬼，我不能
杀死你。　　　　［刺伤伊耶戈］
罗铎维哥　　　　夺掉他的剑。
伊　耶　戈　　　　　　　　我流血，大人；
但没有给杀死。
奥　赛　罗　　　　　　我并不可惜；要你活；
因为，据我想来，死去了倒快乐。
罗铎维哥　啊，你这奥赛罗！你曾经这么好，[51]

却中了那个贼奴才的奸谋，我们
将对你怎样说法？

奥　赛　罗　　　　　　哎也，听便：
一个心地光明的凶杀犯，您可以
这么说；因为，我所作非出于恚恨，
而都是为荣誉。

罗铎维哥　　　　　　这恶贼已部分供认
他那恶辣的行径：你和他同意把
凯昔欧杀死吗？

奥　赛　罗　唔。

凯　昔　欧　亲爱的将军，我从未给过您缘由。

奥　赛　罗　我信你的话，我要请求你原谅。
您可能，我请求，问那半个儿魔君吗，
他为何要这般陷害我的灵魂跟身体？

伊　耶　戈　休问我：你所知道的，你已经知道：
从今往后我将决不再讲话。[52]

罗铎维哥　什么！不祷告？

格拉休阿诺　　　　　　刑讯会叫你开口。

奥　赛　罗　很好，您最好这么办。

罗铎维哥　足下，你该当知道发生了什么事，
不过，我想，你还不知道。这里有封信，
从被杀的洛宩列谷身上找到，
这里又有封，第一封是说，杀死
凯昔欧由洛宩列谷负责进行。

奥　赛　罗　啊，恶毒！[53]

凯　昔　欧　　　　　　真是穷凶极恶！

罗铎维哥　这里还有封语气很不满的柬帖，
也从他口袋里找到；这一封，看来，
洛宩列谷打算要送给这贼坏蛋，
可是，我猜想，在发出之前伊耶戈
来到了，使他满了意。

奥　赛　罗　　　　　　啊，这恶贼！

你怎么会到手，凯昔欧，我妻子那手帕？[54]

凯　昔　欧　我在我房间里捡到；他自己刚供认，
他故意扔在那里，且已经如愿
以偿。

奥　赛　罗　　啊，蠢才！蠢才！蠢才！[55]

凯　昔　欧　洛窦列谷在信里还责骂伊耶戈，
怪他叫他在岗哨上向我挑衅；
就为了那事我遭到黜职：他刚才，
似乎已死了好久之后，还说到
伊耶戈煽动他对我袭击，又把他
刺伤。

罗铎维哥　你须得离开这房间，和我们同走；
你那权位与指挥已经被撤掉，
而由凯昔欧在塞浦路斯任统帅。
这奴才，假使有什么机巧的酷刑
能把他凌迟施虐，定要他去生受。
你须得成为个严禁的罪犯，要待
罪行的性质报知了威尼斯当道，
再对你处置。来吧，将他带起走。

奥　赛　罗　且慢；[56]您去前且容我略谈这一二。
我曾为公邦效过些微劳，他们
也知道；那不用再提。在您书柬中
说起我，当申叙这些不幸的事件时，
要请你只照直敷陈；既毋庸缩减，
也不必心怀了恼恨漫着笔：然后，
您定将诉叙有个人钟情太深重，
虽说不聪明；此人轻易不忌妒，
但一经着了魔，便惶惑得无所措手足，
这人好似那鄙贱的印第安族人，
丢掉颗明珠比他那整个部落
还珍富：这人的两眼，有伤感动于衷，
纵令不惯泣涟洏，也尽会汨涔涔，

如同那阿拉伯香树堕注药胶脂。[57]
请君记下这一笔；此外再说道，
有一次阿兰波[58]地方有一个生性
凶恶、头戴巾帕的土耳其枭民
揍一个威尼斯邦人，且将公邦
来诋毁，我抓着那割掉包皮的狗子，
揪住了脖子给他这一下。　[以匕首自戮]

罗铎维哥　啊，血染的收场！

格拉休阿诺　所有的话儿都只变成了白说。

奥赛罗　杀死你之前，我曾接过你的吻；
如今，再没别的路，杀死我自己，
[倒于玳思狄莫娜身上]
一吻而死。　[死去]

凯昔欧　我就怕这样，但以为他已没有了
武器。

罗铎维哥　[对伊耶戈]啊，忿鸷的斯巴达猛猘！[59]
比惨痛、饥饿或是大海还凶残
狼戾，你看床头这灾祸的负荷；
这是你的勋劳；这形景不堪卒睹；
把它盖起来。格拉休阿诺，你守住
这屋子，领受了摩尔人的财产，因为
它们归你去继承。至于您，总督，
审判这魔鬼似的恶棍，由您去决定
时间、地点、刑讯；啊！贯彻它。
我将立即上船去，以沉重的心情，
将这件悲惨的事变向公政院报明。　[同下。

（剧　终）

第五幕　注释

① 各版四开本原文作“Bulke”，Gollancz（在其校注之 Temple 版莎氏全集[1894—1922]《奥赛罗》剧本内），Skeat（*A Glossary of Tudor and Stuart Words*，1914），Onions（*A*

Shakespeare Glossary,1919)等都解作店铺前部凸出的框架,用以展陈货物者。Schmidt 解作房屋的凸出部分。各版对开本作"Barke",Knight 解作堡垒前凸出的部分,墙垛子或扶柱(buttress)。

② 原文"young quat"相当于现代英语里的"young scab",意即年轻的"痤疮";"痤疮"为流氓社会里一句下流话,是指一个龌龊可鄙的家伙。

③ 各版四开本原文作"Be't so",意如译文;对开本作"But so"(但是这样)。Dyce 校改为"But,soft"(但是,轻一点),虽好,却非本来面目。

④ 这是在悔恨自责。接着,奥赛罗误以为凯昔欧在内疚自责,故曰"一点不错"。迨凯昔欧呼救之后,奥赛罗才发觉这呼救的人是凯昔欧,所以说"这是他"。

⑤ 原文作"进来"。

⑥ 坏蛋干了十恶不赦的坏事,理屈情虚,满心恐惧,生怕人家看出了他的破绽,便倾其平生之力,转移目标,以期嫁祸于人。我们或许可以套他自己的话来说他,

不行,罪恶
会自我暴露,虽然舌头在高声
捏造、污蔑、诽谤,显见得凶手
自情虚,只可惜二公目光不敏锐。

虽然罗铎维哥与格拉休阿诺一句也没有理睬他,可是他独自一个依然兴致勃勃、张牙舞爪地在那里大声疾呼。作者于四百年前能如此传神地描绘这"伟大"的犯罪者的心影,真可谓神来之笔。

⑦ 初版四开本这里的舞台导演辞作"奥赛罗上场,持一支光",二、三版四开本在后面加上"玳思狄莫娜在床上";对开本则仅为"奥赛罗上场,玳思狄莫娜在床上"。所谓"光"可以是灯,也可以是烛,但多半是一支尖头的细长蜡烛,插在烛台上。据 Knight 与两位十九世纪德国莎作翻译家与学者 Tieck 与 Ulrici 的研究,在莎氏当时,舞台上的布置是:主戏台后部还有一个小戏台,它也跟前面的大戏台一样,有帷幕掩盖着,演出就在这样的情况下进行;幕启时玳思狄莫娜在作为她的眠床的小戏台上睡着,奥赛罗上场来后将小戏台的帷幕拉开,然后继续演下去。在近代舞台上,名伶 Edwin Booth 的舞台设计是这样的:这是堡垒里的一间卧室;床在舞台左侧,安放在高出平地的矮坛上,床头对着观众;正对着床,在舞台右侧是一扇大窗,幕启时月光从窗外射到床上;台中间,面对着观众是一扇门和一只做在墙壁上、有垫子的软长椅;近床处放一只桌子,上燃灯火;玳思狄莫娜在床上睡着,奥赛罗站着。这样,奥赛罗握住她脖子按在床上,使她窒息而死,观众可以不见。Booth 这设计,关于月光一点,译者觉得尚可商榷。如果有月亮,奥赛罗当会提起她而不提起"你们贞洁的星辰"。虽然月光照在床上能增加浪漫气氛,但与莎氏原意恐不免相左,因为这一景是这出惨绝人寰的悲剧的顶点,皎洁的月亮也躲起来了(月黑夜),不忍露脸,台上的光线不宜太亮,大窗(或落地长窗)里照进来的只是寥寥几颗星;在这外界与内心都黯然销魂的气氛中,奥赛罗不能自已地对贞洁的星辰们谈,让我休对你们提起那不入耳的名儿吧:要这样,我想,演出的气氛才能与剧诗的情调互相契合。有些人主张在这一剧景里玳思狄莫娜应当始终,或大部分时间,躺在或坐在床上,而不宜下地来。英国名女伶番妮·堪布尔(Fanny Kemble,1809—1893)批评意大利名伶萨尔维尼(Salvini)使玳思狄莫娜从小戏台上走下来,站在它前面与奥赛罗进行对话,乃是违反了演出传统,伤害了这一剧景的效果,且与莎氏意向不符,我觉得是不移之论。莎氏的用意,她说,是在使奥赛罗告诉他妻子,说她正在她毕命去的床上,而当他愤怒

地命令她“禁口，莫做声”时，她回他道，“好的。什么事?”这时候这凄惶的女子畏缩地爬在枕上，像一个可怜的、惊恐的孩子一般。的确，假使让玳思狄莫娜面对奥赛罗站着说话，而不是在她那横靠着的姿势的柔弱无助的状态中哀求怜悯，这整个剧景便会失去它最可怜的成分；虽然我们没有疑问，什么女伶人，只要她有本领对付这情景，可以从床上冲下来投到奥赛罗跟前地下，同时尖声发出这否认，“没有，没有，没有；把这人叫来，问他，”——那样做是能产生非常有力的效果的。名伶 Fechter 的舞台设计里有一只高耸而优雅的威尼斯式灯台在床头照着，幕启时玳思狄莫娜睡着，在她手边掉在地上有一面梳妆镜子。这设计与这位伶人所了解的第一行与第三行里奥赛罗连说三次“It is the cause”有关，因为 Fechter 表演奥赛罗时从地下捡起了镜子来自照一下，见到里边古铜色的自己的面容后怒不可遏，说“这是原因，这是原因”，意即玳思狄莫娜所以对他不贞是因为不满于他的肤色，随即将镜子扔入面对观众的舞台后面的阳台外面海里去。这样了解第一行与第三行，以及采取这些动作，我觉得都病于庸俗，殊为不当。

⑧ 从 Steevens 所释，“我所主持的是贞洁与美德的大义。”Hudson 也解得贴切，“不能说我将采取的行动系出于个人动机或因嫉妒而报复。”

⑨ 原文只是“它”，意即通奸那罪名。在希腊、罗马神话里，月亮为 Artemis 与 Diana 女神；她们象征贞洁，又为林木之神与处女射猎者。拱绕着贞洁女神月亮的众星辰，在古典诗歌里因而被认为都是些环侍着她的处女。

⑩ 直译当作“你这出奇的造化所创的最巧妙的杰作(或模范)”，但嫌平淡乏味，而且噜苏。

⑪ “Promethean heat”，意即普罗米修士大神从天上偷下来赐给人间的神火，它有起死回生之力。道家以大罗天为仙界最高之天，那里大梵之气包罗氤氲，上有七宝树弥覆八方诸天。

⑫ Booth：奥赛罗踱着步。

⑬ Booth：说此时倾注着整个心神与灵魂。

⑭ Fechter：她推开了被头，起身坐在床上。

⑮ Booth：玳思狄莫娜下床来，颤兢兢地靠在床上。

⑯ Booth：站不住，沉了下去。从这里起到“啊！赶我走，官人，”她斜倚在床座的步级与矮坛上。

⑰ Johnson：我高兴已经校勘完毕了这一可怕的剧景。这真是不能忍受。Halliwell：许多读者也许会同情约翰荪博士结尾那句话。不去辩论写作这篇悲剧所显示的奇横的笔力，我心灵上感到的是，在这一剧景内和在伊耶戈这个可恶到绝点的性格里，有些东西这么样令人心中作呕，简直使研读《奥赛罗》这个剧本变成了不是个愉快的责任，而是个痛苦的义务。Furness：我毫不畏葸地说，我愿意这本悲剧从未被作者写作出来过。前面几幕里那无穷无尽的诗思所能给予人的愉快，不论怎样猛锐或高亢，对于我的气质来讲，无论如何也不能抵补，而只能增加，这最后一景的无法言宣的惨怛。对于校勘者与研读者，这悲剧既有如此创巨痛深的感觉；对于迻译者来说，那苦痛有过之无不及当可不言而喻。

⑱ Hales：[自此起至“啊！赶我走，官人，但不要杀死我。”]大体上讲来，莎士比亚喜欢描绘这人世间宏伟的道德律的作用，以及显示违犯了它们、那惩罚将是多么可怕。但有时候他展露出一个更加可怕的景象，——一个神秘的、不可究诘的、使灵魂为之扑倒的景象。这就是“命运”，盲目，不能说动，凶残无餍。玳思狄莫娜正是“命运”的

最精选的遭难者之一。她的明艳倒成了她的敌人。她的美德把毁灭带给了她。最天真无邪的东西被解释成为控诉她的证据。服从了她清澈的灵明的最好本性,她却激起了最恶意的疑虑,招致了最苦恨的谴咎。她口中的真实,被当作欺诳。在现在这一段里,她的回答,由于一个几乎无法使人相信的灾祸,也正因为她天性的清纯无猜,而恰恰证实了奥赛罗对她的可恨的诉罪。回答能比她这些个更加不幸吗?她是堕入了"命运"的罗网之中,无法逃脱。我们可以比她的希腊文名字"δμδαίμωυ"(犯了灾星)更进一步,说她是"δυσδατμουία"(被灾星所命定)。她不仅不幸福,而且是无幸福本身。

⑲ Booth:狂怒。他讲下一句话后有一个生死的挣扎,那时候她回到床上,奥赛罗的身体隔着她和观众。

⑳ 这是原文的一解。另一解是 Knight 的说法:这句话不是对玳思狄莫娜说的,而是奥赛罗表示他自己头脑里的想法。他的爱情与他那受害的荣誉两者之间的冲突已经过去;当他对他妻子举起了他杀害之手的时候,他认为报应的行动已经做到了。这确是做到了。为仅仅干完他的暴行,那是桩仁慈的事,"就不能踌躇"。

㉑ Booth:长时间的停止动作。爱米丽亚的叩门声不应太响。

㉒ 据 Collier 于十九世纪三十年代所发现的一只作于《奥赛罗》这剧本已经演出后、作者失名而当时未曾印行的"歌谣":题名《摩尔人奥赛罗之悲剧》——据那只"歌谣"里所说,最早饰演奥赛罗的伶人,莎士比亚的朋友与戏班同事褒贝琪(Richard Burbage),他手刃了玳思狄莫娜,"那里把他那乌黑的双手,||他染得殷红火赤。"但这只歌谣的年代有可疑之处,因而褒贝琪的手刃也发生了问题。十八世纪七十年代 Francis Gentleman 在一篇评论当时名伶茄立克(David Garrick,1717—1779)的演出时,说到玳思狄莫娜在窒息过去之后苏醒回来,未经行凶而再行死去,疑得未免荒唐;所以他称赞茄立克的创新演法,让奥赛罗手刃她,她流了血同时恢复了说话能力,跟着再死去,为演出技术上非常合理的一着。Steevens, Rann, Knight, Collier, Hudson 等学者都赞同此说。Knight 谓,奥赛罗虽曾说过"我不叫她流血",但在这一惨痛与恐怖的顷刻间,当他说"没有死?还没有死透?"的时候,他把以前的决定忘记了。Delius 不同意这说法,说假使莎士比亚用意是要使奥赛罗手刃玳思狄莫娜,他一定会在这上下文里给我们少许暗示,不论怎样些微,以资推论而确定这一点。缺少这个暗示,加上摆明了的舞台导演辞,迫使我们猜想奥赛罗说"这样,这样"时,他重新按着她的脖子将她窒息而死。Cowden-Clarke 相信"这样,这样"只是用来表示奥赛罗堆些衣服,压个枕头在她嘴上。Booth:当你手刃和呻吟"这样,这样"时,用战栗的手将你的脸遮起来;那钢锋是在穿刺你自己的心房。这些名伶与学者们所以觉得奥赛罗当是手刃了玳思狄莫娜,原因在于他们认为她既然窒息过去之后能苏醒回来,但过了一阵说了三句话之后忽又不复挣扎而悄然死去,乃是不可能或不合理的,除非奥赛罗说"这样,这样"时因不忍她迁延不死而拔出匕首或短剑来刺她一下,而且击中了要害。Furness 提出两个问题:如果他们的猜测是对的,玳思狄莫娜之死于剑刃跟奥赛罗下面所说她苍白得跟她的衬衣一样又有不可调和的冲突;如果她确被窒息而死,她的脸色似应紫胀而不会苍白,除非莎氏确曾见到过这样的例子。Furness 将这剧景全文送交七位他所认识的名医师,在这些字句下面都画上了着重线条:"我不叫她流血";"这样,这样";"她死了";"嗐!不再动了吗?坟墓一般静";"我想她又在动:没有";玳思狄莫娜被窒息后所说的三句话;"您侄女待在那边,||她的气,当真,这双手刚使它停止";以及"跟你的衬衣一般苍白":——另外再提出六个

问题向他们请教。他们的答复虽然不完全一致，而且因为太长，这里不可能译出来，但总起来说，大都认为她是被窒息而死的，不是毕命于匕首或短剑击中了要害。我觉得 Dr. Willian Hunt 与 Dr. Ad. Lippe 的答复最令人满意：前者云，她死于喉头的环状软骨破裂(fracture of the cricoid cartilage of the larynx)，加上气肿(empbysema)与神经性休克(nervous shock)；后者谓，是出于慢慢地被闷窒而死，以及强烈的情绪变化促使心脏停止活动。在这两种情况之下，脸色都是苍白的，伤者能在临死前以沙哑的低声说两三句话。至于"这样，这样"，大多数的意见是说，此时奥赛罗正在加紧扣住她的脖子。

㉓ Booth：这是指他跟玳思狄莫娜的挣扎，她的叫声和他的怒斥合在一起很响。(Irving 以为这是指爱米丽亚的拍门声。)Furness 认为这是指洛窦列谷袭击凯昔欧时的轰闹声。

㉔ Booth：说到这里，他停住了，目瞪口呆，或许说，被这样个奇怪的字眼所困惑住，自问自地喃呐了两次以后，随即以心情恐怖的全力，几乎以尖锐的喊叫声讲出"我没妻子！"跟着就倒在舞台后部中间的软长椅上，那里他一边全身扭捩着，一边说出下面的几行。

㉕ L. Mason：当时人以为日、月蚀时或过后总有地震。

㉖ Booth：奥赛罗为之一怔。

㉗ Booth：爱米丽亚冲到床前，把帐帏卷起。

㉘ Booth：这临终之言应当打动了奥赛罗；他相信她垂死前还[为了他]撒这个谎，因而显示出内心多么痛苦。他的下一句话是在哽咽中说出的。

㉙ Booth：说这一行半时用深沉的情感，不可出以无动于衷的声音。

㉚ Hudson：爱米丽亚分明是说，玳思狄莫娜说了刚才那句谎言更显得她是个天使。当然，所有心神正常的人都得同意她；无论如何，我也是不能不为这句谎言而更加敬爱、尊崇玳思狄莫娜的许多人中间的一个。因为，的确，这甜蜜可爱的苦难人知道奥赛罗是被某一骇人听闻的妄想所驱使着；有一股可怕的戾气迫使他心不由己，不能自主；他一定会遭受到那不堪设想的后果，所以要比她自己更成为哀怜的对象；他神态间那不可言宣的怆痛绞得她纯洁的灵魂发出一派怜悯，如此地强烈，以致使她毫不感觉到她自己垂死前的那阵苦痛；所以她临终时最后的呼息，被她温柔悌惝地切望能庇护他的情愫化得神圣非凡——竭尽她的能力庇护他，使真相大白时，他能够不受等着要对他内外夹攻的可怕的惩创所打击。玳思狄莫娜临死前的伪言，它的源头与泉脉原来是这么渊深而圣洁！这句谎言，乃是真理本身的圣洁中所产生出来的！

㉛ Booth：这两行半用劲说，以辩解他自己的行动。

㉜ Booth：伊耶戈显得横定了心，瞪目而视；坚定不移，——她说完后他稍停一下才答话，顽固地。

㉝ Booth：简短而尖锐。说时他向她投射疾速的、钢刺似的一瞥，表示轻蔑，但当她接着开腔时不禁气沮，而是在绝望中拚着命说"是跟凯昔欧，娘子。……"这句话的。

㉞ 这读断法与标点从 Staunton。各版对开本作"我想到：我嗅到："知名的 Globe 本及 Hudson，Rolfe，White(第二版)等都从它。许多现代版本则都从 Rowe 的读断与标点法，"我想到，我嗅到，"——这就病于太碎。

㉟ Steevens：这是指当她把玳思狄莫娜的手帕给伊耶戈的时候；因为就在"那时候"，爱米丽亚便已显得在疑心他向她讨它不是为什么诚实的目的，所以问他丈夫说，"你要

把它怎么样,这般急切地||要我把它偷?”(三幕三景三百十余行处)。Cowden-Clarka:这是指四幕二景一百三十余行处,她说“我宁愿给绞死,||若不是什么骇人的坏蛋,……”这句话时候的怀疑;她现在似乎正要说,“那时候我曾想到有坏蛋在那里捣鬼,可是想不到那坏蛋就是我丈夫。”想到伊耶戈居然能干出这样十恶不赦的坏事来,她不禁打断她自己说了半句的话,插入“我要伤心得死掉”。译者觉得这一疏解似可曲尽原意之隐妙。

㊱ Booth:伊耶戈恶意地欣然凝视着,默默得意。爱米丽亚坐在软长椅上。

㊲ 格拉休阿诺上场来后不久,当他发现他侄女已死,就倒在一只放在床前的凳子上。

㊳ Delius:格拉休阿诺似乎是来到塞浦路斯岛,专为带她父亲的死讯给玳思狄莫娜的。

㊴ Steevens:在三幕四景约六十行处奥赛罗说是个“埃及人”送给他母亲的;在这里他又说是他父亲。这有人曾非难为莎士比亚的失误,但也许这只是他艺术的又一新证。奥赛罗所讲的有关那手帕的第一个说法是故意浮夸的,用意是要吓他妻子一下。他第二次说起它时,说实话已能满足他的目的。Cowden-Clarke:就是这一下稍稍与事实有出入也有它自己的报应。假使奥赛罗不用那条手帕的描摹过度激起玳思狄莫娜的恐惧,她也许不致被引入支吾搪塞之中,以致说了假话。

㊵ Booth:伊耶戈没有想到她会暴露他的秘密,现在便震惊起来而剧烈发抖了。

㊶ Malone:天上难道没有个额外的霹雳吗,可以径自扔到这穷凶极恶的坏蛋头上去?是否他那武器库里所有的储藏都得留作普通寻常的雷霆用?

㊷ 各版四开本导演辞作:摩尔人奔向伊耶戈;伊耶戈杀其妻。各版对开本无此导演辞。Rowe作:伊耶戈冲破拦阻,伤其妻,随即下场。Dyce作:奥赛罗拟冲刺伊耶戈,但为蒙塔诺夺去其剑。

㊸ 从 L. Mason 的疏解。

㊹ 如格拉休阿诺所猜想的那样。

㊺ 据 Staunton 云,这是隐指滑稽比武而言,与赛者以灯心草作为武器,以代宝剑。

㊻ Booth:走向床前,行近时他的剑从手上掉落到地下。

㊼ Booth:以表情的姿态来显示,你是在指伊耶戈而言。Furness:我以前总以为在指奥赛罗自己。

㊽ 各版四开本里的这舞台导演辞,各版对开本付诸阙如。Collier:在现代舞台上,凯昔欧跛着步子上场来,有人扶着他,那块手帕给绑在他受伤的腿上。

㊾ Booth:伊耶戈上场时,奥赛罗就把帐帷放下来,以免玳思狄莫娜之遗体被伊耶戈的凝视所污渎。大家都目注着伊耶戈,正好给奥赛罗一个不被觉察的机会去冲击他。

㊿ 据传说,魔鬼的脚是中间裂开的分趾蹄。

(51) Booth:不是只凶恶的野兽。记住了这一点。

(52) Booth:咬牙切齿,表示从此决不再讲话。

(53) 据 Ritson 与 Walker 说,从意义上与音步上讲,都应是“villainy”。本来作“villaine”(坏蛋)。

(54) Booth:停顿一下,——惊诧地望着那手帕。

(55) Hawkins 在《岐恩传》(Edmund Kean,1787—1833)里说道:[老]蒲士(Junius Brutus Booth,1796—1852)、茄立克(David Garrick,1717—1779)、巴雷(Spranger Barry,1719—1777)与堪布尔(John Philip Kemble,1757—1823)四人表演这几个字时,都恣肆激情狂呼着,扯着头发,浑身震颤着,但岐恩却懂得更深些;他这时候不感觉到极度的痛苦,因为莎士比亚和自然没有叫他感觉到这个,他重复这几个字时很快,几乎不怎么听得清，而是出之以一下惊奇的半笑，诧异他自己的不能使人相信的愚蠢，竟是这样一个"蠢才"。Ottley：那些看见过歧恩表演这一段的人，用不到去提醒他们回忆起他如何奇异地运用这一机会来表演，——他的目光在空虚中游荡，被诧异、懊悔、绝望所乘而似醉似痴，——两只手扣住着，手心朝上，盖在头顶上，仿佛是镇压着一个发烧的脑子，那正待爆发出来变成一个火山，——当时以颤抖的喘息声，以极痛苦的声调叫道："蠢才！蠢才！蠢才！"Booth：我想象，从现在起，奥赛罗是在完全疯狂的边缘上了。

㊻ Gould：当 J. B. Booth 开始这一段话时，他拿起一件丝绸的长褂，不经意地披在肩上；然后伸手取他的头帕，在那里边拿到了他藏着的那柄匕首。Booth：奥赛罗打开了帐帷，——停一下，——吻了玳思狄莫娜，——慢慢地以悔恨的深情，——转向其他诸人，他们怀着尊敬的同情低下头来，所以都没有看见他决意了的自杀，等到发觉已经太晚。

㊼ Bucknill：也许不是阿拉伯树胶，而是没药。按，字典上说，没药产于阿拉伯、阿比西尼亚等国，茎部渗出黄色乳液，干后成块，气香味苦，颜色深红如琥珀，为通经健胃药。

㊽ Aleppo 在当时是在亚洲部分土耳其境内的一个城市，现在叙利亚东北部。Steevens：据人告诉我，一个基督教徒如果在阿兰波打了一个土耳其人，他会马上被处死。

㊾ Hanmer：斯巴达（Sparta，又名 Lacedæmon，希腊半岛南部古希腊 Laconia 邦之首府，居民以悍勇好战、不喜说话闻名）种狗当时被公认为最猛烈凶残的几种之一。Singer：这暗示似乎指伊耶戈坚决的沉默和古斯巴达人遇苦难时那尽人皆知的沉默，同时也意味着狗性的猛鸷。

1963 年 9 月 16 日开译，1964 年 1 月 14 日竣事。

1964 年 3 月 10 日晨二时修校抄录完毕。

用 Horace Howard Furness 之 New Variorum 本 *Othelto*。

麦克白斯

Shakespeare

MACBETH

本书根据 H. H. Furness 新集注本及 C. M. Lewis 之 Yale 本译出

译　　序

《麦克白斯》这莎士比亚四大悲剧诗中最后，也是最短的一篇*，它所搬演表达的，大致上是根据古英格兰史家拉斐尔·霍林献特(Raphael Holinshed，约于1580年卒)的《苏格兰编年史》("Chronicles of Scotland",1578)所着笔的；而霍林献特乃是根据苏格兰东北部滨海的亚伯甸郡首府亚伯甸城(Aberdeen)一个大概是歌祷堂僧人(chantry priest)约翰·福屯(Jahn Fordun,1384年卒)的(《苏格兰编年史纲》("Scotichronicon")的传说，加以申叙的。

关于麦克白斯(Macbeth,1057年战败被诛)的古代遗闻传说，更早些可上溯到薄依思(Hector Boece，或作Boëthius,1465？—1536)以拉丁文所写的《苏格兰史》("Scotorum Historiae,1527)上去，此书于一五二六年在巴黎出版，作者是苏格兰东北部滨海亚伯甸郡首府亚伯甸城的君王学院(King's College)首任院长，于一五四一年由牟丽郡(Moray)的副主教(archdeacon)约翰·贝伦屯爵士(Sir John Bellenden,1639年卒)译为苏格兰方言出版。据莎剧学者克拉克(W. G. Clark,1821—1878)与赖益德(W. A. Wright,1831—1914)研究，霍林献特是根据薄依思这本书编著他的史乘的。

苏格兰国王邓更一世(Duncan Ⅰ,1040年被弑)的将军麦克白斯[Macbeth，他于1040年篡夺邓更一世而称王，于1057年被邓更一世的太子马尔孔三世(Malcolm Ⅲ,1093年崩殂)所战败而诛戮]与将军班轲(Banquo，他虽在莎剧《麦克白斯》中和苏格兰王的军中是一位知名的将军，霍林献特的书中也提起他，但一般地并不被认为是个历史人物),于戡平叛乱后回朝,在一处荒原上遇见三个怪异的巫婆,她们对两人发布预言,说麦克白斯将因功被赐封为葛拉密斯男爵(Thane of Glammis),又会因功被加封为考窦男爵(Thane of Cawder),最后会身登大宝,而班轲的子孙则将会成为一系列的君王,可是他自己则没有机缘称孤。果然,不久后他们尚未回朝,还在途中时就有消息到来,说麦克白斯已被封为葛拉密斯男爵,又被加封为考窦男爵。随后不久,追回到朝中,巫婆们的预言一再应验。又过后不久,经巫婆们的预言两次应验所激发,而恰巧正值君王邓更亲自临幸到他堡邸里来时,麦克白斯首先萌发了要行刺邓更的恶念。身处在这一难逢的机会之中,麦克白斯经过一度郑重考虑之后,起初倒决定不干那凶弑勾当了,但在他妻子极力撺掇怂恿之下,他们赶紧整治了极丰盛的酒肴,先将随从君王邓更的御侍及警卫人员灌得糊涂烂醉,随即由麦克白斯亲自行凶弑驾,再经他妻子把血污涂抹在酣睡如泥的侍卫人员们手臂衣服上,迨到次日黎明时,麦克白斯就“声讨”侍卫人员,诬妄他们凶弑了御驾,把他们全部杀死。邓更的两个王子马尔孔(Malcolm Ⅲ)和唐那培(Conalbain)幸而没有遭到那场劫难,他们感觉到这决不是侍卫人员的行凶弑驾,定必是个大阴谋,当即急急逃亡到英格兰和爱尔兰去。麦克白斯随即得到了朝臣们的拥戴,被推举而正式称王。据原来的民间传说所言,麦克白斯夫妇手上都染上了行凶的血污洗濯不掉,但在这剧本里则不可能如此,因为在第三幕第四景内他们要设宴款待朝臣们,但在心理上那血污还是无法洗掉的。

为了他所篡夺的王权安全和持久起见,麦克白斯要进一步清除掉班轲和他的全家,以免巫婆们的预言会应验,而他的家天下永久传袭的指望将终于会落空。接下来,班轲的全家被他所派遣的爪牙所杀死,只有一个儿子茀里恩斯(Fleance)幸而得以逃亡到威尔斯去。被班轲的鬼魂所困扰,也为他自己的王朝安全起见,麦克白斯去向他治下的男觋们征询安全的计谋;他们对他说,有个不是被妇人所怀胎生下来的人将会危害到他,他应当防范淮夫郡的侯爵(the thane of Fife)墨客特夫,此人会对他构成威胁。麦克白斯当即派遣凶徒们到墨客特夫府邸里去行凶,把他的夫人和孩子们都杀死(在本剧第四幕第一景里凶手们象征性地格杀了一个孩子和在景末追赶他的夫人要对她行凶),墨客特夫本人则不在家中,故未遭毒手。

麦克白斯行弑邓更之后,兴建了他的滕锡奈御府堡邸(Dunsinane Castle);同时,如上所述,他大致上去清除掉两个潜在的敌手。可是,墨客特夫已流亡出国,和王子马尔孔联合起来,而后者则正在英格兰兴师聚众。后来,马尔孔招募到并经英王拨给了共一万英格兰军兵,指挥部队行军回到苏格兰。男觋们曾预言,麦克白斯将不会被打败,除非褒耐摩的树林(BirnamWood)会行动,又说他决不会被妇人所生的儿子所杀死。

马尔孔和墨客特夫率领了武装部队向麦克白斯进攻,军旅经过褒耐摩树林时,为了掩蔽队伍的行进,士卒们奉命每人砍下一大叉丫树枝扛在肩上,抵达滕锡奈时便应了男觋们的预言,仿佛树林果真在行动前进。而墨客特夫出生时,因他的母亲难产,是剖腹出生,不是经由正常的分娩脱离母体下来的,故而他终于挥剑诛戮麦克白斯,也应了男觋们所预言的先见。邓更的儿子马尔孔随即被欢呼为君王而登基。这就是莎士比亚根据霍林献特的叙述所写的《麦克白斯》这篇戏剧诗的轮廓。

上面说起,班轲虽在《麦克白斯》剧中是苏格兰王邓更朝廷上一位知名的将军,霍林献特的书中也讲到他,巫婆们说他的后人将是一系列君王;可是一般讲来,他并不被认为是一个史实中的人物。但十八世纪的莎剧学者勘贝尔(Edward Capell,1713—1781)却在他对本剧四幕三景一四〇——一五九行的评注里认为,莎氏当时的国王詹姆士一世(James Ⅰ,1566—1625),他本来是苏格兰王詹姆士六世(James Ⅵ),因英格兰女王伊丽莎白(Queen Elizabeth,1558—1603)毕生未婚,谢世后无胤嗣,由他继承,他成为英格兰王詹姆士一世,据说他有祖传天赋的仁术,不施药剂而仅仅用手摩抚,竟能治愈轻如瘰疬、重至手足疯瘫的老百姓病人(见四幕三景注㉓),勘贝尔肯定认为他的祖先就是班轲。

苏格兰王詹姆士六世(James Ⅵ,1567—1625,生于 1566 年)兼任英格兰王成为英王詹姆士一世(James Ⅰ,1603—1625)是在一六〇三年,就在那一年他出版他的《自由君主国的真正准则》(True Law of Free Monarchies, 1603),对于他的老师蒲卡南

(George Buchanan,1506—1582)的《国王是人民选出来的,应对人民负责》("De Jure Regni apud Scotus",1579)是一项修正、冲淡或折衷。莎士比亚这剧本《麦克白斯》,写成时日大概在一六〇六年,在一个意义上是对英王詹姆士一世的自由君主国的主张,以麦克白斯的横凶极恶作对比,是一个祝贺与称颂的表示。《麦克白斯》最早的演出日期,据最早可稽考的证据,诗人威廉·掘勒芒(William Drummond,1585—1649)的一封信里说,是在一六〇六年的七月初旬到八月初旬期间,当时丹麦国王到英国来看望他的妹子、英王詹姆士一世的王后安(Anne,1574—1619),在那整个月内,"宫中尽是庆祝的喇叭、箫管、鼓乐,欢腾和戏剧",大概是在这个场合《麦克白斯》最早被演出。而在伦敦剧院里上演,最早据一个知名的江湖郎中及占星术士沙萌·福曼博士(Dr. Simon Forman,1552—1611)所说,他在一六一〇年四月二十日星期六看到《麦克白斯》在环球剧院舞台上演出。十八世纪的莎剧学者、初次集注本的编者梅隆(Edmund Malone,1741—1812)以为最早对伦敦的公众演出是在一六〇六年;但此说未必可靠,大概是根据宫中所演出时的想当然。所以究竟《麦克白斯》在伦敦剧院里最早的上演时日,恐怕因没有发现确凿的证据,到如今还只能是个未知数。传闻当初国王邓更被弑后,两个王子感觉到这是个大阴谋,立即决定分别逃往英格兰和爱尔兰去,但有个说法认为他们凶杀了自己的父王所以逃亡,那出自墨客特夫之口当然只是个无稽的错误猜测,因两个王子绝对没有理由凶杀了父王一同逃亡到国外去,但由麦克白斯说来,则是利用墨客特夫的误见去掩盖他自己的罪恶,跟他们夫妇俩造成这弑杀出自侍从与警卫人员的假象绝对不相容。

麦克白斯派凶手杀死了班轲以后,作为苏格兰的新君,他夜间宴请臣僚们,站起来向他们祝酒时说,可惜班轲没有来赴宴,这时候班轲的鬼魂突然显灵,在他背后他的座椅上出现(见三幕四景三十九行处),接下来邓更的鬼魂也来显灵(见九十二至一〇七行处),这对于麦克白斯夫妇,可以想象,当然充满了恐怖,对于观众,即令是不信有鬼的,也多少提供了一点像真的吸引。

上面说到麦克白斯起初在郑重考虑之后,曾决定不干这桩凶杀邓更、劫取王权的暴行了。邓更在苏格兰古代历史上原来是一

位宽仁有道的明君,享有广泛的民望,殷切的爱戴,

假使暗杀能把那后果羁勒住,
不生什么罣碍,一下子把成功
抓到手;光这么一击便能在此生中,
这时间的沙门滩岸边,停当完功,
那我们冒冒身后的风险又何妨?
但在这样的情势里,我们总是会
遭受到现世的报应;我们那样做
只给人以血的教训,榜样一出去
便会反过来祸及于创始者自身;
无私的公道把我们下毒的酒杯
终于会送上我们自己的唇边来。
他在此对我寄予了双重的信托:
首先,我是他至亲,又是他臣下,
都不该有这样的事;其次,我作为
东道主,对他的凶手应深闭固拒,
更不该自己来操刀。何况,这邓更
行使他的权能如此谦和,从政
恁贤明有道,他那些美德会像那
舌如画角的天使们那样,控诉
杀害他、该打入阿鼻地狱的罪恶;
而怜悯,像个御风的新生裸体
孩婴,或驰骤着无形高飙的小天使,
会把这骇人的勾当吹进每个人
眼里去,以至泪雨将淹息掉狂风。
我没有踢马刺去刺我意志的两侧,
而只有跳跃的野心,但跳过了头,
会摔倒在那一边。

但是瞪着如魔血眼的野心恶煞麦克白斯夫人上场来,一下子把他的一点点忠敬恺悌消灭掉。她听到他有改变凶杀初衷的意图时,立即责备他怎么“骇怕得丧魂而失魄”。她把她自己的坚决煞辣向他示范壮胆:

我曾哺过乳，知道抚爱我正在
喂奶的婴儿多温柔；可是我当他
对我微微嬉笑时，会把我的乳头
拔出他还没长牙齿的牙龈，砸得
他脑浆迸流，若是我也像你那么
发过誓要干那营生。

在这个劝诱的高度弹性压力之下，麦克白斯终于鼓努起决心，排除了犹豫，去从事凶杀。

第二幕第一景与第二景之间，在幕后麦克白斯进行了对他君主邓更的弑杀。那完全表现出一桩争权篡夺的血腥暴行，在苏格兰古代历史上原来就极度凶暴罪恶，因为据稀疏昭远的史实，他所行弑的邓更乃是一位声誉卓越的仁君。麦克白斯弑杀了邓更之后，他跟他妻子有一段短暂的对话，告诉她说“我把事干了”；她见他手上有殷红的血污，就叫他快去洗手，把决不可随手带来的血染匕首放回楼头的凶杀现场，以及务必将血污抹在护卫人员们的衣襟臂袖上。可是他惶恐胆怯不敢回去作那诈骗伪装的收场，当即由她去实施伪装的凶杀余象。

麦克白斯的“王事”要圆满成功，根据巫婆和男觋们玄冥的先见，须得把邓更和班轲，连同他们的子嗣，都消灭掉。邓更已被暗杀，他的两个王子逃亡到了国外去，下一个他完成“王事”的目标是要去消灭班轲和他的子嗣。

麦克白斯被朝臣们拥戴，如今已头戴王冠，掌握了苏格兰的最高权力，他轻易地雇用了帮凶去完成他的“大业”。接下来在麦克白斯欢庆他称王的晚宴上，鬼魂两次显灵，班轲和邓更先后出现，使麦克白斯丧魂失魄，恐惧惊愕，狼狈不堪。他终于见到邓更的鬼魂把血污的头发对他摇晃而惊呼出来。麦克白斯夫人极尽平生之力，辩解掩饰，推托捏造，说他年轻时就有这精神变态的病痛，时常会发作，这样就狼狈地渡过了这庆贺新朝的窘局。而朝廷上，像赖诺克斯这样的贵胄人物，完全在一片蒙昧无知中了解他们周围的实际情况，成为麦克白斯的忠实信徒，故而有第三幕第六景所呈露的对于现实局势的观感。得知了墨客特夫已前往英格兰，去同邓更的王子马尔孔联合在一起，麦克白斯便派遣凶徒到他堡邸里去杀死他的妻子儿女和僮仆。苏格兰情况越来越险恶;不久,墨客特夫之外又有一位贵族洛斯也出奔到英格兰。他会见了马尔孔和墨客特夫,告知后者麦克白斯已派格杀手将他的全家和僮仆都杀绝。

到第四幕终了,马尔孔和墨客特夫听够了洛斯从苏格兰出奔传来的消息后,思想上酝酿成熟,决心带领了一万英格兰军兵回到宗邦去拔除麦克白斯这篡位的凶王:

墨客特夫 啊!我能妇人般眼泪双流,
而我的唇舌却能兀自夸勇敢。
可是,仁爱的皇天,斩除了一切
迁延;把这苏格兰的恶魔引到
和我面对面;将他放在我剑锋
所及处;他若能逃走,上天也饶他!

马尔孔 这情性显示出豪强的气概。去来,
我们去见王上去:我们的军兵
已经准备好;我们什么也不少,
只除了开拔的许可。麦克白斯已烂熟,
一摇即落;上界的神灵已麾动
使从们,替他们行事。尽你去寻安慰;
长夜已过去,晓天始白迎朝晖。

进入第五幕,麦克白斯夫人被她所坚持发动并奋力参加的奸谋,去凶杀君王邓更的内心惶恐所冲击煎熬,而在骇愕绝望中激发了癫狂,日夜无休地在梦寐中行动,念念不忘总是摩擦她的两只手,只想洗掉手上洗不掉的血污。宫中的太医对她的病情毫无办法,说她更需要的是一位牧师,他自己医治不了。她这样日夜懊恼了三四天后就死去。

同时,在滕锡奈南郊,从英格兰麾军北上的马尔孔、西华德和墨客特夫指挥着一万名军兵部队,从午后开始,整个队伍全部肩抗着从树林里砍下的枝桠向前推进,形成一个笼罩的南面和东南、西南的包围圈,着着逼近。在原野上某一处,麦克白斯这时候已到了穷途末路,因为归顺他的邓更手下的部属有的已开始动摇,他现在正在观察怎样能抵拒从英格兰向北进军的马尔孔他们的队伍。起初,他把那青年一剑靶刺死了。但转眼之间,墨客特夫突然与他相

遇，墨客特夫正是并非生母十月怀胎所顺利生产下来的平常的武士，而是娘亲不足月，剖腹而生的一位刚正不阿的英豪。两人相遇，冲刺了不太多几个回合，麦克白斯因两周来心力交困，终于不敌而被击倒。这样，凶杀了一位有道明君并取而代之的暴主就此结束了他的血腥统治。最后，马尔孔在胜利声中，宣布将和他一同起义的将佐们都晋封为伯爵，并邀请他们回到司恭去参加他的加冕为苏格兰君王的大典。

演戏的目的，如莎士比亚借丹麦王子之口在《罕秣莱德》三幕二景二十行处所说的，仿佛是拿着镜子去照见人性。在麦克白斯这性格里，为了要主宰生杀予夺的权力，去满足他称王称霸的野心，遂促使麦克白斯行凶弑杀了邓更。他为劫取王权，虽然起了杀驾之心，但起初经过一度考虑后曾决计放弃那恶念，可是经不住他妻子坚决的鼓动，终于走上招致自我毁灭的悲惨绝境。

孙大雨

一九八九年一月

注　释

* 据 A. C. Bradley《莎士比亚风的悲剧》（"Shakes pearean Tragedy"，1956，第 467 页）所引 Fleay 对于 1623 年初版对开本《莎士比亚全集》中这四个剧本的行数统计，《麦克白斯》1993 行，《黎琊王》3298 行，《奥赛罗》3324 行，《罕秣莱德》3924 行。

麦克白斯之悲剧

剧中人物*

邓更，苏格兰王

马尔孔、唐琊培——王子

麦克白斯、班轲——国王军中大将

墨客特夫、赖诺克斯、洛斯、曼底士、盎格斯、坎士纳斯——苏格兰贵族

苐里恩斯，班轲之子

西华德，瑙森褒兰伯爵，英格兰军大将

小西华德，其子

塞敦，麦克白斯之侍从副官

童子，墨客特夫之子

英格兰太医

苏格兰太医

虎贲郎

司阍

老人

麦克白斯夫人

墨客特夫夫人

麦克白斯夫人之随侍伴娘

黑格蒂**

巫婆三人

鬼魂三五

显贵，士子，军官，兵卒，凶手，侍从与使从各数人

剧景：苏格兰；英格兰

注　释

* 剧中人物表各版对开本俱付阙如，最早提供者为 Rowe 之一七〇九年校刊本莎氏集。本表根据 Dyce 之一八五七年校刊本莎氏集。

** 月亮、大地与幽冥之女神，魔法女神。

第　一　幕

第　一　景[1]

［荒场］

［雷电交作。三巫婆上。

巫婆甲　我们三个人将在甚时候，
在风雨里边，雷电中，[2]再碰头？

巫婆乙　当这阵訇闹[3]显得已清净，
当这场战事胜败见分明。

巫婆丙　那要等日落西天黄昏近。

巫婆甲　在什么去处？

巫婆乙　　　　　在荒野中间。

巫婆丙　到那里去跟麦克白斯相见。

巫婆甲　我就来，灰狸奴。[4]

巫婆乙　癞蛤蟆在叫。

巫婆丙　马上来！

三巫婆　明朗是腌臜嘞，腌臜是明朗：[5]
我们来穿越雾蒙蒙，乌茫茫。　　　　［同下。

第　二　景

［福来斯附近军营］

［内警号声。邓更、马尔孔、唐琊培、赖诺克斯

与侍从等上,遇一流血之虎贲郎。

邓　　更　那血污满身的是谁?看他的形景,
该能报告这叛乱的最近情势。

马 尔 孔　这是名虎贲郎,⑥真像位勇武的好军人,
亏得他奋战,才免了我被俘。祝贺你,
幸运,英勇的朋友!向王上报告
你离开战阵时所知的战况。

虎 贲 郎　在胜败
未分中;像两个力竭的泅水人,扭结
在一起,将同归于尽。那凶恶的麦唐纳——
合该是个谋反贼,从他天性里
发出来的种种极恶和穷凶丛集
于一身,使他当之无愧色——他从
西方列岛⑦上添了轻装兵、重甲士;
而命运女神对他那可恶的争端
微微笑,活像个叛逆的泼烟花:但那可
没有用:因为勇敢的麦克白斯,——他真该
有那光荣的称号,——鄙蔑着命运,
挥舞他杀人如麻冒血烟的精钢,
好比武曲星的骄子,斫开条血路,
面对着恶贼;
他从不向他握别,也不道再会,
直等一剑梢把他从肚脐豁裂到
嘴巴,将首级挂上了我们的雉堞。

邓　　更　啊,勇武的表弟!卓绝的士君子!

虎 贲 郎　好比晓日正初升,开始光耀时,
破船的风暴与可怕的雷霆齐爆发,
同样,打从鼓舞所自来的泉源中,
涌出了沮丧来。听啊,苏格兰君王,
请您听:公道震烁着威棱,刚迫使
跳跃的轻装兵逃遁,瑙威国王,
武器雪亮人马锐,便乘机开始了

新进击。

邓　更　　　　这不使我们的将军麦克白斯
和班轲害怕吗?

虎贲郎　　　　　　　唔;像麻雀吓苍鹰,
兔儿惊狮子。我若说实话,他们
却好像超量满膛装两发的大炮,
双重訇輘响,双轰入敌阵:除非
他们想在血泊里出浴,或则是
叫世人永志不忘又一处髑髅地,⑧
我可说不上——
我不能支撑了,创口在叫喊救伤。

邓　更　你这话跟你的创伤都对你极相称;
它们闪耀着光荣。去替他找医师。

[虎贲郎被扶下。

[洛斯与盎格斯上。

谁来了?

马尔孔　　　　可敬的洛斯伯爵。

赖诺克斯　　　　　　　　　　他两眼
显露出好大的慌忙!他神色似乎
有惊人的事情要讲。

洛　斯　　　　　　　　　上帝佑吾王!

邓　更　你从哪里来,可敬的洛斯伯爵?

洛　斯　打从淮辅来,大王;那里瑙威旗
乱飞扬,嘲弄着天空,煽得人民
心胆寒。瑙威王本人,带领了大军
多得真可怕;
有叛乱的反贼考陶伯爵帮他忙,
开始一场不祥的战斗;要等到
战神白龙娜的新郎,⑨全身尽披挂,
面对他力敌而势均,王剑对寇剑,
青锋对白刃,才把他的嚣张压制住;
总之,胜利归我们。——

踞　更　　　　　　　　好大的欢乐！
洛　斯　所以如今
瑙威王史维诺请求和议，而我们
则不准他埋葬阵亡的兵将，须得他
先在圣库弥岛[10]上赔款一万元，[11]
充我们的公用。
邓　更　　　　　　那考陶伯爵将不再
能骗取我们的亲信。去宣布他马上
给处死，且把他的爵位去祝贺麦克白斯。
洛　斯　遵命照办。
他所丧失的被高贵的麦克白斯所赚。

［同下。

第　三　景

［荒原］

［雷声。三巫婆上。

巫婆甲　你刚才在哪儿，妹子？
巫婆乙　在杀猪。
巫婆丙　姐姐，你呢？
巫婆甲　有个水手浑家兜着些个栗子，
她龈着，龈着，龈着；“给我点，”我说；
那大屁股[12]婆娘[13]嚷道，“滚开，巫婆！”
她丈夫老虎号船主已到阿兰坡；[14]
但我要趁着只筛子[15]扬帆去，
像只没有得尾巴的老鼠，[16]
我要去干，去干，去干。[17]
巫婆乙　我来送阵风[18]给你。
巫婆甲　多谢你好意。
巫婆丙　我也送一阵。
巫婆甲　其余的我自己都能运；
还有在航海人海图上

它们所来去的方向,[19]
我也全知道。
我将抽干[20]他得像干草,
他日日又夜夜休想要
眼睛里有睡眠,有安息;
他将中魔似地心凄切。
他疲累了九十九个礼拜,
要萎缩,瘦削,又颓败:
虽然他的船不会沉,
但将被暴风雨所颠顿。
瞧我这里有什么。

巫　婆　乙　给我看,给我看。

巫　婆　甲　这是个艄公的大拇指,　　[内鼓声。]
他回家破了船已淹死。

巫　婆　丙　听啊,一阵鼓! 一阵鼓!
麦克白斯就要在这里过。

三　巫　婆　司命运的姊妹们[21],手牵着手,
在海上,在陆上,急忙忙奔走,
我们便这般来回又往复:
对你转三转,对我转三转,
再加她三转,三三计九转。
禁声! 魔法已经做圆满。

[麦克白斯与班轲上。

麦克白斯　这样又腌臜又光彩[22]的日子我不曾见过。

班　　轲　从这到福来斯号称有多远?
这些是什么人,相貌这般干焦,
衣裳如此粗犷,不像这世上人,
却又身在这人间? 你们是活人吗?
可是人能跟你们打话的东西?
你们仿佛懂得我,各各赶快把
龟裂的手指按在干瘪的嘴唇边。

你们该是女人，但你们的胡须[23]
不容我认为你们是。

麦克白斯　　你们若说得话，
就说吧：你们是些什么样的人？

巫婆甲　大喜，麦克白斯！恭喜你，葛拉姆斯[24]伯爵！

巫婆乙　大喜，麦克白斯！恭喜你，考陶伯爵！

巫婆丙　大喜，麦克白斯！你以后要成为君王。

班轲　亲爱的阁下，你为何一怔，仿佛是
害怕听这样的好事？望从实相告，
你们是幻象，还是只你们的外表
所显示的模样？你们以现下的尊荣[25]
和预言将晋爵、有称王的希望，祝贺
我这位高贵的同僚，他听得心醉
而神驰：对我，你们可没有说什么。
你们如果能看透了时间的种子，
能说哪一颗会滋长，哪一颗不会，
也请对我来直说，我不求也不怕
你们的恩赐与憎恶。

巫婆甲　恭喜！

巫婆乙　恭喜！

巫婆丙　恭喜！

巫婆甲　小于麦克白斯，而又要大些。

巫婆乙　没那样幸运，可更加有福。

巫婆丙　你要生君王，虽然你自己不是：
所以，都大喜，麦克白斯和班轲！

巫婆甲　班轲和麦克白斯，都大喜！

麦克白斯　且住，你们没说齐全，跟我多讲些：
锡乃尔[26]一死，我自知便是葛拉姆斯；
但怎能是考陶？考陶伯爵还活着，
是位亨通的爵士；而我要当君王
乃是件无法相信的事儿，跟不会
当考陶一样。说呀，这怪异的消息

你们从哪里得来的？或者为什么，
在这枯草的荒原上，你们以这样
表预兆的祝贺，挡着我们的去路？
说啊，我关照你们。 ［三巫婆消逝。

班轲 地里有泡沫，
跟水里一般，而这些正就是。她们
消逝到哪里去了？

麦克白斯 到了空气里，
刚才像实体，此刻化作阵气息，
消失在风里了。但愿她们还待着！

班轲 我们说起的这些个东西可当真
在这里？还是我们吃了疯药草，[27]
失去了理智？

麦克白斯 你儿孙将会是君王。

班轲 你自己将为王。

麦克白斯 还要当考陶伯爵；
对不对？

班轲 一字不错。是谁到来了？
［洛斯与盎格斯上。

洛斯 王上欣闻你旗开得胜的消息，
麦克白斯；晓得了你冒死跟叛逆交锋，
他不知该对你惊奇还是赞赏，
这两者在他的胸中争竞个不休。
踌躇而不作声响，但又观照到
当天的战迹，他发现你杀入瑙威军
果敢的敌阵，畏惧全无，直杀得
血溅尸横。接着便捷报连连，
密如冰雹[28]，都称赞你卫国勋隆，
在御前倾注。

盎格斯 我们奉钦命向你
致御驾的谢忱；只是来引你到御前，
不是来酬功。

洛　　斯　而作为一个更大的荣衔的征信，
他命我为他称呼你考陶伯爵：
祝颂你，尊崇的伯爵，领受这称号，
因为这就是你的了。

班　　轲　　　　　　　　　什么！那魔鬼
说对了不成？

麦克白斯　　　　　　　考陶伯爵还活着：
为什么你把借来的衣袍给我穿？

盎 格 斯　那过去的伯爵倒还活着；可是在
重判下正在苟延他该失的生命。
他毕竟同瑙威军敌寇相通，还是
在暗中助长逆贼，给与了方便，
抑或跟两方都同谋要覆灭宗邦，
我不知端的；但是该大辟的叛逆罪，
已招供又证实，使他身败而名裂。

麦克白斯　［旁白］葛拉姆斯，加上这考陶伯爵，还有
最大的在后边。
［向洛斯与盎格斯］多谢两位辛苦。
［向班轲］你是否希望你的儿孙将来会称王，
如今给我当考陶伯爵的那些个
既已答应了他们？

班　　轲　　　　　　　　若信以为真，
恐怕除考陶伯爵之外，那还将
燃起你称尊的想望。但这真可怪：
而往往，为逗得我们去自投罗网，
黑暗的爪牙会对我们说真话，
以诚实的琐事先赢得我们，而终于
骗我们堕入不拔的深渊。两位，
跟你们讲句话。

麦克白斯　［旁白］　　　两句真话已讲过，
可说替南面称孤那题目的大场面
充当了可喜的楔子。——多谢两位使君。——

[旁白]这怪异的煽动不会含恶意,也不会
含善意;若说恶,为什么它已给了我
成功的征信,以真话开端?我确是
考陶伯爵。若说善,为什么我受了
那引诱,它可怕的景象使得我毛发
倒竖,安稳的心房撞击着肋骨,
违反了自然的常规?眼前的恐惧
不敌可怕的想象那么凶;我思想
之中的凶杀不过是幻想,可是它
如此震撼我的全身心,使我心神
在冥念里头给砸烂,而什么也没有,
只有片渺茫的无垠。[29]

班　轲　　瞧我的同僚
多心醉神驰。

麦克白斯　　若命运要我为王,
哎也,命运自然会来对我加冕;
毋需我自己去奔忙。

班　轲　　新增的荣显
加在他身上,跟我们的新衣一般,
不会就服帖,要待习惯后才自然。

麦克白斯　[旁白]什么事要来,就让它来吧;时间
与机遇总会有,即令风雨扑天来。

班　轲　可敬的麦克白斯,我们等候你吩咐。

麦克白斯　请原谅:我这迟钝的头脑在想些
遗忘了的事。使君们,劳两位清神
我铭记在心头,每天熟习不相忘。
我们去拜见王上。[向班轲]请想想刚才
发生的这件事;待过些时候,这其间
经过了考虑,我们好开怀畅谈
彼此的想法。

班　轲　　很乐意。

麦克白斯　　如今已够了,

到时候再谈。来吧,朋友们。 [同下。

第 四 景

[福来斯。宫中一室]

[号角齐鸣。国王、赖诺克斯、马尔孔、唐璐培与侍从等上。

邓 更 考陶可已经处决?奉命去的人
回来了不曾?

马尔孔 吾主,他们没回来;
但我跟有个亲见他死的人谈过话;
那人报说他坦白供认了叛逆罪,
求御驾宽恕于他,他深深地追悔。
他一生行为最得体莫过于临终时;
他死前显得存心把最宝贵的东西
当作最不值介怀的琐屑抛弃掉。

邓 更 没有机巧能在人脸上去寻求
内心的解释:他是位士君子,我寄与了
绝对的信任。

[麦克白斯、班轲、洛斯与盎格斯上。

啊,可敬的老弟台!
我恩赊义薄的罪愆对我乃是个
不胜的负担。你功勋奋翼作雄飞,
我报谢振翅疾追,可休想能赶及;
但愿你功劳要小些,我对你的谢意
和酬报才能正相当。我只得这么说,
你应得的报酬超过我力之所能竭。

麦克白斯 这是我职责所在,能尽忠于职守
就是报酬了。御驾理应受我们
崇奉和拥戴;我们的尊崇和拥护
对扆座和邦国来说,是子女与臣仆;
为策励万全,对御驾的爱戴、尊荣

能有所贡献，是我们份内所应作。

邓　更　欢迎你到来：我已开始培植你，
要尽力使叶茂枝荣。高贵的班轲，
你功劳并不见差池，应叫人知道
你立功并不小，容我拥抱你，将你
搂紧在心头。

班　轲　　　　　　我若在那里繁茂，
那收获将属于御驾。

邓　更　　　　　　　　　我丰盛的欢乐，
富裕得满盈盈，想把自己减损些，
流几滴伤心之泪。[30]儿子们、亲属们、
伯爵们，以及列位近臣，要知道
我们将尊称赋予我们的长子
马尔孔，从此称他为垦布兰亲王；[31]
这封册将不光使他本人显耀，
其他的封爵将似众星般光照
所有的有功者。从这里到荫负纳斯，
我们还有事要对你去相扰。

麦克白斯　若不为吾王奔走，虽安逸也劳苦：
我亲自去作先锋使，使荆妻欣聆到
御驾将光临；就这样，我谨此告辞。

邓　更　我卓绝功高的考陶！

麦克白斯　［旁白］　　　　垦布兰亲王！
那是个梯级，我定得在上面给绊倒，
除非能跳过，因为它拦着我的路。
星星们，藏起你们的光焰来！莫让
光明照见我罪恶而黝深的愿望；
让我这两眼权装作不见这双手；
可是眼睛怕见的要干还得干，
等做得功成事已就，便不妨再去看。

［下。

邓　更　当真，功高出色的班轲；他勇武

非凡，我乐于听到他给称扬赏赞；
那对我简直是一席华宴。我们来
随他走，他关注我们而超前去筹备
对我们的欢迎：真是位无双的好弟台。㉜

［号角齐鸣。同下。

第　五　景

［茵负纳斯。麦克白斯乏堡邸］

［麦克白斯夫人持柬帖独自上。

麦克白斯夫人　“她们在我得胜的那天碰到我；从最可靠的消息里我得知，她们有超人的灵智。我切念如焚，正要再向她们问讯时，她们化阵空气消失掉了。我正在惊奇向往时，王上的使从到，祝贺我大喜当上了‘考陶伯爵’，不久前，这些个司命运的姊妹曾用这称号招呼我，并且叫我指望着将来，说‘恭喜，你以后要成为君王！’我至亲的、同享尊荣的伴侣，这件事我想最好要告诉你，以免你不知已经答应给你的尊荣而失去了一些应得的欢喜。把这事放在心上吧，祝安好。”

你已是葛拉姆斯，加上考陶；且将是
给答应的。可是我为你的性情担忧；
那过于温存柔软，不知抄近路，
通权变；你也想显赫，不是没野心，
但缺少应有的泼辣；你愿意升腾，
却想得来圣洁又清纯；你不想
行不义，却又想不从正道而苟得；
你但愿你所据有的，伟大的葛拉姆斯，
它在叫，“你得这么做，如果想有我；”
那事儿你是怕去干，不是不想干。
你赶快就来，我好把我的精神
灌入你耳朵，用我唇舌间的勇武

声讨那妨碍你取得金冠的种种，
命运与神助显得都愿意把它来
加上你头顶。

［使从上。

你有什么消息？

使　　从　王上今晚上要到来。

麦克白斯夫人　你这话是疯了。
你主公不是陪侍着他吗？如果真
这样，他自会派人来关照作准备。

使　　从　夫人您，的确是这样：伯爵正在来；
小的有一个同伴比伯爵赶先，
他喘不过气来，只勉强传递了消息。

麦克白斯夫人　陪他去进酒馔；他带来了重大的消息。——

［使从下。

预报邓更将到我堡邸里来丧生，
就是乌鸦的嗓子也得更沙哑。[33]
来啊，随侍杀念的众精灵！务必在
这上头摘去我女性的温柔，把我
从脚趾到顶盖灌满可怕的凶残；
化稠我的血——堵塞住怜悯的来踪
去迹，再莫使性情里有天良的袭击
去动摇我威猛的意志，也莫使意志
踌躇不决！司凶杀的诸位神使，
不论你们影踪全无地守候在
何方，等着要把人的性命去斩杀，
请到我这妇人家的胸头来，把奶浆
化成胆汁！来啊，乌腾腾的黑夜，
裹着地狱里最幽黯的烟雾作大氅，
莫叫我的短刀看见它切开的伤口，
也莫使青天窥[34]穿了黑夜的毛毯[35]
而叫道，“住手，住手！”

［麦克白斯上。

伟大的葛拉姆斯！
卓绝的考陶！以大喜的将来来说，
那要比这两个更伟大！来书已使我
心花怒放，超脱了无知的现在，
我如今在这顷刻间感觉到未来。

麦克白斯 至亲的所爱，邓更今晚上要来此。

麦克白斯夫人 甚时候离开？

麦克白斯 他准备明天。

麦克白斯夫人 啊也，
明朝决不会日东升！㊱
你的脸，伯爵，像是一本书，人们
在那上头看得见奇怪的事情。
为把目前混骗过，要装得随和；
眼睛里、手上、口舌间你都要有欢迎，
你得跟那无邪的花儿一般样，
但实际却要做花下那毒蛇。来者
必须得恭待；你务必将今夜的大事
交给我去办；那定得使我们从今后
日日夜夜享至尊无上的威权
与统治。

麦克白斯 我们得再谈。

麦克白斯夫人 面色要清明；
神色有变动便是在胆战心惊。
此外的一切都交给我就是。

［同下。

第 六 景

［同前。堡邸前］

［唢呐鸣奏，火炬洞明。国王、马尔孔、唐珊培、班轲、赖诺克斯、墨客特夫、洛斯、盎格斯与侍从数人上。

邓 更 这堡垒坐落得煞是愉快宜人；

活跃而清新的空气爽人心脾，
使我们感觉得舒畅。

班　　轲　　　　　　　　这夏天的来客，
这常在庙宇中穿梭出没的紫燕
筑巢在这里，就可以证明天风
于此间弥漫着清芬：所有的墙墉
突出处，飞檐，腰线，拱柱，[37]或任何
方便的犄角上，这鸟儿都会在那厢
张挂起眠床，支架幼雏的摇篮：
它们常在彼生育和出没的所在，
我见到那里空气必清新。

［麦克白斯夫人上。

邓　　更　　　　　　　　　　看啊，看啊，
我们尊荣的主妇！爱顾追随着
我们，有时倒成了我们的麻烦，
这麻烦我们可还得当爱顾来感谢。
因此上我得教你们，我们辛苦了
你们，你们却还要对我们申谢。[38]

麦克白斯夫人　我们所有的供奉，桩桩和件件
都加倍又加倍地完成，比起您陛下
恩赐给我们邸宅的渊弘的荣宠，
便显得贫乏而孤单：对于旧颁
和新赏的封爵，我们将常为您祈福。

邓　　更　考陶伯爵在哪里？我们追踪他，
想赶先来这里为他安排饮宴；
但是他驰马如飞，而他的忠诚，
锋利得像他的踢马刺，帮他赶先
回家来。芳容而高贵的主妇，我们
今夜是你们的宾客。

麦克白斯夫人　　　　　　　　吾王的臣仆
永远把他们的家人，他们自身，
他们的一切，作为是宸帐之所有，

准备随时对御驾报帐，随时
奉还给明王。

邓　更　　　　请伸手给我；引领我
去见主人：我们对于他眷顾深，
将继续给他荣宠。承惠引，女主人。

［同下。

第　七　景

［同前。堡内一室］

［唢呐鸣奏，火炬洞明。一侍膳家宰率仆从数人捧杯盘器皿行经台上。麦克白斯寻上。

麦克白斯　假使做了这件事就算是功成
果就，那最好还是赶快做了它；
假使暗杀能把那后果羁勒住，
不生什么罣碍，一下子把成功
抓到手；光这么一击便能在此生中，
这时间的沙门滩岸边，㊴停当完功，
那我们冒冒身后的风险又何妨？
但在这样的情势里，我们总是会
遭受到现世的报应；我们那样做
只给人以血的教训，榜样一出去
便会反过来祸及于创始者自身；
无私的公道把我们下毒的酒杯
终于会送上我们自己的唇边来。
他在此对我寄予了双重的信托：
首先，我是他至亲，又是他臣下，
都不该有这样的事；其次，我作为
东道主，对他的凶手应深闭固拒，
更不该自己来操刀。何况，这邓更
行使他的权能如此谦和，从政
恁贤明有道，他那些美德会像那

舌如画角的天使们那样，控诉
杀害他、该打入阿鼻地狱的罪恶；
而怜悯，像个御风的新生裸体
孩婴，或驰骤着无形高飙的小天使，[40]
会把这骇人的勾当吹进每个人
眼里去，以至泪雨将淹息掉狂风。[41]
我没有踢马刺去刺我意志的两侧，
而只有跳跃的野心，但跳过了头，
会摔倒在那一边。[42]

［麦克白斯夫人上。

什么事？有什么消息？

麦克白斯夫人 他就要餐毕：为什么你离开餐厅？

麦克白斯 他问起我吗？

麦克白斯夫人 你难道不知道不成？

麦克白斯 我们在这件事上莫进行了吧：
他最近还畀我以尊荣；而我又从
各方人士处获得了赞颂，那声名
该在这光彩焕发的时分披戴着，
不应这么早就抛弃。

麦克白斯夫人 你旧日梦魂
所萦绕的指望可是醉了酒不成？
它是否一直在酣睡，如今一觉
醒来，面对往昔所欣然憧憬的，
神色凄清而惨白？我从此估量
你对我的情爱[43]只尔尔。你是否怕在
行动中，果敢上，跟在愿望里一样？
你可是宁愿有你认为人生的华表，
过着一辈子你自承是懦夫的生涯，
让“我不敢”去追随侍候“我想要”，
好像格言里那可怜的猫儿[44]一般？

麦克白斯 请你莫说了。符合大丈夫的行为，
我都敢去做；没有谁敢比我做得多。

麦克白斯夫人　那么,是什么小女子[45]使你向我
透露这么个企图?那时候你敢于
那么做,你是大丈夫;如果比那时
更要大胆些,你将更是个大丈夫。
时间和地点两都不合式,你却要
叫它们合式:它们顺应了你心意,
如今你却骇怕得丧魂而失魄。
我曾哺过乳,知道抚爱我正在
喂奶的婴儿多温柔;可是我当他
对我微微嘻笑时,会把我的乳头
拔出他还没长牙齿的牙龈,砸得
他脑浆迸流,若是我也像你那么
发过誓要干那营生。

麦克白斯　我们若失败,——[46]

麦克白斯夫人　我们会失败![47]只要把你的勇气
扭到弩牙[48]上,我们就不会失败。
邓更睡着后——他整天赶路的辛苦
会叫他熟睡——我将使他的两名
近侍闹酒而纵饮,喝得那么醉,
以至记忆力,脑筋的守卫,将变作
一片迷雾,而理智的容器只成为
一个蒸酒罐;当他们烂醉后猪一般
死睡的时候,对毫无警卫的邓更
你我什么事不能干?什么事不能
推在他那些烂醉如泥的亲随身上,
他们怎能不替我们使他长眠
不醒担当起罪名?

麦克白斯　只生男儿吧;
因为你这派豪强的气质只能
形成男孩儿。我们把血涂抹在
他这两个睡着的近侍身上后,
又用了他们自己的匕首,人家会

不信他们两个干的吗？

麦克白斯夫人　　我们
将为他的死，伤心得嚎啕痛哭，
谁敢不相信？

麦克白斯　　我下定决心，要振奋，
每一个器官去干这可怕的勾当。
去来，把美丽的外表去欺骗人们，
心怀着叵测得用假面目去掩隐。　　［同下。

第一幕　注释

① Coleridge：一启幕三个巫婆首先出现，真正的原因在于要鸣响这整个剧本性质的基音。Schmidt：幕启时巫婆们不应在场，而应鬼魂似地悄然潜入。

② 直译原文当作"在雷电中，或者在雨里"。Rowe 云：用这离反接续词"或"而不用连结接续词"和"，那景色的可怕性是减少了。雷电与雨连合在一起，提供一个可怕的意象；但分离出来之后，它们不复给意识上一个可怕到同样程度的印象了。Knight：巫婆们总在四大［土、水、火、风］的骚扰中相会，这是显而易见的，用不到改动原文。译者觉得当以后一说为是；Singer 亦这般见解（见下条注）。就译文意象及节奏而言，当以不直译原文而作"在风雨里边"，且颠倒一下次序为宜。

③ 原文"hurlyburly"是个象声辞，意即骚扰、喧闹或鼓噪。有人说是指风暴已经过去时，那不对。Singer 云：巫婆们意思是说"当战事的訇闹已过去时"，因为她们要在雷电和雨中再相见：她们惯常的处境是一个风暴。

④ "Graymalkin"，灰狸奴（"Malkin"为"Mary"之爱宠异称，故直译当为"灰玛丽"）；"Paddock"，癞蛤蟆，蟾蜍：乃是这两个巫婆走阴差时役使的两个鬼介所采用的相貌。Upton 谓，要懂得这一段，我们应当设想一个被差遣的"熟鬼使"以一只猫的声音在叫，另一个"熟鬼使"则以一只癞蛤蟆的鸣声在叫。按，据说女巫们常把她们所差遣的鬼使以妖术变成猫与癞蛤蟆的相貌。巫婆丙没有说出她的"熟鬼使"是怎样形状的，但在四幕一景三行里她说那是一只"hatpier"。这字 Steevens 断定为"harpy"之拼法错误或手民误排（Dyce 谓无疑这说法是对的）；若然，则当为古典神话里有妇女身首及鸟的翼尾脚爪的一只鸟怪。但译者觉得这"熟鬼使"的形状亦应为苏格兰当地一小动物，不该从希腊罗马神话中去找。Paton 谓苏格兰东海岸有一种长爪子螃蟹名叫"Harper crab"，大概就是；Jordan 则谓作者这里当是用"herpler"（即 waddler，解作走时摇摆蹒跚似鸭子者）这字，那么，可是一只鸭子？这两种说法都有些牵强。

⑤ Johnson：这意思是，对于乖戾邪恶如我等姊妹们来说，清明便是腌臜，腌臜亦即清明。按，所谓清明包含得有美丽、清明、晴朗、纯净、白皙、荣誉、良善等意义，腌臜则代表丑陋、黝暗、阴雨、混浊、乌黑、羞辱、罪恶等。总之，是非颠倒，黑白混淆。Seymour 解作：如今混乱将开始了：让事物的正常秩序颠倒过来吧。Elwin："Fair is foul"云云字眼上是指天气而言，因当时认为这样的风暴天气是有利于施行魔法的，而言外的道德上的意义则是说好即是恶，恶即是好，为她们即将到来的胜利表示狂喜。

⑥ 原文为“sergeant”。Steevens:〔在本剧故事来源《英格兰、苏格兰、爱尔兰史编》(Chronicles of England, Scotland and Ireland 1587)里〕霍林斯海(R. Holinshed,? —1580?)于叙述麦唐纳的叛乱时说起国王曾派一虎贲郎去逮捕主要的罪犯们,以便鞫讯他们被指控的罪状;但他们虐待了使者,且将他杀死。这名虎贲郎定然是这里这血污满身的虎贲郎的底子。莎氏光把这名称从霍林斯海那里取了来,而不去理会故事的其他部分。Singer:古时候他们不是现下所用那称呼的小军官们,而是执掌一种封建军职的武士,级别次于候补骑士(esquires)。Staunton:虎贲郎(sergeants)从前是特选来护卫国王身体安全的卫士;并且,如 Minshen 所说,“是去逮捕谋反叛逆或大人物的,恐怕他们会蔑视普通的使者,以及陪侍御前大臣(Lord High Steward of England)去审判叛逆之类的罪的。”按,这字在有些注本里解作现代英语里的“下级军官”,不对。吾国古代有虎贲郎,主宿卫事,头戴虎头冠,手持矛戟之类的长兵器。这字亦可译为“锦衣校尉”或“校尉”。

⑦ 西方列岛(Western Isles)在苏格兰西北方,又名赫布里底群岛(Hebrides)。

⑧ Golgotha,古巴勒斯坦之法场,耶稣在那里被钉上十字架。《圣经·新约·马太福音》二十七章三十三节:“各各他,意思就是髑髅地。”那地方因耶稣殉难而变得有名。

⑨ Bellona,古罗马女战神,一说为战神 Mars 之妻,又一说为其妹,这里当不能是他的妻子。“白龙娜的新郎”系指麦克白斯,因为他在战场上新致大捷,所以,据 Douce 解释,在诗意上假定战争女神跟他新婚。

⑩ Saint Colme's Inch,“Inch”(innis)在盖立克语(Gaelic,位居于爱尔兰、威尔斯、苏格兰高地及法国北部古 Bretagne 省等地的 Celtic 民族的语言)里意即“岛”。这小岛在爱丁堡湾(Firth of Edinburgh)内,上有供奉圣库隆勃(Saint Colomb)的寺院,今名 Inchcomb。按,“Colombe”,法文训“鸽子”,系圣灵之象征。

⑪ Clark 与 Wright 在牛津丛刊(Clarendon Press Series)本上谓:这里提到银元乃是个很大的时代错误。铸造银元最早是在一五一八年,在波希米亚(Bohemia)之圣乔庆谷(Valley of St. Joachim),故得名为“乔庆币”(Joachim's-thaler);而德文“thaler”即转变为英文之“dollar”。

⑫ “Rump-fed”,Colepepper 与 Steevens 训为吃下脚和零碎肉如腰子、尻肉之类的,意即巫婆甲因那妇人喝她“滚开”,故反骂她是个穷婆子,吃不起好肉,只能吃些穷人吃的下脚和零碎肉。Nares 谓应作“肥臀”解,这才能给人一个船主老婆的适切形象。Dyce 解作吃栗子的。Clark 与 Wright 解作吃最好的肉的,饱饫膏粱的。

⑬ “Ronyon”,生疥癣的妇人。

⑭ Aleppo,叙利亚一城市,意即很远很远的地方。

⑮ 据说巫婆们有本领乘一只筛子过海,或乘一枚鸡蛋壳、海扇或贻贝壳在暴风雨中过海。Steevens 与 Staunton 都征引《来自苏格兰的新闻》(News from Scotland),说有个大巫师费安博士是魔鬼的记账员,于一五九一年一月间受火刑而毙,因为他参与阴谋行施妖术,要使詹姆士六世陛下从丹麦国回来时在海上淹死。还有个名叫阿葛妮斯·汤姆荪的女巫又一次被带到御前来庭审,她招认同一大伙巫婆开会且同谋作恶,说在上次众圣节前夕〔十月卅一日〕她跟前面说起的那伙巫婆以及许许多多别的巫婆,共两百人,同到海上去,每人乘一只筛子,带着酒瓶,沿途喝酒作乐,到罗狄安的北柏立克教堂那里,她们一上了岸就手挽手舞蹈起来,同声唱一支歌,——

来的人哟你先去,来的人哟你且去,
你若是不先去哟,来的人哟我先去!

按，这是将近四百年前猎捕“妖巫”，刑讯逼供，罪证“确凿”，“明正”典刑（也就是说，一方面可能有迷信与敛钱等不端行为，另方面则在宗教幌子下进行迫害与株连）的一个实例。类似这样的惨案与蠢事，几百年来仍时有发生，甚至在光天化日之下还能以极大规模发生。

⑯ Steevens：应当记得（这是当时人所相信的），虽然一个巫婆能变成她所喜欢的任何种动物的形状，可是她还不能有尾巴。有些老的作家对于这一欠缺所给的理由是，虽然手和脚很容易变成一头畜生的四只爪子，可是一个妇人没有什么东西能相当于几乎一切四足动物所共有的那条尾巴。

⑰ Clark 与 Wright：她要变成一只老鼠，在老虎号船身上去咬一个洞，使它漏水。

⑱ 据说女巫们能出卖或赠送风给人们，包在手帕里或装在玻璃瓶里，好风给主顾或朋友，坏风则给仇人。

⑲ 原文“Ports”，Elwin 校改为“points”。佚名氏论证道：“blow a port”说法离奇。巫婆甲是在说，“我不光有一切其他主要的风，而且也能影响它们所由吹来刮去的一切不同的、根据航海人卡上所标明点子的方向。”Hunter 谓，航海人卡我们现在叫作海图或航海图。他征引 Mainwaring 之《航海人字典》（1670）云，“卡或海卡”据说是“海岸的地理上的图形，上面标明得有真正的远近、高度与航路或风向：不描绘内陆，那属于地图范围之内”。Onions 之《莎士比亚语汇》：卡上标明得有航海人罗盘的三十二点子。译者按，“shipman's card”亦即“罗盘面，罗盘方位图”。

⑳ 意即抽干他的血。

㉑ “Weird sisters”，Theobald 引霍林斯海之《史编》，解作命运女神们。Clark 与 Wright：“weird”在 Jamieson 之《苏格兰语辞典》里当动词用，解作“决定或给与人们以命运”，也解作“预言”。

㉒ Elwin：“Foul”（腌臜）是说天气，“fair”（光彩）是说他的胜利。Delius：麦克白斯上场来时正在对班轲谈到他们所刚经历过的这一个战斗日的变化的运气。“Day”（日子）这字往往被用作等于“day of battle”（战斗日）解。Clark 与 Wright：一个忽然从晴朗变到风暴的日子，这风暴乃是施行魔法的结果。按，当以第一或第二说为是，第三说与原文的“腌臜”及“晴朗”的先后次序不符。

㉓ Staunton：据民间所信，巫婆们总是有胡须的。

㉔ 据 Seymour 云，“Glamis”这字在苏格兰总作为一个单音字读，剧中有四处作为双音字读是错误的。若然，则宜音译为“葛拉姆斯”；念时“葛”、“姆”、“斯”三音应轻轻带过，不占元音，在译文里只占一个音组，方能与原发音相仿佛。

㉕ Hunter：这里机巧地暗示到巫婆们所作的三次“大喜”。“葛拉姆斯伯爵”他已经是了，那是“现下的尊荣”；但“考陶伯爵”只是预言到的，这是“将晋爵”；至于称王的前景不过是“希望”，是“称王的希望”而已。

㉖ Pope：Sinel，麦克白斯的父亲。

㉗ 一种植物根株，吃了会引起疯狂，甚至致死，据说“hemlock”（毒芹）、“henbane”（菲沃斯）、和“nightshade”（颠茄）都有此作用。

㉘ 对开本原文作“tale”，可解作计数的筹码。Rowe 校改为“hail”。

㉙ Bucknill 论这一段旁白云：麦克白斯的想象极端易被激动，他在此很早便提供了重要的证明，我们不应予以忽视。这一段可说用意不是在描写一阵真正的幻觉，而是在状述想象力之极度占优势，这样的情况能使有些人任意把正在思念中的事物的形象径自召唤到心目中去。这样的想象力是近于病态的，它易于超越限度，当判断力

轻信臆测而放弃了它自己的功能,幻想中的东西对于心智跟真实的一般确切,“而什么也没有,只有片渺茫的无垠”的时候。麦克白斯之易于堕入幻觉这一早期的症候,在他性格的心理发展上是非常重要的。

㉚ 这是乐极而思悲。

㉛ “Prince of Cumberland”这称号在苏格兰当时相当于现代英国的“威尔斯亲王”,即王位的承袭人,太子。霍林斯海(Holinshed)之《英格兰、苏格兰、爱尔兰史编》内叙及此事时写道:“国王邓更和他妻子,她是瑙森褒兰伯爵西华德之女,生得有两个儿子,他使长子马尔孔当垦布兰亲王,作为他身后继位的嗣君。麦克白斯对此非常懊恼,因为他见到这么一来他的希望是被大大妨害了(据此邦的旧法,律例是,假使冢子还没有到接位当政之年,他的嫡系血亲应当承袭),他开始盘算怎样用武力去篡位,他自以为很有理由那样做,因为他认为邓更设法剥夺了他将来可以主张登王位的一切名义和权利。”Steevens:苏格兰的王位本来不是世袭的。当一位后继者在一位国王的任内被宣布的时候(习惯是如此),垦布兰亲王(Prince of Cumberland)这称号当被立即加在他身上,作为指定他作后任的标志。垦布兰这区域在当时是英格兰王封赐给苏格兰的采邑。Clark 与 Wright 在牛津丛刊(Clarendon Press Series)本上谓,这区域包括垦布兰、西摩兰(Westmoreland)与北司屈莱斯克拉特(Northern Strathclyde)等三个郡。

㉜ 原意为“亲戚”。French:邓更与麦克白斯为两姨姊妹之子,故为亲姨表兄弟;而邓更与麦克白斯夫人则为三表兄妹。

㉝ Edwards:她把这使从叫作乌鸦,而从他的话“他喘不过气来,只勉强传递了消息”看来,她可以说这只乌鸦是啼哑了嗓子的。Johnson:这使从说他的同伴传递消息几乎喘不过气来:这样个消息即令由乌鸦来报,也会使它的啼声增加沙哑。即令这只鸟,它的啼声是惯于预报凶讯的,也不能不以异乎寻常的沙哑报邓更之来到。Hunter:乌鸦并非是指使从而言的;说乌鸦啼报凶讯,乃是最平常不过的说法;这句话应当以它简明的、显而易见的意思来了解;就是说,即令啼报凶讯的乌鸦〔由它来啼报这个凶讯〕,也要比平常更为沙哑。

㉞ Keightley:当时“peep”这字作殷切凝视解,不作现在的偷偷窥视解。若然,应译为瞅。但 Schmidt 仍解作从缝隙间张望或窥视。

㉟ Malone 谓:原文“blanket”(毛毡,绒毯)一辞也许是莎氏自己戏园里的粗羊毛毡幕所暗示给作者的;可能园子里灯光还只半明时,莎氏自己便曾时常从台上幕后〔对包厢与池子里〕张望过。Whiter 谓,这三行里所有的意象,(代表悲剧的)大氅与短刀,以及(演出悲剧时所张的)黑色的毡幕,肯定都是从舞台事物中借来的。因“blanket”此物此字是普通老百姓日常所用到的,所以有人觉得不够典雅。如约翰荪博士便觉得这一段里非但“blanket”要不得,就是“dun”(幽黯、黝黑)、“knife”(短刀)、“peep“(张望、窥视)也都不行。对这种十八世纪的风格感,Brown 嘲笑道:用约翰荪式的较有力的语句,似应作“directa glance of perquisition through the fleecy-woven integument of tenebrosity”(直指搜索的一瞥,经由羊毛织成的阴沉之被膜)方算合式吧?Collier 也许受了 Johnson 的影响,认为,blanket”应校改为“blankness”,其所以变成了“blanket”,他说,完全是抄写手错听的结果。White 说得好:那个人他不懂得“黑暗的毛毡”这个比喻的意义与适切性的,最好还是合拢了他的莎剧书本,日夜去看些较正路而古典的作品为是。Halliwell 亦云,这里没有理由去怀疑有什么讹误。又,“the dark”Ingleby 与 Bailey 都认为与“the night”(黑夜)同义。

㊱ Abbott:在这几个字里公然提出了凶杀邓更之后,麦克白斯夫人稍停片刻,注视着她的话所产生的效果,然后再继续说下去。

㊲ 这里原文"jutty"据 Malone 云是个名词,亦可作"jetty",不是个形容"frieze"的状词,故当译为"墙墉突出处"。原文这一行在"jutty"后当有缺佚,音步不全;Clark 与 Wright 谓大概有个像"cornice"(飞檐,檐板)这样的字遗漏掉了,故译文姑为补入。"Frieze"这字在一些英汉辞书上译为"腰线"或"腰带",也是个建筑上的名词。"Buttress"为扶壁,倚墙,拱柱,扶柱,或墙垛子。

㊳ 原文这三行半各家说法差不多,但当以 Elwin 与 Hudson 的解释为依据。

㊴ 一、二版对开本原文作"this bank and schoole of time"。Theobald' 校改"schoole"为"shoal"(浅滩),意即人生这时间的浅滩,它所面对的是永恒那片无垠。Heath 谓"school"(学堂)在诗意上远较优越,而且与说话人的意向比较适切。我们这生命被称为学堂,因为我们在其中受教育,被审验,也因为我们自己在其中的行为使旁人学得怎样对待我们,正如在两行以后所阐明的那样。"Bank"则解作"bench"(学校课室里的长椅)。但现代版本都从 Theobald 之校订。与 Heath 正相反,译者觉得在诗意上"学堂"远不如"浅滩"为优越;将人生比作学堂可说是老生常谈,即在莎氏当时也不见得有什么新奇可喜处。

㊵ 这里作者将怜悯(人们于邓更被弑后将对他的同情)比作一个御风而行的新生裸体婴孩,紧接着又以观众所熟悉的《圣经·旧约》里的意象(《诗篇》十八篇,十节;又,《约伯记》三十章,二十二节)重述一遍,目的无非是要使比喻中的意象在观众头脑里更加清楚些。Moberley 以为是指两回事,首先比作个"肉体的婴孩",接着又比作个神灵的天使。译者觉得这说法讲不通。试问,肉体的婴孩假如跨着风在高空里驰骤,岂不要摔下来? 首先,他就骑不上去。而神灵的天使所以会在天上骑着高风飞驰,还是因为有那样的肉体婴孩在我们想象中做蓝本,否则便不可能。

㊶ Johnson:这是指大雨下来时,风势渐次减退。Delius 谓,在一阵泪雨中,激情的风暴会将它自己的势头消耗掉——这意象在莎氏作品中极普通. 虽然如此,译者觉得还是 Johnson 的解释比较好,因为直接而原始,Delius 的说法失于间接,是个第二手的比喻,其根柢还是那自然界现象。

㊷ Malone:这里有两个各别的隐喻。我没有踢马刺来刺我意志的两侧;我没有东西来刺激我去达到我的目的,只除了野心,那可往往会做得过分;这意思他用第二个意象来表达,就是说,一个想要跳上他的马鞍,因跳得太猛,会摔到马的那一边去。按,原文这里取喻混乱,用字过于简略。

㊸ Ritter:假使事情是这样的话,我把你对我的情爱(即在五景九行里他所"答应给"她的尊荣)只当作跟这指望一样的、一个只是酒醉了的幻想。

㊹ "猫要吃鱼,却不愿把脚打湿。"

㊺ 原文作"beast"(畜生),是针对麦克白斯前面所说的"man"(人,但那里却解作男子汉或大丈夫)而言的,乃是个挖苦的遁辞。Elwin 说得好:麦克白斯夫人见到她丈夫所举示的理由性质高尚,在情理上立于不败之地,她便巧妙地用这极尽讥嘲的对照来挖苦麦克白斯所据守的道义立场,把他从那地位上拉开来:假使,如你所暗示的那样,这企图不是个"人"的策略,是什么"畜生"劝诱"你"提出来的呢? Collier 主张校改"beast"为"boast"(夸口),说她责备麦克白斯早先曾准备干这件事,只等待时间与地点有利于去付诸实施,但如今时间与地点已都有利了,而他却鼓不起勇气来动手,因此她说他过去对她说要刺死邓更乃是夸口或吹牛。历来学者们虽有认为"boast"

较“beast”为好的，且有提出校改为“baseness”者(Bailey)，但正如 *Blackwood Magazine* 所云，意义很好的“beast”为各版对开本事实上的本文，没有必要去校改它。关于译文，我们不应照原文就字直译，因为麦克白斯夫人是利用“man”这字的双关意义运用她的对照的遁辞“畜生”的，故前面麦克白斯话中的“man”若译为“大丈夫”，这里的“beast”应译为“小女子”，前面的“man”若译为“男子汉”，这里的“beast”应译为“女人家”。

㊻ 各版对开本作“我们若失败?”现代版本都作成“我们若失败，——”。

㊼ 各版对开本作“我们失败?”现代版本有从 Rowe 作“我们失败!”的，意即决不会失败；也有从 Capell 作“我们失败。”的，意即我们失败了就失败了，什么都完了。

㊽ “Sticking-place”，弩上射矢的机括处，即适度的应张力。这机括吾国古代叫做弩牙。易言之，即把你的勇气，像一支箭，扣在引满待发的弓弩中心弩牙上；亦即鼓足勇气，随时准备万一。

第　二　幕

第　一　景

［茵负纳斯。麦克白斯堡邸内庭院］

［班轲上，茀里恩斯持火炬前导。

班　　轲　夜晚已到了甚时候，孩子？

茀里恩斯　月亮下去了；我没有听到钟声。

班　　轲　月落是在十二点。

茀里恩斯　　　　　　　　我想还晚些，爸爸。

班　　轲　且慢，拿着我这剑。天上倒省俭；
灯烛全熄了。这个也替我拿着。①
瞌睡有如铅一般压在我身上，
可是我不想睡：慈悲的众位天神！
把我心中那些可恶的由不得
自己作主的胡思乱想控制住，
使我能安息。

［麦克白斯及仆从持火炬上。

把剑递给我。——是谁？

麦克白斯　自己人。

班　　轲　　　　什么，大人！还没有安憩？
王上已经上床了：他非常高兴，
把好多赏赐，叫送往府上总管房。
他将这钻石向您尊夫人致意，

说她是最盛情的主妇；总说一句，
表示无比的满意。

麦克白斯　　因没有准备，
我们想伺候的愿望不得伸张，
否则还须有充分的舒展。

班　轲　　都很好。
昨夜我梦见司命运的姊妹三人：
对于您，她们显示了些须的真实。

麦克白斯　我不想她们：不过，我们若能有
一小时尊暇②，倒可以谈谈那件事，
假使您愿意拨冗。

班　轲　　听随尊便。

麦克白斯　时间到来时您果能屈从末议，③
那定将对您有尊荣。

班　轲　　只要在增进时
不致反把它丧失，能仍然保得我
心胸纯洁和忠荩清明，我愿意
奉明教。

麦克白斯　　祝您得安息！

班　轲　　多谢，阁下：
也祝您安息。　［班轲与茀里恩斯下。

麦克白斯　去告诉夫人，把我的奶酪茶冲好时，
由她去把钟敲响。你好去睡了。　［仆人下。
我看见在我眼前的，是把匕首吗，
柄儿朝着我的手？来吧，让我来
握住你：我握你不到，但总看到你。
凶煞的幻象，你可是只能眼看到，
不能给捉摸的吗？你或许只是柄
心中的匕首，一个虚假的幻象，
蒸腾的头脑里所产生？我此刻依然
见到你，跟我此刻抽出来的这柄
形状同样地能捉摸。

你引导着我去走我正在走的路；
我恰好要来用这样的一柄家伙。
我这双眼睛便成了供其他感官
欢娱的丑角，若不是它们能抵得
彼等众长之所汇：④我还是看到你；
在你的剑刃上、把子⑤上、沾得有血滴，
刚才还不见。根本没这样的东西：
只是那流血的差事对我的眼睛
形成了这么个模样。如今，在这个
半边世界里，万万千生灵似乎都
已经死寂，噩梦正在对幔幕里
沉睡的众生逞威施虐；群小魔
对青面的魔法女神黑格蒂正奉献
祭品而庆贺欢腾；狰狞的凶杀神
被他的守卫苍狼用哀嗥唤起后，
偷偷举着步，举着鞑尔滚⑥所迈
去强奸的长步，鬼魂般向目标进发。
坚实的土地啊，休要听我这脚步
往哪里，我怕这石板会高谈我的所在，
而把与时会相切合的这死寂⑦打破。
我尽管恐吓，他依然还活着：空言
无补于实事的迫切，只吹口冷气。

[钟鸣。]

我去，这就成功了；钟声在叫我。
邓更，你莫听；因为这是丧钟鸣，
叫你上天堂，入地狱，你都没有命。

[下。

第 二 景⑧

[同前]

[麦克白斯夫人上。

麦克白斯夫人 叫他们醉倒，使我胆子大，压熄其
欲焰，点旺了我的火。听！禁声！
鸱枭在锐唳，那凶杀的更夫在道声
阴惨的夜安。他在动手了：门户
已打开，那些醉饱的仆人用打鼾
在跟他们的职守开玩笑：我把
他们的奶酪茶下了药，他们生或死
在挣扎，很难说。

麦克白斯 ［在内］⑨ 那是谁？什么，喂！

麦克白斯夫人 唉呀！我只怕他们醒来，而事情
还没做；那将会不是已经干出来，
而是图谋未遂，把我们毁灭掉。
听！我已经把他们的匕首都放好；
他不会找不到。若是他睡时的模样
不像我父亲，我自己就干了。我丈夫！

［麦克白斯上。

麦克白斯 我把事干了。你不听见个声音吗？

麦克白斯夫人 我听到鸱枭在锐唳，蟋蟀在鸣。

麦克白斯 你没说话吗？

麦克白斯夫人 什么时候？刚才？⑩

麦克白斯 我下来的时候。

麦克白斯夫人 是的。

麦克白斯 听！⑪
是谁睡在第二间房里？

麦克白斯夫人 唐琊培。

麦克白斯 ［自视手上］这样子好惨。

麦克白斯夫人 说这样子惨，是个愚蠢的思想。

麦克白斯 有一个睡梦中在笑，有一个叫“凶杀”！
彼此闹醒了：我站住，听着他们；
但他们都祷告一阵子，又都睡了。

麦克白斯夫人 有两个是在一起睡。

麦克白斯 一个叫道

“上帝赐福予我们!”一个说一声
“但愿如此,”仿佛他们俩看见我
这双绞杀手的手。听到他们那
惶恐的声音,他们叫“上帝赐福
与我们!”我可说不出“但愿如此”。

麦克白斯夫人 休要想得这么深。

麦克白斯 但是我为何
说不出“但愿如此”?我极想得赐福,
可是“但愿如此”却骨鲠在喉头。

麦克白斯夫人 这些事情不该这么样去多想;
这么想,人会要发疯。

麦克白斯 我好像听到
有个声音在叫喊“莫要再睡了!⑫
麦克白斯凶杀了睡眠”,——天真的睡眠,
那织光一堆乱丝似的愁绪的睡眠,
它也是每天生命之告终,劳苦后
得到沐浴,伤痛的心神的镇痛膏,
伟大的造化最丰盛的菜肴,人生
筵席上主要的滋补品,——

麦克白斯夫人 你什么意思?

麦克白斯 它还在对整宅的人叫喊“莫睡了!”
“葛拉姆斯凶杀了睡眠,所以考陶
不能再睡了,麦克白斯不再能睡觉!”

麦克白斯夫人 是谁这么样叫喊的?哎也,伯爵,
你把高贵的劲道松懈了下来,
竟会有这样的疯念。去弄点儿水,
把手上腌臜的赃证洗掉。为什么
你将这几把匕首从那里带来?
它们得放在那里:带起去,用血
涂抹在那些个下人们身上。

麦克白斯 我不能
再去了:我害怕去想我所干的事;

再去看那景形我不敢。

麦克白斯夫人 意志薄弱！
把匕首给我。睡着的和死了的不过
像图画一般；小孩子的眼睛才怕看
画里的魔鬼。若是他还在流血，
我要在那些下人们脸上抹上些：
一定要显得是他们犯的罪。 [下。内敲门声。

麦克白斯 哪里
来的这敲门声？我究竟怎么了，每一个
声音吓得我这样？这些是什么手？
嘻！它们要把我的眼睛剜出来。
海龙王倾倒他整个大海洋的水
可能洗净我手上的血吗？不能，
我这手会把那波涛汹涌的沧波⑬
血染得殷赤，使碧浪变得通红。

[麦克白斯夫人上。

麦克白斯夫人 我的手跟你的一般颜色，可是我
羞于跟你一般胆怯。 [敲门声。]
我听到一下敲门声
在南首门上；我们退回房里去；
一点水就把我们这事洗干净；
那可多么容易！你往常的坚毅
离了你已不知去向。 [敲门声。]
听！又有敲门声。
穿上你的睡袍，以防有人前来找
我们，显得我们还没睡。休这样
一脸的心事重重。

麦克白斯 心上有这事，最好连自己都浑不知。 [敲门声。]
请你去敲醒邓更！我但愿你能！ [同下。

第 三 景[14]

［同前］

［司阍上。内敲门声。

司阍 这儿有人敲门，真是的！若是一个人看守地狱门，他会有开不完的锁。[15] ［敲门声。］

敲，敲，敲！以魔王的名义来问你，是谁？这是个农夫，[16]眼看到要大丰收[17]而上吊死了：来得正是时候；多带几条手帕儿；这儿来你会出汗。[18]［敲门声。］

敲，敲！凭还有个魔王的名义来问你，是谁？当真，是个说话含糊的家伙，[19]他能在一副天平的任何一只秤盘上赌咒说，另一只秤盘靠不住；[20]他为上帝犯下了足够的叛逆罪，可是不会含糊其辞去欺骗上天：啊！进来，说话含糊的家伙。 ［敲门声。］

敲，敲，敲！谁在那儿？当真，这是个英国裁缝为了做法国裤子偷料子[21]而来到这里的：进来，裁缝；你可以在这儿烧熨斗。 ［敲门声。］

敲，敲；永远没个停！你是谁？这地方当作地狱是太冷了。我将不再看守这地狱门了：我本想把各行各业都放些个人进来，让他们沿着莲馨花烂漫的欢乐路，去赴那永世长明的祝火。

［敲门声。］

就来，就来！我请你要记得看门人。[22] ［开门］

［墨客特夫与赖诺克斯上。

墨客特夫 是那么晚了你才上床吗，朋友，
所以你睡到这么晚？

司阍 当真，老爷，我们痛饮直到二次鸡啼[23]：而酒这东西，老爷，最能惹出三件事来。

墨客特夫 哪三件？

司阍 凭圣处女，老爷，酒糟鼻子、睡觉和小便。淫欲呢，老爷，它又惹又不惹；它惹起了欲火，可是不叫满足。

所以多喝酒可以说对淫欲是个说话含糊的家伙；它作成他，又破坏他；把他鼓捣起来，又加以阻挠；劝他勃发，又泼他的凉水；叫他开始干，又叫他莫开始干；结果是，把他糊里糊涂弄睡着了，便这么侮辱他一下子，跑了开去。

墨客特夫 我相信酒昨夜[24]也侮辱了你一下子。

司阍 一点不错，老爷，侮辱我得一塌糊涂：可是拳来脚去，我也给它个厉害；我想，我比它要强得多，所以虽然有时候它突然把我绊倒，我也设法把它摔个龙踵。

墨客特夫 你主人起床了吗？

［麦克白斯上。

我们敲门闹醒了他；他在来了。

赖诺克斯 早安，高贵的大人。

麦克白斯 早安，两位。

墨客特夫 王上已经起床吗，高贵的伯爵？

麦克白斯 还没有。

墨客特夫 他命我一早来将他唤醒：
我差点儿错过了时候。

麦克白斯 我领您去。

墨客特夫 我知道这对您是番可喜的烦劳；[25]
但毕竟是阵烦劳。

麦克白斯 这效劳的可喜处
补偿了我的微劳。就是这扇门。

墨客特夫 我要来大胆唤醒他，因为这乃是
指派给我的差使。 ［墨客特夫下。

赖诺克斯 王上今天离开吗？

麦克白斯 他是要去的：
谕旨决定了如此。

赖诺克斯 这夜晚过得
很不宁靖：我们过夜的那地方，
烟囱给吹倒；而且，他们说，空中
闻哀哭之声；有怪声绝叫要死人；

可怕的声调预言惊人的大火灾
和天下大乱正在酝酿着,将来到
这苦难的人间。鸱枭暗夜里通宵
叫不绝:有人说土地在发烧,在震荡。

麦克白斯 果是个风疾飙号的夜晚。

赖诺克斯 我年轻
记忆新,记不得同样的夜晚能匹敌。

[墨客特夫上。

墨客特夫 啊,骇人!骇人!骇人!不能
言喻、无法想象,难以表达!

麦克白斯
赖诺克斯 什么事?

墨客特夫 毁灭已横施了它那凶残的业迹!
侮慢帝天的凶杀已斫破我圣主
涂遍香膏的神庙,[26]从其中窃去了
明堂的命脉!

麦克白斯 您说什么?命脉?

赖诺克斯 您是说吾王陛下吗?

墨客特夫 进这卧房去,看那吓死人的景象
会把人化成石头:莫叫我来讲;
看了,你们自己去说吧。

[麦克白斯与赖诺克斯下。

醒来!醒来!
敲响着警钟。有凶杀,谋反叛逆!
班轲和唐琊培!马尔孔!都快醒来!
抖掉这温柔的睡眠,死亡的假象,
来看死亡的真面目!起来,起来,
来看跟世界末日大审判一般样
可怕的形景!马尔孔!班轲!仿佛从
坟墓里起来,跟鬼魂一般行走吧,
来配合这骇人的景象!敲得钟响。

[钟鸣。麦克白斯夫人上。

麦克白斯夫人 有什么事情，
鸣响这可怕的宏钟，叫起满宅院
睡着的人们来会聚？讲呀，讲呀！
墨客特夫 啊，贤良的夫人！我所能说的话
不堪让您来听到；说起它听进
妇人家的耳朵，会把她惊骇坏。 [班轲上。]
啊，
班轲！班轲！我们明王的御驾
被弑杀！
麦克白斯夫人 苦啊，唉呀！什么！在我们
家里？
班轲 不论在哪里都是太惨酷。
亲爱的特夫，我望你否认你的话，
说不是这样。
[麦克白斯与赖诺克斯上。
麦克白斯 我若在这事变之前
一小时死去，便算是幸福了一生；
因为，从今往后，人世间再没有
重要的事了：一切都无足轻重；
值得称赞的东西和快乐全死了，
生命的酒浆已吸干，地窖里只剩点
酒脚去自豪。
[马尔孔与唐琊培上。
唐琊培 什么事出了岔？
麦克白斯 是你们，却还不知道：
你们血胤的水源、泉眼、流宗
塞住了；它那灵活的喷涌处塞住了。
墨客特夫 你们的父王被杀驾。
马尔孔 啊！是给谁？
赖诺克斯 看来就是他随身的近卫们所干：
他们手上和脸上都血染着标记；
他们匕首上也如此，都没有抹过，

我们在他们枕边上找到：他们
眼瞪瞪，疯疯癫癫；没有人的生命
能信托给他们。

麦克白斯 啊！我可真后悔
不该在盛怒之下把他们杀了。

墨客特夫 为什么你要这样做？

麦克白斯 谁能顷刻间
既聪明，又惶恐，镇静而暴怒，忠诚
又中立？没有人能够：我热情的急躁
赶过了考虑再三的理智。邓更
在这里躺着，他银白的皮肤涂饰上
金红的赤血[27]；那些个贲张的伤残，
像是生命的缺口，毁灭即由此
闯入：那里，凶手们，浑身浸渍着
他们本行的颜色，匕首上不像样，
也满都是血：一个有心肝、尊爱
吾王的人，有胆子表示他的忠勇，
怎么能熬得住？

麦克白斯夫人 扶我走吧，喂呀！[28]

墨客特夫 招呼着夫人。

马尔孔 ［旁白，向唐瑯培］我们跟这件事情
最休戚相关，为什么我们不说话？

唐瑯培 ［旁白，向马尔孔］这里，我们的恶运躲在一个小洞里，
能随时冲出来抓到我们，还有
什么可说的？让我们出奔去逃命：
我们的眼泪还没有酿得成。

马尔孔 ［旁白，向唐瑯培］ 我们
有力的悲伤也还未开始行动。

班轲 招呼着夫人： ［麦克白斯夫人被舁下。
我们袒裸着身躯[29]
很不好受，待穿好了衣服来相会，
再追查这场惨祸，根究它的端详。

恐惧与猜疑震动着我们：我站在
上帝伟大的手掌中，倚仗他我要对
谋反叛逆的诡计阴谋作战斗。

墨客特夫　我也要这样。

众　大家都这样。

墨客特夫　让我们
快快披挂好明盔亮甲[30]来相会，
去到大厅里聚齐。

众　赞成。

[除马尔孔与唐珊培外，俱下。

马尔孔　你将怎么办？我们休得跟他们
在一起：险诈的奸人假装出悲哀
是轻而易举的事。我要去英格兰。

唐珊培　我到爱尔兰；我们把命运分开
将会使我们彼此都能安全些：
我们所在的此间，人们喜笑里
藏着刀：越是血亲，却越发残忍。

马尔孔　这凶杀的箭镞射出来还未落下，
我们最安全的去处是要避开
那目标：所以，快上马；我们不用
去讲究话别，设法逃走为第一：
此间仁慈绝，奔逃亡命势所必。　[同下。

第　四　景

[同前。堡外]

[洛斯与一老人上。

老人　我清楚记得起七十年里的往事；
在这期间我见过可怕的时刻与
惊人的事物不算少，可是这一个
惨酷的夜晚把旧时闻见都化为
轻微不足道。

洛　斯　　啊！亲爱的老人家，
你看到，上苍，仿如被人间的戏文
所烦扰，在威胁这搬演血案的坛场：
在钟上现在是白昼，但黑夜竟把
行天的灯亮掩盖得不露微芒。
正当活生生的天光该来吻遍时，
黑暗却来把大地的容颜遮蔽掉——
这究竟是黑夜在逞威，还是白日
在含羞而韬晦？

老　人　　这真是怪异乖常，
正如发生的那事情一样。上周二，
有一头鹞鹰，正在青云间盘旋，
被一尾搜索老鼠的鸱枭所扑杀。

洛　斯　还有邓更的几匹坐骑——这事情
好怪异，但非常可靠——骏美而飞捷，
真是那良种里的明珠，忽然变野了，
冲破了棚栏，乱踢乱蹦，不受人
管禁，仿佛要跟人作战的样子。

老　人　听说它们还对咬对吃呢。

洛　斯　　确是
那么样；我亲眼见到，好不诧骇。
亲爱的墨客特夫到来了。

［墨客特夫上。

大人，
现在情形怎样了？

墨客特夫　　哎也，您不知道？

洛　斯　可知道谁干下这穷凶极恶的勾当？

墨客特夫　麦克白斯杀死了那些个。

洛　斯　　唉哟，天呀！
他们能贪图些什么好处？

墨客特夫　　他们
是受教唆的。马尔孔、唐珊培两位

王子偷偷里逃跑,牵涉到嫌疑。

洛　斯　那更违情悖理了!荒唐的野心啊,
你竟要吞噬你自己生命的指望!
那么,多半大宝会落到麦克白斯
身上了。

墨客特夫　他已被拥戴,且已到司恭
去登位。

洛　斯　邓更的遗体现在在哪里?

墨客特夫　运送到库弥玑,那是他祖宗庐墓
所在地,他们的瘗骨处。

洛　斯　你去司恭吗?

墨客特夫　不去,弟台,我要到淮辅[31]去。

洛　斯　好吧,
我要往那里。

墨客特夫　好吧,但愿你在那边
见到的一切都好:再见了!否则,
我们的旧衣袍要比新的舒适!

洛　斯　再会,您老。

老　人　上帝保佑您,也保佑那些个,他们
把坏事变好事,将仇家变朋友的人。

[俱下。

第二幕　注释

① Seymour:大概是一柄短剑或匕首。

② Clark 与 Wright 谓:这里麦克白斯的语言过分客气,这对于知道秘隐的观众来说,格外强烈地显示出他的奸险。如今王冠已在他的掌握之中,他似乎是在预先运用那孤家寡人的口气"我们"。

③ 麦克白斯这半句话故意说得模糊隐晦,在一八七三年版新集注本上就有十五家笺注。"When'tis",Johnson 与 Malone 解作"当巫婆们的预言实现时"。"If you shall cleave to my consent,"前者解作"您果能同意我接受王冠的决心",后者把"consent"校改为"content",解作"您果能赞助我所满意的",Hudson 则解作"您果能支持我所同意的"。steevens 谓:麦克白斯心里是在说他指望于实行凶杀后所将到手的那只王冠。班轲的回答只是个决心反对去做任何坏事的引诱的人的回答。当谋弑邓更尚未成功时,麦克白斯决不会去对班轲即令稍微暗示一下他要去劫取王冠的那罪恶

的企图。如果他行动得这么不小心,只要凶杀一经发觉,班轲自然会变成他的控诉者。

④ Delius:假使这匕首是不真的话,那么,他的眼睛变成了其他感官的傻子(丑角、优孟、弄臣),因为彼等(其他的感官)证明了它并无真实存在。但如果这匕首不仅是个幻觉的话,那么他的眼睛,依靠它们他看见了这匕首,便抵得其他感官的能力之总和。

⑤ 原文"dudgeon",Nares,Singer,Dyce,Boas,Skeat,Onions 等俱考证或解释为黄杨木(或树根)的柄。

⑥ 鞑尔滚(Tarquin)系指史前传说里伊屈罗列亚(Etruria)王朝的最后一个罗马王 Tarquinius Superbus(公元前六世纪)之子 Sextus,他父亲以横暴闻名;Sextus 在深夜强奸了同族人 Tarquinius Collatinus 之妻卢克莱茜娅(Lucretia),她告诉了父亲与丈夫后当即以匕首自戮而死:这暴行加上国王的暴政,引起了革命,罗马人蜂起推翻王朝,改易为共和执政制。

⑦ 原文"the present horror"(现在这恐怖),Warburton,Steevens,M. Mason 与 Malone 都解作深夜的寂静,Elwin 则解作麦克白斯正要去进行的凶杀。

⑧ White:不仅地点没有改变,而且也没有引进新的戏剧兴趣或事件。更重要的是,这里这戏剧动作的显见的继续是作者用意所要产生的戏剧印象所绝对需要的。麦克白斯夫人敲得钟响,麦克白斯于钟响后按照预先的约定离开这里,他暂时走开、去干那可怕的勾当时,夫人到来占据着台面,也占据着观众的注意力,在独语里她承认主动参加这个凶杀,她刚离开、去放还那些柄匕首时就听到那阵敲门声,敲门声再三发生,直等到她小心翼翼地叫她丈夫同她自己一起离开,免致被人发现他们俩,那个看门人上场来,最后是墨客特夫与赖诺克斯上场来——这一切动作是以极高度的戏剧技巧计划出来的;这动作在同一个地点的不断的继续,而且这地点是堡邸的居民们所共同熟悉的堡邸的一部分,乃是要完成这动作的目的所绝对需要的。

⑨ 这导演辞"[在内]"是 Steevens 所加的,他又把原来上面的导演辞"麦克白斯上"推移到七行以后。各版对开本上导演辞"麦克白斯上"在本行上面,跟着他就说"那是谁?什么,喂!"Furness 解释这对开本原文的导演辞如下:麦克白斯在里边踟蹰了一会;他心中不宁,好像听到下面庭院里有一个声音,于是狼狈周章、精神错乱、未加思虑地冲到阳台上来向下面问道,"那是谁?"可是,在极度慌张中他不等下面有无回答,就赶回房间里去干那凶杀。假使茀里恩斯或班轲,或甚至府邸里他所刚才差开的任何一个仆人,只要在下面,这整个秘密勾当就会被泄漏出去。我认为这一赶回来的行动,虽似无关紧要,却显示出莎氏剧中一个昭著的美点。他喜欢(因为他总是经由激情,也经由阴谋奸计,将悲剧开动起来)把成功与失败这么平衡地悬在针尖之上。

⑩ 译文这一行内麦克白斯和夫人谁说什么话,系根据 Hunter 之校改。一些现代版本都从对开本原文作:

麦克白斯夫人　你没说话吗?
麦克白斯　　　　　　　　什么时候?
麦克白斯夫人　　　　　　　　　　　刚才。
麦克白斯　　　我下来的时候?

麦克白斯深夜弑君杀驾,神经紧张,似乎听见一个声音,所以问他夫人,"你不听见个声音吗?"她答非所问,说道,"我听到鸥枭在锐唳,蟋蟀在鸣,"但不可能接下来反问他道,"你没说话吗?"这位心情惶恐的伯爵,任何声音都使他惊惧,对于她的回答不能满意,因为他所听到的是人喉舌间的声音,他希望是她发的,而非出诸另一人口里。所以他问道，“你没说话吗？”对此她答道，“什么时候？刚才？”他说道，“我下来的时候。”然后她答道，“是的。”这才有意义，否则便变成她自己说了话反去问她丈夫“你没说话吗？”

⑪ Cowden-Clarke：麦克白斯这里所说的“听！”跟麦克白斯夫人在前面两次所说的“听！”性质相同。把它放在他们嘴里，乃是要表示这两个凶杀的同谋犯，都在以他们殷切的谛听、犀利敏感的耳朵以及凝神屏息的紧张，倾耳注意着他们生怕会打破这深夜的沉寂的任何一个声音。她第一次失声叫出后，随即自己答应道，那是“鸱枭在锐唳”；第二次后，便说“我已经把他们的匕首都放好”；表示她用耳朵在追随她丈夫的进展、他的步子和他从凶杀房间里走下来的行动：然后他，来到她面前后，也叫道，“听！”——当他喘出这个字的颤抖刚停止时，他又问道，“是谁睡在第二间房里？”显示他也在倾听可能的声音，而不是在耳听真正的声音。这个字，据我们想来，意味深长地表示他们对于随时可能来的一个声音有多大的敏感，这敏感占有着那些个曾从事于这样一个冒险行为——对于灵魂和肉体都冒着险——的人，而且使他们悄声屏息，倾听着他们幻想会听到的声音，假使他们的心不在胸中乱跳，他们的良心不在他们耳朵上切切嘈嘈指责的话。

⑫ Fletcher：这寥寥几个字包含麦克白斯此后的生涯的整个历史。

⑬ “The multitudinous seas”，Steevens 谓若不是解作所有的大大小小的海，即系指波涛起伏的海浪。按，当以后说为是。原文“The multitudinous seas incarnadine”云云为可喜的惊人名句。

⑭ 对于这一剧景的看法，学者、诗人、批评家们颇不一致。Capell 谓：没有这一景，麦克白斯的衣服不能换，手也无法洗。这剧景是设想出来，给予一个合理的间隙去践行这些动作的。Coleridge 则云：这守门人的全部独语和对话，我相信是别人写来、也许经莎氏同意、供无知的群众玩赏的；后来发现它们能博得彩声，作者便用他那生花妙笔的余渖，添入“我将不再看守这地狱门了：我本想把各行各业都放些个人进来，让他们沿着莲馨花烂漫的欢乐路，去赴那永世长明的祝火”这么一句。除此之外，没有一个字有莎氏的必在其中的存在。Clark 与 Wright：或许柯勒律治连这一例外也不会提出来，若非他记起了《罕秣莱德》一幕三景的这几行：

　　　　　　　　但是，好哥哥，
你可休得像那些罪恶的牧师般，
指给我去闯巉险荆棘的上天路，
而像个浮肿的、不顾一切的浪子，
自己却去踹酒色无度的莲馨花
烂漫的欢乐路，不理会自己的教导。

对于我们，这滑稽的场景，说得最好也说不上属于高级喜剧的，而在这悲剧恐怖气氛的围绕中，却显得出奇地不相称，而且从效果上说，是同莎氏引入别的悲剧里去的一些滑稽片段迥然不同的。Cowden-Clarke：我们不能不认为，有很多理由相信这一景不仅是他的手笔，而且是在悲剧的这一关节处他的考虑成熟的新因素的引入。第一，它适于延长戏剧时间；第二，它的可厌的粗俗滑稽适于有力地去烘托对比、但也谐和调融那已经犯下的罪行。Wordsworth：既然我并不怀疑这段文字是作者以诚挚的热情写下的，其中有对于人性的惊人的知识，特别是出自一个醉汉口中，所以我相信读来会对于人有所启迪。

⑮ 这酒醉的司阍被敲门声所闹醒，咕噜着说来者是个鬼，而他自己是这地狱门的看守

者。鬼魂这么多,老是开来开去,实在讨厌。

⑯ Hunter:一六三八年出版的一本 Peacham 所作的小册子,题名《有个人的经历所显示的我们这时代的实情》,其中有这样一个故事。有个农夫储存了许多麦草,当时每车值五镑十先令,后来市价跌到三、四十先令时他因失望烦恼而悬梁自尽,但在死透之前被他儿子剪断绳子救了下来。无疑,这样的故事是各时代都有的。

⑰ Malone:在当时,正如在目今,小麦市价的高低是歉收或丰收的标志。一六〇六年夏秋间小麦大丰收,那年市价比以后十三年内都要便宜,四分之一吨为三十三先令。上年要贵两先令,下年贵三先令。一六〇八年为五十六先令八便士,一六〇九年为五十先令。

⑱ 地狱里满是硫磺焰硝,火热,而且你会来受刑。

⑲ Warburton:系指耶稣会会员(Jesuits)而言,他们创始那可恶的、说话含糊其辞、模棱两可的教理。按,耶稣会(Society of Jesus)为天主教死硬分子、西班牙贵族 Ignatius Loyala 所创立的一个教派,建于一五三四年,目的是要扑灭宗教改革以及在邪教徒中去传播教义,于一五四〇年为教皇保罗三世(Paul Ⅲ)所批准。它的纪律、组织和秘密方法是特务性质的,活动范围遍及西欧各国,不久在英、法、西、意政界中颇为得势;但因不择手段,行为卑劣,先后跟各地政治与宗教当局发生冲突,于两个世纪中逐渐被禁止;不过于一八一四年又被复活。不论在信天主教或基督教的国家里,基督会会员这名称都是诋毁性的,等于是个欺骗者或说话含糊其辞、模棱两可的人的徽号,他撒谎撒得跟说真话一样毫不脸红,对上帝起了誓马上诳骗捏造可以心安理得。

⑳ Malone:就是说,宣了誓却干脆且立即自相矛盾。这不仅泛指耶稣会会员,而是实指一六〇六年三月廿八日鞠讯火药谋反案(Gunpowder Plot)里的该教派在英国的修道长(Superior)Henry Garnet。

㉑ Malone 援引 Anthony Nixon 的《黑年》(*The Black Year*,1606),说明成衣匠们以前做一条法国裤子能落下半码布来,一六〇六年则能落得更多些,因为那一年年底时新式样比较要小些紧些,此外还能偷到不少花边。

㉒ 意即莫忘了赏点酒钱给我。

㉓ Malone:约早上三点钟。

㉔ Malone:不大容易确定邓更究竟是什么时候被凶杀的。二幕一景里班轲与麦克白斯之间的谈话会引得我们假定,班轲退下去休息时当在十二点以后不久。那时候国王已经"上了床";而班轲一就寝,麦克白斯夫人就把钟敲响,跟着麦克白斯就行凶杀驾。过了不多几分钟,敲门声便开始了,而第二与第三景之间是没有什么时间间隔的,因为司阍是听到敲门声才起来的:可是墨客特夫在这里说起昨夜,又说他被命一早来唤醒国王,以及他怕差点儿错过了时候;司阍告诉他,"我们痛饮直到二次鸡啼";因此,我们得猜想现在至少已是六点钟;因为墨客特夫已经表示过他的诧异,何以司阍睡到这么晚。从第五幕里麦克白斯夫人的话,"一;二:哎也,那现在正该去干。"显得凶杀是在两点钟时犯下的,但那个钟点肯定跟前面提起过的班轲和他儿子间的谈话不相符;但就是那两点钟也跟司阍和墨客特夫在现在这一景里所说的话不合拍。我怀疑莎氏事实上要人猜想凶杀是在天明前一会儿犯下的,这正跟墨客特夫现在所说的话相符,虽然跟前面提起过的其他情况以及麦克白斯夫人要她丈夫穿上寝袍不大对头。莎氏,我相信,是被霍林斯海所记国王杜斐(King Duffe)之被弑所影响,决定邓更之被弑是在破晓前一会儿。

㉕ Delius：墨客特夫是在说麦克白斯的款待邓更，不是在说他领他到邓更房门首。关于后一件事，他们是不会讲得这么着重的。

㉖ Clark 与 Wright：典见《圣经·旧约·撒母耳记上》二十四章十节，“我不敢伸手害我的主，因为他是耶和华的受膏者”；又，《圣经·新约·哥林多后书》六章十六节，“因为你们是永生上帝的殿。”按，邓更的御体被认为是上帝“涂遍香膏的神庙”，他的生命为大殿或“明堂的命脉”。

㉗ Johnson：没有法子能改进这一行，其中每一个字同样地有毛病，除非把它完全涂抹掉。极可能莎氏把这些勉强而不自然的隐喻放在麦克白斯嘴里，作为机谋与诈伪的一个标帜，以显示伪善的深虑的语言和激情的自然呼喊之间的区别。这整段剧辞，经这样考虑，便成了优良判断的显著例子，因为它充满着对照与隐喻。按，这里原意为“他银白的皮肤涂饰上/金红的赤血作花边”；又，下面第三、四行为“匕首也不像样，/都穿着血裤子”：这简直是在欣赏邓更的伤口和那些凶器，且比喻得不伦不类，对照得令人作呕，显然是在暴露凶手的丑恶心灵，为他的伪善写照。Abbott：一个隐喻决不应当是牵强蹩扭的，也不该停留在一幅可厌的图景的细节上，像在这些行里似的。“金色花边”跟“血”或“血染的匕首”跟“穿裤子的腿”之间很少相似之处，而且即令有所相似也是牵强蹩扭的。相似处之渺小，使人想起不相似处之重大，这企图中的比拟就使我们想起时不免作呕。这样勉强的语言只适宜于出诸一个掩饰着罪恶的、自觉的凶手口中。

㉘ Whateley：麦克白斯夫人似乎在昏晕，当班轲与墨客特夫都在关心她的时候，麦克白斯的不关心暴露出他心知这昏晕是假装的。

㉙ Clark 与 Wright：台上所有的角色都披着寝袍上场来，脖子和腿赤露着。

㉚ 原文“manly readiness”，Clark 与 Wright 谓，首先解作“全副武装”，与班轲所说的“naked frailties”（裸露的弱点）相对，其次也含有心理上的准备之意。

㉛ 墨客特夫家在淮辅（Fife），那里距司恭（Scone）不远。他的行动表示他对麦克白斯并无好感，他的言语则显示他对新朝的预感。洛斯，据译者看来，则是位比较年轻的贵胄，他对于麦克白斯的为人不够敏感，或许因为阅历较浅的缘故，虽然他后来也是反麦克白斯的（四幕二景他临离苏格兰前想去营救墨客特夫夫人和她的儿女，四幕三景他已到英格兰与马尔孔及墨客特夫相见）。这里，墨客特夫称他为“cousin”：这是贵族彼此之间常用的称呼，并不表示长幼或性别；故可译为“从兄、弟”或“表兄、弟”。

第　三　幕

第　一　景

［福来斯。宫中一室］

［班轲上。

班　　轲　你如今已到手：君王、考陶、葛拉姆斯，
一切都如那定数的三妇人所应允；
为此，我恐怕，你要了极肮脏的手段；
可是她们说这不会传给你子孙，
倒是我却会是许多君王的根源
和先人。假使她们的说话讲得真——
如同关于你，麦克白斯，她们的言语
都灵验无比——哎也，凭在你身上
所证明的实事，在我这身上她们
怎么不会同样是天意的预言人，
因而引得我翘首而引颈？禁声！

［号角鸣奏。麦克白斯王冠王服；麦克白斯夫人王后装束；赖诺克斯、洛斯、诸显贵、诸贵妇及近侍数人上。

麦克白斯　我们的主客在此。

麦克白斯夫人　　　　　　　他若被忘记，
那会是我们盛宴里一桩缺陷，
一切都不合式。

麦克白斯　　今晚我们备得有
庄严的晚餐，贤卿，我请你光临。

班　　轲　您钦驾吩咐就是；我职责所在，
将永结忠勤而勿替。

麦克白斯　　你今天下午
可要去骑马？

班　　轲　　去的，亲爱的吾主。

麦克白斯　否则，今天的会议里我们倒愿意
有您恳挚的计议——那总是既稳重
而又顺遂；但我们明天烦劳吧。
你要骑行得很远吗？

班　　轲　远到占据着，吾主，从现在开始
直到晚餐时；我的马若跑得不快，
我还得借用天黑后一两个小时。

麦克白斯　莫耽误了来赴宴会。

班　　轲　　吾主，我不会。

麦克白斯　听说我们那两位残忍的侄儿
躲到英格兰和爱尔兰，不肯承认
他们那弑父之罪，对人家来一套
荒唐的编造；但那个等明天再说，
到时候有国家公务须一并解决。
你快上马吧；等你晚上回来会。
茀里恩斯可和你同去吗？

班　　轲　　是的，
好吾主；我们的时间在催促我们。

麦克白斯　我愿你们的坐骑跑得快而稳；
我便这般将你们委托给① 马背上。
再会。　［班轲下。
晚上七点钟以前，各人去随便吧；
为了使会聚更值得欢迎，晚饭前
我们要独自过；待到那时候再会！

［除麦克白斯与一近侍外，俱下。

喂，跟你说句话。那两个人儿
侍候着了吗？

近　　侍　　王上，他们在宫外。

麦克白斯　带他们来见我。　　［近侍下。

只这样不算什么；
得这样而安全才成。我们对班轲
悚惧深，他天性的高贵中自有令人
肃然起敬的威严：他敢作敢为，
而且除了无所畏惧的禀性外，
他还有股智慧能引导那阵勇敢
去安全行事。除了他的存在我对
任何人都不怕；在他的凭临之下，
我的护卫神受制而凄惶，正如
有人说马克·安韬尼见恺撒而胆怯。
当那三姊妹称呼我君王之际，
他呵斥她们，叫她们对他打话；
跟着，似先知一般，她们祝贺他
为一系君王之祖。在我这头上，
她们放了顶没有后嗣的王冠，
在我这掌中，一根无子的王权杖，
可是将有只外姓的野手强夺去，
我没有儿孙能承继。若果真如此，
我坏了心术只是为班轲的后裔；
我凶杀仁德的邓更只是为他们；
在我的和平酒樽中注入怨毒
只为了他们；将我不灭的灵魂
奉献给人类的大敌魔王撒旦，
只为了使他们，班轲的后人，为王！
与其这样，倒不如让命运来到
马战比武场，跟我拚一拚生死！
那是谁？

［近侍偕两凶手②上。

你到门外去,等叫你才来。

[近侍下。

是不是昨天我们谈起过的吗?

凶 手 甲 正是,大王。

麦克白斯 那很好,你们可已经
考虑过我的话?须知过去就是他
把你们压得不出头,你们却错怪我。
这事,上次谈话时我们已说清楚;
证明给你们听,你们怎样被欺罔,
怎样给破坏,他利用那些人,还有谁
跟他们一起行动,和其他的种种,
即令对只有半个灵魂的相好,
或头脑昏聩的人,也一准已讲得
极透彻,"这都是班轲所干。"

凶 手 甲 您已经
晓谕过我们。

麦克白斯 不错;且还要进一步,
这就是找你们两次来谈的话因。
你们性情里是否耐功竟这般
占上风,所以你们能由它去?是否
你们还基督精神满怀抱,眼见得
他那暴厉的权势催逼着你们
进坟墓,使你们的子孙永远当乞丐,
你们还兀自要替班轲这好人
和他的后代求福泽?

凶 手 甲 我们是人,大王。

麦克白斯 不错,在登记账目上你们算是人;
正好比猎狗,灵猩、杂种狗、卷毛狗、
恶狗、狮毛狗、龙狗、半狼狗都叫做
狗儿:标明身价的簿册上却根据
宽仁的造化所赋予各各的秉性,
而分别有快跑、慢走、狡猾、看家

与打猎之类;那里每一种各自有
单独的名称,以有别于混称它们
都是狗的那本总账:人也是这样。
却说,你们在簿册上若是有地位,
而不是个汉子的最坏等级,现在就
说出来;我会把事情告诉给你们,
干了它就是把你们的仇家打倒,
就是赢得了我们的欢心和喜爱,
他有朝还活着,我们总身心都不爽,
他一死便健旺而愉快。

凶手乙　　　　我是这样
一个人,大王,人世间恶毒的拳打
脚踢已把我刺激得顾不得一切,
只想来一个反击。

凶手甲　　　　我又是一个,
受够了横逆,被恶运横施倒曳,
我愿把生命作注子,赌一个输赢,
过不得好日子便索性把它了结。

麦克白斯　你们都知道班轲是你们的仇家。

两凶手　当真,大王。

麦克白斯　　　　他也是孤家的冤仇,
而且只相隔着血淋淋三尺霜锋,③
他活着每分钟都戳痛我这胸口:
虽然我尽可持权公然消灭他,
且决心做到这一层,但不可如此,
为的是他和我有些共同的朋友,
我不能无视他们的好感,却得要
悼伤我自已所打倒的人;因此上,
我邀请你们来帮我的忙,为种种
重大的理由,遮盖着众人的耳目。

凶手乙　大王,我们将效命去干。

凶手甲　　　　即令把

我们的性命——

麦克白斯 你们的性情在放光。
最多就在这一小时以内,我将会
告诉你们到什么地方去待着,
告诉你们最准确的、见他来的时间,④
那干掉他的顷刻;因为事情一定得
今晚干,离王宫要远些;且总得记住,
我务必不涉嫌疑:还有连同他——
事情决不可拖泥带水,有把柄——
和他一起的他儿子茀里恩斯,
也定得偎抱那阴暗时辰的噩运;
须知干掉他跟干掉他父亲对我
同样地重要。你们自己去决定吧;
我马上就来。

两凶手 我们决定了,大王。

麦克白斯 一会儿我就来看你们:待在里边。
事情已完毕:班轲啊,你灵魂若要
飞上天,还得赶今晚上去飞的好。

［同下。

第 二 景

［同前。宫中另一室］

［麦克白斯夫人与一仆人上。

麦克白斯夫人 班轲离宫了吗?

仆人 是的,娘娘,但是他今晚要回来。

麦克白斯夫人 去禀报王上,他有空我跟他有话说。

仆人 我就去,娘娘。 ［下。

麦克白斯夫人 什么都没有,一切全没劲,
若是愿望达到了而心中却扫兴;
弄死了人在疑惧的欢乐中存身,
倒不如我们害掉的那人安稳。

［麦克白斯上。

怎么样，王夫？你为何孤孤独独，
终日与愁思苦想作伴，浑不忘
早该忘怀的作古了的前人与往事？
全没法补救的东西应莫去挂怀：
做了的事情已经做。

麦克白斯 我们斫伤了
一条蛇，未曾斩死它：它会长合起，
完好如初，而我们，心怀着恶意，
太可怜，还得冒被它原有的毒牙
咬伤的危险。我们日日在恐惧里
进餐饭，夜夜在凄苦中睡眠，噩梦
连连惴栗栗，倒不如看天崩地陷，
上界共人间都遭难。与其给绑上
逼供台，⑤躺在五心烦躁里奋激，
何如与死者去为伴，因求得安宁，
我们曾把他们送往了宁静乡？
邓更在墓中；在生命的阵阵高烧后，
他睡得很甜；叛逆已竭尽了能力：
精钢、毒药、内乱、敌寇，已不能
损及他分毫。

麦克白斯夫人 休得再这样；
亲爱的王夫，莹润你颦蹙的眉宇，
今晚在宾客中要容光焕发神情爽。

麦克白斯 我将会这样，吾爱；请你也如此。
把你的关注安放在班轲身上；
用眼色与言辞对他表示尊重：
到如今我们还没有能站稳，但看
我们还须用这些阿谀的行止
去涤荡自己的尊荣，叫我们的面颜
变作内心的假面，掩盖着真情。

麦克白斯夫人 再休这么样自苦吧。

麦克白斯　　啊！我心里
满都是蝎子，爱妻；你知道班轲
和他的茀里恩斯还活着。

麦克白斯夫人　　但他们
生命的赋与期并非无限度。

麦克白斯　　事情
还有可安慰处；他们可以给袭击；
所以，且快乐吧。蝙蝠在庙里起飞前，
粪生的甲虫，应黤黮的幽冥女神
黑格蒂召唤，用它催眠的唅哦
敲起晚间使人打呵欠的钟响前，
有一件非常可怕的事情干出来。

麦克白斯夫人　什么事要做？

麦克白斯　　休得知道这正经，
亲鸡儿，直要等到你对它喝彩时。
来啊，掩蔽天光的黑夜，蒙住了
可怜的白昼它那祥和的眼睛吧，
运你那嗜血而无形的巨灵之掌，
把使我面色惨白的授命符牒⑥
撕得粉粉碎！天光黝暗了，乌鸦
飞向多鸦的林中去；
白昼的善良东西开始沉睡着，
黑夜的黔兵皂卒奋起去抢食吃。
你听我这话在诧异：但是莫声响；
已开始的坏事凭罪恶而变得坚强：
所以，请你，同我一起来。　　［同下。

第　三　景

［同前。禁苑，有路通至王宫］
［三凶手上。

凶手甲　可是谁叫你跟我们一起的？

凶　手　丙　　　　　　　　　　　　　　　麦克白斯。⑦

凶　手　乙　既然他完全按照着指示，说出了
我们的职务和我们须得做的事，
我们就毋须再对他怀疑。

凶　手　甲　　　　　　　　　　　　　　那你就
跟我们在一起好了。西天还亮着
几缕白日的余光：此刻暮色中
还在路上的行人快马急加鞭，
想早些宿上客店；我们警备着
守候的人儿近来了。

凶　手　丙　　　　　　　　　　　听！我听到
马蹄声。

班　　　轲　［在内］给我们照亮，喂！

凶　手　乙　　　　　　　　　　　　那就是他了：
别的候客单上的宾客都已在宫里。

凶　手　甲　他的马绕了远路。

凶　手　丙　　　　　　　　　　几乎有一英里；
可是他惯常，别人也都是这样，
从这里步行到宫门首。

凶　手　乙　　　　　　　　　　　　火把，火把！

凶　手　丙　是他。

凶　手　甲　　　　胆子要放大。

［班轲与蒂里恩斯持炬上。

班　　　轲　今晚要下雨。

凶　手　甲　　　　　　　　让它下吧。

［三人同袭班轲。］

班　　　轲　啊，奸谋！快逃走，蒂里恩斯，
逃走，逃走，逃走！你好去报仇
雪恨。啊，贼奴才。

［死。蒂里恩斯逃走。

凶　手　丙　谁灭了火把？

凶　手　甲　　　　　　　　不要这样子做吗？

凶　手　丙　只死了一个；他儿子逃掉了。

凶　手　乙　　　　　　　　　　　　我们

大一半的事儿弄坏了。

凶　手　甲　算了，走吧，去报命已做了好多。　　　　　［同下。

第　四　景

［同前。宫中大厅］

［酒筵齐备。麦克白斯、夫人、洛斯、赖诺克斯、众显贵，与侍从多人上。

麦克白斯　列位都知道自己的品位，坐下来：

从开始到终席，对大家都恳切欢迎。⑧

众　显　贵　多谢陛下。

麦克白斯　　　　　孤家自己跟列位

在一起，尽谦恭的东道之谊。

我们的主妇在她的扆座⑨上就位，

但在适当时要请她举觞祝颂。

麦克白斯夫人　请代我，王上，向众位朋友声言

致敬，我衷心对他们满都是欢迎。

［凶手甲上，立于门首。

麦克白斯　你看，他们以至诚的谢意迎见你；

两边席位相等；我坐在这中间：

尽情欢饮吧；等一会我们来环席

普敬一杯酒。［至门首］你脸上有血。

凶　手　甲　这该是班轲的了。

麦克白斯　你在外边比他在里边要好。⑩

解决了他吗？

凶　手　甲　大王，他的脖子给斫了；我干的。

麦克白斯　你真是斫脖子的好手；但哪个斫了

茀里恩斯的，也不错：若也是你干的，

那你真成了盖世无双的拿手了。

凶　手　甲　大王爷，茀里恩斯逃掉了。

麦克白斯　[旁白]我阵阵的激发,又在回来了:否则,
我便会心满意足;大理石一般
坚实,同磐石一样稳固,跟周遭
围抱着的空气那么逍遥无阻;
但是我此刻被监关、笼槛、锁闭,
被苛酷的[11]忧疑与危惧所禁锢。可是
班轲不碍事了吗?

凶手甲　是的,好大王:
他躺在沟里不碍事,头上有二十处
创伤;最小的一道也会叫他死。

麦克白斯　那便多谢你了。[旁白]大蛇已横在那里:
逃掉的小蛇有天性,将来会长毒,
现在可还没牙齿。——你去吧;明天
再跟你谈话。　[凶手下。

麦克白斯夫人　吾王,您未曾使来宾
兴高采烈;酒筵在供陈的时节,
若不将欢迎的情意频频申说,
便等于是售卖而不是宴请的了:
为果腹,最好在家里;离了家赴宴,
殷勤的礼数是进餐的调味品;没有它,
宴聚会萧索无欢。

麦克白斯　提醒我得妙!
愿列位胃口都开敞,消化尽优良,
祝二者都顽健!

赖诺克斯　请御驾就座如何?
[班轲之鬼魂[12]上,坐麦克白斯座上。

麦克白斯　倘使我们俊伟的班轲能来到,
吾邦的英豪此刻将会集于一堂;
如今我宁肯责备他不够知己,
却不愿怜悯他有什么不测。

洛斯　吾王,
他不来赴席要怪他出言无信。

请御驾宠赐和我们同席如何?⑬

麦克白斯 桌上已满座。

赖诺克斯 这里有空位,王上。

麦克白斯 哪里?

赖诺克斯 这里,敬爱的吾王。什么事惊动了
您御驾?

麦克白斯 这是你们哪一个干的?

众显贵 什么,敬爱的吾王?

麦克白斯 你不能说这是
我干的:切不要把你这血污的头发
对我摇晃。

洛斯 列位,请起来;御驾在
不舒服。

麦克白斯夫人 坐下,高贵的宾朋:我王夫
时常这样,从他年轻时就如此:
请你们就座;这阵发病是暂时的;
一忽儿他就会恢复。太过注意他,
你们会惹恼他,延长他这阵苦痛:
进餐,莫去理会他。你是个汉子吗?

麦克白斯 是啊,且是个胆大的,敢对吓得坏
魔鬼的东西去直望。

麦克白斯夫人 啊,真胡闹!
这是你的恐惧在空中所幻的假象;
这是那幻觉里的匕首,你说它引你
到邓更那里去。啊!这些个激情
触发和震惊——冒充真恐惧的骗子——
倒很配得上一个妇人家在冬天
炉火前所讲的故事,且有她祖母
加以证实。真可耻!为什么你做
这样的鬼脸?毕竟,你望着的不过
是一把坐椅。

麦克白斯 请你,看那里!看呀!瞧吧!瞅着!

你怎么说吧？哎也，我顾虑什么？
你若能点头，也不妨说话。如果
丙舍和我们的坟墓一定要把
已经葬了的送回来，我们便得用
鹞鹰的肚子作我们的墓。 ［鬼下。

麦克白斯夫人 什么！
在愚蠢里完全丧失了汉子的气概？

麦克白斯 我只要在这里站着，就能看见他。

麦克白斯夫人 呸，可耻！

麦克白斯 古时候，在人道的法律涤定得邦国
清平之前，流血也是桩有过的事；
是的，那以后，也有过凶杀案件，
太骇人听闻：在过去，脑浆流出了，
人就死掉，也就完了事；但如今，
他们头上挨了二十处致命伤，
还会起来把我们从座椅上推开：
这就比这样的凶杀更加骇人了。

麦克白斯夫人 尊崇的王夫，你高贵的朋友们等着你。

麦克白斯 我是忘怀了。休对我诧异，异常
高贵的朋友们；我有种怪病，对于
知道我的人却不算一回事。来吧，
我遗爱与列位，祝大家健康，干杯；
然后我才坐下来。给我点酒来；
斟满。我祝贺满堂欢，也祝贺我们
记挂的好朋友班轲；但愿他在此！
对大家，对他，我们干一杯，一切
都如意。[14]

众显贵 我们的忠诚，也都干一杯。
［鬼魂上。

麦克白斯 滚开！离开我眼前！让泥土盖着你！
你那骨殖里没骨髓，你的血已经冷；
眼瞪瞪怒视的你这双眼睛已没有

眼光。

麦克白斯夫人 亲爱的贵人们,把这个只当作
一件平常事:再没有什么别的了;
它只是扫了大家今晚上的兴。

麦克白斯 人所敢做的,我都敢:
你可以装成毛茸茸的俄罗斯大熊,
或带角的犀牛,或赫坎尼亚老虎,⑮
对着我走来;除了你现在这样子,
变什么都行,那时节我坚强的筋肉
决不会颤抖:或许你重新活过来,
用剑向我挑战,要我去沙漠里;
假使我颤巍巍待在家里⑯不敢动,
你可以叫我女孩儿崽子娃娃。
去你的,骇人的幻影!虚假的把戏,
去你的! [鬼下。
哎也,是这样;它走掉之后,
我重新是个人了。请你们坐下吧。

麦克白斯夫人 你用吓人的惊扰赶掉了欢乐,
打破了这良会。

麦克白斯 这样的事情发生了,
而竟能好像夏云般在头上推过,
不引起我们异常的诧骇不成?
如今我想起你看了这些个形景,
依然面泛着桃红,而我却吓得
脸色发青,这样子你可真使我
自己都不懂,我究竟是怎样的心情。

洛斯 什么形景,吾王?

麦克白斯夫人 我请你莫说了;
他越来越不好;说话会将他激怒。
就此,夜安吧:不必再拘泥着形式
告退,即刻请便吧。

赖诺克斯 夜安;祝陛下

就恢复康宁！

麦克白斯夫人　　　　　恳祝诸位都夜安！

［众显贵及侍从等俱下。

麦 克 白 斯　这事会落得流血下场；有人说，
流血终于会落得流血：听人说
石头曾走动，⑰树木讲过话；⑱朕兆
和占卜曾凭藉喜鹊、穴鸟、白嘴鸦，
泄露过最机密的凶手。现在是夜里
什么时候了？

麦克白斯夫人　　　　　将近同晨光争胜时，
明暗难分。

麦 克 白 斯　　　　　墨客特夫抗谕不奉命，
你怎么说法？

麦克白斯夫人　　　　　可派人召过他，您？

麦 克 白 斯　我偶然听到这么说；我将派人去。
他们中没有一个人我不在他家里
买通了一个仆人的。⑲我要在明天——
一清早——去找那几个命运的姊妹们：
她们必得多讲些；因为我如今
一心要用这最坏的方法去知道
我最坏的场合。为了我自己的利益，
一切的原则都得让路：我踩在
血里已走得这么远，假使我不再
徒涉前进，打回头将和往前走
一般辛苦。我心里有怪想得干出来，
待干了以后才能给人家辨好歹。

麦克白斯夫人　你缺乏调剂人身心的睡眠。

麦 克 白 斯　　　　　　　　　来吧，
我们去睡觉。我这奇怪的自骗自，
是新手的恐惧，需要多经历，多从事：
干这营生我们还不熟练。　　　　　［同下。

第 五 景

［荒原］

［雷声。三巫婆上，遇黑格蒂。

巫 婆 甲 哎也，什么事，黑格蒂！你像在生气。

黑 格 蒂 我没理由吗，你们这些个丑婆娘，
鲁莽灭裂不知礼？你们怎敢向
麦克白斯私下打交道，吐奥秘，
泄露那有关生死的大玄机；
而我，你们法术的都管司，
灾祸事都由我暗中来驱使，
今番却为何不叫我参加，
去显示我法术神通多广大？
而尤其糟的是，你们鼓着劲
只替个反复无常、骄横
险诈的魔孙跑腿脚，他只顾
为自己，哪知还有你和我。
可是如今要补救还来得及：
现在且散去，在阴湖[20]坑窝里
明早上再跟我相会：那壁厢
他会去，把前途休咎问端详：
准备好你们的灵符与器皿，
连同那密咒和一切应用品。
我要乘风翩翩去，这夜晚
我得用来报恶兆，注凶惨，
中午前大事一定要干好：
有一颗幽微的露滴高高
挂在那弯弯新月的末梢头，
不等它掉下地我要接在手：
那一经用魔法秘方提炼净，
能召遣那样机巧的鬼精灵，

他们只用施展些障眼法，
便能轻易地把他活坑煞：
他将鄙夷着命运与死亡，
浑无禁忌去任性纵癫狂；
而你们都知道，愚妄的刚愎
乃是人生世上的大仇敌。
［内有歌声“去来，去来”，云云。］
听！在叫我；我的小精灵，你们瞧，
坐在一朵雾云里，等我来飘摇。 ［下。

巫 婆 甲 来吧，我们赶快；她不久就回来。

［同下。

第 六 景

［福来斯。宫中一室］
［赖诺克斯与另一显贵[21]上。

赖诺克斯 我方才的话刚和你的想法一致，
那可以再这么讲下去：不过，我说，
事情却有点儿怪。仁德的邓更
颇受麦克白斯怜念：圣处女，他死了：
极勇武的班轲夜行走得太晚；
您若高兴，许要说，是茀里恩斯
杀了他，因为茀里恩斯已逃跑：
人不该夜行得太晚。谁不会认为
马尔孔、唐琊培杀他们仁德的父亲，
多骇人听闻？那真是可恶的罪行！
这事使麦克白斯多么悲伤！他可不
义愤填膺地，马上把两个烂醉而
死睡的罪犯戳翻了？那岂不豪杰？
真是的，并且也明智；因为那两个
要否认的话，会把任何人都激怒。
所以，我说，他一切都处置得很好；

我想他若把邓更的两个儿子
给逮住，——他不得成功，想天意所定㉒——
他们该尝到杀父亲是什么味道；
弗里恩斯也如此。可是，莫说了！
为了说话太爽直，以及没应召
赴凶王㉓的筵宴，我听说墨客特夫
遭到了黜逐。大人，他目今在哪里？

贵　　人　邓更的儿子（他的嗣位权这凶王
把它拦到手）如今在英格兰宫中
作客，受到那非常虔诚的爱德华
恁隆重的款待，所以命运的乖违
不曾使他的尊崇受丝毫损失。
墨客特夫便到了彼邦，去恳求
那敬神的英王帮他把瑙森褒兰
和善战的西德华振奋起来：有了
这两起支援——再加天意的裁可——
我们又可以白天进餐饭，夜晚
得休眠，宴会上不会有血刃横飞，㉔
矢忠勤，承受自由人所能有的荣显；㉕
那种种我们如今都渴望而殷求。
这消息使当今大为震怒，于是他
准备要启动干戈。

赖诺克斯　　　　他派人宣召了
墨客特夫吗？

贵　　人　　　　他派的：回话是一声
断然的"足下，我不去"，那着恼的来使
转回头哼一声，仿佛说道，"你将
后悔不该把这样的回话累赘我。"

赖诺克斯　那正该使他提防，尽他的聪明
趁早作准备。愿有个神圣的天使
比他先飞到英格兰朝中去预报
他带去的消息，那么，也将有先期

送来的天恩福讯早些到魔掌下
我们这苦难的宗邦!

贵　　人　　　　　　　　我愿为他祝祷!

［同下。

第三幕　注释

① Clark 与 Wright:这是假装一本正经的玩笑口吻。

② Clark 与 Wright:这两个不是职业凶手,在下文内可以知道,而是两个兵士,他们的命运,据麦克白斯所言,是被班轲的权势所毁了的。

③ 原文"distance",Warburton 解作敌意,Clark 与 Wright 训疏远、敌对、龃龉,Skeat 释为隔阂,大致差不多。Steevens 谓:这样一个距离,如你死我活的仇敌们会彼此面对面地站着,当他们的争端一定得用剑来解决的时候。这隐喻被继续到下一行里。Elwin 云:这里这隐喻所代表的是情感上的活跃的敌忾;而且它是这样一种敌忾,它存在着的每一分钟都威胁着要摧毁我心向往之的东西,或我想望中的生活,这敌忾被想象为一个正在对我作殊死斗争的死敌,他的戮刺时刻对准着我的胸口,或我身体的最致命部分。译者觉得把"distance"解释得太拘泥刻板固非所宜,因为那样就会把这两行所含的一个隐喻的整体拦腰切断,但如 Elwin 那样讲得隐入玄虚,又必然会丧失作者的本意。为畅达起见,译文从 Steevens 说把"将招致流血的距离"索性点明为"血淋淋三尺霜锋"。

④ 从 Cowden-Clarke 所解。

⑤ Clark 与 Wright 谓,"on the torture"系暗指拷问台而言。

⑥ 这是假定有这样一张符牒,赋班轲以生命,或者允许他的儿孙作君王。

⑦ 这是描写恶人做坏事的精彩之笔。他们因为自知是坏蛋,所以永远不相信任何人,如果派了某甲去做某一件事,必另派某乙去从旁监视,再加派某丙去密报某乙在怎样监视某甲。他们一旦当了权,即令万一想做一件好事,也绝对不可能,因为他们那见不得天日的鬼祟手法必然把人和事都弄坏,除非那被派的人不奉命而断然脱离他们。

⑧ 这一行 johnson 解作:从首席到末座,你们的来到都极受欢迎。佚名氏训为:一句话说尽,你们极受欢迎;从开始到终席,要去掉一切厌烦的拘束。Cowden-Clarke 则谓,除 Johnson 所解外,还含有这一意义:从最先来的到最后到的,都要感觉极受欢迎。

⑨ Gifford:古时堂上正中有坛,坛上置座椅,上覆以华盖。

⑩ Johnson:我更喜欢班轲的血在你脸上而不在他体内。莎氏也许是说:班轲的血在你脸上,比他自己在这堂上要好。Hunter 谓这是句旁白,并非对凶手所言。麦克白斯走近门首,见到凶手脸上有血,这与灯烛荧煌、满堂欢宴的情状相比,使他不禁震骇失色,但他又想起杀死班轲是多么重要的一件大事,当即自言自语说道,"你在外边比他在里边要好。"接着,他恢复了过来,当即问来人道,"解决了他吗?"

⑪ "Saucy",Schmidt 解作无限的、浩渺的、放肆的,跟囚禁之意适成相反,为一个富于表情的、矛盾形容法。Koppel 则训为辛辣的、苛酷的、猛烈的、咬人的。

⑫ 这导演辞在各版对开本上是在麦克白斯夫人上面所说的"……"萧索无欢"之后,最初在一七六七年之 Capell 校注本上移后了两行半,近代版本大率从他。这鬼魂只有

麦克白斯一人看到,来宾与夫人都不见。历来学者们对它有各种不同的说法,兹扼要介绍如下。Seymour 认为麦克白斯初次见到的应当是邓更的鬼魂,二次看见的才是班轲,前后是两个不同的鬼。因为如果只是一个鬼在同一剧景前后两次出现,第二次出现便不能增加新的恐怖。"如果丙舍和我们的坟墓……"这句话分明不能应用到班轲身上,他刚被杀死,当然说不上丙舍或坟墓;所以只能是对邓更说的。有人会说,"你不能说这是我干的,……"这句话只能对班轲而发,不可能对邓更说。如果这是对班轲狡辩的遁辞,因为麦克白斯杀班轲是指使旁人去行凶的;那么,以他的诡辩和强词夺理,他也能说他杀死的只是个睡着了的受害者,邓更的醒着的鬼魂不应当向他来讨命,因而这句话还是可以应用到邓更身上。〔按,这就有点勉强了。〕而况,"我只要在这里站着,就能看见他"这句话只能应用到邓更身上,因为麦克白斯是在对他夫人说的,她还没有听说过班轲被杀。邓更的鬼魂离开以后,麦克白斯在比较镇定的心情中想到,既然已经埋葬了的邓更能从坟墓里出来找他,班轲也可能来对他显形,虽然他"头上挨了二十处致命伤"。夫人打断了他这阵冥想后,他当即跟宾客们"在一起",而正当他举杯祝他的朋友健康的时候,就在那一瞬间他朋友的鬼魂蓦地出现了。Knight 则认为初次出现的是班轲,二次出现的为邓更,因为初次的导演辞很明白,随后的对话里并无与之矛盾的内容;对开本内无班轲之鬼下场的导演辞,有之只是 Steevens 在其校注本内所加(在三十四行后);而后来的鬼魂上场时,在各版对开本里的导演辞只是"鬼魂上",如果说还是班轲,在戏剧艺术上就不见得高明,而从麦克白斯对前后两个鬼魂的不同的恐惧程度而言,则这第二个鬼颇有可能是邓更而不是班轲。Collier 与 Dyce 认为第二个鬼是邓更的说法不可凭信,因为麦克白斯对雍容可敬的邓更说出"用剑向我挑战,要我去沙漠里"这样的话不合式,而"你这双眼睛已没有/眼光"也只能是对刚死的人说的;而且一六一〇年四月二十日《麦克白斯》上演于环球剧院时,有一个名叫 Simon Forman 的医生曾看到并写下了日记,其中并无邓更的鬼魂上场的说法,而当时莎氏本人还活着。Hunter 则赞成 Seymour 的说法,谓对开本里初次出现的鬼魂应当是邓更;如果是班轲的话,鬼魂二次上场的导演辞便应当是"鬼魂重上"而不是"鬼魂上"了;对开本内这里的导演辞跟别处的一样,分明有错误;第一次鬼魂下场前麦克白斯所说的"丙舍"、"坟墓"等语只能是对邓更说的,但看二幕四景近尾处墨客特夫对洛斯说,邓更的遗体已经

　　运送到库弥玑,那是他祖宗庐墓
　　所在地,他们的瘗骨处,

而不可能是对班轲说的,因为他刚被杀死,尚未下葬;至于第二次的鬼魂,那显然是个军人,不是个文人;关于 Forman 医生的话,那并不能决定班轲是唯一的一个鬼魂。Fletcher 谓,舞台上出现这样血肉模糊的鬼魂,根本与莎氏的意图相左;且我们几百年后的观众都能清楚看到,而剧中人除麦克白斯外竟无一个人能看见,尤足以证明这只是戏院老板与庸俗的观众的曲解而已。White 认为两次鬼魂都是班轲,因为麦克白斯把他念念不忘地记挂在心上,所谓疑心必生暗鬼:鬼初次出现后他便说,"你不能说这是我干的",这是因为他指使了别人去下毒手,所以是在对鬼撒谎;而第二次的鬼还是班轲,因为麦克白斯为解除来宾对他的疑虑起见,第二次夸口说,"但愿他在此",不料鬼魂果然又来了,于是他更加骇愕惊惧。Halliwell 谓,麦克白斯向老国王邓更挑战,要到沙漠里去决斗,那是不会的。Elwin 指出,麦克白斯的注意力起初是对他的王后的,后来是对他的宾客们的;因为心情忐忑不安,他不愿意坐下来,所以不由自主地不去注意那空位子;后来他被迫于一再恳请之下,方去对他注

目，所以鬼一出现时他并未立即见到；这个戏剧意想，优美地表示出麦克白斯的心情激动与刺激着观众（他们等候着他去看到鬼魂）的兴趣，是非常完美的。Bucknill 与 Hudson 则都指明这里的鬼魂是麦克白斯精神错乱中的幻觉，是个主观的鬼，不是个客观的出现；当初他看到空中有匕首时他神志还很冷静，不信它有客观的存在，但后来他不能睡觉，或者睡后噩梦通宵，成天成夜不得休息，因而就看见了人家所看不到的鬼魂。按，薛桐斯夫人（Mrs. Sarah Siddons，1755—1831，扮演麦克白斯夫人与其他莎剧女主角的名伶，曾被誉为“悲剧女神”）则主张麦克白斯夫人也见到这两次鬼魂的出现，但她的兄弟名伶 John Philip kemble（1757—1823）则在他的演出里根本没有鬼魂上场。

⑬ Hunter：洛斯说这两句话时，麦克白斯方才看到这鬼魂。赖诺克斯请他之后，他正待要去就座，突然见到了鬼魂，心中满是恐怖，他向后退缩，于是洛斯也请他就座。

⑭ Warburton 解为对大家祝愿，所祝的在上面已讲过，即爱、健康与欢乐。

⑮ 位于欧、亚两洲之交的大盐湖里海（Caspian Sea），古名为赫坎尼亚海（Hyrcanium Mare）。在它南面的广袤地区古时叫作赫坎尼亚（Hyrcania），以产老虎闻名，在罗马博物学家普林尼（Caius Plinius Secundus，23—79）的《自然史》（Historia Naturalis）里有记载。此书于一六〇一年有霍兰特（Philemon Holland）之英文译本出版。在霍氏英译本里讲到赫坎尼亚老虎的对面一页上也讲到犀牛。以上采自 Clark 与 Wright 之牛津丛书本（Clarendon Press Series Ed.）本剧注。

⑯ 原文“inhabit then”有二十四家注释，译文从 Henley，Steevens，Tooke 所解。

⑰ 这里确指的是什么故实，不清楚。Paton 谓可能系指摇石或“审判石”而言，据说古督伊德教徒们〔古时高卢人（Gaul）与不列敦人（Briton）之宗教信徒 Druids〕测验一个人是否犯罪即仰仗这些石头。一个无辜者轻轻碰一下这样一块石头，它会立即动摇，但秘密的凶手竭尽平生之力也休想动得它分毫。假使莎氏于写作本剧前曾到过麦克白斯本乡去熟习他的材料（我信他去过）的话，他不可避免地会注意到这些遗踪故迹。在葛拉姆斯堡（Glamis Castle）附近，就有这样一块石头。

⑱ Steevens：也许指暴露 Polydorus 被凶杀的那［三］棵树，见 Virgil：Æneid，Ⅲ，22，599。

⑲ 元恶大憝，狡猾奸险而猜忌，谁都信不过，必与人人为敌，结果定然是覆灭。这倒不是“天网恢恢，疏而不失”，而是情势所酿，事有必然。

⑳ 哀扣浪（Acheron）原为古希腊一河流，但在荷马史诗《奥特赛》（卷十）里是阴曹地府（Hades）的悲伤川。莎士比亚把它作为从人间进入下界的燃烧湖。这里，据 Cowden-Clarke 云，巫婆们用它来称呼麦克白斯堡邸附近的一个污水潭或黯池塘。

㉑ 这位没有姓氏的显贵，据 Johnson 云，在原稿上当为“Angus”（盎格斯）之简写“An.”，但想被誊录者误抄为“another Lord”（另一显贵），故在初版对开本上也就跟着错下去。

㉒ Delius：这插句是讲给观众听的，不为赖诺克斯的同伴所闻见。

㉓ Clark 与 Wright：原文“tyrant”不是作为这字的近代涵义，训暴君或凶王，而是当作篡位者或逆王用的。但 Schmidt 还是解作凶王或暴君。

㉔ Delius：他是想起了筵宴进行时来报告暗杀班轲消息的那个凶手。

㉕ “Free honours”从 Schmidt 所解。

第 四 幕

第 一 景

［窑洞。洞中架起一沸滚之大锅］

［雷声。三巫婆上。

巫 婆 甲 虎狸斑猫儿[①]已叫了三回。

巫 婆 乙 三回，小刺猬也叫了一回。[②]

巫 婆 丙 长脚蟹[③]在叫；时间到，时间到。

巫 婆 甲 绕着锅儿转着圈儿走；
把毒心毒肺望着锅里丢。
癞蛤蟆躲在冷石头下面，
睡了三十一个黑夜和白天，
经过恁久流出的毒汗水，
先在魔锅里翻腾又滚沸。

三 巫 婆 加倍又加倍，劲儿狠，劲儿猛，
锅下火烈烈，锅里滚腾腾。[④]

巫 婆 乙 泥沼里的蛇做的卷扎肉，
在锅里滚炖、烹煮再烧熟；
水蜥的眼睛，青蛙脚趾头，
蝙蝠身上的绒毛，狗舌头，
毒蛇舌叉和蛇蜴的刺，
蜥蜴腿子，猫头鹰的翅，
熬成一锅猛烈的惨酷膏，

翻腾得地狱凶羹般滚又烧。

三 巫 婆 加倍又加倍,劲儿狠,劲儿猛,
锅下火烈烈,锅里滚腾腾。

巫 婆 丙 死尸制的药,龙鳞片,狼牙齿,
饕餮的海鲨的食管和肚子,
黑夜掘起的毒药芹的根,
咒天骂神的犹太人的肾,[5]
山羊苦胆和天狗吞月时、
撕裂下来的紫杉小枝子,
土耳其鼻子,鞑靼人嘴唇,
娼妇在沟里刚正才出生、
就把来勒死的婴孩手指头,
煮成一锅糊,又黏又是稠:
加上只老虎的心肝和脏腑,
合成我们这满满一大锅。

三 巫 婆 加倍又加倍,劲儿狠,劲儿猛,
锅下火烈烈,锅里滚腾腾。

巫 婆 乙 再用点狒狒[6]的血浆来收膏;
这魔丹便又可靠又是好。

［黑格蒂上。

黑 格 蒂 啊也!做得好!你们好辛苦,
大家享到了好处都有数。
现在,绕着这锅儿来唱歌,
绕着圈儿像小妖和仙娥,
使你们投入的东西更着魔。

［乐调与歌声奏唱“黑鬼使”云云。

巫 婆 乙 我的大拇指有点儿刺痛,
这儿有什么坏事在响动。
打开,门锁,不管谁在叩扃。

［麦克白斯上。

麦克白斯 做什么,你们这些个隐秘、恐怖、
子夜里营生的丑婆子!你们干什么?

三　巫　婆　一桩没名儿的正经。

麦克白斯　　　　　　　　　我用你们
法术的名义庄严地恳请你们——
不管你们怎样知道的——回答我：
即令你们释放了罡风让它们
跟教堂作战；即令滔天的白浪
毁灭与吞没了航行；即令麦子
未抽穗给吹得倒伏，大树被刮倒；
即令堡垒坍塌在校尉们头上；
即令宫殿与高塔⑦把头斜倒在
础上；即令造化的种子整个儿
宝藏全被洒散在地上，直等到
毁灭也感觉厌倦；这些都不管，
只回答我问你们的话。

巫　婆　甲　　　　　　　　　　你说。

巫　婆　乙　你问。

巫　婆　丙　　　我们会回答。

巫　婆　甲　　　　　　　　　你说你愿意
听我们来说，还是听我等主司们讲。

麦克白斯　叫他们来吧：让我来见见他们。

巫　婆　甲　把吃掉九头猪仔的那母猪
猪血倒进去；把绞索勒住
凶手行刑时，他渗出的油珠
洒进火焰里。

三　巫　婆　　　　　　来啊，不管你
品位高或低，巧妙地显出你
自己的形相和职掌的玄机。

［雷鸣。首次幻显，一戴盔之首级。⑧］

麦克白斯　告诉我，你这不相识的神怪——

巫　婆　甲　　　　　　　　　　　他知道
你在想什么：听他讲，你自己莫说。⑨

首次幻显　麦克白斯！麦克白斯！麦克白斯！对墨客特夫，

对准辅伯爵要当心。让我去。话已尽。[10]

[下逝。

麦克白斯　不管你是什么，多谢你对我警告；
你正点中我的恐惧。只再说一句，——

巫婆甲　他不受命令：这里还有另一位，
比第一位更有威力。

[雷鸣。二次幻显，一浴血之婴孩。]

二次幻显　麦克白斯！麦克白斯！麦克白斯！——

麦克白斯　我若有三只耳朵，也会听着你。

二次幻显　要凶残、勇猛、坚决；要嘲笑、鄙蔑
人所能有的一切威力：因为，
没有女人生的人能伤害麦克白斯。

[下逝。

麦克白斯　那尽你去活着好了，墨客特夫：
我何必怕你？可是我要使自信
加倍地坚强，我要有命运作保证：
你还是不能活；那么，我才可以对
懦怯的恐惧说它在撒谎，不管
雷声而安然就寝。

[雷鸣。三次幻显，一头戴王冠之孩童，
手持树枝。]

这是什么，
像君王的后裔一般升起，头戴着
至尊的冠戴？

三巫婆　听着，莫跟它说话。

三次幻显　要像狮子般豪强，要威棱显赫，
莫管谁焦躁，谁恼怒，谁企图谋叛：
麦克白斯决不会有人能战胜，除非
褒耐大森林指向滕锡奈高山，
来对他讨伐。

[下逝。

麦克白斯　那决计不会：谁能

强制征召起森林，叫树木脱出它
地下的根株？可喜的朕兆啊！好！
谋叛的阴人，褒耐大林子起来前
切莫起来，我们位崇的麦克白斯
便定将安度天年，把呼息交付与
时间与尘世的惯序。不过我的心
跳着，想知道一件事：告诉我——魔法
若许你讲得这么多——班轲的后人
是否将统治这王国？

三　巫　婆　　莫再多问了。

麦克白斯　我一定得满足：拒绝了我这要求，
永恒的诅咒将落在你们头上！
让我知道。为什么那锅儿沉入了
地下去？这乐声又是什么？

［奏唢呐。］

巫　婆　甲　哑戏！

巫　婆　乙　哑戏！

巫　婆　丙　哑戏！

三　巫　婆　给他的眼睛看，叫他的心悲伤；
要来得像心影，要去得像幻象。

［八代君王之行列依次过，最后一王手持一镜，班轲之魂尾随。

麦克白斯　你太像班轲的鬼了；下去！你头戴
王冠，烙痛我的眼珠：你的头发，
你这圈金箍的头儿，跟那第一个
一样：第三个跟前面一个又一样。
恶劣的丑婆子！为什么你们给我看
这个？还有第四个！跳出眼眶来，
眼睛啊！什么！这一线相承要牵延
到世界末日吗？还有一个吗？第七！
我不要再看了：可是第八个又出现，
还拿着一面镜子，照给我又看到

好许多；又有一个我见他手揽
双球与王杖三支[11]。骇人的景象！
此刻我见到的确是；因为头发上
血粘模糊的班轲在对我微笑，
手指着他们作为是他的后胤。
[幻显消逝。]
什么！当真如此？

巫婆甲 是的，大王爷，当真是如此。
但为何麦克白斯张皇失智？
来，姊妹们，鼓起他的兴趣，
表演我们最好的欢娱。
我们来作法使空中箫簧闹，
你们把异样的圆舞来跳，
好让这大王爷和和蔼蔼
说我们欢迎他，对他表敬爱。
[乐声。三巫婆起舞，瞬即[与黑格蒂]同逝。

麦克白斯 她们在哪里？去了？让这恶时辰
在日历里边永远受诅咒。进来，
外边的来人！
[赖诺克斯上。

赖诺克斯 御驾要什么？

麦克白斯 你见到
那命运的姊妹们吗？

赖诺克斯 没有，吾主。

麦克白斯 她们可不是打你身旁过去了？

赖诺克斯 当真不曾过，吾主。

麦克白斯 空气经她们
穿过就得中毒，什么人相信了
她们就得打进地狱门！我听到
急马奔蹄响：乃是谁到来了吧？

赖诺克斯 有两三个人送信来，吾主，禀
墨客特夫逃往了英格兰。

麦克白斯　　逃往了
英格兰！
赖诺克斯　　是的，吾主。
麦克白斯　时间啊，你在我挥动杀手锏之前，
竟已先着了飞鞭；迅疾的意向
休想能实现，除非有行动陪随；
从今往后，我心中第一个意念
便得是手里第一个行动。就在
此刻，为使意念变实事，想与干
要同时并进：我要突然去袭击
墨客特夫的堡垒；攻占淮辅城；
把他的妻子、儿女、同他有血缘
关系的一切不幸者都付诸剑刃。
决不蠢材般夸口；我意向冷却前，
要办到这正经：但莫再见神见鬼！
这些个近侍此刻在哪里？去来，
引我去他们那里。

［同下。

第　二　景⑫

［淮辅。墨客特夫之堡邸］
［墨客特夫夫人、伊子及洛斯上。

墨客特夫夫人　他做了什么事，要逃往国外？
洛　　斯　　夫人，
你得要镇静。
墨客特夫夫人　　他却一点都不镇静：
他这逃亡是发了疯：我们的行动
浑无事，我们的恐惧倒使我们
变成了叛徒。
洛　　斯　　你不知这是他的明智，
还是他的恐惧。

墨客特夫夫人　　明智！扔下了妻子，
扔下了孩子，舍弃了房廊和家业，
独自去逃亡？他不爱我们；他缺少
人情的恩爱；即令那可怜的欧鹪，
鸟里边最最小，有幼雏在窝中，也会
对鸱枭作战。⑬一切只为了恐惧，
再无一点儿恩情；逃亡得这般
不合情理，明智是同样地欠少。

洛　斯　最亲爱的表妹，请你抑制住自己：
至于你丈夫，他性情高贵、聪明、
有英断，洞察这时季的风云谲诡。
我不敢再多说什么：但如今这日月
真够残酷了，我们自己都不知道，
却已当上了叛逆，有时候我们
听信无端的恐惧所酿成的谣言
而震恐，⑭自己也不知恐惧些什么，
只在惶骇的大海上漂流激荡。
我向你作别：不久我又会得再来。
事态恶到了尽头会停止，或许会
好转到以前的形景。漂亮的侄儿，
上帝保佑你。

墨客特夫夫人　他有父亲，可是他没有了父亲。

洛　斯　如果我再待下去，便是个呆子，
那会使我蒙羞辱，使你不安心：⑮
我立即告辞。　［洛斯下。

墨客特夫夫人　　小家伙，你父亲死了：
你将怎么办？你预备怎样过活？

儿　子　鸟儿般，妈。

墨客特失夫人　　什么！吃虫子和苍蝇？

儿　子　我是说弄到什么就吃什么；
它们就是这样的。

墨客特夫夫人　　可怜的鸟儿！

你从未害怕过网罗、鸟黐、陷阱
和机关。

儿　　子　为什么我要害怕,母亲?
网罗不是张着捉可怜的鸟儿的。
父亲并没死,不管你怎么去说。

墨客特夫夫人　不对,他死了:你没了父亲怎么办?

儿　　子　不对,却说你没了丈夫怎么办?

墨客特夫夫人　哎也,我能在不拘哪个市场上
买下二十个。

儿　　子　那你买来了又卖掉。

墨客特夫夫人　你说话像傻子;[16]不过,实在说,你这大年纪,
倒是够机灵的了。

儿　　子　我父亲是个叛逆吗,妈?

墨客特夫夫人　是的,他是。

儿　　子　什么是叛逆?

墨客特夫夫人　哎也,一个人发了誓又撒谎的就是。

儿　　子　所有的叛逆都这样的吗?

墨客特夫夫人　每一个这样做的人是个叛逆,就得给绞死。

儿　　子　他们发了誓又撒谎的人都得给绞死吗?

墨客特夫夫人　每一个。

儿　　子　谁去绞他们呢?

墨客特夫夫人　哎也,那些诚实人。

儿　　子　那么,那些撒谎背誓的人儿是傻子了;因为
他们人数很多,足够去打败那些诚实的人儿,
把他们绞死。

墨客特夫夫人　上帝保佑你,可怜的小猴子!你没了父亲怎么办?

儿　　子　他若是死了,你会哭他;你若是不哭他,看来
我就要有个新父亲了。

墨客特夫夫人　可怜的小油嘴,瞧你这胡说八道!

[使从上。

使　　从　上帝保佑您,贤淑的夫人!您是
不认识我的,虽然我十分知道

夫人高贵的品位。我恐怕有什么
危险正在向您迫近来：您如果
能听一个老实人劝告，请休要
在这里；离开吧，带着孩子们就走。
我觉得这么样惊吓您太粗鲁；
对您更坏些便要算凶暴的残忍，
那可太迫近着您了。上天保佑您！
我不敢多待了。

［使从下。

墨客特夫夫人 我该逃往哪里去？
我没做坏事。可是我如今记起了
我在这尘寰俗世，这里做缺德事
往往会给人称赞，做好事有时候
却倒反叫人认为是危险的愚蠢。
那么，为什么，唉呀，我还要摆出这
女人的自卫来，说我不曾做坏事？

［凶手数人上。

这些是什么脸？

凶手［甲］ 你丈夫在哪里？

墨客特夫夫人 我希望他不在什么那样的坏地方，
那里像你这样的人能把他找到。

凶手［甲］ 他是个叛逆。

儿子 你撒谎，你这毛耳朵的坏人。

凶手［甲］ 什么！你这小混蛋。叛逆的种子！

［戳刺］

儿子 他杀死了我，妈：快逃走，请你！

［墨客特夫夫人下，口呼“凶杀”，
凶手数人尾追。

第三景

［英格兰。王宫前］

［马尔孔与墨客特夫上。

马　尔　孔　让我们找一处僻静的荫蔽所在，
来痛哭悲怀。

墨客特夫　　　　　　我们倒不如握紧着
丧门剑，勇士般去捍卫沦落的宗邦；
每天早晨有新的寡妇在哀号，
有新的孤儿在啼哭，有新的悲伤
掴打着天颜，回响下来时好似天
也感到苏格兰的怆痛，阵阵高鸣
叫苦。

马　尔　孔　　　　我相信的事我要来哀恸，
我知道的事我自会相信，我所能
矫正的事，待找到有利的时机，
我自将矫正。你的话也许是正确的。
这暴君，只提起他名字便使我们
舌上会起泡，曾一度被认为诚实：
你对他敬爱有加；他还未触及你。
我年事尚轻；而你也许经由我
看中他的什么⑰，同时也看到牺牲
一头柔弱可怜又天真的羊羔，
去平息一位煞神的忿怒为得计。

墨客特夫　我不是奸险之徒。

马　尔　孔　　　　　　　但麦克白斯却是。
洵良有德的天性可能为效忠于
王事而步入奸邪。但我要请你
原谅；你是怎样一个人，并不会
因我的想法而有所变更；天使们
依旧银光闪闪，虽然那最亮的
已堕落，虽然一切卑劣的东西
都貌若高雅，但原来高雅的还得
照旧。

墨客特夫　　　　我希望落了空。

马　尔　孔　　　　　　　　也许在那上头
我就启动了怀疑。为什么离妻
别子——他们该是你珍贵的动力，
情爱的结节——全没有安排，竟不曾
告别？我请你，莫以为我这些疑虑
是你的耻辱，它们乃为我的安全
而起：你也许当真很可靠，不管
我怎样想法。

墨客特夫　　　　　　流血，可怜的乡邦，
流血吧！酷烈的暴政，尽你去基坚
础固就是了，因为仁善不敢来
将你压抑！尽情去横行无忌吧；
你篡得的名位已被确认！再会了，
殿下：我决不做你猜想中的奸徒，
即令能奄有那暴君掌中的全部
疆土，再加上整个宏富的东方。

马　尔　孔　请不用气恼：我适才所说的不是
仅仅为怕你。我想起我们乡邦
因不胜重负而陵夷；它流泪流血，
每天旧伤上又加新创：我也想，
许有人愿为我卫护王权而兴兵；
在此我就有仁德的英格兰[18]提供
好几千人马：可是，尽管这一切，
一旦那暴君的首级踩在我脚下，
或挂在我这剑上时，我可怜的乡邦
在那后继者的治下，准会有比先前
更多的罪恶，受难更深重，有更多
种类的苦痛。

墨客特夫　　　　　　他将是什么样人？

马　尔　孔　我说的乃是我自己；在我这身上
我知道桩桩件件的罪恶已接上
桠枝，它们生发[19]时，凶恶的麦克白斯

会显得清纯如雪，而可怜的邦人
将他和我的无边邪恶比较时，
会要把他当作是一只小羔羊。

墨客特夫 可怕的地狱万头攒动中，没有个
魔君奸邪可恶能超过麦克白斯。

马 尔 孔 我承认他残忍、淫乱、贪婪、阴险、
奸诈、横暴、恶毒，凡有名的罪孽
他无一不沾；但我的淫欲无底止，
罔限极：你们的妻子，你们的女儿，
你们的娘子，你们的闺女，都不能
填满我的欲壑；我这淫欲能压倒
一切反抗我意志的阻障；倒还是
麦克白斯为王要胜如我这样的人。

墨客特夫 无限的淫欲确是性情里的[20]凶暴；
不少快乐的御座曾为之而早虚，
许多君王齐陨落。但仍然休得
害怕去承受本该属于你的尊位；
你不妨私下里纵情于声色，外表
却凛然，去蒙蔽世人的耳目。我们
乐意的娘子们不愁少；你这喜好
一传开，自会有人献身于尊荣，
只恐你人非饿鹰，吞不了那许多。

马 尔 孔 除荒淫无度外，在我恶劣的品性里
还有那无餍的贪婪，所以有朝
一日我为王，我便要杀害贵族们，
占夺他们的土地，要这个的珍宝，
要那个的房廊；吞并愈多，愈使我
馋痨，我会要伪造些不公的争端，
陷害忠良，为财富而不惜将他们
摧折。

墨客特夫 这贪婪要比短暂的炎炎
夏日般的[21]淫欲毒害深，它的根株

更恶毒,我们有些位君王曾为它
而丧生:但仍请不必忧疑;苏格兰
自有你自己份内丰华的收获,
来满足你这些欲望;你另有优点
相平衡,这种种还可以令人忍受。

马　尔　孔　可是我没有优点:与君王权位
相适应的美德,如公平、诚信、节制、
稳定、宽洪、坚决、仁爱、谦虚、
虔诚、宥恕、勇敢、刚毅,我一无
所有,但每种罪恶的新腔变调
我无不能曲尽其妙。唔,我如果
当权,便要把和睦的甘醴倾入
地狱,使普世的安靖鼎沸,扫荡
遍天下的和协。

墨客特夫　啊,苏格兰,苏格兰!

马　尔　孔　这样的人儿是否宜治国,你说:
我就是我所说的这样。

墨客特夫　宜治国!不行,
活着都不配。啊,悲惨的吾民呀,
在这篡位暴君的血腥统治下,
何时你才能重睹昌隆的岁月,
如今王位的嫡胤又这么头顶着
诅咒而自绝于继承,且使他的家世
也蒙羞?你父王是位圣德的明君;
你生身的母后,跪着比站着的时候多,
在世时每天在虔修身后[22]。再会吧!
你自承的那些罪辜将我驱离了
苏格兰。啊,我的心,你希望到此
已毁灭!

马　尔　孔　墨客特夫,这高贵的激情
是心地高洁的产儿,它已抹去了
我心头对你的栗栗危惧,使我在

思想里恢复你原有的忠诚与荣誉。
奸魔的麦克白斯用许多这样的诡计
想赚我回到他势力之下去,亏得我
沉着的明智牵住我不使仓皇
轻信;可是让上帝在你我之间
来安排一切!从今往后我请你
将我来指引,我自毁的言辞即此
一笔勾销,我起誓撤回我堆在
自己头上、与我不相干的污点
与罪愆。我还没接近过女色,从未
背弃过誓言,几乎没有贪求过
我份内所应有;从来不破坏信义,
就是把魔鬼出卖给他的同伴
我也不会,爱真理不下于爱生命;
我初次编谎话是刚才讲起我自己。
我真实的自己向你,向可怜的宗邦
奉命;正指向着那里,在你来此前,
老将西华德,统领着一万军兵,
已整装待发。如今我们在一起,
但愿成功的机会跟我们为之而
争辩的动机,同样地确实。为什么
你不响?

墨客特夫　　这样可喜和可恼的事情
一同来,很难相调和。

[太医上。

马　尔　孔　好吧;等一下再说。王上出来吗,请问?

太　　　医　是的,贵卿;有一群苦恼的病人
等着请他治㉓;他们的病痛战败了
歧黄的大巧;但上苍赋与他的手
这样的神灵,只须他一触,他们
顿时就好。

马　尔　孔　　多谢你,太医。

［太医下。

墨客特夫 他说的
是什么病症？

马尔孔 这叫做君主病症：㉔
这是件最神奇莫测的正经，从我
居住在英格兰，我常见这位贤君
施治。他怎样祈求上苍，只有他
自己才知道；但害这怪症的病人，
脓肿而溃烂，看来真可怜，外科
医术绝没有办法，他着手而成春；
念着神灵的祷辞，将一块金币
挂在他们的颈上；且听说这种
治病的天恩他还传与了后王。
连同这奇异的功能，他还有天赐
预言的秉赋，和诸般天惠的祯祥
环拱着他御座，显见他福佑盈丰。

［洛斯上。

墨客特夫 请看，谁来了？

马尔孔 故国的来人；可是我不认识他。㉕

墨客特夫 最亲爱的内弟，欢迎你来到此间。

马尔孔 我现在认识了。亲爱的上帝，请及早
消除使我们作客他邦的因由吧！

洛斯 殿下，心愿如此。

墨客特夫 苏格兰依然是
从前那样吗？

洛斯 哎也！可怜的旧邦；
它几乎怕认识自己了。它不再是我等
慈母之邦，只能称我们的坟墓；
那里再无人，只除了蒙昧无知者，
会偶一欢笑；那里叹息与呻吟
与号叫撕裂了天空也无人闻问；
那里劲厉的悲哀如寻常的激动；

死人的丧钟在那里几乎没有人
问起为谁敲;好人的生命比他们
插在帽上的鲜花萎谢时还先逝,
不等生病就死去。

墨客特夫 啊!话说得太细,
可是也太真!

马尔孔 最近有什么伤心事?

洛斯 那惨案过后一小时,说时就有人
唏嘘;每分钟会发生一件新的来。

墨客特夫 我妻子怎样?

洛斯 哎也,很好。

墨客特夫 孩子们呢?

洛斯 也很好。

墨客特夫 那凶王没有对他们的安宁
打击吗?

洛斯 没有;我离开他们时,他们
还安然无恙。

墨客特夫 你说话休得要吝啬:
怎么样?

洛斯 当我到此来传报消息时,
我载的负荷很沉重,有个传闻
说许多英豪都已经起义;这说法
我相信已证实,特别因为我见到
凶王的兵马已发动。目今正是
驰援的时候了:你在苏格兰一露脸,
会兴发军兵士卒,使妇女都操戈,
为解除他们可怕的苦难。

马尔孔 我们就
前往,让这事成为他们的安慰吧。
英格兰君王御驾借给了我们
西华德将军和一万军兵;基督教
世界再没个比他更老练的好军人。

洛　　斯　但愿我能以同样的安慰相回答！
可是我有话，应在荒野里空阔间
呼号而出，那里没有人能听到。

墨客特夫　是有关什么的？涉及这大局？还是
私人的伤心事？

洛　　斯　　　　　　　凡是心地诚实的，
没有个人儿不参与到一份悲痛，
虽然主要的部分只和你有关。

墨客特夫　如果是我的事，请休得留着话儿
不讲；快给我知道。

洛　　斯　　　　　　　莫叫你耳朵
永远鄙弃我这舌头，它要使它们
闻见从未听到过的最悲痛的消息。

墨客特夫　唔！我猜到了。

洛　　斯　　　　　　　你的堡邸突然
受袭击；你夫人与儿女横遭残杀；
我若讲述那经过，会要在一大堆
被屠戮的你的亲人之上，再加上
你这一条命。

马 尔 孔　　　　　　悲悯的上苍！什么！
汉子；切莫把你的帽儿拉下来
盖住了前额；倾吐着悲哀；那悲痛
若是不声响，对负伤过度的心儿
便会去窃窃私语，说得它破裂。

墨客特夫　我的孩子们也都？

洛　　斯　　　　　　　　妻子、孩儿、
僮仆，找得到的一古脑都完。

墨客特夫　　　　　　　　　　　而我
却不在那里！我的妻也给杀了吗？

洛　　斯　我已经说过。

马 尔 孔　　　　　　且请莫伤心：让我们
为克报这大仇配制药石，来医治

这没命的哀痛。

墨客特夫　他没有孩子。[26]我所有的小乖儿巧宝？
你是说所有的？啊，地狱的鹰鸢！
一扫而光？什么！我全部的小鸡儿，
连同他们的鸡娘，好狠辣，一爪子
都给抓光？

马尔孔　要像个汉子般去抗争。

墨客特夫　我会要这么做；可是我不得不情往
难禁：我不能不记起这样的往事，
那对我真宝贵异常。青天在上边
望着，怎不帮他们忙？墨客特夫，
你罪孽深重！他们都为你而丧生。
我好不枉空，他们横遭这屠戮，
不是为他们自己有什么过错，
而都因被我所连累。上天给他们
安宁吧，如今！

马尔孔　让这事做你的砥石，
磨砺你青锋的利刃：化悲哀为忿怒；
莫叫雄心衰歇，点燃它的烈火。

墨客特夫　啊！我能妇人般眼泪双流，
而我的唇舌却能兀自夸勇敢。
可是，仁爱的皇天，斩除了一切
迁延；把这苏格兰的恶魔引到
和我面对面；将他放在我剑锋
所及处；他若能逃走，上天也[27]饶他！

马尔孔　这情性显示出豪强的气概。去来，
我们去见王上去：我们的军兵
已经准备好；我们什么也不少，
只除了开拔的许可[28]。麦克白斯已烂熟，
一摇即落；上界的神灵已麾动
使从们，替他们行事。尽你去寻安慰；
长夜已过去，晓天始白迎朝晖。　［同下。

第四幕　注释

① “Brinded”，亦可作“brindled”，Wedgewood 解作“条纹的”，Clark 与 Wright 解作“黄褐色的”，实际上都是说灰色虎狸斑猫，前者为花纹，后者是颜色。Warburton 谓；自古以来，猫是巫婆们的鬼使与宠儿。这迷信的怪想也许是这样开头的；当戛林雪娅(Galinthia)被命运三姊妹(据 Antonius Liberalis 所言，见《变形记》)，或被巫婆们(据 Pausanias 在《蠢物记》内所言)，变成一只猫时，黑格蒂可怜她，把她作为她自己的女祭司。当百头怪子(Typhon)迫使诸天神祇与女神们藏身于百兽的形象内时，黑格蒂将她自己也变成了一只猫。

② Steevens：巫婆乙只重复了巫婆甲所说的次数，以证明她所说的不错；然后又说，小刺猬也已叫过，但只一回。或者这样理解更容易，小刺猬叫过三回，等一下又叫了一回。Elwin 及 Clark 与 Wright 则谓，这是巫婆们计数的方法，以三作为单位，遇到四就要说三加一。

③ 见一幕一景“灰狸奴”注。

④ Abbott：莎氏极少用四重音韵文行，除非当巫婆们或其他的怪异人物说话时，那时候便押着韵。这两行三人合诵的叠句，在 Furness 新集注本附录里引得有将近三十家的二十一种德文翻译，非常启发人。

⑤ 原文为“肝”。

⑥ 狒狒属猿类，面貌在狗与人之间，体长三尺许，四肢长略相等，疾走如飞，趾能握物，长毛作灰褐色，性凶暴，食人。又名费费，吐喽，亦有枭羊、枭杨、山精等名。

⑦ 原文作“金字塔”。

⑧ Upton：带盔的首级象征地代表麦克白斯的首级，被墨客特夫斩下来送交马尔孔。血糊的婴孩是墨客特夫尚未达月，经开刀在他母亲肚子里挖出来。一头戴王冠手持树枝的孩童，是王子马尔孔，他命令兵卒们各人伐下枝柯一支，擎举着带到滕锡奈山前。

⑨ Steevens：在行施魔法时不可讲话，要绝对噤口。

⑩ Staunton：古时候都以为用咒语与魔法宣召来的鬼魂们不耐烦人家问他话，急于引退。Clark 与 Wright：注意，这第二次幻显的即墨客特夫，“比第一位更有威力”，第一位是麦克白斯。

⑪ Warburton：这里用意是对詹姆士一世表示敬意，他初次以一人之尊统一了两个岛屿与三个王国；他的世系据说是出自班轲的宗族的。Steevens：对于后一项事实，莎氏似乎是完全知道的，不过他把班轲写成一个不但天真，而且高贵的性格，而据历史上说，在弑杀邓更这件事上他是和麦克白斯合伙同谋的。Clark 与 Wright：这里所说的“双球”大概是指詹姆士两次加冕，先在司恭(Scone)，登苏格兰王位，后来又在伦敦威士敏斯忒(Westminster)教寺，就任英格兰国王。按，一六〇四年登英格兰王位时，他的名衔是大不列颠、法兰西与爱尔兰之王，所以要手持三根王杖。八代君王是罗伯二世与三世(Robert Ⅱ，Robert Ⅲ)和六位詹姆士(James)，莎氏写作本剧时的“当今”是第六位。

⑫ Bodenstedt：删去这一景，如在舞台上往往是那样，会把麦克白斯的性格表现得比莎氏本意美好得多，同时也会减弱墨客特夫惨痛中的哀呼的力量，以及麦克白斯夫人在梦游那一景里刺心的自问的力量。我们务需给看到麦克白斯的不必要的凶恶已

达到了什么程度，即令是天真无邪的妇孺他也决不放过。更重要的是，在这描写伪善的奸险与绝灭信义的野心的悲剧里，墨客特夫和他妻子是代表诚实的忠忱与家庭美德的典型人物。

⑬ Harting 谓这类例与事实相剌谬。

⑭ Hudson：恐惧使我们听信谣言，可是我们不知道恐惧些什么，因为我们恐惧了还是莫名其妙，在这一种心理状况中，人们更加相信，因为他们恐惧，而又更加恐惧，因为他们不能预见危险是怎样的。译文从 Schmidt 所解。

⑮ 这一行各家无注释。Schmidt 在《莎士比亚辞典》里解作"那会使我失态（也许是说，我该流泪，那是对我不合式的）和使你难受（或悲哀），"译者觉得可以商酌。洛斯原来是来报信的，他担心麦克白斯多半会对墨客特夫家属施行报复，所以想叫夫人带着孩子们逃走。但他又顾虑在自己能帮忙之前惊动夫人于事无补，故关于逃走一事只字未提，只说了一句"我不敢再多说什么"，以增加惊恐不定的气氛。他预备马上离开此地去设法布置，一等安排就绪，便回来带他们母子同走，故云"不久我会得再来"。他意思是，如果他不马上采取行动，还待在这里，麦克白斯的手下人来看见他在此，他自己必将受辱，而夫人必定会于心不安。他当然没有料到凶王的报复会那么凶恶，且来得这么迅速。他大概安排好了逃亡步骤后，在回来的路上听到夫人全家被杀的凶耗，于是只得单独逃往英格兰去。

⑯ "With all thy wit，"C. M. Lewis 解如译文。看上下文语气，这反解似颇贴切。

⑰ 对开本原文作"discerne of him"，Theobald 校改"discerne"为"deserve"，意即"应受他的酬报"。按，校改没有必要，Upton 与 Hudson 解释得对："of him"即"from him"，"something"系指"他对你的荣宠"。

⑱ 英格兰王也。

⑲ 原文"open'd"，Delius 谓系带进前面"grafted"（嫁接树枝）那比喻而言的，故应解作"展放、生发或滋长"。

⑳ Delius 注"In nature"谓：这是属于"tyranny"（凶暴）的；这样的有机体内的淫欲无度被比作麦克白斯的暴政（政治上的凶暴）。译者按，Delius 所谓"属于'tyranny'的"系指文法上的隶属，意即谓这里的句子构造是"...is a tyranny in nature"，但看他句子后半句就很明白。译文便是根据这诠释着笔的。Clark 与 Wright 在牛津丛刊本（Clarendon Press Series Ed.）本剧注解内把 Delius 的用意看走了，说根据 Delius 所析，这句子应解作"无限的淫欲，其性质是一个篡夺""tyranny"这字他们训为"篡位"），他们并且征引莎剧《朱理亚·恺撒》二幕一景六十九行"一个人的情状，/便好比一个小王国，遭受到一场／造反般性质的叛乱"，以说明"nature"这字的涵义为"性质"。译者觉得这可以说是他们的另一个解释，但与 Delius 之说法无关。此外，他们还提供了又一个解释，谓"intemperance in nature"是一个词，此句可解作"无限地纵情于淫欲是一个篡夺"。他们觉得这两个说法，当以第一个为较好；但无论如何，"tyranny"，在这里总解作"篡位"，因此正式的国王才失掉了他的王位。

㉑ Hudson：这激情（淫欲）会像夏日般燃烧一时，而将似夏日般逝去；可是那一个激情，贪婪，没有这样的时限，它将老而弥坚，到死方止。

㉒ Clark 与 Wright：她活着的每一天是在为死后准备。

㉓ 传说麦克白斯为苏格兰王时，英格兰王爱德华长老（Edward the Confessor，1002？—1066）有以手接触、立即治愈瘰疬之名。这病因而叫作"君王病症"。好几位爱德华的继位者都有此天赋的仁术。詹姆士一世也是其中之一，这一段剧辞便是

写来对他致敬的。Clark 与 Wright 谓,爱德华这一神奇的本领是他的同代人所相信的,至少在他死后不久为众所信,且特别受教皇亚历山大三世所认可,因而他被推崇入众圣之列。伊丽莎白女王的天主教子民们也许为爱国关系,认许她也具有这一能力,虽然他们有点疑惑,怎么教皇公布将她逐出教会以后,她还是跟以前一样有此能力。查理一世在约克城时,一天内手触了七十个病人。查理二世出亡到布鲁日时还是手触病人的,不过省了赐赠那枚金币;他复辟以后还是施行着此术,且被认为有显著的成效。约翰荪博士最早的回忆是他小时候,在一七一二年,被引到女王安(Queen Anne)御前去手触医病。他颈上挂的金牌(已经不是普通的金币,在查理二世朝时特铸一金牌专供此用)至今还保存在大英博物馆内。Furness:Theobald 是第一个人注意到这件事,以及四幕一景一二一行之"又有一个我见他手揽/双球与王杖三支",作为考证本剧写作时日的两个内证。

㉔ 见上页注。

㉕ Steevens:马尔孔远远就认出洛斯是他的邦人,乃是看他的服装。

㉖ 墨客特夫这话引起三种不同的解释。一说是"他没有孩子"系指马尔孔没有孩子,所以他不懂报仇这药剂医治不了我这哀痛:主此说者有 Ritson,Malone,佚名氏,Harry Rowe,Dalgleish,Delius,Hudson 等。一说是"他没有孩子"系指麦克白斯没有孩子,所以他会干出这样杀尽全家妇孺的惨酷事:主此说者为 Knight。再一说是"他没有孩子"亦系指麦克白斯,惟与第二说不同,谓我要想报仇也没法报,因他们既不存在,我便无法杀死他们:主此说者有 Steevens,Hunter,Elwin,Halliwell,Clark 与 Wright 等。译者倾向于第三说。

㉗ Hudson:这个小小的"too"(也)字用在这里是为使前文的意义异样地更加强烈。有一遭把他放在我剑锋所及处而我若不杀掉他,我就比他还坏,那时候我不但自己宽恕他,还要祈求上帝宽恕他:或许是,那时候我跟他一般坏,愿上帝宽恕我们两个。我举不出任何一个别的例子,那文字能更强烈地充满着意义。

㉘ "Our leave"Cowden-Clarke 解作开拔前的告别,Schmidt 则释如译文。

第五幕

第一景

［滕锡奈。堡邸内一室］

［太医与伴娘上。

太　　医　我已经同你陪守了两夜，可不见你所报告的实有其事。她上一次梦游是什么时候？

伴　　娘　自从他陛下上了战场，① 我见过她从床上起来，披上寝袍，把文书柜子② 开了锁，取出柬帖③ 来，折叠起，写些个字，读一下，然后封起来，再上床去睡；而那一晌都是熟睡着的。

太　　医　身体里有大骚扰，同时要生受睡觉的好处，又要做醒着时的行动！在这沉睡的激动里，除了梦游和其他的动作之外，你听见她在什么时候说过些什么话？

伴　　娘　那个，太医，我不好在她背后说起。

太　　医　你可以和我说，你跟我说倒很恰当。

伴　　娘　也不对你，也不对任何人说，若是没有别人在旁能证实我的话。

［夫人上，手持尖烛。

你看！她在来了。这正是她的模样；而且，凭我的性命，睡得很熟。仔细瞧着她；悄悄站着。

太　　医　她怎样来的那盏烛灯？

伴　　娘　哎也，就在她身旁：她身边总是点着灯；她吩咐叫这么的。

太　　医　你看，她两眼睁着。

伴　　娘　是的，但是那视觉是闭着的。

太　　医　她现在做些什么？瞧，她在摩擦两只手。

伴　　娘　这是她惯常的动作，像在洗手。我见过她继续这样一刻钟之久。

夫　　人　这里还有个斑儿。

太　　医　听！她说话了。我要记下她的话，过后满足我的记忆好更有力些。

夫　　人　去掉，可恶的斑儿？去掉，我说！一；二：哎也，那现在正该去干。地狱很阴暗！呸，王夫，
呸！是个军人，还害怕？有人知道我们何用怕，
既然没人能来向我们问罪？可是谁想得到那老头儿有那么多血？

太　　医　你听到那话吗？

夫　　人　淮辅伯爵曾有个妻子：如今她在哪儿？什么！这两只手永远洗不干净吗？别再那样了，王夫，别再那样了：你这惊跳一下把什么事情都弄坏。

太　　医　得了，得了；你已经知道了你所不该知道的事。

伴　　娘　她讲了她所不该讲的话，这个我很清楚：上天才知道她所知道的事。

夫　　人　这里还有血腥味儿：阿拉伯国所有的香料都熏不香这只小手。啊！啊！啊！

太　　医　那是好深的一阵叹息！心上的负荷该很难堪。

伴　　娘　即令为了使全身都享受尊荣，我也不愿胸中有这样一颗心。

太　　医　很好，很好，很好。

伴　　娘　求上帝能这样吧，太医。

太　　医　这病我真治不了：不过我倒知道有些梦游的人却是在床上好好死去的。

夫　　人　洗你的手去，穿上了寝袍；休得这样脸色苍白。

我再告诉你一遍，班轲已下葬；他不能跑出坟墓来。

太　　医　竟是这样吗？

夫　　人　上床去，上床去：有人在敲大门。来，来，来，来，把手伸给我。已经做了的事不能使它没有做。上床去，上床去，上床去。

［夫人下。

太　　医　她现在会上床去吗？

伴　　娘　马上。

太　　医　可耻的耳语在外边传播。伤天
害理的行径产生反常的骚乱；
病毒的头脑会把它们的秘密
泄露给没耳朵的枕头；她更需要
一位牧师，用不到医师。上帝啊，
上帝，宽恕我们大家吧！看顾她；
一切能伤害到她的东西都挪走，
不断地看护着她。就这样，夜安：
她使我目为之诧愕，心为之惑乱。
我想着，却不敢口说。

伴　　娘　夜安，好太医。

［同下。

第　二　景

［滕锡奈郊区］

［军鼓与旗旆前导。曼底士、坎士纳斯、盎格斯、赖诺克斯与众军兵上。

曼　底　士　英军已迫近，统军将领是马尔孔，
他舅父西华德和那位好墨客特夫。
报仇的敌忾在他们胸中火炽；
他们那刻骨的仇恨会激奋即令是
麻木的相好，起来去沥血，去杀伐。

盎格斯 近褒耐森林我们将遭遇到他们；
他们会开到那厢来。

坎士纳斯 谁知道唐珊培
可跟他哥哥在一起？

赖诺克斯 他准是不在，
兄台：我有全体贵胄们的名单：
有老西华德的儿子，以及许多
无须的青年，如今都起誓来一试
他们刚成年的身手。

曼底士 凶王怎么样？

坎士纳斯 他把大滕锡奈深沟高垒固守着。
有人说他发了疯；那些个不怎么
恨他的，把这个叫作勇暴狂；但是，
他准是控制不住他那紊乱做
一团的治下。

盎格斯 如今他方始觉得
他那些秘密的凶杀刺在他手上；
每分钟有叛变责骂他灭绝忠义；
他部下只奉命行动，并不为爱戴；
如今他感到那名位空笼在身上，
像件巨人的袍服罩着个倭贼。

曼底士 当他满腔的罪恶在里边翻腾时，
谁能怨得他恼苦了的心儿畏葸
而骇愕？

坎士纳斯 好吧，我们此刻开拔走，
到那该受服从的去处去服从；
我们去迎迓诊治国病的医国手，④
为治愈宗邦的大难，我们不惜
把我们每一滴血洒出来。

赖诺克斯 或者，
血要流多少且看情形的需要，
总祈能滋润王花和淹死莠草。

我们且向褒耐进发。

[众整队行进,下。

第 三 景

[滕锡奈。堡邸内一室]

[麦克白斯、太医与近侍数人上。

麦克白斯 不必再来报告我;尽他们都叛离
去好了;褒耐森林移到滕锡奈前,
我不会惊吓成病。马尔孔那孩子
算什么?他不是女人生的吗?那预知
人世未来的精灵们曾这么对我说:
"莫害怕,麦克白斯;没有女人生的人
能制胜于你。"那么,不忠的伯爵们,
叛离去吧,去跟英格兰酒肉派⑤
厮混去就是:我的灵明和心智
决不因疑虑而萎顿,恐惧而慌张。

[仆从上。

你这乳白脸蛋的呆家伙,要魔鬼
咒得你发黑!哪里弄来的蠢相?

仆　从 有一万——

麦克白斯 一万只笨鹅不成,混蛋?

仆　从 是军兵,王上。

麦克白斯 去你的,刺破你这脸,
把一脸恐惧涂上红,你这胆小鬼。
什么兵,蠢货?该死你那灵魂儿!
你这两片白脸皮叫人家也害怕。
是什么军兵,白脸儿?

仆　从 英国兵,您高兴的话。

麦克白斯 滚开。 [仆从下。

塞敦!——我心里难受,瞧到——
塞敦,我说!——这进攻将一举致我

于安乐，或暂时使我不快。我活得
已经够长了：此生已届临凋谢时，
黄叶秋风萧瑟；那里应陪伴着
老年的，如光荣、敬爱、恭顺、友谊，
我都不能去指望；代替这些的
是诅咒，不响亮而深沉，口头的敬仰，
以及可怜的心儿不想说、但不敢
不说的一套假话。塞敦！

［塞敦上。

塞　敦　御驾有什么吩咐？

麦克白斯　还有甚消息？

塞　敦　报上来的事儿都已经证实，吾主。

麦克白斯　我要厮杀得肉从我骨头上片片
斫下来。把盔甲给我。

塞　敦　这还不需要。

麦克白斯　我要来披挂上。
再多派骑兵到四乡去巡查勘察；
谁说怕就把谁绞杀。把盔甲给我。
病人怎样了，太医？

太　医　病倒不怎样，
吾王，她只被攒聚的幻想所困扰，
使她不得安宁。

麦克白斯　就治好她那个：
你能否对个痛苦的心儿施药石，
打从记忆里拔除根深的忧患，
抹掉脑膜上写下的苦恼，用一点
甘醇的忘忧药剂洗净那污损⑥
胸怀、压在心上的危险东西吗？

太　医　那是要病人自己去设法治疗的。

麦克白斯　把医道扔给狗去；我用不到它。
来啊，替我披挂上；把枪⑦拿给我。
塞敦，派骑兵⑧——太医，伯爵们都逃亡。——

来吧，赶快。——太医，你若是能够
检验邦国的小便，查出她的病，
用泻剂恢复她原来的健康，我会
高声鼓掌喝彩起回声，那回声
又将再对你喝彩鼓掌。——拉掉，⑨
我说。——什么大黄、番泻或其他
清泻剂能把这些英国兵排泄掉？
你听说他们过吗？

太　医　是的，好主上；
您御驾整军经武使我们听到
一点儿消息。

麦克白斯　跟着就替我送来。
我准不怕死，也不怕丧亡破坏，
要等到褒耐森林指向滕锡奈。

太　医　[旁白]我若离开了滕锡奈，逍遥自在，
什么好处也不能引诱我再来。　[同下。

第　四　景

[褒耐森林附近乡间]

[军鼓与旗旆前导。马尔孔、西华德、墨客特夫、小西华德、曼底士、坎士纳斯、盎格斯、赖诺克斯、洛斯与众军兵行进，上。

马尔孔　伯叔兄弟们，我希望我们房栊
安泰的日子即将到来了。

曼底士　我们
毫不怀疑。

西华德　前面是座什么林子？

曼底士　褒耐⑩森林。

马尔孔　让每个兵士砍伐下一支枝柯，
擎举在面前：便这样我们可掩蔽
我们军队的人数，使对方探报

陷入错误。

众军兵　　　　遵令。

西华德　我们的情报只知那蛮勇的暴君
静守在滕锡奈，他会听凭我们去
扎营攻城。

马尔孔　　　　这是他首要的希望；
因为只要有机会，他手下不论
等级的高下，全都会对他叛变，
没有人为他效忠，只除了被迫者，
他们也无心作战。

墨客特夫　　　　　让我们看到了
正确的事实再说，如今且严守着
奋励的武略。

西华德　　　　我们能判明前途
胜败的时分就在眼前了。猜想
只能给我们一些可疑的希望，
但确实的结果必将取决于刀枪，
为达成定局，我们来打好这场仗。

［同下，行进。

第五景

［滕锡奈。堡垒内］

［于军鼓旗旆中，麦克白斯、塞敦与众军兵上。

麦克白斯　把我们的旌旗挂在城垣外墙上；
“他们来了”的喊声叫不休；我们
这堡垒的坚强将对围攻嘲笑；
让他们在此固守，等饥荒、寒颤烧
把他们吃掉；若不是原来应属于
我们的军队增援了他们，我们
很可以轻蔑地对着他们挑衅，
把他们打回家。

那是什么声音？

［内妇人呼声。

塞　　敦　这是妇女们在呼喊，我的好主上。　［下。

麦克白斯　我几乎已经忘记了恐惧的滋味。
从前有时候我耳闻深夜哀啸声，
感觉会发冷，听人说惊恐的故事，
毛发会根根倒竖，像活了起来。
我已经饱尝恐怖；骇怪事对于我
雕悍的心情已寻常见惯，不再
能使我吃惊。

［塞敦上。

为什么这般叫喊？

塞　　敦　王后下世了，吾王。

麦克白斯　她以后也是会死的；
迟早总会有这么个消息到来。
明朝，再一个明朝，又一个明朝，
光阴便这般一天天细步趑趄慢，
直到有记录的时间最后那一霎；
我们所有的昨天照亮了芸芸
痴愚，上归土的泉路。熄灭，熄灭，
匆匆的烛照！人生只是个阴影
走着路，一介可怜的伶人上台来
雄视阔步和气急败坏地演一番，
转眼便声息杳然：它是个白痴
嘴里的故事，讲时节好激昂慷慨，
说来却意义毫无。

［使从上。

你是来传报消息的；快把话来说。

使　　从　御驾在上，
我理应报告我得说⑪我所见到的，
但不知怎么样说法。

麦克白斯　唔，你说吧。

使　从　我正在山头守望着，面对了褒耐，
但觉得忽地那树林在开始移动。

麦克白斯　你撒谎，奴才！

使　从　　　　我甘愿受您的恼怒，
若是不这样：您自己可去看，它已经
来到了三英里以内；我说，是一座
移动的林薄。

麦克白斯　　　　你如果撒谎，就吊你
在最近的一棵树上，活活给饿死；
你所说若是当真，你同样对付我
我也不介意。我将消失掉[12]果敢。
对那魔鬼的隐语开始起疑窦，
他撒谎像是讲真话；"莫害怕，"他说，
"除非褒耐森林来到了滕锡奈"；
如今真有座林子指向滕锡奈。
披甲胄，持刀枪，剑出鞘！他说的如果
真出现，守也守不住，逃也逃不过。
我开始在对太阳心生着厌烦，
想望世界末日到，覆地与翻天。
撞响着警钟！丧风，刮哟！凶煞，
来吧！我们死，至少要头顶盔，身披甲。

［同下，

第　六　景

［同前。堡前原野］
［军鼓与旗旆前导。马尔孔、西华德、墨客特夫帅手持枝柯之军兵上。

马尔孔　现在够近了；你们把带叶的屏障
丢下，显示你们的面目吧。您老，
敬仰的舅父，和我的表弟，您非常
高贵的公郎，请担任先锋，为我们

领打第一仗;敬仰的墨客特夫
和我们自己,来担当其他的一切,
按着我们作战的计划。

西　华　德　再会了。
今夜只要能见到凶王的队伍,
若不能进击,我们情愿给打输。

墨客特夫　要我们所有的号角一起来鸣响;
叫那些血与死的先锋齐声喧嚷。
[同下。警号长鸣。

第　七　景

[同前。原野另一处]
[麦克白斯上。

麦克白斯　他们拴我在桩子上,我不能逃跑,
只好狗熊般斗完这一个回合。
可有谁不是女人所生的?我只怕
这样一个人,再不怕别的。
[小西华德上。

小西华德　你名叫什么?

麦克白斯　听到了你要害怕。

小西华德　不会;即令你那恶名儿比劣焰
腾熛的地狱里的恶魔名儿还恶。

麦克白斯　我叫麦克白斯。

小西华德　就是魔王自己来
通名,也不能道出个更可恨的称呼。

麦克白斯　不对,也不会比我更可畏。

小西华德　你撒谎,
深恶痛疾的凶王;我用这霜锋
证明你是在撒谎。
[两人交锋,小西华德被杀。]

麦克白斯　你是女人生的:

女人所生的人儿挥舞的剑和刀，
我对它们嘻嘻地轻蔑而嘲笑。 ［下。

［警号齐鸣。墨客特夫上。

墨客特夫 喧响在那厢。凶王，显露你的脸：
你若是死掉而非因我的戮击，
我妻子儿女的亡魂将永远对我
现形。我不能剑刺那可怜的兵卒，
他们的胳膊是雇佣来执枪的：
或是你，麦克白斯，结束你弑君杀驾、
凶横险诈的恶霸业，饮刃而终，⑬
或则我把这宝剑插还这匣里，
丝毫不曾受伤损。你该是在那边；
这么大一阵刀剑响，似乎在报闻
有最大的人物来到。让我们找到他，
大数啊！此外我别无所奢求。

［警号齐鸣。马尔孔与西华德上。

西华德 这边走，殿下，堡垒已轻轻投降：
凶王的部属在两边都打；伯爵们
打得很勇敢；胜利差不多自承是
您的了，再没有什么事可做。

马尔孔 我们
遇到些敌人和我们并着肩作战。

西华德 殿下，请进这堡垒。 ［同下。警号鸣。

第八景

［原野另一处］

［麦克白斯上。

麦克白斯 我为什么要罗马的呆子⑭般丧生
于自己剑上？我看见还有人活着，
将伤口加在他们身上比较好。

［墨客特夫上。

墨客特夫 莫逃走,地狱的恶狗,莫逃走!

麦克白斯 我在
一切人中间只避免和你相遇:
可是回去吧,你家人的血债使我的
灵魂已负担得过重。

墨客特夫 我没有话说;
我的话在我这剑里,你这非言语
所能形容的喝血妖魔!

[二人斗剑。警号鸣。]

麦克白斯 你白费
劳力:你不能叫我流血,正同你
不能把利剑斩开斩不断的空气:
挥你的剑刃,斩那斩得开的头盔;
我这生命有魔法呵护,它不会
屈服于女人生的人。

墨客特夫 对魔法绝望吧;
让那你还在供奉的恶灵对你说,
墨客特夫是从他母亲子宫里
未曾足月时剖腹而生的。

麦克白斯 切切诅咒告诉我这话的那舌头,
因为它使我听到了亡魂而丧胆:
切莫再相信这些戏弄人的魔鬼,
他们话说得模糊闪烁,太欺人,
对我们耳朵守信,对我们的希望
却失约。我不跟你打。

墨客特夫 那你就投降,胆小鬼,
活着做现世的活报:我们将把你,
像一只稀奇的怪兽,画在布上,
挂上竿头,在画像下面还写着:
"请来看暴君。"

麦克白斯 我决不投降,决不
匐伏在小小马尔孔脚下,像狗咬

狗熊般,为暴民所咒骂。褒耐森林
虽然已到了滕锡奈,虽然面对着
跟我相斫的非女人所生,可是我
还得来最后一试:我且把盾牌
挡在我身前。墨客特夫,来拚杀,
谁先叫“住手,够了”的谁就遭天罚!

[奋战中同下。警号齐鸣。

[退军号。号角齐鸣。军鼓与旗旆前导,马尔孔、西华德、洛斯、氏族长多人,与众军兵上。

马尔孔 愿我们不见了的朋友安然归来。

西华德 总有人别去;但就我见到的列位
来说,这样的大捷要算是得来
好轻易。

马尔孔 墨客特夫还不见回来,
还有您高贵的公郎。

洛斯 您令郎,老将军,
已尽了军人的大义:他刚正成长为
堂堂一表的男儿;他那股英勇,
才在职位上凌厉无前地证明了
那男儿的气概,他就男儿般死去。

西华德 那他是死了?

洛斯 是的,且已从战场上
给载走。您可不要以他的英杰来
衡量您的悲伤。因为那样就没有
穷尽了。

西华德 他的伤是在前面吗?

洛斯 是的,
在前面。

西华德 那么,愿他替上帝作战士!
若是我有的儿子跟头发一般多,
我也不愿他们有更美好的死:
就这样,他已经敲过了丧钟。

马　尔　孔　　　　　　　　　　他应受
更多的哀悼，我将会替他饮痛。
西　华　德　他不应多受哀悼；人们说他归真
有道，已付清了尘欠：上帝保佑他！
这里有新来的安慰。

［墨客特夫枪挑麦克白斯之首级上。

墨客特夫　恭喜，吾王！因为您如今正是了。
请看，这就是篡贼可恶的首级：
海宇⑮自由了：我眼见王国的菁英⑯
环绕在您周围，他们心中都和我
一同在向您致敬；我愿意他们
也和我一起欢呼；恭喜，苏格兰王！
众　　　人　恭喜，苏格兰王！

［号角齐鸣。］

马　尔　孔　我们不需花很多的时间就能
结算清你们各各的忠诚，而且将
不致有负于诸公。列位氏族长⑰
和亲贵，从今起晋升为伯爵，这是
苏格兰⑱初次的册封荣赐。还有些
要事要及时去做，如召回为逃避
暴政下暗探密布的网罗⑲而亡命
他邦的朋友；这已死的屠夫和他那
恶魔般的王后（据猜想，她已经自尽）——
将他们凶残的鹰狗置之于法；
这些，和其他该做的，凭上帝的恩慈，
我们要各就其范围，按地，按时，
分别去处置：我即此向列位道谢，
并邀请到司恭去看我们加冕。

［号角齐鸣。众俱下。

第五幕　注释

① Steevens：这是莎氏的一个失误。他忘记了他已把麦克白斯关在滕锡奈城关之内，外

面围困着攻城的敌军。五幕五景二至七行,他自己肝炯火旺地说,他已不能到战场上去。……在本剧范围内,没有任何情节显示麦克白斯自从战胜了麦唐纳与瑙威王回来之后,曾经和他夫人分离过。佚名氏则谓,这里所说的麦克白斯上了战场,乃是指他暂时离开他的堡邸去督导滕锡奈城防炮台和检视他的队伍;在他听到马尔孔率领大军行近之前,他自己的队伍还没有退入堡邸。贵族们在离开他,洛斯曾说他"见到凶王的兵马已发动"。他陛下亲自上战场因而是必需的,以资认真准备计划中的攻势。knight:下一景内一苏格兰将领说道,"英军已近了。"当敌军从国外入侵时,被攻的王军统帅在最后决定信赖他的"堡垒的力量"前,先到战场上去岂不是很适当的吗? Clark 与 Wright:我们得假定麦克白斯先到了战场上去戡伐国内的叛逆,见四幕三景一百八十余行处;等到英格兰的外援一到,他才被迫退进滕锡奈城他自己的堡垒里去。

② "Closet"Schmidt 训为房间侧边的储藏室,Onions 解作放文书纸张的储藏室或柜子。

③ Ritter:这是她收到的麦克白斯给她的那封信。按,见一幕五景。

④ Hudson:古时候医治暴政的罪恶、或内战的更大罪恶的良策,大家都认为是一位名正言顺、克当厥位的君王。

⑤ Johnson:叱詈为口福主义者不过是一个土地硗瘠的穷国之民攻击有较多机会享受盘盂的人们的一声很自然的谩骂。Clark 与 Wright 在牛津丛刊本上谓,苏格兰人时常责备他们较富裕的邻居贪嘴;英国人则责备他们大陆上的邻居贪嘴。按,苏格兰地瘠民贫,生活俭约,故云。

⑥ 原文作"stufft"(堵塞住),与后面的"stuff"(东西)系同一个字,前者系被动格动词,后者为名词。译文从 Steevens 所校改的"foul",因为我们通常只洗净不洁的东西,而不洗净堵塞着的东西。Malone 举了八个例子证明莎氏很喜欢这样的重复。但文义不通是个无法辩护的缺点。Collier 主张校改"stuff"为"grief"(忧愁);若从此说,便应译为"洗净那堵塞在/胸中、压在心上的危险的忧愁吗?"Clanrk 与 Wright 在牛津丛刊本上说得好:无论如何,不是前一个字,便是后一个字,是抄写者或手民的错误。

⑦ Clark 与 Wright 解"staff"为将军所执指挥棒。Schmidt 则解作矛或枪。

⑧ Delius:这句子没有完,后面不应有句点。麦克白斯在想起他刚才的命令:"再多派骑兵。"

⑨ 这是塞敦替他披挂铁甲时,甲上结得有什么纽带之类妨碍迅速披挂好,他吩咐把它拉掉。

⑩ Clark 与 Wright 在牛津丛刊本上谓:褒耐(Birnam)是一座近滕凯尔特(Dunkeld)城的高山,在滕锡奈(Dunsinnan)山西北偏西方向十二英里,后者则位于伯斯(Perth)城东北七英里。在后者山顶上有一座古堡遗址,通常叫做麦克白斯的堡垒。

⑪ 原文"I say"在这里意义上根本是多余的,keightley 在他的本子里把它删掉,将本行跟上行合并。Hanmer,Capell 则校改为"I'd say"。

⑫ 原文"pull in"(勒紧)疑有笔误或印讹,Johnson 校改为"pall in",意即我的坚定沮丧了,我的自信开始舍我而去,但"勒紧了果敢",把"果敢"比喻作一匹火急的快马,仍可讲得通。

⑬ 各版对开本这里在"或是你,麦克白斯"后漏印了一两行。Malone 填补了一行进去:"Advance and bravely meet an injur'dfoe"(前来迎战一个受伤害的仇敌)。这校补在一八二一年的集注本上未被再次采入(据 Furness)。Seymcur 谓墨客特夫意思是

说,“或者你,麦克白斯,在你身体里吃我这一剑,或则我把它插还鞘里,未经斫击,”不过因他一时躁急,未曾说出。Dalgleish 勉强把主格的“thou”说成等于宾格的“thee”,谓这里没有脱漏。Clark 与 Wright 在牛津丛刊(Clarend on Press Series)本上则谓,这里漏失的大概是“must be my antagonist”(一定得做我的对手)等语。译者觉得,Malone 的填充还合于音步,但病在没有元气,完全是十八世纪的面目;Clark 与 Wright 所补则非但有乖音步、且像蒸馏水似的毫无生气与滋味。Seymour 所说的墨客特夫的用意大致不错,但躁急的说法则有点勉强:Dalgleish 的强解则不能使人信服。译者不揣冒昧,试妄加填补如译文。

⑭ Steevens:或系暗指盖笃(Marcus Porcius Cato,公元前 234—149)之自尽而言,莎氏所作罗马悲剧《朱理亚 · 恺撒》五幕一景一〇二行曾提及此事。Singer:暗指罗马军政高要们之自尽方式而言,如勃鲁德斯(Marrus Junius Brutus,公元前 85—42),开西阿斯(Caius Cassius Longinus,卒于公元前 42),安韬纽(Marcus Antonius,公元前 83—30)等人。

⑮ 原文“the time”,Schmidt 谓作“局势”或“大局”解。

⑯ 指主要的贵族。

⑰ 这里与三十行前舞台导演辞内的“thanes”应解作苏格兰部落首领或氏族长。这里马尔孔对他们和亲贵们说,他从此册封他们为伯爵(earls)。可见他们以前还不是伯爵。但 Schmidt 与 Onions 都训“thane”为“earl”(伯爵)。Clark 与 Wright 在牛津丛刊本内注一幕二景四十余行处的“Thane of Ross”之“thane”谓:这字系从盎格罗 · 萨克逊文(古英文)之“pegen”来的,本意为“仆人”,特指国王的仆从而言,据 Bosworth 云,应定义为“一个盎格罗 · 萨克逊贵族,位次于一个伯爵。”终于“thane”这级位相当于一个伯爵(earl)。

⑱ 意即“这是我作为苏格兰王初次的……”,正如四幕三景四十余行处“在此我就有仁德的英格兰提供……”即为“……英格兰王……”

⑲ 原文“That fled the snares of watchful tyranny”,“watchful”Schmidt 训“spying”,系指暗探(目今叫作特务)而言;这是暴政的一个标志,也是它必然要走的绝路之一。罪恶为保持它自身的存在和延续起见,自古以来即采此等下策,不过名称有所不同而已。罕秣莱德骂朴罗纽斯说得好,称之为“miching mallecho”,意即秘密的、埋伏着的恶事。

1964 年 3 月 12 日开译,1964 年 6 月 10 日晨七时半译完。

1964 年 7 月 22 日夜十一时修改重抄一遍完毕。

莎士比亚

戏剧八种

·集注本·

下 册

[英] 威廉·莎士比亚 著

孙大雨 译

上海三联书店

冬日故事

Shakespeare

THE WINTER'S TALE

本书根据 H. H. Furness 新集注本译出

冬日故事

剧中人物*

里杭底斯，西西利亚王
曼密留诗，王子
喀米罗
安铁冈纳施
克廖弥尼司
第盎
（以上）西西利亚四贵人
包列齐倪思，波希米亚王
弗洛律采尔，波希米亚王子
阿乞台末史，波希米亚一贵人
[水手
狱卒]
老牧羊人，哀笛达之闻名生父
小丑，老牧人之子
[老牧人之仆]
奥托力革厮，棍徒
候妙霓，里杭底斯之后
哀笛达，里杭底斯与候妙霓之女
宝理娜，安铁冈纳施之妻
爱米丽亚，[陪侍王后之]贵妇
[其他陪侍王后之贵妇数人

琩泊沙，}
桃卡丝，} 牧羊女郎]

其他[西西利亚]贵人[与贵妇各]数人，
侍从数人，[卫士]数人，山羊人妖仙数人，
牧羊人与牧羊女郎各数人[，其他。

"时间"老人，作为歌舞者。

剧景：有时在西西利亚，有时在波希米亚

注 释

* 方括弧内之说明及人名为1623年初版对开本所无，而为Rowe，Theobald等人所增补。译文分列男女及先后次序，系根据Craig之牛津本。对开本内"仆从数人"，亦据牛津本改为"卫士数人"。

在本剧故事所从来的葛林(Robert Greene，1560？—1592)的小说《陶拉诗德斯与芳尼亚》(The Historie of Dorastus and Fawnia，1588)里，西西利亚王里杭底斯(Leontes，King of Sicilia)原名为意杰世德斯(Egistus)，波希米亚王包列齐倪思(Polixenes，King of Bohemia)原名为班道始多(Pandosto)，西西利亚王子曼密留诗(Mamillius，Prince of Sicilia)原名为伽陵透(Garinter)，波希米亚王子 (Florizel，Prince of Bohemia)原名为陶拉诗德斯(Dorastus)，里杭底斯的王后侯妙霓(Hermione)原名为贝拉列娅(Bellaria)，西西利亚公主裒笛达(Perdita)原名为芳尼亚(Fawnia)。Hales论及莎氏剧中人名时说道，莎士比亚为他的剧中人物命名时，从不死跟着原来的故事；而是运用异常的独立性，有时单纯地采取，有时稍稍变动，有时完全摒弃原故事里的人名。难于想象这一行动是仅仅武断与不经心的。顾全音调和谐，当然有它的影响；也一定时常考虑到其他并不轻微的利害关系，假使我们能发现或懂得它们的话。在《冬曰故事》里，可以找到一个完全重新命名的特殊的例子。Ruskin则谓：莎士比亚的人名是奇妙地——往往不合正格地——颇多凭天意(即偶然)——但肯定不是没有莎氏机巧的用意——从他混乱地采取的不同传统里，以及从他不完全懂得的几种文字里，混和出来的。

第　一　幕

第　一　景

［西西利亚。里杭底斯宫中一前堂］

［喀米罗与阿乞台末史上。

阿乞台末史　您若是有机会，喀米罗，到波希米亚去，[①]像我现在这样肩负着使命，您将会见到，我已经说过，我们波希米亚和你们西西利亚大有不同。

喀　米　罗　我想来年夏天，我们西西利亚王上将有意对你们波希米亚王上作一次他确是欠下了的访问。

阿乞台末史　到时候我们招待不周，只有用热情欢迎来弥补欠缺了：因为，当真，——

喀　米　罗　请您，——

阿乞台末史　说实在话，我知道确是如此才这样说：我们做不到这么隆重——这样宏壮瑰丽——我不知说什么才好。我们将飨你们以催眠的酒浆，于是你们的知觉将感受不到我们的不足，也许就不会责备我们，即使你们本来不可能称赞我们。

喀　米　罗　对我们的招待，您过奖了。

阿乞台末史　信任我，我只是照我所了解到的来说，而且一秉至诚地说出来。

喀　米　罗　我们西西利亚王上对你们波希米亚王上无论怎样热情招待都不过分。他们孩童时期是在一起受教养的；他们彼此间种得有这么多友爱的深根，到今天便不禁要枝叶扶疏起来。自从他们身居尊位而年事稍长，以及为君的需要使他们分袂以来，他们的接触虽不是亲自的，但却是以礼品、书翰、友爱的使命交相来往，由钦差大臣们显赫地进行的；于是他们虽天各一方，却似乎在一起，像超越着广漠在握手，又仿佛从风向四面八方的来处凑合拢来在拥抱。愿上天使他们的友爱绵延不尽！

阿乞台末史　我想这世上不会有恶意或任何原因能改变这友爱。在你们这位年轻的曼密留诗王子身上，你们有说不尽的安慰：以我所注意到的来说，那是位前途不可限量的都雅君子。

喀　米　罗　我非常同意您对他的希望。这是个光彩显赫的孩子；他当真振奋臣民们的心志，叫老年人心胸重新少壮；他们当他还未出生时已经持了拐杖的，如今只想活到能见他长大成人。

阿乞台末史　若是没有他，他们可愿意死吗？

喀　米　罗　不错；若是他们没有别的借口愿意继续活下去的话。

阿乞台末史　如果王上没有世子，他们会愿意拄着拐杖等待他生一位出来。

［同下。

第　二　景

［宫中一朝堂］

［里杭底斯、候妙霓、曼密留诗、包列齐倪思、喀米罗与侍从等上。

包列齐倪思　自从我们离开了御座一身轻，
牧羊人②见到水上的银轮③已有过
九度的盈亏：④我们将化来表道
谢意的时间，王兄，会同样地悠长；
可是我们告别后仍然将长此
负着欠：所以，像个计算上的零码，

它本身虽无足轻重,但居于要位,
我用一声"多谢您",将以前的感激
平白增加了几千倍。

里杭底斯 请暂停道谢,
等临别再致吧。

包列齐倪思 王兄,我明天就走。
我被自己的疑惧所问起,当自己
不在时什么意外会发生,会滋长;
我但愿[5]家中不会刮一阵寒风
啮得皮肤痛,好使我们能说道,
"这可产生得太早了!"而且我待得
已太久,使尊驾感到了厌倦。

里杭底斯 王兄,
尽您怎样严峻地来考验我们,
我们总是强韧得不会有动摇。

包列齐倪思 不再稽留了。

里杭底斯 请再多留一星期。

包列齐倪思 煞是当真,明天走。

里杭底斯 那我们把时间
且来分一下;[6]那样办我倒不反对。

包列齐倪思 请您莫再敦劝了,就这样。但凡能
言谈的唇舌,没有了,这世上再没有,
会像您这样,能迅速赢得我同意:[7]
如果您这恳请里有绝对的必要,
当会赢得我,虽然我必须拒绝。
公私丛脞在极力拖我回家去;
阻拦对于我将是个责罚,虽然
施鞭挞您出于衷心的友爱;我不去,
对您是个负担和烦扰:为避免
这两件不快,再会吧,王兄。

里杭底斯 不做声,
我们的王后?你来讲。

候　妙　霓　　我预备，王夫，
保持着沉默，要等你迫得他起誓
不再留，我才来启齿。你啊，王夫，
向他进逼得不够热：告诉他，你确知
波希米亚一切都很好：才昨天，
得到这满意的消息：跟他说这个，
他会从防御中后退。

里杭底斯　　说得对，候妙霓。

候　妙　霓　他若说牵挂他儿子，那很有力量：
只要他这么说了，便得让他去；
只要他这么赌了咒，他就决不会
再留，我们等于用纺线杆打他走。
［对包］我敢于告借您御驾淹留一星期。
当您挽留我王夫在波希米亚时，
我会同意他晏滞在预定的离别
日期之后一个月：可是，当真说，
里杭底斯，我急于想见你，不比
那一位名门闺秀想见她丈夫，
迟那么钟上的一嘀嗒。[8]您肯待下吧？

包列齐倪思　不成，后嫂。

候　妙　霓　　别再说不成，留下了？

包列齐倪思　我委实不能。

候　妙　霓　您委实
用柔弱无力的矢愿延宕答应我；
即令您会用咒誓使得星辰们
打从球体[9]里脱落而出，我还是
要对您说道，“王兄，请莫去。”委实，
您不能就去：一个贵妇说“委实”，
跟一位贵人说“委实”一般有力量。
您还要去吗？逼得我将您作囚犯，
而不当贵宾；然后，在您临走时，
您得付“礼金”，[10]而毋须道谢。怎么说？

囚徒，抑宾客？凭您那可怕的“委实”，
两者必居其一。

包列齐倪思　　　　　　　那就当宾客吧，
后嫂：当您的囚徒便表示有冒犯；
那个，由我去犯下比由您来责罚
更其不容易。

候　妙　霓　　　　　　　那我就不是狱吏了，
而是您殷勤的女东道主人。来吧，
我要来问您，我王夫和您孩童时
怎么样调皮：那时节你们已经是
出脱得英姿俊爽的王孙王子了。

包列齐倪思　我们当时，后姪娥，是两个小后生，
只以为随后的日子都是同今天
一样的明朝，是永远不长的孩童。

候　妙　霓　两人中，我王夫是否更滑稽逗人乐？

包列齐倪思　我们好像一母双生的小羔羊，
在阳光之中跳跃，相对着咩咩叫：
彼此交换的是一片天真对无邪；
我们没学过做坏事，做梦也未曾
想到有谁会把坏事做。若我们
继续那生涯（而我们柔弱的心神
从未被较强的火性激发起来过），
我们应能对上天大胆地回答道，
“无罪”；我们祖遗的罪辜[11]一笔勾。

候　妙　霓　您这般说法，我们能推断嗣后
你们摔过交。

包列齐倪思　　　　　　　啊！高纯的后嫂，[12]
我们随后却中了魔道；只因为
我妻子在那尚未成长的时日里，
还是个闺女；珍异的您，自己也尚未
被我这年轻玩侣的双眸所注目。

候　妙　霓　愿上苍恩赐慈悲将我们来拯救！

对此且慢下结论，否则您要说
您家的后嫂同我是魔鬼；可是，
讲下去：我们使你们犯下的过误，
我们会负责；若你们先跟我们
犯下了罪辜，且继续还跟我们犯，
没有跟旁人、只同我们出舛错。

里杭底斯 赢得他同意吗？

候妙霓 他答应留下，王夫。

里杭底斯 我请，他不肯。⑬候妙霓，我的至爱的，
你从未说得比如今更好过。

候妙霓 从未？

里杭底斯 只除了一次，从不曾。

候妙霓 什么？我有过
两回说得很好？那次是在何时？
请你告诉我；用夸奖来塞饱我们，
将我们猫狗一般喂养得肥肥的：
一桩好事情不经受赞美，杀死了
后面跟着要来的一千桩。称扬
是我们的酬报：只用轻轻一个吻，
你们能叫我们奔驰百余里，
尽夹踢马刺却不能迫使我们
跑完半里的一半的一半。⑭让我们
言归正传：我最后一桩好事是，
恳请他留下：第一桩可是什么？
它有个姐姐，否则我是误会了你：
啊！我但愿那却能给叫作情深
义重的温雅事。我以前只有过一回
说得很适当：是什么时候？别那样，
告诉我；我急于知道。

里杭底斯 哎也，那是在
三个月焦煎的时日⑮厌蹇蹇逝去时，
正当你张玉掌与我握双成定，

愿两厢缔义结同心：当时你声言，
“我永远属于你。”

侯妙霓 那的确义重情深。
哎也，你瞧，有过两次我说得很得体：
第一回永远得到个君王作夫婿，
第二回暂时将个朋友赢到手。

［伸手与包列齐倪思。］

里杭底斯 ［旁白］太热了，太热了！[16]
友谊联结得过了火会把血液
也联结。我有心悸病：我的心在跳；
但非为欢欣；不是欢欣。这厚待
也许呈一副天真纯洁的面貌，
从真诚亲切之中，恳挚的善意里，
温渥的心内，取得了无拘无束，
因而变成了媒蘖：这是可能的，
我确信无疑：至于摩挲手掌心，
挤捏着手指，如他们此刻正在玩，
以及彼此相视而微微笑，仿佛
面对着菱花镜；然后一同作叹息，
一似鹿死时那一声嘘气；[17]唉哟！
那样的对待我心里不喜欢，额角[18]
所不爱。曼密留诗，你是我孩子吗？

曼密留诗 是啊，好爸爸。

里杭底斯 当真吗？哎也，果真是
我的好人儿。怎么！鼻子弄脏了？
大家都说那跟我的一模一样。
来吧，小把戏，我们得眉宇明净，
头角峥嵘；[19]不对，眉宇要明净，
头角可不得峥嵘，小把戏：为的是
公牛、母牛、小牛都有角。[20]依旧在
揉弄他的手掌！怎么样，爱要的小牛？
你是我的小牛吗？

曼密留诗 是的，你若高兴，
爸爸。

里杭底斯 你得有我这蓬松的顶盖
和上面的枒叉，才能完全跟我像：
可是人家说我们跟两个鸡子儿
一般；那是娘儿们恁说的，她们
什么都说得出：但她们变化无常，
像黑布涂上了颜色，[21]像风，像水，
诡谲得像那把他自己的和我的钱
不分界限的人儿所心愿的骰子般
变幻不测，可是如果说这孩子
跟我像，却不错。来吧，书僮爵士，
将你那天蓝眼睛睃着我：小捣蛋！
最最心爱的！我的心肝宝贝儿！
你妈会那样吗？——这事可能吗？——爱好啊！[22]
你热切的激发把衷心戳了一刀：
人们认为不可能的事情你使它
变得有可能，你跟魂梦通来往；——
这怎么可能？——你跟虚幻相协作，
与空虚成双作对：那么，你跟
有些个东西相联结是极可信了；
而你果然那么样，超越了权限，
我且已见到，于是我头脑发昏，
前额麻木。

包列齐倪思 西西利亚在想什么？

候妙霓 他似乎有点不自在。

包列齐倪思 怎样，王兄？
你觉得怎样？好吗，王兄？

候妙霓 你看来
好像在蹙额颦眉，心里极不安：
有什么烦恼事，王夫？

里杭底斯 没有，说实话。

一个人有时多么会把他的愚蠢，
那柔和恺悌的温情，暴露出来，
供冷酷的旁人作嬉笑之资！望着
我孩子的相貌，我想我退回到了
二十三年前，见自己穿着短裤，
上身是绿丝绒大衣，短剑在鞘里，
唯恐它要咬主人，像一切装饰品
那样，往往会变得太危险：我想来，
那时节我多么像这小果仁儿，
这嫩豌豆荚，这仁兄。我可敬的朋友，
有人欺骗你，你将怎样对付他？[23]

曼密留诗 不行，爸爸，我跟他打架。

里杭底斯 你会打？
哎也，祝愿他一生都幸福！王兄，
您也这么爱您的年轻王子吗，
跟我们一样？

包列齐倪思 若是在家里，王兄，
他是我经常的事务，欢笑之因，
一本正经的主儿，一会儿是刎颈交，
一会儿变成了仇人；是我的清客，
兵丁，冢宰，这一切都兼而有之：
他叫一个七月天短得像冬日，
将他那变化多端的孩子劲儿，
医好我会使血液凝滞的忧思。

里杭底斯 这相好跟我之间便这样。我们
父子俩将走开，王兄，离您去徜徉
自在。候妙霓，对我们王兄的欢迎里，
表示你怎样爱我们：我们西西利
宝岛的珍奇要丝毫不吝地付与，
除了你自己和我这小捣蛋，他是
最在我心坎上的人。

候妙霓 你要找我们，

可到花园里去寻：我们在那里
等你吧？

里杭底斯　　你们爱怎样，随你们的便：
只要在青天下面，总能找得到。——
［旁白］我此刻在垂钓，虽然你们不见我
在如何宽放着纶丝。妙事，妙事！
瞧吧，她怎样在引颈伸喙挨着他！
像个妻子一般地大胆，面向着
听任她抚摩的丈夫！

［包列齐倪思、候妙霓与从人等同下。

已经走了！
有寸把来粗，满头满脑生着角！
去玩，孩子，去玩吧；你妈在玩儿，
我也在玩儿，不过玩得太丢脸，
那结果会嘘我进坟墓：鄙蔑和喧噪[24]
将是我的丧钟。去玩，孩子，去玩吧。
以前已有过老婆偷汉的丈夫，
否则我这话大大错误了；而现在，
就在此刻，正当我说话的时分，
好些个丈夫抓着他妻子的胳膊，
没想到当他不在时，闸门曾打开，
水流涌进来汩没他妻子，他家
池塘里被紧邻微笑爵士[25]垂钓过：
不光我，旁人也有门，跟我的一样，
违着他们的意愿被人家打开来——
这里边还有点安慰。如果丈夫们
妻子不贞洁都悲观绝望，人类
有十分之一要上吊。没有药来救；
这是颗主淫猥的星宿，有它当顶，
就会将祸殃下降到人间；我忖来
它的威力强，从东西南北四面来：
总之，没东西能够替血肉之躯[26]

当防寨:我知道;人的身躯血肉
会给那祸殃带同着灾危困厄
进进出出无阻拦。我们好几千人
都害着这毛病,可是自己不知道。
孩子,怎么了?

曼密留诗 他们说我跟你一个样。

里杭底斯 哎也,那倒是有一点安慰。什么?
喀米罗在那里?

喀米罗 是哟,我的好主公。

里杭底斯 去玩,曼密留诗;你是个有荣誉的人。[27]

[曼密留诗下。

喀米罗,这位大君子还要待下去。

喀米罗 您把他的锚抛定倒费了手续:
您把它抛出去,它没有带住又回来了。

里杭底斯 你注意到了这个吗?

喀米罗 您请,他不留;
认为他乡邦的事务更重要。[28]

里杭底斯 你见到?
[旁白]他们已经在做这鬼样[29]来嘲弄我,
窃窃耳语道,"西西利亚乃是个——"
如此这般。事态已经很严重了,
最后我才发现它。怎么会,喀米罗,
他肯留下来?

喀米罗 好王后娘娘请了他。

里杭底斯 王后娘娘请了他,不错:那"好"字
该用得适当;但碰巧并不如此。
这可是除了你,另有其他的明眼人
也这般了解?因为你机灵敏捷;
瞧到的比普通木头脑袋要多:
没人能见到,是不是,只除了聪明
伶俐人?只几个脑瓜卓越超群的?
地位差一点的人也许对这事情

完全看不到？假定说。

喀　米　罗　事情，吾主！
我想多数人了解到波希米亚王
还要待下去。

里杭底斯　嗜！

喀　米　罗　还是要待下去。

里杭底斯　是的，可是为什么？

喀　米　罗　为满足御驾，和我们最尊贵的椒房
娘娘的恳请。

里杭底斯　满足你娘娘的恳请！
满足！算了吧。我信托给了你，喀米罗，
我最贴心的一切事，和我的私虑，
在这些事情上头，跟牧师一般，
你曾经涤荡过我这胸怀：我向你
告别时，便是你已然悛改的悔罪者；
但我们对你的忠诚无疵蒙了骗，
对你的外貌受了欺。

喀　米　罗　吾主，天不容！

里杭底斯　再来说一遍，你对我不诚实；或者，
你若有那样的倾向，便是个懦夫，
从背后切断诚实的腿筋，使它
不得向前行；若不然，你便给当作
是个我完全推心置腹的从者，
而却淡漠不关心；或者被当作
是个大傻瓜，见一场认真的赌赛，
一大笔注子已到手，却把它当玩笑。

喀　米　罗　尊崇的吾主，我也许疏虞、拙笨、
懦怯；没有人对这些能完全不犯，
总有些他的疏误、愚拙和畏葸，
从世上无数的行止间显露出来。
在您的事务中，吾主，假使我曾经
故意怠慢过，那就是我的愚蠢；

我若殷勤去傻干,那是我的疏忽,
没有好好考虑过如何去达到
那结局;㉚我假使曾害怕去做某件事,
因为怀疑到后果,后来做它时
却证明原来不该做,㉛那样的胆怯
乃是智者所常有的:这些,吾主,
是可以承认的缺点,乃光荣之辈
所决计难免的。但是,求吾主宸聪,
请对我坦率些;容我知道我自己
罪戾的真面目;您说了我若否认它,
它就不是我的了。

里杭底斯 你没有看见吗,㉜
喀米罗,——但那是毫无疑问的;你见到,
除非你那双瞳仁比老婆偷汉
丈夫的角觫还黯昧不明,——或听到,——
因为对这样显而易见的事情,
传闻不会去缄默,——或想到,——因为
不想这事的那人头脑里没思想,——
我妻子不贞吗?你若肯承认事实,——
否则便得不知羞耻地去否认
你有眼睛或耳朵或思想,——便得说
我妻子是个荡妇;她该有个丑名
跟那还没有订婚就和人不清
不白的织麻姑娘一样臭:讲出来,
证实我这话。

喀米罗 我不会做个旁观者,
听到明君的后妃如此被云翳,
而不立即去报复:当真说,您讲话
从没有比这个跟您更加不相称;
去重复您这话便是去违犯罪过
跟您所谴咎的一般深,假定它真的话。

里杭底斯 窃窃的耳语难道不算一回事?

脸靠着脸儿，鼻子碰鼻子，都不算？
用嘴唇内膜来亲吻也不算？欢笑
竞赛中停下来，来声叹息又如何？——
贞操破裂的毫无疑问的凭证，——
骑马般脚碰在脚上怎么样？躲到
角落里？愿意钟上的时间快些走？
愿钟点，分钟，中午，子夜都快过？
愿人家眼睛都长白内障，只除了
他们自己的，以便去作恶没人见？
这些都不算一回事？那么，这整个
世界同其中的一切也都全不算；
上面覆盖的青天也不算一回事；
波希米亚也不算；我妻子也不算；
若是这个也不算，一切空，万事空。

喀米罗 尊崇的吾主，请舍弃这违和的见解，
而且请及时；因为它非常危险。

里杭底斯 我的话是真的，你说的确如此吧。

喀米罗 不对，不对，吾主。

里杭底斯 是对的；你撒谎，
撒谎：我说你撒谎，喀米罗，我恨你；
宣称你自己是个愚蠢的乡下佬，
是个呆木的伧夫，再不然便是个
踌躇不决、应顺时势的骑墙派，
眼睛望出来不分甚好歹，倾向好
也倾向于坏：若是我妻子的肝
和她的生命一样也染得有污毒，
她不得活过一沙漏那么久。

喀米罗 是谁
把她染污了？

里杭底斯 哎也，那家伙佩戴她
像挂在他颈上的她的像牌一般，
是波希米亚：我左右若是有忠仆，

各各生得有眼睛能望见他们
本身的利益,也能顾到我的荣誉,
他们会做件事扑灭那丑行的重演:
不错,而你,他的引觞者,——我把你
从低贱的位置上已经擢升到尊荣,
你可以分明看到,如天之见地,
如地之见天,我怎样激愤而恼怒,——
你可以在他杯中加香料㉝一撮,
给我的仇家一次持久的长闭目;
那个一干杯将使我何等兴奋。

喀 米 罗 君王,吾主,我可以奉命,而那却
不用急性的剂量,只须使一服
文火徐煎的恶药,它将不像那
凶暴的烈毒:可是我不能听信
我肃敬的坤仪有此罅隙,她懿范
煌煌,这么样卓越。我爱主心切,——

里杭底斯 谈那个做什么,滚蛋!你以为我是
这么样激动,这么样昏乱,竟自己
去找这烦恼;去污染我枕席的清白,
那洁净保存着使我有安眠,玷污了
是刺棒、荆棘、荨麻、胡蜂的尾巴?
没充分理由,兀自将污辱加给
储君我儿的血统吗?他,我相信
是我儿,且当作自己的亲生来抚爱,
我会做这个吗?人能这般自甘
误入歧途吗?

喀 米 罗 我不能不信您,吾主:
我信了:且将为此把波希米亚
解决掉;不过他倘使被铲除以后,
您将只是为太子殿下的缘故,
依然对中宫王后要爱好如初;
那样便能封闭住胜朝所相熟

且有关宫廷上、王国里饶舌之患。

里杭底斯 你这番进言正跟我自己所已定
将采取的行止相符:我将不玷污
她的声名,我决不。

喀 米 罗 吾主,请去吧;
以宴会时节笑对宾朋的容颜
对着波希米亚,也对着您王后。
我为他奉觞;他从我手里如果有
俾益健康的酒浆,莫把我当作
您的臣仆。

里杭底斯 总说一句话:做了它,
你就占有了我半颗心儿;不做,
你将裂开了你的。

喀 米 罗 我会做,吾主。

里杭底斯 我将显得亲和,如你所劝说的。 [下。

喀 米 罗 啊,好悲惨的娘娘!但是我自己
可站在怎样的地位?我得毒死
有德的包列齐倪思;而我去这样做,
原因是为了要服从一个主子;
一位君王,反叛着自己,要求他
自己的臣民也都对他去反叛。㉞
做了这件事马上可升迁。我假使
能找到成千的先例,把曾被香油
涂首的君王杀死的凶手们嗣后
都腾达飞黄,我也决不做;㉟但既然
从未有铜碑,也从无石刻,也从无
羊皮,铸镌铭记得有一个成例,
就让邪恶本身也发誓不去做。㊱
我定得离开这朝廷:做它,或不做,
对我都是件危险事。让福星高照!
波希米亚已到来。

[包列齐倪思上。

包列齐倪思 这真奇怪了：
看来我在此受欢迎开始在萎缩。[37]
不做声？——你好，喀米罗。

喀 米 罗 祝福运昌隆，
至尊的宾王！

包列齐倪思 朝廷上有什么消息？

喀 米 罗 没甚么出奇的新闻，宾王。

包列齐倪思 王兄
脸上满都是秋霜，仿如他失去了
某个省，他自己心爱的一大片地区：
只刚才我和他相见，致惯常的问候，
谁知他转眼望他方，嘴唇一撇
表鄙蔑，急匆匆舍我而去，[38]留我
去筹思发生了什么事端，致使他
丰仪举止如此变。

喀 米 罗 我不敢知道，宾王。

包列齐倪思 怎么！不敢？不知道？你是知道了，
而不敢对我明言吗？是那个意思：
因为，对于你自己，你所知道的
你一定知道，你可不能说你不敢。
喀米罗贤卿，你面容变色[39]对我
是一面镜子，那显示我也变了色；
因为我一定跟这变动有关系，
见到自己也跟着一起有变动。

喀 米 罗 有一种疾病使我们有些人精神
不宁；可是我讲不出那叫什么病，
而这是因您所传染上的，然而您
却还无恙。

包列齐倪思 怎么！是因我所传染？
莫以为我有蛇怪[40]般放毒的眼睛：
我曾经目注过的人成千上万，
他们因给我望见而格外顺遂，

却从无经我一看而杀死的。喀米罗，——
既然你定必是位士君子，又加
学士般博闻多见，这学养修能
对于我们的品位添光彩，不减如
我们父母所传给的高名，我们
因继承他们而身居贵胄，——我请你，
如果你知道什么事有利于我
所闻见而得知，请莫把它闭锁着，
隐藏于声言不知中。[41]

喀　米　罗　　我不便回答。

包列齐倪思　一场病是因我传染的，而我却无恙！
你务必要回答。听到没有，喀米罗；
我向你恳请，凭荣誉所承认、一个人
所能有的一切高义，[42]——我这请求
可不是其中最微不足道的，——请你
明告我，你猜想有什么临头祸害
正在向着我迫近；有多远，多近；
怎样去防避，假如能防避的话；
若不能避免，如何去尽量忍受。

喀　米　罗　宾王，我来告诉您；既然我被他
以荣誉相责，而我想他又是荣誉的。
所以，请听我的劝告，这个您得
立刻就去做，正如我马上要来说，
否则您与我便得叫“完了”，跟着
就完事大吉！

包列齐倪思　　讲下去，喀米罗贤卿。

喀　米　罗　我被指派来凶杀您。

包列齐倪思　　谁派的，喀米罗？

喀　米　罗　王上。

包列齐倪思　　为什么？

喀　米　罗　　他以为，不是，他完全
自信且发誓，仿佛他亲眼见到过，

或者他自己还是个机关把您
扭捩到[43]如此，说您非法地碰了
他王后。

包列齐倪思 啊，那样时让我的血液
中毒而凝结成冻，让我的名字
跟那出卖至善者的[44]关联在一起！
那样时让我的芳名变恶臭，我行踪
所至，即令最迟钝的鼻子也嗅到；
而我的到来将遭到远避，还不止，
还要被痛恨，更甚于人们所听说
或读到的最大的瘟疫！

喀　米　罗 您可凭天上
每一颗星辰和它们所有的气数
来发誓，以期制服他的想法，那好比
在禁止海洋去服从月亮，如果您
想用起誓去消除，或劝告去动摇，
他那座愚蠢之宫的建筑，那基础
乃奠在他信念之上，且将继续
存在着，只要他一朝身躯还存在。

包列齐倪思 这是怎样产生的？

喀　米　罗 那我可不知道：
可是我确信去避免已成的要比
去询问它如何产生来得安全。
若因此您敢信任我胸中的诚实，
可将我带去作人质，今夜就走！
您的从者们我会轻声关照好
去从事，把他们两两三三放出
不同的城墙侧门外。至于我自己，
我将把区区命运供侍奉，那在此
一待事情明白就完了。莫犹豫；
因为，凭我父母的荣名，我说的
是真话，这个，您若想证实，我却

不敢来帮同;您将不会比王上
矢口亲判死罪的人犯较安全。

包列齐倪思　我相信你的话:我见他心思露在
他脸上。把手伸给我:为我当艄公,
你前途地位将永远跟我相邻接。
我的船舶已有备,船上人指望我
两天前就离开。这嫉妒是为一位
宝贵的人儿:她既然珍奇绝妙,
那妒忌必然厉害,而他既然是
权位极君王,那忌妒定必猛烈,
且他既然以为他被那对于他
永矢情义的友人将荣名玷辱,
哎也,他在那上头的报复一定是
因而更加要严酷。恐惧阴翳着我:
愿我的速即离去能对我朋友般
有利,又能安慰那温馨的王后,
他想到我时不能不想到她,但她
还没有成为他无稽的怀疑的对象!㊺
来啊,喀米罗;你若能拯救我性命
离开这里,我将尊你如父亲:
让我们就走。

喀　米　罗　　　　　管所有边门上的钥匙,
是在我职权范围之内:请君主
趁紧急就行吧。来吧,明君,去来!

［同下。

第一幕　注释

① Coleridge:注意这里喀米罗与阿乞台末史两人絮絮闲谈的平易风格,跟第二景里介绍两位国王和候妙霓时的高雅辞风迥异。

② 为什么是"牧羊人"? Hunter 谓,这是因为四远传闻有这样一个说法,说夜间放牧的牧羊人是熟知天体的观察者。译者按,也因为这是出牧歌风的悲喜剧,说话人自己的儿子将来会跟个牧羊女郎团圞燕好,那女郎原来就是他如今这对手(不久将成为仇人,终于又化作亲家)的女儿,而那时节他这对手将福从天降,三喜齐临,除爱女与

佳婿来归外，他自己又能得重圆破镜：这一切和牧羊人的关系太密切了，所以由包列齐倪思现在来随便提一下，鸣钟似的预报一声，像植物种子的胚芽，乐章的导旋律，实有极微妙的诗的意趣。

③ 原意为“水湿的星辰”，因为作者认为月亮是司理潮水的。我国诗词中名月为“冰轮”；但西西利亚气候温暖，终年不见冰雪，故杜改为“银轮”。

④ “九度的盈亏”，Hudson 说得对，谓系九个阴历月份。

⑤ 从这里起到句末，原文有困难。Farmer 最早解“that”为“Oh, that...”，Steevens 当即将原文前面的逗号改为冒号(:)，随后的校本都从他，Craig 又改为分号(;)，Theobald, Warburton 及以后各家都从 Steevens 把“This is put forth too truly”加上引号和惊叹号，Hanmer 又把“truly”校改为“early”。Hunter, Hudson, Rolfe 谓，“put forth”(生发，产生)系指前面所说的疑惧；Hudson 又将“fears”校改为“fear”。

⑥ 这是说，您一星期不能待，也得待个三四天。

⑦ Coleridge：包列齐倪思固执地拒绝里杭底斯要他留下来，多么巧妙地准备着他随后听从候妙霓，将对里杭底斯所产生的印象。

⑧ Furness：候妙霓说到这里时，里杭底斯退去，因而没有听到包列齐倪思答应她留下，否则她丈夫后来问她“赢得他同意吗?”便不可解。

⑨ 根据二世纪时的希腊一埃及天文学家托勒密(Claudius Ptolemæus)的理论，地是宇宙的中心，围着它有八个球状圆体在旋绕，日月星辰都嵌在这些圆体里一同运行。后来根据公元前二世纪时别锡尼亚(Bithynia)天文学家 Hipparchus 的说法，再加上一个圆体，以说明岁差；中世纪时又加一个圆体，以包围宇宙及隔离无穷。结果共有十个圆体，末两个不嵌星辰。

⑩ Campbell：英国旧法律习惯，犯人(不论有罪无罪)释放出狱时必须付一笔“礼金”给典狱吏。

⑪ 因为亚当私食智慧树之果而犯下的罪，一直遗传下来给每一个人。Theobald 谓，原始的罪孽蠲除了；Furness 说，孩子们这么天真纯洁，遗传下来的罪辜因而被抹掉了。

⑫ Lady Martin：包列齐倪思的回答里这最初几个字，显示出候妙霓高洁的清纯，使他对她肃然起敬。Furness：我们敢肯定，里杭底斯至少在这里以前已经退去。假使他听到包列齐倪思这样称呼候妙霓，他的嫉妒就不会得生发出来。Schmidt 训“sacred”为只是对王后的一个尊称；按，当以 Furness 等的说法为是。

⑬ Coleridge：妒忌发作，在此开始激动。

⑭ 前面“furlong”为一英里的 1/8，1,000 个“furlongs”照字义直解当为 125 英里。这里“acre”通常解作英亩(一英亩为 160 平方竿，每竿等于 5 码半或 16 英尺半)，但英亩为广度，与长度“furlong”对比不相称。Murray 在他总纂的牛津《新英语大辞典》内谓，一个“acre length”等于一个“furlong”。按，1,000 个“furlongs”只是泛指很多很多路，一个“acre”则无非简言极短极短的距离。

⑮ Furness：这个漫长的求婚期，在伊丽莎白时代要算异乎寻常地长了，乃是候妙霓性格的一个值得注意的征象。

⑯ Coleridge：注意里杭底斯的这病态趋势，把没有意义的小事情扩大起来，以及紧接着的粗俗想法，“摩挲手掌心”等，连下来是跟那小孩子的对话里他很奇怪地失去了自我控制。

⑰ “The mort o'the deer”，Collier, Skeat, Furness 都解作鹿被猎获后垂死前的一声嘘气，像叹息一般。18 世纪学者们 Theobald, Steevens, Nares 释为鹿死时猎人们吹的

一声号角,比拟不伦,讲不通。

⑱ Furness:他提及额角,因为刚讲起鹿。按,鹿头上有角;人若被认为头上有角或被比作鹿,便是他的妻子有外遇。据说在交配季节,一头公鹿有几头母鹿和它在一起,另有身强力壮的单身公鹿若能把这头公鹿打走,便据有了它的几头母鹿。被逐走的公鹿四出寻觅伴侣,遇到有几头母鹿的软弱的公鹿时,当亦如法取而代之。

⑲ 原文这里有个双关:"neat"解作"干净",又可解作"牛"。译文只得加"头角峥嵘"一语,把这双关表达出来,但已不是个简练的双关了。

⑳ 妻子不贞的丈夫最初怕提起鹿,后来怕提到一切有角的家畜和野兽,如杯弓蛇影之惧。

㉑ 从 Schmidt:黑布涂上了颜色,颜色不久会失落或褪去,黑底子就会露出来。

㉒ 从这里到"前额麻木"止的九行半,除"这怎么可能?"一语外,是里杭底斯在他的独白里对爱好(Affection),亦即情爱(Love),所说的话,在修辞学里叫作顿呼。确切的含义晦涩难明,疏解诠释者在 Furness 之新集注本上有 13 家之多,Pierce 在 Yale 本上又有一说,Stewart 据说也有一说,此外必还有好多家。译文系据原文字面意义着笔,尽可能保存本来面目。学者们的评骘笺注兹迻译二、三于后,以见一斑。Collier:"affection"多半解作"imagination"(即"fancy",爱好,喜悦,中意,倾心)、"intention"则不解作"design"或"purpose"(意向,企图,目的),而应训"intentness"(热切)或热情的激发。对诗人的用意,古今来的评注家没有两个意见是相同的。我们可以毫不迟疑地断定,听错、念走和印误使原来就可能绝非普通读者或听众所很懂得的辞句更加晦暗难明。可以清楚地了解的是,里杭底斯注视着包列齐倪思与候妙霓的行动,误解了他们的动作而妒火中烧,断定他们的目的是罪恶的,而且他自己将吃他们的苦头。这一幻想他用不同的支离的语句发泄出来,它们彼此间的联系是完全心智上的,但它们大致的用意是足够明白的。Furness:对于我,困难不在"affection"而在"intention"。我们可以把"affection"解作肉欲,但这里不需要这样做;莎氏在许多地方于"爱好"与"情欲"之间是作区别的。里杭底斯开始时只想到爱好或情爱,接着就想起了这情爱走了极端,或最后变得非常强烈时,会穿刺到灵魂里去。... "Intention"在这里,我以为解作"强烈"。……在困惑人的"fellow'st nothing"一语及下文里,我想里杭底斯的推论是这样的:假使这极强烈的情爱能活到魂梦里去,跟实际上的空无所有携手并存,它当能以更大的力量同实际上是真实的东西结合起来。Pierce:情爱啊,你的强烈的激情主宰着妇人们的内心深处。你使得人们所认为她们不可能有的罪辜变为可能。你使得不在一起的男女情侣在魂梦中互通来往(这怎么可能?)。你使得那梦见情郎的妇人对她那不在身边的汉子的梦幻中的形象讲爱情,使她拥抱空无所有。那么,你可能把她送进一个身体确实在跟前的情郎臂抱中去,是非常可信的了;而你当真是这样做了。

㉓ 直译原文当为"你会接受鸡子儿当钱吗?"C. R. Smith 解作"你会忍受侮辱吗?"他引法文谚语"A qui vendez-vous vos coquilles?"以说明原文如此应用这说法之所自来。Furness 谓,1632 年伦敦出版的 Cotgrave 编《法文英文字典》里释"coquille"为海扇壳,不是鸡蛋壳;其次,在这如今还通行的法文俚谚里,只有欺骗而无侮辱之意。Malone 解作欺骗或哄骗。

㉔ Furness:这里"clamour"(喧噪)系指里杭底斯的臣民们高声嘲诮他。

㉕ Furness:这名字也许是包列齐倪思脸上的一抹微笑所暗示的,里杭底斯正在偷偷地觑着他。按,包列齐倪思已与候妙霓下场;如果有什么暗示,当是他下场前的那阵

微笑。

㉖ 原意为“肚子”。

㉗ 意即,你的确是我的孩子,不是你母亲跟旁人所生的野种,——“honest”作“honourable,respectable”(有荣誉的,可尊敬的)解。

㉘ Steevens 将这半句解作:您越是请他留,他越是强调有要事得回去。

㉙ Staunton:说“他们已经在这里跟着我”,国王的意思是,——臣民们已经在做这侮辱性的姿势(以手指做老婆偷汉的丈夫的表象)来嘲弄我,轻轻地耳语道,等。这姿势是把一只手加到额上,将两只手指向上叉出,像两只角一样。Furness 谓,虽然 Staunton 对这短语的解释分明是对的,但我很怀疑里杭底斯会公开做这鬼样子。

㉚ 原意仅为“没有好好考虑那结局”。Capell:“勤勉做傻子”似乎不适当地被称为——疏忽;但假使如何去做一件事的手段或方法没有经过好好考虑,假使一件事的“结局没有好好考虑到”,这样去办理它,虽然是勤勉从事,却真正是疏忽。

㉛ 从 Malone 与 Furness 解,这里“Against”与“non-”不是对销的,而是互相加强的。

㉜ 从此起的十行,Hazlitt 评论云:就是里杭底斯这段话的滞涩扭捩的风格,在他自己的嫉妒中转圈子说理,被疑虑与恐惧阻塞着,愈来愈盘缠扭结到多刺的迷津里,便处处显示出莎氏传达不同思想与情绪(努力想吐露出来,语未发而几乎即已窒死)的痛苦挣扎的那种特殊情状。这里里杭底斯陷入了激情的周章狼狈之中,不知道怎样才能把那曳引他胸臆的惨痛、愤怒与忧虑用言语表达出来。

㉝ 意即下毒。

㉞ Deighton:他对于自己既然是个叛徒,因为不真正忠诚于他自己的天性,所以心愿他的臣民们也要同样地不忠,做些事情要对他不显示真正的忠诚。

㉟ 在绝对的权力之下,政治方面的绝对服从有时候会是极大的罪恶。这就是今天君主专制与个人或寡头独裁统治已被文明社会所废弃的缘故。喀米罗这样排除威胁利诱,冒着生命危险坚决拒绝服从,所以是非常可贵的勇敢。

㊱ 邪恶本身尚且不屑去做,何况我。

㊲ “To warp”,Schmidt 训“变坏”,Furness 解作“萎缩”或“歪曲失形”,由于里杭底斯的冷淡。

㊳ M · Mason:这是不愧出于莎氏的描写天性的妙手笔。里杭底斯仅在片刻之前向喀米罗保证,他将如他所劝说的那样,对包列齐倪思显得很亲和;但一见了面,他的嫉妒胜过了决心,当即发现要控制他的仇恨是不可能的。

㊴ Furness:这是说喀米罗脸色苍白,包列齐倪思一见之后即起反应,跟着也变得脸色苍白。……也可能指喀米罗脸上红一阵白一阵而言。

㊵ Halliwell:16 世纪对于蛇怪(basilisk)的流俗见解,最早自普林尼(Pliny,全名为 Caius Plinius Secundus,公元初 23—79,罗马博物学者与著作家)处得来,可以从 Andrewe 氏(Laurenca A.,翻译家与印刷业者,1510—1537 年间活着)刊行的《世界的镜子与描写》(The Myrrour and Dyscrypcyon of the Worlde,无出版日期)一书的下列引文中得其梗概,“在印度有一种蛇怪,它们的眼光其毒无比,会杀死一切人,和一切飞禽走兽。”[现在讲到蛇怪,所有其他的蛇都远避而害怕:虽然它杀死它们是用它的呼吸和身上发出来的气味”。——Holland(Philemon H.,1552—1637,翻译家)所译普林尼之《自然史》(1601)卷 29,章 4。“蛇怪在希腊文为‘Basiliscus’,在拉丁文为‘Regulus’,有‘小王’之名,因为它是众蛇之王,它们见到它便恐惧而逃走,由于它用它的气味与呼吸杀死它们:而且用它的呼吸与目光,也杀死一切有生命的东西。在

它目光范围内没有鸟类能飞过而无恙，为的是虽然它跟那飞禽相距甚远，但却会用它的毒嘘把禽鸟烧死而吃掉。"——Batman(Stephen B.，翻译家与著作家，1584 年卒)《谈巴托罗缪集市》(Uppon Bartholome，1582)。"著作家们对于这种蛇的生殖问题曾有所讨论；因为有人(人数很多，且很有学问)说它是一只公鸡蛋里生出来的。他们说一只公鸡长老时会生出一个没有壳的蛋，外面有一层厚皮包起来，它能经受轻轻一击或落在地上而不碎。他们又说，这只蛋只在夏天才会生，在初交大暑时，形状不像母鸡蛋似的长圆，而是球状的：有时作尘埃色，有时作黄杨木色，有时作黄褐色，后来受了一条蛇或一只蟾蜍的孕，便孵化成一条蛇怪，有半英尺长，后半部像条蛇，前半部像只公鸡，头上鸡冠有三个尖。……在所有的生物里边，没有像一个人这样因中了蛇怪之毒而死得更快的，因为一见了它他就被杀死，这是由于蛇怪的目光使一个人的眼神中了毒，这眼神中毒之后其他从头脑里和心脏活动力里发出来的精神也都跟着中了毒，于是这人便死掉。"——Topsell：《蛇史》(History of Serpents，1608)页 119。以上三则为 Furness 所引。]

㊶ "In ignorant concealment"，Deighton 与 Schmidt 都解作"隐藏于(我的，即包列齐倪思的)不知中"。Furness 谓，这不知是指喀米罗的不知，意思是说，"莫要将你所知道的隐藏起来，推托不知道"，因为包列齐倪思在此重新提起喀米罗前面对他曾说过，他讲不出那疾病的名称，那是因自己依然无恙的包列齐倪思而传染的。Herford 亦作如是解。

㊷ "Parts of man"，据 Deighton 与 Furness，解作"荣誉所加在[一个]人身上的一切高义"。

㊸ "To vice"，Warburton 谓应解作"吸引，劝诱"。在古戏剧里，"恶行"(Vice)是引人做罪恶勾当的引诱者。因而 Heath 与 R. W. White 校改"vice"为"'ntice"及"'tice"(引诱)。Collier 释为"像用机械的力量来吸引"。Halliwell 云：这里"instrument"与"vice"两字用在一起，似乎表示后者是个动词，解作"螺旋钳似的扭，捩，转动"。

㊹ 至善者为耶稣，那出卖他的是他的使徒犹大(Judas)。

㊺ 原文这几行疑有脱漏，至少是结构过于简略，因而含义隐晦。在 Furness 之新集注本上列得有十多家疏解，兹迻译之说以见一斑。Malone：愿我的速即离去能朋友般对于我有利，因那样可救拔我脱离险境，又能安慰天真纯洁的王后，因那样又可去除她丈夫嫉妒的对象；王后，她是他谈话中的主题，但没有理由做他嫉妒的对象。Cowden-Clarke 夫妇：愿事态的顺遂结局对我如朋友，也安慰了王后；她和我都是他愤怒的对象，但她同我一样，都不应丝毫挨受他弄错了的怀疑。Furness：愿我的速即离去成为我最好的行止，且能尽量带安慰给温雅的王后，她的名字在国王思想里不能不和我的相连，但她还不是他没有根据怀疑的有生命出入的对象。Furness 谓，只要清楚了解了戏剧情景，要懂得这一段是不难的。有需要我们应保持对包列齐倪思的敬重，而他的被移离剧景是一个戏剧上的需要。不可能有一个对里杭底斯的友好告别，更不可能有一个含敌意的告别。包列齐倪思必须偷偷溜走，没有其他的办法。但是，用逃跑来救他自己，而存心留王后在后面去受里杭底斯猛烈的报复是可鄙的，会丧失我们对他尊敬的每一点滴。他必须被表现为完全不知道侯妙霓也包括在国王最坏的猜疑之中，同样也应表现成满以为只要他这一逃跑就可以终于恢复宫中的欢快与和好。由于他对侯妙霓的近于崇拜的心情，他知道她温柔的心肠一定会为了他这样不快乐地结束他的来访而感到痛苦，这来访一直是毫无阴云的，而且是因她的殷切请求而延长的。因此，她需要一点安慰，这安慰她可以在他的安然离去

里找到。他的偷逃,对于他自己是可憎的,当这样被对于候妙霓的骑士般的热忱所刺激时,便显得照耀在自我牺牲的光辉中,而不但不会使我们对他的敬佩因而暗晦,却只会使之更加光彩。

第　二　幕

第　一　景

［西西利亚。王宫一室］

［候妙霓、曼密留诗与贵妇数人上。

候 妙 霓　你们把孩子来领去:他这么跟我
找麻烦,叫人受不了。

贵 妇 一　　　　　　　　　　来吧,小殿下,
我和你一起玩好吗?

曼密留诗　　　　　　　　　不,不跟你玩。

贵 妇 一　为什么,好殿下?

曼密留诗　你会死劲吻我的脸儿,且跟我
说话时还当我是个娃娃。我乐意
跟你在一起。

贵 妇 二　　　　　为什么,小殿下?

曼密留诗　　　　　　　　　　　　不是
因为你的眉毛要黑一些;不过
黑眉毛,他们说,跟有些女人很合适,
只要那里毛长得不太密,而是
长成半圆形,或用笔画成半月形。

贵 妇 二　谁教你这个的?

曼密留诗　　　　　　　　我是从女人脸上
学来的。请问,你眉毛是什么颜色?

贵妇二 青的,小殿下。

曼密留诗 不对,那是在开玩笑:

我见过有个夫人的鼻子是青的,

但是她眉毛不青。

贵妇二 你且听我说;

王后你妈妈肚子快大了:我们

过不久就要侍候位新的王子了;

那时节你才要跟我们玩呢,假使

我们肯和你玩的话。

贵妇一 她最近腰身

宽大了好多:祝贺她喜事来临!

候妙霓 你们在逗什么巧? 过来,小王爷,

现在我好跟你在一起了:听我说,

坐在我身旁,讲个故事来听吧。

曼密留诗 故事要快乐的,悲伤的?

候妙霓 越乐越好。

曼密留诗 悲伤的故事冬天讲最好。① 我有个

说幽灵鬼怪的。

候妙霓 我们就听它吧,好王爷。

来吧,坐下了:来吧,把你的幽灵

尽量来吓我;做那个你很能干。

曼密留诗 从前有个人,——

候妙霓 别那样,来,坐下来说。

曼密留诗 住在礼拜堂墓园旁。我要轻声些;

不给那里的蟋蟀们② 听到。

候妙霓 那来吧,

凑到我耳朵边讲。

[里杭底斯、安铁冈纳施、贵人数人与其他人等上。]

里杭底斯 那里你碰到他的吗? 他的随从们?

喀米罗和他一起?

贵人一 在一丛松树后

我碰到他们:我从未见人急匆匆

走得那么快：我目送他们上了船。

里杭底斯　我多好运气，判断得正确，说得对！
唉哟，我但愿没有知道得这么多！
这样的幸运，多么该诅咒！ 盅子里
也许浸得有一只蜘蛛，一个人
可以喝下去，就走开，不会中毒，
因为他灵明和心智没有受害；
但假使有人把那恶心的成分
给他看，叫他知道如何喝下的，
他会起强烈的哕逆，把喉咙、食管、
胃囊全呕破，连同胸腔都炸裂。
我是喝了那樽中酒，见了那蜘蛛。
喀米罗是他的帮手，他的淫媒：
对我这生命，这王冠，有个奸谋；
我所怀疑的都对：那骗人的坏蛋
我用他，他却早已先被他所雇：
他把我的计划对他泄露了，而我却
变成了个大笑话；是的，变作个
他们随意嬉耍的玩意儿。怎么会
边门这样容易开？

贵人一　凭他的大权，
那可一向就和得到您谕旨时
同样有效。

里杭底斯　这个我完全明白。
［向候妙霓］把孩子给我：我高兴你没喂他奶：
虽然他跟我有点像，可是他身体里
你血液太多了。

候妙霓　这是什么？开玩笑？

里杭底斯　把孩子领走；莫叫他走近她身边；
把他带走！——［曼密留诗被引走。］
让她去跟她自己那
肚子里的玩；因为是包列齐倪思

给你弄大的。

侯妙霓　可是我得说他没有，
而我敢起誓你要相信我这话，
不论你怎样否认我。

里杭底斯　诸位，列卿们，
望着她，仔细端详她；只等你们
正要说，“她是位美貌的娘娘”，马上
你们心里的正义会加上这样一句，
“可惜她不贞静贤淑，不值得敬重”：
只要对她这外表有所称扬时，——
这话，说实话，还值得称赞，——立刻
肩膀一耸，一声“哼”，一声“哈”，这些个
诽谤所使的这些丑标志，——啊，
我错了！——我是说怜悯所使的，因为
诽谤把标志只加在美德身上：
这些耸肩膀，“哼”与“哈”，当你们刚好
说过“她美貌”之后，还没有说到
“她贞静贤淑”之前，[3]会加到中间来。
但是你们得知道，那最有原因
伤心的人要宣称，这该是这样的，
她是个通奸的淫妇。[4]

侯妙霓　若是个坏蛋
（世界上最坏到绝点的坏蛋）这样说，
他便成了个双重的那样的坏蛋：
你只是弄错了，王夫。

里杭底斯　是你弄错了，
娘娘，把包列齐倪思当里杭底斯。
啊，你这东西！你这样高的地位，
我不来称你作东西，怕的是粗野
将我当先例，会用同样的语气
对一切品位，而在公侯与乞丐间
不作有礼貌的区分：我已经说过，

她是个通奸的妇人;我说过跟谁:
她又加是个叛逆者,喀米罗和她
同谋,他知道她自己也羞知的勾当,
除非跟她最卑鄙的主谋者一同知,
那就是她是个践踏婚誓的妇人,
恶劣得世人把那最可耻的称号
相呼的那些个滥贱一般无二;
哎也,她预先知道他们要逃走。

候　妙　霓　不,凭我的生命,我不知这件事。
你这般当众辱骂我,待你将来
把真相弄明时,你会多么悲伤!
亲爱的王夫,那时节你就是声言
你过去错了,也不能完全对得起我。

里杭底斯　不会;假使我凭借的根据有错,
这大地,这宇宙中心,便会连一只
学童的陀螺都容不下。送她进监狱!
谁替她说话,不论怎样不相干,
也就有了罪,哪怕他只稍稍求情。⑤

候　妙　霓　有什么恶星宿当头:我得耐心些,
等天宇朗照得较为吉祥时再说。
列位贵卿们,我不会轻易哭泣,
像我们女性通常的那样;缺少了
易流的眼泪许会使你们的怜悯
干涸;可是在我这里头藏得有
光荣的悲痛,它燃烧比眼泪的浸淫
远较难受。请你们各位,贵卿们,
以仁爱所最能教导你们的想法
来对我作判断;然后,将王上的决意
来加以执行!

里杭底斯　[向众卫士]你们听到命令吗?

候　妙　霓　谁跟我一同去?请得王上恩准,
我的伴娘们或能陪着我;因为,

你见到我这处境需要这么样。
不要哭,好傻子们;⑥并没有理由:
将来我出来的时候,你们若知道
你们的娘娘该进牢狱,到那时
才涕泪交流吧:我如今遇这讼凶
倒是会有利于我的沐受天恩。
再会,王夫:我从未愿望过你伤心;
现在我相信我却将如此。来吧,
我的伴娘们;你们已得到允许。

里杭底斯 去,执行命令去:就离开这里!

[王后被押解,伴娘数人随后,同下。

贵人一 求吾王开恩,将王后召回来吧。

安铁冈纳施 请先行确定您要做什么事,王上,
否则您这场审判会变成强暴:
在这案子里人尊位贵的有三位
受损伤,您自己、您王后,以及储君。

贵人一 关于她,吾主,我敢将我的生命
作注子,而且就押下,王上,请您
接受它,——王后对于您,在上苍照鉴下,
是清纯无疵的:我说的乃是关于
您对她所下的指控。

安铁冈纳施 假使能判明
她不是这样,我妻子所居的住宅
我要改辟为马厩;我须得和她
同进出以便监视;⑦不觉她在身旁
或不见她时不再信任她;因为,
她假使不贞,这世上的女人每一寸,
哎也,她们的一丁点儿的皮肉
也都是不贞的。

里杭底斯 你们都住口!

贵人一 好主上,——

安铁冈纳施 我们是为您而说的,不是为自己。

您蒙受欺骗，那挑拨的奸人自会
被打入地狱；我但愿知道那恶棍，
我要当众揭发他。[8]若她的贞洁
给玷污的话，——我生得有三个女儿；
大的十一岁，第二、第三是九岁
和五岁不到；假使这话是当真，
她们将受罚来谢罪：凭我的荣誉，
我把她们都阉割掉；不叫她们
长到十四岁，去生杂种的后代：
她们是我的平分的继承人；而我，
宁愿我自己给去势，也不愿她们
不孳生子息。

里杭底斯　住口！莫往下说了。
你感觉这件事像个死人用鼻子
嗅觉到什么；但是我见到和感到
好似你现在感到这么样，且看见
我这感觉的器官。[9]

安铁冈纳施　若果是这样，
我们毋须有香冢来瘗埋贞洁了：
再没有清贞的种子来使这整片
肮脏秽臭的泥污地面芬芳了。

里杭底斯　什么？我不能听信于你们？

贵人一　主上，
在这件事上，我宁愿您缺乏自信，
不愿我缺乏；更能使我满足的是，
她的贞洁是真的，您猜疑得不对，
不管您将怎么样受责备。

里杭底斯　哎也，
我们何用跟你们谈这个，只须
随我们自己有力的驱策去行事？
我们大权在握，本毋须征求意见，
因我们天性和蔼，故谈起了这个；

如果你们,——或者是愚蠢,或者是
假装如此,——不能或不愿似我们,
爱真情实况,可以跟你们自己说,
我们并不再需要你们的谆劝:
这桩事,它的得与失,怎样去处理,
全是我们自己的事。

安铁冈纳施 我但愿,主君,
您在静默的独白明察中将它
来观照,不事多显露。

里杭底斯 那怎么能够?
你若非因年老而变得异常无知,
定是生成了个冥顽不灵之徒。
他们的亲昵(那是尚未亲眼
目睹的猜疑所曾接触的最分明
不过的事,⑩它不差证据,仅仅还
没给人看见,其他的一切情况
都指向这件事),加上喀米罗的逃跑,
迫使人走上这条路:可是,为求得
更大的证据,——因为,遇到这样件
重大事,鲁莽会造成悲惨的结局,——
我已派克廖弥尼司和第盎两人,
你们都知道他们完全有能力,
前往神圣的台尔福,⑪阿波罗的圣庙,
去求取灵谕。如今,从那神殿上,
他们将带回一切;那神灵的启示
一来到,将会止住或策励我前进。
我做得对吗?

贵人一 您做得很对,主上。

里杭底斯 纵然我已经满足,不需要比我所
知道的更多些证据,但神谕会叫
有些人头脑安静些,比如他,坚持着
迟钝的轻信,不愿去接近真实。

所以我们想，她应被禁闭起来，
千万不能让她随心所欲地
接近我，以免那两个逃亡者的奸谋
留给她来实施。⑫来吧，跟着我们：
我们要当众去说话；因为这件事
会振奋我们大家。

安铁冈纳施　　[旁白]去哗笑，据我想，
若是真情实事被大家所知道。

[同下。

第　二　景

[监狱门首]

[宝理娜与侍从数人上。

宝　理　娜　把牢头禁子叫唤来；让他知道
我是谁。——[一侍从下。]
好娘娘，欧洲没有个宫廷
不配由你去当后妃；那么，你待在
监狱里做什么？[侍从同狱卒上。
却说，监里的官长，
你认得我不认得？

狱　　卒　　是位贵上夫人，
小人在此有礼了。

宝　理　娜　　那么，就请你
领我到王后那里去。

狱　　卒　　我不敢，夫人：
小人奉特别命令不叫那么办。

宝　理　娜　这真叫无事添忙，好端端把尊荣
和贞淑锁起来，不让优娴的来客
会见到！请问，见她的伴娘可以吗？
她们不拘哪一个？爱米丽亚？

狱　　卒　要请您，夫人，

摒退了左右的侍从，我将去带领
爱米丽亚到外面来。

宝理娜　　请你去叫她。
你们且退出去。　　[众侍从下。

狱卒　　还有，夫人，小人
得在你们谈话时在一旁待着。

宝理娜　好吧，就这样，请你。　　[狱卒下。
这真叫无事添忙，把没有玷污
硬当做玷污，弄得染色也染不掉。

[狱卒引爱米丽亚上。

亲爱的大娘娘，我们娘娘可好？

爱米丽亚　尽到恁般尊贵又恁般苦恼的
所能受得了。因受了惊恐和悲伤，——
娇贵的娘娘从没遭受到更凶的，——
她还不怎么达月就早产下来了。

宝理娜　是个男孩？

爱米丽亚　　是个姑娘；这娃娃
长得又美又壮健，会活的模样：
娘娘就打这里头得好些安慰；
她说道，"我的可怜的囚犯，我跟你
一般无罪。"

宝理娜　　我敢于起誓：王上
这些危险的癫狂爆发，真糟糕！
他一定得给禀报，他将被禀报：
这任务女人做最好；由我来担负。
假如我甜嘴蜜舌，让我这舌头
起水泡，再也别替我赤红的愤怒
作传声的号子。劳您驾，爱米丽亚，
请代我向娘娘致敬：她若是敢把
她那小娃儿信托给我，我将会
抱给王上去瞧去，还要承担起
为了她提高嗓子作辩护。我不知

见到这孩子他会要怎样软下来：
往往纯洁天真的沉默能打动，
当劝说不生功效时。

爱米丽亚　　　　　　　　　最高贵的夫人，
您的品位和仁德是恁般分明，
您这下慷慨的仗义不会没有
好结果：这世上没有第二位贵夫人
更适于去负这重大的使命。请夫人
且到这房间里头来，我立即向娘娘
去禀明您这出色的建议，只今天
她才想出了这计划，但不敢去请
品位高贵的代行人，怕人家不肯。

宝理娜　告诉她，爱米丽亚，我自会使用我
这喉舌：若机敏从它那里出来，
像勇敢打我胸中出来一个样，
可尽管放心我将会办得好。

爱米丽亚　　　　　　　　　　　祝贺
天赐您后福无穷！我就去报娘娘。
请您，来近些。⑬

狱卒　　　　　　　　夫人，若王后乐意
把孩子送出来，我不知让她通过
会叫我受什么处分，未经过令准。

宝理娜　你不用害怕，狱官：这孩子原来是
她母亲肚里的囚犯，如今经法律
和伟大造化的事态进行，而获得
释放和自由；她不遭君王恼怒，
也不犯王后——假使她犯下的话——
所犯的罪行。

狱卒　　　　　　　小人相信您这话。

宝理娜　你不用害怕：凭我的荣誉，我站在
你和危险之间。　　　　　　　　　［同下。

第三景

［宫中一室］

［里杭底斯、安铁冈纳施、贵人数人、侍从数人上。

里杭底斯 夜晚没有，白天也没有安宁；
这样去挨受这事情，只能是软弱，
仅仅的软弱。假使那作奸者没了，——
作奸者之一，她这通奸的淫妇；
因为这淫棍国王我完全奈何他
不得，在我脑筋的箭垛和射程外，
计谋和策略休想伤得他分毫；
但是她，我能钩她来：假定她去了，
送进了火里，我的一部分安宁
也许会回来。谁在那里？

侍从甲 ［趋前］吾王？

里杭底斯 孩子怎样了？

侍从甲 他今夜休息得很好；
希望他的病已经消释。

里杭底斯 看他那
英伟的气概！想起他母亲的耻辱，⑭
他立即萎靡不振，垂头丧气，
难受到心里，把羞辱揽给他自己，
把精神、胃口、睡眠一古脑全丢掉，
干脆伤心失了志。让我一个人
在这里：去，去看看他现在怎样了。 ［侍从甲下。
呸，呸！不要去想他⑮吧；想起他
我的报复之念就油然而生：
他自己已力量太大，况加上他那些
同盟者，他那些亲朋党羽；由他去，
且等待时机来到：为目下的报复，
可在她身上找出路。包列齐倪思

与喀米罗在对我哂笑；把我的悲哀
作他们的消遣：我若能抓到他们，
他们便不会哗笑，她在我权力内，
可休想能笑乐。

［宝理娜抱婴孩上。

贵　人　一　　你不得进去。

宝　理　娜　　不，
列位大人们，倒要请你们帮我忙：
你们更怕他暴戾的激情吗，唉哟，
却不怕王后没有命？一个天真
圣洁的灵魂，满怀的清纯无辜，
跟他那嫉妒的想法更渺不相干。[16]

安铁冈纳施　　莫再多说了。

侍　从　乙　　夫人，王上今晚上
没睡觉；谕令不让谁来惊动他。

宝　理　娜　　别这么激动，请你；我带睡眠来
给他。你就是这样，像影子一般
在他身边爬，他叹声不必叹的长息
你也跟着叹，你就是这样添了他
睡不着的原因：我带来的话儿既有
药性且又真，再加上诚实，能替他
排除那硬叫他不得睡眠的怪想。[17]

里杭底斯　　那是什么闹声，喂呀？

宝　理　娜　　吾王，
不是闹声；只是些必要的谈话，
是商量给你请谁行洗礼的事情。

里杭底斯　　怎么的！叫那大胆的夫人出去。
安铁冈纳施，我关照过你不叫她
挨近我：我知道她会。

安铁冈纳施　　我告诉过她，
王上，说不许她来，否则会甘冒
您的恼怒，和我的。

里杭底斯　　什么？管不住她？
宝理娜　用卑鄙的手段，他能够：在这件事上，
(除非他采用您所使的手段，把我
关进了监牢，因为我品行贞洁，)
请相信我这话，他可管我不了。
安铁冈纳施　您瞧，如今！您听吧；当她要走她
自己的路时，我让她去跑；可是
她不会失足。
宝理娜　　我的好主君，我到来，
而且请您听我说，我自认是您
忠诚的臣仆，您的太医，您最最
崇敬的上言人，可是我敢在助长您
缺失时，显得比那些最像您忠仆的，
不那么顺从：我说，我来自您那位
贞德的王后。
里杭底斯　　贞德的王后！
宝理娜　　是的，
贞德的王后，王上，贞德的王后；
我说，是贞德的王后；我若是个男子，
我会以决斗去证明她贞德，即令我
在您左右最胆怯。[18]
里杭底斯　　拉她走。
宝理娜　　谁轻视
自己的眼睛，让他来拉我：我自己
会走；但我得先把差使来办好。
贞德的王后，因为她确是贞德的，
为您生了个姑娘：在这里；把她
送给您去为她祝福。　［将婴孩放下。
里杭底斯　出去！母老虎似的[19]巫婆！赶她走，
轰她出门外：专作淫媒的[20]龟鸨！
宝理娜　不是那样；您那样称呼我，我跟您
同样不在行，而且规矩得跟您

恼怒得一般厉害；这么样老实，
我敢担保，按如今这世界来说，
是足够叫做老实的了。

里杭底斯　　逆贼们！
你们不推她出去吗？把这小杂种
交给她。[向安铁冈纳施]
你这老糊涂！怕老婆的班头，
你见你老婆巴忒兰[21]在此，吓坏了。
抱起那杂种；抱起来，我说；把她
给你的老太婆。

宝　理　娜　　你若听了他强加
给她的杂种这贱名，把公主抱起来，
你这两只手将永远卑鄙！

里杭底斯　　他怕他
妻子。

宝　理　娜　　我但愿您也怕；那就没疑问，
您会认可孩子们是自己的了。

里杭底斯　你们全都是逆贼！

安铁冈纳施　　我可不是，
凭这好天光。

宝　理　娜　　我也不是；别的人
也不是，这里只除了一个，那便是
他自己；他把他自己神圣的荣誉，
王后的，他前途远大的儿子的，他这
娃娃的，都出卖给了诽谤，它的刺
比剑尖还锋利；而且他不会，——因为，
按情势来说，他不能被迫去做，
这真该诅咒，——他一次也不会排除
他那看法的根柢，那真腐烂得
不像样，正如橡树或石头永远
健壮。

里杭底斯　　一个长舌的娼妇，她最近

打了她丈夫,如今又来煎逼我!
这小鬼不是我的;是包列齐倪思
所生:滚她的;跟她娘一起,把她们
扔进火里去!

宝理娜 她是你生的;如果
我们把这老格言应用到您身上,
“这么像你,真是糟。”你们瞧,大人们,
虽然这版子是小的,她整个内容
和复印的式样是她父亲的;眼睛、
鼻子、嘴唇、皱眉时的相貌、额角,
还不止,更有这颐上颊上的酒涡,
美得很,她的笑脸,还有手、指甲、
手指的形状和骨骼:至于你,好造化
女神,你把她做得这么样像她爸,
若是你也安排她的心,在一切
颜色里可不要用黄;[22]否则她也会
疑心,跟他一个样,她生的儿女
不是她丈夫的亲生。

里杭底斯 粗鄙的丑八怪!
还有,你这胆小鬼,你配给绞死,
不叫她闭嘴。

安铁冈纳施 建不了那功绩的丈夫,
把他们全都绞死了,您将几乎
一个子民都不剩。[23]

里杭底斯 我再说一遍,
拉她走。

宝理娜 一个最没出息、最不近
人情的昏君做不出什么别的来。

里杭底斯 我来把你上火刑。

宝理娜 我不放在心上:
引火燃烧的是个邪教徒,并非那
被焚的人。我不来叫你作暴君;

但你对你王后的这非常的虐待，——
除了你自己根据薄弱的幻想外，
拿不出更多的罪状，——有暴虐的味道
会使你可鄙，岂止如此，对世人
声名狼藉。

里杭底斯　　以你们的忠诚来相责，
将她赶出这卧房！我若是个暴君，
她性命在哪里？倘使她知道我是，
便不敢这样称呼我。把她赶走！

宝理娜　请你们莫来推我；我自己会出去。
看顾着你这娃娃，王上；她是你
亲生的：愿天神派个较好的使者，
来将她指引！你们又何必动手？
你们对他的愚蠢这么样奉命，
决不会对他有好处，不会有的。
就这样，这样；再会了；㉔我们去了。　［下。

里杭底斯　你这逆贼，你指使你妻子干这个。
我的孩子！滚她的！——就要你，你的心
对她这么知痛痒，把她从这里
拿走，用心马上取火来把她烧：
就要你，不要旁人烧。立刻抱出去：
限你一小时，回来要报说已办好，——
还得有好证见，——否则就要你的命，
连同你其他的一切。你假使拒绝，
而且想跟我的忿怒作对，尽管说；
这杂种的脑浆我用自己这双手
会叫它迸裂。去，送她进火里去；
是你指使你妻子的。

安铁冈纳施　　我没有，王上：
这几位大臣，我高贵的同侪，他们
若高兴，能替我来作证。

贵人一㉕　　我们能，主君，

她到此,罪辜不在他。

里杭底斯 你们全撒谎。

贵人一[26] 求请吾王要多多相信我们些:
我们一向很真心为王驾奔走,
恳请要垂念我们的忠诚;我们
跪着请,作为对我们过去和将来
恳挚的忠勤的恩赐,王上要变更
这意思,这是这么样骇人听闻,
这么样残忍,一定会造成恶果。
我们都跪下。

里杭底斯 我是随风飘的羽毛。
我可要活着,眼见这野种跪下来
叫我父亲?与其到将来诅咒她,
不如现在烧了好。可是,就这样;
让她活就是:她也不一定就会活。——
[向安铁冈纳施]你,阁下,这里来;你曾经和你那
接生婆令阃贵夫人,恁般怜爱地
喜欢管闲事,要救这野种的性命,——
因为这是个野杂种,正像这胡须[27]
颜色是花白的,毫无可疑,——你敢做
什么事,去救这小鬼的性命?

安铁冈纳施 任何事,
吾王,只要我做得到,宽仁责我做:
至少这么多:我将把还有的一点点
血液作赌注,来救这天真的婴孩:
任何事,只要可能。

里杭底斯 事情是可能的。
凭这柄剑起个誓,[28]说你将遵命而行。

安铁冈纳施 我遵命,王上。

里杭底斯 听着,要去做,——你注意!——
这里边任何一点你不做,不仅

你自己，你那长舌妇也准会丧命，
我们今番姑且饶了她。我命你，
作为我们的家臣，要把这女杂种
带起走，送到遥远荒僻的、远离
我们这邦疆的他方去，抛她在那里，
不再受顾惜，让她自己去卫护，
听凭天时的恩厚。因为她的来
是由于异常的运气，我秉着公平
命令你，你灵魂冒着险，身体负危难，
把她送到远处去，㉙那里偶然事
许给她哺乳，或把她了结。抱起来。

安铁冈纳施　我誓必将去这么做，虽然立即死
会比这仁慈些。来吧，可怜的娃儿：
让什么威显的神灵感应鸢鸟与
渡乌，㉚去做你的奶娘！狼和熊，据说，
把凶残放在一边，也曾经做过
同样的哀怜善举。吾王，祝福您
比这桩好事所应受的更加幸运！
而天赐的弘恩帮你奋战这凶残，
可怜的东西，被判要遭受抛弃！　［抱婴孩下。

里杭底斯　不行；我不来养旁人的孩子。

［仆人上。

仆　　人　　　　　　　　　　禀王上，
您派往灵坛的使节所遣返的报差
一小时之前已经到：克廖弥尼司
和第盎，已从台尔福安然归返，
都已经上岸，正在迅速到宫里来。

贵 人 一　可向您告慰，王上，他们的迅捷
超出了估计。

里杭底斯　　　　　他们去了二十三天：
赶得快；预示伟大的阿波罗立即
要这事的真相显露。预备好，列卿；

召集公庭法谳，我们好对我们
最不忠贞的御妻提出指控状；
因为，她既已被公开宣布了罪行，
她应有公平与公开的鞫审。她活着，
我的心对我将是个负担。离开我，
去计划布置我的命令。 [同下。

第二幕 注释

① Tyrwhitt：因此，我猜想，有这剧本的名称。Steevens 问道，孩子们都喜欢讲凄怆的故事，但是为什么一个凄怆的故事"冬天讲最好"？Malone 回答说，因为最适宜于那季节的阴郁。Cowden-Clarke 夫妇：这剧本的第一部分，——充满着使人发冷的猜疑、惨淡的冤枉，与冷酷的残忍，——与《冬日故事》这题名非常和谐；在剧本的后部，那青春美貌的温暖，年轻情爱的炽热，信心之復返，信义与忠贞之恢复，从死到生的复活，在诗情诗意上跟当时存在于外界的夏天的丰熟与季节的殷红翠绿正相融洽。

② Furness：曼密留诗是说"那里的"陪侍贵妇们，她们的切切笑语如蟋蟀之唧唧作声。这孩子在这整个剧景里的观察颇为成熟是有它的目的的。一个不这么早慧的孩子不会因他母亲受到了虐待而为之心碎。

③ 里杭底斯刚才已经说错过一次，想说"怜悯"而说了"诽谤"，且已经改正过来，说是"怜悯所使的"，不是"诽谤"所使的。这里他又说错了，想说"她不贞静贤淑"，如他前面所说的，而说成了"她贞静贤淑"，与本意正好相反。他这样语无伦次，表示他气急败坏，六神无主，懊恼紧张到了极点，非常可笑。

④ Lady Martin：候妙霓在一种昏迷状态中听着他的辱詈，直等到里杭底斯对那一圈惊讶诧愕的他的贵族们称呼她"通奸的淫妇"为止。这时候她愤激的抗辩跃上唇来。[但说到"坏蛋"这名称时]，她控制住了自己。"坏蛋"这名称不应和他——，他是她丈夫，而且是位君王，——连在一起，于是以较柔和的，但仍坚决的声调接着说道，"你只是弄错了，王夫。"

⑤ 原文"afar off guilty"，Heath 与 Johnson 都训为"在较远的程度上"，意即不怎样厉害。Furness 谓，"afar off"在结构上并不形容"guilty"。里杭底斯的心情不像是在分配罪名的程度。"Afar off"系指谁替王后作调停的；这样一个人，不论怎样跟事情无关，只要说话求情就会变得有罪。"But that he speaks"，Heatn，Malone，Furness 的解释相同，如译文。

⑥ 这里"good fools"是对她的伴娘们的怜爱称呼，正如黎琊临死前称呼他臂上已被绞死的考黛莲为"my poor fool"一样。后者我译为"我这可怜的小宝贝"。不过这里的凄恻之情要比那里略逊些须，虽然候妙霓自王后突降为狱囚，的确是身世沧桑之巨变。但这里戏剧上的需要与那里不同：这是一出喜剧，悲痛过度有损于后来的欢乐气氛，那时候要恢复过来会中了重伤似的隐痛在心，无可疗慰。

⑦ 原文这一行半在 Furness 之新集注本上列得有十四、五家注释，但没有一说真正解决了问题。Ingleby 谓，他想要"最后解决这问题"，并且说"keep one's stables"在莎氏当时是句稔熟的成语，意思是亲自守护自己妻子或情妇的贞操。Furness 取笑他

对这句"稔熟的"成语只举得出一个例子,而这例子——却普曼(George Chapman:1559? —1634):《万愚节》(All Fools)四幕二景,"你那守着你荣誉的马厩的妻子"——却并不能证实他的定义,另外他还转引了 Dyce 在他的《莎士比亚语汇》里所举格林(Robert Greene 1560? —1592)的《詹姆士四世》里"keep his stable"(守他的马厩)一语作例子,但那里的用意与这里所要解释的也并无相同之处。Furness 则云,他也有一个建议前人还没有说过,比他们的可以说不见得更荒唐可笑:那就是"stables"不光解作马厩,也可用来名牛栏,而牛是有角的,如同妻子不贞的丈夫那样。译者对这一行半有他自己的见解,那是这样的:安铁冈纳施说,假使王后不贞的话,我妻子也就不可能贞洁了,我的住宅我要把它改辟为马厩;至于我妻子,我将进进出出和她经常在一起,以便监护她使免出乱子。为什么要辟作马厩呢?因为养马可以出卖或出租给人家,那对于自己有利,即令牡马与牝马之间时常随便交接(如 Nicholson 所引亚里士多德的箴言所说,牡马与牝马是兽类中最多情的),那对于主人的荣誉却并无妨害。

⑧ 对"land-damne",Furness 之新集注本上汇录了二十三四家注释。Capell 解作"活埋",Johnson 训为"驱逐出境",Collien 校改作"lamback"而释为"揍"。Thorncliffe 云:四十年前有个老风习仍在 Buxton 这区域里流行。当任何诽谤者被察破,或任何通奸者被发现时,惯常是要当众揭发(lan-dan)他们的。乡人们当会在四乡从屋子到屋子挨户通知,吹号打鼓,或敲击扁锅与水壶。等到听众们聚齐时,犯罪者的姓名会被宣布出来,这就是他们被当众揭发("land-damned")。

⑨ Malone:我见到和感到我的耻辱,正如你,安铁冈纳施,现在感觉到我,当我这样对你时,以及你现在见到这些感觉器官,即我的手指。里杭底斯在这里当用手拉着安铁冈纳施的须髯,或手臂,或身体别的部分。

⑩ "Which... touch'd conjecture",Schmidt 解作"那(他们的亲昵)是引起了(touch'd)猜疑的最明显不过的事;"Furness 则谓,"conjecture"为主词;"touch'd"应释为"接触到",全行解作"那(他们的亲昵)是猜疑所曾接触的最分明不过的事。"译文从后者。

⑪ 古希腊台尔福城(Delphos,或作 Delphi)有阿波罗(Apollo,为太阳、音乐、诗歌、医疗、预言之神,又代表男性美)神庙,它的灵谕在古代驰名遐迩,到四世纪时才为罗马皇 Theodosius 大帝(346? —395)所制息。台尔福位于灵山巴乃塞斯(Parnassus,现名 Kastri)脚下,是希腊中部 Phocis 地区的一个城镇;莎氏在本剧三幕一景开头处把它误以为是个岛,当是与也跟阿波罗有关的 Delos 岛相混了起来。

⑫ Johnson:他在前面已声言过,说有个谋害他生命、篡夺他王位的奸谋,而候妙霓和包列齐倪思与喀米罗是串通一气的。

⑬ Furness:我能为这句话找到的唯一说明是,宝理娜不是真正在监狱里边,而只站在外面门首或进口处,爱米丽亚则请她进去或深入些。假使这说法不错,这剧景应不设置于(如在 Pope 以后的许多版本里那样)"一监狱"里边。把它放在一"监狱门首",我想要比较好些;狱卒说,"我去带领爱米丽亚到外面来,"这话听起来不像是他们都在监狱里边。况且,宝理娜的最初一句话,"把牢头禁子叫唤来",表示她站在监狱外面,叫唤他到入口处来。Capell,大体上有许多校订家从他,把这一剧景放在"监狱之靠外一室"内,这也许可以解释狱卒的话,但不大能说明宝理娜与爱米丽亚的话。译者按,九行前爱米丽亚对宝理娜说,"请夫人且到这房间里头来,"——这显示剧景既不在监狱大门外面,如 Furness 所言,也不在监狱靠外面的一室内,如 Capell 所云,而是在大门里面、二门外面的庭院里。爱米丽亚请宝理娜到院旁休息室内去

坐一下,她自己预备去禀明王后;剧景开始时宝理娜命侍从一人进二门去把狱卒叫出来,他出来后请她摒退侍从们,她当即吩咐他们退出了大门。这是禁闭王后的处所,非普通监狱,故环境比较幽静而宽敞,大门与二门之间有接待室,又大门上可以想象还许有传达,不过导演辞里没有提起。在初版对开本上,幕启时根本没有布景说明,只有"宝理娜、一侍从、狱卒、爱米丽亚上"一语。如此说来,Pope 所加剧景说明"监狱",我想倒是不错的,因为他并没有说是"监房"内(In a prison room),而监狱大门内、二门外仍是在监狱里边或门首,不能说在门外。景首"与侍从数人"的导演辞为 Hanmer 所加。

⑭ Furness:将远远超过他稚弱的年龄的情绪归给曼密留诗,里杭底斯是想把他的残暴对他自己说成是有理的。不能设想这样年幼一个孩子,不论在智力上怎样早熟,竟会懂得什么加给他母亲的真正的耻辱;所有他见到和领略到的只是他父亲的骇人的模样与残忍的凶暴,以及他母亲的悲哀;加在这上头的,是和他母亲完全相隔绝,于是他的童心碎了。

⑮ Collier:系指包列齐倪思;里杭底斯的思想自然会回到他身上,虽未说出他的名字来。Coleridge 在他 1812 年的演讲里,举此作为独白里写法适当的一个可佩的例子,那里心智从一件事跳到另一件事,不论两者之间怎样远,并没有明显的间隙;这一作用在这里是完全可以理解的,毋须提起包列齐倪思。国王是在自言自语,他的贵人们和侍从们则远远站着。

⑯ Furness:宝理娜刚才称王后是天真的;这"more free"乃指超过了仅仅的"天真"而言。这必然解作"更与她丈夫当作妒忌的根据的玷污毫无关系"。

⑰ "Humour",Schmidt 训"幻觉、怪想、心血来潮",Pierce 则解作"体液"(古医学认为人身内有四种体液,即血液、粘液、胆汁与忧郁液,四者配合得比例适宜则身体健康,某一种过多或过少即会招致疾病)。

⑱ 据 Edwards 的解释,"the worst"不是道德上最坏的,而是"最弱的",或"最不好战的",所指的乃勇武与战斗的本领。

⑲ 原文"mankind",Theobald 解作"大胆而男性的",仿佛她是个男人;Johnson 释为"强暴、凶猛、有恶意的",特别用来形容有胡须的巫婆;Dyce 在他的《莎士比亚语汇》里训"男性的、强暴的、泼悍的",Onions 在《莎士比亚词汇》里训"男性的、母老虎似的"。

⑳ Furness:这是说她替包列齐倪思与候妙霓拉纤,我们从宝理娜的机警干练的驳覆里可见到此点。

㉑ 贵妇巴忒兰(Dame Partlet)为欧洲中世纪讽喻诗《Roman de Reynard》里的一个角色,她是只啄老公的母鸡。故事的胚芽出自古希腊伊索与古罗马 Phaedrus 及 Babrius 诸家之寓言。主角是只狐狸,名叫累拿。中世纪时在西欧以此为写作题材的不止一人。十二世纪时即有一拉丁文本;法文、弗兰德(Flanders)文、德文本作于十三世纪;英文本是 Caxton(William C. 1422? —1491,英国第一个印刷家,又为翻译家)的翻译,且为其所自己印刷发行(1481)。乔叟(Geoffrey Chaucer,1340? —1400)所作《康德白里故事诗集》第十二篇《尼姑的教士的故事》(The Nonne Preestes Tale)里的"Dame Pertelote",便是一只帐里训夫的母鸡。

㉒ 黄象征嫉妒。

㉓ Wright 在他的剑桥本里记录得有位佚名者的推测,说安铁冈纳施这句话是句旁白。Furness 谓,他自己也独立地获致这一看法,且自信此说颇为可信;能增加它的力量

的是,里杭底斯随即重复他先前的命令,给人一个印象他没有听见安铁冈纳施说话。

㉔“就这样,这样”当是宝理娜吻别这娃娃公主,“再会了”是向她道别。对里杭底斯和贵人们,她说“我们去了。”

㉕对开本原文作“众贵人”,Rowe 校改为“贵人”,Capell 明定为“贵人一”。Furness 云,我们得承认,“众贵人”歌唱队似的齐声合讲这句话稍有点不自然。剑桥本里记录得有位佚名氏的推断,倒极可信以为真。那建议谓,众贵人先齐声说“我们能”,这样便可使他们的异口同声或我们的易信其然的负担不致太重。然后“贵人一”作为代言人,说完了这句子。

㉖Cowden-Clarke 夫妇:这是值得注意的,这个发言人的性格自始至终(从那段对王后满含骑士的忠诚和对国王满含勇敢的忠诚的话:“关于她,吾主,我敢将我的生命作注子,”等,二幕一景;一直到现在这恳挚的谏诤)被描绘得如此富于道德美,若在任何别的剧作家剧本里,它将有个名字与形象,作为一个重要人物;可是,以莎氏才华之丰富,以及精修就是剧中人物里最从属的脚色的性格之深心,它只在剧本里出现为“贵人一”。

㉗Halliwell:里杭底斯对安铁冈纳施很粗暴,可以设想他说到这里时揪着他的胡须。

㉘Halliwell:古时风习是按着剑柄的“十”字或凭耶稣的名字起誓,后者有时镌在剑刃顶上或剑柄圆球上。

㉙Walker:意即“她是一个异邦人的孩子”。

㉚Grey:暗指《旧约·列王纪上》十七章二至四节。按,乌鸦又名渡乌。

第　三　幕

第　一　景[1]

［西西利亚一城镇］

［克廖弥尼司与第盎上。

克廖弥尼司　那气候好宜人，空气无比的清新，[2]
岛上的地土肥沃，那神庙远超过
它所负广大的赞誉。

第　　盎　我会要禀报，
因为它吸引我，那些神圣的衣装，——
我想来我应当这样称呼它们，——
以及它们庄严的穿戴者的崇宏
之象。啊，那牺牲的献祭！供奉时
又多么仪礼端庄，肃敬，与超尘
而绝俗！

克廖弥尼司　但驾乎一切之上，宣灵谕
震耳欲聋的巨吼声，如同天神
弘雷之霹雳，那么样震惊我心神，
我感到渺小得如同无物。

第　　盎　倘使
这旅程的结局能对于王后有幸，——
啊，但愿它这样！——如旅程对我们
显见得这般神奇、愉快与迅速，

花在这上头的时间就未曾白费。

克廖弥尼司　但愿伟大的阿波罗化一切为祥和！
这些公告把罪名硬加在候妙霓
身上，我可不喜欢。

第　　盎　　　　　　　　把事情区处得
这么样暴烈，将会使真相见分晓，
或把它定论：当这灵谕(这般
经由阿波罗的长老密封在此)，
过天把内容显示出来时，那时节
当会有什么奇妙事忽然暴露。——
[向一侍从]去：换新马！祝愿有欢快的结局！

[同下。

第　二　景

[公堂]

[里杭底斯、贵人数人、公吏数人上。

里杭底斯　这公庭法谳，我们非常伤心地
宣布，简直穿刺到我们心头：
受审的当事者是位君王的女儿，
我们的妻子，最为我们所心爱。
让我们洗去暴虐的名声，既然
我们这般公开地来进行庭审，
这会要循序进行，一直到定罪
或释放。将罪犯提来。

公　　吏　吾王御旨命王后亲自来到庭。
肃静！

[候妙霓被解上；宝理娜与伴娘数人随侍。

里杭底斯　宣读起诉状。

公　　吏　[读状]"候妙霓，西西利亚王盛德的里杭底斯的王后，你在此被控犯谋反叛逆罪，具体的罪行是与波希米亚王包列齐倪思通奸，以及和喀米罗同谋企图行弑我们的主君王上你的王夫:这罪行的逆谋因被形势泄露了一部分,所以你,候妙霓,背弃了忠贞的臣民的忠义与信誓,怂恿且帮助他们,为安全计,夤夜逃遁。”

候 妙 霓 我所要申辩的既然不能不反驳
那对我的指控,而我一方的证辞
又只能出自我本人,由我说“无罪”
可说已不中用:我的清纯无辜
既被当作了欺骗,它定将,我要说,
被认为如此。但这样:倘上界神灵
能望见我们人间的行动,——他们会,——
我毫不怀疑,天真必将使诬指
脸红,使暴虐见容忍而颤抖。你啊,
王上,很知道,——但显得一无所知,——
我过去的生活多清纯、贞洁、精真,
正如我如今多不幸;这不幸,历史
举不出相似的先例,而现在却被
筹谋戏弄得供哗众取闹之用。
瞧我,往日御床上的俦侣,曾占有
扆座的半边,一位大君主的女儿,
一个前程无限大的王子的娘亲,
站在这里,在任何愿来听的人们
面前,喋喋不休地求生命,争清誉。
因为生命如今对于我不外乎
伤心,我甘愿轻易地将它舍弃:
至于清贞,我把它遗给子女们,
我对它不能含糊。我向你的良心
申诉,王上:在包列齐倪思来到你
宫中以前,我怎样得你的眷顾,
如何受之而无愧;自从他来后,
我有过什么样言谈举措,逸出了
礼让所允许的寻常交接的限度,

以致理应被当众指控为罪犯；[③]
倘使我丝毫超越了清贞的制限，
在行动，或在意向上倾向到那边，
让所有耳闻者的心对我变铁石，
让我的亲人们在我墓上叱“可鄙”！

里杭底斯　我从未听说过任何无耻的恶徒
脸皮会有那么厚，在事先去否认
他的行径，而不去先做。[④]

候妙霓　你这话
很不错；但跟我，王上，却毫不相关。

里杭底斯　你不肯承认。

候妙霓　说我曾经违犯过
超越了被认是我的过失[⑤]的非行，
我决不承认。关于包列齐倪思，——
我和他一同被控，我承认我爱他
以这样一种爱，它符合我这身份，
也符合他所须的尊敬；这样的爱，
只此而无他，正是你自己所命令，
不奉命，我想，在我当会是对你
和对你的朋友，等于抗命和负义，
他对你的爱，从他能说话就开始，
自婴孩时起，已对你充分表白过。
至于，你说到阴谋叛逆，我不知
那是什么样味道，虽然它如今
盛在盘盂中要我尝滋味：对这事，
尽我所知的来说，喀米罗是个
诚实人；为什么他要离去你朝廷，
天神们，知道得不比我多，也未知。

里杭底斯　你知道他离去，正如你也知道
他不在此间时节，你预备做什么。

候妙霓　王上，
你说的语言我不懂：我这生命

是在你幻想的射程之内，我将它
放弃。

里杭底斯 你自己的行动是我的幻想：
你跟包列齐倪思生了个野女儿，
而我不过在梦中见到她。你既然
浑不知羞耻，——你们有这般行径的
都如此，——所以你浑不知说句真话：
否认实事更为你所关心，但对你
没好处；正像你那野女儿给丢掉，
如她命运所应得，没父亲去认她，——
这件事，当真，是你，不是她，犯着罪，——
所以你定将身受我们的法律
裁制，在它那最宽和的进程之内，
不必去指望比死较轻微的惩罚。

候妙霓 王上，你这些恐吓，省了吧：你这
用来吓唬我的东西，我正要找它。
对于我，生命已没有一点安乐：
我此生欢乐之极致，你的爱宠，
我认为已丧失；我觉得它已消逝，
是怎样去的，则不知。我第二件乐事，
是我头生的孩子，我被禁跟他
相见，像是有恶疠。我第三件乐事，
她命运最颦蹙，她无比天真的嘴里
还含着天真的奶汁，从我这胸头
给拉走，且横遭凶杀：至于我自己，
在每根布告桩柱上被宣布为娼妓：
属于各色妇女的分娩后的权利，
因遭逢过度的痛恨而被剥夺：
最后，在我体力能恢复前，露天下，
被仓皇赶到此间来。现在，主君，
请告我，我活在人间有什么幸福，
会害怕去死？所以，请进行就是。

但还请听这个；莫误会我的意思；
不是生命，我重视它不及一根草：——
但为我的荣誉，那个，我要它无罪；
假使我将被判罪，只根据猜疑，
所有的证据都睡去，只有你的嫉妒
所催醒的为凭，我告诉你说，这是
淫威，并不是法律。列位贵人们，
我向神谕提申诉：阿波罗大神
为我宣判！

贵人一　　这请求完全合情理：
因此上，以阿波罗之名，宣布神谕。

［公吏数人下。

候妙霓　俄罗斯大皇帝是我的父亲：啊！
但愿他还活在人间，到此来看他
女儿受审讯；但愿他只要能见到
我这极度的悲惨；而且以怜悯，
不要以报复的心情和眼光来看！

［公吏数人引克廖弥尼司与第盎上。

公吏　你们两人将按着这公审的法剑
宣誓，说你们，克廖弥尼司与第盎，
都曾到过台尔福，从那里带回来
这通密缄的灵谕，伟大的阿波罗
座前的祭司所亲手授与，而且
你们不曾敢开启这神封，没读过
内中的秘密。

克廖弥尼司、第盎　　对于这一切我们都
宣誓。

里杭底斯　　打开了封缄，宣读。

公吏　［宣读］"候妙霓贞洁；包列齐倪思无辜；喀米罗是个忠实的臣民；里杭底斯是个嫉妒的暴君；他纯洁的婴儿是他的亲生；国王将没有胤嗣，倘若失掉的没有去寻得。”

众 贵 人 伟大的阿波罗,我们赞颂他光荣!

候 妙 霓 赞颂!

里杭底斯 你当真读了灵谕吗?

公 吏 当真,

吾王;读的正是在这里写下的。

里杭底斯 这灵谕所讲并非真话:这庭审

将继续进行:这完全是一派胡言。

[仆从上。

仆 从 君王吾主,禀王上!

里杭底斯 有什么事情?

仆 从 啊,王上!我禀报这消息将遭到

痛恨:您的王储小殿下,只为了

思念母后的命运,为了她担惊,

是去了。

里杭底斯 怎样?去了?

仆 从 是死了。

里杭底斯 阿波罗

在发怒;天神们对我的不公在行施

打击。 [候妙霓昏厥。]

什么事,那边?

宝 理 娜 这消息对王后

夺了她的命:——望下边;瞧吧,死神

多凶残。

里杭底斯 抬她走:她的心只是承载

过了度;她还会苏醒:我太相信了

我自己的猜疑:请你对她温和地

施用些救生的药剂。——

[宝理娜与伴娘数人舁候妙霓下。

阿波罗,要请

原谅我对你灵谕的莫大亵渎!

我要跟包列齐倪思言归于好,

向我的王后重复求情，召回那
良善的喀米罗，我此刻正式宣称，
他是个忠真仁爱的好人；由于
被我疯狂的嫉妒所疾卷而去，
一心想流血报复，我选中喀米罗
作我的爪牙，要毒死包列齐倪思：
这事若非喀米罗的好心延缓了
我急疾的命令，早已经大错铸成；
虽然他做与不做，我用死、用酬报
威胁利诱他：可是他，仁善异常
而又富于光荣感，对我的宾王
显露出我的权谋策略，捐弃了
他在此间的、你知道很大的财产，
宁使他自己肯定冒一切的风险，
只除荣誉外别无财富：便这般，
他如何透过我的黄锈，闪耀青光！
而他的美德，怎样使我的行径
显得更黯黑！

［宝理娜上。

宝 理 娜 惨痛，唉哟，恶时辰！
啊，拉断这衣绳，⑥否则啊，我的心，
迸断它，会把它自己一同迸破！

贵 人 一 这是什么激情在爆发，好夫人？

宝 理 娜 你有什么计谋好的酷刑啊，凶王，
来镇我？什么刑轮？脱肢架？火焚？
什么剥皮与抽筋？油镬里煎熬，
流铅中沸滚？我得受什么旧有
或翻新的荼毒，如今我这每句话
都该挨受你的惨虐？你的凶暴，
跟你那忌妒配合着相成而作恶，
这忌妒，嗳呀，这些幻想，太愚蠢，
男孩子决不会有，太幼稚荒谬，

满九岁的女孩也不可能有,啊!
去想吧,它们闯下了什么祸根,
然后去发疯,去暴乱癫狂去吧;
因为你过去所干的傻事,相形下,
都不过是些须微末。你图谋坑害
包列齐倪思,那不算什么,仅仅
显示出你是个傻瓜,⑦喜怒无常,
把敌友恩仇来个大混账;你企图
毒害喀米罗的清操美誉,⑧要他
去杀死一位君王,也不算了不起;
这些罪辜都还是不足道,远较
骇人的却还有:其中我把你抛弃
女儿孩婴给老鸦去喂养,还当作
不算一回事;虽然纵令是魔鬼,
下得这样的辣手前,燃烧的眼睛
也会先流泪:⑨年轻的王子的死,
这件事也不能要你直接去负责,
他那可敬的思想,——年纪恁稚幼,
思想恁高超,——坼裂了那颗童心,
当它想到了鄙野愚蠢的严亲
竟会污辱他尊仰的慈母:这不要,
不,叫你来认账:但是那最后的,——
啊,大人们!等我说过后,你们
都得叫"惨痛"!——王后,王后,最可爱
最可亲的人儿已经死,而上天的报应
还未曾降落。

贵 人 一 上界的神灵们不让!

宝 理 娜 我说她已死;我发誓:如果说话
咒誓都没用,你们自己可去看:
若是你们能使她的嘴唇回红,
或眼睛再亮,身上有暖意,或内里
有气息,我将侍奉你们好似我

侍奉上界的天神们。可是你，啊，
你这暴君！你莫为这些事悔恨，
因为它们太沉重，你所有的悲痛
休想动弹得它们分毫；因此上，
只能预备去绝望，只此而无他。
一千次长跪，一万个年头，无休
无止，赤着身，饿着斋，在光石山头，
永远是隆冬，风雪横飞没尽期，
也不能促使天神们怜悯，使他们
移动目光向你望。

里杭底斯　　　　说下去，说吧；
不可能说得太多：我应受一切人
最苛刻的谴责。

贵人一　　　　不要再说了：不管
事情怎么样，你出言过于放肆，
对君王有违犯。

宝理娜　　　　我为此感到抱歉：
我所犯一切过误，当知道它们时，
我都懊悔。唉呀！我过于呈露出
一个女人的鲁莽：他高贵的心情
感动了。过去的事情没法补救的，
应当不再去悲伤：别生受痛苦，
我请求；我恳愿您对我加以责罚，
是我提醒了您理应忘记的事情。
如今，我的好主君，君王我主啊，
请您宽恕一个傻女子：我对您
王后的心爱，——瞧，我又在发傻了！——
我将不再讲起她，和您的孩子们；
我将不叫您记起我自己的夫君，
他也已完了：保持您心地的平静，
我将不再说什么。

里杭底斯　　　　你说得却很对，

尽是些真话,我听来要比你可怜我
有劲得好多。请你和我到我王后
和儿子的尸体那里:他们将葬在
同一个墓中:墓上将竖起碑铭,
把他们的死因敷陈,我的耻辱
将永志不渝。他们长眠的小教堂
我一天去瞻望一次,我在那厢
流的泪将会恢复我心神的健康:
只要我身体能支持这个礼拜,
我起誓我每天习常要去。来吧,
领我去茹悲饮痛。　　　　[同下。

第 三 景[10]

[波希米亚。[11]近海之荒野]
[安铁冈纳施抱婴孩。与一水手上。

安铁冈纳施　那么,你完全有把握,我们的船
是挨着波希米亚的荒野靠的岸?

水　手　是啊,老爷;还担心俺们的拢岸
时候不大好:天公颜色多吓人,
马上要有大风暴。凭俺良心讲,
老天爷对俺们手上的娃儿在生气,
跟俺们在皱眉。

安铁冈纳施　　　　愿天意能得完成!
你去,回船上;小心着你的船儿:
我不久就回来跟你打话。

水　手　　　　　　　　请尽快,
不要往里边走得过远了:这天气
像是要有大风暴;而且,这地方
闻名有呆在它地头的毒虫野兽。

安铁冈纳施　你去:我马上跟着来。

水　手　　　　　　　　我衷心乐意

这样了结这件事。 [下。

安铁冈纳施 可怜的娃儿，
来吧：我听说，但不信，死人的鬼魂
会到世上来：若是真的话，你妈
昨夜对我显了灵，因为从没有
做梦像这般跟醒时一模一样。
朝我来了个人儿，她有时把头
侧向这一边，有时侧向那一边；
我从未见那个泪人儿这么悲哀，
这么样热泪盈眶，泣涕涟涟痛：[12]
她一身缟素的长袍，好清真圣洁，
行近我躺着的船舱，向我三鞠躬，
喘息着正要开言，她两眼变成
一双水龙头：那火性过后，她立即
这样开言："亲爱的安铁冈纳施，
既然命运，违反着你的好情性，
根据你发的誓，叫你做了扔掉
我可怜的娃儿的人，在波希米亚
有的是遥远的地方，那里你可以
前去，[13]把这哭着的孩子丢下来；
并且，因为这娃儿是当作永远
没有的了，我请你叫它裒笛达：
为了这件不仁的勾当，我夫君
加在你身上，你将永远不再见
你的妻子宝理娜：她说到这里，
几声尖锐的绝叫，蓦地不见了。
惊骇得厉害，我渐渐恢复了平静，
心想果真有这事，并不是梦寐。
梦境是虚幻事；可是这一遭，是啊，
我要迷信一下子，作这般想法。
我信候妙霓已经丧生；而按照
阿波罗的神意，这姑娘确是国王

包列齐倪思所生，她应当被抛在
这地方，随她去活或去死，在她
生身父亲的土地上。小花朵，祝你
幸运！ ［置婴孩于地。］
躺在那里；那是你的身份：[14]
那里是这些； ［置包裹于地。］
你运气好的话，这些
可能帮着叫有人哺养你，小宝贝，
而还是归你所有。风暴打来了：
可怜的小东西！为了你妈的过错，
你要这般身受到抛弃，和所有
跟着来的一切后果。哭泣我不能，
可是我的心在殷殷作痛，我又且
痛苦到极点，起了誓不能不做
这件事。再会！天色越来越黝暗：
你许会有支太粗暴的催眠曲子。
我从未见过白天这么暗。野兽
在号叫！但愿我安全回到船上！
是只给赶打的野兽：[15]我这可完了。

［下，被一大熊所追逐。

［牧羊人上。

牧羊人 我但愿十岁[16]跟二十三岁中间没什么年岁，或者年轻人把那段时光一觉睡掉；因为在那些年头干不出什么事情来，只除了叫女人生小孩，跟老年人过不去，偷东西，打架。此刻你且听！这样的天气除了十九、二十二岁热昏了头的家伙以外，还有谁打猎？他们把我两头最好的羊吓跑了；我恐怕狼倒要比主人先找到它们；我若在哪里找得到它们的话，准是在海边，在吃常春藤。好运道，假使天意要如此！这是什么？天可怜见，是个娃娃；好漂亮一个娃娃！[17]是个小子还是个姑娘，我倒奇怪？美，美得很；准是什么罪过：我虽然没有学问，可瞧得出是贵户人家的伴娘犯的罪过。这是什么楼梯上的活儿，什么箱子上的活儿，什么门背后的活儿；他们生她出来的可比这可怜东西在这儿要暖和呢。可怜她，我要把她抱起来；可是我且待一下，[18]等我儿子来；刚才只一会儿，他还在叫应我呢。喂哟，喂，哟嗨！

［小丑上。

小　　丑　嗨哟，嗨！

牧 羊 人　什么？你来得恁近了？你若是想看件东西，好给你去唠叨个没完，直讲到你死掉，烂掉，到这儿来。有什么难受，人儿？

小　　丑　在海边，在岸上，我看见了两桩这样的怪事！可是我不说这是海，因为那是天：在天跟那东西之间，你插不下一个钻子尖。

牧 羊 人　哎也，孩子，怎么回事？

小　　丑　但愿你只要看到它怎样发怒，它怎样狂暴，它怎样冲打岸滩边！但那可不是我的话头。啊！那些可怜的人儿叫得多惨；一会儿看到他们，一会儿不见；这下子那船儿把它的主桅戳穿月亮，跟着就叫泡沫飞白吞了下去，仿佛你把个软木瓶塞扔进只大酒桶里似的。再来说岸上的营生：[19]眼看着那只大熊怎样把他的肩膀骨拉出来；他怎样对我叫救命，又说他名叫安铁冈纳施，是个贵人。可是，来讲完那条船怎么样：眼看着海水怎样吞了它下去：可是，首先那些可怜的人儿怎样呼号着，而海浪嘲笑他们；还有那可怜的贵人怎样呼号着，而那头大熊嘲笑他，他们两下子吼叫得比海浪、比风暴还响。

牧 羊 人　天可怜见！这是什么时候，孩子？

小　　丑　现在，现在；我看到这些景象以后还没霎过眼呢：那些个人儿在水底下还没冷，那大熊也还没把那贵人吃上半顿饭：它现在还在吃。

牧 羊 人　但愿我在近边，好救那老人家[20]一命！

小　　丑　我但愿你在那条船儿近边，才好救它：那里你的善心可没地方立脚。

牧　羊　人　惨事！惨事！但你瞧这里，孩子。如今要恭喜你自己：你碰见的是死去的东西，我碰见的是新生的东西。这儿给你看件好东西；你瞧，一个乡绅人家的孩子穿的抱衣！[21]你瞧这里：抱起来，抱起来，孩子；把它打开。就这样，我们来看：人家告诉过我，我要靠神仙们发财：这是什么仙家的掉包娃儿。[22]——把它打开。里面是什么东西，孩子？

小　　　丑　你是个发了财的老头儿：你年轻时节的罪辜若是叫饶恕了你的话，你是会有好日子过了。黄金！全是黄金！

牧　羊　人　这是仙家赏的黄金，孩儿，事情将会见得当真如此：抱起来，小心守护着它：回家，回家，走下一条路。我们运气好，孩子；要永远这么着，用不到别的，只要保守秘密就是了。我的羊儿，让它们去吧。来，好孩子，打下一条路回家去。

小　　　丑　你带着找到的东西走下一条路去。我要去看那大熊可离开了那贵人没有，它吃掉了多少：它们从不伤人，除非饿狠了。若是他还有给吃剩的部分，我去埋了它。

牧　羊　人　那是件好事。你若见到有什么他给吃残的部分还认得出他来，领我去认认他的模样。

小　　　丑　凭圣处女，我准会；你定得帮着把他埋进地里去。

牧　羊　人　这日子运道好，孩儿，我们今儿要做点好事。

［同下。

第三幕　注释

① Theobald 认为这一景应为第二幕第四景。在二幕三景 195 行，他说，我们得知克廖弥尼司与第盎已从台尔福回来，但在本景廿一行，他们还没有回到宫里，而正在要新鲜驿马去赶最后一程路；可是下一景一开始，审判王后的公庭就已经开设，它的定谳要等神谕的回答。这就把剧中的动作赶得太仓猝了；而此外，为安放长椅以及布置其他形式(那是表演一个公庭所不可缺少的)，一个幕间的间隔是绝对需要的。Halliwell 则以为，这一景显然发生于台尔福，在克廖弥尼司与第盎到了神坛之后不久，

至于提到行程的可喜的结果，那是在讲完成他们使命的目的，不一定包括回到西西利。可以假定神庙离海边有一段路，而他们须要新鲜的马匹，不是为在西西利的最后行程用，而是为迅速赶回船里去。克廖弥尼司开头的话似乎确凿地表示，这剧景是在神庙相近处。

② 原文"sweet"，Schmidt 在《莎士比亚辞典》上解作"柔和(对于触觉)"，殊不可解。《麦克白》一幕六景第二行用"sweetly"如下：

"the air
Nimbly and sweetly recommends itself
Unto our gentle senses."
活跃而清新的空气爽人心脾，
使我们感觉得舒畅。

这里的"sweet"跟那里的"sweetly"用意完全相同，故宜译为"清新"或"新鲜"。

③ 原文此句过简(疑有脱漏)而晦，译文从 Halliwell 与 Dyce 所解。

④ 原文这一句，据 Johnson 说将"wanted"代以"had"，"less"代以"more"，以符合近代英语的习惯后，可直译为"我从未听说过任何这些更无耻的罪恶有更厚的脸皮去否认它们的行径，而不去先做。"但这样，不论在现代英语里或在译文里，仍不够显豁。问题在于太抽象：所谓"罪恶"，实际系指犯罪者——这样以抽象的概念代表具体的实事，在莎氏作品里极为普遍。译文据此原意稍作改动，以求紧炼明净。

⑤ Pierce：此过失系指"我对包列齐倪思的天真无邪的好客待遇"。

⑥ 原文"lace"，Schmidt 解作"绠绳"，Onions 训"妇女缚扎紧身上衣的细绳"。译者按，宝理娜讲这两行时，应作剧烈挣扎紧身衫上的绳子的姿势，并作苦痛的表情，故贵人一问她，"这是什么激情在爆发，好夫人？"

⑦ 原文"of a Foole"，Theobald 认为不妥，应稍作校改，易"foole"为"soul"。若从他这一说法，本行当作"显示出你是个喜怒无常的人"。他的理由是，虽然宝理娜或许会指摘国王过去的有些动作与行为是愚行，但干脆叫他傻瓜肯定是太鄙野粗鲁了。而由她去非难他的品行，责备他的心地脾气，要远较粗鲁地当面叫他白痴为较可原谅。Johnson 则谓：可怜的 Theobald 先生礼数周全的评语不能被认为值得去多加注意。Halliwell 云，这只是句法习惯问题，当时"of a fool"简单作"愚蠢的"解。Dyce 相信 Theobald 的改动是错误的。Coleridge：我信"fool"是莎氏的手笔。第一，我的耳朵感觉到这是莎氏风格的本色；第二，文法结构上的旋绕是莎氏的真面目；——"显示你，本来已是个傻瓜，叫喜怒无常更增加了你的傻气"；第三，那改动呆板乏味，毫无莎氏气质可言。至于这辱骂的鄙野——没有几行以后她又叫他"鄙野而愚蠢"。

⑧ Malone 问道：宝理娜怎么会知道这事？没有人指责过国王这一罪恶，只除了他自己，而当时宝理娜并未在场。Halliwell 答道：我们必须假定她得知此事是在喀米罗和包列齐倪思一同离开宫中前告诉她的。喀米罗是与宝理娜相识的，这一点在第五幕里有暗示。

⑨ Steevens：一个魔鬼做这样件行动前，也会对被打入地狱的鬼魂们洒怜悯之泪。Cowden-Clarke：从燃烧的眼睛里掉眼泪。

⑩ Hudson：须要注意，这剧本可以分成两部分，它们被一轴可喜的艺术上的机杼巧妙地交织成为一体。第三幕最后一景不仅结束了前面三幕里的动作，而是经由一个适切不勉强的推移，开始了后面的两幕；这戏剧的两个部分，经过这样在前一部分之终与后一部分之始介绍了老牧羊人和他的儿子，便被顺溜地结合到一个绵延不断的整

体的统一里来。这个自然的安排免了我们的想象被什么贲张的或突兀的时间上的大缺口所扰乱，尽管那两部分之间介有好多年时间。

⑪ Hanmer认为"波希米亚"是个不可原谅的错误，是莎士比亚不可能闹的笑话；在他的校刊本里，所有的"Bohemia"一律被更改为"Bithynia"(别昔尼亚)。他的理由是，莎氏从葛林的小说里取来的人物都已改过了名字，"波希米亚"当已改为"别昔尼亚"，但为无知的手民恢复了原来的错误面目。Furness谓，这一假定与事实不符。班·庄孙(Ben Jonson, 1573? —1637，戏剧家，莎氏友人)有一次到苏格兰，在威廉·偏勒孟(William Drummond of Hawthornclen, 1585—1649，诗人)家里作客三星期，后者记录得有他的谈话。这记录在莎士比亚学会有重印本，关于波希米亚，班·庄孙的话有云，"莎士比亚在一个剧本里表演得有些个人自己说曾在波希米亚遭到破舟，那里在一百英里之内可没有海。"这谈话发生于1619年，而据我们所知，《冬日故事》在1623年之前没有出版过。所以庄孙所说当不是见之于书本上的；他一定听到在舞台上有人说起"波希米亚的海边"，或者(这也是可能的，但不见得)，他读到过稿本。学者诗人们Capell, Farmer, Tieck(德文名译本译者，诗人)与Collier多方设法为莎氏辩解掩饰，这里不一一介绍。Furness又引1811年一月号《每日杂志》所载佚名氏的短志，说中世纪时"……一个大帝国的附庸往往从政府所在地得名；所以一条开往阿基利亚(Aquileia)或屈利埃司忒(Trieste)的船，在十三世纪中叶，可以被说成是开往波希米亚的，没有舛错。《冬日故事》里的破船，在地理上没有破绽。"von Lippmann又引一例证，说十五世纪时有人把"Apulia"称为波希米亚，所以可以断定，距葛林与莎士比亚不久前，意大利东南海岸被叫作波希米亚。

⑫ "So becomming"(这么合适)，Collier(从他所用的一本二版对开本，上有一佚名氏的注解与校改)校改为"So o'er-running"(这么流泪泛溢)。在这样的形景下还要欣赏眉目之美，太不近情理；正如Furness所言，在两三行后安铁冈纳施即说起这幻象的没抑制的痛哭，说她两眼变成一双水龙头。

⑬ Collier本(从佚名氏之校改)作"There wend"(到那里去)，译文从它。对开本作"There weep"，可译为"那里你自己流着泪"；但安铁冈纳施丢下孩子时是否流着眼泪要候妙霓来预先吩咐，似极勉强。

⑭ Staunton：有些隐语与"裒笛达"这名字，凭它们这孩子将来也许可被认识。

⑮ "A savage clamour!"可译为"有野兽在嗥叫!"但猎捕野兽时，野兽多半不会嗥叫，只会飞奔逃走，会嗥叫的是猎狗与猎人。Johnson：叫声是狗的吠声与猎人的叫声；他随即看见一只熊窜上来，便叫道，"这是在打猎"，或者，是只被赶打的野兽。

⑯ "十岁"，Hanmer未加说明改为"十三岁"；Capell从他，并解释道，"因为要捣所埋怨的有些乱子，十岁似乎太早。"剑桥本编者Clark与Wright谓：假使[付印的原稿或抄本]是用阿拉伯号码写的，"16"要比Capell所建议的"13"更可能被误为"10"。此外，十六岁要显得比十三岁更符合上下文的意思。Guildemeister建议"19"，因为老牧人在不多几行以后自己说起十九岁。Deighton不赞成改动，说十岁代表极度稚幼顽皮，十六岁就不然了。

⑰ Furness：除Capell与White外，从Rowe到Dyce的每一位校刊者在这两行以后都实质上加上这样的导演辞："抱起小孩"，没有注意到六、七行后牧羊人说，他要等他儿子来了才抱她起来；可能，孩子被真正从地上抱起来是在老牧人叫他儿子抱她起来时(四十六、七行后)。很不见得老牧人听他儿子讲那破船的经过时，会抱着小孩站着。

⑱ Furness:这可以解作,当然,“我要抱起这娃娃,等我的儿子来”,但也可以解作“我要把她抱起来,——可是,不,——我要等我的儿子来”。见上注。

⑲ 原文“land-service”(陆上服役)意即“military service”(陆军兵役),和他刚说过的“naval service”(海军兵役),即舟破人亡,成对照,是句开玩笑的话。

⑳ 牧羊人称安铁冈纳施是个老人,引起了学者们好些争论。White:莎士比亚知道安铁冈纳施是个老人,但牧羊人并不知道。这是莎氏戏剧里作者自我突出之唯一类型的标本。Dyce:这是我们的作者的一个疏忽。

㉑ Percy:抱婴孩到教堂受洗时用来罩在孩子身上的一件比较讲究的小衣裳或一块布。

㉒ 据民间传说,神仙们会把个丑孩子来掉换人家刚生下来的美孩子。Furness:这里这个“掉包娃儿”是个被偷走的俊娃儿。

插　　景

[“时间”老人，作为歌舞者，[①]上。

“时间”老人　我叫有些人高兴，把大家来考验，
好人和坏人见了我都会开欢颜，
又会生恐惧，错误由我生，又可以
由我来暴露，如今我用我的名义，
展翅作长飞。莫以为我疾疾飞翔，
一溜就过了十六年，不让那漫长
岁月里的生发滋长引起人注意，
是一桩罪过；因为我有的是权力
去推翻规律，[②]又能在同一小时中
将习俗[③]树立了起来又摧毁一空。
让我跟往常一样，那时候还没有
最古老的秩序，也无近今的时猷：
我曾亲见到它们被采纳；且将要
看到目前最新鲜的事情有朝
一日从此刻的光辉变成为腐臭，
正如这故事和它相形下已陈旧。
在诸君宽许之下，我来把沙钟
倒过来，使我搬演的戏文里遭逢
列位睡眠时所发生的事故。暂且把
里杭底斯——愚蠢的妒忌使他
伤心得幽居而独处——在旁抛一抛，
想象我，亲爱的观众，此刻已经到

明媚的波希米亚来；并且请记住，
我说有位叫弗洛律采尔的王储；
我还要急急说起裒笛达，她如今
已长得窈窕淑美，一见使人惊：
她将怎么样我不想在这里预言；
等我有消息到来时再来搬演。
一个牧羊人的女儿，和跟她身份
相适合的一些后事，是我的话因。
请诸君准我把情节来这般推移，
若你们曾看过比这还要坏的戏；
若不曾看过，我“时间”得对列位说，
我切愿你们眼福再不会这么薄。　　　　［下。

插景　注释

① Hudson在此关键处瞻顾前后，概论全剧云：在前三幕里，剧本的兴趣主要是悲剧性的；剧景里挤满着事件；动作急促，突兀，几乎是阵发性的；风格迫切而劲厉，以简短、有筋力的笔触一点复一点地闪耀而出；一切都只是迅疾与火速；由于国王疯癫的愤怒，王后庄严的惨怛，廷臣们一心回护她的热诚，以及国王对他们、对她的强暴，人们心神为之忐忑不安；这一切，若继续到剧终，更会在思念里产生一阵动乱和骚扰，却不会引起这剧本的题目所允予人的内心音乐；且不说这延展的行动急促会最后变成单调与累人。剧本的后半部完全相反。这里，对于一个漫长、舒徐的冬日黄昏颇为适切的预期可以完全得到满足；整个效果是抚慰而使人平静的；那调子，蘸在甜蜜里，轻轻地落在耳上，使人心神宁谧而谛听而冥想；这便使这剧本，如考勒律其所描写它的那样，“绝妙地应和这题名。”看来，当真，在这些个剧景里，诗人特别努力于产生多么静谧的效果，而不致脱离戏剧的形式。为这一目的，他为思念供应了安休之点；用音乐性的淹留与抒情乐章的段落，停止或延滞了剧情动作，且嘘息进诗的和谐的最醇熟的旋律，直等到眼睛“被美的魔力所安稳定”，而心神里的一切动乱都被情绪浓烈本身所化为静穆。

② 在古希腊戏剧里，“xop'os”(chorus)为一队载歌载舞的歌舞者或其唱词，歌唱与舞蹈时排列成环形，身份与剧中人不同，持“命运”或“时间”之口吻，词意多半超然于戏剧故事之外而为针对剧情之叙述、评论或感慨。在后世欧洲戏剧里，“chorus”为类似之歌舞队或担负此种职能之单人。Heath：我相信，从用字遣词之枯燥乏味与情思的贫困来看，这歌舞者的台辞是伶人们的添插，非出于莎氏手笔，White亦谓：在“时间”作为歌舞者的台辞与本剧韵文的其他部分之间，风格上几乎不可能有更大的差距。前者直接，简单，采用最普通的词语并应用它们最普通的涵义，但萎靡无力而枯窘乏趣，韵文节奏极勉强而拙劣；后者则缭绕繁复，用插句颇多，有它独特的词汇，但情思与表现都华美富丽，且完全不被韵文形式所拘束。这歌舞者的台辞我信非出于

莎氏本人之手。它和他一生任何时期的作品并无相似之处。接着,White又把这歌舞者的台辞跟《风暴》里的“终场辞”及《亨利八世》里的“开场辞”相比,说任何对韵文节奏有敏感的人都会觉得它们出于同一人之手,而那可不是莎氏自己。以前的校订者们猜想《亨利八世》的“开场辞”为班·庄孙所作,但从不断的跨行所产生的拙笨与支离灭裂的节奏看来,几乎可以说它们都是察普曼(George Chapman,1559?—1634,诗人)一手所写。Hudson亦认为风格与韵律两俱拙劣,不像出自莎氏之笔。译者对以上数说完全有同感,不懂为什么Capell与Stapfer二人独持异议。作为对一般观众的一个解释,用以从前三幕过渡到后两幕里去,跨过其间相距的一跳十六年,本景虽似乎不一定要删掉,但是它含义凡庸,情思枯涩,文辞拙劣,音节鄙陋,实一无可取,恐班·庄孙与察普曼也不会写得这样低能。在有些版本里,第四幕从这一景开始。在这里,本景不作为第四幕第一景,而作为附在第三幕后面的三幕与四幕之间的一个插段或短戏(interlude)。

③ Johnson解“法律……习俗”云:“时间”的推论不大清楚;他似乎在说,他已经破坏过许多规律,如今可以再破坏一条;他什么东西都介绍过,如今不妨介绍裒笛达在她十六岁的那年;他并且请求他能跟往常一样,那时候还没有任何秩序或事物之承续,不论是古代的还是近世的,去区分他的时间段落。

第　四　幕

第　一　景

［波希米亚。包列齐倪思宫中一室］

［包列齐倪思与喀米罗上。

包列齐倪思　我请你，好喀米罗，莫再执意要求了：任何事不答应你，都使我难受；答应你吧，简直是要命。

喀　米　罗　我离开宗邦到现在已十六年①了：虽然我大部分时间在外邦生活，但我愿意把骨头埋在家乡。而况那后悔的君王，我的故主，还在找我回去；我也许能把他由衷的悲伤减少些许，这是激发我离开的另一个原因，除非我把自己估计得太高。

包列齐倪思　既然你爱我，喀米罗，现在离开我就是抹掉你以往对我的所有的勤劳。你自己对我这么好，已经使我少你不得：与其要这样失掉你，倒不如当初不曾有你。你替我办了旁人不经你协助所不能充分办妥的事，你便得待下来亲自把它们推行出去，若不然你就得把已经做下的勤劳也一起带走；你这些辛勤若是我过去酬谢得不够，——事实上我是不可能酬谢得充分的，——我将会想方设法如何来对你表示更多的谢意，而这么做对我自己也有好处，友谊会产生友谊。②关于那个凶煞之邦西西利亚，请你莫再提起了，说到它我就会受刑罚似的回忆起那个如你所称呼的、已悔悟并跟我们重新和好了的王兄；他丧失他那最宝贵的王后和儿女，一提起就会叫我们伤心。告诉我，你什么时候见的储君吾儿弗洛律采尔？君王们看见儿女不肖，或德行高超而又失掉他们，同样地不幸。

喀米罗　王上，我见到王储还在三天以前。他高兴去做什么事，我不知道；可是我想念着他而注意到，他近来不常在宫里，而且不像以前那样经常练习符合他储君身份的功夫。

包列齐倪思　我也注意到这些，喀米罗，而且用了心；以至叫手下人看顾着，他为何如此形影萧疏；我得来的消息是，他踪迹不离一个极简朴的牧羊人家里；那个人，他们说，本来一无所有，而且出于他的邻居们意料之外，近来可变得暴富起来了。

喀米罗　我听到过这样个人，王上，他有个了不起的女儿：她的声名传扬得那么四远皆知，人们都想不到会出自这样个茅舍人家。

包列齐倪思　那也是我收到的消息里的一点；可是，我担心，把我们的儿子钓去的是那只鱼钩。你要陪伴我们到那地方去；那里，我们将不露我们的形相，跟那牧羊人谈些话；从他的愚蠢里，我想来要得知我儿子为何时常去，不会有困难。请你和我一同去做这件事，把西西利亚的念头放过一边吧。

喀米罗　我愿意遵从尊命。

包列齐倪思　我顶好的喀米罗！——我们得化了装去。

［同下。

第二景

［牧羊人茅舍附近一行道］

［奥托力革厮③歌唱着上。

“水仙花的朵儿开始在显眼，

还有那，嗨！浪姑娘在溪谷里，
哎也，这年头的甜头露了脸；
红血关身，叫寒天的白血避。④

“漂白的床单儿晾在篱笆上，
还有那，嗨！小鸟儿唱得多美！
把俺的虎牙儿⑤惹得活痒痒；
一夸脱老麦酒给国王喝都配。⑥

“听那百灵鸟，得儿儿地尽啭，
还有那，嗨！画眉儿和樫⑦鸟，
夏天唱给浪姑姑听，还有俺，
当俺们躺在草堆里相搂抱。”

俺侍候过王太子弗洛律采尔，有个时候穿过三毳天鹅绒；⑧可是现在俺已经不再侍候他了。

“好人儿，俺可要为那事伤心？
白苍苍的月亮夜里照得亮；
当俺到处晃，东找找来西寻寻，
那时节路走得对头，快进港。

“补锅匠若能到处跑，找活计，
背扛着那只猪皮的大口袋，
那俺尽可以讲讲俺的手艺，
便戴上脚枷公开说也不碍。”

俺的买卖是床单；鹞鹰做窠时，小心你们的小件衣衫。俺老子叫俺奥托力革厮这名儿；他跟俺一样，是在妙手空空儿老祖师牟陶莱的星宿照耀下生下来的，也是个攫取人家不留神的小东西的好手。托赖骰子和窑姐儿，俺弄到了这身漂亮衣服；俺的经常收入是小偷小摸。害怕上绞架,挨拳打脚踢,俺吃不消大路上的买卖:挨揍,挨绞索,俺骇怕:身后怎么样,俺睡觉把它睡掉,不去想它。中了彩!中了彩!

[小丑上。

小　　丑　我来看:每十一头阉公羊好剪二十八磅毛;每捆值一镑几个先令:一千五百头剪下来,那羊毛一共值多少?

奥托力革斯　[旁白]若是机关灵的话,这只山鹬是俺的了。

小　　丑　我没有筹码计算不出来。我来看;为我们的剪毛宴我要买些什么?"三磅白糖;五磅没籽葡萄干;稻米",我这妹子要稻米来做什么?可是我的爸叫她当了这酒筵的女主人,她倒做得挺不坏。她替我扎了二十四把花束给剪毛工,他们都是唱三折曲的,而且唱得很好;可是他们大多数都是唱中音和低音的:他们里边只有一个是清教徒,他唱圣诗跟乡下角笛舞的调予相和。⑨我一定要买些番红花的橙黄来把冬梨饼染上颜色;肉豆蔻、枣椰子,——没有;那不开在我单子上:——豆蔻七颗;一两块姜,——可是那我能向他们讨;——四磅梅子干,日晒的葡萄干也是四磅。

奥托力革斯　啊!俺怎么会生在这世上的啊!　[匍匐于地。]

小　　丑　凭我的名儿!——

奥托力革斯　啊!救救俺,救救俺!只要拉掉这些破烂,然后死,死!

小　　丑　唉呀,可怜的人儿!你需要再多些破烂加在身上,把这些拉掉不得。

奥托力革斯　啊,小爷!穿着它们起恶心,要比俺挨那鞭子狠狠地抽,抽上几百万下,还难受呢。

小　　丑　唉呀,可怜的人儿!一百万鞭可已够多的了。

奥托力革斯　俺碰到强盗打劫,小爷,还挨了打;俺的钱和衣服都给抢了去,还把这些可恨的破烂套在俺身上。

小　　丑　怎么,给骑马的强人还是走路的强人抢的?

奥托力革斯　走路的强人,好小爷,走路的强人。

小　　丑　当真,他该是个走路的,从他留给你的衣服上看出来:假使这是个骑马强人的上衣,那是穿得过狠了。把手伸给我,我来搀你起来:来,把手伸给我。[挽之使起。]

奥托力革斯　啊!好小爷,轻轻儿的,啊!

小　　丑　唉呀,可怜的人儿!

奥托力革斯　啊!好小爷;轻点儿个,好小爷!俺害怕,小爷,俺的肩胛骨脱出来了。

小　　丑　觉得怎样?能站吗?

奥托力革斯　轻点儿个,好小爷;[扒彼之衣袋]好小爷,轻点儿个。您对俺行了件好事。

小　　丑　你缺少钱使吧?我来给你点钱。

奥托力革斯　不,好好小爷;不用,俺请您,小爷。俺有个亲戚离这儿不到四分之三英里,俺正要去找他;俺在那儿会有钱,或是俺所要的不管什么东西:莫送钱给俺,俺请你!那刺到俺心里。

小　　丑　那打劫你的是个怎样的家伙?

奥托力革斯　一个家伙,小爷,俺知道他是走来走去兜玩"弹穿拱门"⑩的:俺知道他有一阵曾做过王太子的下人。俺说不上,好小爷,是为了他的哪一件美德,可是他准是给从宫里鞭打出来的。

小　　丑　为了他的缺德,你是想说;没有美德会给从宫里鞭打出来的:他们宝爱美德,要它待在那儿,可是它待不久就走了。

奥托力革斯　俺要说的正是缺德,小爷。俺跟这人儿很熟:他随后干过猴子出把戏;后来又当过奉公差遣的,做个执行吏;跟着便弄到了手一套"浪子回头"的木偶戏,又娶了个跟俺田地和家业所在相近一英里之内的一个补锅匠的老婆;混过了好些光棍活计之后,他终于安定在当流氓痞子上头:有人叫他奥托力革斯。

小　　丑　滚他妈的!是个贼,千真万确,是个贼:他时常混到礼拜堂节前守夜,赶集,斗熊的场所去。

奥托力革斯 一点不错,小爷;是他,小爷;就是那流氓把俺套上这衣服的。

小 丑 全波希米亚没有个更胆怯的流氓:你只要对他高傲无礼,口吐唾沫,他就会逃跑。

奥托力革斯 俺得向您承认,小爷,俺不能打架:俺在那上头胆子小,那个他知道,俺管保他。

小 丑 你现在觉得怎样?

奥托力革斯 好小爷,比刚才好多了:俺能站能走了。俺甚至要离开您,慢慢走到俺亲戚那儿去。

小 丑 我要陪你一起走吗?

奥托力革斯 不用,俊小爷;不用,好小爷。

小 丑 那就祝你好:我得去为我们的剪毛宴买点香料去。

[下。

奥托力革斯 祝你顺遂,好小爷!你的钱包不够去替你买香料了。你那剪毛宴俺也要跟你在一块。俺若是不能叫这回欺骗生出下一回来,把剪羊毛的人儿变成羊,让俺从花名册上给划掉,把俺这名儿登上道德登记簿上去。

歌:

“快步,快步,走人行的小道,
　　欢欢喜喜地跨过[11]那阶梯:
满心的欢喜耐得整天跑,
　　心里悲伤了走不上一英里。”

[下。

第 三 景[12]

[牧羊人茅舍前草坪]

[弗洛律采尔与裒笛达上。

弗洛律采尔 你这些不寻常的衣裳使你生气
盎然:你不是牧羊女儿,是花神
馥乐拉在阳春四月的前驱队里
露丰标。你这场剪铰羊毛的庆宴

好比是小小天神们一同来聚会，
而你是宴上的女娥王。

裒　笛　达　　　　　　储君殿下，
由我来责备您这些过度的言谈
不相称：啊！我提到它们，请原谅。
您高贵的自身，这宇内英俊的表率，
您把牧羊子的衣着将它隐盖住，
而我，穷苦微贱的小姑娘，却这样
活像女神般装扮起。我们的庆宴
除非每一只盘盏都盛得有痴愚，
而且吃的人照常把它消灭掉，
我见到您这般穿着不能不脸红，——
您发誓，我想，要使人间的习俗
摔一交，且叫我面对菱花见龟鉴。⑬

弗洛律采尔　当我的那只幸福的鹞鹰飞过你
父亲的牧地时，我对那时光祝福。

裒　笛　达　如今，大概是天神叫您这么做！
对于我，您我贵贱不相同形成了
悚惧：您品位高超，不惯于害怕。
就在此刻，我想到您父亲碰巧会
跟您一样到这里来，便不免颤抖。
啊，天上司命运的女神们！您父亲
见到他世子您殿下，原来多高贵，
如今装束得这般低微，他可将
怎么样？他会说什么？而我，穿戴着
这些借来的鲛绡和珠翠，将怎样
面对他颜容的峻厉？

弗洛律采尔　　　　　　不用想别的，
只顾感欢乐就是了。天神们也为
恋爱降低过他们为神的身份，
曾采用畜生的形象：天王巨擘特
变成一头牛，哞叫过；碧绿的海龙王

奈泼钧变一头公羊,也曾咩咩叫;
穿火袍的日神阿波罗,金光灿烂,
变成个穷苦的牧羊人,[14]跟我一个样。
他们为之而变化的俏佳人,英姿
绝不更卓绝,或情操能和你比拟,
既然我不让色情赶在我荣誉前,
不准欲火燃烧得比情焰更炽烈。

哀 笛 达 啊!可是,您的那决心准守不住,
殿下,当它被君王的权力反对时,
那一定无疑。这样的两件事,其中
一桩准发生,到时候自然会分晓:
您必得改变那意向,或者我改变
这生涯。[15]

弗洛律采尔 你,最亲爱的哀笛达,请你
莫把这些牵强的思虑使我们
这欢宴郁郁无欢:我或者是你的,
我的丽姝,或者不是我父亲的;
我不是我自己的人,也不为任何人
所有,假使不属于你的话:这一点
我信守不渝,即令命运说不然。
尽情欢乐吧,可爱的;用你眼前
所见的情景把这些思想湮灭掉。
你的宾客们在来了:两颊笑春风,
仿佛这是那新婚庆喜日,那一天
我们曾双双起誓一定要到来。

哀 笛 达 啊,司命运的女神,请施恩嘉惠!

弗洛律采尔 看吧,你的宾客们已纷纷来近:
准备去活泼泼欢娱他们,让我们
红艳艳满脸欢欣。

[牧羊人导乔装的包列齐倪思与喀米罗上;小丑、瑁泊沙、桃卡丝与余众上。

牧 羊 人 不行,女儿!往日我老妻在世时,

这一天她管伙食房，供应酒肴，
又兼当厨子；是主母，又是仆人；
欢迎大伙儿，侍候他们，轮到她
还要唱歌和跳舞；一会儿在此，
在餐桌上首，一会儿又到了中间；
跟这个跳舞，又跟那个；劳累得
脸上通红，举杯消乏时还要对
每一个啜酒祝福。你退在后边，
倒像个被请的来客，不像女主人：
请你，对这些不认识的朋友表示
我们的欢迎；因为这是替我们
结交得深一点，更加相熟些。来吧，
莫害臊，做出宴会主妇的样子来：
来啊，欢迎我们来到你这剪铰
羊毛的宴会上来，好叫你的羊群
繁荣昌盛。

哀笛达　[向包列齐倪思]老伯伯，欢迎！我父亲
要我当今天的女主人。[向喀米罗]您也欢迎，
老伯伯。给我那两个花束，桃卡丝。
两位可敬的老伯伯，这里有两束
迷迭香和芸香⑯给你们；这些花儿
一冬天都保持花形美好和花香：
致你们两位以天恩和忆念，欢迎
光临我们的剪毛宴！

包列齐倪思　　　　　　牧羊女郎，——
你是个美人儿，——你把冬天的花儿
配上我们的年龄很合适。

哀笛达　　　　　　　　　老伯伯，
这年景渐渐变得老了，不由于
盛夏的消亡，也无关寒战的隆冬
已经诞生，这季节里最美的花儿
是我们的石竹，和那条纹的墙花，⑰

那有人叫它造化的私生子:那个,
我们乡村的花园里不长,而我也
不想摘些来荐奉。

包列齐倪思 可爱的姑娘,
为什么你瞧不起它们?

哀 笛 达 因为我听说
它们斑斓的五彩一半是手艺
所形成,那人工跟造化平分了秋色。

包列齐倪思 就说有这样的手艺吧;但造化
不能被人工所改进,除非那人工
为造化所创造:因而,那手艺,你说
它对造化能有所增加,它上头
另有造化的手艺来把它创造。
你看到,亲爱的姑娘,我们将一支
比较高贵的嫩枝接入那最最
粗野的树木,使那微贱的树身
长出贵种的新芽:这就是那改进
造化的人工,或许说改变它,可是
那人工本身就是造化。

哀 笛 达 它就是。

包列齐倪思 那么,叫你的花园里多长些墙花,
而且莫再把私生子称呼它们。

哀 笛 达 我不会把小锹插进土里,即令去
栽它们一支;正好比,我若抹上粉,
我不愿这后生对我说,这样很好,
而且只为了这样,愿跟我生孩子。
这里有花给你们;辛芳的薰衣草、
薄荷、夏芳香、[18]牛膝草;和太阳同时
去入睡、也跟太阳一同起身而
哭泣的金盏草:这些是仲夏的花,
我想好把它们给中年人。极欢迎
你们。

喀　米　罗　　假使我在你羊群里的话，
我会不去吃草，凭眼睛就看个饱。

裒　笛　达　苦啊，唉哟！那您会瘦得怪可怜，
正月的寒飔会把您吹透又吹彻。
现在，我最最俊秀的朋友，但愿我
有些春天的花儿跟你的年华配；
还有你们的，你们的，你们的童贞
正长在你们碧碧清贞的枝桠上：
啊，泊罗漱琵娜！[19]要说起那花儿，
如今，你当时因害怕、从地司车上
所掉，那金黄的水仙，[20]燕子还不敢
冒寒它们已先来，使三月的料峭
寒风一见惊华美；幽静的[21]紫罗兰，
虽素雅，却要比天后朱诺的眼睑
或爱神昔西丽亚的呼息更甜美；[22]
苍白的莲馨花，见到灿烂的日神
斐勃斯光明朗照前，未嫁而先夭，
那是处女们常遭的病恹恹的摧折；
显赫的牛唇花和皇冠似的贝母；
各种百合花，鸢尾是其中之一。
啊！我没有这些个花儿为你们
和我亲爱的朋友来编结花冠，
再把他花雨缤纷地撒得花满身！

弗洛律采尔　什么？像个尸体般？

裒　笛　达　　不是，要像个
花堤般好给燕侣莺俦在上面
偃卧和游戏；不像个尸体；或者，
假如像的话，——不是去埋葬，要勃勃
有生气，且在我臂腕中。来吧，拿着
你们的花儿：看来我这般形景
好像他们在降灵节演的牧歌剧[23]
中间的扮演：的确，我这件褒袍

改变了我的情性。

弗洛律采尔 你这才说的，
比刚才更好。当你说话时，心爱的，
我愿你不停地说着；当你歌唱时，
我愿你买卖东西的时候也这样；
也这般施舍；也这般祈祷；而且，
在安排事务时，也把它们一声声
吟唱；当你舞蹈时，我愿你是海上
一个浪，好使你永远那样，不去做
别的；永远滉漾永远漂荡，㉔
不做其他的动作：你每桩行动，
它的每一个细关末节都如此
无双而妙绝，以至恰好使得你
正在着手的那些事登峰而造极，
这就使你做的事桩桩和件件
都成了姬姜。

裒 笛 达 啊，陶律葛理斯！
您过于夸奖：但您那轻轻的年岁，
以及您本真纯朴的血流使你
说时脸红红，显得你是个白玉
无瑕的牧羊人；可是用那股聪明
我恐怕，陶律葛理斯，您对我求爱
用得不正路。㉕

弗洛律采尔 我想你绝无理由
去恐惧，正如我毫无用意叫你怕。
可是，来吧；我们一起舞，我请你。
将手搀着我，我的裒笛达：雉鸠们
便这般作对成双，永远不相离。

裒 笛 达 我可以替它们起誓。

包列齐倪思 这是个曾在
草坪上奔跑的最美的寻常百姓家
姑娘：她这相貌和举止有味道

显得比她身份高;对这个所在
太高贵。

喀　米　罗　　他对她说了些什么,使她
两颊泛红晕。当真,她是位奶酪
和乳脂的王后。

小　　　丑　　来吧,吹打起来。

桃　卡　丝　瑁泊沙一定得做你的舞伴:你吃上
大蒜,凭圣处女,吻起她来格外好。

瑁　泊　沙　你挑中这时候来捣乱!

小　　　丑　不要吵,不要吵:我们要做得礼貌周全。来吧,吹打起来。［乐声起。］

［众牧羊人与牧羊女起舞。

包列齐倪思　请问,好牧羊老人,这个俊牧人
是什么样人,他在跟你的女儿
一起舞?

牧　羊　人　　他们说他叫陶律葛理斯,
他夸口有块值价的牧地;可是我
听他自己说,而且相信他:他看来
的确像那样。他说他爱我女儿:
我也这么想;因为月亮从来不
对着水那么样凝视,像他站在
那里凝注着我那女儿的眼睛;
而且,老实说,要想在他俩亲吻中
分辨出谁更爱谁,不可能。

包列齐倪思　　她舞得
很利落。

牧　羊　人　　她做什么事都这样,我虽说
那不用张扬。后生的陶律葛理斯
倘使到手了她,她将会带给他
他连做梦也没有梦到的东西。

［仆人上。

仆　　　人　啊,主人!你只要听到了门口那货郎叫卖,你决不再

会要跟着小鼓和笛子舞蹈了;不,风笛不能动你的心了。他唱几只调儿比你数钱还快;他唱着它们仿佛他把山歌吃进肚里去了似的,大伙儿的耳朵变得长在他调门上的一般。

小　　丑　他来得再好没有了:他该走进里边来:我把一支山歌爱听得甚么似的,若是它把伤心的事儿谱得很乐,或者把件真正的乐事唱得很悲伤。

仆　　人　他有各种尺码的歌儿唱给男人也唱给女人听;没有个做女人衣帽的裁缝[26]替主顾们缝手套能有他那么顺手:他唱给姑娘们听的情歌再美不能美了;那么一点儿不淫猥,真奇怪;有这么愉快的"底而多"[27]和"我吹小笛"[28]的叠唱,还有"摔倒她和拳打她"[29];唱到那里有什么脏嘴巴的坏蛋要,仿佛是,起恶意,用丑话插进歌里头来时,他叫那小姑娘回答道,"嘿,别损人,好汉子";[30]轻蔑他,用这么句话,"嘿,别损人,好汉子,"来对付。

包列齐倪思　这人对妇女颇有礼貌。

小　　丑　信我的话,你讲的是个出奇的妙想天开的人。他可有什么不褪色的[31]货吗?

仆　　人　他有彩虹里各种颜色的缎带;扣絛[32]他多得比波希米亚所有的律师能讲得头头是道的还要多,即使他们的案子成批地来;毛线带、毛丝带、[33]细白麻纱、上好荨麻布:[34]哎也,他叫唱得仿佛它们是上界的天神或女神似的。您会以为一件女衬衣是位女天使,他把袖口和胸前的花绣唱得那么好听。

小　　丑　请你领他进来,让他来时一壁厢走一壁厢唱。

哀 笛 达　关照他在曲调里别用粗鄙不堪的字句。

［仆人下。

小　　丑　有些小贩,他们有的东西比你所能设想到的要多,妹子。

哀 笛 达　不错,好阿哥,比你所极力去设想的要多。

［奥托力革厮上,唱。

"荨麻布白得像风飘的雪花；
黑绉绸[35]乌黪漆黑像乌鸦；
手套香喷喷像石竹色蔷薇；
假面用来遮俊鼻子和蛾眉；
黑水钻手镯，琥珀[36]珠项圈，
俏娘娘绣房里使用的香水；
绣金的头巾和花彩的胸衣，
小哥哥好买来送给小阿姨；
别针和烫褶绉颈衣的小钢棍，
姑娘们缺少的，从头顶到脚跟：
都来向我买；都来买，都来买；
不然小阿姨要哭着把你们怪：
都来买。"

小　丑　我若是不跟瑁泊沙要好，你便拿不到我的钱；可是我爱上了她，就不能不买点缎带和手套。

瑁泊沙　你答应剪毛宴前给我的；可是现在给我还不算太迟。

桃卡丝　他答应你的东西还不止那么多，不然的话就有人撒谎。

瑁泊沙　他答应你的都已经给了你：也许他给得你太多了，你还给他时会丢你的脸。

小　丑　姑娘们之间不讲礼貌吗？她们当着外人，可要把彼此的私事拿出来讲，[37]不顾顾面子吗？是不是没有挤奶的时间，或者在睡觉之前，熬麦芽糖的炉灶前面，去轻轻谈这些秘密，却定要在客人面前来噜苏？幸亏他们在轻声谈话：停住你们的嘴，莫再讲一句话。

瑁泊沙　我说完了。来，你答应我一串圣奥特莱项圈[38]和一副香手套。

小　丑　我没有告诉过你吗，我在路上受了骗，把钱都给骗掉了？

奥托力革厮　当真，小爷，外面确是有骗子；所以咱们要小心。

小　丑　别害怕，人儿，[39]你在这儿决不会丢东西。

奥托力革斯 俺希望这样,小爷;因为俺带着好几包值钱的东西。

小　　丑 你这儿有什么?歌谣?

瑁 泊 沙 请你买一点:我喜欢印张上的歌曲,当真的,因为那样时我们有把握那歌曲里的事情是真的了。

奥托力革斯 这里有一支,调子很悲苦,讲个放债人的老婆怎样一胎生下了二十只钱袋;还说她只想吃烤炙过的蛇头和癞蛤蟆。

瑁 泊 沙 你认为是真的吗?

奥托力革斯 真得很,而且事情还只发生了一个月。

桃 卡 丝 祝福我不要嫁个放债人!

奥托力革斯 这里还有个收生婆的名儿哩,叫做推尔胞特老娘,还有五六个规矩老实的大娘在旁呢。为什么俺要散播人家撒的谎?

瑁 泊 沙 请你买下了吧。

小　　丑 来吧,放过这个:让我们先多看些歌曲;马上我们再来买其他的东西。

奥托力革斯 这儿还有支歌曲,[40]讲四月十八号[41]礼拜三有条鱼[42]在海边上出现,离水面有四万英哼高,唱这支曲儿说姑娘们心肠太硬不好:做歌的相好认为她原来是个女人,只因她不肯跟她的情郎要好而变成了条冷冰冰的鱼。这支歌曲很可怜,而且极真实。

桃 卡 丝 你想这是真的吗?

奥托力革斯 有五位法官签字证明,证件多得俺这包里装不下。

小　　丑 也把这放开了:再看一支。

奥托力革斯 这是支欢乐的歌曲,可是美得很。

瑁 泊 沙 我们要有几支欢乐的。

奥托力革斯 哎也,这是支非常欢乐的,跟"两个姑娘追一个郎"同一个调子:打这儿往西几乎没有个姑娘不唱的:大家都要买,俺能告诉你们。

瑁 泊 沙 我们两个都会唱:若是你会唱一份的话,可以听我们来唱;这是三个人唱的。

桃 卡 丝 我们一个月前就会了这曲调。

奥托力革斯　俺能唱俺的一份；你们得知道这是俺的本行：跟你们一起来唱吧。

“你离开这里，我一定得跑，
到哪里可不好给你知道。”

桃　卡　丝　　“去哪里？”

瑁　泊　沙　　“啊！去哪里？”

桃　卡　丝　　“去哪里？”

瑁　泊　沙　“你赌的咒怎么一点不记牢，
你把你的秘密说给我听。”

桃　卡　丝　“也说给我听；让我去哪里。”

瑁　泊　沙　“或许你去到田庄或磨坊。”

桃　卡　丝　“不管到哪里，都是去乱撞。”

奥托力革斯　“哪里也不去。”

桃　卡　丝　“什么，哪里也不去？”

奥托力革斯　“哪里也不去。”

桃　卡　丝　“你已经发誓做我的情人。”

瑁　泊　沙　“你对我起的誓更要亲昵：
那么，你要哪里去？哪里去？”

小　　　丑　我们自己马上来把这歌儿唱完它：我父亲跟两位大爷在认真讲话，我们不去麻烦他们：来，跟着我把你那包儿带来。姐儿们，我替你们两个都要买点东西。货郎，让我们来先挑。随我来，姑娘们。

［与桃卡丝及瑁泊沙下。

奥托力革斯　你得替她们出足价钱。

［唱］　“你可要替你的披肩
买什么飘带或花边，
俺娇小玲珑的小鸭儿，亲亲？
什么丝巾帕或线儿，
头上的什么玩意儿，
最俏丽的式样，最美，最时新？
快来吧，来找货郎要；
好管闲事的是钱钞，

它流通着天下人的货品。”

[下。

[仆人上。

仆　　人　东家，有三个赶车的，三个牧羊人，三个牧牛人，三个牧猪人，都化装成了毛茸茸的毛人儿；[43]他们自称是山羊人妖仙；[44]他们会跳一个舞蹈娘儿们管它叫跳踊杂烩[45]舞，因为她们自己不在里边；可是她们认为，——若是对于她们之中的有些个，只知道玩滚球的，[46]那蹦跳不显得太粗鲁的话，——这跳踊会叫大家大乐一阵。

牧 羊 人　去！我们不要那个：这儿已经有太多粗俗的滑稽了。我知道，大人，我们叫您厌烦。

包列齐倪思　你叫那些个欢娱我们的人厌烦了：请你让我们看看这些个牧人的四个三人团吧。

仆　　人　有一个三人团，据他们自己说，大爷，曾经在君王面前舞蹈过；三个人中最不行的一个，量尺码跳得有十二英尺半高。

牧 羊 人　别多话了：既然两位贵客高兴，让他们进来就是：可是快些个。

仆　　人　哎也，他们就在门首等，主人。

[十二名山羊人妖仙之舞。]

包列齐倪思　[向牧羊人]啊，老人家！等一下你自会知道。
[向喀米罗]不是已进行得够久了吗？现在该
分开他们了。他单纯，讲得很多。[47]
[向弗洛律采尔]怎么样，俊俏的牧羊后生？你的心
满盛着什么东西，使你没心绪
参加欢乐。说实话，当我年轻时，
如像你这般手握着姣娃，[48]我怎把
小玩意送给我的她充怀满抱：
我会把货郎的所有丝绸宝藏，
倾倒给她请受领；你却让他走，
一点东西也没买。若是你那姑娘

对你有误解，把这叫做你对她
没情爱，不慷慨大度，你将没有话
回答她，假使你真的关心要使她
快乐。

弗洛律采尔 老封君，我知道她并不看重
这样琐屑的小东西。她指望由我
赠与她的礼品都已经包扎停当，
锁在我心中，而且我已经给了她，
不过还未曾讲出来。啊！听我来
将我的性命当着这位老大伯
宣明，他哟，似乎㊾年轻时也爱过：
我和你手搀着手订终身；这只手
像鸽子的绒毛一样软，也一样白，
或者好比埃昔屋比亚人的牙齿，
或者像掮来的白雪，两次被北风
筛到南边来——㊿

包列齐倪思 这以后还有什么？
多么可爱，这后生的牧羊子像在
洗这只原来很干净的手！我把你
窘住了：还是来你那公开的声明吧：
让我们来听你郑重宣告些什么。

弗洛律采尔 请听，还请作证人。

包列齐倪思 也请我这位
同伴吗？

弗洛律采尔 也请他，不止请他，还要请
所有的人，请皇天，请后土，请一切；
我是说，我若被加冠当上了威灵
显赫的君王，而且该受之无愧，
我如果是个自来曾摄人注目
凝眸的最美的美少年，精力弥满，
学识充沛，超过任何人，我将会
不把它们当作一回事，假使我

没有她的爱：为了她我会把它们
来使用；责令它们去为她服务，
或宣判它们去绝灭。

包列齐倪思 奉献得得体。

喀 米 罗 这显示有坚实的情爱。

牧 羊 人 可是，女儿，
你对他也这般说吗？

哀 笛 达 我不能说得
这样好，说不了这么好；不，用意
也不能比他好：凭我自己的思想
作模型，我雕刻他这片精醇当作
我的话。

牧 羊 人 搀手结姻缘；一言为定；
不知名的朋友，请你们两位作证：
我将女儿给了他，我给她的遗产
将跟他那份一样多。

弗洛律采尔 啊！那一定
是说你女儿的美德：有个人死了，
我有的将比你如今所能梦想的
还多；那时节就够你去诧异的了。
可是，来吧；在这些证人前，替我们
许下婚。

牧 羊 人 来，你的手；和你的，女儿。

包列齐倪思 且慢，牧羊子，请你等一下。你可有
父亲吗？

弗洛律采尔 我有；可是为什么要说他？

包列齐倪思 他知道这事吗？

弗洛律采尔 他没有知道，也不会。

包列齐倪思 据我看来，父亲
在他儿子的结婚筵席上乃是位
最相宜的宾客。再请问一声，是否
你父亲已变得不懂人情事理？

他是否年迈力衰涕泗涟，体液
突变[51]神情蠢？他能说话吗？能听？
分得清你和他？能谈他自己的事？
躺在床上起不来？跟从前一样，
回到了孩童时？

弗洛律采尔 不对，亲爱的大伯：
他健康无恙，精力比好些他那样
年岁的老人要充沛。

包列齐倪思 凭我这白须
假使事情是这样，你对他给予了
冒犯，有点儿不孝。很合乎公道，
为儿的应替他自己选一个妻子，
但同样公道那父亲，——他整个欢乐
只在有优秀的儿孙，——应在这事上
被征询意见。

弗洛律采尔 这一切我都承认；
但为另一些理由，可敬的老大伯，[52]
不便给你知道，我不曾把这事
告诉我父亲。

包列齐倪思 让他知道。

弗洛律采尔 他不能。

包列齐倪思 请你，给他知道吧。

弗洛律采尔 不行，决不能。

牧　羊　人 让他知道了，我的孩子：他不会
知道了你这选中的娘子而悲伤。

弗洛律采尔 算了，算了，他决计不能。请听
我们的婚约。

包列齐倪思 听你们的拆散，少君。

［除去化装。］

我不敢叫你儿子：你太卑鄙了，
没法使人承认你：你原本乃是位
王权宝仗的冢子，却这般立志

想执牧羊杖！你这老逆贼，我可惜
把你处绞了只能缩短你生命
一星期。而你，姣艳绝色的姝丽妖，
你定必知情相与这王家的蠢物，——

牧 羊 人 啊，我的心！[53]

包列齐倪思 我会要把你的美貌
让野蔷薇枝子刮得比你的家世
还丑陋。对于你，蠢小子，你若知道
你只要为了不能见到这玩意儿
而叹息，——我决意使你永不再见她，——
我们将摈斥你不许你继承；把你
不当作我们的血胤，不，不算你
是我们的宗属，远超过杜凯良：[54]
你得注意我这话：跟我们宫里去。
你啊，野老头，这回我们虽恼你，
可是且饶你，不给与致命的[55]打击。
至于你，妖姑，——给个牧羊人很配得；
不错，对他也配得，若不是挂碍了
我们高华的家世，而他的行径
却不能跟你配，[56]——假使以后你再把
这些田舍的柴门开给他进来，
或是将你的拥抱揽着他身躯，
我将设法叫你死得惨，那正好
给你去生受。 [下。

裒 笛 达 这就给毁了！我并不
很怕；[57]曾有一两次我几乎要说话，
对他分明讲，同一个太阳照到他
宫中，对我们的茅屋并不遮着脸，
也同样照见而放光。殿下，您高兴
去了吧？[58]我告诉过您结果会怎样：
请您对您自己的景况要留神：
我这梦——如今已醒了，我将不再

多演一忽儿王后的戏，只去挤
羊奶和哭泣。

喀 米 罗 哎也，怎样了，老人家？
你在死去前，说句话来。

牧 羊 人 我不能
说话，也不能思想，也不敢知道
我所知道的。啊，叫你声太子爷！
你这可毁了个八十三岁的老人，
他原想安然入土，是啊，死在我
父亲死去的那只床上，躺在他
诚实的骨殖近旁：可是如今啊，
一定得由什么吊绞手来替我
穿上尸衣，且把我放在没牧师[59]
铲土的穴里。啊，给诅咒的坏东西！
你知道这是王太子，竟敢跟他把
终身定。给毁了！给毁了！假使我在
这个钟点里早一刻死掉，我死得
也甘心。 [下。

弗洛律采尔 为什么你这样对我望着？
我只是伤心，并不害怕；被延迟，
并未被改变。我仍和过去一个样：
只因被拉回，更挣扎着向前；并不
跟着我那皮带[60]走，就是勉强跟
也并不。

喀 米 罗 殿下吾主，您知道您父亲
性情怎么样：他此刻不容人说话，
我猜想您不会想跟他交谈；我怕
他未必能容您去见他：所以，在他
那尊威[61]的盛怒平息前，莫到他跟前。

弗洛律采尔 我不要见他。我想，喀米罗——

喀 米 罗 就是他，
殿下。

哀笛达 我告诉过您多少次,[62]结果
会这样!说过多少次我的高位
只能维持到大家知道前!

弗洛律采尔 它不能
完结,除非我对你的忠诚被摧折;
那时节让造化压烂大地的方圆,
把里边的种子全毁灭![63]举眼向前:[64]
抹掉我名下的继承权利,父亲;
我是我情爱的宗嗣。

喀米罗 听人的劝告。

弗洛律采尔 我听;听爱情的劝告;若我的理智
能对它服从,我能有理智;如果不,
我的心神它更喜欢的是疯癫,
会对它[65]欢迎。

喀米罗 这可真绝望了,殿下。

弗洛律采尔 就说是吧;但这样能符合我的誓言;
我一准认为是真诚老实。喀米罗,
不为了波希米亚,也不为在这里
所能获得的尊荣,也不为太阳所
照见的一切、密闭的地母之所
包容,汪洋大海隐藏在万丈
深渊里的一切,不为这种种我会
肯对我这明艳的爱人毁弃信誓。
所以,我请你,既然你一向是我
父亲所敬重的友人,当他将不见
而想念我时,——当真,我不想再见他,——
把你优良的劝告安抚他的激动:
让我去跟命运一同对将来奋斗。
这件事你可以知道而且去报告,
我和她跨海去了,因为我不能在
岸上保有她;对我们的需要最为
适合时宜,我有条船儿停泊在

近旁海上,但本非备得为这件事。
我将如何去行事将无益让你
去知晓,我也毋须来向你报。

喀 米 罗 啊,
殿下!我但愿您那性情和英锐
柔和得能听谆劝,或者坚强得
符合您的需要。

弗洛律采尔 听我来说,裒笛达。

[携伊至一旁。]

[向喀米罗]等一下再跟你谈。

喀 米 罗 他不会动摇,
决心要逃亡。如今我也许会快乐,
假如能使他的出奔正合我的意,
救他免危险,致他于眷爱和光荣,
得能再见到西西利亚和那位
不幸的君王,我的故主,想见他
我这般渴望。

弗洛律采尔 现在,亲爱的喀米罗,
我手上满都是麻烦的事,以致
对礼数有亏。

喀 米 罗 殿下,我想您听说过
我在对令尊效忠时所尽的微劳?

弗洛律采尔 你应受恢弘的感谢:我父亲说起
你对他的义举,就如同八音齐鸣,
他不小一部分殷勤的关注是在
想到它们时便对你酬谢。

喀 米 罗 很好,
殿下,假如您高兴想起我眷爱
君王,以及因他而爱他的至亲者,
那便是您储君殿下,请听我指引。
倘使您那较强劲而已定的计划
可容许变更,凭我的荣誉我将

指点您前往您准会获得适合您
殿下身份接待的地方去;那里,
您可以享有您这位倩娘,——我知道
您没法跟她分离,除非是,上天
决不准! 您遇到不测,——和她成婚;
当您不在时我将尽最大的奋勉,
努力去缓和您恼怒的严亲,使他
开怀畅意于您这太子妃。

弗洛律采尔 这几乎
是奇迹,喀米罗,怎样去做? 那我可
真要叫你作超人,而且从此后
任何事都对你信赖。

喀 米 罗 您想到没有,
你们将前往何处去?

弗洛律采尔 还不曾想起;
由于这未曾想起的偶然事出于
我们一时的冲动,所以我们得
承认,我们是机运的奴隶,每一阵
刮起的风里的飞蝇。

喀 米 罗 那就听我说:
接着便这样;若是您决意不变动,
还是要逃跑,就到西西利亚去,
介绍您自己和您这端丽的公主,——
因为据我看她准是,——给里杭底斯;
她将会冠带衣袍穿戴齐,适合
作您的新娘。我看来,似乎已见到
里杭底斯张开他热切的两臂
流泪表欢迎;向您,您父亲的儿子,
求原谅,仿佛您便是令高尊;吻您
这朱颜公主的手;且将他自己
再三又再四剖分给苛酷与仁和:
将苛酷咒到地狱里,叫仁和日滋

又夜长,比思想和时间还长得快。

弗洛律采尔　卓绝的喀米罗,什么堂皇的托辞
我将为我的拜谒陈展在他跟前?

喀　米　罗　奉您父王的谕旨,差您去向他
致敬意,并存问安好。殿下,您对他
如何去举止,以及仿佛您父亲叫
传的话,我们三人间所共知的事,
我会替您写下来:那将会指点您
每次面见时您该说什么话;使他
不能不见到您在那上头有您
父亲的心里话,诉说他的真情意。

弗洛律采尔　我对你感激不尽。这里头有希望。

喀　米　罗　比较将你们自己胡乱委身于
没路的海上,未曾梦见过的岸滩,
一定无疑去遭受够多的灾祸,
我这条前程可要较为有把握:
由你们自己去乱闯,没有希望
帮得了你们的忙,当一个灾祸
刚摔掉,又去捡起另一个;还不如
你们的船锚般可靠,它们只要
能使人待在不愿待的地方,就算
尽到了它们最好的作用。[66]而况,
您知道昌隆是恋爱不可少的胶漆,
痛苦却能改变它的红颜与情意。

哀　笛　达　两件事里一件说得对:我想痛苦
也许会使容颜憔悴,但不能征服
人的心。[67]

喀　米　罗　　　　是哟,你这么说吗?在多少
年之内,你父亲屋里不会再生
你这样的孩子了。[68]

弗洛律采尔　　　　　　　我亲爱的喀米罗,
她远远超越她的教养,正如出身

远在我之后。

喀 米 罗 我不说可惜她缺少
教训，因为和好些教师相比时，
她好像是位女教师。

裒 笛 达 请你原谅，
老伯伯；为这个，我红着脸向你多谢。

弗洛律采尔 我最最明艳的裒笛达！不过，啊！
我们是站在荆棘上。喀米罗，救过
我父亲，如今是我的救命恩公，
我们一家的医生，我们将怎么办？
我们穿戴得不像个波希米亚
王子，在西西利亚时也将不像是。

喀 米 罗 殿下，请不用担心：我想您知道
我所有的财产都在那边：我准会
设法好叫您衣冠显焕，仿佛您
表演的这场戏是我的。比如，殿下，
为让您知道您不得缺少，说句话。

［两人旁语。］

［奥托力革厮上。

奥托力革厮 哈，哈！"老实"真是好一个傻瓜！而"信赖"，他的把兄弟，是位脑筋多简单的相公！俺把俺这些哄人的小玩意儿全卖了：不留一块假宝石，一根缎带，一面镜子，一个香球，[69]一块帽镇，一本日记本儿，一支歌曲，一柄小洋刀，一根毛线带，一双手套，一副皮鞋带，一只手镯，一枚牛角戒指，好叫俺这货色不空着肚子：他们挤拢来抢先买，仿佛俺这些小玩意儿是神圣的，[70]买了它们能得天父赐福似的：就用那手段俺瞧见谁的钱包儿最好；[71]而且俺把瞧到的就记在肚里派最好的用处。俺那乡下佬儿，——他只少了点儿东西成为个懂事的人，——那么爱上了娘儿们的歌曲，在他把曲调和歌词都学到手以前，他干脆不肯把脚蹄移动；这样一来，就把其余的头口都引到了俺

身旁来，而且把他所有其他的感觉都聚到了耳朵里去：你可以手捻一条女裙，它一点知觉也没有；往裤子遮阳[72]里去摸一只钱包，一点不费劲儿；俺尽可以用锉刀锉掉挂在链儿上的成串的钥匙：没耳朵，没感觉，只有俺那相公的歌儿，把它那不值一个屁崇拜得五体投地；结果是，在这无知无觉的当儿，叫俺摸了他们大伙儿的节日口袋，剪了钱包儿的绺；若不是那老头儿进来吆喝他女儿和那王子，把俺这群穴乌从稃糠堆上吓走了的话，俺在这一大伙里要来个一网打尽，掏得一只钱包也不剩。

［喀米罗、弗洛律采尔与哀笛达上前。

喀　米　罗　不，可是我的信，这么样送到了
那里，一等您到达，将扫除那疑虑。

弗洛律采尔　而那些你将从里杭底斯国王处
得来——

喀　米　罗　准使您父亲满意。

哀　笛　达　乐了你！
你说的一切都显得合适。
［见奥托力革厮。］是谁在
这里？我们来利用一下吧：凡是能
帮我们忙的，且莫放过。

奥托力革厮　［旁白］若他们在旁听到了俺说话，哎也，会给绞死。

喀　米　罗　怎么样，好人儿？你为什么这样发抖？不用害怕，人儿；不会来伤害你。

奥托力革厮　俺是个穷人哪，大爷。

喀　米　罗　哎也，还那样好了；没有人会把你那个偷起走；可是，你那穷苦的外貌，我们得交换一下；因此上，马上把衣服脱下，——你得认为这件事有需要，——跟这位相公掉换着穿：虽说他得到的不上算，可是你拿着，这儿还有点好处给你。［给他钱。］

奥托力革厮　俺是个穷人哪，大爷。——［旁白］俺挺认得你。

喀　米　罗　莫那样，请你，要快些：这位相公已经脱掉了一半

衣裳。

奥托力革厮 您可是认真说吗,大爷?[旁白]俺嗅到这里头有花样叫俺上当。

弗洛律采尔 赶快,我请你。

奥托力革厮 当真,俺拿了定钱;可是俺拿它有亏良心。

喀米罗 脱下来,脱下来。——

[弗洛律采尔与奥托力革厮交换衣服。]

交运的姑娘,——让我的预言对你
能应验!——你得退到什么树丛里:
拿着你意中人这顶帽子,把它
盖住了你的双眉;遮着你的脸;
您把衣服脱下来,若能够的话,
装得不像您自己的模样;那样
您就能,——因为我怕有人睃着您,——
上船不给人看破。

哀笛达 我见到这出戏
演到这田地,我一定得扮个脚色。

喀米罗 没办法。您好了没有?

弗洛律采尔 我现在碰到
我父亲的话,他不会叫我是儿子。

喀米罗 不行,您不能戴帽子。 [将帽授与哀笛达。]
来吧,小姐,
来吧。再会了,朋友。

奥托力革厮 再会了,大爷。

弗洛律采尔 啊,哀笛达,我们两个人忘记了
什么哟?请你,说句话。 [彼等至一旁低语。]

喀米罗 [旁白]接下来我将去禀报君王这逃跑,
以及他们到那里去;在这件事里,
我的希望是要能达到我的目的,
逼得他追赶去:跟着他一起,我将
重新见西西利亚,想见那乡邦
我像个妇人般渴慕。

弗洛律采尔　幸运保佑我们！便这样，喀米罗，我们去海边。

喀　米　罗　愈快愈好。　［与弗洛律采尔及裒笛达下。

奥托力革厮　俺懂得这桩事；俺听到了。耳朵敞开，眼睛尖，手脚灵活，是个扒手少不了的本领：一个好鼻子也是必需的，去替其他的感觉把工作嗅出来。俺见到这回可是不老实的人儿交了运。若没有补偿，这是够多好一笔交换！有了这笔交换，这是够多好一注补偿！准是的，天神们今年对咱们眼开眼闭，所以咱们能不用先动脑筋随便做什么。那王太子本身便差不多是一片罪恶；打他父亲那儿逃走，脚跟上还拖着那拖累的石头。若是俺以为去告诉国王是件老实事；俺就不去报：俺认为把它瞒着不报倒更是桩坏事情，在那行止里俺对俺这行业尽忠。站开，站开：这儿又有点事儿要动动热脑筋。每条小径的尽头，每家铺子，每座教堂，每回审判庭，每次行绞刑，都对用心思的人提供活儿。

［小丑与牧羊人上。

小　　丑　瞧，瞧，你现在是怎样的一个人儿！没有别的办法只能告诉国王她是个捡来的女孩儿，不是你的亲骨肉。

牧　羊　人　不，听我说。

小　　丑　不，听我说。

牧　羊　人　你去讲，那么。

小　　丑　她既然不是你的亲骨肉，你的亲骨肉便没有得罪国王；所以你的亲骨肉不该受他的责罚。把你在她身上找到的那些东西给他看；那些秘密东西，除掉她身上带着的东西之外的所有的东西：这事做了以后，法律动不了你一根毫毛：我向你保证。

牧　羊　人　我要把一切东西都告诉国王，每句话，是的，他儿子捣的蛋也讲；那孩子，我可以说，对他父亲，对我，都不老实，想叫我去做国王的亲家公。

小　　丑　当真，亲家公是你跟他最天差地远的事了，不过假使是真的话，我不知道你的血每盎司要贵起多少来。

奥托力革斯 [旁白]很聪明，巧驴儿们！[73]

牧　羊　人 很好，让我们去见国王：这包袱里有东西会叫他搔他的胡须。

奥托力革斯 [旁白]我不知要是他们这么说了
会不会妨碍我那主人的逃走。

小　　丑 希望他在宫里。

奥托力革斯 [旁白]虽然俺生性并不老实，俺有时却会碰巧变得老实：让俺来把咱这货郎的毛毛放在口袋里。[将假须拉去。]什么事，乡下佬儿们？你们上哪儿去？

牧　羊　人 上王宫里去，您老爷若是高兴。

奥托力革斯 你们上那儿有什么事，去找谁，那包袱是怎么回事，你们住在哪儿，叫什么名字，多大岁数，有什么家财，是什么家世？还有该给知道的什么别的东西，讲出来。

小　　丑 我们只是两个简单的小百姓。

奥托力革斯 胡说；你们不简单，头发长得毛茸茸的。莫对俺撒谎；那只跟做买卖的合适，他们常给俺们当军人的上当；可是俺们为了这个付给他们的倒是打印的洋钱，不是戳人的刀尖；因此上他们就不再给俺们上当了。[74]

小　　丑 您相公几乎对我们撒了一个谎，若是您没有把话
缩回去的话。[75]

牧　羊　人 您可是位朝廷官员吗，您若是高兴说的话，老爷？

奥托力革斯 不管俺高兴不高兴，俺反正是位朝廷命官。你不见这些衣装上有朝廷气概吗？俺穿着它走起路来，没朝廷上的官派模样吗？你鼻子嗅不到俺身上的朝廷味道吗？俺不把你这身家低贱当作藐视朝廷官员吗？你可是以为，因为俺管了你的闲事，[76]或者把你的事情拉出来，俺便不是朝廷官员吗？俺确是朝廷官员，从脑袋一直到脚上，而且是个会把你那事儿推上去或拉下来的主儿：因此上，俺命令你把事情说

出来。

牧　羊　人　我的事情,老爷,是去见国王。

奥托力革斯　你对他可有什么代言人?

牧　羊　人　我不懂,若是您高兴的话。

小　　　丑　代言人是朝廷上叫一只野鸡[77]的说法:你就说你没有。

牧　羊　人　没有,老爷;我没有野鸡,公的母的都没有。

奥托力革斯　俺们脑筋不简单真天赐宏恩!
但造化也可能把俺造成跟这些
一个样,所以俺不去鄙视。

小　　　丑　这不能不是位朝廷大官儿。

牧　羊　人　他的衣服是富丽的,[78]可是他穿着它们不怎么体面。

小　　　丑　他这么怪模怪样更显得高贵:是一位大人物,我敢保证;我从他剔牙齿[79]上看得出来。

奥托力革斯　那边那包袱?包袱里有什么东西?那只箱子是做什么的?

牧　羊　人　老爷,这包袱和箱子里有这样的秘密,除国王外任何人不能知道;而且他就在这个钟点里准会知道,若是我能跟他说话的话。

奥托力革斯　老头儿,你白辛苦了。

牧　羊　人　为什么,老爷?

奥托力革斯　国王不在宫廷里;他上了一条新船[80]去排解郁闷,透透空气:因为,假使你能感受到什么严肃的事情的话,你一定知道国王心里很忧愁。

牧　羊　人　听人这么说,老爷,说起他的儿子,说是差点跟牧羊人的姑娘结了亲。

奥托力革斯　若是那个牧羊人如今还没有给看管起来,[81]让他逃走吧:他准会有的诅咒,准会吃到的苦楚,会叫人的脊梁给压断,妖怪的心都碎掉。

小　　　丑　你以为是这样吗,老爷?

奥托力革斯　不光他一个人将遭受机灵所想得出来的最重要的和报复所施的最苦的刑罚;而且凡是跟他关着亲的,即使相隔有二十重,也准会逃不掉吊绞手的手掌:这虽然很可怜,可是不能不这样办。一个吹羊哨子的老流氓,一个看羊的家伙,想要叫他的姑娘沾到王恩!有人说他准会给用石头来砸死;可是那样死法对他太便宜了,俺说:要把俺们的君王宝座吸引到牧羊人茅棚里去!各种各样的死法一起来还嫌太少,最凶的死法还是太轻松。

小　　丑　这老头儿曾有个儿子吧,老爷,你听说过没有,若是您高兴的话,老爷?

奥托力革斯　他有个儿子,那准会给活剥皮;然后给涂上了蜂蜜,放在胡蜂窠顶上;在那里给放到死掉了四分之三多一点儿;再用火酒或有些别的热药汁灌醒回来;接下来,他的皮剥得精光的,在历书里所预言的最热的日子,他将被斜倚在一堵砖墙上,南面的太阳晒着他,就在那太阳光里他将给苍蝇用臭粪玷死。可是咱们何必去谈这些谋反叛逆的恶棍呢?他们吃的苦头该当做笑料,他们犯的罪这么该杀。告诉俺,——因为你们看来是老实的简单的小百姓,——你们去见王上有什么事:你们只要对俺送一点私礼,[82]俺能把你们带到他船上,引到他面前,凑着他耳朵低声替你们说句话儿;假使除掉国王自己之外有另外的人能替你们打关节走门路的话,咱家就是能干这件事的人。

小　　丑　他像是权力很大:跟他约定了吧,给他黄金;权力是头粗暴的熊,可是用黄金可以牵着它的鼻子走。把你钱包里头的东西亮给他的手外头去看,别再多噜苏了。记住,“砸死”和“活剥”!

牧 羊 人　您若是高兴,老爷,替我们承揽这件事,这里是我有的那黄金;我还有这么多给您,现在把这小伙子押给您,等我再把它拿来向您领赎。

奥托力革斯　等俺把答应你的做了之后吗?

牧 羊 人　是啊,老爷。

奥托力革斯　很好,给俺一半。你是这件事里的一方吗?

小　　丑　差不多，老爷：不过，虽然我的境况[83]很可怜，我希望我不会给活剥。

奥托力革斯　啊！那是这牧羊人的儿子的境况：绞死他，他会被当作一个榜样。

小　　丑　安慰，多好的安慰！我们一定得去见国王，给他看我们这值得他看看的东西：他一定得知道这不是你姑娘，也不是我妹子；不然的话，我们可完了。老爷，事情办好以后，我会送给您跟这老人给你的一般多；而且留给您，正如他所说的，作抵押，直等到东西交给了您。

奥托力革斯　俺相信你们。在头里走，对着海边；靠右手边走；俺在这矮树丛里小便一下，就跟你们来。

小　　丑　我们碰到这人算交了运，正如我说的，简直交了运。

牧 羊 人　让我们先走，正如他关照我们的那样。他是老天爷安排好叫指引我们的。

［牧羊人与小丑同下。

奥托力革斯　俺若是有心要老实的话，俺如今却见到命运不叫俺那样：她把赃物落在俺嘴里。俺如今给使出双重机会来招惹，用黄金，而且还有办法使得俺主人太子爷有利；这件事谁知道也许会回过来又叫俺能得升迁？俺要把这两只瞎眼的地老鼠带到他船上去：若是国王认为把他们放回岸上来合适，而且觉得他们对他告的状和他没有关系，让他去叫咱流氓好了，说俺狗颠屁股瞎忙；因为俺对那称呼已经皮老得满不在乎，再也不怕什么害臊了。俺要引他们去见他：这件事里也许有把戏好做。

［下。

第四幕　注释

① 原文作“十五年”，Hanmer 本校改为“十六年”。Capell 指出，就在上一景里“时间”老人刚说过“十六年”；Steevens 则指出，第五幕第三景里宝理娜在三十一行与喀米罗在五十行都说是“十六年”。但一些现代版本仍作“十五年”。

② “The heaping friendships”，Heath 与 Johnson 的解释差不多。意思是，我对你好，你

也就会对我更好,所以对我自己也有好处。

③ 奥托力革斯是个小流氓,痞子,瘪三,偷儿,扒手一类的脚色。在这里和景末他唱这两支歌,粗看起来似乎并无多大意味和情趣可言,但在这出牧歌风喜剧的整个气氛里,一经品味,却显出他是个新颖可喜的欢乐的光棍。他嘴里唱不完接二连三的歌儿,“唱几只调儿比你数钱还快”,叫唱他的货色“仿佛它们是天界的天神或女神似的”;他爱自然景色,爱春天,爱花,爱鸟;他爱偷东西与其说为东西本身,倒不如说更为了捣蛋、好玩。不错,他是流氓习性与欢乐、玩笑的化身,为诗人晚年作品中惊人的、常春的音乐性的性格。

④ 此行根据 Deighton 所解,“春天的红血取代了冬天的白血,通行全身。”

⑤“Pugging”,Steevens 与 Nares(后者为 Halliwell 所征引)都解作“偷窃的”,Collier 谓系“prigging”(偷窃的)之误。Deighton 引 Wise,谓 pugging tooth”即“pegging tooth”或“peg tooth”,意即“虎牙”,又谓这一说法在华列克郡方言里还流行着。按,奥托力革斯是个小偷和扒手,没有问题,但什么叫做“偷窃的牙齿”殊费解,而小偷见了白床单他的虎牙会被“惹得活痒痒”也难于懂得。(是否“熬不住非偷不可”?)倒不如 Johnson 直截了当,说“pugging”这字的意义现在已不懂得,唯据 Thirlby 云,系流浪的吉卜赛人之惯用语。

⑥ Deighton:这一行假使跟上一行有真正的关系的话,应解作“卖掉了偷来的床单,我能买一夸脱麦酒来喝”。

⑦ 桛,读如“卡西”,是个日本字。

⑧ 起三层绒毛的厚天鹅绒,最富丽贵重。

⑨ 原文“to horne-pipes”,Deighton 解作“他唱圣诗有角笛伴奏”。但 Furness 问道,有谁为他伴奏?——毋宁解作“他唱圣诗跟[乡下]角笛舞的活泼调子相和”,——那种风习,我们知道,在当时法国很盛行,而从现在这样的暗指里我们可以推断,那种跳舞在英国当时也不是不知道的。

⑩ “Troll-my-dames”(“弹穿拱门”)据 Brand 与 Farmer 征引 John Jones 所纂《勃克司东(Buckstones)古温泉的好处》(1572)一书云,是一种夫人、娘娘、小姐们玩的游戏,本来名叫“troule-in-madame”(“滚进去-夫人”)是用铅,或紫铜,或锡,或木头制的球,球分大、中、小三式,滚进十一个洞,作比赛游戏。Steeffens 谓,这种游戏的老英文名称叫“鸽子洞”,因为那些小圆球滚进去的拱门有些像鸽子笼的窟窿。

⑪ 原文“hent”可解作“抓住”,也可解作“越过,跨过”。

⑫ Hudson:以单纯的精醇与甜蜜而论,表露王子与公主的恋爱与性格的这一景,在莎氏作品里再没有超过它的了。任何东西在风流韵事上是销魂的,在天真纯洁上是可爱的,在情致上是高超的,以及在信念上是圣洁的,都集中在这里;整个地形成为这些事物中之一,对于它们我们永远是欢迎的,如我们欢迎春天的回来,而在它们上面我们的情感可以永远恢复它们的青春。只要花还会开,心还会爱,它们将会以这一剧景的精神那么做。

⑬ 这里初版对开本原文“sworne I think, To shew my self a glasse”,在 Furness 的新集注本上有将近二十家的校订疏解,但疑难仍未能满意解决。Theobald 校改原来文气上当用以指弗洛律采尔的“sworne”(发誓)为改指哀笛达自己的“swoon”(昏晕)。这正如好几位学者所指出的,与哀笛达的性格不谐和,而且如果作者当真用“swoon”这字的话,排印初版对开本本剧的手民多半会排成“swownd”,如在五幕二景 101 行里的“some *swownded*, all sorrowed”那样。此外另有 Collier 校改“sworne”为“so worn"(这样被穿着),Ingleby 校改"sworne"为"and more"(而且),Bailey 校改全部九个字为"sorely shrink(或 more,I think) To shew myself i'th'glass"(大大地萎缩,把我自己照在镜子里),以及 Hudson 采取 Ingleby 与 Bailey 二人的校改各一部分。Collier 的校改,Dyce 说得好,根本讲不通,——英文里不能容忍这样违反"worn"这字的适当用法的这一结构。至于其他两、三个校读法,对于"myself"也丝毫未曾解决问题,因为,Dyce 谓,哀笛达不可能说"you... sworn to shew *myself* a glass",她只能说"to shew *me* a glass"。若不加校订,Warburton,Malone,White,Cowden-Clarke 等人的解释都只能非常勉强地讲得通。总之,初版对开本上的原文显然有欠缺,而"myself"(我自己)特别成问题。译者相信这里准是脱漏了一行,而且又有误排,故本来面目已无法恢复。但如果要作一大胆的试探,是否可以这样校补?

[you]sworn,I think
[To trip the heels of the world's practices,
And]show[me in]a glass。

"使人间的习俗摔一交"乃是把贵贱尊卑颠倒过来,"叫我面对菱花见龟鉴"是使我知道您和我的地位多么悬殊,我打扮成女神而您化装成牧羊子何等不相称。

⑭ 天王巨璧特(Jupiter,古罗马宗教中诸天众神之长,相当于古希腊之宙斯——Zeus)爱上了菲尼西亚(Phoenicia)国王艾琪诺(Agenor)的公主欧罗巴(Europa),当将他自己变成一头美丽的白公牛,杂在国王所刍牛群里,公主见而喜爱,骑上它的背,公牛即腾空飞到克理特岛(Crete),那里巨璧特和她生了三个儿子 Minos,Sarpedon 与 Rhadamanthus。海龙王奈泼钧(Neptune)和 Theophane 恋爱时变成一头公羊。太阳神阿波罗(Apollo)则变成一个牧羊人,替阿特米德斯(Admetus)国王看守了一年羊群。

⑮ Cowden-Clarke,Rolfe 与 Deighton 解释哀笛达"Or I my life"这话为她将丧失她的生命。Furness 说不然,他不信她会那么悲观。她相信,若弗洛律采尔坚持他的意向,国王一定会分开他们,强迫弗洛律采尔回家,而让她去以哭泣度以后的日子。当打击实际到来时,她对她的情人说道:"我告诉过您结果会怎样,""我将不再多演一忽儿王后的戏,只去挤牛奶和哭泣。"

⑯ 迷迭香叶子常青,芳香可爱,采摘后久久不萎,故象征追忆、思念或回想。芸香味奇苦,又名悔恨草,也叫天恩草(Herb of Grace),因上帝的恩慈与悔恨罪辜密切相关。

⑰ "Carnations"(荷兰石竹),据 Ellacombe 云,在 Lytei《群芳谱》(1578)上名之为"Coronation"或"Cornation"(王冠花),形、色、香俱臻上乘;它有个专名叫"Caryophyllus"(丁香属),通俗名称则有"Pink,Carnation,Gilliflower,Clove,Picotee,Sops-in-wine"等六个之多。"Gilly-vors"或"Gilly'vors"或"Gilly vors",是否即"Carnations",颇难确定。不过看莎氏这里的行文,显然是另一种花,虽然荷兰石竹除紫红、大红、洋红、粉红、素白的而外,也有一种我们叫做洒金的(streak'd,条纹的)。Roach Smith(《莎士比亚之乡间生活》,1870)谓,哀笛达所不喜欢的"streaked gillyflowers"当是"墙花",就在今天莎氏故乡霭汾河上之司忒拉福镇(Stratford-on-Avon)居民们所了解的"gillyflower"即为普通的墙花,学名叫"Cheiranthus 属",野生于古墙石砌之上。Prior(《英国植物的通俗名称》,1863)则谓,花草名称的混乱是由于模糊使用法文名词"Giroflée,Oeillet,Violette"所致,这三个名称原来都可以应用到"Pink"(石竹)族的花上,但后来广泛应用于,而最后在英文里限制使用于,很不同的植物。"Giroflée"变成了"Gilliflower",再限制使用于"Crnciferae"(十字花科)的花上;……。

这十字花科有“丁香”(Clove-)、“沼泽”(Marsh-)、“流氓”(Rogue-)、“冬日”(Winter-)、“普通”(Stock-)、“墙头”(Wall-)、“水上”(Water-)等许多类别。

⑱ “Sauory”(savory),为南欧所产的一种香薄荷,学名叫“Satureia hortensis”,俗名又叫“summer savory”。

⑲ 拉丁文“Proserpina”之希腊文原名为“Persephone”(裒赛丰妮)。她是天王宙斯(Zeus,相当于罗马之巨璧特——Jupiter)与地母地弥透(Demeter,相当于罗马之西吕姒——Ceres)之女,幽冥王海隶士(Hades,即迫鲁陀——Pluto,罗马人称之为地司——Dis)乘车出游,见而喜爱,把她抢去做了王妃,当时她正在西西利亚之埃那山(Enna)山谷间采花游戏。她母亲走遍大地寻访她,杳无踪影。在地母殷求之下,宙斯答应让她回来,不过有条件她须在下界没有吃过什么东西。不幸她吃过一只石榴。为安慰她母亲起见,宙斯准她每年六个月回到地上来,六个月在幽冥界,——这象征种子埋在地里与生长成谷物的季节变迁。她回到奥灵坡斯(Olympus)山上时温蔼慈祥,在阴曹地府里则森严可怕。(Brewer,Harvey.)

⑳ 对开本原文作“Daffadils”,译文从 Coleridge 将显而易见的脱漏补上。Coleridge 云:这里缺少个表示性质的形容词,不仅仅或只是主要在音步上显得欠缺,而且在句子结构的平衡上,在美学的逻辑上也有短少。也许“golden”(金黄的)是个能把“violets dim”相映衬托的字。按,这是个无可置疑的建议,虽然几乎所有的校订本都兢兢业业谨守着对开本原文不加校补。

㉑ 原文“dim”,Schmidt 解作“缺乏美丽,质朴”,Gollancz 训“颜色素静,不显耀,”Onions 释为“不光耀,暗晦,无光彩”。

㉒ 这里把紫罗兰的温馨可爱跟天后朱诺(Juno)的眼睑和昔西丽亚(Cytherea,即爱情女神维纳丝——Venus)的呼息相比,不论在原文或在译文,读者若想充分体会到,必须多用一点想象,观剧的听众要能领略到,当必更加困难。Littledale 云:在“Violets dim”(幽静的紫罗兰)一辞里,紫罗兰气味的芬芳被拿来跟战胜三月寒风的水仙的灿烂之美相对比,“dim”(幽静的)这字是用来使颜色居于比香味稍次要的地位,它的意义也许是“一半从目光里遮掩掉的”,退隐的,含羞的。Furness 则谓,跟灿烂金黄的水仙相比,紫罗兰很可以称之为“幽静的”和“一半从目光里遮掩掉的”。当无法言传的情爱与温柔在眼睛里表露出来时,眼睑会本能地低垂下来;正在那时候,当这样的情爱之瞥视从天后半闭的眼睛里照射出来时,她的眼睑便变成了情爱的一种风味,正如昔西丽亚的呼息变作甜蜜的一种风味一样;而在这两件事上,紫罗兰都胜过了两位女神。

㉓ “Whitson-Pastorals”,意即圣灵降临节的一周间(Whitsuntide,降灵节在耶稣复活节后之第七个星期日)所演出的牧歌剧。Furness 谓:查不出降灵节时所特别演出的牧歌剧。只知道有奇迹剧在那个节期演出,以及各种喧闹的杂耍。可是这没有多大关系。可以说几乎不大合适,由裒笛达去把她自己的言语和动作与任何不及牧歌剧那么优美的东西相比,而只有在降灵节时她也许会有任何机会去观看什么戏剧表演。

㉔ 原文这一行“Nothing but that:move still,still so”:在音调的起伏与淹滞上真可说是妙到极点。两个“still”(永远)于吟诵时都须延长了缓缓地念,各占两个“半拍子”(半音步);所以这一行,骤看时或机械地分析音步起来虽似缺少了一拍子(一音步),但只要诵读得对,把意义与节奏合成一个有机的整体,它仍然是一个完整的五音步韵文行。Cowden-Clarke 夫妇指出得一点不错:莎士比亚把“still”这字跟两个单音字“move”与“so”一起特别这么样重复运用,造成了音乐上的这样一个声调,这个交替

的起与落,水的往复的波动,浪头的动荡,它对读者或听者耳朵上产生了一种效果,那只有一位赋有精绝的感觉的诗人才会想得到。Abbott(《莎士比亚文法》,§509)则谓:这里“still”这字,解作“永远”,要特别着重,也许可以被念成一个准双音字。译者按,应延长,迂缓,淹滞了念,把一个单缀音字念成两个缀音那么长,这才对;特别着重或念得特别响并不能多占据时间。Abbott 的《莎氏文法》论音步部分的大病即在机械的计数主义和不懂节奏的根本性质,不了解重读(ictus)的作用,以及误以为读得越重占据的时间便越长。Hudson 也是个机械的计数主义者,所以他把原文煞费苦心地校补了一番,将下一行首两字“And own”移到本行末尾来补足他认为本行所阙漏的最后一音步,在下行阴性行尾“your doing”之后加上个“is”,将下下行的“Crowns”改为“Crowning”,“are doing”改为“have done”,“deeds”改为“deed”。他这样校改只使文字更合乎散文的味道,大可不必。关于将“deeds”改为“deed”,Furness 说得好:似乎任何哪一位批评家都没有想到,弗洛律采尔在这几个字(“in the present deeds”)里是说起哀笛达如今正在把花束分赠给她的客人们以及她对他们的言谈举止等那些事情。

㉕ 哀笛达微微怪他用谀辞夸张过度,对她近于不忠实。

㉖ Malone:在作者当时和嗣后好久,做女人衣帽的裁缝都由男子充当。按,时下都由妇女担任。

㉗ 此系“Dildos”之音译。据 Murray(《牛津大辞典》)云,这是个在歌谣和歌里用到的来源不明的字。Furness 则谓,它也有个粗俗的含义,有时为和歌提供要点。

㉘ “Fading”,Theobald 谓为一种轻快的舞蹈歌曲,Gifford 说这字原来是一支爱尔兰民间歌曲的和歌或叠唱,因而即以之名有一种舞蹈,那歌和舞都有点淫荡。Malone 自某些爱尔兰好古家那里得知:此舞在爱尔兰叫做“Rinca Fada”,意即“长舞”,十九世纪初年在爱尔兰好些地方还流行着;“faedan”则解作“小笛”,又训“我吹小笛(或口哨)”;这舞蹈在五月节(五月一日)举行,参加的都是年轻人,选一对舞得最好的男女作舞王与舞后,舞时在晚上烧起了祝火摆一长蛇阵,舞后用一支流行的爱尔兰歌曲欢迎夏天的重返,歌辞首句云:“我们领着夏天,——看啊!她跟在我们后面。”Malone 与 Chappell(《古代流行乐曲》)都征引一支俗歌,它的和歌或叠唱是“有一支小笛”;Chappell 谓,这似乎是句没意义的叠句,像“Derry down, Hey nonny, nonny no”之类。Henry Bradley 在《牛津大辞典》里说,“fading”这字字源不明,有人建议来自爱尔兰语“feadán”,意为“笛子、口哨”,但在西康渥(W. Cornwall)郡方言里“fade”解作“从城里舞蹈到乡下”。

㉙ “Jump her and thump her”(摔倒她和拳打她),跟“底而多”和“我吹小笛”一样,也是古代流行歌曲与歌谣里的一句叠唱。

㉚ 这也是支古俗歌里的叠唱句。Furness:当真,小丑这整段话里的滑稽会被伊丽莎白时代的一场观众所认为很有趣味,对于他们,小丑称赞这些歌曲的庄重不猥亵,会马上引得哄堂大笑。按,这整段话为牧羊人的仆人所说,不是小丑的话;以 Furness 这样细心的学者偶尔也会弄错。

㉛ 对于“unbraided wares”,学者们议论纷纷,大体上有三种意见:Steevens, Malone 等解作“不是辫结的(或编织的)货色”,比如缎带、细白麻纱,上好薄麻布等,那些是纺织品;Tollet, Singer, Staunton, Mackay, Murray 等释为“不褪色的货品,真货,好货”,Collier, White 等则建议“embroided”(刺绣的),乃是说小丑本想用此字,因记不分明故误说了“unbraided”。

㉜ 这里有一双关谐语："points"作为货郎所备的货品，本解作花边吊带（花边末端缝一钩子，用以将紧身短裤吊在紧身上衣上），亦可译为"扣絛"；但在这里亦被用作律师争辩的论点、案情或法律问题。很抱憾，此双关无法满意译出。

㉝ "Caddysses"，Murray（《牛津大辞典》）谓系"caddis ribbon"之简称，是一种毛丝带，供做吊袜带用。

㉞ "Lawnes"，Schmidt 之《莎士比亚辞典》说是"细麻"，韦勃斯脱之《新国际英语字典》谓，从前叫做"laune lynen"，大概是法国 Laon 城的制品，是一种极细的麻织物（有时是棉织物），质地比较稀，英格兰教会的主教官服的袖口即用此稀薄细麻布做。十行后奥托力革厮唱的叫卖歌第一行为"荨麻布（Lawne）白得像风飘的雪花"，可知此麻布极细极白，质地上好。《辞海》"荨麻"条下云，"茎皮之纤维纯白色，有绢光。"苎麻恐不对，因据说"为吾国特产"。

㉟ "Cyprus"（对开本作"Cypresse"），据 Wright 研究，是一种绉绸或绉纱，最初在 Cyprus 岛上所制，也有可能从东方运到欧洲是经过 Cyprus 岛的。

㊱ Peck（《密尔敦之新传记》，1740）谓，琥珀有六种：一、生琥珀，用一只小猪的油脂把它弄透明以前的自然生长状态；二、红琥珀；三、白琥珀；四、黑琥珀，最坏的一种，含有沉香、暗黑色软树脂、苏合香和这一类作香丸原料的芳香药用植物的杂质；五、黄琥珀，平常作念珠用的"祈祷琥珀"，莎士比亚剧中奥托力革厮叫卖的"琥珀珠项圈"即是；六、灰色琥珀（最好的一种），可作珍贵的食用香料，融化得和牛乳脂一样，烧、烤或烘肉上用得到，布丁上可以放一块。

㊲ 直译原意当作"她们要（当众）穿着胸衣（或衬裙）"。

㊳ Nares："tawdry"为"Saint Audrey"或"Auldrey"的发音之讹读，后者系"Saint Ethelreda"（圣埃塞丽达）之俗呼。东西被这样称呼，意思是它们是在圣奥特莱市集上买来的，那里有各种花俏的小玩意儿出售。那市售是在伊拉岛（Isle of Ely）上这圣女的节日，十月十七日，举行。按，"lace"则为"necklace"（项圈、颈环）之俗呼。

㊴ Furness：可能奥托力革厮假装着看有没有骗子，实际上是贼头鬼脑向四面张望，看和他一起的是些什么样人。假使我们不在"戏世界"里，我们会奇怪怎么奥托力革厮会不认识弗洛律采尔王储，有如包列齐倪思那么容易地认识他。

㊵ Steevens：也许在晚近时散文对诗歌赢得了一场胜利，虽然是在它的最低微的部门内；因为一切临终前的谈话，忏悔的言辞，凶杀故事，正法目睹记等，在古时候似乎都是用韵文写的。谁若是被处绞刑或火刑，一支欢乐的或悲伤的歌曲（因为这两个表性状词有时是加在这些作品上的）马上被登记在书业公会（the Company of Stationers）的登记簿上。

㊶ "The fourscore of April"与"forty thousand fathom"这两下胡扯都难以索解。如果"说新闻来话新闻"的目的是造些小谣言作为噱头以哄人骗钱，则这样胡诌，说什么"四月八十号"和"离水面有四万英呎高"，只会戳穿西洋镜，叫人不去上当买那些歌曲。

㊷ Malone：1604 年书业公会登记簿上有这样一则登记："一条骇怪的巨鱼的极真而希奇的目击记，它在海上西方上空以一个女人的形状出现。"非常可能莎士比亚在这里是暗指这件新闻。Furness 谓，《冬日故事》作成于 1611 年，莎士比亚记忆着这条"骇怪的巨鱼"经过七年还没有忘掉。

㊸ Johnson："毛人儿"就是半人半山羊的神仙。中世纪时山羊人妖仙舞不是一个反常的娱乐，在法国有一次欢庆一个大节日时，国王与几位贵族装扮成山羊人妖仙，穿着

紧身的衣服，上面都是毛茸茸的，以模仿羊毛。他们开始一场狂欢舞，而当他们狂欢极乐时，有一个人靠近一支蜡烛，火头燃上了他的妖仙衣服，马上散布开来，蔓延到他前后左右的妖仙们身上去；结果许多参加舞会的人都被灼伤，因为他们既来不及脱去衣服，又没法把火弄熄。国王幸亏将他自己投在浡庚岱公爵夫人的怀抱里，她把她的长袍裹在他身上，救了他得免被烧伤。

㊹ 原文"Saltiers"，Malone 谓是"Satyrs"（山羊人妖仙）之讹，牧羊人的仆人因弄不清楚所以叫别了的，他们的衣服也许是用山羊皮做的。Collier 则谓，真正的原字也许是"saultiers"（i. e. vaultiers，跳踊者们），因为这仆人后来说到，这些三人团中最不行的一个，"量尺码跳得有十二英尺半高"。但也许"saltiers"是牧羊人仆人的误读。Halliwell："Saltiers"或"sanltiers"解作"跳踊者们"或"翻筋斗的人们"。

㊺ Furness 引 Cotgrave（《法文英文字典》，1632）云："Hochepot"解作"a hotch pot"（一锅杂碎）或"Gallimaufrey"（杂烩）；一堆杂七八糟的东西混合在一起乱煮一通。

㊻ "Bowling"，Johnson 说是"舞蹈的顺溜动作，不用太费精力"。Mason 则谓，不是如 Johnson 所推测的那样，暗指一个顺溜的舞蹈，而是指抛掷滚球（bowling-green）那样顺溜[不蹦跳]。

㊼ Cowden-Clarke 夫妇：国王一直在盘问老牧人，如他所计议的那样，而且获得了他所预期的成功。按，见四幕一景之末。

㊽ "And handed love"，Warburton 说是"跟我的恋人嬉戏。"Cowden-Clarke 夫妇则谓，解作"与情爱厮熟"，又含有"握着我姣娃的手"之意；显示弗洛律采尔一直握着袁笛达的手不放，自从他开始携着她的手，当他们将要起舞那时他说"将手搀着我，我的袁笛达"（本景 154 行）。

㊾ Furness：两人中，喀米罗要比包列齐倪思更不能隐藏他对袁笛达的叹赏；那是他说的，假使他在她羊群里的话，他会不去吃草，凭眼睛就看个饱；而当包列齐倪思不再能控制他的惊奇，对喀米罗赞叹袁笛达是个曾在草坪上奔跑的最美的寻常百姓家姑娘时，喀米罗回答道，她是位奶酪和乳脂的王后。在这情人眼里，看出了一个老人的爱慕。译者按，有人也许要提出疑问，以弗洛律采尔这样一位二十岁左右的王子，智能很健全，可以说每天要见到他父亲与喀米罗好多次，不管他们化装得如何巧妙，即令不见面，光听说话声音，也能马上辨认出那是他父亲和恩相（父王的救命恩人）喀米罗在讲话，怎么他会毫不怀疑这两位贵客的身份，而口口声声称呼自己的父亲"Old sir"，"ancient sir"（我译为"老封君"，"老大伯"），仿佛从未谋面过的一位贵人一样：这可不是莎士比亚功夫不到，老马失蹄吗？我们的答复是：在诗人当时的宫廷社会中，以及传播到中上层社会里，化装舞会之类的欢娱是极普通的一回事；戴假面的对手不论装得怎样光眼看认不出来，等到相偕舞上了一圈，交谈过三言两语之后，没有不彼此相识或至少是相知的。但虽然相知或相识，彼此仍继续以化装着的身份舞蹈着，决不会互相把花脸壳扯去，袍衫拉掉：这就叫做有趣的"假装"（make-believe）。我们要用这样的心情来了解并欣赏剧情，体会弗洛律采尔何以会一本正经跟一位素不相识的"老大伯"讲话，才不致感觉到这是作者功力不到的一个"大破绽"。在诗歌、戏剧或任何其他艺术里，这样的"假装"是很重要的一种成份。如果有人提出疑问当然在情理之中，经说明后未必见得再会有人坚持。

㊿ Furness 谓，这里应当是个悠长的停顿，以"——"这符号来表示，因句子尚未结束。包列齐倪思告诉了我们它的原因。对于弗洛律采尔，碰着那只柔荑似的手，整个世界都消隐掉了。Walker 则主张这半行与下面半行应合成一行。

(51) 原文这里的“altring Rheumes”,Furness 谓系指体液本身之变动,并非说它们变动人体的健康。按,据古医学人身内有四种体液,配合得彼此分量合适即身体健康,若有失调即形成疾病。老年人因体液失调,患鼻粘膜炎,鼻涕经常流出来,其他的症状有风湿症等老年病。

(52) Furness 谓,弗洛律采尔在这里反应他父亲的殷切的语调。

(53) Theobald:既然国王在前面和后面的说话里都在斥责袁笛达,我当真认为这短小的、苦恼的惊叹应归属于她。而况,从后面的对话里看来,显得老牧人受到了大震惊,或者如俗话所说,吓破了胆,喀米罗看到了这情形,所以对他说,“怎样了,老人家?你在死去前,说句话来。”

(54) 据古典神话,杜凯良(Deucalion)为大神普鲁米修士(Prometheus,意即“先见”)之子,为赛撒利(Thessaly)国王,王后辟拉(Pyrrha)为大神晏璧米修士(Epimetheus,意即“后见”)之女。天王宙斯(Zeus)因见人类不敬神明而恼怒,用洪水浸淹大地。幸有普鲁米修士的预示,杜凯良先造了一只船,洪水一来他和王后乘舟漂去,登上了巴纳塞斯(Parnassus)山顶。洪水退去时,杜凯良和辟拉求请女神西密慈(Themis,意即“自然现象之规律与和谐”)之神谕,怎样才能弥补人类的损失,因为除他们夫妇外所有的人都已淹死。神谕指示他们向背后丢石头。他们照办了,杜凯良丢的石头变成了男子,辟拉丢的变成了女子。因此,杜凯良是我们现有人类的始祖。

(55) Clark 与 Wright:有一佚名批评家校改对开本原文“dead”(致命的)为“dread”(可怕的)。

(56) Deighton 解这两行云:不错,对他也配得,(假使我的家世的荣誉不被牵涉的话)显得他自己不配你。C. B. Mount 问道:在什么可能的意义上弗洛律采尔在使他自己不配袁笛达?他用心并不坏;事实上,正是他要结婚的这意向使他父亲勃然大怒;假使他已经使他自己不配她了,怎么“我们的荣誉”能在这件事上减少或影响他的不配?H. C. Hart 答道:弗洛律采尔目前的不孝行为显得他不配袁笛达——假使我们家世的高华不集中在他身上的话。在包列齐倪思胸中伤痛他的心的,乃是对一个父亲的欺骗,而就是这欺骗使弗洛律采尔(他在别的方面都堪与袁笛达相匹配,只除了在家世高华上,在他的王族血统上)不配她。

(57) Warburton:这性格在这里得到很巧妙的支持。假如使她对国王显示他自己身份表现得惊惶失措,就会跟她的家世身份不合适;假如她毅然回答了国王的话,那便对于她的教养有亏。

(58) Furness:袁笛达是心碎了;她知道弗洛律采尔一定得去,而这一别离是过去得愈快愈好。

(59) Grey:意即他将被埋在绞刑架下面,没有牧师替他举行葬仪。据 1549 年爱德华六世所颁英格兰国教第一祈祷文式的朱文教仪典(莎士比亚大概是暗指这个),有这样的指示:“然后牧师投土在尸体上,应说‘我荐引你的灵魂……’。”

(60) 这两行内所用的暗喻是,将他自己比作一条猎狗,他父亲用皮带向后拉着或在前牵着他。

(61) 对开本原文“his Highness”(他御座),Capell 拟改为“his highness”(他尊威)。Delius 谓,不仅王位的尊号,而且是包列齐倪思的尊威,受到了弗洛律采尔向牧羊女郎求爱的凌辱。Furness 谓,嗣后除 Keightley 仍保持原来的“his Highness”外,所有的校订本都从 Capell。

(62) Cowden-Clarke 夫妇:对王子这般重复她这句殷切的、回想起来的话,说她曾屡次努力向他言明过，他的目的不见得会成功，显示哀笛达对国王的斥责，说那是她主动吸引弗洛律采尔对她求爱，有何等高贵的愤慨，而且和她庄严的性情绝对相融谐。她最挂虑的是要使她自己不受这谴咎的羞辱；最侮慢她、触伤她自尊心的就是这责难；她沉肃地沮丧着，含一派缄默的尊严，不愧为候妙霓的女儿。

63 类似的意象在莎氏以下两部悲剧里曾见过。《麦克白》四幕一景、五十八至六十行：

"即令造化的种子整个儿
宝藏全被洒散在地上，直等到
毁灭也感觉厌倦。"

又，《黎琊王》三幕二景九至十二行：

"还有你，你这个震骇万物的雷霆，
锤你的，锤扁这冥顽的浑圆的世界！
捣破造化的模型，把传续这寡义
负恩的人类的种子顿时捣散！"

64 这是在对哀笛达说，叫她莫低眉垂视，沮丧忧郁。

65 "它"指疯癫。意即，如果我能爱她，我可以保持我的理智；假若不然，我将发疯。

66 刚摔掉一个灾祸，又去捡起另一个，倒不如去冒险忙乱为得计，因为多费一番劳累而一无收获，还是不动为妙。在这一个意义上，比如有条船在海外某处港湾里抛下了锚避风，即令船上人不愿待在那里，可还是待在那里的好，那些被抛下了的船锚就算尽到了它们最好的作用。

67 Mrs. Jameson：哀笛达有另外一个特点，那在她性格描画的诗的美妙上又加了一层力量与道德的高超，这是特别引人注目的。是那真理与正义之感，那心神的正直的单纯，鄙夷着一切欺骗与邪曲的手段，一会儿也不肯降格去假装，而且是和对她的爱情、对她的情人的高贵的信心调融合一的。她对喀米罗的回答是用这个精神作的。

68 原文这一行半，直译可作"在这七年内，你父亲屋里不会再生你这样的（孩子）了"。Furness 引两种德文翻译供读者们理解与欣赏的参考，煞是有趣。Schmidt（在他的译文注解里）取笑 Tieck（按，Tieck 为十九世纪德国之莎作名译者，诗人）的译文：Es wird wol deines Vaters Haus nicht wieder in sieben Jahren solch ein Kind sebären.（好在你父亲屋里不会在七年内再生[你]这样个孩子了。）"仿佛"，Schmidt 说，"七年过后或然性会大一点似的！'七年'在莎氏是解作无定限的、相当长的一段时间[并非不多不少确指七年]。"Schmidt 之德译则是这样的："Viel Wasser fliesst von Berg, eh'Eurem Hause Ein zweites Kind[gebären]."（很多[泉]水将从山中流出来，在你们家里会生出第二个[你这样的]孩子前。）汉译因而作"在多少年之内"，而且口气也是奖赞哀笛达的正气与坚强的。

69 据 Grey（《批评的、历史的与解释的注子》）云，香球是用香料做的小圆球，放在口袋里或挂在颈上，在疫疠流行时防止传染。

70 Johnson 谓：此系暗指往往为罗马教徒所出售的念珠，据说因为跟某些神圣的灵宝接触过而变得特别有灵验。

71 "Best in picture"，Hunter 谓系指钱币上的印纹，Rolfe 解作"有最好的样子"，Deighton 释为"看起来最好，即装得最满"。

72 在莎氏当时，男人裤子前面下部缝或挂一片很不雅观的、吊儿郎当的东西名叫"codpiece"，可以做成一只放钱包的袋子；我们没有现成的名称可译，姑名之曰"遮阳"。

73 Schmidt：这是句鄙蔑的反话，意即"愚蠢之极"。按，"puppies"意为"自以为了不起的小狗们”。但在我们语文里，分明不能这样说法。

⑭ “Give us the lie”这成语原来的意义是，“把我们说成不老实”。但这里并不拘泥于原义，而是可以有几种不同的说法。Heath 谓，诗人的意思是要造成困惑以及开玩笑，甚至使奥托力革斯也自相矛盾，这可以在小丑对他的回答里见到。Johnson 谓，这意义是，他们[做买卖的]是被出了钱叫撒谎的，所以他们不是把谎话给了我们，而是把它卖给了我们。Hudson 云，奥托力革斯显得是在“to give one the lie”这句成语上说双关话，用作“以谎话作交易”解，或者用假话来欺骗；如他自己在出售他的货品时所常做的那样。撒谎在这一意义上是被付了钱的，而不是被付与刀戳的，如在另一意义上那样。而且，用撒谎把他的主顾们的钱骗出来，奥托力革斯在他的谎话出卖中收到了很好的代价；因此，他没有把谎话白送给他们。Rolfe 解释道：当奥托力革斯说“tradesmen”(做买卖的)“常给咱们当军人的上当”，他大概是说他们那么做是在卖货时所进行的撒谎中(这诡计他自己是充分熟悉的)；但是，他又说，“我们为此付给他们的倒是打印的洋钱，不是戳人的刀尖”——如他们所应受的，或你们所会猜想的那样。做买卖的可说不会得惯于责备军人们，把他们说成不老实，如将“to give the lie”这句成语解作它本来的意义那样。此外，还有 Daniel 与 Deighton 认为“stamped coin”(打印的洋钱)与“stabbing steel”(戳人的刀尖)二语被手民误排得次序颠倒，这里就不加详述了。Furness 则认为，这是奥托力革斯故意说得暧昧不明，以困惑两头“巧驴儿们”的，同时，也可以给他们一个很深的印象，他自己是多么重要。

⑮ 译文小丑此语系据 Capell 所释义。Rushton 则谓，“to be taken with the manner (mainour)”是句老法律用语，意即“被当场捉到(人赃俱获)”；若据此说，则下半句当作“若是您没把您自己当场捉到的话”。

⑯ 原文“insinuate” Malone 解作“用巧言引诱，低声下气说话”。译文据 Schmidt 所训义。

⑰ Kenrick 谓，原文“Pheazant”(野鸡)疑系“Present”(礼物)一字之误，虽然不敢一定说对。Walker 与 Furness 都认为 Kenrick 的校改一点不错。对于“野鸡”的原文，Steevens 作这样的解释：既然他是个从乡下出来的请求者(或告状人)，小丑猜想他父亲总要带一点野味来送礼，所以当奥托力革斯问他他有什么“代言人”时，小丑以为“代言人”就是一只野鸡。

⑱ White：显然这是诗人记忆疏忽了。这瘪三固然跟王储对调了衣服；但王储是穿着个“牧羊子的衣着”[见本景第九行]。Gildmeister 建议，“《冬日故事》上演时，也许莎士比亚正住在司忒拉福镇上；假使他在场，他不会不去改正这失误。

⑲ Johnson 谓，这显得剔牙齿在当时被认为是装模作样表示自己高贵或文雅的一种特征。

⑳ Stearns：为什么是条新船？因为在一条新船里空气要比一条旧船里干净得多；为的是舱底的污水不会积污太多而发臭。

㉑ 原文“hand-fast”严格讲来，据 Staunton 云，解作“mainprise”(取保释放，随传随到)，又叫作“handling”。译文从 Schmidt 的说法，泛训为“任何束缚、拘禁或看管”。

㉒ 即贿赂。

㉓ 这里有个双关，“case”解作“境况”，又解作“皮张”。D. H. Madden 谓，在打猎用语里，狐狸皮被叫作是它的“皮张”。

第五幕

第一景

［西西利亚。里杭底斯宫中一室］

［里杭底斯、克廖弥尼司、第盎、宝理娜与仆人等上。

克廖弥尼司 王上，您做得已够，已经尽到了
圣徒一般的悲伤；不可能犯过
什么样罪辜，您尚未赎尽前愆；
当真，您所付的忏悔已超过咎戾。
最后，跟上天似的，请将那邪恶
忘怀；和上天一样，宽恕您自己。

里杭底斯 只要想起她和她的美德，
我便不能忘掉我自己的过错，
所以总想起我自己铸成的枉曲；
那是这么多，以致使我的王国
没有了后裔，而且摧折了人自来
所曾寄托希望的最亲密的同伴。

宝理娜 果真，太对了，吾主；假使您跟
举世一个个女子都结婚，或者从
所有的女子身上都采取一点儿
优良，[1]去造个白璧无瑕的良妻，
曾被您杀死的她，仍将独绝而无双。

里杭底斯 我也这么想。杀死的！[2]我杀死的她！

我确曾如此;但你说到这上头
打得我很痛:在你唇舌间道出,
跟在我思想里想着,同样奇苦。
如今,请你,要少说为是。

克廖弥尼司　　好夫人,
一次也别说:您说一千桩别的事,
会对那事有好处,使您的温蔼
更能增光彩。

宝理娜　　你也是那些个愿他
再婚的人中的一个。

第盎　　你若是不愿
这般,您对于邦国便不存怜爱,
对于他至尊的名声的忆念也没
顾惜;未曾考虑到,因王上子嗣
空虚,什么样危难会降落到邦中,
把犹豫不定的旁观者悉数毁灭。
什么事能比庆贺旧时的王后
健好无恙,更清纯圣洁?什么事
能比欢庆王统的更新,同时为
目今的慰藉,也为将来的福绥,
去祝贺御榻上又有了亲密的同伴,
更清纯圣洁?

宝理娜　　与去世的娘娘相比,
没有谁堪供匹配。而况,天神们
将会要完成他们那秘奥的计划,
因为神灵的阿波罗不是说过吗,
他那神谕的用意不是曾明言,
说国王里杭底斯,他失去的孩子
找到前,不会有后嗣?假使有的话,
那真和我们人类的理智不相容,
正如我的安铁冈纳施破开坟墓
到我跟前来;他呀,凭我的生命,

已和那孩婴同归于尽。你想劝
主上乖天心，违逆天神们的意志。——
［向里杭底斯］不必为后嗣多顾虑；宝祚自会
找到后继人：伟大的亚历山大
将他的大宝遗给堪当其位者，
故而他的继承人该是最好的。

里杭底斯　亲爱的宝理娜，我知道你是耿耿
怀念着候妙霓；啊！但愿我采取了
你的谏诤去行事！那样时，到如今，
我尽可举目凝望我王后的明眸，
从她那唇边得到无穷的宝藏，——

宝理娜　哦，她唇边的宝藏，取之无尽而
用之不竭。

里杭底斯　你说得极是。再没有
这样的妻子了；所以，不再要妻子：
一个不如她而能得较优待遇的，
会使她已成为神圣的亡灵重据
她的尸骸，而在这舞台上，——这里
我们如今都有罪，——现形，③且愤激
难禁地问道，"为什么你对我如此？"④

宝理娜　她若能这样做，自有充分的原因。

里杭底斯　她很有原因；且将激得我性起，
凶杀那新妇。

宝理娜　我当会那么做：假如
我是那还魂的幽灵，我会叫您
注视她的眼瞳，看了对我说您可
看中她那里边的什么迟钝部分，
所以选中她；然后我将发锐唳，
而您的耳鼓会破裂；接着我还会
对您说，"记得我的眼睛"。

里杭底斯　星星，星星！
别的眼睛全都是熄了火的焦炭。

你不用害怕我娶妻;我将不再有
妻子,宝理娜。

宝 理 娜 您可肯宣誓吗,决不
再结婚,除非得我的同意?

里杭底斯 宝理娜,
我决不:让我的灵魂得福!

宝 理 娜 那么,
亲爱的贵人们,对他这誓言作证。

克廖弥尼司 您使他过于奋激。

宝 理 娜 除非又有位,
好比画像般与候妙霓一模一样,
为他所目击。

克廖弥尼司 亲爱的夫人,——

宝 理 娜 我的话
已说完。可是,主君如果要结婚,——
若是您要的话,吾王,毫无办法,
您准要,——给我那任务为您选一位
后妃,她定得不如您先前的那位
那样年轻;但她将是这样的人儿,
假使您先前的王后的幽灵在此,
她将乐意见她在您的臂抱中。

里杭底斯 真诚不假的宝理娜,在你叫我们
结婚前,我们将不结。

宝 理 娜 那将会是在
您那第一位王后[5]重复呼吸时;
不到那时候决不会。

[一近侍[6]上。

近 侍 有一位自言是弗洛律采尔亲王,
包列齐倪思的儿子,同他的妃子,——
我从未见过这样的美人,——愿求
王驾对他们赐见。

里杭底斯 谁和他在一起?

他到来不像他父亲,车水马龙
旗幡拥;他这下来到,仪从清简
又仓猝,告诉我们这不是预先
计议来相访,而是为需要与偶然
所促使。有什么随从?

近　　侍　　只少数,而且
也寒伧。

里杭底斯　　你说有他的妃子一同来?

近　　侍　是啊,那该是,我想,从来太阳曾
照亮的最绝的一块土。

宝 理 娜　　啊,候妙霓!
既然每一刻现今总夸耀它自己
超迈了较好的过往,你的坟墓⑦
也就一定得让位于此刻之所见。
先生,您自己曾说过、写过这句话,——
但您那大作如今已比那话题⑧
还要冷,——"她,人中绝,再也无人能
相比";便这般您诗中曾一度流过
她的美:要说您曾见佼好的美人,
这话已时过而境迁,不堪再回忆。

近　　侍　请原谅,夫人:那一位我几已忘掉——
望你原谅——这一位您一经目注,
将无不心仪而舌赞。这是这样
一个人,只要她开创一支教派,
所有其他教派里的信徒的热诚
都会被她熄灭掉,只要她叫谁
跟她、谁就会成她的皈依者。

宝 理 娜　　怎样?
不是女人吧?⑨

近　　侍　　女人会爱她,因为她
是个比任何男子更宝贵的女人;
男子会爱她,因为她是个女人中

最登峰造极的。

里杭底斯 你去,克廖弥尼司;
你自己,你的荣誉的同僚们帮着,
将他们带来入我们的怀抱。还是
很奇怪, [克廖弥尼司与余众下。
他会这样偷偷的来访。

宝理娜 若我们的王子——孩子中的宝——见到
这时辰,他会跟这位殿下成一双:
他们的生日相差不到一足月。

里杭底斯 请你莫说了:住口吧! 你知道一经
提起他,对于我,就是再死了一遭:
当我见到这位少君时,你的话
准会使我想起那情事,那许会
叫我丧神而失智。他们已来了。
[弗洛律采尔、裒笛达、克廖弥尼司与余众上。
你母亲何等精贞于婚媾,亲王;
因为她将你怀孕时,把你的父王
印版一般地打印了出来。我此刻
假如是二十一岁,令尊的形象在你
眉宇间丝毫不爽,这气概跟他
一模一样,我会像以前称呼他,
那么,叫你作王兄;且跟你谈起
我们从前轻率地一同做的事。
最最亲爱的欢迎! 美好的妃子,
还有你,——天仙! 啊,唉哟! 我失掉了
儿女一双,若他们在天上和人间,
会引得神仙与下界都赞叹,正和
你们,尊荣的贤伉俪,一个样:[10] 另外
我也失掉了——都因我自己的愚蠢——
你堂堂父王的友伴和友爱,对他,
我挨着衷心的惨痛,愿在此生中
再见他一面。

弗洛律采尔　　　　　　　　奉着他的命，我在
西西利亚登了岸；为他尽敬礼，
问安好于君王，这乃是一位国君
怀着友情能致他王兄的至意：
若不是衰颓，——那跟老年一同来，——
有点制服了他愿有的能力，他会
迈越过您和他御座之间的海陆
相距亲自来见您，他爱您——他要我
对您这么说——甚于爱一切王权，
和活着的君王。

里杭底斯　　　　　　　　啊，我的王兄啊！——
亲爱的君子，——我对您所行的不义
重复在我心中内疚，而您的这些
周章斡旋，这么样无比地亲仁
恳挚，只能说明我多拖延迟滞，
多疏懈怠忽！欢迎你来到此间，
如欢迎春来大地。而他还竟然
促使这位琼绝的天人，冒着那
可怕的奈泼钧的可畏之威——至少
不温柔，来敬礼一个不值她麻烦，
更不堪她冒逆生命危险的人吗？

弗洛律采尔　亲爱的吾王，她来自利比亚。

里杭底斯　　　　　　　　　　　　是否在
那里，那勇武的司马勒，高贵与光荣
两全之主，为人所畏惧而敬爱？

弗洛律采尔　至尊的伯父，是从那方来；来自他
那边，他流泪与他的爱女道别：
我们打那里过海来——一路是南风
友好地顺送——执行我家父给我，
叫拜谒尊颜之命：我最好的扈从
我自西西利亚海边已解散回家；
他们已转向波希米亚去，不仅去

汇报我在利比亚的成功,大伯父,
也为去陈禀我与妃子的安全
到达了此间我们如今之所在。

里杭底斯 愿众位神圣的天神将空中疫气
清扫尽,当你在此作客时! 你有位
清纯圣洁的尊亲,一位懋德而
获天佑的君子;对他的福体,那是
如此地神圣,我犯过罪戾:为那个,
上苍心怀着恼怒,使我无子嗣;
而令尊却得福——他应受天恩呵护——
有了你,堪当他的盛德。我若现今
能眼望儿女双双在眼前,如同
你这样的佳儿,我将多么心情爽!

[一贵人上。

贵人 至尊的明君,我待禀报的将不邀
信任,假使凭证不来得这么近。
您许会高兴,大王,波希米亚王
御驾亲自命我向尊座致问候;
愿您将他的王子逮捕住,他把
高位、名分都抛弃而不顾,打从他
父王,打从他的希望逃遁,而且是
和个牧羊人的女儿一同出奔。

里杭底斯 波希米亚在哪里? 快说。

贵人 他在您
这城中;我此刻是从他那里来此:
我出言慌乱,这正和我的惊愕
与传言相符契。当他赶来您宫中,——
看来是来追这俊俏的一双,——路上
被他撞见了这个像千金的父亲
和她的哥哥,他们都随同这位
年轻的王子背离了他们的乡井。

弗洛律采尔 喀米罗出卖了我了;他的荣誉

和他的诚实到此为止，还能够
经受住一切风波云雾。

贵　　人　将这事
归罪于他吧：他和您父王在一起。

里杭底斯　是谁？喀米罗？

贵　　人　正是喀米罗，君王：
我刚和他说过话，他现在正跟这
两个可怜的人儿在打话。[11]我从未
见过遭际狼狈的家伙这么样
颤抖：他们下着跪，叩着头请罪，
每说一会话便诅咒一下自己：
波希米亚手掩着自己的耳朵，
用各种各样的死法威吓他们。

裒　笛　达　啊，我可怜的父亲！天公差密探
跟随着我们，不叫我们的婚事
庆合欢。

里杭底斯　你们结过婚吗？

弗洛律采尔　我们没，
大伯父，看来不见得成功了；星星，
我看来，要先吻过了山谷才成：
中彩头对于位高位低都一样。[12]

里杭底斯　我的亲王，这是位国王的女儿吗？

弗洛律采尔　她是的，[13]只要一做了我的妃子。

里杭底斯　那个"一做了"，我看来，只因你父亲
来得太快，恐怕要延宕。我抱憾，
非常抱憾，你打破了他的喜爱，
挣脱本分的维系走出来；我同样
抱憾的是你这选中的偶俪品位
敌不上美貌，好叫你得能消受她。

弗洛律采尔　心爱的，抬头望：虽然命运，如今
显得是敌人，同我的父亲一起来
追我们，她却没有一点点力量

来改变我们的爱情。恳求您，伯父，
请回忆从前您和我如今一样，
那年轻时节；回想到这样的情爱，
请您站出来替我作主张；在您
申请下，我父亲会给珍宝如草芥。

里杭底斯 若果真如此，我讨要你这位
宝贝的姑娘，他会把她当草芥
来给予。

宝理娜 王上，我的主君，您这双
眼睛里还太多青春的光焰：王后
过世前不满一个月，她更配领受
您此刻眼端端所投的凝视。

里杭底斯 就在
这些顾视中，我想起了她来。[向弗]可是
我还未回答你的恳请。我要去看
你父亲：你的荣誉若未被欲念
所推翻，我愿为它们，愿为你尽力；
去求情，我现在要看他。所以来吧，
看我的成就如何：跟我来，好贤侄。

[同下。

第 二 景⑭

[王宫前]

[奥托力革厮与一士夫⑮上。

奥托力革厮 请问您，大人，讲那经过情形时您在场吗？

士夫一 打开那包裹时我在，听到那牧羊老人讲起他是怎样捡到的：诧异了一会之后，我们被吩咐离开那房间；不过我似乎听到牧羊人说，他是捡到那孩子的。

奥托力革厮 俺倒挺乐意知道那事情结果如何。

士夫一 我传报这件事可说不齐全；不过我看到国王和喀米罗脸色变了，一派的惊奇：他们彼此互相瞪着，好似

要瞪破眼眶似的;他们不说话中间有话,光那姿态里就有言语;他们那神情里像是听到了整个世界得救了,或是给毁了:一阵异乎寻常的诧愕的激情在他们形容间透露出来;可是即使最聪明的旁观者,只凭眼看,不知道内情,也说不上那是什么意思,是欢乐还是悲哀;不过总不出这两桩里的一桩,且准是到了极点。

［又一士夫上。

这里来了位士夫,也许会多知道些。有什么新闻,罗格罗?

士夫二 什么也没有,只有祝火:神谕是应验了;公主是找到了:这么多惊人的奇事在这一晌发生出来,小曲家们还来不及编造歌曲呢。

［又一士夫上。

宝理娜夫人的家宰来了:他能多给你些消息。现在怎样了,先生?这新闻据说是真实的,但跟个老故事一样,它的真不真很有点可疑:国王找到了他的胤嗣⑯吗?

士夫三 千真万确,假使真情能叫一些情况的细节充实而坐证的话:你听到的一些事你可以发誓你看到过,证据是这么完全一致。候妙霓王后的斗篷,挂在孩子颈上的那颗宝石,和它一起捡到的安铁冈纳施的信件,那个他们认得是他的笔迹;那姑娘的气概举止庄严宏大一如她母亲,天生成性情高贵远超过她所受的教养,还有许多其他的证据宣明她毫无疑问是国王的女儿。你看到两位国王彼此相见吗?

士夫二 没有。

士夫三 那你就损失掉一场奇观了,那是要眼睛看的,嘴巴说不像。那里你能见到欢乐之上又加欢乐,以致,且到了这般模样,看来像“悲哀”离开他们时哭得不可开交,因为他们的“欢乐”是徒涉着眼泪互相拥抱的。他们眼睛往上望,手臂高举着,仓皇混乱做一团,你只能分辨出衣袍，不能凭眉眼面相辨认他们了。我们的王上，为了找到他女儿而狂欢，几乎要跳起来，乐极生悲，叫道，“啊，你母亲，你母亲！”跟着就请求波希米亚对他宽恕；接下来便拥抱他的女婿；再就是去搂抱他女儿；然后去感谢那牧羊老人，他站在一旁像个经过了好多代王朝的喷泉上的石人儿似的。我从未听说过这样的相会，这真是传报会蹩着腿跟不上，描画会变成哑巴说不出来。

士 夫 二 安铁冈纳施，是他把这孩子送去的，请问你，他怎么样了？

士 夫 三 还是像个老故事那样，那想要把事情说出来，可是没有人会相信。[17]他给一头大熊撕烂了：牧羊人的儿子肯定地这样说，而他则不光有他的蠢拙——那好像很厉害——证明他不诳，而且还有他的一方手帕和几只戒指宝理娜认得出来。

士 夫 一 他那条船和他的随从们怎样了？

士 夫 三 船破了，跟他们主子的死是同一个时刻，而且牧羊人还看到：所有帮同他抛弃那孩子的所有的人手就在她给捡到的那一刻都给消灭了。可是，啊！那狂欢和极痛在宝理娜心中那场严肃的搏斗可真了不起！她为她丈夫的死低垂着一只眼睛，为神谕的应验高举着另一只：她把公主从地上举了起来，拥抱她得这么紧，仿佛要把她钉住在心上似的，好使她不再遭失掉的危险。

士 夫 一 这个动作的庄严是值得君王们、太子公主他们观看的，因为那就在他们面前表演。

士 夫 三 在一切情状里最可爱的，而那是来钓我的眼睛的，——钓到了眼泪，不是鱼，——是正当讲起王后的死的时候，说到她怎样会死，——那件事国王自己勇于认罪而悼伤，——他女儿非常注意听，那可真伤了她的心；等到，悲伤的征象一个接着一个来，最后她叫声“唉哟”！我愿说，哭出的眼泪似流血，因为我敢肯定我心里的血也像眼泪在泉涌。谁在那里就是最铁石心肠的也会脸上变色；有人昏晕过去了，大家都哭了：假使全世界的人能来看到，那悲哀就会是普天下的了。

士 夫 一 他们回到王宫里去了吗？

士 夫 三 没有；公主听说了她母亲的雕像，那是宝理娜保管着的——一尊雕了好多年，现在才由那位卓越的意大利大师巨利奥·罗马诺新完成的杰作；[18]他若是有永恒把握，能把呼吸放进他作品里去的话，他会把造化的主顾抢走，竟能模仿她到这么一丝不爽：他把候妙霓雕刻得这么像候妙霓本人，他们说人们能对她说话而站着等她回答：他们都怀着满腔热爱去到了那里，预备在那里进晚餐。

士 夫 二 我想她在那里当有什么大事情在做，因为自从候妙霓死后，她总是一天两三回独白一人去到那隐僻的房屋里去。[19]我们也到那里，凑着伴儿跟他们一起去欢庆如何？

士 夫 一 能给进去的谁愿意不去？眼睛每一霎，就会有什么新的恩福会产生：我们不在那里使我们的闻见减少。一块儿走吧。

［三士夫同下。

奥托力革厮 如今，俺若是没有以前生活里的那点儿缺德的话，升官发财会能掉到咱头上来。俺把那老头儿和他儿子带上太子爷的船：告诉他俺听到他们讲起一个包裹，不过俺不知道是怎么一回事；可是他在那时节，太迷恋着那牧羊老儿的姑娘，——那一晌他以为她确是那样个人，——她开始晕船晕得很凶，他自己稍微好一点，风浪不断地很厉害，这秘密便没有给发现。不过这对俺是一样的；因为如果俺发现了这秘密的话，这不会同俺的丢脸事一起被当作[20]好事儿的。这儿来了两个俺违背自己的意愿去讨好的人儿，他们已经鸿运高照。

［牧羊人与小丑上。

牧羊人 来吧，孩子；我是不会再有孩子的了，不过你的儿子女儿会都是大户人家的儿女了。

小丑 碰到您很高兴，您家。您那天拒绝跟我决斗，因为我不是大户人家子弟：您看到这些衣服吗？您若是还说没见到它们，还把我当作不是大户人家子弟：您最好还是说这些锦袍不是大户人家做的。侮辱我一下，说我撒谎，来呀，试一下，看我现在是不是一位大户人家子弟了呢？

奥托力革斯 俺知道您现在是，大爷，一位大户人家的子弟了。

小丑 是呀，我这四个钟头里随时都是的。

牧羊人 不错，是我生下了你的，儿子。

小丑 是你生的：可是我父亲没有生我时，我就是个大户人家的子弟了；因为那国王的儿子拉着我的手叫我哥哥；跟着两位国王都叫我父亲亲家；下来那王太子我的兄弟和公主我的妹子叫我父亲作父亲；我们大家便这么哭起来：那是我们第一次流相公式的眼泪。

牧羊人 我们这辈子，儿子，还会流好多次呢。

小丑 是呀；不然的话就是运气不好，眼见到我们如今景况这么乖戾。[21]

奥托力革斯 俺恭恭敬敬恳求您，大爷，饶了俺对您大相公所犯的过错吧，请您对太子爷俺主人要讲咱的好话。

牧羊人 请你，儿子，就那么办；因为我们是相公官人了，我们便得文雅温存些。

小丑 你会改过自新吗？

奥托力革斯 是的，若是您大相公高兴的话。

小丑 把手伸给我：我会对太子赌咒，你是个在波希米亚比不拘那个真正老实人还要忠厚的人。

牧羊人 你说就是了，可不要赌咒。

小丑 不得赌咒，为了我如今是个士子了？让野汉[22]和乡下佬[23]去说这话，我要赌咒。

牧羊人 若这话是假的，那怎么办，儿子？

小　　丑　不管它多假，一位真的士子可以替他的朋友赌咒：而我要对太子赌咒，说你是个能干有胆量的人，㉔又说你不会喝醉；可是我知道你并不能干有胆量，而且会喝醉：不过我会赌咒，而且愿意你是个能干有胆量的人。

奥托力革斯　俺要尽量那么做，大爷。

小　　丑　是啊，无论如何要成个能干有胆量的人：若是我不奇怪怎么你敢冒险喝醉，且不去做个能干有胆量的人，就不要相信我。听！两位国王和太子公主他们，我们的自家人，正在去看王后的像了。来吧，跟我们来：我们可以做你的好主人。

［同下。

第　三　景

［宝理娜府中小教堂］

［里杭底斯、包列齐倪思、弗洛律采尔、哀笛达、喀米罗、宝理娜、贵人数人、侍从数人上。

里杭底斯　啊，可敬而亲爱的宝理娜，我从
你那里得到多大的安慰！

宝 理 娜　什么事，
君王，我做得不好，我用意却美。
我所效的辛勤，您已充分酬报；
您能和您的王兄，与你们两座
王国的联姻宝胄，都屈尊下顾
蓬荜，这便是恩宠逾盈，尽我这
一生也休想能报答。

里杭底斯　啊，宝理娜！
我们前来打扰你：可是我们来
是要看我们王后的雕像：我们
走过了你的行廊，很欣赏许多
珍奇的宝器，但我们还未曾见到

我女儿特来参拜的她母亲的像。

宝理娜 正如她在世时没有匹敌,故而她
死后的造像,我很相信,超过了
您所曾见过或是人的手所能
做到的任何东西;所以我将它
单独安放着。但它在这里:请准备
来看那生人给仿造得活灵活现,
仿如沉静的睡眠模仿着死亡:
看吧!您说,多好。

[宝理娜拽启帷幕,显候妙霓为一雕像。㉕]

我爱您的沉默:
这更显得您在赞赏;可还是说吧:
首先请您,主君,这有点像真的吗?

里杭底斯 是她自然的姿势!将我呵责吧,
亲爱的石像,好使我说道,你当真
就是候妙霓;或者更也许,因你
不呵责而正就是她,因为她温柔
和煦,如婴稚与仁慈一样。可是,
宝理娜,候妙霓还没这般皱纹多;
并没有这样衰老。

包列齐倪思 啊,没衰老得
恁厉害。

宝理娜 这更显得我们的雕刻师
多卓越;他使得几乎十六年流过,
而将她雕成如今还活着的一般。

里杭底斯 像她如今还活着般,那真是好不
令我安慰,正如它如今却刺入
我灵魂。啊,她当时也这般站立着,
也正像这样庄严地活灵活现,——
暖呼呼满是生气,它如今却冷冷
站立着,——当我初次向她求爱时。
我感到惭愧:这石像不骂我比它

更冥顽甚于石？啊，石雕的王后！
你这庄严里有魔法，将我的罪恶
咒召得重新记起来，且从你又惊
又喜的女儿身上摄取了生气，
她和你并峙着，石头一般。

裒笛达　　准许我，
请别说这是迷信，我要跪下来，
且这么[26]请求她祝福。亲爱的王后，
娘亲，当我入世时你便已逝去，
你那只手给我来吻。

宝理娜　　啊，莫性急！
这石像还只新放下，色彩还没干。

喀米罗　吾王，您这悲伤太漫羡宽广了，
十六个寒冬还不能吹去，十六个
炎夏也不能使它干：不见得有欢乐
活得这么久；再没有悲哀不自行
早已殒灭。

包列齐倪思　　我亲爱的王兄，让我，
这悲伤的因由，能从您身上分去
如许多，来增加我衷心的负担。

宝理娜　　当真，
吾主，我若能意想到给您看见了
我这么可怜的造像，——石头是我的，——
会使您这么激动，我不会来陈展。

里杭底斯　莫拉拢幔幕。

宝理娜　　您不能再定睛凝望，
否则您那幻想会以为它就要
行动。

里杭底斯　　让它去，让它去！我愿意死掉，
若不是，我看来，已经——[27]那造像的人
是谁？看啊，王兄，您不以为它
在呼吸，而且那些血管里果真

有血液在流？

宝　理　娜　　　　　　雕得真出色：就在她
唇边像是暖乎乎有生气。

里杭底斯　　　　　　　　　　她那
目光的凝注里有颤动，[28]想我们该是[29]
被绝艺所欺罔。

宝　理　娜　　　　　　我要把幔幕拉上；
君王差一点要这么神飞而心动，
不久他会以为这像是活的了。

里杭底斯　啊，亲爱的宝理娜！让我去这么
"以为"它二十年：我想世间不可能
有甚静定的思想，能和那疯狂
比愉快。让它去。

宝　理　娜　　　　　　对不起，王上，我竟
使您激动到这地步：但我能使您
更苦恼。

里杭底斯　　　　来吧，宝理娜；因为这苦恼，
它的滋味跟任何爽心的乐事
一般甜。可还是，我看来，有阵气息
飘下来：自来有什么神妙的凿子
能雕刻呼吸？莫让谁来嘲笑我，
因为我要和她接吻了。

宝　理　娜　　　　　　　　　　别那样，
亲爱的主上。她嘴上的红色还潮：
您若去接吻，会把它弄坏；把油彩
粘在您嘴上。我好来拉上幔幕吗？

里杭底斯　不行，这二十年里不能拉。

袁　笛　达　　　　　　　　　　我能够
站得那么久，在旁观看着。

宝　理　娜　　　　　　　　　　您如果
不引退，立即离开这小教堂，就请
准备看更多的惊奇。您若能看着，

我会叫这石像当真来移动,下来,
搀着您的手;不过那时节您会想,——
那个我可要反对,——我有魔法
帮助我。

里杭底斯 你能使她做的事,我乐意
来观看:说的话,我乐意来听;因为
使她说话跟行动同样地容易。

宝理娜 那就需要您振奋起精诚。然后,
大家都立定;或者,什么人以为
我正要做的是不法的事,让他们
就离开。

里杭底斯 进行:不许有脚步移动。

宝理娜 音乐声,鸣醒她:奏响! [乐声起。]
时间已到;
下来;莫再是石头了:[30]这里来;震惊
所有看的人,叫他们大家都讶异。
来吧;我要把您的坟墓封起来:
移动;别那么,走下来;将您的麻痹
遗留给死亡,因为亲爱的生命
救您离开他。你们见到她在动了:
[候妙霓下降。]
莫畏缩;她的行动将会都圣洁
而清纯,一如您所听到的我这些
咒辞全合法:莫要回避她,除非您
见到第二回她又死去后,因为,
假使那样时,您便双重杀死了她。
别那样,把您的手伸出来:当她
年轻时,您向她求爱;如今年老了,
要她做求爱者?[31]

里杭底斯 [拥抱伊]啊!她身上是温暖的。[32]
假使这算是魔法,当它跟吃东西
同样是一种合法的巫术好了。

包列齐倪思　她在拥抱他。[33]

喀　米　罗　　　　　　　她围着他的脖子：
她如果活着的话，让她也开口。

包列齐倪思　是啊；让她说明她一向在哪里
过活，或者怎样从死人处偷出来。

宝　理　娜　说她是活着的，只要告诉您，就会被
嘲骂，像个老故事一般；这样子
却显得她是活的，虽然还没说话。
再看上一会。请您来居间，美小娘：
跪下来请您母亲来祝福。转过来，
亲爱的娘娘；我们的衷笛达找到了。

［引见衷笛达，伊跪向候妙霓。］

候　妙　霓　众位天神，请向下俯视，从你们
神圣的樽中将你们的神恩向下
倾注，倾在我女儿头上！告诉我，
我的亲儿，你在哪里被确保着
安全？在哪里过的活？怎样会找到
你父亲的宫阙？因为你将会听说，
我从宝理娜那里得知了神谕
说你有希望还活着，我便将自己
保存着来看这结局。

宝　理　娜　　　　　　　　　有的是时间
来谈那些事；我怕在这样的时会[34]
有人会想用同样的叙述来打断
你们这欢乐。都一同去吧，你们
全是大好的得胜者：[35]你们的大喜
让大家分享。我嘛，一头老雉鸠，[36]
会独自飞上一枝枯树枝，那里去
悼伤我永远不再能找到的老伴，
直等到我自己也亡故。[37]

里杭底斯　　　　　　　　　　啊！且住，
宝理娜。你应当听我的劝告，接纳

一位夫君,如同我听你而迎一位
贤妻:这是个相约,我们双方来
起誓把它定。你找到了我的;但怎样
会找到,我要来问你;因为我见她,
我以为是死了,而且在她那墓上
徒然地作了好多次祈祷。我毋须
远觅,——关于他,我知道他心意的大较,——
去为你寻一位荣誉的夫君。来吧,
喀米罗,跟她手搀手;他的品德
和荣誉大家都知道,而且在这里,
我们两君王能证实。让我们
离此回宫吧。什么! 望着我的王兄:㊳
请你们都对我宽恕,只怪我不该
在你们圣洁的顾视间妄投我那
恶劣的狐疑。这是你我的子婿,
兄台君王的儿子,——蒙上苍指引,
已和你女儿订婚。亲爱的宝理娜,
领我们离开此间,去到那所在,
我们好安闲地每人发问和回答,
他在这么一大段时间的空缺里
曾做过什么事,自从我们彼此
相互分离后:快快领我们离开。

[同下。

(剧　终)

第五幕　注释

① Johnson:这是个莎氏所喜爱的思想;它也被施之于蜜亮达与萝蕤玲。按,《风暴》三幕一景四十六至四十八行,斐迪南赞美蜜亮达云:

可是你,啊你! 这么样美妙
齐全,这么样无双独绝,真不愧
是造化所创万物的菁英。

又,《皆大欢喜》三幕二景158—161行,西丽亚所念奥阑陀歌辞中称颂萝蕤玲有句云：

便这般，萝蕤玲是天上神仙
　海会时撷取的各色菁英，
将锦心和绣口，花容和慧眼，
　众多美妙都荟萃以成形。

② Furness：宝理娜必须单身独白将整个宫廷的影响抗御住，而且，或许，据她所知，还要抵挡住国王自己的隐秘的意向。不光里杭底斯须得被阻止再去结婚，而且他的悔悟必须不被"时间的强有力的钟点"的影响所侵蚀，同时，过去的经过必须被时刻放在他眼前，——要做到这些，没有话能显得太锐利，没有刺戳能穿得太深。我们还没有跟他和解。我们须得见到他在鞭挞之下震颤。宝理娜所能对他说的任何话应当不会像他自己的回忆那样使他苦楚。当我们见到他不能宽恕他自己时，——要那样了我们才能开始对他宽恕。

③ 对开本原文"Stage(Where we Offenders now appeare)"分明有印误，White & Furness 都认为要加以澄清是绝望的。新集注本上汇录得有九种校读法，我们没有必要一一介绍。译文根据 Clark 与 Wright 二氏之剑桥本(1863，1891)所录佚名氏之校读法，通行的环球本(亦二氏所刊)与 Craig 之牛津本等俱据此，不过后者将插入语用"——"这符号来标明，作"stage，——Where we're offenders now，——appear"，译文即取此形式。

④ 原文这里多半又有印讹。译文或可作"开始问道，'为什么'?"接下来宝理娜打断里杭底斯的话，说道，"据我看，她若能这样做，自有充分的原因。"Mason，Rann，Spence 校改"why to me?"为"why? 'to me，"仍作为里杭底斯的话；后者且加以解释道，"在上天面前，我们都是犯罪者；不过她若出现，她会(他想)单独对他责怪'为什么?'"译者觉得"单独对他"云云有蛇足之嫌；里杭底斯设想候妙霓会出现，且许会问他"为什么?"当然只是问他而不会问旁人，故里杭底斯说"to me"未免辞费。倒不如作为宝理娜的话，"To me，had she such power，..."，比较单纯而含意流畅。

⑤ Lady Martin：这里提供了第一次暗示，显得候妙霓还活着。这怎么能够，以及那秘密怎么能保守得这样好，莎士比亚没有给过我们暗示。人们便这么被迫去自己解决问题。我的见解素来是这样的：候妙霓听到她儿子死讯时所堕入的死亡似的昏迷状态持续得那么久，而且那么完全和死亡一样，以致她丈夫、她的伴娘们，甚至宝理娜，都以为她当真死了。当那孩子曼密留诗安放在他母亲身旁后，那不可避免的变动开始在他身上显见，而不在她身上显见时，宝理娜才开始怀疑到她或者尚未毕命，也许只是生机暂歇。宝理娜不欲声言她的怀疑，怕会造成个虚假的希望，可是她设法把王后秘密搬运到她自己家里去，且利用她的高位与当时她所能运用的极高的权势作出安排，使光是那孩子和他母亲的空灵柩被运载去入葬。当好多天以后那阵昏迷过去时，宝理娜就近在旁边能看到那眼睑的第一次闪烁，血色的初次微红回上了两颊。谁能说那个对于神经与大脑的可怕的震荡要多久才能在一阵麻痹中离开候妙霓？——她还说不上一半活着，对于她周围的一切事物毫无知觉，像一只受伤的、被击中了的、没有声音的野兽似的，她那一双明眸(宝理娜如此热爱它们)流露着可悯的神情。然后那些空无事故的岁月便这么过去了，如那些个他们的生命只是空白的人那么，会让那样的岁月过去。渐渐地，时间向前推移时，候妙霓会认识她的忠诚的宝理娜和其他参与这秘密的伴娘们。她们那温柔的关怀体贴会终于感动她，使她愿意活着，因为她们要她活，也因为宝理娜能用那神谕所给的希望，说她的失掉了的女

儿有一天还会给找到，去安慰她。在这一微弱的希望上，用她自己的话来说，她“便将自己保存着来看这结局”。里杭底斯这名字，没有人提起。有一晌他显得根本从她记忆上仁慈地给抹掉了。她不是不肯宽恕，但是她的心对他已经死了。宝理娜觉得她不敢说起他的名字，那可能会太可怕地唤醒他所带给她主母的惨痛的那阵回忆，而在她身心微弱的当儿也许会对于她变得致命。她们的王后还活着的这一秘密被神奇地保守着，虽然不是没有人注意到宝理娜“自从候妙霓死后，她总是一天两三回独白一人去到那隐僻的房里去”，——那幢她被秘密搬运去的房屋。如今看到了里杭底斯的真诚的悔恨，宝理娜便不愿放弃候妙霓终于会和他重归于好的那个希望。她因而有最坚强的理由对他的廷臣们敦促他结婚的计划提出抗议。

⑥ 对开本作“仆人”。这角色的吐辞属语与他的身份不相称。Theobald 校改为“近侍”。

⑦ Edwards：意即葬在坟墓里的你的美艳；此为修辞学上的外包代表内容格。佚名氏(Halliwell 所引)谓：[除 Edwards 所提供的解释外，]莎士比亚有个绝妙的理由将这样一个说法放在宝理娜嘴里。这是她在整个剧情里的目的，去着重地，而且蓄意为实行她即将体现的企图，使候妙霓之死在大家心里保持着新鲜，也不让她的坟墓哪怕是仅仅顷刻间被封闭起来。

⑧ Malone：“那话题”系指候妙霓的没有生命的尸体。

⑨ Macdonald：这是由宝理娜说出的多么意义深长的一句话，她是个彻底帮女人反对男子的女党中人，而在这件事里她主母所遭于她丈夫的待遇更增强了她的见解！等她听到了确言说“女人会爱她”之后，她便没有话说了。在所有的校刊本上，前一问有校改为惊叹语作“怎样！”的(如 Craig 之牛津本)，后一问都从对开本原文不加变动。Furness 主张将意含怀疑的后一句问话改变为肯定的断言或着重语，易问号为句号或惊叹号。这就是说，这位新的美人也许能使男子成为她的皈依者，但要叫女人动摇信念，改变宗仰——那就决无一人会那么做！按，关于前一问“How?”改为惊叹语“How!”，译者认为是不适当的，正如在许多其他地方，不论在本剧或在其他剧本里，牛津本(以及它的耶鲁本)一律改对开本原文“How now?”或“How?”为“How now!”或“How!”，都不很适当。

⑩ 译文自“我失掉了”起至此止，系据 Theobald 之诠释。

⑪ “In question”，Schmidt 训作“审问”，Furness 谓毋须这样解，只释为谈话即可。

⑫ 原文这一行内的“high and low”，如 Capell 所云，系指“位高与位低”，即他们的身份是王子与公主时以及是牧羊子与牧羊女郎时。“Odds”为成功的希望，Furness 所谓“或然性的程度，有利的余剩”，或胜算，优势，上风，把握，顺差，乃至译文这里所用的“中彩头”。整个意思是说，他们位高位低都一样，发不出利市来，不妙。Furness 谓，命运不会施恩于弗洛律采尔，正如她不会施恩于陶律葛理斯；事情是这般毫无希望，甚至可以说星星们将先吻过了山谷[事情才可能有转机，因为]命运不肯居间来调停。

⑬ 原文这里有一双关。里杭底斯以调侃的口吻问弗洛律采尔，“我的亲王，这是位国王的女儿吗？(你不是说过，‘她来自利比亚’，是司马勒的爱女？如今怎么样？)”弗洛律采尔自我解嘲地巧辩道，“她是的(是位国王、我父亲的儿媳妇)，只要一做了我的妃子。”在英文里“daughter”解作“女儿”，亦可解作“儿媳妇”。

⑭ Gildon(《莎剧卮言》，1710)：最后一幕里对于发现[失去了的公主]的讲述，不仅趣味盎然，而且动人心魄，这里[莎氏]似乎偶然深得了古戏剧家的三昧，他们剧中的灾变往往出之以讲述。Johnson：这只是为，我猜想，节省他自己的劳力，故而诗人使这整

场剧景出于讲述,因为虽然经过的事情的一部分已为观众所知,所以不能适当地再表演出来,可是两位国王还是可以在舞台上相见的,且经过盘问老牧人之后,年轻的公主可以当着观众被辨认出来。Harness:或许这一景出之以讲述,是要使这剧本的最高兴趣寄托于,且似乎也应当这样,候妙霓的归来上头。Hartley Coleridge:莎士比亚本可以用表现来使剧情这么样凄恻动人,而他却用讲述[按,即我们评话、弹词、小说里的"表"]来传达,他的动机是什么?更奇怪而逗人发问的是,讲述并不是他的擅长,除非是连结着动作与激情;而那些口出丽辞雅语的士大夫们所说的无非是机警语与对句法,他们极像是,我敢说,那时候喜欢传播新闻的人物,他们当时该言辞古雅,好比现在该凡庸陈腐一般。我疑心莎氏在他的后来几景里有点匆忙,他能写这样的对话毋须什么灵感帮忙。Gervinus:诗人聪明地把这辨认袅笛达的情景放在幕后,否则这剧本会变得强有力的场景太多了。……叙述这一场会见,它本身就是散文描写的一篇杰作。Guizot:很容易看到莎氏在这里是急于结束;假使这里所讲述的被放在舞台上演出来的话,这剧本就会是圆满了[下一景变成了多余]。Delius:莎士比亚只给了我们里杭底斯与包列齐倪思之和解,和袅笛达之辨认的一个描写,或者因为照顾到这剧本的设计方面,那已经拉得很长,或者是要避免减弱最后一景的效果,假如在它前面放一景意味差不多的东西。作为仅仅的讲述,散文在这里是完全足够的了,但是为适应这讲述的凄恻动人的题材起见,需要有一篇装点着风格上一切美妙的丽辞雅语的散文,正如莎氏当时的风尚认为,这出之于有教化的朝臣们口中为合适而自然。显然,诗人对他戏剧里这一部分颇费了一番经营;那些对句法与平行结构是安排得极优雅精致的,那些隐喻与那风格是调匀得极圆融和顺的。对于这一景起初部分的仪态端庄与优雅精致的散文,我们在两个丑角自矜新贵的可爱的简单的爽直散文里得到一个可笑的对消。Furness:是否可以允许我们猜想,莎氏是害怕他的伶人们["做戏""做"得过火]?他知道(没有人能及得到他),深湛而悲剧性的情感能被一下失错的表情多容易地变成不光是喜剧,而且是滑稽戏。……这里,只要让我们逼真地想象一下简直可以叫作是里杭底斯欢乐的、沸腾的滑稽,首先是请求包列齐倪思原谅,跟着是拥抱弗洛律采尔,接下来搂紧袅笛达,然后绞扭着老牧羊人的手,他因而大声叫喊,也许会叫得太响,——我想我们得明白,除非这些个角色全由能力高强的伶人们扮演,那场景会堕落成一出滑稽戏,而以鼓噪的嘲弄结束。

⑮ 这导演辞里的"Gentleman",还有本景其他两个相似的角色,译文作"士夫"。《奥赛罗》二幕一景里有对于剧情起类似作用的四个"Gentleman",我译为"士子"。士夫与绅士差不多,年纪可以从四五十岁到六十岁左右,这里应剧情需要大概是四五十岁;士子在《梵洛那二士子》里是范仑淡痕与泊罗典欧斯两个二十来岁的青年人,在《奥赛罗》里应剧情需要大概也是二三十岁,洛窦列谷为一受骗的士子,年纪也差不多,——士子还不能称为绅士,因为年龄不够。Schmidt 在《莎士比亚辞典》里分析莎氏剧作里的"Gentleman"一字有五种意义:(一)世家子,虽非贵胄;(二)有荣誉与教养者;(三)任何人被礼让称呼时;(四)王家贵族之侍从;(五)军队中之下级军官。世家子总要讲些荣誉体面,且往往有教养,但也不一定(如《梵洛那二士子》中的泊罗典欧斯能造谣污蔑,见该剧三幕二景三十一至四十八行,《奥赛罗》里的洛窦列谷想买通了伊耶戈与有夫之妇私通等等);他们常与显要相接触,王家贵族的侍从总是由他们充任的。如果能力高强,机缘凑巧,他们可以贵为上卿,没有呆板的成规定律。本剧一幕二景三百九十至三百九十四行包列齐倪思对喀米罗说的一段话可资参考。

这里的三个“Gentleman”不能是里杭底斯或包列齐倪思的近侍，因为身份相等的三个人中间的一个是宝理娜的家宰(见本景二十七行)，——既为贵族的家宰，当非国王之侍从。

⑯ Schmidt 谓“heir”这字解作“承继人”，对男性与女性都适用，莎氏不知道有“heiress”这字。按，因而里杭底斯之女，一旦据阿波罗的神谕找到了，就是当然的胤嗣。

⑰ 这里“那想要……会相信”，原文作“虽然相信[信以为真]睡着了，一只耳朵也不敞开”。

⑱ Theobald 谓，Julio Romano 生于 1492 年，卒于 1546 年。莎氏将他放在异教时代，当时人们还在求请阿波罗的神谕，乃是可惊地荒唐的。不过这是个任性的时代错误。Warburton 指出，罗马诺是个名画家，不是个雕刻家。Capell 则谓，诗人原没有说他是雕刻家，只说这件作品已“雕好了好多年”(“many years in doing”)，如今刚“新完成”(“newly perforn'd”)，意即由罗马诺加上颜色。按，这是强辩，但看四行后“He so neere to Hermione, hath *done* Hermione”，明明说罗马诺是雕刻家。但十九世纪德国莎氏学者 K. Elze(《莎士比亚论文集》，英译本，1874)有篇论文，考据出(284 页)莎氏曾到意大利去游历过，可能到过罗马诺生前居住过、死后留得有许多作品的 Mantua 城；Elze 又从伐沙利(Giorgio Vasari, 1511—1574)的《意大利最卓越之建筑家、画家与雕刻家传》里举出所引的罗马诺的拉丁文墓志铭，其中说他兼精这三种艺术，而且所说他的作品深得造化与生命之真也和莎氏的“能把呼吸放进他的作品里去”一语相符。

⑲ Hudson 注这三行云：没有其他的片段比这句话更能暗示那宁谧、平静的交往的历史了，那交往自有它富于耐心而不另求酬报的侍奉的漫长记录；那是这样一种亲交，它并不要求说什么话，因为彼此都知道对方心里想的是什么，而互通款曲是比言语更好的语言来达意的。这是这样一种友情的意境，倚在上面能使一个人心旷神怡。……准是有力量无比大的一股挚爱与忠诚的魔力投射到宝理娜的情感冲动的唇舌上，所以她竟能保守着她满腔的忠义，沉默不言，经过那么多年！

⑳ Furness：被两位国王和弗洛律采尔当作……。

㉑ 小丑觉得身价高了许多，想转点文，要把“顺利”说得文雅些，当即说成了“乖戾”。原文他把“prosperous”(顺利)误说成“preposterons”(荒谬)。

㉒ “Boores”(野汉)衣衫褴褛，形容可怕，赤腿赤脚，追奔在车子旁边以乞讨为生，但有房子地皮可以自谋生活，——据 Halliwell 所引 Coryat's “Crudities”(1611)与 Taylor's “Works”(1630)。

㉓ Johnson：“Franklin”(自由民)是个自由保有的不动产之所有者，或乡士，其地位较自由农民为高，但较绅士(或士夫)为低。

㉔ “A tall Fellow of thy hands”，Gifford 引 Cotgrave《法文英文字典》(1632)云，解作“一个能干而有胆量的人”。

㉕ 此导演辞为 Rowe 在他的 1709 年刊印的校订本——亦即四个对开本后的第一个近代刊本——上所加，为各版对开本上所无，但嗣后的近代现代版本都从他。在 Collier 所用的一本二版对开本上，有一佚名氏以手笔注上这样一句导演辞：“音乐奏响。——暂停片刻。”Lady Martin(《论莎士比亚的几个女角》，1891)：有需要宝理娜应着重这雕像的着色，因为那活的候妙霓，不论装扮得怎样巧妙，必然跟一座普通的雕像大不相同。我演这一景时的服装是安排得专为造成这一效果的。它是用软的纯白开司米羊毛料子做成的，长裾与边缘上用御紫色镶边，以金线缀绣，这样便与雕

像的嘴唇、眼睛、头发等的色彩相调和。……在舞台后部，当我在这剧中演出时，有一只坛站，有六到八步梯级到上头，也用和闭着的幔幕同样材料与殷红的天鹅绒蒙起来。幔幕被宝理娜渐渐拉开时，在后面不远处显露出候妙霓的雕像，她身旁有一只大理石台座。让我在这里说，我每次走近这场景，内心即不免大为震动。你们可以想象，站在同一个地位，强烈的灯光照射着，在这样长一段时间内不能动一下眼睑，那必然是多么困难。我从未想过要把时间计量一下，但我得说那该要十分钟以上，——却像是十分钟的十倍。我心里作着准备，设想候妙霓的情感将会怎样，当她听到里杭底斯的声音时，那已对她沉寂了那么多年，而且听见他以悔恨、温爱的言语对着他认为是她的雕像而发。在这以前，她的心里满怀着她两个失掉了的孩子。她以为她任何别的情感都已经死了，但她发现自己把别的一切都忘了，只注意到他声音的调子，那曾经那么为她所爱，如今被悔恨与伤痛的悲愁之音所打得哽咽欲绝。她自己也奇怪起来，她的心，空了，没有爱、冷了这么久，开始又跳动了，当她听到她相信早已灭绝了的忠诚又在倾注时。她会记起她自己对他说的话，当他那被听惯了的可爱的音调变成恼怒与几乎是诅咒时："我从未愿望过你伤心，现在我相信我却将如此。"关于她这么愿望过的他的伤心，她现在亲眼见到了，而这个几乎使她胆怯。宝理娜曾经，照我看来，恳求候妙霓去装成她自己的雕像，以便她可以听到自己被里杭底斯当作一尊石像而致辞；且成为他知道她的存在以前、他的悔恨与未曾减弱的爱情的沉默的见证人，而于是可以被感动得对他予以宽恕，如果没有这样的证实，她可以缓缓地不轻容易给他。她是这样地被感动了；但为了那拳拳的朋友，从她那里她受恩无既，她一定要克制自己，且完成她被约定的任务。但是，尽管我已充分想到了这种种，我还是不能听见这一惊奇的场景里所经过的而不受激动。我的第一个里杭底斯是麦克吕台先生(William Charles Macready，1793—1873，名伶)，而这一景既是他演的，要装出雕像般静谧的神气之困难变得几乎无法克服。当我现在想起这一剧景时，他的仪态、动作、声调和我自己当时的情感，都回来了。当幔幕渐渐被宝理娜拉开时，有一阵死寂的、怕人的沉寂。她须得鼓励里杭底斯说话。

㉖ 原文作"and then"(且接着)。Collier 谓，原本上作"and then"，那也许是对的，但假使哀笛达说，"我要跪下来，且这么(and thus)请求她祝福"当较自然，因为她马上对那假定的石像致辞了。按，细察语气文意当为"and thus"，"and then"想为印误或付印录上的笔误。

㉗ 原文"would I were dead，but that me thinkes alreadie"，经稍加标点，意义便很清楚。译者从 Pierce 本上先把它译出，那里后半句未全，因里杭底斯太兴奋，将他自己要说的话打断，成为"but that，methinks，already——"，"——"我理解为代表"it is breathing"。"我愿意死掉"是加重后半句的语气而说的，等于打赌；就是说，"除非，看来，(它)已在(呼吸了)，我愿意死掉。"译好后核对新集注本时，见 Furness 列得有九家笺注，只有 Staunton 的解释最中肯，恰好与译文完全相同，他并且举了莎氏作品里其他三个例子与莎氏同代人的三个例子为证，并引了 Florio 的辞典《字世界》(1598)的析义加以说明。Lady Martin 所记 Macready 和她自己的了解也跟 Staunton 的相同：我决不能忘记麦克吕台先生的神态与声调，当他叫道，"莫拉拢幔幕！"以及随后的"让它去，让它去！"那调子是激动、威凌、无法拒绝的。"我愿意死棹，"他接着说，"若不是，我看来已经——"他看见了什么东西使他以为这石像是活的吗？麦克吕台先生显示这一点，急急又说"那造像的人，……"他眼睛盯住在像上，因而他见到旁人所没有看见的，就是那上头有雕刻艺术所无法达到的东西。他继续说道——

“可还是,我看来,有阵气息……”

㉘ Edwards:这里的意思是,虽然她的目光是凝注的(如一座石像的目光总是那么样),可是那里边似乎有行动:那震颤的行动,在一个活人的眼光里可以看得到,不论他怎样致力于凝注它。

㉙ “As we are”之“as”,据 Abbott 云应解作“for so”,——因为我们这么被艺术所欺罔。

㉚ Mrs. Jameson(《莎剧中妇女的特性》,1833):这里我们又有了一个例证,显示剧中人的性格是经作者运用了特殊的艺术手法使适于它所处的情境的,——那种对她自己情绪的绝对的控制,那种对付这异乎寻常的局部所需要的完全的镇定,是跟我们所想象于候妙霓的一切相适合的;这如果见之于任何别的一个女人就会这么样难以令人置信,以致会震动我们对于或然性的全部的看法。

㉛ 对开本原文,这里“Is she become the suitor?”是句问话。自 Rowe 在他的第二版校订本(1714)里改问号为句号后,所有的校刊本除六种外都从他。Dyce 解释道,这肯定不是句问语;宝理娜是说,“您以前向她求婚,现在她向您求婚了。”原版本的手民在句末加上了问号,因为“Is she”将宾辞里的助动词放在主辞之前,听起来像句问语。Furness 对此说颇表同意。现代版本,为 Craig 之牛律本,则有改为惊叹号者。译者对 Rowe 等人之标点及 Dyce 的说法不能同意,认为原文并无印讹。这整句句子乃是宝理娜在对里杭底斯说话。候妙霓从坛上徐步下来后,宝理娜一直在对里杭底斯说话,叫他“莫畏缩”,说“她的行动将会都圣洁而清纯,一如您所听到的我这些咒辞全合法”(咒辞系指她在她下坛前对她所说的从“时间已经到”到“离开她”的那五行多),原因是里杭底斯一方面固然惊喜欲狂,另一方面见石像能走或死人复活,又非常害怕;她接着叫里杭底斯不要回避她,除非他“见到第二回她又死去后”,可是那是不会的,除非他第二次把她杀死(因他以前曾将她杀死过一次,但如今她已死而复生)。宝理娜虽这么敦促壮胆,里杭底斯还是畏缩惶恐,不敢拥抱移近他、或已立在他面前的候妙霓,甚至不敢握她的手。这岂不成了个僵局。宝理娜于是提醒他把手伸出来,且问他、“当她年轻时,您向她求爱;如今年老了,(难道您)要她做求爱者吗?”她这一问,使他回忆起年轻时的求情日子,扫除了他的恐惧,他当即伸手握住她的手,两手一接触觉得是软而暖的,他就马上将她拥抱起来。Dyce 说宝理娜的意思是,“您以前向她求婚,现在她向您求婚了”;这样颠倒一下并无意义或作用,花样玩得莫名其妙。何况,他们夫妇人鬼相隔十六年,错误都在里杭底斯方面,如今要破镜重圆,宝理娜有充分的理由劝他对她求爱,却毫无理由由她对他求爱。至于 Dyce 说手民把着重语气误会成问句故而在句末误加了问号,乃是根据错误看法所下的,用以使那看法变成合理的臆测,不能成立。Craig 之牛津本(以及 Pierce 之耶鲁本)在句末改用惊叹号,那是想使那文法结构根据 Dyce 的说法看来显得较为合理,故也与剧情相刺谬。

㉜ Lady Martin(《论莎士比亚的几个女角》,1891):你们可以设想当那庄严的音乐的最初音调释放我,使能自由呼吸时我所感到的安弛!在我身旁有一架台座,我就靠在上面。除了能让我去站成那个最初打动里杭底斯、而也就不会是严格地有雕像风味的“自然的姿势”之外,这样做在神经与肌肉的长时间紧张中也对我稍有帮助。将身体的平衡目不能见地掉换过来,使它的重量转移到伸在前面的脚上,我能站成以便开始行动的最舒服的立态。仍旧安然搁在台座上的手与臂膀大大帮助了我。音调将近结束时头慢慢转过来,那“明眸”转动了,而在最后一个乐音上就停在里杭底斯身上。这个行动,加上面部的表情,被许多年悲伤与虔信的沉思所神化,如我们可以

想象它势必致于那样,——默不作声,可是说着无法言传的事,——总是对大家产生一个招致震惊的、夺人心魄的效果,——对于舞台上的观众和对于台下的观众都如此。惊愕的猝发静定下来之后,在宝理娜的示意下,那庄严和谐的乐调又开始了。臂膀与手轻轻地从台座上举起来;接下来,有节奏地跟随了音乐,那人体走下了通向坛上的梯级,徐徐前进着,就停在离里杭底斯不远处。啊,我怎能忘记这一片刻的麦克吕台先生!起初他站着一言不发,似乎已化成了石头;他脸上有一抹畏惧的神情。这个真正是他王后的对手,可能是一座令人惊奇的机械装置吗?艺术能这样嘲弄人生吗?他曾看见她横陈着已经死去,葬仪已为她行过,她心爱的儿子在她身旁。这么样凝注于惊奇之中,他不作声,也无行动,等到宝理娜说道,“别那样,把您的手伸出来。”颤抖着,他走上前来,轻轻地碰那只对他伸出的手。跟着便来好一声叫喊,“啊,她身上是暖的!”不可能描写这一顷刻间的麦克吕台先生。他简直就是里杭底斯自己!发现候妙霓果真活着时的那激越的狂欢,他似乎已不能控驭。这时候他已匐伏在她跟前,便以两臂围抱着她。我头上与颈上本来罩一层轻纱,假定为使石像显得较老相些。这纱此时立即掉落。我的头发散了下来,披满在肩上,被虔诚地亲吻着,抚弄着。这整个变动来得这么突然而势不可当,我想我当是情不自禁地惊呼了出来,因为他对我轻声耳语道,“不要害怕,我的孩子!不要害怕!控制你自己!”这一切发生时,台下的掌声密如冰雹。啊,他放松我时我多高兴,这时候喝彩声稍止,宝理娜手牵着裒笛达,上前来说道,“转过来,亲爱的娘娘,我们的裒笛达找到了。”我的声音,我确信,是间断而颤抖的,当我说道,“众位天神,请向下俯视,……”这对我是这样一个松弛的安慰,同时也对自然的情感极为真实,莎士比亚不叫候妙霓对里杭底斯说什么话,而只让她用神情与态度去对他表示欢乐与宽恕,当她在他臂抱中感觉到旧时的生命,停歇了那么久,重复回到了她身上来时。

㉝ Mrs. Jameson:这尊活的石像对于剧中不同人物所产生的效果,——这效果同时是,又不是一个幻象,——观众的情感变成了缠结在对于死之确信与对于生的印象之间的情状,一个欺罔的意念与一个现实的感觉;还有这整体所借以形成的诗的美妙的渲染与自然情感的笔触,等到惊奇、期待与强烈的愉快,将我们的脉搏与呼吸空悬在这件事的上头,——是无可伦比的。

当候妙霓从坛上相应着柔和的乐声下来,且无言地将她自己投入她丈夫的臂抱中的时候,是个有无法言宣的意趣的时刻。据我看来,她在这整个剧情里的沉默(除了当她祈求对她女儿降神福的一段话外),对于诗的美,趣味可说高到了绝点,另外在性格描写上也是个极可赞佩的特征。候妙霓的不幸,她的漫长的宗教式的退隐,她刚扮演过的那可惊叹的、几乎是超人的角色,赋与了她一派神圣的、令人肃然起敬的吸引力,以致任何话由她口里说出来,一定会,我想,损害这情景的庄严与深沉的动情力。

㉞ Delius:假使裒笛达,在这里和此刻,将她过去的际遇作一完全的叙述的话,在场的所有其他的人,被同样的冲动所刺激,都会想提出及回答类似的询问。“Upon this push”,Schmidt 训为“这样一发动”,Hunter 解作“这样一刺激”,Cowden-Clarke 夫妇释如译文。

㉟ Johnson:就是说,你们从这一发现里已经得到了你们所想望的,可以一同去欢庆,可是我,已经失去了永远也无法恢复的东西,在那里头没有份。

㊱ “Turtle”即“turtle-dove”,雉鸠,为坚贞与忠诚的情爱的象征。

㊲ Furness 问道:那殉难者,安铁冈纳施,被回忆起来,这是好的,——但小曼密留诗在

哪里？可能这缺失是故意的。任何暗指他的话对于候妙霓的自我控制会显得受不了。

㊳ Staunton：这显露候妙霓的一个可爱而优美的特性；记起了伤心的十六年前她对包列齐倪思的纯洁的自由怎样被误解，而且敏锐地感到，即使在她这重得孩子与丈夫的欢乐里，他们曾遭受了多么惨痛的惩创，她如今，当他们再见时，便不禁以混和的羞怯与危惧之情，掉头回避着他。

一九六四年九月三十日开译，一九六五年一月八日译完。六五年三月二十三日晨四时许抄录一遍又稍作修改完。用 Horace Howard Furness 之 New Variorum 本《The Winter's Tale》(1898)及 Frederick E. Pieree 之 Yale 本(1923)。

罕秣莱德

Shakespeare

HAMLET

本书根据 H. H. Furness 新集注本译出

译　　序

《罕秣莱德》这部莎士比亚最闻名的杰作，也是他四大悲剧诗中最早、最繁复而且最长的一部，大约在一六〇〇年到一六〇一年他写作了初稿。一六〇三年在伦敦出版了它的"坏"第一版四开盗印本，文字与内容粗疏而且缺漏很多；第二年，一六〇四年，二版四开本问世，文笔与旨意大有改进，剧辞行数增加了几乎一倍：前者仅两千一百四十三行，后者约有三千七百十九行。但即令这个比较完整的版本也并非莎氏自己所监印的。有一个说法认为那个早先的较差的本子可能根据一家书铺雇了速记手，趁剧本在戏院里演出时偷记下来的笔录本排印的。莎氏作为戏剧班子里的成员，当时不会把他的演出底本印刷成书出售，因为那样做被认为会妨害戏院的营业，有损于他的剧团和他自己的权益。莎剧学者们比较和研究的结果，认为一六〇四年所印的二版四开本的文字，非但数量上大大增加，而且内容含义上也精彩优越得多，有一些段落提高到一个超凡卓绝的境界，远非初版四开本可比。这就显示出它的印刷底稿多半是莎氏的修改增订本，却不知怎样会被偷窃抄录了去付印，当然绝不是剧本在戏院里上演时所速记下来的剧辞。所以比较可靠的版本是莎氏逝世后，他剧团里的两个同伴与好友海明琪(John Hemminge，1630 年卒)和康代尔(Henry Condell，1627 年卒)两人在一六二三年为他出版的对开本全集(少掉《Pericles》一剧)里的版本。但这个版本也有缺漏删节，并非全璧，所以要依靠这三百多年来莎剧学者们的校阅比较，研究考订二版四开本和初版对开本，作出较完整的厘定。另外，还在一六〇三年莎剧《罕秣莱德》盗印本出版之前，已有一个同样题材的剧本，为比莎氏年长约七岁的知名剧作家凯特(Thomas Kyd,1557—1595)所作,已经出版,但此书早已遗佚,无可稽考。

罕秣莱德这传奇故事的最早来源是十二三世纪时丹麦史家与诗人萨克梭·葛拉曼镝格斯(Saxo Grammaticus,1150—1206)以拉丁文所写的《丹麦史传宝藏》(*Gesta Danorum*),但这个原始文献所提供的只是个故事轮廓,跟莎氏悲剧诗《罕秣莱德》的精粹所在和剧中人物鲜明赫奕的性格不相侔。约在十六世纪中叶,有一位法国作家茀朗西斯·特·裴尔福莱斯忒(Francis be Belleforest)在他的《悲剧史传》(*Histories Tragiques*,1570)一书里介绍过一位阿模莱斯(*Amleth*)王子。随后有位年轻的英国作家配忒(William Painter,1540? —1594)出版他的《欢乐之宫》(*The Palace of Pleasure*,1566)一书,收罗了从希腊文、拉丁文、意大利文和法文间接或直接翻译成英文的好些个故事,大多数是从裴尔福莱斯忒书中得来。而莎士比亚则在阿模莱斯这故事的粗疏轮廓上创建了一个个剧中人物鲜明强烈的性格,并使这些人物言语行动起来,合奏成以罕秣莱德为中心的这部奇妙卓越的悲剧诗。

剧诗中第一幕第五景从二十五行开始到九十一行,罕秣莱德的父王亡魂对他单独一人透露,他自己被他的兄弟,即当今的君王克劳迪欧斯,趁他在御花园里午睡时,用一小管紫杉汁毒液注入耳中所杀害(见一幕五景六十二行),却散播谣言,说他的兄长被毒蛇所刺螫而暴死,并将他的嫂子诱骗成奸,匆促成婚,充当他杀兄篡位后的王后——那亡灵召唤他报仇雪恨,以廓清整个朝廷的罪恶污辱。有两位极著名的近代莎剧学者勃阑特莱(Andrew Cecil Bradley,1851—1935)和威尔逊(John Dover Wilson,1881—1969)认为王后葛忒露于先王在世时,就已经跟王弟克劳迪欧斯通了奸[见威尔逊著《〈罕秣莱德〉剧中发生了什么事》(*What Happens in "Hamlet"*)292—294 页,剑桥大学出版社,1935)。这一见解我认为与莎剧的实际情况不符,虽然据威尔逊说,裴尔福莱斯忒书中是这样叙述的。我认为莎士比亚并不完全依据裴尔福莱斯忒。本剧第一幕第五景八十五到八十八行鬼魂对罕秣莱德说得很清楚:

可是,不管你怎样进行这件事,
不要玷污了你的心地,也不可

策划去伤害你母亲：将她交天谴，
她自有生长在她胸中的荆棘
去惩创刺螯她。

而在第三幕第四景罕秣莱德严辞声讨他叔父、谴咎他母亲时，鬼魂又复出现，对他说，

可是看，诧愕镇在你母亲神色间；
啊，挡着她奋战的灵魂，掩蔽她；
最柔弱的身体最易被病变的幻念
所摧折；对她说话吧，罕秣莱德。

总之，罕秣莱德对他母亲的谴责不满，完全是怪她在先王死后不久，只短短一个月，就被他叔父诱骗成奸与成婚，对他父王的爱情不专一，水性杨花。早在第一幕第二景一四五到一五七行，这位王子就在他的独白里明言：

……可是，仅仅在一个月之内，
莫让我想起——"脆弱"，你名字叫女人！
短短一个月，她和那荷琵一个样，
涕泪交横，跟着我父亲去送葬
穿的鞋还没有穿旧，她呀，就是她——
上帝啊！一头全没有理性的畜生
也会哀悼得长久些——跟叔父成了婚，
我父亲的兄弟，但毫不跟他相像，
正如我不像赫勾理斯：一个月之内，
不等她佯悲假痛的眼泪停止流，
不等她哭痛的眼睛消退红肿，
她就结了婚。啊，慌忙得好棘手，
迅捷地匆匆引荐于淫乱的床褥！

这是一桩非常机密棘手、罪大恶极、但必须设法去惩凶诛暴、公开给丹麦朝廷和百万臣民知晓的大血案，非同等闲。

这位英年的王子本来在德意志萨克森州(Saxony)威登堡(Wittenberg)城大学里负笈，而且如果不经他惨遭暗害的父王幽灵揭发他的兄弟克劳迪欧斯阴谋凶杀了他，篡窃了王位，并且奸占他的遗孀，嘱咐王子务必洗刷丹麦朝廷上的这桩奇凶大恶，他还想

在奔丧过后就回到威登堡大学去继续求学。所以当剧情开始时，莎剧学者们估计他只有十九、二十岁光景。这年龄正符合莎氏当时英国的王子和显要的子弟们上大学的岁数，因为这部剧诗虽然表象上假定所搬演的是古代丹麦王朝一桩惊人的故事，但实质上所敷陈的却正符合英国当时朝廷上人们之间关系的气氛。迨至三幕一景内这段知名的独白时，

是存在还是消亡，问题的所在；
要不要衷心去挨受猖狂的命运
横施矢石，更显得心情高贵呢，
还是面向汹涌的困扰去搏斗，
用对抗把它们了结？死掉；睡去；
完结；若说凭一瞑我们便结束了
这心头的怆痛和肉体所受千桩
自然的冲击，那才真是个该怎样
切望而虔求的结局。死掉，睡眠；
去睡眠：也许去做梦；唔，那才绝；
因为摒弃了这尘世的喧阗之后
在那死亡的睡眠里会做什么梦，
使我们踌躇：——顾虑到那个，
便把苦难变成了绵延的无尽藏；
因为谁甘愿受人世的鞭笞嘲弄，
压迫者的欺凌虐待，骄横者的鄙蔑，
爱情被贱视，法律迁延不更事，
官吏的专横恣肆，以及那耐心而
有德之辈所遭受于卑劣者的侮辱，
如果他只须用小小一柄匕首
将自己结束掉？谁甘愿肩此重负，
熬着疲累的生涯呻吟而流汗，
若不是生怕死后有难期的意外，
那未知的杳渺之邦，从它邦土上
还不曾有旅客归来，困惑了意志，
使我们宁愿忍受现有的磨难，

不敢投往尚属于未知的劫数?
就这样,思虑使我们都成了懦夫,
果断力行的天然本色,便这么
沾上一层灰苍苍的忧虑的病色,
而能令河山震荡的鸿图大业,
因这么考虑,洄流误入了歧途,
便失去行动的名声。

这段独白显然非十九、二十岁的一个青年贵胄所能言宣,至少当有二十五六岁比较成熟年龄的一个王子才能倾吐。这段独白是荟萃、融和了诗意以及社会现象和人生哲学所喷吐出来的熠熠生辉的混茫,凝聚成精诚一片,乃是作者的神来之笔。这样看来,这位王子美貌的母亲至少已到了四十二三岁的中年,徐娘已经半老,但仍被他的叔父所奸恋着,而她却也在她那个"寡孀身躯内起逆变"。可是从第五幕第一景第一个掘墓人的言话中我们得知,这位王子已经有三十岁,这就显得未免太大了些。这些剧中人物年龄上过大的差距所引起的剧情似乎迂回抵牾或不和谐,也就是这本诗剧杰作的持续时间伸延到约十年之久,显得似乎过长,是难于加以解决的,正如威登堡大学创建于一五〇二年,为推举侯欧乃史德斯(Ernestus the Elector)的儿子弗阑特立克公爵(Duke Frederick)所创建,而罕秣莱德这桩原始的传说却来自十二三世纪的一宗丹麦稗史,所叙述的遗闻当发生得很早,那时候在威登堡城尚未建立起这所大学。可是这个历史上的事实差距并不妨碍莎氏借用这一历史事实的痕迹,创造出他自己构思中想象的楼台,这些楼台却毋须一一忠实于历史事实。

十九世纪一八七七年新集注本的编者阜纳斯(Horace Howard Furness,1833—1912)在他的两卷本《〈罕秣莱德〉新集注》的《序言》里提供一个说法,认为这剧本中有两套时间,一套是剧中人物所日常经历的消逝中的岁月时日,另一套是被戏剧诗的激情所促迫而加速了的光阴的久暂。这两套时间在剧情中被交替使用,乃是莎氏在剧情中的手法或魔术。另一位莎剧学者霍尔宾(Nicholas John Halpin,1790—1850)名之为延展的时间和促迫的时间。又有一位莎剧学者瑙斯(Christopher North,此系笔名,本名为

John Wilson,1785—1850)名之为莎剧中的两只钟。总之,我们丢掉了淤滞的现实,投入到剧情的漩流中,就应当适应其中的天地和气氛,放弃我们日常生活中缓慢、固定的时间概念。

遗留下来的传闻说,莎士比亚当他的《罕秣莱德》在舞台上演出时,曾多次饰演剧中先王的鬼魂。事实是,他在舞台上的演技并不怎样突出,他主要是位无比杰出的戏剧诗人。理查·勃培琪(Richard Burbage,1567?—1619),当时的名演员,在一座八角形、据说能容纳一千二百观众、他是戏院主的"环球剧院"(Globe Theatre)里曾多次演出莎氏这个剧本,饰演主角,莎氏自己也在那里登台表演,并且在剧院里拥有股份。又有名演员班透登(Thomas Betterton,1635?—1710)也在舞台上饰演莎剧中的角色罕秣莱德、茂科休(Mercutio)、笃培·贝尔区爵士(Sir Toby Belch)、麦克白等莎剧角色,以及班透登夫人(1711年卒)饰演莎剧里的麦克白夫人、莪斐丽亚和琚丽晔。早先戏剧中的妇女角色都由男童们扮演,迨至一六六〇年才开始有女演员上戏台。

《罕秣莱德》的剧情主要是按照这位华年而英明果断、智勇双全的王子,从他父亲的鬼魂口中听到了他叔父的凶杀罪行,篡夺王位和奸骗他的嫂子当他篡位后的后妃;这位亲王便在保持绝对机密的情况下,立即下定决心,采取果断的行动,先去证实他父王冤魂的揭发,随即设法去惩恶诛凶,扫清朝廷上那遮天覆地的黑雾;至于他自身的得失安危、生死荣辱,他一概不去筹谋较量。但为了便于行事起见,避免被他叔父和他的走狗们窥探出他行动和言语的秘密,他假装疯癫,使他们不知他的真意所在,无法对付他。当时,人们对于鬼魂的存在深信不疑,但他们(除了马帅勒史与剖那陀两名并非朝臣的校尉,与罕秣莱德的同学和挚友霍瑞旭之外)并未曾见到鬼魂;即令他们三人曾亲眼目睹,也未曾听到先王的亡灵对王子所说的什么话。而且为了保证绝对机密起见,他要他们手按在他的十字架形的剑柄上发誓决不泄露见到他父王鬼魂的事,他这样做还再三得到了鬼魂的支持(见一幕一四八行以后)。罕秣莱德如果向大家宣布他跟他父王的亡魂遭遇的经过,就会形成了对克劳迪欧斯的敌对,不能取信于人。人们甚至会怀疑他年少气盛,因没有能继承王位而编造谰言。所以克劳迪欧斯的罪恶奸诈政权已是建立了起来的既成事实，虽然时间还没有很久；朝廷上的一些臣僚都愚昧无知，不晓得它的底蕴，他散播的谣言说他的兄长先王中蛇毒而死，朝臣们一概信以为真；何况他登上丹麦的御座，先前曾是贵族圈子里根据惯例合法推举出来的，那合法性无可怀疑，所以还得加上大家势利的深信不疑。对于这位英睿的王子十分不利的是，他年纪太轻，而且从威登堡回国来已经太晚，如今朝廷上的实际情况分明已不可逆转，他孤掌难鸣，没有人听他的，他要推翻这罪恶政权怎么办？

恰好，在第二幕第二景里，当他发觉他的两个同学，罗撰克兰兹和吉尔腾司登，被他叔父刚召回到埃尔辛诺，利用来窥伺刺探他，作为保王的两名心腹，他迫使他们承认了这个事实(二五八行)之后，随即挥发出一段真诚豪迈的道白，这时候他们两人卖身投靠的面目还不太显著：

> ……我近来——但不知为什么缘故——失掉了我所有的一切欢乐，放弃了一切练技的习惯；且当真，我的心情变得如此凄恻，以致这大好的机构，这大地，对我像是块荒凉的海角；这顶琼绝的华盖，这苍穹，你们看，这赫赫高悬的晴昊，这雕饰着金焰的崇宏的天幕，——哎也，这在我看来无非是一片龌龊的疫疠横生的水雾集结在一起。人是多么神奇的一件杰作！理性何等高贵！才能何等广大！形容与行止何等精密与惊人！行动，多么像个天使！灵机，多么像个天神！万有的菁英！众生之灵长！可是，对于我，这尘土的精华算得了什么？人，不能叫我欢喜；不，女人也不能，虽然从你这微笑里你似乎在说能。

接着，这两名他叔父新雇用的走狗向他报告，有旅行的戏班子来到宫中，预备演出戏文。很凑巧，这就来了个难逢的机会；罕秣莱德当即计划好，他要指定演出一出什么戏，在台词里加入一段“十二到十六行”，并且指示好戏班子演出的谋杀凶手灌注毒液到剧中的君王耳朵里去，以观察他叔父的反应如何。虽然剧词中说他要加“十二到十六行”到台词里去，而且有莎剧学者们研究是哪“十二到十六行”，但实际上是这位王子作出了对这戏中戏的整个剧本演出彻底的计划和措辞的修改。在正戏上演之前，先演出一场简短的哑剧，其中就把克劳迪欧斯的罪恶行径完全表现出来。接着在戏文正式演出中，加上赤裸裸的剧词，这位王子又把他叔父和母亲之间的关系委婉地宣泄无遗。这样双重地把他叔父的罪恶尽情地表白出来，果然达到了他企图证明他叔父罪状的目的。

充分证实了他叔父杀兄窃国之后，接下来他母亲要跟他谈话，企图问明戏班子演剧的情况。他去见她之前，正途经他叔父独自一人跪着作祈祷，他原想拔剑将他结果掉，但考虑之后，觉得在这种场合了结他，使他罪恶深重的灵魂反而得救，未免大乖报杀父深仇之道，故而只得按捺着不采取行动。有些莎剧评论家认为是由于罕秣莱德的犹豫不决(procrastination)，拖延迟误，遂致终于酿成了重大的悲剧，那是不了解时机没有成熟，没有充分证实他叔父的罪恶和母亲的软弱之前，他不应当贸然采取行动；等到时机已经成熟，才断然从事，但已经太晚，所以悲剧的结局是不可避免的。

他到他母亲内房里，母子俩一开谈，她慌张中误以为他要对她动武，叫嚷起来；躲在帏幕后窃听的御前大臣朴罗纽司发声声援，他一剑刺入，将他刺死。却说这时他叔父的罪行既已充分证实，正是大好的机缘，他使足唇枪舌剑，盘问谴咎他母亲，她是否同他的叔父同谋杀害先王父亲；这其间，他父亲的鬼魂又复出来作证，显得她是无罪的，只是品性软弱庸懦而已，做了他叔父的俘虏。

罕秣莱德对朴罗纽司的女儿莪斐丽亚原来是有了爱情的，但他发觉她做了她父亲为效忠于克劳迪欧斯而使她成为欺罔他的工具后，尤其因为他决心使自己毫无牵挂，就断然跟她决裂。他要献身给使丹麦朝廷天日重光的大举，只得牺牲自己的情爱，割舍小我以完成了不起的隆重使命。莪斐丽亚则遵从她父亲的严命，摈绝了罕秣莱德，但她发觉他开始语无伦次时，叹道：

啊，多高贵的一注才华毁掉了！
朝士的丰标气宇，学士的舌辩，
武士的霜锋；宗邦的指望与英华，
都雅风流的明镜，礼让的典范，
万众的钦仰之宗，全倒、全毁了！
而我，女娘中最伤心、悲惨的姊妹，
从他信誓的音乐里吮吸过蜜露，

如今却眼见他恢宏卓绝的聪明，
像甜蜜的钟声喑哑戛铄不成调；
花一般盛放的青春的无比风貌
被疯狂吹折了；啊，我好苦痛哟，
看见了往常所见的，还见到今朝！

她不久发了疯，在溪流里淹死，成为悲惨的牺牲品。

那两名走狗帮凶，罗撰克兰兹和吉尔腾司登，奉了克劳迪欧斯之命，原来带着国书公文欺罔押送罕秣莱德到丹麦的下属邦国英格兰去处死他，因在丹麦身为王子，他有人望，不便处死；罕秣莱德发现了他们的奸谋，在船上秘密地改写了押送文书，那两人便自投罗网，一同到英国去送死。而罕秣莱德，当海盗袭击并登上押送他的船只时，却登上了海盗们的快艇，反而得以脱身，回到埃尔辛诺来。

朴罗纽司的儿子赉候底施，从巴黎回到丹麦埃尔辛诺，为了报杀父之仇，被克劳迪欧斯利用来使一柄剑端涂了剧毒的剑，跟罕秣莱德比武。他剑术高明，击中了罕秣莱德；按击剑规范，比武双方须交换剑把，罕秣莱德也击中了他：结果他们都中了剑，赉候底施和罕秣莱德先后毒发而死。克劳迪欧斯布置好罗网，原来备就剧毒的卮酒，预备给罕秣莱德“庆功”饮用，王子因忙于比剑没有喝；他母亲喝了，中毒而死。她是个秉性软弱庸碌的牺牲品。最后，罕秣莱德中剑毒临死前，在朝廷上当着众臣僚宣布了克劳迪欧斯杀兄篡位的罪状，奋毒剑一击将他刺死。罕秣莱德壮烈牺牲之前，为丹麦王朝执行了劝善惩恶(poetic justice)，把罪大恶极的奸君、杀兄篡位奸嫂的凶手明正典刑。这不仅是为他的父王报仇，为王朝雪耻，而且是为当时整个丹麦人民扫除了笼罩、荫蔽在他们头上的罪恶黑雾，因为王权照理按情势是他们拥戴的社会上万众生涯的典型和模范。

《罕秣莱德》这出声名赫奕的莎剧在舞台上演出以后，上两个世纪知名的剧评家们反映，在英国，如宏通的约翰荪博士(Samuel Johnson，1709—1784)、诗人与文学批评家考勒律琪(S. T. Coleridge，1772—1834)、莎剧学者陶腾(Edward Dowden，1843—1913)等，在法国，如诗人、小说家与剧作家雨果(Victor Hugo，

1802—1885)，在德国，更议论纷纷，可说整个知识界都着了迷，若要一一介绍过来，需得花上好些万字，那就会大大超越我们可能介绍的规模。德国的大诗人与戏剧家歌德(J. W. von Goethe, 1749—1832)的看法，认为罕秣莱德这悲剧性格犹如一棵橡树的幼苗植根在一只小小的花瓶里，它发展滋长起来，势必致把那花瓶撑破。这看法我认为不能说明问题，因为所有的年轻主角的悲剧都可以用这一譬喻来解说。当代在英国舞台上饰演了多年罕秣莱德这角色的劳伦斯·奥列维亚爵士(Sir Laurence Olivier, 1907—)，虽然认为歌德这说法极中肯要，但我觉得那是因为出于赫赫有名的德国第一诗人之笔，其实那譬喻并没有多大深沉的意义。

*　*　*

关于莎士比亚的戏剧作品是戏剧诗或诗剧而不是话剧(散文剧)，原文大体上是用不押脚韵的格律诗行、即轻重格(或称抑扬格)五音步"素体韵文"(blank verse)所作，所以翻译成我们的汉文不应当是话剧，而应为语体的格律诗剧，我在一九八七年四月间的《华东师范大学学报(哲学、社会科学版)》第二期和上海外国语学院的《外国语》第二期上，有文章《莎士比亚的戏剧是话剧还是诗剧?》，说明这个很重要、需要真正了解莎剧究竟是怎么一回事的问题。

二十世纪一十年代后半期，在一九一七年，我们开始有了白话(语体)文的新诗以后，起初的新诗，为了摆脱过去运用平仄声与一首诗内各句字数必须整齐一律的规格，以构成格律体制的旧诗习惯，将近十年我们的新诗都没有有意识的格律。一九二五年夏天，我在北洋政府时期的北京清华学校毕业后，在出国之前一年多，深切感觉到，新诗不一定非用分了行的散文写不可，格律仍可有，而且应当有，但当然不能像文言的律诗那样再依靠运用平仄声，或像文言的古诗那样一首诗内各句字数绝对整齐一律。西方古代的希腊、拉丁文中，近代的英、法、德文中，诗歌都有格律，但并不依靠平仄声。我在二五年夏天到浙江海上的普陀山佛院客舍中去待了两个来月，想寻找出一个新诗的格律制度。结果找到了，我写得一首佩脱拉克体、或称意大利体的商乃诗(Petrarchan or Italian sonnet);第二年,一九二六年,发表在四月十日的北京《晨报·副镌》上,题名为《爱》。这是有意识地写格律体新诗的第一首,但当时没有引起文坛上应有的注意。那年夏天我出国时,在太平洋的海船上写了首《海上歌》,以后又有《一支芦笛》等我创作的新诗和翻译的英文诗歌发表在《新月月刊》及历年来其他一些报刊上,全都运用我所创制的这种格律。一九二九年我在纽约开始写作咏叹现代大都市使我引起的沉思遐想的一首长诗《自己的写照》,后来不久回国,因环境突变,没有能写下去,只写了开首的三百八十行(遗憾的是一九三一年在新月《诗刊》两期上发表出来的三百行竟有近百个印误),这首诗是运用二五年夏天我所找到的新诗的格律写的,每行四个字组单位。一九三四年九月间我在北平开始翻译莎士比亚四大悲剧之一的《黎琊王》,当即定下每行素体韵文的格律单位名称为"音组"。到三五年底译完,整篇戏剧诗两千多行,都用不押脚韵的素体韵文迻译,跟原文基本上一致:原文每行有五个音步,我的译文则每行为五个音组。经过八年抗战,我的莎译《黎琊王》集注两卷本到一九四八年十一月才在上海商务印书馆出版;在此书上册《序言》里我提出"音组"这名称,并且划分了十四行我的译文,表示全剧两千多行素体韵文都根据原文按照这样的规范翻译的。

六十多年来,从一九二六年四月十日开始,我创建并运用了"音组"这个我认为是我们语体汉文诗歌里的格律制度,共创作和翻译了约三万行有格律的诗行。

一九四八年十一月商务出版的我的莎译《黎琊王》两卷本序言里所说的《论音组》那题目我没有用,我写的大致同样内容、另行取名的长篇论文《诗歌底格律》,这篇文章的写作日期是一九五四年十二月,共七、八万字,后分两次发表在《复旦学报(人文科学)》上:前半篇在五六年十月十日发表,后半篇论到新诗音组的迟至五七年七月十日才发表出来,当时我已在复旦大学被打为"右派"十天。到五八年六月初我遭到进一步的打击迫害,被判刑六年,押送到苏北去劳动改造。六一年十月回到上海,六二年起开始翻译莎剧阜纳斯(H. H. Furness)的新集注本《奥赛罗》、《麦克白》、《暴风雨》、

《冬日故事》以及趏飕(Ceoffrey Chaucer,1340? —1400)的《坎透勃垒故事集·序诗》(Prologue to Canterbury Tales)等。六五年三月底我开始译《罕秣莱德》,十一月十四日凌晨近四时译毕。接着,我把译稿整理、抄录了一遍,到六六年二月下旬竣事。当时,我感觉到将有什么更大的灾祸要发生;果然,不久,“五·一六”就有“无产阶级文化大革命”到来,这是一场对中华民族的历史和文化摧毁性的浩劫和灾难,无疑是旷古所无、人类有史以来最大、最彻底的反革命。当年九月六日起,有三十名红卫兵奉命对我“造反抄家”二十四个日日夜夜,把我全部的中外文书籍、文物、工作用具和生活资料扫荡洗劫得精光,叫作“扫地出门”。幸亏在这之前,我女婿孙近仁医师转移保存了我的译稿,所以二十多年后我能把这部莎士比亚伟大的诗剧,通过我的译文,介绍给我们中国人民的公众。

我感到十分遗憾的是,经过八年日本侵华战争所造成的灾祸动乱以及十年“文革”的浩劫,我对于西方国家莎学最近进展的情况可说一无所知,书籍被劫掠一空,在孤陋寡闻中把我多年前的旧译来问世,实在是非常抱歉的。我这部旧译所根据的还是一百多年前所出版的阜纳斯氏《罕秣莱德》的“新集注本”,可见我的工作成果多么落后于时代。就是威尔逊(John Dover Wilson)的剑桥大学出版社的莎士比亚剧本也没有参考过,其他更不用说了。

除了现在先期出版的这部《罕秣莱德》外,还有其他七部莎剧拟交上海译文出版社陆续出版,即:《奥赛罗》、《麦克白》、《黎琊王》(再版)、《暴风雨》、《冬日故事》(以上为集注本)以及《萝密欧与琚丽晔》和《威尼斯商人》(后两部为简注本)。

最后,我要衷心感谢上海译文出版社社长孙家晋(吴岩)先生、总编辑包文棣(辛未艾)先生所给予本书出版方面的大力支持;同时也要感谢第一编辑室张洪怡、郑大民编辑在本书出版过程中所付出的辛劳。

孙大雨

一九八七年十二月

丹麦王子罕秣莱德之悲剧

剧 中 人 物*

克劳迪欧斯，丹麦王
罕秣莱德，前王之子，今王之侄
福丁勃拉思，挪威王子
朴罗纽司，御前大臣
霍瑞旭，罕秣莱德之友
赉侯底施，朴罗纽司之子
伏尔砥曼特、考耐列欧斯、罗撰克兰兹、吉尔腾司登、奥始立克——朝臣
一近侍
一教士
马帅勒史、剖那陀——校尉
茀朗昔司谷，军丁
雷那尔铎，朴罗纽司之仆
伶人数名
小丑两名，掘墓人
队长

英格兰钦使
葛忒露，丹麦王后，罕秣莱德之母
莪斐丽亚，朴罗纽司之女
贵人、贵妇、校尉、军丁、水手、使从与其他侍从各数人
罕秣莱德亡父之鬼魂

剧景：埃尔辛诺

注　释

* Crawford：此剧中人物表最早见于 1676 年之“伶人版四开本”，虽然通常总说 1709 年的 Rowe 校勘本才初次有它。

第　一　幕[1]

第　一　景

[埃尔辛诺。宫堡前警卫坛]

[茀朗昔司谷值岗警卫。剖那陀迎面上。

剖　那　陀　谁在那儿?[2]

茀朗昔司谷　别问,回答我[3];站住,你自己是谁?

剖　那　陀　君王长寿![4]

茀朗昔司谷　是剖那陀?

剖　那　陀　正是。

茀朗昔司谷　你来得好准时。[5]

剖　那　陀　正好打十二点;你去睡吧,茀朗昔司谷。

茀朗昔司谷　多谢你来接班;天冷得真厉害,
我心里又挺不好受。

剖　那　陀　岗上安静吗?

茀朗昔司谷　　　　　　耗子也没有走动。

剖　那　陀　好吧,明天见。
你要是碰到霍瑞旭和马帅勒史,
要跟我同来值岗的,叫他们赶快。

[霍瑞旭与马帅勒史上。

茀朗昔司谷　我好像听到他们了。站住,喂!
那是谁?

霍　瑞　旭　　　　　宗邦自己人。

马帅勒史　　　　　　　　丹麦王的臣下。

茀朗昔司谷　祝晚安[⑥]。

马帅勒史　　　　啊！再见了，诚实的军人：

谁替了你的班？

茀朗昔司谷　　　　　剖那陀接我的岗。

祝你们晚安[⑦]。　　　　　　　　［茀朗昔司谷下。

马帅勒史　　　　　喂！剖那陀！

剖那陀　　　　　　　　　　我说，

怎么！霍瑞旭来了吗？

霍瑞旭　　　　　　　　差不多是他。[⑧]

剖那陀　欢迎，霍瑞旭；欢迎，好马帅勒史。

马帅勒史　怎么！这东西今夜又出现了吗？

剖那陀　我没有看到什么。

马帅勒史　霍瑞旭说这只是我们的幻想，

我们见过两次这可怕的东西，

怎么样跟他说他都不肯相信：

所以我央他来跟我们一起守夜；

要是这鬼魂今夜再一次来到，

他可以证明我们并没有看错，

又能跟他对话。

霍瑞旭　　　　　咄咄！那不会

出现。

剖那陀　　　暂且坐下来，等我们再一回

送进您耳朵里去，它们好比是

壁垒森严的城堡，拒绝听这故事，

我们已一连两个夜晚见到过。

霍瑞旭　好吧，我们坐下来，让我听一下

剖那陀怎么说。

剖那陀　　　　　就在昨天夜里[⑨]，

那时节北极星西首的那颗星儿[⑩]

正好行过去照耀西天的那一方，

它如今正在那边亮，马帅勒史

和我，刚正敲一点钟——

［鬼魂上。

马帅勒史 禁声！莫讲了；您瞧，它又在来了！

剖那陀 就是那模样，跟先王一般无二。

马帅勒史 您是位士子[11]；对他去说话，霍瑞旭。

剖那陀 它和君王像不像？您看，霍瑞旭。

霍瑞旭 像得很：它使我无比的惊奇与骇怕。

剖那陀 它要我们先开谈。[12]

马帅勒史 跟它说[13]，霍瑞旭。

霍瑞旭 你是什么人[14]，窃据着这深夜时分，
僭装出安葬了的先王陛下生前
他那行步间的俊爽与威武之姿？
以上天的名义我命你，说话！

马帅勒史 把它
激怒了。

剖那陀 看！它迈开长步要去了。

霍瑞旭 站住了！说话，说话！命令你，说话！

［鬼魂下。

马帅勒史 它走了，不肯答话。

剖那陀 怎么样，霍瑞旭！您直抖，脸都白了：
这可不光是什么幻想了吧？
您以为怎么样？

霍瑞旭 在上帝跟前，要不是亲眼目睹，
实地见证到，我还不能相信呢。

马帅勒史 它像不像先王？

霍瑞旭 正好跟你像你自己一个样：
他当年正是披戴着这一身盔甲，[15]
对野心的挪威国王单身去决斗；
有一次也曾这样怒冲冲，谈判时
给激怒，他斫冰上乘橇的波兰王。[16]
真是奇怪。

马帅勒史 这样已两次，正在这死寂的深夜，

跨威武的阔步他走过我的岗哨。

霍 瑞 旭 我可不知道该作怎样的想法；
不过就我所看到的大体来说，
这预兆对于邦国有惊人的动荡。

马帅勒史 好吧，坐下来，谁知道就请告诉我，
为什么要这样严谨、周密的警卫，
使海内的臣民每天都彻夜辛勤；
为什么要这样日日去铸造铜炮，
且又向外邦去购买刀枪和火药；
为什么要这样征用造船的工匠，
他们得终周劳苦，礼拜天也不歇；
有什么事情会发生，[17]叫人要这么
汗流浃背，日夜忙急得没安息：
谁能告诉我这件事？

霍 瑞 旭 我能；至少
私下里这么样传闻。我们的先王，
他那神容只刚才对我们显过形，
你们知道，被挪威王福丁勃拉思，
野心争胜的狂妄自大煽动他，
挑战作决斗；英武的罕秣莱德——
我们这半边天下谁对他不钦仰——
便斩了福丁勃拉思；凭合同文书，
跟法律，也跟纹章院规条很符合[18]，
他连同性命，把他所有的土地
全部输给了比武决斗的得胜者；
跟那份土地正相当，我们的先王
押下同样多的地作赌注；这会归
福丁勃拉思所有，如果他得胜；
就凭契约，以及这条款所规定，
前面已说过，罕秣莱德就有了
他那片土地。如今小福丁勃拉思，
年少气盛火性烈，没经世故，

已经在挪威边境上,这里那里,
啸聚了一伙刁悍的亡命之徒,
供他们吃喝,要他们去干些行险、
侥幸的横心泼胆事;那便不外是——
对我们邦国的当政显得很清楚——
想用强暴的手段,以动武的态势,
从我们这里收回那些他父亲
已失去的土地。这个,据我看来,
是我们准备频繁的主要因由,
我们这警卫的缘故,以及到处
急匆匆、纷忙动乱的根本所以然。

剖 那 陀[19] 我想该是为这个,没其他的原因;
这就前后合了拍,[20]那兆凶的形相,
甲胄披着身,穿过我们的岗哨,
这么像先王,原来跟战事有关。

霍 瑞 旭 这真是搅扰人心眼的一粒尘埃。
从前在共和罗马鼎盛的首都,[21]
在显赫的恺撒大将遇害前不久,
坟墓尽走空,死尸裹着入殓衣,
到罗马街头去唧唧啾啾地乱叫;[22]
星子拖着火焰尾,露珠里含血水,
太阳变惨白;[23]还有那水上的冰轮,
奈泼钧的万顷海疆要听它挥运,
晦蚀得黯淡无光,像世界末日届;[24]
而大劫临头、灾殃下降的朕兆,——
如前驱使者们总是先命运而来,
祸事将至时必有开场的楔子,——
天公和地母都已经上下一起来,
把它们向宗邦和万民[25]作过昭示。

[鬼魂重上。

莫作声,看啊!看那边,它又来了!
我中魔也要面对[26]它。站住,幻象!

你要是能发出声音,会通达言语,[鬼张臂。]
就对我说话:
要是有什么好事可以去办了,
好叫你安舒,且对我能有荣誉,
就对我说话:
要是你秘密知晓宗邦的命运,
也许我们预先知道了能防避,
啊!你就讲;
或者你要是在生前用强取得了
财宝埋藏在地下哪一处洞窟里,
为那个,人家说,你们鬼魂常出现,
[鸡鸣。]
讲出来:站住了,说话!马帅勒史,
拦住它。

马帅勒史 我能用戟来斫它不能?

霍瑞旭 斫它,它若不站住。

剖那陀 在这里!

霍瑞旭 在这里!

[鬼魂下。

马帅勒史 它走了!
它这般庄严威武,我们真不该
这样表示粗暴,那对它有冒犯;
因为它好比是空气,刀枪伤不得,
把我们的空斫化成可笑的伤害。

剖那陀 它正要说话那时分,公鸡啼了。

霍瑞旭 它就像是个有罪的犯人一般,
听到可怕的召唤而一惊。我听说
公鸡,它是替早晨报晓的号角手,
一阵阵啼响它高亢峻峭的喉咙,
把白日的神灵唤醒;一经它警告
不论在海里[27]火里,在地下或空中,
每一个游灵野魅便自会慌忙

赶回它的本界;刚才所见的东西
便可以证明这句话说得不假。

马帅勒史 公鸡一啼它就消隐得不见了。
有人说每当庆祝我们的救主
耶稣诞辰时,在节前一些日子里,
这报晓的良禽彻夜通宵叫不休;
那时节,他们说,没有鬼怪敢出现;
那些个夜晚保康宁;恶星宿不伤害,
妖仙不迷人,巫婆使不了法术,
那时节真是那样祥和又圣洁。

霍 瑞 旭 我这么听说过,也有几分信为真。
但看啊,晨曦披着赭红的一口钟,
在那高高的东山头踩着露水走;
我们这警卫散了吧;你们若同意,
让我们把今天夜晚所见的东西
告诉少罕秣莱德;[28]凭我的性命,
这幽灵,对我们哑口,会对他言语。
你们可赞成我们把这事对他说,
认为情意不可少,责任应当尽?[29]

马帅勒史 就这么办,我切愿;我知道这早上
我们将在哪里最方便找到他。

[同下。

第 二 景

[宫堡内一殿堂]

[号角齐鸣。国王,王后,罕秣莱德,朴罗纽司,赉候底施,伏尔砥曼特,考耐列欧斯,众贵人及侍从等上。

国 王 虽然对亲爱的王兄罕秣莱德
下世去记忆犹新,我们正该当
满心存悲痛,全王国上下如一人,
深锁着愁眉,蹙一片广大的哀容,

但周详的思虑兀自跟感情作战，
于是我们以适度的悲伤想念他，
同时也没有遗忘掉我们自己。
所以我们仿佛以残败的欢欣——
好比一只眼含着笑，一只在流泪，
丧礼中有欢乐，喜庆时又唱悼歌，
使欣喜和悲苦彼此铢两相称——
将我们往日的嫂氏，如今的王后，
我们这勇武的宗邦的袭位王嫠，
娶为德配；我们在这件事情上
并没有排除诸位的高见，且多承
自动来赞助：对列公，我们要致谢。
现在来讲小福丁勃拉思，这件事
各位都知道，他小觑我们的声威，
或者认为亲爱的先兄去世后，
我们这邦国便变得散乱不成形，
加上他自以为有利可图的妄想，
他就不断送文书前来相薅恼，
一意要我们放弃他父亲的邦土，
那失地归我们英勇的王兄所奄有，
全经受法律保障。关于他，到这里。
现在来谈我们自己和这次会议。
事情是这样：我们备好了一封书，
给小福丁勃拉思的叔父挪威王，
他衰病缠身，卧床不起，不知道
他侄儿的谋划，请他把他那侄儿
进一步的行动加以制止；为的是
那招兵募众，聚草征粮，[30]全部由
他治下的臣民负担；我特此派你，
考耐列欧斯，还有你，伏尔砥曼特，
作专使，送这封文书给挪威老王，
可是我授与你们对彼邦君主

相应的权限,不得任意超越了
这些指示所明白规定的范围。
再见,望即速去奉命,以表忠诚。

考耐列欧斯
伏尔砥曼特 } 这使命,一切事,我们都忠心赤胆。

国　王　我们也深信无疑:祝两位顺遂。

［伏尔砥曼特与考耐列欧斯同下。

现在,赉候底施,你[31]可有什么事?[32]
你曾说有请求;要怎样,赉候底施?
你不会对丹麦当今请求得有理,
而将话白说;什么事,赉候底施,
你有所要求,我不会给你满足?
头脑[33]不会跟心儿更加相一致,
这只手不会跟这张嘴起到作用,
比较丹麦的当今对于你父亲。
你有何要求,赉候底施?

赉候底施　敬畏的吾主,
我想请求恩准能回到法兰西;
虽然我心愿从那里返归丹麦,
在您的登极大典时尽我的诚敬,
但如今,我须得承认,那名份已尽,
我又想念起,愿意再回法兰西,
所以要恳求恩准重返那里去。

国　王　你父亲允许吗? 朴罗纽司怎样说?

朴罗纽司　他已经,吾主,煞费精神地向我
求得了我迟迟的允许,最后终于
对他那心愿我盖上难能的同意:
我请求御驾,就赐准他离开去吧。

国　王　善用你的时光,赉候底施;你尽有
时间,挥洒你的才艺,使用它就是。[34]
但现在,我侄儿罕秣莱德,我的儿——

罕秣莱德　[旁白][35]比亲戚过了头,要说亲人还不够。[36]

国　王　怎么阴云还笼罩在你头顶上？
罕秣莱德　并不，大王；骄阳如汤泼面，油灌耳。[37]
王　后　好罕秣莱德，去掉你黑夜似的阴沉，
面对着欢和来对丹麦的当今。
切莫老是这么样低垂了眼睑，
想在九泉下找寻你高贵的父亲：
你知道这事很平常；有生命的人
都得要死亡，从生命转入永恒。
罕秣莱德　不错，母亲，很平常。[38]
王　后　假使很平常，
为什么你看来好像那么样特殊？
罕秣莱德　好像！不对，的确是；我不懂什么叫
"好像"。不光我这件黑外套，好母亲，
也不光这身遵礼守制的黑孝衣，
也不光这喘息频频的长吁短叹，
不，也不仅这眼里的汩汩长流，
也不仅面目间沮丧黯淡的神色，
和一切形相，表情，[39]悲伤的外观，
能真正表白我；这些果真是"好像"，
因为它们是一个人表演的姿态：
但在我心中有无法表演的哀痛；
这些都只是悲哀的服饰和衣裳。
国　王　对你父亲这么样居丧而尽孝，
罕秣莱德，显示你天性可爱赞；
但须知你父亲也曾丧失过父亲，
那父亲又曾丧失过他的；未死者
理应谨守着孝道，为哀悼而悲痛
一个时期；但是去坚持而不舍，
固执地伤痛得无休无止，却是种
不孝的顽固行径，没男儿气概：
那显示一个违背天心的意志，
心胸尚未经磨砺，情志太浮躁，

智虑过于简单,没经受过修养。
因为我们知道那势有所必至,
以及理有所固然的寻常事故,
为什么我们要任性使气地对抗,
牢记在心头?嘿!这触犯了上天,
触犯了死者,触犯了造化的法则,
对理性极荒谬,揆情度理父亲死
乃是寻常事,它从这世上第一回
人亡故直到今朝有人死总在叫,
“这定得如此。”我们切望你抛弃
这种无益的悲伤,将我当作
你的父亲;因为,让举世都知悉,
你是我们王位最直接的[40]继承人;
最热情的父亲爱他儿子有多么
宏隆[41],我对你的宝爱比起他来
绝不会有分毫逊色。至于你要想
负笈回到威登堡[42]去继续求学,
那对我们的愿望可完全相反;
极愿你,改变了心意,在这里留下,
在我们和煦的目光眷顾下,温慰中,
当我们的重臣,侄儿,当今的世子。

王　　后　别让你母亲白恳求,罕秣莱德;
望你跟我们待下来;莫去威登堡。

罕秣莱德　我尽量听从你的话就是,母亲。

国　　王　哎也,这是个亲和、美好的回答:
在丹麦跟我们一个样。来吧,贤妻;
罕秣莱德这一下允诺,和蔼而
语出衷肠,对着我的心在微笑;
为表示祝贺,今天丹麦王每一觞
欢饮[43]都要有大炮向云天报响,
天上将遍传地上君王的畅饮,
一声声应和着地上的宏雷。去来。

[号角齐鸣。除罕秣莱德外俱下。

罕秣莱德　啊，但愿这太凝固的肉体
会融化，消解，稀释成一滴露水；
但愿永恒的主宰没有制定过
禁止人自戮的戒律！上帝啊！上帝！
这人间一切的常行惯例对于我
显得多可厌，陈腐，乏味和无聊！
呸呸！啊，这是个芜秽的荒园，
丛生着野草；到处是藜蒿与荆蓁，
塞地幔天。竟到这样的地步！
才死了两个月！不，还不到两月：
恁英明一位君主；比起这个来，
犹如太阳神比妖仙；㊹他对我母亲
这么样亲爱，简直不容许天风
吹打上她的脸庞。天公与地母！
定要我回想吗？哎也，她偎依着他，
仿佛食进得越多，越发加大了
胃口；可是，仅仅在一个月之内，
莫让我想起——"脆弱"，你名字叫女人！
短短一个月，她和那荷琵㊺一个样，
涕泪交横，跟着我父亲去送葬
穿的鞋还没有穿旧，她呀，就是她——
上帝啊！一头全没有理性的畜生
也会哀悼得长久些——跟叔父成了婚，
我父亲的兄弟，但毫不跟他相像，
正如我不像赫勾理斯：㊻一个月之内，
不等她佯悲假痛的眼泪停止流，
不等她哭痛的眼睛消退红肿，
她就结了婚。啊，慌忙得好棘手，
迅捷地匆匆引荐于淫乱的床褥！
这不是好事，也决不会有好结果：
可是，宁肯心碎吧，我必须住口。

［霍瑞旭，马帅勒史与剖那陀上。

霍瑞旭 祝殿下康泰！

罕秣莱德 见到你[47]我很高兴。

霍瑞旭，——要是不然，我忘记了自己。

霍瑞旭 正是，殿下，永远是您可怜的忠仆。

罕秣莱德 好朋友，兄台；我跟你换那个称呼。[48]

什么事使你离开了威登堡，霍瑞旭？

可是马帅勒史？

马帅勒史 亲爱的殿下——

罕秣莱德 见到你我很高兴。［向剖那陀］晚上好，足下。——

可是你当真为什么离开威登堡？

霍瑞旭 是我这浪荡的习性，亲爱的殿下。

罕秣莱德 我不愿听你的仇家这么说你，

也不能让你这般打击我这耳朵，

要它相信你对你自己这么样

诋毁；我知道你不是懒散的浪子。

可是你到埃尔辛诺来做什么？

你离开之前我们要教会你酣饮。

霍瑞旭 殿下，我来参加您父王的丧礼。

罕秣莱德 我请你，莫对我这般嘲笑，老同学；

我想你来参加我母亲的婚礼。

霍瑞旭 当真，殿下，这事紧跟着这么近。

罕秣莱德 省俭，省俭，霍瑞旭！办丧事的烤肉

多下来就做了喜庆筵席上的冷炙。

我宁愿在天上碰到我痛恨的[49]仇敌，

也不愿见到那样的一天，霍瑞旭。

我的父亲，我恍如看到了我父亲。

霍瑞旭 啊，在哪里，殿下？

罕秣莱德 在我的心眼里，

霍瑞旭。

霍瑞旭 我见过——一次；[50]他是位明君。

罕秣莱德 他是个大丈夫，就他整个人来说，

我再也看不见第二个这样的人。

霍　瑞　旭　殿下，我想我昨天夜里见到他。

罕秣莱德　见到？谁？

霍　瑞　旭　见到殿下的父王。

罕秣莱德　　　　　　　　　　见到我父王？

霍　瑞　旭　请暂时按捺一下子，莫要太惊奇，
且注意听我来开陈，待我把这件
怪事对您讲，这两位士子可以
替我作见证。

罕秣莱德　　　　　　　上帝舍仁慈，让我听。

霍　瑞　旭　这两位士子，马帅勒史和剖那陀，
一连两个夜晚在他们警卫时，
在宵深夜里、死一般冥寂[51]之中，
他们碰上了。先王般的一个形象，
从头到脚，全副的披挂簇崭齐，
在他们面前现形，用庄严的步伐
缓慢而威灵地走过他们：他三回
走过他们惊骇得欲绝的眼前，
跟他们相差不到他一权杖[52]之隔；
他们害怕得几乎化成了肉冻[53]，
站着像哑巴，不敢对他去开腔。
他们把这事惴悚悚秘密告诉我；
第三夜我和他们一同去守卫；
在那里，正如他们所说的，时间
也对，模样也对，每句话都证实，
那鬼魂又来了。我认识殿下的父王；
这两只手不能更像。

罕秣莱德　　　　　　　　　　这是在哪里？

马帅勒史　殿下，在我们警卫的那座高坛上。

罕秣莱德　你没有跟它说话吗？

霍　瑞　旭　　　　　　　　　　殿下，我说过；
可是它不答话；不过有一次，我想，

它举起头来仿佛将有所动作，
好像正待开腔要说话；但正当
那时候，报晓的公鸡引吭高鸣，
听到那声音它慌忙退缩消隐掉，
跟着就不再看见了。

罕秣莱德 这真好奇怪。

霍瑞旭 告尊敬的殿下，这事千真万确；
我们都认为我们的责任攸关，
要让您知道这件事。

罕秣莱德 当真，当真，列位，但这事困扰我。
你们今晚还警卫吗？

马帅勒史、剖那陀 警卫的，殿下。

罕秣莱德 披挂着，你们说？

马帅勒史、剖那陀 披挂着，殿下。

罕秣莱德 从头
直到脚？

马帅勒史、剖那陀 殿下，披挂得从头直到脚。

罕秣莱德 那么，你们不曾见到他的脸？

霍瑞旭 见到的，殿下；他把护面甲[54]推到了
上边去。

罕秣莱德 怎么！他可是蹙着眉头吗？

霍瑞旭 那脸容要说发怒，不如说在悲伤。

罕秣莱德 苍白还是通红？

霍瑞旭 不红，很苍白。

罕秣莱德 眼睛盯住了你们？

霍瑞旭 盯得非常紧。

罕秣莱德 但愿我在那里。

霍瑞旭 你准会大吃一惊。

罕秣莱德 多半会，多半会。它待得长久吗？

霍瑞旭　一个人用平常的速度可数到一百。

马帅勒史
剖那陀　还要久一点,久一点。

霍瑞旭　我见时只有这么久。

罕秣莱德　他须髯是灰的不?[55]

霍瑞旭　正如我见到他生前那样,玄色里
夹些银丝。

罕秣莱德　今晚上我要去守夜;
也许它还会出现。

霍瑞旭　我保证它会。

罕秣莱德　要是它像我高贵的父王那模样,
即使地狱吼叫着[56]要我莫作声,
我还是要跟它说话。我恳请列位,
要是你们还没有把这事跟人说,
让它依旧保持在你们的沉默里;
而且今晚上不论将发生什么事,
请只是心里有数,嘴上却莫作声:
我自会答谢你们的情意。再见了。
就在高坛上,十一二点之间,
我会来看你们。

三人　愿对殿下尽忠。

罕秣莱德　"尽爱",我也对你们要这样。再会。

[除罕秣莱德外俱下。

我父亲的亡灵披挂着!事情不大好;
我怀疑有甚黑勾当;愿夜晚快来!
静下吧,灵魂儿,直到那时:即使
大地想遮盖住,坏事自有千人知。　[下。

第三景[57]

[朴罗纽司家中一斋堂]

[赉佚底施与莪斐丽亚上。

赍候底施　我的行李已经送上船;再见吧:
还有,妹子,遇到有好风相惠时,
而且传递也方便,可不要好睡,
让我听到你音讯。

莪斐丽亚　　　　　　你不信那个吗?

赍候底施　关于罕秣莱德,他对你耍殷勤,
把它当趋骛时尚,调情的奇想,[58]
青春发育时期的一朵紫罗兰,
早开花,早谢,很香甜,可不能经久,
只供片刻间玩赏的一缕花香,
只此而无他。

莪斐丽亚　　　　只是这样吗?

赍候底施　　　　　　　　　正是的;
因为人身体成长,不光是筋肉
和躯干生发;而当这神殿[59]扩张时,
心志和神魂所祈求的内心供奉,[60]
也跟着增长。他现在也许爱你,
现在还没有肮脏和欺骗玷污
他清纯的意向:可是,你得要戒惧,
考虑到地位,他不能自己作主;
因为他要受他自己身份的限制:
他不能像无足轻重的人那样,
自己定去取,为的是他选得恰当
与否决定着全国的安危和兴废;
他身居邦国之首,他妃子的征选
自应先得到邦国的赞成和听从,
经受到约束。那么,他若说他爱你,
你该使用聪明去那般听信他,
要他由地位规定他采取的行动
能履行他所说的话;而这可不出
丹麦宗邦整个都赞同的限度外。
然后要衡量你那片贞洁将遭受

什么样损失，你若太信他的歌声，
或是把真心丢给他，漫无羁勒的
强求和硬要会打开你童贞的宝藏。
要戒惧，莪斐丽亚，要戒惧，亲妹子，
你要待在你真正的意向后边，
在他情欲的射程与危险之外。
那翼翼小心的姑娘已经够放浪，
要是她面对着月亮把芳容暴露；
玉洁冰清还难逃诽谤的打击；
往往在嫩蕊含苞未放的时节，
毛虫就已把阳春的娇儿咬伤，
当青春对旭照，在朝露泫泫之际，
恶毒的风吹雨打最容易摧折它。
所以要小心；最安全莫过于戒惧：
没有人在旁，青春尚且会自戕。[61]

莪斐丽亚　我要保持着这篇很好的教训，[62]
要它守卫我的心。可是好哥哥，
请你莫像那不端的牧师般，指点
我登天，去走荆棘塞途的陡峭路，
自己却像个浮肿、泼赖的[63]浪荡子，
只顾走逍遥嬉耍的莲馨花之道，
不管他自己的谆劝。

赉候底施　　　　　　莫替我担忧。
我耽搁得太久：[64]父亲可又来了。

［朴罗纽司上。

双重的祝福自会有再度的天恩；
凑巧的机缘笑对这第二回告别。

朴罗纽司　你还在这里，赉候底施！真羞人，
上船，上船！风守在帆篷肩胛上
大家在等你。就这么，我为你祝福！
还有这几句教训你要去铭记
在心头。想到什么不要就说出来，[65]

也不要乱想起什么就把事情做。
待人要亲切不拘礼,可不得亵狎;
旧有的朋友,交情曾经考验过,
用钢箍将他们牢牢扣上你灵魂;
但莫把每个新结的相识当知交,
逢人便款待,手掌起老茧。[66]要当心
勿跟人轻易起争吵;但一开了端,
便要坚持,使对方得当心对待你。
多多听人家说话,少对人开言;
多接受意见,[67]自己的判断要保留。
衣服讲究得尽你的钱包能负担,
但不要花费富俏;要贵重,莫浮夸;
一个人的衣着往往标明他品性,
他们在法国,身份贵地位高的人
特别在那上头最是讲究,最华贵。
既不要告贷,也不要借钱给人,
借给人往往丢了钱也丢了朋友,
而向人借贷会挫钝节约的快口。
这句话高过一切:对自己要真实,
然后正好比黑夜跟着白昼来,
你就不可能对任何旁人不真实。
再会:愿我这番话铭记在你心中。[68]

赉候底施 父亲在上,儿子谨此拜别了。

朴罗纽司 时间在召唤你;去吧,仆夫们等着。

赉候底施 再会了,莪斐丽亚;要好好记住
我对你说的话。

莪斐丽亚 我把它锁在记忆里,
就由你自己保管着那柄钥匙。[69]

赉候底施 再会。 [下。

朴罗纽司 他对你说了些什么话,莪斐丽亚?

莪斐丽亚 回父亲,是有关罕秣莱德殿下的。

朴罗纽司 凭圣处女,倒想得很不错:

我听说他近来常把私下的时间
和你一起过，而且你自己也总是
肯听他的话，开怀爽快得不得了。
要果真这样——人家这样跟我说，
而那是劝我要当心——我得告诉你，
你太不懂得你自己该怎样，才同
做我的女儿和你的清名能相称。
你们之间怎么样？对我说真话。

莪斐丽亚　他近来，爸爸，好多次对我献出了
他的爱情来。

朴罗纽司　爱情！呸！你说话真像个傻丫头，
全没有经历过这样危险的情势。
你相信他的献出吗，如你所说的？

莪斐丽亚　我可不知道，爸爸，该怎样想法。

朴罗纽司　我来教你吧：把你自己当娃娃，
你竟把这些献出当真正的付款，
它们可不是纹银。显出你自己
多值些钱吧；否则——且不叫这句话
跑伤气，[70]这么说——你显出自己是傻瓜。

莪斐丽亚　爸爸，他用爱情来殷切恳求我，
态度很光明正大。

朴罗纽司　是啊，你叫它态度；算了吧，算了吧。

莪斐丽亚　而且为使他的话能取信，爸爸，
他对天几乎设尽了山盟海誓。

朴罗纽司　是啊，捕捉傻山鹬[71]的罗网。我知道，
当欲火熏蒸的时候，灵魂会怎样
教舌头滥发盟誓；这些发[72]光焰，
女儿，光多于热，一烧亮就熄灭，
正在答应时，跟正在烧亮时一样，
你切勿把它们当火。从今往后
要少露你那闺女的声色于他；
将你的会晤[73]要看得比一声传令

去面谈更值价。对罕秣莱德殿下，
要信任他到这一步，就是他年纪
还轻，他可以行动自由的限度
比你大得多：干脆说，莪斐丽亚，
别信他的盟誓；它们穿针引线，[74]
不是它们的衣裳所显示的颜色，
而只是迫求调情打趣的坏家伙，
气息倒像是假装圣洁的臭虔婆，[75]
为的是更好欺骗人。归总一句话：
讲得简单明了些，从现在开始，
我不准你随便糟蹋片刻的闲暇，
再去跟罕秣莱德殿下说甚话。
要好生注意，关照你：来吧。

莪斐丽亚 我自会听话，爸爸。 [同下。

第 四 景[76]

[宫堡前警卫坛]

[罕秣莱德，霍瑞旭与马帅勒史上。

罕秣莱德 这寒气刺得人好凶；冷得厉害。

霍 瑞 旭 说得上是切肤刺骨的苦寒天气。

罕秣莱德 什么时候了？

霍 瑞 旭 我想还不到十二点。

马帅勒史 不，已经敲过。

霍 瑞 旭 当真？我没有听见：那么，就快要
挨近那鬼魂惯常出现的时刻了。

[内号角齐鸣，发火炮两声。]

这是什么意思，殿下？

罕秣莱德 君王今晚上准备着彻夜行觞，
要纵酒逞欢，再加上喧闹的狂舞；[77]
他每干一樽莱茵美酒的当儿，
铜鼓和军号便这么嗥啸出一阵

他祝酒的豪兴。

霍瑞旭　　这是一个习俗吗？

罕秣莱德　是的，凭圣处女：
不过在我看来，我虽然在本地
生长，日常已见惯，这可是个习俗，
遵守它倒不如破坏它更加光荣。
这样的酗酒耽乐使我们备受[78]
东西诸邦一体的讥讪和责骂；
他们叫我们醉鬼，用泥猪那类话
玷污我们的称号；那么着也就
当真消减了我们丰伟的勋业，
把我们声望里的精华、真髓抽去。
所以，往往在有些个人身上，
因他们本来有某种天生的缺陷，
与生俱来，——那可怪不得他们，
既然生命不可能自己去选来历——
由于某一种性癖有过度的滋长，
时常冲破了理性的藩篱与堡砦，
或者有什么习惯过于发扬了
令人爱的心性形态；却说这些人——
他们沾上了那种缺陷的印记，
那缺陷，不出于天然，[79]即肇自命运——
他们其他的美德，即令清纯得
了不起，即令没涘涯，非凡人所能有，
将在世人的见解中，因那个缺失
而遭到毁伤败坏；一些些乖舛[80]
会招致对整个高贵品质的狐疑，
使声名狼藉。[81]

［鬼魂上。

霍瑞旭　　看啊，殿下，它来了！

罕秣莱德　求众位天使和神差护佑我们！[82]
不管你是个善[83]鬼还是个邪魔，

带来天上的祥氛，抑地狱的煞气，
不问你存心恶毒，或用意仁慈，
既然以这样可交谈的[84]形态到来，
我对你要说话：我叫你罕秣莱德，
君上，父亲；丹麦王，啊，回答我！[85]
莫使我不耐困惑而爆炸；告诉我
为什么你那按教规下葬的骸骨，
在棺内挣破了尸衣而出；为什么
那坟墓，我们眼见你安葬在里边，
张开了它那沉重的大理石巨颚，
又把你吐了出来。是什么意思，
你这具尸体，重新全身披亮甲，
又复到这月光明灭中[86]徘徊，
使黑夜吓人；使我们，造化的玩物，[87]
心神震颤得有如那瑟瑟的摇旌，
缭乱着魂梦所不敢沾的荒沧怪想？
你说，为什么？因什么？我们该怎样？

［鬼魂招罕秣莱德去。

霍　瑞　旭　它向您招手示意要您跟它去，
好像它有什么话要独白一人
跟您讲。

马帅勒史　　　　看，它姿势有多么温文，
招手引您去比较背隐的地方：
可不要跟它去。

霍　瑞　旭　　　　　　不，千万不要去。

罕秣莱德　它不肯说话；那我就只得跟它走。

霍　瑞　旭　莫去，殿下。

罕秣莱德　　　　　　为什么，有什么可怕的。
我把这生命看得不值一根针；
至于我的灵魂，既然也是不灭的，
跟它一模一样，它又能奈何它？
它还在招呼我去；我要跟它走。

霍　瑞　旭　它引您去到了海里怎么办，殿下，
或者去登上可怕的悬崖绝顶，
孤悬的岩壁俯瞰着碧深深的海，
那里它露出另一副骇人的形相，
那也许就会夺去您理智的均衡，
使您发疯，那又怎么办？想一下；
没有其他的因由，那地方本身
就会叫人起浑不顾一切的怪想，[88]
只要他俯对那么多哻下的海水，
听它在下面呼啸。

罕秣莱德　它仍在招我。走吧；我就跟你去。

马帅勒史　您不能前去，殿下。

罕秣莱德　你们松了手！

霍　瑞　旭　请听话；不能去。

罕秣莱德　我的命运在叫唤，
它使我身上每一根细小的血管
都跟尼弥亚狮子[89]的筋腱一般坚。
它还在叫我。你们放开手，士子们，
［挣脱。］
天在上，谁要拦阻我，我叫他变鬼；
我说，走开！——走吧；我就跟你去。
［鬼魂与罕秣莱德同下。

霍　瑞　旭　他变得不顾一切，乱想些什么。

马帅勒史　我们跟他去；不该这么样听从他。

霍　瑞　旭　跟上去。——这可要弄成什么结局？

马帅勒史　丹麦宗邦里什么事出了乱子。

霍　瑞　旭　上天会指引它。[90]

马帅勒史　不要[91]，我们跟他走。
［同下。

第 五 景

［警卫坛上较远处］[92]

［鬼魂与罕秣莱德上。

罕秣莱德 你要领我到哪里去？说；我不走了。

鬼　　魂 听我说。

罕秣莱德 我听。

鬼　　魂 我的时间快到了，
就要回去委身到硫磺烈焰里
去经受煎熬。

罕秣莱德 唉哟，可怜的亡灵！

鬼　　魂 不用可怜我，只要认真倾听着
我要说的事。

罕秣莱德 你说；我准备[93]来听。

鬼　　魂 你听了过后，就得负责去报仇。

罕秣莱德 什么？

鬼　　魂 我是你父亲的亡魂；
判定了在夜间出现一个时期，
白天要禁闭在火里断食[94]悔罪，
直到我生前所犯罪恶的孽迹
都烧光涤净为止。要不是被禁止，
不准泄漏我狱中的那些秘密，
我能作一番诉叙，它最轻微的话
能叫你的灵魂恼杀，热血冻结，
使你的眼睛，流星般跳出眶子来，
使你那纠结而梳顺的卷须分开，
每一根发丝笔立直竖了起来，
好像发怒的豪猪身上的针刺。
可是这永劫之秘决不能宣泄给
血肉的耳朵听。但听啊，呵，听啊！
若是你确曾爱过你亲爱的父亲——

罕秣莱德　呵,上帝!
鬼　　魂　要替他报绝灭人性的凶杀之仇。
罕秣莱德　凶杀?
鬼　　魂　恶毒的凶杀,说得再好也不外此,
但这真穷凶极恶,骇听闻,灭人性。
罕秣莱德　快给我知道,我好插起了翅膀,
迅捷如思想,疾速如恋爱的情思,
风驰着去还报。
鬼　　魂　　　　　　我看你容易激发;
你要是对这件事情不采取行动,
那就比遗忘川[95]夹岸臭烂的莠草
更要迟钝了。听我说,罕秣莱德:
据他们宣称,我在御花园里睡觉,
有条蛇螫了我;全丹麦人的耳朵
就误被这个捏造的我的死因
卑劣地蒙骗住:可是你,年轻有为,
要知道那条螫死你父亲的毒虺
现在正戴着王冠。
罕秣莱德　　　　　　啊,我有预感!
是我的叔父!
鬼　　魂　正是的,那个通奸乱伦的禽兽
就仗那诡诈的迷功,叛逆的本领——
啊,邪恶的聪明和才智,这么样
会奸骗!——把我这貌似贞洁的王后,
诱得满足了他那无耻的淫欲:
啊,罕秣莱德,多自甘的下贱哟!
我对她的爱是那么精醇可贵,
那和我跟她义结百年姻好时
所起的信誓完全相符契,而她
竟会委身于这样个伧夫,他对我
有什么才智来相比!
但正如美德,它永远也不会动心,

即令浪荡装扮成天仙来求爱，
淫欲，尽管跟光艳的天使结了婚，
还会在极乐的天床上感到餍足，
而要去贪吃臭烂。
且住！我好似闻到了早晨的清气；
让我简单说。我在御园里偃息，
那是我每天经常的习惯要歇晌，
你那叔父偷偷地趁着我不备
窜进来，手持一瓶恶毒的紫杉汁，[96]
把那引发起全身恶癞的毒精
灌进了我的耳孔去；那药性一发
就跟人周身的血液水火不相容，
只顷刻之间，快得和水银相似，
它通行无阻，穿门过路处处到，
而且它发作快而猛，像醋酸滴进
牛奶，把我的稀薄而健全的血液
凝敛冻结了起来：我的血便这样；
而且顿时立刻有疹疱散布开，
像是大麻风，可恨的呕人的恶癞
结满我光滑的全身。
便这样，我在睡梦中被一个兄弟
一下子把生命、王冠、王后都夺去：
就在罪孽深重里一命抛黄泉，
来不及接受圣餐，作忏悔，涂油膏，
不曾能结算，还戴着满头罪孽，
就给赶送到上帝跟前去清账。

罕秣莱德 啊，可怕！啊，可怕！好不可怕哟！[97]

鬼 魂 你要是有天性的话，切不可忍受；
莫要让堂堂丹麦君王的御床
变成可恶的秽乱淫蒸的卧榻。
可是，不管你怎样进行这件事，
不要玷污了你的心地，也不可

策划去伤害你母亲：将她交天谴，
她自有生长在她胸中的荆棘
去惩创刺螫她。此刻就和你作别！
萤火虫[98]显得黎明已近在眼前，
它那无力的微芒已渐渐暗淡；
再会，再会，再会！要把我记心上。　　［下。

罕秣莱德　天兵神将哟！地师土伯们！还有甚？
加上幽冥的凶煞吗？[99]挺住，我的心；
我的筋腱啊，莫在顷刻间变衰老，
绷紧着，把我挺起来。要把你记心上？
是啊，只要这神思错乱的头脑里
有记忆，可怜的阴魂。要把你记心上？
是啊，从我记忆的小手册上面
我要抹掉一切琐碎的蠢记录，
一切书本上的格言，一切形象，
年少时观察所留下的一切戳记；[100]
只让你对我提出的这个昭示
独独留在我头脑的书卷之中，
不羼杂鄙陋的东西；青天在上，
啊，最恶劣不堪的妇人！啊，
坏蛋，坏蛋，笑吟吟、可恶的坏蛋！
我的小手册，——我该把这个记下来，
一个人笑吟吟，笑吟吟，[101]可是个坏蛋；
至少我知道在丹麦的确是这样：
［手写。］
好吧，叔父，给你记上了。现在来听
我这话[102]："再会，再会！要把我记心上。"
我立下了誓言。

马帅勒史
霍瑞旭　［自内。］殿下！殿下！

马帅勒史　［自内。］罕秣莱德殿下。

霍瑞旭　［自内。］上天保佑他！

马帅勒史　心愿如此！

霍瑞旭　［自内。］喂，呵呵，[103]殿下！

罕秣莱德　喂，呵呵，小把戏！来吧，小鸟儿。

［霍瑞旭与马帅勒史上。

马帅勒史　您怎样，亲王殿下？

霍瑞旭　有甚事，殿下？

罕秣莱德　啊，好奇怪！

霍瑞旭　好殿下，讲讲。

罕秣莱德　不行；你们会说出去。

霍瑞旭　我不会，殿下，天在上。

马帅勒史　我也不，殿下。

罕秣莱德　你们怎么说；人的心怎么想得到？
但你们会保守秘密吗？

霍瑞旭、马帅勒史　天在上，殿下。

罕秣莱德　全丹麦从来没有哪一个坏蛋[104]
不是个坏透的恶棍。

霍瑞旭　用不到有鬼魂，殿下，从坟墓里来
告我们这个。

罕秣莱德　对啊；你说得很对；
那么，好吧，不必再拘礼多说话，
我以为我们可就此握手告别：
你们按自己意思做你们的事去；
因为各人有各人的意思和事情，
事实是如此；至于我可怜的份儿，
看我吧，我要去祷告。

霍瑞旭　这是些神思紊乱的躁切话，殿下。

罕秣莱德　很抱歉我话说得开罪了你们，
是的，当真，很抱歉。

霍瑞旭　没得罪，殿下。

罕秣莱德　得罪的，圣柏特立克[105]在上，得罪得
厉害，[106]霍瑞旭。关于刚才的鬼影，

它是个老实的[107]鬼魂，我告诉你们：
你们想知道我和他之间有甚事，
请尽量克制着别打听。现在，好友们，
既然你们是朋友，是学士，是军人，
要请答应我一个请求。

霍瑞旭　是什么，殿下？我们一定会遵命。

罕秣莱德　决不把今夜所见的说与人知。

霍瑞旭
马帅勒史　殿下，我们决不会。

罕秣莱德　　　　　　　不行，要发誓。

霍瑞旭　当真，殿下，我决不。

马帅勒史　　　　　　　　我也不，殿下，
当真。

罕秣莱德　　　按在我剑上。[108]

马帅勒史　　　　　　　　　我们已发过誓，
殿下。

罕秣莱德　　　当真，要按在我剑上，当真。

鬼魂　发誓。　　　　[鬼魂自台下呼喝。]

罕秣莱德　啊哈！你也说？你在那里吗，老好人。[109]
来吧：你们听见地窖里这朋友：
答应发个誓。

霍瑞旭　　　　　您说怎样发，殿下。

罕秣莱德　决不要跟人说起你们所见到的，
按着我的剑发誓。

鬼魂　[自下。]发誓。

罕秣莱德　到处都有你？[110]那我们换块地方看。
这里来，士子们，
再把你们的手儿按着我的剑：
决不要跟人说起你们所听到的，
按着我的剑发誓。

鬼魂　[自下。]发誓。

罕秣莱德　好说，地老鼠！在土里能遁得恁快？

好个急先锋!⑪再换地方吧,朋友们。

霍瑞旭　人杰地灵天开眼,这可真奇怪了!

罕秣莱德　所以就把它当生客来对待,⑫莫怪。
须知天地间有些事情,霍瑞旭,
你们⑬那哲学做梦也没有梦到。
可是,来吧;
天保佑你们,这里,刚才那样
发个誓,不管我举动怎样离奇,
因为我从今往后也许会觉得
该装出一副古怪的言谈行止,
你们那时节看到我这样,决不要
把臂肘这般交叉起,或这般摇头,
或者说些引人起疑心的语句
如"很好,我们知道",或"要说可以说",
或"要是我们高兴说",或"能说自有人",
或这类模糊影响的话语,表示
你们知道我有什么隐衷:这种种
都决不能做,愿你们获天赐慈恩,
就发誓。

鬼魂　[自下。]发誓。

罕秣莱德　安息吧,安息吧,不得安静的灵魂!
[二人发誓。]
士子们,以满腔热情我请你们
记着我:像罕秣莱德⑭这样个可怜人
所能的,为表示他对你们的情意,
上帝愿意,准做到。我们进去吧;
你们要永远守口如瓶,我请求。
这年头乱成了一团:可恨的烦恼,
我生不逢辰,命定了要把它整好!
来吧,我们一块走。　[同下。

第一幕　注释

① Clark 与 Wright(剑桥本):本剧分幕分景始见于1623年之初版对开本,但只到二幕

二景为止，以后的三个对开本亦随着划分；在早于前者的几个四开本上则都不分。译者按：1603 年之初版四开本据学者们研究大概是个间接印自莎氏未成熟的初稿的"盗印本"，讹误很多，且比 1604 年以后四个四开本要少掉一千五六百行，故在本剧的校订研究上不大有重要性，除少数特殊的例子外，一般不在学者们此项讨论范围之内。

②《每季评论》(卷七十九，1847 年，318 页)论这开场的二三十行云：莎士比亚剧中人物唇边所掉下的每一个字，是他们内心情感的切当表现，由于我们所提到的这位巨匠的这一特点，——就是说，他不愿降格去违反自然，作他自己的说明者，——除非我们正确地注意到他们当时的处境，我们往往会捉摸不到他们说话的精神。只因忽略了这一警戒，《罕秣莱德》的开场一景(其中活跃着紧张的情绪、显著的对比与描绘人性的最精微的笔触)似乎被校勘家们，老的和新的，当作无非是两名卫士间无精打彩的闲谈而已。剖那陀在警卫坛上已经碰到了前王的鬼魂两次，他现在是第三次走向这亡灵的出现处，深信他还会看见那可怕的鬼魅，它"使他骇怕得几乎化成了肉冻"。在这一心情里他看见任何东西、听到任何声音都会吃惊，——风的吟啸也好，月光下的阴影也好。在这般一触即惊之中，他听到向他走来的脚步声；他的问话"谁在那儿?"由我们听来，乃是不能自制的惊恐的、突发的、本能的绝叫，而不是两名卫士间寻常的盘问。恐惧，把感觉集中了起来，使它们变得超乎自然地敏锐；而莎氏是明示着这一事实的，当他使这屏息谛听着的剖那陀首先觉察到他们在互相走近。正在值岗的卫士茀朗昔司谷，听到那吃惊的声音招呼他，认不出那就是他的伙伴，便答道："别问，回答我；站住，你自己是谁?"但一等到剖那陀听见他说话而心里安定下来，以他惯常的声调喊了口令"君王长寿!"之后，茀朗昔司谷便知道是他的伙伴，当即用他的名字称呼他。接下来是莎氏对最微妙的细节予以注意的一个绝妙的际本。他显示给我们看，剖那陀在殷切的指望中，焦急地预期着鬼魂的出现，而又生怕那秘密更广泛地传播开去，势必造成了这样一个局面——就是比平常他去得要早一点，因而异常准时地到他岗哨上来。茀朗昔司谷说道："你来得好准时。"而剖那陀的答复又多么巧妙地逼真自然，说钟已经打了！他一心想摈拒对方认为他是先来的看法，因为，好像觉得自己有罪似的，他深怕被对方所怀疑。接着，他叫茀朗昔司谷去睡；而在后者的回答里，我们又见到另一个轻微的征状，它却惊人地例证出莎氏是多么用心要保持他的角色间的行动的完全相应：

"茀朗昔司谷　　多谢你来接班；天冷得真厉害，
　　　　　　　　我心里又挺不好受。"

因为他心里挺不好受，凝注于他个人悲伤的沉思默想中，所以没有注意到剖那陀的未曾掩饰好的激动。如果心境平静，他的注意力也许会受到刺激，他的好奇心或者会给鼓动起来。他正离开的时候，剖那陀以假装不关心的随便口气问道，"岗上安静吗?"——这询问他不敢在直接对话里正式提出，怕会泄露他的焦急。他所得到的确言，——"耗子也没有走动"——使他对于过去的几小时放松了关切，又把他的思虑完全集中到未来的时刻上去。他不愿独白一人值岗。他急不及待地指望他的同伴们和他一起来守夜，所以他对茀朗昔司谷临去时的话是——

"好吧，明天见。
你要是碰到霍瑞旭和马帅勒史，
要跟我同来值岗的，叫他们赶快。"

茀朗昔司谷还没有离开剖那陀，就听见霍瑞旭与马帅勒史正在走来，当即喊他们报口令:“站住,喂! 那是谁?”跟着,后面半页上的几句话虽对于不注意的读者显得平淡无奇,却是描绘性格之最精妙与最富于表情的笔触。在前此两个夜里,马帅勒史曾经是剖那陀的伙伴,他跟剖那陀有同样的顾虑。霍瑞旭对于鬼魂是怀疑的,认为那是个幻想。他们情绪上的差异可在他们对值岗卫士问话的回答里见到。霍瑞旭心上轻松,悠闲自若,首先作答。他很快而且高兴地叫出来,“宗邦自己人。”以迟缓庄重的调子,马帅勒史加上一句“丹麦王的臣下”。他的心思是在那神秘的幽灵上头。他在惊异它预兆些什么。他隐约地猜疑以为它征示什么谋反叛逆或对邦国的不幸,这就引得他在霍瑞旭漫不经心的呼声后加上一句申言他们忠于王事的宣告。跟着他思绪的潜流,他迷失在他自己的冥想中;他没有感觉到茀朗昔司谷已走近他们,就在面前;而当茀朗昔司谷说“祝你们晚安”时,马帅勒史像个精神恍惚中被唤醒来的人那样,叫道,“啊! 再见了,诚实的军人!”以任何别的设想来解释这失声的“啊!”是没有意义的,而这可决定性地显示出莎氏的用意正要这样写法。马帅勒史的沉思一被打破之后,他便从没有结果的臆测里转到这夜晚的事情上来;于是,他在对茀朗昔司谷道别的同一口气里,问他是谁接替了他的班,以便他可以满意地知道,那不是别人,而是他自己的伙伴剖那陀。茀朗昔司谷当即离开。马帅勒史喊道,“喂! 剖那陀!”“我说,”剖那陀并未稍停一下来直接回答那招呼,即回道,“怎么! 霍瑞旭来了吗?”霍瑞旭是位特被邀来要对鬼魂开言说话的士子;他高出他们一筹,他们都信赖他,而剖那陀则迫切想知道他没有失约。霍瑞旭亲自答话,且继续以开玩笑的答复“差不多是他”,来表示他的不信。剖那陀从幽寂孤独中解放了出来,欣喜欲狂,以这样狂喜的暖意欢迎他们——“欢迎,霍瑞旭;欢迎,好马帅勒史!”——致使马帅勒史从他那激动的神情里料想鬼魂已经来过。“怎么!”他说,不出之以询问,而是用想当然的口气,——“怎么! 这东西今夜又出现了吗?”剖那陀的回答,“我没有看到什么。”使马帅勒史想起霍瑞旭对这整个故事完全不相信:“霍瑞旭说这只是我们的幻想”云云。

这剧景的紧缩是惊人的,而且也许在任何哪一篇戏剧里,从没有在同样长短的一段内表白出同样的心理状态有如此变化多端的。剖那陀的惊惧,他深自压抑的情感,他的不喜欢独处于孤寂之中,茀朗昔司谷的一无所知,霍瑞旭的轻率,马帅勒史的心不在焉与高度紧张的情绪,剖那陀欢迎他们时的极度激动,这种种都是在二十来行里展露出来的,展露得清楚而明晰。对话精炼而迅疾,可是极完整。凡是对于这时适合的,没有东西被遗漏掉。也不是作者绝艺的最不堪注意的一部分是,在这么多的兴奋里,有这么多激情在发动和冲突,但绝无一点夸张过度的痕迹。现实的沉肃被自始至终保持不渝。

③ 这个“我”,Hanmer,Jennens,Clark 与 Wright(克拉伦顿本)都说应着重了说。

④ Malone,Clark 与 Wright(克拉伦顿本):这是当夜的通行口令。

⑤ 原文“upon your hour”,Clark 与 Wright(克拉伦顿本)举了四个例证说解作“正在你上岗钟点要敲的时候”。正当茀朗昔司谷说这句话时,钟报 12 点。

⑥⑦ 原文这两个“Give you good-night”,Caldecott,Clark 与 Wright(克拉伦顿本)俱谓解作“上帝给你们晚安”。

⑧ “A piece of him”,直解“(有)他的一块”,Heath 与 Steevens 谓这只是句开玩笑的口头语。Tschischwitz:通哲学的霍瑞旭想起了一个人的人格,又念及他的外形,所以说来此的只是他自己的一块(并非全部)。Moltke 的解释跟此说大致相同,谓霍瑞旭的意思是他身体虽已到,灵魂却未来。按,此两说似嫌过于隆重。Moberly:正如

我们说,"有一点像他。"译文作"差不多是他",似不够逼真,因严格讲来,原文言外之意为他不来的部分多而来的部分少,不过是一块,而译笔含义正好相反。Moberly之"有一点像他"也不大对,应为"有一点是他",但"有一点是他"在汉语里不成话语。我终于采用了译文,因"差不多(或差一点)是他"并不真正或完全是他,所差的那点是很重要的相信;但不真正或完全是他,与真正的、完全的他即判若两人,故总的说来,其间的差异,如果把这信不信加以考虑,便会很大——这样一来,倒是兜了个圈子后,跟原意颇有些接近了。

⑨ Coleridge:因为剖那陀正要来叙述的事,其性质极为庄严,故而使他对之有极深沉的感觉,所以他便鼓起劲来,用华美的辞风去控制他自己想象上的恐惧,——这件事本身便是这鼓劲的一个延续——离开了鬼魂出现这件事本身,因为那会迫使他太深沉地潜入他自己的内心,而转到外界的事物、自然界的一些现实上来,这些事物当时曾和它一起发生。这段文字似乎与这一批评法则相抵触,就是说,凡是讲到的总比实际看到的要印象浅一些;因为它传送给人们心神的确实要比眼睛所能看见的来得多;而正当我们聚精会神地热切倾听所讲的后事、把我们的思想从那可怕的景象上转换到期待那很想知道、但又几乎怕听到的故事上去的时候,这讲述的忽被打断便给了我们以鬼魂初次出现的一切突兀与惊骇。

⑩ Cowden-Clarke:再没有比一个守夜的卫士在他寂寞的午夜岗哨上注视某一颗特别的星更自然的了;而这一偶然的提及,在这一段上可倾泻了多澄澈的一股诗的光辉。Hudson:当然,这是指北极星,它似乎伫立着不动,在它附近的其他的星似乎围绕着它在旋转。按,Hudson此注当系指"the pole"而言,若说"yond same star"则该是大熊星,它似乎以北极星为枢轴在回转,见Wood与Marshall之牛津与剑桥本剧后之"添加注"。

⑪ Douce:驱邪法事从前总用拉丁文进行,所以只能由士子们从事。Clark与Wright(克拉伦顿本):读书人能讲拉丁文,中世纪教会所规定的驱邪灵诀当然是用那种文字写的。

⑫ Clark与Wright(克拉伦顿本):向来有这样个想法,认为一个鬼魂不能主动说话,除非先有人对它开了腔。

⑬ "Question it"在这里解作"跟它说话,交谈",不解作现代英语的"问问他",见Schmidt与Onions。

⑭ "What"作为宾词对人(虽然这里是对鬼)质询,等于"Who?"(谁?什么人?或什么样人?)或"of what name?"(名叫什么?),故不能译作"什么东西?"见Schmidt与Onions,前者举了40多个例子。

⑮ Furness问道:他便是披戴的这副盔甲吗,在三十年前就在罕秣莱德出生的那一天(见五幕一景156—163行)?霍瑞旭现在有多大岁数?译者按,这不是绝对讲不通的:可能先王披戴着这身有名的盔甲留下了一张画像,霍瑞旭曾看见过。

⑯ 二、三、四版四开本原文"the sleaded pollax",五版四开本与一、二版对开本作"the sledded Pollax",三版对开本作"... Polax",四版作"... Poleaxe",Rowe校改为"... Pole-axe",Pope作"... Polack",Malone又改作"... Polacks",现代版本大多从后者。这三个字作者的原笔究竟是怎样的,作何解释,十八世纪初年以来众说纷纭,迄今还没有最后的定论。大致可归结为三种说法:(一)先王发怒了,把他的战斧向冰上一斫,——Friesen与Moltke,后者校改原文为"his leaded poleaxe"(他的用铅加重了的战斧)或"his edged poleaxe"(他的磨快了的战斧);(二)先王发怒了,在冰上斫雪橇

上的波兰王(Polack),——Pope 等;(三)先王发怒了,打败了波兰人的雪橇队,——Malone 等。译者按,除这里外,本剧四开与对开本上还有三处(二幕二景 63 行、75 行与四幕四景 23 行)用到这个字的另外四种拼法"Pollacke"、"Poleak"、"Polak"、"Polack";如果我们对"sledded"不加以校改(因为可以不必),而在后面两说中作去取的话,Pope 等人的第二种读法显属可取。霍瑞旭现在看到鬼魂的怒容,便想起了先王当年的怒容。我们知道,怒容只是短暂时间内的表情,不容易延长得很久。若照 Malone 与从他的现代注家们的说法,先王以一人之力打败了波兰人的雪橇队,那已经很勉强;而且即令那是或许有的事,所需的时间至少要几小时,在那样长的时间内要保持一个不变的怒容,乃是不可能的。何况激怒他的是他谈判的对手;而在句子的最后,那对手竟已被遗忘掉,这位先王却花了很大的力气去单身击败那对手的部下:这就显得这句句子没有写好。Leo 认为一位全副武装的国王用他的刀剑去斫坐在雪橇上的他的对手简直不成话,太违背中世纪骑士的风度了;我说,安知那位对手不也是同样全副武装,刀剑在手,而且主动激怒了丹麦先王的呢? Pope 的读法有头有尾,脉络分明,虽然他未加以说明。他这校订所以会弄对,我认为是因为对照了后面三处的结果。从他的有 Theobald, Hanmer, Warburton, Johnson, Capell, Jennens, Steevens, Singer, Elze, Tschischwitz 等十家。Steevens 加以说明道:我们不能很好地猜想,在一次谈判里先王会痛击好些个人,因为不见得会有一个以上的人激怒他,或者在这样的场合他会自降身份去打一个比君王地位低的人。Tschischwitz 的理由是:"Polacks"当系指整个波兰步兵队,猜想波兰军全军会乘着雪橇行军,那是荒唐的。按,关于拼法问题,我们知道,因莎氏当时文字的各方面(包括拼法)尚未固定下来,故作者、抄写手、排字匠有很大的自由,往往把一个人名或地名在几处上下文里写成、抄成、排成好几种不同的拼法。最后,我认为很可能 Heminges 与 Condell 所据以排印初版对开本的伶人上演用脚本字迹不清楚,甚至抄错了,把"k"写得像"x"或错写成"x"(这就是说,我认为这字原来是"Pollak"),于是初版对开本照式排印,二版四开本直接或间接根据的是同一来源,又把"Pollak"再误排成"pollax",结果就造成了三百多年来这样一个疑案。

⑰ "Might be toward",Dyce 解作"在准备中,将发生,在目前",Clark 与 Wright(克拉伦顿本)作"迫近,近在目前,已齐备"。

⑱ "well ratified by law and heraldry",Capell 谓系"普通法律和武士道规条的形式都经遵守到"。Steevens,Clark 与 Wright(克拉伦顿本)则云,解作"很符合纹章院的条例,故而能生效"。Moberly:正确订立合同须要法律,符合纹章院规条则使它在荣誉上有约束力。Crawford:中世纪贵族签订有约束力的合同文书往往在签名之外再加上骑士纹章。

⑲ 自此起至鬼魂重现前止的十八行,仅见于 1604 年之二版四开本及后来的三个四开本上,各版对开本俱付阙如。

⑳ Wood 与 Marshall:剖那陀与霍瑞旭把鬼魂的出现归因于表示他关心那迫近的战事。他们没有疑心到他曾遭到凶杀。从含蓄中我们可以知道,凶杀是严守秘密的。

㉑ 原文"state of Rome"为"罗马之首都";全行可作"从前在古代罗马鼎盛的首都",或如译文。恺撒(Caius Julius Caesar,公元前 102? —前 44)当时为罗马共和国,并非帝国;此"state"系指当时的罗马"城",并不指"国"或"时代",见 Furness 新集注本上之 Wilson 注(他说把它滥解作"状况"乃是进行"九重凶杀")。共和在前,帝国在后,两者不可相混;在共和以前,于公元前六、七世纪的史前传说中又有 Tarquin 王朝,

但那跟恺撒无关。恺撒为大将军、政治家与高卢(Gaul,古国,包括目今意大利北部,法国,比利时,以及荷兰与瑞士的一部分)人的征服者,又是演说家、诗人与史学家。他击败了以庞贝大将(Cneius Pompeius Magnus,公元前106—前48)为首的罗马元老院贵族党,而成为国家的实际主政者,但为政敌勃鲁特斯(Marcus Junius Brutus,公元前85—前42)等人所暗杀,莎氏有《居理亚·恺撒》一剧演述其事。他的义子Octavianus(公元前63至公元后14)继承了他的姓氏,当时的元老院(Senate)又尊以"Augustus"(庄严,崇宏)这徽号。此Augustus Caeser为第一个罗马皇帝,自公元前二十七年登基起,一直统治到崩位。恺撒当政时以武功胜,奥古斯德斯在位期间则为古罗马文学的黄金时代。

㉒ 本行下面大概有一行脱漏,造成了无法解决的困难。Malone:当莎氏告诉了我们"坟墓尽走空"云云,那是限于在地上所发生的奇事,他很自然地(在现已遗佚的一行里)接着说,在天上也显现其他的怪异;这现象他用例子来说明道,"如星子拖着火焰尾"等。我怀疑"As stars"(如星子)是讹误,而且那些讹夺的字,如《居理亚·恺撒》二幕二景里那一段所提示的他将死时的怪异那样,当包括"炽烈的火焰,武士在云端里奋战"等语。我所以相信"As stars"是印讹,是因为下一行里又有"star"这个字。也许莎氏的原文是:"Astres with trains of fire—and dews of blood Disastrous dimm'd the sun!"(星子拖着火焰尾——不祥的血露使太阳昏暗!)"Astre"是"star"这字的古体。学者们有赞同Malone的校改的(Knight,Moberly),有认为毋需校改也讲得通的(Caldecott,但很勉强),有主张将下一行移至五行以后插入而将第六行"As harbingers"校改为"Are..."的(Mitford),等等。Collier相信下面两行也许是讹误得已无法挽救,但并无充分理由说有一行给脱漏掉,毛病只出在大概是被误印的"Disasters"这字上,至于"astres"这字则矫揉造作,太不通行了。历来对这两行的校订钩绳,Furness之新集注本上罗列的有近二十家之多,这里不一一介绍了。

㉓ Clark与Wright(克拉伦顿本):莎氏在这里也许是想起了挪斯(Thomas North,1535?—1601?)转译的泊卢塔克(Plutarch,46?—120?,希腊传记家)所著《希腊罗马名人传》英译本(1579)上《居理亚·恺撒传》里的这一段:"的确,定数,预先看见它要比避免它来得容易,当我们考虑到恺撒临死前据说先有奇异而惊人的象兆见到。因为,关于在空中的火焰,夜里有鬼魂来来往往地走,幽居的鸟在中午栖在闹市中,在这样一个惊人的时刻会发生,这一切朕兆可不值得注意吗?"泊卢塔克还说起有一颗彗星在恺撒死后接连出现过七夜,后来就不见了,还有太阳黯淡无光,果子不熟。

㉔ Crawford:指《圣经》所说人类的儿子第二次到来时将发生的事情。见《马太福音》二十四章二十九节:"那些日子的灾难一过去,日头就变黑了,月亮也不放光,众星要从天上坠落,天势都要震动;"又,《启示录》六章十二节:"揭开第六印的时候,我又看见地大震动,日头变黑像毛布,满月变红像血。"

㉕ 原文"climatures and countrymen",Clark与Wright(克拉伦顿本)谓,前者可能指生活在同一气候中的人,若不是这样解释则宜从Dyce之校改作"climature"(地方)。故此语若从原文可作"万民与邦人",若从Dyce则可作"宗邦与邦人"。

㉖ 原文"cross"通常解作"拦阻,挡住去路",Onions训"碰到,面对"。传说谓,谁若到鬼魂去路前拦阻它或面对它必遭凶祸。

㉗ 我国古代阴阳家讲五行,即金、木、水、火、土,欧洲古代与中世纪哲学家则盛言四元,即地、水、火、风(倡此说者为古希腊之Empedocles,约公元前500—前430?,印度佛

家所说的四大正与之完全相同,见《园觉经》与《璎珞经》,而释迦牟尼的生卒年约为公元前 565—前 487,要早上五六十年),说宇宙间一切物体都是这四元的不同化合成分所形成的,后来的灵学家又认为每一种纯粹的元里有一种精灵守护着,地里有地鬼或地精(gnomes),他们守护着矿山、石坑,水里有水灵或水仙(undines),风中有气仙或风姨(sylphs),火内有火魔或火神(salamanders),作此说者为瑞士炼金术士与医师 Paraceisus(1493—1541)。Johnson 谓,这里的意思是,一切浮游飘荡的精灵们,凡是流浪到他们各自的本界以外的,不管是气仙进了地,或地精在空中浮游,都要回到他们各自的原位上,他们的限境中去,那就是他们的本界。这里的结构在次序上有颠倒,作者意思是说:

一经他警告,
每一个游灵野魅便自会慌忙
赶回它的本界,不论在海里火里,
在地下空中;刚才……

但这里的次序毋须加以变更。

㉘ Coleridge:请注意这一点也不张扬、但完全胜任的介绍这主角"少罕秣莱德"的方式,而对于他父王的行动和有关事件我们所被激发起来的所有兴趣则都被转移到了他的身上去。

㉙ Hudson:这最后 3 段台词设想得真是奇妙。说话人都在情绪极度兴奋中;当鬼魂消失时,他们的惊恐立即转化为品质最高华的一阵灵感,而他们那极度的激动,在散去时,便炽燃成为诗的温存圣洁的热情洋溢。

㉚ 原文"proportions",Schmidt 解作"计算,对供应的估计",Onions 谓系"对于兵员与供应的估计",亦可解作"兵员与供应本身",Wood 与 Marshall 则解释为"军队里适量配备好的骑兵、步卒等"。故此语亦可译为"马步粮草"。

㉛ 对原文国王这段话里的"you"与"thou",Abbott 在他的《莎士比亚文法》(二三五节)里阐明道:当国王对赉候底施明言表示亲爱时,他从〔正式或客气的〕"you"转换为〔亲切的〕"thou",后来又回到"you"上去。译者按,关于原文"you","your","ye"等代名词的用法,讲究起来颇为精细,作者既不随便或胡乱应用,也不呆板死用。译文尽可能将"you"跟"thou"彼此间的区别传达出来,虽然有时不能如意办到,如这里把国王对赉候底施的"you"与"thou"一律译为"你",后面把国王对罕秣莱德的"you"与"thou"一律译为"你",等等。Skeat 分析"thou","ye","thine","your"云:"thou"(你)是主人对仆人的语言,地位相同者之间的称谓,它也表示友伴,亲爱,许可,对抗,轻蔑,威胁;"ye"(您)则是仆人对主人的语言,表示恭敬,称誉,自谦,恳请。"Thou"(你)是单数第二人称,所有格代名词"thine"(你的)亦然:但"ye"(你们)是复数第二人称,还有所有格代名词"your"(你们的)亦然……。Abbott:"thou"在莎氏当时,很像现在德文里的"du",是个单数第二人称的代名词,它(一)对朋友表示亲爱;(二)对仆人表示善意的优越;(三)对陌生人表示轻蔑或恼怒。它现已有一点不被惯用了,而因为被当作含有古风,所以很自然地被人在高华的诗的风格里,以及在庄严的祈祷语言里所应用。"Thou"与"you"在几乎所有的场合被不加区别地使用时,仔细研究一下会显示文内思想有一点变动,或者为使音调和谐起见,所以有足够的理由改变代名词。(上两则引自 Furness 新集注本《麦克白斯》五幕三景 37、40、57 行注。)

㉜ Coleridge:这样,莎氏以高超的艺术手腕首先介绍一个极重要,但还是居于次位的角

色:赉候底施,他这样备受恩宠,因为选立新君时朴罗纽司帮忙使前王的兄弟,而不是他的王子,登上了宝座。

㉝ Warburton 不能设想这一行是什么意思;但把“头脑”(head)校改成“血脉”(blood)以后,他认为文意就通顺了,这样措辞他觉得“非常得体,因为心是实验室……”。Hanmer 在他的校订本上采取了这一校勘。Heath 认为再没有比头脑和心房更密切相关和一致的,因为前者设想了方法和步骤,使后者的目的可以达到。国王把他自己当作心,把朴罗纽司当作头脑。

㉞ Caldecott:愿你运用你最优秀的美德充盈你的时间,那完全在你的手掌之中。Clark 与 Wright(克拉伦顿本)解释“graces”为“accomplishments(才艺)。

㉟ 此导演词“旁白”为 Warburton 所加,嗣后的校勘家们都觉得还适当,并加以采用. 但 Moltke 认为不对,他的理由如下:在莎氏剧本里没有其他的例子主人公是首先用这样简短的一句独白予以介绍的;其次,没有谁对自己说话时会使用双关;第三,莎氏一定不易地总在他戏剧的一开始时就鸣响剧中的主音。在这一例子里,诗人已经在第一景内使我们左袒了罕秣莱德而反对了国王,而现在又已经继续以国王从御座上发出的伪善的言辞增长了我们对前者的同情之感与对后者的敌对情绪,非常重要的是这两人间的对立应当使之着重,所以罕秣莱德该被显示得不光他自己完全晓得这对立,而且也同样有决心使国王知道它。假使这句话是旁白,这种种目的就会无法达到。

㊱ 对这句模棱含蓄的话,学者们有各种不同的解释,但迄无定论,现介绍数说于后。Steevens:“比亲戚要亲些,可不合乎人伦”,——把“less than kind”解作“unnatural”(乱伦),因叔侄关系现已变为公开与合法化了的血族奸通关系。Malone:“比亲戚要亲些,可不够有感情”,因为我是你老婆的前夫之子,但我对你并不亲爱(我恨你,为的是你血族奸通地娶了我母亲)。Knight:“比亲戚要亲些,可并非同类”,——上半句针对国王叫他“我侄儿罕秣莱德”而言,下半句针对国王叫他“我的儿”而言,把整句话作为罕秣莱德说他自己。White 与 Hudson:“比亲戚要亲些,可不配算同宗”,——把整句话作为罕秣莱德所指的是国王。译者认为,这位王子既不仅仅说他自己,如 Knight 所云,也不仅仅说他叔父,如 Steevens, Caldecott, Singer, White, Hudson 所云,而是说他自己跟国王之间的关系。那关系国王刚才有两种说法,一是叫他侄儿(亲戚关系),二是叫他儿子(父子或亲人关系);他现在加以驳斥,说若说叔侄吧,你我之间已不止这一亲戚关系,因为你已娶了我的母亲,若说父子亲人吧,第一,我羞于承认,因为那是血族奸通的乱伦,第二,我不认可与你同类或同宗,因为那太可耻,第三,我对你固无感情,你对我也说不上感情,那假装一套完全用不到。这样,“kind”这字的四种意义就兼容并包在里边了,而诗人的原意我信就是如此。非但这样,原文“kin”与“kind”是双声,再加上“A little more than”与“less than”,使这九个字模棱溜滑,捉摸不定,像条泥鳅一样,其妙处就在这里。虽然历来的校勘家们都从 Warburton 把这句话作为旁白,我觉得 Moltke 的孤独的但精辟的创见很有道理:罕秣莱德说这句话是存心叫他叔父听见的,因为他未必能完全听懂那里边复杂的含义,而且即令能听懂一两层,他也无可如何,只得心里尴尬,表面上假装糊涂。为传达原文“kin”与“kind”的效果起见,译文除两个“亲”字外,还用“头”与“够”的叠韵。

㊲ 译文可作“不那么,吾主;太阳晒得我难受”,似较信。原文本行末一字“sun”与前三行末一字“son”音同字不同,Farmer 指出意含影射,即指“sonship”(子之地位或身

份)而言。译文本行之"耳"与前三行之"儿"亦为同音(不过在四声上有区别)但在一字对一字的影射上则没有能丝丝入扣,虽然就这整个半行来说,在抢白国王说他"阴云还高悬在你头顶上"还是贴近原意的(唯病于不那么显豁),——骄阳照得我如滚汤泼面,沸油灌耳,我不可能还有阴云高悬在头上了。译文若作"太阳晒得我难受",则变成了前二行之"还不够"叶韵,对国王的尖锐的针对未免减弱,且那层一字对一字的影射当然也无从谈起。Johnson 谓,"i'the sun"系引喻谚语"舍弃了天赐的宠恩来晒暖太阳"。按,此系指"医院或慈善机关里遣发出来的人说的",或者指被"逐出房舍与家庭的人,他们除了餐风饮露晒晒太阳而外,别无生活上的合适可言"。Caldecott 采取上述 Farmer 的示意,谓罕秣莱德的意思是说,"叫我太活像个期待脚色,同时还把我从悲哀里过早地硬拖出来,被扔在阳光与白日照耀之下,实在有点吃不消;我已经受不了那老是粉墨登场,专表演当世子储君的身份,而不能真正享受到我的权利;同时也没有一段适当的时间来和缓我的悲感。"他的被剥夺王位继承权,也许就是罕秣莱德所谓的"太阳晒得我受不了"。Nicholson 解道:罕秣莱德用一句显然的宫廷客套话来拨掉国王对他的诘问,——并不,吾主,我是太暴露在你宠幸的阳光里了,在它的逼射下我显得只是个阴影(我是一无荫蔽地在我所深恶痛疾的阳光里了);托赖上帝护佑,我得以成为胤嗣与王位继承人,但这个身份地位却已被你所废黜,因而我如今不得不离此出走;我如今不是在愁云惨雾里头,在为我的先王父所兴起的悲风与泪雨里,而却发现自己在你们结婚的欢庆与豪饮之中。

㊳ Coleridge:这里应注意到罕秣莱德对他母亲的温存,以及他的力自抑制怎样预备他在下一段话里的充实发挥。在下一段话里,他的性格在厌恶外表的虚礼上显得有较大的发展,而那也显示他喜欢深入到内心世界去潜思默想的习惯,加上一番美丽的言辞,那些言辞是思想的秉赋有形体,比思想要充实一点,有一个外表,一个独特的现实,可是包含着它们对内心意象和思想活动的合一与朦胧的密切关系。也应注意到罕秣莱德对后面国王那一长段话的沉默,以及他对他母亲的恭敬的、但是一般性的回答。

㊴ 各版四开本与对开本俱作"moodes"或"Moods",Capell 校改为"modcs";十八世纪最初六家和十九世纪后半叶 Clark 与 Wright 之环球、剑侨、克拉伦顿版等共约 20 种名校勘本都从原文,其他约 30 种则从 Capell。Dyce 谓,不可能更明白了,罕秣莱德在这整段话里是在讲外面的、看得见的悲伤的表象。

㊵ 最早指出这一点的是 Steevens:丹麦王位当时是推举的,不是世袭的。Blackstone 谓,推举时也注意到王族血统,这就渐渐形成了世袭制。许多评注家往往称克劳迪欧斯是个篡位者,说他剥夺了罕秣莱德的胤嗣权利,乃是个错误。罕秣莱德叫他醉鬼、杀人犯与恶棍;说他用卑鄙下流的手段取得了推举;说他"突然闯入来遮断我膺选的希望——";说他"把贵重的王冠从架上盗下,放进了腰包";但从未暗示过他是个篡夺者。他的不满起因于他叔父在他之前被举立,并不由于他争夺王位的什么合法权利。选立后继人时,对于前任君主的推荐也许也会考虑到。所以少罕秣莱德曾经"王上自己亲口答应他继承丹麦王位";而当他自己临死前,他"预言福丁勃拉思将膺选,被拥戴为王:他有我临终的推举",为的是他叔父一死他自己当上了片刻的君王,所以有权利来推荐。……Marshall:也许因罕秣莱德比较年轻,以及王国受挪威人入侵的危险,所以立王评议官们把王杖放在克劳迪欧斯手里。

㊶ 原文"nobility",Warburton 释"宏大",Johnson 释"宽博",Heath 谓"高隆与卓越"。译文综合音义作"宏隆"。

㊷ Malone:我们从 Lewkenor 之《论大学》(1600)里得知,威登堡(Wittenberg)大学为选举侯欧奈斯德斯(Ernestus Elector)之子茀莱窦列克公爵(Duke Frederick)于1502年所创立:"它晚近因马丁·路德及其徒众之争论与辩难而名闻遐迩。"Elze:莎士比亚要送这位丹麦王子罕秣莱德到一所北方大学去留学,也许没有别的大学对他自己、也对他的观众,能像威登堡这样闻名。按,这里有人说是个时代错误,因为,据本剧故事的直接来源《罕秣莱德之史传》(The Hystorie of Hamblet,1608)所言,这位王子的时代是在基督教传到丹麦王国很久以前的年代里,而威登堡大学则建于1502年。但莎氏不会不知道这一史实,他当有他自己的用意。参看四幕三景二十一行注。

㊸ Johnson:国王的纵酒给人印象很深;对于他,发生任何一件事都给他理由去痛饮。

㊹ "Hyperion"在古希腊神话里是太古泰坦神族(Titans)的太阳神 Helios 之父,也有用来指 Helios 的,但与奥林帕斯(Olympus)山上宙斯(Zeus)神族的太阳神阿波罗(Apollo)迥异,不过在晚期神话里也与之通用。莎氏在此即用以指阿波罗。奢兜(Satyr)在早期神话里本为人身马耳马尾的妖精,到了罗马神话里变成人身而有山羊头角、耳朵、腿脚和尾巴的妖仙,它们是酒神般克斯(Bacchus)的游乐伴侣,以欢闹淫乱闻名。阿波罗代表男性美与光明,奢兜则代表丑恶淫猥。

㊺ 那荷琵(Niobe)为列迪亚(Lydia)国王探塔勒斯(Tantalus,天王宙斯之子)之女,底皮斯(Thebes)国王安斐盎(Amphion)的王后。她生下了十二个儿女,夸言她比黎托(Leto,即 Latona,宙斯和她生了一子一女,子为太阳神阿波罗,女为太阴神阿忒米斯)子女多,对她表示轻蔑。黎托叫她的儿女去报复这一慢侮,阿波罗与阿忒米斯将她的十二个子女都用箭射杀。那荷琵痛哭而死,宙斯把它变成了列迪亚国薛辟勒斯山(Mount Sipylus)上一块石头,她便永远流着眼泪。

㊻ 赫勾理斯(Hercules),即希腊神话里的海拉克理斯(Heracles),以英勇耐劳、力大无穷闻名,他德行高超,好除恶怪,有十二桩惊人的劳绩,对人类有覆载之恩。

㊼ Collier 所用经某一旧手迹校注过的一本二版对开本将原文行末的"well"划掉,因多此一字本行即多出一音步,且一见面罕秣莱德第一句就说"见到你好我很高兴"似乎也不大合理。

㊽ Johnson:我来做你的仆人,你将做我的朋友。Halliwell:罕秣莱德的意思是,他要把霍瑞旭给他自己的那名称,"可怜的忠仆",换成"好朋友";或者,如 Johnson 所解释的那样。

㊾ Clark 与 Wright(克拉伦顿本):"dearest"在这里用以指在爱或恨上,在欢乐或悲哀上,最触动我们心的。

㊿ 霍瑞旭本想说,"我见过,昨晚上",但因消息太惊人,故缩了回去,改成"——一次"。

(51) 五,六版四开本与1603年的初版四开本作"the dead vast",二、三、四版四开本与初版对开本作"...wast",其余三个对开本作"Waste"。Collier:"vast"在这里跟在《风暴》一幕二景三二七行里是同样的意思,那里"vast of night"解作"黑夜的空茫或虚无",这里"the dead vast...of the night"解作"午夜死寂的空茫"。White:也许应从二、三、四版对开本的"waste";但含义是一样的,——"死寂的虚无"。Schmidt 谓,"vast"解作"午夜一片沉黑,视野里漫不见有何边际"。Clark 与 Wright(克拉伦顿本):"vast"这里解作"空虚冥茫,这时候看不见有生命的东西"。

(52) "权杖"可作"麾杖"。

(53) 用"肉冻"(严格些,"jelly"应译为"冻")来形容一个恐惧的人很妙,因为一块冻在菜盘里被稍微动一下就会频频发抖,一个极度受惊的人像它一样会战栗不已。关于"distill'd",学者们意见分歧,这里不详细介绍了,仅据 Knight, Singer, Hudson 等人的说法解作"溶化"。

54 Florio(《字世界》,1598)云,"beaver"来自法文"bauiéra",意思是"头盔或兜鍪的护面甲"。Bullokar(《英文释义书》,1616)谓,"beaver"系"胄上可以掀上去的部分,以便能畅些呼吸"。Worcester 引 Stephenson 谓,此字来自法文"buvoir"(啜饮),因为它便于戴它者喝水。Hunter:有人说这里应作"他把护面甲拉到下边来",但莎氏当是依据熟知骑士和骑士制度的权威而这样写的:"他们把护面甲向上掀"——史斑塞(Edmund Spenser, 1552? —1599,约长于莎氏十二岁的作者同时代诗人)之《仙后》(The Faerie Queene, 1589—1596)四卷六章二十五节。译者按,两种说法大概都对,当时盔胄上的护面甲当有两种形制,一种可以掀上去,一种可以拉下来,以便畅些呼吸、喝水,使人家能看见顶盔人的面目等,但这里所说的是可以掀上去的一种。

55 二、三版四开本原文作"grissl'd, no."(是灰的,不。)初版对开本作"grisly? no."(是灰的? 不。)二、三、四版对开本无"no"字。Capell 校改为"grizzled? no?"(是灰的? 不是?)许多近代版本都从他。但 As You Like It(《绅士杂志》,1760,六十卷,四〇三页)云:这个"no"是否定语而不是问话,由罕秣莱德说很不合适。他问霍瑞旭,"他须髯是灰的?"是要试探霍瑞旭怎样观察那鬼魂,所以讲一个不同的颜色。霍瑞旭答道,"不对",当即说了个恰好的颜色,"玄色里夹些银丝"。Furness 认为这建议极巧,几乎可以作为正式的校订。

56 Staunton:"gape"解作"叫喊,咆哮,吼啸",而不是"张开嘴"。Clark 与 Wright(克拉伦顿本)赞同此说。但 Schmidt 在《莎士比亚辞典》里仍解释为通行的"张开嘴"。

57 Coleridge:这一景应被视为莎士比亚在剧中的抒情章节之一,而它跟戏剧部分交织成为一体的巧妙,特别是我们诗人的一个杰出之处。你有停逗一下的感觉,但并无停顿之感。

58 原文"toy",Schmidt 释为"忽发的奇想,不可思议的怪念,痴愚",Onions 谓不能作"玩物"解,应解释"忽发的奇想,奇癖,心血来潮时的幻念"。原文"blood",Dyce 解作"性癖,倾向,气质,冲动"。又原文"a toy in blood",Clark 与 Wright(克拉伦顿本)说是"一阵娱乐和奇想,不是深情",Onions 谓为"一个一时的调情的奇想"。

59 Caldecott 谓,将身体比作神殿,只是在严肃的时候才应用。

60 Caldecott:当身体长大时,召唤起心志的任务与活动的责任感也同样增加了。

61 原意为"自起叛乱"。Clark 与 Wright(克拉伦顿本):虽没有诱惑者,青春年少会自我叛乱,就是说,青春的激情会对自我控制的能力造反作乱;自己的营寨里就有个叛逆者。

62 Coleridge:你会在莪斐丽亚对赉候底施那一长段话的简短而一般性的回答里,注意到她这天真无邪的极自然的浑不介意,她不能设想需要这样一套小心谨慎的礼法去保卫她自己的纯洁。

63 Caldecott:因酒色过度,把身子淘虚,所以虚胀浮肿;还加不顾一切后果。

64 Moberly:赉候底施似乎以为莪斐丽亚的来势很凶的回答把这场谈话导入一个不需要与不合式的岔路里去;因为由妹子们教训哥哥们是颠倒事物的自然秩序的。

65 Caldecott:这些金贵的箴言跟剧中其他部分所视为的朴罗纽司的性格与智能很不相称,那里他显得是个,如罕秣莱德所叫他的,"讨厌的老蠢材","可鄙的、鲁莽多事的蠢材","又蠢又多嘴的坏蛋"。Hunter:朴罗纽司是当时枯燥乏味的政客的典型。在他这性格里也许含有好多莎氏对某些人物的个人讽刺。这些政客的习惯是对他们的子女讲述格言,作他们生活的指导者。

(66) 原文"dull thy palm",译文据 Johnson 所解。这里有两层可能的意思:一是使你的款待没有价值与不被重视,二是使你自己不敏感,因而不能明智地估计你的朋友们的价值。

(67) 原文"censure"是"意见,判断",不是"批评"。

(68) 原文"season",Elze 解释"使成熟",Moberly 解作"使稔熟",Hudson 谓系"使铭志不忘"。

(69) Caldecott:意即它不会从我记忆里消失掉,要等到你认为毋须保留为止。

(70) 原文"crack the wind"意思是,把"献出"这语辞像跑马似的跑得过狠,跑伤了它的元气或呼吸(肺)。

(71) Harting:因难于明白的缘故,山鹬被认为是没有脑筋的,所以这种鸟的名字变成了傻瓜的同义语。

(72) 这"发"是"一发"、"两发"的"发",不是动词。

(73) 原文"entreatments",Johnson 解作"伴侣,会谈",Cowden Clarke 释"你所接到的、他要求你和他会晤的恳请",Clark 与 Wright(克拉伦顿本)谓系"恳求",Schmidt 说是"你所接到的邀请",Murray(NED)则解释"会谈,会晤"。

(74) 原文"they are brokers",意即"它们是龟鸨,或淫媒";我们的旧小说戏剧里所谓"穿针引线",北方话谓之"拉纤"。

(75) 各版四开、对开本原文都作"bonds"(誓约),Theobald 校改为"bawds"(虔婆,鸨妈)。Rowe,...Craig 等十五,六家从前者,其他许多家从 Theobald。若从前者,本行可译为"气息倒像神圣虔诚的誓约"。

(76) Coleridge:这一景开始时的不重要的谈话是莎士比亚熟知人性的细关末节的一个证据。这是个确定了的事实,当濒临任何严重企图或重大事件之前,人们几乎一定不易地把注意力转移到琐细的事物或熟稔的情况上去,企图逃避他们自己的思想压力;在警卫坛上的这段对话便这么以说起天气的严寒开始,而且也间接问到,的确,预期鬼魂将显形的时间,但投进了一个似是谈资的空虚里去,如关于敲钟等事。想逃避那迫切的思想的同一愿望,也在罕秣莱德对纵酒逞欢那丹麦习俗的谈话与抒发感慨里表现出来;他从特殊的事例上开始,谈到普遍的真实,而由于他对一己与个人事物的嫌厌,仿佛从他的自我集中里逃避到了一般的思维中,将他那暂时的不耐与不安之感在抽象的论究里窒息掉了。除此以外,另一个目的得到了满足;——因为把观众的注意力这般缠结在罕秣莱德这段话的微妙区别与插句句法里之后,莎氏在鬼魂出现(这个,以它的幻想似的性质,蓦地里照临他们)时使他们猝不及防,诧愕无已。果真,没有近代作家敢于像莎氏这样,在这末次显形之前先来两次显著的出现,——或者能设计出,使这第三次在动人心魄与趣味庄严上比先前两次更要深宏。但是除了罕秣莱德关于纵酒逞欢的音乐般这段话——这样优美地流露出他性格里占优势的理想主义,它那推理性的沉思默想——的其他一切优秀处外,它还有对于马上向鬼魂说的下一段话的兴奋的延续,赋于性质相同与似有可能的这么两层好处。这势头已经激发了他的心智活动;思想与言辞的激流已经开始,在他热烈的议论中他把他所以要在那里的目的忘记了,而正是那忘怀却帮着使鬼魂的出现不至于麻痹他的心智。因而,这出现便成为一个新的动力,——一个加快已经在行动的物体的速度的骤然一击,不过它改变了那物体的方向。有霍瑞旭、马帅勒史与剖那陀一同在场〔误,按并无剖那陀在场〕这一点是计划得极其适当的;因为这使得罕秣莱德的勇敢和他激越的口才完全可以被领会。两个听者,——有血有肉的同情者,——他们的心知有这件事,——他们的、自己也未曾想到的意识,——他们的感觉,——这些都成为从后面发生力量的一个支持与一个刺激,而心智的前面部分,说话人的整个意识,是被这阴灵所充塞,哎,所吸引住了。在这上面还得加上这一点:就是,这鬼魂本身,因为它以前曾出现过两次,已经显得更近于是这世界上的一个存在了。一个鬼魂的客观性如此增长,当它还保持着它所有的鬼气与可怕的主观性的同时,是真正令人惊奇的。

(77) 原文"swaggering up-spring",前一字 Schmidt 解作"哗闹的,喧嚷的",后一字 Elze 证实 Steevens 谓为一种德国跳舞的说法,说原名叫"Hüpfauf",是古德意志人欢庆时最放浪的跳舞。

(78) 自此行起至这段话的末尾,各版对开本与初版四开本都没有,仅见于二、三、四、五等版的四开本。

(79) 原文"natute's livery",据 Herford 注为"他们生来就有的缺点"。

(80) 原文"dram of eale"当有误植,"eale"可能是"evil"之缩写"e'il"之讹(Jervis, Bailey, Dyce 等)。下面一行也有问题:"of a doubt",Theobald 与 Malone 校改为"of worth dout",Steevens 又据 Henry Homer 说改订为"often dout"(往往毁坏)。Clark 与 Wright 之剑桥本(1865)记录得约有四十种校改诠释;Furness 之新集注本(1877)则列举了五十多种,小字密印六大页;最新的收集,总数可能有百种以上的说法。但莎氏已长逝不返,疑难恐将永远无法澄清。Dowden 的揣摩也许不差似任何一家的疏解;"由于狐疑,一些些乖舛把所有的高贵品质都在声名上沦为同它自己的品质一样。"此外聚讼如麻,不一一介绍了。这段话的原意虽在译文里我们可以充分见到,但恐怕正有些像从原文里去寻绎本旨那么不十分容易:现在把 Theobald 的译文释义加以迻译如后:"让人们决不要有那么多优秀的美德,假使他们有一个缺点伴同着它们,因为那个单独的瑕疵要玷污它们全部的性质;而且不仅如此,还要伤毁它们全部优点的精华本身,使之像它自己那样声名败坏;结果是他们的美德本身却会变成他们的被责骂之因。"

(81) Strachey:罕秣莱德的漫论,实际上系采自过分思虑他自己的性格与处境,而只是随后才应用到他周围的人与事物上去的,显然,他自己就是那个人的、他这段描写的本人,在那人身上造化或环境过度发展了性格的某一个趋势,以致损害了适当与合理的平衡和整体的和谐;而那人,由于这一他不能负责、且应与其被责难、更应受怜悯的缺点,竟被世人以非难的目光所贱视,尽管他有其他许多优点。

(82) Davies 之《戏剧漫志》(Dramatic Miscellanies, iii, 29)转述得有 Cibber 所记名伶班透顿(Thomas Betterton, 1635? —1710)在这一景里的演艺;班透顿曾受业于谈闻南(Sir William D'Avenant, 1606—1668,诗人与剧作家),而谈闻南则亲眼见过罕秣莱德的原始扮演人之——Taylor 的演出:"他在这里开始时先来一阵沉默的惊愕,停滞不言;然后,把声音慢慢提高到一个庄严的、震颤的声调上去,他使这鬼魂对于观众和他自己同样地可怕;而当他描摹这可怕的幻象所引起的他的自然情感时,他的诤问虽然口气很大胆,但还是恭而有礼的;有丈夫气概,但并不冒渎;对于他所自然会对之尊崇的,他的声音从不高升到那种显然的暴戾或粗野的侮慢上去。"蒲士(Barton Booth, 1681—1733,伶人)说道:"当我扮鬼魂,班透顿演罕秣莱德时,不是我使他畏惧,而是他使我害怕。但那个人头顶上笼罩着神性。"反之,麦克林(Charles Mack-

lin,1697?—1797,伶人与舞台经理)在这第一行后,把这段话的其余部分讲得沉着而肃敬,声调颇为稳重,像一个人已抑制住他的懦怯与疑惧。据 Davies 说,在扮演鬼魂上,从无任何人能超过蒲士;他那缓慢的、庄严的低音调,他那无声的脚步,仿佛他的身体是一股空气似的,造成了一个有力的印象。关于十八世纪英国大伶人茄立克(David Garrick,1717—1779,又为诗人与剧作家)的扮演罕秣莱德,德国文人 Lichtenberg 在其《英格兰书简》(Briefe aus Eugland,1775)里对他的一个友人有这样一段描写:"罕秣莱德上场来身穿着黑衣服。霍瑞旭与马帅勒史跟他在一起,穿着制服;他们在期待鬼魂出观。罕秣莱德的两臂交叠着,他的帽子遮到眼睛上面:戏院里是暗的,全体观众几千人肃静无声,每一张脸静定不动,仿佛它们是画在墙上似的;你可以听到园子里最远处一根针掉在地上的声音。忽然,当罕秣莱德从台前似乎远退到台左,将背心朝着观众时,霍瑞旭吃惊而退缩一下,叫道,'看啊,殿下,它来了!'指向台右,那里,观众们没有觉察到它来,鬼魂已一丝不动地站着。听了这句话茄立克突然转过身来,同时两腿发抖倒退了两三步;他的帽子掉了下来;他的臂膀,特别是左臂,直伸了出去,左手举得和头一样高,右臂比较弯,右手较低,手指各各分开;他的嘴张开着;他这样站着,一只脚远跨在另一只前面,姿势优美,像吓呆了似的,他的朋友们支持着他,他们因为以前曾见过这个显现,心理上不像他这样没有准备,而是生怕他会摔倒在地上;他的表情是这么富于惊恐,以致在他开言之前我一再浑身发出哆嗦;在这一场景之前,观众们的几乎可怕的肃静(使人有点不寒而栗),我猜想,在不小程度上造成了这一效果。最后,在一阵出气之末,而不是在出气之始,罕秣莱德以兴奋的声音喊道:'求众位天使神差护佑我们!'——这句话使这一景还缺少、因而不能成为最伟大、最可怕的剧景之一的一切东西都变得齐备了,他挣扎着要脱离他的朋友们,就在他跟他们说话时他的眼睛也注视着鬼魂。但最后,由于他们不肯放他走,他转过脸来对着他们,用力从他们手上挣脱,而且快得叫人战栗地抽出剑来面向他们:'谁要拦阻我,我叫他变鬼,'他喊道,这对于他们已够了。他随即把剑指向鬼魂,说道:'走吧,我就跟你去。'鬼魂领着路。罕秣莱德,他那把剑还指向着前面,站着不动,以便跟鬼魂保持一个较远的距离。最后,当鬼魂已不再为观众所看得见时,他开始慢慢地跟着它,先停顿一下,然后前进,那把剑还是指向前面,他的眼睛凝注在鬼魂身上,他头发很乱,呼吸急促,直待他消隐到幕后去。在'啊,但愿这太凝固的肉体……'那段独白〔见前第二景〕里,为一位有德的父亲所流的最为正当的悲哀之泪,为了他、一个轻浮的母亲不但没有穿素服,而且不感觉到悲伤,——在一切眼泪里也许是最难于忍受的,因为它们在这样一阵孝义感的激动中是一个真纯不假的人唯一的慰藉,——这些眼泪完全制胜了茄立克。在'恁英明一位君主'这句话里,最后两字是说得听不见的;观众只是在他嘴唇一动上感觉到它们,而嘴唇是坚定地合在它们上面的,并且颤动了一下,以资压抑住一个也许会显得太缺乏丈夫气的悲哀的表情。这种眼泪,显示出悲哀的整个重量以及那丈夫气的灵魂忍受着它的重压,在那段独白里始终不停地在洒落。临了时,正直的义愤与悲伤相合为一,而有一次当他的臂膀好像打一下似的用力一击,用以加重表示愤激的一两个字,那一两个字,出于听者们的意外,被眼泪所哽塞住了,而只是过了片刻之后才发出声音来的,同时眼泪却在流下来。"论及这个顿呼,Hunter 引 Collier 注并加以申说云:"这里惊奇的意思盖过了恐惧的意思。他用意并不是说,在这样仁厚英武的一个形象之前他需要天使们的护佑,这声叫喊应被了解为几乎是不由自主地脱口而出的。这一行说出以后跟着应有一个相当长的停逗,好让他记起他自己来。"在 Collier 校勘本的第二版上，这行后面加了个导演辞〔“停逗”〕，以及这条注：这个细小的舞台导演辞，显示演罕秣莱德这角色的老伶人的特殊神态，应被保存下来，而且在 Collier 所藏的那本二版对开本上有笔录的手迹可据。这似乎很自然，扮演者应当在这声叫喊之后，且在他哆嗦着进一步去对鬼魂发问之前，先这么“停逗”一下，以便回过气来。我们相信，在这一点上我们现代的舞台惯例是一致的，——也许渊源于最老的传统。

⑧③ 原文“of health”，Schmidt 与 Onions 都解作“贻福的，安泰的，吉利幸福的”，Clark 与 Wright（克拉伦顿本）则释为“免罪的，得救的”。

⑧④ 原文“questionable”，Schmidt 解作“乐于交谈的，和悦的”，Onions 解释“引人问话或交谈的”，Chambers 则释为“在罕秣莱德心中激发出强劲的疑问或问题，需要得到回答的”。

⑧⑤ 在这一行大多数近代现代版本都综合各版四开、对开本作“King，father，royal Dane：O，answer me！”十九世纪初年 Pye 在其《论莎剧评注家》（Comments on the Commentators，1807）内提出一位佚名批评家的说法：〔在“Dane”之后放一个冒号（：）〕似乎是个奇怪的层进法（假使不是个层退法的话）。只要把标点稍一变动，便可以除去一切不合，保持那层进法之美，而且也许会加强全段的语气。这样，“我叫你罕秣莱德，君上，父亲，——丹麦王，啊，回答我！”那层进法在表示亲爱的称呼“父亲”之后，很自然而优美地告终。他随即再用一般性的称呼对鬼魂说话，“丹麦王，啊，回答我！”Furness 谓，蒲士先生（Edwin Booth，1833—1893，名伶）曾告诉他，他父亲（Junius Brutus Booth，1769—1852，名伶）总是这样讲这一行的，而且他自己也总是这样讲它的。还有欧尔文先生（Henry Irving，1838—1905，名伶），他相信也是采用这读法的。对于他自己，Furness 说，这无疑是个真实的读法，所以在他的新集注本里就这么标点。

⑧⑥ Hunter：这样让月亮将她的银光洒在警卫坛上，或者从乌云的罅隙间下来，或者更可能从雉堞的空缺中下来，可使这剧景更为生动如画。按，上一行的“in complete steel”译文作“全身披亮甲”，当可跟这一行相映成趣：月光明灭中一个鬼魂全身披挂着亮甲，又是美，又令人毛骨悚然！

⑧⑦ Warburton 谓，“fool of nature”系讽示我们只给豢养着（像“傻子”或弄臣们以前在大家贵宅里一般）供造化去玩笑取乐，她躲藏了起来，对于我们徒然地探索她的秘密只报之以嘲笑。Clark 与 Wright（克拉伦顿本）解释如译文，说我们完全被她所影响。

⑧⑧ 原文“toys of desperation”为不顾一切的、心血来潮的怪想，近于疯狂。Hunter 谓系暗指许多人在极高的高处有一个感觉，只想投身跳下去。

⑧⑨ 尼弥亚（Nemea）为古希腊南半岛伯罗奔尼撒（Peloponnesus，现名为 Morea）东部亚哥利斯（Argolis）地区一个山谷的名称，在考林斯（Corinth）城西南约十英里。这只尼弥亚狮子凶得可怕，附近居民把它无可奈何。大力神赫拉葛理斯（Heracles）十二桩劳役里的第一桩就是去杀死它，为民除害。他把他的大头棍打它不发生作用，只得捉住了它用两臂扼死它。狮子的皮他剥了下来，嗣后披在肩上当斗篷。

⑨⓪ Clark 与 Wright（克拉伦顿本）谓，“它”指前一行所说的“结局”。

⑨① 原文这“Nay”字，Clark 与 Wright（克拉伦顿本）解作“让我们不要留给上天去做，我们自己来做点事”。

⑨② 此导演辞大体上为 Capell 所加。由于罕秣莱德的两个同伴再和他在一起之前所过的时间相当长，Delius 认为这篇和鬼魂的对话不见得会在罕秣莱德挣脱他两个朋友的同一垛坛上进行。Tschischwitz 将剧景改为“荒野”，因为“罕秣莱德定必已经跟

了鬼魂一大段路，既然他拒绝走得再远些。他的问话‘你要领我到哪里去？’也显示，尽管他很勇敢，恐怖在开始向他侵袭；还有，在景末时鬼魂在地下说话也证明了这一点。”此外，也有把这一景布在“墓园内，背景为一教堂”的。

⑨③ Delius：这里的“bound”解作“准备好”，下行内鬼魂所说的“so”（意为“to bind”之过去分词“bound”）则为“应负责”〔两个字意义截然不同〕。

⑨④ 原文“confined to fast in fires”，Theobald曾主张校改为“confined fast in fires”（严严禁闭在火里），但他后来取消此议，说原文是个纯粹的隐喻说法，因为断食对一个鬼魂来说不是什么很大的惩罚。据天主教的说法，断食在地狱里能涤除灵魂的罪孽，正如这里所暗指的火焚能在净土界起同样的作用。译文从原意着笔。Smith引乔叟(Geoffrey Chaucer，1340？—1400)诗证明，地狱里是没有东西吃喝的。Mason则谓，既然鬼魂被认为跟世上的凡人同样感觉到欲望和食欲，断食可以被认为是加在有罪者灵魂上的一种刑罚。Chambers：“fast”在这里似乎只用作极一般的悔罪解。

⑨⑤ 离些(Lethe)是古希腊神话里幽冥界的一条河流，禁闭在塔塔勒斯(Tartarus)区的罪大恶极的亡魂们喝了它的水后能使他们遗忘掉生前的一切。

⑨⑥ 关于“hebenon”（四开本作“Hebona”），学者们有一些不同的说法。Grey谓就是“henebon”，亦即“henbane”，其中有一种肯定是麻醉性的，用多了会有毒。普林尼〔Caius Plinius Secundus，23—79，罗马博物学家，其名著《自然史》(Historia Naturalis)之英译本（译者P. Holland）于1601年出版，为莎氏所熟知〕说这种植物的籽榨出油来注入耳朵会损伤人的理智。Douce与Singer俱谓即系乌木(ebeno. ebony)。Moberly：乌木的果实往往可以吃，不对；“henbane”或“Hyoscyamus”则是一种强烈的麻醉性毒药，不过它不会形成恶癞的症状。E. K. Chambers谓，根据一位医师Dr. Brinsley Nicholson的研究，这是指紫杉(yew)，当时人认为它能使血液凝结，因而产生皮肤上的恶癞。

⑨⑦ 这一行各版四开、对开本都作为是鬼魂说的。Johnson：有一位极有学问的夫人〔“或许是Mrs Montague”——剑桥版编者〕很智巧地对我示意说，这一行似属于罕秣莱德，在他嘴里这是声适当而自然的绝叫：而且根据舞台惯例，他也可以被认为应当打断这样长一段台词。Knight：茄立克(David Garrick，1717—1779，名伶、诗人与剧作家)在舞台上演罕秣莱德时，据舞台传统，总把这一行归给王子。Rann，Verplanck，Hudson，Singer，Elze，Keightley，Wilson等多家版本也把这一行归给罕秣莱德。White，Staunton，Dyce，Cowden-Clarke等也持此看法，虽然他们的校订本还照四开本原文印。此外，名伶如垦布尔(John Philip Kemble，1757—1823)，欧尔文(Henry Irving，1838—1905)等演出时也改为由罕秣莱德说。

⑨⑧ 还没有人指出过，虽然鬼魂用萤光的渐渐暗来描摹黎明的到来颇有诗意，但在上一景开始时罕林莱德与霍瑞旭所说的严寒的天气里，分明不可能有只在夏天和初秋才有的萤火虫。

⑨⑨ 原文这里有“Oh，fie!”（啊！呸！）二字，Capell，Steevens，Mitford，Dyce四家主张删去，认为是偶然窜入的衍文，因而使本行在韵律上多出一音步来，而且在意义上几乎荒唐可笑。

⑩⓪ 原文“pressures”，Dyce，Clark与Wright（克拉伦顿本）及Onions俱解作“印章的戳记”。

⑩① Moberly：国王最近称罕秣莱德是他的儿子时便这样满面笑容。

⑩② Steevens：这是暗指每天在军队里所定出来的口令。

⑩③ Clark 与 Wright(克拉伦顿本):这是出猎放鹰人用来鼓励他的鹞子的。

⑩④ Seymour:罕秣莱德开始说这句话时是富于诚恳与信任的热情的;但考虑到他所要作的泄露(不光对霍瑞旭,而且要对他不大相熟的马帅勒史)其性质如此重大,他忽然大吃一惊,当即急急收住:"全丹麦从来没有哪一个坏蛋"比得上(也许他正要说)我叔父这样奸恶;这时候他想起了这样声言会闯大祸,便停逗了一下匆匆结束道:"不是个坏透的恶棍。"

⑩⑤ 圣柏特立克(St. Patrick,373? —463?)是爱尔兰的护神,他的节日是三月十七日。据说他在一个岛上经耶稣亲自显灵指示他一个能望见炼狱的山洞,他就借此得以克服了坚执不肯信教的人的顽固,而化他们为教徒。传说他把爱尔兰的蛇王装进了一只匣子,抛入海中,所以岛上没有蛇,Moberly:圣柏特立克是一切失错与紊乱的守护神,按,罕秣莱德发这个誓,可能因为他父亲现在正在炼狱中,而圣柏特立克是炼狱的守门神。Dowden 则谓,既然有谣言,说前王之死是因被蛇螫,向驱蛇神柏特立克请求查究是合理的。

⑩⑥ Delius:罕秣莱德故意误解他朋友们的话,以便躲避他们的询问。起初他假装他的话得罪了他们,而实际上他们只是觉得他不着边际;当他们回答他并没有得罪时,他把"罪"字加强为罪恶的"罪",把它暗指刚才暴露给他们知道的他叔父的罪恶。

⑩⑦ Hudson:罕秣莱德的意思是,这是个真正的鬼,正是它所显示的那样,而不是魔鬼所假装的"可喜的形状"(二幕二景末),如霍瑞旭所恐惧它是的那样。

⑩⑧ 因为剑柄的形状正像个十字架。

⑩⑨ 原文"true-penny",Collier 说原来是个开矿用语,意思是泥土里有特殊的征象,表示向某一方向掘去有矿石可以掘到。Johnson:一个老实朋友的戏狎称呼。Forby:诚实的老朋友;忠实而可靠;对于他的目的和保证谨守不渝。

⑪⓪ 拉丁文短语"Hic et ubique",意为"这里和到处"。Tschischwitz:重复发誓,转移地方,和拉丁文短语都是从魔法师所用念咒召遣鬼神的仪式里取来的。

⑪① 原文"pioner"即"pioneer",或可译作"开路兵",即工兵;他的职掌,Nares 谓,是挖掘,夷平,去除障碍,开掘壕堑,用铲锹等工具为军队开道。

⑪② 原文"give it welcome"或可译为"欢迎"。Warburton 谓,即以好客的态度对待它,就是说,保守秘密;Mason 谓,罕秣莱德只是要求他们装出不知道或不认识它的样子,Caldecott:客气而从顺地接待它,Clark 与 Wright(克拉伦顿本):接待它得不要有怀疑或疑问。

⑪③ 四开本作"你们",对开本作"我们"。Walker 主张从对开本,White 亦认为四开本的读法差些,但比较普通。按,其实"你们"可以理解为就是指"我们"而言,说话人假定自己从"我们"之间跳出来,以第三者的身份和口气对"我们"说,"你们那哲学做梦也没有梦到"——这样,我以为倒是更有戏剧性,更精彩。Corson:罕秣莱德与霍瑞旭在大学里同学;这可以解释为什么他说"我们"。或者更好些,也许可以了解他用"我们"是泛指人类的哲学,说它范围不够广。按,自以后说为是。

⑪④ Cowden-Clarke:值得注意的是,罕秣莱德往往以第三人称说起他自己;这是富于哲学性的人的特点——好凝思默想,习于感慨训诲,语涉抽象。

第　二　幕

第　一　景

［朴罗纽司家中一斋堂］

［朴罗纽司与雷那尔铎上。

朴罗纽司　把这钱，这书柬，交给他，雷那尔铎。

雷那尔铎　我会的，大人。

朴罗纽司　你准会干得极聪明，雷那尔铎，
要是在见到他之前，先向人打听
他的行止。

雷那尔铎　　　　大人，我是想那么办。

朴罗纽司　好，说得好，很好。你得注意，
先跟我打听巴黎有哪些丹麦人，
他们怎么样过活，跟谁在一起，
景况如何，住哪里，跟哪些人交往，
开支有多少；① 这样拐弯抹角
探访出他们的确认识我儿子，
你要比直接问他们更容易得到
我儿子的真相：② 装出仿佛你只是
稍跟他相识；比如，"我认识他父亲
和朋友，对他也有点认识"：懂得吗，
雷那尔铎？

雷那尔铎　　　　是的，很懂，大人。

朴罗纽司　“对他也有点认识”;可以说,“但不熟:
要是我说的就是他,他可真胡闹;
嗜好些什么什么”:随你便给他
编造些谎话;凭圣处女,可别太糟了,
叫他丧失掉名誉;要注意到那个;
但不妨说些戏耍、胡闹的错失,
年轻人所经常犯的放纵不羁,
不固守绳墨。

雷那尔铎　比如说赌博,大人。

朴罗纽司　说得对,或喝酒,比剑,赌咒,吵架,
狎妓:能说得恁多。

雷那尔铎　大人,这会破坏他名誉。

朴罗纽司　当真,不会的;只要你说得轻飘些。
你可不能进一步加污辱于他了,
说他好色贪淫;我并不要那样:
要把他的过失说得空泛而轻淡,
好叫它们看来像倜傥的污斑,
心神精力弥漫时的一阵爆发,
方刚的血气在那里越规撒野,
年轻人惯常容易犯。

雷那尔铎　可是,大人——

朴罗纽司　为什么你要这样呢?

雷那尔铎　是的,大人,
我想要知道。

朴罗纽司　凭圣处女,我用意在此,
我相信这是个可以允许的策略:③
你把这些小缺点加给了我儿子,
像谈起稍有点污损的事情一样,
你听着,
你跟他说话的相好,你要探测他,
他确曾见到你所谈起的那青年
是犯了前面讲过的差错,要拿稳

他会接上你说话对你这么说：
“好先生”，或者叫“朋友”，或者称“士子”，
那就会用语不同，称呼也各别，
随个人和乡邦而异。

雷那尔铎　很好，大人。

朴罗纽司　然后，他就——他就——我正要说什么来着？哎也，④我正待要说什么话：我说到哪里了？

雷那尔铎　说到“接上你的话这么说”，说到“朋友或者士子”。

朴罗纽司　到“接上你的话这么说”，嗯，对了，凭圣处女；
他这样接上：“我认识这位士子；
我昨天，前天，或某天还曾看见他，
跟这等样人在一起；正如你们说，
在那里赌钱，在那里喝醉了酒；
在那里打网球跟人吵架”：或许是，
“我见他进了这样个生意人家，”
就是说，某一家窑子，如此这般。
你现在要懂得；
把假话作饵，你钓到真话这鲤鱼：
我们这些个精明能干的人儿，
便使用旁敲侧击的巧计和妙策，
迂回曲折地达到了我们的目的：
你便可以用我刚才说过的办法，
打探我儿子的实况。你懂得没有？

雷那尔铎　大人，我懂得。

朴罗纽司　上帝保佑你，路上好。

雷那尔铎　托大人洪福！

朴罗纽司　凭你自己的眼光⑤观察他的性癖。

雷那尔铎　我会，大人。

朴罗纽司　让他奏自己的曲调。⑥

雷那尔铎　是的，大人。

朴罗纽司　再会！　［雷那尔铎下。

［莪斐丽亚上。

你怎样,莪斐丽亚,什么事?

莪斐丽亚 啊爸爸,爸爸,这真把我吓坏了!⑦

朴罗纽司 怕什么,凭上帝?

莪斐丽亚 爸爸,我在闺房里做女红的当儿,
罕秣莱德殿下,他褂子都不扣;
光着头不戴帽;长袜弄得污糟,
袜带也不吊,⑧脚镣般卸到脚踝上;
脸色衬衫似地苍白;膝盖撞膝盖,
那脸上的神情煞是可怜得很,
仿佛是从地狱里放到外边来,
为讲那里的恐怖,他来到我跟前。

朴罗纽司 爱你而发疯吗?

莪斐丽亚 爸爸,我可不知道;
但当真我是怕呀。

朴罗纽司 他说些什么?

莪斐丽亚 他拉住我的臂腕,握得我紧紧的,
然后往后退,把手臂尽量伸直;
再把还有那只手盖住在额上
他开始瞅着我的脸细细端详,
好比要画像。他这样呆了很久;
最后,将我的臂膀轻轻抖一下,
他的头这么上下晃动了几回,
他发出一声长叹恁可怜而沉痛,
好像要使他的身躯爆炸破裂,
结果掉生命;然后他放了我的手;
他把头扭过来回向肩后凝望,
似乎觅路出门去没有用眼睛;
因为他步出了房门全不加顾视,
一直到最后还是目注着对我看。

朴罗纽司 来吧,跟我一起去:我要去找王上。
这正是爱情不顺当害的花痴,
它那猛烈的性质毁坏了自己,

将意志引向不顾一切的行径，
往往跟天下任何种激情一个样，
叫我们的心性遭荼毒。我很抱憾。
怎么，你最近对他有难堪的话吗？

莪 斐 丽 亚　没有，好爸爸，但正如您所关照的，
我确曾退回他送来的柬帖，拒绝
他前来接近。

朴 罗 纽 司　　　　那就害得他发了疯。
我很抱歉，没有用较好的注意
和判断去将他看待：我怕他只想
玩弄你，把你毁；我这多疑真该死！
苍天在上，在我们这样的年龄
最容易随便把事情估计错误，
正如同年轻的一辈太欠少思虑，
同样地普通。来吧，我们见王上去：
这事一定得报知；若秘不声张，
会引起比讲后的恼恨更多悲伤。⑨
来。　　　　　　　　　　　　［同下。

第　二　景

［宫堡内一斋堂］

［号角齐鸣。国王，王后，罗撰克兰兹，吉尔腾司登，与众侍从上。

国　　　王　亲爱的罗撰克兰兹，吉尔腾司登，
欢迎！我们不仅很切望见你们，
而且还得要倚重，故而便急急
召请两位来。你们该已听说过
罕秫莱德的变态；我称之为变态，
因为他为人彻里彻外都不像
他先前那模样。除了丧父的悲哀，
可有什么事竟能使他这么样

心神恍惚,宛如丧魂而失魄,
我不能意想:我恳请你们两位,
既然自幼就和他一同受教养,
与他年少结亲交,情性相投契,
要惠允暂且在我们宫中小住
若干时候:这样有你们作伴侣,
可将他引上某一些欢娱,以便
你们随机缘凑巧,从他得知
我们所不知的什么,这般苦恼他,
弄明之后,我们能设法去补救。

王　　后　亲爱的士子们,他总是说起你们,
我深信这世上再没有另外两个人
比两君同他更亲密。你们若高兴
对我们表示这么多礼让[10]和善意,
答允和我们一起稍花些时日,
为资助以及裨益于我们的希望,[11]
你们的莅临定将有不愧为君王
所铭记在心的感谢。

罗撰克兰兹　　　　　　两位陛下
对我们两人有至高无上的权力,
有什么旨意尽可出之以命令,
请不用恳请。

吉尔腾司登　　　　我们两人都遵命,
谨在此将自己奉献,愿竭尽[12]全心
把我们的忠悬诚挚地置于足下,
供驰驱指使。

国　　王　多谢,罗撰克兰兹和吉尔腾司登。

王　　后　多谢,吉尔腾司登和罗撰克兰兹;
我并且恳请你们立即去看视
我大为变态了的儿子。你们去人,
引两位士子到罕秣莱德那里去。

吉尔腾司登　但愿上天使我们的来此与作为

能对他愉快而有益！

王　　后　　　　　　　心愿如此！

［罗撰克兰兹、吉尔腾司登与侍从数人同下。

［朴罗纽司上。

朴罗纽司　派往挪威去的使节，亲爱的吾主，
已欣然回来复命。

国　　王　你是个吉星，总捎些喜讯来见我。

朴罗纽司　我是吗，吾主？亲爱的主公，您可以
相信，臣下对上帝，对我主王位，
重视我的责任跟重视灵魂一样：⑬
而且我认为，除非这区区头脑
追随王政的弘猷已不及往常
那样灵敏，我如今已经发现了
罕秣莱德发疯的真正的因由。

国　　王　啊，把它说出来，我极想知道。

朴罗纽司　请先对两位使臣赐予了接见；
我这点消息将是盛宴后的果品。

国　　王　就由你去光耀他们，领他们进来。

［朴罗纽司下。

他告我，亲爱的葛忒露，他已经
找到了你儿子神思错乱的因由。

王　　后　我疑心那非缘他故，只为那主因；
他父亲去世，我们又太快结了婚。

国　　王　我们且听他细说。

［朴罗纽司引伏尔砥曼特与考耐列欧斯上。

欢迎，朋友们！

伏尔砥曼特，挪威王兄怎么说？

伏尔砥曼特　上禀他复致最优礼的问候和愿望。⑭
我们一晋见，他立即派人去制止
他侄儿招兵，那原先对于他像是
想要对付波兰人的一些准备；
但经过仔细端详，他见到那确乎⑮

是针对我主御座的:对此他伤怀,
只因他年老力衰和疾病缠身
而被他侄儿所欺罔,便下了敕令
给福丁勃拉思;他当即顺从听命;
接受了挪威王一番斥责,最后
在他的叔父面前立下了誓言,
永不再对您陛下陈兵启衅戎。
对此,老挪威王表示极度欢忭,
颁赐他三千克朗的岁入年金,
以及委任他使用这些早先已
招募停当的军兵来对付波兰人:
有一个请求,另外在此有陈说,[呈上文书。]
希望陛下许他们平安假道,
通过您邦疆的领土作这番征伐,
路过时的安全通行和行军路线[16]
则在文书里有开列。

国　王　　我们很高兴;
等我们更宜于思考的时候来读,
来答复,来从长计议这件事情。[17]
同时,要多谢你们这功高的劳苦:
且回去安憩;到晚上一同来筵宴;
极欢迎回来!　　[二使臣同下。

朴罗纽司　　这件事结束得很好。
我的主公和娘娘,去详细讨论[18]
陛下该怎样尊严,我如何尽责,
为什么日是日,夜是夜,时间是时间,
只是去糟掉黑夜,白日,和时间。
因此上,既然简洁是智能[19]的灵魂,
噜苏是愚蠢的枝叶,虚夸的外饰,
我力求简洁。你们的贵殿下疯了:
疯了,我说他;因为,要阐明真疯,
除掉发疯外别无它,还能有什么?

算了吧。

王　　后　　　　请多说实事，少转些花腔。

朴罗纽司　娘娘，我发誓一点没有转花腔。[20]

他是发了疯，真的：真是可惜；

又可惜是真的：多傻的修辞文饰；

傻话再会了，因为我不要转花腔。

那就承认他疯了吧：现在问题是

我们要找出这个结果的原因，

或者不如说，这个毛病的原因，

因为这有病的结果总有个原因：

问题就在此，剩下的问题是这样。

请考虑。

我有个女儿——有，当她还属于我——

她对我还是尽名分，肯听从，请听，

给了我这个：现在请推论，请推测。

［读信］

“致天仙，我灵魂的偶像，绝顶美艳的莪斐丽亚，”——

那是句拙劣的语句，糟糕的语句；“美艳”这说法糟糕；可是你们请听吧。这样：

［读信］

“愿这几行留在她洁白的怀中，”等等。

王　　后　这是罕秣莱德写给她的吗？

朴罗纽司　娘娘，等一下；我得照原信直读。

［读信］

“你可以怀疑星辰会放光；

　你可以怀疑太阳会运行；

你可以疑心真理会撒谎；

　但切勿怀疑我对你钟情。

啊亲爱的莪斐丽亚，我是不善于做诗的；我没有本领把呻吟做成诗；[21]可是我最最爱你，啊，最最好的人儿，你要相信。再见。

永远是你的,最亲爱的小姐,
只要这身躯[22]还属于他,
罕秣莱德。”
我女儿听从我,给我看了这柬帖,
且不光如此,还把他求爱的情形,
时间,地点,连同接触的机会,
都一一告诉我。

国　王　可是她自己怎样
对待他的爱?

朴罗纽司　您看我是怎样的人?

国　王　是个忠诚的,且光荣可敬的人。

朴罗纽司　我乐于确实是这样。您怎样想法,
要是我眼见这火热的眷恋在上劲——
我早就看到了[23]这个,我得告诉您,
还在我女儿禀报我之前——您陛下,
或是亲爱的娘娘陛下,怎么想,
要是我居间替他们传递书信,[24]
或者闭着我的心眼,[25]装聋作哑,
或者旁观着,懒洋洋不当一回事;[26]
你们会觉得怎样?我马上采取了
行动,对我家小姑娘这样说道:
“殿下乃是位亲王,你高攀不上;
这件事可不行”:然后我对她吩咐,
要对他的通问和见面闭门不纳,
不接见来使,不收受礼品和信物。
我说后她照我这番教谕去行事,
而他遭到了摈拒之后,简单说,
就变得抑郁不欢,食物也不进,
继而夜间不入睡,身体变虚弱,
继而便神思恍惚,一步步败坏,
直到发了疯,如今便胡言乱语,
叫我们大家都悲痛。

国　　王　你以为正是这样吗?

王　　后　　　　　　　　　　　也许,很像是。

朴罗纽司　可有过这样一次吗,我乐于知道,
　　　　　我已经断然说过了“事情是这样”,
　　　　　而显得并不如此?

国　　王　　　　　　　　　　我不知有过。

朴罗纽司　要不是这样,把这个从这里拿掉:
　　　　　　　　　　　　　　　　[自指头与肩。]
　　　　　要是情势叫我那样做,我自会
　　　　　找出事情的真相来,即令它藏在
　　　　　地中心。㉗

国　　王　　　　　　我们怎样再试它一试?

朴罗纽司　你们知道,有时他在这庑堂里
　　　　　不断地走上四小时。㉘

王　　后　　　　　　　　　　他当真这样。

朴罗纽司　在这样的时节,我把女儿放出来:
　　　　　陛下和小臣就藏在毡幔后边;
　　　　　请注意他们的相会:他若不爱她,
　　　　　不为了爱她而见得疯癫乱说话,
　　　　　那就叫我再不要来襄赞国政,
　　　　　只顾去种田赶车去。

国　　王　　　　　　　　　　我们得试试。

王　　后　瞧这苦东西悲切切看着书来了。

朴罗纽司　请走开,两位陛下,且请都走开:
　　　　　我马上来和他打话。
　　　　　　　　　　　　　　　　[国王、王后与侍从等同下。
　　　　　　　　　　　　　　[罕秣莱德上,持书阅读。
　　　　　　　　　　　　　　　　　请准我打问:
　　　　　亲爱的罕秣莱德殿下可好吗?

罕秣莱德　唔,多谢。

朴罗纽司　您认识我吗,殿下?

罕秣莱德　认识得很:你是个鱼贩子。㉙

朴罗纽司 我不是，殿下。

罕秣莱德 那么，我但愿你是那么个老实人。

朴罗纽司 老实，殿下？

罕秣莱德 是啊，卿家；要老实，拿这世界来说，是一万人中只挑得出一个来。

朴罗纽司 那倒很对，殿下。

罕秣莱德 因为要是太阳在一条死狗身上生得出蛆，那是块好给亲嘴的臭肉[30]——你有个女儿吗？

朴罗纽司 我有，殿下。

罕秣莱德 莫让她在太阳光下[31]走路：怀孕是天赐的恩福；但是你女儿怀孕可不然[32]——朋友，小心。

朴罗纽司 您这话什么意思？［旁白］还是老惦念着我女儿：可见他初次见面时不认识我；他说我是个鱼贩子：他的病害得深了，深了：当真，我年轻时节为恋爱也着实遭受过一些磨难；很像他这样。我再来跟他谈谈。您念些什么，殿下？

罕秣莱德 字儿，字儿，字儿。

朴罗纽司 讲些什么事，殿下？

罕秣莱德 谁跟谁讲？

朴罗纽司 我是说您读的书上讲什么事，殿下。

罕秣莱德 诽谤，卿家：因为这挖苦人的坏蛋在这儿说，老头儿有花白须髯，他们的脸上都是皱纹，眼睛分泌出厚琥珀和梅树脂，头脑里非常缺乏机敏，再加上两条腿十分软弱无力：这一切，卿家，我虽然深信不疑，可是认为这样写下来却不成样子；因为你自己，卿家，会跟我一样年纪，要是你能螃蟹一般往后倒退。

朴罗纽司 ［旁白］这虽是疯癫，说话却有条理。——您可要进里边没风处去吧，殿下？

罕秣莱德 走进我坟茔[33]里去？

朴罗纽司 当真，那里确是一点风也没有。——［旁白］有时他的回答多巧妙[34]啊！疯人倒往往能言语贴切，理性清明的人反而不容易一下中的。我要离开他，立刻去设法使我女儿和他相会。——尊贵的殿下,我敬请您让我告退。

罕秣莱德 你的那个,卿家,我再没有别的东西更愿意给掉的了:除掉我的生命,除了我这生命,除掉我这生命。[35]

朴罗纽司 敬祝平安,殿下。

罕秣莱德 这些个讨厌的老蠢材!

［罗撰克兰兹与吉尔腾司登上。

朴罗纽司 你们去找罕秣莱德殿下去;他在那儿。

罗撰克兰兹 ［向朴罗纽司］上帝保佑您,老贵卿!

［朴罗纽司下。

吉尔腾司登 尊贵的殿下!

罗撰克兰兹 最亲爱的殿下!

罕秣莱德 我的两位好到绝顶的朋友!你好,吉尔腾司登?啊,罗撰克兰兹!好哥儿们,你们俩都好?

罗撰克兰兹 像大地所生的平常儿子,不好不坏。

吉尔腾司登 倒还快乐,就在于不过分快乐;
在命运女神帽儿上不是那顶珠。

罕秣莱德 也不是她鞋子的底掌?

罗撰克兰兹 也不是,殿下。

罕秣莱德 那么,你们待在她腰里,在她身体[36]的不上不下处?

吉尔腾司登 当真,是她亲信的私人。

罕秣莱德 待在命运女神的私处?啊,一点不错;她是个婊子。有什么新闻?

罗撰克兰兹 没有,殿下,除非是这世界变得老实了。

罕秣莱德 那就世界末日快到了:可是你们这新闻不对。让我问得更细到些:你们在命运女神手里,好朋友们,该受些什么样遭遇,所以她送你们到这儿来坐牢?

吉尔腾司登 坐牢,殿下?

罕秣莱德 丹麦是座牢狱。

罗撰克兰兹 那么,这世界便是座牢狱。

罕秣莱德 是座浪荡的牢狱;它里边有好多间监房,狱室,暗牢,而丹麦是其中最坏的一间。

罗撰克兰兹　我们不以为这样,殿下。

罕秣莱德　哎也,那对你们就不是了;因为这世上本没有什么好跟坏,只是想法使它那么样。对于我这是一座牢狱。

罗撰克兰兹　哎也,那是您的野心使它如此;嫌它太狭窄了,不能称心如意。

罕秣莱德　上帝在上,我可以关在个核桃壳里,而还把自己当作个无限空间之王,只要我不做那些个恶梦。

吉尔腾司登　那些梦,当真,就是野心;因为野心家的唯一本体仅仅是一个梦的影子。

罕秣莱德　一个梦本身便不过是个影子。

罗撰克兰兹　当真,我认为野心的性质是那么空虚而轻飘,它只是个影子的影子。

罕秣莱德　那么,我们的乞丐倒是实体,而我们的君王和昂视阔步的英雄是乞丐们的影子了。[37]我们到宫里去吧?因为,当真,我辩论不上来了。

罗撰克兰兹
吉尔腾司登　我们来侍候您。

罕秣莱德　没有的事:我不会把你们当仆人看待;因为,跟你们说老实话,我已经给侍候得够受的了。可是,说句老朋友的坦率话,是什么事使你们到埃尔辛诺来的啊?

罗撰克兰兹　来拜望您,殿下;没有别的原因。

罕秣莱德　我是个穷化子,[38]穷得连谢谢都拿不出来;可是我谢谢你们了:而当然,朋友们,我的这声谢谢[39]还不值半个便士。你们不是被召请来的吗?是出于你们的本意吗?是自动来的吗?来,老实对待我:来,来;别那么,说呀。

吉尔腾司登　我们应说些什么呢,殿下?

罕秣莱德　哎也,不论什么,只要中肯。你们是被召请来的;你们的神情就在承认这个,你们的羞惭没有足够的机巧把它掩饰掉:我知道亲爱的王上和王后召请了你们来。

罗撰克兰兹　有何目的,殿下?

罕秣莱德　那个你们得告诉我。可是让我来恳请你们,凭我们亲交的权利,凭我们自小的莫逆之交,凭我们常葆的友情的道义,凭一位能言善辩者所能提出来的更宝贵的名义,请对我开诚坦率,你们是被召请来的不是?

罗撰克兰兹　[旁白,向吉尔腾司登]你怎么说?

罕秣莱德　[旁白]不行,那我就明白你们的用心了。——你们要是还爱我,便莫冰阴冷漠。

吉尔腾司登　殿下,我们是被召的。

罕秣莱德　我来告诉你们是为的什么;这样,我先说出来,好免得你们把实情吐露,[40]你们对君王和王后所答应守的秘密可不致脱毛露肉。我近来——但不知为什么缘故——失掉了[41]我所有的一切欢乐,放弃了一切练技[42]的习惯;且当真,我的心情变得如此凄恻,以致这大好的机构,这大地,对我像是垛荒凉的海角;这顶琼绝的华盖,这苍穹,你们看,这赫赫高悬的晴昊,这雕饰着金焰的崇宏的天幕——哎也,这在我看来无非是片龌龊的疫疠横生的水雾集结在一起。人是多么神奇的一件杰作!理性何等高贵!才能何等广大!形容与行止何等精密和惊人!行动,多么像个天使!灵机,多么像个天神!万有的菁英!众生之灵长!可是,对于我,这尘土的精华算得了什么?人,不能叫我欢喜;不,女人也不能,虽然从你这微笑里你似乎在说能。

罗撰克兰兹　殿下,我并没有这样的意思。

罕秣莱德　那么,我说到"人,不能叫我欢喜"时,你为什么要笑?

罗撰克兰兹　因为我想起,殿下,假使人不能使您欢喜的话,那些演戏的将得不到您的青睐了:我们在路上赶过了他们;他们就要到这儿来,侍候殿下。

罕秣莱德　那扮演国王的要受到欢迎;我要对他陛下上贡;那勇敢的骑士要舞他的剑,使他的盾牌;那情人将不会白白唉声叹气一场;那性情古怪的角儿要尽他去发泄一番；那小丑要叫那些一碰就笑的看客捧腹弯腰；还有那扮演娘娘的㊸要畅所欲言，否则素体韵文会显得不济。他们是什么班子？

罗撰克兰兹 就是您往常那么喜欢的那班子，城㊹里的悲剧班。

罕秣莱德 怎么他们会巡回演出了呢？在城里坐地登台，于名于利，都要好些。

罗撰克兰兹 我想，叫他们待不下来㊺的缘故是最近情况有了改变。

罕秣莱德 他们还跟以前，我在城里那时一样的名声响亮吗？

罗撰克兰兹 不，当真，不如从前了。

罕秣莱德 怎么？他们变得荒疏了吗？

罗撰克兰兹 不是，他们使的功夫和往常一样；可是，殿下，如今有一窠雏鹰般的孩子，㊻没训练好的小鹰鹞，㊼尖着嗓门高叫㊽，博得了台下吓死人㊾的喝彩；现下要算这些入时当令，他们把普通的戏台——大家这样称呼它们——嚷嚷得闹翻了天，㊿以致好多佩剑的士子怕被文人们所嘲笑，不敢去光顾成人班了。

罕秣莱德 怎么，他们是孩子吗？是谁维持他们的？他们是怎样关饷的？将来他们不能在教堂里唱歌时，就不再干这行业了吗？(51)以后如果他们自己也长大成普通的戏子——他们多半会，如果景况不好转——他们会不会说，如今替他们捧场的文人们对不起他们，使他们提高了嗓子反对自己的前途？

罗撰克兰兹 当真，双方争执个不休；人们又不怕罪过，煽动他们去吵架：弄到有一晌没有人出钱收买演戏的脚本，除非诗人(52)和伶人叫台词里充满着吵闹。

罕秣莱德 会是这样吗？

吉尔腾司登 啊，委实争吵得激烈。(53)

是孩子们赢了吗？

罗撰克兰兹 是啊，殿下；连赫勾理斯跟他肩上驮的(54)也给赢了去。

罕秣莱德 这倒不很奇怪；因为，我叔父如今是丹麦王上，当年我父王在世时会对他做鬼脸的人，现在愿出二十、四十、五十、一百块大洋来买他的一枚小肖像了。天知道，[55]这里头是有些反常的道理的，要是哲学家能发现出来的话。

［为伶人之来，内号角齐鸣。］

吉尔腾司登 戏子们来了。

罕秣莱德 两位士子，欢迎你们到埃尔辛诺来。那就握手，[56]来吧：欢迎总含有礼节和仪式，让我在这形式上尽礼吧，否则我对伶人们的行止［那个，我对你们说，在外表上一定要显得殷勤和蔼］会看来比对你们的更亲切好客了。你们是受欢迎的：可是我的叔父父亲和婶母母亲是弄错了。

吉尔腾司登 在什么上头，亲爱的殿下？

罕秣莱德 我只疯到了西北偏正北：风从南面吹来时，我还分辨得出苍鹰跟苍鹭。[57]

［朴罗纽司上。

朴罗纽司 你们好，士子们！

罕秣莱德 你听着，吉尔腾司登；还有你：每只耳朵听好：你们看到的那大娃娃还没脱出他那襁褓呢。

罗撰克兰兹 也许他是第二个包扎上的；因为人们说，一个老人是第二次做婴孩。

罕秣莱德 我敢预言他来告诉我伶人们的事；听着。你说得对，足下：在礼拜一早上；当真是这样。[58]

朴罗纽司 殿下，我有新闻奉告。

罕秣莱德 卿家，我有新闻奉告。罗修斯[59]在罗马演戏的时节——

朴罗纽司 戏子们来了，殿下。

罕秣莱德 咄，咄！

朴罗纽司 凭我的荣誉——

罕秣莱德 那么，他们每人骑着头驴子来。[60]

朴罗纽司 世界上最好的戏子，不拘演悲剧、喜剧、历史剧、牧歌剧、牧歌风喜剧、历史牧歌剧、悲情历史剧、又悲又喜历史牧歌剧、遵守三一律的戏、[61]或是没羁绊的诗剧,[62]无一不能,样样来得:塞尼加[63]的悲剧不嫌太沉重,泊劳德斯[64]的喜剧不怕太轻松。不论照古典法度的,还是洒脱自由的戏,[65]他们都是独一无二的行家。

罕秣莱德　啊,耶弗他,[66]以色列的士师,你有多么好一件宝贝哟!

朴罗纽司　他有什么样的宝贝,殿下?

罕秣莱德　哎也,

　　“只一个绝色的闺女,
　　他爱她可真了不得。”

朴罗纽司　[旁白]还是在讲我的女儿。

罕秣莱德　我不对吗,老耶弗他?

朴罗纽司　您要是叫我耶弗他,殿下,我倒确有个女儿我爱她可真了不得。

罕秣莱德　不对,那倒不一定。[67]

朴罗纽司　那么,什么才一定呢,殿下?

罕秣莱德　哎也,

　　“命中注定的,天知道,”

然后是,你知道,

　　“事情发生了,多半是这样,”——

这首圣歌的第一节能给你多知道一些;可是,你看,打断我话头的主儿们[68]来了。

[伶人四五个上。

欢迎你们,诸位老板;欢迎各位。我高兴见到你们都好。欢迎,好朋友们。啊,我的老朋友!我跟你一别以来,你脸上挂起流苏[69]来了:你可是到丹麦来扯我的须髯,向我挑战吗?[70]怎么,我的年轻轻的小娘,婉丽的青娥!圣母在上,您那贵芳仪[71]比我上回看到您时长了有一只彩木跷[72]那样高了。求上帝莫使您的嗓子倒掉,[73]像一枚不能通用的金币那样,裂进了圈子里去。[74]列位老板,你们都受到欢迎。我们马上来,要跟法兰西放鹰人[75]那样,什么鸟雀都不放过:我们马上来听段台词:来,给我们来领教一下你们的绝艺;来,讲段激扬热烈的台词。

伶人甲 哪一段台词,亲爱的殿下?

罕秣莱德 我听你对我讲过的一段台词,可从没见演过;要是演过,至多只一次;因为那出戏,我记得,不能叫大众喜爱;对于一般人它是不讨好的鱼子酱:[76]可是它——我认为,还有在这些事上比我的识别能力比较高明的人也认为——它是出绝好的戏,场景安排得很妥帖,而且编写得又和平中正,又巧妙。我记得,有个人说过它行句间没加上香料使内容可口,文词里也没有叫作者犯矫揉造作的地方;说这是个优良的做法[有益心性而且可爱,比细巧精雅要纯正自然得多了],那里边有一段台词我最爱:那是意尼阿斯对丹妵[77]叙述的那段;[78]特别是他说到泊拉谟被杀的那段:你要是还记得,打这一行开始:就在这里,就在这里;

"乱发的辟勒斯,像赫坎尼亚之虎,"[79]

——不是这样:是打"辟勒斯"开始的:

"乱发蓬松的辟勒斯,披着黑盔甲,
跟他的杀意一般黑,当他偃卧着,
躲在那凶险的木马里,好似黑夜,
如今却把这可怕的黑甲涂上了
更增煞气的纹章;他从头到脚,
现在是一片火赤;骇人地涂遍了
成百上千家父母子女的鲜血,
且又给火炽的街道焙干烤硬,
熊熊的大火发出酷烈可恨的凶光,
照见他们[80]之被杀:暴威跟火焰,
烘得他浑身上下是凝固的血泊,
两眼如红晶,魔鬼似的辟勒斯
寻找着泊拉谟老王。"

你在这里接下去。

朴罗纽司 当着上帝说,殿下,您讲得真不错,音调高低也好,思虑也周到。

伶人甲 “他马上找到,
见他砍不倒希腊人;他那柄古剑,
不由他臂腕作主,不听从指挥,
劈下去便提不起来:匹敌不相称,
辟勒斯斫向泊拉谟;暴怒中失击;
可是他凶刀这一斫带来的风
使虚弱的老人倒下。没感觉的王宫
仿佛感觉到这一斫,喷火的殿顶
弯腰到地基上,用哗喇一声倒塌
攮住了辟勒斯的耳朵;看!他的剑
本来正在向叫人崇敬的泊拉谟
白头上砍下,忽而像在空中给粘住:
这样,像画里的暴君,辟勒斯站着,
好似在意志和行动之间两不偏,
一无动作。
但正如我们常见到,在风暴之前,
天上是一片沉寂,云层没动静,
狂风悄不言,大地在下边死
一般地喑默,顷刻间霹雳一声
把天空震裂,辟勒斯在住手以后,
激发的复仇心[81]促使他重新动作;
独眼巨人们[82]当年挥运的大铁锤,
替战神煅铸万世坚刚的盔甲,
虽手下无情,也不敌辟勒斯此时
奋血染的青霜直劈泊拉谟。
去你的,命运神,你这娼妇!众天神,
求你们众位一体夺去她的权力;
砸烂她那轮子上的轮辐和辋鞣,
把那轮中心的圆毂扔下天山去,

直落到群魔居处！”

朴罗纽司　这可太长了。

罕秣莱德　把它跟你的髭须一同送到剃头铺里去。请再讲下去：他爱的是滑稽歌舞[83]或淫秽的故事，否则他会打瞌睡；讲下去；讲到海居白。[84]

伶　人　甲　“可是谁，啊，谁见那包着头的王后——”

罕秣莱德　“包着头的王后？”

朴罗纽司　这个好；“包着头的王后”很好。[85]

伶　人　甲　“赤着脚跑来跑去，用丧明的老泪
去威胁大火；头上包着一块布，
原来戴的是王冠；身不穿袍衮，
在她生育繁多而瘦缩的腰腹间
围着条惊恐中仓皇捡起的毛毯：
谁见了这情景也会用怨毒的话
声言命运神这肆虐太逆天害理：
但假使天神们见到她在那时候，
当她眼见辟勒斯过于恶作剧，
挥剑将她丈夫的肢体剁成块，
她立即发出一声惨痛的哀号——
除非人间事全不能打动天心——
也会使天上的火眼金睛[86]都潮润，
诸天的神祇尽深悲。”

朴罗纽司　您看，他可不脸色都变了，眼泪在直流。请你，莫再讲了吧。

罕秣莱德　好吧；我不久再请你讲其余的部分。好卿家，你可能替这几位伶倌好好安排个歇处？你听着，将他们好好接待，因为他们是这时代的摘要和简史：你宁可死后留个不光彩的墓志铭，可不要在生前挨他们的贬斥。

朴罗纽司　殿下，我准会按他们应得的待遇接待他们。

罕秣莱德　啊也，[87]人儿，要尽量好些：要是按各人应得的待遇待每个人，谁逃得掉给抽一顿鞭子？待他们按照你

自己的荣誉和尊严:他们越不配消受,便越显得你的宽宏博大。领他们进去。

朴罗纽司 来,诸位。

罕秣莱德 跟他去,朋友们:我们明天要听一场戏。

[朴罗纽司与除甲外之众伶人同下。

你听到没有,老朋友;你能演《冈闸谷之凶杀》吗?

伶人甲 能,殿下。

罕秣莱德 我们明晚上要演它。我有需要写上十二到十六行[88]一段台词插进去,你能背得不能?

伶人甲 能,殿下。

罕秣莱德 很好。跟那位大人去;仔细莫捉弄他。[89]

[伶人甲下。向罗撰克兰兹与吉尔腾司登]

两位好友,晚上再见:欢迎你们来到埃尔辛诺。

罗撰克兰兹 亲爱的殿下。

罕秣莱德 唔,天保佑你们。

[罗撰克兰兹与吉尔腾司登同下。

我现在一个人了。[90]

我真是好一个坏蛋,卑鄙的奴才!
这可不令人骇怪吗,刚才这伶人,
只在虚幻里,在假想的深悲之中,
能叫他的灵魂跟意象合而为一,
而且发生了作用,脸色恁惨白,
两眼噙着泪,神情是一片绝望,
音调呜咽,全部的行动跟形相
配合着,表达了意象?但一切不为甚!
是为海居白!
海居白是他什么人,他与她何关,
故而要为她哭泣?假使他有了
我这动机和怆痛的提示,他会
怎么样?他会以泪水将戏台淹没,
用骇人的台词震裂听众的耳鼓,
使有罪的人疯狂,无罪者惶恐,

不知情的人诧骇，简直使一切
眼睛和耳朵的机能惊愕无所措。
可是我，
一条懒虫，一头病偃蹇的瘦鹿，[91]
躲在暗角里，[92]白天也做着梦，不记
冤仇，不言语，不能替一位君王
作主张，他的社稷[93]和至宝的生命
都给剥夺而毁灭。我是个懦夫吧？
谁叫我坏蛋？斫破我这个脑袋？
谁扯掉我这须髯，吹在我脸上？
揪我的鼻子？拎着耳朵戳着脸，
骂我撒谎无耻？[94]谁对我这样？
嘻！
该死，我都得吞下去：因为我十足
是个胆小鬼，[95]没有一点点仇怨[96]
感到被欺侮的苦，否则该早已
把这贼奴才的臭肉喂肥了空中
所有的臭鸢：血腥的、淫乱的坏蛋！
凶残，险诈，奸淫，没人性的恶贼！
啊，报仇！
哎也，我真是好一头蠢驴！多出色，
我啊，亲爱的父亲给人凶杀了，
上帝和魔鬼都要我报杀父之仇，
而我却窑姐般，用空话咽咽发泄，
来一场咒骂，活像个街头的娼妇，
一个贱婢！
呸呸！转动吧，脑筋啊！嗄，我听说
有些犯罪的家伙，坐着在看戏，
只因剧中的情节安排得巧妙，
就给击中到灵魂的深处，以致
立即把他们的罪行招认了出来；
为的是凶杀，虽然它没有生舌头、

自会用神奇的口舌说话。我要叫
伶工们扮演得像我父亲的被杀
给我叔父看:我来察看他的神色;
我要探到他的痛处:只要他一畏缩,
我便知道怎么办。我看见的鬼魂
也许是个魔鬼;魔鬼是有能力
装成可喜的形状的;不错,也许
就趁我精神萎弱心志忧郁时,
因他对这样的相好很有威力,
骗我去堕入地狱。我得有比这个
更确切的原因。这场戏我要靠它,
轻易地把这位当今的良心攥住。

第二幕 注释

① 此二行半据 Wood 与 Marshall 之"牛津与剑桥本"所解。

② 这三行同上。

③ 原文对开本作"fetch of warrant"(可以允许的策略),四开本作"fetch of wit"(机巧的计策),都讲得通。

④ 这里的"By the mass"(凭弥撒)和朴罗纽司所一再说的"marry"(原来是"Mary",圣处女玛丽)都是用来赌咒的,借以加重语气,表示"当真,的确"。后者有时也代表纯粹的语助词"why"(哎也),不过言外含有几分轻蔑之意,故可译为"哼"。

⑤ Johnson,Capell,Caldecott 都解作"in yourself"为"of or by yourself",说朴罗纽司刚才要他去向旁人打听赉候底施的爱好,现在叫他去直接观察。Clark 与 Wright(克拉伦顿本)则谓,朴罗纽司关照雷那尔铎把他自己的行动假装得和赉候底施的爱好一致,以便诱使他暴露他的本色。按,这恐怕有点刻画过火,当以前说为是。

⑥ Hudson:仔细观察看他,但要做得暗,不露声色,让他把秘密都泄露出来。

⑦ Eckhardt:以为罕秣莱德看见了鬼魂之后就去看莪斐丽亚的那个猜想是不对的,所据的是以下理由:首先,朴罗纽司和雷那尔铎之间的刚才那场会谈包含得有赉候底施作别到巴黎去已经有了些时候的意思;第二,在这段时间里莪斐丽亚已经退还了罕秣莱德的书信,拒绝和他见面,她父亲问她,"你最近对他有难堪的话吗?"朴罗纽司念给国王听的那封信,因此一定是在戏剧开始前的一段时间内的。莪斐丽亚已经严格服从了她父亲的训示,退还了罕秣莱德的一切信札;第三,朴罗纽司立即去见国王,可是,当他对他说起罕秣莱德时,国王已经知道了罕秣莱德的(假装的)疯癫,所以,在莪斐丽亚见到王子之前,他自己一定已经见到过他;第四,在第一幕的结束与本景之间,罗撰克兰兹与吉尔腾司登定是因为罕秣莱德举止有变,以及那变异所引起的国王的怀疑,而已被召唤了回来。

⑧ Nares:在伊丽莎白朝,根据正常的恋爱礼节,一个人自认已堕入情网,应表示相当程

度的对衣饰的疏忽。他的吊袜带特别不应当吊起来。

⑨ 原文这一行与上行叶韵，以示本景在此结束；为凑韵起见，本行未免病于晦涩。Clark 与 Wright（克拉伦顿本）解云：罕秣莱德的疯癫行为要是遮盖起来的话，会比泄露他对莪斐丽亚的爱所将引起的（国王与王后的）恼恨造成更多的悲伤。可是王后后来表示她赞许这桩婚事，见三幕一景三十八行，又，参看五幕一景二百三十一到二百三十四行。

⑩ 原文"gentry"，Warburton 训"礼貌"，Singer 引 Baret 之《蜂巢，或英文，拉丁文，法文三重字典》（Alvearie or triple Dictionarie, in Englishe, Latin, and French, 1573）云，"士君子风，即温文有礼，和易，自然的和蔼，宽仁。"总之，"都雅"，"亲仁"，"上流"等等都可说与之同义。

⑪ "For the supply and profit"，Caldecott 解作"为援助与促进"，Hudson 说是"为供养与实现"希望，Johnson 谓系指"你们的到来所引起的，以及我们所愿望获致的效果将会完成的那个希望"。

⑫ Johnson："bent"（引满，或拉足）被莎氏用以状述任何激情或心神特性之最大限度。这用语系自射艺中借来；弓被引满或拉足即为"bent"。

⑬ 译文这两行从 Hudson 所译。

⑭ Delius：此系回报对挪威王健康的亲善愿望。

⑮ Clark 与 Wright（克拉伦顿本）谓，"he truly found it was..."的"truly"（确乎）是指"was"（是）而不是指"found"（见到）的。

⑯ 认 Clark 与 Wright（克拉伦顿本）所注。

⑰ 佚名氏谓，国王在这里被说成他在考虑这件事情之前先作答复；因而次序应加以校订调整，宜作"And think upon and answer to, this business"（来从长计议，和答复这件事情）。

⑱ 关于朴罗纽司的性格，Johnson 有一段短论，总的意思是说老耄期的心力衰颓逐渐浸占着他的智能。Caldecott 提出疑问，谓要丧失智能，必须先有才智的存在。我们没有任何直接的证据，可以说明他在任何时候曾有一个清明与统驭一切的心智。正相反，几乎一切东西都有个反面的意义；因为正是约翰荪博士所依靠的那个性能，在我们看来适足以强有力地表示心神的痴愚，就是说，在记忆里装了一大堆聪明的规则和格言，能适用于每一个场合与时会，却没有能力把它们有效地应用到任何场合与时会上去。在朴罗纽司的总的行动里，在每一个场合上都看得出纯粹的愚蠢与老耄期的心力衰颓。Moberly 则谓，在评价这性格时我们应当记得，像朴罗纽司这样应用语言，在莎士比亚那些用夸饰文体（euphuism）的时日里，不能成为完全愚蠢的证据，像现在这样。

⑲ Johnson 谓"wit"在莎氏当时解作"智能，理解"，Staunton 训"智慧"，Clark 与 Wright（克拉伦顿本）则释"智识"，Onlons 解作"健全的悟性或判断，理解，智能"。

⑳ Delius：王后用"花腔"一语是指朴罗纽司的浮夸的风格，后者用它是指背离真实与自然。

㉑ 原意为"赋呻吟以音步（或韵律）"。

㉒ 原文"machine"，Schmidt 释"人为的结构，系指身体而言"，Onions 解释"身躯"。Dowden：T. Bright 在《忧郁论》（A Treatise of Melancholy, 1586）里说明人的身体其性质犹如一部机器，通过直接的"精神"跟"灵魂"联系起来。他把身体的行动比作一只自鸣钟的动作。译者按，"machine"这字原来解作"机构"、"装置"，是用以指载运

人与物的用具的,如车子与舟船;古代用以指剧场上专为造成戏剧效果的机械装置,中世纪的攻城器也叫"machine"。英国十八世纪末到十九世纪三十年代的产业革命造成了大批机器,于是机器或机械变成俗物,无生命生趣,不宜于入诗的东西。但在莎氏当时,并没有这样的联想。我们知道,英国十九世纪最伟大的诗人华兹渥斯(Wiliiam Wordsworth,1770—1850)于1840年所作,1847年出版的短篇杰作《她是一个欢乐的幽灵》(She Was a Phantom of Delight)里还用到此字,用以指伊人的身体,绝无丝毫的不雅之意。

㉓ Moberly:在这老人根深柢固的自负他无所不知里有很多滑稽。他荒谬地想象,凭他自己的眼光已看见了罕秣莱德爱情与疯癫的一切步骤;而实际上,对于前者,在有些朋友警告他之前并未觉察到,至于后者,那里根本不存在的。

㉔ "It I had play'd the desk or table-book"(直译,"要是我扮演书桌或小手本"),Warburton解作"要是我在他们之间传递消息,做他们两情相恋的心腹",Malone释"要是我把这秘密锁在我胸中,严密得好比关闭在书桌或小手本里似的",Moberly训"要是我只把这件事记录在心上",Clark与Wright(克拉伦顿本)解作"要是我做他们书信来往的传递人"。

㉕ 原文"Winking",Schmidt及Clark与Wright(克拉伦顿本)都解作"闭眼装作不见",Onions谓"given my heart a winking"是说"闭着我的心眼"。

㉖ Schmidt解释"with idle sight"为"不认真,把它当作开玩笑"。

㉗ J. D. Wilson在这后面就使罕秣莱德上场,并加导演词云,"手持书本,且读且行,闻声而止,未被觉察。"他又在后面国王说"我们得试试"之后加导演词"罕秣莱德上前"。各版四开本对开本把王子的上场(对开本加"持书阅读")放在"我们得试试"后面。我们这里把罕秣莱德的上场还推后三行,放在国王与王后等下场之后,系从Dyce,Collier,Staunton,Clark与Wright之环球、剑桥与克拉伦顿本,Moberly,Delius,Hudson等多家的版本。Wilson又谓,三行以后朴罗纽司说"我把女儿放出来"语涉双关,除显见的意义外还有交配牡牝牛、马的意思,这话被罕秣莱德闻见,所以他在后面再三刻薄朴罗纽司。

㉘ 原文"four hours",学者们有的说是"for hours"(几小时)之误,应加以校正,有的说没有错,"四小时"解作不定数的几小时,并不是不多不少恰好四小时。

㉙ 原文"fishmonger",Malone谓意含谐谑,此字系"嫖客"的切口语。Moberly:也许用意是"你买卖的货色受不了太阳的光照";意即,朴罗纽司有个女儿,而所有的女人是和他母亲一样背信不贞的,只要稍经考验就会堕落。Tieck:你是个龟奴,还不及一个鱼贩子老实。罕秣莱德笑骂朴罗纽司替他和他自己的女儿造成机会,而随后的话"因为要是太阳"云云只是罕秣莱德鄙视他们父女俩的说法的继续。Friesen则以为是指老国王在世时朴罗纽司替克劳迪欧斯和王后提供机会。Doering说是指朴罗纽司从中撮合,帮助克劳迪欧斯与王后结婚。

㉚ 原文这半句含义不明,疑有讹误。Warburton校改四开对开本之"being a good kissing carrion"为"being a god,kissing carrion",意思是,"因为要是太阳在一条死狗身上生得出蛆,他虽然是位天神,却把他的热气和影响射发到腐肉上——。"说到这里,罕秣莱德突然住口,否则说得太条理分明了朴罗纽司会疑心他的疯癫是假装的,而把他的注意力转离话题,问起他的女儿来。罕秣莱德想要下的推论用意很高尚,其要旨是这样的。假使(他说)事情的结果果真是跟着被影响的东西[腐肉]走的,而不是跟着发出影响的东西[天神]走的,那我们何用惊奇,一切事物的最高始因,造物

主，虽然广布他的恩福给人类，那好比是具腐臭的尸体，由祖先传与了原始的罪孽，这人类却不是适当地以恭诚的美德相还报，而只是孕育着败德与恶行呢？Malone校改原文为"being a god-kissing carrion"，意思是"那（死狗）是具跟天神亲吻的腐尸"。罕秣莱德刚说过，老实在这世界上是极稀罕的一种德性。对此，朴罗纽司表示同意。这位亲王又说道，既然在这世界上美德如此难得，既然到处尽有的是败德，而即令太阳照在一条死狗身上还会生出蛆来，所以朴罗纽司应当注意莫让他女儿在太阳光里走路，否则她怕会变成罪人们的一个生殖者了；因为，虽然怀孕大致说来是件天恩，可是假使我斐丽亚（罕秣莱德以为她和世上别的女人一般脆弱）要怀孕的话，那也许是桩祸患。所以要提起在死狗身上生出来的蛆，似乎只是为介绍怀孕一语。这半句话和罕秣莱德前面的一段话和他突然的问语"你有个女儿吗？"之间颇少联系是显然有意的，以资更有力地加深扑罗纽司的印象，使他相信王子确是发了疯。Caldecott随Rowe，Pope，Theobald之后主张维持四开对开本原文，说"那（死狗）是具好给太阳亲嘴的腐尸（或臭肉）"。Staunton采用了Warburton的读法，但不同意后者把它跟罕秣莱德前面的话联系起来的那些理由：他认为这半句是罕秣莱德所读的书上的话，与前后文无关，——这位王子表示愿意独白一人在，他极不耐这个老朝臣的打扰，后来见他离开很高兴；所以此刻当见到朴罗纽司还在注意他时，他严厉地转过身来突然问道，"你有个女儿吗？"Corson引了二十多个例子说明"a good kissing carrion"是解作"a carrion good for kissing，of，to be kissed，by the sun"；他的解释因而与上述Caldecott所作者同，而且他当然也是主张维持四开对开本原文，不同意Warburton，Malone等人的校订的。Furness认为此说所举例证详尽而有决定性。译文即本Caldecott与Corson两家的说法，从四开对开本原文。

㉛ Petri："太阳光下走路"一语不应就字直解，应解作与人们相混杂，并不与太阳神发生特殊关系。

㉜ Corson：他说这话是要使老人不舒服，意思是虽然正式婚姻的怀孕是天赐的恩福，但他的女儿也许会怀孕——婚外的——则不然。

㉝ Corson：罕秣莱德对那些他所不喜欢或鄙视的人如国王、朴罗纽司与朝臣们的话的回答有一特点，即按照文字直解似甚正确，但又行不通或颇为荒谬。

㉞ 原文"Pregnant"，Steevens解释"敏捷，机灵，适切"，Nares解为"巧妙，富于慧心与理智"，Caldecott释"意味深长"。

㉟ Coleridge：这个重复使我觉得至可赞佩。Staunton：对我们来说，显然在这里，如在别处，这重复——一个尽人皆知的精神错乱的征象，——是罕秣莱德故意采用来使旁人相信他的疯狂的。他从不任性作此鸱鸮鸣声，除非跟他所猜疑的家伙在一起时。Cowden-Clarke：不光这重复是罕秣莱德佯狂的一部分，而且它也深深地动人哀怜，因为它传达出迫使罕秣莱德堕入苦恼深渊的完全厌倦于生命的那个印象。

㊱ 原文四开本作"fauors"，对开本作"favour"。White谓前者的"s"分明是个衍误；"favour"在这里有两个意义，其中之一是"身体，腰身"。按，另一意义是"春意，爱顾"。

㊲ Hudson：我们的乞丐们至少能梦为国王与英雄；而假使这些野心人物的本体不过是一个梦，且一个梦只是个影子，那我们的国王与英雄们只是乞丐们的影子而已。Bucknill：假使野心只是个影子，什么野心以外的东西一定是野心所从投射出来的本体。假使以国王作为代表的野心是个影子，以乞丐作为代表的、野心的原物定必是影子的反面，即本体。Moberly：假使野心是荣华的影子，而荣华又是一个人的影子，那么，唯一真正实在的人是乞丐们，他们是剥去了一切荣华与一切野心的。

㊳ Elze：罕秣莱德喜欢将他自己说成个非常可怜，不足道，没势力的人物。

㊴ Tschischwitz：我的谢谢，那是不诚恳的，比较你们虚伪声言的友谊并无更多的价值；虽然如此，我谢了你们就给予你们太多了，因为你们只值得当棍徒看待。Moberly则云：你们花了这么多麻烦来到这里，来买我这“穷叫化的一声多谢”，所出的代价太大了。

㊵ Hudsou：罕秣莱德的优美的荣誉感在此得到了充分的表示。他不愿引诱他们破坏信约；先告诉了他们那缘故，他将会占先而且阻止他们泄露秘密。

㊶ Warburton：这是机巧地设想来掩盖他心神错乱的真正原因的，免被那两个探子看透。

㊷ 原文“exercise”是“练技”，Schmidt 谓为“任何练习或努力，用以获致技巧，知识，或行动优美的”，Onions 亦谓此字在莎氏作品中常用作此意。按，举例说，如击剑，骑马，射箭，读书等等。Tieck：我们切不可对罕秣莱德这里所说的话照意直解，否则这会跟他对霍瑞旭在五幕二景 198 行所说的话矛盾，那里他说赉候底施到法国去后他一直在练习。按，系指击剑。

㊸ Johnson：那扮演娘娘的要不受阻碍，除非她那段韵文台词本身在节拍上有阙漏。Seymour：假使那扮演娘娘的由于过作娇柔而略去语词，她的脱漏可在音步的跛踬中觉察得出来。Dowden：那扮演娘娘的，当然，要讲些猥亵的话；假使她略去了它，那跛踬的素体韵文将透露她的淑德。

㊹ Delius：说到“城”字，莎士比亚的观众立即知道是指伦敦。

㊺ 原文“their inhibition”（他们之被禁止［在原戏园演出］），据 Fleay 云，根据 1601 年 12 月 31 日枢密院（the Prjvy Council）禁止滥用戏园的命令，除鸿运戏园（the Fortune）与环球戏园（the Globe）外，其他的一切勒令歇业，因为有些班子演出的戏里有影射攻击某些显要的台词。

㊻ 原文“an aerie of children”，Wedgwood 根据 Cotgrave 解释“aerie”为“一窠雏鹰”。Steevens：系指皇家小教堂（the Chapel Royal）或圣保罗教堂（St. Paul's）由唱诗班之齐唱童子们，当时他们演戏极得观众彩声。

㊼ Dyce 谓，“eyases”是“刚从窠里拿出来施以训练的小鹰鹞”。Capell：这些孩子被这样称呼是因为他们特别起劲，会搏击超过他们能力的猎物。

㊽ 原文“top of question”，Steevens 解作“孩子们永远以最高的嗓门背诵台词”，“question”系指“台词，对话。”Cowden-Clarke：用他们尖锐的孩童嗓子的最高音调背诵他们的台词。Chambers：对耸动时下的问题高声叫嚷。

㊾ 可作“非常吓人的”，或“非常暴烈的”。

㊿ 原文“berattle the common stages”，“berattle”Schmidt 释“贬抑”，Onions 释“使充满喧闹”，“common stages”Schmidt 还是解作“普通的舞台”，Onions（从他对前一字的解释里可知他）也这样理解。但 Theobald 曾校改“stages”为“stagers”（戏子），且也有注家不一定从 Theobald 而径自把“Stages”解作戏子的。

51 童伶都是两个教堂里唱圣诗的唱歌童子们兼充的。等将来他们嗓子一倒，不能再当唱歌童子时，是否也就不能再当童伶了呢？

52 即剧作者。当时剧本根据希腊罗马传统完全或基本上以韵文写成，每一出戏是一首戏剧诗。此段据 Delius 所诠释。

53 原文“brains”，Caldecott 解作“许多激烈与细致的讨论”，Schmidt 释“许多讽刺的争论”。

㊾ 赫勾理斯肩负地球为当时环球戏园的商标。古希腊神话：太古时泰坦神族（Titans）中诸神之一、毛列台尼亚（Mauritania）之王阿忒拉斯（Atlas）肩负着世界，大力神海拉克理斯（罗马人称之为赫勾理斯）有一次去看他，曾代为肩此重负。

㊿ Clark 与 Wright（克拉伦顿本）："'Sblood"（耶稣的血）这句用圣餐物品（Eucharist，面包片或无酵薄饼与酒，代表耶稣受难时的肉与血）来赌咒的誓言，意即"我凭圣酒发誓"。

56 在"your hands"两字后二、三版四开本无标点，自 Johnson 到 Delius 等十家加句号；现代版本如 Clark 与 Wright 之克拉伦顿本与 Craig 之牛津本等加逗号，不知是根据各版对开本还是从 Rowe 的校改则不得而知；Furness 之新集注本上无记录，而译者又无初版对开本之影印本可资对照。J. D. Wilson 主张在这里加上问号，作为罗撰克兰兹与吉尔腾司登先伸出手来要同罕秣莱德相握，故罕秣莱德问他们"要握手？"

57 "I know a Hauke（Hawke）from a hand saw（hand-saw）"这半句原文两百多年来引起了好些争论；尽管有精到的校勘，考据，分析，辩难，但莎氏使罕秣莱德说这句话，它的含义在应用上究竟是什么，至今还没有弄清楚。现在先介绍一些分歧的解释，最后再提出译者的看法。Hanmer 校改"handsaw"（手锯）为"hernshaw"（苍鹭）；Warburton 谓，这一校订表示出这句在莎氏当时很流行的谚语的本来面目；Nares 认为，此讹误在莎氏以前即已发生（"hernshaw"或"heronshaw"或"hernshew"，他说，是一只苍鹭），这句谚语的原来形式定必是"分辨得出苍鹰跟苍鹭"。White 疑心这句讹误的短语在当时已丧失了它原来的意义，只被认为在比较着两件工具，"hawk"是件斫切的工具，"handsaw"则为"手锯"。Halliwell：这一认为"handsaw"是"hernshaw"之讹的猜想并无证据；这句短语向来保持着这个形式；这一类谚语往往有这种不协调处。Clark 与 Wright（克拉伦顿本）则同意"handsaw"是"heronshaw"或"hernshew"之讹的说法，谓在塞福克（Suffolk）与诺福克（Norfolk）二郡的方言里，苍鹭（heronshaw，hernshew）现在[1905]仍被叫作"harnsa"，由此误成"handsaw"非常容易；他们援引 J. C. Heath 的解释道："这说法分明是指放鹰术而言。大多数的鸟类，尤其飞行时身体沉重的苍鹭，被放鹰者或他的猎狗惊起时，会顺着风向飞行，以便逃走。风若从北方吹来，苍鹭便向南飞，看的人被太阳照耀着眼睛，会不能分辨苍鹰与苍鹭。反之，风若是南风，苍鹭向北飞，猎人背对着太阳，便会清楚地看到它和追逐它的苍鹰，那时他辨别这两只鸟将没有什么困难。如果风是从东北偏北而来，上午十点半时（显系适于放鹰的时刻）太阳将照射着猎人的眼睛，而假使是南风的话，视野当会很清楚。"Clark 与 Wright 又谓，"hawk"这字又是泥水匠用来承泥灰的一块四方小木板的名称，它底下有个柄，这一意义也助成"heronshaw"讹为"handsaw"（手锯）的一个原因。Onions（《莎氏语汇》）谓，"hawk"通常解作"苍鹰"，但或许是"hack"的变异拼法，而"hack"则是伊丽沙白时代用来作斩断、斫切的工具的名称，也用以名尖锄，鹤嘴锄或啄锄等农具。译者按，如作行猎的小鹰隼解，"hawk"可译为"苍鹰，雀鹰，鹞子，青肩，或鹯"。又按，我们或许可以这样了解这句原文。罕秣莱德故意出言模糊隐约，利用这两个字的双关意义指桑骂槐，骂了两条走狗使他们一点都不觉得。"我只疯到了西北偏正北"是说"我并不真疯或完全疯"；"风从南面吹来时"，是说"当我神志清明时"，或"我假使要神志清明的话"；表面上说"我还分辨得出苍鹰与苍鹭"，实际上是说"我还未辨得出斫斧（或尖锄，或泥灰板，但多半是斫斧，因斫斧与手锯都是木匠工具）跟手锯"，意即"我看得分明你是柄斫斧而你是把手锯，你们两个家伙虽然彼此各不相同，但都是当今王上的工具，所以是差不多的东西。因此，我对你们有无比的鄙蔑,决不把你们当作朋友"。

(58) Hudson:这是说来迷糊朴罗纽司的,使他弄不懂他们在说些什么。

(59) 罗修斯(Quintus Roscius Gallus,卒于公元前 62 年)为罗马最卓越的喜剧大伶人,他登台时动作优美,音调和谐,对于人物性格理解深刻,以及神态灵妙,世无匹敌。说他在罗马演戏,等于说无人不知的事。罕秣莱德不等朴罗纽司开口就知道他来说什么话,而且先调侃了他;这老糊涂懵然不知,还是一本正经来报告他的好"消息"。

(60) 上面朴罗纽司来报信,说"戏子们来了",罕秣莱德答以"咄,咄!"意即"少说废话,你来报的不是新闻,是老闻了"。朴罗纽司以为王子不信他的话,故赌咒道,"凭我的荣誉,——(原文"Upon my honour"就字直解为"在我的荣誉上[我赌咒]")。罕秣莱德打趣他,意思是"你刚才说'戏子们来了',又说他们是骑在你荣誉上来的,那么,每个戏子是骑着一头蠢驴来的,或者说,你的荣誉或者你自己便只是一头蠢驴罢了。"这有如我们对口相声里的贫嘴。

(61) 原文"scene individable",Delius 和 Clark 与 Wright(克拉伦顿本)等谓系指遵守地点必须一致的规律的戏剧,"poem unlimited"则为不遵守这个规律的诗剧。Schmidt 则谓前者为不能用特有名称(如悲剧,喜剧,牧歌剧等)予以区别的戏剧,后者亦为名称不固定的戏剧诗。按十六世纪的意大利批评家以及十七世纪的法国戏剧家们从亚理士多德的《诗学》里得出结论,规定戏剧诗必须遵守三个一致的"三一律"。所谓三个一致是,一篇剧作里只能有一个主要的剧情动作,此剧情动作应当发生于同一个时间,同一个地点。

(62) 即不遵守三一律的戏,见上注。

(63) Seneca,Lucius Annaeus(约公元前 4—公元 65),罗马禁欲派哲学家,悲剧作家,曾作悲剧九部。他的剧作在风格上着重修辞,在文艺复兴时期被认为古典悲剧技巧的典范。

(64) Plautus,Titus Maccius(约公元前 254—前 184),罗马喜剧诗人,留传下来的有二十部喜剧。他的作品在文艺复兴时期被认为古典喜剧技巧的典范。Clark 与 Wright(克拉伦顿本)谓,这两位罗马戏剧诗人的作品为当时英国知识界所熟知,因为在牛津与剑桥两大学时常演出。塞尼加的全部悲剧与泊劳德斯的喜剧《孪生兄弟》(Menaechmi)当时已被译成英文。

(65) "For the law of writ and the liberty",Capell 解作"按照规律写的[古典法度的]作品和不按照规律的[浪漫的]作品",Caldecott 释"遵守着戏剧的规律,同时也在许可范围内自由发挥",Collier 释"演出写好了的作品,或是上台临时应付的"。

(66) 以色列人的元帅耶弗他(Jephthah)于征伐亚门(Ammon)人之前向耶和华许愿,说他若师捷回来,不论谁首先从他家门里出来迎接他,他将以之献为燔祭。结果他凯旋归家,第一个出门来欢迎他的是他的敲着鼓跳着舞的独生女儿。他因对上帝有誓言在先,只得牺牲了女儿。事见《旧约 · 士师记》十一章,三十一四十节。下面罕秣莱德所引歌词系采自一首古歌谣,那首歌 Steevens 说是由他传报给了珀西(Thomas Percy,1729—1811),保存在后者的《珀西古英文诗歌遗迹》(Percy's "Reliques" of Ancient English Poetry,1767)第二版里。Collier 则谓,那似乎不是罕秣莱德所由引用的那首歌谣。Halliwell 影印了一首 1624 年初印的、字句与 Steevens 所传报者略异的另一首歌谣,似更近似。

(67) Zornlin:你并不一定像耶弗他那样爱你的女儿——你像他只在于你将她可耻地牺牲掉。

㊳ 原文"abridgements",Johnson 谓,虽然他后来(507 行)称呼那些戏子是时代的简史,但现在是在说那些会短缩我话头的人。Steevens:莎氏所说的"短缩"也许是指戏台上的演出,那把几年工夫的事件挤进了几小时内。Dyce(《莎士比亚语汇》):在这里这短缩应用在伶人们身上,作为,我推测,代表一个短缩的人。Clark 与 Wright(克拉伦顿本):罕秣莱德用这字有双重的意义。伶人们上场来就短缩了他的话。

㊴ 原文"valanced",Malone 谓为"像流苏似的缀以须髯",——"valance"是挂在帐顶边缘上的流苏或缫子。Onions:"幔帷似的"缀以须髯。

㊵ 这是说来开玩笑的,意即"你脸上长了须髯,威武可怕,你可是策马抡枪来向我挑战,要对我格斗吗?"

㊶ Clark 与 Wright(克拉伦顿本)云:在莎氏当时,直到查理二世复辟以后,剧中女角都由男童扮演。在英国舞台上,自来的第一个女伶人在一六六〇年十二月六日扮演玳思狄莫娜。

㊷ 原文"chopine"(彩木跷),有一两段关于它的笔记颇饶谐趣,现逐译于后。Reed:考列约(Tom Coryat,1577? —1617,旅行家与宫廷滑稽者)在其所著《粗制品,(Crudities,1611)中叫它们"chapineys",有后面这段记述:"威尼斯城的妇女,以及住在威尼斯领主权下城镇里的一些妇女,她们所用的有一件东西是在基督教世界其他各地妇女那里所见不到的(我想):那就是在威尼斯城司空见惯,没有一个女人没有它,不论在家里或到外面去,一件用木头做的东西,外面包着各种颜色的皮子,有的白,有的红,有的黄。它名叫彩木跷,她们穿在鞋子底下。它们有好些是彩绘得陆离缤纷的;我也见到它们有些是涂上一层闪闪的金色的:是这样难看的一件东西(在我看来),可惜这愚蠢的风俗没有给从城里根本驱除消灭掉。有好许多这些彩木跷尺寸奇高,甚至有半码高,这就使好些他们那里很矮的妇女见得比我们英国最高的妇女还高出好多来。我也听到她们中间说起,那个女人她身份越高贵,她的彩木跷也就越高。所有缙绅人家的妇女,以及有一点钱的娘子和寡妇们,当她们出门走路时都有仆人或仆妇搀扶着,免致摔倒。她们往往被挽着左臂,否则她们很快就会跌跤。"Malone:据 Minsheu 云,这是西班牙女人穿的一种高底软木鞋,名叫"chapin de muger",在意大利文里没有它的同义字。但 Boswell 谓:在 Veneroni 的字典里有"cioppino"这字即是。Douce:在 Raymond 的《意大利之行》(Voyage through Italy,1648)里我们见到有这样一段:"这地方[威尼斯]有很多会走路的五月竿,我说的是妇女。她们穿的外衣比身体长出一半,而她们的身体是登在她们的彩木跷(chippeens)上的(那有一个男子的一只腿高),她们在两个婢女中间走路,巍巍然审量着她们的每一步步子。这风尚是为那些高贵的威尼斯娘子们创始与专用的,使她们永远有别于那些卖笑人家的姐妹们,她们头面上络着一层白丝蝉翼纱。"彩木跷(choppine),或某种高底鞋,有时在英国也有穿用的。……Furness 谓,在 1856 年,他在耶路撒冷一场犹太人的合卺礼上,看见一位十二岁的新娘穿一双彩木跷,至少有十英寸高。译者按,这种有花彩的高底木跷比我们旧时京剧舞台上女角们所踩的跷(那是从清朝旗人妇女那里学来的,它最多只有一两寸高,稍向前倾斜,用红缎包住)要高得多,考列约说有半码高(一英尺六英寸),雷蒙说有一个男人的腿那样高(两英尺八九英寸),约相当于我们旧时迎神赛会踏高跷的木棍(上有横档,踏者的腿脚即在那里绑住)那样高,走起路来当极易摔倒,非有仆妇搀扶不可。它和高跟皮鞋不同,因后者鞋底并不厚或高,而彩木跷则跟和底同样高。这使人想起人类的愚蠢有时是没有止境的,如我们有好几个世纪妇女缠足的历史等。最后,罕秣莱德这里所说的彩木跷当只有二英寸左

右高。

⑬ 因为扮演女角的是男孩子们,他们到了十四五岁发情期嗓子就会倒掉。

⑭ Douce:金银钱币面上有一圈子,圈内是君主的头像;破裂要是从边上透过了圈子,那块硬币就不能通用了。

⑮ Capell:法国人即使在今天,在一切野外游戏的身手上也是极不正常的。Clark 与 Wright(克拉伦顿本)云,法王亨利四世(Henry of Navrarre)有一只鹞子,据施卡列泽(J. J. Scaliger,1540—1609,法国语言学家与年代史家)说,他见它搏击下来一头鹏,两只野鹅,几尾鸢,一翎鹤和一只天鹅。

⑯ Reed:据说(Giles Fletcher:Russe Commonwealth,1591)俄罗斯帝国的珍馐鱼子酱有四种鱼子可以腌起来做,它们是"bellouga,bellougina,ositrina 与 sturgeon"。按,最后一种是鲟鱼,大概比较最普通。Nares:鱼子酱在莎氏当时是一种新风行的时髦美味,为平常人所不喜欢和不买,这里被用来代表超越一般人理解与欣赏的东西。

⑰ 意尼阿斯(Aeneas)是特洛伊(Troy)王子盎乞塞斯(Anchises)与爱神阿佛洛狄忒(Aphrodite)的儿子,特洛伊国王泊拉谟(Priam)的女婿,在特洛伊大战将终,特洛伊城大火时,他驮着他父亲与家神们的雕像,搀着儿子阿斯坎纽斯(Ascanius)的手,他妻子克兰乌莎(Creusa)跟在后面,一同逃难。在满城烧杀中,他和她因隔离而失散,失掉了她,他驾起了一队二十只船离开特洛伊岛,在迦太基(Carthage)遭破舟之厄。迦太基女王丹姹(Dido)盛情接待他,和他发生了恋爱。但意尼阿斯听从天神们的命令,离开了迦太基;丹姹为之绝望,自杀而死。在海上漂流了七年,失去了十三只船,他终于到了台泊河(Tiber)边,那里他跟拉底纳斯国王(King Latinus)的女儿拉维尼娅(Lavinia)结了婚,承袭了他岳父的王位,为罗马人的祖先。辟勒斯(Pyrrhus)是希腊最英勇的战士阿杰里斯(Archilles)之子,原名尼奥泊托里末斯(Neoptolemus),因生得有一头黄发,故又名辟勒斯。事详罗马大诗人阜杰尔(Virgil,公元前 70—前 19)的史诗《意尼阿特》(Aeneid)。(P. Harvey.)

⑱ 意尼阿斯的这段叙述,共五十七行,曾引起了莎剧学者们的一场大辩论,先后参加者有十七家。讨论的焦点是这段剧词是不是莎氏用它来嘲笑那班大学里出身的剧作家,特别是马逻(Christopher Marlowe,1564—1593)与奈许(Thomas Nash,1567—1601)的《丹姹,迦太基之女王》(Dido,Queen of Carthage,1594)的风格的,还是作者故意写这样一段浮夸、浪漫的史诗风文字以有别于全剧朴实的戏剧性文字的风格的。在辩论的早期,Pope 说作者究竟是谁他不知道,但罕秣莱德称赞这段剧辞的话完全是讥讽的反话。Theobald 与 Wardurton 断定它确是莎氏的手笔:前者谓它的题材就是个足够的证据,因为莎氏在他的全部作品里几乎没有一个剧本不是用明喻、暗指或其他方法提到这场特洛伊战事的,他对那个故事这么样喜欢;后者有一篇长论说莎氏并无用这段文字供讥讽之意,并举了三点理由,——第一,这出戏谨守古典戏剧的三一律,这就使一般观众不喜欢它,"而且编写得又和平中正,又巧妙",就是说,写作艺术与人性的单纯都经注意到,而时下的爱好是要有个小丑打诨说笑或诌些双关谐语才合胃口,又要求有此激情的、凄恻的恋爱场面,而这出戏却只清淡而纯净,与希腊戏剧的显著特性相符;第二,这段台词是说来供人赞赏的,但看它本身的内在优点即可以知道,例如伊里恒王宫(Ilium)的倒塌和泊拉谟之被杀同时发生,以及所举的那风暴的优美的比喻;第三,从这段台词的效果上也可以看出莎氏对这段文字的态度,剧中最好的角色很称赏它,说念它的伶人脸色惨变,眼泪直流,而只有愚蠢的朴罗纽司才听了感到厌倦。至于有两处所谓浮夸的风格更其不成问题,

Warburton举了《特洛勒斯与克蕾西达》(Troilus and Cressida)和《安东尼与克丽奥贝屈拉》(Antony and Cleopatra)二剧中两个相同的例子，说明莎氏本人并不认为浮夸。Malone谓，他认为这段叙述显然是莎氏的手笔，是特别为《罕秣莱德》这剧本写的，Warburton称之为"那风暴的优美的比喻"则在我们诗人的叙事诗《维纳斯与阿陀尼》(Venus and Adonis)里有同样的描写。Steevens则认为，这段叙述引起了王子的赞赏只能表示罕秣莱德之装疯卖傻，它本身绝无一点好处，作者的用意只是提供一段极近似当时流行戏剧文字的范本以资取笑。Ritson相信罕秣莱德对这出戏所表示的钦佩是真诚的，这段叙述大概是从莎氏的早期作品里抽出来的片断，它远远超过任何同代作家的作品，马逻与奈许的《丹蛇》也不能与之相比。Seymour与Pye两家跟Ritson有同感。诗人Coleridge谓，作为史诗的叙述，这段文字是出类拔萃的。在运思上，在整段的风格的各别部分上，这段描写是极富于诗情诗趣的；当真，就它本身来说，诗情太充沛了是它的毛病！——是抒情的激奋与史诗的堂皇的文字，不是戏剧诗的文字。但假使莎士比亚使它的风格真的成为戏剧诗的风格时，《罕秣莱德》与这戏中戏之间的对比又到哪里去了呢？德国诗人、批评家与莎剧译者Schlegel评这段剧词道：这一片断不应就它本身来加以评断，应连同它被介绍的那地方来品鉴。为使它跟这剧本本身的戏剧诗有所区别起见，有需要使它以同样的比例超过它那高华的诗，如舞台对话之高于日常谈吐。因此，莎士比亚完全用富于对句法的、警语连篇的韵文来写这戏中戏。但是这庄严的、有节度的语调跟一篇该有强烈情绪在其中主宰的台词不相称，于是诗人便没有其他的办法，只除了他所采取的：过度充沛那悲痛之情。这段台词的语言是着重得到了虚妄的程度；可是这一缺失跟真正的宏伟是这样地混而为一，以致一个伶人，如果他习于人为地在他自己胸中叫起那仿效的情感，肯定会被席卷而去。何况，我们几乎不能相信，莎氏竟会这样不懂他的艺事，以致不知道那样一本悲剧，在其中意尼阿斯得把那样久以前发生的事件如特洛伊之毁灭作一个悠长的史诗的叙述，是既不能有戏剧性，也不能有舞台性的。Caldecott认为罕秣莱德的热情赞扬不能不表示莎氏的真挚感情，他并且举了这段文字里的"impasted"与"declining"等字与莎氏作品里别处用到这两个字相比以证明这段剧词确系莎氏手笔，尤其后一字他不能在任何同代作家的作品里找到。Hunter则认为这段剧词言语乏味，用字浮夸，饰词空虚，而且至少有两处修辞学上的倒退；就是那风暴的半句，初看虽似尚可取，读过或听过以后便显得平淡无奇，缺乏和谐；而罕秣莱德反对"包着头的王后"那句话即足以证明作者意存讽刺：至于他用意想嘲笑的，也许就是《丹蛇》那出戏。Strachey谓，即令《丹蛇》这本戏里没有一行跟这伶人所说念的(这无疑系出自莎氏之手)一样，但两者的风格有这么相似，观众也许会马上想起马逻的剧本；假使他们对原作保持一个笼统的记忆，听了伶人的说念也许会猜想这段剧词是的确从马逻的悲剧里引来的。Elze说，我们应当把注意力转离诗人身上，不要以为罕秣莱德的称赞就是作者的意见。使罕秣莱德这样热心钦佩一出按着那博学的、悲惨的、古典模范写的戏，莎氏分明愿意叫我们洞察到他的主角的好学的和特别耽于理想的性格。同时，毫无疑问对莎氏的对手们也给了一下侧击；实际上他在对他们诉说，"看吧，钦佩你们的是我的罕秣莱德这样的人；你们用你们的诗所教育的是这样的人。"Delius认为这剧本或片断除莎氏自己外不可能有旁人写，而且称赞它的"和平中正"与"巧妙"用意一定是认真的。Fleay的研究可以说是对这问题作了最后的评断，现概述于后。马逻的剧本是在他1593年死后由奈许续完的，于翌年出版。它是大体上以马逻的风格写的，小部分是奈许的坏文笔。

根据四种内证,以及写得特别坏,跟马逻在本剧其他部分的手笔不同,跟他的其他剧本也同样地不同,我们可以断定《丹姹》的第二幕第一景大部分出于奈许之手。1594年莎士比亚修改并写完了马逻写过一大部分的《亨利六世》,所以他自然会指望修改《丹姹》这出戏也委托他做。他这时候跟奈许的关系不怎么好。他要是写上一景,或一景的一部分来表示他能做修改这本戏的工作要好到怎样一个程度,——什么事能比这个更有可能呢?他很自然地挑选了奈许表示最大弱点的那一景,并且写得尽他所能地近于马逻的节奏。所以莎氏要把这段台词介绍进《罕秣莱德》的目的,乃是要暴露他的对手奈许作为一个剧作家的弱点。接下来 Fleay 便引了几段奈许的台词跟这里莎氏的相比,而后者远较优越当然是非常明显的。总之,这一景是莎氏在1594 年写的,写来跟奈许竞争,作为马逻的未完成的剧本的一个附录,而且由是他介绍进《罕秣莱德》的初稿的,时当 1601 年或其前后。

⑲ 见拙译《麦克白》第三幕第四景一〇七行注。

⑳ 各版四开本原文作"their Lords murther",一、二、三版对开本作"their vilde Murthers",四版对开本订正为"their vile Murthers"。在莎氏当时,单数名词的所有格只加一"s","s"前不加省字号('),因而与多数名词的所有格没有区别(现代英文里单数名词的所有格在字后加"'s",多数名词的所有格在字后加"'s",乃是十八世纪的改进)。现代版本有从 Capell 的标点四开本之读法作"their lords'murder"(他们主人们的被杀)者,如 Furness 之新集注本;有从四版对开本作"their vile murders"(他们的卑鄙的被杀)者,如 Craig 之牛津本;有从 Jennens 的校改四开本之读法作"their lord's murder"(他们的君王的被杀)者,如 Clark 与 Wright 之克拉伦顿本。译文综采四开与对开本原意,因音节也因简化修辞关系削去了形容词"卑鄙的",而不取 Jennens 的读法,因为体味到文意和语气,我觉得这里还在替下面的辟勒斯寻找泊拉谟老王预备气氛,还没有提到后者之被杀。

㉑ 激发的或唤醒的复仇心系指辟勒斯为他父亲阿杰里斯报仇雪恨。阿杰里斯是古希腊帖撒利(Thessaly)之王披琉斯(Peleus)与海上神妃(Nereid)西替斯(Thetis)的儿子,为特洛伊大战中希腊军中最骁勇的大将。在婴孩时期,他母亲西替斯拎着他的脚在冥河(Styx)里浸过一下,这就使他的全身不能为刀剑所伤,只除了她把他浸在河里时捻着的他的脚后跟。他穿戴着希反斯德斯(Heghaestus,火与铸炼工作之神)替他打造的盔甲上阵,把特洛伊军中大将海克托(Hector)杀死,且绑在战车上绕特洛伊三匝。他在雅典娜(Athena,司智慧、学术、技艺与战争之女神)神庙里遇见泊拉谟的女儿卜列齐娜(Polixena),向她求爱,被特洛伊王子、她的哥哥帕里斯(Paris)用箭射中踵部而死。事见古希腊史诗荷马(Homer)之《伊利亚特》(Iliad)。(P. Harvey.)

㉒ 萨格洛泼斯(Cyclops)是一族巨人里的一个,他们每人只有一只眼睛,生在额之正中。据古典神话传说,他住在西西利(Sicily)岛上,在埃得纳(Etna)大火山下希反斯德斯(Hephaestus)的煅炼工场里帮着替天神们打造兵器。

㉓ 一支"jig",Steevens 谓,在莎氏当时不光是一折舞蹈,而且是一段极下流的、有音步的对话,像罕秣莱德对莪斐丽亚的对话那样[见三幕二景一二〇一一三〇行;按,那段对话并无音步]。Malone:"一支 jig 在演唱时应和以鼓掌,每逢到押韵处应被訇赞喝彩。"一支 jig 不一定采取对话的形式;它含有一段滑稽的韵文加上一折舞蹈之意。Collier:我们没有任何这样演唱的遗存标本。它似乎是一支押韵的滑稽制作,由小丑歌唱或口说,同时和以舞蹈及横笛与小鼓。Dyce:一支滑稽歌舞演唱起来有时不

止一个人参加；有理由相信一场演唱要相当长的时间，在有的场合要持续到一个钟头之久。E. K. Chambers：一个小丑的滑稽表演，在幕下之后演出；它包括音乐，舞蹈与粗野的滑稽，极像现代音乐厅里的有些"舞台短片"。

㉞ 海居白(Hecuba)即老王泊拉谟之后。

㉟ Moberly：朴罗纽司称赞这表性形容词是想补救他刚才犯的反对剧词太长的那失错。

㊱ 原文"the burning eyes of heaven"(天上燃烧着的眼睛)系指满天的星斗。

㊲ 原文"God's bodikins"(耶稣的肉)跟"'S blood"一样，也是句用圣餐物品来赌咒的誓言，意即"我凭圣饼发誓"。

㊳ 见三幕二景200行"要知道意图不过是记忆的奴才"及注。

㊴ Cowden-Clarke：罕秣莱德，由于他是位真正的士君子，觉得他自己稍一不慎，对这位老廷臣太无耐心，太不客气了；所以要这个伶人，他知道他会出于自然以及因职业关系倾向于戏谑，不要看了刚才的榜样对朴罗纽司忘掉他自己的身份。

㊵ Cowden-Clarke：罕秣莱德所表示的、切望能独白一人清静下来，显得是他只在做作一番、假装疯狂的一个主要证据；他急于想使他跟前没有那些个他决心对他们显得疯癫的人。独白一人时他是定心的，语言有条理的，富于内心审察的。他的既不心平气和、又不冷静，显得是他那不快乐的思想根源的结果，不是精神错乱的结果；他是在德性上遭到了苦恼，不是在心神上受到了影响。

㊶ 原文"rascal"通常解作"坏蛋，恶棍"，但据 D. H. Madden 云，这里应为"一头瘦弱无用的鹿"。按，《皆大欢喜》三幕三景51行及两部历史剧里都用作"瘦弱无用、不值得猎取的鹿"解。

㊷ 原文"peak"，Singer 解作"神情痴呆，行动愚骙或踟蹰"，Schmidt 训"躲在暗角里，行为鬼祟或卑劣"。

㊸ 原文"property"，Clark 与 Wright(克拉伦顿本)谓，这里不能当作普通的现代含义"所有物，财产"解，应释为"own person"(身家)或"王权"。Furness 谓系指他的王位、王后及其他一切，只除掉他的生命。

㊹ 此句原意为"把骂我撒谎的侮辱塞进我的喉咙，一直到肺里"，这里不可直译。

㊺ 原文"pigeon-liver'd"(鸽子肝)，White 谓鸽子性情特别温柔，因被认为没有胆或胆汁。

㊻ Clark 与 Wright(克拉伦顿本)云，"gall"用作"勇气，胆子"解，Schmidt 则释为"仇怨"。

第 三 幕

第 一 景

[宫堡内一斋堂]

[国王,王后,朴罗纽司,莪斐丽亚,罗撰克兰兹,吉尔腾司登,与众贵人上。

国　王　你们可能够,经由迂回曲折,
得知他为何装出这心神的错乱,
用骚嚷而且危险的疯癫闹得他
所有的平静日子轧铄不成调?

罗撰克兰兹　他承认他觉得自已神志错乱;
但由于什么缘故却不肯明言。

吉尔腾司登　我们见到他不愿给探问真相,
每当我们要引他透露实况时,
他便会摆出一副狡狯的疯傻,
不理不睬。

王　后　他接待得你们还好吗?

罗撰克兰兹　那倒是极像一位士君子。

吉尔腾司登　只是跟他的感情显得很反背。

罗撰克兰兹　很吝于说话,可是我们问到他,
却充分回答①。

王　后　你们可曾逗引他
做什么消遣?

罗撰克兰兹 娘娘，碰巧我们在路上赶过了
一些个演戏的：我们把这告诉他，
他听见说起好像显得很高兴：
他们现在已经来到了宫里头，
而且，我想来，已经奉到了命令
今晚上要演给他看。

朴罗纽司 的确是这样：
他并且要我来恭请两位陛下
去观赏那场玩意儿。②

国王 我很乐意去；听到他高兴这么样，
我颇为满意。
亲爱的士子们，再提高他的兴致，
鼓起他的意向往这些欢娱上去。

罗撰克兰兹 遵命，主上。

［罗撰克兰兹与吉尔腾司登同下。

国王 亲爱的葛忒露，你也去；
我们使罕秣莱德来，不叫他知道，③
好让他，似乎只出于偶然，在这里
能撞见莪斐丽亚：
她父亲和我，两位合法的密探，④
会那样躲着，看见他，但不叫他见，
我们能仔细端详他们的相会，
看他们的行动，以推知他们的心情，
究竟是不是为了爱情的苦楚，
他这般在生受。

王后 我将听从你的话。
至于你，莪斐丽亚，我倒是心愿
你贤淑的芳姿真是使罕秣莱德
疯癫的喜因：我便望你的贤淑
能引他恢复素常的行止，对你们
都会有光荣。

莪斐丽亚 娘娘，但愿能如此。

［王后下。

朴罗纽司 莪斐丽亚，你在此闲步着。尊上，
请吧，我们就躲起来。［向莪斐丽亚］念着这本书；
要使你这番用功掩盖你为何
独白在此。我们在这上头常被责——
且证明不错——说是用虔诚的外表
和圣洁的行动，⑤我们装饰着内里
那魔鬼的真身。

国 王 ［旁白］啊，这真太对了！
那句话给了我良心好痛的鞭挞！
婊子的脸蛋，给搽脂抹粉装扮好，
虽丑于装扮它的脂粉，却难比胜
那用言辞掩盖的我的行径。⑥
啊，多沉重的负荷！

朴罗纽司 我听见他来了：我们引退吧，主上。

［国王与朴罗纽司同下。

［罕秣莱德上。

罕秣莱德 是存在还是消亡，问题的所在；⑦
要不要衷心去挨受猖狂的命运
横施矢石，更显得心情高贵呢，
还是面向汹涌的困扰⑧去搏斗，
用对抗把它们了结？死掉；睡去；
完结；⑨若说凭一瞑我们便结束了
这心头的怆痛和肉体所受千桩
自然的冲击，那才真是个该怎样
切望而虔求的结局。死掉，睡眠；
去睡眠：也许去做梦；唔，那才绝；
因为摒弃了这尘世的喧阗⑩之后，
在那死亡的睡眠里会做什么梦，
使我们踌躇：——顾虑到那个，
便把苦难变成了绵延的无尽藏；
因为谁甘愿受人世的鞭笞嘲弄，

压迫者的欺凌虐待[11],骄横者的鄙蔑,
爱情被贱视,法律迁延不更事,
官吏的专横恣肆,以及那耐心而
有德之辈所遭受卑劣者的侮辱,
如果他只须用小小一柄匕首
将自己结束掉?谁甘愿肩重负,
熬着疲累的生涯呻吟而流汗,
若不是生怕死后有难期的意外,
那未知的杳渺之邦,从它邦土上
还不曾有旅客归来,[12]困惑了意志
使我们宁愿忍受现有的磨难,
不敢投往尚属于未知的劫数?
就这样,思虑使我们都成了懦夫,
果断力行的天然本色,[13]便这么
沾上一层灰苍苍的忧虑[14]的病色,
而能令河山震荡的鸿图大业,
因这么考虑,洄流误入了歧途,
便失去行动的名声。[15]噤口,莫做声!
明艳的莪斐丽亚!仙娥,请记住
祈祷时替我忏悔。[16]

莪斐丽亚 亲爱的殿下,
这些天来金枝玉叶可安好?

罕秣莱德 多谢您,贵芳仪;很好,很好,很好。

莪斐丽亚 殿下,我带来了些殿下的纪念品,
这许久以来我一直想要奉还;
现在请您收下吧。

罕秣莱德 不行,我不收;
我从未送过你什么。[17]

莪斐丽亚 尊崇的殿下,您[18]明知您确曾送过;
而且赠送时还附些芳言和美语,
使这些礼品更珍贵:但香味已失,
东西请收回;因为送的人已无情,

对高贵的心儿珍礼便变成薄意。
这里是,殿下。[19]

罕秣莱德 哈,哈!你贞洁吗?[20]

我斐丽亚 殿下怎么说?

罕秣莱德 你美丽吗?

我斐丽亚 殿下是什么意思?

罕秣莱德 我是说,你假使又贞洁又美丽,你的贞洁可不该跟你的美丽有亲密的交往。[21]

我斐丽亚 殿下,美丽能有比贞洁更好的对手相与交往吗?

罕秣莱德 是啊,当真;因为美丽有力量很快地使贞洁变成个龟鸨,而贞洁却没有力量使美丽变得像它自己一样:这句话从前是个谬论,现在这年头可把它证实了。我确曾爱过你来。

我斐丽亚 当真,殿下,您曾经使我相信是这样的。[22]

罕秣莱德 你不该相信了我;因为美德不可能在我们的老干上嫁接新枝而使它改变,我们总是脱不了老气质:我并没有爱过你。

我斐丽亚 那我就更加意会错了。[23]

罕秣莱德 你进个修道院去吧:为什么你要孳生孽种?我自己还算是个相当诚实正派的人;可是我能指控自己那么多罪名,我母亲没有生我出来倒要好些:我很骄傲,好报仇,野心大:我随时都能干出想都想不到,捉摸不出模样,来不及实行的一大堆坏事来。像我这样的人爬行于天地之间,所为何来?我们都是些彻底的坏蛋;一个也莫信我们。你去进个修道院吧。你父亲在哪儿?[24]

我斐丽亚 在家里,殿下。

罕秣莱德 给他关上了门,那样他可以不在别处,只在家里干蠢事了。再会。

我斐丽亚 [旁白]啊,救救他,亲爱的上苍!

罕秣莱德 你若是要婚嫁,我要给你这句诅咒作你的妆奁:尽管你贞洁如冰,清纯如雪,你总逃不掉诽谤。你进个修道院去吧，去：再会。或者，你若是一定要嫁人，就嫁个傻瓜；因为聪明人很明白你们会把他们变成个怎样的怪物。㉕进个修道院去，去啊；且要去得快。再会。

莪斐丽亚　［旁白］啊，天上的众神明，恢复他的灵性！

罕秣莱德　我也听说你们好搽脂抹粉，听够了；上帝给了你们一张脸，你们自己又另外做一张：你们像在演滑稽歌舞，扭捏作态，娇声媚气，替上帝造的众生起上些个绰号，而且装出一副天真烂漫的外貌掩盖着里边的淫荡。㉖得了吧，我不想再多讲了；我已经给气得发疯。我说，我们不能再允许结婚了：那些已经结了婚的，全都能活着，只除了一个；㉗其余还没有结婚的，只许跟目前一样。进个修道院去，去吧。㉘

［罕秣莱德下。

莪斐丽亚　啊，多高贵的一注才华毁掉了！
朝士的丰标器宇，学士的舌辩，
武士的霜锋；宗邦的指望与英华，㉙
都雅风流的明镜，礼让的典范，㉚
万众的钦仰之宗，全倒，全毁了！
而我，女娘中最伤心、悲惨的姐妹，
从他信誓的音乐里吮吸过蜜露，
如今却眼见他恢弘卓绝的聪明
像甜蜜的钟声喑哑戛铄不成调；
花一般盛放的青春的无比风貌
被疯狂吹折了：啊，我好苦痛哟，
看见了往常所见的，还见到今朝！

［国王与朴罗纽司上。

国　王　恋爱！他的音响㉛不转往那一方；
他说的话儿，虽有点缺乏条理，
却不像疯狂。他心里定有什么事，
他那阵忧郁像蹲在上边在孵化；
我委实疑惧那孵化出来的雏儿

将会是一桩危险:为预防那后果,
我运用枢机,迅速作出了决断,
准定要这样:他应立即往英格兰
去催交久未向我们晋献的朝贡:
也许漫游了远海和他邦的胜境,
纵观各处的山水风物,能排除
这仿佛植根于他的心头的郁积,
他经常把脑筋在那上头盘旋
便使他改变了常态。你以为怎样?

朴罗纽司 这么办很好:可是我依旧相信
他那阵伤心的根由和伊始还是
发轫于失恋。怎么样,莪斐丽亚?
你不用告诉我们殿下说什么;
我们全听到。主上,您瞧着办好了;
不过,您要是认为可行,等演戏
过后让他的母后独白去央及他
表露他的抑郁:让她去对他很率直;
您要是高兴,我可以躲在听得见
他们交谈的所在。她若问不出,
便派他往英伦,或者把他禁闭在
宸聪认为的最好处。

国王 这样办就是:
位重者发了疯不能不严加监视。

[同下。

第二景

[宫堡内一明堂]

[罕秣莱德与数伶人上。

罕秣莱德 讲这段台词,我请你要照我刚才念给你听的那样,从舌尖上的溜溜滚出来:可是你若用装腔的大嗓子讲,像你们好些个伶工那样,我宁愿叫宣读告示的公差来讲我的词儿，也莫把手老在空中拉锯，这样；而是要表演得平和温顺；因为在你那热情的激流，风暴，甚至，我可以说，旋风之中，你应当力求做到中和稳静，才能把它温润圆到地表达出来。啊，当我听见那暴烈的戴假发的相好把一段热情的台词扯成了破烂，撕得烂碎纷飞，去震裂站池子的听众[32]的耳朵时，他们大多数只赏识莫名其妙的哑剧和哄闹，那时节才要我的命呢：我真愿叫那样个相好挨上一顿鞭子，他把凶神忒蛮冈[33]演得凶过了头；那比暴君赫勒特[34]还暴：请你莫那样做。

伶　人　甲　我向殿下保证。

罕秣莱德　也不要太瘟了，要让你的得体感教你怎样演：叫姿势配合字句，叫字句配合姿势；特别要谨守这一点，就是你不可超过人天性的中和之道；因为任何东西这么做过了分，便乖离演戏的本意，须知演戏的目的，当初和现在都一样，是要仿佛端着镜子照见人性的真实；使美德显示见它自己的本相，叫丑恶[35]暴露它自己的原形，要时代和世人[36]看到自己的形象和印记。却说做过了头或有所不足，虽然能叫外行人发笑，却不能不使明眼人伤心；这些别具慧眼的人，[37]你们得承认，他的判断要比一戏园其他听众的意见有分量得多呢。啊，我见过有些伶人演戏，还听到人家称赞他们，赞得老高呢，倒不是我形容过分，[38]他们讲话既不像基督教徒的口齿，走路也不像基督教徒、邪教徒，甚至不像人在跨步子，他们那昂头阔步和大声吽叫，使我想起当是造化的雇工造他们出来的，没有造好，所以他们模仿人性弄到这样可恶。

伶　人　甲　我希望我们已经把那个相当改好了，殿下。

罕秣莱德　啊，要完全改掉它。而且让那些演小丑的[39]除了脚本上替他们写下的话之外不要多讲：因为他们有的人会自己笑起来，叫一部分没脑筋的听众也哄笑，虽然正在这时候戏里有些必要的问题得考虑：那真讨厌,显得这乱来的小丑抱着最可鄙的野心。去,你们作好准备吧。

[伶人等同下。

[朴罗纽司、罗撰克兰兹与吉尔腾司登上。

怎么样,卿家?君王会来听这出戏吗?

朴罗纽司 王后娘娘也要来,而且马上来。

罕秣莱德 叫伶工们赶快。 [朴罗纽司下。

你们两位能不能帮着催他们?

罗、吉 我们去,殿下。[罗撰克兰兹与吉尔腾司登同下。

罕秣莱德 喂!霍瑞旭!

[霍瑞旭上。

霍瑞旭 我在此,亲爱的殿下,听候吩咐。

罕秣莱德 霍瑞旭,你是我自来的交游所曾
有过相与的最正直可靠的朋友。

霍瑞旭 啊,亲爱的殿下,——

罕秣莱德 莫当我在恭维;
因为从你处我能有什么升迁
可指望,你除侠义外别无进益
能饱食暖衣?为什么要向穷人阿谀?
让甜嘴蜜舌[40]去舔荒谬的权势吧,
让甘愿的[41]膝骨折节去向谄媚
开得财源处长跪。你听到没有?
自从我灵魂的堂奥[42]能自定去取,
有知人的明鉴以来,便选你作
金石交;因为你像是那样个人,
遭逢到坎坷,能岿然屹立不移易;
一介男儿,以同样感谢的心情,
接受命运的打击和奖赏;有些人
感情、理智调和得这般好,多幸福,
命运神的手指不能笛子般将他们
随意吹弄成她爱的曲调。什么人
只要他不是激情的奴隶,我便会

在心中珍藏他,是啊,在内心深处,
好像我对你这样。话说得太多了。[43]
今晚上要在君王御前演出戏;
其中有一景很像先王父捐生
死难的情景,正如我对你曾说过:
当你见到那剧景上演的时节,
要请集中你灵魂全部的关注,
观察我叔父:要是他深藏的罪恶
在演出一段台词[44]的时候不暴露,
我们所见的准是个可憎的恶鬼,
而我的思想定必乌黑一团糟,
如同乌尔根[45]的锻冶场。细心着意;
因为我要把眼睛盯在他脸上,
事后我们把两人的判断合起来,
去评定他那副形相。

霍瑞旭　　　　好吧,殿下:
要是戏文上演时他偷走了什么,
逃过我的觉察,我愿意奉赔赃物。[46]

罕秣莱德　他们来看戏了;我得要装出疯癫:
你另找个地方去坐。

[奏丹麦御驾进行曲。号角齐鸣。国王,王后,朴罗纽司,莪斐丽亚,罗撰克兰兹,吉尔腾司登,与其他侍驾之众贵人上,校尉等持火炬后随。

国王　罕秣莱德贤侄,你这晌怎么样?

罕秣莱德　绝好,当真;进些石龙子[47]的伙食:我吃的是空气,给空气塞饱了肚子:[48]你也不能这样喂阉鸡吧。

国王　我跟这答话不相干,罕秣莱德;我不曾说过这样的话。

罕秣莱德　不,现在也不是我的了。[49][向朴罗纽司]卿家,你曾经在大学里演过戏,[50]你说是吗?

朴罗纽司　我演过,殿下;而且还算是个演戏的好手呢。

罕秣莱德　你扮演什么?

朴罗纽司　我扮演居理安·恺撒:[51]我在天王大庙里[52]给杀死;勃鲁德斯杀了我。

罕秣莱德　他真是鲁莽灭裂,杀死了这样一头大好的牛犊。伶工们准备好了吗?

罗撰克兰兹　好了,殿下;他们静候您吩咐。

王　后　这儿来,亲爱的罕秣莱德,坐在我身旁。

罕秣莱德　不,好母亲,这儿有更逗人的活宝。

朴罗纽司　[向国王]啊哈! 您听见没有。

罕秣莱德　小娘,我躺在你怀抱里头好吗?

[倚在莪斐丽亚足前。]

莪斐丽亚　不好,殿下。

罕秣莱德　我意思是,我的头靠着你的腿膝。

莪斐丽亚　好的,殿下。

罕秣莱德　你以为我在说野话吗?

莪斐丽亚　我不以为什么,殿下。

罕秣莱德　躺在姑娘的两腿中间倒是个好想法。

莪斐丽亚　什么,殿下?

罕秣莱德　没有什么。

莪斐丽亚　您在开玩笑,殿下。

罕秣莱德　谁,我?

莪斐丽亚　是的,殿下。

罕秣莱德　啊,上帝在上,我只是个替你演唱滑稽舞曲[53]的。一个人该做些什么,只除了寻欢作乐? 你瞧,我母亲看来多高兴,我父亲死了还不到两个钟头呢?

莪斐丽亚　不对,已经两个月上了一倍了,殿下。

罕秣莱德　那样久? 不,那么,让魔鬼去穿素吧,因为我要制一袭貂裘。[54]啊,上苍! 两个月前死的,而还没有给忘记掉? 那就有希望,一位大人物死后,过了半年人家还记得他;可是,圣母在上,他一定得造几座教堂;否则准没有人会想起他,跟五月节的柳条马[55]一样,它的墓志铭是,"因为,啊! 因为,啊! 柳条马给忘了。"

[唢呐鸣奏。哑剧[56]登场。

一君王携后妃上，状甚眷昵；两人相互拥抱。后跪地，向王作倾吐衷肠状。王挽起之，偎伊颈项间；旋偃卧花坡上；伊见其入睡，即引退。俄有男子上，取王冠，吻之，注毒药于寝君耳内而下。后返，见王已死，作恸哭状。下毒者率两三人重上，似与后同作悼哭状。王尸被舁去。下毒者向后赠礼求爱；伊始若不愿，但终纳其爱。]

莪斐丽亚 这是什么意思，殿下？

罕秣莱德 凭圣处女，这是躲在暗角里作恶；意思是干坏事。

莪斐丽亚 想来这表演就显示正戏的情节。

[诵开场词者上。

罕秣莱德 我们打这相好那里便能得知端的：伶工们不会保守秘密；他们都要讲出来。

莪斐丽亚 他会告诉我们这场表演是什么意思吗？

罕秣莱德 是啊，或是你会表演给他看的不拘什么表演；只要你不害臊表演得出来，他就不怕羞能讲给你听那是什么意思。

莪斐丽亚 您在胡闹，您在胡闹；我要看戏了。

伶人 [诵开场词]

我们如今上演这悲剧，
先得向诸位把躬来鞠，
请海量包涵，耐到终曲。

罕秣莱德 这是开场词，还是指环上的诗铭？[57]

莪斐丽亚 确是很短，殿下。

罕秣莱德 像女人的爱情。

[饰王与后之两伶人上。

[伶]王 从我们两心相眷恋，婚神结良缘，[58]
将你我缔成了百年好合长缱绻，
炜伯氏[59]驾着火焰车已绕了三十周
奈波钧[60]的咸波和地母[61]滚圆的隆球，
三十打明月以她们借来的清辉
环回这世界也转过十二个三十回。

[伶] 后 在你我恩情衰歇前，愿日月环行，
再次叫我们计数得如许多行程！
可是，真苦啊，你近来如此病恹恹，
不大如往常的光景，且愁容满面，
真叫我担忧。可是，我虽然在担忧，
王夫啊，你却切不可因而便添愁：
因为女人的恐惧和恩爱一个样，
不是全都没有，便是都多得异常。
我怎样爱您，事实已使您早知道；
凭我有好多爱，可知我恐惧有多少：
情爱一深重，最小的疑虑变惊恐，
小恐变大惊时，爱情便大得无穷。

[伶] 王 当真，我得离开你，心爱的，且不久；
我觉得身心都不支，精力已衰朽；
和我别离后，你将留在这人间，
享受着尊荣和情爱，也许有一天
你又复逢佳偶——

[伶] 后 啊呀，别再说下去！
那样叛逆的情爱我的心决不许：
我若再嫁个丈夫，我就该给诅咒！
嫁得两次的便是杀前夫的凶手。

罕秣莱德 [旁白]苦艾啊，苦艾！

[伶] 后 叫人去考虑第二回结婚的动机
绝不是爱情，准是为卑鄙的小利；
假使有第二个丈夫在床上吻我，
就等于把亡夫再用刀来剁。

[伶] 王 我信你如今口说心里也这样想，
但我们决心做的事往往会变样。
要知道意图不过是记忆的奴才，[62]
出生得很热烈，功效可并不久耐；[63]
此刻像未熟的果子，高挂在树梢，
一等到成熟，不摇它自已也会掉。

最最难免的是我们总会对自己
把应还自己的债务轻易地忘记;[64]
我们在激情中说要对自己做的事,
激情一完结,意图也跟着就终止。
不管是悲哀或欢乐,来势越是猛,
顷刻间便不悲不乐,且一事无成:
最欢天喜地的,也最会痛哭流涕;[65]
悲转喜,喜转悲,转变得也最容易。
这人世决不会天长地久无穷尽,
所以爱心[66]随运数而转移不惊人,
因为这是个待我们解决的问题,
毕竟是运随爱转呢,抑爱逐运移。
大人物一倒,你见他的亲宠飞跑,
穷人得了志,往日的敌人变友好。
自古来只有爱总是随侍着幸运,
你若不贫寒,决不会缺少个友人,
要是穷困了去找个虚伪的朋友,
他翻脸不认人,会马上变仇寇。
可是,话说到临了要回头才是,
我们的意志和命运常背道而驰,
当初的绸缪计划总会给打破:
筹谋是我们的,结果却往往相左:
你以为决不会再嫁第二个丈夫,
但等我一死,那想法也就不算数。

[伶] 后 地不要给我饮食,天不要给我光明!
昼不要给我欢快,夜不要给休宁!
叫我的希冀和信任都变成绝望!
限我死守在坐关修士的椅上![67]
让一切把欢颜变得惨白的摧折,
来打击我的好事,使它们都绝灭!
在身前死后,要横逆永远追随我,
我做了寡妇,若再去嫁人做老婆!

罕秣莱德　要是她毁了誓怎么样！

［伶］　王　这誓起重了。爱妻，请离我少些时，
我神思很困倦，想把这永昼迟迟
消磨于午睡中。　［就寝。］

［伶］　后　愿你宁神且安睡；
你我之间切莫有不幸事来相催！

罕秣莱德　母亲，你觉得这出戏怎样？

王　后　我觉得这女人表白得太过了些。

罕秣莱德　啊，可是她是会守信约的。

国　王　你听说过戏里的情节吗？里边没有什么触犯吗？

罕秣莱德　没有，没有；他们只是闹着玩，下毒药是闹着玩；绝无一点触犯。

国　王　你道戏名叫什么？

罕秣莱德　《捕鼠机》。凭圣处女，怎么说？打比喻的说法。这戏演的是维也纳城一件凶杀案：冈札谷是那公爵的名字；[68]公爵夫人叫斑泊蒂丝坦：您马上可以看到；这是件很捣蛋的作品：可是那有什么要紧？您陛下和我们良心上干净，看了毫无关系：让颈脊上磨伤的劣马去怕痛畏缩去吧，我们颈脊上没有擦破。

［伶人饰路其安纳斯上。

这人名叫路其安纳斯，是国王的侄子。

我斐丽亚　您赛如哑剧的说明人，殿下。

罕秣莱德　我要是能看见你跟你的情人在演傀儡戏，[69]我也能替你们做说明人。

我斐丽亚　您太尖刻了，殿下，您太尖刻了。

罕秣莱德　要叫我不尖，够你去呻吟叫痛一会呢。

我斐丽亚　更巧了，也更糟了。[70]

罕秣莱德　你们把你们的丈夫们也这样意会错了。[71]开始吧，凶手。烂你的天花，收起你那鬼脸，开始说话。来啊："哑哑啼叫的老鸹喊着要报仇。"[72]

路其安纳斯　心思辣，手脚快，药性灵，时间凑巧；再加没有四眼见，机会真大好；毒药啊，深宵黑夜采来的毒草煎，

两次用黑盖蒂[73]恶咒加灾祸所炼，发挥你固有的魔力，可怕的药性，马上来毁灭他这条健全的性命。

［注毒药于睡者耳内。］

罕秣莱德　他在御花园里毒死他，为的是谋王篡位。他名叫冈札谷；原来的故事还存在，用极出色的意大利文所写。你们就可以看到那凶手怎样得到冈札谷妻子的爱情。

莪斐丽亚　君王站起来了。

罕秣莱德　怎么，给空枪[74]吓倒了？

王　　后　王夫觉得怎么样？

朴罗纽司　把戏停演。

国　　王　拿火把来：走！

众　　人　火把，火把，火把！

［除罕秣莱德与霍瑞旭外俱下。

罕秣莱德　哎也，让中箭的鹿去淌泪，[75]

没有受伤的去欢跳；

有些人守天明，有些要安睡：

世上事便这般逍遥。

要是我以后的运气变得一团糟的话，凭我这点儿能耐，老兄，再加帽子上插一簇羽毛，开叉[76]的鞋子缀上两朵丝绢蔷薇，[77]可能在一个戏班子里搭上一股[78]吗，老兄？

霍瑞旭　搭半股。

罕秣莱德　得算一整股，我。[79]

因为啊，你晓得，亲爱的台门，[80]

这被劫的江山原来是

乔旷[81]的天下；但如今什么人

在坐朝？乃是只——孔雀。[82]

霍瑞旭　您也许可以押上韵。

罕秣莱德　啊，亲爱的霍瑞旭，我愿押上一千镑来打赌，那鬼魂的话千真万确。你看到了吗？

霍瑞旭　看得很清楚。

罕秣莱德 在说到下毒的时候?

霍 瑞 旭 我看得很仔细。

罕秣莱德 啊哈! 来,来点音乐! 来,吹两支筚篥![83]
因为啊,要是君王不喜欢这喜剧,
哎也,那么他,也许就,[84]当真没兴趣。
来啊,来点音乐!

［罗撰克兰兹与吉尔腾司登上。

吉尔腾司登 亲爱的殿下,请允许我说句话。

罕秣莱德 足下,讲部历史也可以。

吉尔腾司登 王上,殿下——

罕秣莱德 哎也,足下,他怎么样?

吉尔腾司登 驾返寝宫,觉得非常不舒服。

罕秣莱德 因喝多了酒,[85]足下?

吉尔腾司登 不,殿下,为因恼怒。

罕秣莱德 你要是通情识趣的话,该把这事去告诉御医:因为若叫我去替他清除郁结,只会使他更加恼怒。

吉尔腾司登 亲爱的殿下,请把话说得正经些,别拿我的话扯远了去。

罕秣莱德 敬从尊命,足下:你说吧。

吉尔腾司登 娘娘,您的母后,以非常痛苦的心情,差我来见您。

罕秣莱德 欢迎你。

吉尔腾司登 不,好殿下,这客套不大合适。您要是高兴给我个合理的回答,我就传报您母后的懿旨:要是不然,请您准许,我即此回去,就算完事。

罕秣莱德 足下,我不能。

吉尔腾司登 什么,殿下?

罕秣莱德 给你个合理的回答;我的心神有毛病:可是,使君,我所能给的回答,你可以叫我给你;或者,正如你所说,我母亲可以叫我给她:所以,不必多说了,请直截了当:我母亲,你说——

罗撰克兰兹 那么,她这样说:您的行止使她惊愕诧异。

罕秣莱德 啊,惊人的儿子,居然能那么样使母亲吃惊! 可是,这位母亲的惊诧后面没有下文吗？你说。

罗撰克兰兹　在您就寝以前，她想要跟您在她椒房里谈话。

罕秣莱德　我们将奉命，即令她是十倍我们的母亲。你还有别的事吗？

罗撰克兰兹　殿下，您曾经垂爱过我一时。

罕秣莱德　我依然如此，凭这双摸窃的朋友。[86]

罗撰克兰兹　好殿下，您这么不高兴是什么原因？您要是不把愁闷说给自己的朋友听，您是对您自己的自由闭门不纳了。

罕秣莱德　使君，我缺乏进升之由。

罗撰克兰兹　那怎么能，王上自己不是亲口答应您，继承丹麦王位吗？

罕秣莱德　哎也，使君，可是"青草长长时"——这句俚谚[87]已变得熟滥了。

［伶人数名携筚篥上。

啊，筚篥[88]来了！拿一支来看。——跟你离开这儿走一下？[89]——为什么你要跑到我上风头，好像想赶我掉进罘网似的？

吉尔腾司登　啊，殿下，要是我责任心太重而显得太大胆，我的敬爱简直使我太无礼了。[90]

罕秣莱德　我不大懂你的话。你能吹这支筚篥吗？

吉尔腾司登　殿下，我不能。[91]

罕秣莱德　我请你。

吉尔腾司登　请信我，我不能。

罕秣莱德　我请你务必。[92]

吉尔腾司登　我一点也不会吹弄，殿下。

罕秣莱德　这跟撒谎一样容易：用手指按着或放开这些个腔孔，用嘴吹气，它便会发出极响亮的音乐。你瞧，这些个就是窍眼。

吉尔腾司登　可是，这些个我摆弄不像，去吹奏出和谐的乐调来；我没有这点本领。

罕秣莱德　哎也，现在你们看吧，你们把我当作件不值钱的东西！你们想胡弄我；你们想显得懂我的窍眼似的；你们想发掘出我心里的秘密；你们想从我的最低音调弄到我的最高音：而这支小乐器里有很多音乐，极妙的乐声；可是你能不能叫它挥发出来。嘿，见鬼，你们以为我比一支筚篥来得容易调弄吗？不管你们叫我作什么乐器，虽然你们能挑逗[93]我，可调弄不出乐调来啊。

［朴罗纽司上。

上帝祝福你，卿家。

朴罗纽司 殿下，娘娘要跟你说话，就在此刻。

罕秣莱德 你看见那边的一朵云吗，形状几乎像一峰骆驼？

朴罗纽司 凭圣餐，它倒是像一峰骆驼，当真。

罕秣莱德 我看来，它像一只伶鼬。

朴罗纽司 它的背部倒像一只伶鼬。

罕秣莱德 或许像一条鲸鱼？

朴罗纽司 很像一条鲸鱼。

罕秣莱德 那么，[94]我马上就去见我母亲。——［旁白］他们愚弄我到了极点。——我马上就来。

朴罗纽司 我就去这么说。 ［下。

罕秣莱德 “马上”说来还容易。去吧，朋友们。

［除罕秣莱德外，俱下。

现在是深夜里鬼魅横行的时刻，
坟墓喷张着大口，地狱向世界
喷吐出毒气：我现在喝得下热血，
干得出那样的惨事，白日的天光
所不敢正视。住口！要去见母亲。
啊，我的心，别失了天性；不要叫
尼禄[95]的灵魂钻进我平静的胸怀；
我不妨残酷，可不要丧失了天性；
我要对她施舌剑，但不得用真刀；
在这件事上，我心口不可合拍；
不论她怎样被我的言语所惩创，

我灵魂决不会用行动将她毁伤！

第　三　景

［宫堡内一斋堂］

［国王，罗撰克兰兹与吉尔腾司登上。

国　　王　我不喜欢他，由他去疯狂暴乱
对我们的安全有害。你们准备好；
我要立即办好你们的任命状，[96]
然后他将和你们一同去英格兰。
邦国的利益所在，不可能容许
他这样近我们身旁的威胁[97]随时
从他疯癫里生出来。

吉尔腾司登　我们去准备：
这悄忧真是无比圣明而睿哲，
为的是要保持仰赖您陛下
而维生、衣食的万千臣黎的安宁。

罗撰克兰兹　每个单独的私人尚且会用他
心智的全部力量与防卫去保护
他自己的生命不受伤害；更何况
是一邦之主，他的康宁和福利
为万众的生命所寄。至尊的崩逝
不光是自己死亡，他像个旋涡，
把近旁的一切卷光：它是个巨轮
安装在最高山头的岭顶峰巅，
在那庞大的轮辐上嵌纳接榫着
万千件渺小的东西；它一旦倒塌，
每件细小的从属物的附件，
都跟着轰隆一声变齑粉。君王
从不独叹息，必跟来万众的悲吟。

国　　王　我要请你们就准备立刻出发；
这一桩危险我们要加上脚镣，

它如今行动太自由。

罗撰克兰兹
吉尔腾司登 } 我们要赶紧。

［罗撰克兰兹与吉尔腾司登同下。

［朴罗纽司上。

朴罗纽司 吾主，他正在去他母后椒房里：
我要去将自己躲藏在毡幔后边，
听他们交谈；她准会责得他坦白：
而且，正如您说过，[98]且说得多圣明，
最好除母亲之外还有其他人
偷听那谈话，因为母亲的天性
使她们难免要袒护。告别了，主君：
您就寝以前小臣当再来拜谒，
向您禀报我的听闻。

国王 多谢，贤卿。

［朴罗纽司下。

啊，我的罪恶呀，太秽臭冲天了；
它蒙着人间最早最古老的诅咒[99]
把亲兄加以凶杀。我不能祷告，
虽然祷告的欲念跟意志一样强：
坚强的愿望被更强的罪恶所败，
便像个同时要去做两件事的人，
我犹豫不决，不知先去做哪件好，
结果都耽误。这只被诅咒的手，
涂上了一层哥哥的鲜血，怎么办，
难道亲爱的昊天没恁多的甘霖
能把它洗得白如雪？天恩有何用，
若不是用来临照犯罪者的脸？[100]
祈祷里有什么，除了这双重的作用，
在我们失足之前先行来防止，
或失足以后求恕宥？我要抬头望；
我的过误已过去。可是啊，要怎样

祷告才合适?“宽恕我肮脏的凶杀”?
那样可不行,因为我还占有着
那些我为之而去行凶的果实,
我的王冠,野心的实现,[101]和王后。
保持着罪恶的果实,可能得宽恕?
在这腐臭败坏的人间流俗里,
罪恶的手镀上金能推开公道,
往往见到那由邪恶得来的罪赃
能买到法律:在天上却不是这般;
那里可不能推托,真情和实事
显露出本来的面目,我们自己
会被迫对自己罪辜的凶头霸齿
去当面作证。怎么办?还能怎么样?
且试行忏悔:它不是什么都能吗?
可是,我不能悔恨,忏悔有何用?
惨痛的情景!死一样沉黑的胸怀!
像是粘住的灵魂,挣扎着要逃,
越发粘得紧!救我,天使们!且试试!
顽强的膝骨,弯下去;钢丝绷的心,
软下来,像新生婴儿的肌腱一样!
一切都也许会变好。 [退至一旁,下跪。][102]

[罕秣莱德上。

罕秣莱德 现在我正好下手,他既然在祷告;[103]
现在我就干;这样他可升了天;
而我就报了仇。那个却得要考虑:
一个恶贼杀了我父亲;为那事,
我,我父亲的独子,却把这恶贼
送上天。
啊,这简直是酬恩,而不是报仇。
他杀我父亲,在他饱食后,肉欲盛,
当他的罪辜发怒时,像阳春五月;
他生前那笔孽账,上帝外有谁知?

但我们揆度情景,据常理看来,
他的蹙运很乖戚:我是否报了仇,
在他涤净灵魂的时节杀了他,
当他已准备成熟,适于离尘世?
不行!
收起来,剑;要把握[104]更凶残的机会:
等他喝醉酒死睡,或狂怒的时分,
或在床褥间纵情乱伦的时候,
在赌博,在赌咒,或是在干什么
绝没有得救希望的坏事的当儿;
那时节摔倒他,使他脚跟朝天踢,
灵魂打入永不超生的黑地狱,
且跟地狱一般黑。[105]我母亲在等:
这剂药只是延长你灾病的时日。

国　王　[起立,上前]我的话往上飞,思想还留在下边:
没有思想的话儿决不能飞上天。[106]

第　四　景

[王后内寝]

[王后与朴罗纽司上。

朴罗纽司　他马上就来。您得严词告诫他;
告他他那些荒唐的玩笑太过分,
多亏得娘娘从中替他屏障了
上方的震怒。我在这里边不作声。
请您,要对他峻颜厉色。

罕秣莱德　[自内]母亲,母亲,母亲!

王　后　我准定这么办,
你放心。赶快退下,我听见他来了。

[朴罗纽司匿入幔后。

[罕秣莱德上。

罕秣莱德　却说,母亲,有什么事情?

王　　后　罕秣莱德，你太把你父亲得罪了。

罕秣莱德　母亲，你才太把我父亲得罪了。

王　　后　来吧，来吧，你答话在东拉西扯。

罕秣莱德　去吧，去吧，你发问满口是歹话。

王　　后　哎也，怎么的，罕秣莱德？

罕秣莱德　　　　　　　　　　什么事？

王　　后　你忘记了我吗？

罕秣莱德　　　　　　　没有，我发誓，并未；
你是王后，你丈夫的兄弟的妻子；
你也是——我但愿你不是！——我的母亲。

王　　后　噢，那我叫会说话的来跟你说。

罕秣莱德　别走，别走，坐下来；你不得走动；
我先来安一方明镜在你面前，
你得看见了你内心的真相才走。

王　　后　你要做什么？可不是要来杀害我？
救命啊，救命！

朴罗纽司　［自幔后］怎么的！救命啊，救命！

罕秣莱德　［拔剑］怎么！有耗子？[107]叫你死，我打赌，死！

［击剑入毡幔。］

朴罗纽司　［自幔后］呵，我死了！　　　　　　［倒毙。］

王　　后　　　　　　　　嗳呀，你干下什么事？

罕秣莱德　嘿，我可不知道；那不是君王吗？

王　　后　啊，真是好鲁莽好凶暴的行径！

罕秣莱德　凶暴的行径！好母亲，跟杀位君王，
然后嫁给他兄弟几乎同样坏。

王　　后　跟杀位君王？

罕秣莱德　　　　　　　不错，娘娘，我说的。

［揭毡幔见朴罗纽司。］

可鄙的、鲁莽多事的蠢材，再见了！
我以为是你那主子；接受这命运；
你该知没有事瞎忙有点儿危险。
［向王后］不要尽绞着一双手：禁声！坐下来，

让我来绞你的心肝;我要那么做,
假使那不是穿刺不透的石心肝,
假使可恨的习惯没把它磨练硬,
像森严的棱堡,坚拒情理[108]的宣扬。

王　　后　我做了什么事,你竟敢鼓着舌簧
对我这样粗暴地吆喝?

罕秣莱德　　　　　　　　　那事情
玷污窈窕的妩媚与腼腆的红潮,
把贞德叫做虚伪,从清纯的情爱
她那秀额上摘落了明丽的光华,[109]
在上面烙上个脓疱;[110]使婚姻的信誓
跟赌徒的咒誓一般假;啊,那事情
简直等于从婚约之中挖掉了
灵魂,使可爱的宗教变成一曲
乱谄的狂词;天容都上了红晕;
唉,这万汇所浑成的坚固的大地,
也愁容满面,记挂着那件事情,
像世界末日快要到。

王　　后　　　　　　　　啊也,什么事,
只说了个开场,就这么雷鸣谷应?

罕秣莱德　看这里,这幅绘画,[111]再看这一幅,
这两幅兄弟两人的写真画像。
你看,这额上有怎样的风光神采;
太阳神的卷发,天王朱庇特的仪表,
战神马尔司的眼神,威棱赫奕;
他站立的风度像行天神使牟格来
刚正在一座摩天的高峰上停驻;
这样的汇聚众长成一体的英姿,
怕是诸天神祇们都对他盖过印,
作为人世间真正大丈夫的榜样;
这是你旧日的王夫。再看后来者:
这是你现在的夫君;像麦穗生霉,

他摧萎健康的兄长。你有眼睛吗？
怎么不在那明媚的高山上放青，
却投入这卑湿的泥洼？[112] 你有眼睛吗？
你不能叫这情爱，因为你这年纪，
血里的欲火已训静，已卑微无力，
可任凭判断去驾驭：但什么判断，
会舍弃这个投这个？感觉[113] 你准有，
否则你不能有冲动；可是那机能
定必已瘫痪，因疯狂也不致这样
荒谬，感觉决不会被癫狂所蚀尽，[114]
总会留得有一点天生的抉择，
作判断去取的准则。是什么魔鬼，
在你捉着迷藏时，欺骗你到如此？
有眼睛没有触觉，有触觉而不见，
有耳朵没手、眼，有嗅觉没其他一切，
否则即使有一种真器官的病征，
也不能这样昏聩。
啊，好可耻！你羞愧在哪里？既然你，
叛乱的孽火，能在个寡孀体躯内
起逆变，让美德对我炽烈的英年
变成蜡，在它怒火[115] 里熔化；莫羞我
太无克制，我激起的谴咎乃出于
无他，但看她霜打的残年还燃烧，
理智替欲念作淫媒。

王　后　　　　　　啊罕秣莱德，
别说了；你把我的目光转向灵魂，
那里我看到染入纹理的黑斑，
永不会褪色。

罕秣莱德　　　　　　嗳哟，可是在一张
油光滑腻、臭汗恶心的床上，
煨炖在烂污里，在宣淫泄欲之间
叫亲亲宝贝——

王　　后　　啊,可不要再说了;
这些话尖刀一般,刺进我耳朵。
别说了,好罕秣莱德!
罕秣莱德　　一个杀人犯,
一个恶棍;这奴才不及你先夫
两百分之一;一个混充着君王、
打诨作怪的小丑;一个国土与
君权的小偷,把贵重的王冠从架上
盗下,放进了腰包!
王　　后　　不要再说了!
罕秣莱德　一个穿破烂百衲衣[116]的叫名君主——
[鬼魂上。[117]
上天的卫护神使们,回护我,展着
翅膀覆蔽我! 您神灵有何事临幸?
王　　后　唉呀,他疯了!
罕秣莱德　您不是来斥责您这迁延的儿子吗,
怪他把激情虚糜,把时光浪掷,
放置您严命的紧急施行于不顾?
呵,请说吧!
鬼　　魂　　你莫忘记了。我此来
只是要磨砺你几将迟钝的意图。
可是看,诧愕镇在你母亲神色间;
啊,挡着她奋战的灵魂,掩蔽她;
最柔弱的身体最易被病变的幻念
所摧折;对她说话吧,罕秣莱德。
罕秣莱德　你怎样,娘娘?
王　　后　　唉呀,你自己怎么样,
这样把眼睛直望半空中呆瞪,
跟没有形体的空间连连相对答?
你神魂向你瞳仁外惶恐地窥视;
而你那平躺的头发像活了起来,
好比睡梦中听到了警号的兵丁,

忽然都一齐倒竖起。啊，好儿子，
在你这烈烈熊熊的心神纷乱上，
洒些镇静的凉露吧。你在望什么？

罕秣莱德　望他，望他！你看，他神情多惨淡！
他这形态，加上那刻骨的冤仇，
叫顽石也能感知。不要尽对我望；
否则这可怜的情景怕会动摇
我坚决的心志：那样，我日后行事
怕会要失色；也许用眼泪代替血。

王　　后　这些话你跟谁说？

罕秣莱德　那边你不见什么吗？

王　　后　什么也没有；要有，我全已见到。

罕秣莱德　你也不听见什么？

王　　后　只除我们俩，没旁人。

罕秣莱德　哎也，看那边！你看，他偷偷地去了！
父亲，跟他在世时的神态[118]一个样！
看啊，此刻他走出那大门去了！　［鬼魂下。

王　　后　这是你脑海中凭空臆造的楼台；
错乱的神经最擅于凌虚驾空
作此无垠的幻象。

罕秣莱德　“错乱的神经？”[119]
我脉搏跟你的震动得同样平和，
奏着同样健康的乐调；我说的
并不是疯话；不信，尽不妨来试验，
我可以把话来重新说一遍，疯狂
就不免要跳脱。母亲，为顾念天恩，
莫把自欺的油膏涂抹你的灵魂，
说是我的疯狂，非你的罪恶，在说话；
这只能使脓疮多长上几层外皮，
腐恶的病毒却依然在里头溃烂，
蔓延滋长而不见。对上天去自首；
忏悔过去，避免在未来再去犯，

不要对蒙茸的莠草再去施粪肥,[120]
使它们更秽茂。恕我这一番峻德;
在这样肥得发喘的腐败的年头,
修德倒反须得向罪恶去请罪,
嗳也,得鞠躬请准,去谋求他的好。

王　　后　啊,你把我的心撕裂成两半了。

罕秣莱德　啊,丢掉那腐恶的一半,从此跟
留下的半个去过较纯洁的生涯。[121]
再见;可不要再到我叔父床上去;
要是你没有贞德,且装作你有。
习惯那怪物,它鲸吞一切感觉,
是凡百措止的魔王,[122]但也是天使,
它对于我们素常的美举良行,
也都能加一件外衣,或赋予形表,
同样称身或适切。忍过了今夜,
那会使下回的节制相形之下
就不很为难:再下次更加容易;
因积习几乎能潜移天生的本性,
它若不把恶魔制服,便能将它
用大力赶走。再一次道别,再见;
有一天你能悔改,愿意被赐福,[123]
我也会请你祝福。至于这大臣,
[指朴罗纽司]
我委实为他抱憾;但天意如此,
罚我结果他,罚他被我所结果,
我得当上天的神鞭与行刑使者。
我来把他放好了,还得交待清
我怎样送他的命。又一次,再见。
我出于一番善意,不得不忍心;
这样,坏事开了端,更坏的在后边。[124]
还有一句话,娘娘。

王　　后　要我怎么样?

罕秣莱德　不是这个，绝不是要你去这样：
让那浮肿的[125]君王再引到你床上；
拧你一把脸，叫你是他的小耗子；
且尽他，用一个油光滑腻的臭吻，
或者将混账的手指揉弄你颈脖，
便使你把事机全盘泄漏了出来，
告他说，我乃并非真正是疯狂，
是在使奸诈。你尽管让他去知道；
除非你是位端淑明敏的王后，
你怎会把这样切身的机密瞒着
这只癞蛤蟆、臭蝙蝠、野公猫？你怎会？
不会，不要讲智虑，不去顾慎周，
你不妨拔掉屋顶上那笼子的栓，
把鸟雀放走，然后学那只猴儿，[126]
自己爬入笼中试身手，结果是
摔到地下来，把你那脖子打断。
王　后　你放心，若是说话时要用气息，
气息是生命的呼吸，我已经没生命
去吐露[127]你对我说的话了。
罕秣莱德　我得去英格兰；[128]你可知道吗？
王　后　唉呀，
我忘了；事情是这样决定了的。
罕秣莱德　有密封的文书；还有我两个同学，
我将会对毒蛇似的加以信任，
他们肩负着密旨；他们一定要
为我清道，引我去作歹。就来吧；
叫那撒网的相好去自投罗网，
倒是挺好玩：要来就叫它来得凶，
我要在他们地道下再掘深一码，
把他们轰上九霄云；[129]啊，最最妙
莫过于双方的巧计一同爆炸。
这家伙迫得我走路；

我把这浮尸拖到隔壁屋里去。
母亲，明天会。这当朝一品的谋臣，
在世时是个又蠢又多嘴的坏蛋，
如今已肃静无哗，很庄严，不漏气。
来啊，贤卿，跟你结清了账目吧。
晚安，母亲。

[各自下，罕秣莱德手拽朴罗纽司之尸。

第三幕　注释

① 原文上一行的"question"，Mason 指出并不是"问话"，而应解作"谈话"。Malone：慢子开始谈话(question)，但回答我们的问话(of our demands)时他很肯说话。Cowden-Clarke：这一行半解作"(我们问他时)他说得很少：但问到我们的情况，他说得很多"。Clark 与 Wright(克拉伦顿本)；罗撰克兰兹与吉尔腾司登完全给挫败了，罕秣莱德几乎支配着那阵谈话。也许他们并不想正确报告那阵会谈。Schmidt 也释上一行的"question"为"谈话"，但解"of our demands"如 Malone，而与 Cowden-Clarke 不同。译文从 Malone 与 Schmidt。

② Delius：用到"matter"这字含有轻蔑之意。译文因作"玩意儿"。

③ 原文"closely"，Schmidt 解作"秘密地，暗地里，不露痕迹，即不叫他觉察到我们的用意"。

④ 原文"lawful espials"，各版四开本均付阙如，仅见于对开本。自 Pope 至 Keightley，有九家从前者。Elze：此二字衍于音步有损，所含的是不符合一位君王身份的辩护理由。译者也觉得尽可删去，因似为扮演伶人的后加，可将"她父亲和我"并入上行。

⑤ Singer：这表示莪斐丽亚所读的是一本祈祷书，也就跟下面罕秣莱德所说的"仙娥，请记住……"相合。

⑥ 神奸大憝做坏事，未始不知他们自己的面目丑恶，只因无比愚蠢而又好胜，意志坚强赛铸铁，所以深信只要充分运用欺世盗名的伎俩，肆诡辩欺尽天下苍生，便可以颠倒是非，混淆黑白，囊括乾坤闭进他们的鬼葫芦，使自己成为盖世的英雄。莎氏在此以克劳迪欧斯之口出此四行旁白，真是替那些魔王凶煞作了极忠实的写照。

⑦ 对这段举世闻名的独白，Johnson 作了如下的、疏理脉络的阐述：这段遐迩驰名的独白，它从满腔愿望这么样彼此不相容、因而心乱如麻、且眼见得不胜负荷自己偌大的意图的重担、从而委顿欲绝的一个人心里爆发出来，它的思绪不是在他舌头上有联结，而是在他头脑里维系在一起，我要努力来发现它们的来龙去脉，来表明怎样一个情绪会产生另一个。罕秣莱德晓得他自己遭到了最恶毒、最骇人的损害，而且明知没有办法加以矫正，除非需得去冒绝大的风险，便这么潜思着他的处境：在这一困厄的压力下，在我能形成任何合理的行动计划之前，有需要来决定，在我们身后，我们将会是存在，还是消亡。这乃是问题所在。它的解答将决定，还是去衷心挨受命运的狂暴呢，还是去向它们搏斗，用对抗把它们了结(虽然那样做也许会丧失自己的生命)会更显得心情高贵，以及更合于理性的庄严。要是去死掉，就是睡去，若说凭一

眠我们便结束了我们此生的苦痛，那样的长眠，那才真是个该切望而虔求的；可是在死后去长眠要是会去做梦，会保持我们的知觉能力，我们便不能不踌躇，须得考虑，在那死亡的睡眠里会做什么梦。这个考虑把苦难被绵绵地挨受了下来；因为谁甘愿受人世的鞭笞嘲弄，那只须用小小一柄匕首结束掉，若不是他怕未知的将来里有些什么东西？这个恐惧使思虑发生了效力，它把心思转到了这层考虑上，便冷却了果断力行的锐气，抑制了鸿图大业的精力，而且使欲望的洄流在无所动作里停滞了下来。我们可以认为他会要把这些一般性的观感应用到他自己身上去，若不是他忽然发观莪斐丽亚正面对着他。Malone：约翰荪博士对这一段起初五行的解释定必是错误的。罕秣莱德所审量的不是我们在身后还存在或是消亡，而是他应当继续活下去，还是结束他的生命；正如第二到第五行所指出的那样，它们显然是对第一行的义解："要不要衷心去挨受猖狂的命运等等，还是去搏斗。"关于我们身后的生存问题，要到第十行才考虑到："去睡眠：也许去做梦；"等等。Coleridge：这段独白是有绝对普遍的兴趣的，——可是，在莎氏所有的人物里，把它给了谁才能够与性格相适切，只除了罕秣莱德？由詹哥士（Jaques，《如君所好》中被放逐的公爵在森林中的随臣）说来会显得太深刻，出于伊耶戈（Iago，《奥赛罗》中机诈奸险的恶棍）之口会显得他过于习常地作深入内心的沈潜；它属于每一个人，或者应当属于全人类。Lamb：我承认我自己完全不能欣赏这段举世知名的独白，不知应说它好，还是坏，或不好不坏；它被朗诵的孩童们和成人们抚摩蹴踢到这样一个地步，被这么残酷地从它在剧本里的活生生的地方与连续不断里硬撕裂出来，以致对于我便成了完全死透了的残肢断体。Hunter 则主张从 1603 年的初版对开本，把这段独白移到第二幕开始处[按，为二幕二景一七一行]，并且作为是罕秣莱德读了手持的书本里的论点后所作的沉思冥想，跟剧情根本无关；他并且援引 Cardanus 之《安慰》(Comforte，1576)书中的一段，说王子的独白即由此而生。但正如 Clark 与 Wright（克拉伦顿本）所云，两者的相象并不太近。这段在说英语的社会里家喻户晓的独白，它的意义译者觉得经 Johnson，Malone 等阐明后已很清楚，可不必再加以分析。唯一可以提一提的是第一行的译法问题：我觉得不能译作"要活着，还是不活着"（这只能当作义解——paraphrase），虽然用意确实是这样。罕秣莱德是个从威登堡大学赶回来奔父丧的青衿学子；他好学深思，尤其喜爱道德哲学这门学科。所以他在独白里学究气极重：说"是存在还是消亡，问题的所在"这才对；如果说"活下去，还是不活：这是问题"便口气完全不对，因为一个普通的青年决不会考虑到这样的问题，——他或者去一剑刺死他的叔父，报杀父奸母之仇，或者知难而退，干脆放弃掉肩负他所根本不知道或不理解的重整天纲地维的重任。莎氏把罕秣莱德这段独白，特别是他的第一行，写得这样富于道德哲学的气味，是有特殊的匠心的。这段文字既然表现这位王子内心的最深思想，它的第一行如此集中地显示出他的性格与喜爱乃是理所当然的，而这个性格又跟整个剧情密切相关而不可分。有些评论者因为对这一点看不清而认为第一行极难索解，于是作了好些想入非非的猜测，我以为是不对的。

⑧"汹涌的困扰"，原文为"a sea of troubles"，直译可作"困扰的大海"。正如 Clark 与 Wright（克拉伦顿本）所指出的，这里有两个暗喻混而为一；作者的意思是说，"向许许多多困扰去搏斗，它们倾倒到我们头上来像一片大海，"但是"去向困扰的大海搏斗"，有些学者觉得讲不通，因而 Pope 主张校改"sea"为"siege"（围攻），Theobald 与 A. E. Bare 主改"a sea"为"assay"（冲击），Warburton 径改为"assail"（攻击）。Caldecott 谓,用“大海”这一隐喻来形容势不可挡的一大堆,是一切时代和一切语言里的谚语性的现象,不足为怪。Garrick 也认为,称不尽的许许多多为大海是把它们比作汹涌的浪涛,这比拟颇为得当。Ingleby:罕秣莱德没有自杀,因为这所谓了结他的困扰的大海和摒弃尘世的喧阗只是个不切实际的幻想,正如用大盾长枪去抗拒滔滔的海浪一样。因此,这隐喻是完美无疵的。假使,不论进攻或防御,对大海舞枪使盾这想法里有不适当处,那么,用小小一柄匕首想把灵魂——“没有戳刺能杀死的”不死部分——结束掉,岂不是同样地不适当吗?

⑨ “No more”,据 Knight 说解作“nothing more”。

⑩ 原文“coil”,Warburton 解作“turmoil, bustle”(劳累,麻烦,困扰,骚嚷,动乱,喧闹,匆忙)。Heath;这尘凡之身的牵累。Caldecott 谓,除 Warburton 所解的含义外,也有缠绕或包住的意思。蛇平常盘在那里有如一圈绳子;可以想象,这里也暗指蛇蜕壳时的挣扎。Furness:当以 Caldecott 的说法为是。

⑪ Furness:在列举这些患难时,莎士比亚不是分明在用他自己的口气说话吗?正如约翰荪所云,这些是不会特别使一位王子感受到的祸害。

⑫ 这显然跟他亲自遇见他父王的亡魂回来对他说一大篇话有难于解决的矛盾。Theobald 谓,那鬼魂系自净土界来,与来自灵魂的永久住处天堂或地狱不同。Farmer:莎氏当时所谓的旅客乃是个曾经叙述过他的冒险经历的人。Malone:莎氏的意思是,从死人的不可知的境界里还没有旅行者带着他全部的、有形体的性能回来过,如一位探险家长途跋涉后回来时那样。Schlegel:莎氏故意要表示罕秣莱德不能把他自己固定在任何一种信仰上。按,即谓罕秣莱德是个对宗教持怀疑态度的不可思议论者(agnostic)。Coleridge:假使有需要去掉这个显然的矛盾——如果这倒不是一笔异常优美的写法——当然很容易说,还没有旅客回到这世界上来,好像回到他家里或寓处一样。

⑬ Hunter:这无疑是红。

⑭ Hunter:“thought”是忧郁,它的颜色是灰苍的。Clark 与 Wright(克拉伦顿本)解释“忧虑,焦思”。Onions 除上述三义外,还提供“悲伤”一解。

⑮ 有不少知名的评论者持一种见解,认为罕秣莱德是个耽于沉思冥想的书呆子,犹豫不决,滞于行动,对报雪父仇一再蹉跎延宕,贻误时机,遂致遭到他叔父的毒手,终于造成了悲剧。他们举出二幕二景末尾的独白里他对自己的责骂,这里这段独白,特别是“就这样,思虑使我们都成了懦夫”这五、六行,以及三幕二景近尾处他侍立在他叔父背后、当彼独白一人跪着作祷告而一无防备时、他剑已出鞘而又收了回去——这三处来证明他们的看法。译者觉得这论点大有商讨的余地。二幕二景独白里他的自责,据我看来只表示他于证实他父亲确为他叔父所杀以前的强烈的焦躁不耐,那满腔激情的爆发,因为他在那段独白之前即已灵机一动,想出了要“写上十二到十六行一段台词插进去”,以探测他叔父是否真正犯罪。在那段独白的末了他明明说,

我得有比这个
更确切的因由。这场戏我要靠它,
轻易地把这位当今的良心来攫。

他要看出他叔父的破绽,目的是为报仇。同时,报仇是不能瞎报的;如果并无仇怨而乱报,会铸成大错。其次,在现在这段独白里,他以他所受的道德哲学的训练,凭他的全人格,去深思潜索的乃是,究竟是去逆来顺受一切呢,还是去报仇雪耻,而要是走后一条路的话(事实上他已决定那样做,只待证实了他叔父的罪恶就采取行动),

他便极有被对方所杀的可能。于是，他思潮喷涌而至，想到了许许多多的事，其中也有这一点：思虑使人们胆怯；因不知死后究竟是怎样一个情形，故大家不敢以一死去解脱（可能解脱不了，倒反更糟）人生的种种苦难与烦恼，也不敢冒一死之险去成就某些大事业。他这思绪尚未稍歇，独白还没有结束，我斐丽亚看着一本祈祷书已经站在他面前，他当即停住。可是我们可以设想，他的拼一死去报杀父之仇，使天日重光的决心，是已经下定了的，只等他亲眼见到他叔父的罪证，就会去付诸实施。因此，“就这样，思虑使我们都成了懦夫”等五、六行只是他沉思冥想中的漫论，并不指他自己而言。总的说来，一班耽于沉思冥想的学子士人确是书呆子，缺乏决断，行动迟滞，甚至绝无作为。但千万个学士书生中也可能有一两个绝不是书呆子，并非毫无作为的小学究，胆怯如鼠的可怜虫；而是既深思熟虑，以天下为己任，又果断坚决，行动极敏捷的例外。罕秣莱德便是这样一位慎思明辨、顶天立地、肝胆照人、浩气磅礴的英豪，虽然非常年青。我们要记得，他在讲这段独白时，他叔父的罪状仍然未被证实。可是早在二幕二景景末的独白以前，在他还没有跟戏班子的伶人们谈话时，他即已发现他的两个同学，罗撰克兰兹与吉尔腾司登，是他叔父派来窥探他的两件工具，两名探子。而现在这段独白之后不久，当他见到过去的意中人（他因决心献身于重光天日的伟举，已向她作了最后的告别，现在再来见一面）时，他发现她奉了国王所指使的她父亲之命对他撒谎，也就是说，她被间接派来侦伺他的言行，他便勃然大怒。这两件事对于非常敏感的他，都是国王的确犯罪的迹象。因为，假使他叔父光明磊落，并未杀王淫嫂，阴谋窃国，为什么要对他再三派遣走狗奸细暗探诱饵呢（朴罗纽司是这贼王的爪牙，那是不用说的）？我斐丽亚在本景近尾处赞赏他的才华，说那是多方面的，说得一点不错，而且也正是莎氏自己艺术目的、造诣和看法的自白：“朝士的丰标器宇，学士的舌辩，武士的霜锋”。易言之，他不光风流都雅，好学深思，同时也果断而能力行。试问，一个犹豫不决，意志薄弱的书呆子能说得上“武士的霜锋”吗？我们可以说：因见到他耽于道德哲学方面的沉思冥想，而遽尔臆断他是个优柔寡断、拙于力行、庸懦无能的弱者，乃是完全错误的；再进一步认为这五、六行他漫论一般内向者（introverts）的话是他的自白，则更加错误；又进一步认为这出悲剧之所以不得不是出悲剧是由于主人公的这个致命的弱点，则尤其大错而特错。最后，三幕三景近尾处，已经证实了他叔父的罪状之后，他还是不杀他叔父，那是因为宗教上的考虑，并非濡滞延宕；他自己说得很明白，

一个恶贼杀了我父亲；为那事，
我，我父亲的独子，却把这恶贼
送上天。

那怎么使得？切莫用现代人的眼光看事情，以为宗教上的考虑无关紧要。须知莎氏自己，他的观众，他当时的整个社会，都是笃信基督教的。另一方面，这位王子也想利用他母亲要责备他的机会，去细细盘问她一番（三幕四景），看她能否吐露一点他要知道的真相与实情，她对他的态度究竟如何，等等。到了这里，也许有人要问：从他证实他叔父的罪状（三幕二景 281、282、285 行，当他叔父再也坐不住，不能把戏看下去，突然站了起来，他叫道，“怎么，给空枪吓倒了？”国王道，“拿火把来，走！”）到剧本最后他杀死国王，这其间有相当长的时间；即令不在国王祷告时杀死他，在别的时候为什么他不早一点下手报仇？这纡徐迟误，坐失时机，不该由他踌躇不决的书生本色负责吗？我们可以这样来答复这一点。他证实了他叔父的罪状之后，必须找一个最适当的时机来明正典刑，向整个宫廷，也向全国臣民，以国王自己的行动和旁人

的揭发,证明克劳迪欧斯罪大恶极,不配作丹麦的君王。他不能不这样做,因为他要涤荡阴霾着宗邦的黑气,要铲除杀兄淫嫂篡夺江山的禽兽,不仅替自己报杀父之仇而已。这样一个恶毒的丑类居然坐镇着邦国,为万民之主,成何体统!但时机不成熟,他决不可轻举妄动,否则非但目的达不到,人家还会谴责他因争夺王位而弑杀新君。他终于达到了目的,使天日重光,纲维再建,但付出了自己的生命作代价;他等不及将事情的经过昭告朝野,这件事他委托给他的至友霍瑞旭。他牺牲了小我,完成了大义,虽对他自己的死抱有遗憾,但在完成所肩负的对邦国的重任上却可说含笑瞑目而终。至于观众与读者们的悲痛,那完全是另一回事。

⑯ Johnson:这是描绘人性的一笔。骤然见到莪斐丽亚,罕秣莱德没有马上记起他须得装出疯癫的模样,却对她作了个庄重严肃的招呼,如前面的沉思在他思想里所激起的那样。

⑰ Dowden:事实是,罕秣莱德很快就得知,而且这事使他深感痛苦,莪斐丽亚既不能接受灵魂上的厚礼,也不能以相等的厚礼回报。这两个爱人之间有些小小的留念品互相交换过,但是那大的灵魂上的交换是没有的,所以罕秣莱德在痛苦的心情中的确能真诚地喊道:"我从未送过你什么。"

⑱ 各版四开本作"您",各版对开本作"我"。Corson 对后一读法注云:莪斐丽亚的意思是,您送给我的纪念品对于您也许是琐细的东西,这样的小东西在您心上没有留得您曾经赠与过我的印象;可是我很知道您确曾送给我过,因为当时它们对于我是异常珍贵的。"我"字应念得特别着重。

⑲ Marshall:在这里,正当莪斐丽亚要把罕秣莱德送给她的爱情的亲密纪念品塞还他的时候,那狗颠屁股的老朴罗纽司,他本在毡幔后面局促不安,因急于看他那最可以看得出的、计谋的效果,便把头伸出来,而这么一来竟由于稍不小心间把他御前大臣的权标掉在地上了。罕秣莱德听见那声音,立即怀疑到实情,那就是,他是被当作一个诡计的对象,他们想诱陷他自己承认他的秘密。

⑳ Richardson:罕秣莱德的态度神情在这里不应当完全庄重严肃。在这段对话里,没有什么能使它常被在舞台上用悲剧语调来表演成为正当。让他的表演用一种轻快、飘逸、淡漠、不介意的神态说话,那样观众对之啧有烦言的粗暴就不见了。Coleridge:这里,很明显,从莪斐丽亚的奇怪而勉强的神情间,感觉敏锐的罕秣莱德觉察到这位姑娘不是在以她自己的身份作何行动,而是充当着使他受骗的诱饵;所以他以后的话,与其说是对她说的,毋宁说是对那些窃听者与暗探们说的。在这样一种懊恼易怒的心情中作这样一个发现,便可说明何以他有这样一点粗暴;——可是一阵野性的爱情激动,在一阵故意自若的嘲弄语调里戏耍着相反的意义,是始终显而易见的。"我确曾爱过你;"——"我并没有爱过你;"——而且特别在他列举女性的缺点时,那些缺点莪斐丽亚是那样完全没有,而绝无那样的缺点却原来正是她性格的构成因素。请注意,莎士比亚构成女性性格的魔力就在于没有什么特性,亦即说,没有标志与记录。Hazlitt:罕秣莱德对莪斐丽亚的行为,在他的处境中是十分自然的。那只是假装严酷罢了。它是希望落了空、味苦的遗憾、被他周围的环境纷乱所停止而不是为其所消灭的爱情的结果!在他处境的自然与异乎寻常的恐怖中,他也许可以被体谅不再去继续一个正常的求爱过程。当他"父亲的亡灵披挂着",这就不该是做儿子的好逑的时候了。他既不能跟莪斐丽亚结婚,也不能说明他失爱的原因去伤她的心,那样办他简直不敢相信自己会去想,更莫说做了。他得要经过好些年,才能在这一点上作一个直接的解释。在他心神的烦恼窘困中,他不能不采取他所走

的路。他的行为并不和他所说的他对她的爱有矛盾,当他见到她的坟墓时。Vischer推想罕秣莱德疑心王后在窃听,所以他在这里所说的是针对她的。

㉑ Caldecott:假使你真正保有这两种品性,贞洁与美丽,而想要支持两者的性能,你的贞洁应当那样慎防你的美丽,要不让那样脆弱的一件东西跟外界有交往或谈话。Clark 与 Wright(克拉伦顿本):罕秣莱德是说,贞洁或美德,人格化为美丽的保护者之后,应当不让任何人,包括他自己,跟后者有交往。原文"discourse",Schmidt 解作"谈话",Onions 训"亲密的交往"。

㉒㉓ Mrs. Jameson:谁听见过息桐士夫人(Mrs. Siddons,处女名 Sarah Kemble,1755—1831,悲剧女名伶)念《罕秣莱德》,便不能忘记这短短两句话所包含的意义的深长,有几多爱,几多悲哀,几多绝望在里边。这里,以及下面 155、156 两行,是全剧过程中仅有的暗指她自己和她自己的情感的地方;而这几行,在她自己说来几乎毫无自感,却含有一场恋爱生活的显示,而且呈露出一颗爆发着未经声言的悲伤的心的秘密重负。

㉔ Marshall:在谴责莪斐丽亚是窥探他的卑鄙勾当的同谋者之前,罕秣莱德要想率直地试她一试;他当即转过来把他的手向她伸出;她,忘记了她所演的脚色,以为(可怜的孩子)他要和她拥抱,且宽恕她,便向他投来;他用他伸出的手止住了她,握着她的手对她的眼睛凝视,如一个爱她的人才有权利去凝视一个处女的眼睛那样,且庄严地问她道:"你父亲在哪儿?"她嗫嚅着撒出她第一个谎。罕秣莱德当即易悲哀为愤怒。

㉕ Delius:比较《奥赛罗》四幕一景 63 行,"一个人戴了绿头巾便是个妖怪,又是头畜生。"

㉖ White:这似乎是说,女人假装出一副娇俏的、天真的无知,作为她们淫荡的面具。Moberly:用暧昧的言语,仿佛你们不懂得她们的用意似的。

㉗ Malone:他的后父。

㉘ Caldecott:已经走到了舞台的尽头,出于临别的温柔的痛苦,歧恩先生(Edmund Kean,1787—1833,英国悲剧名伶)又走回来吻一下莪斐丽亚的手。这使得整个戏园好像触了电。

㉙ 原文"rose of the fair state"(美丽的宗邦的玫瑰),Delius 谓,宗邦是"美丽的",因为罕秣莱德修饰着它像一朵"玫瑰"。Schmidt 训"rose"为"英年与美好的象征"。

㉚ 原文"mould of form",Johnson 释"朝野上下都力图把他们自己形成为模范",Caldecott 训"唯一完美无比的形式所由形成的铸型。"Tschischwitz 谓,"mould of form"会变成重复无味的冗辞,假使"form"不解作"仪式,外面的礼节"的话。

㉛ 原文"affections"不能作"情感"或"感情"解,见 White 及 Schmidt 之《莎士比亚辞典》。

㉜ Steevens:在我们早期的戏园里,池子是既无地板,也没长椅的。在那里听戏的便叫做"groundlings"(站池子的听众)。Nares:从莎氏同代剧作家班·绛荪(Ben Jonson,1573?—1637)的作品里,我们可以知道那里的票价只有一先令。

㉝ "Termagant",Steevens 谓,据 Percy 说,在古传奇里是萨拉森人(Saracens,系指从叙利亚到阿剌伯一带沙漠间游牧的一些部落,他们都是伊斯兰教徒,与十字军为敌)的神道,往往同穆罕默德相提并论。Nares:这个想象中的人物在我们的古戏剧与道德剧里出现时,总被表演为一个极横暴的人物,所以一个跳浪叫嚣的伶人扮演他颇能相得益彰。Singer 与 Wedgwood 俱引 Florio 之《字世界》(A Worlde of Wordes,

1611)云,“Termigisto,一个狂妄的夸口者,吵架者,杀星,满天下的驯服者与统治者;地震和雷鸣的儿子,死亡的兄弟。”

㉞ Steevens:在古奇迹剧中,赫勒特(Herod)的性格总是横暴的。如在《却斯忒丛剧》(The Chester Plays,十四至十六世纪作品,作者姓名无可考)里,赫勒特表白他自己道:“因为我是全人类的君王,我存在,打击,解开,又捆绑,我主宰月亮,要记在心上,我据有无上的权威。我乃是至尊的巨魁,现在是,过去曾,永远为”云云。Douce 征引了许多条一个古戏剧表演台脚本(由 Shearmen 与 Taylors 班于 1534 年在 Coventry 演出,但写作年代要早得多)的摘句,其中有这样的词句,“[我是]人间最威武的征服者;”“全世界从北到南,我可以把它们用我一句话来摧毁;”关于他的敌人,“我只要一眨眼,没有一个会留存”等。按,赫勒特大王(Herod the Great)为古希伯来暴君,公元前 40—前 4 年时之犹太王(罗马元老院所封)。他的统治以凶横闻名:有一次因妒性发作,他把老婆和她所生的两个儿子都处死。他杀人很多,据《新约 · 马太福音》第二章,他敕令把伯利恒全城的婴孩全杀光,好使耶稣不得幸存。

㉟ 原文“scorn”,Bailey 谓与前面的“virtue”(美德)不成对比,故主张校改为“sin”(罪过);这里这字如在《罕秣莱德》古本里别处一样,原作“sinne”,所以很容易讹误为“scorne”。Schmidt 之《莎士比亚辞典》释此字为“嘲弄、讥刺? 轻蔑,傲慢?”译文作“丑恶”,盖即侮辱的对象。

㊱ 原文“the very age and body of the time”有疑难。Johnson 谓,“age ……of the time”讲不通,“age”或许是“page”之讹,但“Page”(页面)跟“form”(形式)与“pressure”(印记)虽合,跟“body”(身体)却不合,故主张校改为“face”(面貌)。若从此说,这八个字可译为“时代的面貌与身体”。Steevens:原文解作“表演时代的形态要合于那所表演的时代,视古时或现代而有所不同”。Mason 校改“the very”为“every”,那意思便变成“使美德眼见它自己的本相,使人生的每一时期,人们的每个行业或集团,看到它的形象与类似物”。Malone:莎氏也许并不把前三字与后三字相连;演戏的目的,罕秣莱德说,是要使我们活在其中的时代,以及这时代的实体,看见各自的形象和印记;亦即说,要一丝不爽地描摹时代的形态,以及当时的特殊气质。Keightley 谓,“time”应作“world”(世人)解。按,若照此解释,“使世人的时代与身体看见它自己的形象与印记”仍不免牵强。Bailey 校改“very age”为“visage”(面貌)。按,若从此说,与 Johnson 说译法相同。Silberschlag 谓,莎氏这里是在用典:塞万提斯(Cervantes,1547—1616,西班牙大小说家)在《唐吉诃德》里使一个神父说道,“喜剧,据罗马西塞禄(Cicero,公元前 106 至前 43,罗马演说家、政治家与文人)的说法,应当是反映人生的一面镜子,礼貌的规范,真实的表现;”莎氏在此没有明言,而是暗示同一古说。Wood 与 Marshall 则解此语为“使现在这时代看见它自己的主要特点”。Schmidt 之《莎士比亚辞典》释“age”为“一代人,一段特殊的时间段落”,又释“body of the time”为“世人的大部分”;若据此,则此语可译为“是要使一个时代(或一代人)和世人的大部分看到他的形象和印记”。译文即采此说,唯稍加以简化。

㊲ 原文“the which one”Caldecott 谓系指“那些明眼人”,Delius 和 Clark 与 Wrigh(克拉伦顿本)则说是指“单独一个明眼人”,Tschischwitz 赞成前说。译者觉得究字义似宜从后说,论大意应以前说为允当,因行家或别具慧眼的人没有理由在全戏园观众里只有一个,不会有几个。

㊳ 原文“profanely”,Johnson 解作“grossly”(形容过分),并谓系指后面的挖苦;Mason 说是指前面“赞得老高”的那些人(若从此说,“not to speak it profanely”可译为“且

不说他们在瞎胡闹");Caldecott 解作"亵渎神圣",说是指后面的"造化的雇工"一语而言(若从此说则此语可译为"倒不是我亵渎神圣");Furness 则云亵渎是在提起基督教徒上。按,开造化(nature)的玩笑并不等于开上帝的玩笑,并不构成亵渎神圣罪,提起基督教徒更与亵渎不相干。

㊴ 当时扮演小丑的往往在戏里插上些他自己编造的打诨和滑稽,以博取听众、特别是站池子的听众的哗笑。

㊵ 原文"candied tongue",Dyce 解作"涂糖的,阿谀的,谄媚的舌头",Clark 与 Wright(克拉伦顿本)释"涂上了一层虚伪的舌头",意即拍马逢迎者本身。

㊶ 原文"pregnant",Johnson 释"迅速,甘愿,敏捷",Nares 释"机巧的,谲诈的,诡计多端的",并谓此字主要的意思是"满盈的,或即将生产什么东西",Caldecott 谓是"弯了似的,鼓胀的,像怀孕的兽类那样",Furness 说这里用到"怀孕的",因为狡猾地运用腿膝可以产生不可估量的财源。

㊷ 原文"dear soul",Schmidt 之《莎士比亚辞典》释"最深的灵魂"或"灵魂的最深处",Furness 则指出与一幕二景 182 行的"dearest foe"用法相同,那里解作"痛恨的仇敌",意即"不论在爱或恨、喜或悲上感人至深的"(克拉伦顿本)。

㊸ Cowden-Clarke:这短短一句话里的真纯的男儿气概(这里,罕秣莱德抑制他自己,当他觉察到他被对挚友的深情的热烈席卷而去,表现得也许超过了人与人之间的情感的真诚与单纯所应有的那个样子)正是莎士比亚在情感问题上天赋其得体的微妙处之一。让任何人,他只要曾有片刻怀疑过也许莎氏的用意是要罕秣莱德只是在假装疯癫,去细细揣摩现在这段话,在它全部的热情中注意它表白的沉着,在它最有力的措辞中注意它情绪的单一与清纯,然后去决定作者的用意是否可能要使罕秣莱德的神志真有些失常。他的心是震动到了深处,他甚至患着忧郁症和神经过敏,我们承认;但是认为他的理智有一点紊乱,我们决不能相信。按,此说极当,比如,他说"你像是那样个人……",而不说"你真是那样个人……",这一点分寸是极有意义的。

㊹ Hunter:那段罕秣莱德自己特为伶人们写下的台词[见二幕二景 574 行]"我有需要写上十二到十六行一段台词插进去,……?"及本景 200 行注。

㊺ 乌尔根(Vulcan)为古罗马火与锻冶之神。

㊻ Clark 与 Wright(克拉伦顿本):"pay the theft"是"偿还被窃失的东西"。

㊼ 石龙子(chameleon)又名变色龙,属于蜥蜴类。古时认为它不进食物,只吃空气。

㊽ Moberly:国王曾有约于他,说他将承袭他自己;但罕秣莱德应当是宇内第一人。

㊾ Johnson:一个人的话,谚语说,只等说出来就不是他自己的了。Moberly:我疯了,所以对于一分钟前所说的话不能负责任。

㊿ Malone:在牛津与剑桥两大学,演出拉丁文戏剧的惯例是很古的,且一直继续到将近十七世纪中叶。它们偶尔是演来款待君王亲贵的,但在耶稣圣诞节则经常演出。在剑桥最有名的伶人是圣约翰学院与君王学院的学生们;在牛津,则是耶稣教会学院的学生们。有一出搬演《恺撒之死》的拉丁文戏剧,于 1582 年在牛津[耶稣教会学院]演出。Clark 与 Wright(克拉伦顿本):在牛津与剑桥两大学学院的院童里,在特殊的时候常有戏剧演出,如在剑桥授与学位典礼时,或有君王或亲贵到来时;演的往往是拉丁文剧本,但也演英文戏剧。有一本名叫《恺撒的覆灭》的戏于 1602 年演出;可能莎氏的《居理安·恺撒》早在 1601 年即已上演。按,据 E. K. Chambers 考出,这剧本的初次演出日期是 1599 年 9 月 21 日,但地点是在伦敦。

(51)(52) Clark 与 Wright(克拉伦顿本):这错误重见于《居理安·恺撒》[和《安东尼与克丽

奥贝屈拉》]。恺撒是在罗马战神广场(Campus Martius)上庞贝剧场附近的元老院会议厅,叫作庞贝会议厅(Curia Pompeii),在那里遇刺殒命的。Onions:"Capitol"为古罗马的民族大神庙,用以崇奉至善至大天王朱庇特(Jupiter Optimus Maximus)的,矗立于Saturnian[农神]或Tarpeian[古传说谓Sabines人以盾掷死罗马太守Tarpeius之女Tarpeia处,后来罪犯们即从那里一块岩石上给抛下来扔死](嗣后更名为Capitoline,即属于天王大庙的)山上。

53 见二幕二景530行注83。

54 Johnson:我不能了解为什么罕秣莱德当他脱去孝服后,在那样"苦寒的"国度里,那里的空气冷得"切肤刺骨",不应有一袭貂裘。我想大家都知道,貂皮的颜色不是黑的。按,我们称之为"紫貂",一点都不错,因为它是极深的紫酱色;但问题恐怕不在这里,下面Heath与Elze两家正道出了语中的主旨。Heath:这意思似乎是,要是这样的话,让魔鬼去穿黑丧服吧;我要制一袭貂裘,那个,以颜色而论,固然有孝衣的外观,但同时可满足我喜爱华服与装饰的嗜好至于极点。Wightwick主张这里的对比是颜色上的,不是材料上的:原文"sables"他说是拼法上的讹误,应作"sabell"(火红色的),意即"我要穿一套火焰红的衣服"。Elze:一袭貂裘和一件丧服之间的对比不在于颜色,而在于材料的华贵与显耀。根据始自远古、出于圣书,居丧总是衣粗麻布、坐在灰中的习俗,直到今天丧服总用粗糙的材料缝制,可是要整治一袭貂裘,必须挑选最豪奢富丽的材料。

55 古代英伦欢度五月节(五月一日)时,要选立一位五月节王后(她衣裙华美,头戴花冠),在空旷场地上竖立一根五月竿(漆上螺旋形条纹,并饰以花朵)围着她跳舞,燃烧祝火,作射箭比赛(为纪念民间喜爱的绿林英雄罗宾汉和他的情人曼丽恩姑娘),跳古怪的毛立斯舞(morris dance),演出有关罗宾汉(Robin Hood)的戏文(因为据说他死于五月一日)等,以表庆贺。这风俗在西欧由来已古,大概导源于古罗马纪念花果女神芙洛娘(Flora)的花果女神节(Floralia)。毛立斯舞则盛行于十五世纪及以后,来自西班牙,原来是摩尔人(Moors)的一种军中舞蹈。毛立斯舞里有一只以柳条扎成、用布蒙起来的假马,绑在一个人腰里,下垂的披布上画着马脚,那人便好像骑在马上似的一边走一边跳出种种滑稽的姿态,逗人笑乐。(Brewer, Havvey.)Nares:后来[由于清教徒的影响]柳条马往往被省略掉,因而有一只山歌说起这件事,意存讽刺。罕秣莱德现在就是在引用这民谣里的这一行。又,在莎氏的早期喜剧《爱情的徒劳》三幕一景三十行内,这句民歌也曾被引用。按,这可以显示莎氏对清教徒们扳着面孔的禁欲主义没有多大好感。

56 这哑剧跟下面正戏里所演的事完全相同,因而可能有入觉得不妨把它删去。Caldecott:罕秣莱德一心想"把这位当今的良心来攫",当然愿意这只"耗子笼"有双重的机关。Knight:在莎氏当时,以及其前后,往往用哑剧表演来显示一出戏的范围所不许可扮演的一些情景。Hunter考据出丹麦舞台上有这样的习惯,即正戏演出前先用哑剧把戏文内容扼要表演一下。Halliwell:我不能说我对[Caldecott与Knight两氏所给的]解释感到满意,虽然它很巧妙。假使国王看见了哑剧,他必然已经知道戏里会有触犯。是否可以允许,使国王和王后在哑剧演出时彼此正在作亲密的耳语,以便使他们没有能看到哑剧?

57 Halliwell:这些指环铭必然是简短的,如"我无法表达,我怎样爱啊";"愿上帝在天上,使你我爱无疆";"愿上帝赐福庇,跟你我在一起";"恩爱常留驻,至死也不疏。"这些是莎氏当时指环上的诗铭。

(58) Coleridge：这里这段插戏的风格与本戏不同处在于行末押韵，正如王子与伶人们初见时的那段插戏采用了史诗的风格。按，不仅韵文体裁不同，在辞句的风采上也显得夸耀虚饰，与本戏的朴实无华迥异；此外，意境贫乏，节奏也单调乏味，都远不能与本戏相比。可是，我这说法却并不意味着真有这样一出文笔较差的戏，罕秣莱德就用它来作捕捉国王良心的"耗子笼"；我的意思是，莎氏故意写此戏中戏的片段，作为《罕秣莱德》的诸多情节之一，——它开始时特别虚夸浮丽，可云庸劣，但渐渐地又稍为好一点，表现为罕秣莱德、也就是莎氏自己所习常的议论风生的体裁。Hymen，婚神。

(59) Phoebus，即太阳神阿波罗(Apollo)。

(60) Neptune，海神。

(61) Tellus，地之女神。

(62) 据 Furness 云，Sievers 是指出罕秣莱德插加十二或十六行到戏里的第一人，他以为它们是 270—275 行［"心思辣，手脚快，……他这条健全的性命"］，但 Cowden-Clarke 夫妇在他们的编校本上认为，王子的添插是从本行起到"筹谋是我们的，结果却往往相左"的二十六行，因为行文的风格跟对话的其他部分不同，且很像罕秣莱德自己的议论式的体裁。"这人世决不会天长地久无穷尽"，对"爱心"和"运数"的消长涨落的想法，以及最后想到"我们的意志和命运"的互相悖逆，我们的"绸缪计划"之被打破，和我们的用意与"结果"往往相左，都好像出自王子自己的思想。他添插这些行和指示伶人讲它们的动机，我们认为是由于想使它们转移那特别针对国王的段落所会引起的注意，以便把后者冲淡些。我们以为这是莎氏的用意，因为这里的风格有显著的不同。请注意那些神话的引喻"炜伯氏"、"奈泼钧"等和"环回这世界也转过十二个三十回"，"王夫啊，你却切不可因而便添愁"等行僵硬的倒装句法［按，译文比较自然，看不出原来的僵硬］；还有，请注意伶王开始这段话时说的两行"我信你如今"等和结束这段话时的两行"你以为决不会"等正相连接，假使这中间的二十六行被节略去的话。接下来，Malleson 和 Seeley 有一场争辩，前者主张这二十六行绝不是罕秣莱德的添插，后面路其安纳斯注毒药于伶王耳内时所讲的六行才是，还有(如果国王不畏缩而惊避)紧接在后面的、勾引伶后再婚的十行左右也是，但因国王受不了而逃走，所以没有讲出来；Seeley 则认为那十二或十六行是在这二十六行之内的，罕秣莱德主要的目的是想刺痛他母亲，他对于国王的罪恶已彻底清楚，他对他只有无比的鄙蔑，绝无需要写上十二或十六行添插到戏里去试探他，所以这段添插只是个他逃避他自己和霍瑞旭的障蔽物，他躲在后面正好避免去采取行动，只求永远冥思默想他母亲与所有的女性的脆弱。按，此说极荒谬：罕秣莱德明明在二幕二景末说要用演戏去试探他叔父，且说他看见的鬼魂也许是个魔鬼，在本景八十余行处又请霍瑞旭仔细观察他叔父看戏时的神情，还说鬼魂的话未必真实，Seeley 完全加以抹煞，却把王子慨叹女人脆弱的想法无端加以扩大，作为他排除其他一切的中心思想，又把罕秣莱德说成是个(这一点非常严重)无聊到极点、可耻到极点、自欺欺人、用埋怨旁人(他母亲和所有的女人)来推卸自己责任的懦夫；关于罕秣莱德的所谓"不采取行动"或"延宕"，请参阅译者对上一景八三—八八行"就这样，思虑使我们都成了懦夫；……便失去行动的名声"的评注。Furnivall 则谓，罕秣莱德所声言要写的十二或十六行并没有添插到戏里去，这一点前后不符是因为修改与扩充《罕秣莱德》初稿而造成的缺点之一。Ingleby 的论评最深中要害：这出宫廷小戏只是《罕秣莱德》的一部分；罕秣莱德并没有写什么添插片段，不论是六行，十二行，或十六行，也没有演诵过这样的片段；莎士比亚干脆写了这整本戏，可并没有以罕秣莱德的身份加写若干行，更没有在他先前以一出意大利道德剧作者的身份所写的戏剧上加写过一段。去追寻一出戏里的每一点暗示，一定要究诘后果，务使示意与结局切合，便是“想得过于细致精密了”。一个剧本是一件艺术品，一个哄骗观众的设计，使他们忘怀实际的时间、地点与情景，使他们几乎忘记他们自己在戏园里。在真实生活中，一位罕秣莱德也许会写上若干行插加到戏里去，使一场考验更其有效与有力，如这出宫廷小戏那样，如今这虚构的罕秣莱德就用它们来试探这假想中的罪犯；如果我们有这样一个剧本在我们面前，我们可以运用音步、词句等各种测验方法去发现那个添插。要是我们找不出那些加添的诗行，只能怪我们自己；那些诗句还是会在那里的。但如今去猜想莎氏写《罕秣莱德》时会像一位真正的、活着的王子那样，一步步采取他那样的行动，便是把作者当作连一位剧作家的最简单的艺术也不具备的人，连戏剧写作放在他手掌中的根本机巧他都忽略了。……按，换句话说，那几位竭力想在这出宫廷小戏里找出罕秣莱德所声言要加写与添插的十二或十六行的批评家们，他们所犯的通病是误把莎氏这件艺术创造，这出以假作真的戏，当作千真万确的真情实事。而归根到底，则可以用 Furness 这句话来说明这整个问题：所以，这场对于这“十二或十六行”的讨论乃是对莎士比亚至高无上的艺术的赞颂。

(63) Caldecott：我们决心的开端与根源是强烈和热切的；但它们的进展与终结是柔弱无力的。

(64) Johnson：践行一个决心，对之只有下决心者才发生兴趣，只是对他自己负的一笔债，那个他因而可以随心所欲地放弃掉。

(65) Moberly：就是那最容易悲不自胜的性情，也最会变得欢乐，而且只要有一点点原因就会从悲转成喜。

(66) Moberly：人家对我们的爱。

(67) “An anchor's cheer”，“anchor”即“anchorite”，为坐关苦修的修士，“cheer”一般都从 Johnson 解作饮食，但 Steevens 谓系“chair”之古拼法，并引 Bishop Hall 的《Satires》(1602)句“Sit seaven yeares pining in anchores cheyre”加以证明。

(68) Hunter：在初版四开本上，这个角色本来是位公爵；后来在别处他的身份被改成君王，唯独在这里莎氏忘记了改，所以在以后的四开本和对开本上都仍作公爵。

(69) “If I could see the puppets dallying”，Seymour 解作“我要是能看到你胸中的情感激动”，Nares 释“我要是能看见你跟你情人眼睛里的小人儿在戏耍”，Schmidt 在《莎士比亚辞典》里则谓更或许指莪斐丽亚和她的情人合演的一出傀儡戏。

(70) Caldecott：解作“更尖了，也更不雅了”。

(71) Singer：你们把你们的丈夫看作比他们实际上要好些或坏些。

(72) Simpson：罕秣莱德把一本古戏剧《理查三世的真悲剧》里的两行并成了一行。那国王是在描摹他良心上的恐惧：“我想我争夺王位时所杀的人，他们的鬼张着口瞪着眼来报仇。”接着是这样两行：“尖声锐叫的老鸹喊着要报仇，成群的野兽吼叫着奔来要报仇。”罕秣莱德便是把这两行紧缩成一行。

(73) 在古希腊神话里黑盖蒂(Hecate)有三重身份，她是月亮与夜宵之神，执掌生育之神，和主持阴曹地府与魔法之神。

(74) 原文“false fire”为“放空枪”的废弃不用的旧时军事术语，见 Webster 之《新编国际英语字典》。

(75) 据说麋鹿中了猎人的箭便飞逃到掩蔽处去独白流泪而死。Dyce：这多半是一支歌谣里的一节。

⑯ Steevens："razed shoes"也许解作"slashed shoes"即[脚背上]开得有长缝的鞋子。但莎氏也许写的是"raised shoes"，即有高跟的鞋子。据 Stubbes 的《弊俗之解析》(The Anatomie of Abuses，1595)云，软木鞋子后跟有"两英寸或两英寸来高，有红、黑等颜色，有条纹，刻花，切花，缝饰等"。"To raze"和"to race"一样，都解作"有条纹"。Hunter 引 Peacham 的《我们时代的真实》(The Truth of Our Times，1638)，谓倜傥子弟们有时出 30 镑钱买一副叫做蔷薇的鞋带结。Staunton：要是"razed"不错的话，它一定解作开缝或开叉的鞋子。

⑰ Johnson：鞋面上绑鞋带时，绑鞋带的地方用缎带做成的一朵蔷薇花盖起来。Clark 与 Wright(克拉伦顿本)；Cotgrave 之《法文英文字典》(1611)解"Provincial rose"谓，可指两种蔷薇中的任何一种，一是"Rose de Provence"，法国西南部布罗望斯(Provence)省所产的蔷薇，即双台淡红色蔷薇，一是"Rose de Provins"，离巴黎约 40 英里的布罗梵(Provins)地方所产的蔷薇，即普通的双台红蔷薇。它们都是大花朵；前者大概比较更有名。

⑱ Malone：莎氏当时的伶人们没有像现在这样的年薪。每个戏园的总收入分成若干份额，戏园老板们执有一些份额：每个伶人有一份或几份，或一份的一部分，看他的功绩与本领而定。

⑲ 各版四开对开本上的"I"，Malone 校改为"ay"(是的)，有不少校订评注家都从他。但 Steevens，Caldecott 等不以为然，说"我"即"我以为我应得一整份"，一些现代版本都仍作"I"。

⑳ Dyce：这定必引自另一支歌谣；"孔雀"则是罕秣莱德自己的改易。据古希腊传说，台门与匹屑阿司(Damon and Pythias)两人为生死义友，他们去到栖剌库札(Siracusa)城邦，台门为当地暴君大奥尼昔阿斯(Dionysius)所执，无端冤枉他犯间谍与阴谋罪，判处了死刑；他请准两个月假期，回家去处理家务，由匹屑阿司代他受羁押，倘届时他不回来代刑人将被处决。台门因事回来得晚了些，赶到时正要对他的朋友行刑。他们两人互相争执，坚持把自己杀死，以便将好友救出来。大奥尼昔阿斯深为他们的大义所感动，赦免了他们，并跟他们结义为兄弟。在原来的希腊故事里，匹屑阿司本名叫芬铁阿司(Phintias)，"匹屑阿司"是在英文里弄错了的，且真正被捕的是他，不是台门，而台门才是代刑人。(P. Harvey.)

㉑ Hudson：这意思是，丹麦被抢劫去了一位君王，他有天王乔旳(Jove)的庄严伟大。

㉒ 对于"pajock"，Furness 的新集注本上汇录得有十五、六家的各种意见，这里不必具述。据 Pope，Farmer，Malone，Dyce，佚名氏等诸家的说法，此字无疑是指"peacock"(孔雀)。孔雀很愚蠢，好虚荣，苏格兰北部低级社会称之为"peajock"，雄的性淫猥而残忍，往往啄破母孔雀的卵，"有魔鬼的声音，蛇的头，贼的步子"，代表腐朽的激情与罪恶的生活，云云。这里的"孔雀"是罕秣莱德的改易，歌谣里的原字 Theobald 指出当系"ass"(驴子)，才与第二行押韵。

㉓ 见下面三六七行注㉘。

㉔ Johnson：罕秣莱德正要下结论，这时候两个朝士来了。按，他们打断了他的话头，他便用"当真没兴趣"这句不暴露他心情的话来加以结束。

㉕ Johnson：罕秣莱德很注意不使他叔父喜欢喝酒的事被忘记掉。按，把击中国王的痛处来这么一下轻轻的打趣，一定会使他更痛，如果这两条走狗回去汇报的话(他们准会)，极妙。

㉖ Johnson：这双手。Whalley：这话乃是从教会的教理问答里来的，新入教的人被教训

对他的邻人应尽什么责任时要使他自己的一双手不去掏摸与偷窃。Clark 与 Wright(克拉伦顿本):“凭这只手”是发誓的通常形式。

⑰ Malone:这句俚谚的全句是“青草长[生长之长]长[长短之长]时,病马在挨饿”。罕秣莱德的意思是,当他等候继承丹麦王位时,他自己也许会死掉。

⑱ 原文“recorders”我译为“筚篥”,Onions 谓是笛(flute)或筚篥(flageolct,有一本英汉辞书上说是一种小木箫,有六个以上的孔,一端有吹口者)一类的管乐器。筚篥、箫与笛的形状都是直的,前二者直吹,后者横吹。Bacon 在他的《自然史》里说起,筚篥的孔腔,最高的一个特别小,最低的一个特别大。Chappel 谓,莎士比亚虽说筚篥是一支小箫管(“他演诵开场词像个小孩吹一支筚篥”,《仲夏夜之梦》五幕一景 123 行),但在一个十七世纪的雕版图上它从一个吹奏者的嘴唇一直延伸到他的膝盖上,可知并不怎样短;亨利八世遗留下来的有用黄杨、橡木、象牙制的各种大小的筚篥,有两支胡桃木制的低音筚篥,和一支大的低音筚篥。按,筚篥即觱篥,又名悲篥,在我国古时自西域胡人处传来,本为龟(音鸠)兹国乐器,“以竹为管,以芦为首,状类胡笳而九窍,所法者角音而甚悲篥,吹之以惊中国马焉”(陈旸《乐书》)。又,“宋太守时之大宴,皇帝升座,宰相进酒,庭中吹觱篥,以众乐和之。唐九部塞乐,有漆觱篥,北部安乐国,有双觱篥、银字觱篥”(《通稚·乐器》)。

⑲ 对于“To withdraw with you”,学者们有好些不同的见解。Capell 以为是句旁白,特别是指吉尔腾司登而言的,意思是“跟你说句最后的话吧”。M. Mason 说是对伶人们说的,并略事校改,作“So withdraw, will you?”(那你们且退去吧,好不好?)。Steevens:见到吉尔腾司登做着手势,似乎要他跟他到另一间堂屋里去,罕秣莱德问道,“跟你离开这儿走一下? 这是你的意思吗?”但见到他们两人继续行动鬼祟,他便怒问他们如下句所云。Caldecott:这两个国王的使者起初只请求王子允许他们说句话;他们告诉了他国王在大怒,王后的懿旨叫他去见她。于是他们,用手一挥或类似的姿势,如罕秣莱德的怒问所指出的,示意他退到较僻静处去。已经知道他们所奉的命不需要私下传达,他起初还是以温和的告诫责备他们;但随即记起了他们阴险狡猾的意图,同时也感觉到他们挥手示意,要他退走的狂妄态度是对他的一个侮辱,他立即采取了另一种口气;以非常激怒人的蔑视与质问语调,他把极度的鄙夷和凌辱堆到他们头上去。此外,还有几种说法,但译者觉得当以 Steevens 与 Caldecott 的见解为最精到。

⑳ 学者们对吉尔腾司登这句含意模棱的话的说法纷纭不一。Clark 与 Wright 在克拉伦顿本上云,罕秣莱德尚且听不懂,评注家们可以不必勉强去解释了。译者觉得前半句是故意说得隐晦的,“责任心”本系指他对国王的责任心,但也可以当作他对王子的责任心,后半句的“敬爱”则显然指他对罕秣莱德的敬爱。

㉑ Nicholson:到此为止,罗撰克兰兹和吉尔腾司登一直这么一致地合作着,所以为这一景的艺术处理起见,也为从那上面要获致更充分的力量起见,都要求罕秣莱德的请求先对这一个而发,然后对那一个而发。虽然吉尔腾司登也许是,或者不是,两人中的头子,罗撰克兰兹可也并不沉默;事实上,在上面那段对话里,摆明在我们面前想要跑到罕秣莱德上风头去的,却正是罗撰克兰兹。因此,这句回答的说话人,应让吉尔腾司登给改作罗撰克兰兹。

㉒ Furness:大概根据与上注同样的理由,Staunton 主张王子此语对罗撰克兰兹而发,而下面的回答因而也是罗撰克兰兹作的。

㉓ Douce:这里有层双关的意义。罕秣莱德说,“虽然你们能激恼我,可是你们没法欺骗我;虽然你们能调节这乐器的发音高低,可是你们没法调弄它。”原文“fret”,Schmidt

之《莎士比亚辞典》解作"激恼",Onions 的《莎氏语汇》训"(在六弦琴一类的弦乐器上)加上琴柱",又训"琴柱"云:"在六弦琴一类的弦乐器上,以前用一圈兽肠弦,现在则用木制的(马)安放庄琴颈上,以调节运指法。"

㊽ Caldecott:那么,我可以同意你的请求,既然你对我所说的话都同意。按,这显示一个廷臣的真面目:一切都跟着"上边"走,全无自己的主见。因此,这一问一答间满含着罕秣莱德的戏谑与嘲弄。

㊾ 尼禄(Nero,37—68),罗马王,他放火烧罗马城,杀死他的母亲。

㊿ Moberly:罗撰克兰兹与吉尔腾司登所以是秘密参与在英格兰阴谋杀害罕秣莱德的。

⑰ 四开本原文为"Hazard so neer's"(near us),对开本作"... so dangerous"(他这样危险的威胁随时随刻)。White 谓,考虑到国王言语里的第一行所表示的对他个人安全的危惧,各版四开本的读法大概是真正的原文,而各版对开本的则是讹误。译文从四开本。

⑱ Moberly:这是朴罗纽司自己的建议,他却以朝臣的风度归之于国王。按,译者觉得不然。至少上面先有显著的音响,下面才察颜观色,加以迎合。一个坏蛋做了君王,他下边的要津便非有坏蛋来盘踞不可,而罕秣莱德这样的顶天立地汉则非被去掉不可,否则那格局会显得太不合式。莎氏在此描绘出一君一臣大小两名"躲在暗角里作恶"——多可鄙,而罕秣莱德处在这情景中却始终以光明磊落、英勇豪放的态度自持——可敬!

⑲ 人类的始祖亚当和他的妻子夏娃生了两个儿子,长名该隐(Cain),次名亚伯(Abel)。该隐因嫉妒杀了亚伯,耶和华诅咒该隐到处流离飘荡,不得安居。说见《旧约 · 创世记》第四章第1—15节。

⑩⑩ Wood 与 Marshall:意即面对着罪孽,制胜它。

⑩① Delius 谓,这里"ambition"(野心)系指野心的实现,正如下行内的"offence"(罪恶)为罪恶的果实。

⑩② 此导演词为各版四开、对开本所无,系 Theobald 所加者。

⑩③ Hanmer:罕秣莱德这段话一向使我非常不快。这里边有一点东西这么很残忍,这么不人道,这么跟一位英杰(主人公)不相称,以致我愿意我们的诗人删了它。Coleridge:约翰荪博士将勉强与延宕的痕迹误当作[见下下条注]猛烈的,引起恐怖的魔性!——可见要了解一个性格的根本,是这么重要。但是罕秣莱德这段话所占据的时间是确乎可怕的!Hazlitt:这里罕秣莱德所表示的精炼的怨毒,实际上只是为他自己缺乏决断作一个辩解。Hunter:在全剧的整个范围里,也许再也没有比这一景更使人不快的了。罕秣莱德被表演为醉心于一个硬是骇人听闻的想法。另外,作为不践行他在那魔力之下过着日子的指导思想的辩解,这是不高明无甚价值的。Horn:现在正是报仇雪恨的时候了,但仅仅为了报仇,不能做到正义的惩罚,那个一定得先有一场充分的,也许是一次公开的定谳。按,罕秣莱德的目的是要明正典刑,昭告朝野;这里所说的当然不失其为理由,但毕竟是次要的,辅佐的,或许只是口实而已。请参看译者对三幕一景83—88行的评注。

⑩④ 原文"hent",Johnson,Caldecott,Dyce,Clark 与 Wright(克拉伦顿本),Moberly 等都解释"抓取,攥住,把握",不过前数家说是抓取、攥住、把握的是时机或机会,后者谓系攥住那坏蛋。John Davies:更或许用来解作在[英伦]西部有些州郡所通行的意义,即犁头在田畦间所开掘的沟路。威尔斯语(Welsh)"hynt"和古威尔斯语"hent"都解作"道,径路"。罕秣莱德的话对于一个西部州郡的人会带来极有力的意象;剑

锋在肉里划过被比作犁铲耕过泥土。Onions 则谓意义难定,或许解作"攥住,把握",或许解作"目的,意图",还或许是"hint"之讹[按,"hint"在莎氏用来作"时机,机会"解]。

⑯ Johnson:这段话,在其中,被表现为一个德行优秀的性格的罕秣莱德,不满足于以沥血报血仇,却计划着要把他想惩罚的人打入永不超生的地狱里去,读来或演来真是太骇人了。Caldcott 谓,莎氏所描写的是他的那个时代,他给了我们一个野蛮时代里的人性的忠实写照。对于我们的较粗野的北国先人们,报仇,总的说来,是在家族中流传下来被当作一个责任的,而且要刻划得越精致细巧,就越显得光荣;它的这个性质或特色是在当时的每一本涉及到这个题目的书籍里可以找到的。而且这是随后的悲剧作者们,一直晚到十七世纪中叶,继续在舞台上表现的一个主旨。莎氏在这里可以说为以后介绍它作了相当的布置,使国王自己声言(四幕七景一二九行)道:"报仇该没阻拦。"

⑯ Wood 与 Marshall 解此两行云:我向上天祈求宽恕,同时我的思想却在策划罕秣莱德的死。祷告若并不表示灵魂的愿望,便决不能上达于天。

⑰ "耗子"往往作"奸细"解。

⑱ 原文"sense",Caldecott 解作"感觉",Schmidt 释"理智,理想"。

⑲ 原文"takes off the rose",直译可作"摘落了那朵玫瑰"。18 世纪有几位学者以为当真有一朵玫瑰在面颊旁或额上,或者一抹红光在双眉间。Boswell 谓,"玫瑰"是作清纯的情爱的装点或文饰解的。按,作为真有一朵玫瑰在脸颊旁或额上,或有红光在双眉间,都是拙解,当以后说为是。本幕一景莪斐丽亚称罕秣莱德为"The expectancy and rose of the fair state",译文作"宗邦的指望与英华"。我如果翻成"……玫瑰",便是木译。

⑳ Clark 与 Wright(克拉伦顿本):标志为是个娼妓。

㉑ Davies:自复辟[1660]以来,剧坛的惯例是由罕秣莱德从他口袋里掏出两枚他父亲与叔父的珐琅瓷小肖像来,比大硬币或大奖牌大不了多少。当时还没有用移动背景,那是斑透顿(Thomas Betterton,1635? —1710,名伶)于 1662 年首先从法国介绍来的;莎士比亚的戏台上挂花毡。在这一景里,两幅全身像挂在王后内房的花毡上也许是有用的。Steevens:从"他站立的风度"云云,可知这两幅画像,在现在舞台上用珐琅瓷小画像,原来的用意是全身像,为王后内房里的家具的一部分。罕秣莱德在上面有一景里已经非难过那些会出"40、50、100 块金洋"去买他叔父的一枚"小肖像"的人,他自当不屑在他口袋里带有这样一件东西。Caldecott 反对用小肖像,因为观众会不让有机会去判断他们所听说的,也无法去批评两位君王神态的比较优劣,而且在这样有限的画面上也无法去适当表现"他站立的风度"和"这样的汇聚众长成一体的英姿"。有一位巴斯城(Bath)的伶人曾建议罕秣莱德从他母亲颈上把他后父的小肖像扯下来。Hunter:也许 Holman 的解决办法最好——当今王上的画像挂在王后内房里,但先王的小肖像是从罕秣莱德怀中掏出来的。Fitzgerald 建议大小肖像都不用,王子所云系指他心眼之所见;欧尔文(Henry Irving,1838—1905,名伶)与沙尔维尼(Tommaso Salvini,1829—1916,意大利名伶)即从此说。费赫透(Charles Albert Fechter,1824—1879,德国籍法文英文戏剧名伶)从 Caldecott 所言巴斯城伶人的办法,把小肖像从他母亲颈上扯下来,且把它丢掉。洛济(Ernesto Rossi,1829—1896,意大利名伶)不但把它从他母亲颈上扯下来,且掷到地上,用脚践踏在碎片上。蒲士(Fdwin Booth,1833—1893,美国名伶)用两枚小肖像,一枚取

自他自己颈上，另一枚从他母亲颈上扯下来。

⑫ 原意为“却到这泥洼里来养胖”。

⑬ 原文这里的“sense”，Capell 解作“理性，理智”，Malone 谓为“五官的感觉”，Staunton 说是“能判别外物的知觉”。

⑭ 原意为“奴役”。

⑮ Delius：“her own fire”（她自己的火焰）系指“flaming youth”（炽烈的英年）而言。按，原文这一句含义比较晦涩，各家评注本上又无解释，因而引起了一般的误解和错译。所谓“flaming youth”（炽烈的英年，或“青春的烈焰”）是指他自己的年青气壮，“virtue”则是指他自己崇善灭恶的“美德”，绝不是什么“贞操”，全行的意思是说让我的美德对我炽烈的英年好比是蜡，“And melt in her own fire”是说我的美德或高洁熔化在我英年的气概里之后可以对我提供愤怒的燃烧力，使其发生充分的作用；又，下半句里的“When the compulsive ardour give the charge”是说他自己鼓着情不自禁的、正义的热情在谴责她的可耻行径。

⑯ 王室或贵族府第里养的小丑或“傻子”身穿“破烂百衲衣”，作为他们身份的标志。

⑰ Collier：在 1603 年的初版四开本上，这里的舞台导演词跟鬼魂以前在警卫坛上出现时身披甲胄不同，是穿着寝装，长袍。这一点是重要的，因为它完全可以解释 33 行后罕秣莱德的叫喊。在 Collier 所用的经过手注的 1604 年之二版四开本上，这里是“鬼魂未武装上”。所以，假使鬼魂不是穿着“寝装”，他在那位老的笔注人当时是不披铠甲的。Elze：鬼魂在这里上场来，不是像在第一幕里那样，穿着戎装，而是穿着日常的便服。关于这寝装，我们不应当过于刻板——它只是指老王的平时便装。Clark 与 Wright 在克拉伦顿本上云，这里的寝装是指盥洗梳妆与休息时所穿的长袍。

⑱ 参看上条注。原文“habit”，Schmidt 释“外表，神态，举止，风采”。Mason 谓，一个人常披的铠甲也可以叫作他的“habit”（衣着，服饰），正如别的衣服一样。Clark 与 Wright（克拉伦顿本）则谓，鬼魂也许穿的是先王的平常服装。

⑲ Cowden-Clarke：什么人要是倾向于被那些主张罕秣莱德当真是疯狂的人的辩解和以疑问为真实所影响的话，让他仔细来读读这一段剧词，注意它的伤心的真挚，它的庄严的誓恳，它的朴质的谏诤，然后问问他自己，莎士比亚有没有可能用意要他的主人公不是最神志清明和心境健全。

⑳ Johnson：不要以新的恣纵陡增你从前的罪恶。

㉑ Moberly；一颗纯洁的心对一个弱者与堕落者的男儿气概的怜悯，不可能比在这个答复里所表白的有更可喜的说服力了，它把这位不幸的王后的仅仅是怆痛的悲呼化成为一个激励灵魂的决心。

㉒ 二、三、四、五版四开本原文这里的四个字作“eate of habits deuill”，引起了注家们不少的分歧。对开本则根本没有这一句。1676 年之伶人版四开本作“eat，of habits devil”，经 Caldecott 等多家采用，Clark 与 Wright 在克拉伦顿本上予以最后的论定，译文即据以着笔。不过原文“habits”有双重的含义，它在此本解作“举动，行为，措止”，但另外可有“外衣”或“仆从所穿的制服”（frock or livery）之意。而后面的“外衣”与“制服”即是从这里滋生出来的。唯 Schmidt 释“livery”为“外形，形表”。

㉓ Seymour：原意被赐福即显示悔悟，那就会获得上帝的恩慈；因而，便将使你适于替我祝福。

㉔ 这两行 Delius 谓应为旁白。

⑫⑤ 一个人酒色过度,的确会浮肿。

⑫⑥ Clark 与 Wright(克拉伦顿本):还没有人找到过这里所说的寓言。

⑫⑦ Moberly:王后信守着她的约言,终于受到了在这人世间落在她身上的赎罪的酬报。芸香是她的天恩草,可怜的莪斐丽亚将对她说。

⑫⑧ Malone:莎氏没有告诉我们罕秣莱德怎样会知道他将被遣往英格兰。罗撰克兰兹与吉尔腾司登在上一景里最早被通知了国王的意图;从那时以后他们没有显得跟国王有过接触。再加上在以后有一景里,当国王在朴罗纽司死后告诉罕秣莱德他须得去英格兰时,他表观出很大的惊讶,仿佛他以前从未听到过这件事似的。可是这最后一点也许可以用他计谋充一个疯子来解释。Miles:罕秣莱德在到他母亲内寝的路上,一定偶然听到了国王与罗、吉两人之间的谈话。因为几乎没有别的方法他能借以预知到王上要遣走他的决意。

⑫⑨ 原意为"轰向月亮去"。

第　四　幕[1]

第　一　景

[宫堡内一斋堂]

[国王、王后、罗撰克兰兹与吉尔腾司登上。

国　王　这些叹息里有深意；这些阵长叹
你一定得说明；我们要懂得它们。
你儿子在哪里？

王　后　请你们两位暂退。

[罗撰克兰兹与吉尔腾司登同下。

啊，好王夫，我今晚见到了什么呀！

国　王　什么，葛忒露？罕秣莱德怎么样？

王　后　海风海浪似的疯，[2]当它们争竞着
谁个更凶强：在他猖狂的发作里，
一听到毡幔后面有一点响动，
就拔出剑来，叫道，"有耗子，有耗子！"
在这神经狂乱的幻想里杀死了
那个躲着的老人家。

国　王　啊，这太恶！
要是我们在那里，当也会那样；
他行动自由对我们大家多威胁，
对你自己，对我们，对每一个人。
唉呀，这一件血案将怎样去交代？

我们不免被责怪,因事先见得到
就应当把这疯狂的青年约束住,③
将他羁绊禁闭着;④但我们太宠爱,
不曾去考虑那最为适当的措置,
却好像是个身患恶病的人,
为不使人家得知,竟让它侵蚀及
生命的精髓。他跑到哪里去了?

王　　后　他在拖走给他杀死了的尸首;
对于那尸身,他那阵疯狂忽然
又像贱矿里有一脉纯净的真金,
变得很清醒。他为他做的事哭泣。⑤

国　　王　啊,葛忒露,来吧!
只要等清早太阳一抹上山头,
我们就叫他上船走;至于这坏事,
我们得使尽一切威严与手腕,
来维护宽恕掉。喂,吉尔腾司登!

［罗撰克兰兹与吉尔腾司登上。

请你们两位去找上几个帮手;
罕秣莱德一阵疯把朴罗纽司
杀了,把尸首拖出他母亲的内房。
去将他找到:好好跟他说,把尸身
送进礼拜堂。请你们赶快去办。

［罗撰克兰兹与吉尔腾司登同下。

来吧,葛忒露,我们要召集起
最有智虑的朋友们;让他们知道
那不幸的事和我们的决定:这样,
也许诽谤,⑥它窃窃的私语带毒箭
传遍全世界,像炮弹对准着目标
直射,不致伤害到我们的名声,
只击中那不会受伤的空气。啊来吧;
我心绪纷乱,心情忧惧多不快。

［同下。

第 二 景

［官堡内另一斋堂］

［罕秣莱德上。

罕秣莱德 安藏好了。

罗撰克兰兹／吉尔腾司登 ［自内］罕秣莱德！罕秣莱德殿下！

罕秣莱德 且住，什么声音？谁在叫罕秣莱德？啊，他们来了。

［罗撰克兰兹与吉尔腾司登上。

罗撰克兰兹 殿下，您把那尸体怎样打发了？

罕秣莱德 搀和了泥土，它们原本是一家子。

罗撰克兰兹 告诉我们在哪里，我们好抬去送往礼拜堂。

罕秣莱德 你不要相信。

罗撰克兰兹 相信什么？

罕秣莱德 不要相信我能保守你们的秘密而不保守我自己的。何况，被一块海绵⑦来查问，一位君王的儿子该怎么作答呢？

罗撰克兰兹 您把我当海绵吗，殿下？

罕秣莱德 是啊，足下；你吸收了王上的恩宠，赏赐和官爵。可是这样的官儿到头来对王上是最能尽职的；他把他们，像猴子含着坚果仁儿那样，放在腮角里；先是衔一下，终于吞了下去；当他需要你们所吸收的东西的时候，只要挤你们一下，那时节，海绵啊，你们就又干了。

罗撰克兰兹 我不懂得您，殿下。

罕秣莱德 我很高兴；一句缺德话儿在呆子耳朵里睡觉。⑧

罗撰克兰兹 殿下，您得告诉我们尸体在哪里，还得和我们同去见王上。

罕秣莱德 尸体跟王上在一起，可是王上不跟尸体在一起。⑨王上是一件东西——

吉尔腾司登 “一件东西”，殿下？

罕秣莱德 一件没啥啥的东西;领我去见他。狐狸躲好了,大家都来找。⑩

[同下。

第 三 景

[宫堡内另一斋堂]

[国王及侍从上。

国　王 我已经派人去找他,去寻那尸体。
这个人由他去恣肆有多么危险!
可是我们不能用峻法处治他;
心神不健全的群黎对他很爱戴,
他们的好感凭眼睛,不根据理性;
这就会光嫌犯罪者的刑罚太重,
而不去问罪状。为图个平静安稳,
这样突然遣他走定会显得是
出于体谅的考虑;病情一危急,
便需使用猛药来医治才有效,
否则就没救。

[罗撰克兰兹上。

怎么! 事情怎么样?

罗撰克兰兹 尸体他藏在什么地方,报吾主,
我们向他问不到。

国　王 可是他在哪里?

罗撰克兰兹 在外边,主上;看管着,听候发落。

国　王 带来见我们。

罗撰克兰兹 喂,吉尔腾司登! 将殿下带进来。

[罕秣莱德与吉尔腾司登上。

国　王 喂,罕秣莱德,朴罗纽司在哪里?

罕秣莱德 在吃晚饭。

国　王 "在吃晚饭"? 哪里?

罕秣莱德 不在他吃东西的所在,在东西吃他的地方:一大伙政

治蛆虫正在开会议[11]啃他。蛆虫是吃东西的惟一大王：我们喂肥了一切活口来喂肥我们自己，而我们喂肥了自己来喂肥蛆虫：胖国王和瘦化子只是两道不同的菜肴，盛两只盘子，放一个桌面：这就是结局。

国　　王　唉呀，唉呀！

罕秣莱德　一个人可以用一条吃过国王的虫来钓鱼，接着便吃那条吃过那虫的鱼。

国　　王　你这是什么意思？

罕秣莱德　没什么意思，只是说给你听一位国王可以到一个化子肠胃里去巡游一番。

国　　王　朴罗纽司在哪里？

罕秣莱德　在天上；派人去找他：要是你的使者[12]在那里找不到他，你自己到另外地方去找吧。可是，说实在话，你要是这个月里找不到他，你登上楼梯进入庑房的时候，准能嗅得到他。

国　　王　［向侍从数人］到那里去找他。

罕秣莱德　他将会等你们去。　　［侍从数人同下。

国　　王　罕秣莱德，这桩事，为你的安全计，
那个我们很关心，我们另方面
也为你做的事很担忧，逼得要你
火速就离开：所以，快去作准备；
船已经打点妥帖，风向也顺利，
随从的人手在等候，一切都指向
英格兰。

罕秣莱德　　　　英格兰？

国　　王　　　　　　　　是啊，罕秣莱德。

罕秣莱德　好吧。

国　　王　　　　你要是懂得我们的用心，就好。

罕秣莱德　我看见一个见到你用心的天使。[13]可是，来吧；往英格兰去！再会了，亲爱的母亲。

国　　王　还有心爱你的父亲呢，罕秣莱德。

罕秣莱德　我的母亲：父亲和母亲是夫妻；夫妻同是一体；所以，

再会了，母亲。去，往英格兰去！ [下。

国　　王 步步跟住他；劝诱他赶快上船；
莫迟延；我要他今夜就离开这里：
就去！因为要依靠这件事的一切
都已经布置就绪：请你们，赶快。

[罗撰克兰兹与吉尔腾司登同下。

英格兰国王，你要是把我的垂顾
当作一回事——我这威棱你该知，
既然丹麦的雄剑使你那创伤
还皮开肉绽露殷红，你内心的畏惧
自愿表忠诚——你就不能去冷淡
我们的敕旨；我在所有的文书里
已一致详明，差你把罕秣莱德
立即去处死。就照办，英格兰国王；
因为他犹如燃烧我血液的瘟热，
你务必医治好：非得我知道已治好，
不管我命运如何，我决不会欢笑。

[下。

第　四　景

[丹麦一原野]

[福丁勃拉思，一队长率军兵列队行进，上。

福丁勃拉思 队长，去替我向丹麦君王表敬意；
告诉他，经他同意，福丁勃拉思
要求带领队伍经过他境内
作许可的行军。会合地点你知道。
要是他陛下有事跟我们面谈，
我们将前往觐见，当面去致敬；
把我这意思转告他。

队　　长 遵命，少帅。

福丁勃拉思 慢慢前进。⑭

［福丁勃拉思与军兵下。

［罕秣莱德、罗撰克兰兹、吉尔腾司登等人上。[15]

罕秣莱德　请问官长，这是谁家的军队？

队　　长　是挪威王家的队伍，公子。

罕秣莱德　官长，要请问行军有什么意图？

队　　长　去攻打波兰的某一部国境。

罕秣莱德　主将是哪一位，官长？

队　　长　挪威老王的侄儿，福丁勃拉思。

罕秣莱德　官长，你们是去攻波兰的主部[16]呢，
还是只去打某处边疆？

队　　长　说实在话儿，不用有一点夸大，
我们只是去取得一小块土地，
那简直一无好处，只存个空名。
花五块钱，五块，我也不租它；
要是当地皮卖，不论挪威或波兰，
都不能到手更多的一注地价。

罕秣莱德　哎也，那么，波兰人决不会防守它。

队　　长　不然，倒是已经给他们守备着。

罕秣莱德　两千条性命，加上两万块钱，
也解决不了这个草芥似的问题：[17]
这是太富裕和承平日久的脓疮
在里边溃烂，外表上却并不显示
人死的原因。多谢您指教，官长。

队　　长　上帝保佑您，公子。

罗撰克兰兹　动身吧，殿下。

罕秣莱德　我马上就来。你们且先走一步。

［除罕秣莱德外，余众同下。

怎么样这一切事物都在谴咎我，
驱策我迟钝的仇恨！一个人要是
他主要的德行和事业只在吃喝
和睡眠，他还能算人吗？只是畜生。
上帝造我们，用这么博大的智慧，[18]

使我们能前瞻后顾,我们决不要
让这脉智能和神明一般的理性,
在心中霉烂不用。却说,是由于
禽兽似的健忘,或什么怯懦的畏葸,
把事情考虑得过于周详缜密——
这思想,一分为四,含一分智虑,
倒有三分是胆小——我可不知道
为什么我向天空喊"这件事得做",
理由,决心,力量和办法,我全有,
却不做。惯例,泥土般常见,在劝勉;
看这军兵,人数这样多,粮秣
如此富,由一位娇柔的王子统领,
他那灵明,被神武的雄图所鼓舞,
便不惜去藐视无法预见的结局;
使生死难知、胜败莫卜的前途,
去冒命运、死亡、危险之所能为,
争的只是个鸡蛋壳。真正的伟大
并不求胸中无大义便去行动,
但当荣誉有关时,哪怕为一根草,
也势必大大争一下。我如今怎样,
父亲给杀死,母亲被玷污而受辱,
我理性应为之奋发,血液该沸腾,
但却让一切去睡觉,同时多可耻,
眼睁睁望见两万人去赴死,为了
一时的幻想,为追逐些小的令名,
前赴坟墓像上床,去争夺一块地,
它小得还不够这么多人作战场,
甚至小得也不够作墓地来掩埋
阵亡的将士们?啊,从此刻开始,
我得一心去沥血,否则太可耻!

[下。

第 五 景[19]

［埃尔辛诺。宫堡内一斋堂］

［王后，霍瑞旭及一近侍[20]上。

王　　后　我不想跟她说话。

近　　侍　她迫切要进来求见，当真是疯了：
她伤心得委实可怜。

王　　后　她要怎么样？

近　　侍　她总是谈起她父亲；说她听人说
世上有阴谋诡计；咕哝着，捶着胸；
为细小的事情生气；说话很模糊，
只一半有意义；她言语莫名其妙，
可是她胡乱道来，不由得不叫
听的人加以猜测；他们一捉摸，
便拼凑起来去适应他们的想法；
只因她说话时挤眼、点头、做手势，
那当真会叫人以为话里含隐痛，[21]
虽不准是什么，总使人想到坏处。

霍 瑞 旭　跟她谈谈倒也好，否则她也许在
恶意者的心中散播危险的猜度。

王　　后　让她进来。［近侍下。
［旁白］我灵魂有病，正合于罪孽的本性，
每一件小事像预兆大难将临；
犯了罪总是满腔笨拙的疑惧，
越是怕泄漏，泄漏正由于过虑。

［近侍引莪斐丽亚[22]复上。

莪斐丽亚　至美的丹麦王后陛下在哪里？

王　　后　你怎样了，莪斐丽亚？

莪斐丽亚　［唱］我怎样来替你认分明，
哪一个是你那真的郎？
凭他的拐棍和光板鞋，

贻贝壳缀在他帽儿上。㉓

王　　后　唉呀，好姑娘，这歌儿是什么意思？

莪斐丽亚　您说吗？别问，请您听就是了。

［唱］他已经死了啊，姑娘呵，
已经死，他再也不得回；
他头旁有一片青草皮，
他脚后有一块白石碑。

王　　后　别那样，可是，莪斐丽亚——

莪斐丽亚　请您听着吧。

［唱］包尸布白得像山头雪——

［国王上。

王　　后　唉呀，看她，王夫。

莪斐丽亚　［唱］　装点着有鲜花朵朵香；
情人流眼泪像洒雨，
送进了坟场去下葬。

国　　王　你怎么样，俏丽的姑娘？

莪斐丽亚　很好，多谢您！他们说猫头鹰原来是面包房老板的女儿。㉔上帝啊，我们知道我们现在是什么，可不知道将来会变成什么。愿上帝与你同餐桌！

国　　王　在想她的父亲。

莪斐丽亚　请你们别提这个吧；可是他们要是问你们这是什么意思，你们就这么说：

［唱］明天是圣梵楞泰因节，㉕
大家都会要早起身，
我将到你的窗前去，
在那里当你的意中人。
他便起床来穿了衣，
打开了他那扇卧室门，
他把小姑娘放进去，
她出来不再是女儿身。

国　　王　俏丽的莪斐丽亚！

莪斐丽亚　当真，嘿，不用赌咒，我来唱完它：

[唱]凭耶稣,[26]也凭圣慈悲,[27]
　唉也,恨他们太无耻!
年轻人说做就会做,
　天啊,怪他们活现世。
她说道,你欺侮我之前,
　曾答应要跟我做夫妻。
男的说:我打赌一定会那样做,
　　要是你不这么太容易。

国　　王　她这样子有多久了?

莪斐丽亚　我希望一切都会变好。我们得忍耐:可是我想起他们竟把他埋在冰冷的泥土里,我便不由得不哭。我哥哥一定得知道这件事;就这么,我多谢你们劝我的话。来,我的马车!晚安,夫人小姐们;晚安,可爱的夫人小姐们;晚安,晚安。　[下。

国　　王　紧紧跟着她;好好守护她,请你们。

[霍瑞旭下。

啊,这乃是悲痛过于深的苦毒;
都为了她父亲的死。啊,葛忒露,
悲痛袭来时,绝不是单独的前哨,
总蜂拥而至!首先,她父亲被杀;
接着,你儿子离开;他咎由自取,
非出走不得开交;众臣民一片浑,
对朴罗纽司的去世惶惑不安,
尽胡想乱说;我们又处置得太笨,
悄悄地殡葬他;可怜的莪斐丽亚
便变得神思纷昧瞀,心智乱冥濛,
没有那理性,人徒有其表,是禽兽;
最后,跟所有这一切同样有干系,
她哥哥已经从法兰西秘密归来,
本已经满都是惊疑,待在云雾里,[28]
更不少搬弄是非者,把他父亲
怎样死的恶毒流言注入他耳朵;

这种种毁谤，并无事实作根据，
势必致逢人便窃窃私语，说是我
害了他的命。亲爱的葛忒露啊，
这真像密发榴霰弹的臼炮，死从
四面八方来。

[内作喧呼声。]

王　　后　唉呀，是什么喧闹？

国　　王　我的校尉们何在？要他们守住门。

[又一近侍上。

发生了什么事？

近　　侍　请保全御驾，王上；
海洋呼啸着涨上岸，汹涌澎湃，
一下子把浅滩低地吞噬尽，不比
小赉候底施更飞快，当他带暴众
压倒了校尉们。他们称呼他君王；
仿佛这世界还只此刻才开始，
古风已经被忘记，旧制[29]无人晓，
常言老话[30]得不到认许和支撑，
他们喊"我们选赉候底施作君王！"
扔帽子，鼓掌，欢呼，把这话捧上天，
"要赉候底施作君王，赉候底施王！"

王　　后　嗅错了脚迹，还喧嚷得这么高兴！
你们弄反了方向，糊涂的丹麦狗！[31]

国　　王　门给撞开了。[内喧闹声。]

[赉候底施执武器，率丹麦人众上。

赉候底施　昏君在哪里？诸位，请站在外边。

人　　众　不，让我们进来。

赉候底施　请你们，准许我。

人　　众　好吧，好吧。[彼等退至门外。

赉候底施　多谢你们。守住门。你这贼子王，
还我父亲来！

王　　后　平静些，好赉候底施。

赉候底施　我身上要是有一滴平静的血，
我就是野杂种，我父亲就是王八，
我清贞的[32]母亲纯洁无瑕的两眉间
该打上娼妓的烙印。

国　　王　　　　　　　　究竟为什么，
赉候底施，你这样猖狂地叛乱？
随他去，葛忒露；莫怕他危害我：[33]
一位君王自然有神灵相卫护，
叛逆只能心怀着恶意睨视他，
无法施展它的毒计。赉候底施，
你为何这样动怒？随他去，葛忒露。
说啊，汉子。

赉候底施　我父亲在哪里？

国　　王　　　　　　　死了。

王　　后　　　　　　　　　可跟他无关。

国　　王　让他问一个畅快。

赉候底施　他怎么会死？我不受你的哄骗：
忠诚，投入地狱去！信誓，归恶魔！
良心和仁爱，打入阴曹的无底洞！
我不怕永劫。这一点我要坚持：
不论此生或死后，我一概不管，
什么要来让它来；我只要为父亲
报个最彻底的仇。

国　　王　　　　　　　谁来阻拦你？

赉候底施　除了我自己的意志，谁也拦不了；
至于讲办法，我将运用得那么好，
要一分功夫十分效。

国　　王　　　　　　　　好赉候底施，
如果你愿意明确知道你父亲
究竟是怎样死掉的，你决定报仇
是否要浑不分友敌，赢家和输家，
来个通盘一扫空？[34]

赉候底施 我只找他仇家。

国王 你要知道他们吗?

赉候底施 对他的好友们,我将开怀去拥抱;
我愿像舍身哺雏的鹈鹕[35]那样,
用血来养他们。

国王 哎也,现在你说话
才像个好孩儿,像位真正的士子。
对于你父亲的死我丝毫无罪,
而且以莫大的同情感觉到悲痛,
昭昭的事实定能穿透你的明断,
如白日天光照眼明。

人众 [自内]放她里边去!

赉候底施 怎么!那是什么声音?

[莪斐丽亚复上。

呵,激情的烈焰啊,烧干我的脑子!
苦卤了七回的眼泪,腌瞎这眼睛!
天在上,你这疯狂得好好地还报,
我们的秤盘要压过他们的重量。
阳春的玫瑰!亲爱的姑娘,好妹子,
亲莪斐丽亚!天啊,小姑娘的神态
竟像老年人的性命一样脆弱吗?
人在挚爱里,天性变得最娇柔,[36]
所以正当它娇柔时,便叫它自己
跟着所挚爱的东西同逝。

莪斐丽亚 [唱]光着脸他在尸架上给抬走;[37]
嗨,哝哝呢,哝呢,嗨哝呢,[38]
好一阵眼泪洒在他的坟头——
再会了,我的小鸽儿!

赉候底施 你要是神志清明时劝我报仇,
也不会这样激动我。

莪斐丽亚 [唱]你得唱啊噎,啊噎,
你还要叫他啊噎啊。

啊，轮子[39]跟歌声多么调和！是那个坏良心的管家[40]拐走了主人家的小姐。

赉候底施　这阵胡诌里倒含得有更多的东西。

我斐丽亚　这儿有迷迭香，[41]是为记挂的；请你，爱人啊，要记挂着：这儿还有三色堇，是为悲思[42]的。

赉候底施　疯狂里有教训，悲伤和记挂配合着。

我斐丽亚　这儿有茴香花给[43]你，还有耧斗花：[44]这儿有芸香花[45]给你；也有些给我自己：我们可以叫它安息日的天恩草：啊，你佩戴起来可跟我不一样。这儿有雏菊：[46]我想给你些紫罗兰，[47]可是我父亲一死，它们全枯了：人家说他得到个好死——

［唱］欢快的好罗宾是我的心头乐。[48]

赉候底施　悲伤和痛苦，苦痛，[49]以至于惨怛，
她都幻化成娇柔，变性得可喜。

我斐丽亚　［唱］他可将不会再回来？[50]
他可将不会再回来？
不会了，他已死，
你也就可以死，
他永远不会再回来。

他腮边须髯赛雪花，
黄黄的头发好似麻；
他已走，他已走，
不用苦，不用愁；
愿上帝救他的灵魂吧！

也拯救一切基督徒的灵魂，我祈求上帝。上帝保佑你们。　　［下。

赉候底施　你见到这情景吗，呵，上帝啊！

国　　王　赉候底施，我一定要和你谈一下
你的心头痛，莫否认我这份权利。
跟我一起走，在你最高明的友人中
随你挑几位来判断你我间的是非。

要是他们认为我直接或间接
牵涉到那罪行,我们准把这邦国,
大宝,生命,举凡我所有的这一切,
都给你,以资赎罪。假使不那样,
你便得同意对我们心气和平,
我们将跟你和衷共济地黾勉,
使你有相当的满足。

赉候底施 就这么办吧;
他这样的死法,丧葬如此简陋,
墓上不立纪念碑,不挂剑,没纹牌,[51]
不举行庄严的殡礼,照例的排场,
仿佛从天上到地下都在鸣不平,
所以我不能不追问。

国王 尽你去追问;
谁负得有罪,让斧钺落到谁头上。
请你跟我来。 [同下。

第六景

[宫堡内另一斋堂]
[霍瑞旭与一侍从上。

霍瑞旭 是谁要见我说话?

侍从 是几名水手,
回大人;他们说他们有柬帖奉上。

霍瑞旭 让他们进来。 [侍从下。
我不知从这坦荡世界的哪一方
有书来,若不是从罕秣莱德殿下。

[水手数人上。

水手甲 上帝赐福于您,大人。

霍瑞旭 愿他也赐福于你。

水手甲 他准会,大人,要是他高兴。这里有一封柬帖给您,大人:是那位前往英格兰的钦使叫送给大人的;要是尊座的大名是霍瑞旭，如我所被告知的。

霍　瑞　旭　［读书］"霍瑞旭，你阅过此书之后，请给来人以机会去见君王；他们有书柬给他。我们出了海还不到两天，有武装犀利的海盗来追赶。我们的船行得太慢，我们只得被迫迎战，在扭扼之中我跳上了他们的船：顷刻间他们离开了我们的船；于是光是我成了他们的俘虏。他们对待我像一伙仁善的好汉；但他们知道他们做的是什么事；[52]我要做件事报谢他们。让君王收下我给他的书柬；然后你要逃命似的火速来看我。我有话亲自对你说，那会把你吓呆；可是言语总会太轻远了去，而事情却要沉重[53]得多。这几个伙计会引你来到我所在之处。罗撰克兰兹和吉尔腾司登还在驶往英格兰的途中：关于他们，我有许多话要告诉你。

祝　　安好。

你知道他是你的知心，罕秣莱德。"[54]

来吧，我要引你们把书柬去送掉；
而且要快些去，以便你们带领我
去见那位要你们送书柬的贵人。

［同下。

第　七　景

［宫堡内一斋堂］

［国王与赉候底施上。

国　　　王　现在你该已明察，得确认我无辜，
而且应将我放在你心头当朋友，
既然你已经听说过，耳聪又心明，
那把你高贵的父亲杀害的凶手
也要我的命。

赉 候 底 施　好像是这个情形：
可是请告诉我为什么您不去对付

这些个罪大恶极、该杀的顽凶事，
为您的安全，论明辨，考虑到一切，
您被迫该行动。

国　王　　　　为两层特殊的原因；
对于你它们也许显得很微弱，
但对我却极有力量。王后他母亲，
几乎不见他不能活；至于我自己——
算我的长处或灾祸，不管哪一桩——
她跟我的生命和灵魂如此相连，
就好比星辰不能离轨道而运行，
我简直不能离开她。另一个缘故，
为何我不便把他来公开审讯，
是因为一般民众非常爱戴他；
他们将他的短处全浸在好感中，
犹如把木头变成石头的泉水[55]般，
把他的脚镣[56]会变作光荣；结果是，
我的箭，造得太随便，经不起大风，
不但射不中我指向前途的目标，
会回转身来，把弓砸破。

赉候底施　这样我就死了位高贵的父亲；
一个妹妹被逼得没有了指望，
她那品貌，我怎能不怀念过去，[57]
真可称得起出尘拔俗当今独，
绝世貌无双。[58]可是我总得报仇。

国　王　不要为那个失眠：你切莫以为
我们只是那样个不成材的木瓜，
尽人家揪住了须髯拉扯和威胁，[59]
会当作好玩。你不久将听到下文。
我爱你的父亲，也爱我们自己；
这就会，我寄予希望，使你意想到——

［一使者持书上。

什么事，有甚消息？

使　　者　罕秣莱德有书来，
禀我王：这封给陛下；这封给娘娘。

国　　王　罕秣莱德寄书来？是谁送来的？

使　　者　听说是水手们，王上；我没有见到：
是克劳迪欧[60]给我的；他从捎书人
手里接到的。

国　　王　赉候底施，听我念。
你去吧。　［使者下。
［读］“谨上书于位崇而权隆之尊座，兹特报知我已被光身放在您邦疆之上。明日请允准我前来干黩御睐：届时我将，除先请恕罪外，面陈我突然且更可惊的[61]回来的原因。　罕秣莱德[62]
是什么意思？旁的人也都回来吗？
或者是欺骗，没有这样的事情？

赉候底施　您认识笔迹吗？

国　　王　是罕秣莱德的亲笔。
“光身”！且信末的附言还说起“独白”。
你能对我作说明吗？

赉候底施　我给弄迷糊了，吾王。但让他来吧；
想起了我能有一天对他挑衅道，
“这原来是你干的，”我心头本暗淡，
就变得欢畅。

国　　王　要果真这样，赉候底施——
怎么会这样呢？怎么能不是这样？——[63]
你是否听我的调度？

赉候底施　我听，王上；
只要您不命我跟他和平相处。

国　　王　要你能心气平和。他要是已回来，
是半途折了回来，[64]而且已决意
不想再前往，我将促使他去从事
我现已策划成熟的一桩功勋，[65]
他一经落入机关，便不能不殒灭：

他的死决计引不起风动的闲言，
即令他母亲也不会责怪那巧计，[66]
而叫它是意外。

赉侯底施　　王上，我听从驱遣；
我尤其乐意，要是您能筹谋得
使得我当您的手足。

国　　王　　这正好合式。
自从你常游历他邦，大家谈起你，
罕秣莱德也听见，总说你有一身
与众不同的绝技：你所有的才艺
都不抵这一件更能招致他嫉妒，
虽然据我看来，在你的众长中
它最是不足道。[67]

赉侯底施　　是什么才艺，吾王？

国　　王　　是年少青春期帽上的一条缎带，
自有它的需要；因为英年时正适于
有它的那副欢乐又轻快的外表，
不下于稳重的老年配貂裘袍服，
以表昌隆[68]和可敬。两个月以前，
这里有一位来自诺曼第的士子——
我亲自见过法国人，跟他们打过仗，
他们的马上功夫真来得；但这位
倜傥子弟在这件本领上有魔术；
他长在马鞍上，驰骋得出神入化，
简直好似跟那匹绝妙的骏马
合成为同性的一体。他那身功夫
非我的想象所能逮，结果幻想出[69]
千姿万态我休想及得他。

赉侯底施　　那是个
诺曼第人吗？

国　　王　　是个诺曼第人氏。

赉侯底施　　我敢打赌，是拉蒙。

国　　王　　　　　　　　　　　　是这个名字。

赉候底施　我和他相当熟悉;他在全法国

当真是帽上的扣针,[70]算得是国宝。

国　　王　他也得承认[71]你武艺非同小可,

在说到防身的熟技和机敏上头,

将你夸赞得那样世上无匹敌,

特别是你的击剑一道更如此,

以致他声言,要是有人能平抵你,

那真会是一场奇观:彼邦的剑客,

他发誓,要是遇到你,会既无劈刺,

招架,又没有眼锋。少君,这传报,[72]

那样激发了罕秣莱德的嫉妒,

以致他什么事情也不做,只愿、

只求你赶快回来跟他比一手。

现在,这么就——

赉候底施　　　　　　　　　　这么就怎样,吾王?

国　　王　赉候底施,你当真爱你的父亲吗?

还是你只像那张悲哀的画像,

有脸无心?

赉候底施　　　　　　　　为什么您要问这个?

国　　王　并不是我以为你不爱你的父亲;

可是我知道爱心随时间而产生,[73]

但我从经验里见到的实事[74]显得

它也会使爱的火星与热情消减。

就在那爱的火焰里头居正中

便是支灯芯或烛蕊,会把它减弱,

天下没事物能永远同样地美好,

因为美好,滋长得渐渐成多血症,

会因太富裕而死亡;想要做件事,

我们该做于想做时;因为这想做

会变更,它有消减与迁延,多得跟

七张和八嘴、七手又八脚、意外

及事故一样多，[75]于是那该做便像
败子般叹声息，[76]松气却伤身。可是，
谈当前的痛处：罕秣莱德回来了；
你预备做什么，显得你是你父亲
真正的孝子？

赉候底施　就在教堂里也杀他。

国王　当真，任何处也庇护不了凶杀罪；
报仇该没阻拦。可是，好赉候底施，
你能这样吗，待在住处不出门？
罕秣莱德回来将听说你回了家：
我们叫些人夸赞你武艺超群，
把那个法国人对你的那番颂扬
再频添些光彩，最后使你们相见，
赌你们的输赢：他为人粗疏怠忽，
最宽弘博大，绝没有一点计谋，
不会去检视那几柄钝剑，很容易，
或许只略施小计，你便能选一把
不戴上扣子的剑，[77]以奸险的一击[78]
报还他的杀父之仇。

赉候底施　我要这么干：
而为此目的，我要在剑头上涂药。[79]
我向个江湖卖药人[80]买到一剂膏，
那药性毒得只消把刀尖蘸一下，
划出了血来，便不拘哪一种膏药——
用尽月光下有特效的药草配制成——[81]
尽管它如何灵妙，也休想救得了
那给划破的人的命：我用这毒膏
抹上那剑尖，只要他稍一给擦伤，
便管保叫他死。

国王　我们再仔细想想；
要考虑什么时间和方法的便利
对我们去着手合式：这要是失败，

我们的计谋若叫人看出马脚来，
倒还是不试这一着：所以这计划
得有第二个作后备，倘初试炸了时[82]
好保证成功。且慢！容我来想想：
对你们的赛技，我们该隆重下注：[83]
我有了：
你们在比剑行动里又热又渴时——
你所以得奋力劈刺，务使他那样——
他叫要喝水，我当已为他备就了
恰好派用的一杯酒，只待他一喝，
即令他偶然逃过了你那毒刺，
我们还是会成功。且住，是什么声响？[84]

［王后上。

怎么样，亲爱的后妻？

王　　后　灾祸一桩桩跟着来，真后先接踵
而至。你妹妹淹死了，赉候底施。

赉候底施　淹死了！呵，在哪里？

王　　后　有一株杨柳斜插过一道溪流，[85]
银灰的[86]叶子映在玻璃般的水里；
编了些奇异的花环，她来到那边
用的是金凤花、荨麻、延命菊、长紫兰，[87]
这个，恣肆的[88]牧子们叫鄙亵的名儿，[89]
我们贞淑的[90]小娘们却称它“死人指”：
那里，她攀登水上的树枝去悬挂
那些个花环，恶毒的枝丫忽断裂；
蓦地里花环[91]连同她的人都掉进
呜咽的溪水中。她的衣裙张大了；
它们把她鲛人般托起了一会儿：
这时节她还唱些片段的古圣歌；[92]
好像她全然不懂得自己的悲苦，
或是像个水里边生长的东西般，
能习以为常：可是那情形不能久，

她的衣裙吸饱了溪水变得重，
把那可怜的人儿，在曼歌轻唱里，
拖入泥污去死。[93]

赉候底施 唉呀，那她是淹死了？

王 后 淹死了，淹死了。

赉候底施 水已经有得太多了，苦妹妹，
所以我不叫我的眼泪流：但这是
我们的习惯；天性脱不出常规，
尽羞惭怎样去说：眼泪流掉了，
妇人气也就完了。再会吧，吾王：
我有篇火烧的言辞，只想要燎炽，
若非这眼泪浇熄了它。[94] [下。

国 王 葛忒露，
我们跟着：好费事，我平了他的怒！
现在我只怕这又要把他激怒了；
所以，我们且跟着去。 [同下。

第四幕 注释

① 此分幕分景法始自1676年之伶人版四开本，为以前各版四开对开本所无。Johnson：这个近今的分幕法在这里不很得当，因为这停顿是在比几乎所有其他的剧景里更有动作的连续性的时候形成的。Caldecott提出，Elze和他有同见，谓第四幕应自现在的四幕四景开始。后者提议说，也许（如各版四开本所表示的）王后在罕秣莱德一离开她后立即去找国王，而在廊庑里遇到他后，就同他及他的廷臣们走进国王的这一间斋堂。

② Cowden-Clarke：王后听从她儿子的意思使国王相信他是疯的，并且以她为母的机巧把他的疯狂作为他闯祸的托辞。这对于罕秣莱德要"装出一副古怪的言谈行止"和假装疯狂的原始动机能提供一个线索；他预见到这样做对于能为他将有一个坚持不渝的行动目的消除疑虑，以及可以解释他将作的任何敌对企图，或许是有用的。

③ 原文"kept short"，Clark与Wright（克拉伦顿本）解作"拴系住，控制住"，Schmidt释"束缚，羁勒，制止"。

④ 原文"out of haunt"，Steevens解作"不使与人接触"，Schmidt训"远离公共场所，不与许多人接触"。

⑤ Moberly：这或者完全是王后的编造，或者在罕秣莱德的讥嘲之后果真继之以悲哀。

⑥ 方括号里的四行多，原文各版对开本付阙如，原文"so，haply，slander"，（这样，也许诽谤）三字各版四开本也都没有，为经Capell所修改过的Theobald的校补，从他们的有 Steevens，Caldecott，Boswell，Knight，Collier，Singer，Elze，Dyce，Staunton，

White, Keightley, Hudson, Moberly, Furness, Craig 等许多家。Clark 与 Wright(剑桥本)谓,"malice"(恶意)或"envy"(妒忌)也可以补足漏夺,不一定是"slander"(诽谤);他们在剑桥、环球与克拉伦顿三种本子上都从四开本。Tschischwitz 建议校补"by this, suspicion"(便这样,猜疑)三字,说是指国王想要做的事,即遣走罕秣莱德往英格兰。他并且主张这四行多直至"……空气"当初是一段旁白。

⑦ Coleridge:罕秣莱德的疯狂在于把他刚才所想起的一切想法都由衷地说出来;——事实上,就是讲逆耳的老实话。

⑧ Steevens:自莎氏以后这句话便成了句成语。

⑨ 对这一句,从 Johnson 到 Moberly 有九家的各种各样的解释或猜测。举一两个例子,以见一斑。Douce:那身体,即君王的外形,跟他叔父在一起;但是那真正的与合法的君王则不在那身体里头。Singer:当今的王上是个没有君王灵魂的身体,一件没啥啥的东西。Clark 与 Wright(克拉伦顿本)认为罕秣莱德故意说得不知所云,Furness 有此同感。

⑩ 各版四开本无此语。Hanmer:孩子们有一种游戏叫这名称。Singer:多半就是现在叫作"迷藏戏"的。White:这声叫喊只是罕秣莱德假装疯狂的标志之一。

⑪ 原文"convocation of politic worms"和接着所示意的"diet of worms"(蛆虫的伙食),Singer, Herford 等谓语涉双关,除表面含义外,并讽指 1521 年日耳曼帝国天主教会在伏尔摩斯城召开的显要会议(Diet of Worms)。按,当时德国宗教改革领袖马丁·路得(Martin Luther, 1483—1546,他本来是个 Augustine 派的僧侣)因公开反对天主教会对自教皇而下至神父之特别赦罪政策与制度(就是说,所有大小各级僧侣凭教皇一纸命令,可以豁免一切罪孽与应有的忏悔,亦即神权在握,尽可无恶不作),而把他的《策论》(Theses)钉在威登堡(Wittenberg)教堂大门上,结果被传至伏尔摩斯会议上判处咒逐出教。创建于 1502 年的威登堡大学的师生中,有不少人闻风响应,追随路得的义旗,反对旧教的腐劣。崇尚个人信仰自由的基督新教,便这么在万众景仰之中日益传播而得以形成。德国的宗教改革在西欧开风气之先,在人类精神史上是一件了不起的大事。威登堡大学因而声名大振,非同等闲;无怪莎士比亚使罕秣莱德在这所光明的学府里领受人格上的陶冶启示,虽然他明知(我信)这里边有一个所谓时代错误(anachronism)。有人如耶鲁本的编者 Crawford 认为这里"一大伙政治蛆虫正在开会议"等影射伏尔摩斯会议的说法是牵强附会,只恐未必。

⑫ Delius:国王不能上天,他必须派个使者去。

⑬ Caldecott:这个至美的与突然的、暗示神灵洞悉与干预此事,跟国王表示关心罕秣莱德安全的阴恶居心正相对照,闪耀到我们心上既惊奇而又可喜,没有相似的例子可以比拟,是不愧这位戏剧巨匠的大手笔的。Moberly:天使们是上天的爱的神使;所以他们当然晓得国王对罕秣莱德的真心的爱。按,用最光明绚烂的东西来比照最黑暗阴毒的东西,这无比锐利的讽刺划破这贼王的黑心,闪闪发亮。

⑭ Collier:这句话也许是对他的军兵说的。

⑮ 从这句导演词起直至景末,各版对开本完全删去。Knight:这一景——罕秣莱德的踌躇不决的一个端绪是这样优美地在这里头被提供出来——在各版对开本里所以被删去,也许是因为全剧太长了,而且它对于推进动作没有帮助。Collier:这一景作为罕秣莱德性格的钥匙是这样重要,它的被删去使我们相信初版对开本里这出戏的节缩是当时伶人们的操作,非出于莎氏之手。Lloyd:这一景里的独白虽然很优美,但我倾向于认为削掉它也许是故意的——因为不需要,太延长了剧情动作,而且,也

许,把罕秣莱德的弱点呈露得太粗糙了;这显示他下定他报仇的最明确的决心,正当他掉转背来离别宗邦,放弃了那样做的最后机会。虽然如此,这一段和还有别的几段要是真正删削掉那实在太遗憾了,虽然我是倾向于认为诗人是确实牺牲了它们的。按,译者觉得宜以 Lloyd 说法为较当。Coleridge,Knight,Collier 等诗人学者们的看法,以为罕秣莱德秉性优柔寡断,犹豫蹉误,我不能同意,说见三幕一景八三一八八行注。莎氏在对开本所根据的写定本里删掉包括景末独白的这一段,就诗意与文字而言,虽然可惜,但以观众了解这位主角的性格论及为避免误解起见,实有必要。这就更足以证明我的论点。

⑯ 主要部分。Clark 与 Wright(克拉伦顿本)谓,"main"解作"主力"。

⑰ As You Like It:这两行由罕秣莱德说出定必是错误的,它们无疑应属于队长。罕秣莱德显得完全不知道挪威军队的目标。队长说起这一小块土地时心存鄙蔑,他不愿出五块钱去租它,但为收复它要牺牲那么多性命,花费那么多钱。在这以后,罕秣莱德开言得颇为恰当,"这是太富裕和承平日久的脓疮"。Tschischwitz 则主张这段话直到"人死的原因"都由队长说,原因是这段剧词跟罕秣莱德以后所说的不符,那里荣誉是推动他奋发的原因,不是一个"太富裕和承平日久的脓疮"。

⑱ Johnson:这样的理解幅度,这样检视过去和预期未来的能力。

⑲ 有两位批评家指出,第三幕应用上一景予以结束(即将四幕一、二、三、四景改为三幕五、六、七、八景),这第五景应把它作为第四幕的开始(即改为第四幕第一景),随后的六、七两景则按序更名(即改为四幕第二、三景),兹介绍他们的说法于后。Miles:这一幕[第三幕]应当以福丁勃拉思和他的军队的堂皇威武——以丹麦将有较好的命运这一道闪光划过这愈益深沉化的剧情,来把它结束。[第三幕]在这里结束,则[罕秣莱德赴]英格兰之行所花的间隙,赉候底施从巴黎回来,以及福丁勃拉思出师波兰而返,都可以投在幕间——它们在剧中的自然的处所。建议中的把第三幕这样延长会使这最伟大的悲剧变得也最均衡对称;而第四幕,去掉它所有的、现在被误认为是个修辞上的层退法(anticlimax)的混乱之后,将会致力于一意地集中到它的两个卓绝的对比上来:赉候底施的报仇和罕秣莱德的报仇,以及莪斐丽亚的全然的疯狂和她情人的一半假装的疯狂。这在书斋里细细的读来和在剧院里看舞台演出几乎同样能增加艺术效果。Marshall:这一景和前一景之间相隔至少有一个月,也许更久些。这一点可以在检视后面两景里见到。在本景之末不可能有中断发生;国王与赉候底施在第七景里的对话分明是本景末尾的剧情的延续;第六景所占的时间只够给国王用以向赉候底施解释朴罗纽司怎样致死的情形。从第六景里,我们知道罕秣莱德已回来,在他出行的第二天他曾被海盗们掳去;他被他们俘留了多久则没有明说;那一定有若干时候,因为在第四与第五幕之间最多不会超过两天,而在第五幕之末我们见到钦使们宣告罗撰克兰兹与吉尔腾司登已死,以及福丁勃拉思已自波兰回来,所以很明显,新的剧幕前所包含的中断应落在第四幕第四景之后。况且,假使莪斐丽亚的疯狂在一个新的剧幕开始时介绍到剧中来会显得更有效力,而剧幕开始前的那个假定的间隙则会给产生它的原因以烘托得更像真的色彩。

⑳ 各版四开本有此近侍;各版对开本把他省去,他的话则由霍瑞旭说出。Collier 谓,对开本把近侍省略,无疑是为避免多雇用一个伶人。按,十四—十六行"跟她谈谈……让她进来",在各版四开本上由霍瑞旭说,在各版对开本上归王后说出。译文系从 Blackstone,Collier,Staunton,Keightley,Clark 与 Wright(剑桥、环球、克拉伦顿本),Moberly,Furness,Craig 等多家的读法分配。White 则谓应从各版对开本:十四、十

五行出诸王后之口远较适当,作为她改变她对于莪斐丽亚的决意的考虑,而不是作为一个臣民对一位王后的直接的警告。Cowden-Clarke:我们以为使罕秣莱德的至友霍瑞旭在王子不在时看顾莪斐丽亚,温存地替她设想,并且领她到他母亲跟前来,是最适当不过的,可谓绝妙。我们有此感觉,所以相信这是莎氏重新考虑后的意向。Clark 与 Wright(克拉伦顿本)云:十一—十三行,说得这样谨慎地晦涩,似乎更合于一位普通廷臣的口气,而适于霍瑞旭。

㉑ 原文"thought",与前行末一字"thoughts"(思想、想法)完全不同,而与后面一七七行之"there is pansies, that's for thoughts"(这儿还有三色堇,是为悲思的)和一八八行之"Thought and affliction"(悲伤和痛苦)的"thought(s)"则相同,Schmidt 释"悲思",又"悲伤(哀),忧郁"。Clark 与 Wright(克拉伦顿本):这说话的人不愿把话说得太明确。他要是说清楚了,便会这样说,"她的话和姿势引人推想她当是遭到了什么大不幸。"

㉒ 在 1603 年的初版四开本上,这导演词是"莪斐丽亚上,弹弄琵琶,披发而唱"。Hunter:也许初版四开本上的琵琶被删掉,正当下一行被增入时,因为说这一行须得向王后狂奔而去,手抱琵琶对于作此行动有妨碍。二、三、四、五版四开本作"莪斐丽亚上";各版对开本作"莪斐丽亚于疯狂中上";这里采取 Clark 与 Wright 之剑桥本与克拉伦顿本的校改。Reynolds:这本戏没有哪一部分在舞台上表演起来能比这一景更凄恻动人的了;这一点,我猜想,是出于莪斐丽亚对她自己的不幸完全没有了知觉。Coleridge:莪斐丽亚唱着歌。啊,请注意这里这两个彼此从不分开的思想被连结在一起表现出来,即对于罕秣莱德的爱和她的孝思,在她纯粹的想象之流上则率真地飘浮着她父亲和哥哥新近对她所表明的警告和不太优雅地对她所断言的恐惧,她的清名据说便暴露在他们所恐惧的危险之前。这个联想的活动可在六十七、六十八两行里得到例证。

㉓ Warburton:这是在描写一个朝圣的香客。当这一种敬神的风气正在流行时,恋爱的私情往往在这样的掩护下得以相通。所以老的歌谣和小说把朝圣作为情节里的主题。缀贻贝(海扇)壳的帽子是这一神职的基本标志之一;因为那些敬神的主要地点都在海外或沿海边,香客们便惯于把贻贝壳饰在帽子上,以表示他们敬神的意向或行动。Furness 的新集注本三三〇页上有流传下来的据说与莎氏当时一样的或差不多的一支歌谱。这起初三节属于同一首歌,唱起来用同一个曲调。

㉔ Douce:葛洛斯忒郡民间流传着这个故事,据说是这样讲述的:"救世主有一天走进一家面包房,那里正在烤面包,他向他们要一点面包吃。老板娘马上把一块面团放进烤炉去替他烤,但被她女儿所责怪,她硬说那面团太大了,把它减少成很小的一块。可是那面团随后立即开始胀大起来,顷刻间变成非常大的一块。女儿见了不禁叫道,'嘘,嘘,嘘,'那猫头鹰似的声音大概就使救世主因她那邪恶将她变成了那样一只鸟。"这故事常说给孩子们听,使他们不敢对穷苦人使出那样的吝啬行为。

㉕ Hudson:这些歌里有些歌词语涉猥亵是异常可悯的;这告诉我们,正如没有别的东西能这样做,莪斐丽亚是绝对不自觉她在说什么的。按,这首歌词的曲谱也在 Furness 的新集注本上(333 页)可以见到。据 Chappell 云,在一些十八世纪的歌谣剧曲集如《修靴匠之歌剧》(1729),《教友派人之歌剧》(1728)等里面可以找到。Halliwell:这支歌曲系指在这个节日的早上,一个[单身青年]男子所看见的第一个姑娘就被他当作他的梵楞泰因或情人的那个风俗。那风俗一直流传到上一(18)世纪,在约翰·该(John Gay,1685—1732)的作品里被绘形绘声地记录下来。男女青年们各

自在二月十四日圣梵楞泰因节挑选情侣的风俗(挑选姓名时用抽签或占卜法),在英国由来甚古。抽中或卜到的姓名便是抽签占卜人的梵楞泰因。Douce将这风俗追溯到古罗马的牧畜保护神纪念节(Lupercalia,2月15日),那一天有同样的风俗盛行着。这一位圣徒的生平经历里并没有东西能用以制定这样的风习,他的生日只是被挑选为在时间上最适宜于嫁接一个基督教的节日。据信在这一天飞鸟们也挑选它们的伴侣。

㉖ 原文“Gis”,Ridley遍查各种圣徒名录,不能发观;他相信是“Jesus”一字的古代缩写之讹。

㉗ Steevens谓,天主教里有这样一位圣徒。

㉘ 原文无“雾”意,或可译为“待在云层里”。Caldecott:即“在高远处,且与世人相隔绝”。

㉙ Moberly:仿佛管理邦国大事全由暴民们的一团高兴用随意投票来决定。

㉚ 对原文“word”,有“ward”,“weal”,“work”,“worth”,“wont”等多家的校改建议以及解释。Schmidt认为一切校改都是完全不需要的,“每句话的认许和支撑”即是说“每一件事可以给群众用作大家认许和支撑的箴言或口头禅的都已经失效了”。

㉛ 这两行里所用的隐喻取自打猎用语。

㉜ 原文“true”,Delius说是“贞洁的”。

㉝ Johnson在上面“平静些,……”后加一导演词“将彼扭结”。Delius:可以推定,王后在这里将她自己拦在她丈夫和狂怒的赉候底施之间。Clark与Wright(克拉伦顿本):她扭缠住赉候底施,阻止他狙击。

㉞ 原文“swoopstake”,Clark与Wright在克拉伦顿本上云,这隐喻取自一场纸牌戏,当时赢家把全盘赌注来一个统吃。这样在隐喻里混和了两个意思,意义不免有点乱了。Moberly:你可是要不分友敌,一概发泄你的恼怒吗;像一个赌徒那样,坚持要来个全盘统吃,不去管赢家或输家。

㉟ Caldecott引Sherwen云:“从鹈鹕把它的下半爿鸟喙搁在胸前,以便幼雏从它那精赤的肉色大嘴里啄取食物的模样,这喂食的形态就是这里所描写的。”Rushton引列莱(John Lyly,1554? —1606)之《优茀伊斯和他的英格兰》(1580):“鹈鹕,它把自己的身体啄出血来,以裨益于人家,”Clark与Wright(克拉伦顿本):在《理查二世》二幕一景一二六行和《黎琊王》三幕四景七七行,小鹈鹕是用作忤逆的实例的。

㊱ Clark与Wright(克拉伦顿本):“Fine”似乎解作“delicately tender”(娇柔),“instance”则解“Proof”(证明)或“example”(例子)。“The thing it loves”(它爱的东西)在这里是朴罗纽司;“precious instance”(宝贵的例证)是莪斐丽亚的心神之健全。她的神志清明已经跟着她父亲进了坟墓。

㊲ Furness谓,这几句歌词找不到曲调。

㊳ 这一行里的“Hey”(嗨),Schmidt说是嬉笑的叫喊,Onions谓系表示兴奋、惊奇、狂喜的叫声,“non nonny”(哝哝呢)等,Schmidt说是表示欢乐的叫喊,这里被莪斐丽亚在她疯狂里荒唐地用来表示悲哀,Onions则谓是没有意义的叠唱。Steevens:据说在诺福克郡(Norfolk)民间,“nonny”作“戏弄,玩耍”解。

㊴ 原文“wheel”,Heath谓可能是指歌谣里的叠唱,Dyce,Steevens,Staunton都赞成此议,但Clark与Wright(克拉伦顿本)云,这个字用作这一意义找不到满意的例证。Johnson建议:“也许这位被管家拐骗去的小姐因穷狠了只得纺织过生!”

㊵ Collier:没有这样的歌谣曾被发现过。

㊶ Staunton：可怜的莪斐丽亚分配花草给各人有她的次序。她送给每个人的花草在通行的意义上总合于他的年龄或气质。对赉候底施，在她精神错乱中她也许误以为他是她的情人，她给与了“迷迭香”作为他真心记挂她的象征；“三色堇”则表示恋爱的悲思或烦恼。Delius：也许这些花只存在于莪斐丽亚的幻想中，并没有真的花分配给在场的人。Clark 与 Wright（克拉伦顿本）：迷迭香据信能增强记忆，所以它便成为象征记挂（或忆念）与忠于爱情的花，《冬日故事》四幕三景七四—七六行：

这里有两束
迷迭香和芸香给你们；这些花儿
一冬天都保持花形美好和花香：
致你们两位以天恩和忆念。

据 Clement Robinson 在《一把可人的愉快》（A Handfull of pleasant Delites，1584）里说，“迷迭香是为忆念的”；“茴香花是给阿谀奉承者的”，“紫罗兰是为忠于恋爱的”。

㊷ 这里“thoughts”不能译作“思想”，“心思”或“相思”，Hunter 解作“忧郁”，Staunton 解作“烦恼”，Schmidt 之《莎士比亚辞典》释“悲思”，Onions 之《莎氏词汇》释“忧虑，焦思，悲伤，忧郁”。“Pansy”（三色堇）这字来自法文“pensáe”，而“pensée”在法文里解作“thought”，“thought”在这里则为“悲思”或“悲伤”。

㊸ Malone：莪斐丽亚把她的茴香花和耧斗花给了国王。前者代表巧言令色，谄媚逢迎。Nares，Staunton，Dyce 等皆作此说法，当系据 Clement Robinson 书中所记。

㊹ Steevens：耧斗花代表忘恩负义。Stephen Weston：耧斗花象征老婆偷汉，因为它的蜜槽有角，它们很特别。

㊺ Steevens：我相信这一段在使用双关谐语；“rue”古时与“ruth”含义相同，即悲伤。莪斐丽亚给了王后一些，留下一部分来给她自己。Malone：莪斐丽亚的意思是，王后将特别合适在礼拜天（当她因为有那么多理由去悲哀悔恨她的罪恶而乞求天恕时）叫她的“芸香花”“天恩草”。给了王后一把芸香花，去提醒她应对她乱伦的结婚感觉悲哀和悔恨之后，莪斐丽亚告诉她，她佩戴起来应当跟她自己有所不同；因为她自己流泪是由于丧失掉一个父亲，王后流泪是为她的罪过。Caldecott 与 Skeat 的解释跟此说差不多。

㊻ Henley 引葛林（Robert Greene，1560？—1592，莎氏同时剧作家）的《对一位骤贵的朝臣的讥嘲》（A Quip for an Upstart Courtier，1592）解释这花的性质道：“在他们近旁长着那假装的雏菊[又名延命菊]，去警告那些容易堕入情网的女娘们不要轻易相信那些多情好色的独身男子对她们所作的每一句好听的诺言。”Dyce：莪斐丽亚是说雏菊是给她自己的吗？Clark 与 Wright（克拉伦顿本）：原文没有说她把它给了谁；也许不是给国王，便是给王后的。

㊼ Malone：在 C. Robinson 的《一把可人的愉快》里，紫罗兰代表忠于恋爱。Clark 与 Wright（克拉伦顿本）：也许她是对霍瑞旭说的。

㊽ Chappell 谓，这些歌在好些古歌曲集里流传得有。Furness 之新集注本上（349 页）印有它的第一行“我的罗宾进了绿树林”及其曲谱。

㊾ Furness：“passion”解作“苦痛”，见《麦克白》三幕四景五十七行。

㊿ Chappell 也引录了此歌的曲谱，见 Furness 新集注本三五〇页。

51 Hawkins（在 1821 年之老集注本上）：这个常习一直保持着，直到今天，不仅是剑，而且兜鍪，手笼，靴踵铁，铠甲外套（即罩在铁甲上的外套，上面古时候绘有穿戴者的纹章，“coat of armour”一词即由此得名），都悬挂在每一位武士的墓上。按，“hatch-

ment"Schmidt 与 Onions 都释为丧葬用的纹章牌子,它的形状为盾形或方形或梭形。

㊾ Miles 主张这一被掳不出于偶然,而是罕秣莱德预先安排好了的,他对国王说"我看见一个见到你用心的天使"(四幕三景五十一行)时就作了暗示,但在他跟他母亲长谈结束时极显然而且特地暗指到这件事:"啊,最最妙|莫过于双方的巧计一同爆炸。"——"假使'crafts'(巧计)这个字在莎氏当时有它现在的海事用语的意义,仅仅这双关就足够借以断定这是个预先安排好了的被掳。怎样安排的,在剧本内哪里也没有提起过;但租借一艘自由巡海船的机会,一位丹麦王子不会没有,而且,更重要的是,福丁勃拉思的水师当时正泊在艾尔辛诺港内。在这两位王子之间,正好这么隐约地讽示过,是有一层默契的。可是下面这几行只允许一个解释:'就来吧;|叫那撒网的相好自去投罗网,|倒是挺好玩:要来就叫他来得凶,|我要在他们地道下再掘深一码,|把他们轰上九霄云。'我们可以设想,这需要对于批评上的愚钝作不可思议的原谅,才能忽略这样显著地预告的一个破计之计。……为使确言双重地肯定,还来这封给霍瑞旭的信,'在扭扼之中我跳上了他们的船:顷刻间他们离开了我们的船;于是光是我成了他们的俘虏。他们对待我像一伙仁善的好汉;但他们知道他们做的是什么事。'情况的证据能超过这种种吗?"

㊿ 原文"bore"实解为"弹径"或"铳腔",隐喻为"重要性"。

51 Cowden-Clarke:这个对于致他知心朋友的沉着而极真挚的信的单纯的、可是有力的结束,我们认为,充分表示罕秣莱德是完全神志清明的。疯子不会写得这样凝练而贴切;假使他们热情,他们便写得强烈,假使他们兴奋,他们便写得激越;可是这里是友谊的温暖,出之以稳静的词句,情绪的热烈,出之以确言的静肃。

55 Johnson:此明喻既不对这段对话的要旨适合时宜,也没有应用得精确。假使这泉水能把贱金属变成黄金,这想法也许较为适当。Reed 认为莎氏这里所指的是约克郡(Yorkshire)那勒斯市邑(Knaresborough)的滴落泉,它会把放在它下面的东西包上一层石灰质沉淀。Clark 与 Wright(克拉伦顿本)引列莱(John Lyly,1554? —1606,约长于莎氏十岁的莎氏同代散文名家与剧作家)的《优弗伊斯》(Euphues,1579)云,"但愿我啜饮过那条在加里亚(Caria,在古代小亚西亚西南部)的河流的水,那会把喝过它的人变成石头。"

56 Clark 与 Wright(克拉伦顿本):"gyves"为系在足踝上的脚镣。国王的意思是,要是把罕秣莱德逮捕起来,关在监狱里,处他以杀死朴罗纽司的罪,老百姓会更加爱戴他。

57 原意为"要是称赞能回头"。Johnson:要是我可以称赞过去曾有过的事,但现在已经不复能见到了。Clark 与 Wright(克拉伦顿本):要是我可以把她的过去来称赞,不是把她的现在。

58 这一行半直译可作"高高在时代之巅,向众美挑着战,看她们可能争胜她"。Furness:她的品貌向整个时代挑战,要它否认她的绝世无双。

59 Clark 与 Wright(克拉伦顿本):危险震动须髯时,它便近在目前了。按,我们叫作"迫在眉睫"。

60 Crawtord:一个在剧中未上场的角色。

61 Abbott:"我突然的,且比突然更为可惊的……"

⑫ 这封信口气似极平凡，然寓意却极尽戏弄挖苦之能事，而又使克劳迪欧斯一无把柄可抓，真是一个正义凛然的士子，面对着威武，在击败了他的奸谋之后，对它表示无比轻蔑的绝妙写照。“位崇而权隆”与“干黩御睐”是在笑骂他权力大，但还是失败了，“请恕罪”也是挖苦，“我突然且更可惊的回来”是说“我没有被送往英格兰而回来了，当出于你的意外，使你大吃一惊吧？”玩笑开得有劲；“被光身放在您邦疆之上”使国王莫名其妙，而又显得这事罕秣莱德是被动的，怪不得他。凶王派两条走狗押送罕秣莱德去英格兰，原来计划他必死无疑。他如今突然回来，非但将使贼子篡夺来的江山不稳固，甚至会危及他的生命。这封信便这样使他哭笑不得，无比痛苦。

⑬ Delius 与 Keightley 都认为原文“As how should it be so?”（这怎么会这样？）有讹误，应作“As how should it not be so?”（这怎会不这样？”）。Clark 与 Wright（克拉伦顿本）；也许第一句是指罕秣莱德的回来，第二句是指赉候底施的情绪。Marshall：假使“should”（会）一字着重了念，我们可以这样了解这一行半：“要果真这样”——（即，假使罕秣莱德回来是因为在考虑之后他不想去英格兰）——“这怎么会这样？”（即，对于它是这样子怎么会有问题）——“怎么（这能）不是这样？”译者认为以上三说都不对。“要果真这样”是说“要是他当真回来了的话”，此语与下行“你是否听我的调度？”相呼应；“这怎么会这样？”是说“我明明关照他们押送他往英格兰，他怎么会独自回来呢？这几乎是不可能的事”；“怎么能不是这样？”是说“哦，是了，他只想跟我捣蛋，被送往英格兰他是决不会愿意的，所以他势必设法逃回来，他这回来是必然的，这怎么能不是这样呢？”

⑭ 原文“checking”为放鹰术里的成语。Dyce：应用于一只雀鹰，当它放弃了它原来的猎取物而追逐另一只横过它飞程的较次的猎取物时。Schmidt 释“因受惊而脱出航程”。Clark 与 Wright（克拉伦顿本）：此字在这里用得跟它的原意[舍弃原来的猎取物而追逐另外的飞禽]不尽相同，因为航行是罕秣莱德“原来的猎取物”，而他是舍弃了那个的。

⑮ Schmidt：意含嘲讽。

⑯ 原文“practice”，Clark 与 Wright（克拉伦顿本）训”密计，策略，奸谋”。

⑰ “Of the unworthiest siege”，Johnson 释“最低的等级（品位）”。Clark 与 Wright（克拉伦顿本）：最低的座位（由此而生“等级”或“品位”之义），因为人们在食桌上或别处按身份的贵贱而列坐。

⑱ Warburton 校改原来的“health”为“wealth”，谓穿皮裘暗指有病，不能是“健康”，莎氏当系用“wealth”这字，意思是说衣貂裘袍服的人是富有的绅士与官长。Malone：“importing health”意为“表示注意健康”。Furness：也许“health”（健康）所指的是“轻快的外表”，“graveness”（可敬）所指的是“貂裘”与“袍服”。Schmidt 释“health”为“富有，兴隆”。

⑲ Johnson：我不能幻想出这么多机巧身手的例证，如他所能实际表演的。

⑳ Nares：“brooch”为装饰用的一个扣子一支首饰针，为一枚扣环，来自法文“broche”（针）。它常被提到，作为佩戴在帽子上的帽饰。

㉑ Delius：这里说不得不承认，因为拉蒙不愿意承认赉候底施在剑术上超过法兰西人。

㉒ Coleridge：注意国王怎样先用对传报人的称赞唤起赉候底施的虚荣，接着就用那传报本身来满足它，最后用这几行来加强它的势头。

㉓ 原文“begun by time”（随时间而产生），Johnson 谓也许可以这样解释：爱心不是我们生来就有、跟我们的天性同存的，而是由于被某些外因所促成，在某一时期才开始

的，且因总受时间法则的支配，所以会遭受变迁与减退。

⑭ 原文“passages of proof”，Johnson 解作“日常经历里的事件”，Clark 与 Wright（克拉伦顿本）释“证明时间会减弱爱心的那些情形”。

⑮ “想要做件事，……事故一样多”，Tschischwitz 与 Grant White 俱谓为整出悲剧的基本概念。

⑯ Heath：这里所指的是个无谓的说法，在普通人中间还流行着，说是每一声叹息从心腔里抽出几滴血来，因而会缩短寿命。Clark 与 Wright 在克拉伦顿本上云：这意思是，仅仅认识一个责任而没有意志去实行它，虽然能满足心愿于一时，却会使道德素质变得衰弱。Moberly：那个徒然承认他“应当”做一件事情的人，是像一个败子似的为他浪费掉的产业在叹息。

⑰ Malone：“A sword unbated”为“不戴扣子，没有扣钝剑尖的剑”。

⑱ Clark 与 Wright（克拉伦顿本）：“a pass of practice”释“奸剑的一击”。参看本景八十六行，“即令他母亲也不会责怪那巧（奸）计。”

⑲ Moberly：以此可怕的献策，赉候底施显得多么不需要国王去那么小心地准备他的诱惑。

⑳ Clark 与 Wright（克拉伦顿本）：“mountebank”为“江湖郎中”。《奥赛罗》一幕三景五九一六一行，

她给人糟蹋，从我
身旁盗窃走，给施了魔法，以及被
江湖医士处买来的药石所败坏。

培根（Francis Bacon，1561—1626）《学术之进展》（The Advancemont of Learning，1605）卷二，十章，二节云，“哎，我们见到人们的软弱与轻信一至于此，即他们往往宁愿在听信一位有学问的医师之前先去听信一个江湖医士或一个巫师。”在绛荪（Benjamin Jonson，1572—1637）的《伏尔捧》或《狐狸》（“Volpone”，or“The Fox”，初演于1606，翌年出版）剧中，伏尔捧化装成一个江湖郎中，有一大堆药出卖。在意大利文里他叫做“ciarlatano”，法文“charlatan”即由此而来，Cotgrave 之《法文英文字典》（1611）释“江湖医士，欺骗的卖药人，喋喋不休的走江湖卖膏药者”。

㉑ 原文“simples”（单味药），Clark 与 Wright（克拉伦顿本）谓，药草叫做“单味药”，因它们是混合药剂里的单味合成成分。Furness：在月光下采集单味药被认为能加强它们的药力或“特效”。

㉒ 原文“blast in proof”，Steevens 谓系取自试验火器或炮的一个隐喻，那火器或炮在试放时炸了或爆破了。

㉓ 各版四开本原文“cunnings”（赛技的本领），各版对开本作“Com(m)ings”，Caldecott 与 Knight 解后者为比剑中“进击之遭遇，回合或冲刺”。

㉔ Jennens 谓，这句话有重大意义，表示国王作恶心虚，生怕被人听见。

㉕ Thomas Campbell[?]：王后依稀彷佛为莪斐丽亚生动如画的死法所感动，她比任何真正硬得起心肠来的人有更多喜悦描摹它。葛忒露特是个饶舌妇——即使悲哀中她也是粗鄙的。

㉖ Cowden-Clarke：杨柳叶子上面是绿的，下面作银灰或灰白色，这在玻璃似的溪流里给反映出来。

㉗ Farren：这一行是表象或画字写法的一个绝妙的标本。金凤花（又名毛茛），根据 Parkinson，名叫“法兰西美少女”；长紫兰叫“死人指”；延命菊（又名雏菊）含有“纯洁

的童贞"或"生命之春"的意思，它本身便是"岁时的童贞花"。它们的次序是这样的，花名下列得有各自的含义：

金凤花，	荨麻	延命菊，	长紫兰。
美少女	给刺伤，	童贞花	死神的冷手。

连起来就是，"一个美少女给刺伤，她的童贞花在死神的冷手之下。"

⑱ 原文"liberal"，Reed 释"恣肆的，淫乱的"，Malone 训"直言无隐的"，Clark 与 Wright（克拉伦顿本）也解作"率直无讳的"。

⑲ Malone：一些鄙亵的名称中之一，葛忒露特有特殊的原因要避免的——"没克制的寡妇"。

⑳ 原文"cold"，Delius 谓与前面的"liberal"（恣肆的，淫乱的）相对立，Schmidt 释"贞淑的"。

㉑ 原文"weedy trophies"，Schmidt 释"trophy"为"采来编结成、想要挂在她父亲墓上的花环"。按，直译当为"草环"。

㉒ 这里各版四开本作"laud(e)s"（圣歌），各版对开本作"tunes"（曲调）。Jennens 谓，对开本之"曲调"太含糊，四开本的"圣歌"则告诉我们她死时唱的是什么样的歌。White：四开本的"圣歌"在这里特别不适当。Hudson：毋宁取"圣歌"而不取"曲调"，因前者与"chanted"（歌唱）吻合，且含有"曲调"所不能表达的凄恻之意。

㉓ Seymour：既然王后似乎是从亲眼所见里提供这段描写的，我们可以追问，为什么已被告知了莪斐丽亚的疯癫后，她并不采取行动去阻止那致命的变异，特别是当她被她的衣裙"鲛人般托起"时，还有那么好的机会去救她，而王后正闲着无事，在听她"唱些片段的古圣歌"。T. C.：也许王后所作的这段描写是含诗意而不是表戏剧性的；可是它的绝致的美妙留存了下来，而莪斐丽亚，临死时和已死后，仍然是那个最初得到我们喜爱的莪斐丽亚。也许在本剧全部的余下部分里不再提起她，能使听众和读者们驰神于魂梦中去找她。她已经从人间湮逝，像一支奇妙的曲调——一场极乐的梦境。在最后劫难的震荡与骚动中，将不会有她的地位。我们感觉到满意，她那时已在墓中。我们不见她卷入最后一景的骇人的纷扰里时，便会记起她的心在静谧里安眠着，而这一记忆将似忧郁的音乐的回声那样，凄美琼绝。Hudson：这一段是理应驰名的，且适当地例证了诗人能够使他对于每一件事物的描写比那件事物本身更好，而他之所以能这样做是因为他把他的眼睛给了我们。Clark 与 Wright（克拉伦顿本）：王后这段话无疑是不配它的作者和这个时会的。举叙这些花草对于这样悲剧性的一景是颇为不当的，正如在《黎琊王》四幕六景十一——二十四行对多浮悬崖的描写一样。何况，也没有人在旁边去目睹莪斐丽亚的死，否则她会被救起来。按，葛忒露特在此身兼着希腊悲剧里的歌唱队（chorus）的身份，这一任务她是分明不堪担负的，但我们不应以人废言。

㉔ Coleridge：为使赉候底施的不能平静在某一程度上得到原谅，这一幕以莪斐丽亚这凄惨的死结束——她在开始时像一个小小的半岛伸入湖中或水流里，上面覆盖着满开花朵的小树枝丫，静悄悄反映在静水中，但这一半岛的根盘最后酥松或塌陷了下去，它便变成一个仙岛，而飘浮了片刻之后终于沉了下去，几乎不起一个旋涡。

第　五　幕

第　一　景①

［墓园］

［小丑两人携铁铲等上。

小　丑　甲　这故意去找天恩②的姑娘，还用基督教葬礼去葬她吗？

小　丑　乙　我告诉你，要那样办；所以马上把她的坟掘好：验尸官来验过了，作出决定要用基督教葬礼。

小　丑　甲　那怎么成呢，除非她是为保卫她自己而跳水的？

小　丑　乙　哎也，验出来是这样的。

小　丑　甲　这一定得是“自危”③才行；不这样就不成。讲究就在这里：我要是故意把自己淹死，就显得是个行动，一个行动有三个部分：就是，去干，去做，去行；所以，她是有意叫自己淹死的。

小　丑　乙　别那样，你听我说，掘坟老儿。④

小　丑　甲　对不起。这儿有片水；好：这儿站着个人儿；好：要是这人儿到水里去叫自己淹死掉，不管他有意无意，他就去了；你明白那个；可是要是那片水跑过来把他淹死的话，他便没有叫自己淹死：所以，那没有把自己弄死的人儿就没有弄短自己的命。

小　丑　乙　这可是法律吗？

小　丑　甲　是啊，凭圣处女，正是的；叫作验尸官的验尸法。⑤

小　丑　乙　你想在这上头听句真话吗？这要是不是个富贵人家的娘们，她就会不叫用基督教葬礼来下葬了。

小　丑　甲　哎也，你这就说对了：叫人受不了的是，大好佬竟然比同样是个基督徒的小约翰更有权力去投河或上吊。来呀，我的铲子。除了栽花的、挖沟的、掘坟的而外，就没有别的古老的士大夫了：他们还守着亚当的老本行。

小　丑　乙　他可是个士子吗？

小　丑　甲　他是开天辟地第一个佩戴纹章⑥的。

小　丑　乙　哎也，他没有什么文装武装。

小　丑　甲　怎么，你是个邪教徒吗？你是怎样听懂《圣经》的？《圣经》上说“亚当掘地”；没有文装他能掘地吗，正好比没有武装打不了仗？我再来问你一句话：你要回答得不对头，便得招认你自己——

小　丑　乙　得了吧。

小　丑　甲　什么人造的东西比泥瓦匠、造船匠，或是木匠造的更结实？

小　丑　乙　做绞刑架的；因为那架子送了一千个人的终还纹风不动。

小　丑　甲　我很爱你心灵嘴巧，当真：那绞刑架干得好事；可是它是怎样干的呢？它对那些个干得坏事的家伙干得挺好：现在你说绞刑架打造得比教堂还结实，你就做了件坏事：所以，绞刑架也许会对你做件好事呢。你再说说看，来吧。

小　丑　乙　“什么人造的东西比泥瓦匠、造船匠，或是木匠造得更结实？”

小　丑　甲　是啊，说给我听了，你今天就可以歇工。

小　丑　乙　凭圣处女，这下我有了。

小　丑　甲　你说。

小　丑　乙　我赌咒，我说不上来。

［罕秣莱德与霍瑞旭上，遥遥伫立。

小　丑　甲　不用为这个伤你的脑筋了，因为你那蠢驴怎样打也跑不快;日后有人问你这话时,只说"掘坟的":他造的屋子可以一直用到天地末日。你去,到姚汉[7]店里:跟我拿觚[8]酒来喝。

［且掘且唱］

年轻时,当我闹恋爱,闹恋爱,[9]
我觉得滋味挺甜蜜,
那时去,呵!结姻亲,[10]对我,啊!有挂碍,
我觉得不用那样急。

罕秣莱德　这汉子对他这行业没感觉吗,掘着圹坑还在唱歌儿?

霍瑞旭　习惯已使他漫无感觉。

罕秣莱德　当真:手不常使用,感觉要灵敏些。[11]

小丑甲　［唱］可是老年啊,它偷偷地来到,
已经把我攮住了不放,
它将我拖上船,送进了内地,
仿佛我从不曾那样。

［掷出一髑髅。］

罕秣莱德　那髑髅曾经有过舌头,会得唱歌:瞧这汉子怎样把它一抛抛到了地上,[12]像是世间第一个凶杀犯该隐的颚骨似的!这也许是个政客[13]的脑瓜,如今给这蠢驴欺侮了;[14]他当年也许将上帝也要捉弄一番呢,可不会吗?

霍瑞旭　他会,殿下。

罕秣莱德　或许是个朝廷大臣的脑袋;他能说"早安,贵大人!您好吗,贵大人?"这也许就是某大人,他想向某大人讨那匹马时,就极口称赞个不停;可不是吗?

霍瑞旭　是的,殿下。

罕秣莱德　哎也,当真:如今却归蛆虫娘娘享用了;下巴都没有了,脑袋瓜儿给掘墓人的铲子敲来打去:这儿是多妙的演变啊,要是我们有本领瞧得出来。这堆骨头只是白培养的吗,除了当"棒打轮"的棒柱[15]抛掷而外没有别的用处吗?想起了这事,我骨头里痛。

小丑甲　［唱］一涿锄,加上一铁铲,一铁铲,

还有那一张包尸布；
掘上个圹坑呵，掘上个圹坑，
这样个客人[16]好来住。

［又掷出一髑髅。］

罕秣莱德 又是一个：那个为什么不会是个讼师的髑髅呢？他说话机灵诡怪，[17]笔里藏刀，[18]他的案件，他的租地法，他的机谋策略，如今都到了哪里去？为什么现在他容许这粗鲁汉子用柄肮脏的铁锹乱揍他的脑瓜，而不跟他讲要告他的凶殴罪呢？哼！这家伙当年也许是个收罗田产的大老板，订立押单，[19]设置欠据，[20]要求双保，把人家有限制的嗣产变成他无条件的不动产：[21]他这样把他那精明的脑壳里装满了漂亮的泥，是否就算把人家有限制的嗣产变成了他无条件的私产？他的保人们是否不再替他收购的产业作保了，而且是双保，只肯凭那一纸狗牙骑缝的分剖合同[22]答话？他的土地执业契据多到连这只盒子[23]都装不下；他这执业人自己就没有份了吗，嘿？

霍瑞旭 一点都没有了，殿下。

罕秣莱德 契据是用羊皮做的吗？

霍瑞旭 是啊，殿下，也用小牛皮做。

罕秣莱德 以为契据是安全可靠的人也不过是牛和羊罢了。我跟这汉子谈谈。这是谁的坟，喂？

小丑甲 我的，少君。

［唱］掘上个圹坑呵，掘上个圹坑，
这样个客人好来住。

罕秣莱德 我觉得这倒当真是你的了：因为你待在里边乱说。[24]

小丑甲 您不待在里边乱说，少君，所以这就不是您的了；至于我，我不待在里边乱说，可是这是我的。

罕秣莱德 你是在里边乱说，你人在里边，但还说是你的：这是给死人睡的，不是给活人的；所以你是在乱说。

小丑甲 这乱说是个快腿的，少君；它就会跑，打我这儿到您那儿。

罕秣莱德　你这是替什么人掘的?

小　丑　甲　不是替客官掘的,少君。

罕秣莱德　那么,替哪个堂客掘的?

小　丑　甲　也不是替堂客掘的。

罕秣莱德　谁要在里边下葬?

小　丑　甲　她曾经是个堂客,少君;可是,愿她的灵魂安息,她已经死了。

罕秣莱德　这汉子跟他说话差不得一点儿!我们得按着条规[25]开腔,否则讲模糊了会给堵得哑口无言。凭上帝,霍瑞旭,这三年来我已经注意到这个;这年头变得这样刁钻古怪,[26]乡下佬的脚尖跟朝廷人士的脚跟挨得这么近,竟擦伤他那上头的冻疮了。你做掘墓的已经有多久了?

小　丑　甲　一年三百六十来天,我干这营生,就是从我们的先王罕秣莱德打败福丁勃拉思那天开头的。

罕秣莱德　那是多久以前的事?

小　丑　甲　您不知道那个吗?哪一个呆子都知道那个:少罕秣莱德就是在那天出生的;[27]他如今疯了,送到了英格兰去。

罕秣莱德　是啊,凭圣处女,他为什么被送到英格兰去?

小　丑　甲　哎也,为的是他疯了:他在那儿疯病会好;或许,要是他不好,在那儿也不大要紧。

罕秣莱德　为什么?

小　丑　甲　在那儿人家看不出他疯;那儿大家都跟他一样疯。

罕秣莱德　他是怎么会疯的?

小　丑　甲　煞是奇怪啊,他们说。

罕秣莱德　怎么"奇怪"法?

小　丑　甲　当真,神志迷糊了。

罕秣莱德　凭什么原因?[28]

小　丑　甲　哎也,原因就在这儿丹麦:我在这儿干这教堂司事,从孩子时候起到大人,有三十年了。[29]

罕秣莱德　一个人埋在土里要多久才腐烂?

小　丑　甲　当真，要是他没有死不先腐烂——因为近来害杨梅疮死掉的人尸首很多，那就等不得埋葬就烂了——他大概可以替您耐上个八九年；一个硝皮匠能替您耐上九年。

罕秣莱德　为什么他比别人耐久些？

小　丑　甲　哎也，少君，他的皮子也叫他那行手艺硝得挺结实，能好久渗不进水去；原来那水是专管破坏那婊子养的尸首的老对头。这儿有个髑髅；这髑髅在土里埋了二十三年了。[30]

罕秣莱德　是谁的？

小　丑　甲　是个婊子养的疯子的：您道是谁的？

罕秣莱德　不，我不知道。

小　丑　甲　这疯无赖该他遭瘟！有一回他把一大瓶莱茵酒倒在我头上。这髑髅，少君，是先王的丑角约立克[31]的髑髅。

罕秣莱德　这个？

小　丑　甲　就是那个。

罕秣莱德　我来看看。［接髑髅］唉哟，可怜的约立克！我认识他，霍瑞旭：是个滑稽百出、妙想天开的家伙：他把我驮在背上总有过上千次；此刻在我想象里这就多么叫我憎恶！[32]我要对他作呕。这儿本来挂得有两片嘴唇皮，吻过我不知有多少回。你的挖苦现在到哪里去了？你的蹦跳呢？你的歌儿呢？你那逗得满座哗笑的奇横的谑浪呢？现在一个都没有了，来嘲笑你自己这般露着牙齿的苦笑？下巴都瘪得不像样？你此刻不妨到什么娘娘的闺阁里去告诉她，尽她在脸上把脂粉涂到一寸厚，到头来她也得变成这副面相；叫她对这个笑一笑吧。霍瑞旭，请你告诉我一件事。

霍　瑞　旭　什么事，殿下？

罕秣莱德　你想亚力山大在土里也是这个样子吗？

霍　瑞　旭　正是这样。

罕秣莱德 嗅起来也这样吗？呸！［置髑髅于地］

霍瑞旭 正是这样，殿下。

罕秣莱德 我们会给派作多下贱的用处啊，霍瑞旭！为什么我们的想象不能跟着亚力山大尊贵的金身玉体想下去，直想到它给当作泥巴去塞一只酒桶的窟窿呢？

霍瑞旭 这样想就会想得过于细致精密了。

罕秣莱德 不，当真，一点也不会；可是要不作夸张地跟着他去想，且要合情合理替他开路：要这样：亚力山大死了；亚力山大葬了；亚力山大变回作尘埃；尘埃就是泥土；我们把泥土捏成泥巴；为什么他所变成的泥巴，人家不会用来堵一只啤酒桶的窟窿呢？

崇隆的恺撒大将死过后变成泥，㉝
好拿来堵个窟窿，防外面的寒气：
那块泥土啊，当年全世界都惶恐，
竟填墙补壁，去挡冬天的西北风！

快禁声！禁声！躲开吧：君王、王后、

［教士数人等列队上；赉候底施及送殡者随莪斐丽亚之灵柩，鱼贯而从；国王、王后及扈从殿后。㉞

廷臣们来了：他们是在送谁的葬？
这样欠缺的仪式？这分明表示
他们来送殡的死者是寻了短见，
自杀而死的：那倒很有点身份。
我们且闪避㉟一会儿看看。

［与霍瑞旭引退。

赉候底施 还有什么别的仪式吗？

罕秣莱德 ［向霍旁白］ 那就是赉候底施，一位很杰出的青年：你看。

赉候底施 还有什么别的仪式吗？

教士甲 殡葬的仪礼已经尽我们的权限
为她铺张光彩了：她死得可疑；㊱
若不是朝廷下大命，超过了教规，
她本该掩埋在教堂的圣地之外，

等最后审判号角响;只能对她扔
陶片、[37]硝石块、石子,代慈悲的祈祷:
可是现在已许她有处女的花环,[38]
许她撒贞女的花朵,入土时按礼
还给鸣丧钟安葬。

赉候底施 不能再有其他的仪式了?

教士甲 不能了:
我们会亵渎了那殡葬的圣仪,
假使对她也唱安魂曲,息亡灵,
像对好死的幽魂般。

赉候底施 放她入土吧:
愿她清白纯洁的肉体上会开出
紫罗兰的花!告诉你,粗暴的牧师,
你在地狱里呼号狂叫时,我妹妹
准已当上了天使。

罕秣莱德 怎么,是莪斐丽亚!

王后 香花投给俏美人:祝你安息吧![撒花]
我原本盼你嫁罕秣莱德做儿媳;
我想把你的新床来装点,好姑娘,
想不到会在你坟上来撒花。

赉候底施 啊,
叫千重万重的灾祸都降到那人
头上去,他那恶毒的行径害得你
丧神而失智!等一下,且慢盖上土,
等我再将她最后来拥抱一回:

[跃入墓内。]

现在用泥土将活的死的都盖上,
等你把这片平地堆成了一座山,
要高出昆荔翁,[39]要高过奥林匹斯
插天的苍峰。

罕秣莱德 [上前] 那是谁,他的悲哀
这么样酷烈沈恫?他惨切的言辞

使天上遨游的星辰好似中了魔，
都驻足而听？我乃是丹麦人氏[40]
罕秣莱德。 [跃入墓内。]

赉候底施 愿魔鬼攫你的灵魂！

[相与扭搏。]

罕秣莱德 你祷告得不好。[41]
请你快松手，莫扼住我的喉咙；
因为，我虽然并不暴躁和鲁莽，
可是惹发了性子却也自危险，
你得聪明些，有惧怕：把手放开。

国王 把他们快拉开。

王后 罕秣莱德，罕秣莱德！

众人 请两位士子——

霍瑞旭 好殿下，且请静一下。

[侍从等将彼等解开，两人自墓内出。]

罕秣莱德 哎也，在这桩事上我要跟他斗，
直到我这双眼睛都闭了也不辞。

王后 呵，我的儿，为了什么事？

罕秣莱德 我眷爱莪斐丽亚：四万个弟兄
把他们的爱都加在一起也不能
抵我的数。你将会替她做什么？

国王 啊，他是发了疯，赉候底施。

王后 看上帝份上，容忍他些吧。

罕秣莱德 该死的，你来说说你预备做什么：
你会哭？打架？挨饿？撕烂你自己？
你可会大量喝酸醋？[42]吃一条鳄鱼？
我会干。你到这里来哭哭啼啼吗？
你跳进她的墓穴是跟我过不去？
要跟她活埋在一起，我也会干：
你夸说什么山和岭，那就让他们
把成百万亩泥土往我们身上堆，
使这块地土的顶盖给日轨灼焦，

使奥萨山峰[43]像个小硬瘤！你会夸，
我能夸更大的口。

王　　后　　　　　　　这完全是发疯：
这阵疯癫便这么要发作一会儿；
不久他就会母鸽般放平静下来，
好像孵出了一双金黄的小雏鸽，
悄寂无声垂惜默。[44]

罕秣莱德　　　　　　　听我说，足下；
为什么缘故你要这样对待我？
我一向很爱你：可是这不关重要；
不管赫勾理斯自己要去怎样做，
猫总得要叫，狗总得把它的日子过。[45]

国　　王　亲爱的霍瑞旭，请你好好招呼他。

［霍瑞旭下。

［向赉候底施］耐心记住了我们昨晚上的话；
我们就把这件事马上来试验。[46]
好葛忒露，派人监看你的儿子。
这个坟上要立块活生生的[47]碑碣：
不久我们将见到安静的时辰；
在那时以前，我们行事要隐忍。

［同下。

第　二　景

［宫堡内一明堂］
［罕秣莱德与霍瑞旭上。

罕秣莱德　这件事就谈到这里：再说那一件；
你可还都记得那详细的情形？

霍 瑞 旭　都记得，殿下！

罕秣莱德　兄台，我当时心头思绪乱如麻，
简直休想能入睡：我觉得我躺着
比上了脚镣[48]的海上叛徒还难受。

蓦地里——突兀鲁莽[49]倒也好,要知道——
轻率行事有时候对我们有好处,
而深谋远虑倒反会落空:可见得
冥冥中自有神灵为我们定成败,
凭我们怎样去粗试。

霍　瑞　旭　　　　　　　那确实无疑。

罕秣莱德　从我的船舱里,
披了海上穿的长外衣,我在暗中
摸索着去把他们找;为了我的意愿,
摸到了他们的公文包,最后退回
我自己房里去;我便放大着胆子,
疑惧使我把礼貌也忘记,去开拆
他们那御书敕旨;我看到,霍瑞旭——
呵,那奸王好狠毒!——他严切下旨意,
又加上诸般各色文饰的理由
说是跟丹麦与英伦的安泰有关,
放了我,嘻!便等于放妖魔鬼怪,
因此上,一见到文书,不容有迁延,
不,就是磨斧头的时间也不许,
得马上砍掉我的头。

霍　瑞　旭　　　　　　　有这样的事?

罕秣莱德　敕旨就在我这里:有空时你去看。
可是你要否听我说后来怎么办?

霍　瑞　旭　请说。

罕秣莱德　这般陷入了阴谋诡计的罗网中——
不待我对我的脑筋演一场楔子,
它已把戏文开了场[50]——我便坐下来,
起草了一道新敕旨,书写得端正:
我曾经以为,如有些从政者[51]那样,
字体端正只宜于品位低,所以
极力要把那本领忘记掉;但兄台,
如今却正好用来作应急之需。

要知道我写些什么?

霍　瑞　旭　是啊,好殿下。

罕秣莱德　出自君王的有一个殷切的誓愿,
说既然英王是他的忠心的臣属,
既然彼此相敬爱如棕榈之葱茏,
既然和平神该常戴瑞麦的头环,
介在双方的爱慕间像一枚逗点,[52]
还有好许多这一类沉重的"既然",[53]
故此,一待这旨意被目见而心知,
不容再稍加考虑,任凭少或多,
他应将两个下书人登时给处决,
连忏悔的时间也不给。[54]

霍　瑞　旭　印信怎么盖?

罕秣莱德　哎也,这上头天意也是命定的。
凑巧我带着父王的便印在囊中,
那正巧是复刻丹麦御宝的摹件;
把诏书折得跟原来那份一个样,
签好字,盖上了印信,安放到原处,
掉的包从未有人知。却说,第二天
便发生那场海战,而随后的事情
你已经知道。

霍　瑞　旭　这么样,吉尔腾司登
和罗撰克兰兹便送了自己的命。

罕秣莱德　哎也,老兄,他们爱上了这差使;
他们可并不触痛我良心;只因
太好管闲事,他们这下子遭了殃:
当双方锋芒相扑刺,热火飞腾时,
卑微的脚色插入到两雄角斗中,
自然有危险。

霍　瑞　旭　哎也,好一个君王!

罕秣莱德　我现在,你可认为,是不是应当——
他杀了我的父王,奸了我的母后,

突然闯入来遮断我膺选的希望，
抛出弯钩[55]来想钩掉我这条命，
奸恶到如此——我是否无愧于天良，
去亲手还报他？我难道能不受天罚，
若放纵我们人性的这样个蟊贼
再去荼毒群伦？

霍瑞旭 他不久当会从英格兰那方得知
那件事情在那边的结果如何。

罕秣莱德 时间很短促：眼前这间隙属于我；[56]
一个人的生命也不过是说声"一"。
可是我非常后悔，亲爱的霍瑞旭，
我竟对赉候底施忘怀了我自己；
因为，我凭了自己惨痛的心情，
能想见他怎样；我要向他修好：
可是，当真，他那阵悲痛太浮夸，
惹得我性起。

霍瑞旭 且悄声！是谁来了？

［小奥始立克上。

奥始立克 储君殿下回到丹麦来极欢迎。

罕秣莱德 多谢盛意，贤卿。［旁白，向霍瑞旭］你认识这只水黾[57]吗？

霍瑞旭 ［旁白，向罕秣莱德］不认识，殿下。

罕秣莱德 ［旁白，向霍瑞旭］你倒运气好，因为认识他真是罪过。他有很多田地，且地土很肥沃：一头畜生做了许多头牲畜的王，他的秣槽就可以搬来跟君王共享：这是只红脚老鸹，[58]可是，我才说过，他有大量的泥巴。

奥始立克 亲爱的亲王，假使您殿下有空的话，小臣打从他陛下那里有件事要来向您启禀。

罕秣莱德 我将殷勤接受，卿家，敬谨闻命。把你的帽子作正常之用；那是给戴在头上的。

奥始立克 多谢殿下，天气很热。

罕秣莱德　不,相信我,天气很冷;刮着西北风呢。

奥始立克　有一点冷,殿下,当真。

罕秣莱德　可是我觉得,拿我的体质来说,倒是十分闷热。[59]

奥始立克　异乎寻常,殿下;是很闷热,仿佛的——我可说不上来怎么样。可是,亲王殿下,陛下他嘱咐我来告诉您,说他在您身上下了一大笔赌注:殿下,事情是这样的——

罕秣莱德　我请你,要记得——　［示意令其戴帽］

奥始立克　不用,好殿下;我这样舒服,[60]当真。殿下,赉候底施新近来到了朝廷上;请信我,他真是位十全十美的士子,满都是诸般各色的才艺,[61]风致温良优雅,气象卓越超群:当真,要说得一箭上垛,[62]他真是礼貌的指南,谦让的条规,[63]因为您能在他身上找到一位士君子的任何一种才艺的精华。

罕秣莱德　卿家,在你的描绘[64]里他没有遭受到丧损;虽然,我知道,要把他的优点开个清单会叫我们记忆的算术眩晕,但那样做还是会摇晃不稳,怎么也跟不上那片快帆。可是,要称颂他得到家,我认为他是位优长可列成大项的英才;而且他的资秉是这样的卓绝而奇横,要将他说得切中肯綮,他的匹敌只能在菱花宝鉴里找到,而任何人想追踪他,除了他自己的影子,别无其他。

奥始立克　您殿下说得他千真万确。

罕秣莱德　试询相关何许,卿家?缘何我们将这位士子用欠雅的芜辞来轻慢?

奥始立克　殿下是说——

霍　瑞　旭　你那套雅词到了旁人嘴上就听不懂了吗?你能听懂的,阁下,当真。[65]

罕秣莱德　提名道及此君,用意何在?

奥始立克　是说赉候底施?

霍　瑞　旭　他的荷包已经空了;他那份花哨的字眼都已经用光。

罕秣莱德　是说的他,卿家。

奥始立克　我知道您不是不明亮——[66]

罕秣莱德　我但愿你知道，卿家；可是，当真，你即使知道，对我也不会增很多光彩。怎么说，卿家？

奥始立克　您不是不明亮赉候底施有什么擅长——

罕秣莱德　我不敢承认那个，否则我会想要跟他的优长比竞一下了；可是，要明白知道旁人，先得要知道自己。

奥始立克　我是说，殿下，他使得一手好兵器；可是，据大家对他的品评看来，他那功夫是举世无敌的。

罕秣莱德　他使的是什么武器？

奥始立克　轻剑和不开口的匕首。[67]

罕秣莱德　那是他的两件武器：可是，好吧。

奥始立克　王上跟他赌下了六匹巴巴利骏马，殿下：跟这相当，依我所知，他投下了[68]六副法兰西宝剑和匕首，加上附隶，如腰带、吊带等等：挂绦[69]之中有三，当真，煞是花哨可喜，跟剑柄匹配得挺合式，非常精致的挂绦，无比新奇细巧。

罕秣莱德　你所谓挂绦是什么东西？

霍　瑞　旭　［旁白，向罕秣莱德］我知道您得看了边注[70]才得知。

奥始立克　挂绦，回殿下，就是吊带。

罕秣莱德　假使我们腰间能挎上一尊大炮，这名词倒比较相称：目前我看还是叫吊带吧。可是，说下去：六匹巴巴利骏马抵对六把法兰西宝剑，加上附隶，和三根新奇细巧的挂绦；那就是抵对丹麦赌注的法兰西赌注。为什么要“投下”这个，如你所说？

奥始立克　王上，回殿下，打了赌，回殿下，说您跟他比十二个回合，他击中不会超过您击中三着：他赌下了十二而不是九；[71]假使您肯惠允的话，可以马上比试。

罕秣莱德　要是我回说“不行”怎么样？

奥始立克　我是说，殿下，您要是出场比武的话。

罕秣莱德　卿家，我就在这堂上散步：要是他陛下高兴，现在正是我一天里舒散的时刻；把比武的钝剑拿来，那位士子如果愿意，王上也还是那样个意思，我要尽力替他赢这场赌;要是赢不了,我不过丢一回脸,多挨几下戳刺罢了。

奥始立克 我就照样去回报吗?

罕秣莱德 你就照这意思去说,卿家,字眼上怎样要,随你的喜爱好了。

奥始立克 请记得我对殿下的崇敬。

罕秣莱德 彼此,彼此。[奥始立克下]他自己来致意也好;旁人可没有会替他代劳的。

霍瑞旭 这只田凫[72]头上顶着半拉蛋壳跑走了。

罕秣莱德 他小时候吃奶还得先对奶头行过礼呢。他便这么样,——还有好多这样的一群,我知道这浮薄的末世把他们当作宠儿,——只学到了时下的流行腔调,一套周旋应对的外表;无非是种浮沫似的想当然,[73]靠了它他们却能通行无阻,受到下愚和上智的[74]言论一体的欢迎;而只要对他们吹吹气试试,泡沫就破掉。

[一贵人上。

贵人 殿下,君王陛下刚才派小奥始立克前来向您传旨,他回报说您在这堂上候驾:现在又派我来问殿下是否还愿意跟赉候底施比武,还是延期再比。

罕秣莱德 我说了话算数;要看君王是否高兴:要是他认为方便,我已经有准备;现在或任何时候都行,只要我跟眼下这样健朗。

贵人 王上和娘娘,还有大家,就都要来。

罕秣莱德 来得正合式。[75]

贵人 娘娘愿您在比武前对赉候底施表示友好。

罕秣莱德 她教训得很对。

霍瑞旭 您会要输这场赌,殿下。

罕秣莱德 我看不会:自从他去法兰西以后,我不断在练功;他让我几下,我会比赢。可是你想不到我此刻心里多么不好受:不过这不要紧。

霍瑞旭 不行,我的好殿下,——

罕秣莱德 这只是个蠢感觉；不过是这样一个疙瘩，对一个女人来说，会感到困扰的。

霍瑞旭 要是您心里不喜欢做什么事，要顺着这感觉。我去拦阻他们来到这里，就说您觉得不自在。

罕秣莱德 一点也没有；我们蔑视预兆：⑯一只麻雀掉下来，其中自有天意。假使是现在，就不会是将来；假使不是将来，就会是现在；假使不是现在，还会是将来：有准备就是一切。既然没有人知道他所离开的那情况是什么，⑰早一点离开有什么关系？算了。

［国王，王后，赉候底施，与众贵人，奥始立克，及其他侍从携钝剑与手笼上；台上置酒壶几柄。

国王 这里来，罕秣莱德，握一下这只手。

［将赉候底施之手置罕秣莱德握中。］

罕秣莱德 请多多宽恕，⑱兄台：我对你不起；
可是，既然你是位士子，请原谅。
这里的众贵高无不知，
而你也定必听说过我怎样痛遭
疯癫之苦。我对你的所作所为
凡是触伤你感情和荣誉，激发你
嫌恶恼恨的，我在此声明是癫狂。
是罕秣莱德冒犯了赉候底施吗？
绝不是：罕秣莱德若失去他本性，
不是他自己时，得罪了赉候底施，
那罕秣莱德没有做，他便不承认。
谁做的，那么？是他的疯狂：若这样，
罕秣莱德便是受损害的一造；
罕秣莱德的疯狂是他的仇敌。
兄台，当着这众位证见，
让我这否认存心将你来开罪，
在你宽弘的思想里这般消释我，
就当作我射箭无心，射过了房顶，
伤了我的弟兄。

赉候底施　　我在感情上满意了,[79]
虽然我原来的动机把我激发得
非报仇不可:可是,论起荣誉来,
我站在一旁,还不能接受和解,
要等到年高望重之辈对我说,
我尽可重修旧好,有先例可援,[80]
我名誉不受损害。但未到那时前,
我且把你这友爱当友爱来接受,
决不辜负它。

罕秣莱德　　我也诚心表欢迎,
且将敞开心玩这弟兄间的赌赛。
递钝剑给我们。来吧。

赉候底施　　来给我一把。

罕秣莱德　我是来衬托你,赉候底施:我剑法
拙劣将使你的高手像黑夜衬明星,
越显得灿烂。

赉候底施　　您在取笑我,殿下。

罕秣莱德　我发誓,决不。

国　王　　把钝剑递给他们,
小奥始立克。你可知道彩头吗,
罕秣莱德贤侄?

罕秣莱德　　很知道,回吾王;
陛下把注子押在软弱的一边了。[81]

国　王　我不怕这个;你们的手段都见过:
就因他有进步,所以我们占便宜。[82]

赉候底施　这把太重了,给我另外换一柄。

罕秣莱德　这柄我喜欢。这些钝剑都一般长?

[准备比赛。]

奥始立克　是的,好殿下。

国　王　在那张桌上给我斟好几觚酒。
要是罕秣莱德先击中一两下,
或者三回被击中而回击得手时,

传令所有的雉堞都发放火炮；
君王要饮酒祝罕秣莱德健康；
他在酒钟里还要投一颗大明珠，[83]
比连续四世君王在丹麦王冠上
所戴的还要珍贵些。把酒钟给我；
叫先把罐鼓敲响，向号角传声，
号角接着向外边的炮手通报，
大炮对天上轰鸣，天重震回大地，
说"君王在祝贺罕秣莱德"。开始来：
还有你们，评判官，要小心着意。

罕秣莱德 来啊，兄台。

赉候底施 请来吧，殿下。[两人交手。]

罕秣莱德 中一下。

赉候底施 没有。

罕秣莱德 请评判。

奥始立克 中一下，明明击中了。

赉候底施 好吧，再来。

国王 且住手；把酒递给我。
罕秣莱德，这珠子[84]归你了；祝健康。
[号角鸣响，炮声隆隆。]
给他这钟酒。

罕秣莱德 我先来这回合；放开着。
来吧。[两人交手]又中了一下；你说怎么样？

赉候底施 碰一下，碰一下，[85]我得承认。

国王 我们的儿子准赢。

王后 他胖了，[86]呼吸短促。
罕秣莱德，拿我的手帕去抹额：
我来喝一钟祝你赢，罕秣莱德。

罕秣莱德 谢母亲！[87]

国王 葛忒露，你莫喝，莫喝！

王后 我一定得喝，王夫；请你原谅我。

国王 [旁白]这就是那下毒的酒钟：已经太晚。

罕秣莱德 我还不敢喝,母亲;等一下再说。

王后 过来,我替你抹抹脸。

赉候底施 王上,我现在要击中他了。

国王 不见得。

赉候底施 [旁白]可是这几乎是背着我的良心。[88]

罕秣莱德 来第三个回合,赉候底施:你在玩;
请你使出你最大的劲道来劈刺;
我怕你把我当作娃儿[89]来戏耍呢。

赉候底施 你这样说吗?来吧。 [两人交手。]

奥始立克 没有中,双方都没有。

赉候底施 着你的!

[赉候底施伤罕秣莱德;于乱斗中彼此换剑,罕秣莱德伤赉候底施。][90]

国王 分开他们;他们动了火。

罕秣莱德 不用,再来吧。 [王后倒地。]

奥始立克 瞧那边娘娘,哎呀!

霍瑞旭 他们双方都流血。怎么样,殿下?

奥始立克 怎么样,赉候底施?

赉候底施 倒像只山鹬,[91]
哎也,我自投了罗网,奥始立克;
天理昭彰,我死于自己的险诈。

罕秣莱德 娘娘怎样了?

国王 见他们流血她晕了。

王后 啊不是,不是,我心爱的罕秣莱德,
这酒,这酒!我是中了毒! [死。]

罕秣莱德 好阴险毒辣!喂!快把门锁上!
狠毒的奸谋!把它找出来!

[赉候底施倒地。]

赉候底施 在这里,罕秣莱德。你已经给杀死,
罕秣莱德;人间没有药能救你;
你已经不得再有半小时的命;
那行施叛逆的家伙握在你手里,

头上没有扣，上过药：这恶毒的阴谋
坑了我自己；看啊，我躺在这里，
再也起不来：你母亲已经中了毒：
我不能再说：都得怪君王，君王。

罕秣莱德 剑锋也上过毒药！
那么，毒药，干你的！ [刺国王。]

众　人 造反！造反！

国　王 啊，来保驾，朋友们；我不过受了伤。[92]

罕秣莱德 这里，你乱伦、凶杀，该死的奸王，
喝干这一钟。你那颗明珠可在？[93]
跟着我母亲去。 [国王死。]

赉候底施 他给对待得公平；
这是他自己调配来害人的毒药。
我们互恕吧，高贵的罕秣莱德：
我自己和父亲给杀死免你的罪，
你自己的死也免了我的罪。 [死。][94]

罕秣莱德 上苍恕你没有罪！我就跟你去。
我死了，霍瑞旭。悲惨的母后，再会！
你们脸色尽苍白，见这事直发抖，
对这场惨剧都只是哑角或观众，
我若有时间(但死神这勾魂使者
毫不留情)，啊，我当能告你们——
可是不必去说它。霍瑞旭，我死了；
你还在；把我的为人，这事的因由，
告诉给真相不明者。

霍瑞旭 切莫这样想：
虽出身丹麦，我更像古代罗马人：
这里还剩一点酒。

罕秣莱德 你既是个汉子，
把酒钟给我：放手，天在上，给我。
亲爱的霍瑞旭，事情这般不明朗，
我身后将留个多么残伤的恶名！

如果你确曾将我怀爱在心中，
要请你稍待须臾，且莫赴极乐，
暂在这峻厉的人间忍痛呼吸着，
讲我的故事。　　　　　　［内闻远处行军鸣炮声。］
是什么行军的喧响？

奥始立克　小福丁勃拉思从波兰凯旋归来，
他的队伍向来自英格兰的钦使
鸣这阵礼炮。

罕秣莱德　　　　　　啊，我死了，霍瑞旭；
强烈的毒药压倒了我的元阳：
我等不及听来自英格兰的消息；
可是我预言福丁勃拉思将膺选
被拥戴为王：他有我临终的推举；
告诉他这经过情形，事不拘大小，
激得我这么做。[95]余外的只是沉默。[96]

霍瑞旭　一颗高贵的心即此绝。永别了，
亲爱的亲王：群飞的天使唱着歌
祝福你安宁！为什么鼓声这里来？
［福丁勃拉思与英格兰钦使上，旗鼓及侍从等后随。

福丁勃拉思　这景象在哪里？

霍瑞旭　　　　　　你们要看些什么？
若是看惊心怵目事，不要再去找。

福丁勃拉思　这一堆死亡枕藉在叫喊残杀。
傲睨的死神，你在骇人的洞窟里
排着什么筵宴，只一枪便血淋淋
击中了这么多王侯？

钦使　　　　　　这景象惨极；
我们从英格兰带来的消息太晚：
听我们传报的耳朵已没有感觉，
我们想向他报，他的敕旨已执行，
罗撰克兰兹，吉尔腾司登，都已死：
我们哪里去听取一声谢？

霍 瑞 旭 他不会，
即令此刻还活着不能谢你们：
他从未下过敕旨把他们处决。
但既然你们正在这血溅明堂时，
从波兰出师归来，从英伦来报命，
都到了这里，请下令把这些尸体
全都放上个高台向公众陈展出；
容我向迄今还不知真相的世人
具道事情的颠末：你们能听到
奸淫、残杀、悖人情逆天性的行径，[97]
不期的天网恢恢，[98]偶然的诛戮，
死亡由于卑鄙的阴谋和暴厉，[99]
结果原来的毒计出了岔，意会错，
害人反害了自己：这一切我都能
翔实地敷陈。

福丁勃拉思 让我们赶快听你讲，
还要请高贵的名公国士都来听。
至于我，以悲痛的心情接受幸运：
我在这王国里有些传统的权利，[100]
如今我有利的地位叫我来要求。

霍 瑞 旭 对那个，我也有原由来把它说起，
且出自他口中，自然将影响旁人：
可是目前这件事得先把它办好，
正当人心很震荡；否则又许有
阴谋和舛错会肇祸。

福丁勃拉思 要四名队长
将罕秣莱德军人般抬上高台；
因为他若果有机会去当朝从政，
当是位绝世的明君：为他的亡故，
叫军人的哀乐，戎旅的丧仪，为他
高声伤悼。
把这些尸体都抬走：这样的景象

跟战场还合式，在这里太不相称。
去人，传令军兵们鸣火炮致敬。

[丧礼进行曲。同下，军丁拽尸体，旋闻炮声隆隆。]

第五幕 注释

① Strachey：两个小丑开启这一景的场面，部分作用是为推进动作，部分作用也是用他们对搬演中的这出悲剧的完全无动于衷来形成一个背景，使这出悲剧和它的脚色们显得非常突出；而特别为的是把罕秣莱德的性格跟这样极端相反的性格对比一下，使它格外显著。Halliwell：一直到很晚近的时期，有一个掘墓人惯常在开始他的劳动前要脱掉差不多一打背心，这一动作总会引得哄堂大笑，而这个也许是从莎氏当时的伶人们流传下来的。

② Clark 与 Wright（克拉伦顿本）：差不多不用说，两个小丑这里所说的"天恩"是指相反的东西，即"永劫"。

③ Caldecott：小丑因不懂拉丁文"se defendendo"（自卫），而误成了"se offendendo"（取攻势），前者为陪审官对"正当杀人"案的判定（即因自卫而被杀）。为使成音近的语讹，译文作"自危"，亦适与原意相反，惜无进攻意。

④ Walker：这显得小丑已不是个掘墓人。

⑤ Hawkins：我极为怀疑这是在开一桩王家没收租地权的案子的玩笑。詹姆士·海尔斯爵士（Sir James Hales）在一阵疯癫里投河自杀，问题是这事是否构成他的租地权应归王家没收。验尸官检验后对他作出"felo de se"（自杀者）的裁决。裁定这件案子的法律上与逻辑上的入微处给人很好一个机会去讥嘲那"验尸官的验尸法"：——据说那行动有三个部分。首先是想象，那是心神的一个反映或默想，即由他去毁灭他自己是否方便，以及要那样做可采取什么方法。第二是决心，那是心神要毁灭他自己的一个决定，以及这个或那个方法去做这件事。第三是完成，那是把心神所决定做的付诸实施，而这完成也有两部分，即开始与结束。开始是去做这件造成死亡的行动，结束便是死亡，那仅为行动的结果。为裁定詹姆士爵士是行为者还是忍受者，案由里作了许多入微的分析；换句话说，是他到了水里去呢，还是水到了他那里来：——"詹姆士·海尔斯爵士是死了，而他是怎样会死的呢？可以答道，是淹死的；谁把他淹死的呢？是詹姆士·海尔斯爵士；他是什么时候把他淹死的呢？在他活着的时候，所以活着的詹姆士·海尔斯爵士使詹姆士·海尔斯爵士死了，那活人的行动造成了死人的死亡。然后，为了这罪行，把犯这罪行的活人加以责罚是合理的，但对于死人则不然。可是怎么能说在他身前加以责罚呢，当责罚只能在死后施行时？"等等。Malone 认为莎氏准是在谈话中听到过这件案子，因它的裁决作于作者出生之前，而 Plowden 的案件评注则是在 18 世纪末年才自拉丁文译成英文的。

⑥ 中世纪时西欧在封建制度下，凡属于武士世家的人都有象征阀阅的纹章（arms）。纹章是各种各样的花纹徽记，每一个有它的特殊意义与所有权。原来武士们铁甲上罩一短褂（coat of arms），褂上画着每人各别的图案，以资认识辨别。作为身出贵胄的家徽，纹章最早在马战或步战时也画在盾上，后来则往往画在盾形或棱形的牌子上。这里原文"arms"语涉双关，上面两个解作"纹章"，下面亚当掘地就仅指"臂膀"。译

文以“纹章”、“文章”、“武装”来表示此双关。

⑦ 原文“Yaughan”，J. San 说是丹麦文“Johan”（约翰）的读音经作者以英文拼出。Nicholson 说是指环球戏园(Globe Theatre)隔壁的麦酒店老板而言，他考出共有三个外国人名叫“Yohan”或“Johan”，都是德国犹太人，其余两个，一个是做假头发的，还有一个也是卖酒人，耳朵有点聋。但 Clark 与 Wright(克拉伦顿本)谓，拼法如此讹误，无法断定其为何人。Browne：“Yaughan”(姚汉)是个普通的威尔斯(Wales)人的姓氏，他当是戏园附近一家小酒店的主人。

⑧ Onions 之《莎氏词汇》谓，“stoup”合两夸脱(qnarts)。兹译为“觚”，参看《奥赛罗》二幕三景 30 行注。

⑨ Theobald 首先发现小丑这里唱的歌原来是位姓渥克斯的男爵(Lord Vaux)在他临终床上的作品《老年情郎放弃恋爱》(The aged lover renouncethlove)里的几节。此诗本收在以搜立伯爵(Henry Howard, Earl of Su rey, 1517？—1547)为首的一本诗集《短歌与商乃诗集》(Songs and Sonnettes, 1557)内，集子的编者与发行人名叫滔德尔(Richard Tottel, 1594 卒)，后世称之为滔德尔所编《杂集》(Tottel's Miscellany)。小丑所唱与原诗对照颇有讹谬，据云也许莎氏故意造成舛错“为更好去描绘一个文盲小丑的性格”。第三行里的“呵”和“啊”都是衍文，与歌词无关，Jennens 谓系小丑的鹤嘴锄用力锄土时逼出来的呼息。Chappell：原诗在有一本搜立伯爵诗集的旧本子上，有当时所手抄的曲谱《我痛恨我曾经爱过》[按，这在 Furness 新集注本三八二页上可以见到]。在舞台上，掘墓人所唱的歌用的是《林中的儿童》的曲谱[见 Furness 385 页]。

⑩ 按，原文“contract”Schmidt 之《莎士比亚辞典》列于第一义“缩短”项下，误列。应归入第三义“缔结姻亲”条内方合。

⑪ Bucknill：此行所言只有一半是真实。习惯使一个钟表匠的手指，一个印刷工人的眼睛，一个音乐家的听觉神经，迟钝吗？这掘墓人做他这阴沉的工作可是反而不熟练吗，因为在三十年中他已经习惯？对于那些我们所不去注意的印象，习惯是能使我们的感觉迟钝的，但对于我们所注意的印象，它使感觉更敏锐。习惯对罕秣莱德自己，是磨砺了他所时常使用的推理能力，同时却迟钝了他的行动能力[按，我不以为然]，那个是依靠他所不大运用的决断的。

⑫ Cowden-Clarke：假使需要证明莎士比亚用字怎样巧妙地切当，效果多么有力，而且即使在用极朴素的字时也这样，可说几乎没有比这里用“jowls”(抛掷)这字更奇警的例子了。它给颅骨与颧骨撞击在泥土上的印象多大的力量！而且它使人们的想象感觉到这撞伤而同情！译者按，说时或读时“jowls”与“ground”前后呼应，相和成趣，我这里用“抛”、“抛”与“上”三个字来传达。

⑬ Clark 与 Wright(克拉伦顿本)：这个字(“politician”，政客)总被莎氏用作不好的意义。

⑭ 这里各版四开本原文为“o'erreaches”，解作“用手段欺骗，愚弄”，在初版对开本上则是当系莎氏改易稿的“o're Offices”，意即当权得势者之“仗势欺人”(“官吏的专横恣肆”，见三幕一景 73 行)。Johnson 相信四开本与对开本原文都是莎氏手笔。说一头笨驴能欺骗一个政客，此人曾经想把上帝来愚弄，是个强烈的夸张。作者于修改时，原来的意思已经从他的心上消褪掉，新的观察产生了新的情感，因而很容易介绍对他较近发生印象的新意象，却没有注意到这些新意象对他原有计划的总的结构不相称。Jennens：应用到一个政客身上，不是说他是个专横的官吏，而是说他是个“捉弄

人的"、诡计多端的人。Corson:对开本原文无疑是个意义深长的说法。按,莎氏用意就是要作这样个强烈的夸张,以显示机巧权力碰到了死亡便毫无办法。至于说这蠢驴如今仗势欺侮他(言外有"他当年曾仗势欺侮过旁人"的影射),虽乍听之下有点不相称,但我们有句俗话"不怕官,只怕管",官之可怕即在于能管,莎氏自己在《黎琊王》里也说"一条狗当权,人也得服从它",故细想起来倒还是适当的。

⑮ Clark 与 Wright(克拉伦顿本)对此种游戏有精确的说明如下:"loggats"为"log"(木头)一字之小称,意即小木头。这种游戏有点像草地上玩的木球(bowls),但有显著的分别。首先,它不是在草地上,而是在撒粉的地板上玩的。正鹄是个桃金娘或别的硬木的轮子,直径九英寸,厚三一四英寸。棒柱用苹果木做,成截头的圆锥形,二十六七英寸长,大的一头圆周八英寸半一九英寸,渐渐缩减到三英寸半一四英寸的小头。每个游戏者有三根棒柱,他手执细的一头抛掷。目的是要掷到越近正鹄越好。这个曾经很流行的游戏,我们听说过现在仍有人玩的唯一地方是瑙列支镇的汉泊夏猪儿旅舍(Hampshire Hog Inn, Norwich)。我们要多谢戈尔特牧师(the Rev. G. Gould)供给我们这一详细的叙述,以上是它的撮要。大概罕秣莱德把那髑髅比作"棒打轮"的鹄的,把骨头当是向它抛掷的棒柱。

⑯ Lowell:这掘墓人之景始终给我一个印象,它是在整出悲剧里最凄恻的剧景之一。毫无疑问,莎氏介绍这样的剧景与这样的人物是经过深思熟虑的。目的是为艺术上的凸显与对比。一个人他的作品到处见得有某些时的判断的结果,我们当然认为他的行动是事先考虑过的。我在这两个掘墓人冥顽的漠然无动于衷里,在他们对于莪斐丽亚之死是由于自杀与否的不介意的讨论里,在他们于那阴沉工作中的歌唱与戏谑里,见到最深沉的悲哀与怜悯的源泉。我们很知道谁将是这泥土所款待的客人——有多少美丽、情爱与心碎将埋藏在那个泥土坑里。我们所忆念到的莪斐丽亚的一切以十倍的力量对我们起着反应,所以我们对于这两个掘土者的可怖的戏谑不是心存欢愉,而是以恐怖的震惊,退缩了回来。不自知的罕秣莱德竟会恰巧到这个坟上来,而不是到别的坟上去,而且正是在这里他会待下来谐趣地冥想死亡与朽烂——这一切引我们到下一景里的热情的激烈反动,当他疯狂地承认,"我心爱莪斐丽亚:四万个弟兄把他们的爱都加在一起也不能抵我的数!"……

⑰ 原文"quiddits",Nares 训"精妙入微",特别应用于讼师们:Schmidt 解作"模棱两可,精妙入微,吹求强驳",Onions 释"精妙入微,诡辩"。罕秣莱德含贬而不存褒,故译文作此。Campbell:这十多行里的用语,作者似乎都运用得深知它们的含义似的;我所认识的几位开业律师,要是请他们一一加以满意的定义,恐怕会把他们窘住。

⑱ 原文"quillets",Malone 谓为"精灵古怪与无谓的区别",Bailey 与 Nares 说是"诡辩"的小称字,Schmidt 释"辩论中施诡计,精妙入微,吹求强驳,狡猾手段",Onions 训"言语巧妙,区别精微"。我国对讼师有刀笔吏之称,故译文作此。

⑲ 原文"statutes",Onions 谓是一种特别的押单,凭了它"债主可以要求立即对债户的人身、土地与财产加以执行"。按,即为放弃抗辩权的押单或债据。

⑳ 原文"recognizances",Clark 与 Wright(克拉伦顿本)谓,"是承认者对受认者所作欠后者一笔款子的证件或债务记录",据 Cowel 之《法律辞典》(1607)。按,即为普通借据。

㉑ 原文"fines"与"receveries",两者是同一件事情,Schmidt 解作"租地人付给地主的一笔款项,作为允许他转让给另一租地人的费用",Ritson 与 Onions 则解释为"把有限制的嗣产(estate tail)变为无条件的不动产(fee-simple)的一些手段"。按,当以后说

为是。

㉒ 原文“a pair of indentures”,Clark 与 Wright 在克拉伦顿本上注云:狗牙骑缝的合同一式两份,双方各执一份。它们是写在同一张纸头或羊皮上的,写好后一剪为二,分剖处剪成狗牙相错的骑缝(因而得名),以便两半合拢来可以证明合同是真的,假使将来有争议的话。

㉓ Rushton:罕秣莱德所说的盒子即指墓穴而言,因为契据制订者或代理人他们通常把证书放在木盒或锡盒里。

㉔ Furness:要注意,在全部这场对话里,罕秣莱德对小丑用单数第二人称[“你”,表示亲切],而小丑回答时则用“您”,表示尊敬。按,这里原文“thou liestin't”含意双关,为“你待在里边”,又是“你在里边乱说(或胡说)”;至于为什么罕秣莱德觉得这倒当真是他(掘墓人)的,是因为他待在里边固然可以证明是他的,而他说这坟是他的乃是在乱说,他胆敢在里边乱说当也可以证明确实是他的了。接着,小丑说“You lie out on't”,意为“您不待在里边”,又是“您在外边乱说”;随即他又说,“至于我,我不待在里边,可是这是我的”(我不给埋葬在里边,但这还是我的,因为我在掘它),他的话又可解作“至于我,我不在里边乱说,可是这还是我的”(我并没有在里边乱说来欺骗您,但这还是我的,因为我在掘它)。再接着,罕秣莱德又说,“你是在里边乱说,你(活)人在里边,但还说是你的(坟,你要知道死人躺在里边是不能像你这样说话的)”。这样玩弄“lie”一字的双关意义,在莎氏作品里屡见不鲜,在当时其他剧作家作品里也时常可以看到;这在文学上可说并没有什么价值,其作用只是在吸引池子里的一批观众。

㉕ 原文“by the card”,Johnson 谓“card”解作标明罗盘上不同点子的航海人卡,如在《麦克白》一幕三景十七行所说的。按,即“罗盘面”,又名“海图”或“航海图”,参看该剧一幕三景十六行注。Malone 也认为作“航海图”解:我们一定要说得有同样程度的精密与正确,如在一张海图上所注明的海岸的远近、高度、航路等那样。Staunton 则谓,这是“暗指礼仪的‘[模式]卡’与‘一览表’,或‘礼貌之书’而言,这样的作品在莎氏当时出版了不止一部”。Onions 之《莎氏语汇》谓“card”在这里借喻作“指南,条规”解,又谓“按着罗盘面说话”即说得绝对精确,丝毫不爽。参看下一景一一五行及注。又按,最闻名的论礼貌的作品当推意大利人嘉斯的格利奥尼(Baldassare Castiglione,1478—1529)之《朝士》(Il Cortegiano,1528)一书,这部名著经荷佩(Sir Thomas Hoby,1530—1566)译成英文,于 1561 年出版。

㉖ Johnson:大概在那时候有一种尖头鞋流行着,“picked”似乎即系指此时髦风尚而言。Steevens:这种习尚到了这样荒唐的程度,以致在爱德华四世的第五年上被官府用公告加以限制,当时有命令说,“靴鞋尖头不许超过两英寸,否则将被教会所诅咒,且罚款 20 先令。……”自 1482 年后到此时前,靴鞋尖头竟致长到要用银边带,金边带,至少是丝边带系到膝盖上去,但 Malone 谓,只是说“这么漂亮,这么离奇古怪,这么矫揉造作”,并无暗指尖头鞋之意。“Picked”为在莎氏当时含这一意义的一个普通字。Douce 赞同此说,谓这种时尚在莎氏当时以前即早已过去。可是 Clark 与 Wright(克拉伦顿本)引 Cotgrave 之《法文英文字典》(1611)解“Miste”一字条下的“修雅,漂亮,离奇,古怪,精致”等许多涵义,证明这里用“picked”还是隐指尖头鞋而言。

㉗ Blackstone:从这一景看来,见得罕秣莱德当时正三十岁,且熟悉约立克,后者已死了二十三年。但在本剧开始时,他被说成是个很年青的人,预备回到学校去,即威登堡

大学。诗人在第五幕里是忘记了他在第一幕里所写的了。Tschischwitz:勃兰克司东的批评是根据一个对德国大学及其安排极错误的理解作的。大家都知道丰·洪保德(F. H. Alexander von Humboldt,1769—1859,博物学者与政治家)直到他的高龄还在听他朋友博埃克(Boekh)的大学讲课。

㉘ 这里又有个双关。罕秣莱德问他"Upon what ground?"意思是"为什么缘故?"小丑因为是个文盲,把"ground"了解为"地方",所以答道,"哎也,就在这儿丹麦"。

㉙ Furness:掘墓人把话说得这样明白,故罕秣莱德的年龄一般都认为是三十岁,但大家又觉得这年龄却不符合,如勃兰克司东所说,早先一些剧景里罕秣莱德所给我们的极年青的印象。Grant White 在他的《少罕秣莱德》的故事开始时,说这出悲剧启幕对这位亲王正二十岁,而在他的文章结束时,也许忽略了这个说法,谓罕秣莱德在第五幕里是三十岁。没有人会以为像 White 这样一位机敏的学者,会假定这出悲剧的动作持续了十年。Furnivall 论及关于罕秣莱德年龄的"令人震惊的矛盾"时,说道,"我们知道在往昔时贵胄青年们开始习武多么早;假使他们已进了大学,他们离开它前往营砦与朝廷去从事训练多么早。罕秣莱德上大学不见得会超过二十岁;跟这个年龄,剧中所明白提到的年青时代[在一幕三景七行,一幕三景十一—十二行,一幕三景一二三——二四行]是符合的。跟这个,国王责备罕秣莱德想回到威登堡,也是符合的;还有罕秣莱德自己对他母亲很快与叔父结婚起反感,也与之符合。如果他早已过了二十一岁,如果他对于女人已有了更多的经验,他当会以较冷静的态度看待他母亲的易变。据我看来这是无疑的,就是当莎氏开始写这本戏时他设想罕秣莱德是个很年青的人。但当这本戏渐次成长,需要沉思默想、洞察性格与了解人生的较大重量时,莎氏势必、也自然地使罕秣莱德变作一个已形成了性格的人;而当他写到掘墓人的一景时,他告诉我们这位亲王已经三十岁——那时候这对于他是合适的年龄;但这年龄不符合赉候底施与朴罗纽司警告莪斐丽亚,叫她防备他的熏蒸的欲火,他对她的那年青的幻想——"调情的奇想"——等的时候。这剧本的这两部分在罕秣莱德情况的这一主要点上是确乎有矛盾的。可是有什么关系呢?谁要把任何一部分加以修改,以便使矛盾能够调和呢?初版四开本里没有"三十"的说法;但谁要回到那上头去呢[按,此或系指 Halliwell 主张改"三十年"为"二十年"的办法]?Minto 主张除掘墓人的话和戏中戏的伶王与伶后已结婚了三十年的那句话(他不懂这两句话怎么会到剧中来的)外,"自然的解释是罕秣莱德和他的同伴们都是些十七岁的年青人,新从大学里出来。那是莎氏当时贵家子弟们游历他邦的惯常年龄,而这里没有理由去假定作者想要改变他剧中的大学年龄,而且也没有暗示可证明罕秣莱德要比他的同伴们年纪大那么好几岁。"……"对罕秣莱德的年龄有个适当的观念是为了解这出戏所必要的。他是个被他父亲的死从大学里叫回家里的年青人;一个罗米荷那样年纪的青年,或者是哈尔小王子当他父亲即位时那样的岁数。"……"罕秣莱德的行动不是个三十岁的去势的人的软弱无力、性急易怒的行动,而是个元气蓬勃、感觉敏锐的青年的勇敢、顽强、公然反抗的行动,突然从愉快的青年求学生活中给召唤了回来,而骤然面对着那巨大得骇人的奸险,那污毁人性的知羞与温雅的罪恶,它们使青天白日变成火焰,把长空的清气里装满了疫疠。"Marshall 以为莎氏的意思是罕秣莱德与二十较近而与三十较远;他性格的一般形态是青年人的,而在全剧内经常暗示他很年青,不容许他真是三十岁的意见。掘墓人这里也许是说,"他三十年前开始当学徒;但是他满师正式挖圹是在几年以后;所以不一定先王罕秣莱德打败福丁勃拉思的那一天是在三十年前。"……"反对罕秣莱德超

过二十一二十三岁的最重要的驳议是,假使他当真要大一些,他母亲几乎不可能成为克劳迪欧斯这样恋奸情热的对象。"Minto 后来又以较长的篇幅表示他的见解。跟掘墓人有力的权威对立的是赉候底施,他在单纯的散文里劝告我斐丽亚不要相信罕秣莱德,因为后者是在变易的幻想与瞬间的恋慕的年岁里。谁会说起一个三十岁的人的恋爱是"青春发育时期的一朵紫罗兰?"那样的观念本身就是对措辞用语的亵渎,但当它们被应用到含苞的青春期的初恋上时却蕴蓄着这样一阵芳香。又加,当时年青贵胄们的大学年龄是从十七岁到十九岁,而赉候底施也只刚离开了大学;罕秣莱德要想回那里去,霍瑞旭则可被疑为是个"偷闲的浪子"。这出戏是充满了对于跟罕秣莱德同样年纪一些人物的年青时期的一些暗示的。福丁勃拉思是"小福丁勃拉思",赉候底施是"小赉候底施"——这表性形容词都经过重复。国王说起击剑的技巧时称之为"年少青春期帽上的一条缎带"。罕秣莱德嫉妒赉候底施击剑的声名几乎有点孩子气。使罕秣莱德年已三十也叫克劳迪欧斯继承他被杀的哥哥这件事更难于令人置信;要是在那样的年纪罕秣莱德对这一篡夺安心接受,而愿意回到威登堡去求学,他当是个太可鄙的性格,不配当任何剧作家的主人公了。对于 Dowden 的声言,说"使罕秣莱德(他道出了莎氏全部作品里最悲哀的与最富于思想的独白)是个十七岁的孩子"的持论是难于叫人相信的,Minto 的答复是,我们往往会低估十七岁的孩子们的早慧。"我敢说对于人生神秘的悲哀的与富于思想的疑问,倒是在二十岁以下的孩子们中间比较在三十岁的成人们中间更为普通。""悲哀的思想来到一个十七岁的青年不仅是可能的,而且在这样的年纪,当性格还没有深深植根之时,一些最早理想的突遭毁灭是最势不可当的。那颠覆罕秣莱德高贵的心神的可怕情景[译者按,他的心神并未遭到过什么颠覆],给了他的潜思默虑的发展以一个刺激,与年龄增长无关。我们对于他所从召唤来的欢乐的少年世界的观念愈是清新与辉耀,那当他最先被招来在人生之战中演一个男子汉的脚色时使他的幻景沮丧失色、使他心神的明净作用麻痹瘫痪的[译者按,这说法也有问题]那股骇人的野心、凶杀与淫蒸的可怖色彩也就愈显得深沉黑暗。关于罕秣莱德的哲学气质,我们已经谈得太多了;冲动与激情要比哲学更出诸他的天性;他的哲学不是一种沉静的生长,一个倾向于思维的心神的自然发展;那是被可怕得足够使最愚钝的心神踌躇思考的情况所硬是从他存在中压榨出来的。"Dowden 则力陈以下的考虑,认为罕秣莱德是个十七岁少年的说法不对:"诗人最年青的女主人公(南欧的孩子们)是十四岁(居丽燕,马荔娜)与十五岁(蜜亮达)。珀笛篷的年龄是十六。莎士比亚爱这些含苞未放的女性的最早岁华。吸引诗人想象的早年男性的相当时期是什么呢?当什么年龄莎氏设想童竖时代正吐放为成人的力与美?我回答说,从二十一到二十五。沁白林两个被窃的儿子,正要成人的两个孩子,是二十与二十二岁:弗洛律采尔看来大约是二十一(《冬日故事》五幕一景一二六行);屈洛勒斯,一个无须的青年(他颐有两三根毛),要大一点:他从未见到过二十三。据我所知,我们还不能决定罗米荷的年龄。哈尔王子在他父亲就位时差不多十二岁,但莎氏描写他要大得多。当休鲁兹巴列战役发生时(亨利事实上是十六岁),我相信莎氏的意思是要他的年龄为二十二左右(《亨利四世》前部:三幕三景二一二行)。亨利五世接位时是二十六岁,而没有理由猜想莎氏,他到此为止将他表现得比历史上的亨利亲王要大一点,现在把他描写得年轻些。伊拉主教说道:"我的三重权威的主君是在他英年的阳春五月早晨天。"用其他剧本来试验罕秣莱德的极度年青这论点,我们可是要想象这个说"是存在还是消亡"那段独白的人,要比老贝拉留斯的两个儿子年轻五六岁吗,而那是在生命的这样一个时期，每加上一岁有很大的关系？弗洛律采尔——莎氏年青的温雅的理想人物之一——可是比罕秣莱德大上四岁吗？罕秣莱德可是在十四岁时就开始他对于社会的观察吗(见五幕一景一五〇行)？他的两个同学——以有关生死的任务被派遣到英格兰去——也是十七岁的年青人吗？可能证明莎氏剧中任何一个主要男角是十七八，甚至十九岁吗？伶王的结婚记时在这个讨论里是重要的。他的三十岁的妻子(代表葛忒露特)还不太衰老去获致第二个丈夫的爱情：所以葛忒露特，虽然她"血里的欲火"已"驯静"，还不一定太老；我们可以想象她四十七岁。但是我不很关心去维持伶王与掘墓人的年时，除非是为去抵拒鲁莽变更莎氏的原文。我能想象罕秣莱德在二十五六岁是个"英年的阳春五月早晨天"的人。可是我很关心去反对这样子去误读这个剧本，它会不仅使罕秣莱德这性格的概念发生矛盾，而且会捣乱我们对于一整群可爱人物——莎氏的弗洛律采尔们与包列陶们以及斐迪南们——的看法。而且我要表示，莎氏感觉到认为三十作为年青的年龄是可能的。掘墓人自己就说起"少罕秣莱德"。在《无事多忙》里我们读到(关于衣服的时样)："多么变化无常地它搅扰十四—三十五岁的年轻人。"在他的《商乃诗(即十四行诗)》里，莎氏讲到四十(不是三十)作为时间损坏容颜的年龄。在悼念褒倍其(Richard Burbage，1567？—1619，名伶，莎氏友人与同事，曾演出一些个莎剧中的主角)的《悲歌》里，那位大剧人被称赞作扮演"年青的罕秣莱德"与"年老的希罗尼莫"同样地成功。要是褒倍其表演罕秣莱德为三十岁，虽然是三十岁，褒倍其的罕秣莱德还算是年青的。不过，我可以让一点步，而假使不论哪位批评家要有效地打击那个"差不得一点儿的"汉子，那小丑的脑瓜，我会接受 Marshall 所给予的年龄——二十五岁，作为合理。译者按，这是条很长的注，也许有些读者觉得不耐烦去细读；好吧，那就让他们跳过不看好了。但罕秣莱德的年龄是个非常重要的问题，跟对于剧中主角，对于整个剧本的了解，尤其是较深刻的、不是浮泛与片断的了解，密切相关，所以介绍人家经过缜密考虑与辩难的看法，对于另外有些读者或许不无帮助。上面两种见地可以代表这一问题的两个方面。译者则非但认为在说理上 Dowden 的持论精辟入微，而且从亲自的体验与回忆中，也感觉到二十五六岁比较适当。

㉚ Halliwell：我依照初版四开本，冒昧更改这里的原文为"十二年"，以避免一个年数上的困难，且以同样的理由改易 153 行的"三十"为"二十"，必须记得，罕秣莱德在第一幕里被指为是个极年青的人。按，参看上条注。

㉛ J. San："Yorick"是德文与丹麦文的"Georg"与"Jög"，我们英文的"George"；英文的"y"代表这两种外国文的"j"，那跟我们的"g"同音。

㉜ White：憎恶的是什么？罕秣莱德要对什么作呕？对那髑髅？他不在说那个。他所憎恶的，要对之作呕的是这里挂着他所吻过的两片嘴唇的他的想象。Cowden-Clarke：这一句里的"这"和下面的"它"是指驮在他背上、他的髑髅如今忽然呈现在说话人注视下的那阵想象，那曾被一个人拥护爱抚、那相好的发霉的没有皮肉的髑髅此刻捏在说话人手里的那阵想象。

㉝ Dyce 在他的初版校订本上问，这四行是引文吗？但在第二版上回答说不是。Collier 谓，在他所用的那本有旧时笔注的二版对开本上，这四行前后有引号；它们对于说话人显得跟他自己刚才所说的话非常适合；但不知道这一段从何处引来。Cowden-Clarke：罕秣莱德只是把一时想起的奇思放进协韵的形式里。莎氏已使这个变成了罕秣莱德的显著特点——当他说得轻妙或激动时就来几行打油诗的这一倾向；见三幕二景三〇九—三一〇行。又，在本景近尾处，那里不是习常用以结束一景的双行

相押韵,而是使一句轻蔑话临时两行相叶,从严肃的想法与抗议里转到一个容易叫人相信他疯狂的态度上去。

㉞ 此导演词为 Capell 与 Malone 两氏据剧中实情所改定者,惟仍从四开本谓行列抬莪斐丽亚之"尸"送葬;译者认为殊可斟酌,兹改采对开本上之"灵柩"。各版四开本作"王、后、赉候底施与尸上",且排在边上,似过简,或为非正式的他人后加,原导演词当属缺漏。各版对开本作"国王、王后、赉候底施与一灵柩,及众侍臣上",十八世纪 Rowe, Pope, Johnson 等六家从对开本。Clark 与 Wright 之环球本(1864)、剑桥本(1865)、克拉伦顿本(1905)以及 Furness 之新集注本(1877)、Craig 之牛津本(1924)等俱从 Capell 与 Malone。Crawford 之耶鲁本(1924)与 John Dover Wilson 教授之新剑桥本(1934)从对开本,惟采用"教士一人",后者对人物登场之先后亦有所改动。

㉟ 原文"Couch",Clark 与 Wright(克拉伦顿本)说是"躺下来,以便隐藏掉",Onions 释"躲起来,埋伏着"。

㊱ Seymour:但王后(她是个眼证)告诉过我们,莪斐丽亚的死是偶然的,是由于一枝"恶毒的枝丫忽断裂"。Moberly 谓,尽管她是个疯子,且出于不慎而自己致死的,对于这样的情事的推断是,她的行为是故意的;碰到这样的情形,总有个"疑问",能否请求给予基督教葬仪;虽然,据 Burn 的《教会法》所说,实际上并无拒绝准许的例子见之于记录。

㊲ "Shards", Schmidt, Furness, Onions 俱释为"锅、壶、罐子、瓦片等的碎片"。按,当时我国瓷器在英国还太名贵,故可断定为陶、瓦碎片。

㊳ 各版四开本作"Crants",各版对开本作"Rites"。Johnson 首先解释前者为德文"花环"的"Kranz"。他说,送葬时在一个处女灵柩前携带花环,以及把它们挂在她墓上,仍然是乡村教区里的习俗。所以"Crants"是原来的字,可是莎氏发现它有地方性,且也许不大容易懂得,故改易为"Rites",以其较易为人知,但不甚适当。"处女的礼式"给人一个不确切的印象。Malone 怀疑这一改易是否出自莎氏手笔。Dyce 也主张这里需要一个具体的、确定的印象,而"rites"则太笼统。Knight 与 White 则赞成维持对开本的读法,说"撒贞女的花朵"就是把花环与花朵散在年青与天真者的棺材上,"礼式"即包含这些在内,故如果再提"花环",便变成重复。按,当以 Johnson 与 Dyce 的说法为是,后说的理由不够有力。Lettsom 指出,一般的注本都解释"crants"为"garlands";但德文的"Kranz"是单数,而这里所需要的字义也正是单数。因此,Dyce 在他的《莎氏语汇》里解"crants"为"一顶花冠,一个饰圈,一个花环"。Halliwell 引 Fairholt 于 1844 年见到处女丧礼中的花环叙述道,当时那已经是"极古老的遗风,教堂(圣阿尔朋寺)司事告诉我说,这样的花环从前曾经在未婚女子出殡行列里持在棺柩前面,待送到墓地后即挂在教堂内,可是这习俗已经在二十年前消歇了。花环的底架是一个木圈,有彩色纸的花饰附在上面,而鲜花与假花则盖满整个圈子。……"按,由此可以猜想,这些伤悼处女的花环大概要比现在在世界各地,包括英国,仍然通行的、不限于送处女丧葬的花圈要小一点。

㊴ 昆荔翁、奥林帕斯和奥萨(Pelion, Olympus, Ossa)为古希腊东北地区帖撒利(Thessaly)北部的三座大山。据传说,大力神们(the Giants,又名 Gigantes,他们跟泰坦神族 the Titans 不同)想推翻宙斯(Zeus)天王的统治,把奥萨山堆在昆荔翁顶上,预备攀登奥林帕斯山上的天城;宙斯求援于赫拉格利斯,把他们打败了。(P. Harvey)

㊵ Grant White:以无比巨大的反感,罕秣莱德爆发出爱与悲哀的激情叫喊;接着,也在这奇怪的不适当的时候,他主张他的王位权利,而声明他自己是"丹麦之主"。但

Schmidt 在他的《莎氏辞典》里却把“the Dane”解释为“丹麦人士”。

㊶ Moberly：一个修辞上的圆滑说法，表示一开始对罕秣莱德完全的沉着，以及他对赉候底施的真正的爱。

㊷ 原文各版四开本作“Esill”，各版对开本作“Esile”：这两个字在英文里都并不存在。通常不算在“各版”里的，初版四开本则作“vessels”。前两者经 Theobald 校改为“Eisel”：这不是一条河流的名字，他说，便是一个古字，解作“醋”。后世的批评大多集中在这两个解释上面。Theobald 谓，据他所知，丹麦有条河叫“the Yssel，说德语的法兰德斯地区（German Flanders，当在荷兰境内或荷兰与德国边界上，普通的地图上查不出来）有一个省份名 Over-yssel 的即因以得名”；可是他又说，“罕秣莱德不是向赉候底施建议去做他所做不到的事，如喝干一条河流，而是好像说，你会决定去做最骇人、最令人厌恶的事吗？你看吧，我是有决心的。”Hanmer 校改“Esill”为“Nile”（埃及的尼罗河），为弥补因此在节奏上缺少的一个语音，他在下一问“eat”之前加上“woo't”（你可会）。Capell 则认为并无绝对必要这条河是尼罗河，虽然后面就讲起鳄鱼；但如果定要作这样的更动，可用这河流的古名称“Nilus”，当可不致因缺一语音而过多地改易原文；不过他主张校改为“Elsil”，而这是因为他想象莎氏大概因猜想有一条叫这名字的小溪流，名叫“Elsinour”的城镇即从而得名，他当即这么印在他的校刊本上了。Steevens 说，罕秣莱德在这里正是向赉候底施挑战，要他做任何困难或不自然的事，如喝干一条河道的水流，或用他的牙齿去咬嚼这样一种动物，它的鳞片通常认为是牙齿所不能穿透的。他采用“Yssel”而认为是条河流。Malone 同意 Steevens 的说法，并举出其他作家一些喝干莱茵河（Rhine，自瑞士经德国入北海）、泰晤士河（Thames，在英国）、米安窦河（Meander，在小亚细亚古 Phrygia 境内）、太格里斯河（Tygris，自土耳其经伊拉克，入波斯湾）、幼发拉底河（Euphrates，自土耳其经叙利亚与伊拉克，入波斯湾）、以及喝干海洋、征服冒尔太火山（Malta，在地中海冒尔太岛上）等等例子，以证明莎氏也可能有这样的夸张。Boswell 又加上诗人�飕(Geoffrey Chaucer，1340？—1400）喝干赛因河（Seyne，在法国，入英法海峡）的例子。Nares 认为在狂言里挑战喝醋是不合理、甚至荒谬的，所以还是以喝干河水为是，不管河名能找到与否。Caldecott 同意 Steevens 的说法，说是指 Yssel 河，它是莱茵河最北的支流，跟丹麦最近[译者按，距丹麦一百多英里，中间隔着一大片德国土地]，在 Zutphen 城附近注入须德海（Zuider Zee）。此外，Singer 谓“eysell”或“eisel”是“苦艾酒”，J. S. W，也赞成河名的说法，Elze 力主从 Capell 之“Nilus”，Bede 说“Yssel”即威尔斯（Wells）河，Halliwell 以为是 Oesil 或 Isell 河（这名字虽不为人知，但下面的奥萨山也同样隐晦不知名），Scadding 也认为是“Nilus”一字之讹误，最后 Keightley 也采取“Yssel”（因在 Yssel 河畔，近 Zutphen 城，菲列泊·薛德尼爵士——Sir Philip Sidney，1554—1586，诗人与政治家——对一支西班牙卫队作战而英勇战死，而薛德尼在莎氏当时是无人不知的）。关于“eisel”是醋的说法，Theobald 谓大量（或大口）喝醋虽说不上伟大，但那样做的确跟吃鳄鱼肉同样难于下咽而乏味。Capell 为反对此说起见，谓“Eisel”假使确是解作醋的话，当是吃鳄鱼时所用的调味品。Steevens 也打趣道，那挑战当真说不上堂皇壮丽，它只能刺激对手去冒一阵胃痉挛或绞肠痛的危险。Hunter 谓，莎氏《商乃诗》111 首里的“Potions of eysell”证明这不是什么河流，而是绝望时的猛药——酸果汁或醋。Dyce 驳 Malone 道，莱茵、泰晤士、米安窦、幼发拉底等都是很知名的河川，迥非晦隐无闻的 Yssell 所可比，后者的存在注释家们要查考出来尚颇有困难。Moberly 相信《商乃诗》——一首里

所用者跟这里的是同一个字,“大量的醋喝下去对生命有极大危险”。Tschischwitz 在他的校勘本上把这字印成“Esule”,即为甘遂,一种有毒的植物,它的汁古时用作催吐剂。Schmidt 在他的《莎士比亚辞典》里说,罕秣莱德的问话分明是滑稽的,而为了以愁眉苦脸来表示深悲起见,喝醋似乎比喝干河流更能发挥作用。最后,Furness 也相信“Esill”与“Esile”都是“Eysell”之讹误。译者考虑比较了各家的说法之后,觉得只有采取解作酸醋的一法。

㊸ 见前注㊳。

㊹ Warburton:鸽子通常总孵两个卵,雏鸽破壳时身上长着一层黄毛。Steevens:母鸽孵出它的两个卵后三天之内,从不离开它的窝,只除了极少几分钟为它自己找一点食吃;因为雏鸽在那早期所需要的只是保暖,这一任务它从不信托给公鸽。

㊺ Caldecott:“事物有它们被命定的进程;我们没有能力去使之转向”,也许是这里的用意,虽然这句谚语是惯常应用到那样的人身上的,他们一时占据着他们长处所不给他们权利去占据的地位。Tschischwitz 谓,这是暗指赉候底施、国王和罕秣莱德自己。“让赉候底施的巨人般的力量去做它要做的事,让那只在阴暗里偷偷潜行的猫去叫它的,忠心的狗将有它自己的时机。”B. Street 谓,“day”应当是“bay”,意即“狗总得吠一个痛快”。

㊻ 原文“present push”,Clark 与 Wright(克拉伦顿本)谓解作“立即的试验”。

㊼ Clark 与 Wright(克拉伦顿本):说话人用“living monument”二字也许含有双重的意义;第一,有常存不坏之意,王后会这样了解它;第二,赉候底施会晓得那层较深的用意,即谓罕秣莱德的性命将受到危害。

㊽ Steevens:“bilboes”是一种有脚镣附在上面的铁条,古时在海上哗变或骚乱的水手们是用这些铁条给系在一起的。这个字可推原到西班牙的一个地名“Bilboa”,那里钢铸器械锻造得非常精美。为完全了解莎氏的引喻起见,必须知道,由于这些脚镣把犯事者们的腿系在一起拴得非常近,所以他们要休息的企图势必跟罕秣莱德的企图一样,“心头思绪乱如麻[直译可作‘心里乱得像有一种战斗’],简直休想能入睡”。一个水手的每一个动作一定会扰及他的禁闭中的同伴。这些铁条现在仍然跟西班牙大舰队上的其他战利品一起,在伦敦塔里给展览着。

㊾ Tyrwhitt 建议把“突兀鲁莽”到霍瑞旭的“那确实无疑”放在括弧里,使“蓦地里”跟后面的“从我的船舱里,……我在暗中……”连在一起,且将“怎样去粗试”后的句号改为“;——”:这样安排,Furness 谓,无疑会使对话较为有力。按,各版四开本原文作“蓦地里,突兀鲁莽倒也好;要知道”,各版对开本作“蓦地里,(突兀鲁莽倒也好)要知道”,译文句逗标点系从 Furness 之新集注本。

㊿ Moberly:“在我形成我真正的计划之前,我的脑筋已经完成了这件事。这一行应当细心地加以注意。罕秣莱德写这通敕旨是在想象,不是在意志的强烈冲动下写的,这计策的巧妙迷惑住了他。然后与海盗相遇把取消它的机会消灭掉了;他便这样被迫,有一点局促地,向霍瑞旭说明他的行为是正当的。由于后者听到他的叙述时有一点惊奇,且甚至有少许同情,我们可以安心地断言罕秣莱德和蔼的情性会把那敕诏取消掉,若不是意外事故阻止他那样做。”

51 Blackstone:大多数莎氏当时的大人物,他们的亲笔花押至今还保存着,都写得一手极坏的字体;他们的秘书们则字迹端正。

52 原文“comma”引起了许多分歧的意见。Theobald 采取 Warburton 的校改,认为“a comma”毫无疑问是“a Commere”(意即“一个保证人,一个共同的母亲”)的讹误,并援引他的话道,"没有东西能比和平女神站着的这一形象、戴着瑞麦的头环、在两位君王之间、一只手搀着一位,更生动如画的了。我们往往在罗马钱币上这样见到她。"Warburton 在他自己的校勘本上则进一步谓,"Commere"在这里解作"一个爱情的撮合人,一个拉拢双方的媒婆"。Capell 从"Commere",并赞成罗马钱币的说法。Heath 解释道:"像一枚逗点介在一句句子的两个部分之间那样,除区别它们彼此外并不分开它们;同样,人格化了的和平,或和平女神,是被当作站在两位君王的友爱间发生着作用的。"Johnson:逗点表示一句句子里两个部分的关系与连结;句点则表示两句句子间的遽止与中断。莎氏也许想写——除非英格兰允从敕旨,战争应在两国的和睦间放一个句点[即终止和睦];他改变了他的写法,以为用相反的意义他可以说,和平应当在两国的友爱间像一个逗号。Becket 主张校改"comma"为"comate"(同伴),意即和平应当作他们的伴侣。从他的或跟他持同一见解的有 Staunton 与德国莎剧学者 Elze 与 Tschischwitz。Hunter 以为莎氏这里是在取笑当时言语或文字里正是这样的一个可笑的说法。White 觉得"逗点"难于理解;他采用 Hanmer 的校改"cement"(粘合物,胶灰),并引《安东尼与克丽奥派屈拉》剧中两处用"cerment"的例子加以证明。Cowden-Clarke:"Comma"在这里是用作这样的一个术语,它被理论音乐家们用来表示"音乐里的、一切可感音程中之最小者",表示谐音间的确切比例。管风琴与钢琴的整调师们直到今天还是这样用"comma"这字的。这术语的音乐上的意义在 Hawkins 的《音乐史》(1853)内有充分的解释。从这段文字的上下文看,有极大可能莎氏要用个意涉和谐的语辞,而不见得会暗指停逗的方法;我们以为他在这里用"comma"这字是用它来表现一个协调和谐关系的连结物的。……

㊾ 原文"Ases"影射"Asses"(驴子),正如 Johnson 所云,含讥讽戏谑之意,且"charge"古有"负重"之意,于是暗指的变成了"还有许多载有这一类重负的蠢驴"。

㊿ Hanmer:罗撰克兰兹与吉尔腾司登所受的惩罚是公平的,因为他们致力于为篡夺者效劳,不管他要他们做什么事他们都肯去干。Malone 指出,在本剧故事可能的蓝本之一《罕秣莱德的历史》(The Hystorie of Hamblet,1608,系译自法文 Beileforest 所作《悲惨历史》第五篇故事的一个译本)里,凶王番共(Fengon)的两个忠实臣仆是并非不知道他们所送敕诏的含意的。莎氏也许想描写他们的代表,罗撰克兰兹与吉尔腾司登,同样有罪。因此,罕秣莱德设法使他们就戮,虽然肯定对于他自己的安全并不绝对需要,便不显得是个乖妄的、未被激致的残暴行径。Steevens 则力主从莎氏本剧看来,绝无证据能说明两人有罪。评注者的任务,他说,并不是去用戏剧所根据的小说来解释戏剧——那些小说里的情节诗人有时候遵从,但实际上往往不遵从。莎氏之忽略诗的公平[或"劝善惩恶"]是尽人皆知的;他既安心于牺牲纯洁的莪斐丽亚于前,我们更不能指望他对于罗撰克兰兹与吉尔腾司登的无价值的生命较为审慎于后。所以我断言,在这出悲剧里他们的死分明是乖妄而未被激致的。Rye:在全剧里,罗撰克兰兹与吉尔腾司登所说的话没有一句不对于最浅薄的观察者宣告他们是国王的走狗,故意被用来出卖罕秣莱德、他们的朋友和同学的。Strachey:这不光与罕秣莱德自保他的生命有关;他是王权与丹麦法律的代表人与复仇者,而这王权与法律已被一个凶杀者与篡夺者的暴行所凌辱(因为他之所以被推举为君是由于他设法凶杀了那正当的占有人,且正在那时候当他的合法胤嗣人不在);而他得在那样的形势之下行事,它们在每个国家的历史的稀有而悠长的时间里要求某一个人去保持法律的精神而暂时忽略它的文字。罕秣莱德的责任是以置暴君于死,为丹麦的法律

与王权复仇;而假使作为达到那个目的的手段,他也得牺牲那暴君意志的卑鄙爪牙,他那样办是完全正当的。

⑤⑤ 原文"angle"为"钓钩",在这里乃是隐喻的说法。我国古代十八般武艺所用"九长"、"九短"兵器里前者的第七种即为"钩"。又,我们从前山径上、密林里有人用戴钩、套索这两件家伙做黑买卖。罕秣莱德在此说他叔父"抛出弯钩来想钩掉我这条命",或许说"戴钩"更为切合。

⑤⑥ Miles:你绝不会疑心到罕秣莱德所担当的差使,要待你听见他说短短的这句话,"眼前这间隙属于我",你才晓得。这句话里包含有比所有的独白更多的恶意!没有恐吓,没有诅咒,不再提起笑吟吟、可恶的坏蛋;不再自咎;但仅仅是简略的"时间很短促:眼前这间隙属于我;"于是,我们初次体会到罕秣莱德内心所经历的变化的程度;于是,我们初次完全懂得了他跟小丑作平静的戏谑,他对霍瑞旭发他宁谧的沉思之所以然。整个人已被一个伟大的决定改变了性格:他的决心已经下定!专船从英格兰回来将是他被处死的信号,所以道德上的问题已经解决:从一个无法无天的凶杀者手里解救他自己性命的唯一机会是去杀死他;这已变成个自卫行动;他能够以完全无愧的良心做这件事,他估计过回程;他对他自己的和国王的生存已作了最长的估计。从他在墓园里碰到小丑的那片刻起,他一直在向艾尔辛诺王宫作死亡的进军。

⑤⑦ Johnson:一只水黾在水面上跳来跳去,没有什么易见的目的或缘故,因此是个无事闲忙者的适当的表象。"水黾,亦名水马,昆虫类,体长约 3 分,群集于池沼等水面,能疾走,或张翅而跃"(《辞海》)。

⑤⑧ 原文"Chough",Johnson 说是穴乌的一种,Harting 叫它红脚老鸹或康华(Cornwall,英格兰岛西南沿海郡名)鸦。Caldecott 怀疑这是个讹误,谓原字恐与那种鸟没有关系,大概是"chuff"一字之讹。Furness 支持此说,谓称奥始立克是红脚老鸹也许因为他聒聒多言,可是跟他有大量泥巴却合不上来。"Chuff"则是个粗鄙而富有的地主,人物猥琐,言谈可笑,不登大雅之堂,译者按,罕秣莱德称他是只红脚老鸹确是因为他聒聒多言,但接着说他有大量泥巴之前明明有"可是"一语,所以这比喻毋须跟他的粗鄙而富有的地主身份切合。何况从前面的对话里可知,奥始立克绝不是个蠢笨拙陋的家伙,他嘴上还来得几下,喜欢趋时玩一套夸饰(euphuism)要文的功夫,以资自炫,性格佻达、轻浮、浅薄,而又好逢迎阿谀,所以一碰到罕秣莱德认真跟他玩时,便目怔口呆,无言对答。

⑤⑨ 罕秣莱德对于胁肩谄笑的朝士们有极度的鄙蔑,这里一会儿说很冷,一会儿又说很热,便是在戏弄奥始立克的奉迎,正如在第三幕第二景里他戏弄朴罗纽司一样,说一朵云像峰骆驼,又像只伶鼬,再像条鲸鱼,挖苦他的俯仰随人,阿谀奉承。

⑥⓪ 罕秣莱德要他戴帽,他不肯,说"for mine ease, in good faith."Farmer 谓,"我这样舒服"似是莎氏当时的虚矫(装假,做作)话,Malone 谓为当时的客套话。按,奥始立克这段话里的有些措辞,如"an absolute gentleman","full of most excellent differences","of very soft society and great showing","to speak feelingly of him"等,可说不是夸张、假装便是做作。他的夸张、假装使我们想起四幕七景里克劳迪欧斯对赉候底施所说的这句话,

我们叫些人夸赞你武艺超群,
把那个法国人对你的那番称扬
再频添些光彩。

他的做作说明他是那些人中间最适宜于做这件事的一个,也就是他的为人与性格。他这下虚矫与做作的结果,引起了罕秣莱德的反感,当即变本加厉地以夸饰风格(euphuism)跟他来一阵。

⑹ 原文"full of most excellent differences",Caldecott 谓,就是说,他是精通礼仪的每一个微妙细节的斲轮老手,Delius 说是"各种不同的佳妙处",Clark 与 Wright(克拉伦顿本)解作"使他超迈旁人的卓越处"。

⑹ 二、三版四开本作"sellingly";各版对开本作"feelingly"。Jennens 与 Collier 云,前者可能是对的,系隐喻"一个卖货人对货物的称赞"。Steevens 引莎氏早期喜剧《爱情的徒劳》四幕三景二四〇行"卖货人的赞美属于出卖的东西,她超乎赞美"为证。对此,Furness 谓,当真,没有解释,不论如何牵强附会,想入非非,会在这一景里显得不适当;也许越想入非非越好。Caldecott 从对开本,并解"feelingly"为"说得有洞察与智慧"。Schmidt 训"说中他的要害",Onions 训"切当,中肯"。

⑹ 原文"the card and calendar of gentry",Johnson 谓为"都雅的总教习;一位士子要借以指导他行止的罗盘面;他赖以选择他时间的日历表,俾使他的一举一动既美妙而又适时"。Schmidt 解作"礼貌的罗盘面或记事簿(或记录)",Onions 谓喻作"指南,条规"用。

⑹ Warburton:这是当时朝士们矫饰口吻(the précieux)的一个标本,是用来挖苦他们的。Clark 与 Wright 在克拉伦顿本上云,罕秣莱德故意胡诌,赉候底施则无意地胡诌。按,罕秣莱德在这段话里夸张、矫饰、用大字、转虚文,非常滑稽,除这"definement"(描绘)一字外,还有"perdition"(丧损,意即损失),"to divide him inventority"(把他的优点开个清单),"arithmatic of memory"(记忆的算术),"the verity of extolment"(称颂他得到家),"a soul of great article"(一位优长可列成大项——即把他的优点开起账目来,会开成有许多子目的一大项——的英才),"his infusion"(他的资秉),"to make true diction of him"(要将他说得切中肯綮),"his semblahle is his mirror"(他的匹敌只能在菱花宝鉴里找到),"his umbrage"(他的影子),"the concernancy?"(试询相关何许? ——即,请问这许多话是什么意思? 你用意何在?),"wrap the gentleman in our more rawer breath"(将这位士子用欠雅的芜辞来包裹),"the nomination of this gentleman"(提名道及此君),等等。

⑹ Johnson 校改原文"not possible"为"possible not","another tongue"为"a mother tongue",于是霍瑞旭这两句话变成了"用本国语言来说竟能不懂得吗? 你会懂得的,阁下,当真。"按,意即"你自己原先说的乃是外国话。如今王子说的也正是你那种外国话;你自己却听不懂了。用本国语言(即明白易晓的话,朴素的语言)说这种种,不是很容易懂得的吗? 不,你不要,却喜欢说外国话;那么,王子现在说的你该可以懂得,"Jennens:这段话是对奥始立克说的。霍瑞旭见他窘住了,说道,"这就不能懂得了吗? 换一种说法你是会懂得的,阁下,当真",就是说,你可被人家使你自己的武器打败了吗? 你不能懂得你自己的那种胡诌了吗? 假使是的话,你最好还是说另一种语言,用你的常识,莫要花腔,那你就不会有给弄得局促不安的危险了。Malone:这段话是对罕秣莱德说的。"换一种说法"并不解作(据我想),较朴素的语言(如 Johnson 所意会的),而是"这样古怪矫饰;以致像是外国话的语言";在随后的话里则霍瑞旭是在赞赏罕秣莱德能把这一类谵语模仿得这样巧妙,我想。可是我怀疑诗人写的是:"用本国语言来说竟能不懂得了吗?"按,他采取 Johnson 的校改而不同意他的解释。Moberly:"由别人说来,你就不能懂得你自己可笑的语言了吗? 用你

的聪明，阁下，你就会懂得。”译者觉得后一说比较适当；Johnson 的解释虽好，只是必须校改原文，且转弯太多。但从他的有 Staunton，Walker 与 Tschischwitz。

⑯ 这里原文“not ignorant”，由奥始立克说来本解作“不是不知道，不是不明白”，但接下来罕秣莱德开他的玩笑，故意了解为“不是无知，不是迟钝，不是愚蠢，不是脑筋简单”（not wanting knowledge generally，not dull，not silly，not simple-minded），所以说“你即使知道，对我也不会增很多光彩”。译文“明亮”即含有“知道，明白”与“明鉴，亮察，朗照（心明，目亮），洞晓”的双重意义。

⑰ 原文“Rapier and dagger”，前者是比较战时所用的长剑（sword）小些轻些的剑，后者据 Schmidt 与 Onions 云，是一把不开口的，蓝柄（用来护手的）的短剑或匕首，专作防卫用，以之代替小圆盾（bucklet）的——在十六世纪末年，这两件成为一套的武器被用来在比武里代替原先的长剑和小圆盾。

⑱ Johnson：“imponed”是用法文发音念英文字“impawned”（押下了）的怪腔，用以取笑奥始立克的做作的。Collier 与 Dyce 赞同此说。Schmidt 则谓系夸饰文体（euphuism）的字眼。按，夸饰文体以莎氏同代文人与剧作家李列（John Lyly，1554？—1606）的《优斐伊斯，才子的解剖》（Euphues，the Anatomy of Wit，1579）与《优斐伊斯和他的英国》（Euphues and his England，1580）两部散文传奇而得名。此种文体或风格的特点是，尽量运用意义相反的语句来互相对照平衡，甚至牺牲文意也在所不惜，充分利用双声字，富于对历史与神话人物及博物知识的隐指，极力使文字里弥漫着优雅文采的风味。奥始立克接着用的“assigns”（附隶），“carriages”（挂絛），“very dear to fancy”（煞是花哨可喜），“very responsive to the hilts”（跟剑柄匹配得挺合式），“most delicate”（非常精致），“of very liberalconceit”（无比新奇细巧）等都是属于这种文体的语词。

⑲ “挂絛”（“絛”亦作“绦”，音“韬”）是什么东西？罕秣莱德问他。奥始立克答道，就是吊带。罕秣莱德说，这名称乍听起来倒像是几尊大炮。原来原文“carriages”也可以解作“炮车”。中文里没有适当的名称可译，我利用“挂絛”二字的声音来传达原意，聊资仿佛。絛是编织成的丝带，薄而阔的名为组，圆而像绳的叫作纠，组与纠统称曰絛。

⑳ Furness：古书上注释文字印在书页边上。见《萝密欧与琚丽晔》一幕三景八十六行：

这卷美书里深藏着隐晦的文意
你可在他眼睛的书页边上找到。

㉑ 关于“he hath laid on twelve for nine”，自十八世纪以来我所见到的有十多家注释，但都不能清除疑难，现介绍于后。Johnson：这一下打赌我不懂。在十二个回合里，一方定必会超过另一方多于三着或少于三着。我也不了解怎样在十二个回合里能有十二对九。这段话没有什么重要性；晓得打了一回赌就够了。Malone：君王下的赌是，在一场十二个回合的比武里，赉候底施不会超过您三着；君王是在开赌人的原则上下的赌，有个赢十二着和输九着的机会[按，Malonc 这句话我觉得说得不够清楚，他的意思据我看来是说，主动（或发起）赌比武的人好像赌钱时的庄家（the bank），他那方面按原则应多赢三着，即赢十二着，要是他输九着的话：如果我这理解不错，我敢说这对于原文的解释分明是错误的，因为赉候底施是个尽人皆知的好手，而且奥始立克此来的目的之一就是要激起罕秣莱德的好胜心，故只有叫罕秣莱德多输少赢之理，决不会对他作多赢少输的要求]；或者君王（根据给罕秣莱德以有利的地位来说）占了便宜，等于四比三，假使“他赌下了”四个字是指赉候底施的，这就解

作他是在一个预备赢十二个回合而要求对手赢九个回合的人所定下的[胜负]原则上下的赌；那比率就是十二对九。[按，Malone 看不准原文究竟是什么意思，他提出三种可能：一是国王打赌说罕秣莱德将赢十二着而输九着给赉候底施，二是国王（他将占到便宜）打赌说罕秣莱德可以输十二着给赉候底施而只赢他九着，三是赉候底施打赌说他将赢罕秣莱德十二着而只输九着给罕秣莱德。不消说，这三种十二对九都是二十一个回合，与奥始立克对罕秣莱德所说的“您跟他比十二个回合”那句话不符合，而 Malone 在这一点上并未提供解释。]Ritson 主张这场比剑一共只打十二个回合，“赉候底施要赢便得赢八着，而罕秣莱德则只需胜五着便可以赢；所以他分明比赉候底施在数目上处在有利的地位，即便宜三个整回合或三着，而占的优差是八对五，那正好跟十二对九、在他们开始比剑前有利于罕秣莱德的计数上的比率一个样。[Furness：这个，我以为，实质上跟 Elze 所作的是同样的解释。按，八对五在算术上的比率并不与十二对九相等，与十二对九的比率相等的是八对六，这是一。其次，八加五是十三，与奥始立克所说和 Ritson 自己所主张的“十二个回合”也不合，Ritson 对此未加解释。第三，原文这里所说的是实数，并不仅仅是比率，故 Ritson 对于“he hath laid on twelve for nine”仍未能提出令人满意的说明。]Seymour：“假使在十二个回合里罕秣莱德被着了七次，而赉候底施被着了只三次；国王会输掉他下的赌。[按，依此说法，分明比十个回合即可分胜负；这与奥始立克所说国王规定的“十二个回合”不合。又，七减三等于四，这又跟奥始立克所说国王打的赌“他击中不会超过您击中三着”不合。且此说对于“he hath laid on twelve for nine”亦未加解释。]Mitford：[各版四开本原文的]“layd on”（赌下了）[按，现代版本都订正为“laid on”]在各版对开本上作“one”，这也许是“won”（赢了）或“on”（在……上）的讹误；的确，这整句话“他赌下了十二而不是九”似乎极像书页边上的一句添插。可以说，讲得随便一点，击中不超过三着可以解作击中不超过多于两着。我们也可以说，这些数目也许是用阿拉伯数字表示的，不是用字母拼的，因而较易于被随便改变与弄成讹误。[按，这是假定有不可救药的错误，包括把音近的字误植，把不相干的他人添插混入本文，把阿拉伯数字弄错，以说明原文之无法解释，但我们最后将看到“he hath laid on twelvefor nine”是可以解释的，所以 Mitford 这假定将被证明为不能成立。]《每季评论》：奥始立克从来不屑用普通人的语言。“He hath laid on twelve for nine”并不是他赌下了十二对[to]九，而是他在十二个回合里打九个赌。国王把赌注押在罕秣莱德这一边。赉候底施，他是当代的名剑客，得要给亲王好多优差：——国王主张在十二个回合里赉候底施击中了九着还不算他赢。所以在这句句子前面部分里，“他击中不会超过您击中三着”也并不解作赉候底施的击中数不会超过罕秣莱德的击中数三着。在十二个回合里，每人击中六着会使他们比成平手，而奥始立克叫赉候底施的超过数是他所得多于他自己的半数的着数。这数目，克劳迪欧斯打赌，不会超过三着，使总数变成九着，而这就跟这下子打赌被表明的另一方式相符合。[按，此说想用奥始立克说话很别扭、极勉强地解释掉“he hath laid on twelve for nine”这句话，这是不能令人满意的：因为不论奥始立克说话怎样别扭，如果他想表达《每季评论》所归给他的语意，他至多只会说“he hath laid for nine on twelve”，把“on”当作《每季评论》所说的“out of”用（这是荒谬的，证以前面两个用“laid on”的例子，可知他不会这么用，见下），但决不会说这双重别扭的“he hath laid on twelve for nine”；何况在前面一〇六行他说过“he hath laid a great wager on your head”，又在一四八行他说过“in the imputation laid on him by them”，两次都是“laid on”两字连用：故可断定《每季评论》的说法是个无可如何的强解。此说又谓国王主张赉候底施击中九着和罕秣莱德击中六着还不算赉候底施赢,这是对的;那么,算赉候底施输、罕秣莱德赢吗?《每季评论》未下结论。此说最后谓国王打赌,赉候底施将击中六着(十二着里的半数)加上他的超过数三着,共计九着,罕秣莱德将击中六着:双方总数将是十五着,这与奥始立克所说国王规定的"比十二个回合"不符,《每季评论》也未能加以解释。]Moberly:"各人将进击十二次,直等到击中一着:而赉候底施打了赌说,在罕秣莱德能击中他九着之前,他将击中罕秣莱德十二着。就是说:罕秣莱德有被多给的三下[意即可以多输三着],而有了这些优差他相信他会比赢。"[按,十二加九为二十一,此数与国王规定的"比十二个回合"还是不符,Moberly对此亦未能加以说明。]Tschischwitz假定"一打"[十二个回合]只是个不定数,而根据二十一个回合的总数,他提供了一个煞费苦心的计算。[Furness:关于这一切计算,可以说,正如Clark与Wright在克拉伦顿本上对其中有一家的计算(按,系指Elze)所说的那样,它们无疑是对的,但并不能解释这一下打赌在剧词中被说明的方式。]Steevens谓,这句"很不重要的剧词"可以去向新市场(New market)骑师俱乐部的会员们讨教,"他们在这样的问题上也许会成为最开通的[原文作"enlightened",按,似应作"enlightening"(启发人的,解疑的)]评注家,最成功地在这冰冷的、毫无诗意的计算的玩弄里奋发有为。"译者按,总之,新集注本的编者跟Clark与Wright一样,认为以上各家的解释都不能令人满意,而Steevens的看法被最后介绍来说明的是,这样无关宏旨的疑难事句只有乞灵于打赌的内行们才有希望澄清,对此Furness与Steevens实有同感。最后,我们要跳过五六十年来谈一下比较新近的意见。据J. Dover Wilson教授说,国王"规定了条件""说赉候底施必须赢得至少多三着(must win by at least three up)(如一个现代的户外运动家会这样说)",同时赉候底施则"规定了条件"说这场比剑须得不是战那惯常的九个回合,而是十二个回合,以便给他较大的活动范围,因为在一场九个回合的竞赛里要赢得多三着便得赢六个回合对罕秣莱德的三个,不留和局的余地,那会是优差让得太厉害了。"这个解释,译者认为有两点不符合实际。第一,既然国王明白规定了"十二个回合",如奥始立克之所口述,赉候底施还要要求"不是战那惯常的九个回合,而是十二个回合",如Wilson教授所示意的那样,会显得不适当,是多余的要求。第二,奥始立克,我们可以想象,曾被指示以国王公开承认赉候底施比罕秣莱德优越(我们虽未见到国王在剧中作这样的指示,但在四幕七景一三〇——三四行他对赉候底施曾亲口说过:

罕秣莱德回来将听说你回了家
我们叫些人夸赞你武艺超群,
把那个法国人对你的那番称扬
再频添些光彩,最后使你们相见,
赌你们的输赢:……

故这一点是可以意想得到的)来刺激后者参加这场比赛,而且为达到目的起见,又加上赉候底施自己再行让步的侮慢的浮夸,方为合理:因此,由他来要求给予他自己"较大的活动范围",以及要"赢六个回合对罕秣莱德的三个,不留和局的余地"使他害怕会给罕秣莱德太多的优差,便会与剧情发生矛盾,而如果由奥始立克代他说给罕秣莱德听,便会减弱挑战的势头。现在来说明译者的见解。平常一场比剑的双方,假使他们认为彼此势均力敌,会一共比十二个回合。若是甲赢了六着而乙也六着,他们便比成个和局。若是甲赢了七着而乙只有五着,甲就比乙多赢了两着。但在现在这场比赛里，国王要他们赛总共十五个回合，赉候底施赢得超过罕秣莱德的着数的三个回合（即赉候底施的“多三着”），因为当作是给公认为较弱的一方的便宜，所以是不算在那十二个回合里的。那就是说，假使赉候底施赢了九个回合而罕秣莱德赢了六个，他们会被认为显示了他们所被指望的彼此间的膂力与技巧。国王似乎曾对赉候底施这样说过，“你给罕秣莱德三个让着（即优差，odds）作为额外的回合，我可以对你下赌你跟他会比一个六对六的平手，但不会多赢他。”然而赉候底施自以为他在这技艺上远远高过罕秣莱德，打赌说他将赢十二个回合对罕秣莱德的三个，而不是国王所说的他赢九着对罕秣莱德的六着。他这样多赌三着，或多让优差与罕秣莱德，目的是在刺激后者的好胜心，使他不得不应战比武。到了这里，原文的“he hath laid on twelve for nine”（他赌下了十二而不是九）就明白了：这个“他”是赉候底施，国王想要他赢九个回合对罕秣莱德的六个，他说他可以赌下赢十二个回合对罕秣莱德的三个；故原文“twelve for nine”应解作“他将赢十二着或十二个回合，而不是（for，即“instead of the king's”）国王相信他会赢的九着或九个回合”，并不解作 Johnson 或其他人所说的赉候底施赢十二着对（to）罕秣某德赢九着，或相同的算术上的比率等。这解释我信能最后廓清历来的疑难；骑师们则未必能解决问题；至于症结的消除则我信不仅有关打赌，且对于剧情及赉候底施与罕秣莱德之互相影响当有所阐明。

⑫ Johnson：这象喻我未见其特别适当。奥始立克做完了他的事才走。原文“runs away”可改为“ran away”，意即“这家伙从他出生时起就总是无事瞎忙”。Jennens：奥始立克不久将被称的“小奥始立克”，因此可以假定他只是个半成形的廷臣；而在这田凫（lapwing）的象喻下，霍瑞旭取笑他说话鲁莽与妄自尊大——他在够格以前先摆出了一副廷臣的态势。Steevens 与 Malone 都自莎氏同时文人的作品中援引例子，说田凫一经孵出来，便会头上顶着蛋壳跑走。Clark 与 Wright（克拉伦顿本）云，[除代表过于性急外]，田凫也是不诚实的表象，因为它有个习惯在离它的窝老远处鸣叫，以引诱闯入者们不去侵犯它的窝。奥始立克禀性既孟浪而又不诚实。

⑬ 原文“collection”，Schmidt 与 Onions 都解作“推测，推断”。寻绎上文来意，我们知道是在说奥始立克是个庸俗化的优斐伊斯，只学得了些周旋应对的外表或优斐伊斯的皮毛，便依样画葫芦来一套，结果却极投时好，但因为是皮毛，故总不出一知半解，似是而非。因此，译文作“想当然”。

⑭ 各版对开本作“fond and winnowed”（愚蠢的与簸去糠秕的），各版四开本作“proph(f)ane and trennow(n)ed”（庸俗的与非常有名的）。Warburton 校改前者的“fond”为“fann'd”，意即“扬去糠秕的”，与后一字连起来的这短语可译为“扬清与簸净的”明智之见。Johnson 校改四开本的读法为“sane and renowned”，并解释道：这些人沾上了时下的口癖，浅薄而轻易地作浮泛粗略的谈话，一种时髦的空谈泡沫似的想象其辞，那却能使他们通得过最精选的、嘉许的[“appfoving”，似误，按应作“approved”，公认为好的或合理的]判断。Jennens 从四开本。Steevens 谓，对开本的“愚蠢的与精察的”言论和四开本的“庸俗的与正直的”言论都含有对比的意义。Caldecott 解对开本读法为：一切判断，不光最简单的，也包括最明察智虑的。Tschlschwitz 主张校改对开本之“fond”为“profound”（深沉的），说像奥始立克这批人好像是一堆深沉、精筛过的麦子里的粃糠。Hudson 认为意含讽刺：言论想入非非地漂亮，簸净了常识的粉末。Moberly：“一套泡沫似的言辞，永远只宜于表白最荒唐、最过分琢磨的想法”。

⑮“In happy time”,或许最忠实的译文应作“来得吉祥如意”。

⑯《麦山杂志》(Cornhill Magzine,1866年10月号):这句话是莎氏相信预兆的简单的、亦即最有力的证据之一。在他提供给我们的所有例子里,可以得出的教训是,那警告被忽略了,恶运当即下降。起初我们也许以为罕秣莱德的感觉是自然的。他发觉了国王的毒计,而他知道他自己的反计不会长久保持不泄。但分明在要他对赉候底施比剑的挑战里,他并不疑心有什么。他从未稍一检视过那些钝剑,或衡量过它们的长短,而是顺手捡起第一柄来就算,将长短无条件地加以信任。刚在不久前,当霍瑞旭警告他时,他曾说“眼前这间隙属于我”,他分明指望一切事会符合他的意思,一直到消息从英格兰传回来。

⑰ Johnson基本上从各版四开本(这经稍微校订,在现代版本上是“Since no man, of aught he leaves, knows”),并解道,既然没有人知道他所离开的那情况是什么,既然他不能断定以后一些岁月将产生什么,为什么他要怕早一点离开生命?为什么他怕早死,这个他不能判定是快乐的排除,还是灾祸之拦截?我鄙视对预兆与征示的迷信,那在理性里或虔信里都无根据;我的安慰是,除非上帝命令,我不可能堕毁。

⑱ Johnson:我但愿罕秣莱德另作些别的申辩;对于这样一个勇敢的或高贵的人的性格,藏身在假话里是不适宜的。Seymour相信下面从“这里的众贵高无不知”起到“疯狂是他的仇敌”止是旁人的添插。

⑲ Steevens:这是对古怪的荣誉感的一个嘲讽。虽然在感情上已满意,他还是要向武道中的老辈们请教,若讲虚矫的荣誉他是否应对罕秣莱德的屈服表示满意。

⑳ Cowden-Clarke:自以为了不起的易感者之僵硬,气度褊狭者的急急于保持人家的好评,只愿作社会权利的主张而无视自然的友爱,矫饰的而不是真正的士君子——这一切都在赉候底施身上可赞赏地体现出来了。

㉑ Moberly:“我了解陛下照应我叫我有几着让着;可是尽管那样,我怕我还是比较软弱的一方。不,国王答道,你们两人的手段我都见过,你所得的让着将抵消他在巴黎的进步。”

㉒ Jennens解“better'd...odds”道:“既然要是他赢,他将会得到的赌注比要是他输,我们将得到的赌注来得好,所以我们占了便宜,即我们毋须击中像他那么多着。”Caldecott解“better'd”为“大家对他的估计比较高”。Delius跟上条注Moberly所言相同,谓“better'd”系指赉候底施在巴黎所得到的精练。译文即从此。

㉓ 原文“union”为“精圆大明珠”,非常珍贵,只在王冠上可以见到。

㉔ Steevens:假装丢一颗珠子到酒钟里,国王可以被假定为下一服毒药到酒里。罕秣莱德似乎疑心到这一层,故当他后来发现这毒药的效果时,便嘲弄地问他,“你那颗明珠可在?”

㉕ Elze:赉候底施区别“中一下”与“碰一下”不同,承认他是给碰到了,但未被击中。

㉖ Malone与Collier都认为扮演罕秣莱德的是褒贝琪(Richard Burbage, 1567?—1619,名伶,莎氏同事),后者且引用他死后的《哀歌》里有这样两行,“小罕秣莱德,虽然只是呼息短,将不再为他亲爱的父王喊‘报仇!’”以证明胖的是饰这位太子的原演伶人。Cowden-Clarke从剧本文字里举了五点证据,说胖的是罕秣莱德本人,不是扮演他的伶人。译者觉得这些证据都未免牵强附会,故从略。

㉗ “Good madam”Moberly谓应解作“多谢,母亲!”

㉘ Cowden-Clarke:这一下忽动怜悯的征象,不仅是赉候底施性格里聊资赎罪的一笔(而莎氏,由于他的宽弘的容忍与对人性的真知灼见,喜欢将这些赎罪之笔给与他的

甚至最坏的角色），而且也在这年青人早先已决心以奸险之术取亲王的性命，跟他后来暴露这一奸谋之间，形成了一个有智虑地插入的环节。从存心作恶，当这样一个阴谋的代行人，到供认它的悔悟的坦白，这其间道德上的变动会显得太剧烈与太突兀，假使作者不用惯常的巧技介绍这良心上的半谴责作为联系点。

⑧⑨ Ritson：你对我戏要像在跟一个小孩子玩。Hudson：这是描绘手法的一下沉静的、可是极意义深长的笔触。赉候底施不在努力比剑，这是他钝剑尖头上的良心在叫他不这么做；而这效果罕秣莱德是觉察到的，虽然他做梦也没想到那原因。

⑨⓪ 各版四开本无导演词；各版对开本作“于乱斗中彼此换剑”。此外为 Rowe 所加。关于两柄剑怎样会互相交换，有以下几种说法。Seymour：在击剑中一个格斗者要夺去另一个的剑时，通常的办法是用又快又重的一格将对方的钝剑打落地下：罕秣莱德做了这个以后，也许是由于他秉性和蔼，把他自己的钝剑递给了赉候底施，一方面他弯下腰去将对方的钝剑拾了起来；而赉候底施，他只是半个坏蛋，没有能踌躇不去接受这安排，也的确没有时间去考虑避免此事。M. C.：罕秣莱德在下一回合里受伤之后，赉候底施应控制住他的钝剑。这样差一点被解除武器时，罕秣莱德应奋发起来攥住赉候底施的剑。这样，双方都一同握着两柄武器，而在分开时各自便留着那把他握得紧些的剑。这样一来，交换便很容易发生。双方都不知道这情形。罕秣莱德不感觉这事的重要性：但赉候底施见到他自己的迫切危险。恐怖，后悔与羞惭会使他在下一回合里戳击得松懈了，而就在这一回合里他受了致命伤。Tieck 这样解释两把轻剑的交换情形：舞台后部有一只桌子，上面放着轻剑，两个比剑人各取一柄，战了一个回合，把它们放回桌上，谈话占据着两个回合之间的稍些时间。这时候国王命奥始立克或别的廷臣偷偷把剑交换一下，于是有毒的那柄归了罕秣莱德，而他就拿了起来。因为国王他的性格始终是一致的，不能允许赉候底施活下去，他刚带领过一起叛变，而且秘密参加了对罕秣莱德的整个阴谋。Elze 则以为在乱斗中两把剑都掉在地上，在捡起来时偶然换错了，而赉候底施因过于兴奋，罕秣莱德则太不多疑，故都没有注意到这个交换。Heussi 认为这件事整个说来不大重要——处理这样的事，伶人们无论如何比坐在书桌旁的学者们要较为灵敏；观众毋须很清楚地看到真有一次交换。比剑双方变得异常激动，一个观众在远处说不上来在乱斗里究竟发生了什么事，这就够了。结果使这件事够清楚的了。在 Tom Taylor 的演出版《罕秣莱德》(1873)里有如下的导演词：“赉候底施伤罕秣莱德；后者格落彼之钝剑而夺得之。”在罕秣莱德“不用，再来吧。”后面：——［彼投一钝剑与赉候底施，但误留其向彼所夺得者，且以之伤彼。］”在 E. B. H 之《罕秣莱德研究》(1875)里，这一段是这样的：——［赉候底施伤罕秣莱德，后者报以格落其钝剑——赉候底施旋为免被击中计，向彼扑去，并扼彼之钝剑——彼等挣扎。］国王：分开他们！他们动了火，［罕秣莱德舍其在赉候底施握中之钝剑而捡起地上之毒剑。］罕秣莱德：不用，再来吧。［怒刺赉候底施而伤之，彼倒地。］

⑨① F. J. V.：这种鸟是训练来诱陷别的鸟的，不过有时候它在弹簧罗网附近昂首阔步走得太近了，便会自己陷进去。

⑨② Rohrbach：克劳迪欧斯的临终话表示出他的特性；他说他不过受了伤，虽然他知道戳伤他的剑是上了毒的。他便这样对于他所有的，他的性命，坚持不放，要等到罕秣莱德把毒酒灌下他的喉咙。直到他最后一息，他是强力与急断的典型。甚至他的死，他的最后一步，也是迅捷而坚决的，正如他行动的风格总是那个样。

⑨③ Moberly：这恶毒的毒药就是你说你放进去的那颗珠子吗？

⑭ Caldecott 谓,罕秣莱德先中这烈性又急性的毒,等到赉候底施受伤中毒时剑头上的毒药当已被罕秣莱德的血所冲淡,故论理他应当后死。Furness:也许罕秣莱德给了赉候底施以致命的一击,以还报他所给与的轻伤,而那是他所一心所欲的。所以赉候底施死于伤,罕秣莱德死于毒。

⑮ Heath:即,激得我报这仇恨。Mason 认为这句子没有说完。Lettsom 谓似解作"使我作此推举"。

⑯ Clark 与 Wright(克拉伦顿本):若罕秣莱德前面的话被他的死所打断,这句话由霍瑞旭说来比较自然。Moberly:对于罕秣莱德,沉默之来将如最欢迎最亲仁的良友,如舒徐之于为行动所苦的灵魂,如从纷繁冲突的动机中得到解脱,如悠然自得于搜出了一切问题,如从苦思中找到了适当的字句所获得的释放;作为永生的唯一的语言,无良的仅此真正的倾吐。译者按,罕秣莱德奋厉他的霜锋不但已诛灭盘踞在丹麦宝位上的毒虺,且也廓清了满天的黑气,使天日重光:他该多么踌躇满志,含笑于泉下!

⑰ Malone:此系指先王罕秣莱德被他的兄弟所弑杀,在他和葛忒露特的乱伦结婚前。

⑱ 原文"accidental judgments",Schmidt 训"意外或偶然的天道罚罪"。

⑲ Delius:上一行指朴罗纽司,这一行指罗撰克兰兹与吉尔腾司登,他们是罕秣莱德被迫("forced")叫他们死的。Schmidt 释"forced cause"为"横暴的原因(或动机)"。

⑳ 原文"right of memory",Malone 解作"一些被人记得的权利",Schmidt 释"一些活在人们记忆里的权利,传统的权利"。按,福丁勃拉思在这里说得很含混、很隐晦是对的,因为他在这样的场合不便急于说"我要继承王位了":这有关他的性格,也有关作者与读者们对这篇戏剧诗的感觉。

1965 年 3 月 31 日开译,
1965 年 11 月 14 日凌晨译完。

萝密欧与琚丽晔

Shakespeare

ROMEO AND JULIET

本书根据 W. G. Clark and W. A. Wright 剑桥本译出

译　　序

在我的一生中，总共翻译了八部莎剧，其中六部是集注本，另外两部则只有极少的注解。为什么这后两部没有采用著名的阜纳斯(H. H. Furness)新集注本迻译而使八部莎译都体例一致呢？

我开始尝试用音组这一格式对应莎剧诗行中的音步，作了莎剧翻译的实践，那是在一九三四年九月，我首先译了莎氏著名悲剧《黎琊王》(King Lear)，到一九三五年译竣，后经两度校改修订，又因八年抗战的耽误，迨至一九四八年十一月才由上海商务印书馆出版了该书的两卷集注本。在六十年代前期、“文革”前的几年里，我在身背“右派”重负的艰难境况下，又译了《罕秣莱德》、《奥赛罗》、《麦克白斯》、《暴风雨》和《冬日故事》等五部莎剧集注本。幸亏我的女儿孙佳始和女婿孙近仁医师预见到在随后发生的“文化大革命”所必然会加给我的厄运，抢在抄家发生之前，帮我转移藏匿了这几部手稿，否则这些译稿必定招致毁灭的命运，现在就不可能有与读者见面的机会。

“文革”初期，在一九六六年八月的一次毁灭性抄家中，几乎抢走了我家里的一切生活资料，当然也包括我的藏书在内，我珍藏的许多莎翁著作及有关的工具书都离我而去。即使在“文革”那样的逆境中，我仍未忘怀自己心爱的莎译事业，又译了《萝密欧与琚丽晔》及《威尼斯商人》两部没有集注的莎剧，因为那时我已失去了以往藉以翻译的阜纳斯新集注本原作。

这便是我所译八部莎剧为何没有体例一致、没有都是集注本的缘由。

《萝密欧与琚丽晔》在莎氏一生所写的三十七部诗剧中，是知名度较高的一出戏，这大概与人们感兴趣的爱情这一文学的永恒主题贯串全剧有关；但它是莎氏较早期的作品，在人物性格刻画与写作技巧上并不算莎氏最成熟的作品。

本剧两个主角的名字过去往往被音译为罗密欧与朱丽叶。罗与朱在中文里都是姓氏，而萝密欧则是一位青年的名字，他姓芒太驹，琚丽晔是一位姑娘的名字，她姓凯布莱忒，为免一般读者在姓与名上的习惯联想，我将这出戏的题名译为《萝密欧与琚丽晔》。也有将男主角音译为柔蜜欧的，虽未尝不可，但我以为这出戏尽管以爱情为主线，一对男女主角又爱得死去活来，然而男主角的性格有勇武刚强的一面，并非那种性格软弱只有柔情蜜意的多情公子，为免读者不适当的联想，即使是音译，似乎也有值得推敲的地方。

此外，我对这一剧本没有更多的话要说。

孙大雨

1993年11月20日

（孙近仁　记录整理）

萝密欧与琚丽晔

剧中人物

蔼斯恺勒斯　樊洛那城邦的亲王
巴列斯　一青年贵胄，亲王的亲属
芒太驹、凯布莱忒　两家世仇的家长
一老人　凯布莱忒的表兄
萝密欧　芒太驹的儿子
茂科休　亲王的亲属，萝密欧之友
班服里奥　芒太驹的侄子，萝密欧之友
铁鲍尔忒　凯布莱忒夫人的内侄
托钵僧劳伦斯、托钵僧约翰　法朗昔斯宗僧人
鲍尔萨什　萝密欧之仆
赛普森、葛莱高来　凯布莱忒家的仆人
彼德　琚丽晔乳母的仆人
亚伯拉罕　芒太驹家的仆人
卖药人
乐工三人
合唱队
巴列斯的僮儿；另一僮儿；

一吏卒

芒太驹夫人

凯布莱忒夫人

琚丽晔　凯布莱忒之女

琚丽晔的乳母

樊洛那市民们;两家男女亲戚数人;蒙面舞伴数人;卫士数人,巡丁数人,仆从数人

剧景:大部分在樊洛那;第五幕在孟都亚

启　幕　词

樊洛那名城有两家世族，
　　它们彼此间荣显正相当；
陈年的旧怨激发起新毒，
　　民庶中溅血将白手弄脏。
从这两姓宿仇家诞生出
　　一双命定了运蹇的恋人；
他们那灾重悲深的夭折
　　消除了两家尊亲的仇恨。
他们钟情到死也不稍休，
　　使得双方的爹娘敌意解；
如今两小的丧亡令人愁，
　　展现在台上供众位消夜。
士女们倘能耐心看和听，
现交代过简处下面会偿清。　　　　　　　　　　　　　　　［下。

第　一　幕

第　一　景

[樊洛那。一广场。]

[凯布莱忒家仆人赛普森与葛莱高来持剑盾上。

赛普森　葛莱高来,我打赌,咱们不来搬乌煤。

葛莱高来　不搬,因为要是搬的话,咱们就成了煤污徒了。

赛普森　我是说,咱们要是恼了,就得拔刀子。

葛莱高来　对,一个人活着就得从领口里挺出脖子来。

赛普森　给惹动了性子,我马上动家伙。

葛莱高来　可是你不轻易给惹得动家伙。

赛普森　芒太驹家一条狗就能惹得我发火。

葛莱高来　惹动就是激动,有胆量的站着不动:所以,你若是给惹动,你就逃走。

赛普森　那家一条狗就会惹得我挺起腰杆来:芒太驹家不管是男是女,碰到我就像碰到一堵墙。

葛莱高来　那就显得你是个胆怯的奴才;因为最不中用的人靠着墙。

赛普森　不错;所以生性软弱的娘们,总给逼得去靠着墙:所以我要把芒太驹家的汉子们赶开墙根,把他家的女娘们逼得靠墙。

葛莱高来　争吵是咱们两家主仆汉子们中间的事。

赛普森　主仆男女都一个样,我要显得我是个凶王:我跟他家汉子们动武以后，就要对他家女娘们行强；我要割掉她们的脑袋。

葛莱高来 女娘们的脑袋？

赛普森 哎，女娘们的脑袋，或是搞掉她们的童贞奥袋；你要怎样理会随你的便。

葛莱高来 那就得看她们怎样感觉了。

赛普森 只要我能挺得住，她们就能感觉到我：我是闻名的一条肉枪有劲。

葛莱高来 还好，你不是条鱼：否则的话，你是软不济济不成器。拔出你的家伙来；芒太驹家有两个人来了。

赛普森 我的真家伙出了鞘：你跟他们去吵；我来帮你。

葛莱高来 怎么！你要转身逃跑吗？

赛普森 你放心。

葛莱高来 不，天知道；我可对你不放心！

赛普森 我们要在法理上占先；让他们先开头。

葛莱高来 我去对他们瞪白眼，让他们对我这下子去生受。

赛普森 不，瞧他们可敢。我要对着他们咬我的大拇指；要是他们忍受了，那对他们就是个侮辱。

［亚伯拉罕与鲍尔萨什上。

亚伯拉罕 你对我们咬你的大拇指吗，先生？

赛普森 我就是咬我的大拇指，先生。

亚伯拉罕 你对我们咬你的大拇指吗，先生？

赛普森 ［对葛莱高来］我若是说是的，法理可在我们这一边？

葛莱高来 不。

赛普森 ［对亚伯拉罕］不，先生，我不是对你咬我的大拇指，先生；可是我咬我的大拇指，先生。

葛莱高来 你吵架吗，先生？

亚伯拉罕 吵架，先生！不，先生。

赛普森 你要是吵架，先生，我奉陪：我侍候的那一位跟你的那一个同样高明。

亚伯拉罕 不见得高明。

赛普森 得了，先生。

葛莱高来　[对赛普森]说"要高明",这下来了我家主子的一个亲属。

赛普森　正是,要高明,先生。

亚伯拉罕　你撒谎。

赛普森　你们是男子汉的话,拔出家伙来。葛莱高来,别忘了你的撒手锏。[二人斗剑]

[班服里奥上。

班服里奥　分手,傻瓜!你们快把剑收起来,你们不知道自己在干什么。[打掉他们的家伙]

[铁鲍尔忒上。

铁鲍尔忒　什么,跟这些没心肝的狗才动武吗?
掉转头,班服里奥,瞧你这不要命。

班服里奥　我不过要保持平静;收起你的剑,
或是跟我来一同制止他们。

铁鲍尔忒　什么,你剑已出鞘,还要说平静!
我痛恨这胡说,正如我痛恨地狱、
所有芒太驹家的人,也痛恨你这贼:
吃我这一剑,胆小鬼!　[二人交锋。]

[两家各有若干人上,加入这混战;市民们手持棍棒上。

市民一　棍棒,钩刀,画戟!打击!打下来!
打倒凯布莱忒家人!打倒芒太驹家人!

[凯布莱忒身穿长袍,与凯布莱忒夫人同上。

凯布莱忒　什么事这么闹?拿我的长剑来,喂呀!

凯布莱忒夫人　拿拐棍,拿拐棍!为什么你要拿长剑?

凯布莱忒　拿我的剑来,我说!芒太驹那老货
来到了,挥舞着他的剑,对我挑衅。

[芒太驹与芒太驹夫人同上。

芒太驹　凯布莱忒你这个坏蛋!——别拉住,
放开。

芒太驹夫人　莫跨上一步去跟人争斗。

［亲王率侍从上。

亲　　王　叛乱的臣民，破坏治安的暴徒们，
你们的刀剑浸渍着邻人的鲜血，
他们不听吗？喂呀！是人，是畜生，
你们用脉管里的紫血，来抑止自己
恶毒的狂怒所燃起的无名孽火；
我警告你们，若不听，我将用刑讯；
快从你们那血污的手里，把你们
所血淬的凶器抛掉，掷到地上去，
来听取你们震怒的亲王宣告。
起因于一句空言，老凯布莱忒，
还有芒太驹，你们已三次掀动了
市民的械斗，扰乱了街坊的安宁，
使得樊洛那年老的公民们不得不
丢开了他们庄重得体的装饰，
在他们习惯于晏安而衰颓的手中，
握上古旧的画戟，来分解你们
那病毒的仇恨：倘若你们再扰乱
我们的街坊，你们将付出生命来，
作为骚扰的代价。为这次事端，
你们其他人都离开：凯布莱忒，
你跟我同去；芒太驹下午来见我，
来听取我们的裁决，到自由老城去，
我们习常的裁判所。再宣告一声，
大家都马上离开，不散的处死。

［除芒太驹、芒太驹夫人及班服里奥外，皆下。

芒 太 驹　这一场宿衅是谁新挑起来的？
侄儿，你说，挑动时你可在场？

班服里奥　在我到来前，您对手家的几个仆人
正在跟您府上的几个仆人厮打：
我拔出剑来去分解他们：马上
赶来了火烈的铁鲍尔忒剑出鞘；

一壁厢他向我耳边吐恶言挑衅，
一壁厢他挥动武器嗖嗖响，剑刃
在他自己头上空嗞嗞呼啸着，
风受不了伤，对他发轻蔑的侮慢：
当我们正在冲刺劈击的那当儿，
人愈来愈多，帮这边或是帮那边，
直等到亲王来到，把双方都喝住。

芒太驹夫人　啊，萝密欧在哪里？你今天可见过他？
我非常高兴他没有加入这打斗。

班服里奥　伯母，当万众崇奉的太阳探出
东方那黄金的窗户之前一小时，
我由于心神不宁，到郊外去散步；
在城区迤西的一片枫树林中间，
我瞧见您儿子那么早已经在那里；
我向他走去；但是他一眼见到我
那时节，就匆忙隐避到树丛深处；
将我自己当时所感受的去忖度
他那片心情，独自一人时我想
找一个幽静的去处去盘桓片刻，
我兀自感觉到对自己心存厌烦，
为追求我自己的意趣，不去追踪他，
我乐于闪避他，正如他对我也闪避。

芒太驹　好几天一早有人在那里看到他，
用眼泪增加那清晨新鲜的晶露，
将深深的叹息在云层上增加层云：
当振奋众生的太阳在遥远的东方
开始从昧旦女神奥露拉的床上
拽开那层层阴暗的帐幕的时分，
我那个心情沉重的儿子便闪避
朝阳，躲回到家里来，在他寝室内
关闭了窗户，把美好的天光锁拒
在外边，形成了一个人工黑夜：

他这性癖肯定是阴郁而怪异，
除非洵良的规劝消除他的苦闷。

班服里奥　伯父，您知道他那烦恼的根由吗？

芒太驹　我既不知道，也无从向他问明白。

班服里奥　您可曾设法向他追问过那根由？

芒太驹　我自己和不少别的亲友都问过，
可是他，谨守着紧闭的心扉不申说，
对于他自己——我不知这话对不对——
他守口如瓶，缄闭得恁严严密密，
不让人家去探测或知情，正好比
一朵俏花蕾，在它正脉脉地含芳，
临空展放着它馨香四溢的花瓣，
向骄阳吐艳前，花苞被螟虫所啮。
只要我们能明了他为何要忧伤，
我们一知道，当尽力使他开怀。

班服里奥　瞧吧，他来了：请伯父母闪避；
我去问明他的忧愁，除非他不讲。

芒太驹　但愿你留下来去跟他对话，有幸
能得知真情。——去来，贤内，我们走。

［芒太驹与夫人同下。

［萝密欧上。

班服里奥　早安，兄弟。

萝密欧　天还是这么样清早吗？

班服里奥　才敲过九点钟。

萝密欧　唉，心沉时间长。
那是我父亲不是，走开得急匆匆？

班服里奥　正是。为什么心沉，萝密欧的时间
过得这样长？

萝密欧　因为我没有那东西；
有了时，就能使时间显得短。

班服里奥　在恋爱不成？

萝密欧　得不到——

班服里奥　失了恋?
萝密欧　我在恋爱,但不能得到她欢颜。
班服里奥　唉呀,那情爱,看起来如此温存,
实质上却是这么样粗暴凶狠!
萝密欧　唉呀,那情爱,它虽然还蒙头掩面,
不用眼睛,却能看透它的意向心田!
我们到哪里去就餐? 哎呀! 这里
有人打过架? 不用说,我已听说过。
总是起因于仇恨,更或许为了爱,
可不是,嗨呀,打情! 啊哈,骂俏!
无中却兀自生出一个什么来!
啊吓,沉重的轻飘! 严肃的虚幻!
整齐的形式里产生浑沦的混乱!
铅铸的羽毛,亮的烟,冷的火,病里边
有健康! 醒着的睡眠,名实全不符!
我感到这股情爱,可是我对于它
没有得到满足。你觉得可笑吗?
班服里奥　不好笑,兄弟,我倒有点儿想哭。
萝密欧　好心人,哭什么?
班服里奥　　　　为见到你的好心
受压迫。
萝密欧　　　真是,这就是爱情的罪过。
我自己的悲伤重压在我这颗心上;
你把它繁殖,使你加重了感伤:
你显示出来的这同情,压在我已经
太多的悲伤上,这真是雪上加霜!
爱情乃是叹息所吹起的一阵烟;
净化后,情人眼睛里闪烁着火焰;
一搅扰,情人的眼泪变一泓海水;
它还是什么? 是非常祥和的疯狂,
哽住着喉咙的苦胆,蜜渍的甘甜。
再见了,哥哥。　[临去。

班服里奥　　且慢，我跟你一同去；
你若是这样丢下我，可对不起我。
萝　密　欧　莫做声，我失魂落魄，心不在焉啊；
这不是萝密欧，他是在别的地方。
班服里奥　认真告诉我，你可是爱上了谁呀。
萝　密　欧　什么，可要我挨受着痛苦告诉你？
班服里奥　挨痛苦！哼，用不到，只要你老实
告诉我是谁。
萝　密　欧　你这是叫一个病人认真写遗嘱；
啊，这对我太难了，我如此病重！
当真，哥哥，我确是爱上了个女人。
班服里奥　你是在恋爱，我猜得差不离儿吧。
萝　密　欧　这一箭你很准！我的这人可真美。
班服里奥　目标越是美，好兄弟，越好来射准。
萝　密　欧　得了，那一箭你可没有能发射中：
邱璧特的箭射不中她这个美人儿；
她有黛爱娜的慧敏，而且她又有
那坚强的贞洁把她武装了起来，
小爱神软弱无力的弓箭便不能
损伤她分毫。她不会经受不了
浓情密爱的言辞围攻而陷落，
也不会忍耐闪闪含情的眼光，
去向她进逼，更莫说可以让诱惑
圣者的黄金打动她窈窕的心曲：
啊，美丽乃是她的财富，只可惜
她一旦物化，那美貌将归于乌有。
班服里奥　那么，她可曾立过誓终身守贞吗？
萝　密　欧　她确曾立过誓言，为了那珍惜，
造成了巨大的浪费；因为她那美，
在她的严酷中忍受饥饿，斩除了
替后世流传那美貌的机会。她是
太俏丽，太智慧，聪明又加上姣好，

应该有，却失掉极乐，故使我绝望：
她已经立过誓舍弃了爱情，因而
我在死亡里活着，来告你这件事。

班服里奥 听我的劝告，忘了她，别再去想念。

萝密欧 请教我怎么样去忘掉思念。

班服里奥 给你的眼睛以充分浏览的自由；
多注视几位娟秀。

萝密欧 越多看越觉得
她绝色无双。那些个吻着美姣娘
娇额的幸运的面罩，因为是黑的，
使我们想起它们所掩盖的面庞
多么娇艳。一个人若突然失了明，
永远不能忘记他丧失的目光中
那宝贵的形象：给我看一位芳姿
绝世的俏佳人，她那美貌只除了
使我记起来另有个人儿比较她
更娇媚以外，可还有些什么作用？
再会了：你不能教我怎样去忘记。

班服里奥 我一定要证明我有理，决不放弃。 ［同下。

第 二 景

［一街道］

［凯布莱忒、巴列斯及仆人上。

凯布莱忒 可是芒太驹跟我同样地受约束，
责罚也相同；我想，像我们这么样
上了年纪的，来遵守治安并不难。

巴列斯 你们两位都是很闻名的显贵；
很可惜这么样长久关系恁紧张。
可是，老伯，您对我的高攀怎么说？

凯布莱忒 只是重复一遍我说过了的话：
我这个孩子对世事还陌生得很；

春去又秋来，她还没有到十四岁；
待再过两个夏天时，我们才思量，
她是否已经成熟了，可以当新娘。

巴 列 斯 比她年轻的已做了幸福的母亲。

凯布莱忒 这么早生育往往会未老而先衰。
世上的遭际已吞掉我一切希望；
她是我唯一的，照耀人间的光亮：
可是向她求爱吧，温雅的巴列斯，
先得她的欢心，我的允答不会迟；
若是她同意了，招致得雀屏中选，
要我的许诺，同声的赞可，很方便。
今晚上按往例我举行一次宴席，
邀请许多位爱好的宾朋来赴席；
您也是众多亲友中英俊的一位，
非常欢迎您，团聚得云蒸而霞蔚。
在我这寒舍，您今夜将会眼见到
暗夜天空中灿烂的群星在闪耀：
正如美貌的年轻人见到四月天
盛装而来，在跛足的寒冬身后边，
有那种感受，今晚上您在我家中，
面对着姑娘们含苞欲放的花丛：
有同样的享有；听到一切，看个饱，
最喜欢哪一个，在您眼里谁最好：
那个再见过几次，我女儿也不妨，
您可以定下来，但还不能算定当。
来吧，跟我去。［交纸片与仆］喂啊，你到樊洛那各处
走一遭：名单上写的各人家，
到那里去向他们一位位作邀请，
说我家宅院今晚上请他们贲临。

［凯布莱特与巴列斯同下。

仆 人 把这里写下的人都去找到？这里写的是，鞋匠要跟码尺杆打交道，裁缝要楦头不离手，打渔人要手上拿

画笔，画师要张着网；可是我给吩咐去找在这里写着名字的各个人，不过我不知道写字的人在这里写些什么。我得去找个识字的。来得正好。

［班服里奥与萝密欧上。

班服里奥　悄声，人儿，新火焰把旧的能烧熄，
新生的痛苦可以把旧的减少；
转得头晕了，倒过来一转就好；
一桩绝望的悲伤，能消灭另一桩：
为你的眼睛找一个新的迷恋，
原来的病毒自然就会不沾边。

萝密欧　您的药草治那个倒是出色。

班服里奥　治什么，请问。

萝密欧　　　　　治您那跌伤的胫骨。

班服里奥　吓，萝密欧，你疯了吗？

萝密欧　没有疯，可是比疯人更不自由；
关在监狱里，不给什么东西吃，
给鞭打，受酷刑，并且——晚安，好朋友。

仆人　祝晚安。请问，先生，您识不识字？

萝密欧　我识，我认识我自已愁苦的命运。

仆人　也许您不是书中学到的；可是，
请问，您能看着字念出来吗？

萝密欧　哦，我认得的文字我能念。

仆人　您说的实话，愿您快乐！

萝密欧　别走，人儿；我能念。　［念］
"玛丁诺先生和他的妻子跟女儿们；安赛尔美伯爵和他美丽的姐妹们；居孀的维忒鲁维欧夫人；泊拉谦希欧先生和他几位漂亮的侄女小姐；茂科休和他的兄弟凡伦替纳；我叔父凯布莱忒同婶母和几位妹妹；我端丽的侄女罗姗琳；列维亚；凡伦希欧先生和他的表弟铁鲍尔忒；露奇欧和活泼的海勒娜。"
好一群名士和淑媛：他们被邀请到哪里去？

仆人　请。

萝　密　欧　哪里去?

仆　　　人　去用晚餐;到我们家里。

萝　密　欧　谁家?

仆　　　人　我主人家。

萝　密　欧　当真,我早该问你是谁家?

仆　　　人　您不用问,我现在就来告诉您:我主人就是那富有的大人凯布莱忒;您若不是芒太驹家里的士子,请也来喝一杯酒。祝愿您快乐!　　[下。

班服里奥　赴凯布莱忒家里这陈规的宴饮,
将有你如此为她颠倒的罗姗琳,
以及樊洛那所有的名媛闺秀:
到那里去吧,使用你未玷污的眼光,
将她的脸庞跟我给你看的比一下,
你自会觉得你那只天鹅是乌鸦。

萝　密　欧　当我这眼力,这忠诚虔敬的信仰
能信那邪说时,让我的眼泪变火焰;
这一双瞳子,虽常被水淹,却无恙,
让这对透明的邪教徒,因撒谎,烧成炭!
有人比我的恋人还要美! 太阳,
它照见万物,还未曾见过那模样。

班服里奥　得了,你见到她美,因无人在近旁,
她对比她自己,在你眼中恰相当:
但在你水晶秤盘里,让我给你看
有一位绝色的姣娘,也今宵赴宴,
你将你所钟情的意中人和她比,
你的爱会风韵平凡,虽如今仪态奇。

萝　密　欧　我和你同去,不会有那样的美人,
我只是去叹赏我衷心倾倒的倩影。　　[同下。

第　三　景

[凯布莱忒家中一室]

[凯布莱忒夫人和乳母上。

凯布莱忒夫人 奶妈，我女儿在哪里？叫她来见我。

乳 母 凭着我十二岁时的童贞，我已经
叫过她。——喂啊，小羊儿！嗨，小鸟儿！
上帝保佑她！这姑娘在哪里？喂哟，
琚丽晔！

[琚丽晔上。

琚 丽 晔 什么？谁叫我？

乳 母 你母亲。

琚 丽 晔 母亲，我来了。
您叫我怎么说？

凯布莱忒夫人 是为这件事。——奶妈，你出去一下，
我们要私下谈。——奶妈，你且回来吧；
我想起了，你该听我们的谈话。
你知道我女儿已不算小了。

乳 母 当真，
我把她的年岁能说到准时准刻。

凯布莱忒夫人 她不到十四岁。

乳 母 我把我十四颗牙齿打赌，——可是，
可怜见，十四颗牙齿我只剩四颗了，——
她还不到十四岁。现在离收获节
还有多久？

凯布莱忒夫人 两个礼拜多一点。

乳 母 成双或成单，计算今年的日子，
待到收获节晚上她正满十四岁。
苏珊跟她是同年的——上帝安息
一切基督徒的灵魂！——唉，苏珊
如今跟上帝在一起了；我不配有她；
可是，我说啊，待到收获节晚上
她正满十四岁；没有错，我记得真切。
从地震那年到如今已有十一年；
那时候她已断了奶，——我永远不会

忘记,——那年就是在那一天;因为
我在奶头上涂了苦艾汁,正坐着
晒太阳,在鸽棚下面背着墙;
主人家同您当时出门在孟都亚:——
可不是?我还记得很明白:——我说啊,
小姑娘在我奶头上尝到了艾汁
觉得苦时,哎呀,这可爱的小傻瓜,
她可生了气,把我的奶头推开!
正在那时候地动了,鸽棚在摇晃:
没有用,我知道,走向哪里去奔跑:
从那时到现在已经十一个年头;
随后她便能独自站立着;当真啊,
她能摇摆着走走又跑跑;记得
就在那一天,她摔破额角:我丈夫——
上帝安息他的灵魂!他是个爱说
笑话的人儿——抱起这孩子:"是啊,"
他说,"你向前扑倒吗?待你更懂事,
你可要仰后倒;你可会不会,琚丽?"
凭我的圣母,谁知这可爱的小东西
止住了啼哭说一声,"嗯。"我敢说,
我要是活到一千岁,也不会忘记
一句笑话竟会有这样的结果!
"你可会不会,琚丽?"他对她问道;
这可爱的小东西止住了啼哭,说"嗯"。

凯布莱忒夫人　得了吧,你别往下边再说了。

乳　　母　是啊,
夫人,我实在不能不好笑,想到
她竟会停止了啼哭说一声"嗯"。
可是,说句实在话,她前脑壳儿上
跌肿了一个疙瘩有一只小公鸡
鸡巴蛋那么大;好个危险的大包;
她放声大哭;"是啊,"我当家的说,

“你向前扑倒在地上？你长大以后，
可要往后边仰倒在地上；琚丽，
你会吗？”她停下啼哭，说一声“嗯”。

琚丽晔　你也停下莫再说，奶妈，我请你。

乳母　好了，我不再说了。上帝保佑你。
你是我喂过奶的最俏丽的乖乖：
我要是眼见到你在哪一天成了亲，
我便心满意足。

凯布莱忒夫人　凭圣母，成亲这件事就是我特地
要来讲的话。告诉我，女儿琚丽晔，
成亲这件事怎样才合你的心意？

琚丽晔　这是我没有梦想到的一桩荣誉。

乳母　一桩荣誉！要是你不是只有我
一个奶妈，我要说你是从我奶头上
吸取的这智慧。

凯布莱忒夫人　好吧，你就去想想
要婚嫁；在这里樊洛那，比你还要
年轻的大家闺秀已做了母亲；
拿我来说吧，我在你这样年纪
已做了你母亲，你现在却还是闺女。
简单说来，年轻英勇的巴列斯
如今要向你求婚。

乳母　一位好官人，
姑娘！这样一个好人材，姑娘，
世上真难得——哦，好一位俏郎君。

凯布莱忒夫人　樊洛那的夏天再没有这样一朵花。

乳母　可不是，他是一朵花；真是朵好花。

凯布莱忒夫人　你怎么说法？你能爱这个士子吗？
今晚我们的宴会上你将见到他；
你在巴列斯脸上仿佛读本书，
美丽这枝笔便在他脸上写欢快；
瞅他颐颔眉宇间所有的线条，

无不两两三三都彼此相配好；
而在这美妙的书卷里潜藏的珍秘，
你在他一双美目里能得到诠意。
这本恋爱的宝书，这未婚的情郎，
只缺少富丽的书面作它的华装；
活鱼在大海里游泳，美妙的内容
须得有富丽的外表为它恢宏；
那本书在大家眼里显得好光彩，
书中有辉煌的故事，外面用金铗盖；
你将会共享他所拥有的一切，
只要和他结成亲，同年华，共岁月。

乳　　母　一切！不止，更多些。女人多得福。

凯布莱忒夫人　简单回答我，你接受巴列斯的爱吗？

琚　丽　晔　我能爱他的，假使见了他喜欢他；
可是我射放我这双眼波的箭镞，
不会超过你所能给我的许诺。

［一仆人上。

仆　　人　夫人，客人全来了，筵席已经摆好，请您出去，也问起了小姐，在伙房里奶娘在挨骂，一切都纷纷扬扬。我要侍候客人去，请您马上到来。

凯布莱忒夫人　我们就来。［仆人下］琚丽晔，伯爵在等了。

乳　　母　去吧，孩儿，去找不夜天，好良宵。　［同下。

第　四　景

［一街道］

［萝密欧、茂科休、班服里奥及五、六假面舞俦、火炬僮儿等上。

萝　密　欧　什么，该说不速而来的托辞，
还是闯进去，不讲一句道歉话？

班服里奥　这样的烦赘已经不合时宜了。
我们不需要蒙上眼睛的邱璧特，

背着一张鞑靼人的花漆木雕弓，
稻草人似的去吓唬那些娘儿们；
也不用跟随提示人，背诵启幕词，
走上现场去参加他们的宴舞会；
任凭他们把我们怎样去打量，
我们只跟他们舞一阵就离开。

萝　密　欧　给我拿一个火把；我不想溜蹄；
我心里阴沉，让我执火把，发光华。

茂　科　休　别那样，萝密欧，我们硬要你跳舞。

萝　密　欧　我不跳，当真。你们都穿着舞鞋，
鞋底有弹性；我的灵魂尽是铅，
打桩般钉我在地上，我不能动弹。

茂　科　休　你是个钟情人；借了邱璧特的翅膀，
你能高高地飞起来，远比跳跃高。

萝　密　欧　我被他那箭镞射中得太过伤重，
不能借他的羽翼来飞翔，我给
束缚得这么紧，跳不过忧郁的伤痛。
在恋爱的重担下面，我陷没而沉沦。

茂　科　休　反过来，你叫它下沉，使它负重担；
这样温柔的小东西受不了重压。

萝　密　欧　爱神是个温馨儿？他太过粗鲁，
暴躁，喧闹，而且荆棘般刺人。

茂　科　休　若爱情对你狂暴，你对它也狂暴；
爱情刺痛你，你也刺它还要赢。
给我一个假面具，让我戴上脸：　［戴一面具。］
面具上戴一个面具！我哪里管它
什么好奇的目光会注视丑态？
就把这浓眉凸额由我来生受吧。

班服里奥　来啊，敲门进去吧；一进里边去，
大家都上场，蹁跹起舞不徘徊。

萝　密　欧　给我个火把；让嬉戏倜傥的哥儿们
去用他们的脚丫儿蹩躠蹁跹吧，

因为我要说的是老祖父的格言；
让我做个执火把的僮儿，旁观着。
这玩意不管多有趣，我都不想玩。

茂 科 休 得了，那耗子叫“阴沉”，那总管说过，
你若是叫“阴沉”，我们要把你从陷到
耳朵那样深的恋爱泥沼里拔出来。
来啊，我们白昼点上灯，浪费了。

萝 密 欧 不对，不白昼点灯。

茂 科 休 我是说，老兄，
我们浪费掉光亮像白昼点灯，
要懂得我们的好意，因我们的判断
根据的乃是我们的五种心智。

萝 密 欧 我们去参加这假面舞是出于好意；
只是去得不聪明。

茂 科 休 为什么，请问？

萝 密 欧 昨夜我做了个梦。

茂 科 休 我也做了梦。

萝 密 欧 好，你做了什么梦？

茂 科 休 做梦人老撒谎。

萝 密 欧 在床上睡着，他们梦到些真情景。

茂 科 休 啊，那仙后曼白是跟你在一起了。
她是小神仙他们的稳婆；她来时
身体只不过郡守食指的戒指上
那颗玛瑙一般大，替她拉车的
是一队幺马儿，趁人们熟睡的当口，
横过他们的鼻子；她马车的轮辐
是使用长脚蜘蛛的大腿所做成，
蚱蜢的翅膀给用来作马车篷，
马缰是最小的蜘蛛所吐的网丝，
马颈上的护肩用如水的月光做，
马鞭是蟋蟀的骨头，游丝作鞭梢，
替她驾车的是只穿灰外套的小蚋，

身材还不及一个懒大姐指尖上
挑出来的一只小圆虫一半大小；
她的马车乃是那小木匠松鼠
或蛴螬用一粒榛子的空壳做成，
它们自古来就是小仙们的车匠。
她宵宵夜夜赶着这车骑穿驶过
情人们的脑中，他们在梦里就入恋，
驶过朝臣们的膝盖，他们在梦里边
便屈膝，驶过律师们的手指，他们
马上在梦里便收取讼费，驶过了
娘儿们的嘴唇，她们在梦里就亲嘴，
曼白生了气叫她们嘴上生水泡，
因为她们呼息里满都是糖果味；
有时她驶过一个朝臣的鼻子，
他便在梦里嗅到了一桩恩赐；
有时她从献给教堂的猪身上
割下条尾巴来，将它搔痒正在
熟睡的牧师的鼻子，他梦见又得了
一份月规钱；有时候她马车赶过
一个兵丁的脖颈，他便会梦见
割下了敌人的首级、进攻、埋伏和
西班牙利剑，作五噚深的痛饮；
忽然他听到鼓响，他一惊而醒，
吓醒后发出一两声咒骂，随即
又复沉睡去。这就是那一个曼白，
她在夜间将马匹的颈鬣编成辫，
把腌臜的头发焙成卷乱的硬结，
你若把它们拆散，就会有祸事：
这就是那婆子，当大姑娘们仰面
朝天睡时，她压在她们身上，
教她们鼓起肚子生孩儿：就是她——

萝　密　欧　别讲了，别讲了，茂科休，别再讲了吧！

你说些废话。

茂科休 不错，我谈的是梦，
梦乃是懒散的头脑里的妄想，
产生它的不过是那空虚的幻觉，
它本质真是跟空气一样稀薄，
比风儿更要来去得无常，它此刻
正在对北方的寒空献它的殷勤，
一下给惹恼了，呶哨着从那儿下来，
面对洒露的南方长驱而直下。

班服里奥 你说的这阵风把我们吹了开去；
他们晚宴已完毕，我们要迟到了。

萝密欧 我只怕还早：因为我心里有忧惧，
星辰间悬垂着一阵未知的效应，
它将苦苦地从今夜这欢乐里开始
它可怕的时日，而将用险恶的丧亡，
非时的夭折，结束我这胸臆间
被蔑视的生命。可是请上帝，他执掌
我生命的前程，吹拂我的篷帆。
走吧，欢乐的士子们。

班服里奥 击鼓啊，前进。 [同下。

第五景

[凯布莱忒家中一厅堂]
[乐工们等候着。仆众执餐巾上。

仆甲 包忒班在哪里，他怎么不来帮着收拾开去？他不
搬一只切肉盘！他没擦过一只盘！

仆乙 一切打点都落到一两个人手里，他们连洗手的
工夫都没有，这才糟哩。

仆甲 把折椅拿走，大杯盘柜搬开，当心别打碎盘碟。
好老弟，留一块酥蛋杏仁糕给我；还谢你帮忙，
要门公把苏珊·葛冷斯东和奈儿放进来。

安东尼！包武班！

仆　　乙　哎，老兄，我在这里。

仆　　甲　大客厅里在找你，叫你，问起你，寻找你。

仆　　乙　咱们不能又在这里，又在那里。敞开胸怀，弟兄们；爽利些，活得长就有福。

［仆人退后。

［凯布莱忒携琚丽晔及家人上，与宾客及假面舞俦相遇。

凯布莱忒　欢迎，诸位友昆！夫人们，淑媛们，
脚趾上不生鸡眼的，将会跟诸位
来一阵蹁跹的回合。啊哈，姑娘们！
你们哪一位不愿来跳舞？谁若是
羞答答不起来应邀，我信她准是
生得有鸡眼；可给我猜中了不成？
欢迎，诸位友昆！我曾经眼见过
那日子，戴着面罩，在一位俏佳人
耳边诉衷情，她听得乐滋滋眉飞
色舞：这已经过去，过去了，过去了：
欢迎你们啊，诸位好亲朋！来啊，
乐工们，演奏吧。堂上，堂上！把家什
出一个空！夫人们淑媛们，起舞啊。

［奏乐，众起舞。］

将灯烛点亮些，混蛋；把桌子翻转，
叠上，炉火熄掉，这屋子太热了。
啊，小子，这意想不到的玩意儿
来得好。别走，坐下来，别走，坐下来，
好老哥；你我两人现在已不能舞；
上次我俩都戴着假面时，离现今
多久了？

凯布莱忒的表兄　　凭圣母，那是在三十年前。

凯布莱忒　什么，老哥！没有这么久，没有
这么久；那是在路谦希欧结婚时，

离开圣灵降灵节只不多几天，
二十五年前；那时我们曾戴过。

凯布莱忒的表兄 不止，不止：他儿子已经不止了；
他儿子现在三十岁。

凯布莱忒 你还跟我
这么说？他儿子两年前还受监护。

萝密欧 ［对一仆人］那位姑娘是谁，她如花的美手
搀着那位骑士的手？

仆人 我不认识，少君。

萝密欧 啊，她教得火炬怎样去放光芒！
在那里她仿佛挂在夜天脸颊旁；
像一颗珍珠缀在乌姑娘耳朵边；
太富丽，难得这壤宝，走遍了人间！
似一只雪花般白鸽，误入了鸦群，
这位明媚的姑娘显焕出骄矜。
等这支舞曲一停，我要追随她，
能握她那纤手，我会感觉艳福大。
我过去没有真爱恋，一见方始知，
因为我到了今宵，惊美才情痴。

铁鲍尔忒 听他的声音，这人该是个芒太驹，
拿我的剑来，小厮。这奴才怎敢到
这里来，戴着个鬼脸，来侮慢
轻蔑我们这礼正仪庄的舞会？
凭我这个姻亲的胤系和光荣打赌，
我将他杀死不能算是桩罪过。

凯布莱忒 哎呀，怎么了，侄儿！为什么发怒？

铁鲍尔忒 姑父，这是个芒太驹，我们的仇家，
他是个坏种，到这里心怀着忿怒，
来鄙蔑我们今晚这庄敬的宴舞。

凯布莱忒 他是萝密欧那小子？

铁鲍尔忒 是他，那坏蛋萝密欧。

凯布莱忒 莫发火，好侄儿，让他去吧：他行止

堂堂，倒是个温文尔雅的士子；
说句实在话，樊洛那城邦夸赞他
是个有品德教养的优秀青年；
我无论如何不愿在自己家里
毁损他的声名；所以你且耐着些，
别去理会他，我执意这样，你如果
尊重我，就和颜悦色，放下怒容，
那是个对庆宴不相协调的形象。

铁鲍尔忒　这样个坏蛋来作客，这怒容很协调；
我不能容忍他。

凯布莱忒　　　　　　　你不能也得容忍：
怎么，尊君，孩子！我说，得容忍；
得了：我是这一家之主，还是你？
得了。你不能容忍他！上帝保佑我！
你可要在我宾客中挑起暴乱来！
你意气用事！你不听我劝，要逞强！

铁鲍尔忒　姑父，这是桩耻辱。

凯布莱忒　　　　　　　　得了吧，得了吧；
你是个莽撞的小子：是吗，果真？——
你这腔调许对你不利，——我知道：
你定要顶撞我！凭圣母，正是现在。
你说得可好，好人儿！你是个冒失鬼；
去你的，噤声，否则——把灯火拨亮，
把灯火拨亮！——丢人！我叫你闭嘴。
——什么！尽情欢乐，好人儿们啊！

铁鲍尔忒　这满腔容忍将我的恼怒强压抑，
使得我浑身都战栗，胸头感气促。
我且退出去：但他这下子闯进来，
现在似乎好，将来会尝到苦恼。

［退下。

萝　密　欧　［向琚丽晔］我若是冒昧将这俗手上的尘污
亵渎了你这座清纯圣洁的庙堂，

我这两瓣嘴唇，像两个羞红的信徒，
准备以一吻谢罪，乞宥恕于灵光。

琚 丽 晔 好信徒，你对你的手未免太侮辱；
温文的虔敬本容许这样来表示：
圣者的手掌原许可信徒去接触，
掌心相吻合就意味心会而神至。

萝 密 欧 圣者和信徒不是都生有嘴唇？

琚 丽 晔 是啊，信徒，他们用这嘴唇去祈祷。

萝 密 欧 啊，求圣者，让嘴唇行两手的性能；
恳求你允准，否则这虔诚变苦恼。

琚 丽 晔 圣者每不为所动，虽有求而必应。

萝 密 欧 那么，我领受应允时，请同我相应和。
你我吻相接，我生来的罪孽被涤净。

琚 丽 晔 那我这嘴唇就有了它所吮的罪戾。

萝 密 欧 我唇上的罪孽？啊，你责我得有理。
还我这罪孽吧。

琚 丽 晔 你手按《圣经》来亲。

乳 母 姑娘，你母亲要跟你说句话儿。

萝 密 欧 她母亲是谁？

乳 母 凭圣母，少年郎君，
她母亲乃是我们这府中女主人；
她是位淑德的夫人，聪明又贤慧；
我从小哺养她的千金，你刚才跟她
说话的便是：告诉您，谁若娶了她，
谁就会得财宝。

萝 密 欧 她可是凯布莱忒家姑娘？
我这条命，啊，好大的一笔账，
欠着仇家！

班服里奥 去吧，就此走，趁高潮。

萝 密 欧 哦，我生怕；待曲终人散就不好。

凯布莱忒 还早呢，众亲朋，且不忙舞罢早辞归；
我们还备得有一席简慢的小酌。

一定要告辞吗？那么，多谢来光临；
多谢诸位了，众亲朋；祝大家晚安。
再拿几个火把来！来吧，安息吧；
啊呀，小子，当真呢，时光可不早了；
我要去安息了。　　［除琚丽晔与乳母外，皆下。

琚丽晔　奶妈，过来。那一个士子是谁呀？

乳　母　他是铁褒里奥老人家的儿子。

琚丽晔　现在出去的是谁？

乳　母　　　　凭玛丽，我想，
那是年轻的彼忒鲁邱。

琚丽晔　　　　在后边
跟着的那个是谁，他不肯跳舞？

乳　母　我不认识。

琚丽晔　　　　你去，去问他叫什么：
要是他已经娶过亲，我的新床
看来将是我的坟墓。

乳　母　　　　他名叫萝密欧，
是个芒太驹家人；你仇家的独子。

琚丽晔　我钟情唯独恋上了唯一的仇人！
逢时太早不相知，等知道已嫌迟！
这恋情在我钟爱得比天高，比海深：
奈何我定得缠上这独一的仇缘！

乳　母　你在说什么？你在说什么？

琚丽晔　　　　这是我
才向陪我的舞伴学来的一支歌。　［内呼琚丽晔。］

乳　母　就来了！来啊，进去吧，客人都去了。　［同下。

启 幕 词

如今旧日的恩情已物化而消泯，
　新生的眷恋急瞪瞪只想来替代：
那美人，他为她寻死觅活地伤心，
　比起琚丽晔，却显得分毫也不美。
如今萝密欧同小妹两情相缱绻，
　彼此都一见倾心如痴又如醉，
对他的切世冤仇，他定得去眷恋，
　从无伤的钩上，她不惜去啜钓蛹：
是仇家的儿子，他没有能得机缘
　去口吐情侣们惯说的海誓山盟：
而她，恩爱一般深，到哪里去盘桓，
　她跟她意中人相逢，喁喁吐衷忱？
但激情给他们力量，时间给方法，
去相会，用甜蜜去消除艰难困苦。　　　　　　［下。

第　二　幕

第　一　景

［凯布莱忒家花园的墙外小巷］

［萝密欧上。

萝　密　欧　我的心在这里，我还能向前走吗？
回头来，鲁钝的躯壳，来找你的灵机。

［爬上围墙，跃入墙内。］

［班服里奥与茂科休上。

班服里奥　萝密欧！萝密欧兄弟！萝密欧！

茂　科　休　　　　　　　　　　　他聪明；
我打赌，他偷偷溜回家睡觉去了。

班服里奥　他向这里跑，跳了这花园的墙垣：
你就叫他一声吧，茂科休大哥。

茂　科　休　不呢，我要来念咒，咒他出来哩。——
萝密欧！冲劲儿！疯子！激情！情郎！
叹息一声，显得你是躲在墙那边！
只要你哼一句诗行，我便满意；
喊一声“嗳呀！”叫一声“心爱的”和“亲亲”；
跟我那小阿姐维纳斯说句话儿，
对她那矇眼孩儿邱璧特叫一声，
他把他那支小箭儿射得好机灵，
竟叫国王考番鸠爱上了女叫化！——

他没有听到;没有响动,没行动;
这猴儿崽子死了,我定得咒唤他。——
我凭罗姗琳一对明眸咒唤你,
我凭着她饱满的天庭,她的红樱唇,
她的好玉脚,她那苗条的小腿,
震颤的大腿,还有上面那一段,
咒唤你赶快露脸出来见我们!

班服里奥 他若听见,准会生你的气。

茂科休 这不会激怒他:这会激得他在他
那情人的圈子里头唤起个心情
异样的精灵,它在那里一露脸,
便得由她去咒服它,使它消隐掉;
那才说得上怨恨呢:我这阵召唤
名正而言顺,只凭着他情人的名义,
咒召他出来罢了。

班服里奥 算了,他躲进
这树丛里边,跟那多变的夜色
结伴:他的迷恋是盲目的,跟黑夜
在一起正合适。

茂科休 爱神若是盲目的,
就射不中靶。此刻他或许正坐在
一棵欧楂树下边,但愿他心爱的
乃是姑娘们私下在笑谑的时候
叫作欧楂的小红果。——啊,萝密欧,
但愿她,啊,但愿她果真成了个
你张口能吞的欧楂树上的小红果!
萝密欧,晚安。——我要去睡我的滚轮床;
这泥地眠床太冷了,对我不合适;
来啊,咱们就走吧?

班服里奥 那么,走就是;
在这里找他没有用,他不会被找到。

第二景

［凯布莱忒家花园］

［萝密欧上。

萝密欧 他没有受过伤，才取笑别人的创伤。——

［琚丽晔在上方窗户中露脸。］

轻声！那窗户里边亮出什么光？
那正是东方，琚丽晔乃是太阳！——
上升，美丽的太阳，杀死那忌妒
阴沉的太阴，她悲愁病苦而苍白，
你乃是她的小姑，却远比她美丽：
别当她的小姑了，既然她忌妒你；
她那贞尼的役服绿惨惨呈病态，
没有人，只有傻子才穿上；脱掉它。
是我的心上人，啊，是我的魂梦！
啊，但愿她能知道她正是！
她在开腔了，可没说什么：那何妨？
她那眼光在说话，我来回答她。
我太莽撞了，她没有对我言语：
普天之上那两颗最美丽的明星，
好像有什么事，请她的两眼替代
在它们位置上闪烁，在它们归来前。
她眼睛在那边，它们在她眼眶中
怎么样？她脸上的光彩会叫两颗
星星感惭愧，像日光对于灯亮；
她眼睛在天上，会在高空流放出
那样的光华，使鸟儿歌唱，不觉得
夜晚的来临。看啊，她怎样将脸颊
偎依在手上！啊，我但愿我正是
她手上那只手套，好亲她那脸颊！

琚丽晔 嗳哟！

萝　密　欧　　她在说话了：啊呀，说下去，
光明的天使！对于这片夜天，
你这样光芒四射，照临到我头上，
正如从上界下降的一位有翅膀
天使，对于尘世人仰视着泛白
而惊奇的眼睛，凝注地对他瞻望，
当他骑跨着优游徜徉的浮云，
在空阔的苍穹里边扬帆飘举。

琚　丽　晔　啊，萝密欧，萝密欧！为什么你是
萝密欧？否认你父亲，放弃你的名姓：
或者，如果你不肯，只要你发誓
爱我，我就摒绝我的凯布莱忒
这姓氏。

萝　密　欧　[旁白]我再听下去，还是就接口？

琚　丽　晔　只有你这个名字才是我的冤仇；
你即使不姓芒太驹，还是你自己。
芒太驹算是什么？不是手，不是脚，
不是手臂、面孔，也不是人身上
任何一部分。啊唉，另姓一个姓！
一个姓名算什么？那朵花我们
叫它是玫瑰，换一个名字我们
嗅来同样香；故而萝密欧，若是他
不叫萝密欧，会保持原来的完美，
没有了原名，对于你丝毫也无损。
萝密欧，抛弃你的名字，接受整个我。

萝　密　欧　我听你的话就是：叫我声“我爱”，
我就重新受洗礼，重新被命名；
从今往后，我决不再叫萝密欧。

琚　丽　晔　你是什么人，在黑夜隐蔽在下面，
撞上这机会，听到我这阵衷曲？

萝　密　欧　我不知怎样告诉你我是什么人：
亲爱的天人，我恨我自己的名字，

因为你对它有仇恨;我若写了它,
便要把它撕碎。

琚丽晔　　我还没有
欣闻到你那唇舌的音响一百字,
可是已认识这声音:你可不是
萝密欧,芒太驹家里的人?

萝密欧　　都不是,
美好的天人,若是你不喜欢它们。

琚丽晔　告诉我,你怎么会到这里来,为什么?
这花园墙垣很高,很难越,你来到
这里是冒死,考虑到你是谁,假使
我家的族人见到你在此。

萝密欧　　我使用
轻灵的爱情的翅膀飞越这围墙;
因为石砌的墙垣不可能把爱情
挡在墙外边,为爱情只要能做到,
它就敢于去一试;故而你们家
家人对于我并不是故障。

琚丽晔　　他们
要是见到你,就会将你来杀害。

萝密欧　嗳呀,你一双眼睛比他们二十柄
刀剑还危险;只要你对我温存,
我就顶得住他们对我的仇恨。

琚丽晔　我怎么也不愿他们瞧见你在此。

萝密欧　我有这夜幕遮掩我,不让他们见,
只要你爱我,给他们见到也无妨:
我宁愿他们的仇恨结果我这命,
不愿因没有你的爱,延缓我的死亡。

琚丽晔　是谁指引你,找到了这里来?

萝密欧　　是爱情,
它首先指引我探问出你这所在;
它为我出主意,我为它使用眼目。

我不是领航人；可是，你如果远在
那最最遥远的大海所冲激的岸上，
我也要冒艰险来寻求你这珍宝。

琚　丽　晔　你知道黑夜的面罩盖在我脸上，
否则，为你所听到的我今夜这番话，
一个处女的羞红会涂上我脸颊。
我殷切愿意谨守着仪态，殷切
愿望能否定我刚才说过的话；
可是礼仪啊，我只能跟它告别了！
你可爱我吗？我知道你会说“爱的”，
而我会深信你的话：但你若发誓，
你可能背誓；有人说，情人背誓时，
天王雅荷会嬉笑。啊，萝密欧，
你若真爱我，只要真诚地申言：
或许你会认为我太容易得到手，
我便会皱眉蹙额对你说“不行”，
好叫你向我殷求又哀恳；否则，
我决不故意作姿态，假装难如愿。
说真话，俊秀的芒太驹，我太痴情，
故而你许会觉得我行止轻浮。
可是相信我，士子，事实会证明
我远比那些娇矜做作的人儿
真诚而可信。我须得承认，我本该
娇矜一点儿，只是在我能觉察前，
无意间被你听到了我至诚的爱情
流露：所以，请对我原谅吧，莫以为
我这随顺是出于轻浮的水性，
都因这黑夜泄露了我的秘密。

萝　密　欧　姑娘，凭着那空中神圣的月亮
我起誓，她银光点亮了果树的尖梢——

琚　丽　晔　啊，别指着月亮来起誓，她盈亏
不定，一月中从满月变化到消隐，

否则你的爱也会同样地变易。
萝　密　欧　我凭什么来起誓？
琚　丽　晔　　　　　　　　不要起什么誓；
你若一定要，就凭你温雅的自身，
它是我尊崇的神像，我对你信任。
萝　密　欧　如果我衷心的至爱——
琚　丽　晔　　　　　　　　　　好了，别起誓：
虽然我喜爱你，我对今夜这信约
却不甚喜爱：它过于鲁莽，太欠少
思虑，太突兀；太像那闪电，不等你
说出“它在闪亮了”，它已经没有。
亲爱的，再会吧！这朵爱情的蓓蕾，
经夏日薰风吹拂，待我们再见时
会变成一朵富丽的花儿。晚安，
晚安！愿甜蜜的睡眠和安休来到
你心头，如在我胸中一个样。
萝　密　欧　　　　　　　　　　　　啊，
这么样没使我满足，你就离开吗？
琚　丽　晔　你今夜可能有什么满足？
萝　密　欧　　　　　　　　　　你我间
爱情的忠诚的誓言，要相互作交换。
琚　丽　晔　你未曾要求，我已经付与给了你：
可是我乐意重新给与你又一遍。
萝　密　欧　你会收回吗？为的是什么，亲爱的？
琚　丽　晔　为表示慷慨，要重新给予你一次。
可是我只愿有我已有了的东西；
我满腔恩情同大海一般地深泓，
我一心的恋爱同样深；我越是给你多，
我越是丰盈，因为这两者都无穷。
［乳母在内叫。］
我听到里边在叫唤；心爱的，再会！——
就来，好奶妈！——亲爱的芒太驹，要忠诚

对待我。再待一会儿，等一下我再来。

［自上方下。

萝　密　欧　啊，天佑的，天佑的这夜晚！我生怕
在这夜间，这一切都只是一个梦，
太无限美好，不会是人间的真实。

［琚丽晔在上方重上。

琚　丽　晔　再说三句话，亲爱的萝密欧，就真要
再会了。你爱我的意向若是纯真的，
你要缔姻缘，明天给我个回音，
我派人来看你，请告知在哪里、何时
行婚礼，我把命运全托付给你，
随同你、我的夫君到天涯海角。

乳　　　母　［在内］姑娘！

琚　丽　晔　我马上就来：——停止你
向我的求爱，让我独自去伤心：
我明天会叫人来。

萝　密　欧　让我的灵魂
得福，——

琚　丽　晔　一千次再会！　［下。

萝　密　欧　没有你的光明
我倒一千次的霉。恋情人相逢时，
像学童抛开了书本；而他们睽违
则像学童去上学，心沉不自在。　［渐退。

［琚丽晔重上。

琚　丽　晔　嘘！萝密欧，轻声！——啊呀，但愿有
放鹰人的幽音，诱这只流苏小鹰儿
回来！被痴情所俘，我声音嘶哑，
不能提高了嗓门来说话；否则
便会要穿进回声① 所深藏的洞穴，
使她那轻盈的应和比我的呼声
更嘶哑，重复我对萝密欧的叫唤。

萝　密　欧　这是我的灵魂在叫唤我的名字；

在夜间，情侣的呼声，多么像银铃般
在鸣响，好比温存的音乐，对于
倾听的耳朵。

琚丽晔 萝密欧！

萝密欧 我的心上人？

琚丽晔 明天几点钟，我叫人来看你？

萝密欧 九点钟。

琚丽晔 我决不失误：从此刻到那时，二十年。
我忘记为了什么我叫你回来。

萝密欧 让我站在这里，等到你记起来。

琚丽晔 想到我多么爱跟你待在一起，
我将继续忘记掉，好使你站下去。

萝密欧 我要继续待下去，好让你继续
再忘记，忘掉了回去，只有这个家。

琚丽晔 已将近天明；我愿你就离开这里；
但不要太远，不远过那调皮女孩
牵系的一只小鸟，她让它跳离
她掌心一点儿，像个可怜的囚徒，
缠络着脚镣，又用丝绳将它
牵回去，那么心爱它，又忌妒它自由。

萝密欧 我愿我是你那只鸟儿。

琚丽晔 亲爱的，
我也挺愿意：可是太爱了你啊，
我会要将你来杀死。再会了，再会！
别离这桩事这么样甜蜜又伤心，
我真想跟你说再会，直说到天明。 ［在上方下。

萝密欧 愿睡眠合上你眼睛，你胸中有安宁！
愿我是睡眠和安宁，能那样恬静！
我离此要去向我的神父作陈诉，
告诉他我这番幸运，恳请他帮助。 ［下。

第 三 景

[托钵僧劳伦斯神父的僧舍]

[劳伦斯神父提篮上。

劳伦斯神父 灰眼睛的黎明对颦眉的暗夜微笑，
使东方的层云混杂着灿烂的条条，
有斑纹的黑暗像个醉汉，从白日
路径上和日神的火轮下面滚出：
在太阳高升它炬赫的火眼之前，
去晒干夜雾和欢呼到临的晨天，
我须得采摘有灵汁的鲜花、毒草，
来盛满我们这柳枝编成的笼筲。
大地是造化的母亲，又是她的坟墓；
它最后埋葬她，但先把她孕育养抚，
我们眼见到她所生万类的群生，
在她胸臆间得到了滋养而荣盛，
万别和千差，有无穷无尽的美妙，
各各相竞秀，彼此共辉映而都好。
啊，草木和花朵和石块里藏得有
好多奇效，能应对各种的症候：
地上所产的东西，凭它们怎样坏，
各有相当的用处，虽少益而多害，
也没有事物，好到出奇又制胜，
不会出差错，当你应用得过了份：
美德使用错误了会变成罪过，
罪恶有时候会产生优良的效果。
在这小小花朵的稚幼的皮囊里，
有毒素潜藏，也含有药剂的灵机：
给鼻子嗅入，它会通肺腑，开心窍，
吞入了口中，却要绝官能，停心跳。
两个这么样恰相反的大王永驻在

人心和药草中，良效和粗暴的情态，
当那凶恶的势力在那里称雄，
死亡便会在那里头蠢蠢而动。

［萝密欧上。

萝　密　欧　早安，神父。

劳伦斯神父　祝愿你，上帝赐隆恩！
是谁清晨在向我欢声致敬？
孩子，你准是心中有什么烦恼，
这么一清早就背离床帐听雀噪；
忧虑往往使老年人彻夜无休眠，
焦劳所在处，睡眠也就不得沾；
但未经挫伤的年轻人，心中无愁闷，
安顿身躯处，黄金的酣睡息身心；
你清晨醒得这么早，我便知道
你是给殷忧所惹起，心中有懊恼；
或者，我说得不对，这下子可猜着。
我们的萝密欧昨夜没有上过床。

萝　密　欧　对了；我得到比睡眠更甜蜜的安息。

劳伦斯神父　上帝恕罪过！你可跟罗姗琳在一起？

萝　密　欧　可跟罗姗琳在一起，神父？那不对；
我已经忘掉那名字和给我的伤悲。

劳伦斯神父　那才是我的好孩子；可是你，在哪里？

萝　密　欧　不待你再次问我，我要告诉你。
我赴了我们族姓世仇家的欢宴，
那里忽然间我给有个人射中箭，
她也被我所射中：救护我们
全得靠你的助力和你的药剂：
我丝毫不怀甚恶意，神父，你瞧，
因为这说项也拯救我仇家的女娇。

劳伦斯神父　说得分明些，好孩子，含义不要晦，
猜谜的忏悔只得到猜谜的赦罪。

萝　密　欧　那么，明白说吧，我深情向往，

钟情在凯布莱忒家闺女的身上：
正如我深深眷恋她，她也眷恋我；
如今一切事都已经契合又稳妥，
只等你主持使我们行合卺：至于
甚时候，在哪里和怎样我们相遇，
相爱怜，以及交互矢恩情，我对你
会诉说；但务必今天替我们行婚礼。

劳伦斯神父　啊，圣芳济，这是多么大的变化！
罗姗琳，你那么深情蜜意眷恋她，
这么快便弃绝？青年人的爱情不是
出自真心，只是目光中的华彩。
耶稣，玛丽亚，有多少苦泪涔涔，
流过你苍白的面颊，为了罗姗琳！
浪掷了多少含盐的辛酸的眼泪，
去加味于爱情，只因它淡而无味！
太阳还未消除你叹上天的烟霭，
你旧日的呻吟还在我耳边低回；
瞧吧，在你的脸上还留有这斑痕，
那是你往昔泪珠未洗去所留存：
假使你依然是你，你为她而伤心，
你和这悲伤都只是为了罗姗琳：
你可已变了心？那么，你便得声言，
男子没恒心，怪不得女子容易变。

萝　密　欧　你时常因我爱上罗姗琳而叱责。

劳伦斯神父　不是因你爱，只为你失魂而落魄。

萝　密　欧　你叫我埋葬爱情。

劳伦斯神父　　　　　　　　　　不叫你去埋葬
旧有的情爱，另把新生的去恋上。

萝　密　欧　请你莫诃责：我如今恋上的这个，
对我是恩爱还恩爱，和合又和合；
那个可不这样。

劳伦斯神父　　　　　　　　　啊，她却很知道

你的爱不合谈情说爱的那一套，
幼稚得可笑。但来吧，踟蹰的青年，
来吧，同我去。在这件事上，我还堪
帮助你一臂，因为这一桩姻缘
也许会逢凶化吉，弭两家的仇冤。

萝密欧 啊，让我们就去吧；我心烦而意躁。

劳伦斯神父 虑得精明做得慢；跑快了要摔交。 ［同下。

第 四 景

［一街道］

［班服里奥与茂科休上。

茂科休 见鬼，萝密欧这小子可在哪里？
他一夜没有回家吗？

班服里奥 没有回去过，我问过他家的仆人。

茂科休 啊，那脸蛋苍白心肠硬的女人
罗姗琳，把他折磨得不成个样子，
他准要发疯呢。

班服里奥 铁鲍尔忒，老凯布莱忒的族人，
差人送信到他父亲家里去。

茂科休 准是向他挑衅的，我打赌。

班服里奥 萝密欧会回答。

茂科休 一个人只要会写字，就可以写封回信。

班服里奥 不，他会接受那写信人的挑战，他给挑了衅，就会应战。

茂科休 嗳呀，可怜的萝密欧，他已经死了！给一个白脸蛋女人的黑眼睛戳了一刀；给一支爱情歌词射穿了耳朵；他那心脏的靶子给瞎眼孩儿② 的箭头所射穿；他能够抵得住铁鲍尔忒吗？

班服里奥 呃，铁鲍尔忒算得了什么？

茂科休 我可以告诉你，他不只是个好斗的大王。啊，他是全武行的勇猛总将官。他斗剑好像按着标明音符的乐

曲唱歌一样，板眼、声腔全周到；停这么一丁点儿，一、二数到三就刺进你胸膛；他真是个穿礼服的屠夫，一个决斗的行家，一个名门贵胄，一个数一数二的击剑手。啊，那神速的踏一脚前进的冲刺！那反击的戳刺！那嗨！

班服里奥　那什么？

茂科休　那些奇形怪状、哼哼唧唧、装腔作势的怪家伙，生他们的天花；这些妖声怪气的东西！凭耶稣，一个好子弟！一个好高的个儿！一个好骚的婊子！呃，老爷爷，咱们给这样一簇怪苍蝇所闹苦，这些耍时髦的家伙，这些满口法国话的人，他们一心玩弄新花招，在老板凳上坐不安顿，这不是一件可悲的事情吗？啊，他们的“bons”，他们的“bons”！

［萝密欧上。

班服里奥　萝密欧来了，萝密欧来了。

茂科休　他失魂落魄，像一条没有鱼卵的鲱鱼干。啊，肉啊肉，你是怎样变成了鱼的！现在他要像披屈拉克③那样诌起诗来了；洛拉比起他的姑娘来，只抵得过一个灶下婢；凭玛丽，她的情爱比洛拉的更值得吟诗；丹妵，比起她来太不漂亮了；相形之下，克丽奥珮屈拉成了个浮浪的没姿容的吉普赛妇人；海伦和希罗都变成下贱的婆娘、烟花女子了；昔斯皮有一双灰色眼珠，但也比不上她。萝密欧先生，bon jour！这对你的法国式招呼是个法国式还敬。你昨晚上给我们上了好一个当。

萝密欧　祝你们两位早安。我给你们上了什么当？

茂科休　你溜了，兄弟，溜得快；你想不起来吗？

萝密欧　对不起，茂科休阿哥，我有要事；碰到我这样的情况，一个人难免要失礼。

茂科休　那便等于说，在你那样的情形下，一个人不得不屈膝了。

萝密欧　你的意思是，道个歉。

茂 科 休　你说得非常合式。

萝 密 欧　是个十分斯文讲理的说法。

茂 科 休　不止如此，我是非常温文尔雅的。

萝 密 欧　温文尔雅，斯文讲礼，开了花。

茂 科 休　对。

萝 密 欧　嗨，那么我的跳舞鞋是开了花。

茂 科 休　说得妙；跟着我要这阵贫嘴吧，等到你穿破了你的跳舞鞋，当那单底穿坏以后，那贫嘴还许要要下去，那鞋子便只好拖着个破底。

萝 密 欧　啊，单底的贫嘴，底上开花开朵大红花！

茂 科 休　帮我一把吧，好班服里奥；我吃不消他。

萝 密 欧　飞鞭加上踢马刺，飞鞭加上踢马刺；否则我要判定没输赢。

茂 科 休　不行，你的五种心智若是像追猎野鹅似的，我就完了；因为凭你的一点儿智慧去追猎，就必定胜过我的五种心智。我可是在那里跟你去追猎野鹅吗？

萝 密 欧　你若不是在那里跟我去追猎野鹅，你就不是跟我在一起干什么事。

茂 科 休　我要咬你一口耳朵，为这阵贫嘴。

萝 密 欧　不要，好鹅儿，别咬。

茂 科 休　你的机灵好不酸甜，真是好调味。

萝 密 欧　吃美鹅儿时用它，岂不很好？

茂 科 休　啊，这儿有金翅雀那么一点儿机灵，你把它拉长，从一英寸可以拉到四、五英尺！

萝 密 欧　我把它拉就拉在那个“长”字上，应用到鹅儿上，就变成一只长颈大鹅。

茂 科 休　呃，我们这样拉扯，岂不比呻吟着去求爱好吗？现在你好和气，你真是萝密欧了；现在你是你自己原来的样子了，无论是天性或后天养成：因为这个流眼泪鼻涕发昏的爱情活像个大傻瓜，他懒散地荡来荡去，要把他的玩意儿藏进一个窟窿里去。

班服里奥　打住，打住。

茂科休 你要我逆着本性不等把话说完就住口。

班服里奥 否则你会把话拉得太长。

茂科休 啊,你弄错了,我要把话说短;因为我已经讲到我话头的根柢上;并且当真想不再讲下去了。

萝密欧 好机关来了!

[乳母与彼得上。

茂科休 一张帆,一张帆!

班服里奥 两张,两张!一件衬衫,一条长裙。

乳母 彼得!

彼得 有。

乳母 彼得,我的扇子。

茂科休 好彼得,把她的脸遮着;因为她的扇子比她的脸好看些。

乳母 早安,两位士子。

茂科休 晚安,好太太。

乳母 是道晚安的时候了吗?

茂科休 差不多,告诉你,因为日规上的那娼家针现在正指着子午度。

乳母 呸,你这人!你是什么样的人儿!

萝密欧 太太,他是个上帝造出来损害他自己的人儿!

乳母 当真,说得好:"损害他自己",您说?两位士子,你们哪一位能告诉我,我在哪里能找到那年轻的萝密欧?

萝密欧 我能告诉您;可是年轻的萝密欧,您找到他时比您找他的时候要老那么一点点了:我是取那个名字的人中间最年轻的一个,没有取到一个比这还坏的名字。

乳母 您说得挺好。

茂科休 是啊,最坏的也挺好吗?估量得挺好,聪明,聪明。

乳母 您若是就是他,先生,我有句知心话儿要跟你讲。

班服里奥 她要请他去吃晚饭。

茂科休 一个虔婆,一个虔婆,一个虔婆!嗨,嗨!

萝密欧 你见到了什么?

茂科休 不是什么野兔子,老弟;除非是大斋时节兔肉饼里的兔肉,已经变味发霉,只等丢掉。 [唱。]

老兔肉,发白霉,
老兔肉,发白霉,
本是大斋时节的好点心:
可霉了的兔肉饼,
多少人也吃不进,
没人要吃发霉的兔肉饼。

萝密欧,你回家里去吗?我们要到你家里吃饭去呢。

萝密欧 我就来。

茂科休 再见,老奶奶;再见。
[唱]"奶奶,奶奶,奶奶"

[茂科休与班服里奥下。

乳母 凭玛丽,再会。——请问你,这个放刁莽撞的家伙是谁,满口胡说八道?

萝密欧 奶妈,他是个士子,爱听他自己说话,一分钟里他说的话比他一个月里听到的话还多。

乳母 他要是说我的坏话,不管他力气多大,再加上二十个家伙,我也要给他点颜色看看;我要是对付不了,我自会叫些对付得了他们的人来。王八羔子!老娘不是那些轻佻的小妇人,烂污货色,给 他们随便糟蹋。你可站在一旁不做声,让这样个坏蛋随意欺侮我?

彼得 我不见有谁欺侮你;我若是见到,保证会把家伙拔出来;我若见到咱们这么有理,法律在咱们这边,我比任何人都要拔剑出鞘得早。

乳母 上帝在上,真把我气得浑身发抖。王八羔子!却说,先生,要跟你说句话儿;我刚才说过,我家小姐叫我来找您;她叫我对您说什么,我现在且不说:可是让我先告诉您,您要是诳骗了她,正如人家所说的;因为我们的小姐还正青春年少;所以,您若欺蒙了她,那是对好人家小姐挺不应该做的事,那就很坏很坏。

萝密欧 奶妈,请替我对您家小姐致意,我对您发誓——

乳母 好人儿,当真,我要这样告诉她,主啊,主啊,她将是个快乐的女人。

萝 密 欧 奶妈,您要告诉她什么?您没有听我说啊。

乳 母 我要告诉她,先生,您发誓;这个,我认为,是个读书士子的求婚。

萝 密 欧 要她设法在今天下午出来
行忏悔的圣礼,让她来到劳伦斯
神父庵房内,得到了赦罪,随即
行合卺的仪式。这里酬劳给您。

乳 母 不用,真的,先生;我不好拿钱。

萝 密 欧 得了,我说,你务必要收。

乳 母 今下午,先生?好的,她准定会去。

萝 密 欧 好奶妈,请待在寺院围墙那后边,
就在这一个钟头里,我的仆人
会到你跟前,抱着一捆海船上
软梯一般的绳索来给你带去;
在秘密的夜晚,我将要凭它攀登
我喜庆的上桅帆篷。再会,忠诚
对待我,我一定报谢你这份辛劳;
再会了;请为我对你家小姐致意。

乳 母 上帝在天上祝福你!听我说,先生。

萝 密 欧 你说什么呀,好奶妈?

乳 母 你那个人儿
靠得住?你没听到老话说过吗,
两人知道守秘密,多一个就不行?

萝 密 欧 我保证,我那仆人钢一样可靠。

乳 母 好吧,先生;我家小姐是个最可爱的姑娘——主啊,主啊!当她还是个咿呀学话的小东西时——啊,城里有个贵家子弟叫巴列斯的,巴不得将我家小姐弄到手;可是她,好乖乖,宁愿瞧见一只癞虾蟆,也不愿见到他。我有一回曾对她说,巴列斯人品不错,却惹她生了气;可是,我向你保证,我那样说时,她脸色苍白,难看得像块破烂的碎布。请问,罗丝玛丽花跟你

的名字萝密欧可是用同一个字母开头的吗?

萝 密 欧 是的,奶妈;怎么说?都是用R开头的。

乳　　母 啊,耍贫嘴挖苦的人儿!那是条狗的名字;R是那条——不;我知道是用另一个字母开头的——她对于你和罗丝玛丽总是连在一起,有很美很美的想法,你听她讲起来准会喜欢。

萝 密 欧 你替我向你家小姐致意。

乳　　母 哎,我会不断向她讲。 [萝密欧下。
彼得!

彼　　得 有。

乳　　母 彼得,接下我这把扇子,你在前面走。 [同下。

第 五 景

[凯布莱忒家花园]

[琚丽晔上。

琚 丽 晔 我叫奶妈前去时,正是九点钟;
她答应在半个钟头里边回来。
也许她不能碰见他;那可不会。
啊,她的腿是跛的!恋爱的信使
应当是思想,那比驱散山坡上
阴影的太阳光线还要快十倍;
所以维纳斯的瑶车由飞翼的瑞鸽
来捷驰,风样快的邱璧特有翅膀。
此刻太阳已经升上了最高天,
从九点到中午十二点有长长三个
钟头,可是她还没有到家来回话。
要是她是个有感情、有温暖的青春
血液的人,她行动会快如滚球;
我的话会把她抛到我的爱那边,
他的话也会将她抛回到我这里;
可是老年人,很多假装得像死人,

铅一般迟钝不灵,笨重而苍白。——

[乳母与彼得上。

啊,上帝,她来了!——好心肝奶妈,
有什么消息?你碰到他了吗,差开
你的人。

乳　母　彼得,到门外去待着。 [彼得下。

琚丽晔　亲爱的好奶妈。——嗳呀,上帝,为什么
你脸色发愁?即使消息不大好,
你也该快快活活讲;如果消息好,
你不该用这副哭丧的脸色演奏
那美好音讯的清音妙乐来恼人。

乳　母　我真累坏了;让我歇息一会儿。
吓,浑身骨头痛!多累的这一程!

琚丽晔　我但愿把我的骨头给你,你把
那消息给我。别那样,来吧,我求你。
说啊;好奶妈,快说。

乳　母　耶稣啊,忙什么?
你难道不能等一下?你不见我气都
喘不过来吗?

琚丽晔　你怎么喘不过气来,
却能喘过来告诉我喘不过气来?
为了要拖延,你提出推托的言辞,
比起你推托不说的故事还长些。
你带来的消息是好还是坏?回答,
只说一个字,详细怎么样,好再讲:
让我先满足,是好还是不好啊?

乳　母　得了,你错选了这么个小子;你不懂怎样去挑选一个当家的。萝密欧!不,他不行;虽然他的脸比谁都漂亮,他的腿比大伙儿都好样;讲到他的手,他的脚,他的个儿,虽然不怎样好给谈起,可是它们比谁的都要长得俊;他不是文雅的好样,可是,我保证,他好比羔羊那么温柔。且看你的运气,姑娘;要敬奉上帝。怎

么，你在家吃过饭吗？

琚丽晔 没有，没有；这一切，我可早知道。
他对我们的结婚怎么说？说什么？

乳母 主啊，我的头好痛！痛死人，这脑袋！
它痛啊，像是要裂成二十块一般。
还有后边的背也痛，——哎呀，我的背！
咒你坏心肠，差我外边去，替你
东奔又西走，叫我去瞎忙寻死！

琚丽晔 当真，对不起，害得你这么样难受。
亲爱的，我的好奶妈，告诉我，我的爱
说些什么？

乳母 你的爱，他说啊，他真是
好一位诚实的士子，他谦恭、和蔼、
又美好，真一表人材，而且，我保证
又德性高超，——你母亲在哪里？

琚丽晔 我母亲在哪里！嗨，她是在里边；
她还能在哪里？你的回答好奇怪！
"你的爱他说啊，他真像个诚实的士子，
你的母亲在哪里？"

乳母 哎呀，圣母娘！
你这样焦躁？凭玛丽，来吧，我猜想：
这是你敷我筋骨疼痛的药膏吗？
以后你自己去信得了。

琚丽晔 别这样
纠缠下去了！来啊，萝密欧怎么说？

乳母 你已经得到了许可今天去忏悔吗？

琚丽晔 得到了。

乳母 那么，快去到劳伦斯神父庵房里，
那里有一个丈夫要叫你做妻子，
现在放肆的热血升上了你两颊，
一听到好音讯，它们顿时就泛红。
赶快到教堂里去；我得去另外

张罗一张梯子来，用了它你的爱
一等到天黑就可以攀登上鸟窠来：
为使你快乐，我得去奔波劳累，
可是到晚上，你便得承受重负。
去吧；我去吃晚饭；你快去庵房。

琚 丽 晔 快去就鸿运！忠诚的奶妈，再会。 ［同下。

第 六 景

［托钵僧劳伦斯的庵房。］
［劳伦斯与萝密欧上。

劳伦斯神父 愿上天笑对这神圣的嘉礼、祝福，
莫让日后的悲愁把我们来谴咎。

萝 密 欧 阿门、阿门！可无论有什么样悲愁，
它总不能抵消掉这短短一分钟
里边我看见她时的无限欢乐。
只要你用神圣的言辞祝我们合掌，
就不怕吞噬爱情的死亡来施暴；
我只要能称她是我的，万事已足。

劳伦斯神父 这些强烈的欢乐有强烈的后果，
像火跟火药相接触，彼此因亲吻
而消耗，它们也由于胜利会死亡；
最甜的蜂蜜甘醇得发腻，品尝时
把人的味觉搅扰得昏乱不堪；
所以，要爱得温存些；悠久的爱情
便如此；太快和太慢同样反迂缓。

［琚丽晔上。

这位小姐到来了：啊，她步履
如此轻盈，决不会磨损这圣坛前
无比坚实的燧石：一个钟情人
可以骑跨着夏天在日照的空中、
随风飘荡的游丝而不会往下掉；

虚幻的幸福感使他飘然神往。

琚　丽　晔　我向接受我忏悔的神父问晚安。

劳伦斯神父　教女，萝密欧会替我们俩多谢你。

琚　丽　晔　我也多谢他，否则他谢得会太多。

萝　密　欧　啊，琚丽晔，要是你感到的欢乐
跟我的同样堆得高，而你把它来
表彰的能耐比我的要好，那么，
将你的呼息使这邻近的气氛
布满你口中吐出的芬芳，而让
富丽的音乐的妙奏宣扬想象中
那阵幸福，把我俩这次的相会
所带来的衷心欢乐尽情倾吐。

琚　丽　晔　富丽的诗思在本体，不在言辞，
可资夸耀的是实质，不是装饰；
只有乞丐才历数他们的家珍；
但我的诚挚的爱情这样丰盈，
我不能计数这财富中间的一半。

劳伦斯神父　来吧，跟我来，我们把事情快做好；
因为，请原谅，神圣的教会将你们
结合之前，你们俩不该待在一起。　［同下。

第二幕　注释

① 山林女神回声(Echo)因眷恋少年男神自我爱慕的水仙(Narcissus)，未蒙爱顾，憔悴而死，形骸虽消逝，但声音尚存。

② 指邱璧特。

③ 披屈拉克(Petrach，1304—1374)，意大利诗人，擅写情诗。

第　三　幕

第　一　景

[樊洛那。一广场。]

[茂科休、班服里奥、侍童与仆从们上。

班服里奥　请你，好茂科休，让我们引退吧；
天好热，凯布莱忒家里人出来了，
我们碰到时，少不了有一场吵闹；
因为在这大热天，脾气容易躁。

茂科休　你倒像这样一个家伙，他走进酒店的门墙，把剑在桌上一拍，说道，“上帝叫我用不到你！”等到把第二杯喝下时，他却拿起剑来，无故跟酒保吵架。

班服里奥　我像这样一个家伙吗？

茂科休　得了，得了，你的性子赶得上意大利任何哪一个家伙，动不动就动肝火，一动肝火就动手动脚。

班服里奥　接着又怎样？

茂科休　吓，要是有这样的两个人碰到，不久就会一个都不剩，因为他们会彼此互相杀掉。你啊！嗨，只要有个人比你多一根须髯，或是少一根，你就会跟他吵架。你会跟一个人吵架，见到他在剥壳吃栗子，不为了别的理由，只因你的眼珠是栗壳色的；除掉生这样眼睛的人以外，谁会这样挑剔地去跟人家寻事？你的脑袋里装满了跟人吵闹的念头，好比一个鸡蛋装满了蛋黄蛋白，可是为了惹是生非，你的脑袋给人打得昏愦糊涂，像个坏蛋一样。你跟一个人吵过架，只为了他在街上咳嗽，把你的一条在太阳里睡觉的狗咳醒。你不是曾经跟一个裁缝吵翻过吗，因为他在复活节前穿上了他的紧身短褂？跟另一个也闹翻过吗，只因他在新鞋子上系了旧鞋带？可是你现在却来教训我莫跟人吵架！

班服里奥　要是我跟你一样会吵架，用不到一时半刻，我这没代价的性命就会给人家买去了。

茂科休　没代价的性命！吓，没代价！

［铁鲍尔忒及其他人上。

班服里奥　凭我的脑袋打赌，凯布莱忒家的人来了。

茂科休　凭我的脚后跟打赌，我不在意。

铁鲍尔忒　紧跟着我来，我去跟他们说话。
士子们，晚安：跟你们不论谁说句话。

茂科休　跟我们不论哪个说句话？再加上
一点别的吧；一句话之外，加一拳。

铁鲍尔忒　你会见到我乐意奉陪，先生，只要你给我个因由。

茂科休　不用给你，你能不能主动想个因由？

铁鲍尔忒　茂科休，你跟萝密欧相结交，——

茂科休　结交！什么，你把我们当做吟游卖唱人吗？你若是把我们当做吟游卖唱人，告诉你，你只能听到些沙喉咙，刺耳的调门：这儿是我的拉弓，你别装聋；听着听着，叫你跳起舞来。去你的，结交！

班服里奥　我们在公众汇集的这场所说话，
不如且到隐僻些的所在去交谈，
彼此有什么不快意好平心讲话，
否则各自且走开；这里人太多，
张望着我们。

茂科休　　　　人们有眼睛要张望，
让他们望吧；我不讨任何人喜欢，
不离开。

[萝密欧上。

铁鲍尔忒 好了,悄声些;我的人来了。

茂科休 他若是穿你的仆装,我便给绞死:
凭玛丽,你跟他决斗,他便跟你走;
在那意义上,你可以叫他你的"人"。

铁鲍尔忒 萝密欧,我对你的痛恨只能给予你
一个这样的称呼,——你是个恶棍。

萝密欧 铁鲍尔忒,我因有爱你的理由,
相当原宥了你这个称呼的暴怒:
我并非是什么恶棍;所以,再会了;
我知道你对我并无一点儿了解。

铁鲍尔忒 小子,这可不能宽恕你对我
所给的触犯;所以,回过来,拔剑。

萝密欧 我矢言,我从来对你没有过甚触犯,
且爱你之深超过你所能想象,
要等你知道了我爱你的原委才明了:
所以,好凯布莱忒,——这姓氏称得上
跟我自己的同样亲热,——和解吧。

茂科休 啊,好平静、可耻、卑鄙的屈辱!
只有用冲刺,才能洗刷掉这耻辱。 [拔剑。]
铁鲍尔忒,你这只野猫,想走吗?

铁鲍尔忒 你要跟我怎么样?

茂科休 猫儿王,俗语说你有九条命,我只要你一条;我如今只要这一条,为的是你今后还会见到我,留下那八条以后再说。你是否要拔剑出鞘?赶快,你还不动,我的家伙要到你耳朵上来了。

铁鲍尔忒 我来奉陪。 [拔剑。]

萝密欧 好茂科休,收起你的剑。

茂科休 来,家伙,领教你的冲刺。 [二人交锋。]

萝密欧 班服里奥,拔你的剑出来,打掉
他们的家伙。士子们,丢人啊,耐住
这暴行!铁鲍尔忒,茂科休,亲王

已明令禁止在樊洛那街上斗殴。
住手,铁鲍尔忒,茂科休!

［铁鲍尔忒从萝密欧臂下刺茂科休一着,
与从人们逃走。］

茂科休　我伤着了;
你们这该死的两家!我这可完了:
他没有受伤,就逃走了吗?

班服里奥　什么,
你受伤了吗?

茂科休　嗳呀,划破了一点儿;
凭玛丽,够瞧的了。我小厮在哪里?
快去,家伙,去找个外科医生来。［僮儿下。

萝密欧　壮着胆,老兄;这伤口不算太大。

茂科休　不大,它没有水井那样深,也没有教堂大门那样宽;可是已经够了,够人受的。你明天找我,我将是个坟墓里的人了。我保证,我是个伤透了的人,这辈子完了。你们两家都遭瘟!咄,一只狗,一只老鼠,一只小耗子,一只猫,来戳伤一个人,叫他死!一个夸口的,一个无赖,一个恶棍,他斗起剑来也要凭算术书本!他妈的,谁叫你插进我们中间来的?我是在你胳膊下边给戳伤的。

萝密欧　我完全出于好意。

茂科休　班服里奥,扶我进那间屋里去,
不然我就要晕倒了。你们两家
都遭瘟!把我喂了蛆虫蚂蚁;
我可生受了,够受的,你们这两家!

［茂科休与班服里奥下。

萝密欧　这位士子,亲王的至亲,他乃是
我的好友,为了我他伤重致命;
我的名誉被铁鲍尔忒所诽谤,
所污蔑。——铁鲍尔忒,一个钟头内
刚成为我的亲戚,亲爱的琚丽晔,

啊,你的美丽使得我变懦弱,
在我气质里软化了勇毅和刚强!

[班服里奥重上。

班服里奥 啊,萝密欧,萝密欧,勇敢的茂科休
已经死!那英勇的灵魂升入了云端,
它已经过早地弃绝了茫茫人世。

萝密欧 今天这一场惨死怕会招引起
日后的灾祸;这乃是悲怆的开始,
后继的伤痛难免要接踵而至。

[铁鲍尔忒重上。

班服里奥 狂暴的铁鲍尔忒又回头来了。

萝密欧 他还活着,胜利了!茂科休却已死掉!
让每人所自有的宽仁离我而去吧,
如今让火眼的狂怒做我的行动!——
这下子,铁鲍尔忒,收回你刚才
骂我的"恶棍"!因为茂科休的阴魂
就在我们头上方不远,等候你
去跟他作伴;不是你,就是我,或许
你我两个人,都得去跟他作伴。

铁鲍尔忒 是你,恶劣的小子,跟他相结交,
得和他作伴。

萝密欧 这就决定了要你去。

[两人相斗,铁鲍尔忒倒地。]

班服里奥 萝密欧,快走,快走!
市民们惊动了,铁鲍尔忒已经死;
别站着发怔:你若是给他们抓住,
亲王将判你死刑。离开!——快逃跑!

萝密欧 啊,我给命运愚弄了!

班服里奥 为什么
你待着还不走? [萝密欧下。

[市民们上。

市民甲 那杀死茂科休的往哪里去逃跑?

铁鲍尔忒，那凶手，他往哪里跑？

班服里奥　那铁鲍尔忒躺在那边。

市民甲　　　　　　　　起来，

你啊，跟我一同去。用亲王的名义，

我叫你服从。

［亲王率随从；芒太驹夫妇，凯布莱忒夫妇与其他人等上。

亲王　这场斗殴的恶劣肇事人是谁？

班服里奥　啊，尊贵的亲王，我能将这一场

致命武斗的不幸的经过情形

向您报告。年轻的萝密欧已杀死

那个人，他躺在那里，就是他杀了

您的令亲，那勇敢的茂科休。

凯布莱忒夫人　铁鲍尔忒，他是我的侄儿！嗳呀，

我哥哥的孩子！亲王啊，侄儿！夫君！

嗳呀，我亲爱的侄儿给人杀死了！——

亲王啊，您是公正贤明的，我侄儿

这条命定要芒太驹家的血来偿还。

嗳呀，侄儿，侄儿！

亲王　班服里奥，谁开始这场血斗的？

班服里奥　死在这里的铁鲍尔忒，萝密欧

杀了他；萝密欧好好跟他说，要他

思量这一场争吵多无聊，且劝他

考虑您殿下力疾禁止这骚乱；

萝密欧吐语温存神色静，气度

很恳切，但不能安抚听不进规劝

意气用事的铁鲍尔忒，他逞强

举剑直刺勇敢的茂科休的胸膛；

茂科休也怒上心头，剑刃对剑刃，

凭他那勇武的轻蔑，用他的一击

挡开了对方的冲刺，再挥另一剑

直指向铁鲍尔忒，他精湛的剑术

也就劈开他，萝密欧高声叫嚷道，
“住手，朋友们！朋友们，住手！”他行动
飞快，不等话说完，敏捷的臂腕
已打下他们的剑刃，他插身阻隔
他们；可就在他胳膊下边，这时候
冷不防铁鲍尔忒刺一剑，勇猛的
茂科休却正好被他刺中了要害，
铁鲍尔忒逃得快；可是一会儿
他又回来找萝密欧，萝密欧正怒上
心头要还报，两人动武如闪电，
不等我抽剑将他们从中阻隔，
勇猛的铁鲍尔忒已中剑，待他
一倒下，萝密欧也就脱身逃亡去。
我以上所说是真情，我敢于赌咒。

凯布莱忒夫人 他是芒太驹家里的亲戚；私情
使他说假话；他说得虚假不可信，
他们有二十个参加这场恶斗，
人多势众，大伙儿杀害他单身人。
我要请殿下主持公道，萝密欧
杀死了铁鲍尔忒，萝密欧逃不走。

亲　　王 萝密欧杀了他，他可杀了茂科休；
茂科休的血债如今由谁来担负？

芒 太 驹 不由萝密欧来偿命，殿下，他分明
正是茂科休的朋友，他不过执行
法律，处铁鲍尔忒以死罪。

亲　　王 对于他，
我们立即判处他流放出国境：
你们两家的仇恨已跟我有牵连，
彼此的殴斗将我的亲戚来血溅；
可是我要给你们这样的惩创，
使你们深悔害得我亲故遭丧亡；
一切申辩和托辞我全都不理，

哭诉和祈求都将被我所鄙弃；
所以不必试；萝密欧须速速离开，
他若是给见到，就是他末日来临。
搬开这尸首，遵从我们的命令：
原谅了凶手，慈悲就罪恶不分明。 [同下。

第 二 景

[凯布莱忒家花园。]

[琚丽晔上。

琚 丽 晔 速速奔驰啊，火蹄飞捷的众神驹，
快赶向太阳的居处：驭者辉兀升①
将挥鞭把你们驱策到西方天际，
让阴翳的夜幕覆盖住万里空苍。——
张开你密闭的帷幔，你这个成就
恋爱的暗夜，夜行人闪眼不见时，
萝密欧正好投入我怀中，不被人
见到，不被人讲起。——恋人们都可以
在他们自己俊姣的光彩里交互
相陶融；或许，恋爱如果是青盲的，
它正好跟暗夜相和协。温存的暗夜，
来吧，你满身是素装玄服的大娘，
教我怎样在一场得胜的赌博中
输掉，当小伙同姑娘把纯洁的童贞
交相作赌注：用你那黝暗的斗篷
罩住我脸上羞怯的红潮，等到
新涩的爱情渐渐胆子大，觉得
真挚的眷恋不必因钟情而惭愧。
来啊，夜晚；来啊，萝密欧；来啊，
你这暗夜里的白昼；因为你会要
沾在暗夜翅膀上，比乌鸦背上
沾到的新雪还要白。温存的暗夜，

来啊；可爱的、乌额的夜晚，来啊，
把我的萝密欧带来；将来他死时，
将他化成一颗颗小星星，他将使
天颜上的明星闪烁，人们都会要
爱上了灿烂的夜空，不再去崇尚
炫耀的太阳。——啊，我购置了一座
爱情的宅邸，但还不曾占有它，
而我虽已将自己出售，但还未
被买主所享用；这日子这样难受，
正如一个节日前的夜晚对一个
孩子，他做了新衣服，可还不曾穿。——
啊，奶妈到来了，她带着消息来；

［乳母携绳捆上。

哪一个人儿，只要说起萝密欧，
他那个名字就道出天上的鸿文。——
奶妈，有什么消息？你带着什么来？
萝密欧要你带来的绳索捆？

乳　母　正是，
正是，是索子。［掷下绳捆。］

琚丽晔　嗳呀！有什么消息？
为什么绞着你的手？

乳　母　嗳呀，天啊！
他死了，他死了，他死了！我们可完了，
姑娘，我们可完了！——我的天，怎么办！——
他去了，他给杀死了，他已经死掉！

琚丽晔　天道这样恶毒吗？

乳　母　萝密欧便这样，
天道可不然。——啊，萝密欧，萝密欧！——
谁会想到有这样的事！——萝密欧！

琚丽晔　你是何等样的魔鬼，这么煎熬我？
这酷刑该在阴司地狱里嗥叫出，
萝密欧杀了他自己吗？只要说声“是”，

你那个"是"要比含沙射影的毒蜮
还毒上十倍。我不再是我了,假使
"是"字这样恶;或者我两只眼睛
已经闭,它们若是叫你说了"是"。
他若是给杀了,就说"是";若没有,说"不",
简单两个字,决定我毕生的休咎。

乳　　母　我见到他那伤口,我亲眼见到——
天知道!——可就他那雄伟的胸膛,
一具可怜的尸首,布满了血污;
苍白得灰一般,满都是一处处血糊
和血块:一瞧见我就眩晕过去了。

琚　丽　晔　啊,破裂吧,我的心!可怜的心腔,
马上破裂吧!眼睛啊,进监狱里去,
再莫看到自由了!卑微的肉体,
沉进黄泉去;停止这心头的跳动;
你跟萝密欧同压着一具尸体架!

乳　　母　铁鲍尔忒啊,铁鲍尔忒!你是我
最好的友人!温文的铁鲍尔忒啊!
诚实的士子!想不到我活到今天,
会眼见你死去!

琚　丽　晔　　　　　　　　这是阵什么风暴,
会这样背着方向刮?可是萝密欧
给杀了,还是铁鲍尔忒被杀死?
是我亲爱的表哥,还是我更加
亲爱的夫君?那么,可怕的号筒,
公布世界的末日来临吧!为的是,
倘若这两人已死去,还有谁活着?

乳　　母　铁鲍尔忒已经死,萝密欧被放逐;
萝密欧杀了他,所以给流放出国。

琚　丽　晔　上帝啊!——萝密欧亲手杀了铁鲍尔忒吗?

乳　　母　他亲手,他亲手;嗳呀,正是他亲手!

琚　丽　晔　啊,蛇毒的心肠,花一般的脸庞!

哪有毒龙曾躲在这样美的洞里？
美丽的暴君！天使一般的恶魔！
长鸽毛的乌鸦！狼一般贪戾的羔羊！
神圣的表象包裹着可鄙的本质！
你正跟你所分明显示的相反，
是个卑劣的圣者，光荣的恶棍！
造化啊，你在地狱里做了些什么，
把魔鬼的精灵赋予这样俊美
可爱的肉体的天堂？可有甚书本
含有这样卑劣的内容，装钉得
竟如此优美？啊，欺诈怎么会
居住在这样一座富丽的宫殿中！

乳　　母　男人都没有信赖、忠诚和正实；
全都发假誓，赌了咒不算，都不是
东西，全是伪君子。嗳呀，哪有个
好男子？给我筛上点烧酒喝吧；
这种种悲伤、痛苦、忧愁使我老。
愿耻辱降临到萝密欧头上！

琚 丽 晔　　　　　　　　　　　　叫水泡
长上你的舌头，你这样恶毒愿望他！
耻辱跟他无缘，会羞于降落在
他额上：那里，荣誉会戴上王冠
坐上宝座，君临普天下的臣民。
啊，我刚才咒骂他，真是只畜生！

乳　　母　他杀了你表哥，你还说他好话吗？

琚 丽 晔　我要说他坏话吗，他是我的丈夫？
啊，可怜的夫君，我当了三小时
你的妻子，竟如此乱斩你的声名，
还会有什么人能对他有所爱抚？
可是为什么，你这个恶人，你杀死
我表兄？那恶人表哥会杀死我夫；
回流吧，愚蠢的眼泪，流回泪泉

原处去；你们这些悼伤的点滴
本属于悲哀，如今却误献给了欢乐。
我丈夫活着，铁鲍尔忒原本要
杀死他，铁鲍尔忒是死了，否则
他是会将我丈夫杀死掉，这一切
都是安慰，那么，我为何要哭泣？
两个字，比铁鲍尔忒的死更惨酷，
将我杀死，我但愿把它们忘记掉；
但是，嗳呀，它们压在我记忆上，
像深重的罪孽镇在人们的心头：
"铁鲍尔忒是死了，萝密欧——流放，"
那"流放"两个字等于杀死了一万个
铁鲍尔忒。铁鲍尔忒给杀死，
已足够悲伤，假使那仅止于此：
或许，假令忉怛的悲伤欢喜
俦侣，必须要加上其他的愁惨，
当说了"铁鲍尔忒是死了"之后，
为何不加上"你父亲"，或者"你母亲"，
不，或者"你双亲"，今世的哀悼
也许已到了极致？但铁鲍尔忒
死讯后，加上"萝密欧流放"，说出
这句话是父亲、母亲、铁鲍尔忒、
萝密欧、琚丽晔全给杀掉，都死光。
"萝密欧流放！"那句话的死亡之中，
无止，无限，无量，无穷；没有话
能测量那阵悲伤的深广和惨痛。
我父亲、母亲，现在在哪里，奶妈？

乳　　母　他们正在对铁鲍尔忒的尸体
痛哭。你要看他们？我来带你去。

琚 丽 晔　他们用眼泪洗他的创口，等他们
流干了眼泪，我要用我的眼泪
哀哭萝密欧被流放。捡起这一捆

绳索:可怜的绳索啊,你们受了骗,
和我一样;因为萝密欧已流放:
他把你们作为来到我新婚
床上的大道;可是我,一个小姑娘,
将作为一个守寡的闺女而死去。
来吧,绳索,来吧,奶妈;我要去
上我的新床;而死亡,不是萝密欧,
将接受我的童贞!

乳　母　快到你房里去:
我去找萝密欧来将你安慰:我知道
他现在在哪里。听着,你的萝密欧
今夜将到这里来,我就去找他,
他此刻躲在劳伦斯神父庵房里。

琚丽晔　啊,找到他!把我这指环交给我
这真心的骑士,叫他来作最后的道别。　［同下。

第　三　景

［托钵僧劳伦斯的庵房。］
［劳伦斯神父上。

劳伦斯神父　萝密欧,出来;走出来,惊恐的人儿,
苦难跟你结上了不解的因缘,
你是同灾祸结合得难解难分。

［萝密欧上。

萝密欧　神父,有什么消息?亲王的判决
怎样?有什么我还不知道的悲痛
要扼上我这臂腕?

劳伦斯神父　我亲爱的教子
对于酸辛的遭际太稔熟,我带来
亲王给你判决的音讯。

萝密欧　亲王的
判决会少于世界末日的来临吗?

劳伦斯神父 他所宣判的还算得比较温和，
没有判死罪，而是宣判你流放。

萝　密　欧 吓，流放！仁慈些，说是死刑吧；
因为流放远远比死刑更可怕：
莫要说“流放”。

劳伦斯神父 　　　　　　你是给流放出樊洛那，
忍耐吧，因为这世界十分广大。

萝　密　欧 樊洛那城垣外面没有世界了，
只有净土界、苦难、地狱本身。
从这里被流放是给流放出世界，
放逐出世界便是死：所以“被流放”
就是死亡的误称，你声称死亡
是流放，便是用一柄金斧砍掉
我这头，还对杀我的斧头而微笑。

劳伦斯神父 嗳呀，十恶的罪孽！啊呀，粗暴
而不知感激！你犯的过错，根据
我们的法律叫做死罪；但亲王
很仁慈，对你宽恩恕，拨开了律令，
将两个黑字“死刑”变成了“流放”，
这是亲仁的慈悲，而你却见不到。

萝　密　欧 这乃是酷刑，不是慈悲，琚丽晔
生活在这里，这里便就是天堂；
每一只猫儿，狗儿，小老鼠，每一个
滥贱的东西在此间天堂里活着，
可以望见她；可是萝密欧不能，
吃腐肉为生的苍蝇比较萝密欧
有更多合法性、殷勤和光荣的机缘：
它们可以占有亲爱的琚丽晔
窈眇玉手洁白的神奇，以及
从她嘴唇上窃取永生的祝福；
而那两片樱唇，以它们那清贞
和处女的羞怯，总在娇滴滴赧红，

仿佛认为它们的互吻是罪孽；
但是萝密欧却不能，他已被流放：
飞蝇可以做这些事，可是我只能
远走高飞：它们是自由人，但我已
被流放，而你却还说放逐不是死？
难道你没有配合好毒药，没备就
磨利的刀子，没想好急速的筹谋
来致我于死，不论怎么样卑鄙，
而只有这“流放”来将我杀死？——“流放”？
啊，神父，那两个字眼只有在
地狱才能可恶地运用；悲号伴随着
它们；你是个传道师，听忏悔的司教，
罪孽的赦免人，且自认是我的朋友，
你怎么忍心用“流放”来将我寸磔？

劳伦斯神父　你这痴情的疯子，只听我说句话。

萝　密　欧　啊，你又要说到流放了。

劳伦斯神父　　　　　　　　　　让我来
帮你抵御那两个字；用厄运的甘乳，
达观，来慰藉你自己，你虽被流放。

萝　密　欧　还是“被流放”？将你那达观挂起来！
除非达观能造出一个琚丽晔，
迁移走一个城市，撤销掉一个
亲王的判决，否则就没有用处，
那就不作准：请不必再往下边讲。

劳伦斯神父　啊，那么，看来疯子是不生
耳朵的。

萝　密　欧　　　　聪明人没眼睛.疯子怎么会
有耳朵？

劳伦斯神父　　　　让我来跟你谈你的处境。

萝　密　欧　你所未感觉到的事情，你不能谈论，
你若是像我这样年轻，琚丽晔
又正是你的恋人，才结婚一小时，

因铁鲍尔忒被杀死,你若像我一般
热恋,又一般被流放,那时你就会
像我一般扯你的头发,摔倒
在地上,替自己量一个未造的坟茔。

劳伦斯神父　起来;有人在敲门;萝密欧,躲起来。[内敲门声。]

萝　密　欧　我不躲;除非我心痛呻吟的气息,
云雾般掩蔽我躲过搜寻者的眼睛。[叩门声。]

劳伦斯神父　你听,敲得多么响!谁在那里啊!
萝密欧,起来;你要被捉住了。等一下!
站起来;[叩门声。]跑到我书斋里去。等一下!
上帝命令你,这多么愚蠢!我来了,
我来了![叩门声。]谁敲得这么响?你从哪里来?
你要干什么?

乳　　母　[在内]让我进来,你就会
知道我来干什么;琚丽晔小姐
叫我来这里有事情。

劳伦斯神父　那么,欢迎。

[乳母上。]

乳　　母　嗳呀,神圣的神父,嗳呀,告诉我,
神圣的神父,我小姐的郎君在哪里,
萝密欧在哪里?

劳伦斯神父　躺在那边地上
哭得天崩地陷。

乳　　母　嗳呀,和我家
小姐一个样,正和她一模一样!
嗳呀,同心相应啊!可怜的苦难!
她也是这样躺倒在床上,悲号
痛哭,痛哭悲号。站起来,站起来;
站着,若是个男子汉:为了琚丽晔,
为了她,爬起来站着;为什么您要
伤心得这样天坍地蹋?

萝　密　欧　奶妈!

乳　　母　嗳呀,姑爷!嗳呀,姑爷!天哪,
死了,一切都完结。

萝 密 欧　　　　　　　　你是说琚丽晔
不是?她现在怎样?她莫非想到我
乃是一个杀人的老凶犯,如今
我已经用她近亲的鲜血,玷污了
我们的新欢?她现在在哪里?怎么样?
我这位秘密的新娘对我们活生生
被割断的姻缘,怎么说?

乳　　母　　　　　　　　　啊,她不说
什么话,姑爷,只是哭啊,哭啊;
一下子倒在床上;一会儿竖起来,
叫铁鲍尔忒;跟着又喊萝密欧,
再倒在床上。

萝 密 欧　　　　　　仿佛我那个名字
是从枪口里瞄准了射出来似的,
一弹射死她:正如我这只毒手
杀死她的亲人一样。啊,告诉我,
神父,告诉我我这个名字是在我
身躯的哪一个部分,好让我摧毁
这可恨的院庄。　［抽剑。］

劳伦斯神父　　　　　　停住你这拼死的手,
你是个男子汉?你的形象似乎
你是的,你的眼泪又像是妇人;
你粗野的行动显示一只野兽
无理性的狂暴:样子像男子汉,
实是个不像样的妇人!或许竟是只
不像样的野兽装出个像样的男女!
你使我吃惊;凭我这神圣的教宗,
我想你生性比你表现的要好些。
你已经杀死了铁鲍尔忒?你还要
杀死你自己吗?也就是对你自己

施狠毒,去杀死恃你为生的那姑娘?
为什么咒骂你的生辰,怨天又恨地?
天地和你的生辰会合在一起
赋予你生命;你却要一举毁灭它。
可耻啊,你羞辱那堂堂七尺之躯,
你那宗爱情和才智;像一个盘剥
重利的刻啬鬼,你富有一切,却悭吝
舍不得正当地运用,去装点你那
仪表、爱情和才智:你端庄的相貌
只是个蜡制的形象,不具备男儿
所应有的勇毅;你誓言真挚的情爱
不过是谎骗,你却要杀死你发誓
所钟情的爱宠;你这份才智,本该是
你形象和情爱的装点,因运用乖错,
正像装在个笨拙的兵士火药瓶
里边的火药,被你自己所触发,
而你用来自卫的武器反把你
轰炸得四分五裂。怎么,快振作
起来吧,孩子!你的琚丽晔还活着,
为她的缘故,你刚才简直要自尽;
你这下可好了:铁鲍尔忒要杀你,
可是你却杀了他;你这下又好了:
威胁处死你的法律成了你的朋友,
将死刑改成流放;你这下又好了:
一大堆天恩降落到你的背上,
幸福穿戴着盛装在向你邀宠;
但你却像个蹩脚乖戾的女娘,
对你的幸运和爱情噘唇又咂嘴:
留神,留神,这样将不得好下场。
去吧,去如约跟你的情人相会,
进入她闺房,离这里前去安慰她;
但是要注意别待过巡夜的时限,

因为那样你便到不了孟都亚；
在那里你且住下，待我们看时机
将你们的婚姻来宣布，和解你们
两家的亲友，求亲王得他的宽恕，
然后用超过你如今离别的悲伤
两百万倍的欢喜接待你回来。
你先去，奶妈，替我向你家小姐
致意；要她设法使她的家里人
早些上床，他们经受了大悲伤，
当容易那样办到；萝密欧就来了。

乳　母　主啊，这样的好主意我在这里
待上一整夜也乐意来听；啊，
真是好学问！——我家的姑爷，我告诉
姑娘您就要来了。

萝密欧　　　　　　就这样，要我的心肝
准备好一顿责骂。

乳　母　　　　　　姑爷，我这里
有一枚指环她叫我捎给您，姑爷：
请您赶快去，天色已经很晚了。　［下。

萝密欧　这下子我又得到了多大的安慰！

劳伦斯神父　去吧，晚安；你的前途展现在
你面前。你可别待过巡夜的时限，
否则，到了黎明时，要化装逃走；
待在孟都亚；我将找到你的下人，
他可以随时向你通报在这里
发生的对于你的一切好消息。
把手给我；不早了，再会；祝晚安。

萝密欧　若不是一场超欢乐的欢乐在招我，
这样匆匆离别你，真使我痛苦：
再会。　［同下。

第　四　景

［凯布莱忒家中一室。］

［凯布莱忒、凯布莱忒夫人与巴列斯上。

凯布莱忒　伯爵，事情发生得这么不幸，
所以我们还来不及劝我家小女；
您瞧，她跟她表哥铁鲍尔忒
感情好，而我也喜欢他。——呃，人生
总不免一死。——时间已经很晚了；
她今夜不会下楼来；老实相告，
若不是您来，一个钟头前我早就
上了床。

巴列斯　这悲伤的时刻我来求婚，
不合时宜。夫人，晚安：请替我
向令嫒致意。

凯布莱忒夫人　我会的，明天一早
我就会探听她的意向；今夜她已经
闭上门，满怀的悲伤入睡去了。

凯布莱忒　巴列斯伯爵，我可以冒昧提供
我小女的情爱：我想有关她的终身
大事，她将听从我作主；是的，
非但是这样，我还深信而不疑。——
贤内，你临睡以前去看她一下，
告诉她关于这位巴列斯伯爵
求婚的喜讯；你叫她，你听我说，
就在礼拜三——且慢，今天是几时？

巴列斯　礼拜一，老伯。

凯布莱忒　礼拜一！哈哈！却说，
礼拜三太早了；且定在礼拜四：告她，
礼拜四她将跟这位伯爵成婚。
您可能及时准备好？您高兴这么快？

我们不作大排场;一两个亲朋,
因为,您听着,铁鲍尔忒才被杀,
是我们的至亲,若我们欢庆过度,
人家要认为我们太不重视他。
故而我们只邀请半打亲朋,
草草成大礼。可您对礼拜四怎么说?

巴列斯 老伯,我但愿礼拜四就是明天。

凯布莱忒 好吧,您去就是了;便定在礼拜四。
你在就寝前去到琚丽晔那里,
贤内,要她准备好迎接这新婚。
再会了,伯爵。——喂啊,掌灯在前面,
到我房里去!时间已经很晚了。
过一会我们就可说早晨了。晚安。 [皆下。

第五景

[琚丽晔的卧室]

[萝密欧与琚丽晔上。

琚丽晔 你就要去吗?天还没有近破晓:
这是夜莺在歌唱,不是那云雀,
刺进你惊恐的耳鼓,催得你慌张;
夜夜它在那石榴树枝头吟唱,
相信我,亲亲,这是夜莺的歌声。

萝密欧 这是云雀在歌唱,是黎明的先驱,
不是夜莺。瞧啊,心爱的,一条条
含妒的曙光在东方镶缀着离云:
暗夜的明烛已烧尽,欢畅的晴日
踮着脚趾尖站上了雾漉的远山头。
我必须离别而图生,不能待下来
等死。

琚丽晔 那光彩不是晨曦,我知道
底细:这是太阳里喷吐出的流星,

替你今夜当一名执火炬的僮儿，
照耀你趁着这暗夜去到孟都亚；
所以，还待一会儿，不用马上去。

萝密欧　让我给他们逮住，让我被处死；
我心甘情愿，既然你高兴如此。
我要说那灰云不是黎明的眼睛，
而是月姝眉宇间苍白的反影；
那也不是云雀鸣，它的歌唱声
激动我们头顶上这样高的苍穹。
我只一心想待着，不愿舍身走：
来吧，死亡，欢迎你！琚丽晔愿如此。
怎么样，我的灵魂？让我们谈下去；
天还没有亮。

琚丽晔　亮了，亮了，赶快走，
火速去流亡！这乃是云雀歌唱得
这样失了腔，嘶着嗓音刺耳调。
有人说云雀唱甜蜜相协的和声；
这可并不然，因为它把我们分离开，
有人说云雀和癞虾蟆交换了眼睛；
啊，我如今愿它们也交换了嗓音！
因为那声音惊得你和我离怀抱，
追逐你离开，因为追逐已开始。
啊，快去吧；天光已越来越亮了。

萝密欧　越来越亮？——我们的悲伤却越暗！

［乳母来到室内。

乳　母　姑娘！

琚丽晔　奶妈？

乳　母　你母亲娘娘就要到你房里来了：
天已经亮清；小心，切莫再大意。　［下。

琚丽晔　那么，窗户啊，让白昼进来，让生命
出去。

萝密欧　再会，再会！再亲一个吻，

我就下边去。

琚丽晔 你就这样走了吗?
我的夫君啊,我的爱,我的朋友!
我定得在长日之中每一小时里
听你的音讯,因为一分钟里边
有好多日子;啊,这样计算时,
要我这年华已经老,才能再见你,
我的萝密欧!

萝密欧 再会!我决不放过
任何的机缘,亲亲,捎给你我对你
殷勤的问讯。

琚丽晔 啊呀,你想我们俩
什么时候能再见?

萝密欧 我没有疑问;
如今这种种悲伤将作为我们
将来那时节甜蜜欢谈的话题。

琚丽晔 上帝啊!我灵魂预感到不祥的凶兆!
我好似见到你,现在你在这下边,
像一个死人在一座坟墓底上:
若不是我眼光昏花,定必你容颜
惨白。

萝密欧 相信我,亲亲,我眼中望出来,
你也是如此:枯槁的哀愁吸干了
我们血色的红润。再会,再会! [下。

琚丽晔 命运啊,命运!人们都说你反复
无常,你如果是这样,对一个忠贞
不渝的人儿,你将怎么样?命运,
你就变易无常吧;因那样,我希望,
你便会不至于抓住他不放,但让他
就回来。

凯布莱忒夫人 [在内]喂呀,女儿!你起来了吗?

琚丽晔 谁在叫我?可是我的娘亲?是她

睡得这么晚，还是起得这么早？
是什么异常的因由使她来这里？

［凯布莱忒夫人上。

凯布莱忒夫人　嗨，怎么了，琚丽晔？

琚　丽　晔　母亲，我不舒服。

凯布莱忒夫人　你还在为你的表兄之死而哭吗？
怎么，你要用眼泪把他从坟墓中
冲出来不成？你如果能够做到，
也不能使他复活，所以，算了吧：
适度的悲伤显示感情的真挚，
但是过份的悲伤则显得欠明智。

琚　丽　晔　且让我为这样伤心的损失而哭泣。

凯布莱忒夫人　你可以因感到损失而苦恼，但苦恼
不能挽回那亲人的丧亡。

琚　丽　晔　痛感到
损失，我不能不为那亲人哭泣。

凯布莱忒夫人　是啊，女儿，你为他的死亡哭泣，
更为那杀他的恶棍还活着而悲伤。

琚　丽　晔　什么恶棍，母亲？

凯布莱忒夫人　萝密欧那厮。

琚　丽　晔　［旁白］恶棍跟他相去有千里之遥。——
上帝宽恕他！我为他全心地求赦免。
可是没有人能像他伤我的心儿。

凯布莱忒夫人　这是因为那杀人凶手还活着。

琚　丽　晔　正是的，母亲，只恨我不能把他
抓在我这手里：但愿我能替表兄
报他的仇恨！

凯布莱忒夫人　这仇定得报，你放心：
别再哭泣了。我要差人到孟都亚，
那里这放逐的歹徒客居而流亡，
有人将用一点点剧毒给他吃，
准叫他不久同铁鲍尔忒共运命：

那时节，我希望，你自会心满意足。

琚丽晔 当真，我对于萝密欧将决不满足，
除非亲眼见到了他呀——死去——
这可怜的心这么样为一个亲人
愁苦：母亲，您若能找到一个人
前去下毒药，我会把毒药调制好；
萝密欧只要吃了它，马上会安睡。
啊，一听到提起他名字，我不能
对我表哥所怀的感情作表示，
向杀死他的凶手报仇雪恨，
我的心可多么憎恶愤怒得难熬。

凯布莱忒夫人 你去设法找毒药，我来找那个人。
可现在我来告诉你好消息，女儿。

琚丽晔 在这样需要的时候，欢乐正来得
及时：是什么好消息，请问娘亲？

凯布莱忒夫人 好啊，你有这样个好爸爸，孩子；
为了消除掉你心头的愁苦，他特地
选定了一个使你欢喜的好日子，
不但你想不到，我也难于猜想到。

琚丽晔 母亲，快些告诉我，是什么日子？

凯布莱忒夫人 凭玛丽，孩子，就在礼拜四清早，
那位风流年少的贵胄家士子，
巴列斯伯爵，将在圣彼得教堂里，
幸福地娶你做他的欢乐的新娘。

琚丽晔 我凭圣彼得教堂和彼得起誓，
他决不能娶我作他欢乐的新娘。
我诧异这事来得有这么突兀；
他想作丈夫，还没有向我求过婚，
我怎会出嫁。我请您，告诉我父亲，
我还不准备结婚；我如要结婚，
我发誓，要嫁给萝密欧，您知道，
我是恨他的，但我却不嫁巴列斯。

这些可真是新闻!

凯布莱忒夫人 你父亲来了;
你自己告诉他,看他怎样听你的话。

[凯布莱忒与乳母上。

凯布莱忒 太阳西沉时,空中下濛濛的细雾;
可是我外甥的太阳西沉的时候,
天下着大雨。
怎么!装上了水管吗,孩子?还在哭?
风雨没有停?在你这小小身躯里,
居然有一条船、一片海、一阵风:
你这双眼睛,它们是片海,总是有
眼泪的潮汐涨落;你的身体啊,
是条船,在海上扬帆;你悲叹,似海风;
叹息跟眼泪风狂雨骤相交并,
没有个休歇,就会打翻你这艘
浪打风吹的身体这条船。怎么了,
夫人?你向她传达了我们的决定吗?

凯布莱忒夫人 我说了,夫君;可是她不肯,只是说
多谢你。我愿这傻丫头死了干净!

凯布莱忒 且慢!说得明白些,说得明白些。
怎么!她不要嫁人?她不对我们
感激吗?她不是在逞强违拗?小贱人,
她不知得福吗,我们这么费心机,
攀得这样一位可贵的士子
做他的新郎?

琚丽晔 对你们,我不是逞强
违拗,而只是感激:对我所厌恶的,
决计说不上什么逞强违拗;
我虽不喜欢,但你们为我操了心,
我很感激,这也就是敬爱。

凯布莱忒 怎么,怎么,这强辩!这是什么话?
"逞强违拗","感激你们","不感激

你们"，"不逞强违拗"：宝贝姑娘，
你啊，不用你感激，也不许你违拗，
礼拜四之前修饰好你全身的关节，
去跟巴列斯同到圣彼得教堂，
否则我把你装进了囚笼送去。
滚开，生你萎黄病的烂肉！滚开，
坏货！黄脸、丫头！

凯布莱忒夫人　哎呀，不像话！
你疯了不成？

琚　丽　晔　好爸爸，我跪着求您，
请耐心听我只讲一句话。

凯 布 莱 忒　你去死，
坏货！忤逆的东西！关照你，礼拜四
你得往教堂里头去，否则，以后
永远别见我的面，别说话，别回话；
我的手指痒着呢。——贤内，我们
时常怨自已福份薄，只生下这独女；
可是我如今方知道这一个已太多，
我们有了她对我们就是个诅咒：
滚她的蛋，小贱人！

乳　　母　上帝在天上
祝福她！——您不好，老爷，这样责骂她。

凯 布 莱 忒　为什么不该责骂她，聪明的老太？
不用你多嘴，智虑明达的大娘；
你去跟你那些多嘴婆娘们噜苏吧。

乳　　母　我没有冒犯您啊。

凯 布 莱 忒　去你的，该死！

乳　　母　话都不能让人讲吗？

凯 布 莱 忒　住口，
你这咕哝的蠢家伙！跟你那些
闲聊的婆娘们高谈阔论去吧；
我们这里用不到。

凯布莱忒夫人　你火性太旺了。

凯布莱忒　凭圣餐面包发誓！真叫我发疯：
白天，黑夜，每时每刻，不论是
忙着，空着，一个人，或跟人在一起，
我总思虑着要替她找个好夫婿，
如今找到了一个贵人家士子，
有庄园田产，又年轻，受过好教养，
正如人家所说的，十二分人才，
好到没得话讲了；却偏偏碰到
这个恶劣的哭哭啼啼的傻丫头，
这哀鸣的木偶，放着上门来的福份
不要，说什么"我不要结婚；我不能
恋爱，还太年轻！我请您原谅我"。
但是，你若不愿意嫁人，我可以
原谅你，尽你到哪儿去吃草，可不许
在我这屋里居住：你打量、思想个
明白，我说话素来不开甚玩笑。
礼拜四就在眼前；要周详考虑：
你若是我女儿，我将你配给我朋友；
你若不是我女儿，去上吊，做花子，
挨饿，在街头死掉，都随你的便。
因为，凭我的灵魂，我决不承认你
作我的女儿，我所有的东西也决不
会对你有什么好处：相信我这话，
仔细去考虑；发过誓，我决不反悔。　［下。

琚丽晔　云端里没有圣灵怀着慈悲吗，
他不见我心头深处这层哀愁？
啊，我亲爱的母亲，莫将我抛弃！
延迟这亲事哪怕一个月，一星期，
否则若是您不能，在铁鲍尔忒
长眠的幽暗坟墓里，铺我的新床。

凯布莱忒夫人　别对我说话，我没有什么话好说，随你怎么办，我对你已撒手不管。 [下。

琚 丽 晔 上帝啊！——奶妈啊，这事怎样去避免？
我丈夫还在这人间，我的信誓
已经送上天，这信誓怎么能回到
地上来，除非我丈夫离开了人间，
到天上去将它送回来？安慰我，替我
出主意。嗳呀，嗳呀，上天竟然会
捉弄像我这样个柔弱的可怜人！——
你怎么说法？你难道没有一句
使我乐意、安慰我的话，奶妈？

乳 母 当真，这样吧。萝密欧已经被流放；
整个天下世界都不顶事，他决不
敢回来向你理论，要求守信誓；
如果他能回，只能偷偷地溜回来。
那么，事情既然已到了这地步，
我想你最好还是跟这伯爵成了婚。
他是位可爱的士子啊！
萝密欧比起他来只是块抹布：
一只鹰，姑娘，也没巴列斯这样
一双碧澄澄、又英锐、又美好的眼睛。
诅咒我这颗良心吧，我想你这回
第二遭匹配比初次更加快乐，
因为它胜过了头一遭；或者，若是不，
那头遭已经死；或者，跟死一个样，
虽活在这世上，但你不能享用他。

琚 丽 晔 你这是从心里讲出来的吗？

乳 母 怎么不？
还是我灵魂里的话；否则，我的心
和灵魂都得受诅咒。

琚 丽 晔 阿门！

乳 母 什么？

琚 丽 晔 很好，你已经给了我很大的安慰。

里边去；告诉我母亲，我已经出去，
因为得罪了父亲，我到劳伦斯
神父庵房里去忏悔，请求赎罪。

乳　　母　凭玛丽，我就去；你这样行事聪明。　［下。

琚　丽　晔　阿鼻地狱！啊，万恶的毒魔精！
这两桩罪孽哪一桩更毒辣，是叫我
毁誓背信欺罔他，还是鼓那条
长舌先将他赞美得上千遍无比好，
又将他糟蹋得这样坏？去吧，恶顾问，
从此你跟我的心各走各的道。
我要到神父那里去向他求教：
若一切都不成，我最后还有一死。　［下。

第三幕　注释

① 辉兀升(Phæthon)：太阳神之子。

第　四　幕

第　一　景

［托钵僧劳伦斯的庵房。］
［劳伦斯神父与巴列斯上。

劳伦斯神父　就在礼拜四，伯爵？时间很迫近。

巴　列　斯　我岳父凯布莱忒说是要这样；
我也就不想去延缓他的急迫。

劳伦斯神父　您说您还不知道那姑娘的情意，
事情进展得不平稳，我不爱那样。

巴　列　斯　为铁鲍尔忒的死她伤心过度，
所以我不便多向她谈情说爱；
因为维纳斯在一个哭泣的家中
不会露笑容。神父，她父亲觉得
她这样悲伤过度有点儿不安全，
所以考虑得周详，提早了这婚事，
去抑止她那股如此泛滥的泪流；
那悲感，独白一人时萦系她心怀，
有了伴侣，她也许能排遣而放开；
现在您可明白了这匆忙的因由。

劳伦斯神父　［旁白］我但愿不知为何应延缓的因由。
您瞧，伯爵，姑娘正来到这庵房。

［琚丽晔上。

巴　列　斯　可喜恰巧能相逢，淑女和贤妻！
琚　丽　晔　伯爵，也许我嫁后，才好用这称呼。
巴　列　斯　到了礼拜四，小妹，那也许，一定会。
琚　丽　晔　一定会，将会有。
劳伦斯神父　　　　　　　那是段肯定的经文。
巴　列　斯　您可是来对神父进行忏悔吗？
琚　丽　晔　回答您这话，我须得对您承认。
巴　列　斯　请莫对他否认，您是爱我的。
琚　丽　晔　我会对您承认，我是爱他的。
巴　列　斯　我相信，您也会对我承认，您爱我。
琚　丽　晔　假使我承认，在您背后说爱您，
　　　　　　比当着您的面承认会更有价值。
巴　列　斯　可怜的人儿，眼泪损伤了你的美。
琚　丽　晔　眼泪并没有得到多大的胜利；
　　　　　　因为在损伤前，我这容貌并不美。
巴　列　斯　你这样说法比眼泪更委屈了它。
琚　丽　晔　这不是毁谤，伯爵，这是实在话；
　　　　　　我如今说来，是当我自己的面说的。
巴　列　斯　你这脸是我的，你是毁谤了它了。
琚　丽　晔　也许是这样，因为它不是我自己的。
　　　　　　您此刻有空吗，神父；还是让我
　　　　　　晚上做弥撒的时分再来一次？
劳伦斯神父　我还是现在有空，含愁的教女。——
　　　　　　伯爵，请原谅，我们有事要商谈。
巴　列　斯　上帝不让我来打扰你奉献虔诚！——
　　　　　　琚丽晔，礼拜四清早我要来闹醒你；
　　　　　　到那时，再见，请保留这神圣的一吻。　　　　［下。
琚　丽　晔　嗳呀，把门关上了，你关好之后，
　　　　　　请来陪我哭；没希望，没解救，没生路！
劳伦斯神父　啊，琚丽晔，我已经知道你的愁苦；
　　　　　　我智穷力竭，想不出一个筹谋；
　　　　　　听说礼拜四你定得跟伯爵成婚，

没有任何事能把这婚礼推迟。

琚 丽 晔 神父,不用对我讲您听说这件事,
除非您能告诉我怎样去防避它;
若是你的智虑不能对我有帮助,
你只得承认我这决心才明智,
用这把刀子我立刻解决这一切。
上帝结合了我跟萝密欧的心,
你替我们成了婚;在我这只手,
你将它结合萝密欧的手,背弃他
之前,或者我一秉的真心背信
弃义另有所爱之前,这利刃把它们
都斩绝;所以,请从你丰富的经历里,
提示我一些教益,否则,请瞧吧,
在我和我的苦难之间,这一柄
嗜血的快刀将会做我的裁判人,
为我解决你悠久的经历和才能
所无法替我去找到的一个光荣
解决的结局。不要迟迟不说话;
你说的如果无济于对我作挽救,
那我只有去一死。

劳伦斯神父 且慢,教女:
我探索到了一种希望,但必须
要求用拼死的手法去干,它和
我们要防止的恶果同样地险恶。
倘若,你与其去同巴列斯伯爵
成婚,而宁愿下决心将自己杀死,
那么,你倒有可能采取那类似
死亡的行径去赶走那层羞耻。
为逃避那耻辱,须得同死亡对敌;
假使你敢做,我能给你那解救。

琚 丽 晔 啊,只要不嫁给巴列斯,你可以
叫我从那座高塔雉堞上跳下来;

叫我从盗贼横行的公路上行走；
叫我在虺蝮丛集的处所去潜伏；
叫我同咆哮的怒熊锁在一起；
或者在夜间把我关闭在殓尸所，
那里堆满了戛戛声响的死人
骸骨，有发出难闻恶臭的胫骨
和萎黄的烂掉下颚的累累骷髅；
或者要我到一座新坟里边去，
跟一具死尸共同用一条殓衾；
这种种只听说讲起便使我发抖；
可是我毫不恐惧或迟疑会做到，
只要能做我亲人的淑配和贤妻。

劳伦斯神父 那么，忍耐住；回家去，显得满高兴，
答允嫁给巴列斯；明天是礼拜三：
明晚上你得独自一个人上床去，
别让你奶妈在你房里一起睡；
你在床上取出这药瓶，将这瓶
药液一口往下吞；顿时你全身
血脉被一股昏沉的寒气所侵袭，
随即脉搏便会停止跳动；
再无体温和呼吸能证明你活着；
你嘴唇和脸上的红润都将消退
变灰白，你眼睑紧闭好像已死亡，
寂灭便已经闭上了生命的白昼；
你周身各处，失去了柔软的机能，
将显得死一般僵硬又寒冷；你在这
假借的瑟缩死亡的貌似之中，
将继续留存四十又二个钟点，
然后像从愉快的睡眠里醒回来。
故而当新郎在早晨到你的床头
来将你唤醒时，你已经显得身亡；
那时，将按照我们宗邦的风俗，

替你穿上了华装，安放在尸架上，
你将被送往历来的凯布莱忒
世代都安葬的地下坟墓里头去。
同时，我预备在你苏醒回来前，
去信给萝密欧告知我们的行事。
他便会赶到这里来：他和我两人
将守着你醒来，就在那天的夜间，
萝密欧将同你离此前往孟都亚。
这么办将救你逃脱如今这耻辱，
假使你不优柔寡断，不胆怯寒心，
进行这行止时不稍减你的勇气。

琚丽晔 给我，给我！啊，别对我说害怕！

劳伦斯神父 要忍耐；去吧，我愿你立志坚强，
前途无量。我会差一个师弟
赶快去孟都亚，替我捎信给你郎君。

琚丽晔 让爱情给我力量！力量一定会
给我生路。再会了，亲爱的神父！ ［同下。

第　二　景

［凯布莱忒家堂上。］

［凯布莱忒、凯布莱忒夫人、乳母与二仆人上。

凯布莱忒 要邀请这单上写的这许多宾客。——［仆甲下。
来人，给我去雇上二十个大师傅。

仆　乙 老爷，您可以放心，小的要挑上能舔手指头的来侍候。

凯布莱忒 你怎么知道他们有能耐？

仆　乙 凭玛丽，老爷，不会舔自己手指头的，准是个不行的厨子，所以，这样的厨子我就不用他。

凯布莱忒 行，去吧。—— ［仆乙下。
我们这下子可能难以准备得
周全。什么，我女儿是往劳伦斯

神父那里去了吗？

乳　　母　　　　　　　哦，正是。

凯布莱忒　好的，他也许可以把她规劝好，
真是一个乖张使性的浪蹄子。

［琚丽晔上。

乳　　母　瞧她忏悔了回家来，挺是高兴。

凯布莱忒　怎么了，倔强姑娘！你浪荡到哪里？

琚 丽 晔　我到了那里，懂得我对您老人家
和您的训谕不该作出那忤逆
反抗的罪孽表示，当下便作了
忏悔，劳伦斯神父随即嘱咐我
跪在您跟前请求宽恕：我请您
对我宽恕！从此后我总是听从您。

凯布莱忒　去请伯爵来；告诉他这件事情：
我要把这婚事改在明天早上缔结。

琚 丽 晔　我在劳伦斯庵房里遇到了伯爵；
我对他表示了我的适当的眷爱，
不超越彬彬贞淑、有礼的规范。

凯布莱忒　唔，我很高兴；这便好，站起来：
这样才合式。——让我见一下伯爵；
是的，凭玛丽，去人，我说，请他来。
在上帝跟前，这位可敬的神父，
我们整个城邦都对他很感激。

琚 丽 晔　奶妈，可同我一起到我房里去，
帮我挑选那些用得到的彩饰，
您觉得明天能对我好派用处？

凯布莱忒夫人　别急，要到礼拜四才用；还早呢。

凯布莱忒　奶妈，同她去：——我们明天上教堂。

［琚丽晔与奶妈下。

凯布莱忒夫人　我们的应用食品将供应不上，
此刻已经傍晚了。

凯布莱忒　　　　　　　得了，我来干，

一切都办好，我向你保证，老伴：
你去找琚丽晔，帮她打扮起来；
我今夜不歇了；让我来独自打点；
我来当这一回管家婆。——什么，喂呀！——
他们都出去了。好吧，我就亲自
去看巴列斯伯爵，要他准备好
明早上来迎亲：我心情无比轻快，
因为这任性的女儿经开导归了正。 [同下。

第 三 景

[琚丽晔的卧室。]
[琚丽晔与乳母上。

琚 丽 晔 嗳，那几件衣衫最最好。可是，
好奶妈，请你今晚上离开我不要
陪伴我，我要作多次虔诚的祈祷，
请求上天对我的身世赐恩福，
宽恕我过去的罪孽，像你所知道的。
[凯布莱忒夫人上。

凯布莱忒夫人 怎么，你正在忙着吗，可要我帮你？

琚 丽 晔 不用，母亲；我们已经拣好了
明天对我用得到的一切东西；
所以请您由我一个人在这里，
让奶妈今晚上陪着您帮同料理。
因为我确知这回事情太急促，
您手头可真是忙不过来。

凯布莱忒夫人 晚安；
你早点睡吧，因你该早一点休息。
[凯布莱忒夫人与乳母下。

琚 丽 晔 再会！——上帝才知道，我们甚时候
能再见。我血脉里头有一阵寒颤，
差一点冻结了我这条生命的温暖；

我来要她们回到这里来安慰我：
奶妈！——要她回到这里来干什么？
这惨怛的情景我得独白来搬演。
来吧，药瓶。——
若是这药液不发生效力怎么办？
那么，我明天早晨便得结婚吗？
不会，不会，——这刀子会阻止那件事。——
你搁在那里吧。—— ［放下匕首。］
假使这真是毒药，
神父阴险地使我吃了死，好使
他自己不致被这桩婚事所牵累，
因是他将我嫁给了萝密欧，那又
怎么办？我怕这果真是毒药；可是，
我认为，我又不该这么想，因为
眼见得他显然还是个圣洁的人。
但若是将我放进了坟墓，假使
萝密欧来把我拯救出来前，我先已
醒来，又将怎么办？那就真可怕了！
那时节，我不致在圹穴里边闷死吗，
外面新鲜的空气进不到里边，
我的萝密欧到来前我岂不要闷死？
或许，假使我不死，那岂不多半
很可能，死亡和黑夜中骇人的狂想，
加上那地方的恐怖，——在那墓窟里，
一所古老的尸窖，这几百年来，
塞满了我家埋葬了的祖宗骸骨：
那里，血粕模糊的铁鲍尔忒，
只新近才埋葬，在包扎的尸衾里溃烂；
那里，人家说，深夜时分鬼出现；——
嗳呀，苦哟，会不会我醒来太早了，
满是恶臭难闻的气味，还有那
像狼毒从土里拔出来时的嗥叫，

活的人一听到便会发疯;或者,
我若是醒来早,耳朵听到了岂不要
癫狂。四周围绕着这些恐怖?
跟我家祖先的骨殖玩儿打交道?
把剁烂的铁鲍尔忒的尸体从他
包扎尸首的殓衾里拉出来? 在这阵
癫狂里,我岂不会把个先人的骨干
像一根棒柱,把自己的脑浆砸出来?
啊,瞧吧! 我好像见表兄的鬼魂
抓住了萝密欧,因为他用剑刺穿了
他的胸膛;住手,铁鲍尔忒,
住手! 萝密欧,我来了! 我为你吃这药。
[倒在帷幕内床上。]

第 四 景

[凯布莱忒家堂上。]
[凯布莱忒夫人与乳母上。

凯布莱忒夫人 奶妈,把这串钥匙接住,再取点
香料来。

乳 母 糕饼厨房里要枣子和榅桲。

[凯布莱忒上。

凯布莱忒 来啊,加劲,加劲,加劲! 第二遍
鸡啼了,打更钟敲响了,已经三点钟:
好盎吉丽格,看看烤肉怎样了:
莫在钱上面俭省。

乳 母 去吧,您这位
男太太,去睡吧;当真,一夜不睡觉,
您明天可要病倒了。

凯布莱忒 一点也不会:
怎么! 以前为了不要紧的事儿,
我也一夜不睡觉,从没病倒过。

凯布莱忒夫人 不错，你从前是只夜猫子，惯常去
偷情；可是我现在不让你去浪荡。

[凯布莱忒夫人与乳母下。

凯布莱忒 一只醋罐子，一只醋罐子！——

[三、四个仆人持炙叉、木柴及篮子上。

喂呀，
伙计，拿着些什么东西？

仆甲 老爷
是拿给厨子的，我可不知道是什么。

凯布莱忒 赶快，赶快，[仆甲下]拿些干柴火，喂呀；
叫彼得，他会告诉你放在哪里。

仆乙 老爷，我晓得哪里放得有干柴火，
不用为这样一件事去麻烦彼得。 [下。

凯布莱忒 凭弥撒，说得对；吓，这油嘴的小杂种！
你还是个蠢东西。——当真，天亮了：
伯爵马上要带着乐工来迎亲，
他说要亲自来迎。[内乐声]
听见他走近了。——
奶妈！——老伴嗳！——喂呀！奶妈，我说啊！

[乳母重上。

去叫醒琚丽晔，去把她穿戴起来；
我去跟巴列斯说话，——赶快，抓紧点，
抓紧点；新郎已经来到了，赶快。
抓紧点，我说。 [退下。

第五景

[琚丽晔的卧室；琚丽晔在床上。]

[乳母上。

乳母 小姐！喂啊，小姐！琚丽晔！熟睡着，
我说她，喂呀，小羊儿！喂呀，姑娘！
嗨，你这懒丫头！喂呀，亲亲，

我说！小娘儿！心肝！新娘呀！什么，
一声也不响？随你要怎样便怎样；
睡一个礼拜去；到明天晚上；我保证，
巴列斯伯爵可不让你这么安睡了，
你可不能再这么安睡了，——主恕我，
凭玛丽，阿门，她睡得多么熟啊！
我定得叫醒她。——姑娘，姑娘，姑娘！
是啊，让伯爵自己来看你，在床上
把你惊醒起，当真。你说是不是？
怎么，穿好了衣服！穿上了又睡下！
我得叫醒你！姑娘！姑娘！姑娘！
哎呀，哎呀！救命！救命！姑娘
是死了！嗳呀，啊呀，要我的老命！
要一点烧酒来，嗨！老爷！太太！

［凯布莱忒夫人上。

凯布莱忒夫人 闹些什么？

乳　母 啊呀，真好伤心啊！

凯布莱忒夫人 什么事？

乳　母 瞧啊，瞧啊！要我的老命！

凯布莱忒夫人 嗳呀，嗳呀！我的孩儿啊，可怜我
只有这条命，醒过来，睁开眼，否则
我要跟你一起死。救命啊，救命！

［凯布莱忒上。

凯布莱忒 别丢人，快扶琚丽晔出来；她新郎
到来了。

乳　母 她死了，归天了；苦啊，这日子！

凯布莱忒夫人 天啊，她已经死了，她死了，她死了！

凯布莱忒 嘿！让我来瞧她。完了，嗳呀！
身上冰冷了；她脉息已停，关节
都硬了；嘴唇上没有了生意已很久。
死亡降到她身上像一阵早霜
打在这地上最娇艳的鲜嫩花朵上。

乳　　母　嗳呀,好叫人伤心啊!

凯布莱忒夫人　　　　　　　　　　啊呀,多悲惨!

凯布莱忒　死亡夺走她,本该使得我号哭,
结住了我舌头,我不能说话。

［劳伦斯神父与巴列斯及乐工等上。

劳伦斯神父　来啊,新娘可已预备好上教堂?

凯布莱忒　预备好上教堂,可是永不会再回来。
啊,贤婿!在你将结婚的隔夜里,
死亡跟你的妻子同眠了。你看,
她躺在那里,本来是朵花,给死亡
摧残掉。死亡如今是我的新婿
和后嗣:它娶了我的女儿,我现在
要死,将我的一切遗给它;生命,
财物,一切都归了死亡。

巴列斯　　　　　　　　　　我难道
极盼要见的这早晨的欢颜,而竟
给我看这样的情景?

凯布莱忒夫人　　　　　　　　　被诅咒、悲惨
而凄怆、可恨的日子!时间在它那
漫长的进程中所能遇见的最惨酷的
时辰!只一个,可怜的一个,一个
可怜、心爱的孩儿,我唯一的喜爱
与慰藉,现在竟被残酷的死亡
夺去了!

乳　　母　　　　　好苦啊!好苦、好苦、好苦的
日子啊!我这一辈子所曾、所曾
见到过,这是最最、最最悲伤、
最苦痛的日子!日子啊!日子啊!日子啊!
可恨的日子!从来没见过这样
漆黑的日子:嗳呀,痛死人的日子,
痛死人的日子!

巴列斯　被欺骗,拆散,伤害,打击,杀死!

最可恶的死亡，我被你所欺罔，被你，
残酷、残酷的你所完全摔倒！
爱妻啊！你的命！没有命，活活给杀死！

凯布莱忒　被鄙蔑，困顿，仇恨，逼害，杀死！
乖逆的恶时辰，如今你为了什么
来破坏、毁灭我们这庄严的盛礼？
儿啊！儿啊！是我的灵魂，不是我
孩儿！你死了！嗳呀！我孩儿已经死；
我一生的欢乐跟孩儿一同被葬送！

劳伦斯神父　静下来，喂呀，太丢人！逶咆和喧闹
救不了喧闹和逶咆。上天和你们
各有这个好姑娘一部分；如今
她归了上天所独有，这对她来说
却很好：你们的那部分不能叫它
免于死，但上天保存了全部使永生。
你们所祈求最高的是她的高升；
因你们希冀她能上升到天堂；
如今你们见她升迁上清霄，一直
登上了昊天，为何却哀哀哭泣？
啊，你们对这孩儿爱得太糟糕，
眼见她飞升倒反悲伤得发了疯；
婚姻长久，并不一定美满；
结婚而早死倒可能是良缘。
揩干你们的眼泪，且把迷迭香
散在她秀美的尸身上；然后按习俗，
让她穿上最好的衣衫，扛抬
进教堂：因为虽然痴愚的天性
使我们都伤心，但天性的眼泪
却被理智所嘲笑。

凯布莱忒　　　　　　我们准备好
的一切本来为祝贺嘉庆，如今都
改变成为这悲惨的葬礼所用；

我们的管弦变成了忧郁的丧钟，
贺喜的欢宴变作悽怆的殡餇，
庄严的婚歌变作低沉的挽曲，
新娘的花束要放在尸身上作吊献，
一切都变得跟它的本来正相反。

劳伦斯神父　先生，请进里边去；——夫人，也请进；——
巴列斯伯爵，您也去；——大家都准备
送这具美丽的尸身去进墓穴；
上天对你们的罪孽已经发怒，
不要再违犯神心，招更大的灾祸。

［凯布莱忒、凯布莱忒夫人、巴列斯与神父下。

乐工甲　当真，我们好收起箫管走吧。

乳母　各位好兄弟，啊，收起吧，收起吧；
要知道，这真是一场悲惨的灾祸。

乐工甲　嗳呀，当真，但愿这祸事能挽回。

［彼得上。

彼得　乐工弟兄们，啊，弟兄们，奏起“心中的欢乐，心中的欢乐”，啊，要是你们想叫我活下去，请奏一曲“心中的欢乐”吧。

乐工甲　为什么要奏“心中的欢乐”？

彼得　啊，乐工弟兄们，因为我的心兀自在那里唱着“我心中很悲苦”；啊，替我奏一支快乐的调儿，安慰我一下。

乐工甲　我们不奏什么调儿；现在不是奏乐的时候。

彼得　那么，你们不奏吗？

乐工甲　不奏。

彼得　那么，我要好好给你们——

乐工甲　你要给我们什么？

彼得　不是钱，当真，是一顿骂；我骂你们是，一伙卖唱的。

乐工甲　那我可就骂你是个奴才。

彼得　那我就把奴才的腰刀压在你们脑袋上。我不会含糊，不用 re 音，便用 fa 音；你们听到吗？

乐 工 甲 你若奏什么 re 音 fa 音,你听着我们。

乐 工 乙 请你放下腰刀,且来斗智。

彼　　得 那么,给你们尝尝我这智！我要用铁智来干打你们,
且收起我这柄铁腰刀。有能耐的回答我这提问:

“悲哀扼紧心儿时,
苦痛的调儿绞肝肠,
音乐的银声慰哀思”——

为什么说“银声”? 为什么说“音乐的银声”?
——西门·开忒林,你怎么说?

乐 工 甲 凭玛丽,老兄,因为银子的声音好听。

彼　　得 漂亮！许·莱贝克,你怎么说?

乐 工 乙 我说“银声”,因为乐工们为银子奏乐。

彼　　得 也漂亮！——詹姆斯·桑特朴斯忒,你怎么说?

乐 工 丙 当真,我不知道说什么。

彼　　得 啊,请原谅;你只是个歌手;我来替你说吧。这是
“音乐的银声”,因为乐工们奏乐拿不到金子。

“音乐的银声慰哀思,
解开了郁结心头畅。” ［下。

乐 工 甲 好一个油嘴滑舌的坏家伙！

乐 工 乙 吃打的奴才,家伙！——来,我们且里边去;等
吊丧的回来,吃了饭走。 ［同下。

第五幕

第一景

［孟都亚。一街道。］

［萝密欧上。

萝密欧　若是能相信睡眠中可喜的景象，
我的梦便预示欢乐的消息将来临；
我觉得心君轻盈地坐在它宝座上；
这整整一天有个不常见的神灵
用欣喜的神思从地上提举我起来。
我梦见我的新娘来，见到我已死——
奇怪的梦儿，竟有人死了能思想！——
用许多亲吻把生命吹进我嘴唇，
我当即清醒，并成为一位君王。
了不起！爱情本身是多么甜蜜，
仅仅它的影子已这样富于欢乐。

［鲍尔萨什上。

来自樊洛那的消息！——鲍尔萨什，
怎么说？你从神父处带信来吗？
我妻子怎么样？我的父亲好吗？
我的琚丽晔怎样啊？我再问一声；
因为若是她很好，就什么都好了。

鲍尔萨什　那么，她很好，也就什么都很好；

她身体长眠在凯布莱忒坟墓里，
她那不灭的灵魂和天使们在一起。
我见她偃卧在她亲属的墓穴里，
所以马上骑驿马来向您捎信：
啊，原谅我带给您这个坏消息，
只因您原来吩咐我这样办，少君。

萝 密 欧 就是这样吗？那么，诅咒你们，
恶星宿！你知道我住在哪里；替我
买下点纸笔，雇上两匹驿马，
我今夜要离开这里。

鲍尔萨什 少君，请您
耐心些：您神色苍白慌乱，像是有
什么不幸要到来。

萝 密 欧 咄咄，你错了，
去吧，就去做我关照你的事。
可没带给我神父交给你的信吗？

鲍尔萨什 没有，好少君。

萝 密 欧 不要紧：你去吧，雇好了
马匹；我就会来找你。 [鲍尔萨什下。
好的，琚丽晔，
今晚上我要在你身旁歇。我来想办法：
啊，祸患，你钻进一个绝望人
心里去多么飞快！我这下想起了
一个卖药人，——他就在这附近居住，——
前些时我见他穿着破烂，皱着眉，
在拣草药；他相貌十分消瘦，
穷苦把他煎熬得形销骨立，
在他那潦倒的铺子里挂一只乌龟，
一条剥制好的鳄鱼，还有其他
形状怪异的鱼皮；在他那架子上，
七零八落散搁着几只空匣子，
绿色的瓦罐、尿水泡、发霉的种子，

残存的打包绳索和结块的陈年
玫瑰花干，疏朗朗摆在那里。
瞧见那穷惨的景象，我对自己说，
“假使有个人眼下需要有毒药
卖给他，但在孟都亚卖毒药要处死，
这里就有个鄙贱的家伙能出卖。”
啊，我怀着这想法正符合我需要；
这个穷极无聊的汉子会供应。
我记得，这该就是他的往处所在。
正逢到节日，这花子的铺门关着。
喂呀，卖药的朋友！

［卖药人上。

卖　药　人　谁在叫唤？

萝　密　欧　这里来，朋友。我知道你很潦倒；
接着，这里有四十枚特格：给我点
毒药，要药性快的，能迅速散播到
全身血脉里，使那厌世的服毒人
能立刻快速死掉，呼吸全停止，
好像炮膛里射出火药来，致命得
同样猛烈和飞快。

卖　药　人　这样的毒药
我倒备得有；只是孟都亚的法律
严禁卖药人出卖，否则要处死。

萝　密　欧　难道你这样穷惨极苦还怕死？
你脸上满都是菜色，穷困和苦难
在你眼睛里暴露出饥饿来，耻辱
和赤贫压在你背上；这世界对你
不友好，法律对你也无情；这世界
没制定一条法律能使你富有；
所以，莫穷苦，破坏它，收下这笔钱。

卖　药　人　我的穷困同意您，但违反我意愿。

萝　密　欧　我的钱给你的穷困，不给你的意愿。

卖 药 人 我这服药末放在任何饮料里
喝下去;即使有二十个人的体力,
它也会马上结果你。

萝 密 欧 这里是你的金特格,坑害人灵魂
比毒药还厉害,在这可恶的世上
杀的人比这不许你出卖的毒药
还要多。是我卖与了毒药给你,
你却没有卖毒药给我。再会了:
买些食品来,好叫你身上长点肉。
来吧,你是甘露酒,并不是毒药,
同我去到琚丽晔坟墓里头去;
因为在那里我得用到你去见她。 [同下。

第 二 景

[托钵僧劳伦斯的庵房。]

[托钵僧约翰上。

约 翰 神 父 法朗昔斯宗的神僧!大师兄!

[托钵僧劳伦斯上。

劳伦斯神父 这该是约翰师弟的声音。欢迎你
打从孟都亚回来:萝密欧怎么说?
要是他有话写明,把信交给我。

约 翰 神 父 正要去找一位赤脚的同宗师兄弟
去伴我成行,他恰在这城里看望
病人,我找到了他,不料给查街人
碰到,他们疑心我们俩曾同在
一家染上了瘟疫的人家待过,
当即把我们闭锁在户阈里不让
出门;故而我去到孟都亚被耽误。

劳伦斯神父 那么,谁把我的信捎给了萝密欧?

约 翰 神 父 我送不出去,——这里我带了回来,——
也不能找到个送信人送还给你,

他们对于传染病害怕到这田地。

劳伦斯神父　这真是不幸！凭我这教宗，这封信
非同等闲，送不出有重大的罣碍，
会造成祸患。约翰师弟，去替我
找一根铁棍，就带进这庵房里来。

约翰神父　师兄，我就去找来交与你使用。　［下。

劳伦斯神父　此刻我就得独白到坟墓里去了；
在这三个钟点里琚丽晔会醒来；
她一定会为了萝密欧不知这种种
经过，而怪我未曾去让他知道；
但我一定要再写信去到孟都亚，
留她在我庵房里，等萝密欧到来。
可怜的活尸身，关闭在死人坟墓里！　［下。

第　三　景

［凯布莱忒家坟墓所在的墓园。］

［巴列斯上，后随一僮儿执火炬与花束。

巴列斯　孩子，把你那火把给我；你走开，
站到远处去：——把火把弄熄，我不要
给人能瞧见。在那排紫杉树下边
你躺倒下来，将耳朵贴着空地上；
若是有脚步踩在这墓园里边，
这里到处挖墓，土质松动，
你马上可以听见，就唿哨一声，
作为你听见有人前来的信号。
把花束给我。照我的吩咐去做，
去吧。

僮儿　［旁白］我简直害怕独白站立在
这墓园里头；可是且冒险试试。　［退后。

巴列斯　我用鲜花来撒布你的新床。
惨啊！尘土和石块作华盖，

我每夜用甘泉来对你淋洒，
没有它，便用眼泪和呜咽，
我对你所要做的哀悼礼节，
是每夜来对你散花和哀泣。

[僮儿唿哨。]

这孩子发出信号来，说有人来了。
哪一个该诅咒的歹人今夜到此来，
打扰我对我恋人的葬礼和哀悼？
什么，还打着火把！——隐蔽我，暗夜。[后退。

[萝密欧与鲍尔萨什持火炬与锄锹等上。

萝　密　欧　给我那把鹤嘴锄和那柄旋钳。
且慢，接下了这封信；明天一早起
递给我父亲收下。将火把给我。
我凭这条命，关照你不论听到
或见到什么东西，别多管闲事，
我做什么事都不要来从中打扰。
我为什么要下到这死亡的窖里，
一部分因由是要看我妻的遗容；
但主要是从她手指上取下一枚
珍宝的指环，卸下来作别的用途：
所以，走开去，到旁处，你若是好奇，
走回头想来偷看我要做什么事，
我对天发誓，我将把你的手脚
四肢撕裂了节骨一块块丢得
满个空墓园都是；这时节，告诉你，
我这心情狂暴得骇人，比饿虎
或咆哮的大海还要威猛、不听劝。

鲍尔萨什　少君，我走开便了，不来打扰您。

萝　密　欧　这才显得你对我友好。接了这；
祝福你前途幸运：再会吧，好人儿。

鲍尔萨什　[旁白]不管他这么说，我在近旁且躲着，
他这副相貌我怕，他要干什么

我怀疑。 ［退避。］

萝 密 欧 你这可恶的血盆大口，孕育着
死亡，吞噬了人间最可爱的人，
我要擘开你无比臭烂的馎吻， ［掘开墓门。］
塞你个畅饱！

巴 列 斯 这就是那个被流放的芒太驹豪强，
正是他杀害了我恋人的表兄，听说
因悲伤过度，美人儿便一命身亡；
他如今乃是闯进来亵渎和毁损
这些个尸体；待我来将他擒拿。 ［上前。］
卑鄙的芒太驹，停止你那亵渎的勾当！
难道人死了，你追求报复还不休？
已给判了刑的恶汉，我来抓住你；
服从我，跟我一起去，你一定得死。

萝 密 欧 我果真得死；所以我来到这里。
系出名门的好青年，别激怒一个
亡命之徒；快逃走，离了我别处去；
想想这些死了的，你也该被吓走。
年轻人，请你莫使我再犯上一次
罪辜，激得我发暴怒：啊，快避开！
我对天发誓，我爱你过于爱自己，
因为我武装着来到这里只是为
与自己作对：不要待下来，走开，
去活着，以后你就能对人说，有个
疯子对你舍慈悲，叫你逃避开。

巴 列 斯 我鄙视你这些胡说八道，要把你
作为是个恶汉而加以逮捕。

萝 密 欧 你硬要向我挑衅吗？吃我这一剑！ ［两人斗剑。］

僮 儿 嗳呀，主啊，他们格斗了！我去叫守卫的巡丁。
［下。

巴 列 斯 啊唉，我被杀死了！［倒地。］你若是仁慈，
打开了坟墓，放我在琚丽眸一起。 ［死去。］

萝　密　欧　当真，我照办。——我来瞧瞧他的脸：
茂科休的亲属，贵胄巴列斯伯爵！
我的那亲随，骑着马跟我同来时，
说了些什么话？我当时心烦意乱，
没有听清楚。我仿佛听他告诉我，
巴列斯许该娶琚丽晔为妻，他不是
这样说的吗？还是我魂梦迷离里
这么想，或者听他说起琚丽晔，
我疯了，胡乱想有那样的事情？——
啊，把手伸给我，你和我都有
名字在恶运那本书里！我要把你
埋葬在一个宏伟的坟墓里头；——
一个坟墓？嗳呀，不是！是一座
小穹隆，被杀死的青年，因为琚丽晔
睡在这里头，她的艳色使这座
大穹隆变成个光华灿烂的奇观
所在。尸身，躺着吧，另一个死人
把你在这里下葬。——［将巴列斯拽入墓中。］
人们临死时
往往会心中欢乐！他们的守护人
把这个叫作临死前的回光返照，
啊，我怎么能叫这是我的一阵
回光返照？嗳呀，我的爱！我的妻！
死亡，它已经吸掉你呼息的蜜，
可对你的美貌一点都无能为力：
你没有被征服，美丽的芳帜还在你
口唇上、面颊间显示它们的殷红，
而死亡的白旗并未在那里张展。
铁鲍尔忒，你穿着你那件满是
血污的尸衾躺着吗？啊，我除了
就用那把你的青春一刀两段
葬送的这只手，也去葬送你的仇人外，

还能做些什么来向你表好感？
原谅我，兄弟！啊，亲爱的琚丽晔，
为什么你还这般美丽？我是否
要相信，虚无的死亡对你生情恋，
那枯骨髅髅、骇人的魔怪把你
隐秘在这里阴暗中，做他的情妇？
为怕有那样的事，我永远跟你
在一起，永不离开这暗夜的宫殿；
我要在这里守着你，跟你的婢女们、
蛆虫在一起；啊，我要在这里
得到永久的安息，把凶险的星辰
加在我这厌倦了人世的身上的重轭
抖掉。眼睛啊，瞧你们最后的一顾！
手臂啊，作你们最后的拥抱！嘴唇啊，
呼吸的门户，用一个正当的亲吻，
跟囊括一切的死亡订立一个
永恒的契约！来啊，苦痛的向导，
来啊，可憎的引导人！绝望的舵工，
把你那历尽风涛的、疲困的小舟，
冲上这巉岩乱石吧！我对我的爱，
干上这一杯！［饮药。］啊，诚信的卖药人！
你的药真灵。来这一个吻，我死。　　［死去。］

［托钵僧劳伦斯自墓园另一方上，持提灯与锄、锹。］

劳伦斯神父　圣芳济保佑我！我这双老脚今晚上
在坟窠里头颠踬了多少次！——那是谁？

鲍尔萨什　这里是您的一个朋友，跟您很相熟。

劳伦斯神父　祝福你！告诉我，好朋友，那边是什么
火把，空照着蛆虫和没眼睛的骷髅？
据我看来，乃是在凯布莱忒家坟墓里
照亮着。

鲍尔萨什　　　　正是，神父；我主人在那里，
您是爱他的。

劳伦斯神父　　他是谁？
鲍尔萨什　　萝密欧。
劳伦斯神父　　他在
那里多久了？
鲍尔萨什　　整整半点钟。
劳伦斯神父　　同我
一起到墓里去。
鲍尔萨什　　我不敢，神父。我主人
不知道我还没有离开这里呢；
他威吓，说我若待着瞧他的行止，
他要把我杀死。
劳伦斯神父　　那么，你待着；
我一个人去。——恐惧照临到我心里；
嗳呀，我生怕有什么不幸的祸事。
鲍尔萨什　当我睡在这紫杉树下面时，我梦见
我主人跟人家格斗，我主人杀了他。
劳伦斯神父　萝密欧！［上前。］嗳呀，嗳呀，这是什么血，
染上了这座坟墓的石门上边来？
这两柄无主的血淋淋佩剑，为何
染满着血污掉在这安静的所在？［入墓中。］
萝密欧！啊，这么样惨白！——还有谁？
什么，还有巴列斯？浸在血泊中？
啊，多么惨酷的时辰，酿成了
这样可悲的意外！——那姑娘在动了。
［琚丽晔醒来。］
琚丽晔　啊，多么安慰人心的神父啊！
我夫君在哪里？——我很记得起我该在
那里，我正在那里——我的萝密欧
在哪里？　［内有声。］
劳伦斯神父　　我听到里边有声音。——姑娘，
快从这死亡、毒气和昏睡的窠巢里
逃生出去吧：我们所不能抗拒的

一股力量摧折了我们的意图。
来啊，去来，你丈夫在你的怀中
死去；巴列斯也死了。来吧，我来
安排你出家去做尼姑；别待着追问我，
巡丁要来了；去来，好琚丽晔。［内又作声］
我不敢
再待下去了。

琚丽晔　去吧，你离开这里，我可不要走。——
这是什么？是一只杯子，捏在我
至情人手里？毒药，我看来，做了他
永恒的结束：——啊，刻啬人！喝光了，
不剩下一滴友好的余沥来帮我
跟你去？——我要吻你的嘴唇；也许
那上面还留得有点余毒，好给我
当作兴奋剂服下而死去。［吻他。］你嘴唇
还是暖和的。

巡丁甲　［在内。］孩子，领路；往哪走？

琚丽晔　是啊，有声音？那么，我就得赶快。——
嗳呀，可喜的腰刀！［将萝密欧的匕首抓起。］
这是你的刀鞘［自刺］；
待在那里，让我死。［倒在萝密欧身上，死去。］
［巡丁三人与巴列斯的僮儿上。

僮儿　就在这地方；那里，火把还亮着。

巡丁甲　地上都是血；搜索这墓园，去吧，
你们两个，见到什么人就抓。——［巡丁两人下。
可怜的景象！被杀死的伯爵躺着；
琚丽晔流着血，身上还温暖像刚死，
虽然她在这里死了已经有两天。——
去，向亲王禀报：——也向芒太驹、
凯布莱忒两家人通报：——余下的，
再搜搜：——［其他巡丁下。
我们看到了这些惨事

发生在这地方;可是这许多惨事
发生的真正因由,我们不知道
情况,也无法明了。

［巡丁数人与鲍尔萨什重上。

巡丁乙 这是萝密欧的亲随;我们在墓园里
找到他。

巡丁甲 把他拘留着,等亲王到来。

［托钵僧劳伦斯与若干巡丁重上。

巡丁丙 这里有一个僧人,在发抖、叹息
和哭泣;当他在墓园里这边来时,
我们从他手上拿到这鹤嘴锄
和旋钳。

巡丁甲 有重大的嫌疑,把僧人也留下。

［亲王与侍从上。

亲王 是什么灾祸这么大清早就发生,
要将我亲自从凌晨休眠中叫来?

［凯布莱忒、凯布莱忒夫人及随从上。

凯布莱忒 发生了什么事,人们在街头叫喊?

凯布莱忒夫人 人们在街上有的叫喊“萝密欧”,
有的叫“琚丽晔”,有的叫“巴列斯”,都奔跑
呼喊着,赶往我们的茔墓所在。

亲王 我们听到的这惊扰是怎么一回事?

巡丁甲 王爷,巴列斯伯爵被杀死在这里;
萝密欧是死了;琚丽晔是新近死的,
身上还暖和。

亲王 搜寻,查找,探出这凶杀的祸事
是怎样肇成的。

巡丁甲 逮到了一个僧人,
还有个被害的萝密欧的仆人,他们
都拿着工具,能打开葬死人的坟墓。

凯布莱忒 天啊! 嗳呀,贤内,你瞧,我们
女儿还正在流着血! 这把腰刀

刺错了，你瞧，它那刀鞘掉落在
芒太驹那小子背上，——它错刺进了
我女儿胸中！

凯布莱忒夫人　　　　苦啊！这惨死的景象
像在敲丧钟，送我的老年进坟墓。

［芒太驹与从人上。

亲　　王　来吧，芒太驹；你起身固然很早，
可你来瞧你的子嗣倒下得更早。

芒 太 驹　嗳呀，殿下，我妻子这寅夜刚死掉；
伤心她儿子被流放送了她的命；
还有甚悲伤来跟我的穷年作对？

亲　　王　瞧吧，你自会见到。

芒 太 驹　嗳呀，你这笨孩儿！这是甚礼貌，
抢在你父亲前面先进了坟墓？

亲　　王　暂时且止住你们对这场大祸
所发出的号咷，等我们澄清疑问，
知道了它们的因由、开端和真相；
然后我将带领着你们来哀悼，
甚至赴死也不辞；同时，要暂且
克制着，让忍耐来主宰这场祸患。
现在把嫌疑犯带上前来讯问。

劳伦斯神父　在这场可怕的凶杀中，我干连最大，
最无能为力，而嫌疑最重，时间
和地点都可作不利于我的证人；
我站在这里，既告发自己犯下了
罪责，也证明我无罪，能得到宽恕。

亲　　王　那么，快把你所知道的来陈明。

劳伦斯神父　我说话不多，在我声息的顷刻间，
不可能申述一个冗长的故事。
萝密欧，在那边死的，娶了琚丽晔；
她死在那边，嫁作萝密欧的妻子；
是我主持了婚礼；他们私婚日

正是铁鲍尔忒的死期,他的死
使新婚的郎君从本城遭到流放;
为了他,不是为铁鲍尔忒,她哀泣。
您为了消除悲哀对她的围攻,
将她匹配了、且要强嫁给巴列斯
伯爵:她就找到我这里来,神情
狂痫,央求我设法使她免除掉
第二遭成婚,去嫁给巴列斯伯爵,
我若不允,她在我庵房里要自杀。
我便给了她,凭我修炼的巧艺,
一帖沉睡的灵药,那药起作用,
正如我所着意的,因为它使她
好像已死亡;我同时写信给萝密欧,
要他到这里来,在这可怕的深夜,
帮同带她离开这借用的坟墓,
那时这药剂的效应正好完结。
可是送我信的约翰神父不幸
被意外故障所稽迟,他昨夜将信件
退还给了我。这下子,我只好独白
一人,在预定她将醒来的时刻,
来将她领出她祖宗坟墓的穹隆。
我本想秘密留藏她在我庵房内,
待我能安然写信通知萝密欧;
但当我到来时,在她苏醒回来前
不久,在这里躺着的巴列斯伯爵
以及真心的萝密欧,都已经死去。
她苏醒回来;我央求她离开墓穴,
耐心忍受这无可奈何的天命,
但一声异响从墓中使得我发怔;
她由于没命的绝望,不肯随同我
离墓穴,看来是对自己施了毒手。
这一切,我知道;对她的成婚,她奶妈

参与那秘密；假使在这经过中，
有什么因我的过误造成的大错，
让我这老命在天年到来前牺牲掉，
根据最严格的法律加以制裁。

亲　　王　我们素来知道你是个圣尊者。
萝密欧的随从在哪里？你能说什么？

鲍尔萨什　我带给我主人琚丽晔死亡的音讯；
他当即离了孟都亚，慌忙赶来，
到这所在，这个坟墓里头来。
这信件他叫我趁早递给他父亲，
我若不离开，不留他独白一人，
恐吓我要将我杀死，进这个墓坑。

亲　　王　把这信递给我；我将拆看这信缄。——
伯爵的僮儿在哪里，他叫起了巡丁？——
喂呀，你主人来到这里做什么？

僮　　儿　他带了花束来，撒布在他新娘坟上；
他吩咐叫我站远点，我便奉命；
马上有人提了灯，来打开这坟墓；
过了一会，我主人便拔剑跟他斗。
我当即走开去，呼叫巡丁来保安。

亲　　王　这书信证明这托钵僧人说的话，
他们恋爱的经过，以及她的死讯；
他在这信里说他向一个贫苦
卖药人买一服毒药，带了这毒剂
他到这墓穴里来自尽，陪同琚丽晔
一起死。这些冤家在哪里？凯布莱忒！
芒太驹！瞧啊，多大的灾祸降落在
你们的仇恨上头，上天假手于
爱情，惩创了你们双方的欢爱。
而我则为了太宽容，默许你们
两家的仇恨.失去了一对亲戚：
这就大家都受了天谴。

凯布莱忒　　　　　　　　　　　　嗳呀，
芒太驹大哥，将你的手给我：
这便是你给我女儿的一份遗产，
因为除此以外，我不能多要求
什么。

芒　太　驹　　　　可是我要给你得更多：
因为我要用纯金塑铸她的像；
只要樊洛那这名城以此知名，
哪一尊塑像也不会这般贵重，
比得上你这位爱女，清贞的琚丽晔。

凯布莱忒　萝密欧的身像将同他妻子一样；
他们是我们两家世仇的牺牲！

亲　　王　今天这清晨带来愁眉的和好；
太阳因悲伤，将不露它的容光；
去吧，去多多讲这些悲惨的音耗；
有人将得到赦免，有人被惩创；
因为从没有恁故事这么样令人愁，
像这下讲起琚丽晔和她的萝密欧。　　［同下。

译于一九七六年一至四月间

威尼斯商人

Shakespeare

THE MERCHANT OF VENICE

本书根据 W. G. Clark and W. A. Wright 剑桥本译出

威尼斯商人

剧中人物

威尼斯公爵	
摩洛哥亲王 阿拉贡亲王	宝喜霞的求婚者。
安东尼奥	威尼斯商人。
跋萨尼奥	安东尼奥的朋友，也是宝喜霞的求婚者。
萨拉尼奥 萨拉里诺 葛拉希阿诺 萨勒里奥	安东尼奥与跋萨尼奥的朋友。
洛良佐	絜雪格的恋人。
夏洛克	犹太富翁。
屠勃尔	犹太人，夏洛克的朋友。
朗斯洛忒·高卜	小丑，夏洛克的仆人。
老高卜	朗斯洛忒的父亲。
里奥哪铎	跋萨尼奥的仆人。
鲍尔萨什 斯丹法诺	宝喜霞的仆人。
宝喜霞	富家嗣女。
纳丽莎	宝喜霞的陪娘。
絜雪格	夏洛克的女儿。

威尼斯众显贵、法院官吏、狱卒、宝喜霞的仆从及其他随从。

剧景：一部分在威尼斯*；一部分在大陆上的贝尔蒙，宝喜霞的邸宅所在地

注　释

* 威尼斯(renica)，意大利原名威内齐亚(Venezia)，是建在地中海内的亚得里亚海(Adriatic Sea)上或威尼斯湾(Gulf of Venice)内的海港城市，全境有一百十七个大小岛屿。城市的交通干道是一条大运河，佐以许许多多的大小水道，彼此间的来往靠大小船只。中世纪和文艺复兴时期这个城邦是个大公国，它的首脑是一位公爵。英国十九世纪大诗人阜孳活斯(W. Wordsworth)有一首悼惜威尼斯共和国于一八〇二年消亡的商乃诗(十四行诗)，写得很好。

第　一　幕

第　一　景

［威尼斯。一街道］

［安东尼奥、萨拉里诺与萨拉尼奥上。

安东尼奥　当真，我不懂为什么我这样忧郁：
我为此厌烦；你们说，也觉得厌烦；
我可怎么会沾上它，怎么会碰到它，
这忧郁是因何而形成，怎么会产生，
我却不知道；
忧郁将我变成了这样个呆子，
简直叫我自己也莫名其妙。

萨拉里诺　您的心当是在大海洋上翻腾；
那儿，您那些张着巨帆的海舶，
如同洪波大浪上的显要和豪商，
或者像海上的华彩物景展览台，
高高俯瞰着一些轻捷的小商舸，
当它们张开编织的翅膀飞过时，
众小艇对它们弯腰屈膝齐致敬。

萨拉尼奥　相信我，仁君，若有这买卖风险
在外洋，我定必要用多半的心思
牵挂着它。我也兀自会总要
去摘取草标，探测风吹的方向，

找寻地图上的港口、埠头、碇泊所；
凡是能叫我担心我所冒风险
会遭到灾难的每件事情，这疑虑
都使我忧郁。

萨拉里诺　　　　　　我吹凉肉汤的呼气
会引起我一阵寒颤，当我想到了
海上太大的一阵风会肇多大祸。
当我一见到计时的沙漏在漏沙，
我马上想到的乃是浅滩和沙洲，
把它的桅尖埋得比龙肋还要低，
去吻它的葬地。我若去到礼拜堂，
望见那神圣而巍峨的石砌大厦，
哪有不马上想到磊磊的礁石
只一碰我那轻盈的大船船舷，
就会把一舱的香料都倒在浪里，
使咆哮的海涛穿上我的丝绸匹头，
而且，一句话，这会儿值得如许多，
那会儿不值一个钱？我怎能想起
这么一件事，而竟然不去想到
假如这样的事发生，我一定得忧郁？
不用跟我说；我知道，安东尼奥
乃是为担心他的货运而发愁。

安东尼奥　相信我，不是的；我要感谢我的命运，
我所担的风险不寄托在一艘船上，
也不靠一处地方，我全部的经营
也不托赖着目今这一年的运会.
所以我装船的货品不使我忧郁。

萨拉里诺　对了，那您是在恋爱。

安东尼奥　　　　　　　　　　呸，开玩笑！

萨拉里诺　也不在恋爱？那么，我们说您忧郁，
因为您不是在欢乐：那就很容易，
当见您又笑又跳时，就说您欢乐，

因为您不忧郁。我凭两面神耶纳斯[1]
起个誓,天公创造人造得好奇怪:
有些个却总是满脸的酸醋味儿,
从不会露出牙齿笑那么一下,
即使奈斯托[2]打赌那笑话很好笑。

［跋萨尼奥、洛良佐与葛拉希阿诺上。

萨拉尼奥 您的最尊贵的亲戚跋萨尼奥,
和洛良佐、葛拉希阿诺来了。再见:
我们告别了,让位给更好的友伴。

萨拉里诺 若不是您两位高贵的朋友来了,
我准会待下来,直到逗得您欢笑。

安东尼奥 二位高华的品德我十分尊视。
我意想你们自己有事情要干,
故而借这个机会辞别了离开。

萨拉里诺 祝各位早安。

跋萨尼奥 两位仁兄,何时能相叙共谈笑?
你们显得生疏了:一定得如此吗?

萨拉里诺 您何时有空,我们随时好奉陪。

［萨拉里诺与萨拉尼奥下。

洛良佐 跋萨尼奥公子,您见了安东尼奥,
我们两人就告别:但午饭时分,
请您要记得我们在哪里相会。

跋萨尼奥 我准时不失约。

葛拉希阿诺 您神色不太好,安东尼奥大兄长;
您把世事看待得太过认真了:
太花了心思作代价,反倒会失着:
请信我这话,您远非前一晌可比。

安东尼奥 我把这世界当世界,葛拉希阿诺;
当作每人要演个角色的舞台,
我演的是个悲苦角。

葛拉希阿诺 我来演丑角。
让皱纹跟欢乐和哗笑一起来到,

而且宁愿我的肝用酒来温热，
别叫我的心给痛苦的悲吟吹冷。
为什么一个人，他的血液是暖的，
要像他祖父的雪花石膏像，骏坐着？
醒来时还在睡，无端地乖张生气，
害一场黄疸病？告诉您，安东尼奥——
我对您友爱，爱上您所以这么说——
这世上有一类人儿，他们的脸色，
像死水池塘，萍藻掩盖着天光，
操持一片执意要沉默的冷气，
目的无非是要人家认为他为人
多智慧，神态端庄，和思想深宏，
他仿佛在说，“我是在宣读神谕；
我开口说话时，不许有狗儿嗥叫！”
老兄啊，安东尼奥，我知道这些人
只是因此上有了智慧的名声，
由于不开腔，可是我却很明白，
假使他们要说话，会叫人两耳
受罪罚，听到的就会骂他们傻瓜.
我下回再跟您来谈这件事儿：
可是别用愁闷这钓饵来垂钓了，
去钓取那无聊得很的虚名俗誉。
来吧，洛良佐老兄。小别一下子：
午饭过后，我再来结束这劝告。

洛良佐　好吧，我们跟你们小别到吃饭时：
我准是一个他说的紧口聪明人，
因为葛拉希阿诺从不让我讲。

葛拉希阿诺　得，跟我在一起再过上两年啊，
管保你认不出你自个儿的口音。

安东尼奥　祝安好：我要学会多讲点话儿咧。

葛拉希阿诺　多谢，当真，为的是沉默只适于
干的牛门腔、嫁不掉的老处女。

[葛拉希阿诺与洛良佐下。

安东尼奥 这一车话儿可有些什么?

跋萨尼奥 葛拉希阿诺比整个威尼斯城里不论谁都更扯得一大车废话。他的理数好像是两箩筐秕糠里藏着的两颗麦粒:你找了一整天才找到它们,找到后你觉得不值得找。

安东尼奥 好吧,告诉我谁是那一位闺秀?
你立誓要去向她作秘密的参拜,
你曾答允今天会要告诉我。

跋萨尼奥 安东尼奥,你不是未有所闻知,
只因我为了维持虚有的外表,
而我的资源太微薄,不胜挥霍,
我已经多么伤残了我的财货:
如今我倒也并不为境况清寒
而叹息伤感;但是我主要的烦恼
乃是在设法解除我肩头的重债,
由于我过去浪费太多而深深
陷入了这困境。对于你,安东尼奥,
我亏欠太大,友爱和金钱同样多,
而为了你爱我,我就作为是许可,
把我怎样定下了计划和目的,
去清除债务,全部来向你诉说。

安东尼奥 好跋萨尼奥,要请你让我晓得;
倘使能符合光荣和正道,如同
你现在仍然是这样,你尽可安心,
我的钱囊和身家,竭尽我的一切,
都毫无保留地供你驱遣使用。

跋萨尼奥 在我的求学年间,射失了一支箭,
我便发射另一支同样的羽镞,
向着同一个方向,注视得较真切,
去寻找先前的那支,冒险了两支,
我终于都找到;我举这童年事例,

只因我接着说的也天真而幼稚。
我对你负欠太多，但年轻而任性，
欠你的我已经失掉；可是假如你
乐意向同一方向再发一支箭，
去追踪那初次的发射，我敢确信，
我看得真切，两支箭会一同找到，
或至少要把你两次的冒险收回，
而感念你初次的恩情，再图奉璧。

安东尼奥 你熟知我的情意，如今只空费
时间，迂回曲折地试探我的爱；
你心存疑虑，不信我会竭尽了
全力来解脱你的困厄，这就比
耗尽我全部的所有，还更加见外：
故而，只要告诉我，我该怎么办，
你认为我可以对你有所帮助，
那就一准来做到：所以，你说啊。

跋萨尼奥 贝尔蒙城里有一位丰殷的孤女，
她姿容绝妙，而尤其卓越难得的
是她那芳华的美德：我从她眼里
曾受到秋水流波的含情顾盼：
她名叫宝喜霞，比古时坎托③之女，
勃鲁德④的贤妻宝喜霞寥无逊色：
这广大的世界耳闻她的贤良美妙，
但见四方的好风从各处海滨
吹来了声名籍籍的求婚佳客。
从她两鬓垂下来的华发则宛如
神话里的金羊毛，⑤使她的贝尔蒙成了
科尔契王邦，有许多鉴逊来探访。
啊，我的好安东尼奥，只要我
囊橐充盈，能够跟他们相匹敌，
我心头有预见，指望得好运来临，
准能完成我那如花的美梦。

安东尼奥 你知道我全部资产都在海上;
我既无现金,又没有货贿去筹措
一大笔款项:故而且到市上去;
试我的信用能在威尼斯怎么样:
要竭尽我的信用的能耐去筹款,
供应你能到贝尔蒙,去找宝喜霞。
去吧,马上去探问,我自己也就去,
哪里有款子,我不问条件好歹,
不论作为我担保,或作为我借贷。

[同下

第二景

[贝尔蒙。宝喜霞邸内一室]

[宝喜霞与纳丽莎上。

宝喜霞 当真,纳丽莎,我这小小的身体实在经受不了这个大世界。

纳丽莎 您是会受不了的,好姑娘,如果您的苦恼跟您那好运道一般多:可是,由我看来,那些吃得太饱的人跟那些挨饿没东西吃的同样要病倒。所以,居于中庸地带并不能算作不快乐:富裕会催生白发,但适中能引出长寿。

宝喜霞 好话,讲得对。

纳丽莎 要是能照着做,那就更好了。

宝喜霞 倘使实地去做一件事跟知道什么好事可以做同样容易,小教堂会变成大寺院,穷人的草屋会变成王侯的宫殿了。一位好的传教师才会遵从他自己的教诲:我更容易教二十个人做什么好事,却不能做二十个人中间的一个,去按我自己的教训行事。理智可以帮助制定法律约束感情,但激情会跳过冷静的律令:青年的狂热是这样一只野兔,它会跳过忠告这跛子的法网。可是这样说理不能替我挑选一个丈夫。唉哟,说到挑选!我既不能挑选我所喜爱的,也不能拒绝我所厌恶的;一个活着的女儿的意志便这样被一个死了的父亲的遗嘱所控制。纳丽莎,我不能拒绝,也不能挑选,岂不是难受吗?

纳 丽 莎 您父亲素来是有德的;道德高尚的人临终时必有颖悟:故而拈阄,在他设计的金、银、铅三只匣子里挑选一只,谁挑对了他的用意就挑中了您,无疑,除非他是真正爱您,否则决不会被拈对。可是您对这几位已经来到的公侯贵胄中哪一位求婚人,比较有好感?

宝 喜 霞 你且把他们一个个道来;你提名以后,我来描摹他们几句,从我的道白里,你可以觉察到我的感情。

纳 丽 莎 首先,那位那坡利亲王。

宝 喜 霞 嗨,那真是匹小马,因为他不讲别的,只谈他的马儿;因为他当作他的大好本领,能自己钉马蹄铁。我只恐他的令堂大人跟一个铁匠有过花头。

纳 丽 莎 然后是那位巴拉廷伯爵。

宝 喜 霞 他一天到晚颦眉蹙额,仿佛说"假如你不爱我,算了":他听到好笑的故事也不笑:我只恐他到了老年会变成个哭泣哲人,⑥如今这么年轻已经愁眉苦脸得不像样子。我宁愿嫁给一个骷髅,它嘴里插一根骨头,也不愿嫁这两个里边的哪一个。上帝保佑我别让他们拈中了我!

纳 丽 莎 那位法兰西贵族勒·榜先生,您对他怎么说?

宝 喜 霞 上帝造下了他,故而就算他是个人。说实在话,我知道嘲笑人是一桩罪辜:可是他呀!唉,他有一匹比那坡利人更好的马,比那巴拉廷伯爵更糟的皱眉恶习;他是各式各样的人混和在一起,可没有他自己,听到一只画眉在鸣,他马上会跳跃:他会同他自己的影子斗剑:我若是嫁了他,就嫁了二十个丈夫。他如果瞧不上我,我会原谅他,因为他如果爱得我发了疯,我决不会报答他的恩情。

纳 丽 莎 那么,您对那位英格兰青年男爵福康勃立琪怎么说?

宝 喜 霞 你知道我不跟他说话,因为他不懂我的话,我也不懂他的话:他不会说拉丁、法兰西话,也不说意大利话,而你可以到法庭上去宣誓,我的英格兰话不值一个钱。他的外表还可以,可是,啊,谁能跟一个打手势的哑巴开谈?他的穿戴多古怪!我想他的短褂是在意大利买的,紧身裤是在法国买的,软帽是在德国买的,而他的举止是从天南地北弄来的。

纳 丽 莎 您认为他的邻居,那位苏格兰贵族怎样?

宝 喜 霞 他对邻居讲信修睦,因为他曾出借给那英格兰人一记耳光,他便发誓要在他能办到的时候偿还那记耳光:我想那法兰西人为他作保,立证签约,定必清偿。

纳 丽 莎 您看那青年德意志人,萨克逊公爵的侄子,怎样?

宝 喜 霞 早上他清醒时已经很坏,下午他喝醉了实在太糟:他最好时比一个人稍微坏些,最坏时比畜生略好一些:倘使最不幸的事发生,我希望我能设法不跟他在一起。

纳 丽 莎 要是他要求挑选,选中了那只中彩的匣子,您会拒绝遵循您父亲的遗嘱,如果您拒绝接他为夫婿的话。

宝 喜 霞 故而,为避免遭殃,你务必在一只差错的匣儿上放上深深一杯莱茵河葡萄酒,因为倘然魔鬼在里边作怪而诱惑在外面,我知道他会要去挑选。我什么事都可以去做,纳丽莎,可不能嫁给一个醉鬼。

纳 丽 莎 姑娘,您不用害怕会配上这些贵胄们的任何一位:他们已经告诉我他们的决心;那就是的确要回家去,不再麻烦您向您求婚,除非求得您能用别的办法,不照您父亲规定的经过挑选匣儿去解决。

宝 喜 霞 假使活到古代神巫那样老,我要跟月亮女神黛阿娜⑦一样贞洁,除非能按照先父的遗嘱办理娶得我。我高兴这一帮求婚人这么懂事,因为他们之中没有一个我不切望他离开的;祈求上帝赐他们以好风。

纳丽莎 您不记得吗,姑娘,老大人在世时有一位威尼斯青年,是士子,又是战士,同一位蒙忒弗拉侯爵来到过这里。

宝喜霞 是的,是的,是跋萨尼奥;我想来,这是他的名字。

纳丽莎 正是,姑娘:我这双傻眼睛所见到的所有的人儿,就推他最值得配上一位佳人。

宝喜霞 我很记得他,且记得他果真值得你夸赞。

[一仆人上。

怎么说? 什么事?

仆人 姑娘,四位宾客来向您告别:又有第五位,摩洛哥亲王,差个使从来报信,说他的主人亲王殿下今晚上要来到。

宝喜霞 要是我能对这第五位宾客用同样的心情欢迎,如同我对那四位加以欢送,我会要对他的到来感到愉快:要是他有着圣人般的品德而生着一副魔鬼似的尊容,那就不如让他听我的忏悔,可不要做我的老公。来,纳丽莎。喂,你在头里走。寻芳的贵客才辞行,探美的佳宾又来临。

[同下。

第三景

[威尼斯。一广场]

[跋萨尼奥与夏洛克上。

夏洛克 三千金特格;唔。

跋萨尼奥 呃,朝奉,三个月为期。

夏洛克 三个月为期,唔。

跋萨尼奥 这笔款子,我对你说过,由安东尼奥出立借据。

夏洛克 由安东尼奥出立借据;唔。

跋萨尼奥 你能否助我一臂之力? 你能满足我吗? 你能给我个答复吗?

夏 洛 克　三千金特格,三个月为期,安东尼奥出立借据。

跋萨尼奥　等你的答复。

夏 洛 克　安东尼奥是个好人。

跋萨尼奥　你听见过相反的责难吗?

夏 洛 克　啊,不不不不:我说他是个好人,意思是要你知道,我认为他是殷实的。可是他的资产是不稳定的:他有一艘海船开往屈黎波里,又一艘开往西印度群岛;此外,我在市场上了解到他还有第三艘在墨西哥,第四艘驶向英格兰,他还有别的风险浪掷在海上。但是船舶不过是木板,水手不过是人儿:而岸上和水上有旱老鼠和水老鼠,水贼和旱贼,我是说海盗,而此外还有水、风和礁石的危险。虽然如此,他这人还殷实。三千金特格,我想我可以接受他的借据。

跋萨尼奥　放心,你可以。

夏 洛 克　我要得到保证才可以接受;为了能得保证,我要考虑一下。我能跟安东尼奥谈谈吗?

跋萨尼奥　假如你高兴同我们一起吃饭。

夏 洛 克　是啊,去嗅猪肉味儿;去吃那个你们的先知基督把魔鬼咒进去居住的肉身。我可以跟你们做买卖,跟你们谈话和散步,等等,可是我不能同你们一起吃饭,喝酒,祈祷。市场上有什么消息?是谁来到了这里?

[安东尼奥上。

跋萨尼奥　这就是安东尼奥舍人。

夏 洛 克　[旁白]他多么像个谄媚奉承的店主人!
我恨他,因为他是个基督教徒,
但是更为了他做人非常愚蠢,
借钱出去不取利,因而压低了
我们在威城放债营生的利率。
若是有一天我把他压倒在地,
我定要深深报复我对他的宿恨。
他仇视我们的神圣民族,且在那
百行商贾汇集的场所当众

辱骂我，鄙蔑我的交易和利润，
他叫作利息。我若原谅他，绝灭
我的种族！

跋萨尼奥 夏洛克，你听到没有？

夏 洛 克 我正在考虑我手头所有的现款，
据我大体上记得起来的总数，
我一时筹不到三千。但那有何妨！
我犹太同族有一位财东屠勃尔，
能供应给我。但且慢！为期几个月，
您想要借用？[对安]您好，祝福您，舍人，
我们适才正在交谈起您尊驾。

安东尼奥 夏洛克，虽然我不论出借或告贷，
从不多收回或者多付出少许，
但为了我这位朋友的紧急需要，
我将破一次惯例。他知道没有，
你需要多少？

夏 洛 克 唔唔，三千金特格。

安东尼奥 借期三个月。

夏 洛 克 我把它忘了；三个月；您告诉过我。
好吧，您立约；我来瞧；可是您听着；
我以为您说过您借出或者告贷，
从来不收付盈余。

安东尼奥 我从来不收付。

夏 洛 克 当雅各替他舅父莱朋牧羊时——
这位雅各从我们的圣祖亚伯兰
算起，他聪明的母亲为他设法，
当上了第三代族长；哦，他是的——

安东尼奥 为什么说起他？他可收取利息吗？

夏 洛 克 不曾，没有取利息；不收取，您叫做
直接的利息：听着，雅各怎么办。
当莱朋跟雅各共同商议定当了，
出生的小羊儿，凡是有条纹斑驳的，

归雅各所有,作为工资;秋末时,
那些母羊,因情欲发作,跟公羊
交配,而当传种的动作正好在
这些毛茸畜生间进行的当儿,
这机灵的牧人剥了些树枝的皮,
插在发浪的母羊跟前泥土中,
这些受孕的母羊产下羊仔来,
凡是斑条羊就都归雅各所有。
这是繁昌的道路,而他是得福的,
繁荣昌盛是福佑,只要不偷盗。

安东尼奥 这是雅各所追随的机运,朝奉;
但成就与否不在他掌握之中,
而是由上天的意趣所支配和形成。
你说这件事,可是说取利是好事?
或者说你的金钱是公羊和母羊?

夏洛克 那可说不上;我使它孳生得快,
听我说,老舍人。

安东尼奥 你瞧,跋萨尼奥,
魔鬼能征引圣经,为他的目的。
一个罪恶的灵魂用圣洁的凭证,
好比是一名呈露笑脸的恶棍,
一只穿心腐烂的美好的苹果:
啊,欺诈有多么美好的表象!

夏洛克 三千金特格;这是一大笔整数。
十二分之三;我来看,有多少;利率——

安东尼奥 好了,夏洛克,我们能否指望你?

夏洛克 安东尼奥舍人,不知有多少回
您在市场上对我的款项和利润
总是频施诋毁和粗野的辱骂:
我总是耐心地耸一耸肩忍受,
因逆来顺受是我们族类的标识。
您谩骂我是邪教徒,凶残的恶狗,

把唾沫吐在我的犹太外套上，
只因我使用了自己的款子作经营。
很好，看来您现在需要我帮忙：
得了，那么；您跑来找我，并且说
"夏洛克，我们要用款子"：您说道；
您啊，曾把唾沫吐在我须髯上，
用脚踢我，像踢您那门槛外边
一条野狗：借款子是您的恳求。
我应该对您说什么？我应否说道，
"一条狗能有钱吗？是不是可能
一条狗能够贷出三千元？"或者，
我应当弯下身子，用奴才的调门，
屏息而低声，恭而敬之地说道：
"好大爷，上个星期三您吐我唾沫；
某一天您用脚踢我；又有一回
您叫我狗子；为了这些个殷勤，
我要借给您如许钱款？"

安东尼奥　我很有可能再这样叫你骂你，
再吐你唾沫，再像往常般踢你。
你若是肯借这笔钱，不必借贷给
你的朋友；因为友谊怎么会
从朋友那儿收取硬金银的子息？
你若借贷，就作为借给你的仇人，
他呀，假使他失约，你更好便于
按立约处罚。

夏洛克　哎哟，您的气好大！
我心想跟您攀交情，得您的友好，
忘记您过去对我的种种羞辱，
供应您目前的需要而不收一分钱
作为我款子的息金，可是您不听：
我完全是一片好意。

跋萨尼奥　这真像是好意。

夏　洛　克　　　　　　　　这好意我要表示。
同我去找个公证人，就在他那儿
签好了单独债券；⑧为了当作玩，
您在某月某日，某一个地点，
不归还我契据里写明的如许
如许数目，让罚则定会在您
身体上不论哪一处，随我的高兴，
割下整整一磅白肉来作抵偿。

安东尼奥　我满意，当真；我要签这个借据，
而说这个犹太人对我很善意。

跋萨尼奥　你绝不可以为我签这个债券：
我宁愿没有这笔款子而落空。

安东尼奥　嗨，老弟，别害怕；我不会受罚，
这两个月内，在这债券到期前
一个月，我指望有这债券上的数目
三倍又三倍，回归到我这手里来。

夏　洛　克　啊，亚伯兰始祖，这些基督徒
怎么这模样，他们自己太苛刻，
倒怀疑人家的善意！请您告诉我，
如果他到期失约，我有何好处，
按照借据上规定的条款取罚？
从一个人身上割下一磅人肉，
比起胡羊肉、牛肉、山羊肉来，
还不那么样值钱或有利。我说，
为博取他的好感，我豁出这友情：
他若是接受，那就好；否则，再会；
对我的友好，请您切莫要唐突。

安东尼奥　好的，夏洛克，我要签署这债券。

夏　洛　克　那么，就请到公证人那里碰头；
关照他怎样订立这玩笑的借据，
我要马上去把款子装入钱囊，
还要回家去照顾一下，留给了

一个烂污的奴才去守护不放心，
接着便赶来找你们。

［夏洛克下。

安东尼奥　你赶快，温存的犹太人。
这个犹太人就要成为基督徒：
他变得善良了。

跋萨尼奥　我不爱口蜜腹剑。

安东尼奥　别着慌：这件事没有什么可低徊；
到期前一个月，我的船都会回港来。

［同下。

第一幕　注释

① 耶纳斯(Janus)为古罗马神话里的两面神，他管理百物之初(如人生之始、年月之始等)和天门，有两个面孔，瞻前而顾后。

② 奈斯托(Nestor)是古希腊史诗《伊利亚特》("Iliad")叙述特罗亚(Troy)与希腊的十年战争(TrojanWar)里的一个希腊首领，他年纪最大，最聪明，富有经验。

③ 坎托(Marcus Porcius Cato，the Elder，234—149 B. C.)为古罗马爱国人士。

④ 勃鲁德(Marcus Junius Brutus，85—42B. C.)为古罗马贵族派一名政客，参与谋杀当时名将、政治家与著作家恺撒(Caius Julius Caesar，100—44B. C.)。恺撒是罗马共和时代的有名迪克推多(dictator)，即独裁者，后来普鲁士人和日耳曼人即用他的姓氏作为国王和皇帝的称号(Kaiser)，而帝俄的沙皇(Czartsar)称谓当亦由此而来。莎士比亚有一剧本名《居理安·恺撒》("Jnlius Cæsar")即描写那段政争。

⑤ 古希腊神话：古代有一只金羊钉在黑海东岸科尔契(Colchis)王邦一棵树上，当即有英雄鉴逊(Jason)带领了五十四名徒众乘了名叫阿各(Argo)的一只船去寻访，历经种种艰险困苦，终于觅得了金羊毛回来。

⑥ 即指 Theraclitus，是个好哭泣的哲人。

⑦ 黛阿娜(Diana)是古罗马神话里的狩猎、森林、光和月亮的女神，是一位童贞处女。

⑧ 单独债券上没有保证人签名，只由签名的举债人负完全、绝对的责任。

第　二　幕

第　一　景

[贝尔蒙。宝喜霞邸内一室]

[长鸣齐奏。摩洛哥亲王率扈从上,喜宝霞、纳丽莎及仆从随侍。

摩 洛 哥　莫要因我的容颜而对我嫌厌,
这是熠熠阳乌的晦阇的公服,
它啊,我是它邻曲和相近的亲人。
跟我在北国找个最白皙的人来,
那里费勃斯①的火焰难得化垂冰,
让我们契血来验证对您的情愫,
比一比是他的,还是我的最殷红。
告诉您,姑娘,我这副相貌曾使
骁勇者胆怯:凭我的爱情,我起誓,
我们疆土上最被尊崇的处女
都曾爱过它:我不愿变易这色泽,
温良的女王,除了为吸引您的喜爱。

宝 喜 霞　要获致雀屏中选,并不取决于
一位窈窕淑女的微妙的眼光;
而况,我相从与否这命运的拈阄,
摒绝了我的自愿取舍的主权:
但如果我父亲未曾以他的灵明

限制、拦阻我,我要嫁哪位君子,
匹配我他得遵循我告您的程序,
那么,您殿下,声名赫奕的亲王,
在我看来便跟不论哪一位
来访的君侯同样地修美,同样
值得我恩爱。

摩洛哥　就为这一层,感谢您;
因而,请您领我到匣儿那里去,
去试探我的命运。我凭这弯刀
起誓,它斩过波斯王和一位三次
战败过索列曼苏丹的波斯亲王,
我要怒目瞪退最威武的雄杰,
威震这世上人间最勇猛的英豪,
从母熊胸头拉下给喂奶的子熊,
哎,当一头饿狮咆哮时嘲弄它,
为求得您的情爱。但是,唉呀!
赫居里②若跟他的侍从列却斯掷骰
赌赛比高低,大点子也许碰运气
会出自那无力小子轻挥的手中:
于是大力神便这般给僮儿所败;
这样,我也许被盲目的逆运所引领
失掉了机缘,给不堪的庸人所得,
而在悲伤里丧命。

宝喜霞　您得凭命运,
或者放弃掉,不再企图去挑选,
否则挑选之前立下誓,挑错了
决不再向那一位姑娘求婚配:
故而要请您考虑。

摩洛哥　我不会。来吧,
引我去试探命运。

宝喜霞　首先,到庙里:
午餐后您将去冒险。

摩洛哥 愿好运来临!
我或者成功得福,或失败而丧命。

[长鸣齐奏,同下。

第 二 景

[威尼斯。一街道]

[朗斯洛忒上。

朗斯洛忒[3] 当然,我的良心会同意我从这犹太主人家里逃走。魔鬼在我的臂肘旁引诱我,说道,“高卜,朗斯洛忒·高卜,好朗斯洛忒”,或是“好高卜”,或是“好朗斯洛忒·高卜,使用你的腿儿,就开始吧,跑掉”。我的良心说,“不要;注意,老实的朗斯洛忒;注意,老实的高卜,”或是,如刚才所说,“老实的朗斯洛忒·高卜;别跑;鄙视用你的脚跟逃跑。”好,那个挺大胆的魔鬼叫我收拾行李:“上路!”魔鬼道;“走啊!”魔鬼道;“为了老天,鼓起胆来,”魔鬼道,“就跑。”好,我的良心挂在我心儿的脖子上,很聪明地对我说,“我的老实朋友朗斯洛忒,是个老实人的儿子,”或许该说是个老实妇人的儿子;因为,老实讲,我父亲有点儿气味,有点儿那个,他有一种味儿;好,我的良心说,“朗斯洛忒,别动。”“动,”魔鬼说。“别动,”我的良心说。“良心,”我说道,“你出的主意对;”“魔鬼,”我说道,“你出的主意对;”依了我的良心,我该待在我的犹太主人这里,他啊,上帝恕我,是个魔鬼;而从犹太人这里逃跑,我就会跟着魔鬼跑,他啊,对不起,本身就是魔鬼。这犹太人肯定是魔鬼的化身;而我这良心,凭良心讲,是个硬良心,因为它出主意,叫我待在这犹太人这里。魔鬼替我出的主意倒比较友好:我决计逃跑,魔鬼;我的脚跟听从你的指挥;我要跑。

[老高卜携篮上。

高　　卜　小官人，您，请问您，到犹太老板家怎么走？

朗斯洛忒　［旁白］天啊，这是我亲生老子！他的眼睛比沙盲还厉害，是石子盲，认不得我：我来逗着他玩儿。

高　　卜　小官人，年轻的士子，请问您，到犹太老板家怎么走？

朗斯洛忒　下一个拐弯你往右手拐，最后一个拐弯你往左边拐；凭圣母，就在下一个拐弯不用拐，便直接到了犹太老板家。

高　　卜　上帝可怜见，这可难找了。您可能告诉我，有一个朗斯洛忒待在他那儿，可还待在他那儿不。

朗斯洛忒　你是讲的朗斯洛忒小官人吗？［旁白］瞧着我来叫他流些眼水。你是说的朗斯洛忒小官人吗？

高　　卜　不是小官人，小官人，只是个穷人的儿子：他老子，我虽然这么说，是个老实的贫寒透顶的人儿，不过多谢上帝，还活得不错。

朗斯洛忒　得，由他的老子去要怎样便怎样，咱们讲的是年轻的朗斯洛忒小官人。

高　　卜　您官人的朋友，他叫朗斯洛忒，小官人。

朗斯洛忒　可是我来问你，故而，老人，故而，我求你，你讲的可是朗斯洛忒小官人？

高　　卜　是朗斯洛忒，要是您小官人高兴。

朗斯洛忒　故而，朗斯洛忒小官人。别说朗斯洛忒小官人了，老人家；因为这年轻的士子，根据运命、气数和这一类怪异的说法，三姐妹那等方术，是当真去世了，或者如你用常言来说的，叫做归了天。

高　　卜　凭圣母，上帝不准！这孩子是我老来的拐棍，我的依仗啊。

朗斯洛忒　我看来像根棒头或撑柱，一根拐棍或支杖吗？你认识我吗，老人家？

高　　卜　唉呀，我不认识，年轻的士予；可是，我求您，告诉我，我的孩子，上帝安息他的灵魂，是活着还是死了？

朗斯洛忒　你不认识我吗，老爹？

高　　卜　唉，小官人，我是个沙盲瞎子；我不认识您。

朗斯洛忒　不认识,当真,要是你眼睛不坏,你也不见得会认识我:得有个聪明老子才能认识他自己的儿子。好吧,老人家,我来告诉你你儿子的消息:祝福我:真相会显露出来;谋杀不能隐藏得太久;一个人儿的儿子也许能躲避一时,可是事实终于会显露。

高　卜　请您,小官人,站直了:我相信您不是朗斯洛忒我的孩子。

朗斯洛忒　我们别再瞎胡闹了,请你给我祝福吧:我是朗斯洛忒,过去是你的孩子,现在是你的儿子,将来是你的小子。

高　卜　我不能相信你是我的儿子。

朗斯洛忒　我不知道我该有个怎样的想法:可是我确实是朗斯洛忒,犹太人雇的小厮,我也确实知道你的老婆玛吉蕾是我的妈。

高　卜　她名叫玛吉蕾,不错:我可以赌咒,你若是朗斯洛忒,你就是咱的亲生骨肉了。上帝委实是圣灵!你脸上长得好一把须髯啊!你下巴上长的毛比我那驾车的马儿道平拖的尾巴还多。

朗斯洛忒　那么,看来是道平的尾巴长得往后退了:我蛮有把握;我最后见到它时,它的尾巴毛长得比我现在脸上的毛多得多哩。

高　卜　上帝啊,你变得多厉害!你跟你主人合得来吗?我给他带了件礼物来。你们合得来吗?

朗斯洛忒　得了,得了;可是,拿我来说,我既然已经决计逃跑,我就非跑它一程路决不会停下来。我这主人是个十足的犹太佬:给他一件礼物!给他一根绳子去上吊:我替他干活挨饿;你能用我的每一根手指去数我的肋骨。阿爸,你来我很高兴:你替我把礼物送给趿萨尼奥官人,他啊,当真的,把漂亮的新制服给仆人穿:我若不侍候他,我要跑遍这世界。啊,好运道!这来的就是他,爸爸;我若再侍候那犹太佬,我就是个犹太人。

［跋萨尼奥与里奥哪铎及其他从人上。

跋萨尼奥　你可以这么办；可是得赶快，晚饭最晚要在五点钟准备好。这几封信送掉；把制服裁做起来，请葛拉希阿诺马上到我寓所来。

朗斯洛忒　上前，爸爸。

高　　卜　上帝保佑大官人！

跋萨尼奥　多谢你，有什么事？

高　　卜　这是我的儿子，大官人，一个可怜的孩子，——

朗斯洛忒　不是个可怜孩子，大官人，是那犹太财东的小厮；我愿意，大官人，我爸爸会告诉您——

高　　卜　他有个大缺点，大官人，正如人家说的，来侍候，——

朗斯洛忒　果然，总而言之，我侍候那犹太人，如今想要，我爸爸会详细——

高　　卜　他主人跟他，不瞒您大官人说，有点儿合不拢来——

朗斯洛忒　干脆说一句，事实是那犹太人，给我吃了苦头，使得我，我爸爸，他是，我希望，一个老头儿，会向您陈明——

高　　卜　我这里有一盘烤好的鸽子愿意奉送给大官人，我要请求的是——

朗斯洛忒　简单道来，这请求不关我自己，您大官人会从这老实的老人家这里得知；所以，我虽是这么说，他虽是个老人，可是个穷人，我爸爸。

跋萨尼奥　由一个人讲。你们要什么？

朗斯洛忒　侍候您，大官人。

高　　卜　那正是这事情的缺点，大官人。

跋萨尼奥　我很认得你；我答允你的要求：
你主人夏洛克今儿跟我谈过，
把你荐升给了我，假使你离开
一个犹太财东，来当这样穷
一个士子的从人，能叫做荐升。

朗斯洛忒　一句老话一分为二正好应在我主人夏洛克和您身上，大官人：您有了上帝的神恩，他有的是钱。

跋萨尼奥 你说得利落。同你的儿子,老人家,
去跟他那位旧主人道别,然后
去问明我的寓所。给一套制服
与他,要比别人的显焕些:照着办。

朗斯洛忒 爸爸,里边来。不成,我弄不到一个好差事;我这脑袋里这舌头不顶事。好啊,要是不管谁在意大利有生得比我这能按着《圣经》起誓的手掌上更好的掌纹,[我才不信呢,]我的运道是出色的。得了,这是一条单一的寿命线:这儿有不多几个老婆;哎呀,十五个老婆算不了什么;十一个寡妇和九个闺女对于一个男子汉算不了什么:还有,三次掉在水里不淹死,有一次却在鸭绒床榻边上险些儿送了命;这儿是见得能死里逃生。好吧,要是命运神是个女的,她这一着倒是个好娘儿的一着。爸爸,进来;我要花一眨眼的工夫跟那犹太老板道别。

[朗斯洛忒与老高卜下。

跋萨尼奥 我请你,好里奥哪铎,烦劳你了;
这些东西买好了,装上船以后,
赶快回来,因为我今夜要宴请
我最最尊重的朋友:请赶快,去吧。

里奥哪铎 我一定替您尽最大的努力照办。

[葛拉希阿诺上。

葛拉希阿诺 你主人在哪里?

里奥哪铎 那边,官人,散着步。 [下。

葛拉希阿诺 跋萨尼奥仁君!

跋萨尼奥 葛拉希阿诺!

葛拉希阿诺 我对您要提个要求。

跋萨尼奥 我答应了你。

葛拉希阿诺 您一定不能拒绝我;我得跟您到贝尔蒙去。

跋萨尼奥 那么,你就准定去。可是你听着,
葛拉希阿诺;你太放浪,太粗豪,
高声说话:这些个对于你很合适,

在我们眼里并不显得是缺点；
但在生疏的场合，那就显见得
有点儿放肆。务请你尽力设法
在你那跳跃的精神里注入几滴
冷静的谦恭，否则由于你的轻举，
我会在我的所去之处被误解，
而丧失希望。

葛拉希阿诺　　　　跋萨尼奥仁君，
听我说：我倘使不罩上一层端庄，
言谈间温文尔雅，只偶然赌个咒，
袋里装着祈祷书，脸上很严肃，
还不够，餐前祷告时，把帽子压低，
遮住了眼睛，叹息着说声"阿门"，
遵循了一切谨守礼仪的风范，
像个去讨老祖父喜欢的人儿般，
装得个郁郁苍苍，就永远莫信我。

跋萨尼奥　很好，我们且看你的行止吧。

葛拉希阿诺　今晚上不作数：你可别把我今天
夜里的行动来估量。

跋萨尼奥　　　　不会，那可惜：
我要请你发挥你最不羁的欢快，
因大家好友们要作乐。可是再会吧：
我有别的事。

葛拉希阿诺　我也得去找洛良佐和别的一伙：
但我们将在晚饭时和你相会。

［同下。

第　三　景

［同前。夏洛克家中一室］
［絜雪格与朗斯洛忒上。

絜雪格　你这样离开我父亲，我觉得难受：

这个家是地狱,你是个淘气的小鬼,
破除了几分常日的无聊单调。
可是祝你好,这儿一块钱你收着:
朗斯洛忒,就在晚餐时你见到
洛良佐,他是你新主人今晚的客人:
给他这封信;悄悄地私下捎给他;
再会吧:我不愿给我爸爸见到
我在跟你说着话。

朗斯洛忒 祝平安!眼泪替代了我的舌头。最标致的异教徒,最温柔的犹太闺女!若不是有个基督徒来将你骗走,就算我太糊涂。可是,再见了:这几滴傻眼泪差不多淹没了我的男儿气概:再会。

絜雪格 再会啊,好朗斯洛忒。 [朗斯洛忒下。
唉哟,这真是我多么深重的罪辜,
竟会得羞于做我父亲的孩子!
可是我虽在血统上是他的女儿,
在做人行事上可不是。啊,洛良佐,
你若守信约,我将平静这心头浪,
信奉基督教,做你恩爱的好妻房。

[下。

第四景

[同前。一街道]

[葛拉希阿诺、洛良佐、萨拉里诺与萨拉尼奥上。

洛良佐 且不,我们在晚餐时分溜出去,
在我寓所里化装好,然后回来,
前后一小时。

葛拉希阿诺 我们准备得还不够。

萨拉里诺 我们还没找好执火把的僮儿。

萨拉尼奥 那就要不得,除非打点得很新巧,
否则由我看来还不如不用吧。

洛良佐　现在还只四点钟:我们有两小时
去准备。

［朗斯洛忒持信件上。

朗斯洛忒朋友,什么事?

朗斯洛忒　若是您高兴把这打开来,它好似会告诉您。

洛良佐　我认得这笔迹:当真,这笔划真妙;
比这张洁白的信纸更要姣好的,
是那写字的凝脂美手。

葛拉希阿诺　是情书。

朗斯洛忒　大官人,小的告辞了。

洛良佐　你到哪儿去?

朗斯洛忒　凭圣母,大官人,去请我的老主人那犹太人今晚上跟我的新主人那基督徒一块儿吃饭。

洛良佐　且慢,这一点给你:你去回报
温婉的絜雪格,我不会误她的约;
悄悄地跟她说话。各位,去吧,　［朗斯洛忒下。
你们去准备今晚的假面跳舞吗?
我已经约好了一个执火把的僮儿。

萨拉里诺　唔,凭圣母,我马上去准备起来。

萨拉尼奥　我也去。

洛良佐　再过点把钟,跟葛拉希阿诺
和我在他寓所里相会。

萨拉里诺　这样很好。　［萨拉里诺与萨拉尼奥同下。

葛拉希阿诺　那封信不是漂亮的絜雪格写的吗?

洛良佐　我定得把一切都告你。她关照了我
怎样将她从她父亲家接出来,
她将随身带什么样金珠宝贝,
她会预备好怎样的僮儿服装。
假如犹太佬她父亲能得升天,
那是因依仗他温婉的女儿之故。
逆运决不敢拦截她行进的步子,
只除了它可能采取那样的借口,

说因为奸邪的犹太人是她父亲。
来吧,和我一同去;边走边看信:
美好的絮雪格将是我执火把的佼童。

[同下。

第 五 景

[同前。夏洛克家门首]
[夏洛克与朗斯洛忒上。

夏洛克 好吧,你可以看到,你眼睛能判定,
老夏洛克跟跋萨尼奥的区别:——
什么,絮雪格!——你再也不要穷吃了,
像你在我家一般:——什么,絮雪格!——
还死睡,打鼾,把衣服胡乱撕烂;——
嗨,絮雪格,我说!

朗斯洛忒 嗨,絮雪格!

夏洛克 谁要你叫的?我没有要你叫啊。

朗斯洛忒 您老人家老是告诉我,说不关照,我什么事也不要干。

[絮雪格上。

絮雪格 您叫我吗?有什么吩咐?

夏洛克 絮雪格,今儿我给请出去吃晚饭:
我的钥匙在这儿。但为何我要去?
我不是为爱而被邀;他们捧拍我:
可是我为了恨所以去,存心去吃吃
这个挥霍的基督徒。絮雪格吾女,
照看着门户。我很不乐意前去:
有什么不祥的兆头妨碍我安息,
因为我昨夜在梦里见到钱袋。

朗斯洛忒 请您老人家务必去:我家少主人指望您斥责④。

夏洛克 我也指望他斥责。

朗斯洛忒 他们已经同谋好,我不说您会看到一场假面跳舞;可

是您若看到的话,那就无怪上一个黑星期一早上六点钟我的鼻子会流鼻血,那一年正是在圣灰节第四年的下午。

夏洛克 什么,有假面跳舞?听我说,絜雪格:
把门锁起来;当你听到击鼓声,
还有歪脖子的横笛那尖声怪叫,
可不准爬到窗槅上东张西望,
也不许伸出脑袋去探视街道,
瞧那些傻瓜基督徒油彩涂满脸;
要堵住这屋子的耳朵,我是说窗子:
别让那浮嚣蠢事的声音钻进我
这庄重的屋子。凭雅各的牧杖,
我今儿晚上真不想出外去赴宴:
可是还得去。你在头里走,小子;
说我就来到。

朗斯洛忒 我就先走了,您老。姑娘,不管这一切,探出窗外望。
有个基督徒要来到,
值得个犹太姑娘瞟。 [下。

夏洛克 那夏甲⑤的傻瓜儿孙说些什么?

絜雪格 他说"再会了,姑娘";没有说别的。

夏洛克 这蠢货人倒还不坏,可肚子太大:
做事慢得像蜗牛,大白天睡觉
要赛过野猫;懒惰的雄蜂跟我
不相容;故而我送走他,把他送给那
举债度日的浪子,好帮他花费。
好了,絜雪格,进去:我也许马上
要回来:听我的,照办;关上了门户:
绑得牢,容易找;
这格言在勤俭人心上永不抛。 [下。

絜雪格 祝平安;若是我命运不遭挫折,
我有个父亲,您有个女儿,要丧失。
[下。

第 六 景

[同前]

[葛拉希阿诺与萨拉里诺戴假面上。

葛拉希阿诺 在这屋檐下,便是洛良佐要我们
来等他。

萨 拉 里 诺 他约定的时刻快要过了。

葛拉希阿诺 他会迟到真是件怪事,因为
恋爱的人们总赶在时钟前面。

萨 拉 里 诺 啊,维纳斯的瑞鸽⑥飞去缔结
新欢的盟誓,总比使旧好能践行
要快上十倍!

葛拉希阿诺 那是不易的常情:
谁从筵醼上宴罢起立时,还有他
当初刚入席那种饕餮的胃口?
哪有一匹马会用不减的精神
驰骋它疲劳的步蹄,如同开始
长驱时那样抖擞?对人间事物,
追逐总要比享受更兴致勃勃。
多么像一个英俊活泼的青年,
那披着肩巾的快艇驶离了港口,
去受淫滥的风飚紧搂和拥抱!
或者像一个浪子,它回程返港,
龙肋给风吹雨打,篷帆残碎,
被淫雨消磨得羸瘦、破烂和潦倒!

萨 拉 里 诺 洛良佐来了:这些话以后再谈。

[洛良佐上。

洛 良 佐 两位好友,我来得太晚,请原谅;
因有事摆不脱身,累你们久等:
待你们将来也得偷妻子的时候,
我也会替你们守候这么久。上前来:

这是我犹太岳父家。嗨！里边谁？

［絜雪格着童子装在上方上。

絜 雪 格 你是什么人？告诉我，为了免差错，
虽然我听得真切你那个声音。

洛 良 佐 我是洛良佐，你的心上人。

絜 雪 格 洛良佐，的确，果然是我的心上人，
因为谁，我爱得这样亲切？除了你，
洛良佐，谁知道我可是你的亲亲？

洛 良 佐 上天和你的思想证明你确是。

絜 雪 格 这里，接住这匣儿；它值得你费心。
幸好这是在夜里，你瞧不见我，
我装成这副模样，挺不好意思：
可是恋爱是盲目的，着迷的恋人们
瞧不见他们自己所干的傻事；
因为假如他们能，邱璧特会脸红，
当他看到我这样变化成僮儿。

洛 良 佐 下来，你得做我的火把执掌僮。

絜 雪 格 怎么，我得手拿着烛火，照亮我
自己的羞惭吗？当真，它们已经
太显耀，这件事可是在暴露，亲亲；
我却应当受隐晦。

洛 良 佐 你就会，蜜蜜，
穿上可爱的童装给隐蔽起来。
可是，快来；
这隐密的暗夜逃跑得好不飞快，
而跋萨尼奥在等着我们去赴宴。

絜 雪 格 我来把门户关好，还要多装上
几块金特格，然后立刻来就你。

［自上方下。

葛拉希阿诺 凭我的头巾打赌，她是个基督徒，
不是个犹太人。

洛 良 佐 诅咒我，我若不爱她；

我若是能判断,她真够聪明智慧,
我若是眼光真切,她真够美艳,
而她已经证明了,她又加是真诚,
她将在我恒久的灵魂里永保存。

[絮雪格在下方上。

啊,你来了? 行进,朋友们;去来!
我们的舞伴正在把我们等待。

[与絮雪格、萨拉里诺同下。

[安东尼奥上。

安东尼奥 那边是谁?

葛拉希阿诺 安东尼奥舍人!

安东尼奥 得了,得了,葛拉希阿诺! 大伙呢?
已经九点钟:朋友们都等着你们。
今晚没有假面舞:顺风已来到;
跋萨尼奥就要立刻上船去:
我差了二十个人来寻找你们。

葛拉希阿诺 我好不高兴:我一心只是急巴巴,
盼望今晚上就能扬帆出发。 [同下。

第 七 景

[贝尔蒙。宝喜霞邸内一室]

[长鸣齐奏。宝喜霞及摩洛哥亲王,各率随从上。

宝喜霞 去拽开帷幕,把几只匣儿显露给
这位尊贵的亲王。现在请您挑。

摩洛哥 第一只是金的,刻着这样的题辞,
"谁挑选了我,会得到众人之所愿";
第二只是银的,附着这样的规约,
"谁挑选了我,会得到他的所应有";
第三只,纯铅铸,附着的警告也突兀,
"谁挑选了我,得牺牲、冒险他的一切。"
我怎能知道我挑的正巧对劲?

宝　喜　霞　它们中有一只有我的图像，亲王：
您若是挑中它，我就归您所有。
摩　洛　哥　望天神指引我的判断！容我想一下；
我回头从新来审查这几句铭辞。
这铅匣怎么说？
“谁挑选了我，得牺牲、冒险他的一切。”
得牺牲：为什么？为铅？为铅而冒险？
这匣儿威胁人。孤注一掷的人们，
那么干只为了能赢得优惠的好处：
一个金贵人不为了渣滓去弯腰；
我那就不为钝铅去牺牲或冒险。
白银怎么说，闪着它清贞的色泽？
“谁挑选了我，会得到他的所应有”。
得到我的所应有！且稍待，摩洛哥，
用平稳的手法权衡你真正的价值，
若是你被评价时，你自己去估量，
你是否应得足够多；可是足够多，
并不意味着应得这姑娘千金秀，
不过为我的所应有平白地担忧，
只是无端损伤我自己的资格。
我的所应有！哦，那就是这姑娘：
我在家世上应有她，财产配得过，
品性比得上，教养也十分相当；
但超越这一切，我在爱情上应有她。
是否我不再犹豫，就在此选定？
容我再一次瞧这金匣上的刻字；
“谁挑选了我会得到众人之所愿”。
哦，那正是这姑娘；全世界都但愿
得到她；他们从四面八方齐来到，
来吻敬这神灵，这呼吸的人间灵圣；
候坎尼亚的沙漠和广大的阿剌伯
辽阔荒野，已变成王子贵胄们

来瞻仰美貌的宝喜霞的通衢大道：
汹涌澎湃的王邦，它雄心勃勃，抬头
吐唾沫泼天颜，也不能阻止纷纷
从外国联翩汇集的远客，他们来，
像跨过一条小河，访绝色的宝喜霞。
这三中之一有她天仙似的肖像。
是否铅匣里有他？这卑劣的想法
简直是亵渎：即令是她裹尸的蜡布，
放在这黝暗的墓里也太荒谬。
我应否设想她幽闭在银匣里边？
——白银比久经试验的黄金贱十倍；
啊，罪辜的想法！这样的琼琚，
决不能不用精金镶。他们在英格兰
有一种钱币印着个天使的形象，
是黄金所铸，但那是镌刻而成的，
而这里这天使是在黄金床上，
躺在匣中央。给我一柄钥匙；
我挑定这匣儿，但愿我吉运昌隆！

宝喜霞　这里，接着，亲王；我的像若在此，
我便是您的。　［他开启金匣。

摩洛哥　暧呀！这是什么啊？
一个死尸的骷髅，在它眼眶里
有一个写字的纸卷！我来念一下。
［读］闪闪发光的不都是黄金；
　　素常的说法总这样声称：
　　世上好多人毁掉了一生，
　　只为了能看到我的外形：
　　蛆虫占据着镀金的墓茔，
　　你要是既勇敢而又聪明，
　　判断已老成，手脚虽轻灵，
　　答复便不会叫你去伤心：
　　祝平安；你求到一片寒冰。

一片寒冰，果真是；枉费了心机：
那么，作别了，热情！冰霜啊，良契！
宝喜霞，祝平安。我太失意而悲伤，
不能够依依道别：孤注者输光。

［率扈从下。长鸣齐奏。

宝 喜 霞　厄运去得还轻快。拽上了帷幕。
愿像他这样容貌的都这般挑我。

［同下。

第　八　景

［威尼斯。一街道］
［萨拉里诺与萨拉尼奥上。

萨拉里诺　是啊，老兄，我眼见跋萨尼奥走：
跟他一起的只有葛拉希阿诺；
我分明不见洛良佐在他们船上。

萨拉尼奥　那犹太坏蛋呼号着惊动了公爵，
他只得同他去搜查待开的船了。

萨拉里诺　他来得太晚，船已经扬帆开出：
可是公爵在那儿被明白告知，
有人见到在一只平底艒舲⑦里，
洛良佐同他多情的絮雪格在夜游：
安东尼奥又复向公爵作保证，
他们并不在跋萨尼奥的船上。

萨拉尼奥　我从未听到过这样混乱的哀号，
那么样怪异、暴戾，那么样多变化，
如那条犹太疯狗在街上所嚷的，
“我女儿！啊呀，我的金特格！女儿啊！
跟个基督徒逃跑了！基督特格啊！
公道啊！法律！金特格！啊也，我女儿！
一袋封好的，两袋封好的特格，
双特格，唉呀，给我女儿偷走啊！

还有宝石,两大颗,珍贵的宝石呀,
给我女儿偷走啊! 公道啊! 找到她;
她身上藏着宝石哪,还有金特格。"

萨拉里诺 可不是,威尼斯所有的孩子跟着他,
叫喊着,他的宝石、女儿啊、金特格。

萨拉尼奥 安东尼奥得记住别误了期限,
不然他会受不了。

萨拉里诺 凭玛丽,记得对。
昨天我跟个法兰西人闲谈,
他告我在那分隔开他们英法
两邦的狭海上,有一艘我们的船
满载着,失事了:他说时我就想到
安东尼奥;我心中默愿那不是
他的船。

萨拉尼奥 你最好告诉了安东尼奥;
可不要太突然,免得他着急。

萨拉里诺 这世上没有个仁蔼超过他的士君子。
我瞧见他跟跋萨尼奥相离别:
跋萨尼奥告诉他说要早一点
回来:他答道,"别那样,跋萨尼奥,
不用为我的缘故疏误了正事,
却要功成事就后从容地回来;
至于我签给犹太人的债券合约,
别让它挂在你对我爱顾的心上:
要一团高兴,把你整个儿心思
放在求婚和优美的钟情神态上,
总要跟你在那里的身份相称。"
正在那当儿,他眼中噙满了眼泪,
将头背过去,他把手伸到后面,
以无比衷心感念的温情紧握着
跋萨尼奥;他们便这样相道别。

萨拉尼奥 我想他爱这世界只是为了他,

我说,我们务必要前去找到他,
用不拘什么欢心事,解开他心头
郁紧的愁闷。

萨拉里诺 我们就去这么办。

[同下。

第 九 景

[贝尔蒙。宝喜霞邸内一室]

[纳丽莎与一仆从上。

纳丽莎 赶快,赶快,请务必;拽开这帷幕;
阿拉贡亲王已经宣过了信誓,
马上要到这里来作他的挑选。

[长鸣齐奏。阿拉贡亲王,及宝喜霞,各率随从上。

宝喜霞 您瞧,尊贵的亲王,匣儿就在此:
要是您挑选正中了有我的那只,
我们的婚礼立刻就可以举行:
但假使您失败,殿下,不用再多讲,
您就得马上离开这里别处去。

阿拉贡 我经过宣誓必须遵守三桩事:
首先,决不可告诉任何人我选了
哪一只匣儿,其次,假如挑不准
那对的匣儿,我从此终身决不向
任何女子去求婚:最后,我如果
挑选不走运,立即离开您往别处。

宝喜霞 对这些训令,每一位曾来为我
这微贱的身躯冒险的,都宣过了誓。

阿拉贡 我已经准备就绪。但愿命运
满足我的愿望!金匣,银匣,贱铅匣。
"谁挑选了我,得牺牲、冒险他的一切"。
我牺牲或冒险之前,你得美观些。
金匣儿怎么样说法?吓!我来瞧;

“谁挑选了我会得到众人之所愿”。
众人之所愿！那众人也许是指
愚蠢的大众，他们凭外表挑选，
不想多懂些，超脱愚昧的眼光；
不知去窥察到里边，但像那紫燕，
不顾风吹雨打，在外墙上营巢，
时刻凌冒着不虞的变故灾祸。
我不去挑选那个众人之所愿，
因为我不愿跟随俗子共浮沉，
厕身在蛮野无文的庸众之间。
啊，那么，就你吧，白银的宝库；
再一次告诉我你佩着什么标题：
“谁挑选了我会得到他的所应有”；
说得多得体；因为谁会去行走，
为诳骗命运而依然得到尊荣，
若没有优良的品德？莫让任何人
胆敢凭空装一副不该有的庄严。
啊，但愿得财产、等第和权位
不是靠腐败钻营来，清白的光荣
只由享有者的优良品德所获致！
多少人在此脱帽站着的应加冠！
多少人发着号令的应当去听命！
多少名低微的鄙夫会从真正
光荣的种子中被搜检出来！多少位
光荣的俊彦从时俗的糠秕里选拔
出来，新加上光彩！好吧，我来挑：
“谁挑选了我会得到他的所应有”。
我要自认为应有。给我柄钥匙，
立即开启我在这匣儿里的命运。

［开银匣。

宝 喜 霞 为您在那里边见到的待得太久了。

阿 拉 贡 是什么？一个闪眼傻瓜的画像，

给我一张字条！待我来念念。
你多么丝毫不跟宝喜霞相像！
多么跟我所应有的希望相像！
“谁挑选了我会得到他的所应有”。
我难道只应有一个傻瓜的头吗？
这是我的彩头吗？我只应有这个？

宝　喜　霞　犯错误和评判是全然不同的两码事，
而且性质正相反。

阿　拉　贡　　　　　　　　写的是什么？
[念]烈火锻炼过这银子七遍：
　　那个从不判断错的预见，
　　也定必经过七次的考验。
　　世上有些人把虚枉当真诠，
　　捉到个影子，只浮光一现。
　　我知道有些傻瓜在人间，
　　银装耀眼，如这个在眼前。
　　不管你娶个怎样的老婆，
　　我总是注定了是你的头颅。
　　故而，就去吧：快走，莫噜嗦。
我要是再待在这儿发呆，
就越发显得是一个蠢才；
我带来一个傻脑袋求婚，
去时顶一对蠢头颅登程。
别了，美姣娘。我遵守誓言，
耐心去挨受愤怒的熬煎。

[阿拉贡亲王率扈从下。

宝　喜　霞　蜡烛便这般使扑火飞蛾遭了焚。
哎呀，这些蓄意的傻虫！当他们
挑选时，都不中，只因太聪明，误前程。

纳　丽　莎　古话说得对，不是邪言和左道，
绞首和娶妻得仗命运来关照。

宝　喜　霞　来吧，拽好了帷幕，纳丽莎。

［一仆人上。

仆　　人　姑娘在哪儿？

宝 喜 霞　　　　　　这儿：阁下怎么啦？

仆　　人　姑娘，在您府门口下马了一位
年轻的威尼斯人，他被先遣来
报道他少主不久即将来到；
他带着他主人对您的殷勤致意，
就是说，除了赏赞和谦恭的言语外，
有珍贵的礼品。我从来没见过
这样一位得体的钟情的使臣：
一个四月天的日子从不如此媚，
来预报华美的盛夏快要来贲临，
如这位先驱比他主人赶先到。

宝 喜 霞　别再这么往下说了：我倒有点怕
你接着就会说他是你自己的亲戚，
你挥洒如许华言隽语来夸他。
来吧，来吧，纳丽莎；我很想瞧瞧
邱璧特⑧的捷足使者风光这么俏。

纳 丽 莎　爱神啊，但愿来的是跋萨尼奥！

［同下。

第二幕　注释

① 费勃斯(Phæbus)是古希腊神话里太阳神阿波罗(Apollo)的别名，他是日轮、诗歌、音乐、医疗、预言等的神道，他本人是位理想的美青年。

② 赫居里(Hercules)是古希腊神话里的盖世英雄(希腊原名 Heracles)，力大无穷，经过十二桩艰巨的劳役他显示他的坚强与毅力，因而可说是表征了天神们所规定的希腊英雄主义的理想。他的名字从文字意义上说解作天后海拉(Hera)所叫唤的，而海拉是天神等级的最高女神。列却斯(Lichas)是他的少年侍从。

③ 朗斯洛忒这样的小丑所讲的话，在三百五、六十年后的我们这样的异国人听来看来，实在没有多大的趣味。莎氏当时写他的剧本，只供在伦敦环球剧院(The Globe Theatre)演出，并不印刷出版。当时的观众在池子里是些劳苦人民，包括商店和工匠作场里的店伙、工匠、学徒、艺徒以及贩夫走卒、仆役、兵丁、捕快之流，他们站着看戏，往往人声嘈杂；在楼上包厢里则是有座位的王公、贵族、地主、老板等人。所以像朗斯洛忒这样的角色，在当时戏院的池子里是有他的观众的。

④ 作为剧中的小丑，朗斯洛忒这角色是一个文盲的小厮，可是他喜欢转文炫耀他自己。

在这里他本想用“approach”(接近)这字,但错用了“reproach”(斥责)。夏洛克明知他缠错了用字,但因对他一肚子不高兴,所以作了他那个回答。接着这丑角又错说了“conspired”(同谋)这字,他的本意是想说“devised”(想出,计划)或“planned”(布置,计划)、“arranged”(布置,安排)这样的字。连下来他转入迷信的联想,且语无伦次。“黑星期一”可以用来指任何灾凶的日子。它原来是英王爱德华三世(Edward III)时一个耶稣复活节后的星期一,那天英军出征法国,在巴黎郊外大败,当时天气阴郁而苦寒。圣灰节(Ash-Wednesday)是四旬斋(Lent,复活节前四十天期间的大斋,为基督在荒野中禁食的纪念)的第一天,天主教中在那一天把灰撒在忏悔者头上,因以得名。

⑤ 夏甲(Hagar)是犹太人圣祖亚伯拉罕(Abraham)的埃及小老婆,她是他的妻子舍利(Sarah)的婢女。

⑥ 在古罗马神话里,美与恋爱的女神维纳斯(Venus)所驾驭的仙乘由一群瑞鸽拽引。

⑦ 这里原文是 gondola,在威尼斯是一只平底狭长、首尾耸,由舟子掌舵的游艇。

⑧ 邱璧特(Cupid)是古罗马神话里司恋爱的天神,相当于古希腊神话里的伊洛斯(Eros);他是个调皮捣蛋的儿童,手里拿着弓箭.随意乱射,眼睛是瞎的,被他射中了的青年男女即不可自拔地堕入情网。他的母亲是美与恋爱的女神维纳斯(Venus),相当于希腊神话里谈的爱茀罗妲祇(Aphrodite)。

第　三　幕

第　一　景

［威尼斯。一街道］

［萨拉尼奥与萨拉里纳上。

萨拉尼奥　却说，市场里有什么消息？

萨拉里诺　是啊，那里这传闻没有否定，说安东尼奥有一条满载的船在海峡里沉没了；他们管那地方叫古特温；是一处很危险的致命的浅滩，那儿好多艘巨舟的尸骸埋葬着，他们说，假使传闻是可靠的话。

萨拉尼奥　我但愿那传闻像一个啮啮糖姜、要她街坊们相信她为她第三个丈夫死去而哭泣的婆娘一样靠不住。可是那是真实的说法，没有罗嗦累赘的过误或要言不明的疏失，这位好安东尼奥，老实的安东尼奥——啊，但愿我有个够好的徽号来加在他名字前面！——

萨拉里诺　说呀，话没有说完。

萨拉尼奥　嚇！你说什么？唉，总的说来，他丢了一条船。

萨拉里诺　但愿这是他末了一次损失。

萨拉尼奥　让我及时叫“亚门”，否则魔鬼要掐断我的祷告，因为他装成一个犹太人的模样到来了。

［夏洛克上。

怎么说，哎，夏洛克！商人中间有什么消息？

夏　洛　克　你们知道，没有谁这么清楚，跟你们一样清楚，我女儿逃跑了。

萨拉里诺　那当然啰：我，拿我来说，便知道替她缝制她飞走的翅膀的那个裁缝。

萨拉尼奥　而夏洛克，对他来说，也知道她已经长好了羽毛；她们的态势是都要离开娘亲的。

夏　洛　克　为此她得下地狱。

萨拉里诺　那是必定的，假如魔鬼做她的判官。

夏　洛　克　我亲生的血肉反叛我！

萨拉尼奥　去它的，烂肉！这么大年纪还反叛？

夏　洛　克　我是说我女儿是我的血肉。

萨拉里诺　你的血跟她的，差别比黑肉和象牙还大；你们的血比普通的红酒和莱因河名酒相差还大。可是，告诉我们，你听到过安东尼奥在海上有没有损失？

夏　洛　克　那是我又一桩倒霉事：一个破产家伙，一个浪荡子，他不敢在市场上露脸了；一个花子，素常到市场上来总穿戴得衣冠齐楚；让他注意那借据立约：他惯常骂我重利盘剥；让他注意那借据立约：他惯常放债凭基督徒的情意不收息金；让他注意那借据立约。

萨拉里诺　我说，要是他失约，我相信你不会要他的肉；那有什么用处？

夏　洛　克　作钓鱼用：假使不能喂别的，可以满足我的仇恨。他污辱了我，叫我吃亏五十万；耻笑我的损失，讥刺我的赢利，侮蔑我的种族，破坏我的买卖契约，泼我的朋友们冷水，搧我的仇家的火势；他可有什么道理？我是个犹太人。犹太人没有眼睛吗？犹太人没有手脚、器官、身材大小、感觉、情意、血性吗？跟一个基督徒不是吃同样的食品，用同样的刀枪可以伤害他，也同样会害病，用同样的药剂可以医治，同样的冬天和夏天可以使他冷和热吗？你若戳刺我们，我们不会出血吗？你若逗我们痒，我们不会笑吗？你若用毒药毒我们,我们不会死吗?而你若伤害我们,我们能不报复吗?要是我们在其他事情上跟你们一样,我们在某一件事上也跟你们相同。要是一个犹太人伤害了一个基督徒,那基督徒怎样表示他的谦让?报复。要是一个基督徒伤害了一个犹太人,根据基督徒的榜样,那个犹太人应当怎样表示他的宽容?报复,当然。你教给我的恶辣手段,我要来实行,并且要从严回敬。

[一仆人上。

仆　　人　官人们,我主人在家,想请两位去谈话。

萨拉里诺　我们正在到处找他呢。

[屠勃尔上。

萨拉尼奥　他那种族里又来了一个:第三个再也找不到,除非魔鬼自己变成了犹太人。

[萨拉尼奥、萨拉里诺与仆人下。

夏 洛 克　怎么说,屠勃尔?热内亚有什么消息来?你找到了我女儿吗?

屠 勃 尔　我老是在她到过的地方听到人家说起她,可找不到她。

夏 洛 克　唉,该死,该死,该死,该死!一颗钻石完了,我在法兰克福花了两千金特格买进的!到现在诅咒才落到我们民族头上;现在我真正感觉到了:那里头有两千金特格;还有别的珍宝啊,珍宝。我但愿我女儿在我脚旁边死了,而那些宝石挂在她耳上!但愿她在我脚旁的棺材里,而那些金特格在她棺中!没有他们的消息吗?唉,就这样:我不知道为寻找他们,又花了多少:唉,你这损失上再加损失!贼偷了这么多走了,又花了这么多去找那个贼;可没有得到满足,得到报复;没有恶运气不是降在我这肩上的;只有我该悲叹,只有我该哭泣。

屠 勃 尔　不,别人也有倒霉的:安东尼奥,我在热那亚听说,——

夏 洛 克　什么,什么,什么?倒霉,倒霉?

屠 勃 尔　有一艘海舶丢掉了,从屈黎波里来。

夏 洛 克　多谢上帝,多谢上帝。真的吗,真的吗?

屠 勃 尔　我跟几个逃过触礁的水手讲过话。

夏 洛 克　多谢你,好屠勃尔:好消息,好消息!哈哈!在哪里?在热那亚?

屠 勃 尔　我听说,你女儿在热那亚一夜花掉八十块金特格。

夏 洛 克　你戳了我一刀:我再也见不到我的金元了:一下子就丢掉八十块!八十块金特格。

屠 勃 尔　有安东尼奥的几个债主同我一起到威尼斯,他们赌咒他非破产不行。

夏 洛 克　我高兴得不得了:我要磨难他;我要毒害他:我好不高兴。

屠 勃 尔　他们之中有一个给我看一只指环,是他用一只猴子向你女儿换来的。

夏 洛 克　去她的!你毒害了我,屠勃尔:那是我的土耳其蓝玉:是我还没有娶莉雅时她送给我的:就是漫山遍野的猴子,我也不肯去掉换。

屠 勃 尔　可是安东尼奥是一定完蛋了。

夏 洛 克　不,①那是真的,那果真的确。去,屠勃尔,去替我找个官儿塞点钱;债据满期离现在还有两星期。我要挖他的心,要是他愆期破约;因为在威尼斯干掉了他,我能主宰整个买卖。去,去,屠勃尔,跟我在犹太寺里碰头;去,好屠勃尔;跟我在我们庙堂里相见,屠勃尔。　［各自下。

第 二 景

［贝尔蒙。宝喜霞邸内一室］

［跋萨尼奥、宝喜霞、葛拉希阿诺、纳丽莎与侍从上。

宝 喜 霞　务必请,滞留一些时;在冒险之前,
迁延一两天,因为,您若挑错了,

我将失去您的俦伴；故而，且暂慢。
我衷心感觉到，不过那不是爱情，
我不愿失掉您；而您自己也知道，
憎恶可不会作出这样的规劝。
但是，免得您对我的心情不了解，——
不过一个闺女不便说，只能想，——
在您为我冒险前，我要您逗留
一两个月的时间。我能教与您
怎样去挑选对，但那就违犯了誓言；
我可决不做：您这样许会失掉我：
而您若失去我，我将宁愿犯罪过，
甘心发伪誓。诅咒您一双俊眼，
它们望透我，我将分成了两半；
一半是您的，另一半也还是您的。
是我自己的，我要说；但如果是我的，
也就归了您，全都属于您所有。
啊，这个刁钻的时世泼无徒，
它把所有者和他的权利分隔开！
所以，虽然是您的，却不为您所有。
要证实这件事。让命运遭殃，不是我。
我说得太久了；但只为拖时间，增加它，
延伸它，推迟您的挑选。

跋萨尼奥　让我来挑吧；
因为我此刻，像在刑台上受逼供。

宝喜霞　拷问台，跋萨尼奥！那么，招供出
您那情爱中可杂有叛逆之思。

跋萨尼奥　没有，只除了那猜疑恐惧的逆念，
疑惧我一片真情不能得实现：
叛逆之思同我的情爱不相容，
正如雪花和火焰没亲交两不和。

宝喜霞　嗳，我怕您在拷问台上作供词，
在那里受不了逼供，就胡言乱语。

跋萨尼奥 答应让我活下去,我据实招供。

宝 喜 霞 好呗,招认了,活着吧。

跋萨尼奥 “招认”和“爱”

是我供词的全部:啊,这苦楚
多愉快,施刑人教了我解脱的答话!
但放我去面对命运和那些匣儿。

宝 喜 霞 那么去吧!我的像锁闭在一只匣里:

您若真爱我,您会找到我的像。
纳丽莎和其他众人,都站开些。
在他挑选时,将音乐鸣奏起来;
那样,倘使有错失,他将天鹅般
消逝在乐曲声中:为了使比喻
更确切,我一双泪眼好比是清流,
做他的水葬场。② 他也许会能得胜;
那时节音乐是什么?音乐便好比
忠敬的臣民面对新加冕的君主,
鞠躬致敬时那华章的普奏;
又像是黎明时分那悦耳的清音
送进正在好梦中的新郎两耳内,
催他起身行嘉礼。他此刻行进着,
真像年轻的大力神,丰采不相差,
只是满腔多情爱,当他去拯救
哀号的特洛亚居民献给海怪的
那童贞处女:我便是献祭的牺牲:
其他人站着好比特洛亚众妇女,
泪眼朦胧地,出来看这场壮举
结局如何。去吧,大力神赫居里!
您能活,我也能活着:您这番武功
使我比您更平添许多分惊恐。

[跋萨尼奥独白评定三只匣子时,乐声鸣奏。]

歌

告诉我爱情产生在何方,

出自头脑里,还出自心房,
它怎样生殖,又怎样育养?
回答我,回答我。
爱情的光焰在眼中点亮,
用凝视喂饲;但迅速消亡,
它的摇篮便是它的灵床。
让我们把爱的丧钟敲响;
我来开始敲——丁当,丁当。

众　人　丁当,丁当。

跋萨尼奥　故而,仅仅外表不见得是真相:
世人总会被表面的虚饰所欺蒙。
在法律地界,任何肮脏的辞讼,
只须用优雅的声音为它辩护,
哪能不隐晦罪恶的真情?宗教上,
哪一件恶毒的罪孽,不是貌似
端正,不能引经据典,曲为它
祝福、赞许,把酷烈用文饰来掩盖?
没有那一桩邪恶简单而明了,
总在表面上装一点美德的标记:
多少个懦夫,他们的心假得像
黄沙垒成的梯子,他们下颏上
有赫居里斯和蹙额的玛斯③的须髯,
向胸中检视,他们的肝胆白得
像牛奶;这些都装出勇武的威仪,
使他们显得可畏!再纵观美貌,
须知那是用美人的庄重所购置;
它在赋有者身上形成了怪异,
使那些愈是美丽的愈显得轻飘:
在风中翩跹戏跃、蛇一般的金黄
鬈发在美人额上起着波纹皱,
往往是另一个头上的覆额金云,
原本的骷髅早已长眠在地下。

这样，装饰不过是诡诈的岸滩，
引人进极险的大海；或印度美人
一张美丽的面幕；一句话，它乃是
刁钻的时世用它来捕捉智者的、
那貌似的真理。故而，炫丽的黄金，
玛达斯的坚硬食物，我与你无缘，
也无取于你，人与人之间的奴仆，
苍白而下贱：可是你，贫乏的钝铅，
你有点威吓，可并不允许什么，
你这个苍白却比较雄辩更能
打动我的心；我就在这里挑选定：
让结果为我欢庆！

宝喜霞　［旁白］所有其他的激情都烟消云散，
比如，狐疑的设想，莽撞的绝望，
战栗的恐惧，绿眼乜斜的忧虑！
啊，爱情，
温和些；把你的狂喜镇静些微；
节制你的欢快；减轻这么多过度。
我感受你的恩幸太多了：减少些，
因为我生怕饱餍。

跋萨尼奥　　　　这里是什么？

［启铅匣。］

美好的宝喜霞的画像！什么半仙，
这么接近了神创？这一双眼睛
在流盼？或许，映上了我的眼珠，
所以它们像在动？双唇微启着，
中间用蜜息分隔开：这样甜的横隔，
分开了这样甜的好友。在她鬓发里，
画师像蜘蛛，撒布了金网去捕捉
才郎们的心，比蛛网捉飞虫还快：
但她的眼睛，他怎能瞧得见去描绘？
画好了一只，它便会偷掉他一双

睛光,使那画好的不能成双。
可是,瞧吧,我这些赞美的言辞
多么低估了她这个倩影,正如同
这倩影远蹩在她的真像后面。
这是个纸卷,我命运的内容和概要。
[念]你挑选不凭虚华的外表,
　　选得果然真,取的机缘妙!
　　既然这美运对你这般好,
　　心满意足吧,休得去多跑。
　　要是你对此衷心感满意,
　　将你的美运当洪福天齐,
　　走到你这位美姣娘那里,
　　招纳她用深深一吻双喜。
温柔的纸卷。多美的姑娘,请允许;[吻她。]
我凭这小帖来对您给与和收取。
像两个比武力士之中有一名,
自以为他在众人眼里很高明,
听到喝彩声和普通的喧闹,
觉得神志眩晕,凝望着不知道
那些赞赏的欢呼是真或不是;
便这般,绝色的姑娘,我站着,在此,
对我所见的是否真实我怀疑,
要等证实,承认,批准了,经过您。

宝　喜　霞　您见我,跋萨尼奥公子,站在此,
不过是这样一个人:虽然为自己,
我不愿存任何野心,希望自己
更好些;可是,为了您我愿自己
好上二十倍加三番,一千倍更美,
一万倍愈加富有;
为在您心目中占有个居高的品第,
我愿在修德、美貌、生计、亲友等
各方面都迈越寻常;但我的一切,

不过如此，即一个没训诲的姑娘，
无学问，无经历；好在她年纪不大，
还能够受教诲；更亏她生来不愚鲁，
还能够勤学习，最幸运是她的生性
温顺，正好仰赖您的精神所指引，
以您作为她的良人、主政和君王。
我自己和我所有的如今变成了
您的和您所有的：在此刻以前，
我是这华堂宅邸的领主，我诸多
仆从的主人，我自己一身的女王；
可是就在此一刻，这现今，这宅院，
这许多仆从，以及我自身，都成为
您所有，夫君；我用这指环给与您；
它啊，如若您离开它，把它失掉，
或送给人家，就预兆您爱情毁灭，
我那时便有权对您扬声责怪。

跋萨尼奥　姑娘，您使我失去了我所有的言辞，
我的血只在我脉管里对您鸣响；
而我的灵机呈现出这样的混乱，
正如同，当一位很受爱戴的君侯
说完了他那篇优美的演讲以后，
欢愉的群众发一阵营营的兴奋；
其中每一桩什么，跟其他相混同，
变成了什么也不是的，只是欢乐
的洪荒，表现出或者未曾被表现。
但当这指环离开了这手指，生命
也就离开了这里边：啊，那就
可以大胆说，跋萨尼奥已经死！

纳丽莎　姑爷和姑娘，我们本来在一边，
眼见我们的心愿圆满得辉煌，
现在轮到了我们来欢呼庆贺：
贺你们团栾欢喜春，姑爷和姑娘！

葛拉希阿诺 跋萨尼奥公子，温柔的嫂夫人，
我愿你们有你们所愿有的欢喜：
因为我深知你们多，我决不会少：
当你们二位决定要什么时候
举行燕尔新婚礼，我请求你们，
我在那时节，也要完婚成燕好。
跋萨尼奥 我完全赞成，只要你能找到个妻子。
葛拉希阿诺 我感谢你仁君，你为我已找到了一位。
我这双眼睛能瞧得跟你一样快：
你看中主小娘，我瞧中她的小伴娘；
你爱得迅速，我同样也爱得爽朗。
懒散和间断对于你我都无缘。
你的命运仗赖在那只匣儿上，
我的也同样，经过情形就如此；
因为我在此求情说爱出大汗，
指天咒誓一直到喉舌尽干焦，
最后，如果允诺还算数，她答应
只要你能有运得到她主人，
我也能得到她的爱。
宝喜霞 真的吗，纳丽莎？
纳丽莎 姑娘，正是，如果您乐意这么样。
葛拉希阿诺 是的，当真，仁君。
跋萨尼奥 我们的欢宴将因你们的婚礼
而更加光荣。
葛拉希阿诺 我们跟他们打赌，先养第一个
男孩的赢得一千块金特格。
纳丽莎 什么，押下赌注吗？
葛拉希阿诺 不；我们耍那玩意儿决不会赢，要是下着赌注。
可是谁来到了？洛良佐和他的邪教徒吗？嗨，还有
我的威尼斯老友萨勒里奥？
[洛良佐、絜雪格与萨勒里奥及一威城来的使者上。
跋萨尼奥 洛良佐和萨勒里奥，欢迎你们来；

我自己，也是新来乍到，若是我
有权欢迎你们来。经您的同意，
亲密的宝喜霞，我欢迎我的朋友
和同乡到此来。

宝　喜　霞　　　　　　　　我也欢迎，夫君，
衷心欢迎他们来。

洛　良　佐　多谢阁下。我原先，公子，不是
想到这里来拜访；可是在路上
碰到萨勒里奥，他却是硬邀我
不容分说，同他一起来。

萨勒里奥　　　　　　　　　　　我确是
勉强他，公子；我有因由这么干。
安东尼奥舍人嘱咐我代致意。

［给跋萨尼奥一信。］

跋萨尼奥　我在打开他这信之前，要请您
告诉我我的好友怎么样。

萨勒里奥　　　　　　　　　　　　没有病，
公子，除了在心里；也不好，除了
在心里：那封信会告您他的真情。

葛拉希阿诺　纳丽莎，招待那位客人；欢迎她。
把手伸给我，萨勒里奥：威尼斯
有什么新闻？那位经商巨子
怎么样，慷慨的安东尼奥舍人？
我知道他会为我们的成功高兴；
我们是鉴逊，我们觅得了金羊毛。

萨勒里奥　但愿你们觅得了他失掉的金羊毛。

宝　喜　霞　那张柬帖上有招致烦恼的凶讯，
它引得跋萨尼奥脸色变苍白：
许因亲爱的朋友死掉了；否则
没有别的事能这么震撼一个
正常男子的身心。什么，更坏了！
允许我，跋萨尼奥；妻是夫之半，

我一定得知晓这张纸帖儿带给您
任何东西的一半。

跋萨尼奥 亲密的宝喜霞，
这儿有自来涂抹到纸上的最痛彻
人心的几句话！温良的姑娘，当我
最初面向您倾吐我爱慕的时分，
我坦白告诉您，我全部财富都在我
血管中流注，我是一个士君子；
当时我说的是实话：可是，好姑娘，
将我自己说成无财富，您须知
我却夸了多么大的口。我告您
我境况清贫时，我那时应当告您
我还比清贫远不如；因为，果真的，
我让我自己亏累了一位至友，
又叫这至友亏欠了他的仇家，
为替我筹款。这儿这封信，姑娘，
这纸张好比正是我至友的身体，
上面每个字都是开裂的创口，
流着生命血。真的吗，萨勒里奥？
他所有的投资全毁了？没一桩成功？
从屈黎波里、墨西哥、英格兰回来，
还有从里斯本、巴巴利、印度回来？
没有一条海舶逃过了那摧毁
商船的礁石的骇人撞击吗？

萨勒里奥 一条
都没有，公子。何况，事态显然是，
假使他有现款去打发犹太佬，
那家伙也不肯接受。我从未见过
一个家伙，样子像是人，深心里
却贪残狠毒得定要消灭人家：
他没早没晚促迫着公爵去执法，
并且诘责威尼斯城邦有没有

自由，倘使他们不给他行公道：
二十位大商家，公爵自己，还有
最负声望的显贵，都曾劝过他；
可是没有人能使他收回辞讼，
他坚持要求按立约处罚、执法。

絮雪格　我在家里时曾听得他对屠勃尔
和楚斯，他的两个同族人，发过誓，
说他宁愿有安东尼奥的身上肉，
不愿有二十倍借款那么多的钱：
我知道，贵公子，倘使法律、权威
和权力不能否定他的要求的话，
可怜的安东尼奥怕劫数难逃。

宝喜霞　您那位亲爱的朋友在这般遭难吗？

跋萨尼奥　我最亲爱的朋友，最温蔼的人，
一位品德真高超、极慷慨仁和，
肝胆照人的士君子，在他胸臆中
古罗马的光荣磊落精神辉耀得
比目今意大利任何人都更显焕。

宝喜霞　他欠那犹太人多大一笔款子？

跋萨尼奥　为了我，三千金特格。

宝喜霞　　　　　　　什么，只此吗？
还他六千块，把那债约撤销掉，
六千加一倍，那数目再翻上三番，
也休得叫这样人品的一位朋友，
因跋萨尼奥的过错少一根毛发。
先同我去到教堂里结成夫妇，
再就到威尼斯去看您的朋友，
如果怀着颗不安的心灵，您切莫
躺在宝喜霞身旁。您将有比那
些些借款多上二十倍的金元
去还债：事完后，请您的挚友同来。
我的这伴娘纳丽莎和我自己

将如闺女、孤孀般度着时光。
来吧,去来。今天,在新婚的吉日,
您就得离开:欢迎您几位朋友,
要显得心情欢快:我们这姻缘
既然出了这么多代价,我定将
对您更恩爱。让我听您的朋友
这封信。

跋萨尼奥 [念信]挚爱的跋萨尼奥,我的船舶悉数出了事,我的债权人心怀残暴,我境况危殆,我对那犹太人的债务因失约必须受罚抵偿;既然我偿付后无法幸存,你我之间的债务就一笔勾销,我只盼能在临死前见你一面。虽然如此,要趁你高兴:若是你的爱侣不劝你来,别让我这封信劝你。

宝喜霞 啊,心爱的,把一切事办好,马上去!

跋萨尼奥 我既然有您的允许速即离开,
我便得赶快:但在我回来之前,
我将不在这里哪一张床上呆,
您我来不及一块儿得到共休眠。

[同下。

第三景

[威尼斯。一街道]

[夏洛克、萨勒里诺、安东尼奥与狱卒上。

夏洛克 狱官,看住他:别跟我说什么仁慈;
这是个傻瓜,他出借款子不收息;
狱官,看住他。

安东尼奥 再听我一声,夏洛克。

夏洛克 我要执行那债券;不许反对它:
我已经发过誓,非照约实行不可。
你没有理由平白地骂我是条狗;
既然我是狗,要小心我的狗牙:

公爵一定会给我主持公道的，
你这个泼赖的狱官实在太糊涂，
经他的请求，放他出来这么走。

安东尼奥　我请你，听我说。

夏　洛　克　我要按立约实行，不听你的话：
我要按立约实行，故而莫多说。
我不会给弄成一个软心肠、
愁眉苦脸的傻瓜，摇头，发慈悲，
叹息着，对一些耶稣教仲裁人屈服。
别跟着；我不听瞎说：按立约实行。　［下。

萨拉里诺　这是条人间最铁石心肠的恶狗。

安东尼奥　由他去，我将不再用不济的哀求
跟踪他。他要我的命；我知道那因由：
不少人失约还不出借款要藉没，
对我来诉苦，好多次我救了他们；
他因而恨我。

萨拉里诺　　　　我信公爵决不会
维持这罚则。

安东尼奥　　　　公爵可不能否定
这法律程序：因为通商的便利，
异邦人在我们威尼斯这里所享的，
若遭到否定，会损害它公道的令名，
而我们城邦的商业繁荣和富庶，
须指望诸邦众国。故而，且去吧：
这些悲伤、损失弄得我好衰弱，
只怕我明天身上匀不出一磅肉，
去满足我那个血腥债主的需要。
狱官，走吧。求上帝，让跛萨尼奥来
瞧我还他的债，我死也无所谓！

［同下。

第 四 景

［贝尔蒙。宝喜霞邸内一室］

［宝喜霞、纳丽莎、洛良佐、絜雪格与鲍尔萨什同上。

洛 良 佐 夫人，虽然我当着您的面说话，
您确有天神一般的亲仁高贵
而真诚的心；而在这件事情上
最显焕，您敦劝新婚的夫婿离家门。
可您若知道您对谁显示这尊荣，
对怎样一位高人君子施救助，
他是贵公子您外子多亲密的好友，
我知道您会更感到自豪，因做了
比通常的宽弘义举更高朗的事。

宝 喜 霞 我从来不曾行了义举而悔恨，
现在也不会。在知心的伴侣之间，
经常开怀偕畅叙，相处共朝夕，
彼此的灵魂承载着相同的爱慕，
他们定必在相貌、风采、精神上
有几分相同或相似；这使我想到
这安东尼奥舍人，我夫君的挚友，
定必同我的夫君差不多。倘如此，
我付出的代价就显得何等渺小，
去营救跟我的灵魂相仿佛的人，
脱离他那地狱般惨酷的遭遇！
但这太近于自我标榜的失态了；
故而不必再多讲：且谈些别的事。
洛良佐，我委托与您的执掌之中，
我这邸宅的管理和区处，直到
我夫君作回程：至于我自己，我对天
曾起过密誓，要以祈祷和冥想
度晨昏，只由纳丽莎一人伴随我，

待到她丈夫和我的夫君归来时：
离此间两英里有一所修道的庄院；
我们将在那壁厢居住。希望您
不要推拒我这一委任的负荷；
这是我的敬爱之忱和某种需要
所对您的恳托。

洛　良　佐　　　　　　夫人，我一心奉命；
我将遵从您一切的清明指示。

宝　喜　霞　我的家人们都已知道我的意思，
他们都会接受您和大嫂絜雪格，
来代表跋萨尼奥贵公子和我。
祝你们平安，等到我们再见时。

洛　良　佐　愿美好的神思、欢乐的时刻相随护！

絜　雪　格　我愿您夫人一切都如意，祝万福。

宝　喜　霞　多谢你们的祝福，我愿把它们
回敬给你们：日后再见了，絜雪格。

［洛良佐与絜雪格同下。

我说，鲍尔萨什，
我一向知道你诚实可靠，所以
我指望你仍然如此。取了这封信，
尽你最大的能耐火速到帕度亚，
送交给我表兄培拉里奥博士；
注意，他将有什么柬帖和衣服
交给你，你接下便得飞快到渡头；
就乘上前往威尼斯的公共渡船。
别费时说话了，就走：我将赶先到。

鲍尔萨什　姑娘，我将尽快去赶路就是了。　［下。

宝　喜　霞　来呀，纳丽莎，我手头有事你还
不知道：我们会见到我们的丈夫，
在他们能想到我们之前。

纳　丽　莎　　　　　　　　　他们
可会见到我们吗？

宝 喜 霞　　　　　　　　会的，纳丽莎；
但我们将穿着那样的衣装，使他们
分辨不出我们的本来面目。
我跟你打怎样的赌都行，当我们
两人都装扮成了青年汉子时，
我将会是个出脱得更俊的人儿，
身旁佩着短剑更风采奕奕，
开腔说话时带着从少年转变为
成人的芦管声，把两个袅娜小步
并成一个踉跄男子步，说起斗殴来，
活像个吹擂夸口的郎君，还编些
离奇的谎话，说什么大家的贵千金
恋上了我了，我不要，她们便害了相思
而死去；我不能去要；我跟着后悔了，
倒愿意，虽然已如此，还是莫害得
她们死；我要撒二十个这样的谎，
于是人们将赌咒，说我走出
学校门不过一年多。我记着这些
吹牛子弟们上千个不更事的伎俩，
我要拿出来搬演。

纳 丽 莎　　　　　　　　怎么，我们要
变成男人吗？

宝 喜 霞　　　　　　坯，亏你问出来，
你倒几乎成了个淫荡的通事！
可是来吧，我在四轮马车里，那等在
邸园大门口，会讲给你听我整个
计划；故而，让我们快快上程途，
我们今天得要赶二十英里路。

［同下。

第　五　景

［同前。花园内］

［朗斯洛忒与絜雪格上。

朗斯洛忒　是的，当真；因为，你瞧，老子的罪孽会下落到孩子们身上：所以，我管保你逃不了要遭殃。我一向跟你说老实话，所以现在同你讲了替你担忧的事：所以开怀吧，我确是认定你会进地狱。只有一个希望对你或许能有利；不过那只是不正当的希望。

絜　雪　格　那是个什么希望呢，请问？

朗斯洛忒　凭玛丽，你可以有点希望，就是你父亲没有生你出来，你不是那犹太人的女儿。

絜　雪　格　那倒真是个不正当的希望了：不过那样一来我妈的罪孽就要落到我身上了。

朗斯洛忒　真的，我就怕你会给你的爸和妈一块儿镇到地狱里去：便这样，避开了锡拉，你父亲这块大礁石，却给卷进了却列勃迪斯④你母亲这个大旋涡里去：好，你从两方面都不得超生。

絜　雪　格　我将因我的丈夫而得救；他把我变成了个基督教徒。

朗斯洛忒　真是，他这下子可罪责难逃：我们基督教徒原本是够多的了；多到已经满满的，还好活得下去，这个挨着那个的。这么增添基督教徒会叫猪肉涨价；倘使我们都成了吃猪肉的，不久我们会出了钱买不到一片煎咸肉哩。

絜　雪　格　我要告诉我丈夫，朗斯洛忒，你说的是什么话；他来了。

［洛良佐上。

洛　良　佐　我不久要对你吃起醋来，朗斯洛忒，你若这样将我妻子挤到壁角里去。

絜　雪　格　不，你不用害怕，洛良佐：朗斯洛忒跟我在吵架。他干脆跟我说，上天不会给我仁慈，因为我是个犹太人的女儿;他又说,你不是个咱们国家的好公民,因为你把犹太人变成了基督教徒,你叫猪肉涨了价。

洛 良 佐 为那件事我能对国家答话,要比你为弄大那黑姑娘的肚子能对国家答话,容易得多哩:你叫那摩阿女孩儿怀了孕呢,朗斯洛忒。

朗斯洛忒 那个摩阿女的肚子里多那么一层道理,固然是多哩:可是她若是个不怎么规矩的娘们,她才果真是出乎我的意料之外。

洛 良 佐 怎么每一个呆子都会嚼舌头贫嘴!我想过不了多久,聪明才智的最好风致将会沉默了,而说话只对于鹦鹉才是可以赞许的。你去!那么,要他们准备开饭吧。

朗斯洛忒 那也准备好了,您家;只要说一声"铺上"⑤就是。

洛 良 佐 那么,你就铺上吗,您家?

朗斯洛忒 不敢,您家;我懂得礼貌。⑥

洛 良 佐 还是那么咬文嚼字贫嘴!你是要在顷刻间把你全部的聪明才智都使出来吗?我关照你,要懂得一个老实人说他的老实话:去跟你那些伙伴们讲,要他们把桌子铺上,把肉端出来,我们要进来吃饭了。

朗斯洛忒 桌子,您家,是要摆上的;肉,您家,是要端上的;关于您进来吃饭的事,您家,唔,让它由兴致和奇想去决定吧。 [下。

洛 良 佐 啊,慎思明辨,他的话多机灵!
这丑角在他记忆里配备了多么
齐整的一套字眼;而我也知道,
有许多丑角,比他站得地位高,
修饰得同他一个样,胡扯起来
叫人什么也不懂。你怎样,絜雪格?
现在,心爱的好人儿,且说说你觉得
跋萨尼奥公子这新娘怎么样?

絜 雪 格 好到说不尽。依我看,真是该这位
跋萨尼奥贵公子品德两高超;

在他这媳妇身上天恩这般大，
他简直在地上享着天上的洪福；
而若在地上他不求⑦这一份天恩，
按理他将来会要上不了天堂。
嗨呀，假使有两位天神去赌赛，
当作赌注，押两个人间的女子，
一边押上了宝喜霞，那一边就得
另押上一位女娘，因为这可怜
寒伧的人世间没她的对手。

洛　良　佐　　　　　　　　　　　　我便是
你的这样个丈夫，正如她是个妻。

絜　雪　格　且慢，也来问问我有何意见。

洛　良　佐　我就要问你：首先，让我们吃饭。

絜　雪　格　且慢，在我还有胃口时称赞你。

洛　良　佐　且不，请你，我们一边吃，一边谈，
那时候，不论你怎样讲，我都可以
吞下去一起消化。

絜　雪　格　　　　　　　　好吧，我来讲。

［同下。

第三幕　注释

① 原文这里是“Nay”，意思是“不”、“不是”或“不对”。莎士比亚的作品，自十八世纪初经 Pope、Johnson 等人编订注解以来，经过两百七十年共八十位左右英、德、美三国学者研究校勘，到现在可说已经大定，虽然还有若干未能解决的问题。但是像这里的“Nay”可以肯定地说，绝不是“Yea”(“是”、“是的”或“对了”)或“Yes”之误。夏洛克应说“Yea”可是他兴奋过度，出言颠倒，把应说正面的用意错说成了反面的，显得可笑。一九七七年十二月和一九七八年四月人民文学出版社出版的第一版和第二次印刷的朱生豪译本《威尼斯商人》(方平校)把原文这里的“Nay”在译文中纠正为“对了”乃是个大错误，说明没有懂得作者的用意，闹了个笑话。

② 相传天鹅临死时在流水上方不断飞翔哀鸣，终于堕入水中而死。

③ 玛斯(Mars)系古罗马神话里的战神，面容威武。

④ 锡拉(Scylla)是地中海在意大利 Messina 海峡里的岩礁，却列勃迪斯(Charybdis)是那里的一个大旋涡。意思是左右为难，没有生路。

⑤ 原文 cover(铺上)是说铺上桌布，摆好刀、叉、匙、碟等餐具。

⑥ 原文 cover 在这里是同一个字用作另一意义，即戴帽。在尊长或主人面前不戴帽，

如果本来戴着的也应当脱掉,以示尊敬,

⑦ 这里,据 Clark 与 Wright 之《威廉·莎士比亚全集》本三幕五景第八十二行注,原文 mean 解作 aim at。

第　四　幕

第　一　景

［威尼斯。一法庭］

［公爵，众显贵、安东尼奥、跋萨尼奥、葛拉希阿诺、萨勒里奥及其他人等上。

公　　爵　什么，安东尼奥在这里吗？

安东尼奥　有，回贵爵阁下。

公　　爵　我为你扼腕；你来跟一个狠心肠
对造对答，一个没怜悯、空无
一点儿仁慈，不近人情的恶汉。

安东尼奥　我听说阁下已费尽心思去缓和
他的凶横；但既然他顽固不化，
又无合法的手段可救我逸出他
怨毒的罗网，我只能用忍耐对付
他那股狂怒，以镇静的精神自卫，
去忍受他的残暴，他那阵疯魔。

公　　爵　下去一个人，传那犹太人上庭来。

萨勒里诺　他在庭门口等着：他来了，贵爵。

［夏洛克上。

公　　爵　让开些，容他站立着面对我们。
夏洛克，人们这么忖，我也这么想，
你只是故意装这副凶恶的态势，

直到那最后关头;这下子都以为,
你会显你的仁慈和恻隐,这却比
你那表面上的残酷更出人意外;
到现在你虽然坚持要照约处罚,
宰割这可怜的商家身上一磅肉,
可是在最后,你将不仅放弃掉
那处罚,还因为受到人情的恺悌
和仁爱所感动,让掉一部分本金;
你会用怜悯的眼光看他的亏耗,
这些近来都不断乱堆到他背上,
足可把一个巨商压倒在地上,
使黄铜的胸怀和燧石的心肠,
使刚愎的土耳其、剽悍的鞑靼犷蛮,
他们从不知什么温存慈惠,
也会对他的际遇起哀怜和恻隐。
我们都指望你有个和蔼的回答。

夏 洛 克 我已经对贵爵陈明了我的决心;
凭我们的神圣安息日我已发过誓,
必得要我应得的、照约的处罚;
如果您不准,就会有危难降落到
你们的宪章和城邦的自由风貌上。
您会问起我为什么宁愿有一磅
腐烂的臭肉,而不要三千金特格:
我不作答复:只是说,是我的性癖:
这是否回答了? 假使我家里有只
耗子,我高兴花上一万金特格
把它毒死,怎么样? 是否答复了?
有些人不爱瞧一只张口的猪仔;
有些,瞧见一只猫会勃然大怒;
又有人,听到了风笛在哼哼呜响,
会不禁流小便:因为爱憎和喜怒,①
激情的主宰,指挥着它的意趣,

全凭一个人的好恶。关于您的答复:
没有什么稳固的理由可以举,
为何有人受不了张口的那只猪,
为何有人听不得套毛布的风笛声,②
而要无可奈何地显出丑态来
惹恼人家,当他自己遭惹恼时;
故而我不能举理由,也不想揭举,
除了对安东尼奥我心中怀宿恨
和深固的憎恶,所以要对他进行
这无益的诉讼。我是否答复了您?

跋萨尼奥　这不是答复,你这无情的铁石人,
它不能为你那残酷的行径辩解。

夏洛克　我所举的回答毋须讨你的欢喜。

跋萨尼奥　人们是否把不爱的东西全杀死?

夏洛克　是否一个人,他恨的东西不愿杀?

跋萨尼奥　每一桩触犯开头并不是仇恨。

夏洛克　什么,你要一条蛇第二次咬你吗?

安东尼奥　我请你,要考虑跟这犹太人讲理:
倒不如去到海滩上伫立着,
叫大海的洪波减低它惯常的高度:
你倒还不如去跟那贪狼问询,
为何它使羊犊咩咩地叫母羊;
你倒还不如去禁止山上的松林
摇曳它们的高枝,不许发喧响,
当它们被阵阵天风不断打扰时;
你这是要作世上最艰难的事,
来劝这犹太人变软他的心,——有什么
比它更加硬?——故而,我恳切要求你,
别再向他提商议,为我想方法,
而要以完全爽快又简单的利便,
让我受宣判,让犹太人逞他的意志。

跋萨尼奥　还你的三千特格,这里有六千。

夏 洛 克 假使你那六千特格的每一块
都分成六份,每一份都是个特格,
我也不能接受;我只要执行立约。
公 爵 你这样寡情,怎么能希望得仁慈?
夏 洛 克 我没有做错事,有什么裁判可怕?
在你们中间有不少买来的奴隶,
他们跟你们的狗马驴骡一样,
你们待遇得好不鄙贱而卑微,
因为是你们购置的:我是否说道,
让他们自由,跟你们的子女婚配?
为什么他们在重负下流汗?让他们
睡在同你们一般软的床上,吃喝
同样美味的食品?你们会回答,
"这些奴隶是我们的";我同样回答你:
我向他要的这磅肉是出了高价
买来的;这是我的,我一定得有它。
你们若不给,你们的法律就完蛋!
威尼斯的法令被宣告没有效力。
我要求判决:回答我;给我,不给?
公 爵 凭我的权力,我可以停审缓判,
除非有培拉里奥,一位法学界
宏儒,我曾延请他到此来定案,
今天能出席。
萨勒里奥 报贵爵,庭外有一名
使者来自帕度亚,送博士的信件。
公 爵 把信件交上来;叫使者来到庭上。
跋萨尼奥 且安心爽快吧,安东尼奥!什么,
老兄鼓起勇气来!这个犹太人
须得有我的血肉、骨骼和一切,
在你要为我流一滴血之前。
安东尼奥 我是羊群里一头有病毒的羯羊,
最该去死亡:最孱弱的果子最早

坠落到地上;故而让我也这样:
你不能做更好的事,跋萨尼奥,
除了还活着,去写我的墓志铭。

[纳丽莎饰一律师的书记上。

公　　爵　你从帕度亚来吗,从培拉里奥处?

纳 丽 莎　正是的,贵爵。培拉里奥向阁下
致问候。　　　　　　　　　　[呈一信件。]

跋萨尼奥　　　　为什么把刀子磨得这么急?

夏 洛 克　要割那破产的家伙身上一磅肉。

葛拉希阿诺　不是在你鞋底上,残酷的犹太人,
而是在你灵魂上,你磨砺你的刀;
可是再没有镔铁或精钢,没有,
即使是刽子手的行刑斧头也没有
你那锋利的恶毒一半那样
凶残又酷烈。什么祈求也穿不透?

夏 洛 克　不行,不论你说得多巧妙也不成。

葛拉希阿诺　啊,你这只准打入地狱、没法去
诅咒的恶狗!你能活在这世上,
得叫公道被控告。你几乎使我
动摇了信仰,跟毕撒哥拉斯③一起,
认为畜生的灵魂注入了人躯干;
你那恶毒的幽灵原管着一条狼,
那凶狼因杀人被绞死,绑在绞架上,
凶魂逃失时正值你躺在你那
肮脏的母体里,它就注入你身躯;
因你的欲望正像狼,极凶残、贪婪。

夏 洛 克　除非你能把借据上的印章骂掉,
你这样叫嚷只能把你的肺来伤:
保养你的心智,好少年,否则它会要
损毁破灭掉。我要求法律裁决。

公　　爵　培拉里奥这封信介绍了一位
年轻而博学的宏儒到我们庭上。

他在哪里？

纳丽莎 他就在外边等候着，
听您的回音，是否让他上庭来。

公爵 我一心欢迎。你们出去三四人，
延请他到庭上来。同时，这庭上
且聆听培拉里奥的这封来信。

书记 [念]贵爵可以了解到，当接奉来书时，我病患很深：但正值贵介到来时，罗马有一位年轻博士正宠临舍下；他的高名是巴尔萨什。我告知了他那犹太人和商人安东尼奥之间发生的案情：我们遍查了许多典籍：他具有了我的见解；敝见再加上他自己的学问，其博大宏深我无法充分赞赏，他携带着，经我的恳请，来替我满足您阁下的要求。我至希他年事不高不会成为他得不到崇敬尊重的故障；因为我从未见到过这样年轻的身体有这样老成的头脑。我推举他给阁下亲仁的雅顾，他的考验将更好地公布他的被赞美称赏。

公爵 你们听到了博学的培拉里奥，
他写的是什么，而现在，博士来了。

[宝喜霞上，扮一法学博士。

请将手给我。您是从培拉里奥
老法曹那里来的吗？

宝喜霞 正是，阁下。

公爵 欢迎您：请就位。您是否已知道庭上
关于现在这讼案的争执意见？

宝喜霞 我已经熟知这案子的一切情实。
这里谁是那商人，谁是那犹太人？

公爵 安东尼奥和犹太人，站上来。

宝喜霞 你可是名叫夏洛克？

夏洛克 我叫夏洛克。

宝喜霞 你进行的诉讼性质显得奇怪；
可是按常规，威尼斯的法律不能

对你提出异议，当你起诉时。
你的安全被他所危及，是不是？

安东尼奥　哦，他是这样说。

宝　喜　霞　　　　　　　你承认借约吗？

安东尼奥　我承认。

宝　喜　霞　　　　那么，犹太人一定得仁慈。

夏　洛　克　根据什么我要被强制？告诉我。

宝　喜　霞　仁慈的性质不含有任何勉强，
它好比甘雨一般从昊天下降到
人间地上：它双双赐福于人们；
施与者既得福，受惠者同样承恩：
它是最有权力者的最高权能：
它比王冕更适合于在位的君王；
王仗显示出人间权位的威力，
起敬畏和威严的表征，其中寓有着
对于君王们的畏惧和惶恐；但仁慈
却超越这个执掌王仗的权势；
它在君王们的心房里头登极，
它乃是上帝自己的一个徽征；
而人间权力会显得像是神权，
当仁慈调和着公道。故而，犹太人，
虽然你兴讼的要求是公道，
请考虑这点，就是，按公道的常理，
我们没有人将能得拯救：我们
都祈求仁慈，而这一祈祷就教
我们大家都去做仁慈的善行。
我说了这么许多来缓和你这件
诉讼所要求的公道：可是你如果
只追求这个，威尼斯这严谨的法庭
一定得对被告那个商人宣判。

夏　洛　克　我的事我自己承当！我要求执法，
照我这债券施行破约的处罚。

宝　喜　霞　他是否不能清偿欠你的款子？

跋萨尼奥　是啊，这里我替他在庭上归还；
是啊，这数目的两倍；如果还不够，
我负责付还此数的十倍，再失约，
处罚将是我的手、我的头、我的心：
如果这样还不够，那定必显得
恶意压倒了真理。我对您恳求，
将法律扭捩到您的权威之下：
为了做一件大好事，做一点小错，
控制这残酷的魔鬼，使他不得逞。

宝　喜　霞　决不能这样做；威尼斯城邦没人
有权能改变一项既定的律令；
这会变作个成了存案的先例，
跟着许多错误就援引这例子
将会涌进国事中：不能这样做。

夏　洛　克　一位但尼尔裁判了！啊，但尼尔！
年轻明智的法官，我多么崇敬您！

宝　喜　霞　请您给我瞧一瞧这一张借约。

夏　洛　克　在这里，最尊敬的博士，就在这里。

宝　喜　霞　夏洛克，有你款子的三倍还你呢。

夏　洛　克　发过誓，发过誓，我曾对天发过誓：
我难道叫我的灵魂毁誓而犯罪吗？
不行，整个威尼斯都给我也不成。

宝　喜　霞　是呀，按借约是该处罚的；据此，
犹太人可依法要求一磅肉，由他
割自最靠近这商人的心脏所在处。
放仁慈些吧：收下三倍的钱数；
叫我撕掉借约吧。

夏　洛　克　　　　　　　　须待根据
借约的规定付清了之后。看来
您是位严正的法官；您通晓法律，
所作的解释也极为确当；我请您，

您乃是应受尊崇的法界的栋梁，
我依据法律的名义，请您就进行
宣判：我凭我的灵魂发誓，决没有
人的喉舌有力量改变我的决心：
我现在立等要执行立约。

安东尼奥　　　　　　　　　我也
诚心请堂上宣判。

宝　喜　霞　　　　　　那么，就这样：
你须得准备把胸膛迎接他的刀。

夏　洛　克　啊，高贵的法官，英杰的年轻人！

宝　喜　霞　因为法律的用意和目的完全
符合这处罚，且已在约上到期。

夏　洛　克　非常正确：聪明又正直的法官！
您比您的相貌更要老成多少！

宝　喜　霞　故而就袒露你的胸膛。

夏　洛　克　　　　　　　　是啊，
他的胸膛：约上这么说：是不是，
高贵的法官？“最靠近他心脏”，正是
这几个字儿。

宝　喜　霞　　　　　是这样。备好了天平
秤秤肉吗？

夏　洛　克　　　　　我备好在此。

宝　喜　霞　夏洛克，由你去请一位外科医生，
去堵住创口，免得他流血致死。

夏　洛　克　借约里这样讲到吗？

宝　喜　霞　　　　　　　　没这样表明：
但那有什么关系？为慈悲你做
这么点，乃是件好事。

夏　洛　克　　　　　　　　这我找不到；
合约里没有写。

宝　喜　霞　　　　　商人，你有什么话？

安东尼奥　不多：我已有准备，充分预备好。

将手伸给我，跛萨尼奥：祝平安！
别为我因替你出力受累而伤心：
因为在这件事上命运显现得
比她素常时较温存：她经常惯于
使堕入悲惨的苦难人遭到穷迫，
以凹陷的双目、皱蹙的眉宇苦度
老年的穷困，从这样的惩罚，迁延
而愁苦，她将我一举割除得爽利。
为我向光荣的新婚嫂子致意：
告诉她安东尼奥临终时的经过；
诉说我怎样爱你，又怎样从容
就死；待事故讲完后，要她作评断
说跛萨尼奥曾否有个真心
好友。莫懊丧你将失去这好友，
他也不懊丧他为你还债而丧生；
因为假使犹太人切得足够深，
我将顷刻间用我的全心作清偿。

跛萨尼奥 安东尼奥，我娶了一位好妻子，
她对我来说同生命一样珍惜；
但生命本身，我的妻，这整个世界，
我珍惜他们，并不过于珍惜你：
我宁愿失去这一切，嗳，牺牲掉
他们给这个魔鬼，来将你拯救。

宝喜霞 您妻子不会为了这句话感谢您，
假使她在旁，听您表这个心愿。

葛拉希阿诺 我有个妻子，我发誓我是爱她的：
我宁愿她此刻在天上，可以祈求
上帝去改变这条恶狗犹太佬。

纳丽莎 幸亏您在她背后作这样的献辞，
否则这愿望会叫您的家不安宁。

夏洛克 这些个就是基督教徒的丈夫了。
我有个女儿；但愿巴拉巴[4]的子孙

是她的丈夫，也不要个基督教徒。
我们在浪费时间：我请您，就宣判。

宝　喜　霞　那商人身上的一磅肉归你所有：
这庭上判给你，法律给与了你。

夏　洛　克　极公正的法官！

宝　喜　霞　而你须得在他胸膛上割这肉：
法律允许这么办，这庭上判给你。

夏　洛　克　极博学的法官！判决了！来，预备！

宝　喜　霞　等一下；还有一些别的事。这借约
在此绝没有给你一点血；写明的
只是"一磅肉"：那么，按照这借约，
取你的这一磅肉；但割时若流了
这基督教徒的一滴血，你的地皮
和财货，按威城法律，要充公作为
威尼斯城邦所有。

葛拉希阿诺　啊，正直的法官！你瞧，犹太人：
啊，博学的法官！

夏　洛　克　法律是那样吗？

宝　喜　霞　你自己可以去查明法令；因为，
既然你坚持公道，要保证使你
能得到公道，超过你所愿有的。

葛拉希阿诺　啊，博学的法官！你瞧，犹太人；
一位博学的法官！

夏　洛　克　那么，我愿意
接受这提供；付给借约的三倍，
让这个基督教徒去。

跋 萨 尼 奥　钱在这里。

宝　喜　霞　待一下！
这个犹太人得有全部的公道；
待一下！别着急：什么也不得给他，
只除是罚给他所有的。

葛拉希阿诺　啊，犹太人！

一位正直的法官,博学的法官!

宝 喜 霞 故而,预备好去割肉。你不得流血,
也不得少割或多割恰好一磅肉:
要是你多割或少割恰好一整磅,
只要份量上轻一点或者重一点,
相差只小小一分的二十份之一,
唔,天平上只相差头发丝那样
一丁点,你就得死,你全部的财货
要充公。

葛拉希阿诺 但尼尔再生,但尼尔,犹太人!
现在邪教徒,我可是把你压倒了。

宝 喜 霞 为什么这个犹太人踌躇?把罚给
你的东西拿去吧。

夏 洛 克 把我的本金
还给我,让我去吧。

跋萨尼奥 我已经把钱
为你预备好;这里就是。

宝 喜 霞 他在
公开法庭上已经拒绝了还的钱:
他只能有他的公道和他的借约。

葛拉希阿诺 一位但尼尔,我说,但尼尔再生了!
多谢你,犹太人,你教我会说这话。

夏 洛 克 我光是拿回本金都不行不成?

宝 喜 霞 除了罚给你的东西,什么也不能
给你有,而你为取得它便得冒险。

夏 洛 克 那么,魔鬼给他去保有这款子吧!
我不再在此供审问。

宝 喜 霞 且慢,犹太人;
法律对于你另外有一项规定。
根据威尼斯所制定的一条法令,
假使对于一个外邦人经证明,
他以直接的或者间接的企图,

要谋害任何个本邦公民的生命，
那个他企图谋害的一造能取得
他财产的一半；另一半没入公库；
犯罪者的生命则撇开其他意见，
取决于公爵的仁慈。在这困境里，
我说，你正好已陷入；因为情况是，
根据明显的进程，你直接间接
已经谋害了这个被告的生命；
你是招致了我上面所说的危难。
故而跪下来，求公爵对你开恩。

葛拉希阿诺　恳求你可以被准许吊死自己；
可是你如今财产已经充了公，
你简直没有钱来买一根吊索；
因而你须得花国家的钱来行绞。

公　　爵　为使你见到我们精神的不同，
我在你请求之前赦免你的死刑；
你财产的一半，归安东尼奥所有；
另一半没入公库，你若是肯虚怀
而谦逊，可改成罚款。

宝　喜　霞　　　　　　　　哎，那一份
公家的，安东尼奥这一份可不能。

夏　洛　克　不用，把我的生命和一切全拿去：
不必宽恩：你们拿走了支撑
我房子的支柱，就拿走了我的房子；
你们夺去了我安家活命的因由，
就剥夺了我的生命。

宝　喜　霞　安东尼奥，你能对于他施什么
仁慈？

葛拉希阿诺　　　　送给他一根绞索；千万
不能给别的。

安东尼奥　　　　　　公爵阁下和堂上
如今宽免了把他一半的财产

充公，我觉得安心；他将让我把
其他一半来使用，待到他死后
我把这给那个最近同他女儿
出奔的士子：此外还有两件事，
就是为感谢这恩情，他立即成为个
基督教徒；还有，他在这庭上
立下愿，将他死后的一切遗产
遗赠给他的女儿和女婿洛良佐。

公　　爵　他必须这么办，否则我就要
取消我刚刚在这里宣布的宽宥。

宝 喜 霞　你可满意吗，犹太人？你怎么说？

夏 洛 克　我满意。

宝 喜 霞　书记，立一张赠产业的文据。

夏 洛 克　请你们允许我退庭；我身体不好：
把文据送给我，我将在上面签字。

公　　爵　你可以退庭，可是得签字。

葛拉希阿诺　你在
受洗礼的时候，须得有两位教父：
我若是法官，你还得多加上十位，
不是为你受洗，是送你上绞架。

［夏洛克下。

公　　爵　阁下，我请您到我家里去便餐。

宝 喜 霞　我敬请阁下多多原谅：我今夜
必须赶往帕度亚，而正该现在
就出发。

公　　爵　我很可惜您时间不许可。
安东尼奥，对这位君子表感谢，
因为，据我想，你多亏有他救助。

［公爵率随从下。

跋萨尼奥　最可尊贵的君子，我和我的朋友，
经你的明智，今天得以解脱了
可悲的刑罚；为表示我们的感荷，

这三千特格，原本负欠于犹太人，
我们敬奉给阁下，报谢您的辛劳。

安东尼奥 我们还负欠深深，远不止此数，
感恩而戴德，绵绵永没有终期。

宝 喜 霞 能得到衷心满意是最好的酬佣；
而我，解救了你们，就感觉满意，
在这件事上已得到充分的报偿：
我的心智从没有谋利的意图。
请两位以后再次见我时认识我：
祝你们安康，我即此向两位告别。

跋萨尼奥 亲爱的阁下，我定得再对您请求：
向我们取一点纪念品，作为敬礼，
不作为酬谢：务请答应我两件事，
不要拒绝我，要对我曲加原谅。

宝 喜 霞 你们情意太殷勤，我只好从命。
[对安]将手套给我，我将戴它们纪念你；
[对跋]为了你的爱，我要取这枚指环：
别把手缩回去；我不要什么别的了；
你一片情意，当也不会拒绝我。

跋萨尼奥 这指环，好台驾，啊也，它太不值钱！
我不屑把它来奉赠给您阁下。

宝 喜 霞 我什么也不想要，只是要这个；
现在我想我倒是很着意能有它。

跋萨尼奥 这指环本身，倒不在它值价多少。
威尼斯最贵重的指环我要给您，
我要出招告遍访这城邦去探寻：
只是这一枚，我请您，要对我原谅。

宝 喜 霞 我见到，阁下，您提出给与时很慷慨：
您先是教我来乞讨；现在则我想
您教我，一个乞丐该怎样去回绝。

跋萨尼奥 仁君，这指环是我妻子给我的；
她戴上我这手指时，她要我发誓，

我决不将它卖掉、给掉或失掉。

宝　喜　霞　那推托好给许多人来吝惜赠礼。
假使您妻子不是个发疯的女子，
且知道我多么该当有这枚指环，
她不会永远对您心存着敌意，
因为您给了我。好吧，祝你们平安。

［宝喜霞与纳丽莎下。

安东尼奥　跋萨尼奥贵公子，请给他这指环：
望顾念他的大功，加上我的爱，
违犯一次新大嫂的阃闱命令吧。

跋萨尼奥　葛拉希阿诺，你去，将他追赶上；
给他这指环，且你若能够，请他到
安东尼奥家里来：去啊，要赶快。

［葛下。

去来，你同我一起到你家里去；
明晨一清早我们飞往贝尔蒙：
来吧，安东尼奥。［同下。

第　二　景

［同前。一街道］

［宝喜霞与纳丽莎上。

宝　喜　霞　打听出犹太人的家，给他这文据，
要他画上押：我们今夜就赶路，
能够比我们的丈夫早一天到家：
这文据洛良佐看到，准是很高兴。

［葛拉希阿诺上。

葛拉希阿诺　俊美的学士，我正好将您追赶上：
我们的跋萨尼奥贵公子考虑后，
将这枚指环奉送给阁下，还邀请
光临作餐叙。

宝　喜　霞　餐叙恕不能奉陪：

他这枚指环，我衷心感谢受下了：
请您就这样回报他：还有一件事，
请您指给我这小弟，夏洛克的家。

葛拉希阿诺　这由我来办。

纳　丽　莎　　　　　　主座，我有话跟您说。
[对宝作旁白]我来试试把丈夫的指环弄到手，
我曾使他起过誓，永远不丢离。

宝　喜　霞　[对纳作旁白]我信你能够，我们将听到赌咒
发誓，他们所送给指环的是男子，
但我们将胜过他们，比他们赌得凶。
[高声]去吧，赶快：你晓得我将在哪里。

纳　丽　莎　来吧，士子，可能指给我他的家？　　　　[同下。

第四幕　注释

① 原文 affection 据 Clark 与 Wright 说，系指外物通过五官所产生的情感。

② 毛布是套在这种苏格兰乐器的风袋上的羊毛纺织物。

③ 毕撒哥拉斯(Pythagoras，582—500B. C.)：创立灵魂轮回说，认为人死后转世可沦为野兽，而野兽在下世亦可转为人。

④ 巴拉巴(Barrabas)是被罗马总督 Pontius(Pilate)把他与耶稣同时逮捕的一个犹太强盗，本来也要钉上十字架，后来得到赦免，而耶稣则否，钉上了十字架。

第　五　幕

第　一　景

［贝尔蒙。通至宝喜霞邸宅的林荫路］
［洛良佐与絜雪格上。

洛　良　佐　月色好光明：在这样一个夜晚，
当和风轻轻地吻着丛丛的树木，
它们默然无声息，在这样的夜晚，
特洛壹勒斯登上特洛亚城墙，
面对希腊军的营幕，想念寄身在
那里的克瑞西，发出他心魂的悲叹。

絜　雪　格　在这样一个夜晚，昔斯俾惊心地
踩着露水赴幽会，不见情人见一只
狮子的影子而慌忙逃避。

洛　良　佐　　　　　　　　　　　在这样
一个夜晚，妲陀手持着柳枝，
站在荒凉的海滩上，招她的情人
回来到迦太基。

絜　雪　格　　　　　　　在这样一个夜晚，
美狄亚采集了神灵的仙草，使伊宋
从衰朽回复到年少。

洛　良　佐　　　　　　　　　　在这样一个
夜晚，絜雪格从犹太富翁家出奔，

跟一个不成材的情郎，打从威尼斯
直逃到贝尔蒙。

絜　雪　格　　　　　　在这样一个夜晚，
年轻的洛良佐发誓说是很爱她，
赌了好许多咒誓，偷了她的灵魂，
可没有一个是真的。

洛　良　佐　　　　　　在这样一个
夜晚，美丽的絜雪格像个小泼妇，
诽谤她的情郎，他却原谅了她。

絜　雪　格　要是没人来，我能赛过你，唱彻
这夜宵；可是，你听，有人的脚步声。

［斯丹法诺上。

洛　良　佐　谁在这个静夜里来得这么快？

斯丹法诺　一个朋友。

洛　良　佐　一个朋友！是什么朋友？请问你，
朋友，你名叫什么？

斯丹法诺　　　　　　叫斯丹法诺；
我来报个信，我家女主人天明前
将来到贝尔蒙；她在圣迹灵碑间
盘桓了一两天，祈求祝祷她新婚
燕尔多幸福。

洛　良　佐　　　　　　谁和她一同回家来？

斯丹法诺　没别人，只有修道士和她的伴娘。
请问您，主人家已经回来了没有？

洛　良　佐　他还没有呢，我们还没他的消息。
可是，我们里边去，请你，絜雪格，
让我们安排一些礼仪，预备
欢迎这邸宅的女主人。

［朗斯洛忒上。

朗斯洛忒　索拉，索拉！喔哈，霍！索拉，索拉！

洛　良　佐　谁在那儿嚷？

朗斯洛忒　索拉！您见到洛良佐郎君不成？

洛良佐郎君,索拉,索拉!

洛　良　佐　别那么嚷嚷,人儿:在这里。

朗斯洛忒　索拉!哪里?哪里?

洛　良　佐　这里。

朗斯洛忒　告诉他,我家主人派个人儿带了一兜子好消息来啦:
我家主人天明前要到这儿的。　　[下。

洛　良　佐　好心肝,我们进去,等他们回来吧。
可是没关系:为什么我们要进去?
我这位朋友斯丹法诺,请你到
里边去声言,你们的女主人就到来;
你们带着乐器到外边来迎接。

[斯丹法诺下。

多甜啊,月光躺在这坡上在睡眠!
我们就在此坐下,让音乐的声音
沁入我们的耳朵:柔和的寂静
与良宵,跟乐声的和谐调融为一。
坐下,絜雪格。你瞧,这浅碧的天宇
嵌满了灿烂的闪闪金光小碟儿,
你所见到的每一颗最小的天球,
无不在它转动中天使般唱着歌,
永远应和着幼眼的天童们的歌唱;
永生的灵魂都含有这样的和谐;
但当这些个泥污的腐朽臭皮囊
在外面包藏着,我们便无法听见。

[乐人们上。

来啊,奏一支圣歌来唤醒黛阿娜:
用最最甜美的吹弹沁入你们
女主人的耳朵,用乐声吸引她回家。

絜　雪　格　我听到柔和的乐声总心怀惆怅。

洛　良　佐　这是因为你的心灵异常敏感:
只须看一群粗野天成的牛犊,
或一簇未加驾驭过的青壮小马,

奔腾跳跃着，不停地哞叫和鸣嘶，
原来那就是它们狂放的血性；
它们若偶尔听到了一声喇叭响，
或者有一曲乐声进它们的耳朵，
你就会见到它们都一齐立定，
它们犷野的眼光被柔和的乐声
所中，会变成温存的注视：故而
诗人编造出奥菲斯能移动木石、
奔注流水的故事；因为再没有
东西太蠢笨、死硬或生性猖狂，
音乐总能一时间改变它的性情。
所以那个人，他性灵之中没音乐，
也不能用美妙乐声的谐和感动他，
是会策划叛逆、奸谋和掠劫的；
这样的家伙的心灵黝暗如黑夜，
他的感情黑沉沉跟冥府一般：
这样的人儿不能信赖他。听乐声。

［宝喜霞与纳丽莎上。

宝喜霞　我们瞧见的那光芒来自我客厅里。
一支小小的蜡烛，光线多么远！
在恶劣的世上做一桩好事便这样。

纳丽莎　月亮照耀时，我们便不见烛光。

宝喜霞　宏大的光辉使渺小的光芒晦隐。
一个替代人照耀得显焕像君王，
等到一位君主亲出场，那时节
他的威严便消失，像一条溪流
注入浩瀚的海洋。听啊！这乐声！

纳丽莎　这是您府邸里的乐声，姑娘。

宝喜霞　　　　　　　　　　　　没有
东西是好的，我想，如果没比较；
我觉得这要比在白云听到更幽妙。

纳丽莎　夜静使它显见得更美妙，姑娘。

宝 喜 霞 若是没有人欣赏，乌鸦会唱得
跟云雀一般美好，而且我想来，
那夜莺，假使它在白日里嘤鸣，
当时每一只鹅儿聒聒在喧噪，
会被当作比鸱鸺不高明的歌鸟。
多少东西会被有利的时机
烘托得给赞赏至于尽善尽美！
嗨，悄悄的！ 月儿和她的安迪敏①
在酣睡，不容去惊醒。 [乐声止。]
洛 良 佐 我若是没听错，
那是宝喜霞的声音。
宝 喜 霞 我声音难听，
好像布谷鸟，一下给瞎子听出来。
洛 良 佐 亲爱的夫人，欢迎您回家。
宝 喜 霞 我们
是在为我们的丈夫祝福，愿他们
因我们的祈祷更加得福。他们
回家了没有？
洛 良 佐 夫人，他们还没有；
可是有一名使从先来报他们
就要来。
宝 喜 霞 里边去，纳丽莎；关照下人们，
他们不知道我们出过门；您也不，
洛良佐；絮雪格，您也不。 [喇叭齐鸣。]
洛 良 佐 您的郎君
就到了；我听到号声已经响：我们
不是搬嘴人，夫人；您不用担心。
宝 喜 霞 我看来这夜晚只是天光害了病，
它显得苍白些：它是这样个白天，
当太阳被云层所盖，没有了阳光。
[跋萨尼奥、安东尼奥、葛拉希阿诺及随从人等上。
跋萨尼奥 您若是在没有太阳的地方走路，

我们将跟地球那一边的人们
共享着白昼。

宝　喜　霞　　　　　让我发放出光明
可不要像光线那样轻飘；因为
一个轻飘的妻子会叫她丈夫
心头沉重，而跋萨尼奥可切莫
为了我如此：但一切由上帝主宰！
欢迎您回家，夫君。

跋萨尼奥　　　　　　多谢您，细君。
欢迎我这位朋友。就是这个人，
我从这安东尼奥，真受惠无穷。

宝　喜　霞　您当真是从他那里受惠无穷，
因为，我听说，为了您，他受累无穷。

安东尼奥　算不了什么，现在一切都已经
解决了。

宝　喜　霞　　　　大兄长，万分欢迎您光临：
这须得不是凭言语，要真心表示，
所以我一切客套的空话不说了。

葛拉希阿诺　[对纳]凭那边的月亮我起誓，您冤枉了我；
当真，我将它给了个法官的书记：
既然您，好人，把这事看得这么重，
我但愿要去的那人是个小太监。

宝　喜　霞　啊哈，已经在吵架了！是为什么事？

葛拉希阿诺　为了个金圈儿，她给我的那只
不值钱的指环，上面刻着的铭文，
简直跟刀箭匠刻在刀上的诗句
一模一样，说什么“爱我，毋相弃”。

纳　丽　莎　您管它什么铭文，什么不值钱？
我当初给您的时分，您对我发誓，
说您将戴着它一直到您临死时，
说它将跟着您葬在您的坟墓里：
即令不为我，也要为您的重誓，

您该当把它重视而保存下来。
给了个法官的书记！不，上帝
是我的法官，那个拿指环的书记
脸上永远不会长上毛。

葛拉希阿诺 他会的，
当他长大成人时。

纳 丽 莎 是啊，如果说
一个女人会变成个男子。

葛拉希阿诺 凭我
这只手我打赌，我把它给了个少年，
像是个孩子，发育不全的小家伙，
并不比您高，是那法官的书记。
那是个多话的孩子，讨去作酬劳：
我实在拗不过，没有法子给了他。

宝 喜 霞 是您的不是，我须得跟您说分明，
这么轻易地把您妻子的第一件
礼物白送掉；那是用誓言栽在您
手指上，以诚信紧箍在您骨肉上。
我给了心上人一枚指环，要他
发誓永远不脱手；他现在在这里；
我敢为他发誓他决不会脱手，
或卸下他的手指头，即使是为了
全世界的财富。当真，葛拉希阿诺，
您给了您妻子太过伤心的因由：
若是我的话，我真要恼得不答应。

跋 萨 尼 奥 ［*旁白*］嗳呀，我最好还是斩掉了这左臂，
好发誓因保卫这指环才失掉了它。

葛拉希阿诺 跋萨尼奥公子送掉他的指环，
因为那法官向他讨，而他确实
应当有这个作报酬；跟着，那孩子，
他的书记，为谢他抄写上的辛苦，
讨了我的去；他们主仆两个人，

什么也不要,只要这两枚指环。

宝 喜 霞 您送掉什么指环,夫君?我希望
不是那只我给的。

跋萨尼奥 我若在错误上
再加撒谎,我便会否认:可是您
见到我手指上已没有指环:它是
没有了。

宝 喜 霞 您的假真心是这么空虚。
我对天发誓,我决不会跟您同床,
要等见到了这指环。

纳 丽 莎 我也不会上
您的床,要等见到了我的才算数。

跋萨尼奥 亲爱的宝喜霞,
您若知道我给了什么人这指环,
您若知道我为谁给了这指环,
并且能设想为什么我给这指环,
以及我多么不愿给掉这指环,
当什么也不肯接受,只除这指环,
您是会减轻您这层不快之感的。

宝 喜 霞 您若知道这指环有什么好处,
或是给指环的那人的一半美德,
或是保存这指环您有何光荣,
您就不会轻易地捐弃这指环。
天下有什么人这样不讲道理,
假使您只要高兴用一点热情
保卫它,那人会那么缺乏礼让,
非拿去人家作礼仪的东西不可?
纳丽莎教了我相信是怎么回事:
我誓死认为是什么女人家拿了去。

跋萨尼奥 不是,凭我的荣誉,凭我的灵魂,
细君,不是什么女人家,是一位
法学博士,他不受我三千金特格,

却讨我这指环;我起初回绝了他,
让他不欢而别去;就是这个人,
他救了我这位亲爱的好友的生命。
我该说什么,好夫人?我被迫随后
送给他,我满腔的羞惭,情理不容我
不那样;我的荣誉不容许给忘恩
负义所污毁。宽恕了我吧,好夫人;
因为,凭这无数天上的圣烛光
我起誓,您当时如果在场,我相信
您也会央我将指环送给这博士。

宝 喜 霞 别让那博士来近我这宅邸:
既然他已到手了我爱的那珍宝,
那是您曾起过誓要替我保存的,
我便要变得和您同样地慷慨;
我不会对他吝惜我所有的一切,
不惜我自己的身体,我丈夫的床:
我定要认识②他,这是肯定无疑的:
故而,一宵也不要宿歇在外边;
像个百眼怪③那样守着我;您若是
不那样,留我成孤单一个人,那时节,
凭我的光荣,这还是我自己的所有,
我将叫那个博士跟我同衾枕。

纳 丽 莎 我要他的书记也这样;故而要当心,
您如果撇下我独白一人的辰光。

葛拉希阿诺 好吧,您便这么办:那么,别让我
抓到他;否则的话,我将折断
那少年书记的笔。

安东尼奥 这场吵架
都是我起的因由。

宝 喜 霞 大兄长,莫难受;
您是照样欢迎的。

跋萨尼奥 宝喜霞,请恕我

这个硬加在我头上的过错；而且
这么许多朋友都在此能听到，
我对您起誓，凭您的这双美目，
在其中我见到我自己——

宝　喜　霞　　　　　　　　　你们且听他！
在我两只眼睛里他双重瞧见
他自己；每一只眼睛里一个人：凭您
双重的人格去发誓，那便是您所谓
信用的誓言。

跋萨尼奥　　　　　　不然，可是听我说；
宽恕这过错，凭我的灵魂我发誓，
我将决不再违反我对您的誓言。

安东尼奥　我曾有一次借我的生命为他
筹财富；若不是由于有了您夫君
那只指环的那个人一力相挽救，
我这条性命早已完结了：我敢于
再作保，我的灵魂作抵押，您夫君
决不会再一次故意毁信破誓约。

宝　喜　霞　那么，要请您替他作担保。将这个
给他，叫他要保存得比那只更好。

安东尼奥　这儿，跋萨尼奥贵公子，宣誓
你要保全这指环。

跋萨尼奥　　　　　　　　天啊，这就是
我给那博士的！

宝　喜　霞　　　　　　　我从他那里得来的：
原谅我，跋萨尼奥；因为，凭这只
指环我起誓，那博士昨夜同我睡。

纳　丽　莎　对我也原谅，温蔼的葛拉希阿诺；
因为那个发育不全的小家伙，
那博士的书记，为了这指环昨夜
也跟我同眠宿。

葛拉希阿诺　　　　　　　嗳呀，这好像在夏天

修公路，那时节路面铺得很平整：
什么，我们就平白当上了王八吗？
宝　喜　霞　别说得这样粗俗。你们都诧异：
这里有封信；你们有空时念念它；
这是从帕度亚来的，自贝拉里奥：
从信里可知宝喜霞就是那博士，
纳丽莎是她的书记：洛良佐在此
将作证，我和你们是同时出发的，
只适才刚回来；我还没有进屋门。
安东尼奥，欢迎您光临；我还有
比您所预期的更好的消息保存着
给您：请您就打开这封信；在那里
您将发现您三艘满载的海船
忽然进了港：您不会想到，因什么
难期的意外我会碰上这封信。
安东尼奥　我惊奇得哑口无言了。
跋萨尼奥　您就是
那博士而我认不出您吗？
葛拉希阿诺　您就是
那书记而叫我当上王八吗？
纳　丽　莎　唔，
可是那书记决不想做那件事，
除非他长大得成了人。
跋萨尼奥　甜蜜的博士，
您得做我的同床人：当我不在时，
跟我的妻子共衾枕。
安东尼奥　可爱的夫人，
您给了我生命和生活；因为在此
我得知，我的船舶已安全进了港。
宝　喜　霞　怎么样，洛良佐？我的书记也有些
安愉给与您。
纳　丽　莎　哦，我将把它们

给与他，不收什么费。那里我给与
您和絮雪格，出自那犹太富翁，
一纸赠与的特别文据，说是
他死后，他给您他所有的一切遗产。

洛 良 佐　姣好的夫人们，你们在饥民面前
降落了甘露。

宝 喜 霞　天差点就要亮了。
可是我确信你们还要把事情
知道得更加详情些。我们里边去；
你们可以向我们详细询问，
我们会诚心把一切尽情回答。

葛拉希阿诺　就这样好了：第一个询问要求
我的纳丽莎宣誓申言的乃是，
她是否愿意等到第二天夜幕上，
还是现在离天明两小时就上床：
但若是白日来临，我愿它变昏沉，
我方好同那博士的书记同衾枕。
好吧，我活着什么东西都不怕，
只怕丢了纳丽莎的指环祸事大。

［同下。

第五幕　注释

① 安迪敏(Endymion)是古希腊神话里的一个美少年，原来是个牧童，天王宙斯(Zeus)使他永久年少而熟睡不醒。月神赛丽妮(Selene)恋爱他，晚上悄悄来抚弄他。

② 原文这里的 know 意义双关，解作“认识”，也解作男女性交，这是把这个字本来所含有的两层涵义兼而有之。

③ Argus，古希腊神话中的百眼巨人。

译于一九七六年五至七月间

后　记

本书译者，我们的父亲孙大雨教授，祖籍浙江诸暨，1905 年出生于上海，1997 年逝世，享年九十二岁。

1918—1922 年在上海青年会中学读书期间，正值"五四"新文化运动蓬勃发展时期，各种新思潮传入中国，影响了整整一代人。此时接触到各种报章杂志，他尤爱阅读《时事新报》、《新青年》、《少年中国》、《新潮》、《小说月报》、《解放与改造》等刊物；这些刊物激发了他热烈的爱国情操，也滋养了他的文学天赋。继"五四"之后，上海爆发了"六 · 三"爱国运动，他积极参与敦促租界商店罢市、抵制日货的爱国行动。十五岁时，他就在 1920 年 5 月号的《少年中国》上发表了处女作新诗《海船》，接着又在《时事新报 · 学灯》、《小说月报》上发表多篇诗作。

1922 年考入北京清华学校高等科，喜爱文学诗歌的他入学不久就加入中国文学史上第一个校园纯文学团体——清华文学社，该社成立于 1921 年，主要成员有闻一多、梁实秋、顾毓琇等，由于其大部分成员对于诗歌情有独钟，所以诗歌就成了文学社的中心。期间他参与"清华周刊 · 文艺副刊"的编辑工作，发表诗作和诗评，探讨"五四"以来新诗创作的成就和不足，并开始注意到创建新诗格律之必要。正如他晚年回顾所言："1922 年夏考入清华学校后，我兴趣朝诗歌方面发展……我更向往诗歌里情致的深邃与浩荡，同格律声腔相济相成的幽微与奇横。"（孙大雨：《我与诗》，上海《新民晚报》1988. 2. 21）

此时他别号子潜，在清华文学社内，还有朱湘称子沅，饶孟侃称子离，杨世恩称子惠。闻一多首先称他们为诗坛"清华四子"，以后这四人又参与徐志摩为首的“新月”诗派，故又被称为“新月四子”。“清华四子”那时住在北京西单梯子胡同两间房子里，朝夕相处，写诗作文，吟咏酬唱，意气飞扬，豪情满怀。他们常为新诗的发展和形式问题，为新诗要不要有韵律，展开热烈的争论。

1925 年从清华毕业后，按照当时学校的新规定，在赴美留学前，可待在国内一年，去游历，接触社会。他来到浙江海上普陀山佛寺园通庵的客舍中盘桓了两个来月，在清静的氛围里聆听晨钟暮鼓，与青灯明月为伴，苦思冥想，潜心探索新诗所可能采用的格律形式，他以西洋诗歌中韵律的“音步”为借鉴，终于摸索出汉语的“音组”理论。所谓“音组”，那是以二或三个汉字为常数而有相应不同变化的结构来体现的。接着他便付诸实践，写出了第一首有意识运用音组结构的十四行体新诗《爱》，发表在 1926 年 4 月 10 日的北京《晨报副刊 · 诗镌》上，这首新诗每行都有严谨的五个音组。从此以后，他用这一格式撰写与翻译了约三万多行的诗作。

1926 年负笈去美国留学，先去美国东北部的新罕布什尔(New Hampshire)州的达德穆斯学院(Dartmouth College)。这所大学历史悠久，在美国立国前即已创办。他插班读三年级，主修英文文学，兼学西欧哲学史及美术史。两年后，即 1928 年毕业时获高级荣誉称号(Magna Cumlaude)。其后他又只身来到纽约，进入耶鲁大学(Yale University)研究生院进修，继续攻读英文文学。

正如他自己所言：“……1926 年至 1930 年我在美国留学，先后就读于达德穆斯学院和耶鲁大学研究生院，攻读英文文学。以上经历与我以后从事莎剧翻译和研究应该说不无关系。”(孙近仁、孙佳始：《说不尽的莎士比亚》载《群言》1993 年 4 月号)

1930 年自美返国后，他历任武汉大学、北京师范大学、北平大学女子文理学院、北京大学、青岛大学、浙江大学、暨南大学、中央政治学校、复旦大学、华东师范大学等校英文文学教授。

主要作品有：《孙大雨诗文集》、《中国新诗库 · 孙大雨卷》、《屈原诗选英泽》、《古诗文英译集》、《英译唐诗选》、《英诗选译集》以及八部莎译——《罕秣莱德》、《奥赛罗》、《黎琊王》、《麦克白斯》、《暴风雨》、《冬日故事》、《萝密欧与琚丽晔》和《威尼斯商人》。

上世纪三十年代他的兴趣从格律体新诗的创作转向莎士比亚

戏剧的翻译;莎剧为诗剧,两者可说是相通的。到晚年他又致力于英文名诗的中译以及楚辞、唐诗等的英译。他一生的文学活动都与诗紧密相连,他为世所公认的人类文化瑰宝——楚辞、唐诗和莎士比亚剧作——的中外交流竭尽了全力。

1935 年他接受胡适主持的中华文化教育基金会的资助,翻译莎剧《黎琊王》(*King Lear*)集注本,这是我国第一部用韵文翻译的莎剧,后因抗日战争爆发而延搁付印,抗战胜利后,幸好发现打好的铅印纸版未遭焚毁,延至 1948 年才由上海商务印书馆正式出版。此书分上、下两册,上册为正文,下册为集注。他在该书扉页赫然题词:“谨向杀日寇斩汉奸和歼灭法西斯盗匪的战士们致敬!——孙大雨”。由此可见他的爱憎何等分明!直到近三十年后,梁实秋在文章中论及莎译《黎琊王》时乃谓:“用诗体译的,很见功(力)”(台湾《联合报》1976.8.10)时隔近五十年之久,长期客居美国的顾毓琇则评价云:“吾兄以诗译诗,……厥功甚伟。”(致孙大雨信,1996.6.17)

1957 年的反右政治风暴,使他陷入了灭顶之灾:一度被捕入狱,被开除公职,剥夺了教书育人的权利,断绝了生计,没有分文收入,只能靠妻子做小学教师的微薄工资度日。即使在如此艰难困苦的境遇中,他还是不忘莎译事业,又孜孜不倦地进行逐译莎剧的工作,到 1966 年“文化大革命”爆发前的几年中,他又译出了《罕秣莱德》、《奥赛罗》、《麦克白斯》、《暴风雨》、《冬日故事》等五部莎剧集注本。

十年“文革”浩劫更把他置于苦难的深渊,又一次以莫须有的罪名无端将他投入监狱,受尽侮辱磨难。当“文革”初期抄家风甫起时,我们预见到抄家对于他必难幸免,于是费尽周折,在担惊受怕中将这五部莎剧集注本译作的誊清手稿转移藏匿,终于使译稿得以保存下来;否则等到十年浩劫结束,他年事已高,显然已无精力再从事此项艰巨的工作。在以后的毁灭性抄家中,将他赖以译作的阜纳斯新集注本,专用的莎士比亚辞典等以及其他全部书籍、文物、生活用品悉数掠走。其中另有一份莎剧译作草稿,每一页正面是译文,背面则是该页所有疑难之处的注解、字义的解释等等,从此消失得无影无踪。可以想见,这份翻译草稿如能留存,对以后有志于莎剧翻译、研究的学人将有所助益，但这个损失已无法弥补，实令人扼腕不已。

需要说明的是，这八部莎译中，其中六部是集注本，另外两本——《萝密欧与琚丽晔》、《威尼斯商人》——则只有极少注解，为何没有体例一致呢？这两部简注本是在“文革”后期所译，诚如他在《萝密欧与琚丽晔》的译序中所言：“即使在‘文革’那样的逆境中，我仍未忘怀自己心爱的莎译事业，又译了两部没有集注的莎剧，因为那时我已失去了以往籍以翻译的阜纳斯新集注本原作。”

1976 年“四人帮”被一举粉碎，历时十年的浩劫——“文化大革命”宣告结束。随着社会氛围日渐宽松好转，逐渐有了出版莎译的气候，迨至八十年代才由我们协助他，开始把手稿上的文字誊录到方格纸上，以作出版前的准备。1980 年 11 月 14 日上海《文汇报》报道“华师大在市有关部门支持下，聘请著名学者孙大雨任教”，这不啻是开始落实政策的信号，而强加给他的冤假错案几经磨难也终于姗姗来迟获得解决：直至 1984 年，他的右派问题历时二十六年多才由复旦大学党委出面宣布改正，并且是在胡耀邦批示“请检查这个老先生的政策落实的问题，对该落实而顶着不办的党委和负责人，必须采取点必要的措施”的干预下，才得到解决的：而“文革”期间的 1968 年，没有一丝一毫事实根据，凭空捏造罪名，强加给他的“反革命分子”帽子，历时十六年多，也得到平反，恢复名誉。此时他已是年届八十的老翁了，所受到的肉体和精神上的痛苦实在是一言难尽，无法估量；也由此可以想见，在如此苦难的境况下，他的笔耕是何等艰辛，何等可贵！

1987 年 3 月华东师大出版社同意出版八部莎译，后因故改由上海译文出版社出书。但集注本付印迄今已逾十六个年头之久，从学术角度看，应该再版了。

有关父亲对于莎剧和莎译事业的见解和态度，从《群言》杂志 1993 年 4 月号“专家学者访谈录”栏所载《说不尽的莎士比亚》一文中，可知大略，现摘录如下以飨读者：

“威廉·莎士比亚的确是一位空前而且也可说绝后的伟大戏剧诗人。虽然莎翁较早也写有两首长诗和一部一百五十首的《商乃诗集》等，但他绝大部分的作品却是戏剧诗，或称诗剧。他一生共写了三十七部诗剧，把剧中八百多个人物表现性格的言谈、行动、冲突、和谐、悲欢、生死等情节谱写成鸿篇巨制的大诗章，他所描写的人物都栩栩如生，这在文艺领域中堪称奇迹。

“有关莎剧的性质——是戏剧还是诗、是话剧还是诗剧，看来在好多人心目中颇有点模糊，似应澄清一下。……

“莎剧原作，特别是中、晚期的作品，约百分之九十的文字是用素体韵文(blank verse)所写。所谓素体韵文(梁实秋先生称‘无韵诗’)，是指不押脚韵而有轻重音格律的五音步诗行。换言之，莎剧基本上是用轻重格五音步写的，每行都有规范严整的五个音步。从这个意义上说，我们决不可将莎剧误解为散文的话剧。

“我们知道，莎剧在英、美国家舞台上、银幕上演出，是用比散文话剧稍慢的速度从容朗诵出来的，有声调节奏谐和之美，并不读若散文一般，因为有格律、有规律节奏的朗诵，跟念散文有微妙而显著的差别。所以，我们不能仅仅满足于将莎剧搬演成话剧。……要做到这一点，首先必须要有符合原作风貌神韵的精良的译本；同样地，我们也不能仅仅满足于只有未能传达原作神韵风貌的散文译本。

“文学作品，特别是诗歌和莎剧的翻译，要求移植者对于原作和所译文字的造诣都异常高，译者不仅要能深入理解和摄取原作的形相和奥蕴，而且要挥洒自如地表达出来，导旨而传神，务使他能在他那按着原作的再一次创作的成果里充分体现原作的精神和风貌。所以，要恰当地翻译世界文化瑰宝的莎剧，乃是难上加难之事。如果以为单靠一本英汉辞书就能翻译莎剧，那是不知高低深浅。

“梁实秋先生曾说：‘翻泽莎士比亚全集须有三个条件：(一)其人无才气，有才气即从事创作，不屑为此。(二)其人无学问，有学问即走上研究考证之路，亦不屑为此。(三)其人必寿长，否则不得竣其全功。……’对于已译完并出版了莎翁全集的梁先生来说，他的这一段话，不妨说是言在意外。我则直接认为翻译莎剧必须具备两个条件：一是要精通英、汉两种文字；二是要通晓英、汉两种诗歌。两者缺一不可。”

对于现在海峡两岸大陆出了朱生豪为首翻译的莎士比亚全

集,台湾出了梁实秋翻译的莎士比亚全集,他的看法是:

“这两部全集都是散文译笔,毕竟与原作风貌不尽符合。朱生豪在抗战的艰难岁月中,贫病交迫,译出了三十一部莎剧,为他喜爱而崇敬的工作付出了年轻的生命,三十三岁即英年早逝,我们应当无比敬佩。梁实秋先生付出数十年辛劳,译毕了全集,也应受到广泛、深厚的钦佩。但这并不表示说我们已可放弃对于莎剧翻译的理想追求和愿望。我们应该有更符合原作风貌神韵,用格律韵文翻译的莎翁全集。”

他又不无遗憾地说:

“如果不是因为‘反右’和‘文化大革命’的干扰,使我损失掉数以十年计的宝贵时间,我的莎译作品应该更多,每想到此,总令我扼腕叹息不已。

“由于以往蹉跎岁月的耽误,至今我只译了八部莎剧。而我现在年事已高,实无力用韵文译竣莎翁全集。我殷切期望同道共同努力,早日完成诗译莎士比亚全集这一伟业。我们中国有悠久的历史,灿烂的文化,我们这样一个伟大的国家,理应有一部比较理想的莎翁全集译本。”

他对自己的译作则有如下评价:

“评论自己的作品很难……不妨说,我的莎译用音组来从事,莎氏原作每行五个音步,我的译作以汉语音组相对应,每行五个音组,跟朱生豪、梁实秋的散文译品不同,我自信要比较接近于莎氏原文的风貌。但也毋庸讳言,译文距理想的实现还有距离,一方面是缘于无法制胜的英汉文字上相差奇远的阻碍,另一方面则许因译者的能力确有所不逮,虽然译者已竭尽了心力。”

自 1991 年《罕秣莱德》初版后,翌年《读书》杂志即有书评:“再读到名著名译的《罕秣莱德》,更感到翻译作为一种创造活动,是如何艰辛……翻译全集,需要非凡的勇力,翻译其中的名剧,又何尝不如此。《罕秣莱德》的这一中译,怎样熔铸了译者的心血,只看三幕一场中那一套举世闻名的独白,译者如何竭尽考索、推敲之力,以求准确转达原著精神,就可知大略了。实际上对每一疑难及易生歧见之处,译者都作了不厌其详的注解,不妨说,这既是一部翻译作品,也是一种现身说法的‘译艺谭’。”

确乎如此，在翻译过程中，为揣摩原作的风格，考订原文哪怕是一个字的涵义，寻找相对应的汉字，琢磨一行行诗句是否精确贴切，他呕心沥血，苦苦思索，力求尽可能完美。他的精神世界翱翔在丰富多彩的莎士比亚戏剧的意境海洋中，并从中得到欢乐和满足。在浩繁的集注中，既容纳了以往各家的研究成果，也有他自己的发现和创见，每当出现这种情况时，他会喜不自持地絮絮向我们解释，让我们也共享翻译创作中的愉悦。

我们作为后辈，只能说：父亲在逆境中，数十年如一日，孜孜矻矻，一丝不拘，踏实严谨，经常通宵达旦地笔耕，对莎译事业可谓竭尽心力，实在难能可贵，这是我们所亲眼目睹的切身感受。

莎剧是戏剧与诗浑然一体的一种文艺作品，这些戏剧诗既可供演出，又可在书斋里诵读品味。在《罕秣莱德》第三幕第一景中，罕秣莱德有以下一段台词："……须知演戏的目的，当初和现在都一样，是要仿佛端着镜子照见人性的真实；使美德显示见它自己的本相，叫丑恶暴露它自己的原形，要时代和世人看到自己的形象和印记。"或许可以这么说，莎翁正是通过罕秣莱德之口道明了他写作戏剧的宗旨。在莎翁的一个个戏剧作品中，无不充满着丰富的人文主义精神。读者在细心阅读莎翁作品时，当能对这方面有所领悟。有人曾说："莎士比亚的作品要读一百遍才能读懂。"是的，每多读一遍当必有深一层次的感悟。我们热切期待本书出版后能得到广大读者的喜爱。

上海三联书店鉴于文化传承的高度责任心，出于对人类文化瑰宝之一的莎翁作品的热爱以及对本书译作的钟情，将八部莎译重版并一举推出，这一高尚举措颇令我们感动。我们谨向为本书出版费心劳力的所有热心人士表示真挚的谢忱！

孙近仁

2011年7月23日

图书在版编目(CIP)数据

莎士比亚戏剧八种:集注本/(英)莎士比亚(Shakespeare,W.)著;孙大雨译.
—上海:上海三联书店,2013.

ISBN 978-7-5426-4075-8

Ⅰ.①莎… Ⅱ.①莎… ②孙…

Ⅲ.①戏剧文学—剧本—作品综合集—英国—中世纪 Ⅳ.①I561.33

中国版本图书馆 CIP 数据核字(2012)第 313753 号

莎士比亚戏剧八种(集注本)

著　　者　[英]威廉·莎士比亚

译　　者　孙大雨

责任编辑　钱震华

装帧设计　鲁继德

出版发行　上海三联书店

(201199)中国上海市都市路 4855 号

http://www.sjpc1932.com

E-mail:shsanlian@yahoo.com.cn

印　　刷　上海图宇印刷有限公司

版　　次　2013 年 1 月第 1 版

印　　次　2013 年 1 月第 1 次印刷

开　　本　640×960　1/16

字　　数　1080 千字

印　　张　75.5

印　　数　1-3000

书　　号　ISBN 978-7-5426-4075-8/I·673

定　　价　240.00 元(全二册)